清人詩集叙録

中

袁行雲 著

人民文学出版社

清人詩集敍録卷二十六

海峯詩集十卷　乾隆間縹碧軒刻本

劉大櫆撰。大櫆字才甫，又字耕南，號海峯，安徽桐城人。雍正七年、十年兩中副貢。乾隆元年舉鴻博、經學，皆不録。年逾六十，得黟縣教諭，修《縣志》。又數年，歸樅陽，不復出。卒於乾隆四十五年，年八十三。門人姚鼐爲撰《劉海峯先生傳》。初刻文集無卷數，此刻文八卷、詩十卷，附各家評跋。同治間徐宗亮又刻文十卷。大櫆爲方苞弟子。苞少時嘗作詩示查慎行。慎行曰：「君詩不能佳，徒奪爲文力，不如專爲文。」苞從之，終身未嘗作詩。大櫆則文與詩並極其力。其詩以格調矜勝。《登龍山》、《薊門歌》、《游龍眠山》、《北齊校書圖》、《烏江項王廟作歌》、《題范寬雪景》、《仇英戰馬圖》、《張約夫刻石歌》、《題張少儀望雲圖》、《題孫孟然品酒圖》、《小李將軍漢宮圖》，意興豪邁，允稱佳作。近體亦可玩味。沈德潛評其詩「品在當塗、典午之間，近人不能作，並不解讀」。至方苞盛稱其文，詩名遂掩。乾隆初，詩壇百家爭鶩，各出新意，作法甚變。大櫆兢兢於前人之矩矱，未與形勢相稱。後來桐城派古文家作詩，率皆如是。且於並世詩人中，每推服鮑皋，亦未能令人風從也。

題范寬雪景

雪景最難寫，范寬名獨擅。不知意匠幾經營，倏欻寒姿眼中見。空巖老木何扶疏，枯枝凍黏雙老烏。閣中老人坐讀書，文窗瑶几氈氍毹。意氣似欲無軒車，斯人蓋亦隱者徒。屋西斷橋横古渡，湖水彎彎長自注。橋上歸人騎蹇驢，山村雪暗迷行路。屋東有石潭，翠竹蒼藤俱，疑是仙靈怪物之所居。是時陰氣肅殺天模糊，龍蟠于泥不敢出。變化風雨他時需，且與獱獺稍踟躕。湖水無風波自湧，倒映銀山山亂動。野色蕭條晃觀棲，江天寂寞黿魚恐。漁水夜傍湖濱宿，兒女滿船歌陸續。一聲欸乃度橋來，知是湖南竹枝曲。憶昔十五二十年，曉聞積雪喜不眠。急呼同學少年輩，酒酣走上南山巔。九天萬里排閶闔，人在玉京高處立。布衾單薄不知寒，漁子歌聲相和答。光陰電掣風飈馳，瞥眼已當冬雪時。披圖恍與曩遊遇，此身忽覺無歸處。梁園未至彼何堪，洛舍高眠余所慕。《海峯詩集》卷一

阮齋詩鈔六卷　乾隆二十八年刻本

勞孝輿撰。孝輿字孝于，號阮齋，廣東南海人。邑庠生。與何夢瑶、蘇珥、羅天尺同受知於惠士奇，爲「惠門四子」之一。乾隆元年拔貢。舉博學鴻詞，未遇，選官龍泉知縣，調清溪、畢節。有直聲。宰鎮遠，傳爲彼邑城隍，可見民心。撰《阮齋詩鈔》六卷、《文鈔》四卷、《春秋詩話》二卷，家刻，《讀杜竊餘》五卷，未刊。事

具本書附其子濟等《先明府詩鈔紀後》。《紀》云：「乙丑乾隆十年病作，令濟等護眷回粤，至臨終皆在籍，不得視飯含焉。」計享年五十。何夢瑶《匊芳軒詩選鈔》有《乙卯冬得勞孝輿凶問作》，卯當爲丑之誤。《詩鈔》存四百五十首，何夢瑶、羅天尺序，古詩學漢魏，近體傚唐。《祠竈篇》、《典裘購書歌呈吴樂園使君》、《銅仁江行》、《呈惠天牧學士》，井井有法。嘗修《廣東通志》，有《廣東志成紀事一百韻贈魯秋塍太史》。《品評絶句傚元遺山十五首》，於錢謙益頗有微詞。孝輿官黔南甚久，時苗事甫定，所見邊徼荒敝景象，一一矢諸歌詩。於粤楚間有《常德溯鎮遠舟中作二十首》、《解纜竹枝詞》、《潮州竹枝曲六首》、《蛻蜆竹枝詞》，淺而能永，亦可取焉。

西村詩草一卷二集一卷三集一卷 乾隆間刻本

蔡奕璘撰。奕璘字西村，江蘇吴縣人，居林屋。諸生。與王鳴盛爲同學友。乾隆二十二年，刻《西村詩草》，王文清、蔡叔升、楊宗序。以丁丑六十初度推之，爲康熙三十八年生。二十八年，刻《二集》。三十七年，刻《三集》，均王鳴盛序。《三集》刻成，年已七十有五。詩多隨手寫出，不假繩削。游踪以南洞庭、蘇杭爲主，一至江漢，登臨南嶽。以格調熟練，老而彌健，故爲鄉里所重，王鳴盛尤譽之唯恐不至也。

塞外橐中集四卷 乾隆十八年刻本

夏之璜撰。之璜字湘人，安徽六安人。諸生。盧見曾任六安知縣，器之。乾隆五年，見曾官兩淮鹽運使，坐事發往軍臺効力，之璜束裝陪同。歷二年歸。乾隆十八年刻此集，首載雷鋐、吴直、程揚宗、宗瀾序，方貞觀來札。卷一爲《日記》，二、三、四卷爲詩。之璜自是秋出張家口，經大同，歷二十九臺，直至三音諾顔部之杭靄。途中呵氣成冰，擁裘如鐵，居於穹廬，雜飲而食，以絶塞之區所見所聞，一一矢諸歌詠。今所見《雅雨山人詩集》，出塞詩無幾，讀是集則往返日程生活情狀，宛然在目矣。其中《旱船行》，爲詠駱駝隊，《採薪謡》，記漢人有淪爲奴隸者，《遊二等招》，記元至正四年離宫，今改爲喇嘛寺，《到臺雜述》，敍蒙人見京官禮節，《杭靄木城》，考沿革歷史。記當日生産，則收麥一石，計費七金餘，而麥粒無實者。於馬、狗、山獺、黄羊、沙鼠、鹽、草蘑、蘑菰、沙葱之屬，又以詩狀之。詠塞外風俗，包括婚娶喪俗禁忌祭祀食品，尤足參稽。集中與見曾時有唱和。以庚申除夕四十三歲詩推之，當爲康熙三十七年生。高鳳翰有贈行詩云：「傳筆能投事更詩，烏孫相伴走天涯。蘇門不少秦晁客，只喫龍團餅子茶。」李調元《雨村詩話》採其詩。

到臺雜述

穹廬立罷儼衙關，首領章京率拜班。例得采烏采，茶也。采烏，茶食也分兩列，一齊額首謝那顔。那顔，老爺也。謝以手加額，作叩頭狀。

雙騎飛馳報匣來，片牌往來傳遞曰牌子，僅以片紙爲之。字或漢或清，聽行傳遞曰跟，單覆曰回頭，以防報匣公文傷損，憑查。報匣，奏摺也，至爲緊要，如有傷損，例各處分。其奏摺係定邊左副將軍所進，今以額駙策倫掌之，副以參贊閣讀部曹等官。轉遞急如雷。冰山夜半傳聲到，坐起披衣炙筆催。定限三時一臺，子刻行，寅刻列，直强半耳。

德魯台係賊旺處來歸欵者，奉旨送至京師，各賞以住居衣食，以示柔遠之意，每年絡繹不絕。來護出疆，軍營囚遞更嚴防。常有逃逸，過必加警。往來驛使還經過，一例分供叔叔羊。官羊也，過使視其官階以供，而德魯亦得與焉。《塞外橐中集》卷二

杭靄木城

崑崙萬山祖，開闢撑蒼穹。劈作三大幹，兩幹分岷嵩。一幹趨長白，叠嶂蟠遼東。轇轕罕平莽，亦復稀高嵏。雜沓翰海間，彌望皆童童。横歷數千里，乃行杭靄中。列壑豁谽谺，羣峯排巃嵸。忽閃西北開，頓覺寰宇通。明滅走野馬，遠岫浮鴻蒙。坤河出其間，一水流沖融。出塞水常伏流至此，乃見有流水下匯爲大澤，周百餘里，尾閭復伏。平沙集鳧雁，大澤饒鰹鮦。喬松青連雲，塞外數千里，至此始有樹木，即結松子者，大皆數圍，建造木城資諸此。又有樺木可纏弓，溝有柳條可爲箭，澗谷中復有海棠、山繡毬諸花可觀。遥映陰籠葱。招提倚煙嵐，贔屭頽故宫。下爲屯田處，畎澮遺筥稯。蕩蕩兩木城，屹立亦何雄。轉輸竭天府，因陳糜朽紅。持籌水曹部，總會中丞宗。謂原任川撫法公敏。異姓王都護，金印肘元戎。時六額駙策倫掌定邊副將軍印，住塔密兒，蒙古稱奇親王。將軍驃騎霍，贊畫長纓終。沙漠列亭障，急遞馳雷風。向設立

臺站，自殺虎口至毛插漢叟兒，計四十七臺。今北移四百餘里。舊運糧道上出張家口抵鄂爾坤河，計二十九臺。四路集精鋭，奉天緑旗，大同莎隴。十萬稱羆熊。瓜期番代戍，日夜環刀弓。用兵五十年，遺骨隨蒿蓬。皇威震德畏，一詔龍堆空。今上御極後，卽撤減戍兵。乾隆六年，詔撤北路諸營，惟存屯田兵六百人，留守糧餉，于木城三年一更代臺丁。哈里沁擇其老弱者，亦撤歸其半焉。《塞外橐中集》卷二

皋原詩集五卷 乾隆十二年刻本

姜恭壽撰。恭壽字靜宰，號香巖，江蘇如皋人。在修子。乾隆六年舉人。校文、教讀爲生。乾隆十二年刻此集，年四十。王昶《湖海詩傳》卷九録其詩五首，《詩話》稱：「靜宰能詩善畫工篆隸。癸酉從雷翠庭副憲視學江蘇，時予尚爲諸生。靜宰得所賦詩賦愛之，遂來定交。後五年，復遇於都下，靜宰寫梅數枝，取姜白石《疎影》詞，篆書其上以爲贈，嗣後不復見矣。聞其病亟，遺命以古玉二枚、《華嚴經》一部殉葬，蓋矜奇之士也。」是當卒於乾隆二十年後。是集分《臥秋集》、《三沽集》、《臥秋續集》、《草萍集》，詩共二百九十六首，有《自述》與汪傾序。詩格遒古。長歌《金焦行寄京口鮑步江》爲全集冠冕。《病榻懷人絶句》爲鄭燮、汪傾、吴楷等知名士。《信州曲三首》、《題南巖絶壁》，無學唐膚廓之習。乾隆初期所刻集，向所罕覯。緣四庫館開，查禁遺書，家人懼禍，往往自燬藏版，或停止刷印，任其自滅。此集流傳絶尠，抑幾遭池魚之殃歟。

寄素堂詩集二卷　道光二十五年刻本

李永標撰。永標字純九，漢軍旗人。康熙三十七年生。雍正元年考内務府繙譯筆帖式，八年，授主事。十一年，升本司郎中總管内務府大臣。乾隆二年，派張家口税差。五年，授廣東雷州知府。擢安徽蕪湖道，粤海關監督。卒於二十八年，年六十六。是集爲其曾孫所刊，凡雜著二卷詩二卷，有自序，附永標子延强所撰《行實》。詩格平庸，只合腔拍。官熱河總管詠避暑山莊，視張家口榷務詠所見荒轍邊地景象，官江南記奉委查核行宫及名勝工程，赴粤關新任道中詠所歷山水，以及《寄江寧令袁子才》等詩，尚有事可徵。《行實》記永標爲内廷採買，亦俱軼聞。

述本堂詩集八卷　乾隆二十五年刻本

方觀承撰。觀承字遐穀，一字宜田，號問亭，安徽桐城人。康熙五十年，祖登嶧、父式濟以《南山集》獄案流黑龍江，五十四年，觀承偕兄觀永亦至卜魁即齊齊哈爾省侍。祖、父俱殁，益困。然因是具知邊事利病及民情土俗，厲志而勤學。雍正十年，平郡王福彭討準噶爾，以布衣奏爲記室，多所贊畫。累至直隸總督，在官二十年。嘗偕秦蕙田輯《五禮通考》，輯《直隸河渠書》百三卷。卒於乾隆三十三年，年七十一，謚恪敏。乾隆二十五年刻《述本堂詩集》，爲三世之詩。觀承詩凡八卷，爲《東閭剩稿》、《入塞詩》、《懷南草》、《豎步吟》、《叩舷吟》、《宜田彙稿》、《松漠草》、《看蠶詞》。首錢陳羣序。是集因有登嶧、式濟詩，《四庫》未予著録，他家著録有謂《問亭集》者，實卽此八卷書，避而不用述本堂原名，非舊標也。别有《薇香集》、《燕香集》《四庫存目》著録，爲觀承官直隸總督時作，其子維甸編録别行者也。早年作於東北者，如《寧遠温泉》、《山樝》、《開度寺》、《卜魁雜詩》、《松江行》、《諾尼江漫興》等篇，蒼涼悲壯。《卜魁竹枝詞二十四首》，頗詳當日邊事民俗。入關後所作《天津衛二首》、《炭墼行》、《讀畲山集題十四韻》、《讀離騷題六絶句》、《金陵雜詩》，亦多佳製。《松漠草》爲雍正間隨大將軍自京師至阿爾泰山幕中作，往返軍旅，以所見聞，一一入詩。《從軍雜記一百首》，尤具史事。《看蠶詞四十首》，詠江南蠶業生産，加詳注以補詩之不及。應制之詩皆乾隆時所爲，無足述焉。顧光、張鳳孫後序。

卜魁竹枝詞二十四首

諾尼江上水潺潺，五月冰消艾渾山。流到混同天更碧，松花一派白雲間。諾尼江在城北五里，南流至混同江會松花江入海。

邊天春事近爲農，野燒荒荒二月風。千里火雲吹不斷，滿城都在夜光中。

沙搏三月草芽乾，曾少春遊遠樹看。漠色乍青還乍白，東風吹暖復吹寒。春草初生，經寒復槁。

老樹爭言神所棲，千條沙雨道旁垂。昨宵畫鼓方行禱，莫遣行人誤折枝。城南獨柳，土人皆神祀之，戕其枝輒病。

野杏叢條雜亂荄，樵車寒折一枝來。居人五月矜紅艷，不信江南二月開。去城三十里有杏叢生，細如指，無成樹者。

芍藥千叢聚一窊，移香人特訪郊沙。小車艷引分明路，十里東門蝴蝶花。

東門十日雨微涼，拾得蘑菇入市香。野水恨教迷去路，兒童鬧殺柳條筐。

江上葳瓠春水清，西灘渡口風正平。篙撑十字縱横樣，破網牽來水面行。葳瓠，獨木舟名。

網截江魚百丈開，家家斫膾發春醅。應知漁火驚宵浪，不見提鮮趁市來。漁者必夜半垂葳瓠網江心，及晨入市，風大浪急則不得魚。

風漾沙痕落水痕，采蔞傍水緑初繁。邊兒邊婦攜筐出，多半相逢在北門。

樺船攜趁渡頭忙，來往輕飛逐鳥翔。收拾烟波人散後，一肩帆影荷斜陽。紉樺皮爲渡船，長六七尺，可容二人。

五月巡邊草出荄，西行輕騎抵河涯。無皮樹下堆高塚，歸路餱糧去日埋。五月遣官率百人巡邊至鄂爾姑納河，河以西爲俄羅斯地，視東岸沙草有無牧痕防侵碑界。路瀰漫無轍跡，擇大樹去皮，歸時認樹知舊路也。餱糧不能攜者，囊挂于樹，或掘地埋之，隆土作塚形。

二百菘毬乳葉香，馬頭封裹貢秋霜。筍奴箘妾應相詫，異種離奇避老羌。俄羅斯菘抽臺如萵苣，高尺許，其顛葉葉相抱成毬，取決而舒，已舒之葉老，不堪食，割毬食之味甚美，函紙充貢。

九月通鏗獵騎紛，弓刀大雪從將軍。一時馬上齊聲賀，親射雄羆六百斤。江冰後獵野彘于通鏗河，雄者爲貴。

鄂倫春隸索倫圍，廬帳千家裹樺皮。大樹驚貂憑犬得，深山野鹿任人騎。索倫人分八圍，應捕貂役。鄂倫春又在索倫之北，與俄羅斯接壤，地產樺冠履，皆以樺皮爲之。無馬，多鹿，乘載與馬無異，用罷任去，招之即至，捕貂以犬，與索倫同。

犬偵貂穴在深蒿，伺穴噙來更不勞。貂惜毛戕甘受齒，犬防齒重不傷毛。貂產索倫之東北，捕貂以犬，虞者裹糧以往，犬嘗前驅，見其停嗅深草間，即貂所在。伏伺貂出，逐而噙之。貂愛其毛，受噙不自戕，犬知毛貴，亦不傷以齒，故皆生得也。一虞人歲輸一於官。

估客釜敲聲在臂，虞人貂眩紫堆腰。相逢不用頻爭直，易釜惟憑實釜貂。釜甑之屬極邊所少，商賈初通時以貂易釜，隨釜之大小，貂滿於釜而後肯易，今則一貂數釜矣。

肉盡還驚枝未摧，爭呼神享笑顏開。月明覓得枝頭飽，昨夜羣鴉今又來。泥撲處人禳病祈神，列植松樺于野，偏挂牛羊肉，羅拜其下。

行人爭説避燈官，叱咤聲中法不寬。昨日街頭呼騶儈，今朝馬上肅衣冠。鎖印後闤闠儈名立爲燈官，揭示有官假法真之語，細事扑罰。惟意出必鳴金，市聲肅然，至開印前夕止。

誰家壁寫翠筠横，連臂邊兒識未明。牧豎忽來誇見慣，東門塘子葦叢生。遷客家有圖竹於壁者，土人指爲葦，葦生處曰塘子。

椎髻半綰獵蹄輕，射得鴛鴦不識名。説與相思交頸鳥，無端邊女也多情。婦女韜髮垂肩曰練椎。

夫役官圍兒苦饑，連朝大雪雉初肥。風馳一矢山腰去，獵馬長衫帶血歸。鄂倫春婦女皆勇決善射。

門閉炊烟暖御風，家家竈火炕頭紅。客來更撥泥盆焰，羊胛餐香炙馬通。冬蔽重門而牖其光，是爲風門。

丫蠟山頭樹柞櫟，諾尼江北少行塵。待來十月冰平岸，日夜牛車作炭人。丫蠟山在諾尼江北二百里，江冰後，人往作炭，路無宿所，皆夜不絕行。《東間剩稿》

從軍雜記 一百首録二十

余賦述征百韻既殘佚，不復記憶，耳目所經，荒漠鮮據，聊復輟以小詩。川嶺境俗，氣候物産，情志事實，各以類附。而其中時與地仍相次焉。裴矩西域之圖，居誨于闐之記，邈難覯矣，企其似之，亦欲使樹績西遐者，徵諸異日耳。

依山穴室起炊烟，接隴人耕屋上田。秋至輸糧無別役，客來賣酒有餘錢。自張家口至山西殺虎口，沿邊千里，窯民與土默特人咸業耕種。北路軍糧歲取給於此，内地無輓輸之勞。

雲西堡上雲岡寺，百尺樓頭萬佛身。稽首津梁同有願，慈雲長護萬征人。雲西上下兩堡，在大同城西三十里。上堡有雲岡寺，依山鑿石爲大佛三，並高五丈三尺五寸，殿樓三層。環山左右，就石之大小鑿爲種種佛像，龕洞層列，不可數計。後魏拓跋氏建。

土木兵連河套雄，台階不正帝移宫。可憐一代門庭寇，角稽今如鳥在籠。今土默特部卽明土木，世嗣告絶。朝廷擇部内一人授爲都統，以領其衆，居歸化城。

征車繹繹路滔滔，快馬明駝客自豪。累石道旁知有井，爬沙穴口信多蒿。荒漠井泉，埋蒿雪中，不易覓，行人於道旁累石誌之。野鼠名侏馬里罕，後股偏長，前爪甚利，作穴沙中，嚙蒿坌穴口以蔽風雪，深埋草又以充食。蒿長尺許，無一參差。余作鼠蒿歌。

不草不木蓬蒿齊，蟠沙壓雪磧高低。采之刺手爨無焰，駱駝飽眠馬餓嘶。瀚海中木之似草者四種，一類針松，莖粗於指，屈曲糾盤，折之如朽索，縷縷零落。一結實類蒿，紫緑色，凌冬不變。味鹹，名布都魯哈那，駝食之如馬得豆。一細蕤如蓼，色紅味苦，莖稍柔脆，馬餓亦食之，輒病瀉利，其惟寒也。一叢枝如菊，末細莖無葉，相去粟許，膚輒周斷若刀截者。然根與布都魯哈那皆腐黑如出爐餘，撥之卽折。四木高不逾二尺，根荄糾結，沙石坌積，叢叢纍纍，望之莫能窮際。

作炭空山銀似水，淘沙深井粟成金。由來此地稱多寶，佛字元碑細細尋。厄爾得尼招在喀爾喀王策令部内。厄爾得尼，寶也。招乃招提省文。地産金銀，故稱寶寺。寺前有元至正年梵書碑文，猶可辨。又鄯踏步地濱瀚海，高山攢戟，石色光瑩，同雲母石。縫中片片層疊如鱗，耀然映目，刮之成屑。人言鑛産鉛金，此其苗芽之外者。皆在荒漠不毛之地，造物之精英盛矣哉。

戰雲層罩塞山低，一鼓聲傳萬箭齊。多少遊魂歸不得，夜聞鐘磬傍招提。雍正壬子六月，準噶爾寇邊至吉爾馬泰，距厄爾得尼招已近，虜據南山，我兵列長陣與山對，分兵繞至虜後，砲發半山，虜陣大亂。山盡處卽鄂爾昆河，時方屯種，堰水益深，多墜河死。索倫精兵，萬箭齊發，殺數千人，餘皆夜遁。凡臨陣有若雲霧籠罩，視人面目不甚辨，則爲勝氣，反是必敗衂，老於行陣者，言之皆同。

難消腹閉魚羹飽，剩可牙疳馬腦醫。身病不教同伍覺，正逢敵至報恩時。喀爾喀兵之戍札布韓河者，資河魚爲糧，多病閉，治以大黄之劑，寒中腎經者兩腓暴黑，病深則齒落血出，名青腿牙疳，急以酒和白馬腦食之。札布韓譯曰流沙。

籌支倉粟連肩負，車載山柴衆手推。日午城中烟未起，夜來井凍罷朝炊。軍中届冬，馬悉歸廠，緑旗兵採薪南山數十里外，推挽至城，以供炊燎，而售其餘。甚寒井凍，卽無從得水。近城又鮮積雪，此行廬之逐水草爲得地宜也。

一紙官程下朔荒，任騎大馬割肥羊。聖朝威德真無外，不比供租與納糧。役外藩者，持理藩院印票，所至供羊馬如數。羊或全或半或一蹄，視使者貴賤。婦子露處，空廬帳以居使者，名爲鶩鶩拉，卽捉役之謂。始於康熙年間，諸蕃咸願效公，遂著爲例。

玉節金符肅隊過，風清大纛擁瑚戈。兩行翼附千熊兕，八面旗行萬馬駝。甲寅六月，大將軍王自烏里雅蘇泰進駐科布多城，師行，節印在前。內閣學士領親軍護視駿馬顔行星旗前導，王屬官吏宦者各執其物隨纛後。又一隊之將軍輜重，以次文武官弁及輜重各一隊，八旗兵校及馬駝輜重凡十六隊。又一旗殿後，以督兵重之不前者。纛傍兩翼各精鋭數百名，以備不虞。先鋒二隊行住常在數里十數里外。

黑水生兵控萬弦，穿熊殪虎勢無前。虜中咋舌傳新諜，獺帽將軍副定邊。索倫八圍，隸黑龍江將軍，即古黑水部。其人勁弓善射，以獵爲生，衣帽皆以獺皮爲之。準夷畏之，見輙却走。定邊右副將軍塔爾岱黑龍江新滿洲人，屢破敵，有威名。戴獺皮小帽如索倫制，準夷稱爲獺帽將軍。

嚴烽别隊議分兵，諸將書名各請行。見説揚威新授印，一軍勇氣倍前旌。凡分兵命將，先選兵如數。自參贊大臣以下有統兵之職者，咸集軍門，隨印内閣學士以名上。大將軍擇將既定，用紅紵奉令箭下，教具機宜，授之以行。當待命之際，諸軍不知所屬，諸將未悉所嚮，令出而一軍趨之，如水之赴壑焉。副將軍印惟分駐乃用之，同在一營，則送大將軍所，其諸將印，如建武揚威有名號者，皆頒自内府，遣發時佩之。

戰馬環陳十萬匹，椎牛徧饗五千人。就中孰是龍駼種，破敵君來看陣塵。征兵三萬配馬十二萬匹，擇地分廠，委蒙古官兵牧放以時，驗其肥瘠。

何處泉流覓草萊，遥山指似暮雲開。不愁雪至兼塵至，碧眼袪衣導弁來。蒙古人名椎者，身不滿五尺，雙瞳碧色，三十里外物大如羊能辨其形，極塞山川起止名目靡不備悉，如所嘗經泉伏蒿沙中，既識其處，再至雖昏夜不失。塞上雪密，爲舒里罕與。暴風塵起，皆易迷道，椎在則萬無一慮。特賜三品職寵以英冠。軍行則從。蒙古謂經典曰椎讀吹。

山北千松青翠稠，山南無草水西流。移從王會圖中看，禹畫今知隘九州。顔霱阿爾泰山陰盛産松榆，山陽濯濯無寸木。鄂爾昆河源出顔霱，圖拉河源出韓山，合入厄格色楞河，繞俄羅斯南界西流，與結諦河歸伯該爾湖。阿爾泰西面之水，皆入額爾齊思河，西流至窩湖。又萬餘里歸西海。鄂爾昆，寬闊也。鄂爾齊思，峽也。峽平如江，爲西北第一巨流。

皮厚斑勻樺樹高，叢叢檉柳復荆條。弓材箭笴宜頻採，又落陰山八月鵰。塞外山多樺木，紉其皮爲屋，並可爲舟，容二三人，與荆皮並充弓材，檉柳柔而直，宜爲箭莖，箭羽以鵰翎爲貴。

紇干凍雀倦飛鳴，鼠穴相依倍有情。負雀乘暄矜乍見，不知原是舅憐甥。鳥鼠同穴，科布多河以東，遍地有之。方午鼠蹲穴口，鳥立鼠背，蒙古人謂雀爲鼠之甥。鼠名鄂克託奈，譯曰野鼠，色黄。雀名達蘭克勒，譯曰長經雀。陝西渭源縣有鳥鼠同穴。山鼠名鼵，雀名鵌。

不勝綏曳不鞍騎，似馬名贏種亦奇。賢島深圍湖水闊，有生真可脱銜羈。野贏較家畜者稍大，惟土黄一色。慈母湖之南有山如椅，名墨爾根西克，譯曰賢島。三面臨湖，中多茂草。贏踞爲窟，出飲湖水，常百十爲羣。有豢其駒者，終不受鞍勒，乘之曾不能成步。

何年成吉思皇帝，琢石茲山事亦奇。冠劍若爲威遠服，雨風猶與濯英姿。北渡科布多河至薩克里山麓，有石人具蒙古冠服，相傳爲元太祖像，以示遠國之顒睦仰者。《松漠草》

蘭藻堂集六卷　乾隆間刻本

舒瞻撰。舒瞻字雲亭，姓他塔喇氏，滿洲正白旗人。乾隆四年進士，官浙江桐鄉、平湖、海鹽知縣，乍浦同知。嘗預修《八旗滿洲氏族通譜》。此集詩四百七十六首，沈德潛序稱其詩品「在元、白之間，近情處迴不易及」。其中《沈歸愚同年游天台山枉顧山陰署齋》、《碧山草堂椽筆歌》、《詠史四首》、《題許丁卯集》、《題友人詩餘四首》、《歸溪雜詠十六首》、《鏡湖櫂歌十二首》、《曹娥廟樂歌三章》、《徐文長故宅》、《陸放翁墓》、《寄巢爲杭堇浦作》、《爲商寶意司馬題樵風經圖》，筆攄性真，雋雅可誦。詠西湖及與西湖社子酬答詩甚多。舒瞻嘗刻顛濟詩。又爲周京、施安、張庚、張雲錦刊刻集，深受漢族士夫尊重，古所云文學飾吏者也。《清史列傳》無生卒年。據張雲錦《蘭玉堂詩續集》、《哭海鹽大令舒雲亭先生》詩，知卒於乾隆丙寅二十一年臘月廿九。生年俟考。

靜便齋詩集五卷　乾隆二十八年刻本

王曾祥撰。曾祥字麐徵，別字王瞿，號茨檐，浙江仁和人。工詩。雍正間，與杭世駿、張熷、符曾、汪沆稱「松里五子」。爲諸生，貧不赴部。乾隆二十一年卒。據《靜便齋文集》載《汪西灝盤西遊集序》云：「余齒長西灝五年」，可斷爲康熙三十八年生。《詩集》爲汪沆、雷鋐序。靜便齋者，館於義橋陳氏時所葺，取謝靈運「還得靜者便」句名之。《四庫》列入《存目》。《過昭勳崇德閣舊址弔圖像諸公》，詠宋二十四功臣。《題陳老蓮畫佛》、《題藍瑛漁隱圖》、《汪士慎墨梅圖》、《和金冬心神龜篇》、《題邊頤公雙雁圖》、《贈周傁理山》自注：善摹印可爲畫史所資。輓查爲仁、厲鶚、馬曰琯，過從沈大成、施安、吴焯、丁敬、金志章等江南名家。詠《劉念臺故里》，記敍亦周。松里五子詩，以張熷《南漪遺集》與此集最爲難得。今諸集俱存，頗可互相參證。

十憶詩一卷　楚州叢書本

吴玉搢撰。玉搢字藉五，一字山夫，號頓研，江蘇山陽人。康熙間由貢生官鳳陽府訓導。後爲秦蕙田訂《五禮通考》。嗜金石，通文字訓詁之學。著有《别雅》、《説文引經考》、《金石存》等書。卒於乾隆三十八年，年七十八。詩非所長，有《十憶詩》乃傳鈔本，近代冒廣生收入《楚州叢書》。别有《雪堂叢刻本》，内容相同。十憶爲先君子手鈔書、沈處士畫册、古泉、手鈔山陽耆舊詩、宋硯、内合同銅印、印章、老友陸竹民、蕭湖泛舟。各題一首，四言或五言不等，《蕭湖泛舟》爲七絶四首。各詩之下，必詳注原委，加以考覈。詩作於乾隆二十一年。玉搢學有本原，各詩寓意於物，自足參稽。此集有乾隆二十六年許集、項樟序，貢震跋。項樟《玉山詩鈔》别有《贈吴山夫同學》詩。

雪聲軒詩集十二卷　雍正十一年刻本

高綱撰。綱字蘴田，山東高密人。其祖爲建昌知府，耿精忠破城，繫至閩，密與范承謨同謀舉事，事洩被害，追贈太僕卿。父亦官蜀，康熙三十八年生綱於信陽途次。五十五年爲松茂副史，隨侍焉。五十九年，詔發秦、蜀、滇南三省兵分道進藏，松潘一路，甲士萬人。軍食豐衍，綱及見之，有詩以記。雍正元年從軍，爲岳鍾琪部佐，是三代俱有西行之役矣。班師後，回京，受頒賜。雍正九年，官廣西平樂知府。是集爲十一年刊，淩如焕、查雲標序，查慎行跋。以經成都、茂州、松州及西征歷甘肅、青海詩最多。精尚者寥寥，而有助證事，亦可取也。

隨園詩草八卷　乾隆四十年刻本

邊連寶撰。連寶字肇畛，號隨園，直隸任丘人。父汝元，兄中寶，俱擅詩文，連寶尤有聲。雍正十三年貢成均，廷試第一。乾隆元年舉博學鴻詞，復薦經學，不赴試。受知於錢陳羣。與河間戈濤契交，濤死，與兄戈襄唱和。七十後南游，識蔣士銓。《四庫存目》著録《隨園詩集》十卷，御史戈源家藏本。是編稱草不稱集，凡八卷，首爲戈襄、蔣士銓序。蔣序云：「先生來游江南，最善予。嘗記其言曰，僕如孫樵，天付窮骨。」連寶爲詩冷峭重氣骨，以韓、孟爲宗。詠史詩《無雙譜樂府四十首》，論及唐詩甚多。居京游山郊諸勝。《自雲居寺至小西天六首》自注：「隨僧智苑刻三藏石經，貯以七洞三穴，以防佛法之廢。師徒相繼，至元而工始竣。」又作《涿郡燈夕五首》、《趙北口竹枝詞二十首》，咸有可取。游江南以詠金焦、北固、揚州平山堂最佳。《懷李北岳必恒》、《寄張晴嵐》、《題鄭板橋蘭竹》，亦可覘。《清史列傳》無生卒年，今據生日詩知爲康熙三十八年臘月十九日生。卒年從邊中寶《竹巖詩草》求之，爲乾隆三十七年。與《國朝畿輔詩傳》卷三十四小傳所云「卒年七十四」合。李鑾宣《題邊徵君詩集》云：「一時南北兩隨園，各有瀾從舌本翻。瀛海詩人工樂府，倉山仙吏富詞源。」

吹萬閣詩集七卷　乾隆三十四年刻本

顧詒禄撰。詒禄字禄百，又字緩堂，號花樵，江蘇吴縣人。貢生。少由其外祖張大受携至京都，以詩古文辭名公卿間。北闈不遇，歸里。纂輯《長洲縣志》。受詩於沈德潛。德潛乞休，詒禄權記室，應酬之作，多出其手。弟宗泰，亦有詩名。著《吹萬閣全集》，凡《文鈔》四卷，《詩鈔》七卷，《緩堂詩話》二卷，《二如菴詞鈔》三卷。沈德潛作序已在彌留之年，稱詒禄「年七十卒」，又謂「余年長二十六」，則詒禄之生卒歲可知矣。詩學初唐，搆詞清俊亢爽。《過鈍翁先生堯峯山莊》、《朱碧山銀槎歌馬嶰谷席上賦》、《運漕行》，俱稱佳製。肆力於古。作《舊邊詩》、《詠明史樂府十八章》。又分詠明十三陵。《讀漢書》十二首、《齋中讀書》十首、讀《韓柳集》、讀《孔叢子》、《韓詩外傳》、《貞觀政要》，俱以詩代論，而無僻書逸史。《論詩二十首》尊顧炎武爲清初之冠。《題長江萬里圖》、《宋搨西平郡王碑》、《朱碧山銀槎歌》、《吕紀白鵰圖》、《董北苑秋山行旅圖》，皆藝苑珍賞。詒禄初游京師，查慎行、陳鵬年、徐昂發會大受椿樹軒談藝論文，始聞作詩之旨。集中《傷逝詩》如黄叔琳、傅王露、翁照、張鵬翀、周準、盛錦，無不名家。唱酬友爲沈廷芳、宋邦綏、沙維杓。所得師友之誼，可謂獨厚焉。

海桐書屋詩鈔八卷　乾隆間刻本

岳夢淵撰。夢淵字嶼淳，號水軒，河南湯陰人。諸生。嘗在永保、準泰、額爾登、吴晏幕中襄理政務，於律例、兵事、鹽鐵、農田，無不諳悉，世以奇才目之。詩鈔分體，有趙青藜序，自序。夢淵南游湘粤，西極烏魯木齊，東至閩海，北歷鄂爾多斯。凡所遇一意發之於詩。五古《度梅嶺》、《登岱》、《伊吾廬歌》，七古《望海歌》、《羅浮行》、《西嶽》、《北嶽》、《重游珍珠泉歌》，近體福州、廣州、歷下、秦淮竹枝，《涼州雜詠》、《南嶽雜詠》、《香山墺》、《巴里坤》、《自安西至肅州》、《樓煩口占》、《五臺山》，經見之廣，超逾時常。乾隆二十二年，與袁枚、王箴輿等二十七人集爲竹軒詩社，有詩紀之。與商盤、鄭燮、鮑皋、朱卉時有酬答。徵諸朋輩詩集，陳毅《古漁詩概》有《送岳水軒之吴門中丞幕》，鄭虎文《吞松閣集》亦有贈詩。法式善《梧門詩話》稱之。此集有《自題六十初度課子詩》，可推爲康熙三十八年生。而是刻所收，尚未能窺其全豹。七言佳句，《贛州》云：「萬樹春杉抱墟市，一江靈雨走風雷。」《江蕪渡》云：「夕陽隄山蒸楓葉，秋水村前落桂花。」《香山墺》云：「明琛大貝鮫人市，駭浪驚濤颶母船。」《忻州道上》云：「民多穴處如三代，山盡雲居近五臺。」《朔州》云：「紅柳花香青塚路，白茆草滿黑河淵。」《敦煌道上》云：「風捲大旗翻白日，雲鋪荒磧耀青燐。」《芷江》云：「嶺頭犬吠燒畬火，洞口傜擔出礦砂。」《黔陽江中》云：「怪石滿灘馳白馬，烟濤極目翥蒼鷹。」均能寓目抒懷，究其物情。

㢖鶴亭詩十卷　永宇溪莊識畧六卷

乾隆間刻本

曹庭棟撰。庭棟字楷人，號六圃，一號慈山居士，浙江嘉善人。祖鑑倫，康熙間官吏部侍郎。父源郁，慶元教諭。庭棟中年後棄舉業，於所居累土爲山，環植花木以奉母，名之曰慈山，因號慈山居士。又以所蓄雙鶴生卵得雛，因構亭名以「産鶴」。卒於乾隆五十年，年八十六。是集自四十四歲存稿，以後有作必存，每數年即刻一集，凡十集，各有小序。集中詠鶴詩最多。五稿爲《述母德詩》，凡二十九首。六稿爲《魏塘紀勝百首》，七稿爲《續魏塘紀勝六十二首》，皆詠本邑風景。又多題畫蘭竹，所詠亦窄。晚年自營生壙，刊《永宇溪莊識署》，前四卷以詩紀之。卷五曰《識者述》，卷六曰《識閲歷》。據《識者述》所記，杜門三十餘年，著有《幽人面目譜》三卷、《火洙林遺意》四卷、《隸通》三卷、《宋百家詩存》一百卷、《逸語》十卷、《琴學内外篇》二十四卷、《昏禮通考》二十五卷、《孝經通釋》十卷、《易準》四卷、《老老恒言》一卷、《畫蘭題句》一卷，《四庫存目》著録《産鶴亭詩集》七卷，今諸刻均習見，傳本較廣。汪沆有《題曹六圃選宋百家詩存後》，見《槐堂詩稿》。

一柱樓外集不分卷　近代石印本

徐述夔撰。述夔原名賡雅，字孝文，江蘇東臺人。以商業起家。乾隆三年舉人。以磨勘字句，停會試，遂絶志功名，專以著述爲事，有《大學釋義》、《中庸釋義》、《周易釋義》、《栟茶場志》、《想治瑣言》、《五色石傳奇》、《一柱樓詩》，皆藏於家。年六十二而卒。沈成濯梓行其詩，同年沈德潛爲之序。乾隆間，爲怨家所搆，以詩中有句隱示指斥，爲大逆不道，遂興大獄。述夔及其子懷祖剖棺戮屍，弟子徐首髮等及述夔孫同羅刑禍於京師。三世鐶首，淪爲奴僕。門人故舊，瓜蔓同抄。生平著述全部禁燬。沈德潛以附逆罪，奪謚撤祀。事載《東華録》。視爲誹謗詩句者，如《鼠嚙衣》云：「毁我衣冠真恨事，搗除巢穴在明朝。」《詠宣德酒杯》云：「大明天子重相見，且把壺兒擱半邊。」《牡丹》詩云：「奪朱非正色，胡乃一作異種亦稱王。」《鶴立雞羣》云：「明朝期振翮，一舉去清都。」皆未見全詩，肆意誹謗抑借物起興，實難懸斷。而禍及族門，亦云酷矣。是集爲首髮族孫藻儒以家中秘藏述夔手書横卷付諸石印，有民國八年葉文瀚序。包括《上書野菊詩三十律》，完全者二十八律另二十一字。附手書《雷公像贊》。書不盈卷，曰《一柱樓外集》，以示先有刻本也。詩無違礙語。審其内容字體，確爲雍、乾間作手。蓋嘉慶以降，文禁漸弛，家人無知，故能保存，不終閟也。

蔗尾詩集十四卷　乾隆間刻本

鄭方坤撰。方坤字則厚，號荔鄉，福建建安人。雍正元年進士。官直隸邯鄲知縣、景州知州，擢山東登州知府，改兗州，以足疾自免。專輯詩話，以詩話輯名其室。著有《經稗》、《補五代詩話》、《全閩詩話》、《國朝詩鈔小傳》等書。詩集分十四集，七百餘首，附《青衫詞》一卷，有孫勷、杭世駿、金德瑛、傅王露、胡天游等序。《四庫提要》稱方坤：「天分既高，記誦尤廣，故其詩下筆不休，有凌厲一切之力。尤力攻嚴羽詩不關學之非。然於澀字險韻，恆數十疊，雖間見層出，波瀾不窮，要亦不免於炫博，比又以學富失之。」今觀其詩，簡淡清真者，率多有之。如題《柳河東集》、《迪功集》、《蘇門集》、《秋夜讀古賦各題賦句於後七首》、《論詞絶句三十六首》、《姑蘇雜詩》、《邯鄲叢臺詩》、《趙城十詠》、《廣川雜詩十五首》、《沂蒙道上雜詩》，詠憲書、門神、春聯、爆竹、太平鼓、鬼臉，詠暖鍋、火盆、土炕、花窖，皆機趣横生，味之使人亹亹不倦。《賑饑詩》爲守登州作，可見政況。方坤與鄭燮爲友，有《寄板橋大尹》詩。《板橋詩鈔》有《家兗州太守贈茶》，卽寄方坤者。集名「蔗尾」，取「噉蔗者而寶其尾，豈知爲蔗之意」也。方坤又與兄方城有唱和詩二卷，名《却掃齋詩集》，刻於雍正十一年，周長發序。

論詞絶句　三十六首録十八

長詞短調制紛淆，檢點真煩十手鈔。細取色絲别朱紫，蚍蜉撼樹任相嘲。

青蓮雅志存删述，魏晉而來棄不收。却向詞林作初祖，心傷暝色入高樓。

新聲古意愛西崑，錦瑟年華最蕩魂。爲少金荃詞一卷，當今此事合推袁。

梧桐深院訴情悰，夜雨羅衾夢尚濃。一種哀音兆亡國，燕山又寄恨重重。

三唐詩卷集菁英，作者如林各善鳴。生面别開長短句，山花池水盡干卿。

相公曲子雅知名，小令南唐擲地聲。撥置四郊多壘辱，别將騷雅竪長城。

坡公餘技付歌唇，擺脱穠華筆有神。浪比教坊雷大使，那知渠是謫仙人。

小樓連苑傷春意，高蓋妨花弔古懷。獨把瓣香奉淮海，壽陵餘子漫肩差。

隨風柳絮劇顛狂，淺淡梅粧體自香。縱筆俳諧怪黄九，早將院本漏春光。

黄花五字播閨吟，和筆真慚閣藁砧。誰嗣徽音向蘿屋，海棠開後到而今。

歌管錢塘賦勝遊，荷花十里桂三秋。流連景物終南渡，不記中原有汴州。
賀家梅子句通靈，學士屯田比尹邢。隻字單詞足千古，不將畫壁羨旗亭。
崔子鴛鴦鄭鷓鴣，描頭畫角總常奴。追魂得似梅溪燕，軟語商量一句無。
稼軒筆比鏌鋣銛，醉墨淋浪側帽簷。伏櫪心情横槊氣，肯隨兒女鬬穠纖。
長蘆朱叟捧珠槃，琴趣編成秀可餐。力爲詞場斬榛楛，老年花不霧中看。
詞人事蹟最蕭騷，博雅徐卿薈萃勞。日暮一編下濁酒，强如左手剥雙螯。
陽羨才情冠古今，光騰萬丈影千尋。人間乃有迦陵鳥，白紵紅鹽盡轂音。
束發諧聲辨齒牙，度腔未熟笑蒸沙。他年願作伶官老，豪氣應無屈宋衙。

《蔗尾詩集》五

案：十八首中十六首分論李白、温庭筠、李煜、馮延巳、和凝、蘇軾、秦觀、黄庭堅、李清照、柳永、賀鑄、史達祖、辛棄疾、朱彝尊、徐釚、陳維崧。

伊園詩存不分卷　乾隆十五年刻本

夏廷荻撰。廷荻字祁階，號伊園，江蘇高郵人。諸生。館於維揚。雍正七年，其從兄之芳督糧潞河，延至署中。乙卯雍正十三年、丙辰乾隆元年兩試落第。年四十七卒。是集有夏之蓉序，附其子元春跋。廷荻爲詩，導源騷賦，傚習北宋，亦有體格。《涼亭偃松行》、《天馬行》、《虎變狐行》、《黔石爲鷹青山人賦》，出語潔峭，不落尋常窠臼。《長歌呈汪禮非先生一百韻》、《詠史六絶句》、《讀唐史四首》，運典亦工。與世乖剌不合，鬱鬱以終。《淮海英靈集》有選詩。此原刻，殊不多覯焉。

澥陸詩鈔六卷　乾隆間刻本

顧于觀撰。于觀字萬峯，一字桐峯，號澥陸，江蘇興化人。諸生。與鄭燮、李鱓幼即負物望，稱「楚陽三才子」。此集有汪頎、杭世駿、史紹簡、張鵬翀、高崇祖五序。其詩宗旨漢魏，而不失新意。乾隆元年，于觀至京師，有《題陳其年先生填詞圖》、《趙北口歌》之作。過山東，作《登岱八首》。又有詠史及論李、杜詩絶句。《李生行》、《贈板橋鄭大進士》、《同李三復堂游大明湖》、《寄潘桐尋》自注：「板橋友，尋山中老竹根刻書畫印章。」、《板橋移居口占以贈》，爲研究揚州畫家資料。《板橋詩鈔・七歌》有云：「種園先生是吾師，竹樓桐峯文字奇。十載卿園共游憩，壯心磊落無不爲。」郭東《水語山房詩・邗上寓齋聞澥陸之訃哭之》，有「得年六十二春秋，更思磨鏡百花洲。慟哭荒墳同鄭燮，筆硯孜孜病不休」句。丁有煜《雙薇園集》有贈詩。

李生行　爲復堂作

李生五十神始堅，屏棄物欲全其天。觀於作畫用筆力，兔毫僅寸山可穿。猛虎慴伏虬龍起，月窟天根淨如水。何自而來何處歸，無定其形有定理。微于一物窮其情，草花含血月能行。李生賦形兼予性，兹事豈得非神明。亦復有如不經意，澹泊從容技斯至。澹中有味濃如春，去目留心交寤寐。朅來相遇京師城，一官未得裝囊傾。逢人索畫便飲酒，撑腸磊磈澆難平。供奉承恩二十年，往事變幻從風烟。耕田露宿桃花港，伐荻霜滄板子船。老大艱難重作令，風塵之間以爲命。顧我不語但歔欷，精氣沉潛骨格勁。鄉里小兒善輕薄，得失沾沾論好惡。君看有似李生才，而不坎壈相纏縛。《澥陸詩鈔》卷四

贈板橋鄭大進士

鄭生積學晚有名，感念平生意悽惻。深心地底廻星芒，苦節堅冰鍊木德。文成亦愛今人賞，宦達仍慙古賢貴。遇我揚州風雪天，酒闌相向意茫然。丘陵同尋史閣部，祠廟還過董廣川。亦有爭奇不可解，狂言欲發愁人駭。下筆無令愧六經，立功要使能千載。世上顛連多鮮民，誰其收之惟邑宰。讀爾文章天性真，他年可以親吾民。《澥陸詩鈔》卷四

臨江鄉人詩四卷　同治十二年錢塘丁氏刻本　拾遺一卷　光緒六年福州刻本

吴穎芳撰。穎芳字西林，浙江仁和人。布衣。居仁和之臨江鄉，因自號臨江鄉人。精於文字、音韻、金石、算術、音樂之學，兼通釋典。著有《吹豳録》、《説文理董》等書。乾隆四十六年卒，年八十。王昶爲撰《臨

江吴西林先生傳》。是集爲《西泠五布衣遺著》本，首自序、袁昶序，詩共三百三十八首。穎芳學詩於厲鶚，與杭世駿、汪沆、翟灝爲友，樸學工詩，最講章法。戛戛獨造，别具風骨，乾隆初西湖詩社諸子罕可匹儔。《田園雜詩八首》，自然高遠。《讀史三首》、《讀漢書西域傳》、《讀黄庭經四首》、《吴山金鍊師房觀道書》、《題元祐黨籍碑》、《宋思陵諭岳鄂王奪情手札》、《題倪雲林手卷》、《石田翁長卷》、《詠側理紙》、《和陸端門吴小仙雙松》、《蕭尺木畫竹》、《聖因寺觀貫休羅漢畫軸》、《董旭顧升合作觀音畫壁》、《琉球國筍崖鼓琴圖》、《詠鐵畫和梁山舟》，概於文物典籍，撮其要領，頗爲淵粹。《拾遺》中《東郊土物詩》，如石蠶、瓶兒酒、油麩、白洋海獅、蒟蒻、落麻、芥粹，亦非徒見工巧，自云：「詩有章法，去累則成篇，合法則入格。」故其詩蘊藉，非漫然作也。

紫竹山房詩集十二卷 嘉慶間刻本

陳兆崙撰。兆崙字星齋，號句山，浙江錢塘人。雍正八年進士。以知縣分發福建，閩浙總督郝玉麟延主鼇峯書院講席，兼領通志局事。乾隆元年復應召試，舉博學鴻詞，授翰林院檢討。官至太僕寺卿。此集與文集合刊，爲其子玉繩編次，王昶序，詩一千一百九十八首。據《年譜》爲康熙三十九年十二月初六日生，乾隆三十六年卒，年七十二。兆崙居里與金志章、周京、吴城、杭世駿、施安、釋烎虚等西湖結社。重入詞館，與張鵬翮、勵宗萬、劉綸、金甡、胡天游、彭啟豐、諸錦、查禮以詩文相酬，一時奉爲宗匠。多年爲侍從之臣，所詠詳於塞上掌故。《送定北軍出居庸關馬上作》、《興安嶺》、《野豬》、《落葉松》、《雪獵》、《白檀河過馬》、《趙北口題壁》、《南天門》、《塞下柳》、《波羅莫林止頓二日得卽事斷句》、《重過玲瓏山同皇四子追和倪太僕敬堂韻》，多有雄駿之氣。《燒荒》一篇，記軍士不戒燒林，插箭跪營，此法之輕者。《謁金太祖睿陵》、《過金世宗陵》，詠京畿雲居寺諸勝，亦可觀採。酬答題圖之作，如《和全榭山》、《題韋鐵夫授經圖》、《題方宜田觀承先生種松圖》、《讀楞嚴偶題齋壁》、《題齊次風讀禮著書圖》、《題金江聲漁浦歸舟圖》、《夏醴谷十八鶴草堂圖》有序、《題邵戒山朝參遺像》、《掌院阿相國奉使高麗圖四首》、《題盧文弨檢書小照》、《橋亭卜卦硯歌》並序、《哭金檜門卽題其門下生編修蔣士銓所寫遺像》、《追和任念齋見南草堂詩》、《和周天度講市臺詩》俱爲藝苑故實。其詩由蕭散漸趨館閣體，未逮諸錦、齊召南，故亦不足高步詞壇也。

拙圃詩草四卷附一卷　乾隆間刻本

崔應階撰。應階字吉升，號拙圃，湖北江夏人。父相國，官浙江處州鎮總兵。以廕生授順天府通判，遷西路同知。善騎射，雍正九年，以捕劇盜擢山西汾州知府。乾隆間官至山東巡撫、刑部尚書，遷左都御史。四十五年休致，尋卒。著有《雲臺山志》、《琴譜雙仙記》、《烟花債》、《夢中幻》傳奇。是集分初、二、三、四集，爲乾隆十五年以前詩。初集有雍正九年崔紀序，儲大文、莊柱序。二集有雍正十年胡作舟序，十一年嚴遂成序。附《拙圃吟稿》，作於乾隆十四年，計甫授河道驛鹽道，尚未大用。其詩清麗，頗見才情。《登紅毛城觀海》一篇，爲憶童時事而作。《盧溝橋觀渾河濫漫歌》，奇章秀句，靈雋警脱。嘗奉役易州及熱河，詠京畿名勝甚多。《定州塔》、《劉伶墓》、《衛輝》、《龍門》、《武勝關》、《江漢》諸篇，輒得佳語。官山左，有詩，散佚他書，均未刻。此書附《煙花債傳奇》，題研露樓主人填詞，小引作於「大梁客寓」，朱繡、任應烈序，吴鑰文題詞。嚴遂成《海珊詩鈔》卷四有《題崔拙圃太守詩集》及《題煙花債傳奇》。

學福齋詩集三十七卷　乾隆三十九年刻本

沈大成撰。大成字學子，號沃田，江蘇華亭人。金山衛學貢生。博通經史，以詩古文名。嘗居王恕、潘恩榘、江春等人幕府，經粤閩等地，前後四十餘年。校定羣經，注疏《史記》、兩《漢書》、《南北史》、《五代史》、《通典》、《文選》、《説文》。尤長音韻、曆算之學。卒於乾隆四十二年，年八十二。此集與《文集》三十一卷合刊。分《策衛》、《修門》、《噉荔》、《西泠》、《皖江》、《藝蘭》、《近游》、《百一》、《竹西》詩鈔各集卷帙不一，詩共一千五百十九首。杭世駿、姚鼐序。蓋大成無子，殁後由江春刻以行世者。大成與惠棟、李果，以「吴中三布衣」名時。惠棟精經學，李果工詞章，兼之者，大成而已。嘗居維揚，爲鹽使盧見曾、馬氏玲瓏山館上客。集中與程廷祚、戴震、陳黄中、黄任、杭世駿、汪沆、王又曾、舒瞻、高鳳翰、程晉芳諸人均有酬贈。《題王穀原丁辛老屋圖》、《汪季峯綿潭山館十詠》、《送戴東原北上》、《送程易田之武昌》、《冬心居士既化去弟子羅聘以蕉林午睡圖乞詩》、《喜晤興化李道園》、《榕巢歌爲查恂叔太守作》、《題馬嶰谷半查雲壑清吟圖》、《贈興化任苧村孝廉》、《徐雅園花問聽曲圖》、《江聿堂春藻堂落成詩》、《輓鮑海門》、《喜秀水王秋塍至》、《借玲瓏山館杜氏通典校竟謝之》、《陳笠山采芝圖》、《兩峯畫柳塘話列圖》、《題邵見川南湖草堂詩集》、《哭程綿莊徵君》、《亡友惠徵君授經圖》、《挽戣虚南屏詩》、《送吴杉亭舍人還朝》自注：君在揚注《周髀算經》，余爲之序、《簡程魚門舍人》、《得袁簡齋書因寄》，多存傳記材料。行役游覽，以詠嶺南者最上，閩浙次之，皖又次之。《連州五首》，頗記瑶族民俗。其詩初學黄之雋，後出入唐宋，不名一體。杭世駿所謂以學人而兼詩人者。李慈銘評其詩：「高者逼中唐，次亦不失宋人風格。未嘗刻意求工，而紆餘曲暢，棲託清和。」又《論詩絶句》云：「學福清才自絶儔，經生吐屬最風流。何當摘句圖重繪，樊榭漁洋一例收。」《白華絳跗閣詩》丙。間摘瑕疵。

孔堂初集詩二卷　近代嘉業堂刻本

王豫撰。豫字敬所，一字立甫，號孔堂，浙江長興人。諸生。受知於邑令鮑鈐。喜讀文史。鋭意著書。雍正七年，以事連染繫獄，逮入京師。十一年事解，買舟南下，過全祖望卧榻側，猶窮經治史，於學有所得。然芒角已摧，不數年病卒，年四十一。事具全祖望所撰《王立甫壙志銘》。近代嘉業堂《孔堂初集》二卷、《文集》一卷、《私學》二卷，所據稿本，乃病革時手授其妻弟姚世鈺者。其入獄原因，姚世鈺序云：「己酉以同郡嚴氏牽連逮詔。」乃劉承幹跋謂「連染同郡莊氏史禍」，不知何據。又云：卒於乾隆三年，年三十七。案：姚序作於乾隆四年，豫在去年下世，或可無誤，謂享年三十七，則與全志不合。豫身後無子，鮑鈐爲刻《孔堂小稿》，今已不可踪跡。其詩今在初集中，與文相雜。內《自題青山獨往圖》、《山莊雜詩》、《若溪雜句三十六首》，皆泠泠可誦，且備載若溪沿革地理風俗人情。又與錢塘諸子交游。《題杭堇浦松吹讀書圖》、《題編修沈文碧浪泛艅圖》、《寄方朴山先生》、《寄金壽門》、《同姚萚浦游碧浪湖》，亦得雅音。《錢遵王讀書敏求記序》一文，爲簿籍專論。《私學》一卷，乃讀史偶得，考田制、田賦甚詳。

南磵詩鈔三卷　乾隆二十三年刻本

吴可馴撰。可馴字驥調，浙江仁和人。乾隆六年副貢。嘗赴宣化修《郡志》。十三年，沈廷芳官山東按察使，邀至幕府，明年以疾卒于客。撰《南磵詩鈔》，有沈心、沈廷芳序，乾隆十五年表弟成城序，城序稱「可馴兄長十四歲」，生年可知矣。卒歲見乾隆二十三年其弟壽祺《跋》。可馴與杭世駿、厲鶚、周天度、翟灝、查爲仁、袁枚均有過從。爲詩清壯。《上谷紀事詩》十首，多據《郡志》，雜記掌故。《上谷雜詩》，雜採民風，宣化古爲上谷地，得此詩足見一方之匯。《題陸包山承天寺福興院畫卷》詞采清華。《元夜踏燈詞》，詠鄉物鰣魚、海螄、燒鵝、烏飯糕，亦屬社會生活史料。

上谷雜詩十三首　録六

武宗遺跡半銷亡，無復金鞍擁翠粧。留得新聲在絃管，梨園猶唱玉娥郎。明武宗在宣府日，盤遊無度，常聚樂妓數百人，騎從歌舞道路間。常以絲竹爲新聲，今所傳《玉娥郎》曲，乃御製也。鎮國府遺址在郡城中。

香犢鈿車暢夜遊，燈城九曲步勾留。未知拾翠人歸後，銷得春風幾許愁。燈夜，村莊城市多立竹木，設黄河九曲燈，男女中夜穿之，謂之銷百病。

明輩朝來慶盍簪，頭銜十品吏新參。昨從燈市招摇過，無數兒童駐篠驂。每村鎮設立燈官，有司先期給以劄，付皂役輿從衣服甚都。各鋪户醵金爲賀。其牌書正十品，加半級，或數十品不等。燈場有爭鬭者，許其薄責。開印曰繳物于官。

傾城未卜御如皋，射雀何須賽技高。願乞定情詩一首，爲郎濯錦織弓弢。宣俗娶婦，設香案于天井中，置斗米插弓矢而拜之。拜畢，男執弓矢導行，入房内合巹，乃按置弓矢，而與婦同拜。

棃頰蒸霞酒暈微，北山寺外耍青歸。晚風亂落野花片，人踏輭紅香滿衣。四月男女多郊遊，謂之耍青。北山寺在城北五里北山上，四月一日，郡人羣携酒遊。此時桃李盡開。自清遠樓以北，出廣陵門，一路霏香聚雪，足稱勝賞。

畫簾低罩茜紅裙，十里香風散綵雲。竟是揚州明月夜，玉簫愁殺杜司勳。宣城内亦有二十四橋。五月初十日郡人羣進香城隍廟，至十五日止。廟左右人家皆垂簾，排日嬉遊，有徹夜者。《南磵詩鈔》卷一

芝庭詩稿十四卷　乾隆間刻本

彭啟豐撰。啟豐字翰文，號芝庭，江蘇長洲人。定求孫。雍正五年一甲一名進士，授翰林院修撰。官至兵部尚書，降侍郎。卒於乾隆四十九年，年八十四。是集爲其子紹謙、紹觀、紹咸、紹升校，門人黄永年序，王

鳴盛序。啟豐少與沈德潛同學，同輯《古詩源》行世。嘗結北郭詩社，與徐夔、盛錦唱和。晚刊王文治、褚廷璋、范宏羽、卞樹毓、顧宗泰、王鼎、任大椿、范來翔詩，爲《八子詩選》。其詩宗唐。視學浙江，使車所歷，作《西湖雜詩》、《桐江舟行》、《天台雜詠》、《望四明山》、《觀潮》、《大龍湫歌》、《棲霞雜詠》、《秦淮雜詠》等篇。奉使雲南，沿途山水詩亦較刻峭。扈從熱河盛京，作《塞外雜詠》十二首、《蒙古土風雜詠》十二首、《自吉林下圍場雜記》六首，雖多賡制之作，而採輯風土，足擴見聞。《嶧山碑》、《亞聖廟》、《觀真定興隆寺大佛像》、《詠明史》二十首、《洗象行》、《觀象臺》、《伐松行》、《書吳梅村詩集後》三首、《讀施愚山先生詩》、《題仇十洲外藩入覲圖》，文史雜題，多備掌故。《書馬文毅公彙草辨疑後》，文毅爲廣西巡撫馬雄鎮，康熙十三年孫延齡反清附吳三桂，以兵脅降死，當幽禁時取歷代草書校勘釐正，名曰《彙草辨疑》。曾孫同炳得於煨燼中，乾隆間名人多有題詠。又有《題張南華黃山游草》、《嵩茂冰奉使安南圖》、《張晴嵐藕香書屋圖》、《徐徵齋奉使琉球集》、《薛徵君一瓢詩集》，亦當日典故。王昶《蒲褐山房詩話》摘句。

清人詩集敍録卷二十七

檜門詩存四卷

嘉慶間如心堂刻本

金德瑛撰。德瑛字汝白，一字慕齋，號檜門，浙江仁和人。康熙四十年生。乾隆元年一甲一名進士，授翰林院修撰。嘗充《一統志》、《授時通考》、《八旗通志》館纂修官，編校《西清古鑑》、《石渠寶笈》。歷官江西、山東、順天學政，累至左都御史。卒於乾隆二十七年，年六十二。是編爲其曾孫衍爔等刊，錢陳羣與門人蔣士銓序。詩共四百一首，附《鄉賢崇祀録》一卷。德瑛贅於檇李汪氏，作《讀書鐵舟圖》。爲詩規橅宋人，而主性識。嘗謂：「墨守者多泥而窒，詭遇者則肆而野，自古作者，本諸性識，發爲文章，類皆自開生面，各不相襲。」故其詩往往與東坡、遺山相近。與錢載、王又曾、汪孟鋗唱和，萬光泰、朱休度均受其影響。進而學黄，爲秀水詩派，特爲乾嘉學人所宗。此集詩以氣骨勝而兼盡學力者，爲《題吾汶稿》、《康郎山功臣廟歌》、《雪度井陘關與周石帆學士同用漁洋韻作歌》、《題鄭板橋贈蘭竹畫》、《真定龍興寺大悲閣佛像》、《題楊忠愍疏稿墨蹟卷後》、《題沈椒園勞山吟眺圖》等篇。游京郊、津門、濟南、汾陽、匡廬、福州、徐州，詠名勝古蹟，大都清新峻峭。《製硯歌》、《鐫字工》、《印紙工》等詩，文房書林資料，未可多得。德瑛爲人簡直，折節下士。與汪沆、鄭燮均有過從。督學江西，識拔蔣士銓。《忠雅堂詩集》卷九有《繪檜門先生遺像藏祀予家敬題幀尾》，以感知遇之恩。此集有《觀劇六絶句》、《觀演康對山劇》，皆獨標穎思。别有《觀劇詩三十首》，光緒間葉德輝據稿本刊入《雙楳景闇叢書》，附各家題跋及王先謙、皮錫瑞、葉德輝和詩。尚有王蘇《題金檜門德瑛先生自書觀劇詩册》，見《試畯堂詩集》卷九，註云：「自書觀劇詩爲乾隆庚辰八月書於楊閎度者。」閎度卽戲曲家楊潮觀，德瑛弟子也。湯貽芬《題金檜門觀劇詩卅首遺墨四首》，見《琴隱園詩集》卷三十五。

鐫字工

豈故災梨棗，丁丁響應廊。瓜分唯斷簡，瓦合自成章。就日毫釐辨，分陰剞劂忙。吴剛疑可匹，身亦桂宫旁。

印紙工

一斗滿喻糜，相看汁染衣。案間聲颯颯，簾外紙飛飛。印泥沙錐似，旁行衺上非。明朝傳耳目，功過竟誰歸。《檜門詩存》卷四

澂潭山房詩集十七卷　嘉慶二年刻本

程襄龍撰。襄龍字夔侶，一字駿履，號雪崖，晚號古雪，安徽歙縣人。康熙六十年拔貢，候選教諭，試輒

不售，窮居委巷二十年，於乾隆二十年冬，抑鬱以終，年五十五。是集爲家刻本，首梁國治、厲鶚舊序，嘉慶二年朱珪序，附其子世淳撰《墓表》。凡《古文存稿》四卷，詩十七卷九百三十一首。作者爲詩源於陶、謝，近取蘇、黄，《大雪登澂潭山歌》、《太白酒樓》、《黄州夜泊蹋月登赤壁》、《登黄鶴樓歌》，洋洋灑灑，造語盤硬，厲鶚云「不辭獺祭，但以真氣運之，自泯其迹」，是矣。《題邊子頤潑墨圖》、《西湖竹枝詞八首》並註、《結交行贈吴藹園》、《巖鎮燈詞五首》、《市橋西雜感十五首》並註，隨事發揮，足見其性情之所寄。録彌留絶筆云：「學詩三十年，詩趣無不有。安得正法眼，一一爲印可。學文四十年，陳言務芟薙。幾篇古文辭，或可傳之世。學人五十年，完人豈容易。差勉不成人，含笑而入地。」

書曹心立所刻醫補後

軒岐以來道未墜，靈樞素難足壽世。博依考據疇得宗，金匱玉函闡其秘。斯民夭横藉國手，證治須研古精義。思邈猶云但粗曉，俗醫那復克審細。靈經到眼不能句，況乃覃思會微意。家家競説龍宮方，直以人命爲劇戲。可憐肺肝不解語，堪歎刀圭同妄試。曹君本習儒生言，侍疾知醫究斯藝。少經劘切老益工，遠紹旁搜發神智。隔垣洞若輒奇中，投匕犂然適分劑。挽回生意杏林春，溥施芳膏橘井味。讀書有得學有原，豈止便便夸腹笥。千里毫釐辨魯魚，一字心傳入冥契。素問，一日太陽受之云云，君謂日乃曰字之訛，論辨甚的。局方種種精剖析，提要鉤玄勞劄記。言樞直欲補天心，道籥真能斡元氣。吾先五世號名家，著論猶存窺一二。噫嘻前哲不可作，餘子紛紛何足議。佩君仁術讀君書，願布人間惠不費。《澂潭山房詩集》卷十

贈金壽門

金髯詩筆擅高格，吟卷於今解愛傳。誰識收藏景申集，賞音二十五年前。
暫别孤山一湖水，來遊松徑萬峯深。借得維摩方丈室，四檐冰雪話冬心。近至予里，寓獅山禪院。
《景申集》者，其丙申年舊刻也。新刻有《冬心集》。《澂潭山房詩集》卷十一

質園詩集三十二卷　乾隆二十六年刻本

商盤撰。盤字蒼雨，號寶意，浙江會稽人。其先汴籍。雍正元年，何世璂視浙學，拔貢成均。入京師，受知於任蘭枝。雍正八年進士。初以知縣用，特旨改庶吉士，授編修。旋因養親，乞爲郡佐。歷官鎮江、施南、南康、順寧等地，至廣西梧州知府。乾隆三十二年卒於官，年六十七。輯有《越風》。是集爲雍正元年至乾隆二十六年詩，何世璂、沈德潛、李宗仁序。蔣士銓撰《傳》。自序生平所作，經删汰尚存三千零三十九首。《四庫》列入《存目》。質園者，在越之土城山，舊傳句踐教西子歌舞處。其詩沉麗圓熟，出入於元、白、蘇、陸間。如《越游詩》、《天妃閘》、《攔江磯》、《石棚山》、《鷹游門觀海》、《游甘露寺》、《秦王馳道歌》、《十三門歌》、《九華

山進香詞》、《游匡廬》、《金陵雜詩》、《蕪湖競渡詞》、《海市行》、《登黃鶴樓》、《楚州懷古》、《荊門懷古》、《訪少陵草堂遺址》，所記山川都會甚廣。在京作《觀象臺歌》、《太平鼓詞》、《游焦山作周鼎歌》、《紀風十首》，描寫蠻俗，赴海州作《戰艦歌》、《水師行》，亦稱典實。官廣西、雲南等地所詠，益爲奇闢。如《燒山行》、《蠻王古塚歌》、《苗刀歌》、《八蠻進貢圖》、《鬱州紀風八首》、《采風十二首》、《詠鹽》、《訪養奮古碑》、《蚺蛇膽》、《銅鼓歌》，於少數民族風土記敘甚詳。《西南諸土司以容美永順爲强盛連朝經其舊居賦詩以志蓋服八首》，關係政事尤多。奉檄太平、權慶、鎮安，有《巡邊雜詠十首並序》、《摩天嶺》、《崑崙關》、《送安南貢使武欽隣陶春蘭武陳紹等出鎮南關》等詩。《交崖十詠》爲交扇、交燈、交檻、交香、交絹、交刀、交輿、交油、交□、交酒。又有詠粵東《彈子磯》、《雄韶州中雜詠》、《廣州八首》。盤精於音律與賞鑒書畫。《題趙千里阿房宮圖》、《趙仲穆漢宮春曉圖》、《徐天池畫卷》、《林良九鷺圖》、《番騎圖》、《陳老蓮號國夫人朝天圖歐冶鑄劍圖》、《仕女圖》、《高且園指畫》、《邊頤公蘆塘野鴨圖》，大率旁通曲暢，得心應手。而《小鵲詠爲金壽門作》、《太平山人畫山水歌》、《王具區畫山水歌》、《王左手畫虎歌》、《蒲廷昌畫獅歌》，多爲畫史所未具。《沈南蘋畫花鳥歌》，南蘋名銓，畫史稱清初人。據此詩知爲盤友，赴日本在雍正間。《晚晴簃詩匯》選此詩，將小序删去，其事未可究矣。盤生平唱酬友爲查爲仁、袁枚、萬光泰、嚴遂成、程晉芳、王箴輿、董鈺、顧于觀、朱卉、李葂、王又曾、吳鑰文。《寄王弇山丈》、《題程午橋先生今有堂詩集》、《題唐英轉天心樂府》、《輓邊頤公》，時載史料。《論詩截句十首》，皆清人。《書樊南詩集後》、《題桃花扇傳奇》等作，亦可取資。論者以其詩與厲鶚相齊。唯此集稍失蕪雜，又陳情紀恩較多，讀之令人抑塞。存録其長，得失始可判云。清代詩人薈萃，首推江蘇。浙江自朱彝尊、查慎行後始見其盛。雍正間浙詩流派既多，人才益蕃矣。

水師行　並序

澤國所利，厥惟舟楫，國家特制水師，在東南者，京口其一也。昔吴越時，伍員以船軍之教比陸軍之法。其後漢有樓船戈船，横海下瀨，用以擊南粵、朝鮮。光武討公孫述，岑彭裝直進樓船與突冒露橈數千艘。唐孝恭兼統水師以破蕭銑，韓滉大閲戰艦以禦李希烈。宋選精鋭，習水戰于講武池，號水虎捷。趙善湘知鎮江，制多槳船，疾如飛鳧，復造赤馬、白鷂兩大舟，可容二千人。他如韓世忠之在黄天蕩，虞允文之在采石磯，皆以舟師取勝。明戚繼光論水師探敵之情甚備，載在《兵法》一書。然則沿江瀕海之區非舟師素習，何以克敵哉。京口舊有繒船沙船，鉅麗捷猛，遠邁歷代，訓練諸法較昔加詳。今秋簡閲于高資，爰紀是篇並識其緣起如此。

長江直下垂蝃蝀，皓師鼓浪聲𩆜𩆜。大翼小翼齊拔戚，駕帆百幅鸖鶴翀。三吴甲士虎豹熊，舟車楫馬如捲蓬。大將爲誰褒鄂公，談兵玉帳氣概雄。教以六伐兼五戎，乃命蒼兕開艨艟。背孤向虚整旅從，横海下瀨列鏚鏦。退鉤進拒無不工，是時梁雍初奏績，沿江亦無錦纜賊。樓船水戰昆明習，安不忘危思奮力。一片琉璃千頃碧，倏忽金蛇電光劃。宕宕寒原雲失色，百隼萬鷹翻健翮。壯哉水犀軍禦敵，突冒餘皇堪一擊。將軍揮扇士持戟，賞信罰果戰方克。夕照光縣大旗赤，走舸齊回怒濤息。畫角烏烏隱堅壁，獵葉風尖起蘆荻。高資一望勢無極，孤月如輪向人白。《質園詩集》卷八

沈南蘋畫花鳥歌　並序

余友沈南蘋名銓，湖州人，善繪翎毛卉木。雍正中，日本國王聞其名，令將軍給倭牌，徵聘迎至長崎島，稱爲唐儒，禮以上客。其國舊設畫院，特重花鳥寫生，至是延南蘋掌之，與彼都慶山高大夫輩討論畫理，七十二島就學執贄者無虛日。歷三年餽遺盈萬，盡赴同舟友朋之急，仍垂橐而歸，古心樸懷迥出塵表，殆以餘事作畫一人者。今秋邂逅吴門，持贈花鳥二幀，神妙生動，擅黄筌、趙昌之長，名馳海外，洵不虛也。南蘋嘗言，向與三韓崔司馬象州論畫人物，得不傳之秘。又乾隆七年曾寫花蕊夫人宫詞意爲圖進大内，蓋南蘋之畫達於中外久矣，作歌以贈。

宣和御府立畫學，甲乙品題無謬錯。孔雀升墩馬踏花，古絹爛煸宋時作。日本之國東海隅，其俗善畫藏圖書。忽慕中華出林吕，遂將上幣延邊徐。江南高手誰第一，吴興沈生世無匹。應聘初爲異域行，袖中攜得通靈筆。大開畫院長崎島，海蜃天雞寫生巧。掛壁將軍不厭看，展屏國主常稱好。侏儺通語歷三年，萬鎰歸裝萬斛船。異貝純金隨手散，但存綵管揮雲烟。還鄉重對鶯花寫，貌古神清意閒雅。舊侣空思高大夫，新交偶值崔司馬。與君相對論今昔，旅鬢蕭蕭半垂白。未信前身是畫家，誰云曠代非詞伯。吾聞新羅曾請穎士師，鷄林亦織弓衣詩。遐方愛文兼愛畫，丹青中土無人知。從來絶藝難爲用，壯夫烈士增悲痛。南粤能資陸賈歸，西京未取揚雄重。先生閱世如泡漚，澹然榮利忘恩仇。生香活色動腕指，藴含元化天爲愁。勸君且莫傷遲暮，坎壈纏身原有數。好進邠風稼穡圖，漫傳花蕊宫詞句。　《質園詩集》卷十二

題轉天心樂府　並引

原夫茫茫今古，榮枯幾閲春秋；納納乾坤，蜃蛤皆由變化。秉鈞播物，載者斯培發軔，登程運之，即轉俊公先生。本懲勸意爲傳奇，現宰官身而説法。新聲菊部，如聞吴市吹簫；閒話豆棚，可代輶人警鐸。卦當否極，積功漸滿三千；神降恭逢，彈指何須二十。福緣心造，善使天回。此如弄叔子之金環，前塵不昧；按鄒生之玉律，寒谷能融者矣。嗟乎，滄溟萬頃，殊少衆生乘坐之船；因果三生，曾無大覺光明之鏡。椒塗鐶上，鏞籥誰開；彌戾車中，飈輪不動。人心頑頓，佛淚滂沱，憑將豪竹哀絲，散作晨鐘暮鼓。君如不信，請看傀儡登場；予復何言，且待轆轤汲井。

芥菜粒中藏世界，藕絲孔裏避刀兵。何如種豆南山下，後果前因歷歷明。
乞徒氣概壓朝紳，未遇英雄有用身。如唱盛明新雜劇，伐燕處室一齊人。
太乙雌雄百鍊餘，雙丸持贈意何如。空空妙手非非想，敢笑荆軻劍術疎。
人心天意兩相通，不用三千八百功。剥復機關吾默會，只爭方寸轉移中。　《質園詩集》卷二十三

鬱州紀風十首録七首

掛笏朝來望大容山名，賞心亭外翠微重州治城西舊有賞心亭。緑榕樹木長宜夏城北豸堂嶺榕樹四本可蔭十畝，藍靛陰繁直到冬興業一邑多種藍。世泰與民同樂利，地偏於我稱疎慵。官情何似雲林畫，楚楚烟嵐總不濃。

省俗褰帷到四廂鄉廂有四分四十圖，愧無霖雨潤蠻方。濯纓泉瑞春凝紫，濯纓泉在城南嘉定間，忽湧紫水，更名瑞泉。掛榜山横晚送黄掛榜城東北。喜見沿村勤誦讀，還聞薦習改猺狼。豐年五月輸糧早，户户家家足蓋藏。

澗繞峯圍路畧經，闌風伏雨氣冥冥。蚺蛇有胆身難護蚺蛇胆名護身胆，翡翠無毛貢已停久罷翠羽之貢。拔薤長官初入境，莿禾埜老不登庭。納凉支枕難成寐，近砌蛩聲徹夜聽。

荒亭殘碣草蒙茸，景陸思江舊跡空。景陸堂爲太守陸績建，思江亭爲知州江龍建，今皆圮。佳傳可曾垂信史，前賢畢竟有清風。西疇禾穗時時長，南國棠陰處處同。劉勔叢祠蕭勃壘，一般寥落夕陽中。宋劉勔、梁蕭勃皆兹州名宦。

月暈城圍撼麗譙，李王蹂躪在前朝。宋淳熙六年李接陷州城，明嘉靖乙丑流賊王道通大掠貴平鄉。澤中鴻雁鳴何慘，江介鯨鯢氣最驕。舊寨可堪排象陣，國朝順治十年僞天威將軍高文貴、黄三才兵寇鬱林。列象爲陣，破水寨。新泉猶自繞龍橋。惠泉陂在茂林里伏龍橋之上。天威廣播妖氛靖，銅鼓銅船已盡銷。城西有銅鼓山，近南流江，聲聞水際。銅船乃馬援所造，後沉於河。

閒中追溯漢唐年，爲郡爲川幾革沿。山子室家長在野，陸川有山子一種歲無定居。狚人兒女會操船，北流船皆狚人所居，名北流狚。通商那有新增課，任土還多未墾田。漫爲興除諮利病，承平作息久安然。

《質園詩集》卷二十六

題俊公先生傭中人樂府後

亡國臣難禦寇鋒，閂披明史到懷宗。外城失守將開鑰，前殿無人尚擊鐘。未及乘騾還渡馬，可憐跲鳳更僵龍。草間求活麒麟楦，愧煞天衢賣菜傭。

一肩重擔是綱常，蔬蓏能留百代芳。士守厥根身抗節，民多此色世罹殃。故宮離黍雲千穗，變徵悲歌淚數行。舊事翻成新樂府，褒忠不爲感滄桑。《質園詩集》卷二十三

玉山詩鈔四卷　乾隆間家刻本

項樟撰。樟字景貽，號芝庭，江蘇寶應人。雍正十一年進士。乾隆初官四川大竹、湖北黄岡知縣，山西蒲州同知、安徽鳳陽知府，有政聲。卒於乾隆二十七年，年六十二。撰《玉山詩鈔》、《文鈔》各四卷，子兆龍等刻，有沈德潛、阮學浩、許集、邵大業、劉霦、周長發、秦大士、倪承寬、方沛霖序。詩四百餘首，以山水攬勝較多。沈德潛稱樟「於政事之暇，研窮風雅，由蜀之楚，之晉，經劍閣五丁峽、太華潼關、竹樓赤壁、中條雷首，到處留題。又來臨濠，登八公山尋淮南勝蹟」。然於乾隆八年楚省饑荒，十八年銅山河決衝漫靈壁，濠州水災，亦均有詩紀事。二十年，作《南巡召對恭紀十二首》，詳載乾隆南巡召見詢話，近於實録。又作《河東勘災紀事十首》。樟與山陽吴玉搢同學，玉搢作《十憶詩》，樟爲之序。贈《朱草衣山人卉》、《和屈悔翁詩十首》，亦有

可取，不特以描寫山水見長耳。

南巡召對恭紀十二首

乾隆二十二年春，皇上再幸江南。夏四月乙丑，駐蹕徐州，閱視河工。臣樟率所部士民迎駕，恭謝天恩。丙寅，荷蒙召見，恭紀一章。

翠華重幸大江南，雨露恩深萬象涵。咫尺天顔欣就日，小臣沐浴聖恩覃。

初蒙上問出身，臣樟謹奏履歷畢，叩謝特授知府恩。上諭，知府已做三四年了麽。恭紀一章。

自銜綸命守巖疆，五載依心日月光。此際對揚重拜手，恭聞天語下琳瑯。

又蒙上問，怎樣遠來呢。臣樟謹奏，鳳陽府境離徐州纔七十里，士民感戴皇恩，心懷瞻仰。臣樟禀明巡撫，就近帶領，接駕謝恩。再鳳陽府境新設臺站四百三十里，臣樟現在承委查察。上諭，這是辦差了，士民遠來就回去罷，不必送。臣樟代士民叩頭領旨。恭紀一章。

符離地接古彭城，臺站軍書肅曉征。近率士民申謝悃，玉音慰勞詰朝行。

蒙上諭，下江淮徐海，上江宿靈虹，常是有災的。臣樟謹奏，臣任鳳陽府纔四年有餘，宿靈虹已被災三次。上問連年被災之故。臣樟謹奏，宿靈虹地勢低窪，上游豫省之水由睢河而下，加以黄河閘壩減流，亦會歸於此，宣洩不及，是以屢年被澇。上爲惻然。恭紀二章。

聖皇勤問首斯民，軫念濠州久瘠貧。仰體如傷心孔切，頓忘疎賤直敷陳。

地勢東南本下游，淮清河濁漲千疇。西來豫水常如注，十稔時虞滯九秋。

臣樟又奏，鳳陽府各屬，乾隆十八年被災，蒙皇上發賑銀八十餘萬兩，二十年，一百三十餘萬兩。去年宿靈虹偏災，撫賑畢，又蒙天恩加賑，已用銀三十餘萬兩。上問，可賑至五月麽。臣樟謹奏，定例賑到四月止，五月麥熟，便可接濟。恭紀一章。

承恩救患已三年，百萬災黎百萬錢。更沛春膏猶注問，可能賑至麥秋天。

五分災地，例借一月口糧。今歲皇上加恩，着再借一個月，因蒙垂問口糧每人多少。臣樟謹奏，小民得此，便有生計。且去歲蒙皇上天恩准撫臣之請，發銀七萬兩，豫備糶糧，以平時價。民間買食便易，若不知荒。恭紀一章。

格外恩加折口糧，疇咨生計值難償。糶糧七萬官儲早，平價三春歲不荒。

上問田有積水已誤種麥，還可種秋麽。臣樟謹奏，水若早退尚可趕種。又蒙上諭，如不能退，豈不又是災麽。到彼時當告知巡撫，越日卽奉命截留漕米五萬石，分貯鳳陽府，屬以備賑糶之用。恭紀一章。

積水難消夏失收，種秋能否廑宸憂。備荒積貯宜先事，五萬天儲更截留。

又蒙上諭，災賑應禁胥吏侵蝕，教民沾實惠。臣樟謹奏，各州縣委員查驗飢口，俱經撫臣臨督察，務求無遺無濫的。恭紀一章。

賑務紛紜吏易姦，務教實惠萬民沾。恭傳聖訓人知警，荒政從今更肅嚴。

又蒙上諭，朕自邳州一路來，見飢民多染疫症，恐鳳陽不免，當合藥救濟。越日奉頒内府紫金丹一千錠。恭紀一章。

鑾輿纔自宿邳回，惻見窮黎尚疫災。鳳郡鄰徐憂不免，紫金丹賜上方來。

又蒙上諭，睢河淤墊，急宜挑濬。臣樟謹奏，撫臣已奉命勘估，秋後水退請挑。恭紀一章。

水潦多因睢半淤，親蒙恩諭及時疏。工程估計須秋後，從此農田歲有餘。

臣樟奏對良久，再聞自鳴鐘聲。上諭，明日送駕，爾即回任。臣樟敬謹叩頭趨退。恭紀一章。

奏對移時鐘再鳴，微臣踧踖倍寅清。明朝送駕之官去，又荷温綸分外榮。《玉山詩鈔》卷三

文木山房集詩二卷　近代排印本

吴敬梓撰。敬梓字敏軒，號文木，安徽全椒人。世望族。補學官弟子員。乾隆初年，薦博學鴻詞不赴。十九年，卒於揚州，年五十四。著有《詩説》八卷，佚，又著小説《儒林外史》。詩文集名《文木山房集》，七卷本未傳，一九三七年亞東圖書館據乾隆刻本排印，凡賦一卷、詩二卷、詞一卷，俱乾隆五年前作，首唐時琳、吴湘皋、程廷祚、方嶟、黄河、李本宣、沈宗淳序。附其子烺詩詞各一卷。一九五八年輯《吴敬梓集外詩》，包括《金陵景物圖詩二十三首》、《題雅雨山人出塞圖》、《老伶行》、《西湖歸舟有感》，於是作者晚年詩亦有發現。而見於程晉芳《勉行堂詩集》、金榘《泰然齋集》、金兆燕《棕亭詩鈔》、王又曾《丁辛老屋集》、吴培源《會心草堂集》、嚴長明《歸求草堂詩

集》中之資料，近年來研究專家甚重搜羅。新發見僅爲湯懋紳《石臞詩稿》一序。唯集中贈答詩，涉及無慮數十百人，今所考者祇什之一二耳。觀《石臼湖弔邢孟貞》一詩云：「石臼湖中春水平，石臼湖邊春草生。團蒲爲屋交枝格，棘庭蓬霤幽人宅。幽人半世狎樵漁，身没名湮强著書。海内宗工王司寇，丁寧賢令式其廬。式廬姝子何以告，惆悵姓名爲鬼録。檢點遺書付梨棗，頓使斯文重金玉。前輩風流難再聞，祇今湖水年年緑。」於明季遺黎多所懷念。近發現江昱訪詩，稱敬梓慕吴應箕之爲人，可見其平日有哀明之思，特不能出以慷慨耳。

雲逗樓集不分卷　乾隆間刻本

楊度汪撰。度汪字若千，號勗齋，一號驀鼻道人，江蘇無錫人。雍正間拔貢。乾隆元年舉博學鴻詞，取二等第一名，改庶吉士，出爲江西德興知縣，解組歸，二十年卒。是集家刻，首有其姪潮觀序，受業顧奎光序。又齊召南序稱度汪卒於丁丑，即乾隆二十二年。集中《庚午餞歲口號》云：「余辰在壬午，得午今已五。」是爲康熙四十一年生，得年五十六。潮觀字笠湖，以著《吟風閣雜劇》得名，詩文集無傳本。《江蘇詩徵》卷六十二有選詩，則是集可觀者，又雅不在詩矣。度汪得聞顧貞觀、杜詔緒論。《題馬文毅公彙草辨疑帖後》、《題鄒晴川畫册》、《題成侍衛容若遺照》、《讀内典有感》、《讀初唐四傑韋左司劉文房詩》，俱稱雅飭。舉鴻博有《紀恩詩十四首》，記乾隆語云：「你們學問都好。前日考試題目頗難，日子又短，難爲你們了，不消再考。這《日知薈説》是朕藩邸做的，幾篇論詩文等類尚未刻就。博學鴻詞考過都是好的，不消再考。另日着照一等賞賜，一體邀恩便了。」以此類實録入詩文集注，乾隆初猶多見之。又有《登鷄鳴山望玄武湖取徑訪烏龍潭四首》，記所見古《法華經》六函，八十一卷，金書磁青紙，有正統問賜勅一道，至今完整如新。有句云：「古蹟法華藏皮久，勝朝敕賜有由來。」今不知尚存否。

次笠湖韻秋日習射管社山莊兼嘗新芰之作

相將出郭到山鄉，珠粒欣看秋稼穰。是夏米斛千錢。林遠故應消暑氣，射酣依約盡殘陽。已愁良夜燒仍短，更恐明朝興未長。予與師川留宿山中，笠湖晚歸。次日有約不至。賴有乞菱書破寂，笑他隻字獨成章。端操兄寓書，主人發函，則素箋一幅，中書菱字而已。同人爲之噴飯。

習射何須到水鄉，秋成同惜稼穰穰。本擬塔映荘，恐傷秋稼，移舟於此。無端舌戰消長晝，主人善諧謔。同人和之。遂不能休。不禁神行戀夕陽。朋侶共尤風甚急，兒童爭羨技偏長。觀射者頗多，每輪予引弓，輒相稱羨。朝來東郭知何許，新芰還應責報章。東郭習藝甚佳，但恐無復菱耳。

蒼林遥指入前鄉，四野新禾已浩穰。山館秋盤登芰角，彎弓鳴鏑走斜陽。平高縱目皆天趣，去住因情各興長。擬宿前村更回首，霞光遥襯樹千章。《雲逗樓集》

雲逗樓集序

楊潮觀

嗟夫，人世遇合之故，有非前事所能逆料者。勗齋叔氏好學深思，殫心於舉業者十餘年。學成，旁及子史百家之文，而於制舉業尤粹，楷法尤精；謂當掇大魁，取一第如拾芥。顧乃屢試，而僅貢於廷。別以詞科進鴻博，爲本朝大科。百數十年來，僅一再舉，得人極盛。叔氏以諸生薦，驟讀中秘書。一時遭遇之隆，謂當發舒底藴，以文章華國，與前輩西河、竹垞諸人嗣興。顧乃不踰年而外補，別以州縣用。雖政事、文章同爲世用，而所遇與志或相左焉，何也。予與叔氏同里閈，出處先後亦彷彿同時。然而平生聚散之迹，亦有非前事所能逆料。方其芸窗燈火，呫嗶於南軒也。闤閬，每論文欣賞，意謂出處恒偕。顧予以辛亥入都，別去閲幾寒暑，而叔氏始以薦來都下。是時投牒應試，羣從咸集焉。此在燕臺一聚也。頃之，叔氏出宰江右，予旋亦捧檄山左，各走風塵。又閲幾寒暑，而予以憂歸，叔氏亦里居，無復仕進意。於是林泉詩酒恒相徵逐焉。此在家山又一聚也。自離硯席以後，屈指三十年間，其獲相聚者再而已。雖中間抑塞磊落之遭，彼此非甚相遠。而先後出處參商，每不如初志焉，又何也。方其詩壇酒社，自謂勇退有餘，每遲予林下之約。詎予自中州旋里，而叔氏之墓已宿草。將列搔首問天，不勝存殁之感。壬午夏，予將赴滇南，而蔚文昆季捧《雲逗樓集》授予曰：此先人遺稿，雙溪世好已編次，而序其顛末矣。唯兄與先人，少同硯席，不可無一言以紀之。萬里征人，情懷頗惡，竟不能搦管作一字。甲申夏，以行役東回，入江右界，風濤浩然。擎盃獨酌，推篷却想。驀鼻之遺徽軼韻，不知夫慨悵之無從也。於是乎書。姪潮觀識。　《雲逗樓集》卷首

静廉齋詩集二十四卷　乾隆間刻本

金甡撰。甡字雨叔，號海住，浙江仁和人。乾隆七年一甲一名進士，授修撰。典試粤東，督學安徽、江西，官至禮部侍郎。乞歸後主講萬松書院。乾隆四十七年卒，年八十一。是集有質親王題詞，蔡新序，弟子朱珪序，外孫汪如洋、姚祖恩跋。爲雍正元年以來六十年詩。内《七十初度詩二十首》，可當《自訂年譜》。其詩學宋。《甲寅湖上即事四首》，記漁户訴種荷虧課，當事準盡刈之，刈之不給，則以長竿掠折之。經歷南北，作《過惦》、《游趵突泉》、《過灘》、《彈子磯》、《鎮海樓》、《逢魚苗船有慨》、《龍窩寺》、《玲瓏山》，寓目抒情，俱有風致。兼述民情。《蟲刼二十章》、《蟲釋二十章》，詠物詩而意在言外。甡以大魁遍結海内名士。與唱和者沈廷芳、雷鋐、鄭虎文、謝墉、周煌、陳兆崙、邊繼祖。《題族兄江聲志章六憶圖》、《李中簡秋江放舟圖》、《盧抱經檢書圖》、《錢嶼沙琦雪棧圖》，均有繫於藝林。《題倪山友先生小照》，山友名濤，著有《六藝之一録》、《周易四尚》，書在當日不甚傳。《弔天台學博傅作楫》，詩作於乾隆六十年。《題莊有恭授經遺照》、《弔黄百穀》、《酹汪水蓮惟憲先生墓》、《校汪積山先生遺集跋後》，均屬藝林掌故。《書四溟先生詩集後》於明詩亦有所探賾。讀是集可見狀元不盡不讀書也。杭世駿《道古堂詩集》有《送同年金甡之東昌》詩。

舊雨齋集八卷　乾隆十八年刻本

施安撰。安字竹田，號石友，一號南湖老漁，浙江仁和人。監生。西湖詩社友。生於康熙四十一年。其事畧見於集中《五十生朝自述》詩。集爲舒瞻捐貲刻，凡八百三十五首。第七卷《皋亭看梅七首》，爲杭世駿《歸耕集》中詩，誤採入集。據陳昌圖《學詩軒隨筆》。《棚民謡》、《引河謡》，狀寫民間生活，備言窮苦。《西江雜詠二十四首》、《太湖舟中望洞庭諸山》、《博山紀游》、《七星巖》、《虎阜山寺遇顧萬峯喜賦》，清澄澹泊，氣韻高古。《題王麓臺山水横幅》、《三絃子行》、《題邊壽民葦間書屋》，均爲藝苑資料。作者平生侘傺，唯山水譙游、友朋贈答以寄情。《病中懷塵浦》、《過金壽門》、《送全榭山歸鄞》、《送魯秋塍太史》、《哭穆門先生》、《懷方靈皋先生》詩，可見交游。《兩浙輶軒録》本傳稱「安逾冠詩格已成。詩人吴焯嘗歎，後來之秀，當以竹田爲首」。《隨園詩話》亦及之。孫士毅《百一山房詩集》卷四《題施竹田吟稿》云：「吟箋觸手費推排，一卷長携舊雨齋。不是君身有仙骨，那能詩格類枯柴。」又云：「西泠好手推樊榭，狎主盟壇有穆門。二老墳頭悲宿草，風流獨幸竹田存。」

援鶉堂詩集七卷　嘉慶十七年刻本

姚範撰。範字南菁，號薑塢，安徽桐城人。乾隆七年進士，改庶吉士，授編修，充三禮館纂修官。乞假歸。三十六年，卒於家，年七十。範爲姚鼐世父，詩古文辭俱負重名。著《援鶉堂筆記》三十四卷，《文集》五卷，《詩集》七卷，嘉慶十七年合刻。詩凡三百九十三首，傚法六朝三唐，不薄蘇、黄、明七子，深穩有格，寓意深遠。《讀史四首》、《亞父祠》、《項王廟》、《過虞姬墓》、《分詠十國事得南唐傚崑體四首》，絶去依傍，定推作手。《金質夫編修出示繪卣年伯先生江聲圖屬賦》、《董曲江盟鴻圖》、《查儉堂新修黄文節公祠屬賦》，精麗雋雅。蓋學識固自淹博，故能上下議論，左右逢源也。《送杭世駿南歸二首》云：「龍首高居諫鼓陳，一時法坐上儒紳。相從東閣觀奇士，翻愧先歐是曉人。春溜玲瓏穿徑碧，繁花匼匝向人親。中朝底石論文侶，俱叵吳門放子真。」「少日文章重賈鄒，琅玕披腹詎輕投。清時共信忘薰鼠，漢道何緣誦養鳩。脛脛自爲天下士，茫茫原合古今愁。朔方左校俱前事，阿閣終期赤鳳遊。」筆攄性真，格高語確，何減唐人、宋人。《送吳青然歸全椒》，青然爲吳敬梓兄。又與萬光泰、胡天游、盧見曾亦有寄酬。刻畫皖中山水詩，獨闢一境。《涼州辭》、《塞下曲》、《温太真墓》、《偶書館中壁四首》、《歲暮戲詠絶句》蔭氏祀竈、孫賓諸隣、杜甫呼盧、賈島祭詩，亦從讀書中來，頗見工候。道光間，曾孫瑩與桐城方東樹能傳其學，武進李兆洛表彰之，名始大著。

隱拙齋詩集三十卷　乾隆間刻本

沈廷芳撰。廷芳字畹叔，號椒園，浙江仁和人。乾隆元年以監生召試，舉博學鴻詞，授庶吉士，官宗人府丞，至山東按察使。晚主粵東書院。卒於乾隆三十七年，年七十一。著有《理學淵源》、《十三經注疏正字》。是集《四庫存目》著録，凡五十卷，詩在卷三至三十二，共二千七十四首。首查慎行、方苞、鞠遜行、厲鶚、馬維翰、沈德潛、彭端淑、鄭江、桑調元、吳廷華序，門人成城、衛晞駿序，毛贊跋，惠士奇、周京、彭啟豐等題詞。廷芳詩學出於其外祖查慎行，古文之學出於方苞。平生論詩以氣靜爲主，蓋「氣靜則神清而語雋，自然耐人尋味」查序。集中《山居讀書》、《湯陰謁岳忠武祠》、《渡鄱陽湖》、《羅浮雜詩》、《謁明史相國墓》、《淮南雜詩》、《鼓山登高歌》、《伏生授經圖》、《讀易》自注：「時編校初白先生《周易玩辭集解》。」、《題冷枚供奉浦湘雲水圖》、《舟中讀王子深庚子山詩》、《書桃花扇後六首》、《題侯元經天姥圖次胡稚威韻》、《題芝龕記傳奇八首》，體格大備，琢句警錬。詠北京名勝亦可採擇。兩度巡漕山東，經歷下、泰山、孔林、孟廟，盡入謳吟。建杜甫祠於濟寧南池，一時索詩應者甚衆。《蓬萊閣》、《沂山百丈崖觀瀑》、《遊道士谷》、《謁鄭康成先生祠》聯句、《東萊覽古》，得盡東海之勝。廷芳頗交名士，《懷朱稼翁》、《柬鄭莒畦秀才》自注：「翁手輯《行水金鑑》。」、《喜初白先生出獄》、《方靈皋夫子枉過隱拙齋》、《天壇秋夕柬全紹衣孝廉》、《柬厲太鴻徵士》、《查查浦先生挽詞》、《題杭大宗松吹書堂圖》、《上族叔歸愚先生》、《懷人七詠》、《奉寄惠仲儒先生》、《次風來談詩半日》、《次答金壽門》三首，多存軼聞。又自藏東方未明之硯，趙南星故物，作歌索題，踵事增華，亦風雅之士也。

過濰縣鄭令板橋進士招同朱天門孝廉家房仲兄納涼郭氏園

乾隆己巳月夏五，鄭君邀我過花圃。是時炎暑氣鬱蒸，連日川途走澍雨。汗脚不韈衣不船，喜得涼涇覯賢主。入門一園青雪林，森然迮地多嘉樹。蒼苔小逕蝸廬盤，紺石幽洞堇椶堵。高高亭子泠泠風，漱玉麓臺近堪睹。緬惟尚書昔構此，郭尚書尚友，萬曆進士，善居鄉。告歸娱老門常敞。即今雲礽能世家，百年東第存堂廡。我來銷夏興獨豪，朗吟恍夢遊天姥。請君圖書發秘藏，少連康樂爭摩拊。

老硯名印細匣羅，岐鼓秦碑墨香吐。最後觸鼻還流臚，禹書神迹傳岣嶁。況君三絶過台州，草聖芝仙得黝黊。詩題剡紙點筠蘭，先輩青藤安足數。鄭君鄭君爾才特奇風義古，爲政豈在守文簿。一官樗散鬢如絲，萬事蒼茫心獨苦。人生作達在當前，惟有清遊豁靈府。酒酣勿起商瞿悲，生子還應勝賈虎。《隱拙齋集》卷十六

半壁山房詩集四卷　乾隆二十四年刻本

董柴撰。柴字也愚，號愚溪，一號愚亭，又號惟園，山西介休人。貢生。官安徽符離知縣、宿州知州、直隸安州知州、涿州知府。解組後歸里。與梁濬、王佑爲詩會，主騷壇歷有年所。三晉地處窮僻，文士多賴名流揚扢，柴恐同人詩日後堙没不傳，遂以王佑《擬古草堂詩集》二卷、任大廩《言志山房詩集》二卷、梁濬《愛餘書屋詩集》二卷，並自撰《半壁山房詩集》四卷合刻，稱《綿上四山人詩集》，延沈心、曹庭棟爲序，費時一年鋟成。此集有乾隆間郭肇鐄、胡國楷、吴㷇文、朱一蜚序，梁徽跋。以《壬戌除夕詩》計之，約生於康熙四十年。詩以詠三晉、保陽、少室、龍門者爲上，《井陘縣歌》一篇，兼採民風。官宿州，遊皖中山水，兩至金陵，俱有詩紀之。《讀楚辭》、《讀韓文公詩集》，亦可參考。交游中嚴遂成、吴㷇文皆知名士，查禮重修黄山谷祠，爲詩贈題。郭肇鐄稱其詩：「近體諸什，流麗悽悱，宛乎大曆以前音節，歌行古風澄澹閒遠，不在開元以下，其門仞固可指數而知也。」乾隆二十五年，取家居時及歸田後游覽四方相與友朋之詩，刊《如蘭集》二十卷，其中有關三晉詩人

資料及贈柴詩較多。嘉慶四年，同里茹綸常補刊之。茹序云：「惟園刺史歿於丁酉乾隆四十二年，戊午嘉慶三年有以板片售者，謂存於某村某蘭若。」可與此集互爲參稽。

蒙泉學詩草不分卷附一卷　乾隆間刻本

宋弼撰。弼字仲良，號蒙泉，山東德州人。乾隆十年進士，改庶吉士。官翰林編修，《文獻通考》纂修官。出爲肅州道，至按察使。卒於乾隆三十三年，年六十六。嘗助盧見曾輯《山左詩鈔》，又自輯《山左明詩鈔》刊版。撰《學詩草》，無序跋。贈寄懷人，爲方苞、顔懋僑、李杲、張方佳、顧于觀、張元、牛運震、朱經、郭廷翕，不乏名士，有《寄趙秋谷先生》、《贈閩中林蒼巖正青》、《和同學紀曉嵐》等作。與畫家朱文震、高鳳翰亦有過從。論詩題畫詠物，悉可觀。自入甘省，詠臯蘭、永昌、肅州等地人事風物，尤足採擇。附《西行雜詠》，析出一卷，註解頗詳，固足以廣見聞。《續山左詩鈔》載其詩甚多。紀昀有《羅酒歌》和詩。

西行雜詠　四十六首録十四首　自入甘省，耳目頓異。比移肅郡，路當孔道，星使絡繹往來。徵其緒言，以廣見聞。暇時頗録其事，並搜及瑣屑，以絶句紀之。他日貽故鄉戚友，可以佐酒云爾。

燉煌西去古伊州，北倚天山雪水流。都護牙旗今萬里，猶存部落奉春秋。哈密古伊吾盧地，唐之伊川，雪山至此在其北矣。雪融則資以灌溉，故地肥饒。前此大兵駐巴里坤，在其西北新疆遠拓，斯爲腹地，王子恭順不替其封云。

大宛久已八提封，回紇今稱大小共。千里州原總游牧，生來不解事春農。哈薩克在伊犁西北，其人淳朴，游牧爲業。廣數千里，無高山大川，土地衍沃而不知耕稼，近接邊裔，歲奉朝貢，能守不爲隣部所侵。東自布魯特接伊犁，則古之大宛産名馬者也。

天西流水下崑崙，白玉河連緑玉源。春採秋撈共正賦，何須羅綺答堅昆。和闐卽古于闐，在葉爾羌南。河中産玉，每春秋撈採充貢。河有界限，緑者爲多，至白玉河則美。前此回民不甚珍重，或作碪材，今亦知寳貴矣。其玉祇名曰玉子，未嘗有璞形。杜詩云云，註者紛如，今乃了然明白耳。

作鹹潤下本天然，十里鹽池雪色鮮。多少村氓食舊德，翻教斥鹵勝桑田。高臺縣西百餘里置鹽池駟其地東西數十里，鹵不可耕，水聚成池，産鹽如雪，以曬晾成之，給甘肅民食。堡民自明初戍此守爲世業。寧夏關外及番地皆有鹽池，而色不同，實天地自然之利。

軍中最重石硫磺，飛火轟雷不可當。牛尾山邊礦苗旺，煎來却教費商量。硫磺礦似黄土，入水煎之，點以清油或石油卽成軍營火藥，爲要需矣。嘉峪關内外所産極旺，前年採煎輒得六七十萬斤，至今猶貯玉門縣，方議分銷云。

亂流激澗衝山骨，巧匠磨來比玉瑩。雕鏤千般渾不愛，文楸愛聽落棋聲。肅州産五色石，瑩潤如玉，每隨山水流出，匠人琢爲簪珥、鉤環、杯盤、箭玦之屬，雅可把玩，或爲棋子，堅緻勝滇産，價亦再倍，未可以碔砆忽之。

疊嶺連岡隱碉阿，空山樵牧復如何？不須大冶誇陶鑄，自是金行寳氣多。雪山之下岡嶺重複，内産黄金。山中人每盗採之，得塊如砂如礫，其重至不可計數，天然成質，不脛而走。故黄金以西北爲多産，川滇者質微勝耳。不履斯地，詎信之耶。

西番林樹盡胡桐，瀝入平沙結不融。嘗藥農岐應未識，齒牙餘論藉奇功。自哈密以西多胡桐樹供土人炊爨用耳，流汁入地凝結者名胡桐淚。按方書曰律，又曰瀝，音轉義一，主治牙痛最效，内間需此必白金再倍乃得之，其曰城者遜此矣。

娑木根盤隱磧沙，含精感氣長靈牙。怪他鱗甲能飛動，形似魚龍亦可誇。肉蓯蓉産沙磧中，志云，娑娑柴根所生肥膩如肉，鱗甲翕張，鹽煮乃可，行遠産鎮番者尤佳。予得數斤，乃蒸之作片無鹽漬者，詢其形甚可駭，或傳馬跡所生，非也。

萬翅盤空風雨鳴，寒鴉應候集寒城。無端驚起淮南夢，卧聽黄河滚浪聲。肅州月令，春烏之野，冬烏集于城。城中多古樹，每向夕將曉萬鴉鼓翅，勢如風雨。憶壬午扈從駐淮上，去大河僅里許，中夜波聲如此，根觸心情，不覺及之。

巨輪十丈水爭飛，架木通畦黍麥肥。直引黄流到天上，機心漫笑漢陰非。蘭州北枕黄河，民間緣岸作大輪，藉水勢戽水灌田，可上五六丈許。漢陰抱甕殆虚言而實用微矣。

大葉風裁鋪緑雲，長莖五尺虎斑文。奇形合得將軍號，破隘誰爭一戰勳。凉州西有大黄山産大黄，郵亭見之狀甚怪，莖長可七八尺，苞可六七寸，含蘂正黄。李將軍以大黄射虜，想其威稜如此。

高低羅列似蜂巢，横掛田塍細路交。陶穴生民幾千載，邠風何用更于茅。鑿穴而居入豫已見之，至邠行兩山間，凡緣山依澗點點如蜂窠皆聚落也。間睹屋宇，蓋有力者爲之。

星羅棋布各成村，高築垣墉低鑿門。榆柳婆娑蔭場圃，不知守望是籬樊。甘民鄉居各自爲堡，大小如城垣，蓋前代羌夷交侵，故爲守禦計，大者成市鎮，往往設官彈壓之，其小者皆孤立，于守望相助之義邈矣。《蒙泉學詩草》卷八

寶綸堂詩鈔六卷續鈔十卷　光緒十四年刻本

齊召南撰。召南字次風，號瓊台，一號息園，浙江天台人。乾隆元年，舉博學鴻詞，授檢討。官至禮部侍郎。嘗預修《續文獻通考》、《一統志》，著有《注疏考證》、《明鑑前紀》、《歷代帝王年表》、《水道提綱》等書。乾隆十四年，於圓明園退直，歸澄懷園寓舍。上馬，守門兵舉赤棒驅之，馬驚，墜地傷於額，經蒙古醫治愈，告歸。在籍領校書之役，稿成送撫臣奏進。初與沈德潛同佐儀曹，晚並主書院講席。甚有人望。卒於乾隆三十三年。年六十六。所撰《寶綸堂文鈔》八卷，嘉慶二年秦瀛刻，《詩鈔》闕而不傳。嘉慶十三年，戴殿海以所藏詩鈔稿本六卷欲梓，延阮元爲序，至光緒十四年郭傳璞得之，始與《文鈔》合刻。是鈔詩僅三百二十二首，然心鋭思通，風格甚高。《與諸友論詩》、《登華頂峯值雪》、《評選詩十三首》、《乘桴即目三首》、《題畫鷹》，矜求新古，唯陳言務去。《松吹書堂歌爲杭堇浦》、《題座主溧陽公奉使安南畫册》、《潞河秋風行送萬三葆青歸宜興》、《送張柳漁侍御巡察臺灣》、《題周谷雪中登講市臺畫册》、《濟寧南池杜工部新祠詩爲沈椒園作》、《爲

邊頤公題葦間書屋畫册》，因題制宜，奇句清拔。至於《詠天台仙鑑》、《遊桐柏山觀新作道宫詩》、《郜陽馮冢神劍歌》、《石鼓歌和胡雲持》，不免有聱牙之嫌。阮元稱其詩「沉博絶麗，宏偉秀彦，非山澤之臞可比。蓋所積者厚故流者光也」，可謂篤評。王昶輯《湖海詩集》未見此集，所選非其至者。其詩遠在陳兆崙、沈廷芳之上，足與厲鶚、胡天游、杭世駿掉鞅詞壇。惜刊本晚出，僅在若存若亡之間耳。

槐塘詩稿十六卷　乾隆五十一年刻本

汪沆撰。沆字師李，一字西灝，號槐堂，一作槐塘，浙江錢塘人。歙縣籍諸生。從厲鶚學詩。與王曾祥、杭世駿、符曾、張熷號「松里五子」。雍正間假館揚州馬曰琯、曰璐兄弟。乾隆初舉博學鴻詞，報罷。客天津查氏水西莊。著有《小眠齋讀書日札》、《蒙古氏族畧》、《識小録》等書，分修《浙江通志》及《西湖志》。生平諸書記載不一，卒年不明，今據《杭州府志》定爲康熙四十三年生與全祖望《公車徵士小録》亦合，乾隆四十九年歿，年八十一。是集有盧文弨、邵晉涵序。内《渡江集》張熷序，《粤游集》吴穎芳、周履垣序，《盤西紀游集》厲鶚、魯曾煜、王曾祥、沈大成序，最著者爲《津門雜事詩》凡一百首，今存四十七。有吴廷華、鄭江、陳宏謀、杭世駿、查禮、陳兆崙、齊召南序。沆博貫羣籍，集中讀書偶題、酬題之作，篇幅尚闊，辭氣尚厚。如《端竹歌爲齊次風賦》、《樵風涇圖爲商寶意題》、《書曝書亭集後》、《繡谷亭藤花歌爲吴鷗亭作》、《忠天廟畫壁歌》、《陸筱飲孝廉索題》、《題曹六圃選宋百家詩存後》、《題宋雕許丁卯集》、《答施北亭所輯荆州府志》、《書張看雲論畫百絶》、

《蓮坡以文彭摹印一方見贈作歌謝之》、《題查七倫研北勘書圖》、《題儉堂秋莊夜雨讀書圖》，較之雍、乾前同社諸子，差無遜色。又有《建寧紀事》、《灤州雜詩》、《粵東紀游》，寫景關情，亦較自然。唯乾隆中葉以後，作者如林，各行其是，第以奥衍者須以學力勝之。沆爲浙派宿老，雖年逾耄耋，不廢吟哦，轉視後進諸子，則不免相形見絀耳。

津門雜咏　四十七首録十二

朱欄粉堞切雲端，如練河流繞郭蟠。兩字衛安頒睿藻，從今不數賽淮安。衛城，明永樂間工部尚書黄福平江伯陳暄等築，時稱賽淮安城。

三方列戍儼星羅，安不忘危廟算多。新試水犀非耀武，太平久已息鯨波。天津地當少海西隈，萊登、遼陽左右相望，設有總兵營，以爲犄角。

水毁金穰眚偶逢，帝籌艱食拯三農。北倉倉外恩如海，一派懽聲徹九重。雍正二年，詔建倉廒若干間於天津北倉，每遇水潦，截留漕糧數十萬石，以備散賑，窮黎騰飽如履豐年。

小海東環斥鹵區，空倉翔貴米如珠。殊恩特詔寬洋禁，齊樹雙桅出大沽。天津地介少海，左盛京，右登萊，邑介南北之濱，土瘠民貧，雨暘偶愆，每恃二處米石相接濟。乾隆元年狼山鎮以閩粵大洋，請嚴偷運之禁，時部議内港近地仍不在禁例，而天津少海，未有明文。山海關將軍等概行查禁，二年夏旱秋霖，兩麥歉收。前制府李敏達公及總鎮黄公淮、天津朱南湖使君暫通海運，條議先後具題，奉旨俞允，百萬饑氓並歌康阜矣。雙桅單桅，海舟大小名。大沽口，河流入海處也。

海津作鎮劇蒼凉，七姓殘元始啟疆。爲問咬兒同朵罕，阿誰數典不曾忘。《元史》：延祐三年置海津鎮於直沽，舊志稱天津。初止七姓，李咬兒、只朵罕皆設衛時所徙官籍。

豆子䲡邊夜射魚，潮痕初上柳風疎。千年劉格芟除後，金簇猶耕出廢墟。《地理今釋》：豆子䲡，今鹹水沽。《隋書》：豆子䲡負海帶河，地形深阻，大業七年，劉霸道聚衆於此。《方輿紀要》：大業十二年，賊帥格謙據豆子䲡稱燕王，王世充擊斬之。

藍田雨過稻花香，吠蛤聲中趁夕凉。喚作小江南也稱，僧衣一帶抱迴塘。藍田在城南五里，康熙間總兵藍理所開水田也。河渠圩岸，周數十里。召閩浙農人課種其間，得田二百餘頃。車戽之聲相聞遍野，土人號爲小江南云。

天后宫前泊賈船，相呼郎罷禱神筵。穹碑剔蘚從頭讀，署字都無泰定年。《元史·泰定帝本紀》：泰定三年八月作天妃宫於海津鎮，此則天津立廟之始。舊志及碑碣皆不詳。

駊騀高閣接青冥，甲乙籤排貝葉經。静倚闌干看落照，忽聞天半響風鈴。稽古寺有藏經閣，一名鈴鐺閣，傑峙西郭，可供遠眺。康熙中釋含光重葺，竹垞检討爲記，見《曝書亭集》。

元日晴光晝不如，靈慈宫外鬥香車。琉璃瓶脆高擎過，爭買硃砂一寸魚。天后宫舊名靈慈宫，歲朝闔人咸走集焉。宫前有鬻小紅魚者，以琉璃瓶貯之。

吴綾灑遍湛園墨姜編修宸英，越紵歌殘秋谷詞趙宮贊執信。更有蓮洋老徵士吴雯，垂虹樹上日題詩。垂虹樹在張氏一畝園。張氏傾資結客，前輩若梅定九、朱竹垞、查初白、查浦、朱字緑及姜、趙諸公咸主其家，時人有小玉山之目。

青竹幾莖詩庾信，芳蘭夾徑擬羅含。城中不少連雲第，可有清閒似屋南。蓮坡舅季新闢小園於道南，顔曰屋南小築，夕膳晨羞以賦白華之養。午晴樓、花香石潤之堂、送青軒、小丹梯、玉笠亭、若查讀書廊、月明擫笛臺、萱蘇徑，皆小築中勝處也。《槐塘詩稿》卷五

東莊遺集詩一卷　乾隆間大樹齋刻本

陳黄中撰。黄中字和叔，號東莊谷叟，江蘇吴縣人。父景雲，以學術名吴中，著有《文道十書》。黄中幼承家學，爲諸生時已有名。乾隆元年應博學鴻詞科，廷試被黜。七年，幕淮安。生平與桑調元、沈彤、胡天游交善。年四十餘，杜門著書。病《宋史》繁蕪，改定《宋史稿》一百七十卷。又撰《新唐書刊誤》、《謚法考》等書。卒於乾隆二十七年，年五十九。是集爲里人彭紹升輯，乾隆三十二年羅有高序。前三卷爲文，詩非完帙，不及百首，而氣骨高潔，情詞斐疊。據紹升所撰《傳》稱，黄中爲人所搆，下縣獄匱而得免。今集中有《和東坡獄中韻》，作於乾隆二十五年，詩云：「舊縶行臺四十春，自注：吴縣外獄爲前江蘇巡撫吴存禮入獄時所築，今幾四十年矣。無端亦著不羈身。自緣房琯生前定，此豈章惇解累人。直道固應罹法網，放歌彌覺長精神。同文

鈎黨從來事，噩夢相乘那有因。」「蕉鹿已知同夢幻，聲名那復計高低。腥羶有味憑爭蟻，醯甕無心看舞雞。遠復庶希顔氏子，苦言猶記伯宗妻。自注：清河君每以剛直賈禍相戒，故云。結廬偕去虞山老，爽氣支頤看閣西。自注：新居西閣正對虞山。」黄中入獄時，山東按察使沈廷芳專人往救之。既釋，住濟南濼源書院數月。作《東方未明之硯歌》，硯爲明趙南星藏，南星以忤魏忠賢，戍代州。此詩借以自況，語多激亢。又有《懷濼陽山長桑伊佐》、《寄懷沈椒園兼壽其六十》，皆羈留時所作也。沈彤《果堂集・贈陳和叔詩》有云：「讀書鄙訓詁，往往通大義。論史尤縱横，卓識拔前幟。」沈廷芳《隱拙園集》有贈詩。桑調元《弢甫續集》有《哭陳和叔詩》云：「生具三長擅史才，可堪垂老隱蒿萊。一頭地放廬陵叟，應爲千秋惜此才。」其人品學問，畧可知矣。

劍虹齋集詩五卷　乾隆十六年刻本

梁濬撰，濬字文川，號南原，又號秋穀居士，山西介休人。父錫珩，康熙間山右詩家，著有《非水舟集》。濬爲諸生時與同邑董柴等聯詩社。所著《劍虹齋集》詩五卷、《文鈔》三卷、《尺牘》一卷、《漱芳詩餘》一卷、《秋谷詩話》一卷，附《自訂年譜》，止於乾隆六年。據刻本其子本棨跋，卒於乾隆八年，年四十。其詩格調平弱，去錫珩甚遠。唯周游南北，所作《秦淮雜詩》、《遊卦山》、《登石佛山》、《石壁寺》、《廻鑾寺》、《題介子祠》、《遊雲岡寺》、《宣化道中感成》，亦有清音。《吉祥寺觀唐碑》、《題文衡山石湖烟水圖》、《題傅壽毛畫》壽毛名眉，青主子，有裨藝林之採。是集作序者王杰、朱承煦、董柴，校字者茹綸常，皆山右知名士。《晚晴簃詩滙》只選詩，未詳家世。董柴《如蘭集》亦有選詩多首。

蘭玉堂詩集十二卷續集十一卷　乾隆間刻本

張雲錦撰。雲錦字龍威，號鐵珊，又號藝舫，浙江平湖人。監生。少孤。母陸氏，爲陸奎勳妹。雲錦爲撰《舅氏陸堂先生傳》，見《蘭玉堂文集》。又有《哭陸堂舅氏四十韻》，記事甚詳。所撰《蘭玉堂詩集》十二卷，爲舒瞻刊，沈德潛序。收康熙六十年至乾隆二十一年詩。續集詩止於乾隆三十三年。依《六十生朝詩》推之，時年六十五。其詩以務實爲尚，與張錫爵相近。《題毛西河朱竹垞合像》、《宋徽宗鸜鵒圖》、《錢塘觀潮歌》、《虎丘雜詩》、《題吴甌亭所得宋槧許丁卯集後》、《觀金文壽門所藏唐甎》、《山陰竹枝詞五首》、《新安竹枝詞十三首》、《淡巴菰歌》、《觀李北海法華寺碑拓本》、《三塔歌》、《游黄山歌》，徵事取材，必有本原。間事雕繪，亦俱殊采。《風輪扇車歌》云：「君不見，信都芳昔創輪扇，二十四扇地下藏。一扇用以測一氣，氣應葭管時飛揚。又不見丁緩巧製七輪扇，輪大徑尺排中央。掉空特爲消暑具，翻翻葉葉凉滿堂。今之風輪毋乃是，貫以鐵軸弓彎張。轆轤引領機旋轉，圓輪頃刻周迴翔。奚奴掣曳憑隻手，用力雖小勢則强。騷人正作河朔飲，得驅炎熇峨冰霜。槐陰正午蟬正嘒，爽氣習習侵肌凉。老我指腕運無力，動摇懶以蒲葵將。愛兹清泠不待起，樹杪醉歌不覺言之長。」頗詳物製。又作《新安竹枝詞》十三首，採輯民俗。如云：「風土新安重女郎，挫鍼治綉守家鄉。只嫌惡俗難除卻，娶婦新昏夜鬧房。」又云：「芝麻菽粟田多種，蔓草青青共掃除。婦女盡將陰帽戴，不辭手釧去擕鋤。自注：俗呼凉帽爲陰帽。婦女用戴，以避田間日色。」又云：「早湯紛向肆中過，麫長上聲雞魚煮滿鍋。試與方家翻食譜，唐模不及堨田多。自注：歙俗，晨起過麫肆食麫，謂之早湯。方君士虡謂唐模堨田。麫少而味佳，今惟堨田佳。而唐模遠不及矣。」又云：「巖鎮潮糕味特麤，枉將詩句印模糊。不如買取酥糖喫，含弄雛孫儘足娱。」雲錦與厲鶚、杭世駿多有酬和。輓金農、施安、舒瞻詩，哭族叔張庚詩，亦載佚聞。合兩集詩共一千二百八十五首，皆尺寸所積。可謂篤嗜於詩者矣。

哭海鹽大令舒雲亭先生四首

十載相於道義敦，幾曾彼此有違言。初臨下邑忘賓主，乾隆丙寅從桐鄉調繁我邑。重寓荒齋勝弟昆。癸酉春以病乞假，寓予蘭玉堂之西齋。方謂借才憑作吏，何堪除夕賦招魂。先生歿于丙子臘月廿九。哭君枯盡平生淚，恰似春流迸處渾。風雅如君意本真，嗚琴餘暇偶留賓。一時讀畫偕方外謂恆上人，幾度編詩及故人。錢塘周少穆《無悔齋集》、施竹田《舊雨齋詩》、秀水家瓜田《强恕齋詩鈔》，及余《蘭玉堂詩集》，俱先生捐俸付梓。總是功名羞簿領，可知心跡厲霜筠。無兒莫漫嗟身後，舊路號呼徧子民。故山迢遞信音賒，凄絶空堂繐帳遮。節近春寒逢積雪，愁侵草色正思家。劇憐老屋俄摧樹，縣齋合抱大樹，前一夕忽爲颶風摧拔。辜負閒僧約鬭茶。南屏讓上人曾約新春茶集。安得築墳從鷲嶺，年年酹酒向梅花。鮑西岡運判没于官署，遺命葬靈鷲山側。

十杉亭子水雲寬，曾許春來賦牡丹。去冬長至後二日過話十杉亭，有賞牡丹之訂。一語那知成永訣，平生此恨信無端。不應藥裏庸醫悞，先生本傷寒症，庸醫誤投涼劑。留得詩篇俗吏看。著有《蘭藻堂集》十二卷，同年沈歸愚宗伯爲之序。幾點海山青未改，伯牙臺畔罷琴彈。臺在海鹽東城外。《蘭玉堂詩續集》卷一

何處因荒好 荒無好處，云好，警之也。

何處因荒好，荒宜豪富家。放錢科倍利，買産勒無加。問價爭屯米，居奇更積花謂棉花。縣官親勸賑，門外遠排衙。

何處因荒好，荒宜米儈家。近倉秈競易，冬漕用秈。每以鄉米增價相易。入肆稉尤譁。但博珠量斗，寧知飯有砂。急舂充着酵，湖俗：舂米入囤，急欲其熟，必着酵。要作隔年誇。

何處因荒好，荒宜皂隸家。糧清差任討，隸能催糧盡完者。例許討差。租了例無賒。湖邑差追租米。每石現扣酬勞。伍伯初銷假，飛符又放衙。魚蝦今歲賤，供醉眼前花。《蘭玉堂詩續集》卷三

雪杖山人詩集八卷 嘉慶五年刻本

鄭炎撰。炎原名源，字清渠，浙江秀水人。諸生。性顛放，流連詩酒以終。從弟虎文，亦負詩名。此集乃嘉慶五年鮑廷博以所藏寫本付雕，有馮浩序、顧列星跋。顧跋云：「余少與先生同采泮芹。先生年長以倍。」跋作於嘉慶己未四年，列星年七十六，炎當年長十餘歲。集中詩迄於乾隆丙子二十一年，或係卒年。雍、

乾之際，秀水詩家皆别闢蹊徑，力求自異。雪杖山人詩造語奥衍，徵事亦博。自謂意趣得而詩自成章，必屏除一切，日進不休，方能得天地自然之韻。其詩時宣鬱抑疾苦之思。《次大愚者英堂作歌》、《採菊行》、《東牀詩》、《角觝歌》、《學書篇》、《讀漢書五行志》，俱戛然獨造。《觀漢書食貨及輿地兩志有感》云：「吾聞薛子仲，又有張長叔，乘傳求利無厭足。臨淄姓偉繁有徒，空簿多張耗鹽粟。長安鍾官鐵鎖盈，法禁森森摇手觸。一朝赤伏盪煩苛，野市懸魚郭懸肉。非關周禮法難行，未向滹沱嘗豆粥。大事不懼天助威，威斗無靈火然屋。君不見，鄧禹城邊起白雲，至今猶有飛人伏。」又有《費氏五丁鑿山歌》，皆爲前人未吐之奇。《鼉江行》記當日水患云：「葛溪横流繞深谷，葛溪小史三熏沐。半夜人來土怪鳴，鼉江夜夜鼉聲哭。龍骨堆成百丈山，龍賓怒擲丹沙粟。鼉江江上疇復疇，草兮總角騎茅牛。湖廣湖田豬牧養，百間瓦屋鳥狐愁。五羊城外風漂至，武弁屯田頗瀏利。仙令開筵花署中，偶然一笑招爲壻。花雕細果銀流匙，繡帷燭燄光差差。一年夫婦魂傷目，半子情懷水浸池。哭聲耿耿流鵑語，粉氣單單没苑墀。襁中弱息嬌無力，掌上珍珠贈以詩。二十餘年倏如電，峥嶸頭角禾中見。慈雲嶺上謁高官，一尉偏能三署縣。蝶子花開蝶子愁，鈴兒果熟鈴兒現。君不見，翰林先生載黄屋，田家小子牽黄犢。要知賣劍能買牛，何異儒生把書讀。寄語台州諸達官，秋風落帽烏頭秃。」《煮新糯》寫荒後貧富相比云：「鍋炊跳過荒年米，飽饌揮金噀玉人。一道天河直通海，半甌雲液頓回春。空城月斧修皤腹，彩石靈媧補漏身。笑彼富兒醨不設，競誇捐米救窮民。」譏刺之語，常入木三分。《羅浮紀境詩》，一丘一壑，具有遠致。其詩不襲前人，詞必己出。然轉作艱深，窒礙亦多。《淨慈寺志》卷十三《山水門》收有鄭炎《小有天園》佚詩多首。

秀鍾堂詩鈔一卷拾遺一卷　嘉慶五年刻本

寅保撰。寅保字虎侯，號芝圃，漢軍正白旗人。乾隆十三年進士，改庶吉士，授編修，三十四年，官杭州織造，三年而卒。是集爲嘉慶五年其子書魯家刻，馮浩、鐵保、費淳、王文治、吴錫麒、阮元、曾燠、英和序。出古北口、熱河、盤山等詩，俱無壯采。五十歲後詠江南風景詩、《題四夢圖》、《再詠四夢圖》，以題畫雜詩，較爲清雋。《觀劇雜詠》云：「清尊社裏偶開筵，一曲東風奏管絃。樂事賞心隨處有，小男輕唱奈何天。」「紅牙板按曲聲低，别緒離情淚暗啼。一箇長亭分去住，車兒東向馬兒西。」「四面風傳盡楚歌，渡江子弟已無多。拔山力竭虞兮死，垓下空教唤奈何。」「雨淋鈴處剩三郎，比翼連枝總夢鄉。一騎塵隨鼙鼓散，曲名猶説荔枝香。」「吴兒莫唱浣紗詞，雲散風流又一時。烟水兩湖殘照外，苧蘿何處問西施。」「游湖重演舊排場，翠繞珠圍十二行。簫鼓畫船懽卜夜，至今猶記賈平章。」「秦淮歌舞舊如雲，惹柳黏花醉夕曛。公子四家齊買笑，得名翻讓一香君。」「五花爨弄樂逢場，吹竹彈絲各擅長。曲有誤時誰解顧，風流還憶老周郎。」所詠均爲膾炙當時名作。

清人詩集敍録卷二十八

卓山詩集十六卷　嘉慶二年刻本

帥家相撰。家相字伯子，號卓山，江西奉新人。乾隆二年進士，改庶吉士。官吏部主事，出爲深州知州，擢潯陽知府，官至廣德道，被劾歸。伯父念祖，官廣西布政使，能詩，有《樹人堂集》。家相早年即以詩文馳名，故有「大小帥」之目。撰《卓山詩集》，《四庫存目》著録十二卷，《提要》稱：「又名《三十乘書樓集》，中多改竄之處，蓋猶其自訂之原本也。」是集爲十六卷，子焕刻，詩共一千二百九十八首。卷首周學健、何晫序，乾隆十九年門生汪士通序。據嘉慶二年帥焕《跋》云：「《四庫》雖已採録，尚未有刊本行世。」然則《四庫》所採爲底稿本也。卷四《追和馬九員外》注曰：「余頭顱未四十，所遭遽已如此，矧過此乎。」詩作於乾隆九年，約爲康熙四十四年生。而帥焕《跋》稱「下世二十餘年」，卒年在七十外矣。其詩贛桂山川風景最多。《黄河謡》，居庸、塞北諸篇，尤爲沉雄。《承方公閣學苞手札》、《觀高其佩指畫羣魚》、《題杭大宗松吹書堂圖》、《觀天主教西人畫壁篇》、《觀何三十二桃花扇劇曲題辭行》、《自題三十乘書樓》、《論詩絶句》，作法甚變，堪稱能手，嘉慶間曾燠選入《江右八家詩》。

觀天主堂西人畫壁篇

泰西畫工傳未久，宗派誰何古無有。只營分寸在毫芒，但入睥睨通户牖。丹青不資鉛粉麗，機軸全關斡旋手。神光攝現有無間，摸索疑回十凡九。昔來此堂垂十年，昔得眼俊猶茫然。即今眊瞶復來此，眼明眼暗同瞻延。左爲崇軒右窟室，兩開洞達中綿連。畫家落想轉不到，走役公般成窔奥。旁穿曲屬百千楹，側注廻凝盡馳造。反捫却辨搆虚空，綺疏繡柱低徊中。緑沉屏風金縷鼎，一時沓現玻瓈宫。其間列壁盡塗績，别狀羣番姿狡獪。旌帶飛纏葆幢長，馬蹄怒踏惟廧外。追形極貌百怪逃，虬鬚竪捲筆益豪。毴毛一獸復無匹，庶効共球事旅獒。吾聞西洋抵南極，耶穌立教人羶臊。算家偶爾濫推測，畫手那更攀風騷。亦知微技隸游戲，固傷淫巧收甄陶。聖朝琛賮合萬國，大宛名馬兼葡萄。狻猊白麟滿中土，金華石渠天漢高。西利瑪竇何足道，君不見，王會新圖繪六鼇。《卓山詩集》卷十一

登壩四首　壩，嶺也。出張家口六十里。

馬驕爭蹀躞，已入大荒中。毳幕居廬絶，麻尼異俗通。乾坤還太古，日月住虚空。舊地崑崙脊，茫茫萬象窮。蒙古俗，梵經書旗植竿風中，麻尼準誦經功德，麻尼，轉也。

絶域連伊里，降王首畏吾。流沙非險磧，宛馬自通都。乞縷憐蕃女，空廬奉使符。星羅碁布地，

指數視狼胡。畏吾兒卽今哈密部，挈烏拉使至蒙古，人皆空廬帳以居使者。　闢土耕遺鏃，防秋解鐵衣。庫車三萬里，黑水十重圍。劍動傳俘馘，駝奔走捷旂。漢廷羞衛霍，擴地過金微。哈拉烏蘇，譯言黑水。又外臺郵騎，多用橐駝馳之。　弓衣渾自喜，繡褶玉驊騮。倚醉陰山道，呼鷹赤嶺頭。書生渾鹵莽，詩句得清遒。相問牛羊熟，嬉恬更可求。邊外以牛羊孳息爲歲稔云。《卓山詩集》卷十二

浣玉軒詩集一卷　光緒十六年刻本

夏敬渠撰。敬渠字二銘，一字懋修，江蘇江陰人。貢生。博通經史百家、天文、曆算之學。爲幕僚有年。徐元夢疏爲纂修八旗志書，因病未果。卒於乾隆五十二年，年八十三。所著《綱目舉正》、《唐詩臆解》、《醫學發蒙》，未見刻本，唯小説《野叟曝言》盛行於世。此集《讀經餘論》、《讀史餘論》及詩文各一卷，有潘永季、方桑如舊序。夏祖耀跋云：「詩集舊分《亦吾吟》、《向日吟》、《王五都吟》、《鼠肝吟》、《吴歈吟》、《秣鶡吟》、《瓠𤬪吟》等篇，兹並是題而輯作兩卷，仍以自序弁之。」又據光緒十六年曾姪孫子沐跋云：「經庚申兵燹，諸書無復存，詩文亦無完本。今搜括僅得駢散文若干篇、古近體詩若干首，編成四卷。」故是本皆斷簡零篇，不自系統。如《論詩絶句六首》祇存其一，《懷人詩》祇存徐元夢、孫嘉淦、高斌、明安圖數首。登覽懷古之作較多，行踪南至豫章，西極秦隴。《西遊辭》、《結交歌》、《苦雨行》、《孫兒行》、《秋興八首》、《滕王閣放歌》、《訪杜康故址》，

抒寫志趣，每出新意。乾隆十三年，作《舉鴻詞由縣府司録送至三院會試被放》詩，亦俱舊聞。

鮚埼亭詩集十卷 四部叢刊影印舊鈔本

句餘土音三卷 嘉慶十九年刻本

全祖望撰。祖望字紹衣，號謝山，浙江鄞縣人。乾隆元年進士，改庶吉士，散館以知縣用，遂歸。主講蕺山書院，一年辭去，再主粤東端溪書院講席。二十年，以病還，終于家，年五十一。淹通文史，勤於蒐討。著《鮚埼亭文集》，分内外編，凡涉禁忌者多列《外編》，研究明季史乘，首推此書。又有《天一閣碑目》、《七校水經注》、《困學紀聞三箋》、《續成宋儒學案》、《續選甬上耆舊詩》行世。《詩稿》十卷，嘉慶甲子史夢蛟刻本，不及傳鈔本。此《四部叢刊》影印無錫孫氏小緑天藏舊鈔本，亦善。祖望夙工詞章，詩不畫唐宋鴻溝。《攝山懷古》、《定林寺》、《雙湖竹枝詞十六首》、《阿育王山晉松歌》、《夜讀漢書》、《若耶溪竹枝詞七首》，詠粤中名勝光孝寺、七星巖諸調，格高辭豐。平生於前朝典故，最爲諳悉，又勤訪遺聞，網羅散佚，形爲詩歌，加以論斷，深恐有關文獻人物，湮塞無聞。如《過石齋先生正命處》、《過石齋先生正命處詩以弔之》、《從朝天宫謁孝陵》、《秦淮河房追懷復社諸公》、《笪橋有百歲老人爲予指海岸先生正命處》、《坊中買千頃樓舊書》、《羊山吟爲蒼水尚書作》、《明司天湯若望日晷歌》、《碣石行》、《漳浦黄忠烈公夫人蔡氏寫生畫卷詩》有序、《左寧南像》、《明陳待詔老蓮畫》、《明洪武欽定五權歌》、《湯千户歌》、《題明太祖紀後》、《題史閣部傳後》、《蒼水先生墓道漸湮道士吴乾陽謀修復之和鈍軒韻》、《題寧人先生神道表後》、《信宿姚江舟中偶作三哀詩》，雖無激切之音，而懷故之思，用世之旨，無弗寓焉。《清稗類鈔·訟獄篇》謂祖望嘗作《皇雅篇》，有「爲我討賊清乾坤」等句，幾獲譴。幸大學士某爲之解釋，始免。此説毫無根據，《類鈔》乃稗販之書，不足信。祖望受鄉前輩黄宗羲影響深，於當世儒林鉅子多有切磋之誼。嘗輯《韓江雅集》，與厲鶚、杭世駿、秦蕙田，稱「韓江詩社浙中四寓公」。詩記書帶草堂、二老閣、西江書屋、七峯草堂，《哭萬編修文九沙》、《哭鄭丈筠谷》、《哭惠丈半農》、《舟中編次南雷宋儒學案序目》、《湄園謁方丈望溪》、《辨所南心史》、《正水心集》、《讀史小詠》、《爲馬半查題漢竟寧雁足鐙》、《題吴繡谷手校宋槧許郢州集》、《姜白石詩詞集刻成卽傚白石體落之》、《鷗波道人漢書嘆》、《南枝先生賣字歌》，見解既高，復饒清雅。杭世駿上書泯滿漢之見，爲乾隆所譴。祖望作詩以訊之，有云：「南人作宰相，唐世三陸公。繼以鍾張姜，勛德各可宗。必欲擯南人，王寇良未通。後來地氣易，逵路多南鴻。遂欲擯北人，其説將無同。有明昔中葉，左袒亦成風。王彭暨謝焦，邪正不相蒙。南北互用舍，褒譏宜折衷。川嶽應芭苻，剛柔各有鍾。代馬與越禽，應運迭污隆。乃若宗國胄，多以喬木雄。翼則幸附鳳，鱗則幸攀龍。日月之所近，風雲于焉從。不見豐沛人，屠販咸奮庸。至尊御皇極，平衡歸大中。黨部何所樹，我見何所容。吾友杭編修，古今羅心胸。經術經世務，綽有賈董風。發言一不中，愆尤集厥躬。惜哉朝陽鳳，而不叶絲桐。」杭之朋輩中，無人敢言如此。單刻《句餘土音》，門人董秉純編定，爲乾隆七年祖望居里中與同社唱和之作。凡四明歷史、人物、故蹟、貢産、學舍、墓里、土物，無不入吟，可爲一方志畧。題曰「土音」，以志其爲里社之言也。

稻畦集詩鈔一卷二集一卷　乾隆間刻本

陳沆撰。沆字湛斯，號澄齋，浙江海寧人。監生。工詩，詞亦擅能。《詩鈔》有乾隆元年自序，署時年三十二。《二集》刻成，有乾隆九年自序。詩不名一家，翩翩有致。唯經歷窄狹，游處贈酬之詩，都不足重。《讀昌谷集》、《讀玉谿生詩》、《讀楊椒山先生集》、《讀瞿稼軒先生浩氣歌》、《書漁洋山人精華録後》、《桃花扇劇二首》、《讀查伊璜先生遠道詩遺蹟有感》、《毘陵燈詞》四首、《與俞子省源談詩》四首等篇，自抒心得，可稱佳製。《書有學集後》云：「黨魁名姓落金甌，玉馬銅駝淚忽收。老去風懷迷左右，亂餘佳日邁春秋。長年未免蘭成累，絶調還凭中散留。一代舊聞灰燼滅，九廻腸斷絳雲樓。」於錢謙益嘲諷頗深。雍正間詩人，沿清初風氣，以奥衍爲宗者，遜其博大；轉師自然者，學不足副之。沆於學力未深，而詩盡可讀，此亦差强人意矣。

南漪遺集詩不分卷　乾隆間刻本

張熷撰。熷字曦亮，號南漪，浙江仁和人。工詩。雍正間，與杭世駿、符曾、王曾祥、汪沆稱「松里五子」。乾隆十二年舉人。習於經史。十五年詔舉明經之士，其名徵詣京師。乃游金谿，舟至三衢，暴病而卒，年四十六。其子埏爲刻《遺集》四卷，文賦爲主，詩僅六十四首。卷首杭世駿序，附全祖望所撰《墓誌》、丁敬《祭張南漪文》、汪沆《題南漪遺照》、華喦輓詩。刊本殊不易覯。熷不喜場屋之文，好學劬古。《壽月白先生》、《輓鄭筠谷先生》、《集南華堂觀琉球官工墨譜》，皆可徵事。又爲鄭江《筠谷詩集》、周天度《十誦齋詩集》作序，爲吳焯撰《行狀》，殆亦西湖詩社一子。惜年不永壽，全祖望謂「所存皆非其底藴」，是可悲也。

説雲詩鈔五卷　光緒十三年重刻本

袁守定撰。守定字叔論，號易齋，晚號漁山，江西豐城人。雍正八年進士。乾隆二年任湖南芷江知縣，調黔陽。官至禮部主事。歸講豫章書院。二十一年，官直隸曲周知縣。二十五年，復由禮部休致。本書有乾隆三十九年自序，蔣士銓、魯士驥序。初刻嘉慶十九年，凡詩四卷，附作詩年譜一卷，爲其孫棨續編。生於康熙乙酉四十四年十二月二十四日，卒於乾隆辛丑四十六年，年七十七歲。守定詩有六朝根柢，學不窘狹。《詠史樂府十二首》、《讀列仙傳九首》、《秦紀》、《漢紀》、《隋紀》諸篇，以及讀《谷音集》、《九靈山人集》、《鐵崖集》，皆取讀書偶得，形之歌詩。在湘黔所爲詩，抒寫志趣，不加鏤琢。《在黔陽縣作》云：「山水關黔陽，千林競莽蒼。凍雲黏鹿嶠，寒漲蝕魚梁。淺抱官宜小，幽情邑樂荒。所資尚道泰，微尚有輝光。」北游作《曲周雜詩》，多見其地風俗淳美。乾隆二十一年奉差至蒙古，作《烏蘭哈達曉發》譯言紅山云：「茲譯是紅山，何曾見土丹。曉風來腋下，邊色上眉端。一鶻穿雲破，雙輪輾夢殘。客行無住著，任處且盤桓。」又經札薩克、哈爾沁、翁牛特、巴林諸地，有《秋風引》等篇。晚多擬陶，以田園之興托諸謳思。蔣士銓甚稱之。

估客樂

陽翟市兒營阿堵，日操奇贏夜勾股。眼見青蚨掌上舞，繆麸銀米賤如土。新起大第高連雲，吴綾蜀錦作重茵。青絲寶勒紅麒麟，坐下生風不動塵。共羡年來恒得意，懷資偏識金銀氣。赤野奇珍都可致，何況金窟何足貴。平頭奴子夾馬蹄，香街紫陌踏花泥。美人滿進金屈卮，明珠買笑醉不歸。自言家兄堆滿宅，使鬼通神無不得。餘波猶潤朱輪客，何須胸貯三斗墨。《説雲詩鈔》卷三

含薰詩三卷　丹橘林詩二卷　乾隆間刻本

吴楷撰。楷字一山，江蘇儀徵人。諸生。乾隆十六年南巡召試舉人，賜内閣中書。詩初刻名《含薰詩》，乾隆十年徐沿序。續刻名《丹橘林詩》，乾隆十八年沈德潛序。楷得聞王式丹緒論，趙執信過維揚，又與之游，多有所得。與吴敬梓、金兆燕亦有往來。集中《題周櫟園手書詩卷》、《題汪舟次手書詩册》、《平山堂懷古》等作，悉可觀採。與程夢星、厲鶚、閔崋、李葂同學。《送唐石士之九江》，石士爲戲曲家唐英。乾隆巡江南，召試者五十四人，應試者四十七人。集中有《紀恩詩》記其事。兩集多酬答之作，然不苟作，故亦不甚繁碎也。

半村居詩鈔二卷　雍正間刻本

王鵬撰。鵬字圖南，浙江金華人。舉人。官廣東潮州鹽政司。詩鈔爲王崇炳序，分上下卷。上卷以燕

遊詩居多。《浴象行》、《戲題燕女打太平鼓》、《陶然亭》，均以京都見聞，矢諸吟詠。嘗出居庸關至上谷，沿途有作。下卷由贛州至南安，度大庾嶺，作《粤行卽事偶述四首》。至潮州，有《碣石觀海》、《海豐鹽場》等篇。詠潮州景物，兼述民情。復入閩，不多作矣。歸居半村，有遊西湖及金華洞壑詩。詩名不著，而語不主常，隰括婉約，亦有標致。

璞庭詩稿六卷　乾隆間刻本

吴爚文撰。爚文字璞存，一字樸庭，浙江山陰人。雍正間貢生。學詩於王霖，與胡浚、桑調元、厲鶚、施安、杭世駿、商盤、董柴諸老輩時相切磋。乾隆東巡蓮池，召試詩賦於蓮花書院，方觀承取其詩進，爲記名。卒於三十四年，年六十四。此集首王霖、胡浚序。卽《四庫存目》著録後六卷，晚年自訂。王序稱其詩「上有漢、魏，下迄元、明，靡不窮流溯源，反覆研討，故不苟作，作則不蘄於傳不止。」序後爚文自識云：「此吾師癸亥秋筆也，距今四載，師已徜徉林下。」王霖卒於乾隆十九年，有《年譜》與沈堡《家傳》爲證。乃乾隆十二年爚文作此識語，或紀年有誤歟？集中《登會稽香爐峯》、《踏燈行》、《冬雨歎》、《游硤石山青蓮寺》、《投壺歌》、《蓮花洞》、《曹江觀競渡》，以所歷見賦詩，規模畧具。《題趙文敏昭陵六駿圖》、《題趙千里阿房宫圖》、《讀離騷》、《題青藤山人畫觴政圖册》、《書海珊評杜詩後》、《扶衣玉刀歌爲朱浣桐方伯賦》、《登南亭觀漢世祖明成祖駐蹕碑》、《陳老蓮后羿射烏圖》、《曲陽孫晴崖明府掘地得晉王李克用手書安天廟題名碑》、《陸蘭圃石劍歌》，探賾索隱，而古懷壯思，不可羈勒。《大閱圖歌》序云：「明神廟初，從江陵相國請，大閱於京營教場，時先高伯祖兵部尚書環洲公實典六營禁旅。晝三丈有奇，自宮闕外王陵寢極于沙漠形勢畢具，士馬旆械以及御仗百僚皆精彩煥發。」讀之亦可得其髣髴。《閱桃花扇傳奇》十二截句，間有考注。其一云：「黄鵠磯頭楚兩生，漁洋相對不勝情。秣陵唱出秋風曲，似聽淋鈴第幾聲。」首句用吴梅村詩。自注：「蔡州蘇崑生善歌，維楊柳敬亭善談，皆客于楚，爲左寧南幸舍重客。吴梅村有《楚兩生行》。」又云：「關節誰傳七字詩，牧齋枚卜阻前期。白娘老去風情在，忍學香山遺柳枝。」自注：「寇白門本韓求仲愛伎，爲錢牧齋所得，怒甚。試浙時，遂有一朝平步上青天之謡。」又云：「渡河兩疏更奚求，勇冠三軍奈寡謀。一夕女戎能誤國，月明腸斷廣陵秋。」自注：「高英吾率數十丁入睢城，許定國以四豔姬侍高，而以二伎偶一丁寢，及砲發竟敗，揚州遂危。」又云：「後先二十七年中，白馬青絲讖早同。流出秦淮宮内水，不須嗚咽怨田雄。」自注：「崇禎卽位日，殿柱上見黄袱，内一紙云：天啟七，崇禎一，還有福王二十七，蓋妖書也。中軍田雄以洪先降。」子璜，有《黄琢山房詩稿》。

柏香書屋詩鈔二十四卷　道光二十二年刻本

張鳳孫撰。鳳孫字少儀，號息圃，江蘇華亭人。雍正十年、乾隆九年兩中副貢。爲尹繼善幕佐。父官印江知縣，犯罪遣戍，鳳孫請以身代。乾隆元年舉博學鴻詞，又薦經學，未第。自貴州縣丞累官雲南糧儲道、刑部郎中，至四川永寧道。乾隆四十八年卒，年七十八。能詩，袁枚《隨園詩話》嘗引摘其句。其甥畢沅欲爲刻集，不果。此本乃族裔所刻，有乾隆四十四年秦瀛序，嘉慶二十三年趙懷玉序，道光二十二年張維屏序。生平俱由序跋見之。詩歌編年，起於雍正十年，迄乾隆四十八年。贈尹繼善、查禮、方觀承詩最多。兩家進呈詩文，亦多出鳳孫之手。迎鑾扈蹕熱河，與八旗官員贈答弗盡。鳳孫久游滇黔，山水詩能探奇索奥。《尋橦曲》、《金牀行》、《辰沅雜興三十二首》、《棉花詞十一首》、《永定河紀事三首》，均較質實。《題匠門先生詩後》、《輓張若靄》、《題李世倬畫羣真圖》、《題鐵簫樂府》、《贈桐城詩人馬湘靈》，間載佚聞。其詩大抵於唐、宋、金、元、明諸名家靡不披覽，故有體格。書後有方廷瑚跋，知原本篇什尚多，是鈔爲後人所删。曾燠《朋舊遺詩鈔》有鳳孫詩八十首，其中如《金江櫂歌十二首》、《督押俄羅斯人往還境上雜書所見得絶句十首》、《聽馬君珩聲談鑿江事因爲短歌》，均爲是鈔所不載。删詩之弊，使原作幾不復與人相見矣。葛祖亮《花妥樓詩》有《送同年張少儀詩》。光緒間張聯《桂延秋吟館詩鈔》卷四有《題張少儀鳳孫觀察孝恩墨淚遺册》。

督押俄羅斯人往還境上雜書所見得絶句十首

一溪新漲碧於油，萬點花飛古渡頭。笑殺武陵癡太守，桃源更遣老漁求。

春山如錦復如霞，一抹桃花襯菜花。山下笛聲牛背出，山頭酒幌舞風斜。

放燈才過又收燈，石角新犂土幾稜。莫問田皮與田骨，大家引灌水層層。田轉售而不推糧者爲皮，糧存原業者爲骨。

刼灰已盡燒痕餘，火種當年俗未除。都把弓刀换牛犢，故應作社報無諸。閩有越王無諸廟。

水梘潛通古澗寒，清泠十里落風湍。龍孫信有神龍用，爲雨爲霖事不難。以竹相聯，引水曰梘，音如簡。

遠近雷傳奔瀨響，高低屋架轉輪車。水舂自足矜人巧，不怕天機太損磨。置碓急溜下，輪轉如風，不煩人力。

紙錢白罥草根青，山穴都爲偃月形。寒食未來春醮草，土風應爲補圖經。閩人謂祭爲醮。

榮枯一樹費平章，半已青青半尚黄。莫怪吹嘘有先後，天公連日趕春忙。茶柏等樹，新葉已生，舊葉未落，一時乘除不盡。

誰説雕題嗜不同，也知白鏹勝青銅。殊方貙虎歸芻豢，聲教東南一尉通。俄羅斯人頓宿處，予以銀乃行，錢則不取。

不因星火簡書頻，那得閒情玩好春。直把肩輿當驢背，灞橋詩思一時新。曾燠《朋舊遺詩合鈔》卷四　案：此詩不見《柏香書屋詩鈔》。題曰「督押」，乃護送之意。

空山堂詩集六卷　嘉慶八年刻本

牛運震撰。運震字階平，號真谷，一號空山，山東滋陽人。雍正十一年進士。官甘肅秦安、平番等縣知縣。值固原兵變，爲書策平定。後竟免歸。主山西河東書院講席。有《詩志》、《易解》、《春秋傳》、《史記評注》、《金石圖》，俱收入《空山堂全書》。卒於乾隆二十三年，年五十三。《詩集》六卷與《文集》爲其子編刻，各卷以事繫名。前有趙懷玉序。康熙六十年至雍正九年詩，曰《焚餘詩草》，自謂存者什一。通籍前後七年詩，曰《金臺詩草》。乾隆三年至十年詩，曰《秦徽詩草》，爲仕秦安兼攝徽邑所作。十年移令平番至十三年罷官作，曰《允吾詩草》。平番屬涼州，邑在漢唐爲允吾，故名。乾隆十四五年詩，曰《金城詩草》，居蘭州講書院作。卷六曰《歸田詩草》，其中乾隆十九、二十年主講晉中河東書院。運震學博而不精粹，然久在隴西，著文名，傳授弟子，臨洮吴鎮即出其門，是亦未可厚非。詩不務多，而有渾灝之氣。《登崆山》、《趙充國墓》、《謁泰伯廟》、《班孟堅墓》、《過同谷杜工部祠》、《過祁山堡》、《蘇武廟》、《過武功懷康對山八首》、《淮陰侯墓》、《平番城樓眺望》、《任將軍歌》、《登臯蘭望河樓》，穩當無炫。惜未能清超，正自有限此耳。

松泉詩集六卷　　乾隆間刻本

江昱撰。昱字賓谷，號松泉，江蘇揚州人。諸生。嗜學。所居凌寒竹軒，擁書萬卷。嘗與程廷祚辨論《尚書》古文，至日晡忘食，袁枚目爲「經癡」。著《尚書私學》，推重毛奇齡《寃詞》，而以閻若璩辨《僞古文尚書》爲非。又有《清泉志》、《梅鶴詞》、《山中白雲詞疏證》、《蘋洲漁笛譜考證》等書，與弟恂齊名。乾隆四十年卒，年七十。刻《松泉詩集》六卷，《四庫》列入存目，爲乾隆二十六年以前詩，首陳以剛、陶士偰、李繼聖、曠敏本、段永孝序。生平踪跡，嘗客武昌，一至其弟常寧縣署，並游衡嶽，餘則往來於維揚、京口、石城、鳩江間。《送屈悔翁徵君歸蒲城》、《梅花斷紋古琴歌爲程洴江太史作》、《雨中簡金壽門》、《答程魚門寄懷》、《送張古愚歸安邑》，以及與盧見曾、馬曰琯、曰璐兄弟、陳撰、閔崋、王藻、王箴輿等人贈唱，結納盡名流高逸矣。又與吴敬梓有交。《訪吴敏軒留飲醉中作》，作於乾隆十七年。《文木山房集》亦有《留别江賓谷》二首。又與李葂善，有《贈李嘯村》詩多首，葂亦吴敬梓至友也。《重晤唐蝸寄使君觀劇潯陽關署》，蝸寄爲唐英，漢軍正白旗旗人，時任九江關監督，善製曲，著有《古柏堂傳奇》十三種。《悼屈悔翁二首》云：「大雅久衰息，風騷祖德存。百年遺一老，四海泣精魂。寂寞青山閉，飄零白髮尊。何人扛健筆，碑誌北邙原。」「杜老棲遲地，欲歸終未歸。等身書在篋，繞屋樹成圍。素業孫堪付，高懷識已稀。寒煙楚江夕，北望淚頓揮。」其詩涉及金石博物，多所蒐討。《西洋顯微鏡小景歌》云：「石脂琢桃如指頂，中虛生白天地寬。玻璃小牖瞪魚眼，幻境恃此生波瀾。諦眎競學湘東眇，不禁叫絶驚曠觀。樓亭樹石靡不具，尤奇天水迷茫間。我聞西洋人最巧，碧眼精瑩窮杳渺。鏤粟作佛琱核船，兹獨别天藏細小。外不加大裏不縮，有若鵝籠難測曉。引人入勝不忍釋，翻恨傳觀客紛擾。洋人心巧真不同，棘猴楮葉徒爲功。盍取名勝替閒景，五嶽岱華衡恆嵩。極諸海上三神島，無不可納之壺中。卧游頃刻周寓内，舟車底事勞西東。」又作《金錯刀歌》、《大禹開山幣歌》、《丁南羽盧仝煎茶圖》、《鄂王玉印歌》、《王櫟門印册》、《斑魚》、《蟫螯》、《墨晶眼鏡歌》、《題西洋畫》、《粉繭卜》，牢籠百態，本原深厚，非纖巧可及。《論詞絶句》十八首，議論亦精。

論詞十八首

巴歈里社各紛然，法曲飄零五百年。只恨無人追正始，廣陵何必遽無傳。

臨淄格度本南唐，風雅傳家小晏强。更有門牆歐范在，春蘭秋菊卻同芳。

紅杏尚書豔齒牙，郎中更與助聲華。天生好語秦淮海，流水孤邨數點鴉。

一埽纖穠柔軟音，海天風雨共陰森。分明鐵板銅琶手，半闋楊花冠古今。

綺語消除變老蒼，著腔詩句欠悠揚。如何鼻祖江西社，不受詞壇一瓣香。

詞壇領袖屬周郎，雅擅風流顧曲堂。南渡諸賢更青出，却虧藍本在錢塘。

辛家老子體非正，有時雅音還特存。卓哉二劉並才俊，大目底緣規孟賁。二劉，謂後村、龍洲

石帚高情自度工，孤雲無迹任西東。樂書不賞張兄死，只合歈簫伴小紅。

蓮花博士浣鉛華，風味蕭疏别一家。便使時時掉書袋，也勝康柳逐淫鼃。

纖綃泉底去氛埃，省吏翩翩絶世才。具有錦囊幽豔筆，固應平睨賀方回。

四稿何人解問津，空憐字面細推尋。要知金碧爓煌處，七寶樓臺運匠心。

碧山花外韻悠然，意度還追白石僊。怊悵埋雲空玉笥，一鐙後此竟誰傳。

潛夫雅志足風流，象筦蠻牋庾信愁。三昧此中誰會得，數聲漁篴起蕢洲。

落魄王孫可奈何，暮年心事泣山河。宫商豈是人間調，一片淒涼不忍歌。玉田

幼年有癡老知難，鉛汞知應到九還。妙訣究非高遠得，日湖平正費躋攀。

漱玉便娟態有餘，趙家芙草夢非虚。最憐重九銷魂句，吟瘦郎君總不如。

別裁僞體親風雅，畢竟花葊遜草牕。何日千金求舊本，一時秀句入新腔。弁陽選詞今止七卷，且有譌闕，意非原本。

暗香踈影静生春，緑意紅情迴出塵。寂寂自開還自落，人間誰是别花人。《松泉詩集》卷一

訪吴敏軒留飲醉中作

歲首擔簦赴選場，忙逐兒曹那得辨。草廬先生高閉門，咫尺鎖闈脚不躝。功名早已付稺子，昨歲蒙恩賜中翰令嗣烺。閭里駭汗封秩榮，猶急朝饑一簞飯。殘雪在地梅亞牆，鎮日長吟踞經案。緜莊徵君住城北程啟生丈廷祚，情話相尋等親串。烏衣少年從説詩，豈止讀書袁豹半嚴東有長明。當時王謝久凋零，要使人才繼先彦。桃花燕子石城春，宋張良臣詩：燕子桃花古石城。宜著欽崎我輩人。宫觀松筠衢巷錯，匡牀風雨夢華新。只今傭保須眉際，六代煙霞色尚存。青袍屢踏長干路，按劍惟遭主司怒。恩命今年開特科，鐵網珊瑚交碧樹。陬澨萬人趨會城，較量羊肉與菜羹。宋時士子諺：蘇文熟，喫羊肉，蘇文生，喫菜羹。嚶鳴雅誼盡消歇，令人空對鍾山青。陳定生，吴次尾，豪氣元龍四公子。風流剩有默巖孫

敏軒爲玉隨侍讀曾孫，好供清淮泛煙水。《松泉詩集》卷五

秋聲館吟稿不分卷　乾隆四年刻本

符之恆撰。之恆字聖幾，號南竹，浙江仁和人。年十五從厲鶚游。補博士弟子員。後棄舉業，日與西湖名士聯吟。見於是編者，有丁敬、吴焯、符曾、汪沆、厲鶚、王曾祥、龔之鐸、施安、吴穎芳、周天度、徐逢吉、杭世駿、陳皋、汪浦等人。其詩清雋可喜，所詠盡杭州名蹟。是編爲報恩禪寺刻，無序。據汪沆《墓誌銘》，爲乾隆三年卒，年三十三。杭世駿撰《符南竹傳》，見《道古堂集》。

丁辛老屋詩集十七卷　乾隆四十一年刻本

王又曾撰。又曾字受銘，號穀原，浙江秀水人。乾隆十六年召試舉人，授内閣中書。十九年成進士。官刑部主事。未幾，歸里，以筆耕自給。卒於乾隆二十七年，年五十七。詩與錢載齊名，又與萬光承、汪孟鋗等相砥礪，時目爲秀水派，而影響不限於浙中。撰《丁辛老屋詩集》，乾隆四十年休寧曹氏初刻於新安，爲詩十七卷、詞三卷，金兆燕、曹自鎏序，編年起雍正十年至乾隆二十六年，共一千三百餘首。乾隆五十二年，其子復重刻本十卷，六百十四首，畢沅、吴泰來序。序稱初刻抉擇不精，而十卷本又失之過嚴，如《書吴徵君敏軒先生文木山房詩集後》竟亦删除，固未能以善本許之也。王昶《蒲褐山房詩話》又稱「全集六百餘番，予曾點定，今尚存其家」，而未見行世。集中《天姥峯棗樹歌》、《觀石梁瀑布歌》、《飛來峯》、《梭船小女歌》、《廣洞雜

詠八首》、《謁三閭大夫祠》、《太白樓蕭尺木畫壁歌》、《雨花臺登報恩寺浮圖》、《登六和塔》、《永嘉雜詩二十首》、《游雁蕩諸勝》、《揚州雜題》、《出古北口》、《查梧岡》、《登大別山頂》、《筠州竹枝詞十二首》、《漢陽竹枝詞五首》，情文相生，饒有逸趣。詠浙東龍鬚席、竹絲燈、雞鳴布、甌巾，詠罱泥、打麥、擊鮢、插秧、板𣊬、貯水、曬藥合醬、田家諸事，俱較切實。嘗居維揚，爲盧見曾、馬曰琯、曰璐兄弟門客，與商盤唱酬最多，諸錦、沈大成、金兆燕、吴烺、王昶、錢大昕、蔣士銓亦與過從。《送杉亭同年乞假歸覲六首》，亦十卷本所無。《寒夜讀孟郊詩》、《張伯雨墓》、《讀南華經二十八首》、《五代史雜詠三十首》、《題明史八絶句》、《題里中楊氏所藏畫册十一首》、《又題畫册十二首》、《靈隱禪悦詩二十二首》、《題查梧岡京口渡江圖》、《台州天寧寺觀佛牙香及渡江羅漢像》、《贈陳浩》、《論篆四首》、《題林良九鷺圖》、《李猷搏鷹圖》、《李晴江水墨竹梅蘭三卷子》，涉獵既多，詞旨斐然，離奇變幻，自然入格。十卷本畢沅序稱又曾「才本大而約爲之，以歸切實，氣最盛而歛之，以底于和平，削膚廓而見性情，汰塵腐而存警策。融會變化，自成一家。而世之貌爲李、杜、韓、蘇者，卒莫能及焉。至於取材于衆所不經見，用意于前人所未及發，此又君之所獨到，而亦吾黨所共推者也。」可爲篤論。蔣元龍《春雨齋詩集》有《王比部輓詩》。

書吴徵君敏軒先生文木山房詩集後　有序

又曾自乾隆癸亥冬一至秦淮，嗣是丁卯、戊辰、己巳間，屢歲客游於此，耳先生名最熟，徒爲館扉所闔，望見顏色爲難。然詩篇書尺，或見之於他所，輒互爲傾倒至矣。辛未春，恭逢聖駕南巡召試，又曾與令嗣舍人焮，均蒙異數，私心竊喜，以爲天假奇緣，從此可一見先生。而牽挽北去，羈迹京華，與舍人共風雨，數晨夕，至專且久，終以未見先生爲憾。去秋取急南還，道出邗上，停舟館驛前，爲十月之廿有八日。此間故有先生族人，舍人曾爲余言，先生每過維揚，輒止宿其廬，試走訪焉，則先生果在。薄暮，先生來舟中，相見如舊識。縱談今古，且訂又曾作客邸銷寒，竭歡乃已，又曾敬諾不敢辭。是夕歸，先生竟以無疾終，凌晨而訃音至。於戲傷哉。又曾願見之心，積之數歲，得一見矣，而先生遽一夕而殞，人世怪愕之事，無逾於此。於戲，先生之命，果止于是耶，抑一見又曾而不憾耶。今夏復來秦淮，值舍人居憂里門，握手感動之餘，出先生詩集如干卷，將付梨棗，授又曾且校且讀，凄愴舊懷，輒敍離合生死之故，爲題集後十絶句。

國初以來重科第，鼎盛最數全椒吴。曾手漁洋居易録，先生家學本來殊。
住近青溪江令宅，頻年栖泊闕過從。風流轉向鯉庭得，話盡長安幾寺鐘。
塵海抽身意漸灰，江湖耆舊好追陪。那知一夕蕪城語，特與先生永訣來。
優曇花即瓊花是，千載惟留一見思。嗚咽邗溝化爲淚，徐寧門是西州門。
重覓秦淮十年夢，因看吴質一編詩。驚心把袖揚州路，燒燭篷籠夜話時。
古風慷慨邁唐音，字字盧仝月食心。但詆父師專制舉，此言便合鑄黄金。「如何父師訓，專儲制舉才」，詩中句也。
一首老伶吴祭酒，幾篇樂府白尚書。人間具眼定能辨，論屬蓋棺非面譽。

杜老惟耽舊草堂，徵書一任鶴銜將。閒居日對鍾山坐，贏得儒林外史詳。先生著有《儒林外史》。

前賢真信後生模，藥火曾然李相須。試誦中年詩哭姊，教人珍重紫荆圖。

詩説紛綸妙注箋先生有《詩説》八卷，好憑棗木急流傳。秦淮六月秋蕭瑟，更讀遺文一悵然。《丁辛老屋集》卷十二

野客齋詩集四卷　乾隆二十二年刻本

毛曙撰。曙字旭倫，號介峯，江蘇吴江人，布衣。此集爲自刻，所收詩斷自雍正四年。自序云：「十八九歲時，連歲病目，視細字頗覺艱苦。且疏放性成，乃遂棄舉子業，而鋭意於詩，迄今三十餘年。」又據《四十自壽》詩及《秋庭》詩自注，當爲康熙四十五年生。其詩大抵以唐音爲重。遊佳山水率托之於詩，如《武林紀事詩》七首、《包山紀游雜記》六首、《游支硎山》四首、《支硎雜詩》八首、《游金焦二山》、《金陵懷古》七首、《打冰歌》、《過徐枋澗上草堂故居》、《游天平山》、《南湖雜詩》十首，意之所嗜，興自不淺。又有《詠史四首》、《班史詠十首》，自發胸臆，有悉心體會。曙與黄子雲交善，《長吟閣詩集》有《毛曙四十生辰》詩，編年乙丑乾隆十年，與曙《自壽詩》合。

凝齋先生遺集詩二卷　乾隆間刻本

陳道撰。道字紹洙，號凝齋，江西新城人。乾隆十三年進士。歸班知縣。以子守誠貴，贈中憲大夫。好

治宋代理學，著有《凝齋集》十卷。卒於乾隆二十五年，年五十四。詩二卷，古體三十四首，今體二十四首。其生平思想可見《四十述懷》與《五十自咎》詩中。《讀杜工部詩》，闡發微理，不與人同。平定準噶爾，有詩以紀。《游蕭曲峯》、《小孤山》、《嶧縣道中》、《宿州道中》、《鑿冰行》，雖無逸致，而不傷冗沓。是不汲汲於文詞，亦不求有賞音者也。

夢堂詩稿十五卷　乾隆四十八年刻本

英廉撰。英廉姓馮氏，字計六，號夢堂，漢軍鑲黄旗人。雍正十年舉人。洊擢永定河道，以誤工革職。尋起用。累官内務府大臣、内閣大學士署直隸總督。以漢軍人補滿相缺，爲政府創事。卒於乾隆四十八年，年七十七，謚文肅。嘗領銜纂修《西域圖志》。是編收康熙六十一年至乾隆四十三年詩，九百三十八首。首錢載撰《夢堂詩老傳》，附其子延福《跋》。英廉肆力於詩，以雄奇質實見長。在京作慈壽寺、法源寺等篇，詳於典故。《洗象行》描述真切，前人以此爲題者多不能及。詠洪澤湖、金山、保障湖，游牛首、燕子磯，度居庸關，《華山鳥道歌》、《津門雜詠》，各盡其勝。卷八以下爲《東行詩》、《出威遠堡》、《吉林道中》、《松花江》、《納木嶺》，爲乾隆間東北社會見聞。《泰寧即事》，作於遼河以西之土默特，亦有資料可摭。《入貢行》記庫頁島入貢情形，《晚晴簃詩匯》選此詩删芟小注，讀者莫明矣。與塞爾赫、高斌均有寄贈。好交文士。厲鶚、吴煊文、符曾、查爲仁亦有唱題。懷人詩如翁照、張宗蒼、方士庶、朱卉、鮑皋、邊壽民，多畫家布衣。晚歲唯與錢載、翁方綱往還，宜乎錢載以「詩老」稱許也。

洗象行

赤雲燎空六月六，人間何處非暘谷。宣武門外洗象來，錦韉油壁爭相逐。城陰閘水鳴鏘鏘，兩旁立者如堵牆。亦有高樓連大屋，儼然翠羽與明璫。旗仗須臾來小隊，礧硌蹣跚十二輩。鼻長齒鋭岸然高，前者臨崖後者待。洄流一没不聞聲，潮平微露江豚背。噴起銀花十丈濤，猛雨橫飛萬人退。一象顧盼昂鼻来，魚游巨鼇張鬐頣。復有一象踴而下，頹山陡墜重淵開。後有二象忽騰躍，两雄戲向浪中角。岸摇波立人諠豗，似奏錢塘破陣樂。大聲直撼馮夷宫，蛟鼉讋伏逃魚龍。千目不瞬萬耳聾，鼓聲坎坎旗影紅。旗影徐開鼓聲止，一象一象自出水。象自歸坊人轉家，兒女喁喁沿路語。我聞此物生荒徼，作貢遥從日南到。絶無仗馬一鳴憂，飽食天家三品料。《夢堂詩稿》卷二

入貢行

君不見，混同江水流向東，東歸滄海連鴻濛。中有人烟雜蜃氣，分羅部族鄰鮫宫。荷軫遥連庫野遠，荷軫居近城外，中更數部，逶迤至庫野，則東瀕於海。樺皮爲廬舟是産。衣食家家總問魚，農畋事事惟須犬。小船貼水大船高，大者百丈小者篙。海岸山溪三千里，年年入貢來皇朝。津頭一到聞方語，接伴

常年走商賈。髭髯覆面駭山狙，庫野人黔面多髭蓄髮。貨貝隨刻矜栗鼠。貂亦呼栗鼠。貢畢還看互市兼，筐筥在手肩瓶甂。不評泉布惟評物，先易醇醪後易鹽。凡其所需，一以貂及獺魚雜皮易之。噫嘻，聖德柔遠遠人至，譬如肅慎之矢越裳雉，貢微賚重嘉其意。貢者人納一貂，賚物自采繒至鍼縷之微，靡不備。泰寧都統司之。一物均邀大造慈，荒裔端賴天王賜。朝來錫燕在官衙，飽飫厨珍醉貌斜，蹣跚出門觀者譁。觀者且勿譁，請看忠孝之性無邇遐，總把君羹攜到家。與宴者皆懷肉而歸，以祀其先，雖中途餒敗，不恤也。

《夢堂詩稿》卷九

泰寧卽事四首

巖疆天險勢逶迤，雄扼邊陲一騎過。水會東溟三島近，地蟠北紀亂山多。五雞二豕風斯在，火種刀耕語未訛。欲問東京舊城闕，烟波何處辨金河。泰寧南去六十里，地名佛諾，有古城基及宫闕遺址，相傳爲金東京。考金東京在遼陽，此當是上京地。又史稱金始居于按出虎河，按出虎河者，國語金也，後因以爲國號。今其河亦無考。

潛淵舊識紫雲高，不減餘風意氣豪。馬上射麞還數肋，樓中彈鵠但飛毛。虎頭骨相宜行遠，髀肉功名在習勞。愛聽健兒説征戍，蠶叢古道擁戈旄。金川之役。

白牓青旗列肆高，屠沽多半混逋逃。流民莫剷燈臺草，人參三葉者。賈客也懸童子刀。見《漢書》，卽今之小刀，猶幼妾，謂孺子妾也。南國人來纏十萬，參客歲至，所市價至百許萬。下江船到閧兒曹。三姓以東，爲松花江入海之路，此間目之爲下江。荷軬入貢，歲由此泝流而至。經行别有堪憐處，處處蔬畦響桔橰。

年來興趣重壺觴，風味因循自異鄉。白粲翻匙雲子滑，碧花浮碗酪奴香。雨肥嫩甲參軍韭，霜悴柔毛博士羊。地不産羊，商儈購自塞外貨之，瘠而價昂。見説雲帆遼海到，賈人席上飣餹薑。《夢堂詩稿》

卷九

上湖紀歲詩編四卷續編一卷　乾隆三十四年刻本

汪師韓撰。師韓字抒懷，號韓門，又號上湖，浙江錢塘人。少自能詩。年二十七，作《龍書五十韻》，李紱携至八旗志書館，館中見者多不知其辭所出。紱曰：「我尚有不知者，何況君輩。」由是名益著。自謂隸事叢雜，意不欲存。年二十八，作《太平鼓歌》、《朱西畯鳳尾硯歌》，馬維翰録入《詩選》。後潛研經史考據，所造益深。雍正十一年成進士。改庶吉士，授編修。乾隆元年奉校經史。八年，官湖南學政。晚主保定蓮池書院講席。所著《詩學纂聞》、《談書録》、《韓門綴學》、《上湖紀歲詩編》，乾隆間合刻之。《詩編》四卷，爲雍正十一年至乾隆三十一年詩。《續編》一卷，止於乾隆三十九年，時年六十八。自序謂詩貴有三：性情之發有感焉，風雅之體有義焉，榮悴之境有我焉。是善學柳下惠。杭世駿則云：「詩之道熟易而澀難，韓門詩有澀味，所以可傳。」集中《長沙懷古八首》、《題十八學士圖》、《題唐明皇紀泰山銘摩崖碑》、《豐潤古鼎歌》、《保定蓮花池懷古》、《題漪樓記石刻》、《浮山玉兔寺詩碑》並序、《銅雀瓦硯歌》、《蘭陵王入陣圖歌》、《題石鼓文拓本》、《重刻淳化閣帖》、《題夏承碑拓本》、《讀史記雜詠十首》，多深不可測。《題馬文毅公彙草辨疑》、《重觀康熙間僉都御史陳允恭别業北園圖》、《陳確菴先生遺事書後》、《廣平三君詠》，皆本朝佚事。至如《廠民謡》、《傜洞行》、《清河蝗》、《平準夷》、《續平準夷》、《行次正定遇鄂罕回部來朝》、《緬甸旋師》諸詩，所謂紀事求實，正此類耳。雍乾間浙江詩學甚盛。錢塘名家爲丁敬、朱樟、厲鶚、杭世駿、桑調元，秀水爲錢載、葛光泰、汪孟鋗。然則學韓而又自成爐鞴者，昉於師韓矣。

同人分詠浙江方物得二十四首

璧月皎寒虀，綺座搔頭輯。欲笑謝公舟，挂席那可拾。海月卽江瑶柱。

白綺柳陰機，烟鋪瀑布飛。狗蹄方炫耀，非是鴟文稀。杭綾。

白鑞推成紙，青娥數當錢。輮車生計在，辛苦手卷然。錫箔。

鈿朶碎粧新，分將顧笑金。猷巍方貴鐵，妙好爾何神。金箔。

有價高田玘，何工及藝元。一牀成土稱，便欲動金門。泥孩兒名湖上土宜。

瓦狗已漢俗，糖獅猶宋風。看成小經紀，湖市緑陰中。雜物亦曰土宜。

蔣李導留都，虚名襲伊仰。衆知蜀府誰，一握出爭長。摺扇。

漂絮作純緜，奇温壓荷氊。工爲洴澼絖，吴會至今傳。吴緜。

衣裁木上棉，連筒抱南布。白氎製休誇，家家工織素。棉布。

嫋嫋治棉絲，摻摻摇素手。誰能尺布縫，無藉魏塘婦。棉紗線。

采采一襜盈，刈藍藍謝青。村缸勞就染，飄蕩出風櫺。靛青。

篋縷織斜文，温燉覆紅玉。篝火小簾櫳，香襲芙蓉褥。焙籠。

綢直倚青笻，何時拗寒玉。不稱付單抄，愁人呼狗曲。曲竹。

青螺筐海岸，漉水屑芳椒。櫻笋南中市，聲喧飲酎宵。海蛳。

海色緑鬖髿，水緜供作脯。肉食難與謀，毋爲擢髮數。苔脯。

松烟散楅室，膞胳聶切之。療饑倘乾臘，應不思肉糜。薰蹄。

豆筥摘新鮮，熏籠宿火傳。提瓶分茗會，風韻緑珠妍。烘青豆。

縮葱有侍郎，花糕亦員外。澆店問禾中，餦餭或已太。茶食。

文林移閬坂，圓碧玉盤齊。橅得來禽帖，風檐鳥正啼。花紅。

潑潑片立魚，冰厨脱匠手。爭似鯉無腸，畫出張芸叟。半面魚。

嫩緑語兒溪，梨顋裛露時。飣盤過上巳，瓊液醞如飴。語兒棗。

江城剥棗時，風摇羊角樹。不礙呼朔來，只休歌婦去。鹽官棗。

笠澤落梅風，鱗鱗白蘋漾。玉鬣乍分明，黏徽出新漲。太湖白魚。

説易聞埤雅，爲贏取鋭形。漁王參密諦，髻脱佛頭青。徑山無尾螺。《上湖纪歲詩編》卷一

平準夷　並序

準噶爾乃蒙古厄魯特地，元置駝、馬、牛、羊四部，準夷則其牧馬部也。達瓦齊者，策妄族人，與四十八家，皆爲元裔。父曰策楞敦多布。先是準酋噶爾丹於康熙五十四年窮迫冥誅其姪策妄阿拉布坦，嗣立阿拉布坦之子曰策妄策楞。納一婦，婦攜前夫子曰刺麻達爾札（札亦作濟），既歸策楞，生子曰策妄多爾濟那木札爾，嗣立之後，刺麻達爾札弑而篡之。策妄之宗戚舊臣多被誅戮。時有宰桑（猶云宰相）撒納爾者，避難内嚮。達瓦齊亦避之緬甸。已而歸，結部衆掩入牙帳，殺刺麻達爾札而自立。夷崇喇嘛之教曰黄教，達瓦齊惡而逐之。于是喇嘛四散，搆釁所屬輝特之台吉（猶云國主），曰阿睦爾撒納者，於乾隆十九年與都爾伯特之台吉車楞及和碩特之台吉班珠爾，率其宰桑德木齊（官名，次於宰桑）凡數萬人，先後納款，籲請前驅，廷議未能決。聖謨獨斷，遣將興師，而以撒納爾阿睦爾撒納爲之副。北路出烏里雅蘇臺，西路出巴里坤。以乾隆二十年二月初吉啟行，三月入境，四月會師準夷，建庭在伊犁河北。河之南有山曰烏魯木齊，横亘八十里，僅容單騎，險要地也。準夷北境有回部曰哈薩克，時與搆兵。守山之卒，盡從遺調。我師乘夜據山，達瓦齊聞信率夷衆八千人遁。我師以五月朔日渡河，跡至格根山麓。翼長阿玉錫等三人，率二十二人，夜擊之。夷衆驚潰，僅餘七十人，奔布魯特。六月，轉入回部阿克蘇城。回人已先奉令佯獻酒馬，倉猝伏發，遂擒達瓦齊並其子羅卜札來獻俘。按，伊犁河即古伊列河，乃漢之烏孫、唐之西突厥地也。哈薩克是漢大宛地，在隋曰蘇對沙那，

元曰哈里發，明曰哈烈，皆別有考。

白水新軍靖朔方，烏孫故地入封疆。吾盧蹟闢流沙外，伊麗河横積玉旁。石國酒肴俘賀魯，唐兵蒿穴掃高昌。天戈本是行天罰，魚爛從無不破亡。

諸頭部曲嚮皇風，十姓酋良頓顙同。遂有由余陳勝算，因教王勇立殊功。龍堆阸塞三城北，虎落緜延九國東。含識要令皆革面，試占星象應南宫。後周王勇，本名胡仁，邙山之戰，惟胡仁及王文達、耿令貴三人力戰有殊功。軍還，皆拜上州刺史。賜胡仁名勇。

退渾青海誤西投，卌載魂迷釜底遊。萬里導軍來鼓角，一家悔罪出兜鍪。走聯蛩蟨終分背，窘執貙貔尚釋囚。暗昧得輝降路啟，穹廬候塢接靈州。雍正二年平青海，有舊封親王羅卜藏丹津，逃入準噶爾已三十一年矣。今五月朔日，羅卜藏丹津與其二子曰巴朗曰察罕厄卜根，窮蹙出降。

舊聞拔酌亂延陀，韋紇尋看走咄摩。勢失内離擒頡利，功成外禦册裴羅。軍前白組琅當影，關口青笳敕勒歌。老上龍庭奎畫在，格根山及伊犁河俱勒銘。興衰千古鑒山河。《新唐書》：薛延陀毗伽可汗死，少子拔酌殺其庶兄突利失，自立，國中亂。《上湖紀歲詩編》卷三

續平準夷詩

俘隸重關獻小春，旌門鐃吹迓東巡。車駕至自熱河。狼山定後宣威遠，鶻隊擒來肆赦新。赦達瓦齊，

授以王爵。歲德三元符乙亥，朝儀九譯慶丁辰。日磾大奈追前史，効順還爲國藎臣。周宣王二年乙亥平準夷，康熙乙亥平噶爾丹，今平準夷又當乙亥。前兩乙亥在上元，今在中元。

本用呼韓滅郅支，豈期楊玉叛河西。野心狼顧擔圭卣，阿睦爾撒納赴熱河，筵宴中道逋竄。梗道鴟張動鼓鼙。走險難寬求谷吉，瀕危妄冀作撑犁。勢已窮蹙，猶上書求爲總台吉。技窮嬰縶加摧朽，荒忽今無患狄鞮。時傳阿睦爾撒納已擒，後乃聞死於俄羅斯。

微盧彭濮建牙重，封四衛特曰杜爾伯特，曰輝特，曰和碩特，曰綽羅斯，或曰厄魯特。偃伯靈臺息舉烽。列爵禮加公一位，守藩歲享禄千鍾。諸軍渭水謀前定，都護濛池職始共。自宴山莊歸役屬，輪臺北望盡堯封。

絶漠浮河度嶺高，天樞日晷測璇霄。遣官測北極高度，考山川土俗。野踰井鬼晨昏異，界別番回堡戍遥。巴里坤之西，爲土魯番，又過一大山，卽準夷地界。又與纏頭回子國接界。肉角馬徠蹄應鼓，金鐶人過首蒙貂。其俗耳帶金鐶。張騫聞道寧知此，時憲皇輿列錦標。大宛馬有肉角數寸，及知音舞與鼓節相應者。見《通考》引《異物志》。　《上湖紀歲詩編》卷三

棄餘草二卷　乾隆間刻本

查景撰。景字士瞻，號望齋，浙江海寧人。不務舉業，走粤東客江西婺源。時婺州歲饑，景勸知府矯發

常平倉，人民歡聲雷動。年七十一卒。弟揆爲撰《小傳》。此集有乾隆三十年沈廷芳、陳庭松序。《乙亥長至詩》有句云「四十九年非，昨計一宵臏」，以推生歲，當爲康熙四十六年。其詩得聞查慎行、查嗣瑮緒論，骨勁氣勁，風格老成。沈德潛亟賞之。唯重於體格，滅去線跡，可徵事者不多。雍、乾之際，詩尚蓋如此。而後秀水諸家出，詩境始大開云。《晚晴簃詩匯》置查景於卷九十六，與楊倫、石鈞、羅聘、奚岡同列。此數人生不同時，相距幾近百年。蓋《詩匯》依科甲年分排定次序，時而將未仕進者同置一卷，又失於細考，至有此顛倒之失也。

青坪詩稿二卷　乾隆間刻本

湯懋統撰。懋統字建三，號青坪，安徽巢縣人。父愛鼎，官瓊州知府。兄懋綱，官刑部郎中，工詩畫，有《奕園集》，未見。弟懋紳，有《石臞詩稿》。據《巢縣志》載，懋統年十五補博士弟子，十九官潁川訓導，改廣西遷江知縣。居官二年卒。本書湯懋綱序云：「乙卯春遷江以訃聞。」是爲雍正十三年，計其年不及三十。又有潘乙震序作於乾隆辛酉，當爲書刻成之年。集中詩上卷多與江南不知名素士贈酬。下卷爲官遷江詩，有《邑州吟四首》、《僮婦詞四首》，記少數民族俚俗。附詞一卷，沙偉業序。本書點校者朱草衣名卉，王非隱名夢鯨。沈德潛選《別裁》，以懋綱尚在不録，録懋統詩三首。小傳稱「弟兄均擅清名，此居巢所僅見者」。

海門詩鈔八卷外集二卷　乾隆五十九年刻本

鮑皋撰。皋字步江，江蘇丹徒人。國子生。少隨父參謀幕府，往來皖江荻港間。壯游姑蘇浙杭，所至發爲詩歌。又見知於兩淮鹽使尹繼善。乾隆元年舉博學鴻詞，未赴。晚年多沉吟於茶寮酒肆。而邗上大賈，迎爲上客，獻以金帛，與余京、張曾，稱京口三詩人。此集一至三卷古體九十七首，四至八卷今體四百八首，附《外集》。劉大櫆序並撰《墓誌》。其中《五州絶頂七十韻》、《見山樓即席醉歌》、《趲運行》、《甘露寺畫壁歌》、游金焦諸詩，取境幽深，運筆老鍊。餘亦以盛唐及明李、何爲志，而胎息騷、選、六朝，音節鏗然，大抵都古詩之流耳。故其與同時厲鶚、杭世駿不合，而爲沈德潛、劉大櫆提倡格調者所推。子之鍾有《論山詩鈔》，女之蕙有《清娱閣吟稿》。江春《隨月讀書樓詩集》有《輓鮑海門》詩四首。

秋巖詩鈔四卷　乾隆四十二年刻本

管兆桂撰。兆桂字秋巖，江蘇丹徒人。習醫，壯游京師立業，多交士夫。晚南歸。乾隆四十二年以數十年交游登覽之什，裒爲此集付梓。首吉夢熊、陳深序。錢爲光序謂，年已七十。其詩冲淡，不着色相。《吴丈力田畫松歌》、《甘露寺鐵浮圖歌》、《居庸關》、《渡黄河》、《井陘道中》，語多質直。與同里鮑皋、張曾厚交，互有贈詩。唯無論醫之作，蓋以醫思沉切，與詩道未必盡合也。

沽上題襟集一卷　乾隆六年刻本

查學禮撰。學禮又名禮，字恂叔，一字魯存，號儉堂，爲仁弟。順天宛平人。工詩。乾隆六年刊《沽上題襟集》，寫刻精絶，與爲仁《蔗塘未定稿》出於一手。自序以雍正五年同志八人在津酬唱之作，凡百零三首，裒爲此集，然僅存杭世駿、萬光泰、張鳳孫和詩數首，餘俱自作。《放舟小直沽訪陳方來》、《爲汪西顥題花塢卜居圖》、《送徐魯南先生還宿遷》、《丁字沽阻風寄周月東》、《送朱稼翁還秀水》、《以吴綾贈杭大宗》，爲送別酬應之什。《諸葛銅弩歌》、《題沈石田乳烏圖》、《食沙雞》、《登稽古寺藏經閣》、《題王石谷倣趙大年村居圖》、《宣德爐歌》，《讀南唐書四首》，意自己出，甚可採擇。《題家二瞻伯山水册子》、《年窑墨注歌》，尤爲上選。其詩近宋，學復足以達之，七言古體，尤所擅長。讀是書足見詩之貴精不在多也。

題家二瞻伯山水册子

老人筆下無纖塵，畫山有色水有神。晚年作手尤大進，脱去皮膜存天真。宋元妙墨無不擬，專心獨愛倪迂體。此圖幅幅師昔賢，前擬巨師後承旨。吁嗟昔賢不可作，老人亦久歸冥漠。惟剩當年舊題識，自喻平生苦心學。青山兮巃嵸，碧水兮冲融，山中人兮不可從。勁風謖謖摇孤松，誰能置身畫圖中。《沽上題襟集》

年窑墨注歌

國朝陶器美無匹，邇來年窑稱第一。不讓汝定官哥均，何況永樂之坯宣德質。卽此墨注如玉壺，下廣上弇豐而虚。置之几席斑管俱，隃糜一斗可以擘窠書。清光淡淡照硯北，云是雨過天晴古時色。神螭蹲踞繞其柄，鐵足周遭黝如墨。下有小篆曲録文，觀者從此辨僞真。君不見右軍臨池池水黑，至今猶浸越山濕，我欲從之挹殘汁。《沽上題襟集》

烎虚大師遺集三卷　嘉慶間頻羅庵刻本

明中撰。明中字大恆，號烎虚，俗姓施，浙江桐鄉人。七歲薙髮，投楞嚴寺爲僧。嘗入京侍講禪學，雍正十三年放還。久住揚州。晚住杭州聖因寺兼攝天竺講席，又移住淨慈寺。乾隆三十年南巡，賜紫衣。是集爲梁同書删定刻本，有杭世駿舊序，存詩二百七十七首。南屏僧詩，首推明中、篆玉，兩家詩格相近，明中猶多氣象。《同穆門樊榭蕺林竹田甌亭泛舟至湖心寺》云：「共愛風光此最幽，放生池畔泊輕舟。寺門亭午客初到，潭水映空山欲流。覓句鐘聲催别浦，過橋秋影接層樓。青蓮舊事憑誰説，空爲經床半日留。」《問壽門疾》云：「先生窮且老，況復病揚州。旅巷荒人迹，鄉音引客愁。墨梅花響盡，高士榻空留自注：先生藏一榻，自謂雲林故物。握手又分手，何堪在晚秋。」蓋武林爲文人薈集之區，當時公卿勝流過此，多與兩僧交往，而西湖香巖詩社固多文士畫師，吟詠之盛，無以比埒也。明中生歲當署長於篆玉。沈大成《學福齋詩集》卷三十四有《余於中夏至揚始聞淨慈明公順世之信近哭以詩》，此詩編年戊子，是明中卒於乾隆三十二年。金志章《江聲草堂詩集》卷八有《臘月十一日同人集桂堂爲天竺恆公四十壽分韻》詩，並生日亦可知矣。

清人詩集敍録卷二十九

籜石齋詩集五十卷　光緒四年重刻本

錢載撰。載字坤一，一字根苑，號籜石，一號瓠尊，晚號萬松居士，浙江秀水人。乾隆十七年進士，改庶吉士。官至禮部侍郎。卒於乾隆五十八年，年八十六。《詩集》初刻於乾隆三十九年，此光緒四年玄孫卿龢重刊，長興王氏仁壽堂藏板。翁方綱評本未刻，有傳鈔本習見。集中收八十六歲以前編年詩二千六百二十八首，間有自注，雜採他書附益之。如卷三有《讀五代史記賦十國詞》一百首，卷五十之後或附《籜石齋十國詞箋畧》，取吴任臣《十國春秋》，畧採原文注釋，幾可自成一書。卷八《飛來峯諸洞遍觀諸題名六首》，卷十一《題顧季廉鎮毛詩劄記後》，卷二十游永州朝陽巖、澹山巖，卷二十六《漢敦煌太守裴岑碑初刻石拓本》、《觀敦交集册子》，卷三十二《周文忠公銘雷氏琴歌》，以及《馬文毅公彙草辨疑歌》、《天佑助威大將軍歌》，自注：紅衣大礮也，天聰五年始造。網羅文獻，亦稱晐博。《木棉歎》、《打麥》、《罱泥》、《插秧》、《板罾》、《貯水》、《合醬》等詩，詠農家生産，頗詳今有。《檀欒草堂海棠花歌》、《上巳登平山堂》、《滄浪亭》、《天柱峯出雲歌》、《木蘭詩十五首》、《虎丘雜詩十七首》、《過弋陽六七十里江山勝絶卽自成歌》、《入棧詠五丁峽》諸詩，景氣開闢，詞旨各異。《題瑶華道人所藏王翬畫》、《題羅聘畫鬼二首》、《草橋修禊詩十二首》、《題韋謙恆編修秋講易圖》、《和崔大司寇應階種花詩》，亦入微妙。又有《東鄂烈婦行》，亦詳考證。張維屏《聽松廬詩話》稱載「詩不名一家，大要以清真鑱刻爲主。有時或入於澀滯，而必切事以抒辭。有時或出於纖新，而必切景以造句。凡詩中空架子假門面之語，皆掃而空之」。並舉《到家》、《宜亭新柳》兩詩爲例。今觀其詩，以宋詩蘇、黄爲法，復參唐人之妙，造語盤崛，力求變化，真一代巨擘。載爲人真率自如。交往中商盤、沈廷芳、金德瑛、王又曾、諸錦、朱筠、曹仁虎、陸費墀、曹學閔、翁方綱、王昶、王鳴盛，多飽學宿儒。贈錢大昕詩云：「困學前惟王伯厚，日知近有顧亭林。儒家獨起山川秀，史籍旁搜歲月深。但乞遠書長隔面，勿言多病深驚心。鳳城是事難忘記，蘭臭如君數往尋。」此詩金聲玉振，無不中節，置諸唐宋大家集中，亦當了無愧色。清初錢謙益、施閏章、朱彝尊均倡宋詩，以救明代前後七子摹唐之弊。一時作者，唐宋兼採。乾隆間學術大興，文人舟車所至，見聞益廣，言宋者多鶩填實，以矯時人空疏之習。秀水王又曾、萬光泰、汪孟鋗每尊黄庭堅，此與清初朱彝尊主宋者源同而流不盡同。而以錢載影響最久遠。然詩壇自秀水派出，眼界益闊。洪亮吉《北江詩話》特推重載詩，以爲決其必不可朽者，非過論也。

觀敦交集册子

元季明初，上虞魏壽延仲遠輯其三十年所友人酬贈之詩也。淮南潘純，錢唐沈惠心、陸景龍，永嘉李孝光、高明，天台陳廷言、毛翰、朱右，暨陽陳士奎，剡川王墉，會稽王冕、陳謨、唐肅，山陰陳敬、趙俶，餘姚鄭彝、張克間、徐本誠、宋元僖，上虞徐士原、嚴貞、俞恆、徐以文、則文，不著地者于德文而其弟弼，凡七十六首。

吾鄉朱竹垞先生嘗藏是册，手録王冕、唐冕、李延興、戴良、凌彦翀、釋宗泐詩爲仲遠者各一首補於後。

伏龍山瞰夏蓋湖，魏家有堂三伏無。竹環千畝青模糊，有齋有樓山不孤。合名竹深深自娱，仲遠能詩兄弟俱。朋來擊鮮提胡蘆，酣燕連日聲咿唔。見貝清江《竹深記》。唱酬歲久集成此，篇篇題與仲遠氏。聞書至正並甲子，前如丙戌後乙巳。紅軍香軍亂方始，至正十一年辛卯，劉福通、徐壽輝等兵起。佳水佳山愁滿紙。浙東海氛況尺咫，辛苦平安各料理。鄭彝乙巳句：「亂離時世全高潔，淳朴山川似古初。」王壚至正廿五年句：「也應清曠風塵外，誰道邊城尚驛騷。」乙巳卽廿五年。他如凡涉憂亂者當在辛卯後。趙俶和入邑感懷云：「閉户十年方入城」，當在庚子後。至高明「吴門亂後逢梅福，遼海來時識管寧」，當在二十七年丁未後，是年明祖破平江，方國珍降，浙東西甫寧靜也。題稱處士或徵士，閉門憂時曠逾紀。兵後芝書孰云喜，高僧金陵旣覲止。唐肅入明擢文字，宋僖朱右竝修史。白頭半白早還里，不盡山雲與湖水。二十年庚子之題，猶稱處士，而其稱徵君徵士者不一。玩陸景龍云「喜見芝書徵國士，尚聞蕙帳隱山人」，釋宗泐云「去年聽詔來京國，識君臉紅頭半白」。是洪武初徵書及之，至金陵卽歸也。唐肅七月廿日翰林東署有懷竹深高隱，肅元嘉興路儒學正，洪武三年召修禮樂書，擢應奉翰林文字，時寄仲遠，猶稱高隱，是未嘗仕也。宋元僖，《明史》作宋僖。驂鸞翳鳳翩塵樊，見山欄檻高出園。疇昔鉅公踵其門，文貞二十四世孫。見宋文憲爲仲遠作《見山樓記》。集首孝光老承恩，鐵崖雲林詩共論。金粟玉山交亦敦，蕭蕭何似筠深軒。李嘗主顧仲瑛家。筠深軒王冕題之，蓋竹深一曰筠深也。

壽藤齋詩集三十二卷　嘉慶十三年刻本

鮑倚雲撰。倚雲字薇省，號退餘，安徽歙縣人。善基子。優貢生。不赴鄉舉，以經學授徒。乾隆壬辰三十七年狀元金榜，即出其門下。是集爲嘉慶十三年其孫桂星以手稿鐫版，鏤刻甚艱，詩共三十二卷，各卷復繫以集名。而原目作三十五卷，以卷八《後辛集》、卷十三卷十四《嵩露集》原闕。首乾隆三十年傅王露序，已年高八十有八，阮元序爲應桂星之請作。據《跋》云：「桂星十五，大父棄捐。」《初度》詩自云：「丁亥小寒，予六十生辰。」可知倚雲爲康熙四十八年生，乾隆四十三年卒。此集詩達二千三百餘首，較可稱述者爲游黄山詩。《祭詩行》一篇，可見其好尚。曾一至閩中校文，餘多爲居鄉所吟，陳陳相因，殊爲寡味。由是觀之，書固貴在精刻耶。

舊雨草堂詩集八卷　乾隆四十三年刻本

董元度撰。元度字寄廬，號曲江，山東平原人。左副御史董訥孫。乾隆十七年進士。由庶吉士外放知縣，改東昌府教諭十年。嘗居揚州兩淮鹽使盧見曾幕，爲選訂《山左詩鈔》。晚主保定蓮池書院，從學者衆，聲名藉甚。此集爲友人貲刻，萬廷蘭校，黄叔琳、趙佑序，門人胡德琳、鄧汝勤序，翁方綱題詞。存詩五百餘首。卷五《丙戌生日放歌》云：「流光荏苒馬加齒，五十八年窮不死。」可知爲康熙四十八年生，與萬《跋》所云

「今年方七十，予少寄廬十歲」合。元度私淑王士禛、朱彝尊，以詩名噪海内三十餘年。論詩於王士禛、趙執信未嘗有軒輊，所作平易諧婉，無鉤章棘句之習。集内雖未傑特之作，而《濟南雜感》、《天津雜詠》、《邯鄲懷古》、《贛州舟中雜詠》，造句工鍊。《酬紀曉嵐同年》、《吴逆畫像歌》、《南王北朱爲昭代詩人冠冕余倩羅兩峯摹集中小像合爲一軸並系以詩》、《讀項羽本紀四十韻》、《題羅兩峯鬼趣圖》、《聞雅雨盧丈葬有日矣述德抒情以當薤露》、《客有談古事者戲成十六絶句》，亦能充其學問，發抒胸臆。元度重學行，罷官後身無長物，貧若寒素。黄達《一樓集》有懷元度詩云：「一生官跡夢中看，老至無聊作冷官。曾記天厨分饌日，而今苜蓿尚空盤。」亦能概括平生。

讀李義山集偶題四絶句

新詩九日惱郎君，腸斷彭陽舊誌文。泉下山翁呼不起，免教廳事坐將軍。
水天閒話隔重簾，蠟炬成灰到死蠶。刻意傷春復傷别，樊川未必勝樊南。
詩成老嫗總能知，廣大居然太傅宜。百寶流蘇矜獺祭，却呼白老作驕兒。
西崑只博優伶戲，南渡猶遭市儈譏。巨眼不逢王介甫，杜陵誰信得藩籬。

《舊雨草堂詩集》卷一

吴逆畫像歌　曉嵐於刑部庫中見之，作歌紀事，邀予同作。

鬚髯如戟目如炬，英風勃勃上眉宇。是誰下筆生面開，馬中赤兔人中呂。滇南開國異姓王，身冠諸藩兒尚主。飛揚跋扈據胡床，左右貂璫到宦竪。服之不衷爲身災，小帽方袍類首鼠。桀驁好鬥老不馴，羽族閒看張旗鼓。此豈軍國重事耶，目動頤張勢何武。天生逆𪖙具反相，衡湘垂死兵戈舉。六州有鐵鑄不得，一錯天誅爾自取。子孝臣忠竟若斯，地下何辭對死父。天府猶藏王莽頭，蛛網牽絲罥塵土。剖符析圭安在哉，老革朝廷奚負汝。君不見同時更有孔定南，赫赫凌煙大箭羽。《舊雨草堂詩集》卷一

澄碧齋詩鈔十二卷別集二卷 乾隆間刻本

錢琦撰。琦字相人，號璵沙，晚號耕石老人，浙江仁和人。乾隆二年進士。由翰林官至福建布政使。卒於乾隆五十五年，年八十二。《國朝耆獻類徵》有傳。是集分《漁塘野唱》、《觀光草》、《山水屏閒集》、《行役集》、《榮遇集》、《思補集》、《縱游草》上下、《虛廠集》、《驚候集》、《采蘭集》上下，詩九百六十三首，附《別集》二卷。首袁枚序，稱其：「立朝有風節，仕外多惠政，雖官尊，雅好爲詩。其神清，其韻幽，曲致而不晦於深，直言而不墜於淺。」又申發祥、朱仕琇序，門下士錢維城、陸錫熊、江權、吴泰來等校刊。琦於乾隆三十九年奉命巡視臺灣，於山川風土悉得周覽。《登赤嵌城》、《過海會寺》，詠臺灣物產瓌異。《臺灣竹枝詞》二十首，多記風俗時令。後官江蘇按察使、山西布政使，再官福建，亦有詩可見宦績。琦早年進士，輩高齒尊，唱和友爲盧見曾、汪沆、袁枚、陳兆崙、齊召南、劉綸、沈廷芳、杭世駿、裘曰修、諸錦、鄭江、郭肇璜、周煌等人。至所作《讀杜

少陵李青蓮韓昌黎李昌谷詩》、《題金壽門醉鍾馗圖》、《題翟大川郊居圖》、《酬邊頤公題畫梅》、《題桃花扇院本後十二首》、《題趙甌北集四首》、《兕觥歸趙歌》等詩，取材亦繁，時而逸趣横生，然格調終不甚高也。

臺灣竹枝詞　二十首

鹿耳門外帆影垂，鹿耳門内村烟炊。早潮出口晚潮入，世上風波那得知。

四時如夏雨成秋，秋卉春花一逕收。天氣常暖，花無定候。老去不知霜雪冷，三冬月地露華流。每更初露濃如雨，土人至老不識霜雪。

舺仔船名乘風到海濱，紛紛偷載内江人。三分土著七分客，烟户鱗排辨不真。

竹舍茅檐似畫圖，疎籬都夾緑珊瑚。不教夜雨空堦滴，添種芭蕉三五株。

平原千頃盡良田，短畛斜開水貫連。早稻纔收晚稻熟，横洋船名偷載到漳泉。臺灣土肥，田歲兩熟或三熟，産米甚多。例禁不得出口，而土人漁利偷載，不可數計。然漳泉兩府，實利賴之。

武陵春色自年年，雞犬桑麻别一天。不識熙熙何世代，市中都用太平錢。貿易雜用古錢，而太平錢尤多，不知來自何處。

牛車軋軋響如雷，小集街頭市未開。鄉間多用牛車載物入市，每五更車聲轔轔，絡繹不絶。畫角一聲烟樹曉，東方割肉早歸來。屠門早起多吹畫角，以聲號召。

一身拖沓龍摇尾，兩足槃跚鳳點頭。不論傭夫與販竪，綺羅各要鬭風流。衣服不衷，袴露衣外，名曰龍摇尾。襪不繫帶，脱落足面，名曰鳳點頭。雖菜傭輿役悉以此爲華美飾觀，相習成風，牢不可破。

東家女兒年六七，愛學新粧對鏡屏。不用費他張敞筆，雙眉都畫遠山青。此風漳泉多有之。

湘簾斜影照銀釭，粉面何郎翠髻雙。馬上琵琶江上笛，喃喃低唱下南腔。閩以漳泉二郡爲下南，其腔別爲聲律，歌童挽髻垂璫，備極媚態。惜鴂舌蠻音，不能解聽一字。

行來多露畏難禁，要竊花枝過短林。爲語花陰犬莫吠，儂家自有惜花心。元夜女兒約伴偷折花枝，謂異日可得佳婿。

烟花火樹拂牆過，映帶春燈謎語多。忽聽鼓聲喧震地，緑營旗裏唱秧歌。

提壺挈榼坐平沙，恣意春遊到日斜。滿路紙灰飛不盡，晚風吹上刺桐花。清明祭墓，每延客同行。壺漿輿步，絡繹郊原。祭畢，藉草銜盃，遞爲酬勸，日暮乃散。

競渡齊登杉板船，布標懸處捷爭先。歸來落日斜簷下，笑指榕枝艾葉鮮。午日用布爲標，插於海口淺處，人駕杉板，小船鳴金爭奪，亦號競渡。簷下各插榕艾等葉。

不須海上尋瑶草，不用山中煉寶丹。春得早禾紅麯染，家家齊製半年丸。六月朔日，家各雜紅麯於米粉爲丸，名曰半年丸。服之可以益壽。

五綵亭前祝七娘，三家村裏拜文昌。橋填烏鵲星聯斗，天上人間各自忙。七夕糊綵亭陳設花果，拜祭簷前，云祝七娘壽，蓋稱織女爲七星娘也。村塾以是日爲魁星壽誕，聯會歡宴竟日。

中元勝會賽盂蘭，豪奪爭先上醮壇。海面放燈僧説法，鬼聲人影夜漫漫。中元前數日，好事者醵金爲首，延僧施食。各起高臺，上設餅餌蔬果牲醴之屬，多者爲勝，任人攫取，名曰搶孤。往往滋事，余至爲禁絶之。更有於海口放水燈者，金鼓喧闐，士女雜遝，至月盡方止。

玉宇寒光淨碧空，有人覓醉桂堂東。研朱滴露書元字，奪取呼盧一擲中。中秋士子聚飲，製大餅，朱書元字，擲四紅奪得之。取秋闈搶元之兆。

重陽節近雨初晴，萬里秋高爽氣清。相約赤嵌城上去，排齊酒榼鬭風箏。重九前後多放風箏，視高下爲勝負，以賭酒食。

除夕先除一歲凶，門前壓煞火雲紅。眼看猛虎低頭去，不用爲文更送窮。除夕以紅紙爲虎，口内實以鴨血，於門外然之。名曰壓煞。《澄碧齋詩鈔》卷八

螢窗草詩集八卷　乾隆間刻本

朱瑶撰。瑶字崑英，一字樂天，山西汾陽人。諸生。刻《螢窗草集》八卷，首周天益、程學曾序。據乾隆三十年自序稱：「余年五十七歲，簡閲薄藝，聊爲一帖，題曰《螢窗草集》，以言螢窗乃寬閒之墅，寂寞之濱，非清廟明堂者比也。」其詩各體俱備。以詠晉陽詩較勝。《大水歎》，作於乾隆三十三年，目睹農民流離之狀，亦

較真切。讀史詠物之詩甚多，但平平耳。

戢思堂詩鈔二卷　乾隆五十七年刻本

李宏撰。宏字濟夫，號湛亭，漢軍正藍旗人，奉天籍。乾隆二十九年，官河東河道總督。三十六年卒於任。是集爲其子奉翰刊，二十年内，四處搜羅，得詩三百首。有乾隆三十七年高晉序，高晉官至大學士，其伯父高斌，嘗官南河總督，有《固哉草亭集》。又鄭宣序，陳鍾琛、王游跋。集中《埸河卽事》、《與河上老兵話舊感慟之餘屬辭以記》、《乙酉至三門砥柱》，俱有關河工之詩。《雲臺紀游》、《游天門寺》，亦較厚重。宏喜竹畫竹，有題畫詩。官河道作《六十自警》詩，年月不明。其詩格韻不高，而不涉雷同，亦可取也。

石臞詩稿一卷　乾隆間刻本

湯懋紳撰。懋紳字齊三，號石臞，安徽巢縣人。長兄懋綱，著《奕園集》，見《晚晴簃詩匯》。仲兄懋統，著《青坪詩稿》，沈德潛《别裁》有選詩。是集未見稱及。首朱卉、王蓍、吴敬梓、王夢鯨、汪有典、湯懋綱、湯懋統七序。吴敬梓序作於雍正十二年，殆爲佚文。據諸家序，知懋紳年少多才，胚胎家學。爲詩顧景悲凉，病篤時啟篋衍，多斷章殘稿，皆數年來呻吟於藥爐几榻間。卒於雍正十一年，年二十四，吴敬梓序所謂「胡爲鄧禹封侯之歲，已棄人間」者是也。斷句五言如「古木挂殘日，遠山生暝烟」，七言如「花落閒窗春卧酒，雨殘清枕夜敲時」,「小橋香濕梅花雨,野水寒生柳葉風」,「泥上落花香燕嘴,林中細雨澀鶯聲」,「雙柳秋風欺病骨,一潭明月浸詩魂」,「春思暗隨芳草遍,離情渾似春潮生」,皆鎔鑄古人,獨出機杼。使不累以病死,所詣必當大進,可登作者之堂矣。

序

吴敬梓

纖河皎潔,應無不死之丹;緱嶺迢遥,詎有返魂之草。由來慧業,定屬生天,遂使斯人,永焉辭世。蓋鏤心嘔血,既經抉摘以無餘;而盱眼抝腸,自棄喧囂而欲去。如草衣朱山人所傳湯子石耀其人也,家本通華,才稱綺麗。七齡揖客,辨座上之楊梅;五歲攤書,易賦中之枯樹。兄爲靈運,感新句于西堂;弟是少游,寄閒情于下澤。正好鄰侯珊架,探來玳瑁千函;常便奉禮錦囊,貯就葡萄一篋。薰爐茗椀,微吟于花明日麗之時;棐几湘簾,晏坐于月白風清之候。赤文緑字,應虎氣之難埋;玉軸牙籤,有龍賓之常守。胡爲鄧禹封侯之歲,已棄人間;乃以禰衡被薦之年,遽歸泉路。霓旌絳節,遨遊于十洲三島之間;赤鯉青螭,出没于八石九丹之側。正使修文座上得遇顔回,亦令奎宿宫中相逢蘇軾。金莖瑶草,共毛穎以敷榮;玉液瓊漿,染隃麋而沾灑。應嘆此間之樂,轉嗟浩刼之勞。獨有故人,難忘往事。倘叩環于華屋,定爾銷魂;如聽笛于鄰家,居然流涕。理殘編而太息,可泣鬼神;開散帙而校讐,長留天地。竟以壽之剞劂,直可被以管絃。繡列錦鋪,護持應多神物;膏殘馥賸,沾丐猶及後人。懸以國門,自合不脛而走;胠于篋衍，仍疑破壁以飛。雍正甲寅季秋重九前三日，全椒吴敬梓書於秦淮寓齋。

浭陽詩集十卷　光緒五年重刻本

董榕撰。榕字念青，號恒巖，直隸豐潤人。雍正十三年拔貢。歷河南濟源知縣、鄭州知州，調浙江官知府，官至江西贛寧道。乾隆十六年，取秦良玉、沈雲英事，附以明季野史，撰《芝龕記傳奇》六卷。與友人唐英、蔣士銓同以譜曲著稱。晚以母喪歸，泊舟滕王閣下，夜墮水死。是集原刻十卷板早毁，此光緒五年其孫輯校本，有陳錫麒、謝簡廷序。少時遊碣石所作，賦景言情，筆力清健。宦游南北，歷山水名蹟，吟詠繁富。《登馬祖岩放歌》、《柏尖山龍潭瀑布歌》、《玉壺洞歌》、《大孤山》、《濟瀆廟將軍柏歌》、《豫章懷古》，皆屬集中上乘。詩歌分體，可徵事不多。《古柏堂樂府題詞》四首、《哭鄂西林夫子》、《讀有懷堂集》，俱有參互之用。吴省欽《白華後稿》卷三十三有《懷董榕》詩二首，其一云：「石軏沙沉馬力隤，還鄉橋畔重徘徊。人間弔溺標金管，身後遺書散玉杯。少賤易傾知己淚，衰庸孤負出羣才。墓門迢遞遲親掃，始信浮生萬事哀。」據省欽自注：與榕定交於乾隆十八年冬，時假館江州郡齋，對談徹夜，抵掌鼓舌無倦容。其著甚夥，惜不盡傳，最傳者獨《芝龕記》耳。

本草詩箋十卷　道光九年重刻本

朱鑰撰。鑰字東樵，江蘇吴縣人。業醫，在蘇州惠民局司事。著《本草詩箋》十卷，有汪由敦、蔣溥、王錦著序，乾隆四年蘇州知府黄鶴鳴爲之題記。原刻本未見，此本道光重梓。據徐曰璉《跋》，鑰於醫「獨精妙理，所讀書尤多，而所著書亦不一種。名箋不敢言注，但表識其不明者耳」。是集將《本草》藥物分爲十集，賦形詠物，各爲小注。卷一爲諸水、諸火、諸土、諸金、諸石、卣石，卷二爲山草，卷三爲芳草，卷四爲隰草、毒草，卷五爲蔓草，卷六爲諸米、諸菜、諸果、水果、諸味，卷七爲香木、喬木、灌木、寓木、苞木、藏器，卷八爲諸蟲、龍蛇，卷九爲諸魚、諸介，卷十爲諸禽、諸獸、人部，晰類分門，旨該詞簡。詩至雍、乾間，屢窮其變，事無不可以入韻。是集應屬醫籍，而對偶工切，宜于記誦，誠別出機杼也。

石帆詩集八卷補遺一卷　咸豐間重刻本

張曾撰。曾字祖武，號石帆山人，江蘇丹徒人。布衣。游京師，館大學士英廉家三載，恃才傲物，酒酣罵座。居揚州，客馬氏玲瓏山館，與厲鶚、杭世駿分題角藝，又多齟齬不合。詩集舊刻板毁，祇焦山書藏尚存一部，族孫學華假而重刊，爲四十以前詩。袁枚《隨園詩話》云：「曾每詩成，必拍板高吟，聽者神移。嘗與鮑步江論生平得意詩，鮑以宿焦山對云：『水光終夜曉，海氣不時秋。』張亦以宿焦山對云：『煙鳥去無盡，風潮來不知。』」王豫《惜陰筆記》所記畧同。法梧門《詩話》以寫焦山景，皆確切不移。今集中有《雨宿焦山》、《步江同紫芝焦山讀書寄懷》等詩，清逸淡遠。《廣陵行》、《畫竹歌》、《病中言懷》、《秦郵雜詩》，神韻亦勝。《放鴿行》云：「游閑公子不事事，符帖除名免差役。豪家更倚將軍勢，終朝放歌荒園裏。一呼鈴聲動成羣，羽毛花白何紛紛。慣向人家大屋住，食飽揚揚掣飛去。只知三五爲歡娱，不知多少居民苦。民間養鴿皆被圍，東家零落西家稀。日暮還愁老鷹攫，可憐十百無一歸。昨聞將軍禁放鴿，兩翅低垂氣蕭颯。捉來急爲送庖厨，不然少緩遭鞭撻。吁嗟乎，眼前萬事何反覆，買爾得錢還食肉。」殆爲世事所激，似張王樂府。本書乾隆十四年沈德潛序稱：「康熙戊午，當交余子江干。乾隆癸亥，鮑子步江來京師投。又二年乙丑，讀張子石帆詩於馬夢堂處，因與定交。」曾有《贈鮑步江三十初度一百韻》云：「愧我年逾冠，交君歲在庚。」庚辰爲雍正八年，鮑皋二十三歲，以推曾之生年，當爲康熙四十九年。此集卷首有余京題詞，無年月，署時年六十有九。證以《余江干先生墓誌》《江干詩集》卷首，時曾僅逾冠耳。可見沈德潛所稱「京口三詩人」，余京年最高，與鮑皋、張曾殊不相亞也。

緝齋詩稿八卷

乾隆五十年刻本

蔡新撰。新字次明，號葛山，福建漳浦人。贈尚書蔡世遠族子。乾隆元年進士，改庶吉士。由翰林官至文華殿大學士。以吏部尚書致仕。卒於嘉慶四年，年九十。承世遠之學，撰有《事心録》等書。新爲官勤慎，每得清高宗信任。《詩稿》附《緝齋文稿》後，有朱珪序。應制詩居多。《題汪文端公松泉圖》、《古中盤五松圖》等篇，王昶已選入《湖海詩傳》。至登臨覽古，而閩，而粤，而西江，而中州，而皖淮，質而不華，間有可採。

南坪詩鈔十八卷

乾隆二十九年希賢堂刻本

張學舉撰。學舉字乾夫，號雪舫，江蘇如皋人。雍正十三年北闈舉人。官福建古田、廣東澳門、海揭、番禺等縣知縣，遷羅定直隸州知州。乾隆二十八年任福州知府，次年理榷西河。終於鹽法道。刻《南坪詩鈔》十八卷，首沈廷芳、桐山尹、范從律、董榕、曹秀先、程盛修、鄒一桂序。詩詠江南、閩漳、羊城、南澳名區，頗得江山之助。又善觀察風土民情。所作《七里灘》、《玉田新詠》、《古田八詠》、《上灘行》、《琅樹歌》、《嶺程雜詠》、《辭郎洲》、《羊城踏燈詞》、《巡場雜詠》，多爲紀實風土之什。《建溪》云：「仙霞縹渺摩天高，千山萬山森蝟毛。鑱嵯削壁窮飛猱，神丁何年斤斧操。中有一線蚰蜒濠，盤渦束峽流滔滔。怪石猙獰供洗淘，人啼豕立而紛撓。名灘百二不受篙，孔窄僅足容輕舠。逆挽分寸九牛勞，一落千丈離鉤撈。太古雪噴風相遭，雷霆拍挌龍腥臊。舟師眼快窮秋毫，不然撞磕無堅牢。夾溪箐密聲蕭騷，瘴雨漫漫膩如膏。山鬼跳逸城狐嗥，猩猩能言求其曹。此非人境來遊敖，客何爲者首徒搔。且須推篷傾醇醪，忠信可仗休勞忉。世間無地無驚濤，遠涉奇險寧非豪。」又《蜑人謡》亦新穎。詩云：「潮上魚揚鬐，潮落魚挂網。一日兩迴潮，魚隨潮下上。蠢蠢窮蜑户，藉魚是生養。兒女雜雞豚，筐筥羅兩榜。婦子無完衣，生孩輒負襁。婚姻不出艇，岸民謝來往。朝餐充蝦蛆，夜宿依菰蔣。蜆涌蟶塘間，營營而攘攘。弄波不避險，南風輕五兩。生不慣登陸，何心卜塏塽。物各奠厥居，伊族甘漂蕩。一壠一瓦覆，分薄不容享。老死問水濱，奇窮難比象。覽風荒海團，憫兹殊悵惘。」

嘗多次入京引見，唱和爲一時勝流。官閩時與黄之雋酬贈頻仍。五古《閩學源流詩十首》，可知亦勇於學，非取小巧悦人耳目也。學舉官澳門，作《四澳》詩詠形勝。乾隆間尚有鍾啟韶，有《澳門雜詩十二首》，記事尤詳。啟韶字琴德，號鳳石，廣東新會人，乾隆二十七年舉人，有《讀書樓詩鈔》未見傳本。《雜詩》見《楚庭耆舊遺詩前集》卷十四，不易多覯，今抄録於此，以俟採覽。詩云：「抱琴游鏡海，歛篴帆蓮洋。汗漫神仙氣，空明水月光。登臺發長嘯，倚醉問扶桑。北鄉冰天雁，先春半欲翔。自注：澳門一島，狀如蓮花，香山盡處，有路名關閘沙，直出抵澳，若蓮莖焉。其兩傍爲内外洋，水分二色，内紅外黑，亦曰紅黑海。中有關，曰飛沙。時於珠江餞送公車，即放舟南下。」「大島飛沙出，危旗亂石叢。樓臺千疊粉，潮汐四山鐘。禮拜符來復，門兵警伏戎。幸逢綏靖後，海角久銷鋒。自注：山隘輒築戍樓，建旗以表之，所居高下依山跨嶺，瓦壁純白，日夜禮神暨守望俱以鐘爲號。夷人行路聞鐘聲則免冠。每七日則男女詣廟持咒曰禮拜。夷館及卡口紅褐卑帽者，各持火器，日夜挺立防守，曰兵鬼。時海寇悉平。」「海覺天妃廟，三成石作梯。青洲迴望合，緑浪捲來低。碑省前朝識，塗應七聖迷。山僧渾忘却，支語到雞栖。自注：天妃廟土人稱媽祖閣，亦曰娘媽閣。石磴三折，至頂峭壁刻海覺兩大字，字丈餘。青洲山在海口，海水深緑色，明天啟間閩賈寓於立廟，初問僧寺不知，讀碑知之。」「風濤竟三日，浩浩勢粘天。樸被登山館，煎茶得洌泉。刀叉芒不頓，麪乳食差便。待醒蘆卑酒，巴菰捲葉菸。自注：海水極鹹，而山泉特清洌。食以刀叉代箸，以酥酪和麪煨啖之。不設穀食，終宴徹席，特置蘆卑酒，酒味頗濇，云以解醒。捲菸葉燃火吸之，曰巴菰。」「兵鬼黔於墨，臊漿凍欲冰。蠻姬席疊摺，番衲髮鬅鬙。萬牖層樓闢，千門拾級登。思憑謝公筆，圖書貯行縢。自注：蠻女裙數重急約以取細腰。所居必樓，樓必闢户。臨街入門，輒登石級數十。」「十字門當檻，零丁港近牆。都歸千里鏡，直過九洲洋。關閘沙爲界，波羅蜜是鄉。皇心正柔遠，荒徼此來王。自注：十字門諸山夐立海面，接零丁洋。又有九洲洋登白鴿巢園石頂亭，以大千里鏡矚之，當面了了，不知其遠涉日餘也。波羅蜜樹高數尋。」「插漢三巴寺，耶蘇律自持。占星亦有術，重女却奚爲。踐土封無外，通商政不私。羈縻原勿絶，他族爾毋滋。自注：三巴寺奉耶蘇天主，夷人禮拜最盛。觀星石屋有白鴿巢園，夷人重女，輒以家資過半給之。丁男賤若奴隸，娶别家一稟於妻。」「築毬坡對座，走馬路横窗。表午眠參食，呼霄邏代梆。巨鶤三尺奮，絶力卅年尨。要眇花鬘舞，風琴手自撞。自注：夷長測日，表及午則不治事，睡起，晚食，至深夜乃已。兵鬼守望俱口號，四山呼應，不用擊柝。白鴿巢園有大雞，昂首則高與人等，足如鐵。有獒如豹，客至則以鐵檻禁之。樂櫃觸其機則八音齊鳴，亦曰風琴。」「地勢近南灣，茫茫巨浸間。不風潮刮岸，當午瘴沉山。大舶微加點，頹沙曲似環。却疑星宿海，潛氣出諸蠻。自注：澳之盡處曰南灣，亦曰南環。沙岸晝夜波激，勢若飛雹。入夜黑晦，海面金星萬點，隱現出没。」「寨北寒光霽，天東曙色椴。碉樓飛一角，官路控三叉。椰菜經霜甲，桃枝破臘花。前山信衝要，瓊酪判桑麻。自注：立砦前山爲軍民府，以禦澳姦。」「巀岌牛擒石，連岡萬木森。北風隨逕曲，南裔此山深。鼓墶何年廟，梅坑太古岑。雲霾丫角髻，有客荷樵吟。自注：入澳山頂最高處有雲逕寺，行客至此曰過澗，梅花坑、石鼓墶，土人僞爲石寶塔，此香山達澳之路也。丫角髻山名，又曰風門，樵者往來如織。」「一塔層巒出，歸帆指石岐。石岐在香山縣海口。郢中驚和寡，鄰舟度曲以絲竹和之。海上忽情移。逆旅迎年酒，淹旬紀事詩。得知溟漲外，何處測津涯。」詩作於乾隆二十一年，稍後於《四澳》詩。

四澳

南澳峙巨海上，地勢長橢，中區爲四澳，闢分疆守之，有深青雲隆之名。土風固不遠，形勝則各負其險也。作四澳詩。

樟林蔚且長，遥帶黄岡渡。渡口駛帆來，蒼茫認雲樹。朝發指深澳，傍崖日未暮。深澳拱金城，寬可千舟聚。食貨資貿遷，商漁從所務。秉耒依近郊，荷戈列遐戍。愛此島居人，公庭稀牒訴。使君歷輕軒，淳風溢歧路。深澳。

青澳藹青青，倚山爲屏障。汪洋千萬里，煙雲非一狀。風扶怒濤掀，目駭不能向。迴顧太子樓，荒基插漁桁。事遥蹟未湮，憑弔增悽愴。似聞白鵬鳴，崖門鬱相望。古隧藏衣冠，青逕排雲上。我擷春蘭枝，一薦陸丞相。青澳。

保章辨雲物，占象候至分。卿景昌期叶，五色垂繽紛。區區海之澳，胡爲名以雲。珠胎騰寶氣，日御蒸彤雯。烟波互吞吐，元化流氤氲。于時恬鯨浪，于時靖妖氛。爛共金枝茁，燦披緑圖文。願同汾鼎獻，長奉聖明君。雲澳。

行行指亂峯，懸崖通鳥道。御徒力漸頹，劃然見隆澳。外廣内復寬，玉玦儼天造。上下避風船，狀若雞雛菴。甕峙連長山，荒荒跡罕到。修蟒宅蜂窩地名，野猿窺蜃竈。搜山入其深，前驅弓矢導。

巡洋列艅艎，風中辨旗纛。隆澳。《南坪詩鈔》卷十三

藥堂詩鈔八卷　乾隆間刻本

陳浦撰。浦字楚南，號藥堂，安徽休寧人。嘗游金陵、淮陽、錢塘、富春，乾隆十五年在汴。二十六年，刻《詩鈔》八卷，凡一千五十六首，沈德潛、湯懋綱序。其詩格高韻清。古樂府出於漢魏，古今體詩摹倣三唐。《採茶詞》、《秋霞曲》、《墜巖婦》、《彭城老翁歎》，多爲閭里見聞。五古《讀漢史作》，渾厚警策，無激切之音。交游無俗士。《送李無蹊先生嶗山訪道》，無蹊名直，亳縣人。《朱草衣以流寓入江寧寄贈小詩》，草衣名卉，蕪湖布衣。《奕園夫子刻其二弟青坪四弟石臞兩先生遺稿愴然感作》，奕園爲湯懋綱，青坪、石臞爲懋統、懋紳。《聞李嘯村客歿揚州》，嘯村爲畫家李葂。又有《弔李客山》、《送金棕亭之武林》、《哭周悔齋廣文》，爲李果、金兆燕、周京。可見無心功名，故能有此清況。《讀李氏焚書》、《湯天池鐵畫歌》、《蕪湖樓壁見湯顯祖遺墨感作長句》等作，猶可供談藝之助云。

讀李氏焚書

秃翁負逸才，夷然肆厥志。一官歷中外，紛紛觸諱忌。褊急不自容，孤憤成捐棄。垂老皈空門，經梵闡精義。自謂佛可成，龍湖創初地。我聞大知識，乃不立文字。罵謾動千言，恐非西來意。《藥堂詩鈔》

雅集樓壁間有玉茗主人牡丹亭遺墨相傳先生僑居鳩茲譜曲於此今爲沈君靜人别墅甲戌九月招諸同社讌集賦詩四韻已成余復感作長句

杉梧葉老聲蕭索，敗荻殘荷烟漠漠。兩湖秋水萬重雲，雲衣偏厚客衣薄。沈郎詞賦擅風流，雅住臨川譜曲樓。樓外花枝樓上酒，招我題詩餞暮秋。畫屏指點殘紅豆，花片飄零雨絲舊。那堪按拍復尋聲，感秋人較傷春瘦。春花秋月思茫然，秋月春花總可憐。五更恨結芙蓉帶，十載香消芍藥箋。何處珠簾思回顧，誰家金屋留春住。春風七十二鴛鴦，秋雨分飛不知數。滿眼韶華滿鏡霜，清歌妙舞斷人腸。紅顔自照文君井，青草空生宋玉牆。情懷潦倒情難已，幾人憔悴爲情死。我生那得更忘情，淚洒西風一江水。江水悠悠泛淚痕，牡丹亭冷月黄昏。花間有路曾尋夢，地下多情竟返魂。情死情生春一夢，夢中轉泥春情重。無端惹起舊相思，妒殺雙鸞泣孤鳳。《藥堂詩鈔》

青嶁詩鈔二卷　乾隆間刻本

盛錦撰。錦字庭堅，號青嶁，江蘇吴縣人。諸生。工詩。沈德潛弟子。殁後，德潛爲輯十之六，五百餘篇授梓，即此本。首序畧云：「予生平交友，每以詩作，合吴中異地儒生方外，前後幾二十餘人。予年八十餘，晨星落存者，唯翁霽堂、周迂村、盛青嶁。乙亥乾隆二十年，霽堂殁於金陵。丙子二十一年春，迂村殁，青嶁旋殁。所交詩人，無一存矣。三人之詩，青嶁尤富。往來巴蜀登臨憑弔，詩境尤佳。」是錦與周準均卒於乾隆二十一年。《清代碑傳文通檢》據安吉撰《小傳》定準爲嘉慶二十一年生，乃下推一甲子之誤。此集上卷卽《蜀遊草》，有《西陵峽》、《十二碚》、《空舲峽》、《瞿塘灩預堆》、《過灘》諸篇，殆取道三峽，所見灘險爲多。又《畊雲老人畫歌》、《盤山圖歌爲吳潁庵少京兆作》、《銅山緑石歌》、《伏生授經圖》，頗爲文飾。《廟門火》則記清江浦大火，取於社會見聞。卷下爲揚州、濟寧、北京詩，和平深婉，無沉雄頓挫之勢。清中葉入蜀詩，要以經歷大小金川戰役者爲勝，查禮、王昶、趙文哲諸家是也。王昶有云：「青嶁詩以入蜀爲第一。世人輒以杜少陵、王新城爲比。不知少陵由秦階經桔柏渡而至劍關，新城從鳳翔寶雞經漢中以至寧羌，陸路不同。若青嶁取道歸州，穿夔巫入成都，卽吳漢伐公孫述之路，亦卽放翁入蜀、新城出蜀之路。其他雖皆屬天彭井絡，而山川形勢迴殊。放翁雖有『鐵馬西風大散關』之語，其後封爵渭南，而南北棧實未按轡及之。故諸公摹寫山水，各傳其勝。論詩者乃並爲一談，正如屈蚑之蟲，方隅之眼，宜見笑通人也。」此説甚鑿，爲言入蜀詩者不可不知也。是集有青嶁子壻章日照跋，日照爲沈德潛外孫。補版時增青嶁裔孫跋，稱尚有《續集》二卷刻版，已付刼灰。今並傳者，是集之外，有《三家詩選》本云。

話墮集三卷二集三卷三集三卷

乾隆十三年至二十四年刻本

篆玉撰。篆玉字讓山，號嶺雲道人。杭州西湖南屏僧。工詩，善畫，與明中齊名。是編分三集，每集三卷。《初集》乾隆十三年厲鶚、杭世駿序。《二集》魯曾煜序。《三集》乾隆二十四年傅王露序。乾隆九年，杭州諸宿老閒適無事，朝夕吟詠湖上，明中、篆玉亦預其間。詩會初名香巖詩社，主要成員爲顧之珽、周京、厲鶚、金志章、魯曾煜、丁敬、杭世駿、金農、施安、舒瞻、吴城、鄭之翀、黄樹穀。篆玉詩標集《話墮》，用禪家語，是崇佛法而輕言志永言之教也。其詩雖多登高遠眺，觀泉泛舟，談禪題字，啜茗賞花之屬，而見於往還者，如沈德潛、梁詩正、錢陳羣、張照、吴廷華，如傅王露、王又曾、汪沆、齊召南、陳兆崙、全祖望、胡兟、沈大成、張湄、汪師韓，如華嵒、吴穎芳、方桼如、張庚、梁同書、汪啟淑、馮浩、梁同書、祝德麟，達官清要既樂予過從，布衣高士亦交往密切。集中唱酬，併載和詩，保存諸家佚作，多有可拾。篆玉嘗重修西湖《淨慈寺志》。今嘉慶《新志》卷十三，收有篆玉晚年詩，集中未見也。生年據卷二《四十生日》詩推之爲康熙四十九年。沈大成《學福齋集》卷三十四《哭南屏讓山長老》有云：「西湖今寂寞，頓失兩詩僧。」自注：「方丈烎公先於春初示寂。」師著有《話墮》三集，中刻予唱和詩。」詩編年戊子，可知篆玉與明中同卒於乾隆三十年。

錫慶堂詩集八卷

咸豐九年重刻本

嵇璜撰。璜字尚佐，一字黼庭，晚號拙修，江蘇錫山人。曾筠子。雍正八年進士，改庶吉士。乾隆間官南河河道總督，東河河道總督，兵部尚書，文淵閣大學士。卒於五十九年，年八十四，謚文恭。初爲文學侍從之臣，有應制詩數卷。此外所作多不存。是集詩爲其子文駿自他人集中及手卷畫册間録出，僅得百餘首，並應制詩合爲八卷刊行。題畫詩與沈德潛、袁枚贈答均較可觀，近體《廣陽道中》、《村溪放艇》等作，亦清俊可誦。

露香書屋遺集十卷　嘉慶十年刻本

張映辰撰。映辰字星指，號藻川，浙江錢塘人。雍正十一年進士，改庶吉士，授編修，擢侍講，典試湖北。乾隆間爲大理寺少卿，湖北江西陝甘學政，累至兵部右侍郎。二十六年卒，年五十一。事具嵇璜所撰《墓銘》。嘉慶十年，其子雲璈校刊遺集，爲《應制草》、《家塾草》、《使楚草》、《楚中視學草》、《使秦草》、《西江視學草》、《秦中視學草》、《京邸草》，詩共七百二十一首。映辰自通籍後始肆力於詩。舟車南北，馳騁道途，即事成吟。《西安雜記百首》，上規秦、漢，下逮隋、唐，包涵富有。《秦嶺行》、《秦州雜詩二十首》、《黑水竹枝詞四首》，以及涇州、寧夏、肅州、甘州、凉州懷古之作，筆勢遒峭。至青海，作《西寧懷古》、《西海紀聞》、《老鴉冰溝諸山爲西寧門户形勢陡峻詩以紀之》，多人所未經語。袁枚序謂「非即景不能生情，非生情不能奮筆」，有以也。

西海紀聞　十首録四

東石峽連西石峽，南涼都又北涼都。西平舊跡依然在，湟水滔滔過允吾。

春來百卉發東谿，積雪消溶夏景齊。更向永安城北望，鴛鴦兩兩護花堤。
菩提千佛望如雲，長夏諸夷禮拜勤。三裹黄金人不識，風摇鈴塔定中聞。
西山大小説崑崙，積石經行吐谷渾。一綫黄流穿海過，難言星宿卽河源。

《秦中視學草》

繩菴内集詩九卷外集詩四卷

乾隆三十七年刻本

劉綸撰。綸字慎涵，號繩菴，江蘇武進人。少在尹繼善幕府，得其指授。乾隆元年，張廷璐薦，由廩生舉博學鴻詞第一，授編修。汪由敦愛其才，兼重其度。晚年尤與劉統勳相得，和而不流，無所附麗。累官工部尚書，文淵閣大學士。三十八年卒，年六十三，謚文定。乾隆三十七年，刻《繩菴内外集》。《内集》各卷名《直廬稿》、《吉林稿》、《田盤稿》、《木蘭稿》、《嵩麓稿》、《臺懷稿》、《西陲稿》、《南中稿》、《試帖稿》，均爲扈駕應制之作。《塞外雜詠十二首》，爲氊廬、駝裝、馬絆、風竿、雨鈎、設卡、地竈、安市、征衣、銅晷、頒鹿。《蒙古土風雜詠十二首》，爲乳箭、荒田、鄂博、革囊、柴車、骨占、馬竿兒、板灰、箇竹箄、口琴、轉經。《吉林土風雜詠十二首》，爲威呼、呼蘭、法喇、斐蘭、賽斐、額林、施函、拉哈、霞綳、豁山、羅丹、周斐。頗詳今有。《外集》詩自具面目。《王文成公斷碑硯歌》、《西安碑洞》、《華嶽廟》、《薛素素畫扇歌》、《唐灣竹枝詞》、《跋沈歸愚詩卷》，俱有雅音。於詩獨喜高啓，謂能入唐人門户。綸爲官謙和恭謹，尤以廉介著稱。乾隆元年鴻博爲點綴太平盛世，所取十五人，杭世駿、諸錦、齊召南稍可，餘子大都無風標可見。視康熙十八年鴻博，相去遠矣。

太平鼓

句麗生紙三葛薄，一棱鐵骨從牢落。長柄低摇玉綀槌，重鐶密綴金洛索。革氏咍臺瞽宗詫，非薛非魯誰爲作。春明仕女樂新年，十棒三撾譜齊削。炕頭散打朝曦紅，唐花萝樹催菁葱。零丁忽碎收旛雨，拉雜俄喧吹角風。更番疊拍不盡態，意在卻立經營中。口琴手碟並坊市雜要所用且高閣，箏琶洗耳難言工。琉璃舊廠紛湫隘，面具同挑擔頭賣。相逢鄉老爲予説，此是鐃歌之别派。時興頗記平滇初，六詔烽煙清兩戒。比户鼕鼕告太平，盡收短槊銷長鎩。至今聯臂來堯衢，燈棚花市歡追趨。樂府從容按朱鷺，天家王會方成圖。法物不論記里鼓，況乃末伎傳華奴。歌成坐愧雷門布，協律敢擬猗那歟。《繩菴外集》卷一

畫眉蜑

産興安。大不踰指，面緑似松石。鎔蠟實其中，用飾釵珥。

餉客邊人意頗慳，一丸緑玉掌中間。緣巢探得南禽種，誰道春風不度關。

買載駝裝欲餉誰，犀株嵌就説松兒。箇中幾許啼春怨，爭遣高樓幼婦知。《繩菴外集》卷三

淮壖行

淮壖僑居多雁户，三年兩澇無乾土。占籍甘爲釜底魚，人水一時忘客主。卽看田荒賦盡減，貸粟

千艘出天庾。縣官抱牘日勘災，極貧次貧署門堵。大口五合小口半，冷鉎才生炊煙縷。負郭還聞施淖糜，早曳長旗槌大鼓。一飽懽然同肉骨，男不去提女留乳。皇華使者日邊來，親見流移復完聚。身是山中畫粥生，梓里經過念罌瓶。津路傳呼關榷弛，米船已到江東估。惠政都賅十二條，三策綢繆庸待補。由來禹貢字無隄，禹貢無隄字。御製句發千古所未發。敬頌宸謨發聾瞽。《繩菴外集》卷四

寶閑堂集六卷　乾隆間刻本

張四科撰。四科字喆士，號漁川，陝西臨潼人。貢生。官候補員外郎。僑居揚州，於天寧寺旁築讓園，與馬曰琯、曰璐昆季相鄰，互集詩社，爲名流觴詠所聚。此集共詩六百二十八首，始雍正九年，迄乾隆三十二年。常見四卷本，止乾隆二十八年，非全帙。四卷本有《己卯乾隆二十四年自識四十九小像》，此集無之。李斗《揚州畫舫録》記讓圃别墅事甚簡，此集有《讓圃八詠》附《讓圃記》，較詳備。四科之詩，以蓄彙見長，然删削靡曼，工研詞意，故能自成面目。《題趙文度五城十二樓圖》、《題鍾馗觀鬼緣竿圖》、《漢玉磨兜堅歌》、《漢銅鳩車歌》、《題石刻柳州小像》、《題楊吴潯陽長公主墓誌拓本後》、《題秦郵女子髮繡大士歌》、《靈龜篇爲金農徵君賦》、《爲王又曾題龍湫晏坐圖》、《京師永樂華嚴鐘歌》、《方士庶畫讓圃老樹圖》、《朱碧山銀槎歌爲馬丈曰琯賦》、《諸葛武侯銅鼓歌同厲孝廉鶚作》，記問甚博，雕鏤而不失自然。《汪處士士慎八分歌》、《金農渴筆八分歌》，揣摩之至，爲研究當時書法之佳搆。《客有談故將軍事者賦之》，乃爲年羹堯作，所云客，卽胡復齋

期恆，入虁堯幕用事，驟遷甘肅巡撫，牽連獲罪，得釋後亦寓揚州，全祖望爲之作墓碑者也。見《晚晴簃詩話》。乾隆四十三年十一月初四日上諭，張四科《寶閑堂集》，有違礙謬妄感憤語，見《禁燬書目》。是集被列禁燬，殆由於此。《包家燈記述奇形巧製》，有「揚州市上買一盌，應費中人十家産」之句，當時鹽商奢尚蓋可知矣。四科與汪沆、舒瞻、陳章、王又曾、盛錦、陸鉒輝、王藻、閔崋、蔣德、方士庶、曹仁虎唱酬。《讀前輩詩集各題絶句》，凡十二首，皆清初人。作《五君詠》，爲全祖望、姚世鈺、馬榮祖、余元甲、厲鶚。世鈺邑諸生，工詩，夭亡，有《孱守齋遺稿》，四科爲之梓行。又有《里中三邑人詩》爲張風子、靳毛頭、楊姑姑。《畫馬悼華嵒》、《哭程丈夢星》、《聞全祖望死》，爲文苑傳記材料。哭樓錡、王箴輿，可據編年考證卒歲。他如《拳毛騧歌》、《自鳴鐘》、《千里鏡》、《觀棋絶句》、《汪童子圍棋歌》，矜古而又求新。《隨園詩話》稱：「張喆士詠《胭脂》云：『南朝有井君王入，北地無山好女愁。』以此得名，人呼張胭脂。」今觀是集，可取者正多，豈在《胭脂》一詩耶。

漢銅鳩車歌

生砂活翠雙輪殷，宛然拂羽鳴桑間。是曰鳩車曷所用，嬌兒牽挽青絲綜。古來執御備六藝，五歲先知以車戲。更肖班班子母形，應取平均如一義。羅氏失職鞫人亡，炎靈象物昭舊章。良金寫成質不窳，尚教弄具垂千古。佩觿舞勺及青春，瓦狗泥車莫漫陳。技無詭遇安身拙，直到康强杖玉辰。

《寶閑堂集》卷二

金農渴筆八分歌

上谷仙人落雙翮，漢隸唐分稱自昔。波勢方廣祇默守，渴筆爲之洵創格。驟看渺若墮烟霧，相向依然森劍戟。瘠勝休明傷肉多，硬較光和詩骨立。大書深刻紛如林，髯兮八分擅來今。迢迢周秦間，遺蹟歸摹臨。復從北海得此法，世人盡訝惜墨如惜金。近時書流尤闒茸，鄉里小兒窄眼孔。鑪錘自運曾未識，榮往虐今宜詾詾。秃毫頗誤倣剥蝕，堊帚疇能獲飛動。飛白蓋八分之輕者，古人皆用毫筆，宋後始作堊帚形。豈如標新領異仍前規，百金一字宜珍重。相逢揚州市，勤請爲歌詩。我詩泥古亦遭罵，幸勿流播令人知。《寶閑堂集》卷五

光復堂詩稿不分卷　乾隆二十七年刻本

劉統撰。統字龍泉，甘肅武威人。貢生。乾隆二十五年，官任丘知縣，年已五十。撰《光復堂詩稿》，爲邊連寶評校，有乾隆二十七年邊繼祖序。七古《雪浪石》、《太學石鼓歌》、《草聖歌》，學韓、蘇而多累句。五古《黄河》、《六盤山》、《崆峒》、《華嶽》、《天梯積雪》，氣格稍勝。五七律學杜，近明七子。斷句如「風清秋入塞，雨歇月臨邊」《狄臺煙草》，「古穴雲穿徑，高城鳥颺空」《邠州道中》，「柔艣波聲壯，秦關樹影重」《潼關曉渡》，「青峯遠黛臨窗牖，緑水清音潄石根」《雨霽》，「揭破愁牢澆濁酒，衝開悶陣覓奇書」《冬日書懷》，「八法俱超無滯筆，六

書尤妙在諧聲」《雁字》，「逗雨輕匀西子靨，調朱淡掃太真粧」《杏花》，「尋香不必在枝上，繪影還須向月邊」《梅花》，「中原如沸紆籌畫，大厦將頽作棟梁」《武侯祠》，精巧稱題。亦有失於平熟稚弱者。壬午十月奉檄赴奉天告糴，有《錦州海口貯米即事》詩。官任邑，作《六景詩》。隴中詩人，自可獨占一席。

筠園稿二卷　乾隆間刻本　谿音十卷　乾隆二十二年刻本

朱仕玠撰。仕玠字碧峯，號筠園，福建建寧人。乾隆六年拔貢。官德化教諭，調鳳山。陞河南内黄知縣，未之官卒，年六十二。弟仕琇以古文辭見稱於時，仕玠獨以詩名。所撰《筠園稿》上下卷，爲乾隆七八年間詩。《松谷雜詠》二十首、《吴偉山水圖歌》、《畫竹歌》、《題瀟湘煙雨圖》，均以幽峭見勝。《谿音》十卷，刊刻在《筠園稿》前，有沈德潛、李中簡、朱仕琇三序。據《上沈歸愚》詩注云：「乾隆九年應順天鄉試，因贄所爲詩，宗伯獎借備至。」意格視前集尤高。《敚陶彭澤四十三首》、《月節折楊柳歌十三首》、《藍瑛楚岫雲馳圖歌》、《哀山陰胡稚威》，俱見才思，不名一家。《九思詩》爲王勣、元德秀、蕭穎士、元結、盧鴻、孟浩然、陸羽、司空圖等。少時嘗聞耿精忠之變，有《蔣家壁行》等詩，唯所詠僅限一隅，未足史證。意生平所作不止此兩編，惟無人裒集耳。據朱仕琇《梅崖居士文集》所撰《墓誌》，仕玠昆仲四人。長仕鈺，歿於乾隆三十六年，年七十七。仲仕瓚，亦歿於三十六年，年六十七。仕玠行三，墓銘無確切年月。仕琇不甚能詩，僅有偶存十餘首，附《文集》後。

花間堂詩鈔不分卷　乾隆間刻本　紫瓊巖詩鈔三卷續鈔一卷　乾隆二十三年刻本

允禧撰。允禧字謙齋，號紫瓊道人。康熙第二十一子。封慎郡王，謚靖。生於康熙五十一年，卒於乾隆二十四年。善畫，喜交布衣。所撰《花間堂詩鈔》，首自序爲鄭燮手書。《紫瓊巖詩鈔》爲其孫永珹刻，弘瞻序。兩刻鏤版俱精。詩存二百餘首。《讀陶淵明詩》、《訪薦青山人李鍇》、《重宿千像寺》、《過蘭谷山莊》，學唐人，以沖和爲勝。與沈德潛、鄭燮、朱文震俱有贈酬。五古《題島菴隨筇集一百韻》，七古《觀傅雯指頭作畫歌》、《山水歌贈維揚余洋》、《李眉山畫蘿村圖歌》，氣韻高古。王室中之能事者，罕可匹儔也。

題板橋詩後

高人妙義不求解，充腸朽腐同魚蟹。此情今古誰復知，疏鑿混沌驚真宰。振枯伐萌陳厥粗，浸淫漁畋無不無。按拍遥傳月殿曲，走盤亂瀉鮫宫珠。十載相知皆道路，夜深把卷吟秋屋。明眸不識烏雌雄，罔與盲人辨烏鵠。《花間堂詩鈔》

南屏山人詩十卷　乾隆間刻本

任端書撰。端書字進思，號念齋，江蘇溧陽人。禮部尚書任蘭枝子。乾隆二年一甲三名進士，授翰林院編修。十一年，以憂歸，不出。傳見《國朝耆獻類徵》卷百二十六。詩集刊於乾隆十一年，陳兆崙、胡天游、齊召南序，共古今體詩六百八十一首。以雍正間嘗至秦蜀，詠山川風土爲多。江南詩沖淡，頗得清音。《宿田家》云：「泱泱塍水田，銑銑苗葉齊。田家事力作，早起隨鳴雞。歸來驅烏犍，日脚桑樹低。殷勤留過客，呼婦烹伏雌。濁滲不待晾，黄粱已成炊。顧客無遽行，飽我葵與藜。夜靜明月出，茅屋生光輝。照客有餘情，竹樹相因依。念此田家人，事朴情不違。信哉樂復多，用歎征途非。」是善學陶、韋者。胡天游稱其詩「瓌瑋殊麗，自歷燕、趙、秦、蜀，所及愈遠，所得乃愈多」。是又不可以一律衡之矣。陳兆崙集有《追和任念齋見南草堂詩》，注稱「辛巳五十外舉子」，據此可考其生歲約當康熙五十一年。

瓠息齋前集二十四卷　乾隆二十四年刻本

凌樹屏撰。樹屏字保鼇，號絨亭，浙江烏程人。乾隆四年進士。官陜西鳳縣、咸陽知縣，改嘉興府教授。刻《瓠息齋前集》二十四卷，首卷爲賦，分十二集，爲康熙五十九年至乾隆二十一年詩。《四庫》列入《存目》。列參校人姓氏，嚴遂成、張雲錦，門人陸費墀、李燧等人。生年據《辛未四十生日》逆推，爲康熙五十一年。烏程凌氏，爲明代以來望族，是集卷六《贈族祖綏章並貽諸宗長百韻》，於世派源流，宗支聚散，闡述綦詳，不啻譜牒。山水與自遣詩主性靈，《偶作六首》，論明詩不薄宋人。《讀計甫草先生草亭集》，辭氣厚重。《織娘歎》、《機户歎》、《盤糧廳行》、《行路難》、《蘆江竹枝詞十首》、《白洋竹枝詞十首》，紀事求實。《讀梁書有感十一首》、《題戢武閣二十四功臣圖》、《讀明史稿列傳絶句十章》，讀史而有發扢。《送明經閔晴巖北上》，閔氏亦烏程大族。是集中可資參考者正多也。

邈雲樓詩集七卷

道光三年秋影書屋刻本

楊鸞撰。鸞字子安，號迂谷，陝西潼關人。乾隆四年進士，歷官四川犍爲、湖南桃源、醴陵、華容、長沙、邵陽等縣知縣。乾隆四十三年卒，年六十七。事具王夢祖所撰《迂谷先生墓誌銘》。撰《邈雲樓草》一卷《續草》一卷《三編》一卷附《詞鈔》一卷，自刻於長沙。後刻《四編》一卷，爲張開東掌邵陽書院時所請。原版早毁，道光三年其子訒重刻，即此集是也。附《後續》一卷。諸編作序者爲王垣、楊潮觀、顧奎光、陶金諧、薛寧廷、劉紹攽、王夢祖、葉芝，俱乾隆間人。王垣字嘯雪，蒲城人，與鸞最稱知己。潮觀爲《吟風閣雜劇》作者。薛、劉、王俱以詩名，各有專集。鸞學詩於屈復，後得沈德潛指授，與胡天游、厲鶚、杭世駿、張四科、江昱、江恂、楊度等江南名士唱酬，格調俊爽，不爲亢厲之聲。《端州舊坑石硯歌》、《渭南絶句六首》、《牛疫》、《西洋屏》、《詠蝶四首》、《題九老圖檃括本事詩》、《春陵雜詩》、《嘉州雜詠》、《涼州》、《張掖賞牡丹》、《游嶽麓寺》，以生平閲歷悉收爲裁詠之。交游見聞亦多。《揚州雜題金壽門》云：「金子王門舊賓客，老來標格尚嶙峋。高情孰與孤山鶴，寫罷梅花自寫真。」《鄭板橋》云：「放誕風流鄭板橋，卽看畫筆亦蕭騷。年來意緒頽唐甚，老向何門更折腰。」《厲樊榭》云：「見説錢塘厲太鴻，自褰絳帳卧春風。誰知更有陳驚坐章，先後高名訝許同。」《感舊詩》其一云：「芙蓉湖上送征帆，燕古維揚共駐驂。昨見除書忽惆悵，雁飛何日到滇南。」自注：「家笠湖兄錫山別後同客廣陵及都下，今銓雲南。」爲懷楊潮觀作。

邈雲草序

楊潮觀

吾楊稟華嶽精靈，磅礴鬱積，世挺英奇。蓋自東京太尉以來，清德繼世，積厚而流益長，其子孫蕃衍，雖散處函夏，而溯其源皆自華陰而來。亦如嶽勢蜿蜒，支分派別，西接隴坂，東連太行，南趨熊耳外方以行於江漢間也。不才吴人也，往來於燕晉齊趙者幾二十年，未得歷中州，抵關陝，登太華之巔，攬其奇秀，並訪四知故里，一與宗人敍顛末。然未嘗不時往來於懷。今夏以赴補詣天官曹，憩於大樹之下，顧同列者相問詢，則子安握手，恨相見之晚。於是時與過從，知其才裕學富，嗜古思深，雖以謁選在緇塵旅邸間，而卷軸不釋於手。蓋燁然爲關中人士之特。隨出其平日所著詩，文采風流，自相輝映，經營慘淡，時出沉雄。玩其詞華而歸實，味其旨潔以生芳。余雖筆墨荒蕪，此事已不甚解，不敢遽謂品題當在何等。而潼關四扇，朝日初開，太華一峯，秋隼時至，山靈有助意者，其在於兹乎。不日與子安行將分手天涯，各以人民社稷爲事矣。竿牘蹇淺，無足道者，然觀子安人以韻勝，固知其爲吏之不俗，詩以情長，可知其非漠然於民瘼者。清白吏子孫固當有異。若夫緩帶輕裘，不廢坐嘯，與四境絃歌相答應，亦未嘗非澹泊寧靜中一消遣法也。是爲序。時乾隆十四年己巳中秋愚兄潮觀書。

裘文達公詩集十二卷　嘉慶七年刻本

裘曰修撰。曰修字叔度，號漫士，又號諾皋，江西新建人。乾隆四年進士，改庶吉士，授編修。官工部尚書，晉太子少傅。三十八年卒，年六十二，謚文達。是集爲其子行簡刊，凡《文集》六卷、《詩集》十二卷、《恭和御製詩》六卷。行簡跋稱：「詩多退值後於燈下撰著者，無憑查訪者更不知凡幾。」蓋曰修以文學受知，又精於吏事，於己作不甚收拾也。《雜憶詩二十首》、《江行懷古》、《平山堂卽席雜賦十二首》，格調安雅，春容渾脱。《題陳迦陵填詞圖》、《題桑弢甫五嶽集》、《送同年沈歸愚還里》、《書鄒小山所作殷女傳後》、《寄送張鷺洲侍郎巡視臺灣》、《送張少儀之邵武任》、《題桐石詩稿》、《送同年袁子才歸娶》、《題周景桓奉使安南小照》，及與陳弘謀、錢維城、畢帆贈酬，頗備一時典故。乾隆二十一年征伊犂，奉命至巴里坤宣意旨，沿途作《西行古今地輿考畧》一書。詠《嘉峪關》、《南山口大雪》、《格子烟墩》、《巴里坤上元小集》，西域情景，皆得之目驗。又出山海關，詠遼陽州、千山諸篇，亦有雄直之氣。是館閣大臣中能以詩鳴者。自藏斷碑硯，徵索詩甚衆。蔣士銓《忠雅堂詩集》有《題少司農裘漫士舊照九首》。

清人詩集敍録卷三十

柘坡居士集十二卷　乾隆間刻本

萬光泰撰。光泰字循初，號柘坡，浙江秀水人。博學，工詩文，尤精於古算、音韻。乾隆元年薦舉順天舉人。梁詩正奉校續修《文獻通考》，延董其事。十五年卒於京師，年三十九。詩集十二卷，與古文雜著合刊，汪孟鋗序。《四庫存目》著録。各卷復以事名集，收雍正三年至十四年編年詩七百六十八首，爲病篤時手自編定。袁枚《小倉山房文集》卷十一《萬柘坡詩集跋》云：「亡友萬柘坡遺集若干，程魚門昵之，陳古漁非之，二人皆深於詩者也，訟而質于余。余欲通兩家之意，特加點按。集中五七古沉摯之思，如窮淵泉而縋出之，真古豪矣。近體索索，殊少真氣。」《隨園詩話》卷一亦條記其事。此集卽袁枚評點本，其手跋與文集小有異同，署「壬午三月」，距光泰之殁已十二年。前題七律一首，《小倉山房詩集》無。至諸卷加墨之處，可爲讀者之助。汪序，評曰：「不愧一潔字，而筆力夭矯，足以達之。」卷一《楞嚴寺對月》，評曰：「盛唐」。《南唐宫詞》，評曰：「織當年之瑣事，少言外之深情，未爲傑作。」《次韻敬懷兄黄葉》，評曰：「作有情之雕琢，安得不佳。」《天酒留客戲作短歌》，評曰：「東坡集中有數之作。」《游瑪瑙寺》，評曰：「直逼少陵。」卷二《孟山人畫菊歌》，評曰：

「七古遒勁至此，吾何間然。」卷三《分詠瓜果三首》，評曰：「如此等使事，便失之滯，且覺味少，真浙派也。」卷三《金魚橋釣魚不得爲余丈解嘲》，評曰：「有典有則，可法可傳。」《舟泊宿遷卽事》，評曰：「菜肚芥孫，非無出處，而字面不佳，是詩陋處。」《天妃閘待放》，評曰：「雄渾精卓，無一字輕下者。」卷四《題歲寒三友圖卷》，評曰：「用蛇瘤字面入七律，是皮陸可憎處，寧不知炙鮑姑之艾，典在小説乎。」《入善應寺登廬師山》，評曰：「意欲合康樂、少陵爲一家，神勇可怖。」卷五《詠遼史十二首》，評曰：「與南唐宮詞同病。　吾鄉《南宋雜事詩》亦此類也。」《和大宗待雪》，評曰：「與待字少味，浙派之不佳，皆坐此餖飣氣。」《入香嶽寺》，評曰：「真景。」卷七《題元祐黨籍碑》，評曰：「結平弱。」《哭姚氏妹三首》，評曰：「此柘坡近體之最大方者，而蕺園不選，何也。」卷八《都下陶然亭修禊》評曰：「此亦宋派，何嘗不佳。」《楊村題壁》，評曰：「精絕。」《題南池杜工部祠堂畫像》，評曰：「餖飣割裂，澀滯極矣。」卷九《食山藥作》，評曰：「惡滯可憎。」卷十《懷康古》，評曰：「王處仲笑陳仲子曰，大丈夫不能作溪刻自處，吾於浙派詩亦云。」《送受銘之江寧》，評曰：「袁生吏治案：萬詩原句爲商『子家居今少信，袁生吏治近添悰。』爲余而發也，何悰之可添。　雅不解此魔語。」折衷程晉芳、陳毅兩家，論浙派之得失，已可睹見。　唯集中尚有精撰之作，如《觀鮮于伯璣草書嵇叔夜與山巨源絶交書卷》、《仇實父平倭圖》並序、《上方山石經洞觀隋淨琬法師所刻佛經》、《校陽山縣志題後二首以正舊志之誤》有序、《論篆八首》等篇，均假學力抒寫，隨園未下雌黃。　乾隆初，學術振興，文士見聞益闊。　言詩者騖填實，多近宋調。　錢載、王又曾、萬光泰、汪孟鋗振而起之，且每尊黃庭堅寧可使人憎，不可使人鄙，此與清初傚習蘇、陸者有別，與厲鶚、杭世駿西湖詩社諸子亦不相合。光泰年不及中壽，造語未必佳創，而啟迪之功，終不可掩。顧列星《苦雨堂集》卷七《書萬柘坡詩集》二首，汪孟鋗《厚石齋詩集》贈詩多首，可爲參稽。

月山詩集四卷　乾隆六十年刻本

恒仁撰。恒仁字育萬，一字月山，滿洲宗室。英親王阿濟格四世孫，少好學。襲輔國公爵，後不應對，坐廢，益專志於詩。尋以宗人子弟入宗人府，受業於沈廷芳。乾隆十二年卒，年三十五。六十年，其子桂圃任盛京禮部侍郎，爲刊刻遺集，蒐輯詩近三百首，由沈廷芳校訂。詩以唐爲正聲，而於目者皆具底蘊。《盤山紀游六十首》，吐屬山水清音，沈德潛《别裁》稱爲北方之詩人也。《詠史四首》、《和韓秋懷詩》、《寄答全榭山吉士》、《題瓊花夢傳奇》，亦有可取。此集載紀昀、翁方綱、沈霖序。附《月山詩話》三十四則，爲《漁洋詩話》而發，評論無多，然有識悟。

李石亭詩集十卷　乾隆間刻本

李化楠撰。化楠字廷節，號石亭，一號讓齋，四川羅江人。乾隆七年進士。官浙江餘姚、秀水、平湖等縣知縣，順天府北路同知。三十三年，以勞疾卒，年五十六。化楠有子調元、譚元、聲元，以調元最名。是集即家刻本，首吴省欽及弟子劉天成、李祖惠、金甡序。乾隆十七年，化楠官餘姚作《恤囚吟》，序有云：「囚應死於法，不應死於吏。吏非必有死囚之心，而約束不嚴，體察未周，以致飢寒無可告訴，病疾莫與醫療，因之化作青燐者衆矣。姚邑監獄經數十年來未加修葺，爰請上官發帑鳩工改其舊而新。匝月告竣，識數言以自警，亦以告後之典獄者。」可謂善察民情者矣。《孤兒行》，新樂府《種田户》、《欠糧民》，言民生之苦。《五丁關》、《龍洞背》、《劍關阻雨》、《朝天關道中作》，極寫棧中險景。《成都雜詩八首》、《牛頭山長歌》、《秦中雜詩十二首》、《龍門行》、《趙州大石橋歌》、《羅江東門大橋歌》，語多質實，又不以憑眺山水爲能。嘗督密雲、懷安、平谷諸城工程，《古北口》、《密雲石》諸詩，亦可稽事。其詩以子而顯，而詣力邃密，讀者可自悉耳。

新樂府二首

種田户

種田户，業良苦，叱犢扶犂耕瘠土。春忙力盡幾支拄，又屆陽驕天不雨。艱難幸得值有年，妄冀倉箱盈萬千。烹羊酌醴招鄰里，解囊糶穀輸官錢。官錢不欠儂心樂，免教催科受敲扑。那知世情多變態，正供雖完官事在。東家犯罪我爲隣，西家爭訟我中人。爲中爲隣累無已，差傳票喚何能嗔。一到官署遲未理，門前守候動經旬。官坐高衙方飲醇，司閽如虎寧堪親。一腔憤懣向誰訴，不敢言兮焉敢怒。旅店晨昏度凄凉，回首田園春已暮。春深未得勤耕作，眼見蒿萊田卒汙。又況吾姚訟師胸有矛，頃刻海市與蜃樓。一言不合休不得，非控搶奪卽控偷。何曾交手已啾啾，流血號呼拳碎頭。筆端造次奔魑魅，清白良民受冤枉。籤拿械繫陷法網，由渠玩弄從股掌。今歲不結又來歲，彼爲大海我精衛。尾閭不洩尚茫茫，啣塡力竭且垂斃。新穀未登場，剜肉聊醫瘡。妻孥淚暗傷，不是年歲荒。傷哉貧至此，噫嘻憊甚矣。安得賢侯視我如赤子，事事入人心曲裏。聽爾言，爾勿哀，我亦身自力田來，固知不剪稂莠良苗災。

欠糧民

欠糧民，縣差促。來催比，頻一一。喝令伏堦下，但見衣襟露肘皮肉龜。或老或少相扶拽，堂上長官詢緣因。去年牒下今幾月，粒米無輸何逡巡。糧從田出須人力，豈或遊蕩荒隰畛。三時有秋九穀舉，眼見紅腐倉倉陳。别户完納皆最早，獨爾拖欠真可嗔。縣官呵咄言未絶，中有老翁向前説。長官可容聲訴乎，題起源頭淚嗚咽。田必有糧何容諱，我糧雖有田則未。無田因何由，老翁再叩頭。田在元明間，曾有祖産傍海陬。當年頗稱膏腴地，歲歲每有千箱收。爲苦潮汐不時至，年深久刷成沙洲。至今已作鰍鱔窟，荒荒一片泥淤浮。後世無田那餬口，爲人作傭乞升斗。少壯猶能力經營，今已衰疲成老叟。朝不保夕何待問，國賦無逃甘守分。既無稱貸家，又無可典緼。事已至此其奈何，敢望父母諄諄訓。我聞此言心爲悲，撫之不暇安忍笞。爲民請命牧民事，今無此例空垂洟。簿俸不足起衆疾，何以對我老黔黎。他日上官行部至，告之亦復無所施。豈真無所施，莫似春陵但吟詩。《李石亭詩集》卷二

一樓詩集十卷　乾隆二十七年刻本

黄達撰。達字上之，號海槎，江蘇華亭人。乾隆十七年進士。官淮安教授。刻《一樓集》詩十卷、文賦十卷，沈大成、夏之蓉、周龍官、張永貴、阮學浩序。據《文集》卷二十《先孺人述》，爲康熙五十三年生。達爲沈德潛門弟子，師主唐音，卷四有《呈沈歸愚師六十韻》。與曹錫寶、程晉芳、黄任、鄭虎文、董元度、王應奎、姚培謙、阮葵生、吴省欽、顧光昶、王昶、張繼曾均有交往。《詠古十二首》、《季札墓》、《留侯廟》、《真孃墓》、《劉龍洲墓》、《書文信國集後》二首、《陸秀夫祠》、《高麗古鼎歌》、《李北海沙羅樹碑》、《讀徐文長集》、《讀杜茶村集》、《讀姜西溟集》，有覽輒記。《和夏醴谷先生讀史快恨詩》各六首，筆亦老成。《泰山望海歌》、《登横雲山放歌》、《天台十六景詩》、《泖上櫂歌八首》、《石湖竹枝詞》四首、《海上竹枝詞》四首，多自然流露，藴藉沖和。沈大成序稱，達取古人之詩，一一尋其門徑。是以格調擅長，爲吴中七子之先驅。

耘圃詩鈔十二卷　乾隆五十九年刻本

李繩撰。繩字勉百，號耘圃，江蘇長洲人。乾隆六年舉人。主五華書院講席。晚選雲南恩樂知縣，署景東同知。卒於乾隆五十七年十一月二十六日，年八十一。錢大昕爲撰《家傳》。繩於《易》、《詩》、《禮》、《春秋》、杜詩均有撰述，未刊，王鳴盛選其詩入《江浙十二家詩》。是集爲家刻，存詩一千二百二十二首，十二卷各以《觀光》、《葦航》、《印須》、《彙征》、《浮槎》、《歸棚溪》、《蘭心》、《壤歌》名集。有彭啟豐、齊召南、王昶序，自序。其才名不及吴中七子，而質樸自然，詠天台、雁蕩、睦州、姑蘇、揚州、天津風景，雲南境内各民族風土習俗，多可採擇。繩出於李紱門。受詩於沈德潛，集中有《沈歸愚先生輓詩六十韻》。晚作《懷人絶句》一百六十餘首。《懷陶元藻》云：「桃花一篋武夷歸，重訪滄浪舊釣磯。聞道蠻方傳樂府，織將新句上弓衣。」注云：「客閩，詞壇擅名，海濱人爭購《龍溪集》爲枕中秘。」《懷七十一》云：「選勝靈巖鬬句佳，重逢畫舫駐秦淮。緬人膽戰君名姓，又勒奇勳鐵壁崖。」注云：「人伉爽，胸次洒然，好吟詠，儒雅士咸樂與訂交，今鎮滇西。」他如沈大成、許廷鑅、李果、王宸、金兆燕、彭紹升、王鳴盛、錢大昕、褚寅亮、褚廷璋、吉夢熊、顧鎮、邵齊燾、王昶、蔣業晉、陸錫熊、張鈛、翁照、江聲、彭績、薛起鳳、余集、沙杓、趙文哲、鮑廷博、王曾翼、余集、檀萃等文人學者，均一一記之。又有《讀史偶詠十二首》、《題宋拓李西平王碑》、《題駱臨海遺像》、《讀杜集有感》、《詠五代十國世家》、《題陳忠裕公年譜後》等篇。淺學者弗能逮也。

恩樂縣境雜題四首　城在山頂

曲澗長橋鎖，崇岡古堞欹。七鄉分寨甲，九種雜欏尼。夷人九種，倮儸窩尼最蕃。錫姓還從葛邑中姓傳係武侯賜，同音已變彝。松針鋪滿地，伏臘禮先祠。

走病從雞卜，元旦赴神廟焚香，名走百病。雞骨灼，彝俗。鳴雷叱犢耕。山田候雷雨播種名雷鳴田。趕街喧馬鼠，鼓篋耀簪纓。婦媚環分族，蠻婦耳環爲夫家別識。兒綳紙乞名。蠻婦生男以紅紙跪官長馬前乞名。金剛到處緑，金剛鑽，草本，韌密，綴比田畔分界址。籬落總天成。

剁腥宵燭炬，六月廿四日剁腥醉酒照火炬祈年。火種晚收莜。破釜鹽砂雜，井鹽用釜煮成塊。分棚艾葉嬌。生男曰艾，女曰葉。長則分棚居。松蓬尊故鬼，家設松蓬妥先魄。蘆箐課新條。深箐蓄蘆，歲報陞科。隔嶺蠻歌起，吹笙選月跳。吹蘆笙合男女跳月，與苗俗同。

賽紅瓜辨味，指西瓜賭勝負，名賽紅。釀碧果留香。黄柑釀酒。客籍排門註，江右湖廣人編客户免役。塘夫計日當。輪甲值日應差名當塘。登粱工伏弩，登山粱，袖弩弓，射鳥鼠爲食名射生。入塾漸成章。六鄉義學，城南書院。最喜淳風古，縣堂額三代淳風。砂苗不羨黄。滇產鹽銅爲利藪，恩邑不產鹽，亦不設廠開採五金，以故惡徒不入境内，俗安耕鑿。《耘圃詩鈔》辛編

種人竹枝詞四首

屏山脚上石磋峨，澗水長流魯馬河。採得檳榔香滿口，猩紅一點鬬蠻歌。

綵絲盤髻墜瑠摇，赤脚花裙穩繫腰。趕罷縣街歸去晚，擔鹽齊上廣恩橋。

箐頭蘆葉畜青青，照遍田燈快剁腥。落勞醉餘無箇事，家家銅鼓拜松亭。

沿山板星倮人居，恰趁雷鳴早荷鉏。喚起艾爸羣入塾，隔林窩寨有儒書。《耘圃詩鈔》辛編

迤南雜詠四首　時委勘鄰邑田界

王民真皥皥，鹿豕共生成。草木占新序，土人以草木榮落驗四時。衣冠酹舊塋。子孫償客負，楚人雜居彝寨，市貨物高其價，弗責。債倏三五年子母相權，悉取其田屋以抵，甚至妻女没入。土人甘心無悔。夫額辦官征。按户出夫，應役不爽晷刻。祖傳税糧舊額，毋得增減，産去役存，死不怨。但得尨無吠，春雷處處耕。

瘴輕香易襲，凡花香如蘭臭卽瘴，一觸立斃。霧重日難高。板屋樓成寨，彝居架木爲樓，無垣牆。梯田種是刀。山田層級注水，名梯田，用刀種。川紅蒸戛酒，江名，水色青紅。嵐墨障哀牢山名。隊隊蠻歌合，刳舟試水操。人操獨木船爲水嬉。

雷啟三冬蟄，花繁四序團。南方花色深赤，繁大如團。摘蔬青被隴，蔬蔌四時不斷，質鬆，入口氣味不佳。載七赤登盤。土人剥牛羊鹿豕，帶血腥入口。射生真得計，一醉有餘歡。彝族男女，見酒鬨飲。

南甸烏蒙闢，北州舊北勝州白賧居。國沿句町舊，風古越裳餘。臨安郡，古句町國。老撾一帶，周越裳氏地。四塞堯封擴，三驅湯網疎。莫令耕鑿地，飛檄下蕭車。漢南郡太守蕭育載以使車治盗。《秐圃詩鈔》辛編

晴嵐詩存六卷　同治十三年刻本

張若靄撰。若靄字晴嵐，安徽桐城人。大學士張廷玉長子。雍正十一年二甲一名進士，授編修。歷官

内閣學士兼禮部侍郎。襲封勒宣伯。卒於乾隆十一年，年三十四。此集爲同治十三年其玄孫紹華官江西布政使刻。爲《轂音集》、《藕香書屋稿》、《緼真閣稿》、《瞻屺集》、《買閒集》、《半舫集》。若靄以書畫供奉内廷，所詠至窄。應制、游仙、咏物、和韻，俱不足觀。游西郊諸勝，可爲燕京風土之採。《石景山過渡》云：「桑乾秋漲遠濺濺，石景山前唤渡船。記得彭城來往處，黄樓上下水粘天。」七古《秘魔厓下作》，亦俊爽。題畫詩佳製較多。《題雪江歸釣圖送卯君還里》，尤爲清雅。錢陳羣《香樹齋詩鈔》卷十一《張晴嵐閣學輓詩》注云：「晴嵐初搦管爲余作折枝桃花。余題詩云：『願兕此花長供養，半時無雨又無風。』晴嵐警悟云：『世安有長供養哉。』斂容者久之。」亦軼事云。

笠亭詩集十二卷　乾隆三十九年刻本

朱炎撰。炎初名琰，字桐川，號笠亭，又號樊桐山人，浙江海鹽人。精於詩學，爲嘉禾七子之一。乾隆三十一年進士，官直隸阜平知縣，主講金華麗正書院四年。輯著《陶説》六卷、《明人詩鈔》十四卷、《金華詩録》六十卷、《詩觸》並行於世。此集詩訖於乾隆三十八年，大致編年。首自序。各卷以《楓江集》、《瀛洲集》、《湖樓集》、《桐花集》、《後桐花集》、《書畫船集》、《書畫船後集》、《驂鸞集》、《妙門集》、《章江集》、《先庚集》、《小冰壺集》爲名。其詩於漢、魏、唐、宋、元、明名家，無不傚摹，尤重採誌風土民情。王昶《湖海詩傳》所選，俱非至者。鯫居海濱，作《石首行》、《竹簰謡》、《網舍謡》、《曬海謡》、《築塘謡》、《陌上桑》、《海花雜詠二十二首》並注。

居杭作《蘇堤行》、《燈船行》、《湖上銷夏雜詩二十二首》並注。炎與沈初同客西湖崇文書院者兩年。集中贈和沈初詩可與《蘭韻堂詩集》互看。乾隆二十一年，過姑蘇，目覩飢民應賑者，沿城舟不絶，篷席半掩，人面如鬼，穢氣蒸煙，愁聲沉雨，作《葑門渡》以感事。三十年北上，作《京兆行》、《謁岱廟》、《河間獻王祠堂行》等篇。通籍後受教於沈德潛、錢陳羣，詩格益進。三十五年主講金華，所作《題金華文署十二首》、《金華柳枝詞九首》，當有助於志乘之需。炎覃研文史，兼工繪事。《説詩雜記六首》，檃論毛詩要旨。《論明人詩絶句三十首》，品騭精當，《雪橋詩話續集》全録之。《書彭羨門先生松桂堂集後》、《書山中白雲詞後》、《馬塍花歌弔姜白石》、《詠史四首》，氣韻生動。《書篋衍集後》、《讀張楊園先生補農書作》、《錢林索何義門校定文選本因與談古今文體升降》、《書趙秋谷詩集後》、《書顔魯公麻姑仙壇記碑後》、《寄懷蕺山書院山長蔣士銓》、《瓠尊歌爲張生燕昌作》、《張庚與論畫旨》，蓋見蒐討之富。生卒年不明。其從孫朱維魚有《眉洲詩鈔》，首載乾隆癸未二十八年沈初序，略云：「海鹽朱氏，余獨善笠亭，年近五十，試於有司，終未得一舉。浮沉諸生中，偃蹇如此。」則炎成進士年已逾艾矣。其詩博雅，言能悉用，不作無益之辭，可稱也。

竹簰謡　海上網魚，乘竹簰往來輕便。習於此者，浮波濤中，點點如鷗飛也。大風巨浪，隨勢上下，不傾不欹。其防患于無心者與。作竹簰謡。

大艑入洪濤，長檣鐵鹿子。沙棠與木蘭，阿那布帆起。太湖跨三州，打魚亦戈船。海深況無底，遠浪遥接天。不去斫文桂，但來截黄竹。劈竹如索綯，編竹如排木。拄篙亦曳艫，摇動輕于鳧。下不設笭箵，上不裝飛廬。人世善周防，周防每受侮。入險不厭深，坦然去城府。以此大海中，葉葉浮竹簰。蛟龍不動色，風雨毋相乘。艆艄亦何爲，大小且依信。下岸隨潮低，起水隨潮進。田家五行，十三、廿一日起水爲大汛。二十、初五日下岸爲小汛。倘得比目魚，歡喜簰上頭。海中無浮萍，知不逐風流。《瀛洲集》

曬海謡

鹽場曬鹽曰曬海。海塘下開竇引潮作溝曲，曲依鹽田，田在石塘内土塘外，治之甚謹，不容一黍許。瓦礫細如粉，光如鏡，隨丁爲界，每丁於田中積土，四高中陷以實灰，曰灰池。池旁有井以漬滷曰滷井。溝水潑田曝乾曰灰，灰入池漬水入井曰滷，滷入竈燒之成鹽團。竈之丁依此爲業，戴星負日，沐露櫛風，如農夫之望歲也。而商人販夫場吏倉卒，亦緣之爲利矣。作曬海謡。

東吴有海鹽，志地詳班史。漢封老濞王，鬻鹽從此始。洞洞啟小竇，引潮來作溝。沿塘犂作田，町町横廣疇。漉田細而匀，研田平又整。田中方築池，池畔圓掘井。井滷自池滲，池灰自田來。田濕泥是海，田乾泥是灰。灰乾必須攤，海濕必須曬。曬海法，溝水潑田，日中曬之，暑乾以木板繩曳，攤匀成灰，積田中如埂，次第歸池。滷好始煎鹽，煎鹽分有界。南場曰海沙，北場曰鮑郎。填引付肩販，待掣歸鹽倉。本縣食鹽用肩販。設公堂，商人領引，販子納税販鹽。引有額，額滿土商買之，歸官倉以待掣。滷缸試鹽滷，浮沉視蓮子。蓮子多苦心，鹽花出海水。試滷法，以蓮子浮而直者爲滷足，沉者薄甚。江鄰幾《雜志》十蓮子爲官鹽，謂此也。東南船載鹽，莫嗟上阪車。包葦載莫盡，鹽田還有餘。《越絶書》注：越人謂鹽爲餘。《瀛洲集》

紙槽五十韻廣信道中作

舟行見紙槽，有功在文字。推篷語長年，卸帆訪遺製。緬維結繩來，簡策紛諉諈。縑帛漸更張，赫蹏便書契。赫蹏紙見《漢書·外戚傳》，在蔡倫前。惜哉論首庸，邈矣失次第。楮國誰啟宇，蔡侯僅踵事。妙理發因時，良材擇相地。傳聞鄱陽白，出饒州，見《清異録》。饒竹入墨利。米元章十紙説：饒州作墨在連上。又聞故明初，廠設翠巖寺。見《編蒲館雜録》。廣信如玉山，鄰邑頗相繼。至今硤口槽，規方起溶滴。繁如葉在樹，輕于瓣落蒂。用之非艱難，成之實勞勩。構皮三楚來，竹絲八閩至。簾必用新安，百結近取易。鳩工亦主伯，庀材妙調劑。臨流學沙淘，入水試淺揭。蒸同蓐晨炊，斷先刃再厲。浸更取灰浣，淋還向日曬。鋪晃柔膚凝，屑霏細腰端。三沐洊習坎，九轉亨既濟。沉波括在囊，鎮石貼勝熨。銀光發有華，黄絲織如毳。簾床漸安頓，木筐謹附離。有序仿釀酒，澄心問火齊。分張摘羊桃，羊桃出瑞州，造紙者取枝葉搗汁以分張。疊卷歸文笥。水火日轉輾，筋骨久骫骳。方吾被裘過，見人跣足砅。涼波蹋泠泠，颸風舉戾戾。迺顧鋪几淨，恍覩刻楮異。魯叟昔編年，奉策筮得貢。下垂金石音，上接河洛瑞。織詞編魚網，傳書溢金鐀。奈何至末葉，竟爾佐小智。翻帙注蟲魚，擷華上翡翠。異説亂無緒，寐言聽若憃。膏腴斂固多，糠秕揚不棄。甚或恣奸詭，兼且付兒戲。董狐爲厲階，杜甫憤舉例。從來罪暴殄，豈必在獺祭。況乃造紙多，不獨西江備。吴蜀越剡溪，閩海浙水次。高麗及九真，紛錯總難紀。雪篠敲冰寒，盪櫛熁竹熾。更兼苧蔴布，麥麴禾去穗。桑幔苔理側，捶粉舂絲細。沉檀澤之香，蠟漿㲺使膩。取精役百靈，砑光妙多麗。漁獵萬方聚，狼藉十指駛。殷勤持片紙，措手七十二。片紙非容易，措手七十二。紙槽諺語。《章江集》

官窑詞九首

製年記乾隆，今亦重官窑。彷佛宋吉州，第一書公燒。官窑必書乾隆年製。他窑則用花印。

窑座各分作，安置必帖妥。鑑空許驗青，心細能溜火。官窑二十座，分二十三作。每座前以空匣障火後。惟重器一色驗青。當敲青時，分別高下多少，非專家不能。風火窑溜火者，視火色惟謹，亦最難。

染采非渲染，采色繇石珠。爲問堆與錐，製作又各殊。石珠出瑞州。繪采用此，堆器用白泥加坯上，以筆堆成花草，錐器坯上，用鐵錐錐成。

金玉銅漆木，色色肖象取。不獨哥定汝，摶土能仿古。窑器仿金玉銅漆紫檀各器，宛然本色。

魚子雜番錦，口足金爲戧。不須銅作身，鬼工勝佛郎。近日五采小品都仿佛郎嵌。

方圓與觚稜，隨樣自能好。酒醆各象生，十錦更弄巧。十錦酒器像佛手葫蘆桃榴等品，極肖。

雕盤盛九種，最愛印色池。安得紫方館，養硯爲相宜。文房玩器多盛盤九種，色品精雅，印色池愛其潤澤爲最宜也。作硯臺最難恰好，亦未見有用者。紫方館，歐陽通硯室名。

憮範既中款，油色亦動目。入市驗陶旊，非徒賤薛暴。陶旊之器髻墾，薛暴不入市，見《考工記》。

開窨辨差等，細老析秋毫。譬之人相去，汾如九牛毛。官窨之始摶作塗澤，求其精緻。開窨日反覆比重。同質而異，同色而異，相去甚遠。《章江集》

鏤冰詩鈔六卷　道光二年刻本

單鈺撰。鈺字亦聲，號振菴，直隸易州人。雍正五年進士，官壽昌、玉環知縣，安徽池州知府。中蜚語罷去。是集分《艾溪》、《環洲》、《朝天》、《武林》、《歸田》五集，有乾隆五十二年自序，載詩止七十四歲。又嘉慶五年紀昀序，時鈺已殁。鈺宰邑居山中，地僻事簡，句稽多暇，每以吟詠爲事。《環洲》前後兩集，遍詠玉環並鄰邑山水巖壑，兼採風土人習，可爲一方之會。天台、雁蕩紀游，亦間可稱。宰新安，詠富春山水，每臻佳境。鈺與全祖望唱和。喜田雯詩，有《讀田山薑先生詩》。冀中詩人，時爲首推。道光二年其子道泰、道謙校刻此集，後記云：「詩稿於乾隆四十一年編次成帙，欲刻未果。」蓋遷延幾五十年始問世云。

思樹軒詩稿四卷　道光十三年刻本

李棠撰。棠字召林，號竹溪。直隸河間人。乾隆七年進士。歷任如皋、元和、豐縣、句容、上元、天長、合肥知縣，廣東惠州知府。罷官後歸家。此集爲棠子燧編，孫辰垣刻於河南府署。棠少與同邑戈濤結香泉詩社，後與袁枚同學，官江南相唱酬。歿後，袁枚撰《李君竹溪墓誌銘》謂「乾隆己酉葬，卒年七十三。」然以集中《癸未五十初度》詩計之，當爲康熙五十三年生，乾隆五十一年卒，始與誌合。其詩樸直，不飾裝點。詠皖江、桐城、金陵、豫章一帶山水名蹟，自寫性靈，不以常格拘。官粵東所作雜詠，亦有佳什。又有《旗亭觀劇》、《賦蔣茗生自製傳奇四種》、《春郊觀馬解雜劇飲于氏山房》。蓋亦以韻語擅長者也。

春郊觀馬解雜劇飲于氏山房

駐馬看春春在野，百劇雜陳雞豚社。十五女兒顔如花，不工刺綉工騎馬。天然生就好身手，玉面紅粧風中走。五花追風塵不動，輕身應換珠一斗。百尺竿頭梭一擲爬竿之戲，雙齒驚折幼輿口。況乃粧成好天氣，忙煞村娘與隣叟。枌榆不到三十春，頽顔羞對折花人。明年此會春仍在，知君歲歲逢惡賓。《思樹軒詩稿》卷二

十駕齋集詩一卷　乾隆三十二年刻本

施廷樞撰。廷樞字北亭，號慎甫，浙江錢塘人。少棄舉業，博覽羣籍。杭世駿、全祖望咸推重之。嘗赴閩、贛，應聘修纂《古田縣志》、《荆州府志》。乾隆二十三年卒，年四十五。事具本書卷首汪沆撰《施慎甫先生

傳》。杭世駿序謂「余於北亭十年以長」，舉成數也。是集僅存詩文各一卷。詩有秀傑之氣，而不在丘壑間。《五倫圖爲王容大題》、《挽鄭筠谷先生》、自注：歸後著《春秋集説》二十卷，最稱精博。《題浴鵝圖爲華丈秋岳作》、《題魯秋塍先生鏡湖課耕圖》，運典精熟，造意較深。篇什甚寡，雖多奚爲耶。

素餘堂集三十四卷　乾隆間刻本

于敏中撰。敏中字重棠，一字叔子，號耐圃，江蘇金壇人。乾隆二年一甲一名進士，授修撰，充國史館、四庫全書館、三通館總裁。屢典會試，官至户部尚書、文淵閣大學士。卒於乾隆四十四年，年六十六。五十一年，浙江巡撫王亶望以貪敗，追咎敏中，撤出賢良祠，至引嚴嵩爲類。其在朝排擠善類，載諸筆記者甚多。是集卷一至三十俱爲經進賡制之作，末四卷爲古今體詩。典試山西、督學浙江所作較多，間有題畫、詠物、銷寒等詩。生前爲乾隆寵臣，習知宫廷事物，故此集亦有採擷備覽之用耳。

大雅堂初稿詩六卷續稿九卷　乾隆間刻本

鄒方鍔撰。方鍔字豫章，號半谷，江蘇無錫人。乾隆二十七年舉人。其弟應元，乾隆十六年進士，官江西武亭、浙江諸暨等縣知縣。方鍔就之署，以善古文辭，名著當時。撰《大雅堂初稿》文八卷、詩六卷，盛大謨、謝鳴謙、華玉淳、諸洛、朱雲駿序，門人楊相跋。《續稿》詩九卷、詞一卷。文頗雅飭，禮部尚書張宗蒼《墓誌銘》，顧棟高、鄒一桂《行狀》，均出其手。山水游記學柳，尤多名篇。詩不及文。游蘇杭、富春江、鄱陽、武昌、金陵雜詩，清俊不俗。蓋生平以文自負，漫爾之吟，礙難出手也。《讀孟東野集》、《書温飛卿集後三首》、《讀玉谿生集》、《書元遺山集後六首》、《西臺懷謝晞髮先生》、《徐文長墨芍藥》、《讀南史隱逸傳》，均有識見。自撰《生壙誌》，謂「十應舉始一得，五應禮部試卒無與」。貧士爲科舉奔波終身亦可歎矣。據《癸酉四十自壽兼述舊遊》，生於康熙五十三年。交游名士爲彭紹升、顧奎光等人。乾隆初詩壇無人爭幟，其詩稍涉宋元格調，空無依傍，可稱修潔自喜者也。

賈稻孫集四卷　乾隆四十九年刻本

賈田祖撰。田祖字稻孫，號禮耕，江蘇高郵人。父兆鳳，官翰林檢討。田祖爲廩膳生。生平以課館爲業。乾隆四十二年試於泰州，病經宿而卒，年六十四。汪中爲誌其墓。是集爲阮亨刊本。自敍有云：「賦質譾劣，以窮困需館穀自活。惟謳吟里塾間，無江山之助，以疏瀹其性靈。」故所爲詩，常以眼前景物，一寫胸中之趣。而精心所作，仍在《讀後漢書八首》、《醉後放歌》、《冬春行》、《當裘行》、《估客行》、《讀王阮亭古詩選因賦長句》、《題李北岳先生詩集》、《題楊青村先生詩集》、《送王懷祖入都》等篇。《檢書歎》云：「半畝荒園數椽屋，廿載積書盈敝簏。朝朝芸葉吐奇香，螢窗雪案相携將。未同脈望能充腹，自笑毛錐空處囊。蕭颯窮塗值衰朽，婦子嗷嗷索升斗。錦囊聊換舉家餐，墨花亂落他人手。更有丹黄故時帙，飄零散盡心頭血。暗風凄雨唾壺聲，美人駿馬輕離訣。昨宵檢點舊叢殘，淚濕烏絲不忍看。讀書人道書無靈，賣書書笑人無情。書應長歎不須笑，市兒無書冠蓋鬧。」《讀陋軒詩》云：「停雲號朔風，寒曦淡無輝。老人向火百不事，手中一帙陋軒詩。百年聲調何靡靡，公詩直似靈光巋。閒雲野鶴亦蕭散，五嶽森森堆塊壘。哀羊裘，哭一錢，故交海内悲迍邅。凄凉歲月書彭澤，辛苦風波蹈魯連。凋盡友朋推骨肉，剩有七歌比同谷。一生僵卧守蓬蒿，摧頹兩鬢餘風騷。開國諸賢盛文藻，骨力蒼深突此老。吾鄉殷晝村李魚川劇嗜之，昭陽定齋亦傾倒。文章論定須我曹，那更寒蟲謂枯槁。」嘗作《三君詠》爲李必恆、殷嶧、孫濩孫。蓋最慕吴嘉紀、李必恆兩家，格調亦近之。佳句如「庭留殘雪白，瓶綻野梅黄」，「鳥叫三更樹，蟲鳴四壁陰」，「水落魚蝦賤，沙明雁鶩喧」，「死生交已無張范，大小兒難覓孔楊」，「天下文章推碩晝，暮年科第博空名」，「橋支獨木通幽墅，路轉清溪入遠郊」，「翩躚詎似驚蝴蝶，臃腫真如疥駱駝」，「江上作塞初雁過，莎根聽雨暮蟲鳴」，見阮亨《珠湖筆記》。亦足解頤。田祖與李惇、王念孫爲至友，皆善飲，每酒酣輒鉤析經疑。阮元稱其開江北之先。《廣陵詩事》有云：「同時講古學者，興化任子田、顧文子，江都汪容甫，寶應劉端臨，應聲氣求，各成其學。是時元和惠氏、休寧戴氏大興古學於江以南，而江北則諸君子爲之倡焉。」江藩《漢學師承記》且爲田祖立傳，其關係乾嘉樸學，可云鉅矣。集中尚有《詠史》、《和夏醴谷先生三首》、《讀左太冲詠史詩有作》、《書阮嗣宗傳後》、《閱唐昭宗紀》、《遼金史偶詠》、《閱陳龍川集》、《贈洪稚存》、《贈黄仲則》，俱見多學贍涉。夏崑林《槿花邨吟存》有《讀賈稻孫先生詩鈔》。

近　事

長安橋下荒園路，破屋一間翁與嫗，無粒無薪更無絮。仲冬天苦寒，性命須臾間。通衢有好姻，米粟粲陳陳。嫗行乞糴，足不得力，朔雪打面，面羞仍赤。乞粟數升，歸塗僵直。僵直猶可，翁已絶息。嫗見翁死，肝腸寸磔。長繩自掛，同作溝瘠。東家來欷歔，西家來太息，筐中所乞粟，一粒不曾食。將粟換蘆捲雙骨，啾啾鬼啼空四壁。《賈稻孫集》卷一

佛香閣詩存五卷　乾隆三十一年刻本

郭肇鐄撰。肇鐄字韻清，一字奉墀，號鳳池，安徽全椒人。乾隆二年進士，改庶吉士，入直内廷。嘗典試福建，兩與禮闈分校。乾隆十八年以憂歸里，遽卒，年四十。其子元瀠爲刻《佛香閣詩存》於吴門，凡五卷，爲乾隆十四年至十八年詩。首沈德潛序，受業吴鉞序。游盤山詩、《孤雁行》、《六聘山弔晉霍處士原》、《游萬柳堂》、秦淮雜詠諸作，頗自警透，《寄題盧雅雨先生出塞集》、《送錢侍御琦巡視臺灣》、《送齊次風少宗伯假歸》、《韋明經謙恆過訪以詩見示爲題絶句六首》、《贈袁簡齋四首》，名士唱酬，亦云盛矣。與同里吴敬梓交密。壬申乾隆十七年作《贈吴聘君敬梓四首》，癸酉乾隆十八年又作七古《答吴聘君敬梓》詩，與吴烺亦有過從。有《雪中枉集復得二首並寄令似舍人烺白門》、《酬吴舍人烺即次來韻》等篇。

贈吴聘君敬梓四首

徵士同岑契，連朝過從希。遥知今夜雪，冷到故人衣。城郭看仍是，交游漸已非。寒林餘我在，不惜叩柴扉。

決計辭鄉縣，江村繞白沙。君原工卜宅，我近欲移家。桑梓清流賤，魚鹽小市譁。秦淮春漲後，消息問靈槎。

金陵佳麗地，詩筆更軒騰。見説嚴夫子，才如駱右丞。孤篁傳嶰谷，仙韻出迦陵。我亦能高詠，新篇付剡藤。

結綺陳家閣，通天漢氏臺。工愁憐季重，寫怨擬方回。白璧何曾玷，紅牙爾許哀。清嗣君解誦，好寄故人來。吴梅村先生著有《通天臺》、《臨春閣》諸曲，祝君寄示。　《佛香閣詩存》卷四

答吴聘君敬梓

昨夜雨散山城阻，短衣匹馬看君去。今年花月春江開，青簾白舫逢君來。丈夫離合寧有數，社燕秋鴻等閒度。冷官寂寞晝閉門，紛紛殘客誰相存。故心恃有斯人在，贈我驪珠光百琲。詩壇傑峙如長城，目中乃無劉長卿。念爾苦才更多思，我亦聞歌知雅意。腐史何當牛馬走，賢良詎解鹽鐵議。把君袂，吟

君詩，兒童項領不足道，千秋跋扈君能爲。安能飛鳴如兩鳥，四方上下無參差。《佛香閣詩存》卷五

一詠軒詩草二卷　乾隆五十年刻本

吴進撰。進字揖堂，號飈村，江蘇山陽人。布衣。所撰《一詠齋詩草》，爲乾隆五十年碧潤堂刊，詩三百餘首。韓夢周等序，翁方綱等題詞。此集初至都門，一時傳誦擊節，以爲百餘年無此作。程晉芳序其詩「淡若蘇州，酸若東野」。翁方綱題詩云：「幽幽深谷蘭，秋水日潺潺。真香非衆臭，奇意不輕彈。寵辱毀譽忘，神出古逸間。」集中《讀吴野人東淘集》、《題孫稼堂畫驢卷子》、《題邊葦間先生畫雁》，爲當時藝苑故實，餘則冲融恬淡，落筆不染時態。此本封面有己丑一九四九十月鄧之誠先生題記云：「進生當康、雍之際。先進風流，相去未遠。貧老耽吟，能爲五言，善寫幽深閒適之趣。譬之蟲鳴鳥語，自得天機。較空中眩外、畧習腔拍、稱唐詩宋、堆積字面者，不可同日而語。譽爲野人繼響，不知陋軒詩別有一種鬱勃蒼凉之概，非其倫也。謂學陶、韋，亦非知言。」本書序稱其詩近吴嘉紀者，程、阮；謂學陶、韋者，吴玉搢也。生年依《得孫示喜》詩，爲康熙五十三年。卒年在乾隆五十八年，已八十。

吞松閣詩集二十卷補遺二卷　嘉慶十四年刻本

鄭虎文撰。虎文字炳也，號誠齋，浙江秀水人。鉽子。乾隆七年進士。由翰林官左贊善。歷主河南鄉

試、順天鄉試同考官，提督湖南、廣東學政。晚講徽州紫陽書院，杭州紫陽、崇文兩書院。卒於乾隆四十九年，年七十一。事具王太岳撰《墓誌》。集名《吞松閣》，詩文詞四十卷合刊，受業馮敏昌編次，沈業富序。乾隆嘗製《玉甕歌》，命廷臣賡和，虎文所詠稱最。今卷一二俱爲應制詩，雖極工練，終歸無謂。卷三以下爲古今體詩。《度磨石嶺》、《觀雲海》、《飛來寺》、《渡海》、《度秦嶺謁昌黎祠》、《曲江懷古》等篇，氣勢奔放，排奡有力。《土家竹枝詞九首》記湘西土家族風俗甚詳。虎文與王太岳、張九鉞以文字相切磋，與程晉芳、朱筠亦有贈酬。《伏生授經圖》、《題邊頤公葦間書屋圖》、《題查儉堂榕巢圖》、《題李給諫西華巡視臺灣圖》、《讀潮州志》、《贈金陵岳水軒》、《别袁鈞》、《贈儀徵汪容甫》、《送邵二雲北上》、《次答童二樹自題墨梅大幅歌》有序、《程孝廉瑶田歸自京師出所作九穀考及花譜見示即題其册》，多載文獻掌故。詠紅豆詩有「西方秋老人初去，南國春濃物有知」句，爲袁枚《隨園詩話》所稱。虎文老而彌堅，吟詠至富。唯作詩以教化爲尚，未工反拙，是其短耳。

土家竹枝詞九首

土司神座設堂前，門後魚蔬祀祖先。今歲歲除逢廿八，早收雞犬過新年。土家除夕月大盡以廿九，小盡以廿八，祀土司於堂，祀其先於門後。率用魚蔬，閉雞犬於别室。

新正各寨鬼堂開，男女神前擺手來。上自初三下十八，一家歌鼓百家陪。每寨設祠，名爲鬼堂。正月自初三至十八，寨民以次祭於鬼堂。男女雜至，羣歌擊鼓以爲樂，名曰擺手。

木叉架屋竹編牆，累石塗泥作火牀。出臼新炊包穀熟，全家齊坐火池旁。室中累石如北地之炕，然名曰火牀。火牀之正中爲火池，以供吹爨。不食米麥，以露粟爲糧，俗名包穀。每日二餐，臨餐始舂穀入釜。熟則全家環池就食。

項飾銀圈耳十環，耳環大于釧，以多爲勝。耳各五環，非富者不能。不冠不履不梳鬟。布裙窄窄才遮膝，水便溪行陸便山。

三月燒山種雜糧，五月家家插稻秧。兩熟收成齊割穗，樹頭千束掛斜陽。所收禾稻連本，掛樹木屋壁間。

木落草枯山獸肥，山開山熟初墾山曰開山，墾而成田曰山熟獸全稀。山農偶出獵狐兔，也説今朝趕仗歸。土司冬日出獵曰趕仗。

密網環牽獨木舟，手叉漁父伏船頭。一網一舟莫亂放，一叉一箇莫輕投。漁者率以獨木爲舟，繫網船尾，一人手叉伏船頭，視水中魚以叉刺取，百不失一。

一手牽絲一手梭，一人織出錦江波。那知更有挑花手，牛角如針細細磨。苗錦土家之女紅也，有織有挑，皆以一人成之。挑以牛角爲針，尤工巧。

女不嫁時阿捏羞，女大未嫁，母家羞之，土家呼母爲阿捏。女若嫁時愁復愁。舅家來催還骨種，無錢將女折肥牛。嫁女之家，必厚貨其舅，曰還骨。重貨莫重牛，惟富者能辦。貧家則以一女婚於舅之子，餘女乃許嫁。

《吞松閣集》卷八

海山存稿二十卷　嘉慶元年葆素家塾刻本

周煌撰。煌字楚緒，一字景垣，號海山，四川涪州人。乾隆二年進士，改庶吉士。官翰林院侍讀二十年，至左都御史、兵部尚書。卒謚文恭。乾隆二十一年，煌奉命册封琉球，任副使。輯所作《中山賦》及《使琉球詩》，爲《海東集》上下卷。有三十四年馮秉忠寫刻本。晚歲自取生平所爲詩，未嘗出以問世者，删存二十卷，命子周興岱授梓，卽此刻也。首陳兆崙舊題使琉球詩序，姚鼐序。一至八卷爲《内集》，收恭和御製詩三百七十八首。九至二十卷爲《外集》，收典試山東雲南，奉使琉球，扈駕熱河，視學江西、福建、四川詩共七百八十四首。琉球爲今日本冲繩。煌同正使全穆齋魁偕隨從王夢樓文治出海，至姑米山颶風大作，觸礁後移居公館。舟到那霸港，王世子率陪臣出迎恩亭相迓。册封禮成，詣南臺拈香。游圓覺、興禪、廣嚴諸寺。留别停雲樓、奥山回國。詩記所歷甚詳。又有《海上卽事》、《姑米書事》，頗廣見聞。《中山王送菊》云：「是歲開應再，今朝賞乍新。卽看黄帽客，陡憶白衣人。山下霜飛晚，秋長露裛頻。佳名煩譯得，一一上青筠。」自注：「來菊有太白、仙影、祥星、清曙、秋山、霓裳、山紅、曉錦、黄霞、朝霞、晚霞之目，以竹簡書之。」煌雖爲文學侍從之臣，然充八旗通譜館、國史館纂修有年，其詩造詣頗深。《贈岳少保詩八首》、《新淦舟中讀練中丞金川玉屑集書後》、《顔魯公麻姑仙壇記碑書後》、《韓文公祠》、《蘇文忠公畫壁竹石歌》、《謁方正學先生祠》，渾厚質樸，不假雕飾。《謁夫子家廟》，記宋孔端友從高宗南渡家於衢。家廟惟曲阜、衢州有之。《題天一閣》，爲有關藏書史料。《吴興蠶詞十二首》，竹枝體，小注詳記生產。至游覽山水名勝之詩，以江西最多，福建次之。雲貴較少。《雁蕩紀游雜詠十二首》、《出峽》、《棧中雜詠二十七首》、《棧中書事十首》，取材不患不富。卷十二有隨皇子赴蒙古達彦達巴汗、布克達巴汗等紀程詩。蓋作者經歷最富，其詩固有獨到處也。《清史稿》記煌卒於乾隆五十年，生年莫明。據卷十九《再至成都》注云：「文潞公有同甲會，得四人，謂甲午也。余同年以甲午生者，今惟于耐庵、白素庵與余在耳。郭韻清先下世。」當知作者生於康熙五十三年甲午，終年七十二歲。蔣士銓《忠雅堂集》卷十九有《啞酒詩爲周海山先生作》。

新復濂溪祠田書以見志

祠墓開從北宋日，子孫來自盛明年。市朝已改猶存爾，葛練相尋亦慨然。漫以末宗宜返本，第論後學敢忘先。諸豪風義千金諾，爭肯潛推郭解賢。按：志濂溪田自前明已有八十餘畝，今惟四畝在，餘不知失自何時。予聞教諭周君鴻基之言，亟欲捐置，而力不逮。乃以百五十金付周君代買，適得墓旁民田七畝有奇，立契撥册，飭發德化縣收貯，入於交代款下。而士民聞予此舉，遂各以其先世所買祠田，後先繳官，堅不受價，竟得歸七十一畝，所失者僅九畝耳。附記於此。　《海山存稿》卷十四

哨中卽事五首　録三

漠北秋高動早寒，常年選獵例烏桓。天閑上駟先供御，蕃落名王並從官。雙引龍旌兼露重，自入哨門，但用雙纛，不設八桿旗。三驅虎旅似星攢。流泉甫草皆生計，不信從來出塞難。

野色蒼茫草樹連，卽時城市定中邊。凡立營先以長繩定幔城方位，以次至買賣街，皆有常所。已從疆畫規周索，何止官儀記漢綿。蜂故有衙渾不鬧，幔城外爲扈從行帳，别有護軍游卒，專伺喧攘。蝸曾爲角僅容專。帳次佔定後，他不得爭。昇平講武堂堂在，增減無勞問竈烟。

萬馬宵征盡著枚，楓林霜染玉華開。水加腸轉羊先去，伊孫水，羊腸河也。山似脂塗蟻又來。草最肥，踐者韡皆油滑，率加釘於底，狀如屐齒。本以人成陡匝匼，真從天降纛崔嵬。望見圍中建大纛處，上所在也。臂鷹走馬良家子，鹿不須由雉不媒。《海山存稿》卷十五

謁夫子家廟恭述

聖有登吴觀，人誰適越中。當年詩與禮，奕世孝兼忠。置廟猶循魯，家廟惟曲阜及衢有之。承家不襲公。宋衍聖公孔端友從高宗南渡，家於衢。元初召孔洙赴闕，洙遜於居曲阜者，乃拜國子祭酒。升堂拜遺像，譽欬楷模同。大成殿後樓别有一龕，供聖像二，蓋南渡時奉以入浙者，或曰楷木所製也。豈不念華胄，其如困一

經。相看頭誤白，莫倚眼蒙青。康熙中學使汪公灝奏進裔生二名，歲科共得四人，今應試童生，實止三四，依額取足。又生員廿餘人，憑文録取，已三居下等矣。家塾規仍圮，家塾在城南，明推官劉起宗建，今廢。公田計已零。紹興中賜衍聖公孔玠田五頃。奉先師祠事。諸生吾肯負，不敢問先靈。試竣即檄郡守，查照正誼書院肄業之例，以考劣即新進者送入，併令廣取。已未入學者，膏火比他内外肄業者倍給。今據議詳書院額四十名，每十名取裔生四名，則可得十六名矣。附記於此。《海山存稿》卷十六

吴興蠶詞

好是風風雨雨天，清明時節鬧桑田。青螺白虎剛祠罷，留得灰弓月樣圓。清明節育蠶之家設祭，又食螺，謂之挑青。以其殼撒于屋上，謂之趕白虎。門前用石灰畫彎弓之狀，祛蠶祟也。

羅帕兜來正打包，曉寓新火出堂坳。辛勤甚有爺娘意，抱定綳兒不肯抛。取舊年所布種，以帕裹之，置熏籠，謂之打包。然後貼之胸前，待煖而出。

已從蠶國見蠕蠕，市葉稍來得現無。認取牀頭堆箇箇，鵝毛新刷有攤烏。蠶初生蠕蠕而動，以鵝毛刷于筐中，謂之攤烏。凡葉率二十觔爲一箇，有餘則賣，不足則買，謂之稍葉。稍，有現有賒。

陌上相攜踏復歌，頭蠶起後斷經過。平時畏吏真如鬼，官禁初嚴奈我何。有頭蠶二蠶，蠶時有禁，雖比户不相往來。官府勾攝徵收，至此皆罷。

戢戢聲中聽轉希，可憐腸斷不勝饑。小姑新婦銀彎脱，赢得砧刀快似飛。束藁爲砧，剉細葉如縷而飼之。稍飢卽謂之斷絲腸。

纔到三眠半月强，卽時嬾意滿筠筐。一篝燈焰青如許，長伴香閨照繚娘。蠶將眠不勤食曰紅嬾思，亦曰攬絲。自初眠至三眠約半月，再眠曰大眠。有食娘、起娘、繚娘之名。繚娘者，將熟而先欲作繭者也。

縛得松棚似屋牢，爲編竹格裹絲絛。兒童細認便便腹，上到山頭數老饕。架巨木敷蘆簾，以細竹結爲方孔，所以架草作繭也。繚娘不食不眠，脰節間瑩徹無菜色，移置之棚，一二日皆上山矣。

乍見春陰結綺疏，家家撩火鳥來初。灼山貴葉如相和，一例從呼亦警予。蠶喜温和，偶寒則貯火棚下，曰撩火。先是有鳥鳴如曰葉貴了。至是又有鳴者，曰灼山看火。

飼餉殷勤屬阿誰，報恩唯是寸心知。人間乞綱堆盤果，爭比匀圓甕大時。

立夏初過小滿來，繅車聲動隱如雷。盆三已見銀爲線，串五猶誇雪作堆。諺云，小滿動三車，謂油車、水車、絲車也，出烏青文獻。凡絲細白者爲合羅，稍粗者謂之串五，見宋雷《西吴里語》。

去年葉貴不任餐，今歲蠶傷又苦寒。聽取吴兒盆卜好，阿蛾手外轉團團。俗用桑皮紙引蛾，布子其上。小兒置水盆旋轉而遊。祝曰，阿蛾轉團團，今年去了來明年。

貴賤從聞事兩傷，三姑如把合低昂。儂家自有雞豚賽，笑煞祠官寄屋郎。俗呼蠶神曰蠶姑，其占爲一姑把蠶則葉賤，二姑把蠶則葉貴，三姑把蠶倏賤倏貴。按吴興爲蠶桑之地，而先蠶無壇，每歲祭祀，則寄城隍廡下。今太守張君椿山倡議建祠，蓋美舉也。附記于此。《海山存稿》卷十七

陵陽山人詩鈔八卷　乾隆五十二年重刻本

姜宸熙撰。宸熙字檢芝，號笠堂，浙江歸安人。諸生。嘗南至閩粵，北游燕趙，不得志以終。此鈔分《清籟》、《江行》、《雲巢》、《閩游》、《勞人》、《韓江》、《嶺嶠》、《燕游》八集，爲乾隆二十一年至三十六年詩，共四百七十一首。諸錦、沈德潛、潘翥序，自序，卽張維屏《詩人徵畧》所云「楊知新重刻本」是也。詩學韓。五七古《西海謡》、《吁嗟篇》、《游玲瓏洞紀述》、《過大庾嶺》、《光孝寺》、《題華陽山外山人阿羅漢圖》、《九龍灘歌》，跌宕淋漓，詞奥韻險。短章如《榕城雜詩》、《樊上雜詠》、京津蘇門雜詩，淡遠處兼學韋、柳。交游金農、張庚、沙維杓、李繩、沈大成、施安、王鳴盛，多學者畫師。尤與沈廷芳善，在榕城鰲峯書院，日酬相得。

培遠堂詩集四卷　乾隆五十年刻本

張藻撰。藻字于湘，江蘇長洲人。鎮洋畢鏞室，湖廣總督畢沅母。是集爲王昶、嚴長明序，袁枚、褚廷璋、汪端光、張鄗元題詞。沅少孤，諸經多母氏口授。乾隆四十五年，御書「經訓克家」四字以賜。集中《寄大兒沅關中》、《抵西安節署後喜而有作》，可爲讀畢沅傳所資。《戲作論詩六首》，自抒心得，别具蹊徑。《題崑山二陸讀書處》、《虞仲墓》、《題畫竹四首》、《題周昉太真上馬圖》、《重過中峯寺》、《廣陵卽事》、《潁上懷古》、《造字臺》、《説經臺》，均較樸厚。與吟弄風月無足重輕者，區以别矣。是集爲畢沅刻，别有覆刻本，内容稍有增損。

謙谷集六卷　乾隆間刻本

汪筠撰。筠字珊立，號謙谷，浙江秀水人。祖森，通判桂林，富藏書，貯之裘杼樓。筠以諸生入太學。乾隆元年舉鴻博不遇。由光禄寺署正任安西同知，升雲南永北知府，調湖南長沙府，卒於任。是集無序跋。詩始於雍正十一年。甲寅雍正十二年作《二十自劾》，當爲康熙五十四年生。歌詩超脱，法式善《梧門詩話》稱之。與錢載、王又曾、桑調元、萬光泰結社唱酬。《題八大山人畫》、《書陳龍川集後》、《題王石谷青山行旅圖》、《題王麓臺侍郎畫册》八首、《題坤一花卉册》六首，俱爲文藝史料。通倚聲。《讀詞書後二十首》等於論詞絶句。《校明詞綜三首》，稱汪森助輯《詞綜》，又自輯《續詞綜》，亦藝林故實。

讀詞綜書後二十首

一曲黄河菩薩蠻，趙家真本出花間。梧桐葉葉聲聲雨，忍對明鐙付小鬟。

摩訶池上已秋風，畢竟流年换暗中。一様落花歸不去，人生長恨水長東。

南唐悽婉太癡生，吞吐春風不自明。一拍一杯還一夢，直他亡國爲新聲。

浣花端己添惆悵，僕射陽春且奈何。小令未應誇北宋，亂來哀怨覺情多。

處士深憐碧草芳，情鍾我輩詎相忘。叔原子野多新製，題向尊前總斷腸。
淺斟低唱何心換，海雨天風特地豪。待喚女兒春十八，紅牙明月一聲高。
黄九何如秦七佳，莫教犁舌泥金釵。東堂晷與東山近，風雨江南各惱懷。
知音盡妙數上聲清真，換骨能將古句新。風月漫誇天上有，鶯花長發意中春。
濱老深情不自持，希真瀟灑亦仙姿。愁他滴粉搓酥後，悟到褰簾一夢時。
清雄端合讓辛蘇，忠敏牢愁絶代無。花落小山亭上酒，怨春不語爲春孤。
南渡江山未可憑，諸君哀怨盡情能。一從白石簫聲斷，誰倚瓊樓最上層。
綺語流傳也復豪，清真得替後來高。夢牕竹屋俱壇坫，未使梅谿得錦袍。
梅谿白石漫聲名，鼓吹王孫極勝情。西麓蕭齋花外在，白雲終竟去人清。
花月何須秋復春，酒旗歌板旋成塵。番番檢閲無名氏，語語分明本恨人。
漱玉天才韻最嬌，魏夫人亦解清謠。晦菴定不輕相許，閨閣能文屬本朝。
宣和殿裏小宫姬，淪落相逢淚濕時。好是彦高能大曲，一尺春草碧離離。
元家野史斷知音，亭遶鷗波欲濺襟。並向春風歌一曲，不知亡國恨誰深。
鼻祖鄱陽竟不祧，玉田未信後塵銷。蜕巖賴有清聲在，一爲鶯花破寂寥。
江山吴越淚霑衣，闘盡才華事總非。一曲麗真收拾了，漁陽却送水雲歸。

檀槽生澀雨風知，拍遍千廻合付誰。箇是人間斷腸句，祇應莊整寫烏絲。《謙谷集》卷二

校明詞綜三首　有序

先大父碧巢先生既偕竹垞朱先生有《詞綜》之刻，後數年，復偕藍村沈先生取有明一代之詞蒐逸訂譌，仍質諸竹垞，以續前輯，猶慮甄綜未備，遲之晚年，竟愆剞劂。暇日出手鈔本重校之，願有以成先志也，因書其後。

洪武名流未可雙，中間才調亦心降。不應宴樂新書失，解事翻多自度腔。

用修元美迭稱佳，那必琵琶調各諧。末葉春風吹署徧，試携檀板教吴娃。

粉蠹精華卅載餘，賞心猶見手鈔初。正須棗木流傳亟，幼婦尊前續一書。《謙谷集》卷三

玉汝堂詩集四卷　中國科學院圖書館藏抄本

成文撰。文字在中，號無華，河南沁陽人。沁陽金名沁園，故自號沁園居士。肄業大梁書院，受業於桑調元。乾隆十六年二甲進士。官高臺知縣。十九年，準噶爾亂作，往來武威、酒泉間。二十八年署廣西永寧知州，是歲卒，年四十九。集僅見抄本，爲其子一夔編次，並撰《年譜》。首范泰恆序。《古浪峽》、《黑水行》、《河橋竹枝詞》、《六盤山》、《積石山》等作，多得山川雄奇之助，非清機幽趣可比。故於查慎行、厲鶚之詩均有微詞。古詩《居延》云：「不識花門堡，遥望居延縣。居延古斥堠，乃在山之半。峻嶺極千重，通津渺一線。足

以固封域，華夷分畔岸。於維聖天子，威武凌周漢。左顧始一欬，前軍不再戰。柘地逾流沙，披圖窮震旦。含齒盡歸誠，彎弓誰報怨。遐哉德廣被，炯然神内煥。欲笑乘槎使，徒誇右臂斷。」《題敬業堂集》云：「長安索米愧侏儒，只合煙波作釣徒。好併孤山林處士，一生鈎管在西湖。」《題樊榭集》云：「騷人只愛詠江籬，碧海鯨魚見亦稀。擬把錢塘門外水，晴天灑作墨花飛。」是亦善揭人短矣。

张古樵詩鈔二卷 乾隆間刻本

張崗撰。崗字崑南，號古樵，江蘇長洲人。隱於醫。與沙維杓自號「兩布衣」。好古琴，詩多清和閒適之趣。乾隆間吴泰來爲刻《二布衣詩》，選崗詩百五十九首，即此本也。集中多與王昶、曹仁虎、趙文哲唱酬，尤契於沙維杓、吴泰來。古體學韋、柳，稍異其趣。王昶《湖海詩傳》選詩多首，所據當爲初稿本，與是鈔所選不同。《月夜舟次寄懷諸子》云：「斜陽渡口水烟分，東望平沙鷺幾羣。江浦雨晴潮未落，蒹葭月上酒初醺。歸船凉露三更笛，别夢秋山一片雲。此夕懷人勞遠思，西風憔悴沈休文。」

無不宜齋未定稿四卷 乾隆十七年刻本

翟灝撰。灝字大川，號晴江，浙江杭州人。乾隆十九年進士。官金華、衢州府學教授。著有《爾雅補郭》、《四書考異》、《通俗編》、《湖山便覽》、《説文經證》、《艮山雜志》，見聞淹博，爲世所推。卒於乾隆五十三年，計年七十餘。近年出版《通俗編》，謂灝生於乾隆元年，非是。是集爲乾隆元年至十六年詩，共三百八十八首。傳本不多，並無文集合刻，首吴樹虚序。集中唱酬名流如杭世駿、吴穎芳、齊召南、鄭江、胡天游、汪沆、萬光泰、金志章、沈廷芳，均爲南屏詩社友。其詩學宋，頗能搜奇引僻。《甘棠村雜詠十八首》、《臨平雜詠八首》、《繅絲行》、《東郊地偏鄉俗異於他所隸其俗事二十首》，詳述鄉里民情。《檻熊》、《花窖歌》、《過馬市》、《看影戲》、《與毛睿中論曲》，取意甚新。《風人詩》，掇拾里謡成章。《夜卧聞潮》、《磨盤嶺》、《宿萬松嶺》、《李陽冰仙都篆石歌》，復以風麗爲尚。《上元日琉璃廠觀百戲作俳體五十韻示同游諸子》，咏乾隆初都門琉璃廠繁華景象，向所見《廠甸雜詠》者，莫能及也。蓋灝本能詩，積學日深，遂無淺語，觀是集愈見有殊於凡響矣。

上元日琉璃廠觀百戲作俳體五十韻示同游諸子選前半

春明官廠設，十種造琉璃。鴛瓦供無缺，羊燈代亦宜。東華遷舊市，太乙奉佳時。祥雪新開霽，勞塵暫脱羈。屢豐家給足，百戲俗恬怡。含利工呈幻，黎軒盡出奇。喬人高續脛，見郭璞《山海經》。立馬驟磨旗。見《魏志·甄皇后傳》注。板繫千秋索，毬裁八片皮。演書宗黑子，宋藝流供奉有李黑子，善演史。弄鉢賽容兒。張祜有詠容兒弄鉢頭詩。夭僑騰絚舞，翩睘鬭木熙。旋空掛跟肘，距地擲腰肢。勢仄懸梯透，音繁縛角吹。《抱朴子》：禰衡爲鼓吏，摇鼗擊鼓，縛角於柱，口就吹之，異聲並舉，聞者不知其一人也。今有十不閑者，乃其遺意。連廂供要令，踏鼓唱京詞。瞽女商弦撥，丫童越器持。胡凉紛假面，神鬼醜蒙魌。馴獸看料虎，奇蟲見叠龜。奇蟲，見《鹽鐵論》。粤拳角觝社，賣口祝榴醫。白索輪光曳，烏銅倩影窺。借指西洋景。黄花雙牘並，絳樹兩歌岐。絳樹能一聲歌兩曲，黄華雙管並下，見《嫏嬛記》。燿燿揮丸劍，亭亭累卵棋。踰鋒誇捷足，簩骨證頑肌。革冒通同拍，《宣政雜録》：靖康初民間以革冒竹鼓成節奏，取其聲似。今唱道情所拍者是。冰膠滑澾馳。郎當牽鮑老，宛轉習優施。立幟分千道，圍場判一規。饞顔工眠娗，險諢雜兜離。吴市瞻西子，揚州仰獻之。《孟子疏》：西施至吴市，觀者各輸金錢一文。王獻之自論書云：揚州一老母，惠臣一餐，作一字答之，令就市價，近觀三錢，遠觀二錢。未携標下綵，稍費杖頭貲。油壁緣源出，青驄銜尾隨。堵觀雲路合，香襲綺叢毗。星貨排壓積，春書應節貽。鬧蛾攢繡纈，風鷂引晴絲。土穉鄜州樣，唐花浙水姿。晁説之《鄜州排悶》：莫言無妙麗，土穉動金門。以鄜州田玘造泥孩兒名天下也。土窨烘花之法，始於浙之馬塍。金絨挑毽子，紅蠟綴椒枝。素女圖馨絹，文魚豢碧瓷。輝煌嗤藥玉，突兀詫糖獅。鳥哢錫簫奏，環鳴扇鼓移。酒樓横榜署，茶社軟帘敧。蔬果均分局，臺盤各有司。燀豚陳厚膊，籠餅蘸烏飴。禁鑰三衢緩，歸鞭五夜遲。《無不宜齋未定稿》卷四

紀行詩十卷　乾隆五十年刻本

熊爲霖撰。爲霖字浣青，一字鶴嶠，江西新建人。乾隆七年進士，改庶吉士，授檢討。二十五年，爲貴州副考。三十六年，爲陝西主考。以目眚乞歸。晚主嶽麓書院講席。是集首有自序云：「乙巳乾隆五十年門人索詩

稿，以數十年足蹟所經隨記行程者几十種，付之。」署「時年七十有一」，是爲康熙五十四年生。十種爲《歸程紀詠》、《修水游草》、《匡廬游草》、《虔汀游草》、《嶺南游草》、《使黔紀詠》、《使秦紀詠》、《歸帆紀詠》、《湘南游草》、《衡嶽游草》各一卷。大抵所歷名山大川，巖瀑洞壑，城郭村墟，寺院祠墓，多有攝取。内記風俗異事者，爲《山棚竹枝》六首、《湖州竹枝》十三首、《苗峒竹枝》六首、《楊柳青竹枝詞》四首。《吴城張公睢陽廟》、《濟寧學宫觀碑所作》，亦不空疏。其詩平易和諧，風骨未高。王昶《湖海詩傳》有爲霖詩，選自《鶴嶠詩鈔》，刻本未見。

題蘇禄國王墓表

原上秋寒草色陰，風嘶石馬夜沉沉。旗翻欻火朝天路，月冷啼鵑望國心。桂醑可憐酣蝶夢，鸞書無分到雞林。但留忠魄勤王會，鬱鬱松楸自古今。《歸帆紀詠》

梁山泊

宋室開基承五季，杯酒兵權釋疑忌。遷延日漸廢韜鈐，竟忘未雨綢繆計。熙豐以後講持籌，賄賂公行要津地。蔡京童貫真賊酋，賈禍興戎積寃氣。如蜩如螗如沸羹，胆敢國中麥内奰。梁山咫尺蓼兒窪，聚嘯萑苻湧水勢。白日鴟張劫掠人，封豕劚牙犬還瘈。摇旗出没幻金鼓，蝟縮官軍弗能制。吁嗟伏莽誰英雄，三十六渠弄凶器。一時文學競何如，峩冠執與談經濟。太守叔夜討平之，大書特書差

可意。以盜捕盜殺止殺，風捲殘雲掃妖彗。地中有水象師貞，武功力許襄文治。七旬干羽陳兩階，唐虞邈矣難爲繼。《歸帆紀詠》

汗漫集三卷　雲南叢書本

萬友正撰。友正字端友，雲南阿迷人。乾隆十七年舉人。會試不第，就知縣。嘗訪燕趙古蹟，取道鄒嶧，登泰山謁孔林，搜秦漢碑，復游江南浙閩，一至臺灣。是集有齊世南序。詩止於乾隆四十七年，年已六十六，有《舉孫詩》注可證。其中《兵備關防行》，載明代雲南史事。《負菸行》、《賣女行》、《催脚户》、《大穀錢》、《貧郭田行》，皆吟民生艱苦。《畇町三洞歌》、《紅石巖》，詠雲南洞巖之幽峭。《赴臺灣抵厦北船守風四首》、《臺郡二首》，俱以情景真切見勝。清代各省舉人赴京應試，莫苦於滇南。《逝歎詩》紀乾隆二十五年庚辰，公車「殁於都者四，於路者六」，可見一斑矣。

大穀錢

揭貸應誅求，持券入城市。誰知大穀錢，利多勝印子。一一輸官長，噤不敢啟齒。過眼兩手空，收帖給一紙。青苗屬他人，倉囷無糠粃。釜甑已生塵，菜色何由起。長官亦何肥，白屋饑欲死。歸來不滿旬，歸徵又到里。前債苦未完，後債從此始。《汗漫集》卷二

臺　郡　二首

沙汕通番舶，淼茫接斗墟。平湖迷島嶼，低樹種珊瑚。上市檳榔果，先春小甲蔬。紅毛樓上望，雲物正堪書。

炎徼南溟際，空城翠嶼低。好風蘇草木，有地剪鯨鯢。雜粡工雲錦，熟番善雨犂。化行無内外，使節附標題。《汗漫集》卷三

嘯村近體詩選三卷　乾隆二十一年刻本

李葂撰。葂字嘯村，安徽懷寧人。諸生。工詩。盧見曾官六安知州，聞名於高鳳翰，每至省，必與盤桓。見曾官兩淮鹽運使，葂爲幕客。雍正十三年薦試鴻博，爲學使放歸。見曾被逮，鳳翰罷縣丞，葂留揚州不去。乾隆十六年南巡，召試，賜宫緞及内造針黹等物。是集卽雅雨堂精刻，詩百六十三首，爲七律、五律、七絶各一卷。盧見曾序撰於乾隆十九年，又秦大士序。歌詩學唐，所詠山水，未出江南。乾隆南巡，雅雨出塞，均有詩紀之。葂交游甚廣，與吴敬梓、鄭燮、江昱、唐英俱善，此集所有，僅商盤、袁枚數名士而已。陳毅《所知集》有輯詩。佳句如「馬齒坐叨人第一，蛾眉窗對月三更」，「賣花市散香沿路，踏月人歸影過橋」，「春服未成翻愛冷，家書空寄不妨遲」。皆獨寫性靈，自然超絶。

清人詩集敍録卷三十一

泊鷗山房詩集二十卷　嘉慶十八年刻本

陶元藻撰。元藻字龍溪，一字鳧亭，號篁村，浙江會稽人。貢生。嘗客兩淮鹽運使盧見曾幕，以詠紅橋詩「誰識二分明月好，一分應獨照紅橋」，爲時傳誦。歸里，買墅於西湖葛嶺之麓，築泊鷗山房，吟詠終日。梁同書有贈詩。嘉慶六年卒，年八十六。著有《全浙詩話》、《鳧亭詩話》。《詩集》二十卷與《文集》十四卷、詞四卷合刊，首秦錫淳、王又曾序。其詩渾灝流轉，不名一家。《題謝康樂遺照》、《題桃花扇院本》、《倣吴梅村作續圓圓曲》、《過柏林寺觀吴道子壁間畫水》、《宋楊太后陵》、《謁南海神廟百韻》、《題楊忠愍劾嚴嵩疏稿後》、《和圓明園觀競渡》、《觀打冰詞》、《聽長生殿傳奇口占四絶》、《聽顧秋亭光禄彈琴》、《詠西洋鏡屏》、《題林吉人先生硯史後》、《游黎氏園林》、《題汪水雲集》、《題汪龍莊秋夜校書小影》，博訪遐搜，粲然可觀。《題十三國番夷圖》，關係中外史料，當時所見僅如此耳。《截句十二首倣東粤摸魚歌體》，採方言入於詩。粤俗好歌，凡歌以不露題中一字，語多雙關而中有挂折者爲善。長者名「摸魚歌」，三弦合之，蓋太蔟調也。殆爲民俗文學資料。又作《颶風行》、《荔洲行》、《橘園歌》、《高涼行》、《椰珠歌》、《潮州竹枝詞》四首、《冰輪》、《誘竿行》、《蚺蛇行》、《觀煮海》、《榕城竹枝詞》十首，以浙閩沿海民生俗尚，形爲詩歌。元藻生平經歷甚廣。壯游燕趙，作登盤山、出居庸關、望恆嶽、觀真定大佛詩，《邯鄲叢臺曲》。過中州，詠少林蘿屏貞觀遺蹟。居皖，作《滁州雜詩》。經西江，題鄱陽張巡廟。而詠雁蕩、鼓山、羊山石佛、南澳、六祖髮塔、彈子磯、英德峽、七星巖、鼎湖、烏石、南普陀、廈烏，探幽臨險，盡得奇趣。《詠懷古蹟十四首》，乃追憶舊游，揮灑成篇。元藻與杭世駿、齊召南、邵齊燾、陳兆崙、黄任、周長發、沈大成、魯曾煜、程晉芳、施安、陳章、王嵩高、王昶、梁同書、邵晉涵、嚴長明多有篇贈。居揚，與諸畫家交密。有《和鄭板橋二首》、《同鄭板橋金壽門賦於春雨讀書室》、《簡鄭板橋》、《畫梅行爲童二樹作》、《題邊頤公蘆雁畫幅》。居粤中作《三賢詩》，詠張九齡、陳憲章、海瑞。其詩不自炫，直以流露自然取勝耳。

題十三國番夷圖

聖王御宇開明堂，播宣聲教訖萬方。雕題鑿齒識海水，西鰈游泳東鶼翔。幅員肆拓章亥步，沐日浴月連扶桑。鷺門堂堂立天險，一十三國通飛航。圖成王會閻立本，蠻雲汗漫摹南羌。靈鰲背上汴齊出，何年苗裔留窮荒。迷離吕宋青一髮，七十二更煙水長。峩艑巨艦銜尾泊，就中半據紅夷商。安南大地矜富庶，漢爲交趾周越裳。芙蓉雙影弄蛇戟，伏波撻伐妖姬僵。將軍墓木灰已久，至今銅柱撑穹蒼。五畿十道形勝鉅，是曰日本倭奴藏。巫簫賽社佛日麗，庭除磨洗兼坊廂。蛾眉淡掃脂粉絶，琱鏤玳瑁成釵梁。如雲緑髮長委地，熏以蘇合旃檀香。鴛鴦衾枕同卧起，鼉虀偏禁同甌嘗。鱗鱗箬屋繞溪澗，汶來蘇禄爭低昂。北里南鄰鬧鐙市，銅鉦四應聲鏘鏘。徐夫人死匕首鈍，黑金百鍊新標鎗。毫末着膚人必斃，刺狐射鹿豪猪獐。暹羅傳自赤眉種，滇池水脈穿微茫。長年酷暑羣裸袒，那知冰雪隨風霜。尸羅幢失幾千載，眶間炯炯猶生光。昏黄月落工變化，遊魂在地魄在床。貍奴蒼狗滿邨舍，性貪糞塊如蜣蜋。河魚腹疾人夜怖，三湔四濯清流旁。炊煙不舉柬埔寨，一瓢寒水吞黄粱。南天炎瘴海氣毒，淡巴菰嚼番檳榔。啹嘮柔佛麻喇甲，小金錢鑿花瓣黄。筐中銀幣通上國，機内繒布誇西洋。咬𠺕吧爲荷蘭占，馬辰亦畏紅毛强。上流浸毒飲外寇，寇皆棄礮奔倉皇。天生銅鑽稱至寶，密室睒奪鐙輝煌。如拱高價逾十萬，諸番爭購藏金箱。昔者吴生畫地獄，夜叉鬼母窮毫芒。誰歟寫此種種相，高顴深目鬌奮張。或裹青綾掩髮額，或圍文綺無褌襠。縫人半泯鍼線迹，少女多作兜羅粧。駸跳足十居九，亦有絲履縈文章。不重貂蟬重雉尾，吹羅晏饗烹牛羊。好則人兮怒則獸，終身佩刃嚴軍裝。紅藤碧篳象齒器，文犀翠羽明珠璫。珊瑚殷紅玉碧色，龍涎椒桂伽楠芳。鮮新腴厚甘脆味，山海珍錯靡不臧。估人遠集荆與冀，雍梁徐豫青兖揚。咸資大利入中土，乘風歲歲懸帆檣。納琛奉賮重譯至，天朝封册褒稱王。爾疆爾圉惟爾治，來歸正朔民皆良。懷柔恩澤浩無垠，羣蠻抃舞樂且康。無龍之國出日鄉，奇奇咄咄尤難量。兹猶稊米拾太倉，已驚魂異殊尋常。繪聲繪色彌海疆，須彌芥子宜端詳。

紫薇山人詩鈔八卷　乾隆四十三年刻本

沈維基撰。維基字心齋，浙江海寧人。雍正十年副貢，年十七。北闈下第，考入武英殿校書，繕寫《錢録》及《西清古鑑》。歷官安陵知縣、東平知州。乾隆三十年南巡，迎駕稱旨，擢甘肅平涼知府。改福建延平知府。治事之暇，雅好吟詠。此集分《問奇吟草》、《燕臺吟草》、《楚南吟草》、《山左吟草》、《燕臺續草》、《閩南吟草》。生平經歷借以畧見。作序者葉觀國、鄭虎文，皆著名詩家。維基初官湘楚，有《奉檄勘得長沙圍田應請免毁情形》、《修雞公山佑國寺》、《兼護郴州印事重修州城落成》等詩，重在存事。官東平，作《迎鑾詩十六首》。官隴右、閩南詩，關係政情教化者爲多。詩格不高，然是集首尾完具，且有若干資料可摭。

益齋未定詩稿五卷　抄本

永瓛撰。永瓛字文玉，一字益齋，號素菊道人。理密親王允礽孫。襲封輔國公。著有《清訓堂集》。是抄爲王懿榮舊藏本。曰《益齋文稿》，不分卷，曰《益齋未定詩稿》五卷。詩始於乾隆四年，止於乾隆五十一年，而卒於次年，以《乙巳七十》詩計，終歲七十二。是以四十餘年稿盡收斯編矣。集中題畫詩最勝。《題查梅壑水竹村居圖》、《題王石谷載竹園卷子》、《題佟毓秀畫》、《題鄒小山畫》、《集扇面屏風》，清逸俊雅。《文集》有《題瑶華道人畫跋》，以及唐岱、傅雯畫跋，乾隆間王公好畫習尚，於此可見。永瓛於乾隆十五年扈從嵩洛，十八年扈從熱河。又以散佚大臣隨巡江南。三十四年，奉使喀爾喀。有紀游詩，多不能佳。與其叔父允禧、弟永忠、漢軍李鍇時有酬和。與漢族文士黄樹穀、畫家羅聘亦有交往，樹穀號松石，錢塘人，黄易父也。《論書七絶》四首、《跋紅蘭主人三友圖》、《讀韓詩》、《讀蘇詩》，不事藻繢，平易自然。

銅鼓書堂遺稿詩二十四卷

乾隆五十七年刻本

查禮撰。禮字恂叔，號儉堂，直隸宛平人。世居京師，别業在天津水西莊。少與兄爲仁皆耽嗜風雅，與東南勝友杭世駿、汪沆、王本、萬光泰唱酬無虚日。乾隆初舉博學鴻詞科，報罷。由監生爲户部主事。十四年，官廣西慶遠府理苗同知，升太平知府。擢四川松茂道，大小金川之役，檄調隨營，專司糧餉。三十八年，參預果羅克之役。事定，擢按察使至布政使。四十八年，爲湖南巡撫，未到任卒，年六十八。是集爲其子淳刊，合文集、詞集三十二卷，首杭世駿、顧光旭序，收編年詩二千首。少作俱載一至八卷，詠京津兩地古蹟及所見文物較多，陶鎔今古，非揚葩鬭豔者可比。後官外守，經湘、鄂、贛、桂，詩載九至十五卷中。内《宜州雜詩十首》、《僮錦》、《經馱樸鐵廠》，並採民俗。《海陽山湘灕水源歌》，爲勘探實紀。太平爲廣西邊境，安南國使往來甚頻。作《啟鎮南關納安南國貢使四首》有序、《偕安南使宿幕府營》、《偕使至寧明登舟》、《題德慎齋侍讀安南竹枝詞》、《壬午正月二十八日啟鎮南關送安南貢使陳愛春侍郎黎允厚侍講鄭作霖侍制回國》，均屬中越關係史料。卷十六以下爲官蜀時作。大小金川之役，與王昶、趙文哲均有寄贈，又有《金川紀事二十首》，備言行軍始末。果羅克地近青海，所作《大渡河》、《黄勝關》、《過竏顫壩》、《歷阿格甲凹二土百户境》、《甘松泉行》有序、《晡發阿摩拉卡五里渡阿摩河》、《渡夾卓河》、《鵲箇羌馬行》、《歷郎馱土百户境》、《投日照壩曼陀喇嘛寺宿》、《打狐行》、《稞麥歎》有序、《歸自果羅克旋有西徼之行》、《元日發梭洛柏溝》、《至綽斯甲布宣撫司陬藪寨》、《西軍攻克勒烏圖紀事》、《復有果羅克之役午發成都》、《征婦泣》、《歷馬懦寨》、《出達爾溝憩巴爾康喇嘛寺》等詩，摹狀城郭室廬之區，而山水民情，歷然可覩。又作《金川歸化恭紀一百韻》，亦有目覩之詳。四十四年奉命宣慰土司十六部，二十三、四兩卷有《西域行》有序、《渡瀘定鐵索橋》、《謁郭將軍廟》、《多折山》、《高日山》、《渡鴉隴江》、《蔴荾冲》、《西域弓矢歌》、《藏紙》、《各土境有餽生態虎豹鹿者歌以誌之》等詩，藏族生活環境習俗，亦有所窺焉。禮官蜀十二年，於川中風物深有瞭解。蠶叢鳥道，錦城名蹟，灌縣陶灘，邛池蛙嶲，無不入詩。《蜀民事歌》、《鑄農具歌》、《五加皮行》有序，尤足徵事。廣西慶遠有黄庭堅祠蕪廢不修，禮重葺之，好事者多爲題詠。又嘗得宋樹枋得硯，徵詩亦夥。其詩切於時事，詳於地理，尤熟悉邊遠軍屯少數民族生活，與恣意摹繪山水者不同。唱酬亦僅顧光旭、錢載、楊應琚數人。禮本少年才儁，壯而自守，劖除浮華，不徒學士謳吟。其詩深穩，不失於粗豪，自可傳矣。

海陽山湘灕水源歌

我昔讀水經，曾究湘灕流。源出始安縣，陽海山之陬。桑欽《水經》曰：湘水出零陵始安縣陽海山。涓涓始一脈，觴泛乃爲舟。酈道元《水經》注曰：湘灕同源，分爲二水，南爲灕水，北則湘川，東北流。羅君章《湖中記》曰：湘水之出於陽朔，則觴爲之。舟至洞庭，日月若出入於其中也。盤䃍導東北，水分西嶺頭。《水經》注曰：湘灕之間，陸地廣百餘步，謂之始安嶠，嶠卽越城嶠也。又曰：越城之嶠卽五嶺之西嶺也。咫尺同源異千里，北曰湘水南灕水。湘過巴丘入於江，灕至蒼梧注鬱止。灕流水弱湘流强，爲溯狂波築鏵觜。刊鑿靈渠萬世功，誰其作者秦臣史。范成大詩注曰：鏵觜在興安縣五里所，秦史禄所作也。迎海陽水，壘石爲壇，前鋭如鏵，衝水分南北，下爲湘灕二江，功用奇偉。渠開水似天河傾，因功謀利費經營。續設陡門三十六，堤埒壩蓄如屯兵。湘灕二江，舊築三十六陡門，並渠堤各壩，以便蓄洩。往來自此邀其惠，楚粵舟航咸利濟。人工不若天生成，安得移山重疊砌。乾隆甲戌九月秋，上公撫字憂民憂。羽書絡繹檄余往，相度刻日工須鳩。裹糧策馬走山麓，先事窮源後修築。興安境盡入靈川，攀葛捫蘿歷幽谷。一山突起矗大荒，石骨嶙峋百丈强。四圍無嶂亦無岫，居民指此卽海陽。山脚嵌空挂鐘乳，下有清泉巖口吐。山下有深巖，巖口有小溪，溪寬尺餘，深數寸，水從巖内流出，涓涓不絶。把火直入山腹中，目擊潭光徹水府。自巖口沿溪入二十餘丈，得深潭，卽湘灕水源。神奸物怪不可求，陰森氣逼聲颼颼。然犀我恐幽明别，邃竇豈堪人久留。出巖叢棘鉤衣裂，老樹古巘懸蠟巢。披尋石壁獲二碑，薜蝕苔侵色似鐵。巖左有二摩崖，一爲淳熙己亥馬子巖《禱雨記》，一爲淳熙丁未陳邕《敍賜海陽山神侯爵記》。摩挲漫讀馬陳文，字蹟端遒釵脚分。速呼童子扣墨本，天風颯颯飄秋雲。嗚呼，煙霞我固有深癖，抉秘搜奇無虛夕。湘灕於此結奇緣，作歌記事鐫諸石。《銅鼓書堂遺稿》卷十二　案:《晚晴簃詩匯》卷七十二選此詩,無注。

蜀中民事歌　十首録八

天府之國稱沃野,水發都江疾於馬。溝澮皆盈好插秧,千里平疇隙地寡。終古農民感李冰,稻粱不待時雨灑。年豐時泰清醪香,撾鼓鳴鐘賽秋社。

魚鳧之地教以漁,漁菴漁具笠澤書。據書考具此尤怪,水鳥水獺聚族居。截灘大網長十丈,張口可入吞舟魚。俗名口袋網,下網處必插標爲記,恐行舟誤入其中。年來魚少漁者多,盡言魚價倍當初。

蠶叢之地教以蠶,村娃斫桑盡力擔。時到再眠樹已禿,蜀中採桑必伐其條。門前惟見柳毿毿。食葉聲寒如驟雨,老蠶作繭懶蠶憨。浴蠶成絲蠶死苦,只嫌絲少人心貪。

徙蜀之民今擾擾,深山長谷安億兆。人煙稠密事饔飧,家家燒樹不燒草。樵子如猿或如猱,遂令羣峯無木杪。近聞煤廠頗資生,急教種樹利非小。

蒙頂之山茶所産,錫貢由來有常限。蜀西而外遶岷山,水有龍溪岡巄嵸。雜樹茸叢出旗槍,焙煙十里春迷眼。牛羊之乳賴調和,諸土境煎牛羊乳爲食,必和以茶。貨易還堪走雲棧。

簡州之土宜紅花,顏色新鮮染物嘉。年年四月花可採,最忌陰雨忌風沙。客販盈城爭納税,緡錢計數凡幾車。花不可食色可衣,無濟饑寒聊汝詩。

金沙之江金所生，川北川南並有名。江水盈時沙岸崩，水落石出窮民爭。沙岸坼處則下流有金，淘者視此爲準。木版金牀齒如鋸，汲水揚沙費經營。積少成多自毫釐，商賈容易操餘贏。

茂州之蠻有絶技，碾不須牛憑活水。全蜀皆用水碾，然非茂民作之不善。稻熟登場操具來，顧盼沙灣並沙嘴。平置輪盤輻輳堅，疾轉如風雷駭耳。木牛流馬未足奇，乾道不息得至理。《銅鼓書堂遺稿》卷二十四

小倉山房詩集三十七卷補遺二卷 嘉慶間刻本

袁枚撰。枚字子才，號簡齋，浙江錢塘人。乾隆四年進士，改庶吉士，散館後官溧水、江浦、沭陽、江寧知縣，旋乞養母。卜築於南京小倉山，號隨園，爲詩古文五十年。駢體亦工。著《隨園集》，凡三十餘種。卒於嘉慶二年，年八十二。詩集爲其弟子薛起鳳序，蔣士銓、趙翼等題詞。起乾隆元年迄嘉慶元年，共四千一百四十首。枚初由廣西巡撫金鉷薦於朝，官江南爲總督尹繼善所知。年四十以名園通隱，盡其才以爲歌詩，由是其名益大。先是，沈德潛主格調説，海内人才資其月旦。枚主性靈，成一家之言。其論詩大旨云：「作詩不可不熟讀經史，或有謂理語不可入詩，此亦不然，但不可過腐，使人生厭。」又云：「作詩須學力、性靈併列，方爲好詩。使有性靈而無學問，則登高懷古及逢國家大典，便如軍力單弱，卒遇大敵，未有不轍亂旗靡者。若僅有學力而乏性靈，則一題到手，鋪排門面，此又如土偶木人，全無生氣，恐不止優孟衣冠之爲誚矣。」唯觀其

己作，未能盡如所言。集中《答曾南村論詩》云：「提筆先須問性情，風裁休畫宋元明。八音分列宫商韻，一代都存雅頌聲。秋月氣清千處好，化工才大百花生。憐予官退詩偏進，雖不能軍好論兵。」結句亦有自知之明。蓋作詩論詩固不可混爲一談耳。門人王曇論枚詩惟七律爲可貴，見舒位《瓶水齋詩話》。張維屏評云：「詩則以七律爲最，七絶次之，五古又次之。七古才華富贍，奔放有餘，然好爲可驚可喜，遂成涉於粗浮近於游戲者有之。蓋名盛而心放，才多而手滑，諸體皆有游戲，而七古尤縱恣。惟七律中酬贈言情之作，無辭不達，無意不宜，以才運情，使筆如舌，此其專長獨擅者也。」見《聽松廬詩話》。集中《明妃曲》四首、《徐中山王墓》、《五人墓》、《題萬九沙先生小像》、《題史閣部像》、《端州紀事詩》十四首，猶可徵事。摹繪山水，則《登華山》、《觀大龍湫作歌》、《五老峯》，不失佳作。餘在尋常之間。游羅浮及桂林名勝，尚不逮凡手。詠史懷古諸什，以七律最工，如《過鄴下弔高神武》、《杜牧墓》、《謁史文靖公墓》，餘亦未能令人心愜也。交游不勝縷指，要者爲《送裘曰修》、《寄程魚門》、《贈沈南蘋畫師》有序、《酬杭堇浦》、《相留行爲茗生行》、《送劉石菴》、《題羅兩峯畫丁敬身像》、《哭童二樹》、《寄王夢樓》、《哭黄仲則》、《挽彭芝亭》、《同年沈歸愚輓詞》、《題祝芷堂給諫接葉亭圖》等篇。《續詩品三十二首》有序、《倣元遺山論詩三十八首》，爲文學批評所當資。而《題宋人詩話》，不免有輕詆之失。枚反對以考據入詩。《戲倣太白嘲魯儒》，並考據之學亦厭之，譏爲牛角蝸宫、郢書燕説。其蕩心佚志於此。又遍徵同時名士及門人和輓詩，自云：「薤露如何可預支，渡江來似别交知。故人唯恐君真去，不肯輕爲執紼詞。」佻薄無聊矣。噉名自大。論蔣士銓云：「雲松自負第三人，除却隨園服蔣君。」儼然以第一人自命。一時趨之者，作《拜袁揖趙哭蔣圖》，猶以爲美事。設在人文興盛之康熙朝，人絶不能自隳若是。時人亦不滿此浮風日增者。高密王寧焞《戲題隨園集》云：「才翁喜以才自嬉，顛倒一世如小兒。真能驢背識賈島，但不屑意研推敲。門下擾之雜良楛，以枚數之逾仲尼。風情逸出白傅上，翠眉紅頰嬌來師。戲驅風月供批抹，紜紜底爲爭妍媸。有時正色向千載，鄉輩淺識聊相欺。見者心醉喜欲舞，亦有怒者張其髭。同墮翁術各莫覺，仰天直使纓脱頤。翁集百種浩如海，後人眼手煩看披。敢請欲讀翁集者，平心先讀我此詩。」見曾燠編《朋舊遺詩合鈔》。唯枚詩提倡性靈，與當日習尚相近，活躍風氣，影響詩界幾近百年。固應高置其位，此又不暇細論者也。

雲菴遺詩一卷　道光三十年刻本

顧森撰。森字廷培，一字錦柏，號雲菴，江蘇長洲人。顧炎武族。乾隆間官涿鹿尉，謫居西陲，安置同官縣。作詩詞曲、雜記、筆記，武廷選等爲之選輯，刊曰《雲菴雜録》。又有《回春夢》傳奇，刊於道光間。詩僅一卷。《題姜女祠》、《延川詞十首》，不避俚俗。遺文有《夢游仙記》，爲文言小説。乾隆二十一年，至京都作《遊五龍亭記》，體近公安，又作《燕京記》。自云「乾隆甲子九年有事於乍浦」。《丙辰元旦詩》云：「八十年逢新歲月，四朝澤被老農民。」丙辰當爲嘉慶元年，是生於康熙朝矣。《續天門街曲譜》，爲散曲十一首，嬉駡諧謔，自抒不平。

澄悦堂詩集十四卷　嘉慶十五年東井硯齋刻本

國梁撰。國梁字丹中，號笠民，榜名納國棟，姓哈達納喇氏，滿洲正黄旗人。乾隆二年進士，改庶吉士。官吏部主事，出爲銀川、蘭州、天水、烏魯木齊等地知府，擢貴州糧驛道。生平耽嗜吟詠。晚年取乾隆二年至五十四年詩，自删爲十二卷，各卷以《鶴廳》、《銀川》、《河橋》、《天水》、《玉塞》、《輪臺》、《昭潭》、《素衣》、《扈從》、《南明》、《解組》爲名。乾隆四十九、五十年，又有《五友集》之作，附《文石題辭》，爲《别集》二卷，詩共二千餘首，統名爲《澄悦堂詩集》。嘉慶十五年，孫男玉麟爲之鋟木，云已藏之二十二年。據集中《五十初度詩》，國樑爲康熙五十六年生，卒年在乾隆五十二、三年間。是集有鐵保、吴廷琛序，其詩精萃，俱在外官西北西南時。《河橋觀成》、《琅廳八景》、《花馬池紀行》、《盆山歌》，守銀川作。《古浪卽事》、《晚至阿壩》、《游昌靈山寺》、《過石佛山》、《石洞寺》，守蘭州作。《過烏魯木齊廢城》、《初至寧邊》、《輪臺八景》，守烏魯木齊作。《岣嶁崖》、《烏西歌》、《鎮寧道中》、《相見坡》、《媽姑廠》、《黔中竹枝詞四首》，官湘黔時作。乾隆二十二年平定準噶爾後，新疆全境收復，駐守滿漢官員增加，加以例定遣戍發往軍臺人數日衆，文士、學士出關，輜蹟所至，每有吟哦。唯敦煌一地，未嘗通衢，人跡罕至。國梁自蘭州往新疆途中，嘗專程至敦煌游莫高窟。卷五《玉塞集》有《發自酒泉至嘉峪關》、《赤斤湖遲額于光》，自注：舊徙赤斤蒙古於此，故前明有赤斤也。《過高見灘戈壁》、《達爾圖道中》、《卜隆吉》、《八道溝晚行》、《過小梧桐窩》、《踏實道中》、《過旱峽》等詩。抵敦煌作《游效穀千佛洞》、《游月牙泉》諸篇，爲今日研究敦煌地方史資料。時在乾隆三十八年七月間也。道光以前詠敦煌千佛洞詩，見於蘇履吉《敦煌縣志》者，有汪潍數首、姚培和一首，無國梁詩。唯《國朝松江詩鈔》卷二十八尚載姚培和《四月八日至千佛洞得長句》自注：一名小雷音，爲《縣志》不登。詩云：「城南古寺名雷音，不仗土木據高岑。穿巖鑿竇竭物力，千層百疊見匠心。佛相莊嚴驚衆目，丈六金身耀窮谷。旁睨周圍大弟子，笑容拈花如可掬。輝煌洞宇敞規模，四壁丹青列畫圖。冉冉諸天捧寶下，睢睢百怪驚幡趨。創始何年莫可考，斷碣蒼涼費搜討。相傳整頓自李唐，爾後香煙委蔓草。軍馬蹂躪戰血埋，伏戎刀劍爭擊排。平沙斷蹟遺老盡，誰來絶域探幽厓。我朝遠畧開西土，商農安集興百堵。居人好事歷重巔，地闢石林現奇古。畧加拂拭丹臒新，雲筏蓮座出荆榛。嵌空玲瓏不計數，恰逢浴佛紛車輪。靈山高會殊髣髴，我來佛洞非謂佛。皈依浪説福禄多，我已窮通付造物。愛此巉巉數朶山，具無濟勝阻躋攀。盈壺村酒供一醉，醉眠峽上聽潺湲。」培和字鈞風，婁縣人。康熙年進士，官陝西漢興道，兼沙洲屯務，著有《敦信堂詩稿》，佚。鐵保《熙朝雅頌集》選國梁詩四十餘首，無西行詩。

游效穀千佛洞　傳聞此有金礦，土人掘得，因爲千佛洞云。

東望三危峯，西造千佛洞。嵌空入窗寮，鑿險插拼棟。重叠金粟影，坐卧互隨從。此間云有佛，巖扁沙半擁。此間云無佛，彩繪猶新供。佛氏空五蘊，矧兹何足訟。無無未始無，千偈亦虚頌。獨惜混沌死，繄誰爲此弄。唐碑玉鏡瑩，漫滅不成誦。踵事非創始，厥初誰引重。聞説攫金人，補此金穴空。事去人何往，存此亦蕉夢。懷古意踟躕，風沙染繡鞚。《澄悦堂詩集》卷五

所存集一卷　乾隆四十二年刻本

胡紹鼎撰。紹鼎字雨方，號牧亭，湖北孝感人。乾隆六年舉人。侍母十二年不赴試。十九年成進士，官御史，與同年朱筠、曹學閔、紀昀、錢大昕、蔣士銓善文。乾隆四十一年病劇，以焚餘詩稿授於曹夢齡付梓。夢齡，學閔子，紹鼎及門弟子也。自序云：「余四十以前之詩，無一存者。戊寅以後，稍稍檢輯，纔得數卷，既而屢失。十餘年來遷徙無定，不自收拾。今欲搜羅，知不遽得，然亦可不必矣。鳥語蟲吟，風籟之相，遇過則已焉，無留響也。」後又經淘汰，得十者三。贈别懷舊之什較多，知名者亦僅楊垕、紀昀、錢載、張開東數人。《山東死事詩》紀乾隆三十九年甲午王倫之變，稍存史事。

鶴溪詩鈔一卷　敬修堂叢書本

奚寅撰。寅字曰宗，號鶴溪，一號芙蓉湖漁，江蘇陽湖人。乾隆三十一年進士。官湖南酃縣知縣。時緬甸有事，奉檄赴雲南辦差。還補衡山縣，調湖北利川知縣。乾隆四十三年卒於任，年六十一。撰有《滇南紀程》。《詩鈔》一卷，收入《敬修堂叢書》。唱酬詩外，多記雲南以及緬甸見聞。《黄連鋪道中偶見作歌》、《駝糧

謠》、《里差謠》、《七竅通天洞歌》、《鐵索橋》、《飛來寺題壁》、《游清華洞》、《禄豐北樓感懷》、《安寧州》諸篇是也。卷末李兆洛跋，道光元年作。

玉芝堂詩集三卷　乾隆間刻本

邵齊燾撰。齊燾字荀慈，號叔宀，江蘇昭文人。乾隆七年進士。官翰林院編修。罷歸後主講常州龍城書院，洪亮吉、黄景仁皆從受學。卒於乾隆三十四年，年五十二。《詩集》分上、中、下三卷，附《文集》六卷後，乃其晚年所自定。《四庫存目》著録。内經歷江西、湖南紀遊詩，如《滕王閣》、《七星瀨》、《賈太傅宅》、《登衡嶽祝融峯》，皆以宏壯儁偉爲宗。齊燾與王太岳、鄭虎文等人多唱和，王太岳《青虚山房集》有贈詩。又以駢儷文名於世，所造頗深。其詩追摹六朝，而不入綺靡之途，洵爲洪、黄先驅。惜逾艾而卒，所存不多耳。

于湘遺稿五卷　乾隆間刻本

樓錡撰。錡字于湘，浙江錢塘人。居維揚，與厲鶚、全祖望、馬曰琯、曰璐兄弟唱酬，邗江雅集中年最少者也。乾隆二十年病篤，囑陳章刊布遺集，並以寡妻弱女相托，卒年三十八。《遺稿》卽陳章集貲刻，有序。時章已聘其女爲子婦。閔華《澄秋閣集後五君詠》，有悼樓于湘云：「少孤秉至性，間關千里程。身負父骨歸，不啻親所生。征念雲霞上，吐辭冰雪清。可憐莊舄死，猶有故鄉情。」稍詳其行實。錡才情卓犖，鍛鍊亦深。佳句如「竹深喧瞑色，風急聚寒枝」《詠暮雀》，「詩歸雙屩底，春盡亂峯間」《洞庭西山懷同社諸君》，多不勝舉。《題夏昶畫竹》、《石濤長松高士圖》、《吴趨雜詠》、《觀弈》諸篇，無不工形寫貌。《京師王曇子手技歌》，閔峷亦有之。而二詩所見不同，各有所長。宜乎沈德潛獎譽之，而在詩社往往落筆屈其座上老成也。

夏太常瀟湘風雨圖

太常自具琅玕腹，掃出千竿萬竿竹。四百年來無此人，一片瀟湘仍在目。安得黄金易以歸，盡日張之卻吾俗。文湖州，柯丹邱，斯人不可作，墨君誰與儔。眼底何來風雨跡，卷中但覺波濤立。烟梢雨葉總淒迷，知有湘妃夜深泣。《于湘遺稿》卷一

汪巢林隱君八分歌

羽人次仲創八分，其體割取小篆文。鴻都石經久磨滅，後來辨論徒紛紜。或云與隸本無二，或用篆筆書漢隸。巢林善畫兼善書，腕中別自有真秘。一目縱眇何足嗟，揮灑猶能作波勢。體兼肥密更遒健，蛟龍盤拏鷙鳥逝。削柎肯傚師宜官，中興合比韓常侍。白頭造藝徒苦辛，日書數紙不救貧。我欲作詩笑杜甫，百金一字空云云。《于湘遺稿》卷一

京師王曇子手技歌

王曇手弄白玉椀，百尺竿頭恣旋轉。初如仙掌擎露盤，瞥若池荷向風卷。須臾復换老瓦盆，獨拳一足走且奔。兩竿敲戛互更替，故作失勢空中翻。手揮金彈更便捷，露頂黏丸作標的。仰視依稀天殞星，直愁擊腦腦髓裂。三刀飛擲繞指柔，舉壜著臂如轉毬。次舞雲旗一千尺，廻風舒舒電燁燁。咄哉藝妙有如此，昔聞獻技走朱邸。垂老翻成塘埌游，逢場作戲揚州市。鞶鈴蹴踘緫輿儓，曾博君王一笑來。《于湘遺稿》卷三

二亭詩鈔五卷　嘉慶十三年刻本

朱篔撰。篔字市人，一字二亭，江蘇江都人。家貧，棄舉子業。居揚州城北陋巷。乾隆二十七年，畫家金農老病羈旅邸，延之於家，藥餌親調，典衣供食。金兆燕薦於《四庫全書》館，不赴。族叔孝純官泰安知府，招爲泰山之游。孝純遷兩淮鹽運使，亦與之飲酒賦詩。卒於嘉慶二年，年八十。此集爲其子愼履刻，姚鼐、吴錫麒序，附江藩撰《墓表》、袁承福撰《行狀》。詩分體，共五百八十九首。姚鼐稱其詩「氣清神逸，多沉濬空遠之趣，其佳多在五言」。如《自勗》、《田家》、《詠史》、《學古雜詩》，皆老筆幽懷，古意盎然。唯可徵事者，仍在七言。如《乙亥丙子冬夏之交凶荒疾疫攄所見所聞得詩九章》，爲《米賈樂》、《下河田》、《河中魚》、《攫食

民》、《合棺匠》、《道邊兒》、《豆渣粥》、《空林雀》，極爲深警，《賣牛歌》，亦切民情。《方密菴造墨歌》，爲實得之作。不僅見工夫在一兩字之間也。程夢星、杭世駿、厲鶚、鄭燮皆引爲忘年交。集中有《輓金農》詩，與張曾、姚鼐、岳夢淵、毛大瀛、陳毅、李保泰亦多往來。姚鼐《惜抱軒集》有《弔朱二亭》詩。羅聘《香葉草堂詩集》有《揚州市人歌爲朱二亭作》。符葆森《正雅集》以其詩得中晚唐風味，亦摘佳句。

寄雲樓詩集四卷　嘉慶九年刻本

吴本錫撰。本錫字汝蕃，江蘇甘泉人。乾隆十二年舉人。官和州訓導，潁州府教授，選馬平知縣。晚主宏運書院講席。此集有嘉慶九年沈業富序稱：「先生長余十四歲，庚戌歲暮歸，得寒疾，遂不起。」當爲康熙五十七年生，乾隆五十六年卒。爲詩老蒼。《歷陽詞》四首、《都梁雜詠》八首並注、《望中條山歌》，均較質樸。詠懷古蹟詩，北地爲晉祠、武媚娘故里、豫讓橋、裴晉公故里，南方爲劉厲王冢、孔北海墓、文選樓、董子祠。又有《行路難》、《采桑詞》、《賣米船》、《除蠹詩》、《歲晏行》，多窮苦之音。清代訓導學識較優，往往在縣令之上。本錫知學。交游金兆燕、秦黌等人，亦文學士。《江蘇詩徵》卷十五有小傳。《石研齋詩集》有《送吴本錫同年之蒲州》等詩。

勉行堂詩集二十四卷　嘉慶二十五年刻本

程晉芳撰。晉芳初名廷璜，字魚門，一字蕺園，安徽歙縣人。寄居江都。程氏家業鹽豪侈，獨晉芳愔愔好儒，罄其貲購書五萬卷，耽於學，百事不理。又好周戚友。遇文學人慄然意下，敬若嚴師，雖出己下者，亦必推轂延譽，使滿其意。少問經學於從叔廷祚，學古文於劉大櫆，復與商盤、袁枚唱和，故博聞宏覽，而才情豐蔚，詩文併擅其勝。乾隆三十六年成進士，改庶吉士，官吏部主事。以校《四庫全書》，改編修。晚年爲乞米計，至關中。四十九年，病歿署中，年六十七。畢沅爲經其喪，留其著作於終南山館。有《毛鄭異同考》十卷，未刊。《勉行堂詩集》二十四卷、《文集》六卷，乃晉芳歿後三十年，嗣子瀚謀於鄧廷楨梓刻於陝西，首陳浩原序，鄧廷楨序，附各家所撰《志傳》。首卷爲《進御詩》，以下編年，以事而繫名，凡一千七百八十首。其中居金陵、維揚所作登臨詠古及《鈎弋行燈歌》、《竹西桂柱歌》，才情豐蔚。《賣花唱》、《張樂謡》、《田家賽神》、《空倉雀》等新樂府，官京師所作《金臺雜詩》、《白塔寺歌》、《劉娘娘墳》明武宗所納晉府樂工楊騰妻、《太平鼓》、《摇鈴卒》、《煤黑子》等詩，多記民情俗異。晚年佳作爲《游霍山》、《梁園行》、《汝南懷古》、《鄴中懷古》諸篇。晉芳與吴敬梓厚交，卷三、卷五有《懷吴敏軒》詩，卷九有《哭吴敏軒》三首。與吴玉搢、邊壽民、朱卉、王文治、吴烺亦相善，有贈詩。《和書在堂諸伶散去誌感》、《家南陂兄招觀所譜拂水劇漫賦》、《寒夜觀劇四首》，亦見其性之所近。《讀鶯脰集題贈王梅沜》、《愛貓詩爲王梅沜作》、《題符幼魯春鳧集後》、《讀商寶意詩題後》、《題王禮堂西莊課耕圖》、《題查儉堂榕巢圖》、《送房師笥河先生視學安徽》、《酬陶篁村六十韻》、《徐厚菴招集水東小圃卽事》，多涉文苑舊事。晉芳於學無不窺，詠古器物書畫，傾倒流輩。如《吏部石歌》、《華半江篆書歌》、《洛神圖》、《光堯玉盌歌》、《李伯時畫郭汾陽免胄圖》、《題元人所畫雙鷺圖》、《釋貫休所畫散髮維摩像》、《董賢玉印歌》、《日月合璧硯歌》、《宋徽宗畫鸂鶒圖》、《題韓熙載夜宴圖》、《王莽貨幣歌》、《漢銅印歌》、《定瓷觀音》、《題前蜀王鍇書妙法蓮華經殘本》、《萬壽發藍唾壺歌》、《仇實父漢宫春曉圖》、《錢籜石墨菊長卷》、《羅兩峯所畫鬼趣圖》，足可徵其詣力。其思路敏捷，隸事多而採訪廣，可稱也。

王莽貨布歌

成都火井黯不然，昭陽禍水方乘權。巨君睢盱目睍鼎，刻意摹古欺愚賢。周公孺子飾假面，金縢洛誥增外篇。六官改竄不足道，貨泉變自居攝年。十品頒行別次第，卯金之號旋舍旃。契刀大布類叢雜，訟簿攝擾愁株連。黄牛白腹理當復，填耳莫禁民謡傳。鰒魚臭尚播千載，漸臺死不直一錢。當時著作悉無取，且貨所製殊精研。昔聞伏羲摶九棘，燧人農皇相後先。曰刀曰幣別子母，爲輪爲郭分方圜。吕姜佐王管子霸，但取民用流如泉。嗟莽何能識此意，刻舟求劍徒拘牽。要其規矩必古法，小篆如薤如針懸。秦碑漢石有摩泐，銅質堅勁其神全。委宛成文庶堪媲，黍銖定樂彌相宣。豈如鹿皮雜金幣，大異鵝眼浮清漣。食因咽廢古所誡，舊制況復非彼專。鄱陽莽錢入僞品，通山瀵海紛糾纏。別書刀布信卓識，雖不適用毋輕捐。夷甫不言信高致，王昕取一奚過愆。宜男可徵勿深考，囊中伴我倉斯箋。《勉行堂詩集》卷十

鰣魚歌

春江澹織松文綾，漁人設網先祭烝。鰣魚隊逐夜潮上，摇動海月圓生棱。横江突起最前輩，駢頭接項歸煙罾。可憐惜鱗勝惜命，縮伏不類常魚騰。小舸艚疾渡揚子，罕物合向揚州矜。葛錢庖厨特珍餽，中人之産價倍增。吾儕朶頤伺市賤，耀眼忽向朝盤登。魴身鱮尾好鬐甲，紺碧色似沾苔冰。雖然多骨不足恨，風味正敵南豐曾。爾時新花綻婪尾，油窗羅幕開層層。貓頭筍雜索郎酒，椰杯螺盞交引拒。生平奔走爲口腹，異物入饌分淄澠。松陵丙穴等閑耳，此視彼若曹邾滕。定呼珧柱作儔侶，肯與鮑肆充疑丞。昨者遨遊向姑孰，故人亟勸餐河豚。小桃繁紅照四座，犀箸欲下情兢兢。覓橄欖汁顧僮僕，怕浮塵撲𧑐梁甍。同時饜飫二三子，何異刎頸爲交朋。李貓有毒勿深近，齊侯在莒宜終懲。醇疵隱士況多謂，白圭夫子寧同稱。温風暖節六十日，但有可嗜無可憎。紅糟頓思貯吴缶，丹荔何事飛南騄。試烹龍團滌牙齒，不用櫻顆羞頻仍。閑尋鮓帖自臨寫，鼠鬚散卓揮溪籐。兒曹尚學越女樣，編取碎雪窺銅菱。

《勉行堂詩集》卷十二

八銘堂詩稿四卷　道光八年刻本

吴懋政撰。懋政字蘭陔，浙江海鹽人。乾隆十七年進士。官廣東羅浮知縣，平反寃案，人呼「佛子」。忤上官，改處州教授。是集爲其孫世堂校刊，吴孝銘序。懋政與錢載、王又曾舉人同年，乾隆五十三年錢載爲此書作序稱：「君今年七十一，少載十歲。」其山水紀遊，筆力遒健，可與又曾媲美。《九獅山》、《十八灘》、《七里瀧》、《彈子磯》、《水碓十四韻》，均集中上乘。《讀元遺山詩》、《宜興茶具歌》、《汪啟淑飛鴻堂印譜題辭》、《湖田行頌韓邑侯本晉》、《贈汪潤民同學如洋》、《讀汪仲鈖桐石草堂詩集用韻追悼並示潤民》，亦見勤於書卷，不獨以山水詩見長。姪東發，精研金石，有《尊道堂詩鈔》。

瓦巵集詩一卷

乾隆四十年刻本

彭坊撰。坊字禮崇，號儀岳，湖南衡山人。乾隆九年舉人。官浙江長興知縣。卒於三十九年，年五十六。撰《瓦巵集》六卷，前四卷爲文，卷五劄記多論詩條目，卷六爲詩。首曠敏本序，陳夢元撰《彭儀岳先生傳》。敏本同邑人，乾隆元年進士，有《岣嶁删餘詩草》行世，序稱齒多坊十九年。詩多詠歷代忠孝之事。《夜讀韓昌黎短燈檠歌有感》、《詠懷七首》、《過嚴子陵釣臺》、《仙華山下閲石宕三首》，意氣舒卷，音節唐人。聲名不及敏本，而詩猶過之。

北京師範大學圖書館藏本

棕亭詩鈔十八卷

嘉慶十二年刻本

金兆燕撰。兆燕字鍾越，號棕亭，安徽全椒人。父榘，官休寧訓導，與吴敬梓爲僚婿，兆燕與敬梓子烺復結爲姻婭。兩家世爲通好。乾隆三十一年成進士。官揚州府教授，擢國子監博士，升監丞，分校四庫館。晚南歸居邗上。《詩鈔》十八卷合《文鈔》八卷、《詞鈔》七卷，合稱《國子先生全集》，初刻於嘉慶十二年。有彭啟豐、吴寧、吴寬、謝墉、沈德潛、吴錫麒序。此道光二十六年補刻本，王鑄、戴均元序，許乃普、觀瑞跋。集中《寄吴文木先生》、《甲戌仲冬送吴文木先生旅櫬於揚州城外登舟歸金陵》、《喜晤吴荀叔》、《宿吴杉亭舍人新居因懷從叔軒來在蜀》、《聞吴岑華先生凶耗口號絶句十六首》，按：岑華名檠，敬梓從堂兄。均爲研究吴敬梓生平家世重要資料。而《贈馮粹中》、《哭程綿莊徵君四十韻》、《長歌呈唐榷使》、《雪中望甓社湖寄懷沈沃田》、《盧雅雨都轉以亡友李嘯村遺集雕本寄賚題四首》，《百城煙水閣贈程魚門》、《贈江賓谷》，此馮祚泰、程廷祚、唐英、沈大成、李葂、程晉芳、江昱等人，亦敬梓友也。《輓吴二匏》、《題韓江雅集諸公詩册後》、《題周横山雪中小影》、《曹守堂畫松歌》、《死友歌爲沈蘆山泰作》、《贈金壽門》、《輓朱朗圃》、《勸管平原開畫戒》、《得汪西灝書》、《次謝蘊山太守》、《呈朱子穎都轉》、《羅兩峯爲子娶婦》、《次李艾塘贈僕詩韻》、《贈朱二亭》，於乾隆間淮揚聞人事蹟多有可尋。《癸酉杪冬至都吴杉亭王穀原褚鶴侶錢辛楣四舍人謝金圃庶常李笠雲明經醵飲爲軟脚會即席同賦》、《過吴竹嶼書齋》、《呈沈歸愚先生》、《訪曹來殷不值留題壁上》、《贈王蘭泉》、《題吴企晉古香堂詩集》、《和趙甌北六十自述詩》、《黄仲則招集于法源寺》，可見交往名流益衆。其詩由魏晉入手，古樸堅蒼。《大金統制軍符歌》、《唐金仙公主墓券歌》、《讀穆天子傳》、《兕觥歸趙歌》、《古詩爲新安烈婦汪氏作》、《借汪宸簡家藏水經注古本讀畢奉還賦此却謝》、《旌陽真人鐵柱歌》、《題陳彭年梅溪獨釣圖》、《題江夢草學佛圖》、《題仇霞村印譜》、《題歐陽文達堪輿理數略後》，題材既廣，不落尋常窠臼。游黄山諸作，尤爲奇崛。兆燕工曲，著有《旗亭記傳奇》，以盧見曾名行世。《蔣清容四弦秋題詞三首》、《題老伶俞蔚岑小像》、《題朱令于詩夢得傳奇》、《分詠樂器得檀板》、《三鳳緣傳奇題詞十首》，均爲戲劇音樂史料。兆燕生於康熙五十七年。據《己亥元旦和唐鵠舉詩》自注：「予以戊戌小除日誕生，去年戊戌十二月小盡。」故《次程晉芳六十自壽》又云：「余六十生辰適在除夕守歲。」依公元計，須推遲一年。約卒於乾隆五十四、五年，見秦黌《石研齋詩集》卷十二《哭金棕亭》詩。

三鳳緣傳奇題詞十首

餤摩天上最情多，尺水能生古井波。異代合成三婦豔，不須皺面更觀河。
漫道珠宮不染塵，偶然會合也前因。賺他洗馬言愁後，又作人間最幻身。
柳色章臺大道旁，深閨何事鬬眉長。不緣妒絶還癡絶，早向華筵共捧觴。
高風林下自寥寥，媒鴆如何欲强邀。小試鴛鴦顛倒手，居然霧市有張超。
隔幕聯吟意已通，伯勞飛燕忽西東。正看射雀來屏外，誰信拈花向鏡中。
纔投麗句便寒盟，不料書生太薄情。歸趙忽還篇裏玉，渡河空泣夢中瓊。
登天捉月已無階，更駭零丁帖滿街。自怨佳人真薄命，六張五角事全乖。

刁斗聲中卸錦裙，却將雲雨洗邊氛。健兒百萬皆貔虎，入幕郗生也冠軍。
篋裏瑶篇定尚存，故人相見復何言。戈鋋隊隊齊歌凱，玉面登壇總斷魂。
三株樹上好棲鸞，梅子同心尚帶酸。悟得前生思往事，定教悽感人餘歡。《棕亭詩鈔》卷十五

按：傳奇爲金兆燕自作。茅元銘有《觀三鳳緣曲劇》十首，秦黌亦和之。各見本集。

古雪齋詩八卷 乾隆間刻本

曹錫寶撰。錫寶字鴻書，號檢亭，又號劍亭，晚號容圃，江蘇上海人。乾隆六年舉人，考授内閣中書。二十二年成進士。由翰林官刑部主事，陝西道監察御史。以論劾和珅家人，爲吴省欽告密，革職留任。尋復原職。乾隆五十七年卒於官，年七十四。嘉慶初追贈副都御史，以旌其直。是集有黄之雋、葉鳳毛、凌應曾、顧棟高、沈德潛、畢誼、吴光裕、王鳴盛八序，詩五百餘首，皆未入諫垣時所作。錫寶爲曹一士從子，爲官正直，集中亦見關心民瘼。《賣菜傭》云：「賣菜傭，西復東。負擔出門去，寧辭雨與風。朝來鋤菜恐傷手，日暮還遇菜市口。饑不得食，寒不得衣，妻孥嗷嗷向户啼。豪家但食肉與糜，寧甘淡泊餐黄虀。豪家但貪菜值錢，菜傭辛苦幾曾見。賣菜庸，爾勿嗔，如今長安豈無咬斷菜根人。」可謂警切。《虎丘雜詠》、《出古北口》、《秋日塞上雜詠》、《發鄂爾楚克》、《正定大佛》等詩，不尚雕飾，情景相融。錫寶初以萃於時文取名，晚乃翆習訓詁。是集摹擬漢樂府、陶、謝、韋、柳，均不足見自家面目。唯《冬日見若愚與友論詩之作戲柬十絶句》、《讀明後七

子詩偶述六絶句》、《讀馮鈍吟集》，可見詩旨耳。

篠飲齋稿四卷　乾隆四十一年刻本

陸飛撰。飛字起潛，號篠飲，浙江仁和人。乾隆三十年鄉試第一。會試未第，三十七年南歸，以詩集示汪沆、何琪，序而刻之。出都過保定，謁蓮池書院山長汪師韓，亦延一序。三序皆盛稱其詩。謂似朱彝尊，於筆墨之外，能别具蹊徑。觀所作《日照縣奎山看日出歌》、《金山寺塔》、《射洪湖》、《江郎山》諸篇，風神真永。摹寫民間生活之作，如《檻虎》、《運石歌》、《周大姑》、《聞部民爭水道事紀以詩》、《轉粟歌》，亦較質實。《收租》云：「薄田十畝餘，獲稻幸早熟。歲入亦無幾，豐歉例分穀。佃夫欺不在，場圃等虚築。到門泊租船，多寡較斗斛。公言歲歉收，辛苦飯不足。稍稍見餘糧，傾身還障簏。握粟出嘉穀，吹糠欲眯目。婦堅競嚾咋，一粒靳珠玉。作僞無不爲，顛倒生詛祝。歸來坐嘆息，礱磨笑童僕。得錢且賤糶，買納官倉粟。」不施議論，而世故人情，靡不畢現。唱和友爲汪沆、王曾祥等人。《和丁文敬身觀忠天廟畫壁歌》、《陸包山雲山浮綺卷》、《汪上湖先生湖曲一廛圖》，間備掌故。與朝鮮李烜、金善行等人亦有贈寄。《題鄭板橋贈墨竹》有云：「聞道先生頭似雪，仗樓僧舍寫槎牙」，誌晚況也。飛工畫山水，喻文鏊《紅蕉山館詩鈔》有《觀陸篠飲畫感賦》。

羡門山人詩鈔十一卷　乾隆三十三年刻本

孫霖撰。霖字武水，號羡門，浙江歸安人。諸生。游於江西閩中。乾隆二十六年赴臺灣，在府署三年。

是鈔分七集，爲《戛戛集》、《東沙集》、《西泠集》、《東甌集》、《莪山集》、《南甌集》、《昆舍耶集》，二十年間詩八百餘首。朱仕琇、藍應元、張鳳孫序，自序，沈德潛題詞。霖少從厲鶚游。集中贈酬詩，黄任、杭世駿、全祖望、張映辰、金德瑛，皆父執。爲詩注重采訪異俗，體格較新。《西江櫂歌》八首、《珊瑚島》、《羅陽雜詩》十首、《莪山十詠》、《永嘉雜詩》四首，皆非杜撰。《壬午渡海寄朱石君》，時朱珪尚未登進士科。臺灣詩均見《昆舍耶集》。《歲暮雜興三十首》、《踏燈詞六首》、《題渡海圖》、《番社傚嬉春體》、《同人登紅毛城作長歌》、《赤嵌竹枝詞十首》，凡臺灣少數民族生活習慣，風俗嫁娶情事，靡不畢見。《和譚桂嶠明府八社行巡紀事詩》，八社爲搭樓社、武洛社、阿猴社、上淡水社、下淡水社、力社、茄藤社、放綵社。歸作《西渡書懷一百韻》，亦有奇情異彩。又作《木棉花樂府十篇》，爲秧花、種花、護花、開花、採花、彈花、織花、賣花、税花、賽花，敍述周詳。

赤嵌竹枝詞

竹枝環繞木爲城，陡聽波濤海曲生。無數珊瑚大可愛，人家籬落暮煙横。臺郡以木栅爲城，環植刺竹，迄今四十年矣。每遇颶風，劇多摧折。是在守土者敷陳妙策，以石易之。緑珊瑚一名緑玉樹，槎枒交錯，青葱籬落間，洵異産也。

四季番花總是春，牙蕉香檨滿盤新。投來更有菩提菓，清供幽齋悟淨因。牙蕉結子中科，每莖百餘。始緑熟時，淡黄味香。番檨有三種，香檨爲上，肉檨木檨次之。《居易録》作番蒜，以韻府、字典諸書皆無檨字也。菩提菓，土名香菓，似枇杷，張鷺洲侍御有詩。

雌雄别味嚼檳榔，古賁灰和荖葉香。番女朱唇生酒暈，爭看猱採異蠻方。檳榔産新港蕭壠麻豆目加溜灣最佳。色青者爲雄，味厚黑臍者爲雌。味薄合蠣房灰扶留藤食之。蔞藤一作浮留藤，土人誤作荖字。社番騰越而上樹曰猱採，不必以長鐮取之也。

二八嬌娃刺繡工，呼孃習慣便成風。新粧一隊斜𥉌覷，小蓋相携面半蒙。臺邑婦女工刺繡。誕生之日卽呼爲某孃。其俗多靚粧入市，携小蓋障面，迤逞而行，無間晴雨。鷺洲詩「一隊新粧相掩映，紅蕉葉底避斜𥉌」，情態畢肖。

結緑纔過又中元，施食層臺市井喧。三令首除羅漢脚，只教普度鬧黄昏。臺俗七夕家供織女，稱七星孃，食螺螄，以爲明目。煮豆拌裹洋糖同龍眼竽頭分餉，名曰結緣。是夜士子爲魁星會，中元好事者作頭家，醵金延僧施餤口，燃紙燈於海邊，謂之普度。是月也，最多羅漢脚，搶孤打降，結黨滋擾。觀察覺羅四公刺史余公明府陶公並委員巡查，禁演夜戲。

禾間新搆認農家，遺意猶傳昆舍耶。報賽秋成聯士女，春來已驗刺桐花。番俗稻熟登場，則以手擷秉穗，捆載而歸。銍刈别搆茅屋，將禾稼倒懸其中，名曰禾間，尚存中田有廬遺意。刺桐花開春季，先葉後花，五穀豐熟，占歲者往往以爲驗。宋時丁謂有「聞得鄉人説刺桐，花如後發始年豐」之句。

除却風風雨雨天，分裝急喚渡頭船。深秋播種清冬熟，揀得西瓜貢十圓。西瓜盛於冬月。臺人元旦多啖之。臺鳳兩邑每歲進瓜。八月下種，十一月成熟，氣候迥異，真不可以常理測。結實之時，最忌風雨，恐防損傷，擇日選摘，分爲兩船西渡。邇來楊制府定中丞會札不必多備，以省繁費。

漸消狙獷漸恬熙，大傑巔頭立社師。海宇同文臻雅化，愛聽童子誦毛詩。土番向不知書。自隸版宇後，還淳向義，一洗狙獷陋習。設社師教番童，《四書》、《詩經》皆能成誦。間有應試事，大加獎勵，同文之治，蒸然盛矣。

出草番兒每拍肩，踏歌酣飲不知年。伊尼皮似梅花點，貿易還徵牒社錢。社番于冬季捕鹿，謂之出草。焚林追逐，百不逸一。弓矢鏢戟，皆極强利，犬亦鷙悍。

庶魚庶草劇難名，每訝寒宵壁虎鳴。一種緑毛么鳳好，也誇文采滿東瀛。蝘蜓卽守宮，内地多有之，俗名壁虎。北人呼蝎虎。獨産臺者能鳴，其聲如雀。夏月緣壁，冬始蟄。過澎湖，雖夏亦不鳴。倒掛鳥似鸚鵡而小，翎羽鮮明，紅衿緑衣，緣枝循綾，鈎嘴短足，爪纖而長。性喜倒掛，夜睡亦然。卽東坡所謂倒掛緑毛么鳳也。《羨門山人詩鈔》卷十

山子詩鈔十一卷　近代嘉業堂刻本

方熹撰。熹字笥嵒，號山子，浙江烏程人。諸生。居裘莊，師事兄熊。與里中諸生結社。是集卷一爲《田園社吟》。以下十卷分以《待定草》、《洚西草》、《洚西唱和集》、《續唱和集》、《曾游草》、《潄湖草》、《撚髭集》、《榆餘集》、《六六吟草》、《贅生草》名集，爲乾隆二十三年至嘉慶二年詩。熹與海鹽朱琰唱和最多。其詩標格尚新，詠蹴踘、插秧、蠶桑、檻虎、淡巴菰、眼鏡、菊花、假山石，無一苟作。《苕霅行》、《潯溪雜詠》，多里中

風物。詩見《潯溪詩徵》，近代劉承幹全刻之，收入《嘉業堂叢書》，有後跋。

成志堂詩集十四卷外集一卷　嘉慶間刻本

沈榮昌撰。榮昌字永之，一字省堂，浙江歸安人。祖涵，督學閩中，父柱臣宰廣東，因事被逮，榮昌年十七入都歷難脱父於罪。乾隆十年成進士。歷官文水知縣、朔州知州、懷慶知府、蘭州知府、陝西糧道、雲南驛鹽道、江西鹽法道。卒於皖江，年七十四。詩集爲其子琨刻，嘉慶九年馮培序，吴錫麒序。其詩多述政績，動輒百韻。《五台扈從》、《汾堰告成》、《打鐵花》諸篇，作於晉中，皆屬紀事。《北齊十首》、《鄴中懷古》、《長平玉印歌》、《高南阜背匙圖》，亦見所擅。晚與袁枚結爲親家，間有酬唱。雖非高格，但根柢六朝，不肯附人，非優孟衣冠可比也。

孟亭居士詩稿四卷　嘉慶七年刻本

馮浩撰。浩字養吾，號孟亭，浙江桐鄉人。祖景夏，字樹臣，雍正間官左副都御史。父錦，循例捐縣丞。浩於乾隆十三年成進士，改庶吉士，授翰林編修，充國史館纂修，預修《文獻通考》。二十一年，典試江南，升御史，以病告歸。主龍城、崇文、蕺山、鴛湖諸院講席。嘉慶元年重赴鹿鳴宴。六年卒，年八十三。有《玉谿生詩詳注》、《樊南文集詳注》，採入《四庫全書》。子應榴字星實，有《蘇詩集注》，先浩一年而卒。少子集梧字鷺庭，以刻

《續資治通鑑》聞。是集與《文集》四卷，卽集梧輯刻，有阮元、秦瀛序。其詩沉厚工穩，唱酬盡海内名士。其中有關畫家高鳳翰詩，以景夏官膠州鳳翰嘗訪於里第而與浩相識也。《題大恆和尚南屏放參圖遺照》，注曰：「大恆姓施，桐鄉人，剃髮秀水楞嚴寺法雲精舍，住杭州聖因天竺淨慈，初名演中，受法無礙永覺禪師，始名明中，字大恆，號烎虚。」爲他書所不詳，蓋浩與大恆初爲同學也。《題汪孟鋗理冰詞四首》、《兕觥歸趙歌》、《題盧雅雨旗亭畫壁傳奇四首》、《題汪槐堂嗜酒愛修竹圖》、《竹垞小志題詞六首》、《題顧修讀畫圖》、《濟南王秋史二十四泉草堂圖屢傳至方坳堂觀察處題四絶句》、《謝沈萩林前輩二十六韻》、《題種緣子雜劇四首》，俱甚典實。《和友人題玉谿生詩注後》云：「詩體西崑競賞評，個中其意半難明。參禪一一通微悟，遥徹虚空色相成。」又云：「誰識辭中别有辭，撥開皮貌費沉思。苦寒調與低迷夢，不讀離騷那得知。」可爲言玉谿生詩者鍼砭。

青圃詩鈔四卷　乾隆間刻本

林枝春撰。枝春字繼仁，號青圃，福建閩縣人。乾隆二年一甲二名進士，授編修。視學河南、江西，官至左通政司。朱筠官福建學政，枝春子儀鳳等將以《青圃詩鈔》四卷、《文鈔》四卷、《賦鈔》一卷授梓，乞筠爲序。序稱「五十餘移疾去，又數年卒於家」。年代不明。又沈業富序，作於乾隆三十六年。枝春爲鄭開極甥。開極字肇修，康熙二十九年官浙江學政，負時望。生於順治元年，年八十二始卒，朱序亦及之。此集有詩自敍家世綦詳。其詩不脱明代閩派習尚。《游青芝山八首》、《清湖道中山行雜詠十首》，較爲清健。使贛作《吹臺覽古》、《睢陽行》，使贛作虔州、信州雜詩。《讀蘇詩》、《讀劍南集題後五首》、《讀鄭少谷集二首》、《讀五代詩話》、《讀賴古堂集》，亦可採覽。乾隆丁巳科一甲一名爲于敏中，第三名爲任端書，獨枝春名不甚顯，而此集刻於福州，今亦未易多覯也。

章北亭詩集三卷　乾隆間刻本

章愷撰。愷字虞仲，號北亭，浙江嘉善人。乾隆十年進士，改庶吉士，授編修。十七年，因病告退。歸掌魏塘書院。繼遊淮揚等地。三十五年卒。吴昌穀爲刻《全集》八卷，包括文賦、詩詞、雜著。首錢陳羣、馮浩序。據錢序，愷「入翰林年二十七」，享年當爲五十二歲，序稱「年未五十」，稍有差池。愷詩清俊，學力亦足副之。《論賦》、《讀唐書》、《閏七月十五日夜泊滄州看月》、《雙龍洞》、《雜憶鄉里舊遊》、《題葦間書屋圖爲邊頤公賦》、《題曲臺校書圖爲吴方來賦》、《題飛鴻堂印譜》等作，粹然可觀。《論詞絶句八首》，堪供採掇。又習於本朝科舉掌故，《書館選録後十首》、《國子監題名碑》，正此類耳。

書國朝館選録後十首　録八

玉河晴浪漾金鼇，河上朱樓百尺高。買得海東銀繭紙，春風簾底試霜毫。教習館在玉河橋西，其東有朝鮮使館，貢紙極佳。

三刺書名到處投，暑風吹袂繞□州。何人辨作吴興老，獨釋吟仙白雪樓。館選後必遍謁羣公先入館者。

芸館懸帷老仲舒，春風才子執經初。分明釋梵諸天上，臨出蓮花尚右書。我朝選庶吉士，擇其年少者習國書。董編修泰常以國書教授。

户外傳呼小館師，竇珠拂袖下車遲。鑾童豫注銅蟾水，怕有新題索課詩。康熙中，詔擇編檢數人，以佐教習庶吉士之職，謂之小教習。已而中廢，頃歲復詔行之。

太府金錢日賜餐，君王猶慮舊氊寒。朱提出冶明如雪，更照詞臣苜蓿盤。故事，鹽課關税歲有進以給庶吉士，謂之幫俸。

詞臣恩許放朝參，暖日烘簾夢尚酣。夢到野塘煙水濶，柳絲微雨是江南。故事，庶吉士免常參。

青簡丹函注起居，濡毫佐寫趁冬餘。小臣未到螭坳立，先整虚皇玉案書。歲十一月進起居注，率以庶常供繕寫。

漢臚春唱姓名香，拜捧宫羅出尚方。蓬巷迂生真忝竊，首行曾列殿西廂。傳臚之名，明始有之。自康熙癸丑以後，傳臚無不入館者矣。《章北亭集》卷二

洛間山人詩鈔十二卷　嘉慶十五年刻本

薛寧廷撰。寧廷字退思，號補山，又號洛間山人，陝西雒南人。乾隆十六年隨父謫居山東樂陵。十八年

舉順天鄉試。二十二年成進士，入翰林六年，休致歸養。五十七年卒，年七十五。是集詩約九百首，大體編年。生卒年據卷十《癸丑元日》詩與王所擢序得之。寧廷科甲雖高，既罷不復起。晚年謀食四方，歷游吴、越、河朔，主講山東各郡邑書院。六十以後，猶應學使錢載之邀，襄考校之役。是以平居貧甚。卷七有《吟當票》詩自注：明鄺露有《前後當票序》，又《十無詩》，謂餅無米、囊無錢、樽無酒、竈無薪、讀無燈、食無鹽、爐無灰、出無馬、桁無衣、座無客，殆非虚響。然詩近於迂闊，不足動人也。寧廷嘗官華州學正。卷一《華州雜詩》十五首，分詠居民造紙、種煙、平機織布、織紗、漆産、柿釀醋等事。卷五《游嶗山詩》，亦不空泛。卷八《書秋谷詩集後》、《蓮洋集》、《溉堂集》，五律《論詩二首》，吟評詩文。卷四《涉江集》，北人初寫吴中風景，殊爲不類。然得與袁枚、蔣士銓等當代名士唱和。卷六有《空谷香》、《桂林霜》傳奇題詞共十二首，爲蔣士銓填詞作。據王序稱，寧廷詩稿亦經袁、蔣閲定者居多。蔣士銓《忠雅堂集》卷二十有《送同年薛補山寧廷編修歸樂陵》，於寧廷品格文學，多所揄揚。

華州雜詩　十五首録八

鄭友遺丘近鎬京，武莊東國翊周平。一從相詭傳溱洧，也把咸林入鄭聲。《詩·鄭風》皆新鄭也，咸林蒙寃久矣。

轆轤千井太喧呼，不灌田園不入厨。結實何曾惟採葉，滿城栽遍淡巴菰。城中居民甚稀，入夏遍種烟苗，汲井溉之。

官租待納歲云除，燈影家家鬭紡車。大布織成身未着，枉抛花蝶月蟾蜍。華州平機布最有名。

漆林征重利應多，其奈蒙莊作吏何。客子歸來後秋雁，紅閨那不怨蹉跎。漆客遍燕齊之間，率以春去冬來。

大張一社半書官，稗販牙籤事可嘆。自昔楚材惟晉用，辛勤送與外方看。俗稱書坊人曰書官。

青琅玕值萬黄金，翡翠城南富竹林。若問主人高節否，也須个个作虚心。城南多鬭訟。

自號天仙錦作衣，袁家花樣上鳴機。願同紈扇長相守，怕見秋風黄葉飛。華州織紗名天仙錦，袁姓者最著。

秋高霜信染林楓，柿子紅兼柿葉紅。題字不須隨水去，和羹終許與梅同。俗以柿釀酒。《洛間山人詩鈔》卷一

聽鐘山房集不分卷　中國科學院圖書館藏抄本

謝墉撰。墉字崑城，號金圃，一號東墅，浙江嘉善人。乾隆十七年進士，改庶吉士，授編修。累官吏部侍郎，降編修。迭掌文衡，所識拔多知名士。校刊《荀子》，世稱精本。卒於乾隆六十年，年七十七。撰《安雅堂詩集》、《食味雜詠》，刻本未見。此中國科學院圖書館所藏抄本，爲其子恭銘編校。集中與瑶華道人、全魁、

英廉等貴胄多所唱和，漢族士夫劉墉、彭啟豐、盧文弨、趙翼、梁同書、王宸，亦知名士。間有論醫、集蘭亭序等作，閒戲之筆。《灤陽山館即事寄懷南中親友》七言長律，刻意而爲，可見工候。墉喜考訂文史，不以詩傳。此抄非完本，不足以論價其詩也。

小　説

著述須循不語規，樊然競説鬼狐奇。小家珍説違經訓，名士耆儒溺鼓詞。北方小唱之曲，比於南中盲詞更俚，名鼓兒詞。風靡誰能禁屏翳，瀾廻須用鎖巫支。可憐絶意名山業，青鏤人間有幾枝。《聽鐘山房集》

計樹園詩存四卷附一卷　嘉慶間刻本

萬廷蘭撰。廷蘭字芝堂，號梅臯，江西南昌人。乾隆十七年進士，改庶吉士。官直隸懷柔、宛平知縣，通州知州。三十二年緣事被逮，繫獄十六年。出獄後任山東按察司經歷。回籍主瑞州書院講席。嘉慶十二年卒，年八十九。事具本書附《自訂年譜》、《紀年草》及其子承紀等撰《行述》。詩存分《筠陽遊草》、《儷紫軒偶存》、《依園草》、《棲槃草》四卷，《儷紫軒偶存》爲被罪時作，然有忌諱，感恩詩甚多。其餘各卷，如《觀打魚歌》、《采藍曲》、《孤兒嘆》、《新昌道中》、《筠陽雜詠》、《田家竹枝詞》二十首，記江西風土民情，頗可備覽。自云「老而窮，窮而奔走衣食」，故其詩甚工，而感喟亦深。《左傳樂府二十首》、《讀春秋三傳》，均有寄托。《前後懷人詩》，小注記周天度、楊垕、董元度等事蹟，可補記傳。附卷皆唱和詩，名士錢載、吉夢熊、董元度、紀復亨、彭元瑞、裘君度、蔣士銓、饒學曙、梁同書、李秉禮、錢伯坰、黄景仁、洪亮吉、曾燠，無不預焉。

顧雙溪詩八卷　光緒二十一年重刻本

顧奎光撰。奎光字星五，號雙溪，江蘇無錫人。乾隆元年年十八，高其倬薦舉博學鴻詞，不赴。十年成進士。官湖南瀘溪、桑植知縣。二十九年卒於官，年四十五。是集有張泓、陶金諧題詞。原刻本未見，此光緒五年五世族孫顧森書以活字擺印，當係重刊本。事見《縣志》及森書跋。奎光著《然疑集》、《春秋隨筆》，《四庫》著録。與華希閔、顧棟高、浦起龍同修邑志，又選金元詩梓行。其詩陶鑄漢魏，傚法有唐，法度精嚴。七古《題大復集後》，工力甚肆。《行路難》、《江東行》、《讀河東詩集》、《桃源道中偶成》、《首春行縣北榔木溪諸村》、《赴辰州舟中作》、《永順道中春光爛然有感》、《端陽詠物》、《長沙雜感》、《舟行雜詠》、《沅江阻風偕郭桐淮賦》，長短咸宜。而平淡濃奇，惟其所欲，生澀苦吟者，未能逮也。唯排奡沉鬱不足，是其短耳。子敏恆，有《辟疆園遺集》。楊鸞《邈雲樓集》有《輓顧雙溪》詩。

清人詩集敍録卷三十二

樂賢堂詩鈔三卷　嘉慶間刻本

德保撰。德保字仲容，一字潤亭，號定圃，又號龐村，姓索綽絡氏，滿洲正白旗人。乾隆二年與兄觀保同登進士，改庶吉士。嘗典試山東、江西，視學山西、順天，巡撫廣東、福建。官至禮部尚書。五十四年卒，年七十一。謚文莊。此集爲其子英和刊，生年據《初度詩》推之，卒年據《清史稿》傳。英和字煦齋，官至尚書。跋云「先大夫五十三始生和」，生年亦可從而推知。集中應制紀恩而外，猶多雅音。《中秋日山左闈中招同事諸公小酌即席贈鄭大尹板橋》云：「平分秋色玉輪清，照耀奎垣影倍明。好客深慚孔北海，論詩偏愛鄭康成。不因佳節生鄉感，惟以冰心鑑物情。料得三條椽燭盡，幾人翹首望蓬瀛。」《食鰣魚》云：「鰣魚信美擅江鄉，應候烹鮮得飽嘗。滿腹膏脂凝玉箸，細鱗風味傲河魴。骨多舊説南邦恨，自注：江南人三恨之一。價重先充賈客腸。自注：魚初來時鹽商爭購先食，價至四五十金。入夏年年期不爽，漁人網集爲誰忙。」又有《過賈浪仙祠》、《明湖泛舟》、《出雁門》、《堯廟》、《岢嵐州》、《澄海樓》、《登觀象臺》、《西湖雜詠》、《廣州雜詠四首》、《峽山飛來寺》，詩以紀游。《趙州柏林寺觀吴道子壁上畫水》、《題塞曉亭先生恩宴圖》、《題明臣史閣部畫像》、《南海神廟銅鼓歌》、《廣州將軍邀閲水操》，尤見瑰瑋。是八旗中深於詩者。

劉文清公遺集二十卷

道光六年味經書屋刻本

劉墉撰。墉字崇如，號石菴，山東諸城人。大學士劉統勳子。乾隆十六年進士。由翰林累官吏部尚書、體仁閣大學士。以廉介著稱。卒於嘉慶九年，年八十六。謚文清。《國朝山左詩彙鈔》卷二鍾廷瑛輓墉詩，小注云：「十一月十六日，還第而薨。上臨哭奠。」又云：「時有建言裁漢軍者，公奏云：滿、蒙、漢鼎足而立，爲我朝根本，不可從。」故爲乾隆深賞。墉有詩名，所作不自收拾，漸次遺佚。是集爲其從孫喜海刊本，分古今體，詩共一千一百二十九首，内卷三爲應制詩。其詩宗香山、東坡，款曲自如。《海市》、《覺生寺大鐘歌》、《舊滄州鐵獅子歌》、《熊野山徐市廟》、《讀三國志》、《詠史十首》，俱有寄托。即擬古樂府雜詩，亦不奥澀。工詠物，非以鬬巧、寓興爲事。《觀劇十六首》，爲後訪、採蓮、樓會、吟詩、琴心、佳期、長亭、規奴、藏舟、山門、聞鈴、豪宴、水漫、採藥。墉書名甚重當時，集中論跋書畫，自屬專家。《學書》云：「筆縱姿還斂，鋒藏韻自華。折釵猶有股，老樹更生花。騰躍尊龍象，蟠行陋蚓蛇。子雲嫌小技，雖好未堪誇。」《研山歌》、《讀吴梅村集》、《題裘司空斷研圖》、《題沈民則字册》、《題閻立本職貢圖》、《題夏博士畫王右軍》、《題淳化閣帖臨本》、《高南阜畫》、《唐六如雜畫》、《題所臨香光倣宋四大家法書册後》，俱臻精妙。《學書偶成三十首》，尤爲書法津梁。

學書偶成三十首用元遺山論詩絶句韻

蟲書鳥篆墮紛紜，千古形聲費討論。誰到崑崙峯頂看，直從星宿辨清渾。

博雅中郎有古風，廓清摧陷亦豪雄。力追秦相殘碑法，未遣銷沉刦火中。

書到元常體最多，新聲未變古謡歌。典型已覺中郎遠，野鶩紛紛更若何。

長史真書絶不傳，縱横使轉盡天然。要將伯仲分專博，一派終輸納百川。

内史風流已變新，更將遒媚絢真淳。潁川法嗣晨星在，衣鉢傳來有幾人。

波靡元譚失性情，神州遺恨鬱難平。探束獨有蘭亭客，王畧關心壯氣横。

咫尺波瀾有大觀，何須海陸與江潘。寥寥謝傅平生筆，數帖丰神學步難。

物論低昂自有真，官奴枉解笑時人。一斑粗足傳家法，未是騏驎躡後塵。

裙幅摹來早擅場，瓣香分處到齊梁。秋蛇不辨常山勢，俯首何曾解一昂。

璽紙遺蹤冠古今，永師家學發源深。巧偷豪奪成何用，地下多藏啟盜心。

虞共歐陽本一途，妄分同異亦區區。率更主器差堪恨，抛却懸藜寶碔砆。

難將稜角取丰神，渤海癯仙自有真。枉捉許多犀象管，刀圭誤却後來人。

白髮投荒聽杜鵑，横流滄海永徽年。孤忠清淚知多少，染盡臨池五色箋。

名節銖輕富貴塗，忍教白璧涅成盧。誰言得薛無慚褚，試與方人恐未符。
悟主危言社稷安，風標想見切雲冠。何人學得公書拙，休被前言戲論謾。
時事人心只問天，神仙風骨迥無前。大梁盜號非秦比，蹈海空悲失魯連。
尚書書法本雄深，妙處能傳内史心。休著誠懸稱配饗，沸揚唐突五絃音。
露骨浮筋苦不休，縛來手腕作俘囚。要從筆諫求書訣，何異捐階百尺樓。
子美輕將所好阿，古風洗盡奈渠何。試教酒肆懸來看，比較高賢勝幾多。
醉素書狂絕後前，蛇神牛鬼若爲賢。市倡本自無顔色，塗抹青紅亦可憐。
絶愛楊風草法奇，西臺晚出尚追隨。相門華組甘抛却，五代完人更首誰。
子美文窮被鬼欺，滄浪清泚濯纓宜。胸中磊磈豪端露，只有盧陵具眼知。
豈惟手揀龍團茗，更與殷勤譜荔枝。可惜端明名下士，蔡丁同入長公詩。
賀雁區區見宦情，怒猊渴驥意縱横。如何兩字傳青史，貪妄評來槩一生。
江西詩格奇還正，海外文情壯亦悲。書似謝公能變俗，頓教紈扇换蒲葵。
蘇黄佳氣本天真，姑射丰姿不惹塵。筆輭墨豐皆入妙，無窮機軸出清新。
晉代風流去不回，米顛筆挽一分來。褚虞習氣銷除盡，桃李叢中見嶺梅。
奉道君臣一體親，虚皇符籙寫元真。相公書翰君王畫，誰識南朝大有人。

入手江南一段春，王孫才調百年新。六朝佳麗輸江總，金粉能教筆有神。

總角塗雅弄筆狂，管中窺豹莫評量。昔人論議知多少，輯綴成文韻語長。　《劉文清公遺集》卷十五

紫雲山房詩鈔一卷　嘉慶二年刻本

曹學閔撰。學閔字孝如，號慕堂，山西汾陽人。乾隆十九年進士。歷官河南道監察御史、刑科給事中、光禄寺少卿、通政司參議、太僕寺少卿、宗人府府丞。殁後，朱珪爲撰《墓誌》，錢大昕撰《神道碑》，翁方綱撰《傳》，邵晉涵撰《家傳》。作者生於康熙五十八年十二月十三日，卒於乾隆五十二年十二月初八日，得年六十九。《詩鈔》爲翁方綱序。章學誠《墓誌後序》，今《章氏遺書》本未收。翁序稱其詩在香山、放翁間，且言「自古詩人在中條、王官谷者，若義山、表聖、裕之及近日蓮洋，皆以才力跨越前後，而先生獨以性情冲淡與道大適，脱然於名譽之外」。集中酬寄之什，均不落俗。《題顔魯公名印》、《宋神宗賜文潞公石刻》、《題傅山畫》、《書王芥子河渠志後》、《壽程魚門六十》、《楊忠愍祠修葺落成》，畧備掌故。唯晚年究心禪理，不多作詩。王昶《蒲褐山房詩話》稱其詩「恬澹自然中議論英特，非依仿格調以爲之者」，言亦近之。

曹府君墓誌後序　章學誠

公下世星紀周矣。向擬爲公作家傳，聞嘉定錢辛楣少詹已嘗爲之。而公家寄示大興朱石君尚

書墓誌石刻，其文清樸雅健，詳畧不苟。蓋尚書與少詹皆有道能文，而與公深知。學誠自度雖竭心思，無可出二公之外者，而古人記述之文，非有所爲，不苟同異，是以踟蹰久之。今年嘉慶己未，閱禮部題名，公孫汝淵，又第進士入翰，則嘆世澤之長。而長公御史君、次公户部君，又屢索所爲文辭。以學誠雅辱公厚也，因記所聞，附於誌後，以存備逸之義。公冲穆近道，然其學出于堅忍刻苦。閱涉人世，於尋常日用間銖較寸度，如不得已。雖小出入賢士大夫未嘗見得失者，公必權衡，得其至當。嘗謂小道可觀，致遠恐泥，故學誠務其大也。不矜細行，終累大德，故慮事慎其微也。凡與公游者，遇身世蟠錯，嫌介疑似，進退趦趄，苟取質於公，鑿然必有善步。學誠家長安，自惟疎拙，間有所疑畏，就公剖析，輒免悔吝。然恨事往輒憚其難，不能盡從也。公又謂搢紳先生肩宇宙無窮事業，其遇也天，其成也才，然其始基未有不謹於辭受取予，而能卓有所立者。欲嚴辭受取予，則治生不容廢矣。蓋仰事俯育，生人必需用天分。地各有至，分不盡其分，而稍勵名節，或至貧乏不能自存，輒曰志士不忘溝壑。夫天地大德曰生，豈必名教驅人於溝壑乎。昔人惡持籌，爲其孜孜於利也，今勵廉隅而鄙治生，是率天下而禍仁義矣。或問居室之要，公曰：富不可求，杜貧之罅，則有道矣。且君子而不免於貧，其道有二。一曰不籍乎此。譬千百交財中有一二畸幐介在可否間，世人必曰，吾已費千百矣，豈藉是區區者而計其一二。不知一二之積皆千百也。一曰顔不能下。譬十人在列將有意氣之舉，九人與矣，世人必曰衆然而我獨否，不免顔色恧也。不知果道與義，雖九人不與，亦當違衆爲之。否則天下止有是非，豈顔色又在是非外耶。且可否之間，自謂顔色不能，他日義有不可已者，轉由此闕，何以獨能下乎。二者在人習焉不察，日計不足，歲計有餘，中下之産，十不支九矣。夫一介取予，古人以爲精義之學，而賢通者流，往往畧之，幸哉其不遇變而喪所守也。學誠謂公此言可補經訓。昔吾鄉前輩桑進士調元以經術訓迪後進，一時號爲名師。其教法多與人異。弟子初見先生，糲飯虀羹，試其所食必量兼常人，然後受贄。蓋其教攻苦百倍，生徒非健飯能粗重，多成怔怯尫瘵。與公意可參觀也。夫桑君非勸學者加餐，而非加餐者無以爲受教之也。公非教士大夫以治生，而非治生無以爲精文之基。此皆前人未發，而後學不容不知者也。會稽章學誠撰。《紫雲山房詩鈔》卷首

東里類稿詩一卷　乾隆四十三年刻本

涂瑞撰。瑞字棨詔，號訒菴，江西新城人。乾隆十二年舉人。受學於黄永年。與陳道、魯仕驥爲友。仕驥健詩文，瑞與道力學行爲友，商榷考訂諸儒治平之術，内求心性，相與講理學之説。後陳、魯二人成進士，瑞優處赤溪山中，鍵户讀書，門人甚多。卒於乾隆三十九年。身後其弟子刻《東里類稿》八卷，首族兄涂登序，蔣士銓、朱仕琇序。詩學宋，生澀逋峭。然窺書既多，迥別流俗。《贈黄崧甫夫子》、《秋懷用昌黎集》、《斯道篇送築野大兄之青田》、《赤溪風月亭懷》、《謁陸文安公墓》、《春日雜詩》，俱可披誦。《農家嘆》

云：「芊芊田上草，生長何太易。太易空復爾，詎足開饑胃。我世爲良農，寧肯負租税。負租非得已，昨者逢歉歲。十租完六七，所私寧一二。奈何主人翁，責取不少貸。訴官謂我頑，差比追難避。難避力不支，況復多浮費。官差從天來，鄉民畏官差，有呼爲天差者。殺雞治中饋。徽纆繫頸項，拘縛如狗彘。吞聲就鞭箠，典鬻已無恃。胥吏横索錢，名色嘗三四。胥吏索錢，有開鎖錢、代保錢、出官飯、銷差錢等名色。了租産已盡，稱貸後相繼。悔不早全賠，全賠禍猶細。今乃至此極，何以爲生計。相對各欷歔，懷哉古循吏。」自謂有見而作，切近民情。

浮春閣詩集六卷　乾隆五十四年刻本

沈景運撰。景運字潤瞻，號春江，江蘇吴縣人。諸生。沈德潛弟子，受學於外舅顧文炯。此集有王鳴盛、顧文炯序，同學徐鼎序。編年詩自乾隆九年迄五十四年，結集時年已七十。作者日以吟詠爲事。古體《擬王維送秘書晁監還日本國》並序、《題顧樵水棧道雪景》，語多俊爽。近體亦擅。《和韓旭亭半瓢雜詩十二首》，詠金陵、姑蘇諸勝，精神景狀，兼而有之。《黄山詩三十六首》，以三十六峯各繫一目。題畫詩最多，《文文山山水》、《顧横波畫梅》、《題黄孝子尋親圖十二首》、《邊壽民蘆雁畫册十首》、《陸澄湖金陵十景册》，以通於畫理，頗得神秀。《擬四時花卉四十種》，各賦二絶，品評百花，爲羣芳之譜。其詩如時華美女，故亦傾動一時。吴翌鳳《懷舊集》卷五有《沈景運小傳》。

竹香齋詩鈔四卷　乾隆間刻本

茹敦和撰。敦和字遜來，號三樵，浙江會稽人。乾隆間舉人。二十九年，官南樂知縣，三十四年，移大名，四十二年，任宜昌知府。喜談《易》，著有《周易二閭記》、《讀易日札》等十數種。卒於五十六年，年七十二。是集爲其子棻刊，有金昌世序，姜炳璋序稱其詩「神在個中，音在弦外，淡而益深，清而愈壯，善於借境，戛戛生新」。《讀史》云：「江南有漁者，操網向濡須。寸寸爲防維，欲使鯤鮞無遺浮。一朝忽遇吞舟魚，揚鬐決網彌自如。此網已決復安施，衹使遊鱗聚族相揶揄。吁嗟漁者之智何其愚。」《灘上謡》云：「石謂水：汝自觸我，我不觸汝，汝心一何怒。水謂石：汝在此間寄，我已行千里，何不暫相避。水石相持未肯降，吁嗟刺篙汗如漿。」是不肯勦襲陳言，而與古樂府有同工異曲之妙。敦和與其師夏之蓉時有唱和，並爲《半舫齋詩文集》作序。《熱河紀行》二十首、《過道士洑》七首、《隨山紀行》十首、《廣南辭》四首，亦出之性靈，而以紀實爲本。附《和茶煙閣體物詞》一卷，依朱彝尊原韻和之，共數十闋。

仿諸家論詩體作論醫絶句八首題潘浣心小照傳之他日或可備越中故實也

劍俠歸來作聖儒，梨洲一傳墨痕粗。叢叢魚復江邊石，擺出新方八陣圖。景岳《類經》，梨洲比之周雲淵《易算》，並歎爲越中絶學。

多少遺民學賣醫，講山方幅鼓峯奇。秀才品第纔三等，欲問當年趙養葵。甬上高旦中得趙養葵之傳，一至杭，而講山之門可羅雀。然梨洲謂：君醫正堪三等耳。講山者，仁和陸圻，字麗京。

亭後難逢載席船，螺山社鼓自年年。紙灰一撮風吹盡，早入寒齋記異編。倪涵初所醫多貧家。舟中必載席，遇破席易之。結茅菴螺山，以醫之所得，爲建橋之用。蓋三年而橋成，今螺山大橋是也。殁後遂爲螺山土地神，事載《東武山人集》。又傳紫霞記其軼事，有孕婦寒夜求醫，明日發其所贈，則紙錢灰也。涵初居亭後村。

吴下淵源祖一王，翩翩薛葉衍波長。節庵瑣屑嘉言僻，妙得心精仲景方。王子接遺書，葉天士刻之。

市上君平今若何，橘林叢雜杏林多。上池涸盡曾無水，翻笑龍門史筆訛。

只説磨刀井水甘，丹崖破宅更誰諳。砂鍋滿煮枇杷葉，寫出風流范左南。王丹崖住磨刀井，好用重劑，當時有王砂鍋之名。其用枇杷葉講炮製之法，尤爲人所厭苦。余友范蘅洲爲之立傳。

墨杓香生樛木隣，竹絲門外雪痕深。傳來八脈瀕湖學，點墨研朱自古今。王培公與丹崖同時，所居在墨杓漊東能仁寺後。能仁寺卽吕氏樛木園也。於醫家書最博通。其與人言，必曰某書第幾卷第幾頁第幾行。當時謁病者每傳其竹絲門，今竹絲門尚在。

木瓜橋下晚溶溶，五十今成六十翁。珍重刀圭遺法在，莫將秋水濬芙蓉。木瓜橋在市門，卽梅福傳所云吴市門者。《竹香齋詩鈔》卷四

茶山詩鈔十一卷　鳴春小草七卷

乾隆四十一年刻全集本

錢維城撰。維城字宗磐，一字幼安，又字稼軒，號茶山，江蘇武進人。所住緑雲書屋，爲王鴻緒故居。乾

隆十年一甲一名進士，授翰林院修撰。官至刑部右侍郎。三十七年，奉使貴州苗事未竟，以憂歸。遂卒，年五十三。贈尚書，謚文敏。四十一年刻《錢文敏公全集》，由其弟維屏、維喬編次。凡《文鈔》十二卷、《詩鈔》十一卷，又《鳴春小草》七卷爲賡制詩。維城以畫名見重於時，集中題畫山水、梅竹、松石，奕奕有生致。嘗典試江西，視學浙江，奉使盛京。作《西山雜詠六首》、《蘆溝橋觀冰汎歌》、《古長城歌》、《宿望海店月下海濱踏雪作歌》、《寧遠州温泉》、《三市城》、《過樺皮嶺》、《鄂爾楚克哈達》、《桃花嶺》、《觀瀑》、《三道梁》、《青石梁》，南北山水不同，盡入謳吟。兩遊雁蕩，均作紀游詩，頗見奇宕。《謁會稽郡王墓》、《讀李太白集三首》、《題邵味閒先生擊壤圖遺像》、《題惲南田詩後》、《題板橋雜記後四首》、《題屈悔翁弱水集》、《題阿相國高麗奉使圖》、《題隨園雅集圖》，取材較博，識議亦超。晚赴黔中讞獄，作《定遠山行見田間蓄水有法禾黍暢茂即事述懷》等詩。獄定將返，而苗族香要佳居事起，作《佳居回兵即事》、《自下江營回兵》、《香要擒》、《古州即事》、《苗歌引》、《示官吏》等篇，俱爲實録。詩不甚工練，然無牽率之態，洪亮吉《北江詩話》以「如名流入座，意態自殊」許之。

百一山房詩集十二卷　嘉慶二十一年刻本

孫士毅撰。士毅字智治，一字致遠，號補山，先世姚江，浙江仁和人。乾隆二十六年進士。歷官廣西布政使，雲南巡撫，以失察革職。旋授山東布政使、遷廣西巡撫、廣東總督、工部尚書。乾隆五十六年，廓爾喀在英國指使下侵西藏，以吏部尚書協辦大學士攝四川總督，督餉。自打箭鑪出駐察木多。師已入後藏，復馳詣前藏，饋運無匱。六十年，參加鎮壓苗民起義。官至文淵閣大學士。嘉慶元年卒，年七十七，謚文靖。是集爲其孫均編刻，詩編年共一千七十四首。士毅少嘗從西湖詩社諸子吟酬，與袁枚有切磋之誼。詩筆駿利，不甚摹追前人。卷一至卷六爲早年作。《錢塘觀潮歌》、《鬻兒謡》、《書桃花扇傳奇》、《江南樂》、《題施竹田吟稿》、《題張穆之畫》四首、《題月泉吟社詩後》，脱手不凡。五六卷爲扈從避暑山莊及詠北京名勝詩。七八卷爲宦游西南粵東詩。士毅初入川爲鄉試主考，時金川戰役未終。後官雲貴，又涉及緬事。督廣，以平臺灣林爽文起義獲功。所作《黄果樹歌》、《鐵壁關》、《騰越》、《渡戛鳩街》、《阿馬謡》、《官馬行》、《星廻謡》、《阿褨曲》、《雞足山訪大迦葉尊者華頂道場》、《暹羅貢使行》、《點送粵兵赴臺》，或狀山川詭險，或詳史事，詩意屢變。並與傅恒、奎林、巴圖魯等名將，及文人趙翼、王昶、趙文哲、馮應榴贈答。卷九以下以康藏詩爲主。《詠鐵索橋》、《雅龍江浮橋》、《丹達山神祠》並序、《雪城行》、《冰海行》並序、《阿咱山下海子歌》、《常多道中居人以樹皮爲屋》、《自江達至順達循河行六十里》、《月夜行鹿馬嶺道中》、《月夜乘皮船渡烏蘇江》、《神隄行》並序、《札什城》、《游卡契園》、《木軈寺》、《小詔寺》，令人耳目都異。駐藏作《登布達拉詣聖容前行禮恭紀兼示達賴喇嘛》、《羅博嶺岡是達賴喇嘛坐湯處》、《招拉筆洞寺》、《觀刈麥》、《色拉寺》、《甘丹寺》、《甥舅碑》、《唐柳》、《西天花》四首、《金城公主曲》、《大詔寺尉遲將軍鎮邊軍械》，篇什之富，前所未及。唯於少數民族不免有歧視之詞，所記風俗，亦未必盡確，讀者辨之。卷十二爲蜀中詩，年亦老頽，無甚足述。按：清代詠西藏詩，乾隆間始見其大。士穀以前，有歸安陳克繩，赴西藏作《竹枝詞》，内容質直。克繩字衡北，乾隆二年進士，官川東道，有《希菴詩稿》未刻，《西藏竹枝詞》八首，今載《國朝湖州詩録》卷十八。近代《邊疆叢書》亦收。詩云：「千僧黄帽出王城，最是呼圖兔有名。世界由來如露電，何須辛苦記前生。自注：番僧高行者名呼圖兔，華言轉生不昧也。有察木多者，云已轉十三世。」「貝多羅樹葉長鮮，採入沉檀百和研。一氣氤氲流萬里，瓣香只合拜班禪。自注：藏香以班禪院中製者爲上，取諸香屑，雜以異樹之皮。」「繡衣花帶拜縱横，唐帽高高朱履輕。别有紫金腰下袋，拉弓一盌價連城。自注：藏番朝賀，盛飾冠唐時，腰懸木盌，盛以錦袋，盌以拉弓爲最貴。」「鬖雲未挽舞婆娑，斜著楮巴似絳羅。最是層波愁渺渺，美人未醉已顔酡。自注：番女衣赤罽之服，曰楮巴，皆赬其面。」「碧流千里海茫茫，飛閣凌空夜有香，齊向女呼圖兔拜，拔魔宫外月如霜。自注：藏西有羊卓白地海，廣千里，上建大寺，名拔魔宫，女呼圖兔居之。」「故園回首數聲鐘，小詔東開門幾重。帝女不須還遠望，洛陽宫闕久爲烽。自注：小詔乃唐公主所建，以望鄉者，門皆東向。」「積石城邊野草春，三危嶺上露華新。沉沉黑水南流海，滚滚黄河東抱秦。自注：積石城在黄河沿，三危卽今康詔地。」「小西天又大西天，佛日慈雲一色連。黄道西來行路遠，乘槎曾憶到張騫。自注：藏西數十里有小西天，再西有大西天，卽天竺國。」今並録於此，以供蒐輯者採覽焉。

奉命駐打箭鑪籌辦徵調事宜

莽莽山樓接大荒，桓桓士氣盡飛揚。三邊鼓角鳴青海，九姓弓刀耀赤岡。時奉命檄各土司屯番赴藏協剿。赤喇岡在裏塘。將選龍城經百戰，令嚴虎旅趣宵裝。臣頗老矣空遺矢，馬革酬恩願未償。士毅自請出師，未蒙俞允。

烟蠻雨瘴掩朝曛，草寨風村訪舊聞。白草、風村二寨名，國初曾梗化。納款先憑工土婦，土婦工喀，係明正司蛇蜡叱吧之妻，康熙五年，首先投誠。賽祠爭拜郭將軍。相傳武侯征孟獲，命將郭達在沙哇地方設爐造箭，故名打箭爐，有祠焉。船逢三渡難論價，自爐出口，由上中二渡過裏塘，至下渡，水漲時俱用皮船，索價甚昂。鼓易千牛倘策勳。番民重諸葛銅鼓，以牛千頭易之，謂百戰百勝。莫向碉房悲白骨，勝他烏雀啄紛紛。番人親死，或委山溝，或用土覆於所居碉房之上。藏地則碎骨餵鷹犬以爲孝。

難牙逞瓦當軍持，番地號數珠爲逞瓦，卒以金剛子爲珠，名難牙逞瓦。堪布喇嘛內管事者朱巴共一師。釋道俱奉胡圖克圖爲本師。玉斧畫疆成誕語，大渡河在爐西南。寶山空手笑癡兒。明正土司後山樹以竹柵，云有金穴，防番人攫取，實未嘗有金也。佈茄鬧比盂蘭會，爐地崇佛，鐃鼓之聲塞耳。土人稱鐃爲佈茄。丫髻權侔市舶司。爐城女子年十五以上卽受雇于茶客，名曰沙鴞。凡茶客交易，俱憑沙鴞定價，人不敢較。斜日柳楊風力緊，薄人多向竹關馳。爐城冬日，朔風最厲，柳楊鋪冷，竹關俱在城東。爐人呼番民爲薄，疑卽僰字之訛。

繩橋難敵索橋雄，二橋在雅安縣，爲赴爐必經之所。上八休嗤下八窮。上八義下八義俱土百户，地並貧瘠。舊俗尚思沿鼠集，蠻地稱集場爲鼠街。華風漸已到烏籠。南路土司，風氣稍淳。丹砂湯暖鐃爐北，爐城鐃湯泉，城北尤多。白雪峯高阻額東。山名，多積雪。佇聽托湫蠻語好，托湫，蠻言，剿賊得勝也。偏師早報過多

工。地名，屬西藏。時元戎兵赴江孜。《百一山房詩集》卷九

蠻方日用與内地迥殊觸目成吟得十二首題仍口外蠻語而以華言分晰注之聊備風謡之末云耳

糌粑　屑青稞如麪團，捻如拳，和酥茶食之。亦間有用大麥者。

裹糧越魚通，晨炊忽不舉。霜粈竟告匱，稞麪乃得爼。雖云經磨礱，入口輒齟齬。未足儷青精，差堪配黑黍。潼乳注瓦缶，酌言當肥羜。頓攢陶令眉，捫腹思粔籹。

褚巴　單衣也，以牛羊皮織成之。大襟闊領，男女皆衣此。

褚小戒懷大，蒙莊曾有譏。墳起突在胸，此中貯糗餈。土民率以食物貯懷中。腰衱新襞積，蒙頭忍朝饑。睡時卽以褚巴覆首。無冬亦無夏，牆角就日晞。敝予弗改爲，珍之若賜緋。胡哉非病瘦，裁此濶領衣。

革康　以革爲之，狀如韈履相連，平頭平底，五色相雜，番民謂韡爲康。

芒鞵與布韈，厥制原有辨。兹乃混爲一，其意便徒跣。雙行寧用纏，五兩吁可免。於包取雜組，以革避重繭。轉笑深雍韡，難供幽壑踐。軍儲方在途，輸輓爾其勉。

納嗆　蠻語青稞曰納，酒曰嗆，色微黄，味之苦冽。

北地阿臘騊酒名，嗜者同索郎。窮荒昧方法，亦能造鵝黄。蠻冲聞自昔，漢人目口外燒酒爲蠻冲，言其

冲腸有力也。騰觚知酪漿。一咂顔色頳，再咂意態狂。曲噶蠻民等風漢，那麽蠻女皆渴羌。蠻鄉婦女亦嗜酒。武鄉禁釀具，川俗今稱良。

改咱 錮房之旁，倚圓木一枝，畧具層級，緣以上下，番名改咱。

行行疲津梁，望望得廣宅。近前支一木，緣似登椽脊。其上乃蝸廬，其下卽豚栅。如隱居三層，似元龍百尺。窘步殊蹣跚，恨不生六翮。忽悟初末栿，於斯渙然釋。

呀那 織用牛毛，卽口外所稱黑帳。製無方圓，隨地支搭。

牧放逐水草，隨地資畋漁。骨丕蠻語，安設帳房得腴壤，如農逢新畬。不喜白喜黑，方圓任權輿。緝以萬牛毛，聯此羣狙居。藉臥偃灌莽，蓐食倚穹廬。幬覆方無外，沮洳慶樂胥。

哈達 綾綢數尺或丈餘，名曰哈達。喇嘛進見時手捧致敬，如投刺然。

螺吹出松杪，言近喇嘛寺。投我鵠紋綾，儼如士執贄。易於手中板，正平懷裏刺。戔戔將毋同，無語言文字。鑒此光明錦，深悟潔白意。緬維相見儀，化導庸可冀。時以應募轉運軍儲諭喇嘛。

廓羅 實土于皮，作棗軸狀，納梵夾其中，用木架排列檐下。手推旋轉，謂可代頌佛號。

釋伽無上義，妙在轉法輪。可怪野狐禪，作此芻狗陳。轆轤響井畔，桔橰喧河濱。以之代梵唄，愚頑不可馴。去者日以故，來者日以新。循環爾何與，旋轉還大鈞。

嗎蜜旗　以綢布書經語，卓竿數仞，遍地標插。

初地豎雲旛，本意驗禪定。懸旌當棒喝，與汝安心竟。所以面壁人，磨磚可成鏡。兹旗何爲者，卓爾當風勁。魚標與酒望，離立共掩映。貝葉滿幅塗，一笑同飣餖。

麻利堆　壘石如臺，上刻梵字，或雕鏤佛像。番人遇此，必合掌頂禮，如敬墟廟。

當塗何磊磊，如臺如張屏。誰將薩埵石，遍刻般若經。樵擔偶歇足，輒作傴僂形。繞之必三匝，敬之如百靈。悵此瓔珞相，長遭雨雪零。石上並刻佛像。不見雲岡寺，綺閣環疏櫺。山西雲岡寺刻石像佛，建自拓拔氏。

客麽甲木凿呑　凡肩輿陟嶺，俱用雙牛牽百丈，以佐丁夫之力。番民呼牛爲客麽。拽繂爲甲木凿呑。

船拽通潞長，潞河用纜拽船。車上太行陡。蹇衛與駿足，負重蹴蹄走。牛乎爾何辜，亦復被枷杻。於風不辭逆，如耕利用耦。送迎等郵卒，下上歷岡阜。輭語道輿丁，蒲鞭緩毒手。

札木札雅普囉　札木札雅，木名。普囉，盌也。蠻俗以此納懷，供餔啜，並云可祛毒淫。

蠻鄉尠埏埴，厥木代乃興。窪中而圓外，叵羅亦同稱。喜聞嘉樹譽，謂獲機祥徵。擇木勝擇居，得盌儼得朋。出入必與偕，如拳拳服膺。有時置家祭，即此供豆登。《百一山房詩集》卷十一

省吾齋詩賦集十二卷　嘉慶六年刻本

竇光鼐撰。光鼐字元調，號東皋，山東諸城人。乾隆七年進士。由翰林編修特遷右中允。累官左都御

史。立朝遇事敢言。卒於乾隆六十年，年七十六。所撰《省吾齋全集》，子汝瑄校，王以銜跋。以銜爲乾隆六十年狀元，是年光鼐爲會試主考。榜發，以鋙、以銜兄弟聯名高第。和珅言事有私。事解，光鼐以四品銜休致。身後窮厄。論者以爲光鼐愛才之過有之，至納賄作弊，決其必無。集中詩賦未分，共十二卷，以扈從應制文字居多。披沙礫金，猶有可觀。《登九蓮山》、《游天井》，以及命祭南海所作《夜過彈子磯》、《雨入湞陽峽》、《抵清遠作》諸篇，遒宕沉實，重於氣骨，洵爲佳作。光鼐既殁，門人秦瀛爲撰《墓誌銘》，置其木主於西湖望海樓，且哀其詩而刻之。此集有《味外閣古松歌》，即爲瀛作，兼敍其先世。

研露齋詩鈔八卷　道光七年刻本

饒學曙撰。學曙字霽南，號筠圃，江西廣昌人。乾隆十六年一甲二名進士。授翰林院編修。充武英殿通考館纂修官。三十五年，年五十一而卒。詩文全稿爲門人畢沅官秦隴時索去，携至洞庭遇風濤盡没于水。孫家中繕有副本，無力就刊，遷延五十餘年始授梓。據《研露齋文鈔》趙榊勛跋。《詩鈔》首蔣士銓、彭元瑞原序。孫爾準序。學曙爲金德瑛弟子，詩近於宋。久官翰苑，與達官聞人錢陳羣、秦蕙田、商盤、陳兆崙、查禮、朱珪多有交游。却暑消寒，行文酒之會。所作《消寒十集》，擘韻分箋，可見當時盛況。尤善交蔣士銓，有切磋之誼。乾隆二十五年典試雲南，途中《武溪吟》、《巖岩篇》、《黔山》、《白水河》，以及泛舟滇海東、徧游太華山諸作，體高氣雄。《水車行》、《後水車行》、《海舶行》、《估客行》、《轉漕行》，關係農田、水運、商賈，可以史料視之。學曙具有史才，詩有深造，惜是編卷帙較亂，意非全部，恐菁華亦有刊落也。

估客行

析津置郡天都南，地富蜃蛤多魚盐。燕齊幽並此都會，海王之國無江潭。熬波出素雪花積，平沙百尺如山尖。按名計石分各路，官爲定價寧容貪。土人賤買易升斗，老弱提挈偕丁男。富商大賈多晉魏，吴儂越儈或兩三。日操奇贏計什一，耳目所見窮芳甘。彈弦跕蹝市門倚，目成眉語歌兒憨。不節之嗟非所識，漏巵無當誰能堪。擁資或論數千萬，負債忽已窮石儋。吁嗟估客之樂樂至是，盈虚轉瞬爲常談。君不見西莊裏，占丘壑，文酒翕集如春蠶。只今樹石捆載去，過客好事空停驂。篴槎儀部我弟子，盡棄舊業求書蟫。冷曹歸來愁凍卧，十年車馬猶趁趕。《研露齋詩鈔》卷五

緑筠書屋詩鈔十八卷　乾隆壬子間刻本

葉觀國撰。觀國字家光，號毅菴，福建閩縣人。乾隆十六年進士，改庶吉士，授編修。嘗典試河南、湖北、湖南、雲南、四川，督廣西、安徽學政。官至侍讀學士。晚主清源書院講席。是編蔣士銓序，爲乾隆十二年至五十六年詩，共一千九十首。據《己亥元旦》詩「獨愧衛蘧能寡過，更追五十八年非」句，當爲康熙五十九年生。觀國生平足迹半天下，其詩頗得山水之助。官雲南途中作《白水鋪觀瀑》，即黄果樹瀑布。又有《春暮

游闞摩山》、《宿龍泉寺》、《過天威徑》，爲澂州、建水、大理等地旅游之景，《大理雜詠》十首、《永昌雜詠》八首、《萬松庵》在蒙化府、《大覺寺》在永平縣，亦記滇中風物。官湖南時作《仙人房歌》，地在辰溪東南六十里許，瀕江皆石崖壁立，人迹罕至。《詠勾漏洞》、《鬱林雜詩》，作於廣西。他如馬嵬、劍閣，成都草堂，麗江舟中，黄山雲海，采石磯樓，均假歌詩，隱括其意。《榕城雜詠一百首》，序稱「時有修輯邑志之役，搜摭舊事，偶有所感，輒報短章，積成截句」，可爲採訪福州風土者所資。觀國居翰林院，與吴鴻、沈栻、黄元吉、饒學曙、蔣良騏、李中簡、翁方綱、曹仁虎、蔣士銓等，時有贈答。熟悉閩臺文獻，有《題臺海見聞録十首》自注：董司訓天工所輯，又有《書局卽事四首》自注：乾隆壬辰有旨求天下遺書，各直省設局，蒐輯恭進，《喜朱郡丞幼芝景英歸自臺灣》自注：時余總校書局，郡丞因述所見吾閩流傳各種舊本等篇，讀史論詩之什，爲《讀史記漫成八首》、《讀後漢書二首》、《讀明史二首》、《詠隋史六首》、《讀北齊書六首》、《讀南唐書八首》、《讀楚辭題後》、《哀屈吟》、《秋齋暇日抄輯漢魏以來詩作絶句十二首》、《讀李義山詩》、《閱桂海虞衡志六首》。自云：「詩家建旗鼓，惑衆爲大言。中晚不足學，何況宋與元。虎賁雖貌似，不返中郎魂。」是以吟詠三十年，不爲事故所攖，亦非俗學所能窺見。老年愈揮灑自如，隸事精切而無劖鑿之痕，洵爲坫壇能手。

白水舖觀瀑　在鎮寧州安莊衛

黄葛村頭白日冥地有黄葛樹村，北來倦客騶輿停。居人語我此觀瀑，摳衣小坐憑虛亭。平生萬里詫未見，急指麈眼雙瞳青。不作跳珠灑衣袂，不爲春谷喧雷霆。瀉油走汞滑且靜，幻此十丈琉璃屏。氣蒸巖樹光汃汃，寒生肌粟風泠泠。高源屈注來十里，尾閭下泄如重溟。傳聞潭洞有潛獸，通天角老能通靈。巧鉤豪敓竟莫致，里言軼事殊堪聽。其地亦名犀牛潭，相傳昔有胡僧，覬得犀角，以靈芝爲餌，坐守兩日夜。僧倦假寐，芝竟爲犀所啖。僧醒，憤恚而死，今有墓，在潭側。國初吴三桂嘗集人夫以水車拽水就竭，望見犀脊，忽雷雨大作，怒瀑奔注，潭水復滿。細思物理三歎息，世人貴耳闞户庭。此山此水信奇絶，可惜僻在苗蠻坰。韓蘇未到倪黄死，誰能吟寫垂圖經。嗚呼，誰能吟寫垂圖經，獨遺香爐雁蕩名千齡。《緑筠書屋詩鈔》卷三

遊勾漏洞

稚川仙去齡逾千，勾漏山在世仍傳。洞天冥冥落蠻壖，白砂寶圭誰周旋。我來邕管歲再遷，欲採丹砂空泝沿。塵容擾擾心自憐，北流茂宰語通元。約我往遊循東阡，携壺挈榼具几筵。同行數子相後先，靈竇覼前停轡韉。是時三月花嬋娟，緑莎軟襯青鞋新。初歷甕盎挨背肩，兩夫束緼雙炬燃。轟雷啟路巖谷顛凡入洞皆先爇紙炮，縱觀流眄呀且嘕。何年鬼工施雕鎸，拏攫獅象翔鵬鸇。幢幡婀娜旂旆翾，瓔緵巾拂盂缾盆。祖師趺坐羅漢蹲，紫童金節玉女軿。皆石乳所結成者。千狀萬態雄而妍，天梯飛空石棧連。盈盈一水不可前，無人指導空廻邅。側聞此洞邃以延，玉虚瓏玲通玉田玉虚玉田皆洞名。

石花如瓊開堯年，蟠桃韜真牀几聯洞中有蟠桃室韜真觀。厓頂細葉抽青蓮，清溪窈黝如雷淵。雲槎可泛纜可牽，匆匆安得窺其全。裹糧聊訂他時緣，竊怪道書録洞天。署置廿二毋乃偏，牟珠傴仄青華堙。飛雲白雲殊戔戔，牟珠洞在貴定縣，青華洞在雲南縣，飛雲洞在黄平州，白雲洞在崇善縣，余皆嘗遊其地。不知遊者幾愚賢。山高水長徒漠然，羅浮白水珠江邊。坡老縱遊垂詩篇，飄飄凌雲語欲仙。援毫我愧非如椽，歸來衣袂攜雲煙。《緑筠書屋詩鈔》卷五

題長恨歌劇本四首

譜得清歌付教坊，開元遺事劇悽涼。簇新風月文章舊，底用填詞費繡腸。

水天閒話雜悲歡，外傳流傳等稗官。好與香山借顔色，盡徵軼事作波瀾。

洪家院本簇絲桐，座客當筵擊節同。試遣龜年相品定，長生長恨曲誰工。

歌喉珠串遏春雲，緑酒紅燈客盡醺。待洗平生箏笛耳，人間絲管漫紛紛。《緑筠書屋詩鈔》卷十六

傳經堂詩鈔十二卷　乾隆五十五年刻本

韋謙恆撰。謙恆字慎旃，號約軒，一號木翁，安徽蕪湖人。父前謨，官溧陽教諭，學者稱鐵夫先生。乾隆二十八年一甲三名進士，授編修，歷官翰林院侍讀學士、國子監祭酒、貴州布政使、右中允。是集自序謂：「鈔

己酉以往所作，得古今體詩一千有奇，蓋余年已七十矣。」據此當爲康熙五十九年生。謙恆文望甚高，吟興至老不衰。《題華秋岳豆棚閒話圖》、《寄徐孝廉位山先生》、《喜金棕亭孝廉至》、《過吴杉亭舍人新居》、《湯鵬鐵畫歌》、《題王禮堂西莊課耕圖》、《奉題座師秦樹峯先生》，及與錢載、陳兆崙、諸錦、劉墉、董元度、阮葵生、趙翼、朱筠、褚廷璋、王昶、朱珪、陸錫熊、梁同書、祝德麟等人贈答，多有軼事可尋。奉校《四庫全書》，作《寶善亭校書呈同館諸公》。《再題醉經堂》自注：「時以搜求遺書，遂從日本國海舶購得《七經孟子考文補遺》、《孔安國孝經傳》、《皇侃論語義疏》等書。」其詩不甚彫飾，而趨於平淡一途。《讀史四首》、《揚州懷古六首》、《登翠螺山頂三臺閣》並序、《蕭尺木畫壁歌》、《故鄉雜詠八首》，語意平近，不作變古駭俗之音。《戲詠不倒翁》四首云：「獨立羞誇面目工，昂昂終日對春風。周旋與我呈圓相，牽率由人見直躬。畧有衣冠存世外，更無城府到胸中。當筵莫並泥車弄，泥車、瓦狗見《潛夫論》。歷落嵚嵜讓此翁。」「舞態媻姗亦有神，須知倔强本天真。隨身且戲三千界，自注：《傳燈録》：「竿木隨身逢場作戲。」空腹還容數百人。元亮獨能腰未折，嵇康終覺性難馴。千秋冷笑河陽令，肯共齊奴拜路塵。」「生活原從故紙堆，獨留風骨占蓬萊。顛時石亦難邀拜，醉後山猶未肯頽。貼地怕同柔媚舞，仰天應許滑稽才。男儿不屈唯南八，誰與傳神寫照來。」「磬折無心與俗謀，顛危幸免復何求。神全本不須蛇足，項短居然是虎頭。借面未妨儕傀儡，低眉差喜異俳優。世間豪傑誰推倒，位置高應百尺樓。」嬉怒笑罵，允推名篇。嘗奉使典試山左，作《古歷亭賦》。於校士餘閒，偕子協夢、協中學《易》於坳芥亭，因爲《秋林講易圖》，有自題詩，徵詩亦衆。又有《濟南使院》、《勞山篇》並序、《萊州海神廟》等詩。典試陝西，有詠華州、蒲州、霍州詩。詠雲貴詩尤勝。《陸綍歌》、《毒泉碑》、《白水巖瀑布》、《貴陽迴春曲》、《中元洞》、《啞酒歌》、《牟珠洞》、《飛雲洞》、《謁陽明先生祠》，摹狀山川奇勝，旁及風土人事。《黔靈寺》自注：「時奉欽定滿漢蒙古西番合璧《大藏全咒》恭貯於此。」王昶《蒲褐山房詩話》云：「皖桐詩派，前推聖俞，後數愚山，以嘽緩和平爲主。約軒承其鄉先生之學，故不以馳騁見長。」此論庶幾近之。

鐵畫歌 並序

湯鵬字天池，吾邑人，少攻鐵，與畫室隣，日窺其潑墨勢，畫師叱之。鵬發憤，因鍛鐵爲山水障，寒汀孤嶼，生趣宛然，傳至日下可值數十緡。然性頹放不受促迫，故卒以技窮虧。梁山舟爲作長歌，因與錢蘀石、謝金圃、吴杉亭、陳寶所和之。

荆關一去倪黄死，無人能寫真山水。誰從鐵冶施神工，萬里居然生尺咫。匠心獨出無古初，揚鎚柳下樂何如？肯作兩錢錐補履，直教六法歸洪鑪。想見解衣任槃礴，煙樹天然謝雕鑿。百煉化爲繞指柔，始信人間兔毫弱。當年作貢來梁州，越人枉解求純鉤。詎識烏金寫生態，寒松怪石皴清秋。唐宋畫手紛於葉，素絲轉眼飛蝴蝶。蘇詩「素絲斷續不忍看，已作蝴蝶飛聯翩」。何以錚錚不壞身，安用金題與玉躞。獨憐奇技坐天窮，江天日暮酒錢空。不見程鄭與曹邴，冶鑄竟至千人僮。胡爲鼓韝營丘壑，空聚六州鑄大錯。夜闌莫更彈哀絃，竊恐蕤賓一片躍。《傳經堂詩鈔》卷四

示屬吏　並序

凡應發新疆改遣内地者，皆罪惡貫盈，去死一間，故配所脱逃捕得卽斬，例也。然犯者時有，迺飭所司俾治本業爲衣食資，並申明律令，各懸銅牌，鐫「逃者立斬」四字，庶觸目警心焉。

去惡法必嚴，矜全意逾至。一綫苟可生，邊隅俾安置。蚩蚩真愚氓，稍縱迺卽逝。火急追逋亡，既得那可資。辟若池中魚，荇藻足遊戲。一躍思江湖，翻入枯魚肆。嘉彼良有司，頻爲饔飧計。作息安其天，狡脱更何爲？奈無廣長舌，時時警聾聵。不如藉頑金，鐫以律令字。使之佩終身，優游於盛世。《傳經堂詩鈔》卷七

咂酒歌　並序

苗俗以秫米釀而不用水，封甕口埋窨中，越數月始開，注以清泉，親朋席地插蘆管啐飲，故名咂酒。懸竿於上，綴小旗，酒滿則旗倒矣，必吸盡而竿始直，既盡又以水注，飲者自豪，往往易醉。曩見賓客共飲，今乃補爲此歌。

儀狄云亡杜康死，麴糵誰堪作知己。如何犵獉犵狫儔，新意獨出清且旨。秫田逢年幸滿篝，閉門思爲良撈苗語飲酒也謀。釀成不用糟牀壓，但將丸泥封甕頭。歲晚從容翦新韭，願上阿包阿蒙苗語父母也壽。賓朋雜遝甕初開，清泉注處皆醇酒。一竿斜插颭春旗，咂來蘆管醇何辭。酒旗纔矗斟仍滿，春風不許更

低垂。柴桑枉解將巾漉，啐飲寧知歡趣足。爲語蠻方有醉鄉，敢以新謡紀風俗。《傳經堂詩鈔》卷九

江越門詩集十卷 乾隆間刻本

江權撰。權字越門，安徽歙縣人。乾隆十年進士，改庶吉士，官刑部。出爲四川雲安知縣，改保寧。數年後引疾歸。著有《正誼堂文集》六卷。詩集皆隨刻單行，曰《叢蘭詩草》一卷，曰《鳳城集》二卷，曰《槖中近體詩》一卷，曰《嘉陵集》一卷，曰《蜀道吟》一卷，曰《東歸集》一卷，曰《東皋集》一卷，曰《瞻雲集》一卷，曰《可復集》一卷，後人統稱《江越門詩集》。《叢蘭》、《鳳城》等集，有曹學詩、項淳、曹文埴評語，《嘉陵集》有沈大成序。自序云「三十通籍」，詩止於乾隆四十年。集中《古墓歎》、《蛟水行》、《衛尉來》、《踏車謡》、《農家婦》，有關黎民疾苦，惻惻動人。居翰苑，有應制熱河、同僚唱和之詩，而《集徐侶齋頭聽口技》、《冰戲行》等篇，尤爲新穎。宦蜀詠棧中三峽、巴西詩，亦較崛奇。《讀史雜詠》、《讀唐人詩》、《閲董文敏墨蹟》、《書漁洋山人集後》、《銅鐘行》、《觀宋拓黄庭經帖》、《題林良蓮塘浴鴨圖》、《題唐子畏棧道圖》、《題飛鴻堂印譜》，徵引俱博。文士劬勞，非俗吏比也。

遠香亭詩鈔四卷 乾隆五十九年刻本

楊有涵撰。有涵字能蓄，號養齋，江西清江人。乾隆十七年進士，官雲南道員。五十七年引疾歸。築湖

山草堂，吟詠自適。是集有從子懋珩序，稱有涵服官中外四十年，詩作甚多，所存特十二三耳。其入滇詩猶屬勁厚。《雜詠十四首》，間記民俗。《簑山石》自注：在路南州云：「簑山路逶迤，醜石逾萬千。延袤數十里，嵚崎無人烟。奔躍似蛙黽，細碎謝鑱鐫。惡黨以類聚，秦人不能鞭。吾聞黄初平，叱之化爲羊。降阿或飲池，濈濈盈道傍。此物果能變，亦足充饑腸。邈矣古仙人，鮮克傳其方。又聞李將軍，射之蹲爲虎。我雖年力衰，餘勇或可賈。誓當挽烏號，從事操强弩。顧此萬於菟，豈能盡飲羽。行行此州中，少人而多石。所出在礦砂，所乏在黍稷。長吏積逋負，窮民爲盡力。乃知産金銀，竟是土之瘠。肩輿穿石罅，錯愕吁可怪。安得愚公移，置之六合外。或云石巖巖，具瞻討所戒。他時汝能言，吾亦當下拜。」所詠爲石林風景。今誦此詩，迂而可怪。聶銑敏《蓉峯詩話》稱其詩「多道滇黔山水之勝，令人劌目怵心，儼如親臨其境」。

長笛書樓集九卷　乾隆五十八年刻本

馬光裘撰。光裘字少波，浙江奉賢人。諸生。乾隆四十五年南巡召試，奉詩，未授官。歸老里中，年六十許。其子祖泰爲刻詩集九卷，五百八十五首，有乾隆五十八年王鳴盛序。光裘善畫山水，有《自題畫及題山水册頁絶句》二十首。《題陳確菴耕讀圖小照》、《汨羅江懷古》、《書少陵集後》、《陸丞相祠》諸篇，亦復清妙。《申江飲月放歌》，聲情俱切。當時詩風東南爲盛，光裘獨處海濱，罕與名流交往。唯與王鳴盛有交。序稱「喜其齒已宿而興不減」，是亦老於詩歌者也。

蘭陔詩集三卷　乾隆二十二年刻本

鄭王臣撰。王臣字慎人，號蘭陔，福建莆田人。乾隆九年北闈副貢。錢琦官四川布政使，爲州佐。遷蘭州知府。自輯《莆風清籟集》六十卷，收閩人詩千九百餘家。是集爲王臣入都主符曾家所刊，有符曾、朱佩蓮序。詩三卷：曰《香草草》，爲《閒情》三十首，乾隆十八年作；曰《蘗蘭唱和詩》，爲乾隆二十一年與符曾、周長發唱和；曰《燕中懷古》，有陳浩、王鳴盛序。所詠皆京畿古蹟，殆早年作。後官蜀隴，不當無詩，未見有刻。錢琦爲《莆風清籟集》序作於乾隆三十七年，時王臣猶在世也。法式善《梧門詩話》畧舉篇句。

沙白岸詩鈔二卷　乾隆間刻本

沙維杓撰。維杓字斗初，號白岸，江蘇長洲人。布衣。與張岡皆居下津橋，自號「兩布衣」。維杓初隱於商，來往江西、湖北間。長髯巨顙，如酒豪劍客。詩亦多悲壯激發之音。與吴泰來相契。泰來爲刻《二布衣集》，即此本也。王昶《湖海詩傳》爲撰小傳，云「下世已久」。費融《紅蕉山館集》有《哭沙維杓先生》，作於乾隆四十七年壬寅。是集詩百二十六首。登臨遣興之作爲多。《瓜洲城樓晚望》、《祇樹菴黄山松》、《梅道人墨竹歌》、《題翁朗夫三山草堂圖》、《宋徽宗畫鷹歌》，尤爲得力之作。《西湖雜詩》，清穩可誦。詩爲沈德潛所賞，格調與吴中七子相近，而清標介節，非同凡響。與吴泰來、過春山、朱昂善交，《秋潭詩鈔》有唱和詩。

松花菴詩草六卷　嘉慶十七年刻本

吴鎮撰。鎮字信辰，一字士安，别號松花道人。甘肅臨洮人。乾隆十五年舉人。官山東陵縣知縣、湖北興國知州、湖南沅州知府。主講蘭山書院。通聲韻，著有《聲調譜》等書。嘉慶二年卒，年七十七。是集爲《松花菴六種》本，有牛運震、陳鴻寶、袁枚、王鳴盛序。事見卷首李華春所撰《傳畧》。作者詩名藉甚，世稱西州騷壇牛耳。唯受學於牛運震，不免滯鈍。生平作詩數千首。此爲《松花菴詩草》二卷，《蘭山詩草》、《松花游草》、《竹嶼詩草》、《松花逸草》各一卷，乃經删汰增刻，仍不逮十之三四。書中《乾蝴蝶》七律八首，袁枚序已嫌之。《集唐》諸篇，用力雖勤，終歸無益。《夜夢李太白爲予點定諸詩》，不免措大口氣。《夢觀演墜樓記其緑珠憑欄欲下予懼虚以手承之樓上嘖嘖稱羡似有悦己之感也》，尤令人捧腹。唯《襄陽雜詠》四首、《渭原五竹寺》、《興國鳳凰寺》、《韓城竹枝詞》、《武當山作》六首、《薛五坪歌》、《誌公洞歌》、《海喇都曲》，不乏興象，且廣見聞。《鄭子産祠》、《豫讓橋歌》、《白太傅祠》、《信陽何大復祠》、《葛衣公祠》、《讀項羽傳》、《讀北齊書有感》、《讀梁史有感》、《昭陵懷古》，可稱博識。而《西魏延昌主法器歌》、《題哥舒翰紀功碑》等篇，關係西北文獻，尤有可採焉。

厚石齋詩集十二卷　乾隆間刻本

汪孟鋗撰。孟鋗字康古，號厚石，浙江秀水人。乾隆三十一年進士。官至吏部文選司主事。卒於三十五年，年五十。是集爲雍正十二年至乾隆三十二年詩，凡六百八十九首。孟鋗之詩，得姑丈金德瑛指授，與錢載、王又曾、萬光泰相劘切，專主宋人。學宋者須飽學，汪氏家有曾祖森裘杼樓藏書，得於叢書稗説、金石書畫，無不研討，故其詩絶棄凡俗，議論深切，意趣累亦可見。如《三國宮詞十八首》、《題七姬權厝志後》、《題馬文毅公扶風世澤録》、《漢氏成園印歌和柘坡》、《古銅角端歌》有序、《李克用安天廟題名拓本詩》有序、《學草書六絶句》、《論篆八首和柘坡》、《咸和磚詩》、《漢玉剛卯》、《古錢四首》、《題紹興十八年同年小録》、《五十泉范詩》、《大理石屏詩》有序、《題漢碑拓本二十五首》、《方于魯墨譜三首》、《金檜門姑丈招飲論詩有作》、《讀夏小正》、《岣嶁碑拓本》、《題元人敦交集册後》有序、《上蔡縣伏羲八卦臺蓍草十六韻》有序，考覈文史，詳爲徵引，而無生澀奥衍之弊。孟銆熟於内典。乾隆二十八年删正《續藏經》，劉墉屬任考訂之役，有《幻居菴觀華嚴墨海華嚴經八十卷行願品一卷》，亦非尋常人能措手。《題本朝詞十首》，爲朱彝尊、陳維崧、顧貞觀、曹溶、王士禛、李武曾、嚴繩孫、吴綺、樓儼、汪森，可見所詣。孟銆嘗在京課館，作《旅館雜詠》二十五首。行役南北，作《驟車雜詩》十二首。久經場屋，作《棘闈十詠》。《夜紡女》、《春米傭》、《賣菜翁》，則切近民間生活。隨事吟詠，無所不能，此真善于學宋者也。唯究心星命，亦有失於雜遝。弟仲鈖，有《桐石草堂集》，五弟彝銘，有《吉石齋詩集》。子如藻、如洋，俱入翰林。如藻無詩，如洋有集。

論篆八首和柘坡

南唐徐鉉説文增，一亥何嘗部敘淩。手把宋刊明照眼，當時汗簡共師承。徐鉉校定《説文》，依許氏始一終亥之序，郭忠恕汗簡亦同。

陽冰有姪李騰撰《説文字源》鉉有弟徐鍇撰《説文韻譜繫傳》，補署還應溯吕忱。忱撰《字林》，亦補釋漏署。自是儒先難著作，只於許學用功深。

禹碑岣嶁僞相蒙，千墓銅盤地不同。此物由來難盡信，重摹况又出龘工。

中郎書勢衛恆詳，三體光和立講堂。異寶人間容一有，雒陽不得比岐陽。

廣川書跋政和時，漢洗居然紀頌詞。繆篆黑文成拓本，欲求好手與裝池。嘗見漢洗一，銘曰「富貴昌宜侯王」，拓得數紙。後得廣川書跋，知政和中饒州得九洗，其一云云，豈卽此耶。

神農帝昊舜乘馬，泉志惟偕異布存。小篆久知出秦邈，後來穿鑿總無根。明沈士龍跋《泉志》據《路史》，三代以上金幣諸品，譏其僅始虞代。今諸品猶有傳者，其文皆小篆。沈何不考之甚耶？王圻直據此謂小篆不始于秦，尤可異也。

漢銅唐玉官私印，信耳其如曰未過。能事三橋須冠絶，牙章一篋不嫌多。前年在都下，曾和柘坡漢成園丞印詩，沈侍御椒園自言有顔魯公真卿二字玉章，亦欲索詩，運皆未見。文壽承鎸牙章數十枚，先世所遺。

草篆吴碑字可模，品評誰定趙凡夫。永春樓記曾題扁，雨剥塵封好在無。永春樓在湖州先黄門讀書處。扁字趙宧光書。　《厚石齋集》卷五

贈刻先誌陳履安

仁和有陳子，名延字履安。陟山采嘉石，述德供書丹。沉沉厚石齋，妥置閑且寬。留住月再晦，朝晡事鐫刓。方其盤薄蠃，不顧旁人觀。刀法入無間，妙欲過毫端。承師考東漢，名列儕衣冠。東漢碑書刻石人名，或稱石師，或稱碑師，或稱書崖師。得非興也後，族系超謙貫。漢石經《論語》陳興刻，見《隸釋》。又《郡齋讀書志》，孟蜀石經，《尚書》陳德超鐫，《論語》、《孝經》陳德謙鐫。聞履安令兄亦擅斯藝。自言幼總角，試手難乎難。肆力二十載，稍遺心目殫。名蹟累十百，紙墨篋尚完。勸輯誠好事，豈必公卿干。元末朱珪輯其所刻爲名蹟録，同時倪張楊顧諸人，俱有贈言。余勸履安倣爲之。余暇纘古碑，篆隸求遺殘。他時摹屋壁，非子誰與刊。《厚石齋集》卷五

題方于魯墨譜三首

豐干社裏亦詩人，一枝居然傲縉紳。序贊何分兩司馬，晚年惆悵不同論。

紛紛竊譜四方傳，世業還依水母泉。自是歙州多故事，廷珪文政數當年。方有子嘉樹。

取液調煙四月悰，表成象義見衡縱。高樓暑雨何人過，自擁蘭州乾韃毦。羢俗字。僅見於《字彙·補拾遺》。今借用毦字。《厚石齋集》卷六

清人詩集敍録卷三十三

紫峴山人詩集二十六卷 咸豐元年陶園全集刻本

張九鉞撰。九鉞字度西，號紫峴，一號陶園，湖南湘潭人。年十三，登采石磯太白樓賦詩。乾隆二十七年順天舉人。西師凱還，行郊勞禮，方觀承督直隸築臺於郊，九鉞爲賦詩書其上。歷官江西南豐、峽江、廣東始興、保昌、海陽等縣知縣。以海陽案牽連落職。晚客洛陽。嘗主修峽江、東鹿、偃師、鞏縣、永寧等志。游武昌，畢沅大會賓客，九鉞詩先成，並爲時所稱。歸里後主昭潭書院講席。卒于嘉慶八年，年八十三。咸豐元年，其孫家栻刻《文集》八卷、《詩集》二十六卷、《詩餘》二卷，外集《晉南隨筆》、《山川考畧》、《州郡質實》、《得瓠軒記》、《字音考異》、《花農雜著》、《歷仕偶存》，並《六如亭傳奇》，名《陶園全集》。何紹基等人題詞。詩刻較舊刻增四卷，存編年詩自雍正八年至嘉慶八年，二千一百餘首，李潢、楊芳燦、吴雲前序，家栻並酌爲注。爲詩雄奇渾厚，筆力恣肆，湘楚詩人，無出其右者。生平南游雲貴、粵東西，北至京都、嵩洛、陝潼，東極吴越，遍窺山川奇勝。《石鐘山行》、《回山行》、《桂林獨秀峯》、《牂牁江上》、《游揚歷巖觀瀑布》、《夜宿七級閘聞水聲有感》、《上太行》諸篇，皆能各造其境。《鞠蹴篇》、《角觝篇》作於北京，詳記風俗。《冰鞋篇》云：「冰鞋製絶奇，其底中界鐵。扶寸磨晶瑩，側勢便引揲。阮屐蠟偏新，仙鳧形獨别。力制重輕閒，熟巧憑勁滑。城溝與池窪，練習費時日。旁有老衛士，指點爲余説。季冬太液池，凍合層冰徹。重壁平砥矢，積璐銷凹凸。天子御瀛臺，星罕開霽雪。衄我禁旅寒，何以禦凛冽。思將材技旌，稍補兵餉缺。虹堤樹長標，程式在駟驖。鼇鼓轟逢逢，馬與人齊發。飄然行御風，倏爾化奔蜺。步叱茅龍飛，圓防紅鼉搰。巾帨紛飄颺，佩囊舞綵纈。於中雜戲陳，變幻更結轍。鷺拳金鼇背，雀躍凍蛟穴。銀海眩生花，錦繡俄一瞥。怒鬣未收堋，手先紅旗奪。鼓歇矜整衣，翻笑騎力蹷。内府擲黄封，跪頂金三鋝。自注：「馬木到標下，冰鞋先到者，賞白金五十兩。」餘以次第頒，歡聲動城闕。銷寒爲兹樂，三軍挾纊悦。豈比戰昆明，徒勞水嬉設。」又有《鬧河曲》，記淮河見聞。《羊城集》作於廣州，其中《訪古詩四十首》可自成一隊。《滇游集》内，佳製尤多。《火把節歌》自注云：「唐鄧賧酋爲蒙酋所焚，妻慈善於火中負其骨以歸。蒙酋艶其色欲奪之，慈善守城自焚死。滇人哀之，以六月二十四日爲火把節，如寒食祀，曰甯伯妃祠。」詩云：「今辰何辰夕何夕，海爲赤，天爲赫，萬古悽悽寒食。不見松明樓，白虹十丈燔蚴蟉。不見德源城，西風孑孑吹蜺旌。祠曰賧賧，號曰甯伯，伐鼓吹笙，以報貞烈。神不食我，安敢燔炙。火把火把，漫城欲野。火中翩翩鴛鴦飛，前者公，後者妃。手執鐵釧相顧悲。請勿悲，火不滅，年年六月二十四日燒作節。鬱者恨，香者血，明日茫茫化紅雪。」自注：「松明德源，鄧賧以妻詔名。」《土官謡》自注云：「滇黔舊日風俗，土官奢汰肆虐，夷僚羣苦之。國朝平其地設流官，今成樂土矣。」詩云：「立昭綱，跪昭録，膝行叨孟走而仆。家栻注：昭綱，土官錢糧名。昭録孟叨，皆小土官。或立或跪或膝行，其肆虐夷獠可知。銅鎗索索刀簇簇，猛象如山馬如屋。下馬來，誰土官。麒麟袍，箬葉冠。排簫百，響珱千。豔妻妖妾顔赭盤。舞裙窄袖花垂鬢，肥牛肥羜擊作餐。奪取小婦爲娱歡，一怒百里天爲寒，天爲寒，血灑雨。蠻人吞聲不言苦，鏤金床前急打鼓。鼓未罷，嚨嚨曉日流官下。」出於目驗，頗可徵事。他如《沅州觀緬甸國進象歌》、《打草桿曲》、《白水巖歌》、《碧雞雨歌》、《登威遠樓歌》、《阿襤歌》、《筇竹寺寶井歌》、《烏龍潭》、《安寧州碧玉泉》、《昆明竹枝詞》十五首，均有奇采，又不第以登臨詠古爲勝。至卷七《蘆溝橋觀渾河漲歌》、《屯田歌》，卷九《白河觀滿洲兵赴新疆屯田歌》，卷十四《大湊山歌》，自注：在桂陽州城西，鉛錫銅廠在焉，又名寶山廠。卷十五《種畬篇》，自注：「畬音斜。粤中山險陡，可種者曰畬，人曰畬户。」以及《番行篇》等作，多關政務、經濟、風土俗習。卷二十一《煤窑行》云：「丹崖萬仞削劍斧，窑人綫縷崖掘户。崖淺窑深出入鼠，陰風毒煙焦肺腑。一壓虀粉那得取，黧鬼負筐衣襤褸。朝防蒼狼夜防虎，磽田種秫枯望雨，粟秕不飽蕨根煮。平城鐵鑪多富賈，目擊大鼓烹肥羜。煤窑民，爾獨苦。」詩作於晉南，寫窑民生活痛楚極深。九鉞嗜石刻圖畫，江南結識文士，題詠甚多。過金陵，有觀雜技長詩。又工曲。蔣心餘演《一片石》，作歌記之，又題其傳奇絶句十八首。生平結交王箴輿、朱卉、施朝幹等人。晚在畢沅署中，作《蘇文忠公生日修祀歌》，喧動當時。其詩本學李白，兼採杜甫，取法乎上。後涉獵廣博，下筆愈殊凡響矣。張維屏輯《國朝詩人徵畧》，以覓其全集弗得爲憾。此本有《聽松廬論詩絶句》評云：「一老身窮一位卑，筆端吐氣似虹霓。楚中二百年詩客，傑出茶村與度西。」以之並駕杜濬，可謂有識。湯鵬《海秘詩集》卷二十《讀張紫峴先生詩》云：「掞天擲地氣拏雲，短引長歌調絶倫。三楚精華爲筆力，千秋壇坫此詩人。才名閶淡終騰躍，世事支離苦多辛。南望錦灣嗚咽水，醉呼騷魄與爲鄰。」潘德輿《養一齋集·論詩絶句》云：「楚士交推張度西，宦游南北富箋題。妙年欲攝青蓮後，豪氣翻教白首低。」楊季鸞《春星閣集》評九鉞詩「安排處多，自然處少。然才情豪宕，震蕩一時。其得意之作，擬諸鐵笛，足以穿雲裂石」。其藝術成就，已見大概。至於考古者少，證今者多，狀寫現實，包羅衆有，同時詩人，罕可儔匹。唯清詩之公平評價，從未曾有，故其收名亦不遠耳。

白河觀滿洲兵赴新疆屯田歌

將軍奉詔屯西域，月骴天山在咫尺。橫行突過漢班超，疆理新收周召伯。三千勁旅同一心，笑歌踴躍辭禁林。銀鞍都覆大宛馬，寶劍多裝拂菻金。白河野曠沙不吼，連營列幕如岡阜。縣官無事徬芻茭，父老爭持獻牛酒。將軍號令山嶽定，牙門虎帳中懸正。貔貅竈外捲蒼煙，星火滿營刁斗靜。三更角下青天寂，萬馬蕭蕭大旗直。微風吹入小單于，飛接白河春月白。蒲萄乳熟香瓜脆，此去新陲程可計。軍中僕射如父兄，塞上花門皆子弟。去年瑞麥與嘉禾，大吏爲圖入貢多。請將馬上琵琶曲，唱作豳風七月歌。《紫峴山人詩集》卷九

番行篇

廣州舶市十三行，雁翅排城蜂綴房。珠海珠江前浩淼，錦帆錦纜日翺翔。蜃銜珊樹移瑶島，鮫織

冰綃畫白洋。別起危樓濠鏡倣，別營奥室賈胡藏。危樓奥市多殊式，瑰卉奇葩非一色。靺鞨丹穿箔對圓，琉璃緑嵌窗斜勒。莎羅綵纛天中裊，碧玉闌干雲外直。迎來舶主不知名，譯得舌人是何國。何國虬髯鵰盰兒，金衣偕問欲驕誰。平價能諳吴越語，留賓也識漢唐儀。銀錢鑄肖番王面，玻鏡裝分花女姿。繞檻紈牛和露犬，委階瑣袱與駝尼。駝尼瑣袱焉足數，篤耨奇南隨意取。蓮花鐘測日東西，百寶表懸針子午。亂擲帉巾蘇合膏，倒傾黄紫蒲萄乳。水樂教成小鳳凰，風琴彈出紅鸚鵡。別有蚗徒連臂趯，吉貝纏身髀縛窄。懷中短劍大西洋，袖裏機槍法蘭錫。黑水龍奴荷銃嬉，紅毛鬼子蟠刀拭。紅毛鬼子黄浦到，納料開艙爭走告。蜈蚣鋭艇槳横飛，婆蘭巨捆山籠罩。相呼相喚各不聞，或喜或嗔詎能料。舶商色喜洋商快，合樂張筵瓶椀賽。何船火齊木難多，何地駝雞佛鹿怪。散入民廛旅賈招，居中駔儈公行大。公行陽奉私飽囊，内外操贏智相若。湖絲粤鍛彩離披，甌若饒甆光錯落。頃刻檀黎走九州，一作「頃刻珠璣走大官」。待時深玩籌奇作。此時公子擁花遊，此際妖姬倚舫謳。願學鴛鴦繡羽帨，願爲嬌鳥挂金鉤。那得秦瑫都壓鬢，生憎火浣不纏頭。永清臺上鼓打急，山動波翻雷雨立。鎮海將軍洗礮歸，征蠻都尉收旗入。轅門犒勞立斯須，澳口回船查引給。回船只順北風去，灑淚休辭淵室寓。但述天朝榷税輕，但誇中國農桑富。沉香官是吴刺史，却賂吏同孔節度。鯨鯢無窟颶無氛，聖德柔懷萬萬春。明年好换新房樣，更有遐方來問津。《紫峴山人詩集》卷十一

案：此詩作于乾隆三十五年。

汴城風箏會曲十首

汴城三月朔日，於曹門北廣場鬬風箏會，士女如雲，笙歌鼎沸，車馬喧闐，五日而罷，卽東京清明上河故事也。季檀波、方榮川，約余同遊，勸作詩紀之，迺倣樂府體，作風箏會。曲中雜用東京事實，卽作懷古觀可耳。

黄河桃汛正安流，宿麥郊原望裏浮。齊趁曹門春景麗，風箏會裏恣遨遊。

巧製輕勻彩畫饒，收燈節後賁州橋。孟婆風勁游絲少，便好飛騰上九霄。

彩鳶青鶻競高騫，百蝶如輪不礙天。更把周宫新樣變，瀛洲布滿大神仙。

美人紅袖半空飛，珠珞霓裳白羽衣。髣髴靈霄真籙下，玉華閣裏出安妃。

鸞翎鳳翼映華暾，五色雲籠鐵塔痕。翻恨金明池久涸，探春不到玉津園。

桃花夾道柳初綿，裙屐風流稱少年。遮莫上河圖裏見，天橋爭拾内家鈿。

御苑虹橋想像間，黄沙堆滿轉龍灣。天留一片嬉春地，繡轂珠簾不放閒。

衣香履跡不分明，寳馬銀鞍逐隊行。人在周王山上望，青天如繡繪東京。

小肆青帘列酒鑪，銀瓶指點競來酤。蓮花簽鴨金絲肚，可有樊樓舊饌無。

新聲爭唱鬧蛾兒，席地壺觴畏日移。乳酪麥餳抛擲盡，更無人上信陵祠。

二樹山人集八卷　北京圖書館藏抄本

童鈺撰。鈺字璞巖，一字二如，號二樹，浙江山陰人。布衣。幼受詩學於家鄰女史徐昭華。及長，與商盤等結社，號「西園十子」。又與同郡劉文蔚、沈翼天、姚大源、劉鳴玉、茅逸、陳芝圖連吟，稱「越中七子」。客河南巡撫阿思哈幕，修省志。善書畫，尤長寫梅。卒於乾隆四十七年，年六十二。是抄曰《今體詩》二卷，曰《二樹詩畧》五卷，曰《二樹寫梅歌》續編一卷，皆畫梅詩。《兩浙輶軒録》小傳稱有手稿八本，不知是否此抄祖本。《隨園詩話》、《所知集》、《越風》選録之詩，多與此本不同。法式善《梧門詩話》謂畫成輒題一詩，故有「萬樹梅花萬首詩」之句。張維屏《詩人徵畧》記其詠梅詩達三千三百十三首。內中不乏奥兀之作，然終不免一律也。邵晉涵《南江詩鈔》有《童二樹畫梅歌》，同時名人，亦多此題。沈范孫《又希齋集》有《二樹先生瑣事詩》，敍其生平家里綦詳。

樂圃吟鈔四卷　嘉慶間刻本

張玉穀撰。玉穀字蔭嘉，江蘇吴縣人。諸生。游沈德潛門。長於詩，尤工倚聲。乾隆四十五年病卒，年六十。是集與《詞鈔》四卷合刊，有乾隆六十年錢俊選序，嚴廷煒跋。玉穀受學於浦起龍，《讀史通通釋有感寄呈浦山倉太夫子》，卽爲起龍而作。又得沈德潛口講指畫，日益精進。《方正學畫松歌》、《登縹渺峯》、《謁范文正公祠》等篇，俱能發攄性情。《逐疫行》、《乙亥冬日紀事》，語多質直。近體學陶、韋，樸茂仿古。又有《客山李丈詩》，客山卽詩人李果。其詩不足自立，平妥之作甚多。

研經堂詩集十三卷 道光十一年刻本

吉夢熊撰。夢熊字毅揚，號渭崖，江蘇丹陽人。乾隆十七年進士，改庶吉士，授編修。官至通政司通政使。晚主講揚州安定書院。卒於乾隆五十九年，年七十四。此集爲夢熊孫鍾穎刻，詩共五百十五首，一至七卷爲進呈、應制、隨輦賡和，以下各卷古今體詩。首朱珪、孫玉庭、蔣祥墀序，附《傳》。夢熊久爲館臣，預修《四庫全書》，與秦蕙田、宋邦綏、曹學閔、盧文弨、朱珪、翁方綱時有贈答。《讀前後漢書》分詠劉向經術、桓榮禮讓、賈逵義詁、鄭康成注經、鄭衆守正，洵稱近今作手。《讀北史儒林傳十二首》，議論亦有所得。《入閩集》，雜詠邵武、汀州、建州，時敍民俗。餘則分題角勝之作爲多，不足述。

菱溪遺草一卷附一卷 乾隆七年刻本

蔣麟昌撰。麟昌字靜存，江蘇陽湖人。父炳，官湖南巡撫。乾隆二年降爲倉場侍郎。麟昌年十六舉於鄉。乾隆四年年十九，成進士，改庶吉士，授編修。七年卒，年僅二十二。遺稿詩詞百餘首，大學士劉綸以爲宜付剞劂，爲之序。蔣炳作跋。凡遺詩一卷。附詩餘及沈德潛諸家題詞。金鑑題詞稱其「風骨壯駿，若部曲少將，新跨紫騮」。圓明園奉直，命作詠物十章，操觚立就。《致酒行》、《題孫碩膚楓江一棹圖》、《北平中元竹枝詞》、《送程莘田同年赴陝》、《送袁子才同年改官江南》，詞逸氣清。是集《四庫存目》著録。設非早折，固未可量矣。

笙雅堂詩集十四卷　嘉慶十七年刻本

張九鐔撰。九鐔字蓉湖，號竹南居士，湖南湘潭人。初官郴州訓導。乾隆四十三年成進士，年已六十，官翰林院編修。兄九鎰，乾隆五十二年進士，官川東道，有《退谷詩鈔》。從兄九鉞，爲湘中名家。九鐔通經學，於《易》、《書》、《詩》均有撰造。刻《笙雅堂全集》，爲賦三十篇，文四卷，詩十四卷一千零七十六首，並《易通》、《竹書紀年考證》多種。有畢沅、楊芳燦序。詩集阮葵生序。其往來楚粵者爲《麓苑草》、《東園草》，居郴者爲《黄岑草》，省侍山右者爲《陟岵草》、《晉游草》，游歷吴越者爲《春帆草》、《秋帆草》、《海南草》，往來居京師者爲《研京草》。詩止於乾隆五十七年。大抵五十年來踪跡與其意志皆可考焉。《題灌陽納勝樓》、《和懷素草書歌》、《祁陽山水歌》、《浯溪行》、《戲爲六絶》、《止詩詩》、《詠古二十首》、《漢江卽事》、《大同行》、《信陽大雪歌》、《入居庸關長歌》、《襄樊雜詩十三首》、《校書偶題三十韻》、《郴陽雜詩十二首》、《花田歌》、《與唐陶山辨古文尚書》，游衡山絶句多首，包孕甚富。蓋九鐔登鄉榜後，疲於四方之役，故見聞極廣也。集中與張九鉞多唱和。與王文治、王宸、朱筠、吴烺、朱景英俱有交往，尤善阮葵生。乾隆五十四年己酉作《悼阮吾山》詩注云：「吾山少余六歲，訂交時年始十六，同官中書。」以此計之，康熙六十年辛丑，九鐔之生歲也。

倚華樓詩四卷　乾隆二十六年刻本

朱琦撰。琦字景韓，山東歷城人。乾隆十二年舉人。官陝西府谷知縣，移四川彭縣，擢資州知州。工詩，特推重王士禛、趙執信，不出鄉曲之見。然見聞既廣，實未蹈空。是集有魯鴻序。府谷位河套地界，與山西寶德州毗鄰。集中《河套》、《亞枝山》、《米脂道中》、《泥虎行》，多記秦晉風物。復出省游北嶽，作《懸空寺歌》。又有《水呰寺》、《河津寺歌》，善繪北方山水。居魯，雜詠掛劍臺、黄石公祠、陳思王墓、瓠子故瀆。游趙，作《廣平三君詠》，三君卽申涵光、張蓋、殷岳。於豫，有《大梁懷古》。三、四兩卷爲入蜀詩。於自貢鹽井、大霧山、遂寧龍門蹬、資川四明樓、灌口離堆、樂山大佛巖，皆能攝其所見，飾以雅語。查禮、顧光旭官蜀均與之唱和，是亦爲時所推云。

河　套　有序

河套今爲鄂爾多斯部落，東西亘一千二百餘里，中有鹽海子。康熙三十六年，詔許貧民於近邊五十里内得租種套地，春出冬歸，歲以爲常，至今利賴焉。

唐城漢壘幾遷移，邊計紛紜孰是非。自昔煙塵侵玉塞，於今職貢欵王畿。紅鹽入市駝鈴滿，黄粟登場雁户歸。極目戰場成樂土，聖朝柔遠古來稀。《倚華樓詩》卷一

十誦齋集二卷　乾隆三十五年刻本

周天度撰。天度字心羅，一字西隒，號讓谷，浙江仁和人。乾隆十七年進士。官河南許州知州。撰《十誦齋集》，刊於乾隆三十五年，時已歿。有陳兆崙、張熷、汪師韓序。王昶《蒲褐山房詩話》稱天度「學問淵奥，先以經學薦舉，及爲詩，以雄博見才」。並摘句爲時人傳誦者。法式善稱其「性豪邁，好游覽，所至輒有吟詠。《江行》二首，人多誦之」。今觀集中詩，如詠北京天壽山，居庸關，石佛寺，意象渾樸。《乾隆辛酉上元前二日同友人聯騎登張家口講市臺蓋故明王襄毅諸公款奄旦處也時朔風被野人馬衣裘滿目寒色悵然興感作懷古四篇》，尤爲瑰奇。《晚晴簃詩匯》已選。唯齊召南有《題周讓谷先生登張家口講市臺四首》，精彩亦不讓原作也。天度受知於陳兆崙，與杭世駿、汪沆、齊召南等人立松里詩社相唱和，詠西湖諸勝，爲時傳誦。題圖之作，固所擅能。《題陳老蓮畫和齊瓊台韻》、《題林涪雲硯銘册》、《明宣宗畫貓圖》、《題金閶石天山攬轡圖》、《齊次鳳台山讀禮圖》、《題金道園先生江聲草堂圖》，俱有風概。《北郭聯吟》記南宋舊事，《遼金元雜詩十八首》、《題北齊后妃傳八首》，均可爲讀史之助。其詩學杜，於近人獨喜屈大均。參錯諸家，自具標格。

曲尺軒詩集二十四卷　乾隆四十年刻本

顧夔璋撰。夔璋字樹宸，號東崑，湖北襄陽人。乾隆十八年拔貢。二十二年，揀發安徽，官縣丞。二十八年，丁母艱回籍。撰《曲尺軒詩集》，首沈德潛、張昂序，自序。其詩學唐，諸體皆備。七古《題漁洋詩集》，雄閎瀏亮，論及詩歌淵源，堪爲傑構。《大江行》、《琵琶亭》、《捕魚歌》、《隆中草盧歌》、《牧牛詞》，俱有明人風調。《救蔽詩》八章，以風會日盛，人事漸趨奢靡，采風問俗，以示懲戒。《燈詞十二首》，亦掇民俗。夔璋與張開東、李葂、蔣立崖等寄贈唱和。《襄陽歷朝詩人紀筆》，詠宋玉至皮日休等十六人。附《翻集唐詩》一卷，每舉一首必變貌換形，而讀之自然，不知爲翻唐也。夔璋祖爲沈德潛之師。據德潛序稱：「雍正乙卯十三年，制府芸書趙公拔余江南鴻博，翌日携拙集並徐青藤畫册謁見，乃知命題批卷乃内幕牧雲顧先生秉筆也。遂得瞻拜風範，並文孫東崐亦於席間窺見其豹霧焉。是時余年已花甲，東崑兄甫在妙齡。」可見世好。芸書趙公，指趙宏恩，時爲兩江總督。李調元《雨村詩話》於夔璋多稱賞之。

畬經堂詩集六卷續集四卷　乾隆四十二年刻本

朱景英撰。景英字幼芝，一字梅冶，湖南武陵人。乾隆十五年解元。官福建連城、寧德、平和、侯官等縣知縣，泉州、臺灣同知。初刻《畬經堂詩集》六卷、續刻《文集》八卷、詩《續集》四卷，皆手自删訂，汪師韓、陳益舊序，夏之蓉、黄任、沈廷芳、葉觀國等題詞。景英學詩於黄任，而善於體察山川形勢、風土民物之變。《築堤行》、《虚糧歎》、《竈丁苦》、《撈泥謡》、《織苧詞》、《採蕨謡》，多關心天時農事民生疾苦。《謁薛文清公祠二十四韻》、《連城雜詩二十首》、《西溪雜詩十首》、《江郎山》、《虎牙關》、《泉州雜詩》、《淥江舟行雜詩》，以耳目所值著於詩歌，辭質而徑，筆力樸茂。早年經歷襄樊、楚南、沅西，一至都門。嘗修《沅州志》，撰《李東陽年譜》，兼能度曲，《冬夜南園同人觀演拙製桃花緣傳奇》四首云：「艷異爭傳本事詩，返生香裏逗情癡。春風有底干卿事，記取桃花見面時。」「譜就重翻意自惺，消磨白日唱還停。臨川老子頽唐甚，却掐檀痕教小伶。」「圓愛瀉盤珠的皪，弱憐踠地柳纏綿。坐中不少周郎顧，愧煞詞場屬老顛。」「到地無霜月有痕，夜闌曲罷轉銷魂。青衫詎爲琵琶濕，説着天涯淚已繁。」弟文震，爲著名畫家。《續集》爲官閩詩。乾隆三十六年，貳守臺灣，作《蓬山卽事六首》云：「此間那易覓蓬瀛，夷獠村中浪有名。但使野人習耕鑿，太平農亦樂長生。」「勁弧卓地響藤弦，篠笴雞翎發疊連。也學顔行齊稽首，射生好手試叉前。」「垂垂兩耳肉如環，緑髮鬖髿覆紺顔。悔不擔來千石酒，直看一路醉花蠻。」「試舞衫裁吉貝多，動摇珠絡影婆娑。發聲忽舉雙雙腕，宛轉聽他蹋蹋歌。」「雲子香春雪色餐，團團搓手意遲遲。老饕口腹殊多累，臂釧生慘壓匾時。」又有《登瀛雜詩》、《登赤嵌望海作》、《涉大甲谿》、《白沙墩》、《岔山》等篇，地方色彩亦足。葉觀國、錢琦、朱筠、朱珪、孟超然俱識其名。《笴河集》有《送朱太守景英》詩，錢琦《澄碧齋詩鈔》有朱景英題詞。

築堤行

捍海議築東湖堤，築堤仍取海中泥。海水有潮泥有鹵，潮退泥乾硬於土。摶泥層層堤屹然，不聞杵杙聲喧闐。鹹水洩盡淡水蓄，可以坐收三百禾囷壓。當時議者固如此，此議官喜民亦喜。官喜加賦晉階秩，民喜成田實穎粟。紛紛投牒申上官，一時不惜私錢率。豈意海涸無有期，朝潮暮潮奔突馳，一尺方築尋丈隳。安得爾許錢，填此巨海爲？既非啣石之精衛，又無鞭石秦皇計。築堤築堤幾年歲，依然大海望無際。我來問之立斯須，告者未語先嗟吁：前年爲田築東湖，而今爲堤田無餘。前年傕夫築東湖，而今傭作東湖夫。不然田亦不望堤不築，上官督責無時無。我才聞此語，心知築堤苦。既思桑田滄海變有時，安知天工不爲人敚之？又思年年秋濤怒且吼，千稜萬稜田烏有。縱使此堤幸有成，一綫孤懸豈能久。堤不能久田陞科，所患更在成堤後。不知議築東湖久，曾籌及此深長否。《畬經堂詩集》卷三

虛糧歎

十月縣帖下里胥，來催四月完半租。明年縣差捉糧户，去年粒米全無輸。捉到一一列階下，垢膩雙脚衣穿膚。或老年過八十餘，或寡婦抱兒子孤，又或躄者瞽者須人扶。由來糧從田土出，爾坐享田

糧胡逋？毋乃藉此老羸孤苦廢疾狀，可以抵塞停追呼。中有一人上前泣欲訴，欲訴可容一言乎？規田納糧有定則，糧誠有之田則無。問田何以無，田在元明初，聞我先世曾有此，乃是沿海壘石成膏腴，以此豪視三五都。年深歲久海水刷，膏腴亦已塗泥淤。厥田豈有上中下，厥賦則壤寧非虚。當其狀盛時，猶可營錙銖。而今困頓甚，朝食申無餔。況無長物付質庫，又難稱貸趨鄉間。自知國賦無所避，累我父母云何如？語未待竟我心惻，可憫頗與春陵俱。無論呵斥鞭朴兩不忍，卽此老羸孤苦廢疾宜嘘濡。薄俸愧難起衆病，安得盡使虚糧除？他日太守行部至，告之亦復長嗟吁。嗚呼可竟空嗟吁，要當蘇我民妻孥。《畬經堂詩集》卷三

惲道生畫山水歌

幀内自記云：文風日敝，識者慮之，畫道亦然，一味輕描淡寫，何異東施效顰，余則以爲不十年讀書不可以作文，非十年見古人墨跡不可以作畫。茲偶坐清凉山樓，友人出紙索筆，信手直揮，不加粧點，當爲知己一笑。考道生名向，又名本初，周櫟園《讀畫録》稱其大幅擅場。此軸舊藏余姻家陳君淑一所，因索歸重裝潢之，並系以歌。

毘陵惲氏工作畫，正叔本在道生後。正叔寫生妙入神，何似道生揮毫如運帚。胸中丘壑蟠幾許，落手尋丈等粒黍。筆底已無高房山，眼邊不數米家虎。由來大巧無纖辭，詎有大力肯事輕描淡寫爲？窠臼盡脱筆墨外，不施皴染藝更奇。多君論畫兼論文，讀書讀畫同所云。愚意讀畫仍自讀書始，

俗工院體徒紛紛。世人但愛南田子，花葉工爲没骨體。邊徐而後歎獨絶，寸縑尺素珍莫比。我獲此幅賞其大，落墨是用作歌表奇偉。噫嚱吁，讀畫録中傳久矣。　《畬經堂詩續集》卷三

石堂詩鈔二卷　乾隆三十七年刻本

高書勳撰。書勳字芸功，號石堂，漢軍鑲白旗人。鐵嶺籍。户部尚書高其倬子。乾隆間舉人。殁後家刻其集，有熊爲霖、張裕犖序。以庚辰詩自云「我生三十九」計之，當生於康熙六十一年。其詩清夐不俗，唯所詠至窄。可徵事者如《萬柳堂》、《拉古里木椀歌》、《題查儉堂所撰岳根上人雙樹堂印譜序後》、《鄂厚齋頭石印臺》、《題玉池生墨蕉》，數首而已。八旗子弟罕與漢族士夫唱和，故酬接無多。又有一柱峯、玉泉河等游覽之作，蓋踪跡不出京畿云。

桐石草堂詩集九卷　乾隆二十年刻本

汪仲鈖撰。仲鈖字豐玉，號桐石，浙江秀水人。乾隆十五年舉人。撰《桐石草堂集》詩九卷、詞一卷，有乾隆二十年其兄孟鋗序。汪氏昆季，俱以詩名。王昶《湖海詩傳》卷三十一選孟鋗詩。《詩話》畧稱：「仲鈖有《桐石草堂集》，横空排奡，取徑畧與孟鋗同。因先卒，未及與交，故不録。」孟鋗序則稱其詩宗「山谷、半山，視時俗拾何、李唾餘以詭附盛唐者，則心焉薄之」。觀其《病中雜詩》有云：「黄詩繙閲枕函親，學杜先宜問此津。

宗派百年誰復識，解音絃外兩三人。」小注署云：「山谷爲詩家不祧之祖。元明以後，無人齒及。錢朱皆近時巨老，而動有貶詞。余素嗜其詩，唯同里錢籜石、萬柘坡及厚石以爲然也。」可見乾隆初期倡宋詩者，首在秀水。錢載集有《農家詩八首》，萬光泰集有《論篆八首》，孟鋗、仲鈖俱有和詩。孟鋗集有《題七姬權厝志》、《幻居菴觀明人所寫廣佛華嚴經》、《咸和甎詩》，此集亦有同題。餘如《題宋人觀泉圖》、《仇英人物畫册》、《爲王轂原題石梁觀瀑圖》、《雜題宋元明人畫幅十首》、《謁徐少卿祠觀祠後舞蛟石》、《讀吴淵潁集》、《羊流店懷晉太傅祠堂》等篇，鋪張異彩視孟鋗尤摯。《春秋宫詞三十二首》、《謁林和靖墓》、《題虞道園集後五首》、《題陸南香白蕉詞後四首》、《讀楊忠愍公遺筆四首》、《答人問詩》，涉于今古，詠歎自如。唯喜自炫，轉失詰屈耳。據汪孟鋗序及《厚石齋詩集》卷九《感賦》注，可知仲鈖爲康熙六十一年生，少孟鋗一歲。乾隆十八年年不逾三十而卒。裘曰修《題桐石詩稿》云：「天下無雙雙井黄，流傳句法剡寒鋩。愚君更尋西江派，淨洗鉛華印妙香。」

來鶴堂詩鈔二卷　乾隆間刻本

于宗瑛撰。宗瑛字英玉，號紫亭，漢軍鑲紅旗人。乾隆十九年進士，改庶吉士，授翰林檢討。官至監察御史。工詩文書畫，遐邇得名。是集凡詩二卷，與文二卷合刻，據其子鰲圖跋，知爲康熙六十一年生。卒年不明。詩以題畫居多。唱和名流爲彭啟豐二三人。《己丑九月與金香泗山中話别有贈》云：「秋姿澹平野，暮氣起蒼山。林表月既白，山中客欲還。高情慰愁夕，寒露下松關。揮手復塵跡，心長雲水間。」蓋學唐而求之形似者。又作《春燈百韻》，乃游戲閒筆。《隨園詩話》稱之。《湖海詩傳》有選詩。

峴山堂集四卷　乾隆間刻本

吴泰來撰。泰來字企晉，號竹嶼，江蘇長洲人。乾隆二十五年進士，二十七年南巡召試，用内閣中書。乞病歸，居木瀆遂初園，藏書多宋元善本。畢沅延主關中。後隨至開封，爲大梁書院山長。乾隆五十三年卒，年六十七。泰來少負詩名，與王鳴盛、王昶、錢大昕、趙文哲、曹仁虎、黄文蓮稱七子。清代沿南宋以來積習，以同邑能詩者合稱數子者，多不勝舉。往往凑泊成數，强分派别，而吴中七子，大都才情駿發。初凌如煥主申江書院，教人詩以漁洋、竹垞爲主，趙文哲、張熙純皆其弟子，泰來爲其外甥，而王鳴盛、曹仁虎等同聲相應，一時人才之盛，要當歸功於如煥云。見楊鍾羲《雪橋詩話續集》。此集分《初禪》、《松谷》、《浮江》、《荷鋤》四集。惠棟序稱其詩：「凡三變。其始清真古澹，直是王、孟。繼而票姚跌宕，沉鬱頓挫，彷彿少陵、太白。久之而絶去標榜，渾成蒼秀，遂能不名一家，而兼擅衆美。」詠山川古蹟名勝，如《天台山歌》、《吴越王廟歌》、《横石》、《游黄山觀雲海》、《登蓮花峯絶頂放歌》、《謁黄山谷祠》、《十八盤》、《天井灘》、《游隘口諸山作》、《黄天蕩懷古》、《斑竹嶺》、《登閣觀水漲和沙斗初》，蒼莽深秀，沉麗灑落，頗有風神。《讀史有感四首》、《輓李客山徵君》、《宣窑脂粉箱歌》、《題趙璞菴長律六十韻》、《題王琴德三泖漁莊圖》，以及懷人諸篇，多有實可徵。王昶《湖海詩傳》選吴泰來詩七十餘首，其中如《題吴山夫所撰金石存卷尾》等篇，均爲此集所無。蓋《詩傳》多取郵筒篇什，録而存之，故常與刊本不合。夢麟《大谷山人集》有詩贊云：「軼塵孤往奮仙翮，當今豪傑杭與桑。來殷企晉及德甫，盤拏變滅龍騰驤。」杭謂世駿，桑謂調元，來殷曹仁虎，德甫王昶，企晉即泰來也。

青虚山房集詩二卷　光緒十九年定興鹿氏刻本

王太岳撰。太岳字基平，號芥子，直隷定興人。乾隆七年進士。歷官甘肅平慶道，湖南按察使，雲南布政使，坐事落職。四十二年，充《四庫全書》總纂官，降國子監司業。五十年，卒於京，年六十四。以政績經濟、學術文章並重於時。究心水利，著《涇渠志》。在滇疏陳銅政利病。門人王昶作《行狀》，稱有集二十四卷，是集僅十一卷，係光緒間邑人鹿傳霖從盛昱假鈔本刻，序云：「先以是集付梓，更容訪求遺佚。」詩凡二卷，經王芑孫删十之五。篇幅雖少，典型猶存。贈杭堇浦、諸草廬、邵荀慈，哭申笏山，筆力堅卓。《讀史雜詠二十四首》，亦有史識。《行北山下是涇水東西二流所匯》一詩，序文考證涇水，爬羅剔抉，脈胳分明。《行視澇水口占示官屬》、《行視龍洞渠宿中山下長句紀事一百韻》，俱見留心水利。《銅山吟》一百二十韻，《晚晴簃詩匯》已選。餘如詠平凉、米脂，遊百泉諸作，亦可徵事。王昶《蒲褐山房詩話》稱其詩「宗魏晉，下及唐人，醇古淡泊，可謂高格」。曹學閔《紫雲山房詩鈔》有《書王芥子涇渠志後》。

行視澇水口占示官屬

關中八水交絡繹，長源半出南山口。中間澇谷源更長，出山已判雙支走。一支東注爲通溪，一支伏流出向西。東流淺隘苦泛漲，往往夜決西鄰堤。西鄰迫欲限二水，安援玉女泉相抵。虚誣適助他人攻，爭訟年年紛未已。曲防從古有要約，未聞遽許鄰爲壑。同源異派本尋常，但聞此隄新舊作。巾車閒入三賢祠，手剔蒼蘚看遺碑。乃知築堤三百載，經界已定誰能隳。沿流更走四十里，雙流匯處窮端倪。初焉齟齬不相入，左右判列如澠淄。廻旋既久漸融液，清濁始混無參差。觀瀾信是觀水術，再三驚歎造化奇。西村父老喜拍手，二分水派真無疑。東屯千衆若崩角，于今大覺羞前爲。願言休訟反田里，共樂耕鑿羣熙熙。余亦歡然爲一笑，就車鼾睡心懌夷。作詩留示後來者，記隄兼考王九思。但持此判莫爲動，千秋一任南山移。《青虚山房集》卷二

振綺堂詩存不分卷　光緒十五年刻本

汪憲撰。憲字千陂，號魚亭，浙江錢塘人。乾隆十年進士。補刑部陝西員外郎。著有《説文繫傳考異》四卷。家振綺堂有累世楹書之積，丹鉛多善本。三十七年卒，年五十一。值《四庫》館開，購求遺書，其子選善本經進，得頒賜。事具本書卷首錢陳羣所爲《汪君傳》。憲爲錢陳羣所得士，集中《香樹詩八十壽辰一百

韻》並序，頗載軼聞。與名士杭世駿、陳兆崙均有唱和，唯其詩與當時浙派不相近。《邪許曲十二首》，歌謡體，據《淮南子》謂爲舉重齊力之歌。《閒居飲酒二十首》，和陶。此集爲玄孫曾唯校刻。世代藏書，雅不在詩矣。道光間張開福燕昌子有《讀汪氏振綺堂藏書目爲作歌》，見《硤川詩續鈔》卷十四。

隨月讀書樓詩集三卷　嘉慶十年新安兩汪先生集刻本

江春撰。春字穎長，號鶴亭，安徽歙縣人。僑居揚州。父承瑜，以鹽商起家。乾隆二十二年南巡，春迎駕，授内務府奉宸苑，加布政使銜。與從弟昉俱能詩。卒於乾隆五十四年，年六十九。此集爲嘉慶間刻《新安兩汪先生集》本，首李保泰、吴錫麒序。詩三卷，三百三十首。春與盧見曾、馬曰璐、曰琯兄弟同好風雅，與當代文士往來及流寓揚州者，延接唱酬。如金農、鄭燮、沈大成、金兆燕、吴烺、杭世駿、戴震、鮑皋、陳章、羅聘，俱見集中。登岱、謁曲阜聖林廟等詩，較可觀。卷三爲詠黄山詩，不啻遊記。其詩不尚雕琢，然亦無深雋可言。

石研齋詩集十二卷　嘉慶十六年刻本　石研齋未刊詩稿　抄本

秦黌撰。黌字序堂，號西巘，晚號石翁，江蘇江都人。乾隆十七年進士。官湖南岳常澧道。歸里居石研齋，以著述爲事。卒於乾隆五十九年，年七十三。子恩復，以刻《列子》、《鬼谷子》、《三唐人集》、《詞源》、《草堂詩餘》、《樂府雅詞》、《陽春白雪》等書著名。是集亦恩復刻，傳本不多，精雅可愛。首盧文弨舊序，吴錫麒、李保泰序。其詩初清綺婉約，折轉温醇典正。《水夫歎》、《讀律》、《買牛歌》諸篇，不忘世情。《燕九詞》爲都門風俗雜詠。《文信國墓》、《觀競渡》、《大庾嶺》、《大隄曲》、《滎陽渡河放歌》、《憶鰣魚》、《西湖雜詠》三十首、《平山堂》、《邗江秋漲行》，言皆有物，有事可徵。《觀米南宫離騷經墨蹟》、《詠史十首》、《題羅兩峯鬼趣圖》、《觀三鳳緣曲劇十首》和茅元銘作、《雪中人傳奇題辭》四首，搜討弗淺。生平與石爲緣，作《石翁吟》乃自況也。贇受知於裘曰修。與錢載、紀復亨、盧文弨、張坦爲進士同年。謝啟昆爲揚州知府，與之偕游。唱酬顧光旭、李中簡、沈業富、秦大士、江德量、董元度、韋謙恆、袁枚、吴本錫、趙翼，多文學之士。又與揚州文人金兆燕、江恂、江昱相契，《哭江松泉》、《哭金棕亭》詩，猶可證疑年。抄本《江都秦氏石研齋未刊遺稿》，有贇自定年譜，及恩復詩詞等書。内《石研齋詩稿》，多見於刻本，可用補遺者爲《揚州懷古六首》有注，和吉渭崖前後《六客詩》，祇數十篇耳。

六堂詩存四卷續集一卷　乾隆間刻本

萬經撰。經字陳常，號六堂，陜西三原人。舉人。官直隸滏陽知州。乾隆三十四年刻《六堂詩存》，首自序，年四十八。又張裕犖、張坦序，《續集》有乾隆三十八年裘曰修序。集中於《荀子》、《莊子》、《列子》、《文子》、《吴子》、《慎子》、《孫子》以及《鬼谷》、《公孫》、《司馬》、《鶡冠》、《淮南》、《孔叢》、《青黎》、《雲陽》、《桂巖》、《吉雲》諸子，均有題詠，而旨在養性，可採者無多。記滋州諸景，亦不足觀。唯《採茶歌》、《龍河防汛》，稍具事實耳。

西沚居士集二十四卷　道光三年刻本

王鳴盛撰。鳴盛字鳳喈，號禮堂，一號西莊，又號西沚，江蘇嘉定人。少學詩於沈德潛，與王昶等稱「吴中七子」。錢大昕爲其妹壻。乾隆十九年一甲一名進士，授編修。歷官内閣學士，兼禮部侍郎，降光禄寺卿。二十八年，歸里，鍵户讀書三十年。與惠棟交深。長於經史。著有《十七史商榷》、《尚書後案》、《蛾術編》等書。嘉慶二年卒，年七十六。乾隆三十一年刻《西莊始存稿》三十卷，前十四卷爲詩，以下爲文。詩爲四十二歲以前作，九百二十七首。自記尚有《晚拙稿》，未刊。伊朝棟《賜硯齋詩鈔書王西莊目盲復明詩卷後》，猶見及之。道光三年其孫據手稿刻《西沚居士集》二十四卷，詩一千一百九十二首，有沈德潛、齊召南舊序，受業蕭芝、張壽序，又南翔、李士榮序，視始存稿詩稍益，唯采分體，轉不如始存稿編年爲便。吴雲跋云「先生詩稿向未刻」，非是。王昶《蒲褐山房詩話》稱鳴盛：「詩宗三唐，既而旁涉宋人。歸田後復守前説，於空同、大復、鳳洲、卧子、漁洋、竹垞，咸服膺其間，轉益多師，終歸大雅。」此集詠荆南、宜昌、夷陵、閩嶠、吴越山水奇勝，如《小孤山下作》、《虎牙灘》、《烏石灘》、《仙霞嶺》、《任城李太白酒樓歌》、《雨泊江岸登天門絶頂》、《江郎山》、《游白雀寺登弁山》諸篇，語意曲暢，隨景抒懷。《練祁雜詠六十首》，以邑中沿習土習名勝物産入詩，小注有文獻可徵。居京作《白塔歌》，樂府《響盞謡》、《採煤歎》、《縫窮婦》。扈從木蘭行圍，作《詐馬行》、《什榜行》、

《相撲行》、《教駣行》，可與王昶此題合觀，見《春融堂詩集》。《試院雜述十六首》、《平定西域方畧館紀事二首》、《題蔣心餘詩卷》，《題盧弨弓檢書圖》、《題蕪湖湯鵬鐵畫竹蘭畫》、《酬韓處士騏》、《題蔣業晉駐馬看雲歌卽送之甘肅》，以及懷惠棟、李果、沈彤、商盤、錢載、姜恭壽、邵齊燾、秦大士等詩，亦足考交游。鳴盛本爲詩家，從惠棟問經義，乃成漢學專門。觀《自題寫書圖》云：「十齡操管鬬雄豪，轉眼年華到二毛。準擬丘園終養志，早將寫定示兒曹。」「古文奇字有門庭，北海司農實典型。小説虞初從擯棄，區區一意在尊經。」「鞍背船脣萬里賒，歸來散佚恣搜爬。腐儒活計雖寒乞，一室圖書尚五車。」「馬癖錢兄各有營，傳鈔聊足樂平生。迂疎難入時人眼，敢向文場學噉名。」其志已不在詩矣。

明善堂詩集十一卷　乾隆十四年刻本

弘曉撰。弘曉號冰玉主人，滿洲人。怡賢親王允祥子。封怡僖親王。刻《明善堂詩集》十一卷，爲乾隆三年至十三年詩。首自序，伊都立、沈景瀾、張純熙、范棫士、張衡、陳孝泳序。以乙丑二十四歲詩上溯其生歲爲乾隆六十一年。詩有標格。嘗多次隨駕，出山海關至瀋陽，住熱河避暑山莊，南至曲阜謁孔廟。所作《射虎行》等篇，崛奇豪放。《題袁江畫》、《讀紅蘭主人稿》，亦較新脱。間有平妥之作，以王公之詩律之，尚不多得也。

飯顆山人詩五卷　乾隆五十九年刻本

曹斯棟撰。斯棟字僊耨，浙江仁和人。諸生。年逾六旬，刻詩五卷，三百餘首，自序云學無師法。而於吴穎芳稱弟子，取徑特異，格亦近之。《無米歎》、《布袍行》、《捕虎詞》、《服田詞》、《行路難》、《不倒翁》諸篇，紀事攄情，與世多乖剌不合。《南山紀游》、《西山紀游》、《真娘墓》、《黄公望故居》、《觀理公岩佛像》、《尋宋詩人高鞠磵墓》，諏訪古蹟，兼有勁直樸質之氣。又喜觀雜書，雅好曲藝。《閱厲鶚東城雜記有作》六首，《林問渠倒綳録題詞》、《柳如是小像》、《題黄松麓擁書圖》、《讀赤雅》、《培風堂觀劇》、《傀伎》，以及《詠古》四首，不與人同，是亦未可以蕪雜棄矣。

南墅小稿二卷　乾隆十二年刻本

徐以震撰。以震字省若，浙江德清人。諸生。與兄以升、從弟以泰、以坤俱有詩名。是集首乾隆十二年鄂敏序。爲詩華贍精整。《題仇實父桃源圖》、《道場山浮圖》、《題沈石田溪山春曉圖》、筆力矯變。《仿西涯樂府十四首》、《讀史雜詠十首》，敍述事實，加以月旦評，非淺學所能造述。又有《續苕溪漁隱四首》、《四時田家樂》等詩。裒爲一集，足與昆季塤篪相應云。

又希齋集四卷　咸豐三年刻本

沈范孫撰。范孫字子孟，號又希，一號筠麓，浙江秀水人。諸生。與同里汪大經相唱和。館於外，奔馳南北。結納鄭虎文、黄景仁等詩家。主汴大梁書院，與畫家童鈺訂交。卒年不詳，陸以湉《冷盧雜識》謂范孫年七十猶應鄉試。撰《又希齋集》爲其孫濂刻，包括《筠麓偶存》、《汴游小草》、《豫章游稿》，附詩餘。所作《二樹先生瑣事詩》、《題二樹山人摘句圖詩刻》、《二樹先生寫梅》諸篇，爲童鈺傳記材料。《西陂觀稼圖》，記宋犖别業，意多談往。《豫章稿》作於乾隆五十六、七年間。游匡廬，作《白鹿洞書院》、《三疊泉》、《三峽橋》、《棲賢寺登應真閣觀舍利》等詩，過采石，有《謁虞雍公祠》。其詩醇雅樸致，無浮雜之什。《讀全唐詩有感六首》，涉筆容與，亦有抉擇。

二樹先生瑣事詩　有序

歲壬辰，予晤會稽吳司馬鑑南於鄭誠齋師座，爲言先生殯殮其尊人及送櫬歸越事甚詳，予始知先生高義。丙申，客中州，與先生訂忘年交。丁酉、戊戌，先生偹志洛下，予亦主永甯洛西書院講席，永去洛二百餘里，每相念即命駕從先生遊，知先生益深，爲作歌，歌其瑣事，以誌不忘。

樹翁慧業三生緣，詩法夢授肩磨禪。先生方四齡，昔夢一老人，自稱肩磨僧，教之作詩者幾三年，醒憶其語，書廢紙，爲越先輩王雨楓先生所窺，驚爲天授。空林琢句倀鬼哭，宿草省墓於菟奔。先生覓句，每於空山中達旦不寐，嘗見虎倀。葬親山巔，館其麓，每旦晚必往省視，數遇虎，習見亦不爲怪。歸愚宗伯願識面，新餘太史交以神。歸愚叟見先生蘇臺懷古，極心折。蔣太史士銓見先生畫梅，寄以詩曰：「我不識君見君畫，每對梅花身下拜。」長城五字作繪畫，隸法八分追古先。先生工隸法，力追漢人，於詩五律尤勝。越人摘其句供繪事，杜補堂太守爲刻摘句圖。古梅槎枒月印譜，瘦骨傲岸花前身。先生畫梅少粉本，花時於月下濡翰展帛，縱横攲側，皆成妙畫，故平生所繪無一複者。幼時友人劉鳳岡夢先生化爲梅二樹，因更今號。雞林百金世爭寶，國門一字文空懸。先生所脩志書世謂一字不可易，所畫梅，人爭購之。友人湯君容焛迂徑由山東反浙，中途金盡，出先生所贈畫，賣得百金以歸。十車典册富金石，九府圜法珍刀錢。先生每出，以書十車自隨，尤富金石文，性愛古錢，所畜多世所未見。得竹垞所寶新莽錢範，恒置案頭。呼召蜂蝶腕有鬼，占驗凶吉詩真仙。先生畫梅，冬月致蜂蝶之異，題畫詩往往奇驗。嘗元旦爲周進士世續題畫，有第一朝開第一花之句，是年周發解。湯容焛有僕僮乞畫藕，因題詩曰：「具此清淨姿，何爲乎泥中。」僮僕數日殤。等身著作足千古，嫁衣忙碌歸何年。邵二雲太史勸先生歸山脩不朽業。不如就我鴛水側，結茅林下花光繁。與君晨夕相往還，飲君之酒窺君園，請君寫盡春無邊。先生素重誠齋師，將結隣於鴛水之側，買屋數椽，旁置空地。有索畫梅者，爲種梅一株，顔其室曰寫春園。一歲三百六十日，日畫梅一幅賣之，供薪水。多食肉，少喫粥，有餘置竹筒以供交友詩酒之資。此先生志也。《又希齋集》卷二

西齋詩輯遺三卷　道光七年刻本

博明撰。博明字希哲，一字西齋，又作晰齋，姓博爾濟吉特氏，滿洲鑲藍旗人。乾隆十七年進士，改庶吉士。官至雲南迤西道，降兵部員外郎。博學多識，於經史、書畫、馬步射，無不貫串嫻習。通蒙古、唐古忒文字。著有《鳳城瑣録》、《西齋偶得雜著》，記雲南邊務民族習尚較詳，間有朝鮮佚事，亦足稽考。詩多亡佚，此

輯本。起於乾隆二十一年充廣東鄉試官時之作，有乾隆三十八年自序。翁方綱、邵自昌爲之鑒定，道光間其外孫穆彰阿所刻。據嘉慶五年翁方綱序云：「西齋與予生同里，鄉會試同年，同修《續文獻通考》，同官春坊中允。」又云：「西齋之卒，予適出使江西。」集中有《贈邵楚帆武部五十生日》詩，楚帆即邵自昌。《輿人言八章》、《勘災柳郡紀事四首》、《永昌竹枝詞五首》、《題自畫燈屏六首》、《大理四詠》、《天井山歌》、《麗江雜詩》，言之有物，内容新脱。《詠山谷祠》、《柳侯祠》、《大觀帖歌》、《元祐黨籍碑》、《楊升菴像》，均有裁擇，不以泛濫爲尚。可見儲其學矣。

清人詩集敍録卷三十四

切問齋詩集二卷　乾隆五十七年暉吉堂刻本

陸燿撰。燿字青來，一字朗夫，又作朗甫，江蘇吴江人。生於雍正元年。乾隆十九年舉人，工隸書，授内閣中書。官山東登州知府，累擢布政使，廉潔自厲，以巡撫國泰貪暴，不相能，乞歸。再起，至湖南巡撫。乾隆五十年卒，年六十三。子文駉，落魄無依。趙翼感而賦詩云：「廉吏可爲兒作客，故人已死鬼成神。」燿習書史，爲樸實有用之學。著有《甘薯録》、《漕運考》，輯經世文《切問齋文鈔》。著《切問齋集》凡十六卷，十五、十六兩卷爲詩，陳玉樹校刊。其中樂府雜題較多。次爲扈從熱河、木蘭所作塞上諸篇。又有《晉祠》四首、《讀孔叢子》、《題韋約軒學使秋林講易圖》等題。五古《青山梁曉晴》，七古《老將行》、《觀打漁歌》、《烟草歌》、《後烟草歌》、《詠石炭》、《抄爾雅書成後》，取材廣泛，且能鎔鑄衆長。《送顧宗人古湫》，宗人爲顧鎮。燿爲理學名家，時以詩人許之。王昶《春融堂集》有《書陸朗夫愛日圖詩後》。馮應榴有《哭陸朗夫中丞前輩八十韻》，見《湖海詩傳》卷二十五。王培荀《鄉園憶舊録》有佚詩。

耻夫詩鈔二卷　嘉慶五年刻本

楊垕撰。垕字子載，一字耻夫，江西南昌人。家貧，少穎悟，九歲能詩。受知於學使金德瑛，爲府學生員。乾隆十八年拔貢。與蔣士銓、汪軔、趙由儀有「四子」之目。十九年以病卒，年三十二。萬廷蘭《計樹園詩存》卷三有《懷楊子戴》詩。蔣士銓哭之以詩云：「九歲負才名，詩成牧伯驚。天教將門子，來作魯諸生。我亦今詞客，歸棲古灌城。十年兄弟友，如此對銘旌。」才人早夭，洵可惜也。此集有彭元瑞序，稱其詩「清氣盤空，自出機杼，其得之天者厚矣。然非胎息風騷，淵源漢魏，胡以神味氣韻，駸駸入古」。卷首並載蔣知讓《南昌楊公耻夫傳》。知讓，士銓之子也。集中《洪州新樂府》四十一首，獨出冠時。《南州燈詞》八首，爲香龍燈、墓燈、廟燈、菜花燈、龍船燈、河燈、塔燈、竈燈、炒蟲燈。又有《立夏茶詞》、《種菸詞》、《鬬鵪鶉詞》、《看閏詞》，記民間陋習《溺女》、《禳疫》等篇。詠史題圖之作，恆有可觀。《題家藏仇十洲畫馬》、《題泰西人物田舍畫》，用筆甚新。《三峽猿聲歌》、《棧道猿聲歌》、《平壚戰箭歌》，窮形盡相。《書王阮亭隴蜀餘聞後》，一時爭傳之作，唯記張獻忠軼事未盡得實焉。粤東游詩，如《上十八灘歌》、《韶州》、《銅鼓歌》、《登繩金寺塔》，清超深渾，才氣甚高。《東湖竹枝詞三十二首》、《題蔣苕生歸舟酒醒圖》、《宣德賜印歌》，亦以清俊工麗爲尚。乾隆初，秀水錢載、王又曾，吴江張塤，西江蔣士銓、楊垕詩均習宋，實由金德瑛導之。各家面目自殊，而西江學宋又不盡宋也。

月船居士詩稿四卷　四明叢書本

盧鎬撰。鎬字配京，號月船，浙江鄞縣人。父培，從學仇兆鼇、陳錫嘏。鎬少好蒐討僻書奇字，未幾棄去,從史榮研究經史。繼又執贄全祖望門下,祖望以女妻之。乾隆十八年舉於鄉,選平陽教諭,修邑志。與蔣學鏞爲文字交。卒於乾隆五十年,年六十三。是集爲董秉純序,蔣學鏞跋,附王鳴盛《書月船居士詩後》。近代張壽鏞刻入《四明叢書》。其詩從書卷中來,古色斑斕。《和陶飲酒詩》、《由聖果寺登鳳山絶頂》、《題浦陽白石山房張孟兼先生讀書處》、《唐司馬道士室鑑詞》、《金陵憶述二十八首》、《南雁紀遊》、《登仙華峯》,思清意超,以融和恬靜見長。多蓄佳墨。《題丘至山百十二家墨譜》等篇,兼記明方于魯諸家製品。《懷亡友范仲一》,仲一名鵬,鄞人,多讀秘書,年二十三而卒,全祖望爲撰《穿中柱文》,有《存悔集》,亦刻入《四明叢書》。《題檸菴近稿後》,檸菴卽蔣學鏞也。

頻羅菴詩集四卷　嘉慶二十二年刻本

梁同書撰。同書字元潁,號山舟,浙江錢塘人。大學士梁詩正子。乾隆十二年舉人,十七年特賜進士。官侍講。二十三年以憂歸,家有木瓜樹,釋氏呼「頻羅」,因號頻羅菴主。嘉慶十二年重宴鹿鳴,加侍講學士銜。嘉慶二十年,九十三歲患腸疾卒。是集爲《頻羅菴遺集》本,内四卷爲詩。同書中年後辭官家居,所染官場習氣未深。書名特重,詩亦能拔俗。《元夕前門觀燈口占》、《謝惠洞庭碧螺春茶》、《玉河柳枝詞》、《詠美人風箏》、《謝客五絶句》、《反游仙詞》,純任自然。《題高鐵嶺指畫寒枝蹲雀》、《蕪湖湯鵬鐵畫歌》、《後鐵畫歌》、《題羅兩峯畫羲之寫經籠鵝圖卷》、《題讓山人南屏山房看梅圖》、《題恆上人畫瓶花小幅》、《題董旭終南進士圖》、《題程易疇畫草蟲册子》、《題盧抱經同年檢書圖》、《題翟晴江書巢圖》、《爲秦小峴觀察題蘇祠圖四絶句》、《題隨園先生十三女弟子請業圖卷》，以及《和陶篁村詩冢》、《次吴杉亭韻》、《次王夢樓索書原韻》，博學儒雅，皆藉韻語以傳之。同書雜學旁蒐，多著述。爲杭世駿、南屏僧明中、篆玉刻集，功在藝林。遂昌王夢篆撰《窺園詩鈔》，同書點定並綴序，於後學可謂循循善誘，故亦受時人敬重也。

冷香山館詩鈔四卷　乾隆三十二年刻本

王金英撰。金英字澮人，號菊莊居士，江南江寧人。乾隆二十七年舉人，與張九鉞、朱文治同年。屢試春闈不第，官教諭。詩鈔分《歷游草》一卷，《痛餘草》一卷，《望雲草》二卷，附刻《冷香詞》三卷。據乾隆丁亥三十二年自序云，「辛酉年十九，迄今十五寒暑」，當爲雍正元年生。觀《弋陽懷人》詩，裘曰修、蔣士銓、王篋輿、饒學曙、夏之芳、胡天游，均一時勝流。入都又與王鳴盛、阮葵生、趙文哲、陶元藻、顧光旭游，日益精進。《江行》、《讀漁洋集》、《觀八大山人圖鷹》、《游白雲觀》諸作，落筆冲淡而意趣盎然。《爲吴湘南三生石題詞》注云：「余亦有《太平園吉莊釵諸院本》。」是獨能以藝著。又刻《友聲集》二卷，録師友詩九十六人，其著者爲夏之翰、周長發、胡天游、饒學曙、顧光旭、周天度、王鳴盛、蔣士銓、彭元瑞、王文治、阮葵生、楊垕、吴甡，均附小傳。《所知集三編》選蔡綏遠《繩鞭歌》一篇。阮葵生語云：「澮人《醉吟》云：詩不期工，貴得其意。酒不期多，貴領其味。風月爲朋，天地爲室。長嘯空山，清吟抱膝。其品詣如此。」見《江蘇詩徵》卷五十三。

古漁詩槩六卷　乾隆三十五年刻本

陳毅撰。毅字直方，號古漁，江蘇上元人。少孤，奉母客合肥，走灊皖潯陽間，生計寥落。從袁枚游二十餘年。不慕榮利，盧見曾爲鹽使，幣聘校《山左詩鈔》，以母病辭。《隨園詩話》稱「金陵何南園士容、陳古漁俱能詩而貧」。廣交文士。輯《所知集》初編、二編刊於乾隆三十年，朝野詩收入甚多。書未及成而殁，《三編》由趙帥續之，乾隆五十七年刻成。據《初編》潘瑛序，毅卒於乾隆五十一年，集中詩有「壬申纔過三十」語，當生於康、雍之交。此集有熊本、袁枚、張尹、李方膺、葛祖亮、蔣雍植、岳夢淵、夏之璜等序，乃自汰舊作十七八，僅録四百餘首。古體《誌赤阜》有序、《聽石帆山人歌詩》、《哭李晴江先生》、《典衣刊詩歌贈丁嵩來》，意格超邁，詞腴情深。近體《讀明史十六首》、《游永濟寺觀音閣》、《廣陵雜興》四首、《題程魚門蕺園詩集》、《秦淮竹枝詞》六首，格高句練，卓然自立。《隨園詩話》嘗摘其佳句，餘如「石壁細摹前代句，山樓剛打午時鐘」，「鳥從松陰竹中出，僧出雲霞窟裏逢」，「削迹免教遭斧鑕，成陰還可對壺尊」，「出岫暮雲和雁白，過橋霜葉向人紅」，「年來閒事真堪笑，只見來船是順風」，「才可閉門身便死，書生强健要饑寒」，「從此名場無老友，傷心馬策過西州」，依然美不勝收。咸豐間章鶴齡有詩贊云：「詞壇誰與訂前盟，七律推敲不厭精。深造喜無斤斧鑿，放翁再世石湖生。」《靜觀書屋詩集》卷二《讀布衣諸老詩》。其論詩最不喜萬光泰。《隨園詩話》稱其近體宗明七子云。

西塘草八卷　乾隆五十八年刻本

羅天闓撰。天闓字開九，號雲皋，一號西塘，湖南湘潭人。諸生。少棄舉業，學詩於林塤。好讀史，有《西塘史論》，未見刻本。此集有周昭侃、林塤序，事具卷首《羅氏兩處士傳》。昭侃序作於乾隆五十八年，謂天闓已殁，而傳云「卒年七十」，未究何年。卷一五言古，卷二七言古，卷三、四《學古初稿》，卷五《春閨》三十首，卷六《梅花百詠》，卷七《桃花扇題辭》，卷八《和嶽麓書院八景詩》。既分體又標集目，殊嫌小家氣。然乾隆間楚中文風不盛，技亦止此矣。其詩古體學陶、韋，近體傚唐。《讀謝梅莊書有感擬贈》，紀雍正間浙江道御史謝濟世事，《江南客》，紀方苞遺孫事，俱備掌故。《桃花扇題辭》一卷，乃次諸好事者題辭原韻漫成。《次山巃田雯韻》六首，《次仞岡樵人陳于王韻》十首，《次齊州王華韻》六首，《次岸堂唐肇韻》六首，《次琴台朱永齡韻》八首，《次商丘宋犖韻》六首，《次會稽蹇門金植韻》四首。自謂興猶難盡，再看再吟，每一折完，又題幾句，復得四十四首。其中原作，今已不可盡求，然存此百十數首，亦足爲評論《桃花扇》傳奇者採掇。天闓族兄名典，字徽五，乾隆十六年進士。主麓山講院，爲湘中知名士，獨推敬天闓。天闓游麓山，有唱和詩。

桃花扇題辭序

《桃花扇》傳奇也，傳奇也乎哉，辭史也；辭史也乎哉，信史也。彼傳奇者，守删詩正樂之家法，睹淒涼板蕩之前朝，欲哭不可，欲笑不能，不得已借兒女私情，寫興亡大案，總替江南君臣下幾點眼淚，豈臨川四夢、笠翁十種所能髣髴其萬一哉。而顧曲者徒稱其結構之精、音律之妙，是但一老白相老傖父所能辨也，又奚待我輩哉。春盡無聊，花殘有恨，唾壺檀板，感嘆生焉。乃次諸好事者題辭原韻，漫成七十二首。興猶難盡，再看再吟，每一折完，又題幾句，復得四十四首，彙而録之，共絶句一百一十有六，藏之敝麓，不以示人，亦猶黄屋左纛，聊以自娱，初不敢横行於天下也。噫嘻，英雄氣短，兒女情長，雲在山人自謂不與人是非事，何復替傳奇人下幾點眼淚，豈不爲古今高明所笑哉。雖然，往事已陳，舊人何在，哭既無味，笑亦徒勞。但不知史道鄰復生作如何批評。若孟津、夷門輩亦不必問，況圓海、瑶草乎哉。時乾隆二十三年歲在戊寅春三月立夏日雲在山人自識於霞思樓。《西塘草》卷七

苦雨堂集八卷　嘉慶二年知不足齋刻本

顧列星撰。列星字樊渠，號退飛，浙江秀水人。諸生。乾隆十五年試京兆，館汪師韓邸。師韓爲當代通儒，列星以工詩文，爲知名人士所重。與杭世駿、盛錦、王藻、陸燿、徐以泰、吴文溥、鮑廷博均有交往。詩集分體，有汪元亮、吴文溥序，鮑氏知不足齋刊版。據卷首《七十四歲小像》，爲雍正二年生。鄭炎《雪杖山人詩集》載嘉慶四年列星序一篇，署「年七十六」，可資旁證。列星言詩以《三百篇》、漢魏爲貴，有「盛亦于唐，衰亦于唐」之謂。所作《擬古樂府》、《讀古樂府六首》，絶少真指。詠懷、弔古、寫景、題圖之作，不祧宋人。集中有

《讀孟襄陽集》、《讀玉谿生集》、《讀宋詩》、《讀馮鈍吟先生句》四首、《讀豐草菴詩集》二首、《書萬柘坡詩集》二首、《讀阮亭論詩絶句》。《讀國初諸遺民詩集》，重在論人氣節，較只計詩句工拙者，自勝一籌。《重過梅花嶺》云：「繫馬荒祠眺夕煙，戀光嶺樹故依然。尚餘抔土生薇蕨，欲薦谿毛少蕙荃。信國自隨炎宋没，劉琨忍見晉宗遷。閣生爾梅苦勸收河北，四鎮蟲沙亦可憐。」自注：「余于辛未作此，友人多動色，勸余删去，以史公曾拒王師故也。今聖主且首賜褒謚矣。曠古絶典，邁漢唐，越宋明，雖堯舜何以過焉。」詩作於乾隆十六年史可法賜謚以前，所以可貴。又有《論古雜句》爲論文之什。《輸税行》云：「耕田自輸税，乃有胥吏浮。上官與下官，一畝二畝收。今年十作七，明年十作五。新絲復新穀，剜去將何補。鄭俠圖不盡，元結詩難申。君不見，桃花源記捕蛇説，一樣同爲衣食民。」其詩格去康熙未遠，猶有前輩餘韻。乾隆後期，浮詞日增矣。

讀國初諸遺民詩集

胸儲數斗萇弘血，足繭千山張儉身。幸有故人齊晏子，謂百史相國、芝麓司寇。頻將越石出窮塵。

汧置。

戰馬嘶殘白業新，蓮華掌上得佳人。詩傳千古非公意，目槁空山薇蕨身。番禺。

畢生心結耻周山，干莫精靈旁斗殷。何日國門懸著述，大書里爵是殷頑。日千。

蹈義沉身萬古心，遺書神鬼護高深。麻沙畢竟剞梨棗，笙鶴遥天環佩音。雪竇。

故國山河最愴神，新蒲細柳幾沾巾。崔悛庾信寥蕭日，何異無言息國人。鹿樵。

唱經堂下草萊深，字字華嚴法界音。歎息琴彈廣陵後，竟無一箇孝尼尋。聖歎。

寒支海角錮泥垣，籛老西江戚舊恩。别調淒然泣神鬼，變風變雅和哀猿。寒光、耻躬。

隴上王公玠右隴畔錢飲光，側身泥土畏人憐。西風穲稏腰鐮久，家祭年年哭杜鵑。

韭谿一水二龍浮，血性能澹萬古愁。劍樹刀山渾不顧，遺書定有所忠求。力田、愧菴。

少跨弓刀侍禁闈，孤兒隊裏報春暉。言言字字心頭血，長爲殷遺飽蕨薇。獨漉。

家破殘身付鼓鼙，蘆碕終古極淒迷。夢中獨立含元仗，哭向天涯白日低。大鴻。

逃禪賣藥西泠氏，野哭殘天汐社民。到處遺音出金石，不愁萬古不常新。西泠十子、翠微諸公。

龍堂慟哭三間後，弟子西風盡白頭。壁立首陽千萬仞，不曾一箇客諸侯。雲間諸子。

我家苦節亭林叟，匹馬函關落照殘。絶塞援枹同爪士，著書聊耗壯心酸。《苦雨堂集》卷七

紀文達公遺集詩八卷　嘉慶十七年刻本

紀昀撰。昀字曉嵐，一字春帆，號石雲，直隸獻縣人。乾隆十九年進士，改庶吉士，授編修。三十三年，以盧見曾案坐事，戍烏魯木齊。兩年釋還，復授編修。爲《四庫全書》總纂官，一生學力，在於校理秘書，畢見於《四庫總目》。五十二年，官禮部尚書。嘉慶十年，至協辦大學士卒，年八十二，謚文達。《遺集》爲其孫樹

馨輯刻，門人謝蘭生校，一至八卷爲文，九至十六卷爲詩，有阮元、劉權之、陳鶴序。昀博覽淹貫，抑宋學，倡考據，詩學蘇，而不恣肆，信手拈來，機趣環生。《盤山八首》、《食棗雜詠》、《十一月初一日渡黄河》、《日本扇贈承恩監正》、《建陽城外謝疊山賣卜處》、《建溪二十四韻傚昌黎體》、《汪啟淑綿潭山館十詠》、《富春至嚴陵山水甚佳》，隨物賦形，會心獨運。《出塞詩》無愁苦之音。《烏魯木齊雜詩一百六十首》，分風土、典制、民俗、物産、游覽、神異六門，纂綴聞見，詳於考注。今録典制十首，以其最近於史。生平有嗜硯之癖，集中輯題硯詩甚多。又淹習文史典故，爲人題詠，如《韓桂舲秋曹出其先世洽隱園三友圖屬題》、《斷碑硯歌爲裘漫士先生作》、《題伊雲林光禄梅花書屋圖》、《左手寫經圖》、《讀小元和鶉衣傳戲題》、《劉石菴相國藏經殘帙歌》、《題陸耳山副憲遺像》、《忻州刺史汪君重修元遺山墓詩》、《爲馮鷺庭題田綸霞大通秋泛圖》、《題馮實菴侍御繪種竹圖》、《題桂未谷思誤書圖》、《簪花騎象圖》、《題羅兩峯鬼趣圖》、《歸帆圖》、《題李墨莊登岱圖》、《題法時帆詩龕圖》、《題陸耳山副憲遺像》，可謂大觀。《偶懷故友戴東原成二絶句録示王懷祖給事》等詩，於當時學術亦有關繫。唯集内試帖詩只可取士所需，節孝詩亦多，皆糟粕未除耳。

烏魯木齊雜詩　一百六十首録典制十首

自序：余謫烏魯木齊凡二載，鞅掌簿書，未遑吟咏。庚寅十二月恩命賜環。辛卯二月，治裝東歸。時雪消泥濘，必夜深地凍而後行。旅館孤居，晝長多暇，乃追述風土，兼敘舊遊，自巴里坤至哈密，得詩一百六十首。意到輒書，無復詮次。因命曰《烏魯木齊雜詩》。夫烏魯木齊，初西番一小部耳。神武耆定以來，休養生聚，僅十餘年，而民物之蕃衍豐膴，至於如此，此實一統之極盛。昔柳宗元有言，思報國恩，惟有文章。余雖罪廢之餘，嘗叨預承明之著作，歌咏休明，乃其舊職。今親履邊塞，纂綴見聞，將欲俾寰海内外，咸知聖天子威德郅隆，開闢絶徼，龍沙葱雪，古來聲教不及者，今已爲耕鑿絃誦之鄉、歌舞遊冶之地。用以昭示無極，實所至願。不但燈前酒下，供友朋之談助已也。辛卯三月朔日。

金碧觚棱映翠嵐，崔嵬紫殿望東南。時時一曲昇平樂，膜拜聞呼萬歲三。萬壽宫在城東南隅。遇聖節朝賀，張樂坐班，一如内地。其軍民商賈，亦往往在宫前演劇謝恩。邊氓芹曝之忱，例所不禁。庫爾喀拉烏素亦同。

爐烟裊裊衆香焚，春草青袍兩面分。行到幔亭張樂地，虹橋錯認武夷君。部議兩廳建文武廟，因兵力未暇修舉，至今張幔以祀。

烟嵐遥對翠芙蓉，鄂博猶存舊日踪。縹緲靈山行不到，年年只拜虎頭峯。博克達山列在祀典。歲頒香帛致祭。山距城二百餘里。每年於城西虎頭峯額魯特舊立鄂博處修望祀之禮。鄂博者，累碎石爲蓋以祀神。番人見之多下馬。

緑塍田鼠紫茸毛，搜粟真堪賦老饕。八蜡祠成踪跡絶，始知周禮重迎猫。舊有田鼠之患。自祠八蠟迄今，數歲不聞。

初開兩郡版圖新，百禮都依故事陳。只有東郊青鳥到，無人蕭鼓賽芒神。百禮畧如内地，惟未舉迎春之典。

藁砧不擬賦刀環，歲歲攜家出玉關。海燕雙棲春夢穩，何人重唱望夫山。安西提督所屬四營之兵，皆攜家而來。其未及攜家者，得請費於官，爲之津送。歲歲有之。

烽燧全消大漠清，弓刀閑掛只春耕。瓜期五載如彈指，誰怯輪臺萬里行。攜家之兵，謂之眷兵。眷兵需糧較多。又三營耕而四營食，恐糧不足，更於内地調兵屯種以濟之，謂之差兵。每五年更踐鹽菜糇糧皆加給。而内地之糧，家屬支諸如故，故多樂往。

戍樓四面列高烽，半扼荒途半扼衝。惟有山南風雪後，許教移帳度殘冬。卡倫四處以詰逋逃。一曰紅山嘴，一曰吉木薩，皆據要衝。一曰他奔拖羅海，一曰伊拉里克，皆僻徑也。其伊格里克卡倫，十月後卽風狂雪阻，人不能行，戍卒亦難屯駐。許其移至紅山嘴以度殘冬。

户籍題名五種分，雖然同住不同羣。就中多賴鄉三老，雀鼠時時與解紛。烏魯木齊之民凡五種。由内地募往耕種，及自塞外認墾者，謂之民户。因行賈而認墾者，謂之商户。由軍士子弟認墾者，謂之兵户。原擬邊外爲民者，謂之安插户。發往種地爲奴當差，年滿爲民者，謂之遣户。各以户頭鄉約統之。官衙有事，亦多問之户頭鄉約。故充事役者，事權頗重。又有所謂園户者，租官地以種瓜菜。每畝納銀一錢。時來時去，不在户籍之數也。

緑野青疇界限明，農夫有畔不須爭。江都留得均田法，只有如今塞外行。每户給官田三十畝，其四至則注籍於官，故從無越隴之爭。《紀文達公遺集》

染學齋詩集十卷　同治三年露蕭草堂刻本

余元遴撰。元遴字秀書，號藥齋，安徽婺源人。諸生，未登仕籍。畢生用力於經義宋儒諸書，著有《庸言》一編。卒於乾隆四十三年，年五十五。是集收分體詩九百二十首。有同治三年當塗夏炘序。元遴爲汪紱弟子。《安徽通志》稱：朱筠爲安徽學使，「元遴抱紱書以獻。書上四庫館，雙池汪氏之學以是得顯」。今集中《寄董厚山四首》，自注：刻汪子遺書行世，繕寫就緒，方議開雕，而先生遽卒，不果。《遣從子奠汪雙池夫子墓》附注、《辛巳七月九日雙池夫子七十生辰設奠於家感而賦此》、《丙戌孟秋往邑爲汪師呈書目冀上史館紆道至段莘拜師墓有作》，均與此事有關。又有《讀韋蘇州集》、《拜方正學墓》、《讀顧亭林先生集》，亦有用於文史。《笥河文集》卷十二《婺源余生墓誌銘》記其事。

黄瘦石稿七卷附二卷　乾隆間刻本

黄振撰。振字舒安，號瘦石，江蘇如皋人。少嗜吟咏，爲近社，有詩酒之盛，唱和友爲汪之珩、范麐、李御、江大鋭、鮑皋、姜恭壽等人。嘗輯《東皋詩存》。善書畫，交納黄慎、鄭燮、羅聘。工曲，有《石榴記》傳奇。刊《詩稿》七卷，爲《北征詩》、《文園唱和》、《寄生草堂聚萍集》、《近社詩課》、《紫灣村舍課春録》、《京口游山草》、《攝山一夕吟》、《行吟東海之濱》。附二卷爲《斜陽館日記》。集中羼入詞曲，日記中並載詩詞。生歲據癸未日記年四十上推，爲雍正二年。卷首有衆家題詞。俱可輯佚。《渡黄河》、《詠大梁絃歌臺》、《讀史古風五十首》、《讀西湖志雜詠二十首》、《自九華山至獅子窟》、《海濱竹枝詞二十四首》，辭著其實，無矯揉造作之態。其一云：「不時巡哨有遊兵，號爆晴空震一聲。火烙按幫編甲乙，縣官親自點船行。」其一云：「試鹵奇方用石蓮，自注：試鹵以石蓮投入，蓮浮鹵成也。更煩皂莢上盤煎。自注：煎鹽將成以皂莢投之。緣何燒冷灰如炭，曬出鹽花白似緜。」其一云：「挑入深池聚作堆，冰天掃雪亦開灰。最奇一夜霜風急，吹散花同五出梅。自注：冬日則陽氣在下，夜間掃雪曬灰一樣生花，花凡五出。」其一云：「窮到泥牆遮破鑿，自注：竈人有以煎鹽破鋻遮牆而避風雨者。妙將麥飯佐鮮鯉。自注：鮮鯉則家家有之，不足珍也。乾坤變相難摹揣，另是人間一段情。」其一云：「無草搜求到草荄，今年草債去年該。正憂商役雄如虎，官府又征折價來。」其一云：「私開洋口罪非輕，水勢虧他漸漸平。官長莫來深究問，要田開墾辨春耕。自注：水蓄則私開洋口，民開民築，上憲不知。」其一云：「此堤直北到淮徐，三十六揚總漲淤。豈鮮嘉謨堪入告，疏通兩便奠民居。」中年以後居揚，《日記》卽揚州作，記見聞又在詩外也。

贈鄭板橋

識得文壇老鷓鴣，果然名下有真儒。談鋒破膽驚鄒衍，鐵案論人敵董狐。賦博黃金珍重出，客逢青眼等閒無。力除剿襲醫時弊，不是新奇騖異途。《黃瘦石稿》卷五

江南春

仙吕入雙調過曲〔步步嬌〕我愛江南不能寐，好景堪圖記。林巒逐段奇，玉樹風凋，鐵甕潮洗。此事

遠難提，且上江樓倚。

南吕過曲〔香羅帶〕只這三山鼎足齊，流光吐輝，精神各逞風致美，參天緑樹擁招提也。更幾箇漁船點綴苔磯，桃花渡外鳴晚雷。早望見海上風生也，一片兒雲嵐生翠微。

仙吕過曲〔醉扶歸〕亂紛紛估舶歸來矣，沸騰騰沙嶼散凫鷖，青滴滴楊柳萬家春，暗沉沉雨满江南地，響洶洶風浪海天高，冷清清鐙火樓臺閉。

〔皂羅袍〕有一日旭陽推起，把陰霾都變作風掃塵翳。先須沽酒聽黄鸝，何妨覓伴尋顛米。十三松下，丁卯橋西，斯人未遠，風流可追，這情懷笑有誰能比。

仙吕入雙調過曲〔好姐姐〕更那堪餘情不已，把鞭梢兒指向斜陽深際。便是這峯頂最高，還别有個乾坤在内，休輕棄。我偏要劈破翠屋尋僧語，蹋碎紅雲放馬蹄。

南吕過曲〔香柳娘〕看山坳水隈，看花田菜畦。一處處淺紅深翠，無非是爛漫裁羅綺。聽鐘聲竹吹，聽泉鳴鳥啼，恰好是節凑合天倪。宫商逐風起，過仙壇佛地，過書簾酒旆，有多少亭橋搭配，翻新出奇。

仙吕入雙調過曲〔玉交枝〕棲霞來矣，幾重重雲包樹圍。中藏着洞天福地，不由人不心目如洗。千佛嶺奇泉倒飛，六朝松古石横睡。白雲菴纔哭指揮，天開巘旋讀禹碑。

〔五供養〕況逢乍霽，月色初三纔展新眉。晚風吹不息，鬟髮亂清輝。攜筇上了小峯頂，團團凝睇。恍一似騎鸞鳳跨鯨鯢，撥雲排霧上天梯。

雙調過曲〔醉公子〕須記，這遊覽人生有幾，愛佳日良朋一時歡會。非細，是輻輳前緣，莫作行雲流水戲。相約去，賦百首新詩，盡樽泥醉。

〔尾聲〕從今不數揚州美，把十里珠簾丢棄。我有心要一聽吴儂子夜歸。《黄瘦石稿》卷六

兩峯自云前生花之寺僧繪圖索題

今生前生，有據無據。得非非想，而生妙悟。石化爲羊，人化爲樹。離奇變幻，恒河沙數。寺説有僧，僧已非故。僧説有寺，寺在何處。從何處來，至何處去。打一圓相，全身獨露。《斜陽館日記》卷一

舊雨題贈

贈瘦石 黄　慎

去年香生桂樹下，平山吟徹中秋夜。今年芙蓉開海濱，好句何人稱小謝。吾家瘦石倒詞源，滔滔直似建瓴瀉。波瀾滉瀁無端倪，雋味引人如啖蔗。狂來擊劍歌擊缶，瀲灧醁醽盃在手。丈夫坎坷多苦饑，浮雲白衣忽蒼狗。古來志士有良圖，枯坐寒牕讀二酉。

題瘦石手硯圖 鄭　燮

鐵硯猶穿況石頭，知君心事欲千秋。文章吐納烟雲外，入手先親卽墨侯

題瘦石手硯圖　　金　農

手割紫雲天四垂，先生之硯何所爲。奴書婢書不屑寫，只寫人間大膽詩。

題瘦石山房照　滿江紅　　吴　烺

髯也超羣，且赤脚盤桓古洞。好消受嫩凉天氣，露稀烟重。白日怕隨流水逝，仙禽飛向閒雲哢。聽耳邊風樹響蕭蕭，秋潮湧。　彈古調，無人懂，鑽故紙，成何用。論功名輸與畢家深甕。人到秋來心易感，境當寂處誰能共。算不如呼我入圖中，添求仲。《黄瘦石稿》卷首

春融堂詩集二十四卷　嘉慶十二年刻本

王昶撰。昶字德甫，號述菴，又號蘭泉，江蘇青浦人。乾隆十九年進士，改庶吉士。官至刑部右侍郎。五十八年冬，以病乞休。歷主婁東、敷文兩書院。輯《湖海詩傳》，以續沈德潛《别裁》。選詩多未據定本，盡諸家删佚，史料價值較高。又輯《國朝詞綜》、《續詞綜》、《銅政全書》、《太倉州志》，而以《金石萃編》尤著。卒於嘉慶十一年，年八十二。是集與《文集》三十卷、《琴畫樓詞》四卷合刊，均自訂，王鳴盛、魯嗣光、趙懷玉、吴泰來序，詩共二千六百九十八首。昶少通經史，勤於學問，少年結客名場，與褚寅亮、錢大昕、曹仁虎以經術詩古文相砥礪。詩受沈德潛衣鉢，與王鳴盛、趙文哲等有「吴中七子」之稱。蓋自魏晉六朝以迄元明無不遍覽，要必以李、韓、蘇、陸爲宗。所作《書李舒章與蒲圻和公高宏圖書後》、《題高氏石壁寺鐵

彌勒像頌後》、《訪顧寧人先生故居》、《卞忠貞墓》、《國山碑酬木夫先生》、《蘇禄國王墓》、《送歸愚先生游黃山》、《天發神讖碑示江寧縣學》諸篇，根基深厚，重於敍實。祖鄉試出王太岳之門。乾隆十九年北上至京，秦蕙田嘉其學，招修《五禮通考》，移寓味經齋。成進士後，官中書，與韋謙恒、諸錦、謝墉、紀昀、錢載、吴省欽、吉夢熊、鄭虎文、朱筠、姚鼐、蔣士銓、翁方綱等唱酬。内閣學士金德瑛尤數招往讌。沈德潛爲刻《七子詩選》流傳日本，大學頭默真迦見而嗜之，寄贈有詩，會住揚州兩淮鹽運使盧見曾所，復廣交陶元藻、朱稻孫、張庚、金農、沈大成、張四科、惠棟、董元度、江昱等人。所作《古風贈沈學子》、題王又曾《龍湫晏坐圖》、《寄陶篁村元藻》、《集璜川書屋觀伏波銅鼓》、《碧澥觀潮圖爲齊侍郎次風題》，亦稱淹貫。當日士務實學，遍求文獻，凡有所作，僉在不遺，故其詩粲然明備，足張詩壇之一幟矣。祖在京居教子胡同趙吉士寄園故址，有《移居八首》記事。充《通鑑輯覽》、《同文志》、《方畧》館、《經咒》館、《續三通》館纂修，先後十年，與褚廷璋同研席。所作《澄懷園雜詠》八首、《瀛臺紀事》、《瀛臺觀冰嬉》，爲内府見聞。《兼值經咒館》自注云：「時命將《首楞嚴經》重繙國語、蒙古、梵字、漢文四種，先以朱竹君任其事，近竹君督學安徽，祖代之。」隨駕塞外，作《熱河雜詠》、《固爾札廟新成》等詩。《塞宴四事詩》記蒙古樂騎，爲我國少數民族文化史料。《詐馬》小序云：「詐馬爲蒙古舊俗，今漢語俗所謂跑等是也。然元人所云詐馬，實咱馬之誤。蒙古語謂掌食之人爲咱馬，蓋呈馬戲之後，則治筵以賜食耳。札薩克於上行圍木蘭進宴時，擇名馬數百，列二十里外，結髮尾，去羈韉，命幼童騎之。以鎗聲爲節，遞施傳響，則衆騎齊騁，騰越山谷，不踰晷刻而達。掄其先至者賞之。」《榜什》小序云：「榜什，蒙古樂名。其器則笳管箏琶、阮火不思之類。將進酒於筵前，鞠𦢊奏之。」《相撲》小序云：「相撲之戲，蒙古最重，筵宴時必陳之。本朝亦以是練習健士，謂之布庫，蒙古語謂之布克。脱帽短褌，兩兩相角，以搏之仆地，爲分勝負。」《教駣》小序云：「教駣，《周禮》所載，今唯蒙古熟習其法，謂之騎額爾敏達騂。馬三歲以上曰達騂，額爾敏則未施鞍勒者也。每歲札薩克驅生馬至宴所，散逸原野，諸王公子弟雄傑者，執長竿馳縶之，加以羈韝，騰踔而上。始則怒馳逸騁，豨突人立，頃之，乃調習焉。」詩不俱録。所記四事，亦爲胡敬《國朝院畫録》所本。又有《進圍場》、《哨鹿行》、《殺虎行》、《折卜尊丹巴瑚土克圖再世來朝詩以記之》等篇。乾隆三十三年七月，兩淮鹽使提引事發，昶與趙文哲罷職，驅諸荒徼，從軍緬甸，後參預大小金川之役。卷十一至十四曰《勞歌集》，其中《渡潞江》、《經高黎貢山》、《過龍江鐵索橋》、《宿橄欖坡竹屋》、《南甸》、《蠻達》、《出銅壁關》、《野牛壩》、《紅淵》、《蠻暮雜詩十八首》、《渡南大金江》、《大樹國》、《疊水河瀑布》、《過天舍山至格節薩》、《望日耳碉寨有作》、《過楚卜戎葵山色絶勝》、《過大巖》、《克僧格宗》、《再過斑斕山》、《克喇穆》、《克色湖普》、《克宗薩爾》、《克噶爾丹寺》等篇，從來詩人所歷，罕及此者。游昆明諸勝，《洱海》、《往雞足山禮大迦叶尊者道場》、《游檀傳衣五大寺》、《由猢猻梯陟金頂》、《望西域雪山》等詩，其長句如大海廻瀚。兩金川戰役畢，奉修《一統志》，出任江西布政使，管理雲南銅政。晚歸西湖，主風雅幾二十年。與同輩趙翼、朱孝純、畢沅多唱和，受業門下士及小門生共千有餘人。洪亮吉評其詩「如盛服趨朝，自矜風度」見《北江詩話》。晚歲詩雖無中年豪氣，然如《題楊潮觀吟風閣雜曲》、

《哭黄仲則六十六韻》、《輯銅政全書有感》、《舟中無事作論詩絶句六十四首》、《連昭雁足鐙》、《觀魏大饗受禪二碑》、《題羅兩峯畫二妙寫真圖》、《爲顧秀千里題其兄抱冲小讀書堆圖》、《題吴漁山畫册》、《陳忠裕公祠宇落成詩以誌之》、《長夏懷人絶句五十首》，關繫藝林文獻甚鉅。昶與朱筠有「南王北朱」之目。其人風標不及朱筠，而詩則富過之。溉沾後學，亦云多矣。趙文哲有《題述菴比部蒲褐山房詩》四首。門人趙汝霖有《呈王述菴先生一百韻》及《送述菴司寇重游泮宫》十六首，俱收《湖海詩傳》卷三十九。

陳忠裕公祠宇落成詩以誌之

祠在皇甫林墓西、福成庵左，與夏忠節並祀，節愍及黄貢生澐皆祔之。祠宇爲陳桂堂太守合衆力以成。

翠柏蒼松照水村，烏頭綽楔表龍門。姓名早入前朝傳，贈卹還叨異數恩。一代文章光箕策，公詩文集，余先爲搜輯，今屬何秀才書田其偉增刻之。四時俎豆薦蘭蓀。獨憐忠節聲華竝，馬鬣無由問九原。忠節授命在忠裕前，故忠裕集有葬夏考功詩。然是時節愍牽連被逮，卜葬未成，其後門人崑山盛符升始葬之，宋茘裳琬曾紀以詩。然其葬處我鄉前輩未經紀載，徧訪無蹤，因誌于此。《春融堂詩集》卷二十四

播琴堂詩集十二卷　乾隆五十三年刻本

金學詩撰。學詩字韻言，號二雅，江蘇吴江人。沈德潛弟子。乾隆二十七年舉人。官國子監學録。三

十八年，充《四庫全書》館分校。後引疾歸。此集有王昶、楊復吉序，詩共八百四七首。以集中《六十自述》詩度之，約生於雍正初。學詩嘗爲盧見曾門客，與王昶、程晉芳、錢大昕、王元文、徐爔、褚廷璋、曹仁虎、吴泰來、顧宗泰、嚴長明等均有交往。《湖海詩傳》卷二十七選《永濟寺曉起步尋江滸諸蘭若》、《登君山望大江》、《白鶴嶺望海歌》、《爲潘漪蔣丈題春郊游藝圖等》多首。此外如《養蠶詞》四首、《江船竹枝詞》十首、《清流船竹枝詞》十首、《榕城上元燈詞》、《登攝山最高頂作歌》，詞淺而有新境，無靡弱之音。生平足迹甚廣，《雜憶十二首》分詠金陵、保陽、甌閩、潮州、青州、瀋陽、武昌、維揚、武林、豫章、濟南、皖城。與袁枚、王文治、翁方綱、陸燿、陳奉兹等亦時酬答。《題史茂才善長青門道别圖》、《王光禄閉户著書圖》等篇，可見研精風雅。《經定興百樓故址爲唐太宗征遼時築》、《歷代帝王尊養圖贊》，多得史籍之助。王昶以梅聖俞擬之，以爲窮而後工者也。

戒亭詩草三卷　乾隆間刻本

劉源深撰。源深原名壬，一名廷揚，後以字行，陝西三原人。父紹攽字九畹，兩代能詩。王鳴盛選當代詩以源深詩入《岔岑集》。此單刻本，有乾隆三十八年王鳴盛、吴鎮序，梁履中序。詩始於乾隆十二年，二十餘年只存三卷，吴序云「删存之十一」，不免過苛。觀其經歷以襄城、侯馬、晉陽、華州所詠較多。嘗入川經廣元、劍州，止於成都。清初三秦詩人如李因篤、孫枝蔚、王又旦俱稱名家。乾隆間唯有吴鎮。若紹攽亦不可没。此集則自鄶以下矣。

滇南集十二卷　集古詩五卷　嘉慶元年刻本

檀萃撰。萃字豈田，號默齋，安徽望江人。乾隆二十六年進士。官貴州青谿、雲南勸禄、普洱、永昌等縣知縣。以忤上官獲罪幾入獄。晚游粤，歸至雲南五華書院，門弟子甚衆。卒於嘉慶六年，年七十七。著有《穆天子傳注疏》、《滇南虞衡志》、《楚庭稗珠録》、《番禺志》、《草堂外集》等書。所著《滇南集》，凡古體詩五卷、律體詩七卷，另集《古詩》五卷，有嘉慶元年屠綽序。生平事蹟可參看卷首門人所撰《壽譜圖》。萃負經世之志，而生平侘傺無所施，唯孜孜於史地掌故之學。官雲貴最久，鑱刻山水，窮西南之勝。乾隆十九年督銅北上，歷湘鄂江南，有詩紀之。《採山吟》詳述銅廠沿革。《黔夫謡》備言水工苦辛。游粤經歷灘險名迹鎮市，一以所見寓之於詩，可與《楚庭稗珠録》相印證。萃與朱筠、李調元有交，雖官居僻壤，而亦通聲氣。集石有詠古器碑碣之什，又作《參禪詩》、《讀道藏》、《和梨園讌會》、《次演曲》諸篇。《題賀按察圖》，内有關係緬甸、老撾資料。檀萃外曾祖龍燮字理侯，號石樓，亦望江人，康熙間舉鴻博，授檢討，官大理寺評事。工曲，有《龍改菴二種曲》，乾隆刊本。此集《自書填詞》注稱：「外曾祖石樓公有《江花夢》、《芙蓉城》傳奇，王漁洋贈石樓詩有云：『自掐檀槽親度曲，江東誰似龍超雲。』卽書此事。」其學雜而多端，詩則近於粗豪，然不受前人牢籠，亦不取悦庸俗耳目。滇中文學湮塞，有開拓之功焉。

採山吟十二首

河外多羅廠，經封變怪聞。蟲飛迷日月，鑛嘯走風雲。抛寶爭憐惜，重開漫糾紛。鍾君推至德，終惹密山氛。乾隆初封多羅廠蟲飛蔽天凡三日，山嘯有聲。明年重開礦，已盡走，但得空堂，厥後鍾司馬作肅以此謫戍。

張邋溻眉髟，謌聽白鵲謀。遠拿獅子尾，輕料叶仄虎君頭。玉女嬌長侍，金神怒不留。渭南星聚衆，從此落空幽。張前政岳崧開獅子尾廠，邑之虧項始此。

朝歌吴季重，四十二方來。正接凋殘後，仍矜割裂才。洞號老君死，硔跳仄聲淌堂哀。好伎終貽累，迴車那得迴。繼政吴君作哲開老君洞淌堂廠事被累，幾不能迴車也。

星聚天錢出，雲銷地臧空。誰能因水旱，敢奏罷銀銅。前政韓公子，陳書貢少翁。依然遭駁議，名實説難工。權政韓君泰請封獅子尾，大吏不允，始鋭意於銅，而余至因以交平廠告。

青溪前道士，碌券老鑾官。學倚仙丹訣，心高佛大檀。河門連碧漢，金氣散星灘。自笑疲筋力，從兹興味闌。予至報開河門廠，總未見效，因之減興，年來無心言廠。

滇海官場累，徐公兩戒明。南陽鑽狗洞，東海鑿銅阬。白髮求勾漏，丹砂發火精。寶山旁袖手，何以慰平生。徐君沆臨别時以鑽洞開廠爲戒，予守之數年，姑破其一以嘗試之。

半夜飛雙鶴，平明共六龍。霜凝鬢曉變，日逼腦冬烘。妄憶求中藏，咨詢信路逢。誰知謹厚者，亦欲獲奇庸。厫有二馬海鶴銀鶴，日控之登峯下箐，凌危越險爲求踩也，同官訝謹厚者亦復爲之。

銀廠箐經始，鎸雲破大荒。跛爭談五象，叱欲起千羊。刻木梯懸井，提燈照老堂。金仙藏不見，何處覓文康。土人傳銀廠箐山見五象，其一脚跛，鳳氏鑿一脚而餘銀正多也。前官信此傳，競從事。

鴉口迴雲鐙，牛叢破石磹。硔苗隨鑿潤，鱗線自蟠牢。鑽到三泉底，虚疑百寶逃。鐫殘明月缺，苦爲釣金鰲。自鴉口至牛叢開金鰲廠，得蟄蟲圍線以爲硔脉，龍神瘞而祀之，且自幸也。

老悮河輕涉，前尋未朗村。懸巖花詫馬，幽箐樹吟猿。泉脉纏絲跡，荒苗雜蘚痕。不辭登陟苦，但惜寶空論。過老悮河，至未朗村二十餘里下馬，攙扶之而下，入箐尋之不可得也，村下十里卽普渡。

箐門口何狹，線逕鎖幽沉。鬼守黄金藏，人磨白璧心。獲爐祈太乙，走硔恨僉壬。寄語貪求者，癡愚已得琛。箐門口得硔出銅，俄而變矣。昔人呼硔爲良心石，心不良則不得，其在養人心乎。

彭祖山能壽，湯郎水最寒。東西百餘里，遠近兩相看。銀鹿馴工伏，金驢趕作團。夸娥分負後，各擁萬琅玕。東北求之腮壩彭祖，西北尋之湯郎湯乍喇金驢箐，兼索之河外磨盤山，總無是處，難矣哉。《滇南集》卷三

華海堂詩四卷

乾隆間刻本

張熙純撰。熙純字策時，號少華，江蘇上海人。乾隆二十七年舉人。三十年召試，賜内閣中書。三十二

年卒，年四十三。爲詩清曠雄壯，蒼凉激亢。《擬古樂府》諸篇，王昶已選入《湖海詩傳》。此集詩三百九十七首。内《天池》、《朱紫岑招游西山諸勝》、《瓊臺》、《南峯寺玩月》、《天平絶頂》、《登楞伽山泛石湖》、《石梁瀑布》、《登華頂放歌》、《登君山望大江》、《華頂雲霧茶歌》，麗藻宏章，才氣自豪，較《擬古樂府》尤見性情。《題徐昭發畫馬》、《題王琴德三泖漁莊圖》、《楞嚴壇詩一百韻》、《戲鴻堂石刻歌》、《題談生春郊放牧圖》、《山塘中秋鐙航行竹枝詞八首》、《題王存素畫黄山雲海障子》、《題王禮堂春風鬢影圖》，亦揮灑離奇，足見功力。熙純與吴玉搢、褚廷璋、王念孫等均有交往。《題吴山夫濠梁觀魚圖》、《山夫出示所著金石存跋尾六十韻》，仍爲學人之詩。王昶《蒲褐山房詩話》云，熙純與趙文哲同學齊名。兩人成名後稍有差池。蓋熙純中年歿於京邸，未歷江山兵燹之奇也。

藉豁古堂集二卷 乾隆間刻本

徐堂撰。堂字紀南，號秋竹，浙江仁和人。自幼穎異，弱冠不好科舉文，朝夕於古籍深好之。從杭世駿學，得其指授，學益進。城中諸長者皆折節與之交，若行輩咸推爲首。日游湖上，以吟詠爲事。乾隆三十六年病篤，以詩稿付吴穎芳，旋卒，年四十七。是集吴穎芳撰序並《傳》，又有自序。集中所見交往，如金農、施安、金志章、汪沆、吴穎芳、丁敬、吴城，均西湖詩社名士。其詩不徜徉於湖山風月間，《秋潦行》，憫念民衆疾苦，《讀杜少陵集》、《東坡先生像硯歌》、《宋高宗錫鄂王奪情手詔》，詳於文史。《閩橘》、《蟫蟹》、《滄洲酒》、《榆耳蘑》、《鱘魚》、

《安肅菜》，雜記食品，涵詠自如。《晚晴簃詩匯》選堂與吴穎芳賦《繅絲聯句》百韻，可備一格。

鈍齋詩五卷　乾隆五十九年刻本

竇絟撰。絟字素文，河南柘城人。乾隆十八年舉人。三十七年大挑，任浙江雲和知縣。五十八年，官直隸行唐知縣。刻集時年七十。是集首黄河清、徐延翰、張遠覽題詞，自序。卷一曰《劍南學吟》，爲乾隆三年以來，隨宦四川所作。嘉定山水冠全蜀，詩詠峨眉、樂山，得其雄健秀奇之勢。《嘉定竹枝》、《益州竹枝》，間記風俗。卷二以下曰《稼餘吟》、《官浙吟》、《役楚吟》、《官浙吟後稿》、《一弓園吟》、《日下吟》、《燕山餘馥吟》。於經歷古蹟，亦多所印證。《四明郡觀燈會》，誌一時之盛。生年以《丁酉初度》詩得之，爲雍正三年。是集由黄、徐、張三人慫慂付梓。泛覽諸作，固以摹繪景物擅長，是亦真樸有味。

兼山堂集詩三卷　光緒十二年重刻本

沈楳撰。楳字雪友，號石帆山樵，浙江會稽人，父官湖南最久，占籍善化。爲諸生，棄舉業，入百齡陳臬幕府。習於苗事。嘉慶十年卒，年八十一。撰《兼山堂集》，爲《經解》四卷、《雜著》一卷、詩三卷、詞一卷，首道光六年葉紹本序，十四年賀熙齡序，百齡撰《傳》。原本未見，此光緒十二年重刻本。其中《滇南雜詩》、《苗警》等詩，多涉時事。《白水河》、《黑龍潭》、《安熙道中》、《六陵行》、《昆明池》、《馬伏波祠》，狀寫山水名區，較爲秀傑。

媕雅堂詩集十二卷續集四卷　乾隆間刻本　娵隅集十卷　乾隆五十四年刻本

趙文哲撰。文哲字升之，又字損之，號璞庵，江蘇上海人。少負詩名，爲「吴中七子」之一。乾隆二十七年南巡，賜舉人，授内閣中書。三十三年兩淮鹽使提引事發，與王昶坐盧見曾鹽運案罷職。會阿桂總督雲貴，請掌書記。從軍緬甸，又討大小金川。復起，擢户部河南司主事。三十八年與温福同歿於木果木之役，年四十九，顧光旭立祠祀之。詩集初刻曰《媕雅堂集》，詩十二卷、詞二卷，乾隆二十年夢麟序，王鳴盛序。紀游則《獅子林歌》、《燕子磯》、《太湖》、《石梁瀑布》、《雁蕩山》詩，題圖則《殷棧道圖》、《華嶽圖》、《馬遠畫松》、《蕭尺木畫關山行旅》、《王禮堂寫經圖》、《張東海草書歌》、《宋徽宗畫鷹》，長篇豪宕，顧自不凡。《江陰行弔閻典史》，此題唯清初遺民有之，乾隆間不多見也。續刻詩四卷，一名《藏海廬集》，率多都中唱和。與錢載、程晉芳、姚鼐、汪孟鋗、韋謙恆、趙翼相切劘。《别集》四卷爲賦。三刻曰《娵隅集》詩十卷。乾隆五十四年王昶序稱「君與余生同郡，長同學，先後同官於朝。因口語被吏議，從軍於滇。舟車戎馬所至輒爲詩。而能言君之詩之工者，亦必以余爲最」。以《娵隅集》與王氏《勞歌集》在《春融堂集》内相較，均歷豫楚而黔滇，出西南徼外又二千里，爲古代詩人所未及。《入大風洞不能窮游悵然有作》、《瀾滄江鐵索橋》、《將至騰越過高黎貢山絶頂》、《南甸道中江水大漲移帳緬寺作》、《宿南堤河紀事》、《次猛拱卽事》、《新街卽事》、《上杉木籠山》、《天威逕歌》、《過大樹園感賦》，摹寫雲南及緬甸境内山川林莽，險怪驚奇，洵足推倒一時。描繪滇中風景民俗、物産，則《優曇花歌》、《昆明池》、《蒼山雪》、《山茶花》、《銀江月》、《虎頭蘭》、《火把節》、《大理石》、《魯梅》等篇，清新明麗，包孕富有。《阿禚曲》所詠卽元至正大理總管段功妻阿禚孔雀膽故事，宦游滇南爲此題者尚多，而以文哲最矣。王昶論其詩云：「落紙俱成絶妙詞，江東獨步藝林知。可堪萬里魚通路，秋菊春蘭唁楚辭。」頗具痛惜之意。吴泰來《硯山堂集》卷四《有題趙璞庵長律六十韻》。吴嵩梁《石谿舫詩話》稱其詩「清而不佻，華而不褥，壯而不粗，哀而不激」，七子中自王昶無其匹也。

江陰行弔閻典史

岷江奔騰萬牛走，暨陽孤懸大如斗。天兵破空江沸濤，彈丸平吞可八九。當車螳臂者誰子，父老傳聞閻典史。典史曾無二千卒，見糧不支三十日。登陴一慟哭，士馬羣飛騰。劍風蕭騷髮上指，其氣欲與天地爭。裹瘡突圍借一戰，夜半歸來血洗箭，往往椎牛縱高宴。是時中秋月正明，軍中刁斗寒無聲。典史登城擂大鼓，軍持行酒夜起舞。營門長笛三兩吹，百萬健兒淚如雨。五旬逆命空復爾，不惜微軀爲城死。至今孤城風雨夜，鬼燐青青照江水。吁嗟典史典史何所求，爾不見高牙大纛生降封徹侯。《媕雅堂詩集》卷八

新街紀事

定策師西下，諸夷撫馭中。他時毋顧北，此地遂徂東。經畧提大兵先由戛鳩西渡大金江，卽撫定猛拱江

兩千里，無後顧之憂，乃取道蠻崗而東，與定邊將軍阿公會師於新街。慘澹新街曲，蕭條舊壘空。雙江流浩浩，蠻暮江自東來，匯於金江。十月氣爞爞。近接官屯險，先資將畧雄。夾津爭要路，作檝勒成功。定邊將軍先駐師蠻暮，督造戰艦，既成乃放舟南下新街，即擊走賊人之守大江渡口者，由是東西兩軍往來如過枕席矣。間道迎偏帥，時將軍伊勒圖前迎經畧大軍於哈坎。全軍會上公。歡聲千帳合，密議一燈同。窺穴晴旋鼠，當輪臂奮蟲。藏奸深箐裏，伺隙敗蘆叢。敵陋宜輕掠，兵疲利急攻。逢剛占日吉，入險鑿門凶。礮石雷崩雨，鎗機電掣風。晝昏煙噴碧，水沸血浮紅。游釜魚寧活，敺林雀已窮。斷艘沉渚葦，殘幟委溪葓。鬥歷朝昏久，威揚水陸通。飛騰投袂意，矍鑠據鞍翁。時果毅阿公駐營江西，舟師既下，偵知西岸而有賊人結柵自固，公提兵往攻，連破兩柵，賊遂宵遁。時公已久病，聞報即行督戰竟夕，人皆喜公之矍鑠，而不知病由此增劇矣。烏幕偵將遁，雞籌唱未終。迴鉦波激蕩，捲旆霧宜濛。破膽消逋寇，攻心散伏戎。斷流憑短策，下瀨試高艟。我亦思鳴劍，時方讓賜弓。時特賜經畧帶三眼花翎，經畧表謝不敢受。七旬斯送喜，一戰詎抒忠。横海猷原壯，磨崖頌豈工。惟聞古有志，克敵在和衷。《娵隅集》卷四

阿䔾曲

元至正中，梁王以宗室鎮善闡。時大理段功繼爲總管。會明玉珍寇雲南，梁王奔威楚，功帥師來援，屢挫玉珍之衆。玉珍母自蜀寄軍中書，勅玉珍必得雲南。功偵得其書，使員外郎楊淵海更其詞，令玉珍速歸。玉珍遂遁。梁王德

功甚，以女阿襤妻之。功留居善闡，其夫人高氏寄樂府一章，促功歸，有「蜀錦半閑，鴛鴦獨宿」之句。功乃返大理，既而復往。有譖於梁王者。王密召阿襤，授以孔雀膽，令毒功，且命之曰：有他平章，不失富貴也。阿襤潛然受命，夜寂以情告功：願與公西歸。功曰：我有功爾家，我趾蹶，爾父爲我裹之，爾何爲此言。三諫終不聽。明日梁王邀功東寺演梵，至通濟橋馬逸，使番將格殺之。阿襤聞變欲自盡，梁王百計防衛，襤終賦詩，愁憤而死。詩曰：「吾家住在雁門深，一片閑雲到滇海。心懸明月照青天，青天不語今三載。欲隨明月到蒼山，誤我一生踏裹彩。吐嚕吐嚕段阿奴，施宗施秀同奴歹。雲片波潾不見人，押不蘆花顏色改。肉屏獨坐細思量，西山鐵立風瀟灑。」踏裹彩，錦被名。吐嚕，可惜也。歹，我也，押不蘆，北方起死回生草名。肉屏，駱駝背也。鐵立，松林也。皆夷語。功有子寶，女羌奴，羌奴亦能詩，將適建昌阿黎氏，以繡旗遺寶，曰：我從束髮聞母稱父冤，恨非男子不能報，今歸夫家，收拾東兵，飛檄西洱，汝急應兵會善闡，此旗所以識也。及寶爲總管，明玉珍復侵善闡，梁王遣使乞師，寶絶之。聞明祖定金陵，遣使歸款。寶卒，弟世權國事，潁川侯傅友德征雲南，世馳書請依唐宋故事，傅辱其使，進兵擒世。

善闡傳分土，昆明肄習流。爭見南夷歸版籍，驟聞西寇擁戈矛。段家金戟開鴻業，封秩摩訶凡幾葉。官守衹承勢尚雄，隣言罷責情方洽。報道宗藩久被圍，平章慷慨賦無衣。宋城將爲炊骸破，蜀將翻緣寄藥歸。碧雞金馬森相峙，鐘虡依然功莫比。授舘猶遲返葉榆，射屏早促歌穠李。五華樓畔啟鸞扃，七寶車前引鳳鳴。玉簫吹處人如玉，團扇還愁畫不成。有人尺素傳魚腹，池上鴛鴦悲獨宿。故劍難忘舊日情，大刀好籍新詞卜。旌旆迢迢抱珥河，波潾雲片奈愁何。驚鱗遠逝偏貪餌，逸翮迴翔竟撩羅。由來禍福相更迭，謗滿中山冤孰雪。不念今宵賜酖人，當年親裹創痕血。可憐窈窕膝前姝，頃刻愁腸轉轆轤。

此語真教啣石闕，此身寧忍見金夫。由房切切聞私語，間道怱怱盍歸去。想像羅𢠸燭未殘，箜篌彈斷公無渡。明日招邀東寺東，畫橋幾曲控花驄。誰知旛影經聲裏，一片陰風哭鬼雄。香閨倉卒躬難代，泉路渺茫言肯背。歧舌應嗤雍糾妻，湛身願作孫權妹。魂返難尋押不蘆，生還望斷錦佉苴。素馨如雪銀棱路，游女猶歌緩緩無。興亡回首同朝暮，魚腸已出梁王墓。華岫傳空避暑時，菜坪誰問嬉春處。曾誦羌奴七字詩，復仇心事凜須眉。巫歈播後江山改，定有遺民望繡旗。《娵隅集》卷五

葆淳閣集詩四卷　嘉慶間刻本

王杰撰。杰字偉人，一字葆淳，號惺園，一號畏堂，陝西韓城人。乾隆二十六年一甲一名進士，授翰林院編修。官至兵部尚書、東閣大學士。嘉慶十年，年八十一卒，謚文端。朱珪爲撰《墓誌》。是集凡十卷，卷七以下爲詩。杰在樞廷十數年，曾贊畫鎮壓白蓮教。唯與和珅遇有不可，輒力爭，和珅雖厭之而不能去。集中多賡制詩，而《盛京土風雜詠十二首》、《盛京土産雜詠十二首》，頗詳今有。《題丁蕁湖秋江垂釣圖》、《題彭羨門九曲移居卽和竹君親家韻》、《爲阮芸臺題天寒有鶴守梅花圖》、《題陳鱣尚友圖》，亦有可採。其門弟子成材甚衆，酬應消閒之詠，猶可互考交游。

聽雨樓集二卷　七子詩選本

黄文蓮撰。文蓮字芳亭，號星槎，江蘇上海人。乾隆十五年舉人。官安徽全椒教諭，升泌陽知縣。詩傚

六朝，崇尚格調。《宋徽宗畫龍圖歌》、《題王琴德三泖漁莊圖》、《焦山瘞鶴銘歌》、《金山四首》、《天台山歌送沈歸愚夫子》、《滄浪亭懷古》、《秋晚田家雜興》，均爲集中上選。乾隆十八年沈德潛以王鳴盛《耕養齋集》、吴泰來《古香堂集》、王昶《履二齋集》、黄文蓮《聽雨樓集》、趙文哲《媕雅堂集》、錢大昕《辛楣吟稿》、曹仁虎《宛委山房集》，爲《七子詩選》。諸子詩後均有全本，唯文蓮詩僅存此二卷。其詩與七子同調，而以金石題圖擅長。嘗得華陽本《西嶽華山碑》，携至安徽學幕，遂贈宋筠，後人題跋甚多。王昶《湖海詩傳》所選多酬題之什。而《拜韓忠武王墓》、《趙忠毅公鐵如意歌》、《得曹劍亭舅氏書》等篇，亦有故實可摭。

南園詩鈔二卷　嘉慶間刻本

何士顒撰。士顒一名士容，字南園，江蘇江寧人。諸生。喜詩，厭制藝。與袁枚過從二十餘年，稱弟子。卒於乾隆五十二年，年六十二。殁後，袁枚搜其遺稿，附刻《隨園全集》内，撰序稱「金陵有兩詩人，一爲陳古漁，一爲何南園」。其詩清婉自然。遊金陵諸勝，有佳製可採。《燕子磯》云：「危磯屹立與波爭，何處飛來以燕名。萬古羽毛蒼蘚潤，一生飲啄大江清。登臨自有凌霄意，覽眺寧無弔古情。閒羡水邊坐漁父，垂竿風裊釣絲輕。」餘大都平居雜興之作，隨意而發。而與隨園唱和，連篇累章，不耐多讀。其詩不逮方正澍、陳毅，得名皆由枚之推轂也。

汪子詩録三卷　嘉慶十年刻遺書本

汪縉撰。縉字大紳，號愛廬，江蘇吴縣人。貢生。工古文辭，通儒釋，與彭紹升、羅有高相講貫。嘗爲建陽書院山長。卒於乾隆五十七年，年六十八。嘉慶十年，王芑孫爲刻遺書及《汪子文録》十卷，據彭紹升定本，《詩録》三卷爲潘奕雋所藏稿本。是集有方昂跋。彭紹升題詞稱其詩學陶淵明、李白、王維、蘇東坡，而以寒山、拾得爲宗。集中有《題和合二聖圖》、《論寒山拾得兩僧事》。《題五君子遺墨》，頌揚明末東林。《偶成十首》，爲讀書論詩之詠，識議俱超。《題李空同集後》云：「愛國忠君千首詩，知君真把少陵師。渡河擘海尋常事，妒殺江南錢受之。」四句可爲七子平反。《二耕草堂》，記明戲曲家許自昌别墅。《題張太岳集》、《登來鶴峯》、《浣香洞》、《甫里歌》、《題王存素畫黄山雲海障子》、《題蒼雪大師像》、《送王禮堂先生北行六首》，即事寓言，詞氣高邁。《古風十六首》、《懷古六首》、《夏日閒居雜詠七首》，旨意亦高，《淨土詩》及《念佛》等作，以説禪爲詩，亦有定見。集中贈答惟彭、羅與袁枚數子，餘多方外。其詩詞理俱腴，謂學寒山，不盡寒山，蓋非絶意於詩人者也。

清人詩集敍録卷三十五

忠雅堂詩集三十卷　嘉慶二十二年藏園重刻本

蔣士銓撰。士銓字心餘，號苕生，一號清容，又號藏園，江西鉛山人。乾隆二十二年進士，改庶吉士。官翰林院編修，國史館纂修官。主講紹興蕺山、杭州崇文、揚州安定書院。自詩古文辭及填詞度曲，無所不工，卒於乾隆五十年，年六十一。是集與《文集》十二卷、《銅弦詞》、《南北九種曲》合刻，乃其孫志伊裒輯，詩共二千四百三十二首。袁枚序。金德瑛序云：「君年四十，生平無遺行，志節凜凜，以古丈夫自礪。所言皆發諸性分，而用古人法律，不務勦襲雷同，錚然别開生面。數十年來，行輩罕見其匹。」其詩諸體皆工，古詩勝於近體，七古又勝五古。堪稱佳構者，五古《太行絶頂》、《上灘》、《自鳴鐘》、《舟中讀書》、《到家》、《讀史三首》、《文字四首》、《辯詩》、《雷門吟》，七古《開先瀑布》、《萬年橋觴月》、《興安道中》、《銅鉉行》、《上匑行》、《泰西畫》、《鐵篙行》、《隆興寺大菩薩歌》、《天地球周幔亭製》、《宛委山金簡玉書歌》、《三峽澗》、《題文信國遺像》、《醉歌》是也。至爲當代名人題詠，如《題王又曾龍湫宴坐圖》、《臺灣賞番圖爲李西華作》、《題盧紹弓檢書圖》、《題秦磵泉學士柴門稻香圖》、《題裘漫士舊照》、《繪檜門先生遺像藏祀于家敬題幀尾》、《前蜀王鍇書妙法蓮花經殘葉爲鄭西崖琰作》、《重裝長椿寺九蓮菩薩畫像歌》、《趙璞菴龍湫濯足圖》、《韋約軒專甫鐵翁授經遺像》、《王麓臺富春秋色横卷爲顧晴沙作》、《童二樹畫梅詩》、《再題隨園無雙譜後》、《畫竹歌爲方竹樓作》、《彭啟豐尚書戴笠像》、《題羅兩峯鬼趣圖八首》、《賣牛圖歌爲兩峯作》、《題兩峯畫屏十六首》、《題翁覃溪施注蘇詩舊本》、《論書一首題梅德清臨摹册子後》、《爲陳約堂題大西洋獅子圖》、《張瘦銅屬題倪文正遺像》，汪洋雄恣，矜奇變化。即《錢忠懿王金塗塔歌》、《趙忠毅公鐵如意歌》、《長毋相忘漢瓦歌》、《錢武肅王鐵券歌》、《文信國琴歌》，同時詩人亦多莫能逮。論詩云：「寄言學詩者，唐宋皆吾師。」又云：「文字何以壽，身後無虚名。元氣結紙上，留此真性情。讀書確有得，落筆當孤行。數筆立堅壁，寸鐵排天兵。」與《讀昌黎集三首》聚而觀之，可見宗旨。其《論詩雜詠三十首》苛前賢而重時輩，亦屬有識。《讀晉書四首》、《讀荆公集四首》、《讀宋人論新法劄子》、《讀宋儒奏疏三首》、《書宋史宰相傳後四首》、《題法苑珠林》等篇，其以議論爲詩，詞奥語澀，足以詫人耳目。《京師樂府辭》十四首爲弄盆子、畫眉楊、象聲、唱檔子、兔兒耶、戲園、冰牀、潑水車、堆子兵、摇鈴卒、唱估衣、縫窮婦、戲旦、唱南詞。《豫章新樂府十首》爲廣厦歌、瑣闈秋、質肆平、三廠糜、寶昌鑄、辠坊獄、周道謡、章門渡、俎豆馨、栗山封。又有《吼山紀游》、《鄱陽竹枝詞》、《金陵雜詠》，悉以當地風景人民習俗入詩。隨金德瑛督學山左，詠歷下絶句，亦稱秀傑。乾隆二十八年，於燕市得史可法遺像及四月廿二日家書卷子，藏閲十年，有詩誌之。此卷後經彭元瑞進呈，乾隆題詩，命藏於祠，百年來題詠不絶。乾隆間詩壇，袁枚以第一人自命，而以第二人置士銓。袁、蔣間唱酬甚多，朋好無間。後與趙翼並稱三大家。袁、趙多爲人訾議，獨於士銓幾無異辭。王昶作《墓誌》謂：「當其摇筆擲簡，意緒觸發，如雷奮地，如風挾土，如熊咆虎嘷，鯨呿鼇擲，山負海涵，莫可窮詰。」其推許如此。唯李調元云：「論詞曲袁、趙俱不及蔣，論詩蔣不見袁、趙。」見陸元鋐《青芙蓉閣詩話》。道光時黄釗爲蔣知台《紅雪樓詩鈔》序曰：「當乾隆間，隨園傚法香山，爲廣大教主。耘菘則別竪精進幢間，爲六賊之戲，以擾禪定。而藏園叟如維摩面壁，不見不聞。近數十年來，標正宗者乃共推清容居士。」然三家詩各有本色，蔣、趙詩尤見宋體之變。其間有闊大奇險語，爲其偏至之處，又多表彰孝節，是亦不當揄揚過分也。

念初堂詩集四卷　嘉慶六年刻本

張翽撰。翽字鳳颺，號桐圃，甘肅武威人。乾隆三十四年進士。官江西廬陵知府，湖北荆宜道。縱游隴秦、江南、楚蜀，凡遇山川、古蹟、風土民情，皆寫之詩。此集有乾隆五十七年吴鎮序，嘉慶六年秦瀛序。四卷以《秦輈草》、《漏餘草》、《楚帆草》、《雪帆草》命名。《登甘州城樓懷古》、《嘉峪關》、《涼州懷古》等篇，氣勢豪勃。詠荆州、巴東、沙市、襄陽、巫峽、重慶山川風物，亦稱蕃彙。入都及江南風景詩，略無姿采矣。吴仰賢《小匏菴詩話》稱其《泊歸州》詩云：「危檣轉山角，煙火是歸州。行郡幾時到，因人復此游。江湖淹老客，風雪逼春愁。寂寞寒城近，孤吟看敝裘。」隴西詩人不當少此一家。

陶村詩選不分卷　嘉慶九年刻本

袁文典撰。文典字儀雅，號陶村，雲南保山人。乾隆二十一年舉人。官廣西州學正，甫一載，以母老乞歸。與弟文揆同輯《滇南文畧》、《詩畧》。卒於嘉慶二十一年，年九十一。是編爲嘉慶九年王豫序，王昶、師範、石鈞等題詞。詩學杜，工穩老成。在滇頗負時名，王昶稱其詩作「天骨開張，自聲有力」，《湖海詩傳》亦選有詩。《游摩蒼山》、《宿江頂寺》、《游清平洞》、《登泰保山》、《題陶靖節集後》，氣格高卓。篇什不多。《雲南叢書》後出，陳榮昌序，亦僅得八十二首。平生於存，盡於斯矣。

詠史偶稿一卷　緑溪詩四卷　乾隆四十二年刻本

靳榮藩撰。榮藩字价人，號緑溪，一號鎮園，山西黎城人。乾隆十三年進士。官新蔡等縣知縣，大名知府。四十八年卒，年五十九。注吴偉業詩，曰《吴詩集覽》，盛行於世。自刻四種，爲《緑溪初稿》、《詠史偶稿》、《緑溪詩》、《緑溪語》，内二種爲詩。《偶稿》有乾隆十九年自序。取《明史》傳記百餘家，自陳友諒至馬士英、阮大鋮，各詠一絶，爲之評騭。體傚吴偉業《讀史偶述》及王士禛《讀三國志》。《緑溪詩》抉擇亦嚴。《澆田湖》、《催租吏》、《龍門雜詠》、《聖泉寺歌》、《金蓮花歌》、《夏菊花》、《邊城謡》，多涉世事。《聞緬甸入貢有賦》、《丙申紀事》、《野店紀事》，尤見習於朝局。《書李杜詩集》、《書白樂天長恨歌》六首、《題燕子箋傳奇》四首，檃括婉約，非鋪設裝點可比。《新保安是沈青霞謫佃處》自注：「青霞裔孫鬻祀田三頃，方恪敏節制直隸，新其祠，助其裔孫婚。受田者復以田歸之，不受直。」恪敏爲方觀承，亦屬軼聞。歷新蔡、平順、遷安等地所作風土詩，向不多見，足可採輯。其詩質而有采，乾隆間山右詩人中亦可謂萃然拔出者矣。

龍門雜吟

地接烏丸近，天開紫塞和。閭閻烹酪美，風俗佩牛多。静夜宜吹角，山城好放歌。夏衣猶未減，炎暑暗中過。

苦秫家家酒，相逢客半酣。子錢千取百，市價一生三。子錢家月取十利。而謂之加一數錢則以一爲三。牧遠工談虎，桑稀未解蠶。可憐諸父老，瘠土勸丁男。

寂寂荒城裏，紛紛作廟多。龍師宫赫奕，馬祖勢巍峩。廢瓦當衢滿，愚僧説唄訛。尚言虚佛會，家祭未婆娑。先是家家供佛，近禁齋會，多送像入廟。

龍關依絶塞，虎帳有多營。壘戍前朝事，畊耘土著兵。長安高嶺矗，陽樂遠灘平。此地民風古，漫勞擊柝聲。民安貧窶不爲盜。《緑溪詩》卷二

遷安口號　十二首録七

三屯塢壁聳京師，長説文皇駐蹕時。開國承家謨烈遠，至今紫氣極天垂。天聰四年，太宗文皇帝駐蹕三屯營。見《八旗通志》。

三屯營外景忠山，熲眺煙雲萬井閒。舊是仁皇蒐獮地，都將田牧付民間。景忠山左右舊圍場也。

景忠山畔覲宫牆，堯屋舜階萬祀長。載筆詞臣曾拜賜，江村學士足縹緗。聖祖仁皇帝行宫在景忠山，見高澹人《松亭紀行》。

冷口迢迢近熱河，八溝三塔廣陂陀。陪都内外年年熟，容得中原葛竈多。庚寅、辛卯間，山東西、河南人出冷口、喜峯口墾地就食者頗多。

貢道逶迤接土番，共球王會富輪轅。天朝威德真無外，鎖鑰何勞數北門。敖漢、奈曼、喀爾喀左翼、喀爾沁、翁牛特、土點特、札魯特、阿禄科爾沁諸部落，皆由喜峯口入貢。

撫字催科兩未能，山田冲後額相仍。地官竚廣天恩渥，積欠銷時口自增。董家口外等處水冲地十六頃有奇，詳奉部查。

佃民休説納租艱，努力耕耘力自寬。田主車歸農樂業，問渠何似啟禎間。明末民苦兵餉，遷邑尤甚。太平以來，耕鑿者歌帝力矣。《緑溪詩》卷四

仰山堂遺集詩三卷　嘉慶間刻本

黄紹統撰。紹統字燕勳，號翼堂，廣東香山人。乾隆二十四年舉人。官石城訓導。四十九年，擢瓊州府教授，三年，卒於官，年六十三。其七世祖佐，爲明中葉名儒，世代理學，亦工詩。是集爲紹統子培芳編，有張維屏序，謝蘭生撰《傳》。詩集名「仰山堂」者，官石城時與諸生講學之所。其詩和平渾樸。《謁南海神廟》、

《杜工部祠》、《觀音巖》、《文洲竹墅雜詠》有序，蒼勁處學韓、蘇。與馮敏昌訂交唱酬。嘗至維揚，晤杭世駿，有詩。又有《濂江留别》等作，爲任學官時所爲。附《文集》不盈卷。蓋無全稿，搜集止於此矣。

敦拙堂詩集十三卷　光緒二年重刻本

陳奉兹撰。奉兹字時若，號東浦，江西德化人。乾隆二十五年進士。官至江蘇布政使。卒於嘉慶四年，年七十四。是集有姚鼐、章學誠序，光緒二年李明墀據原本重刻。奉兹官蜀二十餘年，參預大小金川之役。卷三至卷七爲《入蜀詩》，自三峽上川，以詠閬中、巴州、廣元名蹟最多。《峽内》、《夔州府》、《千佛巖》等篇，筆力健舉。九至十一卷爲進攻金川之作，《斑爛山》、《大板昭》、《卓克采部》、《松岡梵寺》、《理池》、《日爾拉山》、《三松坪》、《猛固橋》、《瀘定橋》、《金覺寺》等篇，狀寫荒山巨浸，幽洞箐嶺，盛有佳篇。《梭木雜詩十六首》記藏族土司喇嘛生活與當地風俗舞曲甚詳。在蜀與查禮、吴省欽、劉秉恬唱和。與王昶同時，而未見有何往還。《湖海詩傳》特重有關金川之役詩，未涉此集。晚居江南，與袁枚過從。《題錢竹汀溪林散佚圖》、《讀小倉山房詩集》、《題三子説經圖》錢大昭、胡虔、陳鱣，較存文苑故實。其詩學杜，姚鼐謂「樸厚之氣，殆足媲之」。趙翼《甌北詩鈔·題敦拙堂詩集》有云：「曠代有東浦，孤詣戛獨造。淵源泝雅騷，根柢本忠孝。讀書必破卷，陋彼管窺豹。出語必驚人，鶩若韓脱鷂。力厚巨鼎扛，思沉重淵釣。每於樸僿處，雋味出揉拗。」奉兹亦自撰《讀杜三首》。洪亮吉評奉兹詩「如壓雪老梅，愈形崛强」。清中業西江詩人，可自名家。

愚菴詩集八卷　嘉慶間刻本

李大儒撰。大儒字魯一，號愚庵，福建建寧人。諸生。以訓課爲業，晚貧甚，荒溪破屋，竟日斷炊。嗜詩。王鳴盛徵選四方詩，郵寄應選，推之魯仕驥。是集爲朱藹元刻，有乾隆三十五年王鳴盛序、魯仕驥序。以集中《乙丑八十初度》詩計之，當爲雍正四年生，而書刻於嘉慶年間。觀集中《憶朱梅崖師》、《上朱石君夫子》，與汪縉、羅有高、彭允初、汪大紳等寄贈，可見師友淵源。和皮陸詩，如《茶中雜詠十首》、《漁具詩五首》、《樵人十詠》，以及《詠菓詩》多首，俱不諧俗。嘗至山右，道中詠山水詩亦見其性情之所寄云。

寶日軒詩集四卷附存詩四卷　嘉慶四年刻本

王德溥撰。德溥字容大，一字澹和，浙江錢塘人。諸生。家北墅歸錦橋南，築寶日軒，多蓄善本書籍。後家業零落，書多散出。乾隆三十九年卒，年四十九，杭世駿爲撰《明經王澹和墓碣》。父馭陶，年踰耄耋，闢養素園以娱老。錢塘名流多爲題贈。嘉慶四年，德溥子嗣中爲刊《寶日軒詩集》四卷，梁同書序，《附存詩》四卷，卽養素園題贈之什。德溥詩富情致，與杭世駿、汪沆、張熷稱「松里四子」，與金農、丁敬、陳章、厲鶚，西湖詩僧筊虚、讓山，亦時相過從。《插田歌》云：「雨止煙復迷，子規徹夜啼。瀰瀰白水滿，纖纖青秧齊。小兒輕手拔，大兒折腰插。相戒恐後時，不敢歇半霎。束把載小船，移植偏熟田。照管鵝鴨雛，顧盼顔色鮮。根株自整直，耘耔須努力。今年定穰穰，連塍俱翼翼。辛苦莫如農，心堅何能傭。暮歸聊自歡，村酒粥面濃。」《詠越中古蹟》、《書陸放翁詩集後》、《題八大山人畫》、《題吴鷗亭重得先世所藏丁卯集》，酌古宜今，亦可觀採。

胥園詩鈔十卷　嘉慶二年序刻本

莊肇奎撰。肇奎字星堂，號胥園，浙江秀水人。乾隆十八年舉人。官貴築知縣，松桃同知，調雲南永北同知。乾隆四十六年充發新疆，將軍伊某惜其才之可用，奏給主事銜，復授撫民同知。在塞外十年。歸發廣東，以知府用，累遷惠潮嘉道、按察使、布政使。卒於嘉慶三年，年七十二。是編分《浙西稿》、《黔滇稿》、《塞外稿》、《嶺南稿》，詩共四百餘首，顧曾序。方其官雲南，過大理，渡瀾滄江，過韓侯嶺，摹狀山水奇險。《庚子五月自滇赴詔獄》等詩，兼紀時聞。發往伊犂，作《無題八首》，寄托頗深。《出嘉峪關紀行二十首》，自云：「戈壁灘邊，秋陽尤烈；纏頭城外，苦水俱羶。不脱征衣，每宿塞草，餱行乃裹，地踐不毛。」所過玉門、安西、猩猩峽、巴里坤南山、黄蘆崗、哈密、烏魯木齊，均有詩紀之。《伊犂紀事二十首》，傚竹枝體，纂綴見聞，雜採風土，頗足參證。《嶺南稿》存詩最多，亦紀實。

伊犂紀事二十首傚竹枝體　録八

戈壁灘頭已駐兵，戈壁即瀚海。城中無水欲遷城。試傳軍令齊開井，掘處皆泉萬斛清。築城駐滿兵，後城中無水，惟所恃河水入城，計欲遷徙。將軍伊伯傳令，晝夜掘井，遂得泉。城乃不遷。

伊犂江上泮冰初，雪圃纔消未有蔬。齊向鼓樓南市裏，一時爭買大頭魚。伊犂大頭魚頗肥美，每歲二月中河泮可得。

春水穿沙到麥田，野花初試草連阡。沿渠抽滿新蒲筍，帶得長鑱不用錢。伊犂不産筍，惟蒲根頗鮮嫩可食，名曰蒲筍。

許令哈薩克通商，十萬驅來大尾羊。在昔空勞無遠畧，我朝宛馬歲輸將。

絲線紅纓不綴冠，但將品級頂加盤。一枝雀羽雙貂尾，聽鼓隨班謁上官。協領以下皆不戴紅纓，但孔雀翎夾以雙貂尾爲飾。

麵白於霜米粒長，千錢一石價嫌昂。雞豚蔬果家家有，肉賤無如牛與羊。米麵皆論觔，每百斤市錢八百，值銀一兩，較之一石數差少，故以千錢約計也。

車載糧多未易行，六千回户歲收成。造舟運入倉箱滿，大漢初聞欸乃聲。每歲回户納糧自古爾扎至惠遠城大倉，車費甚鉅。因造舟由伊犂江載運。

銅鐵金從山上産，屯耕需鐵採將來。寶伊錢局需銅鑄，惟有金沙禁不開。《胥園詩鈔》卷八

嶺南雜咏四首

炎風吹我嶺南行，終日頹然中宿酲。長髮倒垂榕近怪，榕樹最多，大者皆垂毛尋丈。平頭齊放菊無

情。土人栽菊盆中，枝枝紮成平頂。雪如避地尨聲寂，自來無雪。水不攻城蜃氣平。春夏間雨每大作，水欲灌城。松柏漫誇凋獨後，山谿埜蔓亦長生。草木不凋。

羅浮傳説是仙峯，試問誰歟肯曳笻。孿客柔絲牢似索，土妓惑客，不歸者甚衆。殺人野草利於鋒。斷腸草如柳葉而大，食之卽死。十三行引番夷集，津商十三行於珠江之崖以迎夷賈。百萬鱗爲蜑户供。漁舟甚多，悉係蜑户。鮫室淚枯珠已盡，莫教燒燕擾乖龍。

綵鷁招邀客子狂，采蘭贈芍水中央。百工舟繞烟花塢，妓皆舟居，百工集肆於舟，無一不具。一紙家填鼠雀腸。民皆好訟，破家不惜。衹爲杯羹親可鬻，人殺其父，得利則不申控。豫謀挺刃罪先當。兩姓各集其族以鬨，謂之械鬬。先議一二人承罪，問抵不悔。縣官倘欲矜明察，例限難辭白簡霜。

初冬流汗浹衣單，弱綫添長尚未寒。春每寒于冬。小試童將廉吏怨，童以財求售，廉者却之則譁然。貪者受之，寒士亦不怨。大商姬博鬼夷歡。商人利鬼子之貨，以美姬誘之。百千健婦肩尤重，婦女肩挑甚鉅，較男既多且健。十二妖娃産不難。十二歲出嫁，卽産子。那怕雨多惟恐旱，歲禾三熟懶輸官。雨多則稻禾三稔，抗糧者衆。《胥園詩鈔》卷九

遠村吟稿一卷　同治間刻本

陳鑑撰。鑑字以三，號遠村，浙江錢塘人。諸生。乾隆間在杭州與諸老宿唱酬。集中贈施安、周京、汪

沆、金志章、吴焯、沈大成、丁敬、舒瞻，俱西湖詩友成員。七古《題讓山上人話墮集》、《寄恆上人》，爲巭虚、明中兩詩僧。《由幽居洞登南屏觀石刻琴臺及摩崖書》、《北山紀游》、《瑞石山納凉》，爲詠杭州名蹟。嘗游姑蘇。《具區篇》，記吴越間七十二峯山水之勝。《讀史偶書六首》，爲周亞夫、嚴君平、樂羊子妻、薛收、馬周、張九齡。杭世駿序稱：「壬戌、癸亥間，顧丈月田以詞場宿老號召同里詩人，爲社於西湖，月必五六會。月田下世，西湖壇墠，稍就衰歇。既予來嶺表，頗聞陳子。」序作於乾隆十九年，卷尾有鑑曾孫行端跋稱：「杭序吟稿時，先曾祖年二十有八。是歲生先祖。閲十年，先曾祖告終，又二十六年先祖舉於鄉。」稿卒未刊。同治間行端檢得此稿付梓，並以其祖修可詩十數首附之。此跋上距鑑之没，已近百年。設非保存之力，尠有知者矣。

甌北集五十三卷　嘉慶十七年壽考堂刻本

趙翼撰。翼字雲崧，號甌北，江蘇陽湖人。由舉人官軍機章京。乾隆二十六年一甲三名進士，授編修。受知於汪由敦。出官廣西鎮安知府，落職，入滇。尋調廣州知府，擢貴西道。三十八年，以母老乞歸。四十九年，主揚州安定書院。五十二年，臺灣林爽文起義，李侍堯赴閩治軍，邀與俱。爲出計由鹿耳門進兵，直至事平。後不復出。卒於嘉慶十九年，年八十八。初刻《甌北詩鈔》，盛傳海内。與袁枚、蔣士銓並稱「三大家」。松江秀才張鳳舉手繪《拜袁揖趙哭蔣圖》。吴蔚光贈詩有云：「三分鼎足稱袁蔣，旗鼓相當盡必傳。」世無異辭。嘉慶間刊有《全集》。《詩集》先以三十三卷本刊出，繼增至五十卷、續三卷，爲六十餘年詩，共四千三百餘首。有汪由敦、蔣士銓、翁方綱、王鳴盛、吴省欽、錢大昕等序，李保泰跋。其著者如《西廠觀煙火》、《行圍即景》、《觀西洋樂器》、《扈從途次雜詠》、《觀回人繩伎》、《陽朔山》、《讀史二十一首》、《樹海歌》、《游雪崖洞甲秀樓》、《蕪湖鐵畫歌》、《青山莊歌》、《題長椿寺九蓮菩薩畫像》、《元祐黨籍碑》，無愧名篇。《歸田即事》、《編詩偶得十首》、《閒居讀書作》、《雜題八首》、《放言九首》、《論詩四首》、《長夏曝書有作》、《偶書所見》、《觀劇四首》，尤當時膾炙，後世傳誦。《連日翻閱前人詩戲傚子才體》、《讀香山方干東坡詩》、《題元遺山集》、《題吴梅村集》、《閲查初白詩》、《題陳東浦敦拙堂詩集》、《讀小倉山房詩》、《閲瘦銅詩集》、《稚存見題拙著甌北詩話奉答》，足爲治文學史之參考。《揚州雜詠》、《阜城詠古》、《鄴城懷古》、《大石佛歌》、《虎門望海》、《羅浮紀游》、《甘將軍廟神鴉歌》、《鄱湖樓三舍人歌》、《蟂磯靈澤夫人廟》、《颶風歌》、《西湖雜詩》、《汴梁雜詩》、《廬山紀游》、《金陵雜詩》、《游廈門諸勝》，運筆自如，多有自得之趣。《題王摩詰渡水羅漢圖》、《汪水雲硯歌》、《柳如是小像》、《高郵弔毛惜惜》、《題嶺南物産圖》、《題竹初爲袁蔣兩家息詞後》、《梁製觀世音像》、自注：王仲瞿得。《題周松靄杜詩雙聲疊韻譜括畧》、《題葉保堂補刻徐霞客游記》、《題馮夢龍甲申紀聞等明末説部中所記時事》、《題吟薌所譜蔡文姬歸漢傳奇八首》，亦有興酣落筆，百方奔集之勢。《觀雜耍》、幻戲、象聲。《贈相士彭鐵嘴》、《贈説書紫簡鬉》、《贈書販施漢英》、《坑死人歌爲郝郎作》、《戲詠火判官》、《蛛網》、《爲人作墓誌後戲題》，即洪北江《詩話》所謂如「東方正諫，時雜詼諧」。袁枚論其詩「忽正忽奇，忽莊忽俳，稗史方言，皆可闌入」，良不誣矣。至奉命滇南，從軍緬甸，作《決囚歎》、《秤穀歎》、《出巡媽姑福集二鉛廠》，多記社會史實。《軍中擒獲林爽文檻送過泉卽事》，出於目睹。《人參詩》，記乾隆間參價高達每兩三百銀。《米貴》八首、《逃荒歎》、《剥榆皮》、《掘蘆根》，狀寫荒年，饑饉載道。翼與海内達官聞人學者，酬應甚頻。而自又老壽，集中輓詩，有汪由敦、彭啟豐、黄任、趙文哲、顧光旭、蔣士銓、袁枚、錢大昕、王鳴盛、李調元、畢沅、謝啟昆、王昶等人。《哭祝芷塘》，得證祝德麟卒於嘉慶三年。《全惕莊織造七十壽詩》，可推全德生於雍正十一年。贈李嗇生郡博初度及輓詩，可知李保泰生於乾隆八年，卒於嘉慶十八年。凡此多可補碑傳闕佚。所著《甌北詩話》，明清詩於高啟、吴偉業後，獨推查慎行。蓋己詩與慎行相近，特爲推許耳。然其於論事論理諸作，實上承汪琬、張大受，與慎行空靈變化者不同。張維屏評云：「雖虚字太多，發論太盡，於古人渾厚含蓄、一唱三歎之旨，幾不復存，然胸中有識，腕底有力，眉開目爽，自成爲有韻之成。」見《聽松廬詩話》。故亦兀肆奇宕，極見新意。佳句如「九邊塵靜平安火，上苑春催頃刻花」，「久客不歸無異死，故人如夢尚如生」，「家貧婦或兼勞婢，身老兒還小似孫」，「潮定未分消長水，風橫兼使往來帆」，「一蚊便攪人終夕，宵小原來不在多」，「三尺小祠七寸像，居然顧盼亦稱雄」，「到老始知非力取，三分人事七分天」，「千秋自有無窮眼，豈用爭名在一時」，警拔曉暢，其廓大活脱之處，查慎行未能及也。翼不通經術，又無文集，唯著《廿二史劄記》，弋有史名。是書由李保泰任編校之役，已見卷首保泰序。據此集《壽李嗇生》詩自注：「拙刻數種，皆君訂正。」可見並《陔餘叢考》等書，俱由保泰助成。《嘯亭雜録》卷二舉翼所著《簷曝雜記》，以湯若望、南懷仁至乾隆中猶存，其言直同囈語。前人謂翼有郭象之嫌，或恐不免矣。今附録此詩，以俟有折衷一是者。

鎮安土風

官轍經年到，郵籤萬里修。地當中國盡，與安南接壤。官改土司流。明時土府岑姓，本朝始改流。峻坂愁雲棧，路從蓮花九山更而入，最險仄。孤城彷月鈎。城沿東南西三面，北則倚山也。近邊多堠吏，按部半番酋。所屬有四土司。密箐千尋木，寒泉百丈湫。泉自鑒隘山穴中出，性極寒。四時無落葉，一雨或披裘。瘴要澆胸魄，中瘴則胸膈飽悶。妖曾紀肉毬。相傳府衙有肉毬肉腳之異。見府志及《説鈴》。深宵蠶蠱放，白晝虎倀游。魑客從人雇，狙公作盜偷。蠻方天混沌，傜語鳥鈎輈。儂姓還豪族，韋家説故侯。地多儂、韋二姓。儂則智高之後，韋則相傳淮陰侯少子，蕭相國以托南越王，其子孫散居蠻土，去韓之半以韋爲姓者也。見《溪峒纖志》。點脣檳汁染，約臂釧紋鏤。跳月墟爭趁，娶春俗善謳。儷皮齊贄易，握算賈胡留。粵東賈此者多娶婦立家。村婦無弓足，山農總帕頭。性愚供使鹿，見小重多牛。籬壁穿多穴，貧民編槿作牆，塗以泥，多穿漏如籬落。欄房隔作樓。欄房上層人所居，下層畜牛爲。燒畬灰和土，接水木刳溝。靛采藍盈匊，民皆采藍自染，無染匠也。禾收穗滿篝。摘穗成把，不刈藁秸。箬包鹽有滷，菹窨菜成油。以諸菜及牛羊骨實甕中，久則爛成汁，謂之窨菜，酸臭特甚。土人以爲美品。犬肉多於豕，墟場買犬，以千百計。檀薪賤似楢。山木供爨，雖紫檀不貴也。鷓鴣羹味薦，蛤蚧藥材收。貛膽從蹄剔，石羊膽以在蹄心者爲貴，石羊即貛也。豬豪激矢抽。野豬豪似錐，能射人百步外。山羊因血捕，水獺爲皮搜。石斛花論價，出奉議。桄榔麪可溲。出下雷。竹根人面活，向武有竹，其根似人面。藤杖女腰柔。大箐中多萬年藤，可以作杖。物産真驚見，民情易給求。掛魚官閣肅，羅雀訟庭幽。閒倚半山閣，署中獨秀山半有亭，可以眺遠。時乘獨木舟。虞衡稽桂海，草木訂春秋。詩已傳邕管，官非謫柳州。勉修循吏績，撫字輯遐陬。《甌北集》卷十三

壽啬生郡博五十初度

婁東古學有遥津，一瓣香傳著述身。早歲便成名進士，中年漸作老詩人。門因問字常多客，壁可分光肯借隣。拙刻數種，皆君訂正。黄菊正催新釀熟，爲君釃酒祝長春。

通籍先辭作吏緣，一官甘就廣文氊。已無賒願騎揚鶴，曾有遊踪訪蜀鵑。曾作蜀遊。吟稿歲增詩一寸，購書日損俸千錢。錦江春色邗江月，總與先生琢句傳。《甌北集》卷三十四

人參詩

偉兒久病，需用參劑，市價甚貴，白金三百兩易一兩，尚不得佳者。曩閲國史，我朝初以參貿高麗，定價十兩一斤，麗人詭稱明朝不售，以九折給價，而我朝捕獲偷掘參者，皆明人，以是知麗人之詐，起兵征服之。迨定鼎中原，售者多，其價稍貴。然考查悔餘壬辰、甲午兩歲俱有謝揆愷功惠參詩，一云一兩黄參直五千，一云十金易一兩，皆康熙五十年後事也。其時參價不過如此。乾隆十五年，余以五經應京兆試，恐精力不支，以白金一兩六錢，易參一錢。二十八年，

余病服參，高者三十二换，次亦僅二十五换，時已苦其難買。以今較之，更增十餘倍矣。市值愈貴，購之益艱。詩以誌慨。

貧家患富病，用藥需蓡劑。吾兒抱沉疴，藉補丹田氣。其如價過昂，刀圭購不易。此物瑶光星，散華凝入地。三椏五其葉，獨與凡卉異。結子蓮米紅，分陰椴樹翠。年深根成形，肢體或粗備。土中兒啼聲，往往驚夜睡。其始出上黨，僅等苓朮類。地運有轉移，乃爲我朝瑞。高高長白山，鬱蟠王氣萃。靈苗茁其間，孕結飽生意。以之療羸疾，庸醫亦奏技。幾同返魂香，不數肉芝臂。當年評直賤，購買不繁費。十金易一斤，鄰市舊有例。十金易一兩，詩家亦有記。迨我服食時，猶只倍三四。彈指三十年，徵貴乃無藝。一兩三百金，其品猶居次。中人十家産，不滿一杯味。珍過服玉方，艱於鍊丹秘。古稱萬金藥，始信語非僞。嗟哉此神物，天以救疵癘。乃因價不訾，翻若天勢利。但許活富人，貧者莫可冀。此事關隱憂，蒼生命所繫。吾兒病已深，非此不得濟。燃眉倘可救，剜肉遑敢計。搜括罄貲儲，典賣到衣被。所愁力將竭，兒病痊尚未。中宵撫空囊，徬徨不能寐。《甌北集》卷三十八

黄琢山房詩集十卷　乾隆間刻本

吴璜撰。璜字方甸，號鑑南，浙江山陰人。爚文子。少從嚴遂成、萬光泰游，工詩。乾隆二十五年進士。官户部雲南司主事，湖南澧州知州。三十三年，揀發四川。三十八年五月，從劉秉恪辦金川糧餉，解銀十萬

兩至登春。時木果木之役，大營陷。途中遇刼，至登春墜河死。年四十七。同死者二十六人。是集爲畢沅助刻，有萬光泰、胡元豫、程晉芳、蔣士銓、王昶、朱岐序，蔣士銓、沈清任各撰《傳》。詩共一千二十四首。璜爲商盤甥，集中有《寄商寶意舅氏土城山房詩十首》。嚴遂成贈句云：「何無忌酷似其舅，嚴挺之乃有此兒。」袁枚《詩話》稱爲巧對。交游中師輩王霖、鄭虎文、杭世駿，同年王昶、畢沅、諸重光、王文治，以及阮葵生、曹仁虎、嚴長明、李調元、趙翼、查禮、趙文哲、法式善、祝德麟，皆翰林文士，童鈺、羅聘，爲畫師。所作《趙忠毅公東方未明硯歌》、《漢書西域傳題後四首》、《蔣士銓桂林霜傳奇六首》，有資文史。《裂扇歌》，詠孔尚任桃花扇本事。《芙蓉莊紅豆樹歌》，附董潮原作。居都門，作《夏月竹枝詞》、《踏青詞》，多採風俗。乾隆三十四年，作《汴京雜詠五十首》，引徵文獻爲注。詞理俱腴。又有《蘇門紀游詩》，意興蕭遠，允稱佳作。

汴京雜詠　五十首録五

昔武林厲樊榭、符幼魯、家尺鳬諸君，各成《南宋雜事詩》百首，傳播藝苑。顧於東都事蹟，未遑纂也。己丑冬，留滯汴城，從行篋中補綴舊聞，語無倫次，數亦僅得其半。自分學術弇陋，何敢遠附前人，或經同志糾繆，庶免傖父之誚已爾。

金雀親登展外城，披圖宫殿製新成。西遷雍洛終何用，且打蝦蟆鼓六更。《畫墁録》：周世宗展汴京外郭，登朱雀門，使太祖走馬，以馬力盡處爲城。《蓼花洲閒録》：太祖將展外城，幸朱雀門親自規畫。《國朝會要》：建隆四年，太祖命有司畫洛陽宮殿，按圖修之。《震澤長語》：初，藝祖欲都洛陽，太祖沮之。藝祖曰：未也，且欲西遷都關中，據天下之上游。使當時從之，豈有靖康之禍哉。《宋史·五行志》：宋以周顯德七年庚申得天下，圖讖謂過唐不及漢，一汴、二杭、三閩、四廣。又有謡云：寒在五更頭。按，宋自太祖建隆庚申受禪，至理宗景定元年，歷五庚申。又十六年而宋亡，蓋符。太祖卜世於陳摶「睡到五更醒時再來問」之説亦合。庚更同音，以此禁中常打六更，亦謂之蝦蟆更。

天街軟繡許游觀，纔過收燈興未闌。商畧望春城外去，好花不向擔頭看。《清異録》：本朝以親王尹開封謂之判南衙，儀從粲若圖畫，京師人曰好一條軟繡天街。《東京夢華録》：收燈畢都人爭先出城採春。《宋史·地理志》：舊城東門曰望春。《六一詩話》：京師士大夫牽於事役，良辰美景罕獲宴游之樂，其詩有「賣花擔上看桃李」句。

水戰初嫻敵已降，金明池宴戲龍艭。翻憐春日千門鎖，細柳新蒲吟曲江。《文獻通考》：開寶元年，太祖幸金明池習水戰，觀往來馳突擊刺狀，顧謂侍臣曰：今南方已定，時習之不忘武功耳。《石林燕語》：金明池龍舟，太宗時造。《春明退朝録》：唐曲江開元天寶旁有殿宇，安史亂後盡圮，文宗覽杜甫詩云「江頭宮殿鎖千門，細柳新蒲爲誰緑」，因於池側設紫雲樓、落霞亭，歲時賜宴。

勸幸澶淵勝算高，甘泉北望首空搔。柘枝蠟淚飄零盡，無復尊前唱蒨桃。《東都事畧》：景德元年冬，契丹寇澶淵，畢士安力勸帝如寇準請，遂議親征，準曰：若大駕親征，敵當自遁，我得勝算也。《湘山野録》：萊公南遷，題甘泉寺東楹，回望北闕，黯然而傷。《夢溪筆談》：萊公好柘枝舞，時人號爲柘枝顛。《後山談》：公性豪侈，自布衣夜常設燭廁間，蠟淚成堆。《侍兒小名録》：蒨桃，萊公侍兒，曾和詩，有「且向尊前聽艶歌」句。李日華《褉著》：蒨桃將死，泣曰：妾前世師事仙人爲俠，今將別去。

元祐諸賢逐已空，熙寧新法守仍同。如何霖雨歸山去，猶欲爭墩到謝公。《宋史》本傳：元祐時吕公著、韓維藉以立聲譽者也；歐陽修、文彦博薦己者也；富弼、韓琦用爲侍從者也；司馬光、范鎮交友之善者也。悉排斥不遺力。又熙寧七年罷相，引吕惠卿參知政事，乞召韓絳代己，二人守其模不少失。《載酒園宋詩話》：介甫詩：誰似浮雲知進退，才成霖雨便歸山。《南溪筆録》：荆公好與人爭，在廟堂與諸公爭新法，歸山林與謝公爭墩，此亦善謔也。

《黄琢山房集》卷九

清獻堂詩集二卷　乾隆五十二年刻本

趙佑撰。佑字啟人，號鹿泉，浙江仁和人。乾隆十七年進士。由翰林編修官左都御史。以策試文負時望，與竇光鼐相埒。著有《清獻堂文集》、《尚書質疑》、《尚書異讀考》、《陸氏草木疏校正》等書，卒於嘉慶五年，年七十四。此《全集》本，凡詩二卷。自序稱：「不耐聲律，用功時疎，以是存稿常尠，存而旋失，亦甚惜。」今觀其詩，應制詩居多。典試山東，奉使江西。行役山水詩亦有佳觀。《潮州巖行》、《水碓歌》，詞采壯麗。《詠史九首》、《丹徒鎮留侯祠壁間擊秦圖》、《題萬九沙先生楹帖手蹟》、《過分宜縣作卽書鈐山堂集中》、《題袁書林射虎圖卽送其之官江南》，神理俱貫。亦勝於應俗者矣。

七録齋詩選八卷　嘉慶十九年刻本

阮葵生撰。葵生字安甫，一字寶誠，號唐山，江蘇山陽人。乾隆十七年舉人。由内閣中書官至刑部右侍郎，治獄以明察平允見稱於時。卒於乾隆五十四年，年六十三。著有《七録齋集》、《茶餘客話》。此《詩選》八卷，乃兩江總督百齡刻，事具卷首所載阮元撰《傳》。其詩秀逸沉雄，各體皆足以當時流。《千尺雪》、《海南檳榔歌》、《蓮花峯弄月歌》、《菩提紗歌》、《火浣布》、《弔于忠肅公墓》、《洗象行》、《題齊息軒宗伯雲起石譜》、《仇南村印譜》、《夏日蔬食雜詠》等篇，運筆甚寬。《聊城懷古》、《吴門雜詠》、《金陵詠史》、《賑粥謡》、《田家雜詩》、《羊太傅故里》，借題發揮，自覺情真語摯。《論元詩二十絶句》，爲文學史資料。《題四君詩集》，爲吴學博山夫、邱學博桐園、任徵君東磵、吴明經南生。《淀河雜詠十二首》，多記北京郊外掌故。交游甚廣，有送程晉芳、答褚廷璋，及與吴省欽、曹仁虎、法式善等唱和詩，揚風扢雅，蓋所存什不及一焉。

晴綺軒詩二卷　嘉慶十年新安兩江先生集刻本

江昉撰。昉字旭東，號硯農，安徽歙縣人。官候選知府。父承玠，爲浙江鹽驛道。昉與同祖兄春均以詩名。卒於嘉慶二年，年六十七。嘉慶間刻《新安兩江先生集》，前三卷爲江春《隨月讀書樓集》，卷四即《晴綺軒集》，詩百三首，卷五《集句》九十首，卷六《練溪漁唱》，爲詞。昉得聞厲鶚、杭世駿緒論，與任大椿契交。又與吴烺、程名世等合輯《學宋齋詞韻》。爲詩清空蘊藉，無纖弱之情。《常王孫種菜歌》、《桐江雜詩》、《棲靈寺》、《雨後遊九龍山》、《哭王穀原比部》、《題竹亭竹刻小影》，或耽於山水，或懷人觸緒，俱較雅潤。

立厓詩鈔七卷

嘉慶九年刻本

蔣業晉撰。業晉字紹初，號立厓，江蘇長洲人。乾隆二十一年舉人，三十二年官漢陽知縣，後擢黄州同知。四十六年因嫁名鑒定詩集牽累，遠戍新疆。久之始歸。詩鈔分《秦游》、《吴廡》、《楚中》、《出塞》、《歸田》諸集，清壯激楚，頗自不凡。首王鳴盛、吴省欽、王昶序，袁枚、褚廷璋、許寶善、吴雲、趙翼、孫星衍題詞。卷七有癸亥詩自云年七十六，詩止於嘉慶九年，年七十七。王昶《湖海詩傳》選其《皋蘭城中書所見》、《自平涼赴皋蘭憶戎馬所經地》、《讀陳龍川集》、《石馬槽歌》、《北庭都護行爲武勇公奎將軍林作》有序、《嵩山古柏圖歌》有序、《隆中謁武侯祠二十二韻》，汪洋雄肆，渾灝自如。《七月七日出嘉峪關》云：「白晝嚴關閉，黄雲大漠屯。風光中外異，征戍古今繁。客去得無淚，生還望此門。雙星天上合，憶别幾銷魂。」爲律體中之至者。他如《游西安碑洞》、《過太華山下》、《題西莊先生課耕圖》、《龔開畫瘦馬行》、《登黄鶴樓》、《築堤行》、《崇陽謁張乖崖祠》、《題閔正齋令祖雲巖俠士遺像並書其事》、《峴山謁羊傅祠》、《題施南石門洞石佛圖記》、《詠襄陽古蹟詩》、《蘄州雜詠》、《登崆峒山》，可取者多。塞外集，如《隨將軍奎林圍獵南山口》、《閲庫爾喀喇烏蘇城》、《靈山水歌》、《登紅山二首》、《綏來縣渡河》，筆底極見馳騁。《北庭雜詠》，多記新疆物産。晚年歸吴中，所作漸趨平易。其詩嘗爲沈德潛獎借，唱和感舊，有袁枚、趙翼、顧光旭、彭紹升、李繩、韓是升、吴泰來、潘奕儁、沙維杓、顧宗泰、石鈞、吴樹萱，都爲詩家。

北庭雜詠　有序

龍沙物類可紀者甚夥，曹雲瀾、周平山比事屬辭，繪縷盡致，各賦五律二十餘首示余。余因擇其題之近雅者，變體短述，聊以自成一隊云爾。

金天騰紫氣，石孕蒼龍靈。忽現千鱗甲，點點隱繁星。割取芙蓉片，使伴汗簡青。 青金石

黑者染墨汁，灰者飄霰雪。月窟產羔羊，粲若三英列。彼固留其皮，我自稱其骨。 重骨羊

高昌白㲲草，織成賴女工。何年具機杼，冰綃出鮫宮。因知衣毛俗，可以開華風。 高昌布

昆吾切玉刀，雁翎或其選。鷫鷞以淬鋒，出匣秋水湛。周防君子身，亂者仗汝斬。 雁翎刀

軍中作草檄，藤角亦可書。窮荒不愛寶，鳳尾佳紙名通狼胥。堪笑洛陽貴，馬蓮多水菹。 馬蓮紙

出水蓮品潔，出山蓮種別。亭立千仞岡，紅粧浴白雪。托跡固高寒，人言性偏熱。 雪山蓮

笈草代湘竹，搖曳當牕幽。花月漏疎影，風光入清秋。能遮十丈塵，不隔萬里愁。 芨藨簾

雲霞結成綺，良材合作几。我乏古人風，元戎曾賜此。魏太祖賜毛玠几曰，有古人風。有謀願操從，禮曰，謀于長者，必操几杖從之。敢曰今老矣。 紅柳几　《出塞集》

大谷山堂集六卷　乾隆間活字本

夢麟撰。夢麟字文子，一字謝山，號午堂，姓西魯特氏，蒙古正白旗人。乾隆十年進士，未弱冠而入詞

垣。官至工部侍郎。二十三年卒，年僅三十一。撰《大谷山堂集》，原石《夢喜堂詩》，乾隆十九年沈德潛爲之序，署云：「近人無詩，非無詩也，沿於末流而不能上窮其源，所以舉目皆詩，而其實無詩也。蓋詩之有源如河流然……竊怪近人以詩鳴者，綺靡庸瑣，追逐時趨。石湖、渭南，終身墨守。而昭明所編，郭茂倩所輯，陳、杜、沈、宋，暨開寶、貞元諸大家詩，如刺目焉，而不願寓目。猶觀水者置身溝澮之旁，傲然自睨，而謂江河在是。亦見其立涸焉而已矣。謝山夢先生，窮詩之源而不沿其流者也。」沈氏主格調，以漢、魏、唐人斷斷持論。夢麟多因襲，沿於旁午，宜其聲氣相通矣。集中詩如《冰嬉行》、《天成寺》、《晾甲石歌》、《石鼓歌》、《冬日觀象臺》、《西郊故明閹宦墓》、《曉入東巖住千像寺》、《上方角鷹歌》、《蘇武牧羝圖》、《長城嶺歌》、《甕山》、《朝往香山雞鳴寺》、《龍門》、《艮嶽》、《沁河漲》、《將赴梁谿道間作》、《彭門懷古放歌》、《登燕子磯曠望大江》、《渡江望金山放歌》、《嶅陽夜大風雪歌》、《輿人哭》、《河決行》、《觸目行》、《哀臨淮》、《天閑驃騎歌》、《李伯時畫馬歌》、《馬伏波銅鼓歌》、《陳洪綬九歌圖歌》，五言蕭疏澄曠，七言激楚蒼涼。雖不免有僻澀深奥之弊，然「春華之時，已造秋實之境」張維屏《聽松廬詩話》，是亦無可譏焉。

輿人哭

輿人迸淚悲嗚嗚，嗟呀喘喙鼓嚨胡。舌乾口燥哭路隅，爾獨何事中煩紆。輿人仰頭答，欲語聲僾唈。自言祖父曾攻儒，孤兒生苦身無襦。行賈收瓜販齊楚，兄嫂不可與同居。去年報名銅山縣，負戴趨走事良慣。日分五十青銅錢，夫頭月給銀兩半。前擡官府經淮南，出無一月錢滿串。北關租草屋，費我三百文。勉强取隣女，約畧囊橐營衣裙。出門日無幾，聞説家遭水。妻在水聲中，宛轉隨波死。所住一間半，至今在泥裏。昨日縣帖下，説道官今來。驛吏備馬匹，縣吏呼輿擡。一班十二人，聚集相儕排。平日喫公食，如何臨事逃官差。天明發銅山，午至桃山驛。不道五十里，里里泥深没腰膝。足下著菲登頓滑，赤脚肉痛畏傾仄。泥深尚可休，觸石泥深没。我身觸石傷我骨，骨傷思平那可獲。父母生我骨與肉，如何狼藉任瓦礫。前日擡官來，聽道往江西。彼時雨雖落，大道猶平夷。今日擡官去，言往江南濟。那知步步難，舉動皆辛楚。回首我家亦何許，我足如刺良復苦。應官我足無完膚，退役無錢我腹何由果。不怨行路難，是願蒼天莫下連宵雨。此去新豐舖，道里尚三十，官路一尺泥一尺，泥中有石脚難入，欲歸不能行不得。輿人爾勿哭，爾不見頽雲壓首沉西北。大如山，色如墨，雷光閃爍，射汝孔亟。殷殷震雷在汝脊。《大谷山堂集》卷三

在璞堂吟稿一卷　乾隆十六年刻本　續稿一卷　乾隆二十九年刻本

方芳佩撰。芳佩字芷齋，號懷蓼，浙江錢塘人。其父滌山，與翁照爲友，芳佩師事之。適仁和汪新，乾隆二十二年進士，授編修。乾隆十六年，翁照以芳佩未字時詩致沈德潛選定付刊。有徐德音、王鳴盛、翁照序，舒瞻、金志章、王昶、錢大昕、厲鶚等人題詞。乾隆二十九年，又刻《續稿》一卷，陳兆崙、孫灝、朱梓、朱佩蓮、

胡苹隆序。詩格清婉，唯出於閨秀之手，羌無故實可尋。嘉慶三年，汪新官至湖北巡撫，死於白蓮教起事。十二年，梁同書重宴鹿鳴，賦詩四首，和者百餘人，芳佩時年八十，和詩三首，評者謂衆不及。次年卒，年八十一。子婦王德宜字韞輝，金山人，亦工詩，有《緑筠吟稿》、《語鳳巢集》。女纘祖，繡祖，併嫺韻語。

訒葊詩存六卷　乾隆四十七年刻本

汪啟淑撰。啟淑字秀峯，號訒葊，安徽歙縣人。家富于貲，不克舉子業。官兵部郎中。工鐵筆，窮搜博覽，藏古印三千餘方，家富藏書，乾隆詔求遺書，日獻數百種，賜《古今圖書集成》。日本山井鼎《七經孟子考文》，即啟淑所進，《四庫》收之。著有《焠堂録》、《水曹清暇録》、《集古印存》、《飛鴻堂印譜》。卒於嘉慶四年，年七十二。《詩存》凡六集。曰《綿潭漁唱》，八十六首，方桑如序。曰《飛鴻堂初稿》一百十九首，杭世駿、方岳薦序。曰《蘭谿櫂歌》一百首，沈德潛序。曰《歐江游草》四十九首，王永祺、顧悙量、傅王露序。曰《邗溝集》四十九首，王鳴盛、金兆燕、盛灝元序。曰《客燕偶存》八十七首，褚啟宗序。詩頗姿秀，爲沈德潛、杭世駿所稱。《蘭谿櫂歌》仿朱彝尊《鴛湖櫂歌》，注金華風土人物甚悉。餘多唱和詩。所接王文治、程晉芳、鮑之鍾、祝德麟皆風雅士。與南屏僧明中、篆玉聯吟詩社。爲羅聘題《鬼趣圖》。所築綿潭山館在歙，而杭、禾、松俱有宅。沈大成、紀昀、沈初集均有《綿潭山館十詠》。汪權、吴懋政集有《飛鴻堂印譜題辭》，翁方綱集有《題汪秀峯小影》，任兆麟集有《汪秀峯以詩集索題五十四韻》，可見大凡。

蘭谿櫂歌　一百首録十二

蘭谿名著自唐初，地富民淳好卜居。稽古似分姑蔑地，楓山底事竟忘書。蘭谿縣，唐咸亨五年八月始置，隸於婺州，姑蔑之名見《左傳》。舊無縣誌，惟正德間章楓山先生所輯者頗爲博洽，而獨不載此説。

城南江畔盡巖阿，户户高樓俯碧波。怪道香雲飛不散，瑣窗春早啟多羅。城南諸山皆迤邐有情，而巖谷窈窕，沿江居民多構層樓，穴牆作窗，比户皆然。

馬公灘外少人家，潦淨波澄露白沙。秋晚東峯亭上望，一江紅葉艷於花。馬公灘在縣南，對江衢、婺兩水環匝其外，上多柏樹，晚秋之際，火齊萬串，殊大觀也。東峯亭在聖壽寺後山，唐洪令所建，馮宿有記，歷朝修葺，今已廢盡矣。

洞源僻寄白雲隈，多半邨民業杈灰。如水香車爭路入，棲真院裏曝經回。洞源去邑三十里，有小三洞。其村居民多業石灰，故窑屋纍纍，而棲真禪院高據山巔，六月六日作曝經佛會，邑中閨人傾巷而往。

雲藍小袖踏青春，義髻濃蛾各鬭新。十廟燒香循舊例，重來不見孟婆神。蘭谿閨人春時傾巷而出，歷燒十廟香始返，而城東孟婆廟遊者更多，結有孟婆會。前邑侯張瑶圃先生恐致滋事，親毁其像。

方外能詩數雪堂，貫休一瓣有餘香。誰知拔盡山川秀，近日僧雛半啞羊。釋超凡號雪堂，能詩畫，刻有集，予曾爲之序。唐僧貫休邑之太平鄉人，出家和安寺，著有《西岳集》二十餘卷，今失傳。

四月艑厨滿市街，量珠大賈覓嬌娃。施財誰更如潘老，百世高名迥不理。邑中所聚市者惟香菰最廣，故業此者皆巨商大估，明邑人潘金紫之父中年無子，妻爲娶妾，於舟次得一女，詢之則某太守所出，潘惻然歸之，不索其價，踰年即生金紫，人以爲陰德之報。

尋秋在在稻花香，信是江東一富疆。閒數前朝文物盛，應家賜笏有餘光。邑多良田，故産米最廣。橫山鄉應氏藏其祖登第時有賜笏，上刻云「皇帝御集英殿賜進士臣應浩」十二字，皆塗以金。惜其登第之年與事跡竟無所考。

跳珠濺玉滙成潭，椒石山前水染藍。漫説武夷峯九曲，儂家相較更多三。椒石潭在縣西北椒石山下。十二曲山去縣三十里，上有飛瀑如簾，冬夏不竭。

往歲無禾耕父驕，特留天庾截吴舠。誰知聖澤山靈助，石粉天生取不勞。乾隆十六年浙東大旱，蘭邑爲更甚，詔截漕運以濟民食，得免流亡。而山間又産石髓，土人名曰觀音粉，潔白如麪，可作餅餌，窮人多雜米屑充腹。

見山樓上暢遐觀，好客王孫屢授餐。淹滯徒教逾匝歲，松魚雖好未登盤。見山樓在予所寓趙君宗潮園中，即予所題也，其族叔楠鄰秀才屢餽盤餐。松魚見於舊志，云屬土産，然未一目覩。

到處春山啼竹雞，看花閒過萬壇谿。不愁歸路無燈火，一片紅霞耀水西。竹雞，蘭谿所産，能辟白蟻。萬壇谿在蘭陰山附近，有董氏一村，遍植絳桃，春時花開，爛熳如錦，誠大觀也。俱在河西。《蘭谿櫂歌》

玉耕堂詩二卷　嘉慶二十五年重刻本

何在田撰。在田字鶴年，江西廣昌人。乾隆二十一年舉人。二十五年會試下第，未幾遘疾，卒於天津，年三十三。此集爲嘉慶二十五年李宗濤重刊本。有蔣士銓、何作梅序。其詩規橅宋人，出諸自然。《競渡》、《觀金鯉陣》、《麻姑酒歌》、《題羅飯牛畫木石歌》、《題方于魯墨》，論詩、論文諸什，詞潔氣清。《南州令節詞十首》並序、《月令詩十首》，客天津所作《蘆蓬》、《乾俗》、《對食》、《泛舟》等篇，頗記風土民情。《丱兮城》、《遇士亭》、《盤古墓》、《鐵獅》、《高適故里》、《神堤》、《朗吟樓》、《麻姑城》、《李左車墓》，多詠滄州附近古蹟，或以世遠失真，然亦未始不可見風俗之盛衰、傳説之演變也。在田人品甚高，嘗寄居南昌僧舍，蔣士銓見其詩壁間，與訂交。與楊垕俱有詩才，先後奄忽以没，未能盡其長。士銓深爲悲惜。五七律亦多精撰之作，不標舉。

對雪亭詩鈔二卷　乾隆間刻本

張洲撰。洲字菉峯，號南林，陝西武功人。乾隆二十二年舉人，三十六年進士。官廣西修仁知縣兼攝荔浦，改浙江德清。卒於五十二年，年六十。薛寧廷爲撰《墓誌》。撰《對雪亭集》十卷，内詩二卷，首乾隆三十二年自序。卷首爲樂府雜調二十六首，以次依體區分。洲與張鳳翥交游。嘗主邑書院，校明《康對山集》。久厄場屋，奔走大梁、山左、淮陽、姑蘇、江漢、衡麓間。集中有詠史詩百三十首。出入川蜀，作《巴渝竹枝詞》、《漢嘉竹枝詞》、《瞿巫竹枝歌》、《三峽櫂歌》，皆詠風土見聞。《修仁雜詠》二十首，記我國瑶族風習，及詠黔中峽灘，亦有可採。清中葉陝西詩人，大抵以與中原通聲氣者方可名家耳。吴省欽《白華後稿》有贈詩。

修仁雜詠　二十首録八

荔浦相隣僻一方，夫人擊鼓官升堂。徒傳諺語資譚説，耿耿寒燈秋夜長。諺語，修仁荔浦，官坐堂，夫人擊鼓。

深林密箐古時春，刻木相約風土淳。雕琢未經槃瓠種，底須案牒費心神。瑶人不識文字，刻木爲信。

蝴蝶村邊花蕊開，芙蓉桐木趁墟來。銀環掛耳如雲女，擔荷西風貿易回。蝴蝶，村名；芙蓉、桐木，皆墟名。趁墟買賣，多以婦女。

十畝榕陰散碧歌，一年秋盡葉婆娑。果然嶺嶠分南北，樹色青青歲暮多。榕葉經冬不凋。諺云：榕不過贛。嶺爲限也。粤中雜樹如榕，不凋者甚多。

健婦腰鐮刈稻忙，微風淅瀝午炊香。歸來不用倉箱貯，禾把抛殘瓦上霜。民間剪禾穗，束之爲把，曝於屋上。

拈將野花是非分，地老憑和鼠雀羣。無理神靈拜不得，師巫禱病徒紛紛。瑶人爭鬭，挕老理論，老爲折草數之。數少者屈服不敢爭。俗尚鬼，是非不明，約入廟誓，名曰拜鬼，無理者堅不肯往。信巫不信醫，有病者每以巫師祈禳。

小小巖疆習戰耕，十排編列似屯營。郎官不止儒衣貴，更把弓刀教士兵。境有十排，皆僮人居，設立堡兵，縣令以時訓練。

鳩形鵠面竟何如，磽瘠山田茅屋居。百姓可憐椎魯者，幾堪黠蠹巧侵漁。《對雪亭詩鈔》卷二

小山居稿二卷　嘉慶元年刻本

何琪撰。琪字東甫，號春渚，又號南灣漁叟、二介居士，浙江錢塘人。工詩文，精於書。不求仕進。撰《小山居稿》二卷，有嘉慶元年自序。生年以《丙午除夕》與《六十自壽》詩證之，約在雍正七年。作者居揚州最久，得聞丁敬、杭世駿、汪沆緒論。在馬氏小玲瓏山館，與沙維杓、金兆燕、毛曙、羅聘等往還。《輓杭堇浦》、《爲閔蓮峯先生八十壽》、《哭周小濂》等篇，多存傳記材料。《閱唐書偶作八首》、《題汪水雲集後二首》、《題汪雪礓所藏宋刻江湖小集》、《題瞿晴江書巢圖》、《忠天廟陸少微畫壁歌》，言亦有得。時人以高士目之。與袁枚爲知交。於杭郡又同鮑廷博、黄易、吴錫麒、奚岡交游。其詩意主簡畧，固不在多也。

霞蔭堂詩集二卷　道光七年家刻本

康基田撰。基田字仲耕，號茂園，山西興縣人。乾隆二十二年進士。由縣府道臬洊擢江寧布政使，兼管河道總督、安徽巡撫，以失察革職。又以南河同知用。嘉慶七年再起，至廣東布政使。卒於十八年，年八十六。是集爲其子亮鈞刻，附文集後。自乾隆二十一年至嘉慶十八年，僅得一百二十七首。基田治河務數十

年，深得要領。出仕殫心民事，無暇作詩，故不於章句間求工。集中《潮州韓江樓落成題詩崖石》、《己酉六月黄河異漲南河堤將隤督築竟夜工竣無虞詩以紀之》、《碭埝工次即事》、《丁巳巡視隄工夜宿胡莊作》等篇，詳於治河工程及所倡束水攻沙之法。《詠史》二十三首，分詠戰國至六朝歷史人物，亦有體制。與袁枚唱和詩，已輯入《隨園詩話》。

八松菴詩集八卷　光緒二十五年重刻本

李御撰。御字琴夫，號蘿邨，晚號小花山人。江蘇丹徒人。諸生。同學王文治招入京師，亟出其詩示同館畢沅、蔣士銓諸家，極口歎服。勸應京兆試，不售而歸。晚老病，嘗寄僧寺道院中。所作甚多，未能手訂，年七十餘而卒。事具《嘉慶丹徒縣志》。是集有吴錫麒序，乾隆四十年自跋。原刊板早毁，此光緒間邑人重刻。京口詩人，康熙間爲余京，次爲鮑皋、張曾，皆布衣。乾隆間爲王文治。以後所出，多受王文治影響。御詩鍛鍊精工，近體尤瀟灑。在京《題陳其年填詞圖》，其一云：「祭酒尚書事愴神，名花垂老伴前身。何如坐對傾城客，却是滄桑局外人。」一時名流無此作也。《讀戰國策》其一云：「解紛如解玉連環，一笑飄然東海還。世上共求天下士，不知東海在人間。」《北江詩話》録之。《佛手柑》云：「白業堂前鴨脚黄，佛前清供摘秋霜。一從散罷天花後，空手而今也有香。」《隨園詩話》稱爲空前絶後，實則未臻集中上駟。卷八輯舊句，自云雖無全篇，亦往往爲時人傳誦。五言如「鷹盤孤塔頂，木落遠山尖」，「巷深全隱樹，寺遠不聞鐘」，「片帆三楚月，一枕六朝山」,「雲寒不辨色,樹老半無枝」,「人歸三宿雨,酒醒一樓霜」,「幽境得名晚,西風過客遲」,「平生愛黄葉,況復夕陽村」。七言如「埋頭未見蟫魚化,屈體那求尺蠖伸」,「王猛罷談空捫蝨,劉琨倦舞怕聞雞」,「布被裝棉如鐵冷,紙窗得月替燈明」,「迂疏伎倆同齊瑟,淺薄才名付楚弓」,「書何借得看仍晚,酒向賒來醉不成」,「汲水僧歸燒筍候,采桑人去飼蠶天」,「四海共聞徵士姓,三吴争購布衣詩」。蓋作詩須自抒情,始有韻致,此類佳句,最宜採入詩話,唯不及全篇,未可以徵生平詣力耳。《羅兩峯鬼趣圖》文明書局影印本有李御題詠,爲本集所無。張崟《秋禪閣詩集》有《贈李琴夫先生》詩。

緑滿山房集二十八卷　嘉慶間刻本

殷如梅撰。如梅字羽調,號果園,江蘇元和人。諸生。與沙維杓、汪啟淑、毛曙、蔣業晉、吴泰來、顧宗泰、史善長、范來宗名宿唱和。是集分四部。甲部九卷,爲《元墓》、《支硎》、《虎阜》、《武林》、《金陵》、《廣陵》、《洞庭游》稿。乙部九卷,爲咏物詩及和韻。丙部八卷,爲《樂府詩》、《詠史》、《果園摘稿》、《牡丹新詠》、《詠物詞》、《美人雜詠》,以及《詞》一卷。丁部二卷爲文賦。王昶《蒲褐山房詩話》云:「果園安貧樂道,苦節自貞。乾隆庚子四十五年,予扈蹕至吴閶,偕沙斗初步屧往訪之。曲港一灣,衡門兩版,在横橋疎柳間。簞瓢屢空,嘯歌不輟,蓋錢穀、居節一流人也。」又摘其佳句,以爲置之《石湖居士集》、《堯峯詩鈔》中,孰能軒輊。今觀是集,出語自然,堪可尋味。唯病在貪多,久之則索然矣。《新樂府》八首,爲女優、打降、酒船、茶肆、誘賭、濫刻、設關、賽會，於吴中陋習俗弊，多所不滿，是亦非默然獨處者矣。

西園瓣香集三卷　嘉慶十四年刻本

王元常撰。元常字南圃，號餘園，陝西長安人。乾隆十三年進士。官直隸武清知縣。二十七年歸里。三十四年主講絳州書院。詩宗王士禛，重於神韻。與李中簡、邊連寶、朱珪迭有唱和。年七十餘歿。女筠，字松坪，幼随元常仕武邑，工詩詞，風格秀異，適長安王氏。子百齡，嘉慶七年成進士，至八年主講盩厔書院，時有吟哦。是集卽王百齡合刊其外祖與母詩，分上中下三卷。上卷爲元常詩，中卷爲筠詩。刊行前筠謂百齡曰：「瓣香禪指，便有淵源，汝詩亦宜附後。」故以己詩爲下卷附焉。上中卷有關戲曲資料較多。中卷尚有《題湯臨川四夢》、《題桃花扇》、《題鬱輪袍》等篇，較上卷尤勝。附詩餘二十一首，爲諸家選本所未及。

偶題玉茗四夢

還魂妙曲冠詞壇，情死情生總一般。却憶孤山人卧讀，幽窗冷雨夜燈殘。還魂。
衰草斜陽勝業坊，墜釵泣玉總堪傷。黄衫俠客空彈劍，不斬當年薄倖郎。紫釵。
紛紛蠻觸太痴迷，夢覺槐根日未西。割斷情緣憑慧劍，真從蟻穴證菩提。南柯。
漏盡鐘鳴飯熟纔，夢中有路到蓬萊。邯鄲多少高眠客，那得仙翁送枕來。邯鄲。

《西園瓣香集》上

向閱還帶記有風花雪月四曲流傳已久戲成四曲以遺積悶不敢云工但不與古人沿襲耳

雲氣忽飛揚，助才人過馬當。北窗一枕希元亮。送池荷暗香，隕庭梧早涼，五更狼藉西施葬。御溝旁飄來紅葉，流恨入宮牆。

春滿洛陽城，望名園錦繡叢。紛紛紫陌簾鈎控。似楊妃酒醒，比何郎粉容，馬蹄歸去香風送。聖恩濃一枝賜出，色映錦袍紅。

六出舞蹁躚，玉龍飛鱗甲殘。旗亭士女排佳宴。洛陽人晝眠，剡溪船夜還，灞陵橋畔寒梅綻。繡旗翻將軍入蔡，鵝鴨正聲喧。

三五正良宵，散天香雲外飄。驚飛烏鵲南枝繞。駕天邊彩橋，着江邊錦袍，佳人愛爾眠難早。轉梅稍窗前摇曳，此景最堪描。《西園瓣香集》上

咏戲雜齣

王筠

錦貂初改漢宮粧，馬上琵琶訴斷腸。忽現王龍呈醜態，悲題故作笑文章。昭君出塞。

倒和新詩顯俊才，韓郎心醉認良媒。黄昏錯走東村路，引得旁觀笑口開。驚醜。

寂寥書院病經秋，風月迷離夢境幽。目亂神痴驚醜婦，玉人何處舊西樓。錯夢。

堂前刺字鬼神欽，報國精忠貫古今。恢復中原迎二帝，詞場真足快人心。刺字。

鳥啼花落暮春天，夢裏歡情衹自憐。尋遍亭臺何處是，徘徊腸斷柳梅邊。尋夢。《西園瓣香集》中

次立齋詩集四卷　嘉慶二年敦彝堂刻本

袁知撰。知字書林，號紓亭，浙江錢塘人。枚弟。乾隆二十七年舉人，官江蘇彭城知縣、山西大同知府。

此集有袁枚序、自序。生年據序云「嘉慶二年年七十」推之，爲雍正六年。卒年七十三，見朱彭壽《舊典備徵》。知與西湖詩社中人過從，得接厲鶚、施安，集中有《輓樊榭先生》、《贈竹田丈》詩。與兄袁枚、同年友沈初，及吴省欽、謝啟昆多唱酬。其詩秀而不腴，詠江南風景無不入時。出守雲間，作《襄垣道中》、《太原途中》、《寧遠道中》、《出殺虎口竹枝詞八首》。時張五典任上黨知縣，故和其詩亦多，然無雄直之氣，不逮五典遠矣。《游雲岡》云：「崇岡古刹鬱葱蘢，漠漠平沙控大同。鬼斧闢成千佛國，雲梯捧出九霄宫。天然色相開生面，自在菩提識化工。十丈金身頑石點，須彌法界本來空。」此其上選。趙佑《清獻堂詩集》有《題袁書林射虎圖》。

清人詩集敍録卷三十六

筠心書屋詩鈔十二卷 嘉慶十一年鑑湖亭刻本

褚廷璋撰。廷璋字左莪，號筠心，江蘇長洲人。始以拔貢授太和縣教諭。乾隆十六年南巡召賜舉人。承纂《西域圖志》、《西域同文志》，皆成其手。二十八年成進士，改庶吉士，官翰林院侍讀學士。性直鯁，和珅秉權，以其非科目中人，不以先輩待，曰：「此脖不爲權臣屈也。」後降六品銜主事。五十九年托以老病乞歸，主講震澤書院。是集爲門人張祥雲刊，經姚鼐編定，有王昶序，載詩一千六百六十四首，始乾隆十五年，至六十年。廷璋爲王峻弟子，褚寅亮從弟，集中有《哭王艮齋師四首》，可見師承。官教諭時所作《鬻子行》、《檢炭行》，頗悉民間疾苦。史學薰陶頗深，於西北地理尤勤於考察，所詠《西域詩十二首》，爲《烏魯木齊》、《伊犁》、《塔爾巴噶臺》、《額爾齊斯》、《吹銚》、《闢展》、《哈喇沙爾》、《庫車》、《阿爾蘇》、《喀什噶爾》、《葉爾羌》、《和闐》，小注詳於形勢風土，諸本多已收選。承撰《西域圖志》，後考證西北地理者，如祁韻士、徐松，無不取法焉。又通等韻字母，纂《同文志》，以滿、蒙、回各族文字及梵文，以取對音。觀其與劉墉《論華嚴字母異同》詩，史學家錢大昕、王鳴盛俱未逮此，信同時無輩矣。廷璋詩宗杜、韓、蘇、陸，典試江西、山西、福建，視學湖南，所作游歷詩，渾勁樸實，兼記民俗。《涿州馬》等篇，並詳政宦民情。唱酬題圖，多爲翰林名士。及被黜，作移居詩以明志，馮培、謝振定等有和詩，各見本集。歸里病中作有云：「唾面每循師德語，守身終愧子思箴。」又借《蚊歎》一詩諷云：「當官藉權勢，詎止一家哭。」殁後無碑傳，《清史稿》傳甚簡，昭槤《嘯亭雜録》書有軼事。生卒莫明。今據卷七《晤朱克齋同年》、卷八《次韻陸耳山》、卷十《對鏡》等詩互證，爲雍正六年生。馮培、潘奕雋集有輓詩。潘詩編年嘉慶二年丁巳，年當七十以終。

承纂西域圖志書成進御蒙恩敬述

皇帝德威溥，西濛拓疆宙。五載集二勳，準回盡涵宥。功名上紫光，坐鎮列亭堠。溯從漢唐來，古蹟煩考究。因思地理書，孟堅實領袖。山水界形勢，都城延廣袤。懸圖盈尺幅，高下象奔湊。參以道元經，脈絡了無瞀。維時守土臣，萬里繪方就。郵函上史館，展按粲如宿。印證漢西域，一一同發覆。某部卽某國，位置儼仍舊。因緣得推暨，唐及宋元後。先據《漢書》所載西域三十六國，及山北烏孫國道里方位，參以《水經注》，合山川形勢懸繪一圖，與軍營所送現在準回諸部圖若合符節，唐以下皆由此類推。西屏扼葱嶺，南北各東走。左翼復分支，漠野枕層岫。天下山脊爲西藏極西境之岡底斯山，東北行至葱嶺爲西域。西屏分南北兩支環抱。漢時三十六國，與今回部形勢相合，其自山北分支者，今入準部。迤東北行至阿爾臺山，爲俄羅斯界。河源憑目擊，伏流迹非謬。張騫傷鑿空，都實苦拘囿。黄河源出崑崙，由葱嶺于闐分道入西域。東北行至古温宿國南今阿克蘇合流，東注蒲昌海今羅布淖爾，始伏流潛行，至青海復出，爲中國河源。《漢書》有重源，其説益信。分門遞編纂，居次戒雜糅。天章首雲爛，外藩終輻輳。見聞勤採訪，古昔藉緟紬。差免傅會譏，敢誇徵引富。兩年粗卒業，盛烈幸遭遘。表進邀乙覽，晨熹候銅漏。温語展帙餘，臣名獲專奏。濫叨進秩光，珍組賜還又。進御時蒙詢纂修何人。大學士傅恒以臣褚廷璋名對。隨奉有陞缺卽用之旨。復奏，表亦臣璋所爲，加賜大緞二疋。時璋方官中書。同文際昌時，臨軒簡重授。時復奉旨纂《西域同文志》。書生有餘榮，詎止名山壽。《筠心書屋詩鈔》卷三

宿澄懷園與諸城相國延清先生論華嚴字母異同

升階簾無風，入座篆煙直。脱畧少世情，公餘接顏色。丹鉛素商榷，文字期識職。華嚴有遺母，音義留佛國。衆藝詔善財，觀想根靜默。思維兼唱歎，曼衍趣靡極。自從晉唐來，九譯並垂則，自晉迄唐，譯對華嚴四十二字母者九家，曰竺曇摩羅察，曰無羅叉，曰鳩摩羅什，曰佛馱跋陀羅，曰玄奘，曰不空，曰實叉難陀，曰地婆阿羅，曰般若。而實叉難陀所譯，流傳較廣。叶以梵貝初，差池虞失實。深研復旁訶，起對敢憑臆。循聲有收發，開闔具消息。卽此一母間，轉注理非忒。舊譯四十二字母，非西番本音。皆以唱此字時，發口第一音爲標準。如第一字母對阿字，撮口呼，讀如婀，從此起音婉轉，歎衍成佒、鞥、翁、烏、鏖、哀、醫、因、音、謳、諧、安十二音。然後遞阿字開口呼，是爲梵書本音。餘倣此。先生莞爾笑，兹事費鈎弋。君言誠娓娓，定論當不惑。

再拜前致辭，重字貴分析。緩緊與重輕，詳辨旨斯得。四十二母中，梵書相同者六字。須審緊音、緩音、輕音、重音以別之。況各有觀想，意旨既殊，音韻自判也。竺曇曁般若，對音間乖隔。異母難攝受，彼此待抉擇。舊譯對音，同異處得失互見，須以梵音同母者爲準。如實叉難陀於第二字母對多字，與喇字本音異母，不相攝受。宜從餘八家作囉字爲是。餘倣此。兩合三合兼，書法務明畫。合切中有左右書、上下書，及上輕下重、上重下輕者，俱分別審定。切音準韻統，庶與禪唱核。切音遵用同人韻統，與音韻闡微不同。緣闡微專論漢字韻統，兼切梵音故也。識見愧方隅，匝月勉搜集。元珠本中含，詎用矜創獲。是時宵籟靜，秋窗月輪白。幾疑日下荀，誤作彌天釋。《筠心書屋詩鈔》卷三

潛研堂詩集十二卷續集十卷　嘉慶十一年刻全集本

錢大昕撰。大昕字曉徵，號辛楣，一號竹汀，江蘇嘉定人。乾隆十六年召試舉人，授内閣中書。十九年成進士，改庶吉士，授編修。累官詹事府少詹事。四十年，丁父艱不復出。主講鍾山、婁東、紫陽等書院。博極羣書，於文字、音韻、訓詁、天算、歷史、地理、金石之學，無不淹通。卒於嘉慶九年，年七十七。著有《潛研堂全集》，捐館後子壻瞿中溶爲付梓。大昕少以詩名，沈德潛《吴中七子詩選》預焉。是集自序云：「僕自成童時喜吟詠，年十二頗有志於經史之學，不欲專爲詩人。專心著書，不常爲詩，偶有所作，亦復不工。譬之吐絲之蠶，不能吟風。才力有限，從吾所好可矣。」然其詩宏於裁鑑，淵雅精粹，中年歸里後

抒寫志趣，蕭曠有致，蓋未嘗苟作也。前集五古《田家雜詩》、《游天平山歷龍門白雲泉蓮花洞諸勝》、《讀漢書》六首，七古《木棉花歌》，七律《金陵詠古》八首、《練川竹枝詞六十首和王鳳喈作》、《吴越宫詞十首》、《元史雜詩二十首》、《鄴中懷古八首》，《續集》中《汴中詠古十二首》、《訪艮嶽故址十首》、《題李義山詩七首》，意洽情融，沉酣深造。題圖考古之作，如《惠徵君授經圖》、《李西華賞香圖》、《盧紹弓檢書圖》、《王秋塍龍門攬古圖卷》、《黄星槎藏漢華山碑》、《登隆興寺大悲閣周覽隋宋元碑刻》，旁搜遠紹，亦甚精切。洪亮吉《北江詩話》以「漢儒傳經，酷守師法」稱之。唯典試山東湖南，視學粤中，無詩。《湖海詩傳》所選又多有未入此集者，是所詣尚不止於此。其生平雖不以七步、八叉爲能，而同時詩人，罕有其疇。謂爲以經史詩文稱至，終達兩全，無不可也。

瑶華詩鈔十卷 光緒間刻本

弘旿撰。弘旿字仲升，號恕齋，别號瑶華道人。滿洲宗室。誠恪親王允祕子。封固山貝子，兩次緣事革退。精繪事，與其伯父紫瓊道人允禧齊名。《詩鈔》刻於光緒初，傳本不多。此一九四二年據舊版刷印，首傅增湘題記。爲詩秀韻有致，而意境狹窄，無長篇傑出之作。八旗詩人擬古摹唐，每坐此病。盤山詩，熱河詩，泰山詩，已貫其生平踪迹。唱和者管世銘數人而已。自題《酬墨軒圖》，可見性情之所寄。《憶昔篇》記扈從木蘭行圍，畧採見聞。

存悔集一卷　四明叢書本

范鵬撰。鵬字冬齋，又字沖一，浙江鄞縣人。與蔣學鏞、盧鎬遊，同爲全祖望弟子。鎬官平陽訓導，鵬不得志，年未及壯卒，鎬收其遺詩，有自序。據全祖望撰《穿中柱文》，以乙丑乾隆十年十七歲計，爲雍正七年生。卒當乾隆十六年。浙東學者均尊黄宗羲，詩亦受其影響，深沉逋峭。鄭梁、鄭性、全祖望，百年來不乏匠才。此集詩亦頗文質，篇什無多，不足採掇。唯蔣、盧二家詩集，今《四明叢書》亦收之，可與此集相互發明也。

笥河詩集二十卷　嘉慶十年椒華吟舫刻本

朱筠撰。筠字美叔，一字笥河，號竹君，原籍浙江蕭山，順天大興人。乾隆十九年進士，座師爲劉綸、錢維城。改庶吉士，授編修。歷官安徽、福建學政、翰林院侍讀學士，《日下舊聞》總纂官。乾隆間修《四庫全書》，從《永樂大典》中輯佚書，其議均由筠發之。尤善汲引人材，戴震、邵晉涵、王念孫、汪中皆入幕賓，任大椿、洪亮吉、黄景仁、孫星衍均經舉薦，李威、章學誠、武億爲入室弟子。當時極負人望。卒於乾隆四十六年，年五十三。著述多未就，有《笥河詩文集》。是集爲其子錫庚刊，弟珪爲之序。筠性平易，於公卿間則抗言直行。除劉墉外，其他貴人招之弗往。王昶《蒲褐山房詩話》。集中贈酬之作，《送程魚門》、《書祝芷塘接業亭卷》、《古檜行和洪稚存》、《桓温墓次黄仲則韻》、《華山廟碑歌和翁覃溪》、《送錢獻之還嘉定即題其篆秋書屋圖》、

《送王懷祖》、《何數峯自輝縣拓寄元遺山湧金亭示同游諸君子石本》、《寄錢籜石前輩》、《烏巖行爲李畏吾作》、《桐蔭獨立圖爲吴胥石作》、《送馮庶常敏昌》、《書元郭畀手蹟後爲桂未谷作》，所交皆篤學之士，是不僅以才力卷軸見長也。筠居京最久，室名椒花吟舫，問字者滿堂滿室。集陶然亭，修禊草橋，游法源寺，觀覺生寺大鐘，詠北京名蹟甚多。宦游登臨攬勝之作，如《良鄉塔》、《涿州道中》、《泰山》、《河間獻王陵》、《蘭山懷古》十首、《三歸臺》、《宿遷雜詩》五首、《登金山塔》、《師子林》、《虎丘寺》、《陳勝冢》、《鳳陽雜詩》十二首、《滁州懷古》六首、《大觀亭》、《采石磯太白樓》、《天池》、《壽州懷古》二十二首、《硤石山》、《塗山》、《和州欒巴祠》、《龍翻石》、《登蓮花峯》、《老人峯》、《鼓山》、《清風嶺歌》、《游玉華洞》、《姚家門頭舟行沙中作》、《白沙道中》、《爛柯仙洞》，名篇雋句，更僕不數。其中登黄山、武夷之詩，有恢奇萬狀之勢。復以好學嗜古，所作《讀昌黎張中丞傳後》、《書茅鹿門與其子國縉手書卷後》並序、《顯德石幢》、《題白陽山人水墨花卉》，亦見工候。然而僻字澀句，不甚爽朗，摹古太深，難免堆垛。筠詩與王昶齊名，有「南朱北王」之目。惜乎天嗇其年，不及見反于平淡自然之境也。可參見本書朱珪跋。

賜硯齋詩鈔四卷　嘉慶十二年揚州郡齋刻本

伊朝棟撰。朝棟原名恆瓚，字用侯，號雲林，福建寧化人。乾隆三十四年進士。官刑部主事，浙江道監察御史，累至光禄寺卿。卒於嘉慶十二年，年七十九。是集爲其子秉綬宰揚州時所刻，首紀昀、林喬蔭、曾燠序，附伊秉綬《行狀》。朝棟受業於雷鋐，通程、朱之學，爲蔡世遠所稱。詩出於漢、魏，規仿韋、柳。《九礲行》、《南歸道中雜詠》十六首、《舟過天津作》、《任城謡》、《湖水謡》、《十八灘》、《嶺表道中》十八首、《望羅浮作歌》，有高韻逸氣。《讀史十二首》、《詠史十八首》、《詠史樂府二十首》、《書孟東野集後》，議論亦平。《書尚書古文孔傳後》，主僞孔而斥閻若璩。《汪刺史守愚修元遺山先生墓詩以紀之》、《題邱東生藏古墨百十二家詩》、《贈百十三歲老人王司業南亭先生》，自注：名世芳，字徽德，天台人。《題馬香谷所藏王履吉借券手蹟》，均一時掌故。《有論王漁洋方靈皋兩先生詩文者訶其持論未允作其二絶》云：「唐音正始獨稱詩，國色偏招衆女嗤。比似春風西子面，人間豈易學顰眉。」「訾謷班史語誠偏，一代經師自可傳。孔思周情心洽處，蟲魚何用費詞詮。」其詩文主張，可以概見。朝棟與王鳴盛、龔景瀚、朱筠、桂馥、王友亮、韓是升、吴錫麒、法式善等時有題贈。嘗倩張渥爲作《梅花書屋圖》，與畫家黄慎亦有寄贈。年七十病偏痹，作《左手寫經圖》，題詠者甚衆。

紅豆詩人集十八卷　道光二十年刻本

董潮撰。潮字曉滄，號東亭，江蘇武進人。少孤，贅於外家陳氏，占籍海鹽。乾隆二十一年舉浙省鄉試，爲舒瞻所拔士。二十八年成進士，改庶吉士。歷官内閣中書，《通鑑輯覽》纂修官。假歸，郡人延修武進、陽湖兩邑志。二十九年書垂成，卒，年三十六。是集爲從子敏善刊，李兆洛序，周儀暐、管繩萊暨孫增湯貽汾校。爲乾隆十二年至二十九年之詩。以詠錢牧齋遺事《芙蓉莊紅豆樹歌》知名，世稱紅豆詩人，因以名集。

卷一至十七以《棲靜閣集》、《散花集》、《讀史小稿》、《緑蔭山房稿》、《開襟集》、《金臺集》、《餐霞集》、《日下集》爲名，卷十八爲《補遺》。潮少與朱炎、沈初唱和，有「十子」之目。既而饑驅奔走，故其詞淒鏘。詠江南山水古蹟，清泠超曠。《清河曲》、《唐花詞》、《金粟寺孫吴戰鼓歌》、《正定大佛》、《河間獻王祠》、《廣平懷古》六首、《趙州柏林寺壁吴道子畫水》，兼以雄直取勝。精繪事。《題王元章墨梅卷》、《題笠亭楓江垂釣圖》、《題查半舸桃源圖》，具見雋思。作《讀史小稿五十首》，皆詠南史人物。《書列朝詩後八首》、《題燕子箋》、《讀漁洋集後》，品騭之什，咸可觀采。客都門，與王文治、孫士毅、阮葵生等酬贈，並與陸錫熊、程晉芳、汪孟鋗、趙文哲、吴省欽聯唱。性情心力，每託文字以傳。王昶《湖海詩傳》選詩摘句，多爲少時江南所作，不足窺其全也。

白華前稿詩三十七卷　乾隆四十八年刻本　白華後稿詩十三卷　嘉慶十五年刻本

白華入蜀詩鈔十三卷　嘉慶間刻本

吴省欽撰。省欽字沖之，號白華，江蘇南匯人。乾隆二十八年進士，改庶吉士。典試貴州、廣西、湖北、浙江、江西，提督直隸、湖廣、四川學政，取士極衆。歷任禮、工、吏部侍郎，嘉慶初官至左都御史。卒於嘉慶八年，年七十五。撰《白華前稿》六十卷，前二十三卷爲文，二十四卷以下爲詩，乾隆四十八年自刊於湖北使署，首自序。省欽依附和珅，告密御史曹錫寶論劾和珅家奴，見《清史稿·曹錫寶傳》。爲人已不足道。唯少時學詩於沈德潛，與王昶、褚廷璋、曹仁虎均以詩著。宦游二十餘年，閲歷甚廣。江南勝蹟，陝蜀道中諸作，蘊藉生新。《蠶租行》、《甘棠湖櫂歌四十首》、《北舟雜詠二十八首》、《官縴夫》、《巴斗船》、《上牐》、《下牐》、《平江渡望鐵索橋》、《游峨嵋詩》及記施州、當陽、襄陽、均州、鄖陽各地風習古物，多可備地方志乘之採。《詠蘇禄國王墓》、《題曝書亭詩集四首》、《題吴漢槎秋笳集》、《觀景德鎮所造内窰瓷器歌》、《譙樓崇禎古礮歌》、《詠建德梁應鐵鍛畫》、《汪秀峯飛鴙堂印譜》、《宋徽宗擣練圖》、《論瓷絶句十二首》並注、《前蜀王鍇書妙法蓮華經殘葉》、《題羅兩峯鬼趣圖》、《石符搨本》、《武后長安鐘歌》、《張東海草書陶公勸農詩》，閲古既深，殫見洽聞。唱和皆一時名流，大抵承平無事，居臺省清班而爲。是集經顧光旭審訂，卷四十七有《晴沙勘定拙集因憶璞函舊語詮寄少鈍》一詩，自注云：「璞函趙文哲以予詩如洋呢椒繭，貴重而非法。予謂恐是高麗布耳，今覯對可服宫紬。」亦見其品格之卑，可哂也。《後稿》四十卷，卷二十七至三十九爲詩，卷四十爲詞，爲其子敬樞等校。恭紀賡唱和詩較多。《程瑶田説劍圖》、《程瑶田臨董文敏書御書樓記》、《懷豐潤董觀察漁山榕》、《送伊朝棟歸寧化》、《題立崖天遠歸雲圖》等詩，爲當日典故。與畫家閔貞有交，《文集》有《閔處士墓表》。單刻《白華入蜀詩鈔》十三卷，爲乾隆三十八年至四十二年官蜀之作，分《西笑》、《雲棧》、《劍外》、《學舍》、《願門》、《里區》諸集。大都求諸波瀾意度，又善使事，亦不乏佳製。

懋齋詩鈔不分卷　影印傳鈔本

敦敏撰。敦敏字子明，號懋齋，姓愛新覺羅氏。與弟敦誠少隨侍宦榆關，後俱在京居西郊，與宗室永忠等迭相唱和。官宗學總管。嘉慶元年卒，年六十八。敦誠字敬亭，著《四松堂集》，有嘉慶元年刻本，敦敏集僅賴抄本以傳。近年發現兩集中有關曹雪芹詩文，影印原本，考證淵源，克成顯事。是鈔爲藴輝閣舊藏，詩不盈卷，存二百四十首，殆爲殘本，均早年之作。《芹圃曹君霑别來已一載餘矣偶過明君琳養石軒隔院聞高談聲疑是曹君急就相訪驚喜意外因呼酒話舊事感成長句》、《題芹圃畫石》、《贈芹圃》、《訪曹雪芹不值》、《小詩代簡寄曹雪芹》、《河干集飲題壁兼弔雪芹》，爲研究《紅樓夢》重要資料。與雪芹同時有過從者，尚有漢軍人張宜泉《春柳堂詩稿》，永忠《延芬室稿》，富察明義《緑烟瑣窗集》，均無刻本。近年或影抄本，或摘抉篇句，已人所共覩，不贅焉。法式善《存素堂初集録存》卷十四《題懋齋詩鈔四松堂詩集》云：「白髮老兄弟，青山野性情。風騷不雕飾，骨格極峥嶸。直使鄙懷盡，能令秋思生。蕭然理杯酌，同結歲寒盟。」

畫亭詩草十四卷　乾隆四十六年刻本

朱黻撰。黻字與持，號畫亭，江蘇江陰人。乾隆三十年拔貢生。居京師五年，官海州五年。授四川蘆山縣知縣。是集詩九百四十八首，有盧文弨、趙曦明序。據乾隆四十六年自序稱：「歲丙申予年四十八。」是爲雍正七年生，結集時年五十三。王蘇《試畯堂詩集》有《和朱畫翁重游泮宫詩》，謂嘉慶辛未十六年黻年八十三。此三十年不應無詩，今所見唯有和蔡家琬詩多首作於嘉慶間，載《陶門弟子集》中。李兆洛稱「黻晚居沭陽，年九十四乃卒」，則卒歲爲道光二年矣。集中《秦淮雜詩》十三首、《詠龍門白馬寺》、《鞏縣弔杜工部》、《香山寺弔白太傅》，抒自胸懷，不加鏤琢。詠北京西山寺廟園林風俗聞見，亦所能事。《江陰城南會射詩》、《朐山立石歌》、《沭陽雜詠》，有關蘇北地方文獻古蹟，俱可參稽。

蘭韻堂詩集十二卷　乾隆六十年刻本

沈初撰。初字景初，號雲椒，一號萃巖，浙江平湖人。乾隆二十七年以舉人召試，授内閣中書。二十八年一甲二名進士，授編修，官至户部尚書。是集分《南窗》、《秣陵》、《木天》、《城南聯句》、《歸帆》、《西泠》、《容臺》、《西曹》、《吏部》等集，詩共一千四十一首，爲官吏部尚書時自輯，陳嗣龍、汪中序，自序。陳序云：「乾隆己卯，嗣龍年十三受業於雲椒夫子之門，其時夫子春秋三十有一。」可知沈初生於雍正七年。據吴省欽《白華後稿》生日詩注，爲十二月十五日生。卒年據《清史稿》傳，爲嘉慶四年。作者本文學侍從之臣，然其奉制賡和之什，共六卷，俱收入《御覽集》，故此集亦不甚繁冗。其間如《詠史》、《讀文選四首》、《讀石湖劍南詩集》、《編舊詞存稿作論詞絶句十八首》、《題陳迦陵填詞圖五首》、《桃花扇傳奇題詞六首》、《題王石谷山水十二首》、《題晉江林篤齋軼事》、《題西番美人圖》、《米南宫天衣懷禪師碑墨迹和瑶華道人韻》，關係文史者尚多。出使江西，詠匡廬諸勝，視學直隸，作《津門鼓櫂行》，落筆清新。作者少時與海鹽朱炎同學，有寄詩與題畫詩。《笠亭詩集》亦有《題沈雲椒花間餘綺詞》等作。在都門與錢載、吴省欽、陸錫熊、王文治、韋謙恆聯句集詠，諸家詩集亦時互見之。

聞音室詩集四卷　乾隆間刻本

王嘉曾撰。嘉曾字漢儀，一字寧甫，號史亭，江蘇金山人。内閣大學士王頊齡曾孫。累世甲科。乾隆三十一年進士。官翰林院編修。充四庫館暨方畧館纂修，文淵閣校理。四十五年爲山西副主考。此集爲其子元善等刻。據許巽行所撰《墓誌銘》，爲雍正七年生，乾隆四十六年卒。詩三百二十四首。雖未爲多，而諸體皆工。五古《登平山堂望江上諸峯》，七古《秦淮曲》、《黄天蕩歌》、《顔魯公祭姪文稿墨迹》、《趙文敏朱箋太清樓大觀重刊帖》、《沈沃田惠貽南藏華嚴經賦謝》、《銅研歌送吴人驥官蓬萊縣》，五律《余秋室夜談》，七律《和陸磴士費墀》，陸費，複姓。此有誤。七絶《圓明園小憩天福樓》、《河間道中雜詠》六首、《接秦西巖爨札却寄》八首，既富才藻，又多故實。七律《薊門雜詠》，爲黄金臺、李將軍射虎石、樓桑樹、石季倫鐵甑、天寧寺塔鈴、劉去華祠、賈閬仙墓、摩訶祖師遺跡、延芳淀、佑勝教寺塔箭、芙蓉殿、李宸妃梳粧臺、萬松老人塔、白雲觀塑像、長春宫宣和鏡、妙巖公主拜磚。詳注史事，爲北京掌故。其詩不甚繁碎，亦能取精用宏。

理堂詩集四卷　道光四年靜恆書屋刻本

韓夢周撰。夢周字公復，一字理堂，山東濰縣人。乾隆二十二年進士。三十一年，官安徽來安知縣，四年而罷。歸里，講學程符山中。卒於嘉慶三年，年七十。撰《理堂集》文十卷，詩四卷，族子通儒編，陳偉堂付梓，汪廷珍序。詩集分以《丘園》、《八公山》、《渡江》、《淮南》、《小珠》、《清映》、《程符》命名，爲乾隆二十五年至四十年之詩。夢周爲理學家，時藝能手，與彭紹升、汪縉、羅有高俱有往復。不問佛典，説理如數家珍。來安縣南多圩田，夢周爲令，勸民種桑養蠶，興修水渠，以驅旱虐。有《憚暑吟二十首》並序詳記其事。至罷官原因，自云：「乾隆庚寅秋，予同考南闈布政使者，以蝗蝻劾署令，波及予罷歸。」是不甘於肥遁者矣。《農夫歎》、《記田夫語》、《流民行》、《採藥行》，刻寫田家之苦，俱較沉實。《弔左忠毅公》、《弔史閣部》、《高麗古鼎歌》、《漢銅弩機歌》、《題徐俟齋先生畫》、《黄山圖歌》、《昭陵六駿圖歌》、《題米元章墨蹟》、《哭吳山夫先生》、《讀邊隨園先生詩》、《題張士英杏園春水圖》、《板橋先生墨竹》，多爲文化美術史料。居里時作游嶗山等詩，狀山水之奇勝。《客有談海錯者戲爲竹枝詞十二首》頗見海濱物産之美。

板橋先生墨竹

晚風蕭蕭雲墮地，湘妃獨立野宮閟。苔花初冷透山根，老篁慘淡嘯魑魅。板橋好奇愛畫竹，一枝兩枝壓山麓。試携鴟夷讀離騷，桂旗窈窕森在目。憶昔撾鼓初放衙，官齋開遍櫻桃花。對客揮毫寫屏幛，畫成一縷日痕斜。我官淮南思一見，仙人已去凌霄殿。公子重逢面無光，一縑相贈愁思亂。時余種竹齋南北，對竹看畫凌秋色。白髮門生感舊事，楚江浪泣龍吟笛。《理堂詩集》卷三

客有談海錯者戲爲竹枝詞　十二首録六

海邊春日出芙蓉島名，漁網沉波映日紅。無數嘉鯕齊上市，不教鱸鱖勝江東。《文昌雜録》：登州有

嘉鯕魚，皮厚于羊，味勝鱸鱖。

青魚細細照冰盤，縠雨初過乍破寒。好是估船三月到，翠鱗擎出自三韓。出遼東者尤美。

泗人傍島没深淵，金殼鰒魚論百千。江南鰒魚，一枚值千錢，亦見《文昌雜録》。聞説兩饕甘異味，便應不值一文錢。王莽、曹操，皆嗜鰒魚。

正月東風漸漸和，冰凌原不結滄波。戴笠園丁剪嫩韭，衣牛漁子賣新鯊。俗以韭芽宜鯊，謂開凌鯊。漁人衣牛皮入水不濡。豈所謂鳥衣皮服者耶。

銀刀出來劒光寒，刺骨鋒鋩牙齒攢。枉用驚呼作龍子，敷腴風味廢盤餐。黠者以誑西北人，曰龍子也。

萊子城邊沙作堆，漁舟如葉傍沙隈。蘆芽一尺桃花落，不見河豚上市來。齊中亦有河豚，但無買食者。《理堂詩集》卷四

培蔭軒詩集四卷　道光二年家刻本

胡季堂撰。季堂字升夫，號雲坡，河南光山人。禮部侍郎胡煦子。由蔭生補順天通判，改刑部員外郎，遷郎中。出爲甘肅慶陽知府，再遷甘肅按察使。乾隆三十九年，擢刑部侍郎，四十四年，遷尚書。屢奉使至直隸、吉林、江蘇、山東、河南讞獄。官至直隸總督。嘉慶四年，以首劾和珅罪，直聲大振。五年卒，年七十

二，謚莊敏。是集爲家刻《全集》本，收乾隆十七年至嘉慶三年詩六百六十四首。其詩不獨狀寫山水，且多記各地沿革民俗物産。《丁亥夏六月於役岷階道中雜詠十六首》，作於乾隆三十二年。《武定濱海雜詠十二首》，作於乾隆五十二年。《葉赫河至吉林雜詩》、《長白山行》、《吉林十二韻》，作於乾隆五十九年。多次侍從熱河圍場，有《布達拉廟歌》、《札什倫布廟歌》、《扈從木蘭秋獮紀事詩》，取語甚直。所記圍場規則制度，尤爲詳要。歌詩能合於事而作，亦堪許可矣。

丁亥夏六月於役岷階道中雜詠　十六首録八

冬衣毛褐夏衣麻，岷州至宕昌，士人多種麻，績布爲衣。終歲辛勤苦作家。偏是無知小村女，山花猶插鬢邊斜。

萬山重疊矗蒼穹，一水名江走白龍。傍水依山行不得，斷崖接木駕飛虹。自岷州南順江而下，名曰龍江，有險阻則鑿石接木如棧道，士人呼之爲橋。

不是山邊卽水邊，數家人户突炊煙。饒他板屋高如許，尚起層樓望遠天。由岷至階，居民皆起樓，以竹籬爲牆壁，上苫木片。

苫樓木片輕于瓦，削竹編籬便是牆。只恐地高風勢惡，壓將石塊一行行。苫樓木片，以石壓之，防風吹去。

舊是羌戎化外疆，而今番族亦馴良。番人聚居村落名爲族。看他婦子熙熙樂，也事畊耘納地糧。歸順以來，與民人錯處相安耕鑿。

三三兩兩遇番蠻，跨馬何愁行路難。裝束不分婦共女，衹坐垂辮別雙單。番俗婦女皆垂髮辮，婦人雙，女子則單。

山多頑石地多沙，好土無多可種麻。獨有山椒紅爛漫，家家栽得滿園花。自宕昌以南至西固一帶，與四川相近。山多雜石，不能種麻。土人多種花椒爲業。

武都山勢太嶙峋，石磧沙灘隱似鱗。惟有近城風景好，盈眸緑翠稻秧勻。甘肅自蘭州往南，歷鞏昌至岷州，其間山多水少，農民所種祇麥、豆、青稞之類。至階州附郭，始見稻秧，眼界一新。《培蔭軒詩集》卷一

葉赫河至吉林雜詩 十三首録十二

棉花街過葉河東，叠嶺平川一望中。强悍昔年徒抗順，至今安樂頌神功。葉赫河是一大部落，最爲强悍。我太祖討平之，收入旗籍。

岡環水繞路迢迢，河結堅冰厚作橋。指點封堆行獵處，嘶風一片馬蹄驕。

打牲仍是老圍場，歲歲將軍率舊章。教得甲兵嫺射獵，精勤弓矢不安忘。

高峯遠峙見崔巍，長嶺迢迢送夕霏。行下嶺頭平坦處，人煙户户對山扉。

小孤山望大孤山，古木蒼蒼雪點班。名並西江緣特立，莫誣神女鬬螺鬟。西江兩山有以大小姑名者，自是好事之誣。

館舍家家炕火騰，窗迎春日兩薰薰。要知民户須温暖，門外寒冰尚幾層。

一統河邊百户烟，卽益通河，俗稱一統河，又名易屯河。衣兒門上十家廛。軺車夜到搜登站，斗轉參沉欲曉天。一統河、衣兒門、搜登站，俱驛站地名。

漸入崇山度茂林，觀音嶺上碧雲深。是日微雪。行來歡喜前頭望，觀音、歡喜，士人所稱二嶺名。萬竈江城是吉臨。吉林初作吉臨，後改。

一片城迎萬疊山，吉林南臨松花江，舊止東西北三面有城，江外則羣山拱峙。松花江繞半城灣。天然形勝天然畫，氣象峥嶸萬古閒。

緣城不樹長條柳，吉林山水最盛，都無柳，城之内外，亦無一樹。入郭江房架板多。人物殷繁山水麗，緑楊城郭又如何。

糧船戰艦到江湄，盡屬將軍隸水師。更有威呼存古制，威呼，國語小舟名，刳整木爲之。刳來整木便民宜。

水深山廣帶平川，沃野無邊盡墾田。耕種不虞逢儉歲，還將漁獵供肥鮮。吉林舊有諺語，棒打獐子瓢舀魚。近日人煙繁盛，雖非向日之比，而山鹿、江魚仍屬易得。每歲冬仲，販運至京者甚多。《培蔭軒詩集》卷四

吉林十二韻

吉林興盛地，船廠駐防城。山聳長年白，諸山皆自長白山分支。江流萬古清。城臨松花江北岸。唐虞息慎氏，漢晉挹婁名。永吉曾州治，雍正年間設永吉州，旋卽裁改。率賓舊上京。舊志稱唐渤海以肅慎地爲上京，遼率賓府皆在吉林界内。昔時多戰鬭，今日樂昇平。土沃川原廣，泉甘草樹榮。旗兵嫻射獵，民户善鋤耕。牛馬沿村牧，豚魚供客烹。細粱炊玉粒，粱穀米似粟，粒大而白，亦有黄青赤色。鮮品膾鱸羹。江魚種類甚多，惟哲綠魚四䪼，似鱸色黑，土人亦呼爲鱸魚。谷麥無繁賦，參貂有薄徵。歲歲放票采參，每票收參二兩餘，聽其自售。打牲人得貂皮報官輸税，每張僅收銀四分。地寒留臘雪，天暖弄春晴。不盡風光美，欣欣見泰亨。

《培蔭軒詩集》卷四

西崖詩鈔四卷　嘉慶十三年刻本

朱興悌撰。興悌字子愷，號西崖，浙江浦江人。貢生。未仕進。撰《西崖詩文鈔》十二卷，刻於嘉慶十三年，年已八十。詩凡三百六十七首。《讀史漢雜詠》前後達六十餘首，《讀金史雜詠十六首》、《讀宋季崖山事蹟》、《謁岳王墳》、《孤山謁林和靖墓》、《游青蘿山訪宋仲珩先生墓》、《餘姚懷黄黎洲先生》、《戲題韋穀才調集》，情詞樸厚。《九靈山房歌》，爲元代文人戴良有關文獻，歌爲戴殿江、殿海、殿泗賦，三人皆良裔孫。又有

《讀戴九靈先生集》，並可參考。《行路難》、《大麥行》、《浦陽上巳竹枝詞》、《採蓮篇》，抒寫性情，間述民情，俱不仰人鼻息。殆爲邑中能文詞者。《兩浙輶軒續集》卷十二有《小傳》。

出塞吟一卷　嘉慶三年刻本

周珠生撰。珠生字小白，江蘇吴縣人。工書畫，善騎射。乾隆間護送戍卒赴新疆，又往蒙古、遼陽、寧古塔。嘉慶三年裒集所作詩一卷梓行，曰《出塞吟》。考《木瀆詩存》卷七有《小傳》云：「曹州太守埜堂子，遷居木瀆。少工詩，嘗見賞於杭世駿、袁枚。歷游燕遼、秦晉、滇黔、閩粵諸戎幕。南抵真臘、緬甸，西北出伊犁，過巴達山，入俄羅斯界。錢侍郎棨惜其才，許保舉，因事中阻。歸里年已七十。著有《瓣香閣詩鈔》。其《出塞吟》一卷多西域掌故。」今《瓣香閣詩鈔》已不可踪跡，尚有數首收於《木瀆詩存》中。《出塞吟》有自題，其中《和林格爾》、《回中懷古》、《月氏道中卽事》、《亦不喇帳下遣懷》、《伏羌》等詩，均可考事。詠海喇都老婦，年百三十九，長啗棗栗，猶能墾山打麥。《駐臨洮驛回民饋生熊四掌羔釀八甖烹熊袁釀會飲帳中戲成一律》，自注：「回回古稱纏脰，至本朝有欽賜三品服者。」《吐魯番》云：「兩番寒苦地，風俗近烏氏。褐織氂牛尾，裘戴土豹皮。酬茶唐有制，易馬宋無欺。自掣金牌後，商民不待時。」《哈密道中》，記伊犁戍卒三千人，六年一替，作六隊行，每隊五百，一車二卒。又有《葉爾羌》、《敖漢》、《霍爾果斯道上》、《斡罕》、《于闐》、《經巴爾庫爾作》、《八岔》、《過居延城》、《遼城秋夜書懷》、《默爾根旅店題壁》、《寧古塔》諸篇，是又不止於西域詩矣。

經巴爾庫爾作

不持矛戟不張弦，一領戎衲萬里邊。臺遠徧馳胡虜地，自嫗圍至伊犂七十二站，一站百里，二十四軍臺，一臺三百里。碑留長紀漢唐年。澗石圖，譯言碑也。出哈密界，有唐太宗時侯君集平高昌碑，又有漢順帝時破呼延王碑，在巴爾庫爾城西海子上。囊沙喜見花生圃，烏魯木齊泉甘土沃，威信公曾令軍吏遍植花木，余過時見江西蠟五色俱備，虞美人大如芍藥，較内地尤盛。拔木驚看水湧泉。呼圖壁屬烏魯木齊，呼圖譯言鬼也。呼圖壁譯言有鬼也。戈壁百二十里無水草，居中一阜名天生墩。威信公西征時士卒至此乏水。一軍惶惶。發役鑿之，穿至數十丈，忽持鍤者皆墮下。在穴上者俯聽之，風雷大吼，乃輟役。既而悟，復下令命佐領飛督軍吏於老樹下掘之。未及半仞，果得清泉，湧如噴瀑。乃拔木就根下鑿井數十處。衆猶不解，公曰：下苟無水，樹焉得活。敢把岳家軍撼否，天西從此斷狼煙。《出塞吟》

袁少府蘇亭將還永昌詩以誌别兼懷舊事率成六絶　録二

越國江山畫障開，一帆春雨去蘇臺。蘇亭抵蘇後，旋即赴杭。西湖忽地增顔色，有箇詩人萬里來。

珍珠泉上宴蒙戎，庚寅春客永，值緬王入貢，予爲陳丹崖太守佐理其事，宴緬使於珍珠泉上。白髮何如黑髮工。筵上所演諸劇，惟黑白髮與啌瓜者。手拓鐵胎弓五石，是日予與參遊諸公校射於珍珠亭。居然騎象百蠻

中。予護送貢使自永昌以達大理，跨象而行，穩如乘筏。《木瀆詩存》卷七

杏瓊齋詩集八卷 嘉慶元年刻本

李廷儀撰。廷儀字石帆，直隷灤州人。乾隆二十七年舉人。官山西陽高知縣，移安徽潛山。以卓異聞，擢亳州知州。是集有乾隆五十八年朱珪序，又張葆光、潘瑛序。瑛於五十五年爲陳毅續刻《所知三集》，亦聞人也。其詩學唐。歌行《泛舟圖》、《滇山行》，筆力健峭，唯較親身歷見，尚遜一籌。《詠史》爲霍光、陶侃、王陵、周勃、陳平、武帝。游旅井陘、三晉、皖江之詩，辭氣亦勝。又多閒詠和陶詩，而其取徑並不在陶也。

秋潭詩選二卷 乾隆間刻四家詩鈔本

朱昂撰。昂字德基，號適庭，一號秋潭，安徽休寧人，監生。寄家長洲。有《緑蔭槐夏閣詞》。詩僅《秋潭詩選》二卷，與吴泰來《竹嶼詩選》二卷、王昶《岱輿詩選》二卷、曹仁虎《漁菴詩選》二卷合刻，稱《四家詩鈔》，蓋爲四子結社互選輯刻者也。是集爲曹仁虎選，蔣恭斐序。《竹嶼詩鈔》則朱昂選，惠棟序。擬古樂府較多。《黄山松歌》、《宋窰脂粉箱歌》、《題沈冠雲太湖觀瀾圖》、《宋徽宗畫鷹歌》、《爲吴企晉題沈衡山畫盧仝啜茗圖》、《遂初園雜詠十五首》，聲調與三子相亞，後未能彙緣向上，致不無軒輊耳。是選古近體詩一百四十一首，王昶《湖海詩傳》所選有出於此集之外者，蓋兩家亦故交也。

紅豆村人詩稿十四卷　乾隆五十八年刻本

袁樹撰。樹字芬香，號香亭，浙江錢塘人。袁枚從弟。乾隆二十八年進士。官河南正陽知縣，陞廣東肇慶知府。此集收分體詩一千五百餘首。首袁枚序稱「樹生於粵西，年十八奉季父喪來歸余。凡羈旅行役芬芳俳側之情，悉於詩發之」。《隨園詩話》又稱其香奩詩，可稱絕調。據卷十四《甲寅元日書懷》「縱到古稀纔六年」句，當知樹生於雍正八年，少枚十四歲。其詩專主性靈，而讀書不多，不能驅遣故事，又貪多務得，遂成濫調。其中亦有筆力爽健者，卷二《李二姐彈琵琶歌》，卷七《自富春至新安舟行雜詠》，卷九《粵中閒詠》諸篇是也。題畫詩間亦清新可誦。樹與姚鼐、王文治、梁同書時有投贈。《夢樓詩集》卷六有《題袁香亭紅豆莊圖三首》。與袁枚寄答之作，《小倉山房詩集》中比比皆是。此集有胡德琳、陸建湄序。後與胡德琳《碧腴齋詩存》八卷，《隨園三十種》並刻之。

秋水詩鈔二卷　嘉慶五年刻本

黄堂撰。堂字雨椽，號秋水，江西瀘溪人。乾隆二十六年進士。官安徽宿松知縣。六十年卒，年六十六。此集有嘉慶五年伊秉綬序，余廷燦撰《墓誌銘》。又蔡上翔《東鄉縣事黄先生傳》撰於嘉慶二年。上翔以《王荆公年譜考畧》得名。作者中年飄泊四方，詩多羈愁之音。與何在田交摯，在田歿，作《過章江哀何鶴年詩》。《醉後獨登天一山》、《廣信舟中》、《舟途雜詠》，俱較放達。觀其得力之處，在於學陶，而尤重於抒情風度之美也。

賴古堂詩集六卷　道光十年宛鄰書屋校刻本

湯修業撰。修業字猬菴，江蘇武進人。乾隆間諸生。朱筠賞識之，稱爲獨行之士。後隨朱珪在學使校文有年。嘉慶五年，年七十一，坎壈以終。修業之女夫爲張琦，道光十年宰館陶縣爲刻《遺集》八卷。卷一、二爲文，以下爲詩。首道光九年包世臣序。生平行畧由詩文可證。其詩導源陶謝，下撫唐宋，不以貌襲。五七古尤所擅長。《書陶靖節集後》、《書顧亭林處士遺書後》、《輓朱笥河太史》、《上王芥子先生》、《贈孫淵如長詩》，均傾力以寫胸臆。習於《明史》，《謁明王文莊鴻儒祠》、《讀方孝孺傳》、《左懋第傳》、《書黄陶菴文集四首》、《讀丘文莊集》、《海忠介集》、《越中明賢雜詠三十五首》，多可爲讀書之助。《瓊州雜感》、《謁夷齊廟》等篇，亦有寄託。《客窗雜感六十首》，即事懷人，載桑梓舊事。所交錢坫、吴蘭修等人，都好學之士。從子峼典，亦有文名。修業爲人清介，詩乃窮而後工，宜乎見許於朱氏昆仲矣。

嶺南詩集八卷　乾隆間刻本

李文藻撰。文藻字素伯，號南澗，山東益都人。乾隆二十六年進士。官廣東恩平、潮陽知縣，廣西桂林府同知。卒於乾隆四十三年，年四十九。窮經好古，嘗與周永年校勘異本，合刊《貸園叢書》，未竟而卒。是編分《恩平》、《潮陽》、《桂林》三集，詩共五百七十一首，錢大昕序。其中山水行役之詩，如《牽夫謡》、《望羅浮》、《廣州竹枝詞》、《泛海》、《英德南山三十韻》、《觀音巖三十韻》、《贛州》、《湖口道中》、《江寧雜詠》、《三閭大夫廟》、《永州道中》、《南寧雜詩》、《陽朔道中》，大都樸質老成。《奉寄座主錢辛楣先生》、《上紀曉嵐先生》、《惠定宇九經古義刻成寄示周書昌二十韻》、《同書昌被詔分校四庫全書特授館職》等作，可見問學請益，不遺餘力。贈黎簡、張錦芳、黄丹書，皆文藻所拔士也。文藻於金碑石刻搜羅尤富。所遇學宫寺觀，巖洞崖壁，必停驂周覽。有僕劉福者善椎拓，攜紙墨以從。有所得則盡搨之。《桂林集》内《拓碑》有云：「時挾鈔胥涉深水，昨登巖僕墜高梯。」或謂此指漢《惠安西表摩崖》，文藻遣僕拓之，遇虎墜崖死，好古者每引以爲戒。病甚有云：「歸帆還駐三吾驛，好遺游魂讀古碑。」其嗜好之癖蓋如此。文藻著述甚富，惜多不傳。《文集》二卷，清末始有刻本。是編止粤桂詩，亦非全帙。張錦芳《逃虚閣詩鈔》有《輓李南澗先生六十韻》，長歌當哭，聲情俱至。

有方詩草十卷　乾隆三十八年刻本

宋思仁撰。思仁字汝和，江蘇長洲人。户部右侍郎宋邦綏子。諸生。官四川保寧知縣。累至山東糧儲道。乾隆三十八年刻《有方詩草》十卷，去邦綏之殁僅三年。王鳴盛、吴玉綸、朱孝純、仲鶴慶序，表弟顧宗泰序。生平歷楚粤燕豫秦蜀齊晉之境，故其詩有得於江山之助。過漢平見有石如桅矗立雲中，作《石笋歌》。

官保陽，作《不灰木爐》，木出孫山，斲爲爐經火不燃，蓋紀異也。《游利州皇澤寺》詠唐武則天女尼像。作《破山和尚詩》，記張獻忠時遺聞。行役嶺南，有羊城、南雄、湞陽峽諸詩。附《槖餘集》姚世錞、楊周冕序。《壬辰過涵峯妹壻海録軒》，涵峯爲葉樹藩，以刻《文選》名於時。《題明錢叔寶畫》、《虎丘十二景》，流露自然。生年據《己丑四十》詩計之，爲雍正八年，結集時四十三歲。其詩承於家學，精於閱歷，亦堪品讀。

靈巖山人詩集四十卷　嘉慶四年經訓堂刻本

畢沅撰。沅字纕蘅，又作湘衡，一字秋帆，江蘇鎮洋人。乾隆二十五年一甲一名進士，授修撰。歷官陝西、湖南、湖北、山東等省巡撫，湖廣總督。卒於嘉慶二年，年六十八。以附和珅，殁後藉其家。所築靈巖山館多次易主，道咸間猶存。是集有張鳳孫、王文治序。曰《硯山怡雲集》，邵晉涵、洪亮吉校；曰《三山攬勝集》，孫星衍校；曰《渡江吟草》，王復校；曰《蓮池吟草》，楊芳燦校；曰《五湖載酒集》，王復、莊炘校；曰《青瑣吟香集》，劉錫嘏校；曰《閬風集》，王宸、王嵩高校；曰《聽雨樓存稿》，丁堦校；曰《萍心漫草》，錢坫校；曰《隴頭吟》，孫雲桂校；曰《崆峒山房集》，毛大瀛校；曰《秋月吟笳集》，莊復旦校；曰《杏花亭吟草》，吴照校；曰《青門集》，楊芳燦校；曰《終南山館集》，徐書受校；曰《終南山館續集》，楊揆校；曰《玉井搴蓮集》，王湘校；曰《嵩陽吟館集》，張問瞀、史善長、嚴觀校；曰《番草吟》，孫星衍、陸樸孫校；曰《繪聲漫稿》，楊揆校。其間多著名學者，皆沅官陝豫兩省巡撫幕中士，沅所著《經訓堂叢書》、《續資治通鑑》，亦多假諸手成之。今觀通籍前作，五古《渡海曲》，七古《題馬和之十八應真卷後》、《訪惠定宇先生》、《吴淞櫂歌五十首》、《秦淮水榭雜詩二十首》、《過孔北海墓》，長歌短詠，刻畫微至。官翰林院所作《易水行》、《游大石壁放歌》、《宋范中立山水畫障歌》、《鷲峯寺觀旃檀佛像》、《秋堂對弈歌爲范處士西坪作》、《天慶宮觀劉鑾塑像》、《西山紀游詩二十首》、《古北口》、《望筆架山戲作長句》、《興安大嶺歌》、《木蘭行圍即景》、《盤山紀游詩》，大抵以壯浪爲宗。官陝甘後所作，如《游崆峒》、《寧夏詠古》、《過鳥鼠同穴山》、《自蘭州至嘉峪關紀行一百韻》、《赤金峽》、《古玉門關》、《蒲海望月歌》、《訪唐侯君集紀功碑》、《大宛馬歌》、《觀東漢永和二年裴岑紀功碑》、《抵迪化城有作》、《吉木薩行帳與紀曉嵐前輩夜話》、《博克達山歌》、《火山行》、《冰山行》、《于闐采玉歌》、《苦塞行在巴里坤作》、《鳴沙山》、《渡黑水》、《三危山》、《麥積山》諸篇，得攬朔方河西、敦煌、吐魯番、新疆風物之美，頗見異彩。又有《荆州述事》、《入川棧道詩》、《訪王右丞輞川別業》有序、《嵩嶽紀游詩》、《闕里詩》、《黄河決口詩》、《衡嶽紀游詩》、《紅苗竹枝詞》，尤是採擇。沅少從其舅氏張鳳儀受詩，生母張藻爲女詩人，有《培遠堂集》。中年後提倡樸學，詩益進。每至勝處，動輒數十篇。而提倡風雅，可與袁枚齊驅。《隨園詩話》亟稱其荆襄水患七律八首。洪亮吉稱其詩「如飛瀑萬仞，不擇地流」。舒位等選《乾嘉詩壇點將録》，以沅比之「玉麒麟」，名列第三，是固亦能詩者矣。

喬羽書巢詩内集六卷外集四卷　嘉慶七年刻本

金士松撰。士松字亭立，號聽濤，江蘇吴江人。乾隆二十五年進士，改庶吉士。嘉慶中，官至兵部尚書。

謚文簡。此内集六卷，俱爲應制詩。《外集》載《居庸關歌》、《蔚蘿上元竹枝詞》、《榆林驛》、《蔚州暖泉》諸篇，氣象弘闊，較有性情。士松久侍禁廷，綜理部務，與達官名流贈别酬唱，其詩有關政事文學者居多。《清史稿》稱士松卒於嘉慶五年，無生年。考《紀文達公遺集》卷十二《戊午二月八日同人小集》詩，記「金聽濤大司馬六十九歲」。據此可定爲雍正八年生，終年七十有一。《晚晴簃詩匯》選《天台山萬年藤杖歌爲宗伯沈歸愚師作》、《南唐官研歌爲鐵冶亭侍郎作》，文辭譎麗，允稱佳作。

胥石詩存四卷

近代吴興嘉業堂刻本

吴蘭庭撰。蘭庭字胥石，浙江歸安人。乾隆三十九年舉人。朱筠視學安徽，延至幕中。屢試春闈不第。南歸，入秦瀛署。卒於嘉慶六年，年七十二。蘭庭邃於史學，與仁和吴璜齊名。璜有《宸垣志畧》十六卷，蘭庭有《五代史纂誤補》四卷。時同邑丁杰精於經學，又有「丁經吴史」之目。詩集初刻名《南雪草堂集》四卷，原版不存。此吴興劉氏嘉業堂據會稽章氏鈔本與《文存》一卷合刻，存詩二百五十三首。五古《雜詩》、《秋懷》、《詠史》、《渡滹沱》、《望恆山》、《柏井驛》、《韓侯嶺》、《華山》、《雀鼠谷》，七古《大雨舟行有述》、《觀走馬伎歌》、《鹽池篇》、《底柱三門歌》，質直敷陳，内容奥博。五律《沛縣雜詩》、《徐州雜詩》、《吴蠶六十韻》、《觀鸕鷀捕魚》、《苕霅竹枝詞》等篇，狀敍風俗習尚爲多。惟喜用險韻，近於晦澀，是所病耳。劉承幹跋稱，蘭庭年六十餘流寓京師，寓馮集梧家，馮氏考訂《元豐九域志》，增注《杜樊川集》，均出蘭庭之手。蓋非尋常藝能之士矣。

夢樓詩集二十四卷　乾隆六十年刻本

王文治撰。文治字禹卿，號夢樓，江蘇丹徒人。乾隆二十五年一甲三名進士。官翰林院侍讀。出爲雲南臨安府知府。數年後歸里不復就官。卒於嘉慶七年，年七十三。是編有姚鼐序，詩共一千八百三十九首。各卷繫以集名，如丁香館、柿葉山房、快雨堂、無餘閣、小止觀齋，皆以室名名之。乾隆二十一年，全魁、周煌奉使琉球，挾以俱往。集中《海天游草》卽詠琉球詩。後又作《揚州送琉球國謝恩使者馬宣哲》、《鄭秉哲留飲舟中述行話舊》詩，均爲中國與琉球文化交流史料。又詠雲貴崎嶇山水，亦多偉麗之篇。文治書法精妙，與劉墉齊名，有「濃墨宰相，淡墨探花」之語，蓋以風韻勝也。罷歸後買童教之度曲，行無遠近，必以歌伶一部自隨。當時有譏其輕佻者，然其詩在士夫中較少封建結習，風骨珊珊，自歸大雅。集中《題蔣茗生四絃秋新樂府》、《聽家姬合樂》、《題袁籜菴遺像二首》有序，均爲戲曲資料。《贈無錫錢瑾巖》自注云：「工爲詩歌，兼精音律，新詞自倚。余携瑶生及細部奉過，彈絲品竹，畧展閒情。」《奉招橋竹鄉諸君顧曲》自注云：「竹鄉撰雙圖記樂府，命吴中名優演之，余與程于門、吴竹嶼諸君俱與其會。」可見寄迹於伎樂之中，而於戲曲、音律無不精通也。題圖之作，亦甚工雅。《陳其年先生填詞圖》、《秦味經先生秋堂講易圖》、《前蜀王鍇妙法蓮華經殘葉》、《題友人南唐雜詩後》、《題畢秋帆靈巖讀書圖》、《爲祝芷塘題接葉亭圖》、《振衣千仞圖》、《題王西莊閉户讀書圖》、《題潘榕皋雲水圖》、《題閨秀駱佩香秋鐙課女圖》、《題韓熙載夜宴圖》、《湘花詩和吴蘭雪繡詩樓歌》，經其品題，多奕奕有生致。《題大滌子畫李太白詩意》、《高且園指畫障歌》及題潘蓮巢恭壽畫多首，亦能寓美於世。他如《送張度西之任西江》、《挽商寶意》、《送戴東原赴詔入都》、《修禊詩集蘭亭字》、《素食歌答趙甌北》、《白雲山樵歌贈王岑》、《昆明逢朱子穎六十韻》、《納樓夷民李鸛齡工爲詩歌贈句》，無不揮灑自如。文治學禪道，熟於内典，自言「吾詩字字皆禪理」。袁枚贈詩有云「才子中年多學道，仙人家法愛吹笙」，頗切其人。又稱其詩「如細筋入骨，高唱凌雲」。乾隆間詩人首推袁枚、蔣士銓，即所謂「海内奇才近屬誰，江南袁蔣記同時」者也。袁枚引退後以詩鳴江浙間，文治繼其後，聲華相上下王昶《蒲褐山房詩話》。門弟子李調元盛推之，見《南村詩話》。鰲圖《習靜齋詩集・讀趙雲崧詩》云：「江上詩人袁蔣王，自注：簡齋、心餘、夢樓。先生獨立一軍强。」可見夢樓詩初與袁、蔣鼎峙。洪亮吉云：「乾隆中葉以後，士大夫之詩，世共推袁王蔣趙。」見《北江詩話》。是猶在袁後蔣前也。

葵露詩鈔四卷　乾隆三十二年刻本

邵自祐撰。自祐字斂五，號葵露，直隸大興人。其兄弟間，科第甚盛。自昌、自悦、自鎮，俱成進士，自昌官左都御史。自華、自本、自和、自巽、自彭，舉人。自祐於乾隆三十一年應河南巡撫阿思哈之聘，修省志，同時入署者爲畫家童鈺。是集有《觀二樹山人畫松》等歌，且作酬答，可與鈺集相互參觀。卷首陳浩序，朱楓、李西平、周遇渭、邵自鎮題詞。其詩以不露痕迹爲高，非泛詠也。

遠音集五卷　乾隆五十五年刻本

顧鑒撰。鑒字戒莽，號東田，江蘇江寧人。科第不詳，受知於紀昀。嘗隨學使校文閩中。乾隆三十六年官江西知縣，調貴陽。五十五年，刻《遠音集》五卷，自序因皆作於客中，取謝臨川「飛鴻響遠音」之句，題爲《遠音集》，蓋以征夫在遠，有類夫從風隨陽之意云。鑒與蔣士銓有交，乾隆二十四年，在心餘寓中得識歐陽可堂，《題可堂柳州觀濤圖序》，自云「余年及立」，是爲雍正八年生。其詩佳者端在閩游、黔南諸作。於地方民俗風習特重採摭。《飛雲巖》、《桃源洞》、《伏波廟》，亦有清壯之響。

鞘夫行

撥餉去黔陽，黔陽兵食裕。運餉撥民夫，民夫衣無袴。今年歲不登，妻孥不暇顧。審兹往役義，羣趨疾如騖。胼肩與垢面，嘈嘈來奔赴。健婦利微貲，蒙頭聊應數。稚子後牽衣，刺刺語不住。北風苦嚴寒，河冰跣而渡。升塗陟峻坂，一停九却步。鞘用大棕繩，每十鞘一連，一人停足，則九人却步。仰見萬仞顛，一綫巉岏路。前者傴而呼，後者悚而怖。崇岡多起伏，陸地愁灩澦。聯牽若蟻緣，縹緲如蜂聚。悠悠路益長，冉冉日易暮。更有赤棒隨，呵斥每逢怒。我恨筋力綿，難伸一臂助。嗟此勞悴形，念彼昇平戍。誰知到黔南，卒伍嗔遲悮。鞘夫甫息肩，揚鞭斥速去。足繭與手龜，誰矜復誰訴。不見耕田牛，有時釋犂具。不見太倉鼠，飽食曾無忤。冥冥造化心，誰能達其故。《遠音集》卷一

黔南雜詠　六首録二

南服蠻荒地，疆輿何日開。巫黔連楚塞，斥堠接滇臺。麻哈雙虹險，牂牁百粤來。不須干羽舞，苗种已無猜。黔省除盤江鐵索橋之外，惟葛鏡、魚梁二橋爲最險。兩橋皆屬平越府，跨麻哈江而建。向來驛站由平越不由楊老，因阻於魚梁江，而橋未逮，故歷來人但知有葛鏡，而不知有魚梁。近則魚梁橋建，自清平八十里直抵西陽，不由郡城，近五十里，而路加坦，橋之利也。建橋之處，雙崖夾峙，千仞壁立，長龍卧波，飛虹跨壑，勝概奇險，視葛鏡倍蓰矣。

厥賦無中下，年年餉運供。魚鹽資楚蜀，布帛賴吴淞。水自偏橋阻，山連雲棧濃。清時不戒夜，豺虎已潛踪。黔地無鹽，所行者川鹽。舟至鎮遠而止，阻於諸葛洞也。諸葛以上，泛小舟可至老黄平。今洞爲巨石梗塞，不能過矣。偏橋衛，即今之施秉縣。過諸葛洞十里，土人至今猶稱偏橋，而不言施秉。老黄平在州西三十里，即興隆衛地，百貨聚此。《遠音集》卷五

紅鶴山莊詩鈔二卷二集一卷　乾隆三十二年刻本

胡慎容撰。慎容字玉亭，一字卧雲，又字紅餘，浙江山陰人。馮坦室。居南昌。時王金英亦流寓豫章，

其中表女爲慎容妯娌，遂以詩詞贈答。是集有蔣士銓序、王金英跋。跋稱女史於癸未棄世，依集中詩計之，年約三十三。蔣士銓稱：「婦人詩或有佳者，亦不過雕飾軟美，穠麗纖巧而已，而馮夫人排奡縱横，信爲一代列女之冠。」觀集中所作，有可吟可歌者。五律《望廬山》云：「奇勢環吴楚，崔嵬迥不羣。峯從天上現，泉借日邊曛。翠色濃堪摘，嵐光秀可分。紫煙縹緲處，只許卧層雲。」《閨情》云：「月樣雙蛾秀，花般帶露嬌。自從秋月照，日日減輕腰。」七絶《偶感》云：「江海浮沉已數春，詩畫有求不醫貧。空閒多少憐才士，誰是長門買賦人。」無不中節合度，流露自然。

恩餘堂輯稿詩二卷　道光七年刻本

彭元瑞撰。元瑞字掌仍，一字輯五，號芸楣，江西南昌人。乾隆二十二年進士，改庶吉士，授編修。官至工部尚書、協辦大學士。卒於嘉慶八年，年七十三，謚文勤。著有《石經考文提要》、《知聖道齋讀書跋尾》、《宋四六話》等書。自定《恩餘堂經進稿》，皆應奉文字。詩文散佚者較多，此道光七年其孫邦疇輯本，凡四卷，後二卷爲詩。據邦疇跋，少作有《潛源詩鈔》，未見刊本。元瑞才思敏捷，博涉多通。集中《日晷扇》、《北宋石經周禮殘本》、《讀弇州史料書成祖事》、《張敦均贈藏書十種賦謝》、《龍尾石大硯》諸篇，足資掌故。嘗典試江南，爲詩不以摹狀山水爲能，多誌輿地古蹟。《趙北口鐙詞》、《龔勝墓》、《放鶴亭》、《彭祖井》、《掛劍臺》、《燕喜亭》、《度德州浮橋》、《阿城牐》、《瀆流》、《石佛山》，凡風土名蹟，皆於詩發焉。《塞外雜詠》爲氊廬、駝裝、馬絆、風竿、雨溝、設卡、地竈、安市、征衣、銅晷、頒鹿。《冬庖八詠》爲野雞、鐵雀、鹿尾、羊餻、鰣魚、冰鮮、凍豆腐、鹹白菜。俱分題詠物，亦見精妙。元瑞與康基田、黄鉞、馬履泰、胡季堂、洪亮吉、阮元唱酬。《題李世倬書畫册》、《題錢維城畫卷》、《方葆巖小照》，出語自然。元瑞嘗撰《五代史記注》，又欲補《十志》，挽王引之襄其事，有詩相商。又作《周牖如廣陵勝跡傳奇八種題詞》，原本已不可踪跡矣。

予注五代史記欲補十志煩王伯申佽我詩以奉商

龍門例剏八書傳，漁仲曾誇廿畧難。五季文章嗟掃地，兩家薛《史》、《會要》撰述舊登壇。僅存典制彌堪寶，復見威儀更可觀。擬學劉書能補范，憑君助我夜鐙寒。

四紀繙鈔力配深，貴求得失古人心。方知史事鯨呿廣，不似詩家獺祭尋。君聳雙肩工索解，我跉一足尚知音。試披兩代家人傳，萬丈金隄蟻穴沉。薛《史》失載周世宗后符氏。歐《史》失載晉出帝后張氏。《恩餘堂輯稿》卷四

周牖如廣陵勝跡傳奇八種題詞

竹西歌吹古繁華，拍板敲殘日未斜。一自周郎三爵後，不教琴瑟混箏琶。

駕得虹橋步九天，華胥國裏夢遊仙。如何艷説霓裳曲，親到清虛玉府邊。燈遊，唐開元皇帝事。

舊院重來跡宛然，碧紗籠處墨華鮮。鐘鳴列鼎人間樂，莫負初心十二年。詩籠，王播飯鐘事。

老守園開棼尾宴，一時賓客盡公卿。簪花記得螭蚴畔，五色雲中獨奏名。花瑞，韓魏公金帶圍事。

一帶平山俯蜀岡，酒籌聊借芰荷香。不嫌後事憑牽合，爲洗當筵粉黛腸。堂宴，歐陽文忠事。借用南宋妓毛惜之。

橐中夢裏是耶非，鼠子由來借虎威。要識東坡老居士，當頭一喝是天機。虎夢，合東坡《夢虎》、《黠鼠賦》兩事。

孝筍冰魚事已奇，蟠桃又見結秋枝。村莊婦女當場淚，不羨雙鬟下拜時。桃醫，孝婦吴韋氏事。

富貴神仙兩渺茫，貪癡千古夢黄粱。何人爲鑄江心鏡，照徧人間熱客腸。神鏡，《太平廣記》「腰纏十萬貫，跨鶴上揚州」事。

曼陀花雨寶珠塵，大地山河轉法輪。頂禮人天近佛母，播將淮海十分春。佛輪，天寧寺佛馱跋陁羅尊者事。

千秋韻事千秋筆，湖海飄零絶妙詞。紅燭烏蘭閒按譜，一朝壓倒郢中兒。《恩餘堂輯稿》卷四

聽彈詞八絶

鏡中幻影水中萍，酒色刀兵亦幻形。偏有胡椒八百斛，一生大夢總難醒。羅夢

沙頭醉倒瓦盆空，遺禍何堪及釣翁。何不寫他丞相勢，一生花裏活秦宫。漁樂

臨川才子生花筆，换羽移宫唤奈何。悵觸故鄉千里夢，梅花國裏聽田歌。勸農

雉朝飛怨入瑶琴，去婦孤兒恨亦深。唱到蘆林離合處，一時回首淚沾襟。蘆林

奇計平成笑漢家，玉顔憑仗静胡沙。文臣武將成何事，但解春風送落花。和番

楚江情曲怨無聊，一紙書開鎮寂寥。堪笑半生名節誤，空函咄咄達洪喬。拆書

吞針也説學三乘，離恨天中最上層。似讀首楞嚴一卷，阿難秘咒遇摩登。下山

坐視横磨竟北遷，雀兒食穀亦徒然。苦從骨肉分恩怨，父子君王祗四年。出獵

《恩餘堂輯稿》卷四

慎餘齋詩鈔四卷　嘉慶十一年刻本

葉佩蓀撰。佩蓀字丹穎，號聞沚，又號辛麓，浙江歸安人。乾隆十九年進士。以兵部主事出守河南，陞山西河東道，至湖南布政使，罣吏議歸。四十九年卒，年五十四。著有《易守》四十卷。是集有朱珪、百齡序。詩多登臨游覽之作。《磨盤山行》、《正陽關》、《城子山懷古》、《襄城》、《新鄭漢昭烈帝廟》、《望岱》、《界塚范蠡祠》、《趵突泉》、《相國寺》、《江行》諸篇，記行役所見，格韻俱勝，間可稽考。《有以西域骨種羊裘見貽者謝卻之因綴長句》有云：「兹羊留骨兼重皮，其中純黑尤難得。貴人購爭踰狼荒，一裘價可半千直。有客持寄致珍重，開緘觀者俱動色。旋珠細疊螺髻圓，黝光潤奪鴉雛墨。我生長物本何有，蔽體聊取充要襋。忽看奇服映

懸鶉，翻似杜陵驚翠織。人生百事鬭新異，稱此以求焉紀極。美好雖得時俗誇，暴殄恐有神明殛。亟揮還客心始恬，朗詠素絲安退食。」操守可見。其中自有真情實感，未易摹傚也。

竹葉菴文集二十四卷續四卷

乾隆間刻本

張塤撰。塤字商言，號瘦銅，一號吟鄉，江蘇吴縣人。乾隆三十年舉人，官内閣中書。與錢大昕、孔廣森校勘四庫。四十二年以憂去職。翌年，畢沅邀至秦，以興平、扶風、郿縣三縣志屬爲重輯，纂列金石門。復還京師供職。塤受學於金德瑛，詩主宋人，不涉吴中七子詩派。在京與翁方綱、趙翼、褚廷璋、程晉芳、王友亮切磋，造詣頗深，詩名與蔣士銓相埒。濡染於金石考證，與桂馥、黄易、趙魏齊名。所撰《竹葉菴文集》爲詩詞，而以文集爲題，因古例也。卷一、二曰《南海集》，畢沅嘗刻於關中。卷三曰《西征集》，王友亮嘗刻於金陵。卷四曰《熱河集》。以下諸集曰《鳳皇池上集》，曰《南歸集》，曰《渡渭集》，曰《秘閣集》，曰《乞假集》，曰《賜研齋集》。共詩一千四百七十六首，爲乾隆三十五年至五十年之詩。詞凡九卷，曰《紅櫚書屋擬樂府》，曰《碧簫詞》，曰《青館悼亡詞》，曰《林屋詞》，共五百三十四闋。書於乾隆五十年開雕。五十一年後，續刻詩四卷曰《倉部集》，三百二十二首。其中狀寫山川風物，如《九姓船》、《鉛山》、《九烏灘》、《珠池曲》、《花田曲》、《蛋人謡》、《東莞女兒香歌》、《增城女兒葛歌》、《汴梁懷古》、《北邙山歌》、《古北口》、《曰檀山歌》、《紅螺山歌》、《木變石行》、《昆明湖行》，所詠甚寬，出語不避俚俗。《唐石經歌》、《題羅兩峯鬼趣圖》、《歸帆圖》、《伏虎禪師圖》、《題褚筠心西域詩》、《自題荒莊感舊圖》、《題王蓬心畫卷》、《汪生捉鬼行》、《題酸棗嶺劉熊碑》、《詠康海墓》、《蔣心餘携二子游廬山繪圖題後》、《耶律文正公畫像》、《題宋槧施注蘇詩》、《桂馥指頭八分書歌》、《洋琴歌》、《趙子固落水蘭亭卷歌》、《論定武蘭亭》、《開成石經遺字歌》、《魯城南漢石人行》、《孫喜印歌》、《大觀帖前四卷榷場本歌》、《廟堂碑宋拓城武本歌》、《題龔半千寒山畫像》，尤見學問根柢。王昶《蒲褐山房詩話》稱塤「才情橫厲，鯁語獨盤」，非虚譽矣。又有《詠京師新年諸戲》，爲太平鼓、鐘牖、高蹺、秧歌、象聲、十不閒、西洋景、蝴蝶兒、火判、燈戲、打油、釘絞之習也。《八角鼓》、《固原新樂府》，亦甚趨時。其間雖有雅俗之别，然不得謂爲沿於首》，於時人首推錢載。《論詩答友人四首》，不佞於唐。《論明詩絶句十六首》，不薄公安、竟陵。《論詩答慈伯四首》，云死於肺病。塤與馮培爲兒女姻家。據《鶴半巢詩續鈔》，塤得孫於戊申。翌年馮培作哭張瘦銅五首，又云：「去年得孫甚喜，今冬倉差告滿，有乞佐外郡之意，手訂集甫竣卽歿。」王友亮《雙佩齋詩鈔》卷七《輓張瘦銅舍人》詩，編年己酉，可證塤卒於乾隆五十四年，年五十九。趙懷玉《生齋詩集》亦有《哀張三舍人塤》詩。塤生前頗爲藝林推重，身後寂然無聞。趙翼有《訪張瘦銅家無人知者》見《甌北詩鈔》，爲之寄嘆。良可慨也。

刻　書

古書廢汗簡，謄本盈巾箱。熹平石經就，鈔寫舉國忙。較對辨字畫，盭繆分偏旁。且寫且卒讀，無逸功敚將。手眼兩兼到，積日千萬行。長興興雕印，遞降價不昂。載船曰書客，擺門曰書坊。乃至極貧士，千錢買一囊。走馬若看花，度閣猶藏薑。古風競剽竊，根柢誰考量。辟之轉掠女，不知母族詳。辟之亂宗子，不知祖派長。帝輿與皇墳，巍巍高天綱。叢雜褻枕簟，敝棄黏門牆。識字不辛苦，梨棗爲之殃。近今盛説部，寓言多荒唐。么麼以文稿，無恥爭雌黄。一一付刊刻，此恨填胸腸。安得喻流俗，水火驅滅亡。便便貯實學，經史尊膠庠。《竹葉菴文集》卷五

論詩答友人　四首

雲松退老心餘病，灰撥陰何並可傳。我欲先生過五十，生才難得要相憐。

昨見黄生仲則詩，欲删遺稿淚先垂。生相輕薄死珍重，豪氣哀情兩不知。仲則存時，予頗不愜其詩。

笑嬉怒駡宋熙豐，不與開元天寶同。誰與金丹庾信是，而今只説少陵翁。

薔薇芍藥女郎花，梔子枇杷大樹詩。此際要從規格入，無言玄妙便成家。《竹葉菴文集》卷二十一

宛委山房集二卷　七子詩選本　漁菴詩選二卷　四家詩選本

曹仁虎撰。仁虎字來殷，號習菴，江蘇嘉定人。乾隆二十二年南巡賜舉人，官内閣中書。二十六年成進士，改庶吉士，至侍講學士。五十一年，督學廣東，遭母憂，次年卒，年五十七。工詩，少與王鳴盛、吴泰來、王昶、黄文蓮、趙文哲、錢大昕稱「吴中七子」，沈德潛選刻之，傳至日本，其國相高棅爲七律，人贈一章寄達。吴泰來刻

《四家詩》，又以仁虎與朱昂、王昶、及泰來同列。後以聲華名望，爲都下所推。王昶論其詩：「初宗四傑，七言長篇，風華褥麗。壯而浸淫于杜韓蘇陸，下逮元好問、高啟、何景明、陳子龍，及本朝王士禎、朱彝尊諸公。横空排奡，才力富有，七律尤高華工整，獨出冠時。」今觀《湖海詩傳》卷二十五所選諸篇章，信非虚譽。惟生平之詩，未加匯刻。此兩本皆早年歌詩，不出擬古摹唐範圍。其中《宋徽宗畫龍歌》、《焦山瘗鶴銘歌》、《滄浪亭懷古》、《馬伏波銅鼓歌》，頗得史籍之腴。又見《刻燭集》、《炙硯集》、《鳴春集》附《詠月令七十二候詩》，亦若有不甚愜者。而《春槃集》、《瑶華唱和集》、《韎韶集》、《秦中雜稿》，並抄本亦未訪得，均墟不能深論矣。

惜抱軒詩集十卷　嘉慶十二年刻本

姚鼐撰。鼐字姬傳，一字夢穀，號惜抱，安徽桐城人。乾隆二十八年進士，改庶吉士，授禮部主事，歷任山東、湖南副考官，累遷至刑部郎中。四庫館開，薦爲編修，年餘，乞病歸。主講江南紫陽、鍾山書院垂四十年。嘉慶二十年卒，年八十五。著《惜抱軒全集》，輯《古文辭類纂》、《今體詩鈔》，盛行於世。是編一至五卷古體詩二百十四首，六至十卷近體詩二百五十六首，均手自訂。桐城派古文創始者方苞，詩不能佳，今《望溪集外文》僅存詩十五首。方苞弟子劉大櫆詩，影響未遠。桐城派詩，實自姚範開之，鼐繼之。鼐初不解詩，與王文治交密，無日不相求，其後始有詩名。論詩力主唐人，不斥蘇黄，而不滿於袁枚性靈説。有謂「子瞻之詩，縱横奇變，無所不有，而意未嘗不歸諸雅訓。然元遺山論詩猶譏之，至有滄海横流之歎。蓋前人言詩之嚴固若此也。而近世之爲詩者，乃恣爲縱蕩，或傷禮教，以謂源出東坡，體固亦然，不亦過乎」。周煌《海山存稿序》。又爲明詩平反。以爲「明李何、王李，摹擬古人，不免過似，然猶未失昌黎所云『詩正而葩』之義。」吴德旋《句東三家詩序》。至已所見，《與張荷塘論詩》云：「薰蕕非同根，鵷鴟豈並處。欲作古賢辭，先棄凡俗語。」持論正宗，蓋以清雋爲尚。古詩《山寺》、《闕口阻風》、《過天門山》、《錢舜舉蕭翼賺蘭亭圖》、《元人散牧晚歸圖》、《米友仁楚江風雨圖卷》、《唐伯虎匡廬瀑布圖》、《登黄鶴樓》、《游攝山》、《舟中望板子磯山勢甚奇因題長句》、《莫愁湖醉中作歌》、《長椿寺觀明劉孝純太后畫像》、《爲翁覃溪題天際烏雲帖》、《題張篁邨萬木奇峯圖》、《三長物齋詩爲魚門作》、《錢詹事座上觀沈石田畫檜歌》、《賞番圖爲李西華侍郎題》、《隆興寺閣》、《篆秋草堂歌贈錢獻之》、《弔朱二亭質》、《歲除日與子穎登日觀峯觀日出作歌》，詞高氣清，蔚然深厚。今體《贈戴東原》、《南昌竹枝詞》、《江上竹枝詞》、《哭孔撝約》、《哭程魚門》、《題夢樓集》、《挽袁簡齋》、《論書絶句》、《題二王帖四首》，指事類情，從容自適，脱盡凡腐之氣。蓋所詣自深，下筆無偏重之病也。後來其弟子、再傳弟子鮑桂星、陳用光、梅曾亮、潘德輿等人，大抵皆以格調見長。刊本習見。《論墨絶句》繫於文物之徵。林慶衍有《論墨絶句三十二首》，載《瑞安詩徵》，皆不易覯也。

論墨絶句九首

宣和香劑用油煙，奚李前橅竟邈然。筆法而今論篆畫，江南三絶自當年。

涉足塵埃世態生，山林養節久方成。論松署似觀人法，誰及新安戴彦衡。事見《老學庵筆記》。

朝鮮舊國解燒松，使者朝正數笏從。著硯未能堅似石，卻無膠滯不妨濃。

膠折燕山風莫勝，篋中片片似春冰。時工止解緣邊漆，不悟堅金儼故棱。

除卻廷珪跨乃翁，幾家絶藝後能同。來男作相虞兒匠，何怪方今曹素功。

霄漢樓憑江水空，鶴峯書畫散秋風。盛時猶記先人説，淚與殘丸滴硯中。先君外家任大理公藏書畫甚富，皆大理先世鶴峯先生所蓄。今有鶴峯墨，奇品也。

程君文筆工無比，姿媚何嘗解俗書。累壓篋中爲長物，不妨啜汁賞心餘。程魚門多藏程君房、羅小華、方于魯及明内龍香舊製。名其齋曰三長物，墨其一也。

我愛瑶田善論琴，博聞思復好湛深。才傳墨法五千杵，已失家財十萬金。程瑶田語云：「墨以多杵爲佳。然自千杵以上，則難杵數倍於初時。」墨不過千杵，瑶田用古法杵至三千已極難，而程君房必五千杵。

年年兩袖染成烏，佳字奇文一筆無。惟向天涯寫歸興，故應銘背作思鱸。范成大製墨事，見《老学庵筆記》。　《惜抱軒詩集》卷七

清人詩集敍録卷三十七

抱山堂集十四卷　咸豐十一年重刻本

朱彭撰。彭字亦籛，號青湖，浙江錢塘人。歲貢生。嘉慶元年舉孝廉方正，辭不就。著《吴越古蹟考》、《南渡寓賢録》等書。阮元《兩浙輶軒録》亦成其手。卒於嘉慶八年，年七十三。此集詩八百四十首，有自序，爲咸豐十一年重刻本。據趙坦《宋徵君傳》稱：「杭自厲鶚、杭世駿後，詩不振者數十年。青湖獨倡唐音，一字之疵，不憚百改。故爲時流所重。」集中《題西馬塍雜詠》爲《姜白石墓》、《宋伯仁寓居》、《句曲外史菌閣》、《張秦亭從野堂》、《瑞石洞雜詠三十八首》、《澄江竹枝詞四首》及《雜詩二十首》、《青嶺雜詠十二首》、《元閨秀曹妙清故居》、《岑溪三賢祠爲周松靄作》，詠今懷古，復得山水奇趣。工題畫。《題唐明皇鬥雞圖》、《趙松雪相馬圖》、《謝彬鍾馗嫁妹圖》、《論金陵畫家六首》、陳旻昭、魏之璜、胡宗仁、朱之翰、張風、龔賢。《仇英揭鉢圖》、《元人阿爾稗熊虎圖》、《澄江書院種花詩爲盧抱經山長作》、《書鄭板橋蘭册後》、《題張鐵橋畫馬》、《題烎虚上人畫册》，長短俱臻精妙。又《竹蟾詩》，記越中潘桐岡取竹根刻蟾蜍。《走索行》，爲觀雜技作。讀南宋汪水雲、元楊鐵崖、王元章、倪雲林、張光弼詩集，《題金冬心詩卷》、《題東河所藏百二十家墨》，各得其致。又嘗作《湖山遺事詩》，搜採西湖佚事，詳於考證，郭麐《靈芬館詩話》、沈濤《匏庵詩話》皆引之。彭玘于吟詠，而少酬應，偶與盧文弨、陳兆崙、方外讓山有贈答。王昶《湖海詩傳》稱其詩「古體矩矱從容，今體聲情高遠」。又録其弟子詩爲《同岑詩選》，行於世。張雲璈《簡松草堂詩集》卷十二《雜句》云：「抱山堂集梓初成，朱叟騷壇舊主盟。羡煞名山傳不朽，醵錢爲壽有門生。」自注：「錢唐朱青湖工詩。六十初度，門下士醵錢梓其稿以爲壽。」則初刊當在乾隆五十五年也。《夢樓詩集》卷二十一有七古《題朱青湖抱山堂詩集後》。

吉石齋集二卷　嘉慶九年刻本

汪彝銘撰。彝銘字寶吉，號吉石，浙江秀水人。乾隆四十二年副貢。官四庫館校録，議敍禹州州判，不數年卒於粱。兄孟鋗、仲鈖均負詩名。是集有祝堃、秋學禮序，刊版時彝銘已下世二十餘年。附嘉慶九年錢昌齡跋。集中有《王秋塍將北行同人餞飲於晚晴齋》聯句，王又曾外，如王尚繩、蔣元龍、汪大紳、汪如洋、金兆燕，俱一時俊秀。汪氏自裘杼樓藏書多善本，後世爲詩，俱主宋人。彝銘嘗游黄山，於池州試署觀毛西河曼殊墓銘、金絨兒從葬銘、曼殊别傳稿本，有詩紀之。《古鏡鐘歌》、《詠菊》、《煙四首》、《方竹》、《歙石》、《銷夏集題畫册》六首，亦得雅趣。

響泉集三十卷　乾隆五十七年天妙閣刻本

顧光旭撰。光旭字華陽，號晴沙，一號南谿，江蘇無錫人。乾隆十七年進士。歷任户部員外郎，監察御史，官甘肅甘凉道，署四川按察使。卒於嘉慶二年，年六十七。所撰《響泉集》，初刻於乾隆四十年，凡詩十卷、詞二卷，五十七年續刻，有彭啟豐、王宮、吴省欽、朱鎬序。歿後又補刻至三十卷，爲乾隆十二年至嘉慶二年詩，共二千三百四十三首。光旭以才思見稱士林。詩學元好問。蔣士銓論曰：「珮玉而瓊琚，翩然貴公子。裘馬亦復都，相如美容止。置之大雅堂，唐音尚鏗爾。」《忠雅堂詩集·論詩絶句》。集中如《詠史十四首》、《舟中讀李太白集》、《秦穀菴比部齋中觀定武蘭亭》、《題趙千里文姬歸漢圖》、《題夏珪尺幅山水真蹟》、《秦味經先生秋堂講易圖》、《端溪硯歌》、《陶然亭讀江水部藻壁間詩》，冲淡和諧，所詣深至。《論詩四首》，爲陶靖節、謝康樂、鮑明遠、謝宣城。北過居庸、熱河、木蘭、盤山之作，氣勢磅薄，一以廓大爲宗。乾隆三十一年守寧夏，擢蘭州兵備道，詠六盤、崆峒諸山，銀川、天梯諸書院，以及《登安瀾閣》、《西行雜興二十首》，摹寫隴西風物，宛然目前。三十五年甘省大旱，光旭口占詩「輪蹄鳥道羊腸路，溝壑鳩形鵠面人」見王昶所撰《墓誌》，目覩饑民慘狀，刻畫逼真。又作《自蘭州東行老弱纍於道安會間尤甚觸目憮然九首》，有云：「萬井烟空氣慘悽，縱教移粟路猶迷。羸牛曳挽青天上，餓骨支撑白日西。持帖打門愁出入，戒徒擊鼓趁高低。救災畢竟無奇策，千里蕭條五馬嘶。」彌覺沉痛。三十八年入蜀，出南徼，歷戎旃，作《南征十首》，自打箭鑪至章谷以誌風土。又有紀木果木之役詩。而詠蜀中勝蹟杜甫草堂、嘉州大佛、峨嵋、三峽之章，雄奇峻峭，亦多可採。光旭與周煌、查禮、符曾、蔣士銓、錢載、吴省欽、趙翼、沈大成、李保泰等多有寄贈。與楊潮觀厚交，有《簡笠湖兼寄畫莊》、《與楊笠湖同訂鄂文端西林詩集二首》。《楊笠湖九兄刺史寄所製吟風閣曲譜題後》云：「吟風閣畔倚闌時，折柳橋邊柳萬絲。誰識梁州楊刺史，自吹羌管唱新詞。」晚年歸養里門，豪情頓減，所作多不足稱云。嘗選編《梁溪詩鈔》，凡千一百十人，五十八卷，既授梓，同邑賈生崧取諸家原本，於嘉慶元年瘞於錫山之南，招同人會葬，名曰「詩塚」。趙懷玉《亦有生齋集》卷十五《詩塚序》。好事者題詠甚衆。張雲璈《簡松草堂集》有《顧晴沙先生詩塚歌》，頗可參看。

嚴冬有詩集十卷　宣統三年長沙刻本

嚴長明撰。長明字冬有，一字道甫，號用晦，江蘇江寧人。乾隆二十七年南巡召試，特賜舉人，授方畧館纂修。又奉命直經咒館，更正《繙繹名義》、《蒙古源流》諸書。官至翰林侍讀。畢沅巡撫山西，招至齋署，爲文字交。主關中書院，未幾卒，年五十七。錢大昕撰《傳》無生年，據集中壬申就試金陵所作《春盡日登冶城》詩注：「余春秋二十有二。」可知爲雍正九年生。又稱其著述有二十餘種，今已什九不存。其詩頗爲袁枚、畢沅所推重，傳本不多，若存若泯。此書爲葉德輝以未刊稿本《歸求草堂詩集》六卷、《秋山紀行集》二卷，合舊刻《金闕攀松集》一卷、《玉井搴蓮集》一卷，滙而刻之。其《歸求草堂詩》起於乾隆十六年辛未，是年有《吴丈敏軒招集文木山房分詠南史隱逸詩》。他如《拜張白雲先生墓》、《羅梅仙雪景横幅》、《題曹來殷所藏趙文敏天山射獵圖》、《題沈學子五十小像》、《卞忠貞公墓》、《瓜州大觀樓》、《題羅兩峯古渡泛月圖》、《偕盧雅雨先生由郯城發軔入都途次同金棕亭得詩二十首》、《潁川雜詩》八首、《偶閲厲樊榭集有讀摭言戲廣其意得八首》，大都不衫不履，清雋絶俗。長明通籍前唯與吴敬梓、烺父子，程晉芳、金兆燕、袁枚往還。入都後始同吴省欽、陸錫熊、畢沅聯吟。其《秋山紀行集》爲官内閣時扈蹕木蘭之作。詠楊令公祠，廣仁嶺，過磬錘峯，發熱河，興安嶺，過塔兒圖等篇，寫塞外風光，詩境爲之一變。行幸木蘭，記蒙古諸王公例於博羅河屯迎蹕，隨駕至威遜格爾團場，有《紀事詩》四首。此類康熙間高士奇、查慎行有之。同時詩人，唯王昶可與比肩。又《金闕攀松集》，爲乾隆四十年游泰嶽作，才調縱横，盛有佳作。《玉井搴蓮集》爲同年游華山作，僅存十四首，而瑰辭險語，鐫刻造化，袁枚序亟稱之。尚有《官閣銷寒集》，爲長明在西安與畢沅、吴泰來、洪亮吉等分題鬭韻之詩，王昶序，今收入《俍園叢書》。

知足齋詩集二十卷續集四卷　嘉慶十一年刻本

朱珪撰。珪字石君，號南崖，順天大興人。與兄朱筠同鄉於舉。乾隆十三年十八成進士，入翰林，屢任内外要職。嘉慶間官至户部尚書、體仁閣大學士，晉太傅。十二年卒，年七十七，謚文正。是集首英和序，皇次子序。詩始於乾隆十五年迄嘉慶八年，《續集》止於十一年，與《呈進稿》、《文集》合刊。珪受乾、嘉兩朝寵遇，公卿大夫多與之交游。又多次主鄉會試，門弟子遍及海内。此集應制恭紀詩外，《前易水行》、《後易水行》、《滄州鐵獅子歌》、《正定隆興寺大佛歌》、《登祝融峯觀雲海》、《李唐園監丞文園學士花墅對牀圖》、《登泰山一百韻》、《柬姚姬傳》、《錢武肅王鐵券歌》、《和張芑堂重撫石鼓文題辭》、《兕觥歸趙歌》、《晉王宫漆椀歌》、《祀南海神廟觀日出紀事》、《登肇慶閲江樓》、《頒賞英吉利》、《題凌仲子校禮圖》、《跋先師劉文正公統勳手書蕃劍行卷》、《題黄仲則遺稿》、《題椒花吟舫圖》、《户部銀庫觀明瀋藩造傳古大元寶歌》、《安南黎民遺臣》、《戲柬石菴相公》、《題周海山奉使琉球登舟圖》、《題唐人寫經卷子》、《題高忠憲公遺像》、《駐承德紀事》、《那爾蘇台梁西山根紀事》，皆以生平經歷交往見聞發諸於詩，其間涉及蒙古、閩越海防、川楚教事者亦多。嘗得吴越王金塗塔，有詩詳記之。讀書偶詠，篇什亦盛。《讀左氏傳》爲五十五首，《前後漢書》各四十首，《詠史小樂府》四十八首，詠《明史》二十五首，《讀道德經》、《離騷》、《昌黎集》、《河東集》、《東坡集》，亦稱博洽。《續集》載《讀太極圖説》、《定性書》、《金剛經》、《常清經》、《胎息經》，風格降矣。蓋珪日常喜作道家言，又信扶乩，冗庸雜遝，時而不免。集中寄贈朱筠詩，足可與《笥河集》參照。珪於學術，聲望遠不逮筠。然鋭意求才，獎掖亦多。《清史稿》傳稱，嘉慶四年典會試，阮元佐之，一時名流搜拔殆盡。嘗受和珅閒沮，卒不屈撓，是亦有可稱焉。此集有廣東刻本，缺補甚多。

錢忠懿王金塗塔　塔高今尺三寸八分，重三十六兩，四版合成，中刻吴越國王錢宏俶敬造八萬四千寶塔乙卯歲記。其一空，其三下各有一保字，外四面鏤佛歷刧捨身事跡，約畧可辨。上出四角八觚，外金剛八，内佛相四。其下趺每面羅漢三。蕪湖陳明府聖修之子廣寧得之於徐竹濤，竹濤得之於紹興壽量寺僧。並録明憨山僧德清記於册云：萬曆初，常熟顧耿光造其父憲副一江公塋地，中掘出一小銅塔，高五寸許，如阿育王塔式。内刻款識一十九字，外四面鏤釋迦往因本行示相，前則慈利王割耳燒燈，後則尸毘王割肉飼鷹救鴿，左則薩埵太子投崖食虎，右則月光王捐捨寶首。文理密綴，滲以金錦。顧爲太史錢公母舅，因公爲忠懿王之後，以塔付之，公得此自號聚沙居士，志因也。乃送興福寺蘭若供養。余東游訪太史過洞，聞上坐覩其塔奇其事，因記之，萬曆四十五年佛生日憨山沙門德清記。按，記稱高五寸許，蓋塔上有頂，作浮屠狀，今損缺矣。又所稱飼鷹救鴿相殊不肖，則此塔與憨山所記是一是二，未可知也。按薛居正《五代史》，俶爲武肅王鏐之孫，漢乾祐元年正月十五日胡進思迎立之。是歲戊申。兹塔造於乙卯，俶嗣爵之第八年，爲周顯德二年，距今乾隆壬子，實八百三十八年也。又按，《宋史》俶名本二字，以犯宣祖偏諱去之，今刻二名，則在宋前無疑。考宋周文璞方泉集姜堯章金銅佛塔歌所云「上作如來捨身相，饑鷹餓虎紛相向」，又云「錢王納士歸京師，流落多在西湖寺」。爲得其情事。而朱竹垞檢討、王漁洋尚書，俱未見其物，臆斷爲錢武肅王之事則誤也。朱又云，鄉人蔣爾龄得一版作放下屠刀立地成佛相，則知此塔所鐫故事，本不一也。今此完好無缺，猶見五代時舊物，亦可珍矣。爲詩紀之。

陳君遺我古銅塔，金塗根駮般匼匝。厥高四寸重六鍰，範像鏤文辨可揭。吴越王俶乙卯年，敬造八萬有四千。顯德二載周禁烈，是歲周世宗燬像鑄錢。開國五世錢江偏。佛説捨身事茫昧，薩埵餧虎同歌利。月光慈力解六根，空色人天摹瑣碎。巋然四角環金剛，功希孔雀阿育王。江潮歸海表忠峙，十四州土完保障。堯章頂禮歌文璞，王朱傳聞謁武肅。刹那八百卅八春，恆沙湧現金輪昱。《知足齋詩集》卷八

瓶菴居士詩鈔四卷　嘉慶二十年刻遺書本

孟超然撰。超然字朝舉，號瓶菴，福建閩縣人。乾隆二十四年由拔貢舉鄉試第一，二十五年成進士，改

庶吉士，官吏部文選司郎中。三十年，爲廣西主考，三十四年，任四川學政。三十七年歸里，不復出。主講鼇峯書院十餘年，陳壽祺即出其門下。嘉慶二年卒，年六十七。著《焚香録》、《喪禮輯畧》、《誠是録》、《求復録》、《廣愛録》、《家誡録》、《瓜棚避暑録》、《使粤日記》、《使蜀日記》、《瓶菴詩文鈔》十餘種，嘉慶二十年門人合刊爲《孟瓶菴遺書》，有游光澤序。《詩鈔》四卷，以往返於閩越川粤之間詩居多。内《李陽冰般若臺篆字歌》、《瑯玡王廟碑歌》、《福州竹枝詞》、《登正定龍興寺大悲閣》、《湯陰岳忠武王祠四首》、《游衡嶽》、《永州山水歌》、《中條山吟》、《過大渡河》、《三蘇祠》、《鹽井》、《劍門雜詩》，以山川名蹟，助其筆墨。超然受知於傅王露，爲人夙有學行。《富陽舟中追憶魯秋塍師》、《周蘭坡先生輓詩》、《聞許竹素先生歿詩以志感》、《朱幼芝以新刻香草箋見示因題絶句五首》、《陳句山先生輓詩》、《哭桐鄉公三十韻》、《與王西莊師論及詩文金石九首》、《諸升之同年輓詞》，爲魯曾煜、周長發、許廷鑅、朱景英、陳兆崙、馮浩、王鳴盛、諸重光有關傳記資料。與高士倬、黄任、秦大士、錢載、童鳳三、畢沅、王昶、趙文哲等人亦有贈酬。晚病偏痹，力疾抒懷，與龍景瀚、孫霖唱和。朱筠按試閩中，與之往還。符葆森《正雅集》引林則徐語云：「瓶庵先生詩不規規於古人，而絶似中唐人吐屬。」五七言近體詩佳句甚多。

石帆詩鈔十卷　乾隆五十九年刻本

嚴光禄撰。光禄字銘書，號石帆，浙江桐鄉人。乾隆三十九年歲貢生。候選訓導。耽於吟詠，窮而益工。是集爲光禄甫殁友人貲刊，據宋景龢序，時在乾隆五十九年。而詩始於乾隆八年，十卷，共六百二十七首，五十年所有，盡於此矣。前三卷曰《東山集》，結納方槑、方薫、楊謙、金標、朱方靄、施嵩，多高尚士。兼有書畫史料可擩。四至六卷曰《大梁游草》，所歷名區勝蹟，憑弔流連，無不於詩中見之。卷七以下曰《射襄集》，爲晚年與張雪泉唱和詩。有《輓雪泉三十韻》，作於乾隆五十八年。越歲，光禄亦逝。其詩私淑王士禛，以唐爲歸。《項城大水》、《閩川雜詠十首》、《十國春秋列傳雜詠》，皆有實得。生平畧見《五十自述》及門人孫貫中跋。

海愚詩鈔十二卷

乾隆五十九年金陵刻本

朱孝純撰。孝純字子穎，號海愚，漢軍正紅旗人。副都統朱倫瀚子。乾隆二十七年舉人。官四川簡縣知縣，敍永同知，渝州知府，移山東泰安知府，累遷兩淮鹽運使。嘗受學於劉大櫆，與王文治、姚鼐交善，晚邀姚鼐主揚州書院三年。又習於武。能畫，長於孤松怪石。此編卽姚、王同録訂之，姚序，各卷分體，詩共一千三十二首。孝純爲詩伉壯雄豪，有幽燕老將氣概。張維屏《聽松廬詩话》。李調元《童山詩集》有《子穎子歌》推許之。集中古體歌行《對酒二首》、《登華山歌》、《雨後游天台訪劉阮古蹟》、《陶然亭古槐歌》、《登君山望大江作》、《白鶴嶺望海歌》、《錦屏武侯祠》、《登日觀峯觀日出》等篇，有不可一世之氣。五七律以詠川滇風物者，精切嚴整，語多沉著。佳句如「飃共鼋鼍爭晚浪，人如鳬雁在晴空」，「雞啼荒雪陳倉道，馬亂春雲大散關」，

「椎牛穹帳三更雪，飲馬長城十月冰」，「飛鳥與人爭道路，啼猿知我憶家鄉」，王文治所謂「如大鼓洪鐘，沉雄暢遠」，庶幾近之，第特少含蓄耳。孝純有《自題畫詩》、《題羅兩峯爲予寫真詩》。晚佞佛，作《毘彌拾悟詩三十二首》，逃禪以自解脱。

西陲紀游三卷　嘉慶十八年刻本

唐道撰。道字秋渚，江蘇華亭松南人。乾隆三十一年，其師福喜納謫赴伊犂，隨行。三月十一日出都門，在途一百九十三日。居伊犂三年歸。撰《西陲紀游》三卷，上、中篇詩，下篇雜記，附《伊犂紀事詩》三十八首。有乾隆五十五年朱鈞序，嘉慶間唐晟、唐集序。《紀事詩》述伊勒圖在邊宦績及伊犂各少數民族風土甚悉，非親歷其所，固不易知也。

伊犂紀事詩　三十八首録十二

許令哈薩克通商，十萬驅來大尾羊。自是懷柔恩德遠，成羣宛馬歲輸將。

家室頻移幾幕氊，屯耕游牧各歡然。紛紛蕃部遐荒外，每歲輪班入覲天。哈薩克、布魯特、扈爾古特、纏頭回子等部，或比或汗或台吉，皆就其所稱封之，以及額魯特、洗泊索倫、察罕爾等，又皆内蕃也。

出巡游牧届端陽，部落恭迎進酪漿。到得打圍秋正半，獸肥草淺角弓强。將軍每歲端陽前出巡閱馬，中秋後行圍。

三千罪屬聚成羣，總喚鄉親類各分。儘有居心成猾賊，也多滿面是斯文。伊將軍因伊犂發遣太多，囑予草奏稿，乞止發。計累年積匪猾賊多至三千人。上允所請，得稍減。

絳緯思披協領難，但將品級頂加冠。一翎孔雀雙貂尾，聽鼓隨班謁上官。協領以下俱不戴紅纓，但孔雀翎夾以雙貂尾爲飾。

上公下令遍傳呼，榆柳新栽十萬株。他日將軍留樹在，甘棠蔽芾蔭邊隅。將軍保公命各部落暨軍商皆種樹。

一雙烏喇跪階苔，以皮爲靴名烏喇，底皆軟。庫庫携將馬湩來。以馬乳爲酒，置之皮箭，其箭名庫庫。好飯更須燒一過，勝他戴酒出新醅。伊犂人以戴酒爲最佳。

戈壁灘頭已駐兵，戈壁卽瀚海。城中無水欲遷城。忽傳軍令齊開井，處處源泉萬斛清。城中乏水，故另倚河築滿城，爲遷徙計。將軍伊伯傳令四處掘井，既得泉，遂不徙。

麥麪如霜米粒長，論觔不斛價微昂。雞豚蔬果家家有，肉賤無如牛與羊。米麪皆論觔，每百觔市錢八百，值銀一兩。

麅鹿豵豣狐兔狼，大頭羚角與黄羊。看他不狩庭懸滿，只此堪誇宧味强。各署中皆有諸部落所饋野獸。

古爾車來惠遠城，納粮回户歲艱行。造舟今入伊江泛，大漠初聞欸乃聲。每歲回户納粮自古爾札至惠遠城，大倉車費甚鉅，因造舟由伊犂江載運。

伊伯城南特創樓，伊將軍卽世，上憫之，錫伯爵蔭其子。題名鑑遠俯江流。塞外無樓，此特創也，題額曰鑑遠。輕舟斜曦垂楊下，買得魚來佐酒甌。《伊犂紀事詩》

兩塍集詩一卷　乾隆四十七年刻本

周嘉猷撰。嘉猷字辰告，號兩塍，浙江錢塘人。少與同邑萬經、杭世駿相撰述。乾隆二十二年成進士。官益都知縣。著有《南北史捃華》、《南北史年表》等書。卒於乾隆四十六年。撰《兩塍集》，詩一卷共一百七十九首，文一卷爲表疏、書跋。嘉猷嘗追隨陸燿十年，以經世考據爲務。土爾扈特和碩特諸部款塞，巡撫令撰賀表，爲乾隆知賞，今與有關大小金川之役賀表，並收集中。詩不經作，而諸體兼俱，形神相得。《由信州至江口》、《舟行雜詩》、《閩中雜詩》，頗能幽秀。《肅親王墓下古松》，亦精心結撰。詠鰣魚、楠木等篇，間可觀採。蓋夙長駢儷，復知取舍之道，下筆無不駿利耳。

在山堂集詩一卷　光緒九年刻本

程大中撰。大中字拳時，號是菴，湖北應城人。乾隆二十二年進士。官蘄州學正，清溪知縣。習於經史，著有《四書逸箋》。詩集有乾隆刻本，名《餘事集》。光緒九年刻《在山堂全集》，吴毓梅編次，中多考訂文字。詩在第十一卷，視前刻畧有補充。《行牧馬嶺》、《伊闕》、《南陽早行》、《黃州懷古》、《漢上行》，俱上乘之作。《蕪湖湯君鐵畫歌》、《送別張白蒓開東》、《梁山舟爲長史屬予和之》、《道士洑放歌》、《病駝行》，意新語工。又好擬作民歌。《揚歌》注云：「郢中田歌也，其別爲三聲子五聲子，一曰噍聲，通謂之揚歌。一人唱，和者以百數，音節極悲。」歌云：「青泥涾涾野蒲肥，白水田塍蚝蜢飛。石城犢牧身苦飢，黃雀無糧，飛上牛衣。翼動心悲，無家可依。嗟哉黃雀爾何癡，蚝蝗不飛野蒲肥。不食蚝蜢，野蒲將何爲。東林春粟，西林揚箕，石城犢牧身苦饑。」《黃河葉落》自注云：「安州人好田歌，其辭爲黃花葉落。余喜其調可入樂府，擬作《四解町兒歌》。」又有《山歌》、《十二採茶歌》，皆荆楚民歌。

山　歌　荆楚歲時舞曲也。時和年豐，室家無事，相與爲男女贈答之詞。縈縈不絕，謂之唱山歌，亦曰山歌暢。

坐向溪頭守麥魚，一絲未有君何如。歸來記取青蘋葉，漬酒開簾賽紫姑。贈
康瓠吹燈竹作杯，七姑歸去紫姑來。鑾娘空學筲箕卜，不問條桑問摽梅。答
烏桕江村葉葉紅，落梅不見見飄蓬。思君那得如蓬轉，飛逐輕帆五兩風。贈
傾瓶瀉水芥爲舟，散落坳堂不自由。況是輕帆天際去，歸心只似水東流。答

《在山堂集》

香亭詩稿六卷　乾隆六十年刻本

吴玉綸撰。玉綸原名琦，字廷韓，號香亭，一號蓼園，河南固始人。福建巡撫吴士功子。乾隆二十六年

進士，改庶吉士，授編修。官至兵部右侍郎。五十三年，降爲内閣學士，次年，再降檢討。卒於嘉慶七年，年七十一。是集與《文集》合刻，首童鳳三序。存詩不多，蓋稿經火焚，搜輯僅得六卷。其中題《古藤詩思圖》，爲王士禛舊事，附和詩盈卷。《題引藤書屋》、《題鼓山觀海圖》，亦附和詩多首。其餘游記酬答，爲數寥寥。以《過函谷》、《華陰道上》諸篇較勝。惟玉綸兩代顯宦，交納甚廣。附詩如劉墉、梁國治、錢陳羣、錢維城、王鳴盛、沈初、董誥、韋謙恆、沈廷芳、秦大士、錢大昕、褚廷璋、蔣士銓、阮葵生、錢載、翁方綱、朱珪、程晉芳、陸錫熊、馮應榴、孫士毅、曹仁虎、盧文弨、王昶、王傑、吴省欽、李堯棟、吴錫麒，亦極一時之盛也。

北溪詩集二十卷　嘉慶十七年刻本

王元文撰。元文字睪曾，號北溪，江蘇吴江人。諸生。受詩於沈德潛。少與同邑袁景輅、顧我魯、顧汝敬、陳毓升等結竹谿吟社。乾隆二十五年，入沈廷芳幕。後又入陸燿門數年。晚靠館穀以給。猶與徐曦、金學詩、楊復吉唱和。卒於五十三年，年五十七。事具本書卷首徐喬林所撰《墓銘》及袁穀芳序。《詩集》二十卷與《文集》二卷合刻。以《鶯湖》、《竹谿》、《斷吟》、《篷牕》、《歷下》、《益都》、《沂水》、《南旋》、《往來》、《樂羣》等集爲名。所作《吴趨吟》包括喪葬、賈人、冶遊、行樂、賽神、事佛、色伎、胥吏諸題，意在刺當時不良風尚。《插秧詩》、《爪牙行》、《清江浦雜詠》、《青州雜詩》，詠北固山《千秋鑊歌》，一以質直爲之。居山左與陸燿、盛百二贈送之篇，頗備掌故。燿著《切問齋文鈔》，百二著《尚書釋天》，又集區田諸説最詳，固當日經濟家也。

《題李太白像》、《題蘇東坡像》、《讀陶》，讀劍南、遺山詩，《題桃花扇傳奇》八首，俱有所得。《論詩絶句》三十二首，謂「正宗一代屬愚山」，續作十五首，泛論作詩旨意，要非拾人牙慧。

小木子詩三刻七卷　嘉慶間刻本

朱休度撰。休度字介裴，號梓廬，又號小李，浙江秀水人。乾隆十八年舉人，六試春官不第。官嵊縣訓導，以薦授山西廣靈知縣。是編初刻曰《壺山自吟稿》三卷，爲官廣靈作。時築巽妙軒於壺山，與僚友等風詠其中，故名。存乾隆五十四年迄嘉慶元年詩四百六十首，又附録一卷。二編曰《俟寧居偶詠》、《續詠》，爲罷官居里十六年間作。詩四百十二首。嘉慶十七年八十一歲，復收拾舊稿，斷自乾隆前壬申，爲三刻，曰《梓廬舊稿》，存一百五十四首。三刻中以《壺山自吟稿》最佳。《登恆嶽》、《始游南山寶峯寺》、《游晉祠》、《信宿蒙古界值大風漫賦》，雄邁縱恣，有抑塞磊落之氣。乾隆五十二年雁門關以北多大飢，作古詩《擬古詩爲滿洞子妻作》，爲取民間故事爲題。《戲題十國春秋》十首、《題官奴帖》有引、《題汲古閣藏本宋九僧詩》、《題朱鴻杜律雙聲叠韻表》、《汪守愚刺史修元遺山墓於草間獲斷碑搨以見寄感賦長句》、《補建野史亭俾余考定志以二詩》，二刻《題王述庵詩鈔》、《錢辛楣惠示所刻廿二史考異奉題三十二韻》，三稿《爲汪輝祖賦續兒行》、《送邵二雲太史入都四首》、《題孟東野集》、《游四明山石屋禪林寺》等作，淹貫載籍，多有史所不具者。其詩有鋒稜，喜盤硬語，不蹈前人一字。唯歸里後所作，多補竹、賒藥、展墓、評地、談命、玩占之詩。是亦老近頽唐矣。

休度受詩學於錢載。秀水詩人自錢載、王又曾、汪孟鋗後，休度與蔣元龍、戚芸生得其傳，其風賴以不墜。

擬古詩爲滿洞子妻作

乾隆五十有二年，雁門關以北歲大饑。父鬻其女夫鬻妻，三陌五陌得錢便相隨。彼署賣人者官禁弛，連車纍載驅之驅之。南出三關北出口，不知日凡幾。廣靈縣北山有羊圈村，村有美婦人年二十一絶世姿，是爲滿洞子之妻。滿洞子，田家裏，上無父母下無兒，自食其力足以支。嗟哉逢年凶，男無傭，女無紅，滿洞子累日不舉炊。彼署賣人者早窺之，謂滿洞子汝何癡。村之人父鬻女夫鬻妻，不知日凡幾。我爲汝計汝得錢，妻得美食衣，活汝兩命計不出此汝何癡。滿洞子以告妻，默無一辭以淚揮，又如是數日可奈饑。彼署賣人者早覓售主來，一見大歡喜。議錢三十貫，諾諾復爾爾。夫妻將離，滿洞子默無一辭。妻則言但先得錢一貫以備一夕炊，令我稍治具，詰旦便相隨。夜乃告夫汝今齎錢可作數日糧，繞之他方。汝是好男兒，爲人傭人信之，自食其力足自支。我俟其人來當死之，誓不相追隨。滿洞子聞之哽咽不得哭，乃復相勸勉相歔欷。其夜天陰月黑風慘悽，東鄰西舍寂無聞，但聞絮語隱隱哭聲低。天雞啼，漸漸人來往，滿洞子家半掩其破扉。扉掩人則疑，啟視乃瞪眙。一貫錢横地，赫然挂兩屍。驚動村之人，閧然來觀，莫知所爲。無錢買棺，合甕埋之。吁嗟瓦棺古有之，瓦棺又奚悲。雙魄埋矣雙魂抱，在淵當化比目魚，在天當化比翼鳥。我歌告惇史子，姓者陳，妻則李。自古

皆有死，滿洞子妻得所矣。《壺山自吟稿》卷上

戲題十國春秋各一絶聊箋示塞上生徒

無端輕擲一鑪香，半壁淮南再世亡。贏得揚州小兒語，至今喚蜜作蜂糖。擲鑪香，吴睿帝被難時事。吴氏避國諱，故揚州人呼蜜爲蜂糖，今猶然。

楊花飛雪李花秋，幾輩侯王等竊鉤。銀椀打摽兒戲了，一江春水向東流。南唐競渡船，勝者給綵帛銀椀，謂之打摽，後因藉爲凌波軍也。兒戲，用後主語。

休問牽羊指鹿詩，當杯不醉乃真癡。故應好吃雞燒餅，王八兒家是餅師。「牽羊廢主尋傾國，指鹿奸臣盡喪家」，僧遠公弔蜀亡句。「有酒不醉是癡人」，蜀後主詞也。史稱蜀主建先世嘗爲餅師，厥後食雞燒餅暴殂。

一个男儿七寶粧，冰肌玉骨兩相當。如何割斷鴛衾夢，未得相隨葬洛陽。「冰肌玉骨清無汗」，蜀主贈花蕋詞也。「一个男儿」借用花蕋詩字，鴛衾，昶所製，昶葬洛陽，花蕊墓云在閩。

五羊城據百蠻間，也號飛龍欲上天。笑殺南薰深殿裏，焚香抱得媚豬眠。南漢王龑作南薰殿鏤製極巧，燃香有氣無形。媚豬者，鋹所嬖宮婢波斯女也。

馬得料時馬嬉游，馬打鞭時馬怎收。堪嘆衆駒爭棧起，羊兄猴弟一齊休。廖匡圖歸楚，時人有馬得料必肥之語，武穆喜之。鞭打馬者，當時謡，鞭謂邊鎬也。衆駒爭皂棧，用許德勳語。時又有羊爲兄猴作弟之讖，而希範

己未生，希崇壬申生，皆驗。

大好婆留井上兒，勃興霸業百年基。未曾填却西湖水，終遺銷金没了期。昔有術者勸錢王填築西湖爲公府，弗從，没了期，錢王時謡。

潮來潮去有何常，門閉門開亦太忙。掩耳羞聽門外語，九龍帳裏一歸郎。潮來潮去，閩謡也，王審知有「寧爲開門節度使，不作閉門天子」之語，惠宗時國人歌曰「誰爲九龍帳，惟貯一歸郎」，蓋爲金鳳作。

小邦得力孫書記，先輩能文梁秀才。怪底高家無賴子，也曾讀過孝經來。孫光憲、梁震併荆南人，武信王嘗稱震爲梁先輩也。光獻自言余所讀不過《孝經》十八章，乃對漢使田敏語。

摧枯拉朽又奚悲，三十年來亦强支。早被雕青人廷汝，千秋痛哭李驤祠。北漢主曾爲驤立祠太原。

《壺山自吟稿》卷上

汪守愚刺史既修遺山先生墓自爲文記之復於墓旁補建野史亭落成俾余考定志以二詩

鹿泉僑寓一茅亭，遺蹟於今料不存。身後山丘春草碧，合教宋玉與招魂。先生《鹿泉新居》詩云「明年高築野史亭，天已安排看山處」，則始基當在彼縣也。而《忻州志》亦載野史亭似近韓巖村，想爲後人仿作者。今併蕪没矣，故刺史復之，以存其蹟。「身後山丘一春草」，乃先生句。

神山別業久沉湮，賴有詩人證舊聞。可惜楚中白蕁客，不教快讀使君文。刺史言，定襄之神山，爲先生遺蹟，人蔑知之者。近有楚中詩人張開東，號白蒓，訪游至此，始表之，言於朱方伯公，屬今爲先生建祠。雖未果，猶幸得奉栗主於山寺中。刺史深嘆白蒓之好古，謂今日修墓之舉，恨不令斯人見之。故此詩因亭類及焉。又刺史盧神山顛末終不顯於世，俾余撰考一篇，附録如左。

案，《定襄縣志》云，神山縣治東北十五里，平地壘石如盤，似所遺而成者，元好問嘗讀書於此，因號遺山。明傅納誨遊記云，神山孤立平野，或以爲羣山之所遺也，故又名遺山。余考元集有壬寅正月九日《晨起》詩，自注云：「時欲經營神山別業。」又有《外家南寺》詩云：「去國衣冠有今日，外家梨栗記當年。白頭來往人間徧，依舊僧窗借榻眠。」自注：「余兒時讀書處也。」又有《外家別業上梁文》一篇，自述遭亂後播遷情事頗悉。合而參之，蓋先生外家在定襄，故兒時讀書於其邑，因取神山之別名以自號。晚乃結屋於此山，所云外家別業即神山別業也。計壬寅之歲，先生年已五十三，時金亡九年矣，故上梁文所述，皆亂後語。又聞此山下至今流水縈洄，故集中有「魚多只説牛家滙，何處秋風有釣船」之句，自注：「牛家滙在神山下。」而《晨起》詩亦云「只合東溪把釣竿」，蓋山國而兼澤國之勝者。惜乎縣志語畧而晦，又失採本集諸條，轉使人疑於無證。若傳記述遺山之形，名頗可據，却無一語及於元夫子者，可知味没於邑人久矣。余故因白蒓言而詳著其實。至縣志載先生「聖阜危樓」、「神山古刹」二律，集中無之，詩甚庸，斷是贗作，宜削也。《壺山自吟稿》卷下

味燈書屋詩集八卷　嘉慶間刻本

沈業富撰。業富字方穀，號既堂，江蘇高郵人。乾隆十八年舉人，次年成進士，改庶吉士，散館授編修。二十五年，爲江西副考，二十七年，爲山西副考。三十年，出爲安徽太平知府凡十六年。四十六年，爲河東鹽

運使，後乞歸。嘉慶十二年卒，年七十六。阮元爲撰《墓誌銘》。王昶《蒲褐山房詩話》稱：「君篤於友朋，武進黄仲則過河東留之賓館，病中裒其諸作，抄録成編。又風峪有北齊所刻《華嚴經》爲竹垞太史求而不得者，君遣工入山摹搨，得一百二十餘紙。貽予于西安，蓋好事如此。」《詩集》八卷，吴錫麒序。《詠懷古迹》十四首，作于山右。官太平有《讌樂詩》，附顧九苞文。與王鳴盛、趙翼、李保泰、于鼇圖、劉大觀賦贈。《讀黄山谷集》、《過汪蛟門故居》、《詠揚州古蹟》四首、《輓羅兩峯》二首，以及有關馬氏小玲瓏館與黄景仁少年賦詩之事，多備故事。王昶又云：「竹西自午橋太史没，詩壇寥落。君以詞林耆宿，家居望重，士大夫南北往來，必造門請謁。香山洛社之風，賴以不墜云。」午橋爲程夢星，著《今有堂集》，見前。

讞案紀事

覆盆誰與雪沉冤，折獄安能以片言。賴有七卿年表在，搜來明史見根源。貴池縣民人方淑通以墳山事控部，文下幕府，以余會同郡守張公訊鞫。途次黄荆榻，調查卷案，頭緒棼如，蓋百數十年塵訟矣。終夜静，檢得明成化二十一年閏四月立，歷來問官皆執遠年文契無憑之説，不之省也。余惟方氏世爲村農，焉能遠記前朝某年閏某月，作此狡獪。且是時《明史》及内纂《萬年書》俱未成，更無從附會作僞。抵貴池，卽檄調儒學存貯《明史》，衆訝焉。細檢惟七卿年表内載有成化二十一年閏四月兵部尚書張瓊致仕，余乃據以定案，檢卷詳訊，確然無疑。張公笑謂余曰，昔人引經斷獄，君乃引史，亦佳語也。案定，上之司院，並書此詩及卷付淑通收執。今附記詩後，亦足資酒酣耳熱之談

云爾。《味燈書屋詩集》卷一

居易堂詩鈔十卷　嘉慶六年刻本

李天英撰。天英字約菴，四川永川人。乾隆二十一年舉人。官至貴築知縣。嘗以輓運兵糈罣吏議，待罪三載放歸。晚主講廣東鶴山書院。是集首爲自序。據卷九《立春詩》注，生於雍正十一年。天英爲蜀中詩人，廣交江南名士，淪爲下僚，而藝林重之。《自題朱文震所畫秋江載書圖》、《謝藴山招同朱子穎姚姬傳飲蜀岡禪智寺》、《題朱子穎畫廬山圖》、《書蔣心餘忠雅堂詩後》、《羅兩峯爲畫富春舟中横卷作長歌報之》、《題兩峯簑笠小照》、《長毋相忘漢瓦歌爲張瘦銅埧中翰題》等篇，文采熠熠。與王文治、顧光旭、李秉禮、王汝璧、莊肇奎等亦有投贈。《夜讀唐宋四家詩放歌》，爲李、杜、韓、蘇。生平奔走南北，遇佳山水輒窮其奥，能以難寫之情摹於筆端。出川入川，詠三峽諸什，凡兩見焉。廣州詩亦多，且重採輯土習謡諺。周有聲《東岡詩賸》有《寄李約菴大尹京》詩，並唱和數首。

木稼篇　並引　戊子十月，自貴陽還署，曉寒砭肌骨，彌望四山草木，霜凝凍結，皆成異形，此春秋雨木冰也。唐諺云：樹架達官怕。《新唐書·五行志》記永徽年凝凍封樹，引劉向語，亦謂之樹介，言其象介胄也。《舊唐書》作樹稼。東坡《攓雲篇》：「散爲東郊霧，凍作枯樹稼。」語本之，因用其韻。

藥雨偶然止，凌晨命吾駕。尖風割面來，凍樹迎人過。是誰工刻鏤，一夜滿高下。弱蒴龍蛇騰，我聞枯枝竹梅亞。攢岩挺銛戈，鋪田偃餘稼。僕爭苦皸瘃，冰恐結腰胯。釀錢買松柴，烘火就茆舍。霜霧淞，亦是積陰化。何如兆豐年，農夫免驚怕。《居易堂詩鈔》卷一

英山竹枝詞　二十首録八

邑之鄉賢節烈，自明季兵燹後，殘缺頗多，土風習尚，今古亦有異同。聊摭拾近事，成竹枝詞二十首，代村氓謡諺，以備採風焉。

栽罷新秧去洗泥，相呼爛醉夕陽西。回頭又聽芸田鼓，稗草青青與稻齊。俗插秧畢，傭田者集市飲酒，名洗泥。

旋拆泥罏細火煨，竹竿斜引暗香來。分頭遞作長鯨吸，風味難忘麴秀才。俗喜造咂酒，和粱糯小米，於重陽釀之。經時爲佳。

雨過田塍長豆芽，塲功初畢轡連耞。山深不近豚魚市，但擷園蔬煮雪花。俗於田坎種豆，名田坎豆。磨汁和菜煮之，名雪花菜。不用菜曰豆花。

野老消閒話豆棚，城中新曲幾時增。自從雪嶺消兵氣，不是元宵也唱燈。太平燈曩時所無。自平定金川後，鄉鎮時有之，亦歌詠太平之氣也。

老户新民錯雜居，何曾意氣别親疏。囊中平夥錢能辦，相約明朝去趁墟。俗以土著爲老户，寓籍爲新民，入市均財共飲，名打平夥。

兒女婚姻六禮將，崔盧門户喜相當。不煩日者推庚甲，海誓山盟一炷香。新户議昏，必憑庚書。老户

風俗偕媒妁送聘禮至女家，神前插香爲定。及完昏始請年庚。

紅纏酒榼喜雙雙，門外桃花映畫窗。輿卒樂人頭束帛，鼓簫前導綵車扛。昏姻喜慶禮從吉。近樂工轎夫以白布纏頭應募執事，殊爲不倫。

曾聞喪禮重悲哀，一束生芻悼玉埋。底事滿堂烘爆竹，爭看盤舞燭龍來。隣有喪，不相不歌，載在《禮經》。近間有弔祭者踵事增華，肆烘爆竹，繼舞燭龍，鼓吹爭鳴，歌聲競響，古意蕩然。《居易堂詩鈔》卷八

嵐溪詩鈔不分卷　道光十四年重刻本

王如玉撰。如玉字嵐溪，號璞園，山西靈石人。乾隆間貢生。歷官貴西道，兼署按察使，坐前察屬不嚴，降職。三十七年，兩金川之役，從大學士温福治餉，駐木果木山。三十八年，殁於陣，年四十一。贈太僕寺卿。是集有朱文震、張賓鶴序，道光十四年其長孫椿源重刻序。事見卷首王宗誠所撰《傳》。其詩不以塗飾而掩情，精邃高潔，深有法度。《登景州塔》、《校射行》、《宋本漢書》、《與張雲汀論漢隸》、《唐玄宗紀泰山銘拓本》、《題仇十洲上林圖》、《端溪石硯歌》、《鄭板橋畫立竹歌》、《題朱青雷兼索取印章》、《書朱青雷印譜後》，於學亦甚有功。《論詩偶作》，特推重昌黎、劍南、明七子。題圖數什，不肯苟作。論者比之趙文哲、吴璜，不止境遇相同，智慧亦同也。

拜經樓詩集十二卷再續編一卷 嘉慶間刻本

吴騫撰。騫字槎客，號兔牀，浙江海寧人。諸生。通金石，著有《國山碑考》。篤嗜典籍，長於校勘，尤喜搜羅宋元刻本，築拜經樓藏之。刊有《拜經樓叢書》。卒於嘉慶十八年，年八十一。《詩集》十二卷附《愚谷文存》十四卷後，《文存》又有《續編》二卷，續詩則以《再續編》名之。詩爲手訂，起乾隆三十年，迄嘉慶七年，共一千三百餘首，有錢大昕、秦瀛、張衢序。騫結納知名士最廣，《喜盧弓父學士歸自白下》、《讀鮑緑飲珠淚詩題後》、《柬黄小松司馬》、《兩陳髯行》，自注：同里簡莊陳鱣、陽羨春浦陳經。《過小讀書堆悼顧抱冲茂才》，自注：君重雕宋本《列女傳》，瀕危時猶屬其弟千里爲贈。《詩塚爲陶篁村賦》、《讀陳春浦經荆南小志書後》、《題顧修讀畫齋圖》、《讀簡莊所撰丁小疋墓誌感題二絶》、《贈書林吴慶揚》等詩，頗存軼事，非漫爾抒詞。附盧文弨、鮑廷博和詩，兩家固無詩集行世也。又爲錢大昕、王鳴盛、周春、朱休度、余集作《五君詠》，爲朱方靄、錢載、方薫、汪亮、張燕昌、余集、宋葆淳、奚岡戲爲《畫中八仙歌》，質之孫星衍考證作《孫武子墓》，《陳鱣以朝鮮朴齊家所贈臺笠見遺乃漫賦短歌》，亦多藝文故實。騫精於鑑賞，擅長品題。輯有《論印絶句》二卷，刊於《拜經樓叢書》。此集《瘞錢行》、《詠宋代出土錢幣》、《囤碑歌》、《後囤碑歌》、《元槧本左克明古樂府》、《石鼓亭歌爲芑堂作》、《小疋以所藏毛抄林和靖手帖見示漫題》、《題宋槧王梅溪百家注東坡詩集》、《拜經樓十銅器詩》、《滌碑圖爲何夢華賦》、《論詩絶句十二首》、《南宋方爐歌》、《秦永受瓦研歌》、《斷碑嘆》、《商父己卣歌》，均能考覈原委，參以舊所聞見。又作《妝域詩》，詠明代宮掖角勝之戲，杭世駿、厲鶚集中僅有聯句耳。至《陽羨茶歌》、《南塘竹枝詞》、《游拙政園倣梅村體》、《南山雜詩》、《游白岳歌》、《蘇台楊柳枝詞》、《西湖楊柳枝詞》，則以清婉見長。《蠡塘雜詠五十二首》輯採風土。其詩意境深而用辭妙，得意之作，兼有當代諸家之長。江南藏書家詩，無與媲美者。吴翌鳳《印須集》卷一有《山舟歌》贈梁同書作，此集未收。荆溪黄湘流寓海昌，與吴騫唱和，有《水墨齋詩集》，騫爲之序。

余青園詩集四卷補遺一卷　嘉慶二十二年刻本

焦式沖撰。式沖字懷谷，山東章丘人。乾隆三十七年進士。官儀徵知縣。是集由邵希曾、韓天驥選並序，王祖昌序。遊覽登臨之什，以山左、徐淮、金焦諸勝較多。與王文治、張五典、孔繼涵均有酬贈。與畫家羅聘稱至交，往來甚密。有《羅兩峯招飲香葉草堂》、《題兩峯鐵網珊瑚圖》、《别兩峯》諸作。兩峯交游，非覩此集，不易知也。《長歌贈張雪鴻先生敔》、《贈顛道人》，亦爲畫史資料。其詩格調平易，神味氣韻，俱不落俗。

西征録詩三卷　北京圖書館藏抄本

王大樞撰。大樞字澹明，號白沙，又號天山漁者，安徽懷寧人。乾隆三十六舉人。五十三年以罪謫戍伊犂。五十五年入志局修《伊犂志》。嘉慶四年東歸。所著《西征録》八卷，僅有抄本流傳。是集首嘉慶十九年自序，署「時年八十有三」，上推其生年，當爲雍正十年。又據《齒落偶題》詩注云：「時乾隆六十年十二月二十三，余年六十四。」合公元須推遲一年。此書别有抄本名《天山集》，上卷爲文賦，下卷詩與《西征録》五、六兩卷存草相同，而《西征録》多《東旋草》一卷，是作者所存詩，衹此三卷耳。名曰《西征》，取潘岳《西征賦》意。大樞久居西陲，熟悉西北史地。所作《邊關覽古六十四詠》，於歷代人物、名勝古蹟，蒐討甚博。「漠漠龍沙天盡頭，不關諸夏幾千秋。崎嶇瀚海竟通道，洵是星槎泛斗牛。」詠張騫、甘父使西域也。「四面兵氛繞白虹，鑿山煮鎧卒金忠。天憐碧血飛泉湧，化作沙場草木風。」詠耿恭以孤軍守疏勒城也。「漢紀功碑今尚存，字形彷佛鸛鵝軍。年深不辨車攻處，夜夜海旁生赤雲。」詠裴岑碑也。「齊魯依然大國都，浸浸無地長蒲盧。麴王不敵東蒙主，能繪哀公問政圖。」詠高昌王麴嘉也。自注：嘉嘗繪哀公問政於孔子圖，置座側。「天山深處雪模糊，拾起姜碑剥蝕餘。未見高昌功足紀，多君留得數行書。」詠巴里坤姜行本碑也。「蒲海梟鯨事頗鮮，紅樓半側語尤妍。雷音片石偎殘蘚，猶記中興啟運年。」詠敦煌雷音李氏碑也。「赤子潢池且未馴，紛紛攘攘更誰陳。唐家節鎮多蛇豕，不道流沙有鳳麟。」詠張義潮、曹義金也。「青海年來波未平，玉門關外少人行。皇華忽下諸天使，又泛孤槎記水程。」詠王廷德也。「吐蕃西夏兩頑蟾，蝕取冰輪闕半奩。復得四川還震旦，王韶功到蜀山尖。」詠宋王韶也。「明劃嘉關閉落暉，赤金以外事依微。探奇尚有陳員外，不作靈山撒手歸。」詠明陳誠也。各詩考注詳贍。《東旋草》中《次紅柳園和壁間原韻》、《行峽中口號》、《蒲類海》、《赤金湖買石腦油》、《自哈密曉發》，寫流沙千里，城郭人民凄涼寒苦，亦較刻露。

尊聞居士集詩一卷　道光間刻本

羅有高撰。有高字臺山，號尊聞居士，江西瑞金人。年十六補諸生。少習技勇，治兵家言。後出入於儒佛間。乾隆三十年順天舉人。歸里率弟子入鳳皇山講肆。通經學、説文，尊陸、王學。與彭紹升、汪縉、李文藻交善。三十九年游揚州，與高旻寺僧照月往還甚密。四十二年再入都。卒於四十四年，年四十六。撰《尊聞居士集》八卷，卷七爲詩，道光間家刻本。其詩根基漢魏，駸駸及古。《夢中登翠微山得句》云：「坼境絶猿引，欹峯倚天赤。中有辟世人，鄰聚談古易。春晴放雞豚，瀾漫桃蓴磧。雪意玉寒松，孱峭穿壁去。以此閱世運，蒙蘿深寂歷。夜靜聞古琴，起步月浩白。漭哉化城游，酣戲醉空碧。下界啼秋蟲，俛仰一太息。」造意必深，無一淺率語。五古《得知歸子偶述詩及竺香子和詩歡喜贊歎亦成和詩四首》，頗通禪趣。五古《非非石篇》，七古《題蔣久章煉丹圖》，亦同時諸家不易措手。《題彭允初所藏東林五君子手帖四首》，題畫、觀劇雜題，絶無蹈襲之弊。所謂粹然雅音，不關多寡者是也。唯病其似作論，不似歌詩耳。

居易堂詩集五卷　乾隆六十年刻本

王曾翼撰。曾翼字敬之，號芍坡，江蘇吴江人。乾隆二十五年進士。四十二年，由御史擢監司，出官隴右。中更事變，兩度出嘉峪關，于役新疆，凡十有八年。是集分《吟鞭賸稿》、《西行雜詠》、《東行雜詠》、《西行續詠》四集，蔡廷衡、周兆基、吴鎮序。據其子祖武跋，卒於乾隆六十年，又云「年二十八成進士」，逆推爲雍正十一年生。乾隆五十年四月，曾翼隨制府赴惠回堡勘查，嗣有旨順往巴里坤查勘屯田事宜，入新疆界，所作《赤金湖至赤金峽》、《抵玉門》、《過安西州》、《過哈密》、《南山口至松樹塘》、《巴里坤》等篇，爲《西行雜詠》。後又作《續詠》，睹記邊塞風景，尤爲新異。如《布隆吉道中》、《星星峽》、《苦水至格子煙墩竟日行戈壁中》、《橙槽溝至肋巴泉》、《土魯番》、《庫車》、《阿克蘇》、《杜齊克臺》、《討賴泉至梧桐窩》，讀之令人如至其地。《哈拉沙爾》云：「古塞走榆溝，平原百里袤。戍烽憑嶺起，河水傍城流。餉客珍羊酪，鳴機織罽裘。行囊看普爾，吾亦一錢留。」自注：「自此始行普爾錢，猶與制錢七也。」又云：「安插十年生聚遍，耕耰草蓄牧地堪量馬。」注云：「乾隆三十六年，土爾扈特數萬户款塞來降，詔下將軍舒文襄公分地安插，以數千户分置哈拉沙爾。年來畜産蕃滋，家給人足，頗知安分守法，邊鄙晏然。」又作《回疆雜詠三十首》，自云：「遺意新疆風土，十有七八。」曾翼官隴，值回教徒馬明心徒黨起事，據河州，攻蘭州，集中有《辛丑蘭州紀事詩》十二首，詳紀其事。四十九年，甘肅新教回民田五等起事，又作《甲辰紀事十六首》，記載亦詳。袁鴻《鐵如意菴詩稿》卷一有《寄呈西寧觀察王芍坡曾翼》詩。

土魯番

古郡傳唐代，尋碑訪舊城。土魯番，古火州地。迤西五十里之哈拉火卓，唐州治也。花門瓜作飯，屯地馬能耕。邊防無事，兵盡屯田，戰馬胥嫻耕作矣。苜蓿經霜翠，葡萄入市盈。初冬偏覺暖，應有火州名。《居

回疆雜詠

乙巳冬月，隨節侯赴喀什噶爾，小住兩旬，經過各回城，或停驂數日，或信宿而行。所見所聞，拉雜成詠，共得斷句三十章，仿古竹枝之遺意。竊謂回疆風土十有七八矣。

開都河水漾晴波，波底銀鱗擲玉梭。好待桃花春漲暖，乘船直下葉羌河。開都河在哈拉沙爾城外，洋洋巨川，與阿克蘇喀什噶爾葉羌諸水通流。

荒城古堞枕山椒，殘碣摩挲認漢朝。萬里籌邊功獨偉，花門猶解説班超。庫車附近山中有古城數處，相傳漢定遠侯所築也。

依稀霧髩與風鬟，人影亭亭縹緲間。一種貞心傳異蹟，天涯別有望夫山。喀什噶爾通烏什山陰道北，石似人形，相傳昔有布魯特頭目之山，入山凝望，號泣三日，化而成石云。

萬樹胡桐似白楊，叢榆夾道接槐塘。仙蹤更詫蟠根李，涌出靈泉古道旁。洋薩爾之東大道旁卧柳一叢，共十餘株，狀極奇秀，中有靈泉涌出，味甘如醴，行人爭掬飲之。

霍占巢穴媵荒基，斷礎零磚拾燼遺。掃蕩凶氛歸化宇，卿雲長護御書碑。葉爾羌城隅有高屋如樓，卽小和卓木舊巢也，今存廢址頹垣矣。迤西百步碑亭矻然，御文勒石於此。

千年枯木竟能神，碧甃琉璃映曉雲。爭趁排沙畢日好，新衣來拜聖師墳。相傳始立回教之人，名瑪哈木啻敏，回人以聖稱之。其墓在喀什噶爾城東五里許，甃以碧瓦，墓旁枯木一株，千餘年矣，呼爲神樹。回俗稱每月第六日爲排沙木畢，是日無分男女，各著新衣，於五鼓上墳禮拜。三五成羣，沿門求乞，無弗與者。相傳瑪哈木啻敏遺教，布施此等人也。然此人亦不貧，所得或轉施困乏者。

澄流曲曲短垣遮，緑樹陰陰署彴斜。指點此中消夏好，居然水木湛精華。廣場數畝，累石爲牆，其中古木陰森，清流環繞，頗有内地小橋曲水之趣，名曰亮噶爾，回人避暑處也，所在多有之。

士女肩摩巴雜塲，哈斯察克互稱量。妾身自織金絲布，好換郎家紫色羊。每逢七日，爲大巴雜，猶内地之集期。百貨充溢，男女成羣。以哈斯量長短，華言尺也。以察拉克較斤重，華言秤也。

玉盌輕纖似赫蹏，照人光彩徹琉璃。商從安集延中至，物自痕都斯坦攜。貿易人多係安集延部落。玉盌佳者，白如脂，薄如紙，云是痕都斯坦製也。

八寳裝成襲錦幍，匣中秋水瑩鵜膏。千金匕首爭傳玩，自古嘗誇大食刀。回刀長尺許，刃兩出，極犀利，俗呼爲攮子。

粉塗椒壁搆平房，屋頂窗開逗日光。也有燕巢留畫棟，生憎鴿糞污雕梁。回人俱處平房，粉垣四周，上出天窗以納日影。其貴家綵畫梁柱。亦有燕子營巢，並於房檐養鴿。

花罽裁成貼地氊，天吴紫鳳色爭鮮。何當畫閣鋪深處，試踏生花步步蓮。回製花毯，最爲精細。

七歲兒童入市嬉，倒翻觔斗共矜奇。緣橦自昔誇繩伎，嫻習多應自幼時。回童七八歲輙能翻身作數十觔斗戲，跳擲飛騰，觀者目眩。

圖書古洞秘靈蹤，瀑布飛流萬疊峯。惆悵天梯不可即，遥看鳥道白雲封。喀什噶爾城北八十里，有大雪山，四面奇峯，飛泉如瀑布然。中有土穴，土人名以圖書克。相傳嗎哈木晳敏之大弟子羅狄滿，入山修煉昇仙，尚存木梯，可望不可登也。

喧喧笳鼓鬧城西，遠樹啼鴉隱落暉。豈是古人寅餞意，虞淵整轡送將歸。回俗，薄暮時向西鼓吹，以送日，終歲如此。

求凰求鳳各紛然，肅拜繙經只問天。憑仗阿渾爲月老，霎時易帽結良緣。回俗，鰥男寡女，每於齊集嗎哈木晳敏墳禮拜之日，以婚姻事叩問阿渾。阿渾繙閲經典，指衆人隊内一人云，此天已配定，勿悮良緣，即將男女頭上小帽互相换戴，雖非甚願，無敢違者，是名天定。

十五盈盈待嫁時，郎心愛妾妾心知。却嫌邂逅非嘉耦，詭向人前説奉遺。亦有男女互相慕悦，徑自成婚，託言父母遺屬者，是名奉遺。

荆笆高坐絳羅蒙，新婦登門拜姥公。鼓樂喧闐親串集，滿斟克遜慶新紅。貴族婚姻必憑媒定。吉期以荆笆襯花毯坐女其上，紅錦蒙頭，舁至婿家，拜翁姑如禮。三日内親戚麇至，曰待喜，驗紅則設酒慶賀云。巴克遜，回釀名，如内地黄酒。

花紅穗底裹經符，青鶴翎飄結束殊。多事偏蒙他里吉，不容立馬看羅敷。回婦平居戴小帽，頂有紅花數穗，錦裹經符，並有青鶴飄翎三四根，出門則以花綵帕或白布蒙頭，名他里吉。

衣冠異制望門偕，索米求錢競入懷。云是聖人教布施，莫嫌流品乞兒儕。有一種回人，以花紅織作毛邊衣帽，名海連搭爾。

對對回姬舞態濃，胡琴拍拍鼓鼕鼕。更闌曲罷還留客，手酌葡萄勸玉鐘。鼓徑一尺六寸，高三寸，鞔以羊皮，胡琴十絃，拍鼓拊琴，回婦二人歌舞。此宴客之樂也。

河流分漲入渠來，麥豆胡麻萬頃栽。最説新秋風景好，木棉花落稻花開。回地少雨，惟藉渠水灌田。所植麥豆、高粱、芝麻、棉花、粳稻，與内地同。

霜餘菜甲嫩還肥，日日行厨飽啖宜。喀城菜極佳，不亞安肅。此味回人殊不解，堆盤偏愛丕牙斯。回人菜蔬，止食蔓青、芫荽、丕牙斯三種，丕牙斯如内地之薤。

一盤桃李放春風，月季玫瑰香韻同。獨有異花開絶域，倒垂芳穗結秋紅。回中異卉一種，葉似雞冠，花如瓣，穗倒垂三四尺。色紅紫，春種秋開，名察齊巴克，以其形似回婦首飾之察齊巴克也。

持竿女伴赴桑林，紫葚纍纍捋滿襟。可惜蠶繅都不會，牆頭濃緑漫成陰。回疆惟和闐知蠶繅，他處桑樹雖多，食葚而已。

瓜梨蘋果共安榴，曲踮擎筐泥客收。更是冰盤堆簇簇，塔兒糖列最高頭。白糖和麪，摶作杵形，高尺許，而鋭其頂，呼爲塔兒糖。回俗最珍之，以餉貴客。

五色珍禽似畫眉，居然巧舌吐靈奇。人言已自煩重譯，鳥語能通更阿誰。有鳥名哈拉和卓，如内地畫眉，而尾雜五綵，亦能學語。

連朝霏雪快新晴，結隊前山狩獵行。捕得大頭羊競獻，猿門拜賞沸歡聲。獐、鹿、雉、兔，所在多有，惟大頭羊爲怪獸，不易捕得也。

異獸驚看餉客厨，鉤牙猶漬血模糊。從來諱説蒸豚味，罟獲何緣及野豬。野豬大者三百餘斤，鉤牙鋒利，回人捕以獻之。

一雙野鶩供朝饌，數尾河魚佐夕飧。鄉味渾忘身出塞，歸心棖觸到江村。亦有野鴨鮮魚，味遜於内地耳。《居易堂詩集》

歎夫詩七卷　粤中雜詩五卷　嘉慶間刻本

李夢松撰。夢松字梅偕，號歎夫，江西臨川人。諸生。嘉慶五年，萬承風官廣東學政，禮聘入署，共事筆硯，時年六十八。門人王煇録其詩，爲之刊版。有萬承風、紀大奎序，自序。詩七卷與《文稿》四卷合刻，附《粤中雜詩》，卽與萬承風和韻，歷廣州、瓊州、雷州、廉州、韶州、連州、惠州、潮州、肇慶等地，時採社會土俗。詩格不高。有讀經雜詩多首，讀《史記》、韓歐文、李杜詩，均不免迂俗。嘗至四川、華嶽、嵩山、恒山，作詩記游。又題《漢石經》寄翁方綱。蓋好學而乏師承，力且不逮，要亦不足重也。

復初齋詩集七十卷　道光二十六年重刻本　集外詩二十四卷　嘉業堂叢書本

翁方綱撰。方綱字正三，號覃溪，順天大興人。乾隆十七年進士，改庶吉士。官内閣學士，兩爲祭酒，左遷鴻臚寺卿。卒於嘉慶二十三年，年八十六。精滿文，宏覽多聞，掌握文衡，爲北學領袖。著有《兩漢金石記》、《經義考補正》、《復初齋文集》、《小石帆亭著録》等多種，皆單刻。所謂《蘇齋叢書》者，後人加之名也。《詩集》六十六卷，門弟子吴嵩梁等校定，《詩後》四卷門人李彦章補刻，共五千一百餘首。有乾隆五十八年陸廷樞原序。初刻已不易訪求。此道光二十六年葉志詵重刻本。近代劉氏嘉業堂刻《集外詩》二十四卷，爲繆荃孫從稿本抄出，又得二千一百餘首。其生平論詩，謂王士禛拈「神韻」二字，固爲超妙，但其弊恐流爲空調，故特拈「肌理」二字，蓋欲以實救虚。又純乎以學者爲詩，自諸經傳疏以及史傳之考訂，金石文字之爬梳，皆貫徹洋溢其中。詩宗江西派，出入黄庭堅、楊萬里間，論詩以杜、韓、蘇、黄、元遺山、虞道園六家爲宗。雖嘗仿趙執信《聲調譜》，取唐宋大家古詩，審其音節，刊示學者，然自作亦不能盡合也。參看《石洲詩話》及陸廷樞序。卷一曰《課餘存稿》，初入翰林時作。《題泰山摩崖銘》、《鶺鴒頌》、《蕭翼賺蘭亭圖》、《東坡説研墨迹》、《書杜偶題》、《書漁洋唐詩選》，已見埏植之深。以下各卷曰《藥洲集》，官廣東學政時作。詠潮州韓祠、惠州西湖、韶州風土、連州山水、肇慶七星巖、廣州諸寺樓石刻殆遍。又作《宋徽宗畫貓卷》、《張文獻公像》、《黎俗圖》、《安南鐘歌》、《洋畫歌》、《天際烏雲帖歌》、《僞劉龑塚歌》、《明周定王東書草堂研歌》，不盡以考據爲詩也。卷十曰《青棠書屋稿》，有《蘇米齋詩》、《漢建初銅尺歌》、《元泰忠介篆書陋室銘》諸篇，居京後住孫公園作。曰《寶蘇室小草》，其著者爲《題蘇詩施注宋槧殘本》、《延熹西嶽華山碑》、《蕭尺木楚辭圖》、《膠東令王君斷碑》、《梁蕭景神道石刻字》、《卞忠貞墓石柱字》、《清明上河圖卷》、《李克用題名石拓》、《東坡蜀岡石刻寺》、《夏仲昭竹卷》、《張力臣濟寧學碑釋文》、《沈石田善權洞詩稿》、《校茶山集》、《王夢樓先生宦蹟圖十二首》。曰《秘閣集》者，官山東學政及文淵閣校理秘書時作。詠金塗塔、帳構銅、太康瓦券、漢石經、漢五銖錢範、長相毋忘瓦、張遷碑、聖教序、山谷石刻、放翁書石本、元遺山湧金亭刻石本，以及《文信國書卷》、《巨然茂林疊嶂圖》、《吴舜華製墨歌》、《革布什咱研歌》、《永樂大典餘紙歌》、《姑孰帖》、《魏鶴山荆公詩注序》、《書空同集十首》、《郭天錫墨迹》、《吴天璽紀功碑》、《孔東塘聽雨圖》、《魚門將售所藏石濤畫竹西歌吹圖卷》，多爲前人所未及。卷二十三曰《石蘭集》，官國子監，有《石鼓歌》、《落水蘭亭》之作，因名其集。卷二十四曰《枝軒集》，官詹事作。以下曰《秘閣直廬集》，有《四庫全書第一部繕録告成》、《借鈔宋本李雁湖注荆公詩》、《昔緣帖》、《禮器碑摹刻歌》、《淳化閣帖》、《大理鐘歌》、《蘇詩補注刻成》、《袁通甫殘唐雜詩墨迹》、《羣玉堂米帖殘本》、《元延絹歌》等篇。卷二十七曰《桑梓掄才集》，主會試副考，又有《范巨卿碑》、《金永平府鐘樓塔銘殘石》、《編次黄仲則偶述》等詩。以下曰《晉觀稿》，因得《大觀帖》而名集，又作《銅鼓歌》，題《耿勳》、《魯峻》等碑，《嵩山三闕》、《元宣課所銅權》、《再題范氏書閣樓》、《北周造像石刻》、《校山谷詩集任史注本》，亦稱得力。又曰《谷園集》，因推崇黄、虞得名，視學江西作。曰《石墨樓集》，回京得《化度寺碑》真本，校文溯《四庫》，故有出山海關詩。曰《小石帆亭稿》，視學山左時作，有《登岱觀海》等詩。以下曰《蘇齋詩草》，回京後作，以金石圖像居多。而《曹楝亭思仲軒詩卷》、《石濤寫杜詩意》，尤爲新出。卷五十以下曰《嵩緣草》、《有鄰硯齋稿》、《石畫軒草》。包括題臨川李氏所藏諸碑、《米海岳蘭亭跋真帖》、《宋嘉祐石經》、《樂毅論舊本》、《大令昨遂帖》、《米書多景樓》、《絳帖殘本》、《日本流金鏡歌》、《小忽雷歌》、《金石録十卷印歌》、《菩提葉沙册子寫經樓》，以及論詩、論書之什，皆晚年所作。其詩雖有近文之弊，爲姚鼐、洪亮吉所譏，然深厚有得，語不襲人，究爲清中葉一大宗。《集外詩》二十四卷中，如《論時文十二首》、《日本金花牋歌》、《媚花簫歌》、《編次吴天章蓮洋集有述》、《元氏三公山碑歌》、《題褚筠心西域詩册》、《閩鄉楊氏四碑歌》、《題蔣拙存寫十三經時像》、《晉祠鐵人胸前字拓本》、《驪驤將軍印歌》、《惠松厓授經圖》、《題鄭恆墓志》、《李復堂仿元人折枝卷》、《與小松論漢隸》、《吴淵穎寄柳待制詩手迹》、《題漁洋詩話草稿》、《題六書正譌》，所詠亦不以金石爲限。其《論詩家三昧十二首》，見於楊鍾羲《雪橋詩話》，足爲言詩者參稽。方綱生平爲詩，幾與乾嘉考據學派相始終，同時及後世以填實爲詩者，無不傚之。馮敏昌、謝啟昆、劉大觀、吴嵩梁爲其及門弟子。王宗炎《晚聞居士遺集》、《讀覃谿谷園集》云：「師王摶兔用全力，此是先生善者譏。誰解谷園真面目，風清月白篆烟微。」「金緘度繡巧傳工，規榘方圓妙理通。快斫蛟鼉森劍戟，作詩法與作書同。」「用意深兼隸事緐，交柯接葉認相原。瓣香盥誦杲花裹，只恨無人是道園。」時天下貶議宋學，專尚考據，故以方綱詩爲金針度人也。夫以考據入詩，究不能剖析毫芒，然苟有議識，亦未嘗無補於學。況此集適情之作甚多，概而不論，轉亦失真矣。

迂松閣詩鈔十二卷　乾隆四十九年刻本

李雝來撰。雝來字濱篁，一字賓王，號迂松，江蘇無錫人。乾隆間官廣西知縣。是集爲畢沅審定，有乾隆四十九年袁枚序，王宫燮跋。結集時年五十二。自云詩學三唐，大抵以怡情山水爲主。其間《泰山雜詠》、《西湖棲霞蝙蝠洞》、《天平山》、《黿頭渚》、《鎮江城樓》、《游石門》、《惠山》、《游赤壁》，矜練中有情韻。歷游桂林諸洞，亦善於摹寫。嘗游開封，有《大梁懷古》、《相國寺》等詩。乾隆間海内晏然無事，爲詩專主性情，講求氣味，此亦不必責備求全耳。

神清室詩稿三卷　嘉慶十三年重刻本

永奎撰。永奎字嵩山，禮烈親王代善五世孫。以子麟趾襲禮親王，追封王爵。嘉慶十一年，其姪昭槤爲刻《詩稿》，越年遭火，復刻之，卽此本。觀集中唱和詩，樗仙爲書諴，臞仙爲永忠，懋齋爲敦敏，敬亭爲敦誠，均爲宗室。乾隆三十六年三月八日，集同人飲四松堂作長歌，尤見其盛。此數人均與《紅樓夢》作者曹雪芹有連，則是集之用，不僅在詩也。

香葉草堂詩存不分卷　嘉慶間刻本

羅聘撰。聘字遯夫，號兩峯，又號花之寺僧，原籍歙縣，揚州人。金農弟子。畫家。妻方婉儀號白蓮，能詩。子允紹、允纘亦善畫。詩集嘉慶刻本，翁方綱、吳錫麒序，道光十四年金楷跋。筆者所見當爲殘帙，僅存《揚州市人歌爲朱二亭》、《保定與董曲江話舊十二首》、《西湖雜詩二十二首》、《江上懷人絶句十五首》、《冬心先生畫佛歌》，及《自題爲吴朗陵畫水仙》、《仿宋人雙鈎竹》，《江路野梅圖》、《爲萬梅年刺史寫頂禮大士圖》而已。佚作甚多。有《游岱集》二卷，未見。陳毅《所知集初編》卷九、王昶《湖海詩傳》卷三十九選詩，爲本集所無，惜未見其全。林昌彝《衣讔山房詩集》論兩峯詩云：「説鬼談詩妙境開，窮形畫理寫纖埃。」注云：「工畫鬼，詩非其至。其説鬼詩尚有别趣。」所云説鬼詩，此本亦未之見也。乾嘉間公卿士夫多喜與羅聘交。題詠兩峯畫之多，前所未有。今從金農、沈大成、閔崋、董元度、錢載、張雲錦、金兆燕、袁枚、梁同書、紀昀、蔣士銓、趙翼、朱孝純、永瑺、永忠、王昶、吴璜、吴廷燮、桂馥，翁方綱、張開東、余集、張塤、費融、潘奕雋、吴錫麒、劉大觀、龔禔身、鮑之鍾、鐵保、張問安、法式善、王復、翁樹培、張問陶、謝振定、徐書受、吴照、阮元、詹應甲、劉嗣綰、吴堦、金學蓮、吴樹萱、屠倬、釋巨超、王嵩高、葉舟、焦式沖、沈亨惠、孫晉灝、余鵬沖等家詩集中，可考見羅聘生平行踪。復於嚴長明、劉大紳、陳文述、嚴學淦、查揆、王衍梅、周思兼、梁章鉅、姚柬之、俞鴻漸、金玉麟、宗稷辰、潘曾瑩、潘曾綬、許宗衡、吴昆田、葉名澧、孔憲彝、何栻、李慈銘、沈世良、繆晉等人集中得見題畫之詩。羅聘主要畫作，見於諸家集者，有《蕉林午睡圖》、《古渡泛舟圖》、《柳塘話别圖》、《維摩示疾圖》、《丁敬身像》、《南朱北王圖》、《羲之寫經籠鵝圖》、《歸帆圖》、《伏虎禪師圖》、《研山圖》、《登岱圖》、《詩龕圖》、《九秋圖》、《墓田秋祭圖》、《昔夢圖》、《二妙寫真圖》、《六根清淨圖》、《倉史造字圖》、《簪花騎象圖》、《説文統系圖》、《野梅初月圖》、《邗江倚櫂圖》、《鐵網珊瑚圖》、《劍門圖》、《伏生授經圖》、《倪高士像》、《蘇齋圖》、《鄭司農像》、《歐陽修像》、《昌黎送窮圖》、《冬心先生像》、《墨幻圖》、《墨戲圖》、《鬼鑑圖》、《猫鬼圖》、《仿漢石闕畫鬼圖》、《鍾馗授鬼圖》、《鷺絲雲木圖》、《二牐春泛圖》、《周載軒移居圖》、《江亭餞別圖》、《課詩圖》、《槐陰抱膝圖》、《春風竝轡圖》、《摹雲郎小照》、《浴牛圖》、《歸帆圖》、《寒閨吟席圖》等，原作多亡佚，試觀題詠，精神猶在。以最著之《鬼趣圖》而言，今畫卷文明書局影印本後題詩爲王昶、錢載、程晉芳、張賓鶴、宋葆淳、楊元錫、紀復亨、錢大昕、宋鳴珂、張塤、陸費墀、伊秉綬、吴照、朱孝純、樂鈞、宋鳴琦、孔繼涵、姚鼐、王國棟、孔廣森、徐書受、方維祺、吴省欽、汪棣、徐大榕、袁枚、法式善、劉錫五、許良守、杭世駿、張標、陳毅、紀昀、蔣士銓、盛百二、張問陶、姚景衡、李御、蔣元泰、曹仁虎、萬承紫、汪本中、葉志詵、張維屏、許乃釗、何紹基、潘仕成、葉衍蘭，四十八家。尚有董元度、汪啟淑、秦黌、桂馥、王友亮、王嵩高、李斗、陸元鋐、張雲璈、費融、凌廷堪、王汝璧、李鼎元、何道生、郭麐、孔慶鎔、吴修、胡敬、汪錚、朴齊家、沈濂、沈筠、譚瑩、俞功懋、康發祥、蔣苹、李宗瀛等人詩集，均有《題鬼趣圖》歌。意所繪非止一本，如彙爲一編，斐然可觀矣。江干有《聽羅兩峯説鬼》詩，見《片石詩鈔》。吴廷燮有《課春堂聽羅兩峯説鬼》，見《楓香閣詩存》。徐錫舜亦有此題，見《淮海英靈集》丁集卷四。

白華堂詩集八卷　嘉慶十四年刻本

王焯撰。焯字少凱，號碧山，浙江嘉興人。乾隆四十二年舉人，官鎮海教諭。殁後二十餘年，其外孫吴藹然爲刻《白華堂詩集》，附外集爲文。焯少年與朱炎、沈初、高文照唱和，其妹夫爲陳學洙。初爲貢生，考入八旗教習。受知於彭元瑞。與汪輝祖、周春有交。乾隆四十年前後，與陸以諴、朱大樽、張燕昌酬答較盛。爲詩淹雅，無爭喙之病。《西臺弔謝皋羽》、《金川門歌》、《題方公祠》、《弔于少保》、《海航》、《渡黄河》、《黄金臺》、《端溪硯歌》，所涉較博。詠笋、菜花魚、白藤花等篇，以物産瓌異爲工，與偶然游戲者尚未可視同一律。

《兩浙輶軒續録》卷三十二有小傳附詩。

清人詩集敍録卷三十八

白蒓詩集十六卷　乾隆五十四年刻本

張開東撰。開東字賓陽，號白蒓，湖北蒲圻人。乾隆三十年舉人。主講江漢、鶴山等書院，以蘄水教諭終。撰《白蒓詩集》爲其子兆騫刻，朱珪、畢沅、胡紹鼎、杜光德序，收乾隆七年至四十四年詩一千六百九十六首。杜序稱「三十以前詩，無一存者」，其生年當在雍正十二年。别刻《海嶽集》四卷，首朱珪序云「辛丑聞白蒓捐館」，其卒年爲乾隆四十六年。開東嘗游五嶽、匡廬，東臨渤海。卷一《登廬山歌》、《五日沔水觀龍舟遇雨歌》，卷二《南湖雜詠十三首》、《桃源洞紀游歌》，卷三《謁故明顯陵六十韻》、《荆州懷古十二首》，卷五《東埠雜詠八首》、《漢東雜詠八首》、《襄陽龍舟歌》，卷七《南嶽放歌行》、《湘中十三歌》，卷八《湯陰謁岳武穆廟》，卷九《游龍門歌》、《晉祠雜詠四首》，卷十《雁門行》有序、《弔明妃墓》、《大同石佛寺歌》、《恆山十八景》，卷十《浮山諸石刻歌》、《天津雜詠十五首》、《滄州鐵獅子歌》、《趵突泉歌》、《謁伏生墓》、《齊東海車行》有序、《臨行海市忽出喜次東坡韻》，卷十二《泰山雜詠》五十首，卷十五《游法門寺歌》、《扶風雜詠》八首，生平游跡，已見大概。他如《鶴山苑牆外虎傷二馬歌》、《原把總連獲三虎歌》、《苦水謡》、《買隻行》、《聽郢中説琴歌》、《唐雲麓將軍墓碑歌》、《爲畢中丞題靈巖讀書圖》、《贈畫師羅兩峯歌》，關係社會藝術史料亦多。開東一介寒士，厄於仕途。初以制義名家，既而泛濫於詩。紀昀、曹學閔、朱孝純、葉佩蓀、畢沅、李中簡、董元度、楊鸞均樂與交。與朱珪有唱和詩百二十韻。互見《知足齋詩集》。其見重於時如此。

石佛寺歌

武州山頭石窟寺，元魏供佛真奇異。始自神瑞終正光，結構精工經七帝。高宗一聽曇曜言，那惜黄金開天地。鑱空五所何玲瓏，一所一佛從位置。高者穹然七十尺，六十尺以下爲次。從來十寺二十龕，陸離參差萬佛備。神斤山鳴白日昏，鬼斧石裂陰風吹。當時法駕入龍宫，巖中常見天花墜。洛陽新都準代京，大長秋鄉白公議。今春我從伊闕來，兩壁剜刓絶相類。誰知原本武州山，却由雍豫轉燕冀。忽見大佛起嵯峨，山神鼓力雄贔屭。樓升三層始平頭，洞濶十尋方舒臂。西旁三龕亦頗同，老僧指點得其四。伏者彌陀張口笑，揚者大士愁顔媚。動如海波傾浮島，寂若山鬼藏幽隧。丹獅白象欲攫人，金童玉女自游戲。千態萬狀五色迷，蒼茫不似人間世。乃知帝王神力俱，泥塑木雕空矜施。拓拔宫殿已成塵，千年兹山傳遺事。自古何物不消磨，今之艷稱昔所廢。惜哉諸龕久荒涼，丹梯摧折不得至。却恨香山本風流，安得元公作墓誌。文章興衰亦有時，停車雲岡徒遥企。《白蕉詩集》卷十

香聞遺集四卷　乾隆間刻本

薛起鳳撰。起鳳字皆三，一字皆山、家三，號香聞居士，江蘇吴縣人。少孤，依其舅比丘廣嚴。年二十七

舉於鄉，禮部連黜。主沂州書院三年。乾隆三十九年卒，年四十一。起鳳學宗宋儒，與彭紹升、汪縉、羅有高相契，既殁，彭、汪録其詩，刻成四卷，附序言二篇及汪撰《薛家三述》。爲袁枚弟子。《小倉山房詩集序》即出其手。詩取法韋、孟。《偶述四首》、《自甫里歸舟即目》，均以淡泊爲懷。《詠虞仲墓》、《吴國公言夫人墓》、《覽古絶句六首》，賈誼、司馬相如、嚴遵、孫登、李白、元結。《題高都梁愓菴登庸印譜》，無不質實。《哭舅氏廣嚴福公》十首，記廣嚴原名鄧明福，年十六出家於揚州法雲寺，乾隆丁亥逝世。《古詩壽羅敬亭先生》，敍羅讓乾隆丁亥年七十，其子有高索詩。凡此俱可補傳記之遺。又有《汪大紳縉》十四首、《答彭允初紹升》六首，於瞭解乾隆間理學家思想，不無裨益。

介亭詩鈔一卷　嘉慶十三年刻本

江濬源撰。濬源字孟辛，一字岷雨，號介亭，安徽懷寧人。乾隆四十三年進士。嘗典試陝西，官至雲南臨安知府。嘉慶十三年卒，年七十五。撰《介亭文集》六卷、《外集》四卷、筆記多種。《詩鈔》一卷，附《文集》後，爲守臨安作。自領郡出京，旅經冀南、豫西、荆襄、沅陵，入黔狀山川奇境，筆亦恣縱。附《南旋草》二十七首。濬源與滇中詩人袁文揆有交，爲《滇南詩畧》作序，文集、筆記有關雲南文獻掌故者，猶居半焉。

行部納樓　九首録一

臨安所屬納樓土司地方，南與南掌夷國以黑江爲界，乙卯初夏，南掌小王召温猛，因與本國用事人不協，逃至黑江北岸納樓烈嗎渡口，求入内地，經土官普澤堵禦而去。復繞道千里至普洱，納之。是時普洱守吴大雅兼護迤南道篆，通稟上憲，稱係烈嗎渡役引入臨安元江一帶，轉抵普洱。七月初七日又以夷民尾隨至普洱者三百四十人，是否係渡役爲之嚮導，檄往確查。即日會營員起程，過澧祉江，得不須往查之檄，乃反。

羽檄南來怳惚端，防邊西走未遑安。旌移白水秋風急，馬渡慈雲暮色寒。夷衆望迎嚴跪拜，土司瞻謁肅衣冠。遐方久凜皇威赫，那待今朝振策看。《介亭詩鈔》

子雲詩集八卷　嘉慶間刻本

方正澍撰。正澍字子雲，安徽歙縣人。國子生。寓居金陵。學詩於何士客，又受詩法於袁枚，而能工襲其體。專工名句，特近晚唐。卒於嘉慶十年，年七十二。吴翌鳳《懷舊集》有《小傳》。是集乾隆五十一年錢坫序，爲乾隆二十八年至嘉慶十年詩。其中憫農之作爲《請漕糧》、《靖柘城》、《開沙河》、《種香芋》、《設粥廠》等篇。游黄山，渡太湖，《秦淮雜事詩十首》、《太白樓觀蕭尺木畫壁》、《隨園觀燈歌》、《河南新樂府》、《虬松歌贈車秋舲》、《晏子春秋》、《尹文子》、《亢倉子》、《鹽鐵論》、《黄石公素書後》、《重刊景定建康志題詞》四首、《題鍾進士啖鬼圖》、《觀孫淵如妻王夫人手刻遺印》，即事抒辭，亦有可採。尤工詠物，所作淡巴菰、不倒翁、緑竹、變蛋、燕窩、淡菜、海蛇、青螺、刀魚、雪菌、木耳、萵苣，及詠昆蟲詩，可稱能品。袁枚《論詩絶句》云：「金陵從古詩人少，近有南園與古愚。更有閉門工索句，無人解扣子雲居。」以方正澍與何士客南園、陳毅古餘，並稱金陵詩人。畢沅選《英會英才集》，收洪亮吉、黄景仁、王復、徐書綬、楊倫、楊芳燦、孫星衍、顧敏恆諸家，正澍冠其首。

春谷小草二卷　春谷詩鈔一卷　乾隆間刻本

盛復初撰。復初字子亨，號春谷，浙江秀水人。乾隆四十年掌教稷山書院。四十七年，主涇縣雲龍書院。袁枚游涇，與分韻賦詩，復初先成，爲之擱筆。與趙紹祖爲莫逆交。撰《春谷小草》，爲稷山門生校刊。《春谷詩鈔》，爲紹祖所删定。復初嘗館杭州，輯《龍井志》八卷。有《龍井雜詠》、《舞蛟石歌》、《西湖紀游詩》。北上入都，出古北口，至熱河，自太原赴稷山，遊禹門，悉以所見入於謳吟。《春谷詩鈔》則自乾隆四十一年南以客金陵，走甌閩，游歷下，適皖江，掌教南浦、台泉諸處，八年之詩，裒爲一編。唱酬交往爲袁枚、方正澍、顧笠舫等人。自云「樵吟野唱，自適野趣而已」。

厚岡詩集四卷　嘉慶七年刻本

李榮陛撰。榮陛字奠基，號厚岡，江西萬載人。乾隆二十八年進士。選湖南永興知縣，調雲南嵩峩、呈貢，歷十餘年。嘗主大理書院講席。六十年，歸里。嘉慶五年卒。著有《易考》、《易續考》、《尚書考》、《四書細論》、《地理考》，與詩文集合刻，爲《厚岡全集》，嘉慶七年費淳爲之序。《文集》二十卷，多考訂傳序之文，内有關雲南邊境政治、社會史料，頗爲豐富。詩集曰《里居草》一卷、《宦游草》二卷、《居林草》一卷。《宦游草》以每經一地，作爲標題。有永興、雲州、往來普景、往來大理、緬寧、回雲州、呈貢、恩樂、嶍峩、大和等目。其中《鐵索橋》、《渡黑惠江》、《猛蝶者巖》、《蒙化道中》、《湯池吟》、《登箐門山》、《猛回古墳》、《石龍寺》、《瓦哨仙娘石》，攬險搜奇，未易多覯。《石老虎捕私鹽》、《紅崖勘災》、《俄爽龍潭書事》，皆屬紀事。可與考述滇南之文互證。

四松堂集詩二卷　嘉慶元年刻本

敦誠撰。敦誠字敬亭，號松堂，姓愛新覺羅氏，敦敏弟。以宗人府筆帖式記名，乾隆二十二年隨宦山海關。歸後家四松草堂，足蹟不出京圻。與敦誠、永忠、曹雪芹等人唱和。卒於乾隆五十七年，年五十九。撰《四松堂集》，一、二卷爲詩，三、四卷爲文，卷五爲《鷦鷯菴筆麈》，嘉慶元年刻，首紀昀序，敦敏爲撰《小傳》。《寄懷曹雪芹霑》一詩，初見於鐵保《熙朝雅頌集》。近年爲世注意，於是凡有關曹雪芹資料，片楮隻字，無不珍愛。此集《贈曹雪芹佩刀質酒歌》，文集《哭復齋文》、《寄大兄》，以及《紅樓夢》研究者從抄本《四松堂集·鷦鷯菴筆麈》發現《贈曹雪芹》、《輓曹雪芹二首》等篇，其史料價值爲他集所不逮。敦誠善度曲，有《白香山琵琶行傳奇》一折，諸家題跋，不下幾十家。曹雪芹題句云：「白傅詩靈應喜甚，定教蠻素鬼排場。」見《筆麈》。敦敏《懋齋詩抄》有《題敬亭琵琶行填詞後二首》。

雪蘿老人詩稿四卷　嘉慶二十五年刻本

洪枰撰。枰字世持，號平木，晚號雪蘿，浙江臨海人。乾隆三十年拔貢，官新昌縣訓導。四十五年舉於鄉，任安吉、嘉善等縣教諭。嘉慶十年卒，年七十二。是集有戚學標序，學標爲枰同學友，受業於杭州敷文書院，山長爲齊召南。枰詩格調老成。論詩云：「宋唐詩各有元珠，自昔持衡貌主奴。句不着題當入妙，味於能永始稱腴。鳥聲無律鈞天樂，花影含真象意圖。今古灞橋驢背上，此中只合費工夫。」是取法自然，反對摹擬。《哀黎謡》記嘉慶二年七月十八日台州颶風成災，景象逼真，情意摯切。《半江樓月夜觀潮》、《山中雜詠》等篇，能脱棄凡近。其子坤煊、頤煊、震煊均通經史之學。頤煊校勘羣籍，尤爲知著。讀是集亦可見頤煊昆季克紹箕裘之業云。

童山詩集四十二卷　嘉慶間萬卷樓刻本

李調元撰。調元字羹堂，又字雨村，號童山，四川羅江人。化楠子。乾隆二十八年進士，改庶吉士。歷官吏部主事、考功司員外郎、廣東學政、直隸通永兵備道。四十七年，以劾永平知府罷官，遣發伊犁，尋以母老贖歸。家居二十餘年，著述約四十種，刊有《函海》。卒於嘉慶七年，年七十。詩集初刻曰《看雲樓集》，凡二十二卷，有乾隆四十三年程晉芳序。晚年自訂《童山詩集》四十二卷，與《蠢翁詞》二卷合刻。詩起於乾隆十三年，訖於嘉慶五年。調元早年詩名，與袁枚、趙翼相頡頏。程晉芳序謂「余詩多平易近情語，遠不逮雨村」。其女夫張懷溎即以袁、趙、王文治與調元詩合刊，稱《四家詩選》。朝鮮使臣徐浩修見其詩，極爲敬服。集中與安南使臣阮輝瑩亦有唱和。卷五有《南宋宮詞百首》，論者謂不亞於厲鶚。從弟驥元、鼎元亦能詩，時有「三李」之目，而調元聲名尤著，第身後爲學名所掩耳。今觀其作，如《拉馬行》、《圈墳歎》、《石匠行》、《觀罩魚歌》、《筒車》、《賦南方草木狀二十首》、《觀繩伎歌》、《採珠曲》、《沓歌謡》、《蕉布行》、《南海竹枝詞十首》、《觀高蹻燈歌》，以民情雜俗風土之事寓於歌，詳實不蕪。卷三十八《弄譜百詠》，記所見手工雜藝百戲，奇句力求生新。又如《成都雜詠》八首、《西山觀石壁所刻揚子雲真像歌》、《題錢舜舉苻堅訪鳩摩羅什圖》、《觀錢塘潮歌》、《謁張中丞許侍御雙忠祠》、《再過楊升菴墓有感》、《聽吕桂亭鼓琴歌》、《戚繼光燕山紀功碑歌》、《琉球刀歌爲王夢樓作》、《孔廟古柏行》、《卓文君銅印歌》、《大曆雷琴歌爲朱青雷作》、《宋錢歌》、《崇禎鐵礮歌》、《示舍弟龍山臨右軍法帖歌》、《千佛巖》、《金鰲嶺宿寧羌州》、《學士朱竹君座中題羅兩峯畫四首》、《嶺南舟中雜詩十首》、《觀鐵冶亭公子保草書歌》、《九曜石歌》、《讀岳忠武傳三十絶句》、《彭縣詠古十六首》、《謁杜少陵草堂祠》以及詠古北口、德州、贛州、廣州、山海關、居庸、宣化、通州等地雜詩，舖張揚扢，長短自如。蓋作者於經史百家以及稗官野乘，靡不博覽，其詩固非淺學所能窺也。調元性鯁介，當罪發伊犁，有和祝芷塘詩云：「平生性烈如夏日，有樹絶不言温室。但知慎密口若箝，坐此令人嗛入骨。手足皆非應世具，坦途著我皆坑窟。只有一心思致身，不懼三褫奪綬紱。向持此論百不移，今知巧宦始悟必。儻使繞指化爲柔，何有鋒鋩頓吴粤。」鋒鍔獨見。歸蜀後喜蓄舊書，遇金石卽手自摹榻，築有萬卷樓、函海堂。集中《和程魚門索余所刻函海》、《聞萬卷樓火》等詩，爲書林掌故。凡此俱可補摭拾故事，且有助於知人論世云。

拉馬行

客行至縣城，城外聞拉馬。云奉上官票，行裝且須下。縣堂擊鼓點馬夫，縣官排衙吏傳呼。里正如狼差如虎，馬瘦如狗客如奴。富客競輸錢，汝馬暫免牽。貧客無錢聊守坐，公文急迫當忍餓。却看驛馬肥于羊，沙眠草嚙自徜徉。借問此馬誰所鞚，但云官府出門用。《童山詩集》卷一

石匠行

有翁折脚啼道上，皮肉淋漓新吃杖。如狼差吏驅出門，不許攔街呈訴狀。旁人指點翁來因，舊是南山伐石匠。問翁胡爲遭鞭箠，眉皺胸填氣沮喪。往來縣中例立碑，去思德政屹相向。不知有益黔首無，各謂甘棠何足讓。十字市口樹如林，幾欲斵盡青山嶂。自吾祖父供此役，日往高巖親度量。車輦夫扛百不停，巍巍鼇戴萬人仰。立時官府顔色歡，給賞纔足沽村釀。此項名爲里下派，何曾一家解索償。而今室内無一丁，只餘老身權補放。字刻青天過手多，至今名姓半遺忘。朝來新令初升堂，便有循聲千口颺。不卽鳩工垂不刊，襲黄未免心怏怏。昏夜傳呼急於火，天明縣前聽點唱。可憐蕭條

一細民，囊橐無錢倩誰餉。今者稍稍恕私情，拍案立即遭考掠。君看腰間錘與鑿，薄技陷人無地葬。

但使官名果不朽，身雖餓莩亦何妨。《童山詩集》卷九

偉堂詩鈔二十六卷　嘉慶間刻本

趙帥撰。帥字元一，號偉堂，别號志庵主人，安徽涇縣人。乾隆三十年舉人。官江蘇鎮江府學訓導，安肅知縣。嘉慶間刻《詩鈔》二十六卷、《詞鈔》三卷，有沈初序。帥爲袁枚弟子，爲詩清辭雋旨，圓轉如意。《隨園詩話》謂與毛俟園、朱竹江爲三鼎足。《宛陵雜詩》十首、《赤壁紀游》，詠平山堂、金焦北固、濟南等篇，清雅可誦。唱酬題圖大都無事可徵。當時詩歌以生爲貴，不厭深奥，無詩情亦能作詩。帥則主師心，標舉性靈，每作必求意境，而乏理致。遂流于千篇一律。袁枚弟子詩，大抵如此。

篁村詩集十二卷　道光二十九年重刻本

陸錫熊撰。錫熊字健男，一字篁村，號耳山，江蘇上海人。乾隆二十六年進士，改庶吉士，授内閣中書。博學宏通。嘗奉命編《通鑑輯覽》、《契丹國志》、《河源紀略》、《歷代職官表》等書。《四庫全書》館開，與紀昀同爲總纂官，《總目》多成其手。累遷副都御史。殁於乾隆五十七年，年五十九。詩集與《寶奎堂文集》十卷合刊，初刻於嘉慶十年，吴錫麒序。道光二十九年其孫成沅重刻之。王昶《湖海詩傳》稱，「錫熊殁後，搜篋中

得數百首，皆應酬之作，非稱意者」，當指此本。然全書分《陵陽》、《東歸》、《浴鳧池》、《席帽》、《橐中》、《雪颿》諸稿，篇次雖亂，首尾似尚完具。七古《焙茶詞》、《放歌行》、《廬山謡》、《飛鴻堂印譜歌》、《題趙甌北同年菘耘圖》、《開壩謡》、《後開壩謡》，五古《題韋約軒秋林講易圖》、《鉛山道中追悼蔣心餘作》、《陪瑶華道人游盤山千相寺》、《登黄鶴樓放歌》，俱見胸次。近體《讀史雜感八首》、《小孤山》、《吉州雜題》、《珠江竹枝詞四首》、《題雲間詞十二首》、《題薛素素自寫小像四首》，各極其致，亦不盡應酬語也。蓋諸稿皆所自定，唯末卷《三台賸稿》，乃其子慶循所輯耳。至《木蘭扈從》、《平定兩金川大功告成》、《文淵閣四庫全書第一部告成庋閣内用》諸詩，均存史料。《懷人絶句二十六首》，可考其生平交游。乾隆五十七年，錫熊以奉天所儲四庫本多脱落舛誤，奏請自往覆校，比至而病歿。馮敏昌《小羅浮草堂詩集》卷二十九有《輓陸耳山師六首》，記此事最詳。詩自注：「師以今春正月，奉命往盛京覆校文溯閣圖書，出關後陡遇大雪，路逕盡迷，與行李相失。獨坐旅店，中旦感中傷寒，猶悉心督率諸人校勘，遂致疾不起。」此集末卷三《台子旅店遇雪口號二首》，蓋絶筆也。

西澗草堂詩集四卷　乾隆三十八年刻本

閻循觀撰。循觀字懷庭，號伊蒿，山東昌樂人。乾隆三十一年成進士，已年逾四十。官吏部主事。卒於三十三年，年四十五。著有《尚書續記》，《四庫》著録。工詩古文。所撰《西澗草堂詩集》爲韓夢周序。詠北地鄉邑風光，切於情景。《師友詠》、《閲梁陳隋北周詩》、《閲周櫟園讀畫録絶句二十首》，多備典故。集中有

《哭鈍齋兄》詩。鈍齋名循厚，乾隆十二年四十而殁，有《鈍齋詩集》二卷行世。叔氏閻廷倬字思菴，亦能詩，有《陪尾山房詩集》行世，均可與此集相互參考。弟循霦，未見有集。乾隆中葉蔣麟昌、閻循觀等人，均以早亡，詩文集列入《四庫存目》，館臣收録，有時漫無成軌，往往而是也。

荷塘詩集十七卷

乾隆五十五年刻本

張五典撰。五典字敍百，號荷塘，陝西涇陽人。乾隆三十五年舉人。選官臺灣三年。歷任山西上黨、湖南芷江、江蘇上元等縣知縣。此集有金汝珪、李汪度、朱珪等序，收乾隆二十四年至五十三年編年詩千三百餘首。生平據卷十五《題季弟小照》推之，爲雍正十二年。詩有伉直之氣，與蒲圻張開東相亞。《徐州二首》、《清漳雜詩六首》、《渡海》、《赤嵌行》、《臺陽雜詩五首》、《游北嶽恆山詩十二首》、《應縣寶宫寺木塔》、《宋鐵佛寺塔》、《沅州六首》、《衡州雜詩十四首》、《永州三首》、《朗江雜詩六首》、《辰州六首》、《青郎山伏波祠》，筆勢縱放，頗盡登臨覽古之勝。《石煤一篇》，作於楚南祁陽。《龍津橋成》，記沅州木橋長三十餘丈加高三丈闊四丈，爲三楚西南第一橋。《點蒼石筆山歌》、《漢雙魚洗歌》，俱詠文玩。《論文二首》，能言作文旨意。《王夢樓侍讀席上》，記王氏家伎度曲情事。《與十九弟重絲論畫》，題上官周、王宸、張敔畫册，兼悟畫理。五典作吏二十餘年，公卿名流多折節與交。與齊召南、盧文弨、楊鸞、袁枚、趙翼、王鳴盛、朱珪、汪守愚均有寄贈，袁文典、朱景英、李保泰、羅聘亦有過從。《隨園詩話》多録其作。詩主性靈，而不空疏。卷十六《書近稿後二首》

云：「慣作微吟是性真，也知無補費精神。五年光景詩三卷，官橐江南未覺貧。」「無多才調可憐生，知分羞言萬户輕。却費天公成就力，不教官職折詩名。」又有《安南國使乞余詩册因簡二首》，可見其詩名動内外，膾炙一時。

臺陽雜詩

經旬舶趠好風來，有客東陽沽酒廻。海上人家認歸處，緑珊瑚樹粉牆隈。

四時强半著冰紗，踏遍芳叢窄鳳斜。最是様林春港路，碧油傘底滿頭花。

鷹爪碧蘭紅佛桑，纍纍青子綴梹榔。臘前菡萏迎年菊，開向春風七里香。

長時蜥蜴盤窗叫，首夏蜩螗抱葉嘶。風雨海潮音徹夜，標標啼遍五鳴鷄。

斫取深林厚栗來，修船搆屋有餘材。生番掃跡山樵便，蕭朗加冬充竈煤。

《荷塘詩集》卷三

鐵佛寺塔　並敍

大中丞覺羅敦公記略，寺左有塔將頹，謀修之，除甓得鐵柱貫其中，長丈有四尺，圜圍尺有七寸，約重百鈞，首微鋭，鑄蟠螭，下砥平如截。宋潭州判官李思明撰文，進士董護書，寺僧曰道崧，鐫工曰李昇，計字七百六十餘，楷法雋妙，鏨鑿精良，洵奇觀云。學使仁和李寶幢先生倡爲鐵柱歌，羣公屬和，鐫於石，快讀之用韻成此。

屢游景龍觀，閒聽揭鐘聲。朱墨摹數紙，鬱律看遺銘。聚合古精鐵，土鑄凹文成。知是神人力，不關匠者能。湘江古岸旁，浮圖出化城。深沉藏一柱，寶光上青冥。佛祖儼丈六，白毫散晶瑩。維此黄金體，善分萬億形。偶然豎一指，妙已現七層。倘問西來意，輪相風中鈴。名山卓錫杖，衍法從禪僧。磨擔得爲針，分明覺衆生。我來莊嚴就，文甓難啟扃。手未及摩挲，心獨愧精誠。寶幢老尊宿，前生悟惺惺。纓絡施供養，《維摩經》：起七寶塔，以纓絡幢供養之。法號尚可憑。未是立文字，偈轉華嚴經。和南戒壇下，願從參大乘。《荷塘詩集》卷七

石　煤

石煤在楚南，祁陽得盛産。舟楫通吴越，桂薪嘆可免。窮民覓此利，鑿山開石眼。陰洞扨且黑，舉戴燈一盞。赴壑既如蛇，由竇復類犬。鑱削而襁負，長晝不數轉。寒氣每中人，袖手到盧扁。時深忽崩塌，窀穸哀扃鍵。凡物屬尋常，用者恣暴殄。不思採取難，詎關聞見鮮。稱炭數米粒，陋矣彼褊淺。粭釜蠟作炊，荒哉諸貴顯。《荷塘詩集》卷九

松厓詩鈔三十二卷續集六卷　近代排印本

管榦珍撰。榦珍原名幹貞，字暘復，一字陽夫，號松厓，江蘇陽湖人。乾隆三十一年進士。官至漕運總

督。著有《松厓文鈔》、《明史志》等書。據趙懷玉撰《墓誌銘》，生於雍正十二年十一月二十二日，卒於嘉慶三年四月二十五日，享年六十五。《詩鈔》三十二卷，又名《爨餘稿》，乾隆間有刻本，咸豐板毀少見。《續集》六卷，亦不經見，二卷本流傳較多。此一九三一年排印本，據數本重訂，完而無缺。首夏來孫序。斡珍詩出六朝，不祧唐宋，諳於子史，多引舊書。卷二《擬明史樂府五十首》、卷三《讀史十首》、卷四《讀管子跋尾》、卷八《董伯思東觀餘論歌》、卷十二《跋越絶書後》，俱有心得。《農器詩三十二首》，自注云：「天隨子創爲《漁具詩》十有五章，鹿皮子益以五首，爲《添漁具詩》，天隨子又作《樵人十詠》，相爲唱和。顧於農家者流缺如，非所以崇本塞末也。暇日擬《農器詩》三十二首，補前人所未及。」唐陸龜蒙、皮日休創爲《漁具詩》，清陳樽、曾燠均廣其意和之。至詠農器，則有元王禎《農務集十五首》，見顧嗣立《元詩選》二集，非昉自斡珍也。又有《葛洪移家圖歌》、《伏生受書圖歌》、《梁璠草蟲圖歌》、《九邊圖歌》、《太常仙蝶歌》、《題閔貞奉饌圖》、《宋銅硯歌》，詩情不多，假學力而抒之。斡珍嘗典試貴州，作《六君詠》，記歷代詠夜郎詩人，又作《使黔記程詩》八十一首。續集六卷本，曰《蓀蘭舫偶吟》者七十六首，曰《潄潤集》者七十四首，曰《濟川齋偶吟》者八十六首，曰《露浣集》者六十七首，曰《金粟舫吟草》者二卷，一百三十九首。其中《縴夫樂》、《搗練曲》、《織絲曲》、《線集歌》、《廓爾喀馴象善馬歌》、《高組伎引》，多有社會史事。《擬樂府十六章》分詠長白山、五嶺東、葉赫、喀爾喀介賽、圖倫城、薩爾滸、土默特、瀋陽、喀喇沁、廣寧、察哈爾、旅順、朝鮮、大凌河、松山、一片石等地，可爲言東北史志者參考。其詩古勁，而生澀不免。娙世銘，亦負詩名，有集。

嘉樹山房詩集十八卷

嘉慶六年刻本

李中簡撰。中簡字廉衣，號子靜，又號文園，直隸任丘人。乾隆十三年進士，改庶吉士。官翰林院編修。督學山左，以諸生有從王倫之變者，坐謫。再起，至侍讀學士，又以詿吏議罷歸。孫星衍撰《傳》，稱中簡成進士時年二十八，則生歲爲康熙六十年。乾隆六十年卒，年七十五。事詳李學穎《先府君行述》。此集有陸燿序，門人許兆椿序，爲乾隆十年至四十六年詩。中簡受知於錢陳羣，在詞館與朱筠兄弟、紀昀相切劘。《呈香樹師》、《懷宋蒙泉前輩》、《和盧雅雨》、《檢書圖爲盧抱經學士作》、《贈董教授曲江》、《送戴東原南歸》，往還多博學勝流。典試雲南、湖南、湖北，督學山東，中途旅次，不廢吟謳。《憶西山卧佛寺游》、《至真定初參大佛》、《登中山寺中元洞》、《淇上雜詩》、《大雪山行》、《夜達新市舖作歌》、《黔中竹枝詞三首》、《白水厓瀑布歌》、《牟珠洞》、《楊林海》、《龍池紀游》、《萊州雜詩》、《嶗山杖歌》，清曠雋逸，筆力爽健。《山木行》、《大理詠懷古蹟》、《點蒼屏石歌》、《游蒼山感通寺八首》，楚雄、景東、永昌、普安雜詩，《大理民家曲》、《蘆笙行》，及詠滇中物産詩，尤足爲一方之會。與戈濤交契，唱和甚頻。有《哭戈芥舟》詩，作於乾隆三十三年。乾隆間，畿南以詩名者，爲邊連寶、戈濤、紀昀，詩皆樸茂，中簡亦當伯仲間。趙懷玉《亦有生齋詩集》卷八有《任丘追悼李先生中簡》詩。秦贊《石研齋集》有詩，稱中簡嘗刻《蘗菴和尚詩集》，亦軼聞也。

大理民家曲

僰夷自號民家。大理舊有民家曲，一名漢僰。楚江秋閒，仿其意爲此，以續竹枝之響云。

草緑桃溪沙逕晴，溪邊少婦挈銀鉼。小來看慣蒼峯雪，不畫春山鬭遠青。

海棠香夢續山茶，春色平分十萬家。無限榆河好風景，泥人偏是上關花。大理諺云：下關風，上關花，蒼山雪，洱海月。

南橋流水簇春衫，煮豆閒嬰三月三。壓鬢素馨香細放，銀絲斜鞸保山簪。

青絲帕子耀銀釵，結伴同行月二街。筒布下機纔賣了，佛辰歸辦飯僧齋。

雞足名山禮法王，新年剛過説燒香。雙鴛白石沿溪路，無數天花作道場。

耕牛一具田一雙，田四畝爲一雙。農歌聱取本無腔。誰知古意通騷雅，一曲秋風滿楚江。

杜鵑節過石榴紅，秀麥登場三月中。候得山腰雲似帶，護秧天氣欲收風。郡多風，至四月漸息，謂之收風，常以點蒼山帶雲爲候。

星回節近天火然，家家占歲照園田。少年走馬向何處，竟日高樓垂柳邊。

綵舟兒女渡頭喧，落日秋江弔德源。何似西山哭明月，蘆花不返阿奴魂。末二句指元阿禚公主。

柔艣輕鷗鏡裏天，人家樓閣媚清漣。十洲三島更何處，一笛海風明月船。

何處閒雲落海天，亭亭孤影傍層軒。刺桐枝上紅鸚鵡，盼斷春風不肯言。《嘉樹山房詩集》卷七

春雨齋詩集十六卷　嘉慶十一年刻本

蔣元龍撰。元龍字乾九，號雲卿，一號春雨，浙江秀水人。乾隆三十六年副貢。舉孝廉方正不就。嘗受同里王又曾延聘，課其子復。其詩字句結構，規摹西江，受學錢載，爲秀水一派。嘉慶十一年，楊文蓀編定此集。生歲據卷五《將父吟》注，爲雍正十三年。卒年爲嘉慶二年，見錢福胙序。卷二《王比部穀原輓詩》夾注記又曾生平家世，可補傳記之闕。與朱休度、錢楷、張燕昌、周春、吴騫，往返酬答較多。元龍習於歷史文獻，善鑑書畫。《題仇實父契丹射柳圖》、《徐文長寫生畫卷》、《仇霞村明經印譜》、《張文魚新輯羽扇譜》、《宋紹興石經歌》、《詠史刺客列傳三首》、《爲鮑渌飲題倪文正寫石林圖卷子》、《明兵部侍郎張蒼水詩》、《許夢椽著瓜廬紀異屬題四首》、《題顔魯公大字書東方朔讚碑》、《題評白雲讀四書叢説》、《耶律楚材天然硯歌爲周松靄賦》、《論印絶句十二首寄吴兔牀》、《四明范氏天一閣藏書歌》，矜求新古，多學而識。戚芸生《實研齋詩集》卷五有悼詩十二首。

小樓詩集七卷　道光十六年刻本

王嵩高撰。嵩高字海山，號少林，江蘇寶應人。箴翼子。王氏爲白田世族。其先世式丹有《樓村集》，因

自號小樓。懋竑亦其大父行。文學之傳，師承有自。乾隆二十八年成進士，官湖北監利知縣，至廣西慶遠知府。歸主安定書院講席。是集爲乾隆二十年至嘉慶二年詩，皆手自删定。生歲以卷五《過衞輝述懷詩》注，爲雍正十三年。卒於嘉慶五年，年六十六。畢沅輯《吴會英才集》，收《游梁詩》一卷，王昶選詩十數首於《湖海詩傳》，而未見全稿。是集爲道光元年徐步雲序刻。生平經歷所作，河南最勝，次則湖北，而於徐淮風土故蹟，亦時以歌詠焉。結納文學之士，爲袁枚、金兆燕、趙翼、阮葵生、程晉芳、羅聘、李保泰、祝德麟，與王文治贈答頻仍。《河決行》、《黄山松歌》、《太皞宓犧氏陵》、《題唐六如村鬭圖》、《羅兩峯鬼趣圖》、《題孟浩然小像》，形神俱得，各盡其致。勝《游梁》一集者多矣。

詒穀草堂詩集不分卷

光緒三十四年刻本

余廷燦撰。廷燦字卿雯，號存吾，湖南長沙人。乾隆二十六年進士，改庶吉士，官三通館纂修官。理學名家，於天文、律曆、句股之學，亦能鉤玄提要。晚主講石鼓書院。卒於嘉慶三年，年六十四。《清史列傳》稱廷燦有《存吾文集》十六卷，未見。今所見《文稿》四卷，蔡上翔序，咸豐五年刻。《詩集》裔孫德鑫校，刊於清末，附《行述》。其詩善修邊幅。《湖中詩十首》、《岳陽樓》、《轉口》、《襄城道》、《石鼓歌》、《合江亭月夜》，均較駿利。時大小金川均已收復，湘楚安定，故以旅懷詩居多。廷燦與錢澧時相唱酬。主講濂江、城南書院，作詩述事。《怡親王畫荷爲譚古夔題》等篇，有美術資料可摭。《彭翁義菴三修濂江橋爲作山木吟》，小序載時事頗詳。篇什不多，要有法度可觀。

聽鐘樓詩稿八卷　嘉慶十五年刻本

韓是升撰。是升字東生，號旭亭，江蘇元和人。乾隆二十二年貢生。五十以後以子崶官刑部，至都門，爲禮親王昭槤師。崶貴，仍主講蜀山書院。晚自稱樂餘東老。是編有趙懷玉、法式善、昭槤序，自序，黎簡題詞。生年據《六十生朝》詩逆推，爲雍正十三年。卒於嘉慶二十一年，見《清史稿・韓崶傳》。集中詩始於乾隆二十八年至嘉慶十五年，共九百八十七首。凡踪跡之所經，倡酬之所及，以至居今稽古，隨所感觸，靡不寓之。趙序。其中《雁蕩紀游詩》、《雨花臺》、《游華山》、《包山紀游》、《任城竹枝詞》、《游越粤山》、《白洋茶歌》、《賽神詞》、《峽山寺》，往往自然流露，溢爲吟詠。《桃花扇傳奇題詞》、《題范忠貞公獄中詩後》、《題禮烈親王克馬圖》、《長椿寺明孝純劉太后像》，多備典故。《自敍樂餘東老歌》小序云：「席祖父餘業，有常稔田數頃。幼多病，不善治生，家遂落。讀書成誦輒忘。嘗習舉子業，屢躓棄去。薄游燕趙、甌越、章貢間，遇深林密箐、名山蕭寺必窮其勝，所至有題詠直白如話。性坦易，交無貴賤善始終。逢場作戲，裙屐少年酒樓歌館亦偕往，杯盤狼藉，興盡則返。五十餘，以子官曹郎偕其偶入都，顧俸薄不贍，朱邸延爲世子師，脱畧懶散自若也。主人頗優禮之。一夕，誦純陽子東老雖貧樂有餘句，因以自號。」其詩初學韋、杜，博積日久，鍛鍊以成。是升爲韓騏子，騏有《補瓢存稿》，是升校字。蔣業晉《立厓詩鈔》卷二《題韓旭亭讀書圖》注敍其家世甚明。是升子尌有《還讀齋詩稿》，子崇有《賓鐵齋詩鈔》。《晚晴簃詩滙》無韓騏詩，且置是升於尌後崇前，是未加考也。

爬沙行

爬沙朝，爬沙暮，百里江程滯行路。老夫閱歷無躁心，濡毫但詠爬沙句。寸進追尺不得前，船在江心等涸鮒。晨餐夕膳困卽眠，日坐船頭看雲樹。嗚呼，爬沙猶自可，農家更比爬沙苦。炎方三月雨衍期，澤竭泥乾插秧誤。插秧誤，無處訴，縣官自顧考程嚴，羽書絡繹催新賦。承宣大吏總度支，責成縣官定分數。縣官不及數，大吏赫然怒。石壕怒吏横徵錢，鬻子賣男飽衙蠹。及時禱祝皇天慈，三尺甘霖四郊樹。春江漲滿免爬沙，葉葉帆檣競飛渡。《聽鐘樓詩稿》卷五

北居詩稿六卷　乾隆間刻本

曹錫辰撰。錫辰字北居，江蘇上海人。一士從子，錫寶從弟。乾隆十一年，年十一能詩。刻《北居詩稿》，詩止於二十九年甲申，甫逾三十耳。是集有葉方宣序。觀所交往，及見沈德潛，與吴中王鳴盛、錢大昕、王昶、趙文哲、曹仁虎、吴企晉均相契，黄文蓮是其外甥。錫辰善病，好遊，踪跡不越江南。山水詩甚工。《玉玲瓏歌》、《明潘尚書豫園中石》、《韓昌黎詩》、《王麓臺畫》，亦有可掇。刊本不經見也。

竹軒詩稿十五卷　乾隆五十二年刻本

劉秉恬撰。秉恬字德引，號竹軒，山西洪洞人。乾隆二十一年舉人。三十七年督理大小金川軍餉，擢吏部侍郎。四十五年調署雲南巡撫，次年爲雲貴總督。五十一年授兵部侍郎，後調倉場侍郎。嘉慶五年復調兵部，卒。此書爲官倉場時刻，包括《有竹軒分箋》、《督餉集》、《覲光集》、《滇行集》、《述職吟》、《公餘集》，共一千五十六首，自序。《清史稿》傳無生年，此書卷二《壽方厓制府》詩注有「余今年五十，制府四十」語，可考秉恬生於雍正十三年，終年六十六。證諸《紀文達公遺集》卷十二《戊午同人小集》注：「劉竹軒少司農六十四歲」，亦合。其詩推重白、蘇，重在問政採風。官雲南所作《詣松華壩觀元咸陽王分水石公金汁河之韓晃閘壩工將成賦長句》、《巡視錢局》、《閱營中籐牌手兼習鳥槍》、《近春日南國馴象至》諸篇，皆得之目見，有裨於史。工詠物，西方鐘表凡三見。録其一《時辰表》云：「有物呼曰表，能表造物機。一日十二時，呈報差不違。輪轉走方寸，樞紐自相依。法健行不息，制度協璇璣。包含真廣大，具體却甚微。始來自海外，近亦遍邦畿。游子攜以隨，時時近征衣。朝士攜以隨，計刻入禁闈。袖裏看乾坤，不啻窺日暉。信哉人事巧，參天亦幾希。」詩作於乾隆中葉，當時時辰表已漸行中國。

延芬室稿不分卷　北京圖書館藏抄本

永忠撰。永忠字良輔，一字渠仙，又字臞仙，宗室。恂[illegible]郡王允禵孫，多羅貝勒弘明子。封輔國將軍。

撰《延芬室稿》，爲乾隆十二年十三歲至五十七年五十八歲詩。今藏北京圖書館。間有自注删改，殆爲未刻底本，清宗室足跡不出京畿，所詠多西山、豐臺、寺廟之遊。永忠與昆季永憲、永珀、永璥，俱能詩。交往則書誠號樗仙、敦誠、敦敏兄弟、畫家朱文震等人。近年發見集中有弔曹雪芹三絶句，遂爲《紅樓夢》研究者所注意，然亦未見有新創獲。蓋乾隆間八旗貴介，均住京西，漢族士夫避之唯恐不及，求諸文獻，每嘆闕如也。今所見《紅樓夢》資料，大都爲道光後者耳。

容齋詩集二十八卷　嘉慶四年自刻本

茹綸常撰。綸常字文靜，號容齋，一號簇蠶山樵，山西介休人。乾隆間監生。候選理問。主講邑綿山書院。與同里董柴、王佑、任大椿結爲詩社，酬唱幾無虚日。詩集於乾隆五十一年卽付剞劂，任大椿序，凡一千三百十六首，今集中前二十一卷是也。嘉慶四年續刻七卷，凡三百九十三首。綸常居僻塞之區，而與江南士夫每通聲氣。詩亦隨年以進。雜詠題什，頗可採擇。卷一《題漁洋竹垞詩後》、卷二《國朝諸名家逸事雜事》二十四首、卷三《題桃花扇傳奇》十首、卷四《題宣和畫譜》十二首、卷五《讀白氏長慶集》、卷六《詠菊絶句》十六首、卷七《讀唐人詩書後》四首、《題傅青主霜紅龕集後》、《題蓮洋集》、《弔謝茂秦墓》，卷十《讀杜工部戲爲六絶句有感》三首、《寒夜讀韋詩》、《題談龍録》、《閲綿津山人論畫詩偶題》四首、卷十一《元夕觀劇漫成》、卷十四《題國朝山左詩鈔》、卷十九《題彌勒笑傳奇》、自注：江南張漱石原本名《夢中緣》，寸田改爲北曲，命今名。卷二十三《題蔣心餘傳奇》六首、《題袁簡齋小倉山房集》二首、《重修元遺山墓碑詩》二首並序，皆能自出新意。袁枚徵八旬壽詩，得數百家，以綸常詩爲冠。今觀和詩八首，不過頌揚用心，令枚傾倒耳。綸常生於雍正十三年，其詩止於嘉慶四年，年六十五。任序稱綸常：「於學無所不該，詩特其一斑耳，而亦不專一門。自漢、魏、六朝、唐、宋、元、明迄今作者，皆挹其醇而去其疵，得其神而遺其貌，以自成一家之言。」殆爲山右名家，與迂腐曲士不可同年而語矣。

冬夜閲聊齋志異漫題

夜窗供蕭索，寒飈暗青燈。一編聊展閲，百怪紛俱呈。鄭門蛇内外，魯廟鬼故新。綏綏狐自媚，蚩蚩物或憑。固知拘墟見，不語高自矜。埋輪誰擬問，妄言吾差能。命筆涉渺冥，炙硯幾逡巡。似此鬼董狐，毋乃類搜神。《容齋詩集》卷十

石鼓硯齋詩鈔三十二卷 嘉慶五年家刻本

曹文埴撰。文埴字竹虚，號近薇，一號薺原，安徽歙縣人。乾隆二十五年二甲一名進士，授編修，官至户部尚書。卒於嘉慶三年，年六十四。謚文敏。詩集初刻於乾隆間，名《帶星草堂詩鈔》，爲子振鏞所刻，收編年詩二千三百九十四首。有翁方綱、錢大昕、曾燠序。文埴直内廷最久，多次奉使出巡。北至奉天，南抵廣

州，所經遼瀋、齊魯、豫皖、贛湘、江浙各地，每游必有謳吟。集中攬勝懷古之什，更僕難數。吟游黄山、九華，達二百首，又作《黄山松歌》、《題黄山花卉畫册》七十六首。交游唱酬多翰林學士。《程學博易田赴試禮闈》、《程易疇秉鐸嘉定講堂》、《題程丈後村課耕圖》，爲考據學家程瑶田有關資料。《得趙文敏爲鮮于伯幾作委順菴圖》，附録原跋，有裨於書畫史。文埴詩宗白蘇，《新編白香山詩成帙長歌》、《過元總管李忠文公黼盡節處》、《題王石谷畫册十二幀》，真意所留，亦見性情。《讀史記論人十首》，爲李耳、申包胥、范蠡、荀卿、高漸離、李斯、圯上老父、樊噲、袁盎、汲黯。其詩能於平易中見波瀾，惜稍失繁冗耳。

未谷詩集四卷　道光二十一年刻本

桂馥撰。馥字冬卉，號未谷，山東曲阜人。中舉後官長山教諭。乾隆五十五年成進士。出任雲南永平知縣。著有《説文解字義證》、《札樸》以及《後四聲猿》雜劇。卒於嘉慶十年，年七十。詩文集均身後所刊，其孫顯忱録。馬履泰序稱，作者爲詩多酒後之作，取雋一時，又下筆特工八法，往往脱手輒爲人持去，故存稿不多。其詩平淡崛直，蕭疎有致。《贈武虚谷億》云：「一行作吏早歸田，金石遺文出鄭箋。來往鵲華秋色裏，逢人但乞打碑錢。」《别馬秋藥履泰》云：「藥欄水檻晝沉沉，講舍蕭然一徑深。最喜新詩初改罷，一尊招我並肩吟。」《送周進士永年》、《潭上精舍八首》、《六十生日書懷四首》，亦有感發無盡之意。馥邃於金石，室名「十二篆師精舍」。《題漢敦煌太守碑歌》、《題桂字銅印册子》、《題漢瓦頭》、《高麗海苔牋扇》等詩，力湔艱深，不甚雕飾。工隸書，與畫家羅聘交善，有《鬼趣圖》、《野梅初月圖》、《墨竹》三題。嘗作《説文統係圖》，亦聘所繪。嘉慶元年出都有詩云：「衝風牽扶留，陟巇騎大象。狂插兩鬢花，頹倚九節杖。」聘就其意爲作《戴花騎象圖》。兩圖文人題詠不絶。紀昀贈題尤佳。居滇所作名《南征草》。《天燈》一篇記嘉慶九年昆明疫氣大作，死者無算。詠大理、永平詩寥寥數首，似未嘗徜徉於山水間。作者不以詩名，顔崇槼稱其編詩話至老不輟，卽號稱專家或未必如此研討之深也。

玉句草堂集四卷　嘉慶十三年刻本

鄭澐撰。澐字晴波，號楓人，江蘇儀徵人。乾隆二十七年舉人，三十年南巡召試，賜授内閣中書。出爲福建建寧同知，調杭州，進浙江督糧道。著有《玉句草堂詞》。所刊《杜工部集》，將歷來箋注概從删削，袖珍白文，校刻並佳。阮元《淮海英靈集》小傳稱澐「晚被謫新疆，援免」，莫詳其情。又謂「卒於乙卯」，當爲乾隆六十年。是集爲其壻休寧戴延介得遺稿付剞。跋云：「舊有施小鐵侍御序，今已散佚，先生故舊亦大半彫謝，故不他乞序言。」詩亦學杜，以行旅之作爲主。《百花洲》、《浴日樓江望》、《楓嶺》、《仙霞嶺》、《萬安橋歌》、《渡河作歌》、《游道場山》、《七星瀧》、《黎嶺》、《大羅灘》、《江心寺》、《溪行紀事》、《舟過小孤山下作歌》、《富陽舟中》、《十八灘》、《度梅嶺》、《下三峽作歌》、《六榕寺》，俊逸峭峭，間采閩粤民俗。唯不肯肆意馳騁耳。汪中有長歌追述交往，見《容甫遺詩》。

虚白齋存稿八卷　乾隆五十五年刻本

吴壽昌撰。壽昌字泰交，號蓉塘，浙江山陰人。乾隆三十四年進士，改庶吉士。由翰林累至左中允。此集爲貴陽學署刻本，分《操縵》、《對薇》、《冰銜》、《直廬》、《驛程雜詠》、《細吟》諸集。壽昌居翰林充四庫館纂修，有《恭和御製命校永樂大典詩》、《題墨録》。又多記北京城郊名蹟。唱酬爲陸費墀、阮葵生、馮應榴等名士。乾隆四十八年，爲廣西主考，五十一年，視學貴州，所詠獨秀、黔靈、白水、遵義、烏江、石屏諸勝，造語精研，尤工險韻。《濟火歌》、《奢香歌》、《大定革器歌》、《都江竹枝詞十二首》，有關我國西南苗族生活風土甚多。又多詠物産。《食燕窝作》、《丹砂》、《檳榔》、《咂酒》、《茶油》等篇，均較質實。蓋學有根源，故能絶去繁重滯澀之病也。

明季殉難湘潭督師何公騰蛟籍隸五開衛今之開泰縣也有新入武庠名飛虎者自稱爲公五世孫詢之邑人則云係旁支公未有嫡派也有客言貴陽馬氏子孫尚繁爲賦此詩　詩成後取何氏宗譜查閲，公止一子，官永曆時都御史，卒於廣西南寧，年三十餘，無嗣。

梅花嶺畔骨寒時，又報長沙殉督師。公之大節與史閣部相同，見《明史》本傳。滄海詎消精衛恨，空山祇益杜鵑悲。衣冠浩氣存題碣，邑志云有墓。俎豆名賢少奉祠。聞説貴陽瑶草後，百年支派續窮奇。

按，明季殉難諸臣蒙今上特恩普行賜謚，頃因按試黎平詢公謚於郡守，則云未經奉到部咨，或因當時衞屬湖南，部咨不入貴州亦未可定。余曾充《一統志》纂修官，京寓尚有部移檔案全册在彼，歸時謹查賜謚，忠誠當爲查閲。

丹　砂

黔中貢丹砂，佳者産册享。在永豐州。塊材不易得，價與朱提竝。或類指掌劈，鏡面生光晶。硃砂有斧劈、鏡面、箭鏃等名。地寶搜易竭，鑿深水溢阬。苦難人力施，充匭勞他營。銅仁産尤佳，箭鏃頗擅名。購取媚朝貴，丰棱耀紅纓。亦有堆作山，玲瓏几席呈。水玉含韎韐，堅光眩雙睛。其餘瑣細粒，泥沙衆所輕。誰爲最要需，餐餌求長生。顧我乏仙骨，素無冲舉情。何況雕繪家，紫泥相鮮明。得之思有用，贈者何其誠。墜地兒開口，失心疾鎮驚。他時鄉里乞，取給歸囊盈。《虚白齋存稿·細吟集下》

賜墨齋詩二卷　光緒十六年重刻本

姚念曾撰。念曾字季方，號友硯，江蘇金山人。拔貢生。乾隆三十年官湖北，歷官永陽知縣、德安府同知。三十四年刊《賜墨齋詩》二卷、《詞》一卷，有自序，其内弟褚廷璋五古題詞一首。集中登泰、渡河等篇，情致勃然。《夜泊采石磯》、《黄鶴樓》、《赤壁》，亦得氣象。《蕩灣訪夏忠節暨節愍墓》，時允彝、完淳父子事已不爲人所知矣。《擒虎墩弔侯指揮端》、《邳州道中紀事》、《撲蝗歌》、《宛城北陵閒步觀村民賽神有作》、《初至鄖縣視獄》、《讀賈島長江集》、《讀王介甫詩集偶成八首》、《讀李客山詩集》，取材尚寬。初刻本於咸豐間毁版，此光緒十六年外曾孫程國襄重刻，有丁繁培題詞。

六義齋詩集四卷　乾隆六十年刻本

施朝幹撰。朝幹字培叔，又字鐵如，號小鐵，江蘇儀徵人。乾隆二十八年進士。官宗人府府丞。嘗典試山東，督學湖北。嘉慶二年，歿於學署《正聲集序》。著有《一勺集》。是集與詞集《正聲集》合刻，首王昶、錢大昕序，自序。朝幹工詩，王鳴盛《吴中十子》之刻居於首。王昶《蒲褐山房詩話》稱其詩「樸質清真，不尚才藻，生澀刻峭，得之孟東野、梅聖俞爲多」。《縣志》傳云：「在京師老屋數椽，寒菹冷炙，終不與熱官來往。貧不能成喪。」集中有《薄宦詩》可見。詩注有云：「舊制鑄錢，以紅銅六成，白鉛四成，二者配鑄，謂之黄錢。乾隆五年，浙江布政使張若震以私銷衆，錢價益昂，奏請改鑄青錢。廷議以紅銅五成，白鉛四成一分半，黑鉛六分半，錫二分四者試鑄。所鑄之錢，投鑪熔化，不能復造器皿。私銷之弊，遂不禁自除。」可爲貨幣史研究參證。又有《田家歎》、《刈麥歌》、《歲晏行》、《上水謡》，多憂憫農家之言。《黄天蕩弔韓蘄王》、《滄州弔高常侍》、《烏聊山汪公廟》、《題史可法遺像册》、《天津府》、《放船至臨清州》、《密雲二十韻》、《自石匣至古北口作》、《都門詠古》八首、《經宣武門天主堂作》諸篇，尤爲精當。師友寄贈，爲《呈王鳳喈先生》、《哭張雲澍》，自注：先生著有《澳門紀畧》、《續宛雅》二種。《書湘潭張度西詩集後》。《題馮鷺庭編修藏田山蕫秋泛圖》，小序詳記此圖來歷。當日田雯官大通橋分司，召客泛通惠河，歌以記事，有「一百七十萬石米，常抱東南民力痛」之句。據朝榦自注：「今全漕三百七十五萬二千餘石。」視前又倍增之。又詠《李百華巡察臺灣賞番圖》，圖佚，而賦詩記其大畧，復採原注綴於各章，多述海隅風土，讀之如見原本。《題曹鴻書倚樹聽泉圖》句云：「世上筆墨安能寫君顔，惟香烟繞繞丘壑間。」自注：「圖以香火烙成。」蓋火畫也。康熙間詩風競宋，雍正時稍異其趣，至乾隆中期，又以宋詩爲尚，且不避行文之弊。事物既繁，自當別出杼軸，此大勢所趨耳。設人皆學唐，徒謄浮言矣。

密雲二十韻

問訊密雲道，幽州籍可稽。軍傳唐障塞，縣本漢厗奚。豁達真如掌，攀緣亦有梯。烈風疑虎鬬，澮日逼天低。石匣城連驛，潮河東注西。峯環誰見樹，橋斷卻沿谿。弔古多兵燹，于兹太慘悽。降書段遼釁，段遼遣使詐降石虎，慕容恪大破虎兵於密雲山。死難法心刲。金貞祐二年术甲法心守密雲縣，城破，法心死於陣。巖邑征人説，遺蹤勝國迷。永陵齋内蠱，俺答馬南嘶。警急聞庚戌，邊陲震鼓鼙。漫勞更將帥，安得取鯨鯢。總督俄開府，羸師且共棲。山行艱轉餉，水運卽輕齎。明嘉靖二十九年置薊遼總督駐密雲縣，從通州至牛欄山，以車轉餉，勞費特甚。其後濬潮河川水達通州，用小舟轉粟，直抵密鎮。故壘荒烟雨，清時走軏輗。直開千里目，何假一丸泥。巨鎮旌麾重，分防遠近齊。黄花閒戍角，温谷喜耕犂。投筆常年

感，迎鑾舊句題。晚來茅店宿，慷慨話前蹊。《六義齋詩集》卷四

爲馮鷺庭編修題田山薑先生秋泛圖歌 有序

康熙中，山薑先生官大通橋分司，召客泛通惠河，屬郁某作圖，歌以紀之，有「一百七十萬石米，常抱東南民力痛」之句（今全漕三百七十五萬二千餘石），和者山東王曰高、曹貞吉、顏光敏、謝重輝、張完臣、趙文煛，河南宋犖、宋炘，浙江朱彝尊、李符，江南汪懋麟、孟亮揆、顧嗣曾，湖廣葉封，福建林堯英。乾隆辛亥鷺庭於琉璃廠市肆購得此圖，壬子三月示余索詩。先生又有《大通橋行》一篇，備述轉漕之艱難。王文簡公比之元道州《春陵行》云。

春晚商音發疎柳，深堂波湧檣烏走。倚檻直視國門東，褰衣怳立官河口。此圖康熙丙辰出，光燄到今薄星斗。太史磊落如田公，啟篋對我咨嗟久。大通橋邊廳事開，重陽雨過無氛埃。公讌賓客盡豪傑，水木澮浼秋徘徊。繩長驢曳船影靜，岸轉塔送涼煙來。當時作歌招屈宋，先生詩末云「我欲作歌招屈宋」。圖中之人君所重。每哀輸輓算舟車，況值干戈滿梁雍。休沐乘興滄洲想，文辭鐫石春陵共。五閒骫翳不戀人，百年籌策悲何用。我始見圖增歎息，秋泛真蹟喜君得。牆脚山薑花已無，河干老菊香曾識。並世題名列十五，同遊傳和兼南北。髣髴高吟拍桉初，頤張鬢動遶君側。前汪堯峯先生於順治中分司大通橋後田總浮雲，低回爲問大馮君。可憐潞水詩中畫，不遣風流諸老聞。哲兄星實前輩任坐糧廳時有潞河督運圖。《六義齋詩集》卷四

經天主堂作

朝經宣武門，駐馬時雍坊。黤黲雲霧間，倏見天主堂。宅幽户方閉，前對城東牆。其中屋數楹，淫祀義難詳。八神始天主，史官述秦皇。示戒固殊科，歸極敢決防。有明運末造，底貢大西洋。天主及主母，畫圖驗冥茫。復云神仙骨，凶穢矜猖狂。亡何考璣衡，假館窺陰陽。推步術可採，譎詭教奚臧。星移竟盤踞，額懸亦焜煌。緬昔書院闢，首善名惟莊。忠端黄公尊素雖遠慮，鄒忠介公元標馮恭定公從吾垂典常。兹堂實不經，道左驚徬徨。君父恩罔知，妄言黷穹蒼。著書爭誦習，害身在膏肓。逮今蚩蚩子，瞻禮傳荒唐。丹堊稍剥落，棟桴尚高驤。何況北東西，結宇儼相望。城内天主堂有四，此南堂也。我欲訴上帝，敷威昭天綱。震雷拔地起，飛電著壁光。遺規化飆塵，非法息蜩螗。俾作齊民居，出入遵周行。《六義齋詩集》卷四

謙益堂詩鈔二卷　道光間刻本

賈虞龍撰。虞龍字舜臣，號雲城，一作筠城，漢軍旗人。乾隆十八年舉人。與王文治、朱孝純友善。生於乾隆元年，卒於二十六年，年二十六。詩稿僅得全稿之半，爲其繼配劉氏所藏，子繼昌跋，道光六年姪文淳跋，有王引之序，戚人鏡、那清安、姬光璧序，賨鋆序已作於道光二十二年。詩凡三百餘首。《琉球刀歌》、《順

勤侯黄馬歌》、《醉歌》，俱以豪放見長。袁枚《隋園詩話》稱之。虞龍與朱筠、朱珪兄弟砥礪以古文學，又與姚鼐、朱文震、李御有交，集中有《謝朱青雷爲刻石印》、《游仙行路難贈李琴夫》等作，《東嶽廟》一篇，記述廟中祀像，使人如臨其境。《故明大學士沈公殉節歌》，沈氏名宸荃，魯王監國敗事死。《故明侍御史沈公殉節詩》，記桂王監察御史沈履祥死於台州事。均屬晚明掌故。《題伏生授經圖》，兼論漢儒得失，亦佳製也。

艤舟集五卷補遺一卷　毘陵伍氏合集本

伍宇昭撰。宇昭字青望，江蘇武進人。客山左二十五年。工詩。嘉慶六年，自刻《艤舟集》五卷，原板寖失。近代裔孫伍璜並宇昭子魯興、嗣興詩詞集合刻之，曰《毘陵伍氏合集》。是集有乾隆間史承豫、萬之蘅序，嘉慶元年宇昭門人李初華跋，均不及科名仕履。唯集中與袁枚、翁方綱唱酬，行輩甚高。據《戊寅八十三》詩注，當爲乾隆元年生。游魯詩最多。《汶陽竹枝十首》，雜述見聞。《金陵懷古》、《滄浪亭》、《餘不溪歌》，辭情亦勝。《鹿谷圖歌》，自注：「明張藐山先生故居。」在陽城。《射鹿圖》間備掌故。近人刻祖先遺集，未經當時宗工採擇，每不能佳。此集尚無泛濫之弊，置諸乾隆諸家中，亦無媿作者焉。

清人詩集敘録卷三十九

掃垢山房詩鈔十二卷　嘉慶七年闕里刻本

黄文暘撰。文暘字時若，號秋平，江蘇甘泉人。貢生。嘗從姚鼐學古文辭。善詞曲。乾隆四十五年伊齡阿奉旨於揚州設局修改曲劇，圖思阿繼之，凡四年事竣，任總校。嘉慶四年住曲阜，爲衍聖公孔慶鎔師。著有《曲海》，不傳，《曲海目》載《揚州畫舫録》中。是集爲闕里刊本，有阮元、孔昭虔等序。文暘性清介，不與世爭趨。卷一《客有於歲暮餽金者作詩却之二首》，其一云：「繁霜冷雪足清歡，竹箭松筠總耐寒。羞買綵絲繡趙勝，好留粉本畫袁安。最憐山外梅偏早，不記人間歲已殘。賤性硜硜成痼疾，柴門反欲爲君關。」卷九《家無長物有最不能忘者思之每惘惘若失作七憶歌》，七憶者，曰葫蘆、竹如意、書、石印、緼袍、燈、葉子。安貧若素，可想見爲人。其詩恬淡厚重，而少封建固習。妻張因亦工詩詞，善畫，集中夫婦唱和詩甚多。居邑東北掃垢山，嘗作《掃垢山房聯吟圖》，一時題詠甚衆。文暘與童鈺、李斗等人時有文字酬贈。卷三《題王一齋師遺集》、《余伯符重過揚州感賦四首》，自注：「時予與邵二雲先生有邑乘之役。予年來受鹺使之聘，校改元明及國朝各雜劇傳奇進呈。」卷九《論詩絶句四首》，卷十《魯游詩草》所收謁孔林、孔廟，《微波榭借書歌》等篇，多存佚聞。

嘗館阮元瑯環山館。阮元小黄文暘近三十，焦循爲文暘長媳之兄，均尊文暘爲親長。據卷五《壽吴柏槎六十》「我生歲丙辰，君生歲丁卯」句，當爲乾隆元年生。阮亨《瀛舟筆談》載，嘉慶乙丑正月十六日文暘生日阮元招飲於積古齋。是卒年當在七十以外矣。室張因有《緑秋書屋詩集》，女弟子汪鷁有《雅安書屋詩集》，唱和較多。

慎獨齋吟賸四卷　道光四年重刻本

童鳳三撰。鳳三字梧岡，一字鶴銜，浙江山陰人。乾隆二十五年進士，改庶吉士，授翰林院編修。嘗典試廣東、江西，督學湖南。官至吏部侍郎。詩集爲嘉慶七年六十七歲手寫定，商之于紀昀。此集爲其孫棨官粤西時重刊本。首紀昀原序，道光四年阮元序。集内存詩不多，而抉擇甚嚴。詠越中古蹟十六首，《題黄石齋先生手書詩册》、《邱至山藏名墨百餘種以詩紀之》、《同畢秋帆諸桐嶼等游北京萬柳堂》、《春明江行自長沙至衡州一百韻》，以及詠伏波祠、羅池廟、延安、秦嶺等，長篇佳製，意度灝然。絶句《詠昭明文選》云：「畫江最數承平日，監國閒尋藻采編。至竟詞章成底用，石頭城外又烽烟。」《謁諸葛武侯祠》云：「魚水纔能闢草萊，元黄終自仗奇才。可憐夜半妖星落，已報降王蜀道來。」《詠馬嵬》云：「環上羅衣識已符，返魂漫與覔鴻都。不知縹渺神仙路，抵得崎嶇蜀道無。」《送洪稚存南旋》云：「藜閣星軺願可舒，縱横豪氣肯消除。馬枚遲速非君事，别有披肝賈傅書。」含蓄諷轉。其詩能脱館閣體之習，又精於律，故無體不工，精研入細也。

頤綵堂詩集十卷 光緒十年重刻本

沈叔埏撰。叔埏字填爲，號帶湖，浙江秀水人。乾隆元年生。年十五爲古文辭，都無師授。三十後賣文以爲生。乾隆三十九年以貢生爲教習，任職正紅旗官學，賜舉人，授内閣中書。充方畧館、《一統志》、《通鑑輯覽》協修官。分校《歷代職官表》，四庫館開，又分校八年。五十二年始成進士，授吏部主事。嘉慶八年卒，年六十八。事具阮元所撰《墓誌銘》。著《頤綵堂文集》十六卷，刊本習見。詩鈔初刻于道光二十六年丙午，未幾版毁。此本爲其從孫宗濟重刻於嶺南，首載從子維鐈跋，弟子金衍宗跋，道光二十三年錢儀吉舊序，收古今體詩六百二十四首，編年爲乾隆二十五年至嘉慶七年。清代浙派詩人，康熙間爲朱彝尊，雍正間爲厲鶚，各執耳騷壇。乾隆初錢載專宗西江，力闢蹊徑，王又曾、汪孟鋗、萬光泰，分逐角勝。叔埏生於乾隆盛期，不似秀水諸家，蓋學力有所不逮耳。集中較可稱舉者《登顧野王讀書堆》、《桃花飯歌》、《讀陶詩》、《過水西寺》、《康山草堂歌爲江鶴亭賦》、《題馮星實潞河督運圖》、《題李墨莊登岱圖》、《題戚馥林明經室硯圖》、《還硯圖歌爲馮百史宬作》、《題鍾大源東海半人詩》等篇。餘則務爲平衍，多習見語矣。

山靜居遺稿四卷 嘉慶間刻本

方薰撰。薰字蘭坻，一字蘭士，號樗菴，浙江石門人。布衣。生於乾隆元年，殁於嘉慶四年，年六十四。

工詩畫，所養粹深。著有《山靜居論畫》、《山靜居詩話》等書。此編爲薰子廷瑚刻，陳鴻壽、屠倬助成。首阮元序。作者詩宗放翁、遺山，畫宗雲林，當世士大夫既有定評。集中詩如《昌化石筆山歌爲趙味辛作》、《明趙忠毅公石硯》、《天聖寺觀管仲姬畫竹》、《題夏昶墨竹》、《黄石齋先生畫松卷》、《毛子文藏吴越錢忠懿王金塗塔》、《鬼工毬》、《漢銅龍轆轤燈歌》、《書王大令保母志帖卷》、《鐵筆行》、《漢銅舉契歌》、《唐塾箱錢歌》，戛然獨造，博洽多聞。《燈下力疾誦騷》、《夜讀昌黎詩》、《偶閱山谷詩題後》、《趙味辛至得洪稚存所寄詩》等篇，尤見其詩渾涵，不以塗飾而掩情。至《題宋元明人書畫》十二首，題惲正叔、金冬心、奚鐵生畫，《和鮑以文西湖嬉春詞》十四首，始以清峭見勝。又有《踏車行》、《築田塍》、《織麻婦》、《栽木棉》、《踏燈行》等歌，狀寫民間疾苦。薰生平不喜酬應，唯與鮑廷博、吴騫、奚岡友善。老耽簡籍，貧不能購，時從鮑廷博借讀。比還，又無以爲報，乃作《還書圖》贈之。《喜緑飲載書借僕口占志感》云：「瑣語卮言見古先，宋編元録各搜研。休輕小説尋行墨，儘有當年掌故傳。」「摘句尋章比碎金，却從身後遇知音。由來豪傑嗟多少，篆刻雕蟲苦用心。」自注：「以上宋元詩話等書。」「詩集中州有典型，谷音多半泣精靈。金源一代徵文獻，卻在元家野史亭。」《中州集》。「叢殘入手儘堪娱，友道如君幸不孤。莫笑一瓻償亦少，載書來借有人無。」薰病危處分家事甚悉，獨以詩稿惓惓於鮑廷博、金德輿、趙懷玉三人。後聞痊愈，趙懷玉有詩却寄，見《亦生有齋詩集》卷一。費融《紅蕉山館集》卷八有《寄方蘭坻山人五十韻》。子廷瑚，工詩，有集。

望嶽樓詩二卷　嘉慶間刻本

朱霈撰。霈原名榮朝，字煦佐，一字井南，號約齋，安徽黟縣人。家居黄山麓，顔其居曰望嶽樓。乾隆四十八年舉人。依百齡邸爲幕佐。嘉慶間主講渌江書院。是集有百齡、秦瀛序，諸家題詞。劉大櫆曰：「古詩蒼蒼茫茫，有磊落不羣之概，近體韻調深穩，功力悉敵。」錢大昕曰：「研精經學，著書滿家，而詩格豪放，兼有昌黎、眉山之長，近體清婉似王文簡公，可見胸中無所不有。」今觀集中古體如《雪夜讀東坡詩集有作》、《題白石翁山水畫卷》、《舟泊浯溪觀顔魯公所書中興頌碑刻歌》、《禹碑石篆歌》、《頤園看夢禪居士大幅山水歌》、《題孫笠人苦竹山莊圖》、《萬壽寺古松歌》，俱甚得力。近體如《黟山雜詠》、《黟山竹枝詞十二首》，亦非風雲月露之詞。綴以名家題詞，當非自擡聲價也。

桔槔謡

桔槔漉漉黄禾槁，夫爲呼，婦爲禱。沔流彼泉，胡活我農。生我稻，終朝無雨復無雲，令我黄實鞠爲草。鞠草猶尚存，縣吏徵租不原我。米粟之納正所供，蠢爾豪民爾無躲。縣吏來，縣吏來，荒郊四面筵宴開，齊呼輸税聲如雷。老婦牀頭伏，嬌兒膝下哀。語兒且勿哀，如此焉能顧禍災。野風騷屑吹茅茹，我隨阿爺官裏去。《望嶽樓詩》卷上

和施蒙泉明府黟山竹枝詞　十首録四

茶苦茶甜儂手藏，焙茶天氣汗如漿。盡情載與西洋賈，閒到檳榔樹下嘗。

布被搴炭當繡紋，教儂青白兩頭分。儂家亦在博山住，苦惜沉熏不忍焚。人家率用青布被灰汁，印花其上。《水經注》云：黟南有博山。

莊家小女正垂髻，饁餉輕籠菜甲挑。斧腦白回甘露寺，桃花紅過乳川橋。斧腦白、桃花紅，稻名，見羅願《新安志》。

劈破簹篢幾架空，紫姑神至響玲瓏。郎要歸時合幾拍，儂要聚時開幾弓。婦女於正月上九迎紫姑神，剖竹二片，麻約兩頭，神至竹自開合。占者以開合之數驗吉凶。《望嶽樓詩》卷下

謙山詩鈔四卷　乾隆六十年刻本

朱鍾撰。鍾字質亭，號謙山，安徽黟縣人。久客金陵、維揚，結交多一時名輩。撰《詩鈔》四卷，施源序，方輔題詞。爲詩堅蒼渾厚，不爽絶削。《黄山古松歌》、《周侯廟歌》、《石門行》、《長平箭鏃歌》、《南池謁杜工部祠》、《舟中望九華山》、《石門行》、《登攝山最高峯》、《登岱》等篇，非徒恃性靈者可以下筆。《讀騷六首》、《詠史四首》、《書杜少陵詩後》、《讀龍洲集》，亦見學力。與梁同書、張九鉞、凌廷堪、蔣宗海均有寄贈。《得姚

姬傳先生書》、《書程易田先生九穀考後》、《酬陳廣寧騎射遺石鼓詩打本卽送赴象山營》、《寄孫笠人黄山》、《方密菴先生杠過山齋》，多可見名士交游。《幸蜀圖》云：「一曲淋鈴萬古哀，君王西幸蜀川迴。誰知南内淒涼月，都自長生殿裏來。」《射潮圖》云：「風急江頭水怒號，錢王英氣儼凌霄。空嗟十萬神機弩，不射朱梁只射潮。」此絶句之佳者，似明七子學唐。

靜怡軒詩草一卷　道光五年長沙郡署刻本

毓奇撰。毓奇字鍾山，號竹溪，姓鈕祜禄氏，滿洲鑲黄旗人。乾隆二十四年，考補内閣中書。三十年，從傅恆幕，至緬甸。累遷兵部侍郎。任漕運總督，頗著政績。五十四年，官新疆烏什駐辦大臣。卒於五十六年，年五十五。吴香亭爲撰《傳》。是集爲其孫薩迎阿所刻，有乾隆五十二年沈啟震題詞。《南旺分水口漫成》，卽掌河漕時作。餘以詠邊疆諸題爲勝。《巡查卡倫一路山行感賦》、《早行渡河至喀朗圭途中》、《自玉古爾察至烏帕拉特卽景》、《自玉都巴什至伊勒固楚道中漫題》、《圖默舒克途中遣懷》、《特爾格起克至特比斯道上口占》、《自鐵烈克卡倫至察木倫軍臺卽事感懷》、《至英吉沙爾卽事述懷》、《花門卽目》、《庚戌烏什端陽偶成》，所至之處，已有無能知者。寄贈同僚爲昇寅、管榦珍等人。

花門卽目

自奉安邊詔，西陲使節通。八城屯勁旅，三載賦彤弓。風俗今仍異，衣冠尚未同。雪山冰不解，瀚海路焉窮。春樹依然緑，鮮花也自紅。葡萄斟碧釀，苜蓿飽青驄。最苦廉纖雨，偏宜穲稏風。穲稏菓木經雨則萎，遇風則茂，氣脈使然。阿渾皆日者，莫洛盡各洪。阿渾念經勸善，莫洛識字教人。尖帽頭頭白，馴雕處處籠。刀鎗虛點綴，素韃枉精工。回紇懦弱無能，不諳技藝。巴栅兒羣聚，納麻子素崇。蹇驢非負米，回人極重養驢，向不宰食。良馬爲油潼。馬乳日作七格，男女羣飲。最好勤耕織，難期慎始終。夫婦不睦，多有離異，夷言楊妬兒。親疎雖諾諾，婚嫁總懵懵。同祖兄弟姊妹世爲婚姻。邇漸知王化，時猶感帝衷。輸誠荷普育，物阜永年豐。《靜怡軒詩草》

空石齋詩文合刻 道光二年刻本

汪國撰。國字幼真，號茨湖，浙江鄞縣人。乾隆四十二年舉人。四十九年會試不售，憤至嘔血。五十二年復應試，仍報罷。授上虞教諭，半月遽卒。嘉慶十四年邵詠作《汪茨湖先生小傳》。道光二年，受業壻周鼎爲刻詩文集，詩名《賸稿》，分體不分卷，吉安田、文燾爲之序。國受知於馮敏昌，有文名。詩學杜，亦近東坡、放翁、遺山，擅長摹古。乾隆以後小家，多不可以一格拘，定畫唐宋界，多恐不當。《讀史雜感十首》、《孟廟》、《古樟行》、《鐵尚書歌》、《趵突泉歌》、《題李清照打馬圖歌》、《祝英臺墓》、《登四照樓懷施愚山先生》、《過張蒼水先生故里》、《觀浯溪中興頌碑》、《讀明季諸公列傳有感各繫以詩》、《錢越王鐵券歌》、《題元遺山集四首》、《游封山寺》，取材甚寬，意味較薄，此又小家通病。文集《壽周剩圃五十序》謂「剩圃長余七歲」，文集《贈畢春塘四十序》稱「剩圃五十在己亥」，則作者生歲在乾隆二年可知矣。

洽園詩稿十六卷　嘉慶十年刻本

范來宗撰，來宗字翰尊，號芝巖，一號支山，江蘇吴縣人。范仲淹裔。乾隆四十年進士。官武英殿纂修。五十四年，以親老歸養，不復出。興范氏義莊，增置田千八百餘畝。嘉慶二十二年，八十一卒。錢泳《履園叢話》卷六載其事。此集爲乾隆十九年至嘉慶十年詩，共一千二百餘首，嘉慶六年謝啟昆序稱來宗詩：「藴味別色，鍊剛化柔，古調矢以今情，詠歎合乎諷諭。」集中《太平船》、《過關行》、《買蠶詞》、《榆皮行》、《大水》、《搶米》、《官糶》、《民糶》等作，摹寫民間疾苦。《讀漢書四首》、《五代史小樂府八首》、《詠宋史十八首》、《詠明史八首》、《讀太平廣記六首》，識議俱超。《分校武英殿四庫全書四首》、《詣文華殿詳校文淵閣四庫全書三首》、《題張石帆墨竹》、《題吴野人陋軒詩後》，紀事題詠，亦較質厚。《呈王西莊先生》、《錢竹汀先生七十壽》、《輓同年李味莊觀察》、《懷程易田》、《輓謝蘇潭》，皆當時學者詩家。其詩受教於沈德潛，不能無利鈍，然有法度，亦不失嚴謹。未可概以有韻之文目之矣。

榆皮行　聞江南大旱，民採榆皮爲食。

朔風獵獵滿蓬户，寂歷炊煙無一縷。攜男挈女剥榆皮，榆乎榆乎亦太苦。吾聞在天爲列星，交枝接葉常青青。在地樹關塞，吐納風雲增靉靆。偶然植來村社邊，春風一吹散滿錢。自遭旱魃盡焦赤，維皮尚存供粥饘。前年江南書大有，香飯盈盆飼雞狗。今年十室九啼飢，食榆之皮甘如飴。《洽園詩稿》卷五

萑　苻

萑苻聚奸民，滄海是窟宅。殺奪爲生涯，出没弄刀戟。緝捕責營將，望洋皆勁敵。瞥遇一艘前，疑類奸宄跡。黔首十二人，束手就弋獲。其物計何有，木棉綑什百。其械復何有，古砲繡鐵色。土音雖期期，確據已歷歷。大帥喜動顔，飛章入奏續。鞫供太守堂，號呼聽剖析。出爾腰間牌，招爾舊時識。云是詔安賈，携貲常貿易。平反古所難，民命今足惜。還爾貨與舟，解爾縲與纆。匍匐刀鐶人，豁達一朝釋。颶風夜怒號，鯨波勢山逼。大夥刼米船，海上又傳檄。《洽園詩稿》卷七

友人述治獄事賦贈

訊囚之官忽作囚，萬民變色陰雲愁。呼天天怒不肯休，雷聲隱隱轟當頭。偉長七尺一男子，力爭平反禍機起。不妄殺人幾殺身，身存理直滿人耳。夕陽慘淡齊女門，扁舟過我傾芳尊。舊事重提雜歌哭，豪情不減開心魂。勸君酒，爲君賀。君不見高冠如箕南面坐，讞獄株連百家破，凶人漏網尚高

卧。《洽園詩稿》卷九　案，此詩作於嘉慶三年。

桐陰詩集八卷　近代排印本

饒慶捷撰。慶捷字曼唐，一作曼塘，廣東大埔人。初官瓊州府從化、感恩等縣教諭。乾隆四十年進士，改庶吉士，官翰林院檢討。以事罷官。五十二年，臺灣林爽文之役，詔運江川米六十萬赴閩，由吴淞出海，調閩廣洋船千艘，總督李侍堯檄慶捷董其事。五十五年，乾隆東巡，進詩，召試，授内閣中書。六十年致仕。歸主端溪、越秀兩書院講席。嘉慶九年，應聘修纂《縣志》，年已六十九。是集據嘉慶七年原刻本排印。首陸錫熊原序，鄒魯序。收古今體詩八百二十五首。事見卷首《大埔新志稿》傳。其詩與宋湘齊名，才情稍遜，質直過之。《苦旱行》、《採穀行》、《大水行》，屢述民生疾苦。《蕨嶺雲海歌》、《渡海四首》、《錢塘江觀潮》、《黄河觀日出歌》、《太白樓題蕭尺木畫歌》，俱較雄放。《夜評傚遺山體十二首》，所論爲明初詩家。慶捷爲翁方綱弟子，與王文治、錢大昕亦酬答。《和覃溪題黎瑶石隸書三箴碑拓本》、《甘泉宫瓦摹》、《庶常館後堂欹器圖》、《題蘇詩施注宋槧殘本》，藉學力而抒寫，又非幔亭風月流連光景者可比矣。居滬有紀事詩，與海上名流集會聯吟，亦有軼事可尋。

鶴半巢詩存十卷續鈔五卷　嘉慶間刻本

馮培撰。培字仁寓，一字玉圃，號實庵，晚號易翁，江蘇元和人。乾隆三十七年官内閣中書，四十三年成進士，改庶吉士，歷官户科給事中。嘗充《四庫全書》館纂修，方略館總校。服官三十年，歸無一椽，主蘇州紫陽書院講席，以館爲家。嘉慶三年刻《詩存》十卷，詩六百九十一首。八年，刻《續鈔》五卷，詩三百七十四首。有自序。身後無傳。據《辛酉得孫喜述》推之，爲乾隆二年生。嘉慶十二年爲楊揆《桐華仙館集》作序，已是七十老翁矣。培受學任純仁，與吴泰來、顧宗泰、金學詩稱「任門四子」。通籍後與紀昀、王昶、朱筠、朱珪、翁方綱、程晉芳、陸錫熊、孔廣森、阮葵生、吴錫麟、錢坫、吴俊多有詩往復。與褚廷璋、張塤尤契。廷璋精通輿地、西域文字，塤爲袁、蔣同時大詩人，此集《送褚筠心學士南還》《蜀鏡歌爲張瘦銅作》《哭筠心》、《删定亡友張瘦銅詩集》等作，均爲有用資料。又自作《種竹圖》，一時題詠甚衆。《四庫全書第一部告成賜宴文淵閣紀事》、《題明雅宜山人王履吉手卷》、《題馮星實潞河督運圖》、《題黄仲則詩卷》、《題管韞山詩集》，富於文采。《詠漢書擬樂府十三首》、《詠五代史擬樂府十五首》，可爲讀史參考。隨蹕熱河與盤山詩，以瑰麗見勝。《燕臺柳枝詞》、《火判行》、《騾馬市謡》、《謁文丞相祠》，多與北京風土有關。《記師友手札二十一首》，多可補史傳之闕。其詩塗飾較多，乞假後年齒頹暮，格益老蒼。吴樹萓《春霽堂集》卷十一有《題鶴半巢詩稿》。

樹經堂詩初集十五卷 嘉慶二年刻本 續集八卷 嘉慶七年刻本

詠史詩八卷 嘉慶二年刻本

謝啟昆撰。啟昆字藴山，號蘇潭，江西南康人。乾隆二十六年進士。官揚州知府，受徐一夔《一柱樓詩》

案牽連，與江蘇布政使陶易同坐，革職。未幾，擢南河道。嘉慶初，官浙江按察使，山西布政使，廣西巡撫。七年，歿於官，年六十六。詩《初集》十五卷與《文集》四卷合刊，翁方綱、姚鼐序，各卷以《初桄草》、《蘇潭草》、《春風樓草》、《補梅軒草》、《寄餘草》、《補史亭草》、《晉陽草》、《浙東小草》、《蓬巒軒草》、《後樂園草》命名。啟昆爲翁方綱入室弟子，信守師説，而不能突破藩籬。所詠南北名勝，如匡廬五老、正定大佛、解州鹽池、會稽禹陵、雁蕩龍湫、井陘太行，有雄直之勢。《重修北固山甘露寺落成》、《寄和翁覃溪師蘇潭歌》、《題胡雒君匡廬識面圖》、《大安寺鐵香爐歌》、《王文成紀功碑》、《謁朱文公祠》、《黄詩三集注本刻成》、《普賢寺鐵象歌》、《爲王述菴題漢銅雁足鐙歌》、《題小石帆亭著録》、《題陳東浦詩集》、《題宋茗香詩選》、《題凌次仲校禮圖》、《爲馮星實賦夢蘇草堂歌》、《題范氏天一閣》、《宋淳祐鐵鑊歌》、《題竹垞圖後》、《題吴山唐開成題名搨本》、《題宋荔裳遺像》、《上虞至正銅漏歌》、《謁秦少游祠》、《題郭麐靈芬館詩集》。《題陳仲魚歲寒耽讀圖》、《題吴蘭雪香蘇山館詩集》、《題吴淵穎詩卷真迹後》，亦文亦史，多備掌故。自藏晉永甎爲浙江按院出土，兕觥爲明萬曆五年趙用賢物，作歌詞徵和亦衆。又作《英吉利貢使歌》，記乾隆五十八年貢物甚悉。《轉漕行》、《台州勘災紀事》、《鑄錢行》、《濬湖謡》等篇，可以經濟史料視之。輓蔣士銓、畢沅、阿桂，壽袁枚、鮑廷博，有傳記材料可採。嘉慶七年刻《續集》八卷，以《兑麗軒草》、《就瞻草》、《驂鸞草》、《銅鼓亭草》、《清風堂草》名之。楊倫跋。以官廣西巡撫所作爲多。《浯溪碑》、《永州弔柳宗元》、《弔元道州》、《弔王蓬心太守》、《題柳如是小像》、《廣西使院銅鼓歌》、《飛來鐘歌》、《開志局於秀峯書院志事》、《游采疊山》、《書韓雲卿平蠻碑頌後》、《蒼梧光孝寺銅鐘歌》、《宋慶曆四年瘞賊首碑後》、《暇日校志書畢采古今土風作桂林雜咏十二首》，罔不著實。懷人詩多爲乾嘉學人。入粵西唯與學使錢楷、門客胡虔唱和。虔字雒君，從啟昆多年。謝著《西魏書》、《小學考》、《廣西通考》皆出虔手。《小學考》則又得力於陳鱣之助。然啟昆亦好學博覽，嘗遍閱《二十一史》及唐、宋、金、元詩，今兩集所載《敘元遺山論詩絶句》、《讀全唐詩一百首》、《書五代詩話後三十首》、《讀全宋詩二百首》、《書周松靄遼詩話後二十四首》、《讀中州集六十首》、《論元詩七十首》、《論明詩九十六首》，爲數之多，前所未有。嘉慶二年刊《詠史詩》八卷，上自秦漢，下迄宋元，吟評歷史人物五百二十六，翁方綱、彭元瑞、吴錫麒、阮元、趙翼序，淩廷堪跋。生平得力亦見於斯矣。

題范氏天一閣

古鄮城西似村落，月湖深處淩高閣。文虹夜亘牛女次，書樓寶氣上槩薄。東海司馬酷嗜書，異本四部煩鈔胥。堂構六間占水象，煙霞八卷賦山居。《澹生堂書目》有堯卿《煙霞小説》八卷。三百年來雹光掣，菉竹成墟絳雲滅。君家萬軸充棟梁，寶綸霞爽未堪埒。同時張尚書時徹有寶綸堂，屠侍郎大山有霞爽閣。我皇稽古開石渠，東南詔下求遺珠。君家録上七百種，天府未見皆琳腴。就中意林更超雋，了翁周易萃經訓。睿藻留題付聚珍，封還紫贉鈐玉印。日月星辰光四明，四明有石室通日月星辰之光，故以名山。都來環照護書城。甬上雲蟠龍篆動，詔南石辟蟫魚生。書厨下皆置英石，云可辟蠹。賜出圖書富卷什御賞《圖書集成》，可憐無力裝錦篋。環堵歌出金石聲，聚族諸生守世業。閣前疊疊假山成，池水盈盈漣且清。惜哉借觀我鮮暇，空瞻蓬島歎峥嶸。知不足齋尚不足，玲瓏山舘散殘牘。藏書更比讀書難，那及君家長韞櫝。焦氏經籍志空傳，採訪碑目恐未全。焦氏《經籍志》有《天一閣書目》，採訪册有《天一閣碑目》。勸君校勘撮大要，仿作晁家志一編。《天一閣書目》草草不詳，余勸其裔孫某仿晁氏讀書志另編之。《樹經堂詩初集》卷十三

鑄錢行

東洋大賈運銅來，滇銅相和十鑪開。如月印川錢有胎，粗沙磨治鏡新揩。錢官休暇相勞苦，臘月雪花六月暑。此兩月停鑄。農得官錢易粟帛，無勞奼女河間數。山出銅，祀太公。民盜鑄，錢神怒。權其子母得其平，法在銅重而鉛輕。小錢不禁自不行，市肆無擾民無爭。君不見錢塘有浦號錢清。《樹經堂詩初集》卷十五

暇日校志書畢采古今土風作桂林雜咏十二首

椎髻文衣襲古風，下船三拜雨濛濛。不須卵卜兼鷄卜，日日焚香祀孟公。粵人有卵卜、鷄骨卜之法，將發船則殺鷄取骨爲卜，以肉祀船神，三拜三呼孟公、孟姥。

乾菌蝦蓋味可嘗，十年魚鮓白花香。緑荷包飯墟初散，又趁鄰燈補破裳。粤人好食蝦蓋，仍重乾菌爲糝，又以魚爲鮓，數年中生白花，有至十年不壞者。南方謂市爲墟，趁墟者多婦女。柳子厚詩「緑荷包飯趁墟人」是也。居民四壁不加塗泥，夜間焚膏，其光四出，俗云一家點火十家光。

清湘一曲畫橋東，曙鼓鼕鼕桂樹風。船在水皮剛尾殺，隔河關吏放艨艟。俚言舟行曰船在水皮上，船在後曰水尾殺。桂林水東門外欄江有橋，商納稅于此。

路上行人口似羊，猩唇如血醉檳榔。銀奩茶榼分貽徧，送老同來坐繡床。粤人嗜檳榔，日咀嚼不輟，故有路上行人口似羊之嘲。婚姻以檳榔爲聘，嫁女之夕，女伴迭相和歌，含情悽惋，名曰送老，言將別年少之伴，送之偕老也。

結栅巢居似掛猱，平南合口樂陶陶。蘆笙竹管同時奏，蘇幕遮聲月色高。民多居山半，結栅自衛，皆能合樂。平南舊有教坊，至今能傳其聲。蘆笙竹管，其樂器也。桂人倚《蘇幕遮》爲聲，欽人倚《人月圓》。

踏梯人摘紫茄肥，寒煮餛飩扇尚揮。不乃羹同香稻咽，春堂響和紡棉機。諺云：踏梯摘茄子，把扇吃餛飩。蓋茄子成樹，架梯乃可摘，其俗人冬好食餛飩，日晅食，須用扇也。不乃羹者以牛羊腸臟爲羹，臭不可近。靜江女伴舂禾于堂以意運杵成音韻，名曰舂堂。

洗兒三日飯盤游，不爇蘭湯濯冷流。寧馨誰家甘棄置，産翁終日抱床頭。産婦三日洗兒作團油飯，以煎魚蝦猪鵝腸薑桂爲之，卽東坡所記盤游飯也。婦澡身于溪河，返具糜以餉壻，壻擁衾抱雛稱爲産翁，其生子不舉者曰淹兒。

四尺裙拖夾婢行，那聞聯臂踏歌聲。休教捲伴離鄉去，叢竹荒亭露易生。婦女多不纏足，裙長四尺，夾婢以行。竊人之妻以行者曰捲拌。

競渡灘江奪彩舲，香囊角黍弔湘靈。白衣長袖郎當舞，腰鼓如雷轟石亭。端午婦女製佩五色香囊，角黍相餉，競爲龍舟之戲。舟載數十人，右麾白旗，左麾長袖爲郎當舞，腰鼓多用羊皮，或以蚺蛇皮，鞔之聲響特遠，桂俗最盛。

水到春殘霧雨多，中人草子漸成疴。雲端萬丈天泉落，定勝山間竹筧過。春夏多瘴，霧水尤有毒，中瘴寒熱失語曰中草子，刺舌尖出血，謂之挑草子。閔氏《粤述》極稱南丹竹筒分泉之巧，然孔雀所糞，巨蟒所浴，泉亦有毒。余近以大缸十餘器盛天露水，飲之甘潤，無有倫比。

杜老詩篇信有神，梅花雪片照冬春。炎荒瘧癘從今少，世界清明反畏人。杜工部《寄楊五桂州》詩云：「五嶺皆炎熱，宜人獨桂林。梅花萬里外，雪片一冬深。」余去冬至此即見大雪，其言果信，然邕宜諸州近亦有雪，不獨桂林矣。

青羅帶與碧瑶篸，好景搜羅不厭貪。簾捲清風殘暑退，一聲銅鼓出花南。署舊有銅鼓，余覆之以亭，近以清風堂顔廳事，取白太傅送桂州嚴大夫詩句也。《樹經堂詩續集》卷五

蕉園詩稿二卷　嘉慶十六年刻本

賈炎撰。炎字午橋，號蕉園，直隸故城人。乾隆三十年拔貢。入國子監。官候選布政司經歷。五十五

年卒，年五十三。是集爲其子汝琛、汝邁刊，吴錫麒、石韞玉、袁起莘序，封大受爲撰《傳》。詠物詩較多，尤以詠蝶爲勝。《觀伎作盤旋舞》、《走馬伎》二篇，爲雜技史料。《端硯歌》，詳於製作，不以骨董矜炫。唯意味較薄，不免直率，乃其短耳。

夢溪詩鈔二卷　越吟草一卷　道光二十七年刻本

魏晉錫撰。晉錫字澤漪，號夢溪，江蘇丹陽人。乾隆三十四年進士，榜名晉賢。官汝寧知府。晚主蕺山書院。是集爲其曾孫景仁刻，道光二十七年吉鍾頴序。全稿失十之八九，僅得古近體五十餘首，唯《越吟草》較完。晉錫嗜碑版書畫之學，《題瘞鶴銘》、《焦山古鼎歌》、《明磐石衛夜巡牌》，均有典型。與吉鍾頴、劉大藻、戴敦元唱和。乾隆四十五年狀元汪如洋卽出其門。《游星巖》、《小孤山》，筆勢甚放。《越吟草》以游紹興禹陵等作爲勝。《遊寓山謁祁忠敏公祠》，祠卽祁佳彪别業，明亡，佳彪自沉池中，亦當日掌故。

留劍山莊初稿二十四卷　乾隆四十年刻本

石卓槐撰。卓槐字椁山，一字芥圃，號蘋澗山樵，湖北黄梅人。布衣。詩爲沈德潛所激賞。是集有沈德潛序，以手寫本鋟木，稱卓槐爲山林隱逸，一生無他嗜，唯孜孜矻矻於五字七字之中。乾隆三十二年胡善廖撰《芥圃山人前傳》，則云卓槐「有關當世之務，意氣慷慨」。詩宗杜，出以漁洋、梅村。又云：「今年正三十。」

尚在壯年，故云《前傳》也。其詩自古樂府至古今體俱備，凡一千三十三首。摹擬甚重，然詞旨婞雅，不失爲詩人之詩。《龍坪山》、《擬田家雜詩》，可臻平淡之境。《江漲行》，記當日以工代賑人民困苦無告情景，極其刻露。《黄梅竹枝詞十首》，不加染飾，標格自然。《題諸葛寅安銅章集》、《鐵筆歌爲家棠村兄作》、《南園聽戴崑渠彈琴》，不啻爲藝術家立傳，而姓名已不爲人知矣。《桃花扇題辭十首》、《長生殿題辭八首》，亦足採掇。

秋室詩集二卷　道光間刻本

余集撰。集字蓉裳，號秋室，浙江錢塘人。乾隆三十一年進士。與邵晉涵、戴震、周永年、楊昌霖同薦修《四庫全書》，授翰林院編修，時稱爲「五徵君」。官至侍講學士。晚年主大梁、婁東書院。卒於道光十三年，年八十六。於詩古文詞曲外，旁涉算數、六書、篆刻、繪畫，皆無師承，以意逆之。《詩集》凡二卷，曰《梁園歸櫂録》、《憶漫庵賸稿》，與《秋室學古録》六卷合刊。作者集生平吟詠甚富，顧疏懶不自收拾，散佚泰半。是集皆晚年所作。尚有《百衲琴》一卷，集内未收。《書聊齋志異後六絶句》，見青柯亭本《聊齋》卷首，今詩集未收，而載於《學古録》卷一。《梁園歸櫂録》有《寄知不足齋主人七律》二首，蓋鮑廷博刻《聊齋》由集代趙起杲校讐，鮑刻《庚子銷夏記》又倩余集手寫，兩家交誼可覘。五律《題唐藏經一紙》，小引謂「錢楷自蜀潼川某寺得之」，年月無可考。又重宴鹿鳴及《贈潘榕臯同年》詩，道光二年作。江浙兩省重宴鹿鳴者，梁同書後，以集與潘奕雋最著。《憶漫菴賸稿》多題畫詩。《爲羅兩峯題冬心遺照》、《法時帆溪橋尋句卷子》、《羅小峯母白蓮女史畫竹》、《瑶華道人四相圖》、《張船山硯緣圖》，以及《黄小松得碑十二圖册》、《錢忠懿王金塗塔歌》四首、《黄蕘圃孝廉擔書圖》四首，亦有資於藝苑考實。其詩跌宕流逸，較少封建積習，蓋亦王文治之流亞。作者在京嘗游於諸部。時聲伎畢集，蜀伶陳銀，楚伶王桂，尤巧於自炫。獅頭之贈，千金蔑如。一時朝貴，恆遭白眼。武進莊逵吉挾萬金應京兆試，兩月而罄。閔貞工寫真，某制府以千金求畫不應，獨爲銀作《溪碧圖》，集與施學濂、方維翰、孫星衍諸名士皆爲之傾倒。孫原湘《天真閣集》有《今昔詞》，形諸歌詩，是爲梨園軼事，最早京劇史料《燕蘭小譜》亦記其事。《嘯亭雜録》嘗引之，至昭槤據以考證《小譜》出於余集手，則不足信矣。

心齋居士詩稿二卷　嘉慶二年刻本　有竹居詩集四卷　嘉慶二十四年刻本

任兆麟撰。兆麟原名廷麟，字文田，一字心齋，江蘇震澤人。其先啟運，世稱釣臺先生，著有《周易洗心》、《宫室考肆》、《獻祼饋食禮》、《清芬堂文集》等書。兆麟爲諸生，承家學，受彭紹升、錢大昕指教，與族兄大椿均有學名。阮元嘗聘至家課子。嘉慶元年舉孝廉方正未就，晚掌粤中道南書院，年八十三而卒。著有《夏小正注》、《字林考逸補正》、《孟子時事畧》、《襄陽耆舊記》等書。嘉慶二年滙刻《心齋十種》，内《詩稿》二卷，程恩樂序，包括《林屋吟》、《虎阜集》。二十四年，其從孫以治刻《有竹居集》，凡《詩集》四卷，《文稿》十二卷，首王豫、顧日新序。其詩爲王、韋一格。居嶺南所作《羅浮觀潮》諸篇，俱有迴蕩之氣。題圖之作，清逸自然。詩止於嘉慶二十二年，題辭朱昂、沙維杓、鮑廷博、彭績、史善長、李大儒、王芑孫、宋思仁、余蕭客。王芑孫輯《十家文鈔》，爲魏禧、顧炎武、侯方域、汪琬、姜宸英、朱彝尊、邵長蘅、方苞、藍鼎元、任兆麟，收《竹居文鈔》一百一十篇。王昶輯《同音集》、王鳴盛輯《二十家詩鈔》俱收兆麟詩，名《林屋詩稿》。《淵雅堂編年詩》卷五《懷人詩》云：「譜音識字腹便便，忍饑看書過少年。何不專心求象數，竟將家學溯先天。」汪樹霖《古梅谿館二集》有《題任徵君心齋丈入粵集後》詩。子昌詩《蘇庵詩稿》亦有兆麟佚詩。

百一草一卷　道光間刻本

圖敏撰。圖敏字熙文，號時泉，滿洲鑲黄旗人。乾隆三十七年進士，改庶吉士，授編修。五十三年，爲四川主考。五十四年，擢内閣學士，主順天鄉試。次年卒。是集爲圖敏殁後四十年所刊，有鍾昌序，道光七年受業白鎔序。據英和序稱，「時泉爲余總角交。乾隆庚戌五十五年以閣學奉命齎香赴江浙祭告山川，差旋，殁於泰安途次。」詩存不多，川陝之作偶見之。《過灤河》云：「不問灤津兩度秋，滔滔依舊繞山陬。沙明兩岸沿疎柳，橋隱雙虹卧碧流。輪向怒濤聲上轉，雲如奔騎足間浮。陰晴萬壑歸延攬，遥指前途説舊遊。」與八旗官員，時相唱酬。蓋稿多遺失，此集僅嚐寸臠而已。

番行雜詠不分卷　乾隆間刻本

李殿圖撰。殿圖字桓符，號石渠，一號露桐，直隸高陽人。乾隆三十一年進士，改庶吉士。官翰林院編修，遷御史。嘉慶間官福建布政使，累至江西巡撫。生於乾隆三年，見《露桐先生年譜》，譜敍至六十六歲而止。卒於嘉慶十七年，據《清史稿》傳，終年當爲七十五。此集共詩四十首，寫刻本，雙行小注。首自序署云：「癸丑之秋，于役松潘，所過疊藏嶐臺、若魯多布，皆歷代文臣未至之境。登山越嶺，訪瀆搜渠，於先儒注疏間多參訂。非敢瑕疵古人，顧惟耳食不如目擊。余雖不逮古人，竊幸古人所遇之時，莫我若也。至於番情土語，卽事成詠，職在採風，道取徵實。」據《本傳》，乾隆四十九年殿圖官鞏秦階道。時卓泥土司與松潘、漳臘爭噶噶固山界，殿圖輕騎履勘，歷小洮河、丈八嶺、鸚哥口，皆人跡罕到。片語判決，立石達魚山頂而還。高宗機餘考涇渭清濁源流，命殿圖親勘，自秦州溯流至鳥鼠、崆峒，繪圖附説以進。此集前六首所詠，卽探渭水之源。以次三十四首詠卓泥土城見聞，並記甘川兩省土司互爭地界情事，爲研究甘川少數民族重要史料。詩中稱番處甚多，集亦以番行爲名，蓋紀異也。作者無詩文集傳世，此書單行，今亦寥若星鳳矣。

雲笈山房合刻詩一卷　嘉慶十三年刻本

高雲撰。雲字青士，號澹光，一號蓮光居士，江蘇丹徒人。受學於王文治。官湖北最久，至漢江知府。是集詩詞合刻，據詞集《六十自序》以推，爲乾隆三年生。附伊江阿撰《雲笈山房記》、陳用光撰《後記》。存詩不多，而讀史、題畫、觀弈、登覽，無所不包。交游則祝德麟、汪端光、潘恭壽、金學蓮，多名人畫士。張學仁、王豫輯《京江耆舊集》十二卷，於雲詩獨無預焉。

和樂堂詩鈔五卷　嘉慶十八年刻本

段希文撰。希文字憲之，號蘭亭，直隸天津人。乾隆二十五年舉人。官清豐縣教諭。嘉慶元年截取長治知縣。四年，告歸，明年卒，年六十三。詩集爲其子秉鏞刻，吴飛翰序，鄭炯撰《本傳》。端居多暇，詠花木最勝。《泛海》、《五龍山雜詠》、《題沈青崖先生祠》，冲淡平易，間供掌故舊聞。其詩不假雕飾，所謂從性情而出者是也。

月滿樓詩初存稿二十七卷　乾隆間刻本　月滿樓詩别集八卷　讀畫齋叢書本

顧宗泰撰。宗泰字景嶽，號星橋，江蘇元和人。少爲諸生時，喜聲望，築月滿樓，行文酒之會。爲沈德潛弟子，詩筆尚沿正宗。乾隆三十四年，刻《停雲集》，取陶潛《停雲》詩「良朋悠邈，搔首延佇」意，輯師友故舊詩作，與王士禛《感舊集》、陳維崧《篋衍集》例同。三十五年，彭啟豐刻《八家詩鈔》，與范宏羽、王文治、褚廷璋、卞樹毓、王鼎、任大椿、范來翔並列。四十年成進士。入翰林，奉命纂修《明史綱目》。出爲高州知府。以忤上官，罷歸。刻《月滿樓詩文初存稿》四十卷，爲及門浦翔春等編，凡《詩集》二十七卷、《文集》十卷、《南唐雜事詩》一卷、《詞集》一卷、《甄藻録》一卷，首沈德潛、錢陳羣、彭啟豐序，詩各卷以《野虗》、《語冰》、《登岱》、《半繭》、《倚樓》、《悼亡》、《踰淮》、《白門》、《霧隱》、《雪舫》、《江館》、《焦巖》、《北征》、《薊門》、《南旋》、《豈匏》、《半壺》、《秋寄》、《雲勸》、《渡江》、《載酒》、《蠟屐》、《驛寄》、《青溪》、《于京》、《鹿苹集》、《侶燕》、《鯨海》、《繫船》名集。大都爲中年以前所作，而自古樂府以下諸體皆備。其中《黄山雲海歌》、《舟泊黄河口作歌》，饒有氣勢。而行役南北，遍遊吴中，山水紀游，不勝備述。《書劍南詩集後》、《讀離騷》、《題張瘦銅同年梅花册》、《簪花篇爲繡谷主人題張憶娘卷》、《題周海山海東集》四首，可爲文苑資料。《觀演雙紅記劇席上作》四首、《題廖古檀小青遺真記》六首，足供研戲曲者參考。交游以吴中諸子較多，寄酬唱和爲劉墉、盧見曾、袁枚、王宸等人。《北征集》有其兄顧詒禄序。宗泰初以選貢，入京爲教習。嘗入昭槤邸。《嘯亭雜録》稱其歸吴門後，寄食友人以卒。又謂初以沈德潛致通聲氣，及德潛被論，惟恐牽連，逢人告曰「沈公非我之師」，亦稍爲背德矣。《别集》八卷，嘉慶間由顧修刻入《讀畫齋叢書》。首嘉慶十二年自序，謂「齒入七旬」。王豫《種竹軒詩話》稱，阮元撫浙，延宗泰宗主萬松書院講席，「年且八十，有前輩風度」見《江蘇詩徵》卷一百三十六。則生卒年亦近可知矣。《别集》卷一爲《晉十六國詠史詩》八十六首，卷二爲《北齊詠史詩》二十首，皆以七律演之，小注詳列史事。卷三《南都詠史詩》，皆南明事。因乾隆以崇禎十七年明統猶存，仍當大書紀歲。即福王稱號尚可比建炎之例。必俟蕪湖就執，始書明亡。若唐、桂二王，窮竄邊隅，苟延日月，不可以統系屬之。故得詩十六首。卷四《南唐雜詩》，七絶四十二首，門人浦翔春、施鴻漸輯注。卷五《五代詠史詩》，七律五首，附《五代宫詞二十二首》。卷六《勝國宫闈詩》四十六首。自云「繙閲明史，甄闕事實，庶幾備考稽之助，表得失之林。非徒摘豔宫詞，博矜褥繡」。卷七、卷八爲《懷師友詩》，凡一百八十首，人繫一絶。如馮培、李鼎元、許兆椿、鰲圖，均一時名輩，可考本人交游。程廷祚有《贈顧進士復初》詩，見《晚晴簃詩滙》卷七十二。

清華堂集四卷　乾隆間刻本

石椿撰。椿字大年，號野堂，江蘇儀徵人，諸生。沈廷芳弟子。刻集時年三十餘。是集有乾隆三十四年沈廷芳序，謂已有《叢蘭山館集》行世，而釐訂紀映鍾《戇叟詩鈔》四卷，在乾隆五十二年，今所見抄本皆出自此也。今未之見。《詠東方未明之硯歌》，硯卽沈廷芳藏，詳見《拙隱齋詩》。《謙卦碑歌》、《瘞鶴銘歌》、《雪水茶歌》、《禹鑿龍門圖》、《焦山三詔洞所見》、《宣和御墨溪山深靄圖》、《杜工部像》、《張擇端清明上河圖》，辭著其實。椿與全椒吴烺有寄贈。其詩清雋，採覽較博，固不貴多也。

韞山堂詩集十六卷　嘉慶六年刻本

管世銘撰。世銘字緘若，一字韞山，江蘇陽湖人。乾隆四十三年進士。由翰林官户部主事，累至廣西道監察御史。在臺垣，負抗直聲，擬劾和珅。卒於嘉慶三年，年六十一。有《讀雪山房唐詩選》、《宋人絶句》行世。是集爲全集本，與古文四卷、駢體二卷合刊。首錢維喬、周景益序。分體，詩計一千五十五首。世銘爲詩，出於李、杜、韓、蘇，而能自闢境界。生平不服袁枚，有「寸心自與康成異，不肯輕身事馬融」句。所作《論近人詩絶句》十六首，可見其旨意所在。五古《讀韓詩》、《望華嶽》、《倉頡造字臺》、《題古名人畫像》八首、《葉子詩六十韻》、《題韋協夢儀禮質疑卷子》、《乘驛謡》、《讀晉書》十二首、《攝山紀游》、《以顔氏家訓寄示兒子學洛並繫以詩》，七古《舟中與周宿航論唐詩》、《江漲謡》、《柴窰歌》、《蕪湖湯天池鐵燈屏歌》、《題明皇幸蜀圖》、《秦始皇塚》、《漢通天臺金銅仙人歌》、《唐昭陵石馬歌》、《唐術士桑道茂墓》、《響泉硯》、《函谷歌》、《滹沱河懷古》、《機聲燈影圖爲洪稚存賦》、《琉璃河鐵篙歌》、《南陽草廬歌》、《艮嶽篇》、《漢京篇》、《靈藥篇》、《盤山法藏寺古松歌》，行筆駿健，博綜今古。蓋通於經史，得意之作，往往熟事翻新，筆力矯變，故古體尤爲卓然也。楊鍾羲《雪橋詩話續集》載：「乾隆丁未春，大宗伯某掎摭漁洋、竹垞、他山三家詩及吳薗次長短句内語疵，奏請毁禁。事下機庭，管韞山請惟將《曝書亭集》壽李清七言古詩一首，事先禁前，照例抽毁。其漁洋《秋柳》七律及他山《宫中草》絶句、薗次詞，語意均無違礙，見報可，有詩紀之。」亦軼聞也。五律《讀史》、《輓曹錫寶》、《哭表弟楊秋士夢符》，七律《漢茂陵》、《北江詩話》推之。《奉呈錢茶山維城》、《朱笥河先生輓詞》、《寄松厓侍御叔》、《悼黄上舍景仁》，七絶《讀晉書載記雜記》八首、《爲畢秋帆題靈巖讀書圖》，用筆圓熟，其間多涉軼事。《哺食詩》十首，詠北京食品，荷衣餅、棗糕、薄荷涼丸、杏酪、雞臛酒、韭花合、角黍、燒麥、籠餅、油浴餅，雖小道亦有可觀焉。又有《扈蹕秋獮紀事三十四首》自注詳悉，載《郎潛紀聞》卷十。光緒間吳炳有重刻本

石桐先生詩鈔不分卷　嘉慶間刻本

李憲噩撰。憲噩原名懷民，以字行，有十桐樹，因號十桐，一作石桐，山東高密人。諸生。行二，早孤。

與弟憲暠、憲喬以詩名，時稱「三李」。生於乾隆三年，五十八年卒。事具本書卷首《石桐先生墓誌銘》。此集有同里單詔序，詩亦經詔選訂，弟子王寧焯校，共四百十九首。三李詩學中、晚唐，時出於「四靈」間，成「高密詩派」。此集紀游海濱，所作《瑯琊臺》、《石門寺》等詩，《登岱過靈巖寺雨後作》，詠湘中、粤西山水，俱見奇致。自謂才鈍，詩必數改，然妙言雋句，亦足解頤。老而益困，唯與邑人流連唱和，以喻其志。選本祇撮其大概而已。乾隆間劉大觀爲刻憲噩、憲喬集於都門，名《二客吟》。此集與憲喬集均爲單詔選訂，殆爲二刻。後又有刻本，合憲暠集爲《高密三李詩鈔》。憲噩與憲喬依《主客圖》例，蒐輯元和以後諸家五律，辨其體格，奉張籍、賈島爲主，名《重訂中晚唐詩人主客圖》。諸刻傳本既多，高密派詩遂爲一大宗，沿至晚清，尤爲人樂道。乾隆中葉以後，舉世推袁、蔣，若三李亦不甘寄人籬下者矣。

黄葉樓初集四卷　嘉慶十年刻本

喬煌撰。煌字效穀，號西邨，山西太原人。以世冑官閩藩府參軍，漳州别駕。集中詩斷自乾隆三十一年，訖嘉慶十年。有乾隆六十年蔡新序，自序，附汪志伊諸家題詞。煌耽於典籍，每讀一本，怡然有詩。所涉多子史雜家，如題《汲冢周書》、《穆天子傳》、《越絶書》、《黄庭經》、《三墳書》、《宋羅浮山志》、《南宋雜事》、鄭所南《心史》、《金史李獻能傳》、《武當山志》、《峨嵋山志》、陳眉公《楊幽妍小傳》、尤西堂《瑶宫花史小傳》等。識論雖不精切，而蒐採甚勤。讀《温飛卿詩》、《谷音》、《天地間集》、《唐荆川集》、《徐文長集》、《亭林集》、《壯悔堂集》、《湛園未定稿》、《蓮洋集》、孔東塘《湖海集》、趙秋谷《談龍録》、吴鎮《松花庵詩草》，評論詩文，亦可參考。嘗蒐輯《晉中文獻拾遺》，附録多詳本事。《題傅青主先生霜紅故居》、《讀霜紅龕集》、《讀傅壽髦先生我詩集》、《題閻百詩潛邱劄記後》、《讀王弇州先生家藏莊簡公遺集》、《書明季福王逸事辨後》、《琉璃枕》明嘉靖三十二年出土、《李淳風墓》、《漢未央宫東閣瓦》、《龍門謁漢太史司馬子長祠》、《亂柳周德威祠》、《案頭九篆章歌》、《南唐二首》、《錢史》、《西夏二首》、《平定州唐李諲妒神頌跋》、《唐崔府君攝虎處》、《題慈林寺唐鄭惠王石記後》，亦時以《三晉文獻拾遺》某篇或自作《醋溝考》、《西夏史書論》、《南唐論》附之。《題關白居實測魚詩畧後》、《題陽曲張思孝先生小照》、《代州弔雁門尚書孫白谷先生》、《讀畢振姬西北文集》、《近聞洪洞范彪西先生著作諸版猶存漫書誌喜》，均爲山右藝林典故。煌好奇字，喜考訂，嗜痂成癖。惜無師承，未足春雅。

楓江閣詩存六卷 乾隆間刻本

吴廷燮撰。廷燮字梅原，江蘇如皋人。諸生。與同里江干、徐麟趾、冒國柱等人結香山吟社，日共唱酬。《淮海英靈集》丁集卷四有小傳。是集有史鳴皋、江人鋭、仲鶴慶、徐麟趾、石珩序，與《詞鈔》合刊。集中詠如皋古蹟，登狼山、金焦山，意氣較豪。《金陵雜詩》、《攝山消夏詩》二十二首，詞清理平。與羅聘有交，作《雜題羅兩峯畫册》、《九秋圖》、《墓田秋祭圖》，又有《聽羅兩峯談鬼》等詩。《題石村鴝樂府三首》，曲本作者爲萬資，本事已不可考。《懷人詩》多里中老宿，不能盡知其行義矣。又有海鹽吴廷燮，同名，見《晚晴簃詩滙》。

心吾子詩鈔十二卷　嘉慶間刻本

程尚濂撰。尚濂字敦夫，號息廬，一號心吾子，浙江永康人。乾隆三十九年舉人。官犍爲知縣。是集爲其友范柯删定嘉慶十二年以前詩，共千餘首，有陳濤、吴錫麒序，諸家評語。吴序謂其「神似太白，然思力鑱刻又近東野」。今觀其詩，大抵自漢魏以至唐、宋、元、明名家均心摹手追，意氣驕人，而平妥之作甚多。諸家揚許，不免過實。其中《讀陳力堂先天圖説感賦》、《五人墓》、《柳如是》、《秦夫人硯歌》、《運船户》、《兵夫行》、《東海行》、《美人楊態兒舞劍歌》、《姑蘇竹枝詞十二首》，較爲質實。《題戴東山風希堂圖》，東山爲戴殿泗，《題海槎詩卷後》，海槎爲方元鵾，俱尚濂好友。《還硯歌爲宋梅生太守賦》，硯卽宋謝文節卜卦硯，查禮舊藏。皆可備文獻之徵。

與馮生論樂府體口占四絶

歌行詞曲謳謡引，操咏詩篇怨歎吟。樂府各題自專名之外，凡屬通用，約以十四者盡之。内惟怨、歎二者有陰調無陽調。楊柳竹枝存别調，故將小板譜清音。《竹枝詞》絶句，《楊柳枝詞》絶句，蓋亦樂府詞之一體。

讀曲爭傳子夜歌，新聲幽怨奈愁何。《子夜》亦樂府歌之一體。杜陵更作悲哀别，説到興亡恨轉多。少陵《悲陳陶》、《悲青坂》、《哀王孫》、《哀江頭》、《新婚别》、《垂老别》、《無家别》，亦樂府體也。而悲哀二字冠諸題首，其名又異。

格傳夷則猶存律，太白「白鳩」「拂舞」篇。調擬清平尚紀聲。太白《清平調》，《唐書·禮樂志》云：平調，清調，周房中樂遺聲。最是陽關愁入破，誰將鐵笛和龍鳴。摩詰《渭城曲》曲調最高，相傳倚歌者笛爲之裂。

古器飄零獨琴在，特將遺操閱滄桑。昌黎諸操或以爲騷體，然操乃琴音。高彦恢《唐詩品彙》列入七言樂府中爲允。知音白石傳新譜，三日曼聲猶繞梁。姜白石琴律一字輒譜一音，論者謂深得古樂遺意。《心吾子詩鈔》卷四

紅櫚書屋詩集四卷　微波榭叢書刻本

孔繼涵撰。繼涵字誧孟，一字體生，山東曲阜人。衍聖公孔毓圻孫，孔廣森之叔。乾隆三十六年進士。由翰林官户部郎中。充《日下舊聞》纂修官。爲戴震弟子。邃於算術，旁及名物音訓，著有《微波榭叢書》。卒於乾隆四十八年，年四十五。工倚聲，有《斲冰詞》。詩學宋體，善用經疏中冷典僻字，動輒千言，根柢深厚。《讀書七首》、《校闕里漢碑》、《觀石鼓舊搨一本》、《漢石經殘字拓本》、《宋高宗石經詩》、《魏景初帳構銅拓本》、《題天順八年甲申十同年卷》、《煙草詩千一百字》，均甚奥衍，然未入於澀體，非不能解也。《趵突泉》、《海市》、《桃源行》、《論詩絶句十首》、《回回蒲桃五首》，同翁方綱、張塤等游慈壽寺，《題張瘦銅過岱圖》、《題羅兩峯鬼趣圖》，多得理趣。乾隆間學者多讀故書，作詩運典，如數家珍。寧作有脚書橱，不爲紛華所欺。如

張塤、王友亮、孔繼涵詩，均思精筆鋭，不事標衒。僅此亦可關倡言性靈之口矣。

南厓詩集十二卷　光緒十一年重刻本

陳承然撰。承然字敬可，號南厓，江西新昌人。諸生。嘗在陝中隨學使校士，館華州授課。詩主性情，所詠皆南北所歷，觸興抒懷，情景相合。詩集始刻於嘉慶六年，咸豐間毁板。此光緒十一年曾姪孫疇重刻，有陸以諴原序，陳疇跋。據《己亥新春四十一》詩證之，爲乾隆四年生。其中以關中詩最佳。《長安雜詠》、《秦陵磚歌》有序、《登華州城樓望少華山作歌》，登臨攬勝，探發舊迹，多可觀採。次爲浙東詩，有詠蘭亭秦刻石、曹娥廟諸篇。古風《讀蘇詩題後》、《題婺僧爛荷葉畫》，亦其上選。餘多無足重焉。

未學齋集十卷　嘉慶二年序刻本

仇養正撰。養正原名永清，字蒙士，號一鷗，浙江仁和人。乾隆三十年鄉試中副榜，四十二年舉人。管領西湖行宫文瀾閣《四庫全書》。官桐廬縣訓導。五十九年卒，年五十六。是集有嘉慶二年馮浩序，詩共六百九十九首。養正生平偃蹇不得志，而以時勢所激，性靈所觸，發爲詩歌。《送黄仲則楚游歌》、《哭汪槐堂先生》、《哭梁處素履繩》、《讀小倉山房詩》、《縴夫行》、《泰山雞鳴》、《看潮歌》，聲情綿邈，時有抑郁沉晦之意。《原鄉雜詠》十六首、《桐廬雜詠》八首、《張光弼墓》、《漢慮虒銅尺歌》、《犀杯歌》、《題馮孟亭師捧硯圖》，以及館曲阜孔繼涵家所作《觀孔廟禮器歌》諸詩，致力亦深。錢塘固多名士。《懷里中前輩三十二首》，舉毛先舒、金志章、周京、厲鶚、金農、丁敬、陳兆崙、汪沆、方外明中、篆玉、雲巢等，皆以能詩稱者。其詩亦自有端緒云。

塞垣吟草四卷　東歸途詠一卷　嘉慶十年刻本

陳庭學撰。庭學字景魚，號蒓溪，晚號蓮東逸叟，世居吴江，寄籍順天隸宛平。乾隆三十一年進士。官刑部主事，出爲山西璐安知府，擢陝西漢興道。四十六年，以甘肅災賑案爲屬吏所累，發戍伊犂。在軍臺十三年始還。嘉慶八年卒，年六十五。是集爲其子預刻，首余集、張問陶序，集與庭學、問陶與預，均進士同年。朱珪爲撰墓誌，以傳行實，庭學固出自珪門耳。《吟草》四卷，詩五百餘首，均作於伊犂。日與關内遣戍官員唱酬，尤密交莊肇奎等人。於人事物情，約畧可見。《詠胡桃》八首、《哈密瓜》四首、《影戲》八首，時時浹洽理趣，而於久戍邊塞，轉漠不動心矣。《東歸途詠》一卷，包括托多克、自古爾圖至登木塔、普爾哈濟、奎墩、安濟海、烏蘭烏蘇、綏來、阜康、奎素、巴里坤、松樹塘至南山口、哈密、星星峽、安西州、卜隆吉、玉門、嘉峪關、肅州、甘州等題，詳記里程見聞。

竹初詩鈔十六卷　嘉慶十三年刻本

錢維喬撰。維喬字樹參，一字竹初，號曙川，又號林棲居士。維城弟。工詩書畫，與兄齊名。乾隆二十七年舉人，官浙江鄞縣知縣。歸里，得唐順之舊園之半，葺而居之，名半園。卒於嘉慶十一年，年六十八。此集程晉芳、袁枚、錢大昕、洪亮吉、趙懷玉序，詩一千五百八十九首。贈酬詩可考行年交游。擬古之作，但求貌似，意趣索然。《戲作吏不可爲吟六章》，於官場弊陋，頗有揭發。《讀蘇詩》、《讀史漢雜詠》二十首，亦屬有識。吟詠山水古蹟甚夥。《游雁蕩》、《望天柱諸峯》、《觀大龍湫作歌》、《游石門觀瀑》、《漢通天臺金銅人歌》、《唐昭陵石馬歌》、《阿育王舍利塔歌》、《華清宮故址歌》，皆縱横變化，令人耳目都異。嘗自作《竹初菴圖》，徵詩甚衆。維喬擅填詞，能曲，有《鸚鵡媒》、《乞食圖》傳奇。蓋亦文學之士，不失風雅之傳。袁枚《論詩絶句》云：「鄭虔未老傳三絶，謝覽芳蘭自一生。底事獨加皇甫序，愛他弦外有餘聲。」

戲作吏不可爲吟六章

參　謁

雞初鳴，偵大府，鼓聲隆隆，銜尾疾進如羣鼠。坐左廂，日亭午，饑不得餐輪轉肚，口噪脣乾噤無語。須臾手版如葉飛，曰公不遑詰旦來。如是者再四，乃得側身入謁，升其階。無恆暘雨乎，民不疾苦乎，口之所諮非所圖。以色示退，僂而趨歸，告其賓朋，今日上官遇我殊。

饋　遺

若者縣緊望，若者賦上中。肥瘠揣而知，窶數藏其胸。問吏何所有，一絲一粟民膏脂。交親緼袍來，白著顏忸怩。所愛權錙銖，所畏揮沙泥。山中麞鹿川中魚，竟陵四盡古有徒。取彼以與此，海波之沫乃白濡。令公喜，令公怒，朱提有神作人語。

催科

官如大魚吏小魚，完糧之民其沮洳。官如虎，吏如猫，具體而微舐人膏。二月絲，八月穀，婦出門，雞登屋。五刑之屬郵麗事，役惰追呼罪其罪。然而心所不怒强威之，投籤鏗然厭且憊。坐堂皇，鞭其尻。役以皮肉更錢刀，彼縱不苦我則勞。署上上考何足高。

鞫賊

强者盜，懦者賊。明者刼，暗者竊。盜不易捕賊易得，豺狼伏莽鼠逃避。此輩民之蟊，五毒宜懲凶。及觀號呼慘，肢體與我同。所起由饑寒，刑之不可止。單辭鞫徒煩，得情無足喜。穿窬内荏而色厲，取非其有賢充類。乃知天下之賊難盡求。竊鈎者誅竊國侯。

判牘

晨起罷盥漱，僮來促官書。官書日幾何，堆案二尺餘。刊章匡以花，急遞插以羽。歲月加封檢，字句乏點黈。披之兩眸眊，朱墨手倦舉。筭事耶，筭丁耶，甲乙丙者著令耶。決事之比紛如麻，需頭辭卑累而上，得一大諾自天降。宣府駢緘副其狀。符火速，竿作櫝，尾加恫喝眎已熟。大胥之叱守令如叱僕。

酬賓

樂莫樂兮見故人，苦莫苦兮對惡賓。胸隔千里萬里貌强親，唯唯諾諾不敢嗔。銜盃引手，視蔭不走，使我肴核，下咽不得。腐嬈腦填，腸泄且歐。何如還鄉獨處扃門庭，所不願見者叩不膺。《竹初詩鈔》卷十三

片石詩鈔一卷　嘉慶三年刻本

江干撰。干字片石，號黄竹，江蘇如皋人。貢生。偃居海上，結香山吟社，日以唱酬爲事。此集有袁枚、顧澐、黄洙序。據嘉慶三年自序稱，年已六十。爲詩不矜意而意趣盎然。《秣陵雜感十首》、《謁文信國公祠》、《崇川雜感》，均較雅勁。詠山水詩，雋句絡繹。題畫之什亦多。《聽羅兩峯説鬼》云：「廣陵羅兩峯，説鬼窮幽寂。玉麈東西揮，虬髯森如戟。秋澄不肯青，秋樹無聊碧。疎雨上空□，門外天如墨。恍惚被惡風，吹墮羅刹國。有鬼雜沓至，延緣周四壁。譬之梁上鼠，夜出晝伏匿。譬之山中狐，面柔心殘賊。我豈不聰明，左右被回惑。六尺好匡牀，氍毹眠不得。兩峯去而歸，危哉江片石。」其吟社詩友爲徐麟趾、冒國柱、仲鶴慶、宗孔思、吴廷燮、陳模。《詩鈔》爲選本，附詩餘一卷。林昌彝《論詩絶句》云：「鶺辰夢早醒黄粱，杜宇啼殘鬢有霜。朱二亭同江片石，愁吟花月艷維揚。」自注：「啼殘杜宇客無歸，片石句也。江都朱二亭篔、如皋江片石干二人皆揚州詩人之極貧者。」見《衣讔山房詩集》。同里黄理《畊南詩鈔》有《哭江片石》詩。

星湖詩集十六卷　嘉慶元年刻本

曹龍樹撰。龍樹字松齡，號星湖，江西九江人。乾隆四十年舉人，供内庭三年，官咸安宮官學教習。出爲江蘇沛縣知縣，改如皋，至江防同知。是集爲受業史英、李廷實評注，袁枚、黄洙、徐觀政序。其詩嘗採入《隨園詩話》。據《哭六兄潤亭炅》詩注，當爲乾隆四年生。結集時五十七。龍樹肄業於廬山香泉寺。通籍前所作，泰半爲游匡廬詩，《訪陶靖節故居》，可爲言陶詩者參考。北上歷山左、燕都，游恆嶽，有詩。《七十二過潤》一篇，尤爲奇作。就官江蘇，多詠風景民情。乾隆五十七年官如皋，以《祈雪》爲題，得詩百首，刻意而吟，然不免有冬烘氣耳。

玉京山陶靖節先生故居

徵疑。重其人，必詳其地；　詳其地，必求于古，斯信疑分矣。晉陶靖節先生，梁昭明撰其傳曰，潯陽柴桑人也。顔延之誄亦云，考《漢書》郡國、廬山等志，晉永興元年，置潯陽郡。安帝八年，省潯陽入柴桑縣。唐又改柴桑爲潯陽縣，廬山全隸焉。五代吴時，以廬山之北爲德化縣，山南爲星子鎮。宋易鎮爲縣，屬南康軍，而柴桑遂分隸二境。則靖節故居不出今所謂星子、德化縣者無疑。考《廬山志》，南康郡西五里，玉京山，又名上京，有淵明故居。余訪玉京山麓，土人指山窩一蔡姓村云，此傳爲陶公舊宅。宅東背山皋，望郡城在邇，西面田疇，一川屈曲，春夏可進小船。溪外蠡湖，落星獨秀，湖南有沙阜。余曰信矣。陶集有曰疇昔家上京，日居止次城邑。曰舫舟，蔭門前曰斜川、迴澤、曾坵（駱庭芝注陶集，曾坵卽落星寺，上有遺址），曰東皋、西疇、南阜，先生諸作，俱歷歷繪目前矣。土人又左指石壁上有陶公遺蹟，余登而摹之，得「日影斜川」四大字。旁數小字雕殘不可辨。俯視溪中，水光猶照人面目。余喜極曰，此則斜川地也。斜川者，先生偕隣曲所遊者也，得斜川更足證先生居矣，信矣。但此距彭澤百廿里，陶序云，彭澤去家百里，殆舉其成數歟。然此其舊居也。陶集載戊申六月遇火，後移居南村（原注卽栗里）者，又惡在。考《廬山志》，温泉之北，有墟曰栗里，爲淵明故居。乾隆甲申年，余肄業於廬山香泉寺，山麓有村，當孔道。一錢姓荒園中有碑，題曰栗里村，石色古甚，不知何年物也。老民云，此中有淵明故居。不數武，得清風橋，又得柴桑橋，舊碑折存半截，明嘉靖中御史李循義重鐫立焉。沿溪而入，數柳依依，曰醉石澗，有陶姓數家，自稱靖節裔。旁有一祠，額曰「歸去來館」，尾書「後學朱熹題」。又旁廢址，曰五柳館，館右有濯纓池，池中有醉石，高三四尺，廣三四丈，卽《南史》所載靖節居廬山常醉卧石上者也。石壁劖「淵明醉卧此石」六大字。石面字多剥落，可摹者，歐陽國華、李升華、宋三衢、吴亮、無名氏、顔真卿、程思孟、陳舜俞、龍仁夫、朱晦翁等各題咏。溪外有水泉田，卽陶集所謂下潠田歟。此在玉京山西南，距廿五里，與陸靜修居甚近，卽陶詩所指素心人歟。則此爲靖節移居之南村又無疑。二處昔屬柴桑，今皆隸星子縣也。違此三十里，德化縣鹿子坂，亦有淵明故居。明正德六年，李夢陽詢一陶姓村人，自云靖節之後，卽指其住宅爲靖節故居。夢陽遂就其地立祠，並置祀田。余疑而親訪之，在深山乾隴中，所謂城邑舫舟曾近斜川南阜者，皆牽引不合。且醉石在栗里，自宋齊迄宋元，代有紀實，諒無假借，焉有居隔三十里而能常來醉臥者乎。再考鹿子坂，道出南康，去彭澤百八十里，道出九江，則二百餘里，與陶序更不相符。余生長斯里，考古核今，目見耳聞，所知既確，不得不詳其實地，以證獻吉之疎也。並纪以詩。

我尋處士家，並識斜川地。不復先生居，空摹石上字。《星湖詩集》卷三

木雁齋詩鈔二卷　乾隆四十三年刻本

梁夢善撰。夢善字兼士，號午樓，浙江錢塘人。大學士梁詩正幼弟。乾隆十八年，年十五舉於鄉。二十八年、三十一年北上應試，寓王昶蒲褐山房，作《木雁圖》。困頓禮部試且二十年。後官直隸蠡縣知縣。是集爲乾隆四十三年刻本，計其年四十，首程晉芳序。集中多早年西湖酬唱詩，丁敬、厲鶚、金農、杭世駿、沈大成、陳兆崙、袁枚，多爲老宿，與南屏讓山僧亦有寄和。《津門鼓櫂行次蕺園作》，乃酬程晉芳。又有《贈董曲江》，曲江爲董元度。夢善多病，王昶稱其「風神簡遠，弱不勝衣」。《湖海詩傳》載《病中偶述》詩。乾隆四十三年，嘗與程晉芳、沈廷芳唱和五十餘日。而作令近畿六載，詩未之見。夢善不以貴介自處，爲詩冲曠，得自然之趣。唯多吟弄風月，未能超邁時人，故亦不能傳遠也。

淺山園詩集十七卷　嘉慶元年序刻本

李芝撰。芝字謹墀，號竹友，浙江錢塘人。布衣。幼居淺山。三十學詩，不喜規摹古人，性之所禀，深淺各隨。嘗游粤南，又就其弟淄川知縣李芹所，以吟詠爲事。此集編年詩一千二百九十三首。據李芹序，生於乾隆四年。最著者《西湖櫂歌一百首》、《爲文瀾閣落成貯四庫全書而作》，注繫錢塘史料甚多。《西湖樂府》、《吴山樂府》、《珠江竹枝詞》、《淄川竹枝詞》、《峽山飛來寺》、《上下鄉田園雜興三十四首》、《鵲華橋雜興十首》、《游錢塘烟霞洞八詠》，蠡淺易知，多關風土。《岱雲》一集，詳記泰山風景古蹟道里。懷里中諸前輩，舉近百五十年錢塘名人陳祚明、吴山濤、陸圻、毛先舒、邵遠平、應撝謙、龔翔麟、翁嵩年、吴任臣、徐元文、湯右曾、桑調元、丁敬、厲鶚、金志章、朱楓、汪沆、明中、篆玉等數十家，人繫以詩，各附小傳。《懷洪稗畦昇》云：「傳奇隨處演，簫鼓自生春。意外來奇辱，想來污太真。」小傳云：「學詩於阮亭、愚山，尤工樂府，五音不差脣吻。旗亭畫壁時雙鬟歌焉。」《查繼佐小傳》有云：「起園亭於吾里黄泥潭上，真修尼菴側，蓄女弟子娱老。至今桑麻間尚以查園稱之。」《李漁小傳》有云：「嘗築園於鐵笛嶺，蓄伎演所譜之劇。」《趙俞小傳》有云：「雅擅填詞，與洪稗畦齊名。有《青霞錦翠樓》傳奇。中年喜作釋氏裝，稱繡衲頭陀。湖上大雨觀桃，有《弔桃花曲》，一《山坡羊》，一《皂羅袍》，一《解三醒》，一《玉抱肚》，一《皂角兒犯》及《尾聲》。紫山老人和之。」《金農小傳》有云：「隸從魏碑中變出新意，人爭以重價購之，而僞者乃多。所畫墨梅，價更倍焉。」《吴穎芳小傳》有云：「通内典，註《唯識論》尚未刻，方外弟子以爲憂。壬子春，夢樓太守來杭，施六十金乃得全刻。」《華嵒小傳》有云：「工畫，名聞遐邇。近時欲得一條需十六金。其詩每於畫上讀之，而詩中亦有畫焉。」均有事實可徵。

稻香樓詩集十卷　乾隆四十三年刻本

程際盛撰。際盛原名炎，字焕若，號東冶，江蘇長洲人。乾隆四十五年進士。入四庫館。官至監察御史。退歸後，覃研經學。著有《説文古語考》、《禮記古訓考》、《周禮故書考》、《儀禮古文今文考》、《續方言補》等書。卒於嘉慶元年，年五十八。嘗問詩於沈德潛，宗唐。自刻《稻香樓詩集》，阮學濬序，王鳴盛題詞。《夜泊燕子磯》等篇，筆力清矯。官御史作《喀拉河屯》、《布達拉寺》、《監賑紀事》、《查漕紀事》，均爲紀實。平日與褚廷璋、馮集梧、王鳴盛、吴錫麒唱酬。《古詩五章贈錢辛楣先生》，讚錢大昕之爲學。《吴趨行》、《牧牛詞》、《養蠶行》、《蘼蕪篇》，詠吴門民情，婉而有諷。集中有應制詩三卷，蓋本詞臣，轉致力漢學，乾隆間文人固如是也。

定性齋集一卷　蓮塘遺集一卷　光緒十二年重刻本

李憲暠撰。憲暠字叔白，號蓮塘，山東高密人。諸生。工詩，學孟郊、賈島，與兄憲噩、弟憲喬，時稱「三李」。乾隆四十五年，憲喬以例授廣西岑溪知縣，憲暠佐其治，越歲遘疾，卒於官所。所撰《定性齋集》，一名

《叔白詩鈔》，初刊於乾隆四十四年，李憲喬序。《蓮塘遺集》則於四十七年刊於岑溪。據其門人王焯跋推之，爲乾隆四年生，四十六年卒。作者在昆季中去世較早，詩作不多，均以冷雋見勝。《泛大明湖》、《田家作》、《捕魚》、《觀畫》、《雪》等篇，氣韻泠然。居岑溪所作《南樓觀雨》、《夜讀歐梅月石屏詩》、《和子喬游三界洞》，亦稱佳構。此集爲《高密三李詩鈔》本，光緒十二年從曾孫李楹重刻。王焯卽王寧焯，高密人，官侍御。詩與三李一派，有《在山》、《考功》諸集。時舉世受袁枚性靈説影響，山左又盡學王士禛。唯高密獨成一系，亦云難能矣。

易簡齋詩鈔四卷　道光三年序刻本

和瑛撰。和瑛原名和甯，字太葊，姓額爾德特氏，蒙古鑲黄旗人。德保子。乾隆三十八年進士。五十八年以内閣學士充駐藏大臣。嘉慶七年任總理回疆事務參贊大臣，十四年授陜甘總督，遷盛京刑部侍郎、熱河都統。累至兵部尚書。道光元年卒，年八十二。纂辑《回疆通志》、《三州輯畧》等書。《詩鈔》收乾隆五十一年至道光元年詩五百七十六首。生卒年俱見吴慈鶴序。其詩生前手定，多爲邊疆見聞。入藏紀程詩有《出打箭鑪》、《東俄洛至卧龍石》、《中渡至西俄洛》、《宿頭塘》、《大雪封瓦合山阻察木多寺》、《雪後度丹達山》等篇。前藏詩有《大招寺》、《小招寺》、《布達拉》、《木鹿寺經園》、《金本巴缾簽掣呼畢勒罕》、《色拉寺題喇嘛諾們罕塔》、《上元春燈詞》、《再游羅卜嶺岡》、《九月望登布達拉朝拜》、《馬銜魚歌》、《秋閲行》、《詠喇嘛鴛鴦》、

《皮船渡江》等篇。後藏詩有《宿札什倫布》、《晤班禪額爾德尼》、《望多爾濟拔姆宫》、《班禪額爾德尼共飯》、《佛母來謁》、《游拉爾塘寺》、《宿薩迦廟》、《留别班禪額爾德尼》等篇。作於甘肅、新疆者，爲《甘州歌》、《嘉峪關》、《戈壁道上》、《宿安西》、《哈密度歲》、《風戈壁吟》、《題路旁于闐大玉》、《度海都河冰橋》、《宿庫車城》、《渡渾巴什河》、《葉爾羌城》、《英吉沙爾》、《觀回俗賀節》、《喀什噶爾巡邊》、《喀浪圭卡倫》、《哀葉爾羌阿奇木阿克伯克》二首、《宿松樹塘》、《題巴里坤南山唐碑》、《過昂吉圖淖爾鹽池》、《輪臺餞馬行》等篇。七十以後，作《出山海關》長歌、《宿松山述事》、《巡海雜事》、《登醫巫閭山》、《觀音閣》二首、《過遼陽城》、《復州詠古》、《鐵嶺有懷》，又出威遠堡，復留守陪都。和瑛久爲封疆大吏，所經地域至闊，所見景物甚廣。生平懷鉛握槧，旅途不廢吟哦。得此一編，不獨見其風騷之旨，亦有備於桂海虞衡之紀云。

渡象行

馴象來從廓爾喀，困頓深山跡茸闒。蠻酋百計出巉巖，道兑款誠喇特納。廓爾喀王名。憶其初出陽布城，卧雪啖冰倦騰蹋。蹣跚努力達兩招，札什倫布布達拉。慳夷安得佳飼秣，忍飢且狎黄毳衲。礧磓日行三十里，笮馬屈足空馺馺。金江黑水勢洶湧，索橋皮船濟紛遝。水草惡劣走踉蹌，時炒未必飽升合。木魯烏蘇濟無患，青海已過歡颯颯。噫嘻，黄河之水天上来，象經徼外幾周匝。皋蘭風定不揚波，供張中原綵棚搭。潼關我見數番奴，身氍毹兮足革蹋。風陵謀渡崑崙水，渡吏怕驚波浪沓。方張布帆趣象登，欸乃一聲穩如榻。奇哉象解侏㒧語，此去朝天趨鳳閣。豈知聖主齊堯年，所寶惟賢風雲合。西旅貢獒越裳雉，珍奇那貴昇平答。況此馴象富都中，對對充坊數盈州。稭稻萬束粟千鍾，不比尋常餵莝苔。有時待漏金馬門，仗下亭亭守風蠟。錦韉玉轡駕五輅，背上寶鉼高似塔。退食偶浴城南溪，鮫室鼉宮震喧雜。噫嘻，象身幸不爲齒焚，脱離蠻瘴遊閶闔。太平有象樂優游，禄享天庾慶朋盍。《易簡齋詩鈔》卷一

晤班禪額爾德尼

十四年前佛，童男幻作真。年甫十二。刧來逢隔世，猶是悟前身。庚子予在京師，曾會前輩班禪。慧業聊應爾，靈根信不泯。莫嫌予强項，千佛轉隨人。《易簡齋詩鈔》卷一

再遊羅卜嶺岡

達賴天西自在人，祇園此日速嘉賓。茶寮飯鉢閒中趣，意樹心花物外春。且向空門看活水，漫勞彼岸渡迷津。達賴步行，導游園景一匝。問君離垢年年洗，要洗清涼幾世身。《易簡齋詩鈔》卷二

觀回俗賀節

怪道花門節，刲羊血濺腥。羯雞充戔里，婁鼓震羌庭。酋拜摩尼寺，《唐書·回鶻傳》：元和二年，回

紇請於河南府、太原府置摩尼寺，許之。卽禮拜寺。僧喧穆護經。《通鑑》注：大秦穆護，釋氏之外教也。火祆如啖蜜，唐制，祠部歲祀磧西州火祆，卽今阿渾所供奉之摩尼神。石槨信通靈。《輟耕録》：回回地年八十歲老人，自願捨身濟衆者，絶飲食。惟澡身，啖蜜，經月便溺皆蜜。死則殮以石棺，用蜜浸，百年後啟封，則蜜劑也，名木乃伊。治人損傷肢體。《易簡齋詩鈔》卷三

題巴里坤南山唐碑

庫舍圖嶺天關壯，沙陀瀚海南北障。七十二盤轉翠螺，馬首車輪頂踵望。高昌昔併兩車師，五世百年名號妄。高昌王麴嘉傳至智盛凡五世，百三十四年而滅。雉伏於蒿鼠噍穴，驕而無禮不知量。唐貞觀時，高昌麴文泰多遏絶西域朝貢，上遣使問狀。文泰曰：鷹飛於天，雉伏於蒿，貓遊於堂，鼠噍於穴，各得其所，豈不能自生耶。上怒，遣侯君集伐之，事見《唐書》。寒風如刀熱風燒，易而無備胥淪喪。文泰聞唐兵起，謂國人曰：唐去我七千里，而沙磧居二千里，地無水草，寒風如刀，熱風如燒，安能致大軍乎。及聞唐兵臨磧石。憂懼發疾卒。子智盛繼。賢哉柱國侯將軍，王師堂堂革而當。文泰子智盛卽位，刻日將葬，諸將請襲之。侯君集曰：天子以高昌無禮，故使吾討之，今襲人於墟墓之間，非問罪之師也。於是鼓行而進，詰朝攻之，及午而克。智盛出降，遂建碑於巴里坤。吁嗟韓碑已仆段碑殘，猶有姜碑勒青嶂。碑文姜行本撰。豈知日月霜雪今一家，先是，其國童謡云：高昌兵馬如霜雪，漢家兵馬如日月，日月照霜雪，回首自消滅。文泰捕其初唱者不得。俯仰騫岑共惆悵。漢張騫碑

在伊犂，裴岑碑在巴里坤城上。　《易簡齋詩鈔》卷三

過大寧故城

城在平泉州東北一百八十里，今喀喇沁札薩克公境老河之北。遼之中京大定府，金之北京，元改爲大寧路。明置大寧衛，永樂時廢土城，高丈餘，周二十里，東西二門，南北四門，無雉堞，城樓僅存周垣。

夕陽西下古城陰，八部名都跡可尋。契丹八部，此其一也。豈有龍樓淹歲月，遼聖宗過七金山土河之濱，南望雲風，有龍樓鳳闕之狀。遂議建都，實以漢户，號曰中京。更無佛塔鎮園林。城内有浮圖二，城外有浮圖一，蒙古名察罕蘇巴爾漢，今無存。山如捲幕巢春燕，水似彎弓射宿禽。四十九藩歸化宇，不須懷古問遼金。　《易簡齋詩鈔》卷四

論山詩鈔十五卷　道光十二年刻本

鮑之鍾撰。之鍾字雅堂，號論山，江蘇丹徒人。皋子。乾隆三十四年進士。官至户部郎中。此編爲家刻本，有錢之鼎序，族姪桂星識語，收古今體詩一千四百二十七首，附詩餘七闋。生年據卷十二《先慈忌日感逝》詩，當爲乾隆五年。錢序稱「壬戌逝於京邸」，當爲嘉慶七年卒。共唱酬師友早年爲姚鼐、朱孝純、王文治、馮浩。中年以後，與洪亮吉、吴錫麒、趙懷玉稱密，法式善謂爲「詩龕四友」。之鍾詩有家法，爲漢唐標格。

唯乾嘉間詩風多變，亦不免濡染時習。《擬樂府三章》曰《官平糶》、《借口糧》、《借種籽》。小序云：「余在農曹五年，恩旨疊頒，而有司奉行，大抵有名無實。因以習見所聞，俟採風者。」《擬樂府五章》曰《莫責子》、《捕衙來》、《乞兒釁》、《官不樂》、《買金歎》。小序云：「僕在江南偶聽談者言奸吏巧取民財，有出人意想之外者，因感之而述以詩，使聞之者戒。」其詩韻調不逮皋，而質實過之。

清人詩集敘録卷四十

三松堂詩集十八卷　道光十年家刻本

潘奕雋撰。奕雋字守愚，號榕皋，晚號三松居士，江蘇吴縣人。年十六以商籍補浙江仁和縣學生。乾隆二十七年舉人，三十四年進士，座主爲劉綸、饒學曙。由翰林官户部主事。六十後歸田，主玉峯書院，自此林居四十餘年。道光九年重宴鹿鳴，賜四品卿銜。十年卒，年九十一。著有《説文解字蠡箋》。子世璜，乾隆六十年進士。長孫遵祁，道光二十五年進士，有《西圃集》。從子世恩官大學士，奕雋因世恩官贈副都御史。詩集爲遵祁刻，王昶舊序，凡一千六百餘首，附《文集》及《水雲詞》。奕雋嘗扈駕熱河、五台山，典試貴州，有《行廬雜詠》、《旅黔紀程詩》。與王宸、錢大昕、邵晉涵、王昶、王鳴盛、王友亮、唐仲冕均有過從。晚年主問梅詩社，與朱珔、黄丕烈、萬承紀、吴廷琛、汪梅鼎、袁廷檮、董琴涵、李福、瞿中溶唱和。集中詩多可考文人軼事。褚廷璋歸里後無聞，據《輓褚筠心學士》，知卒於嘉慶二年。葉堂爲江南戲曲家，著有《納書楹曲譜》，史傳乏徵，讀《葉廣平諸君度曲》、《題廣平遺照》，其平生約畧可知。《感舊詩》謂張塤歸卒以肺癰，任大椿殁日家無餘財，皆可補傳記之闕。《聞馮星實鴻臚辭世》、《龔匏伯哀詞》、《吴竹橋輓詩》、《徐復堂輓詩》、《吴少甫哀詞》，凡此亦可視人之取。平居讀書題圖之作，如《范文正公伯夷頌卷》、《讀南唐書四首》、《題徐榆村鏡光緣傳奇四首》、《讀太平廣記六首》、《程易田鄭公釣臺卷》、《書東林五君子手札後》、《題黄蕘圃祭書圖》諸作，差近可觀，餘無精詣可言。《虎丘雜詩十四首》並引，較爲典實。奕雋詩出宋、元，未能獨開生面。然清遠閒放，倫次整齊。王昶《蒲褐山房詩話》摘有五七言佳句，令人攬擷無盡。

吟臞山房詩八卷　道光三年家刻本

龔禔身撰。禔身字深甫，號吟臞，浙江仁和人。乾隆二十七年舉人，授内閣中書。四十一年隨輦熱河，癰發於肺，亟還京，逾月而卒，年三十七。此集爲子麗正、繩正刻，附家傳。禔身年十七從杭世駿游，根柢亦深。其詩不名一家，格高詞清。《題齊次風召南天然圖書譜》、《讀陶秀實先生清異録》、《乞羅聘畫邗江倚棹圖金丈農索之以詩依韻奉酬》、《題汪履基夢游天台山圖》、《題金丈農畫醉鍾馗圖》、《宋林酒仙像歌》、《和羅兩峯夫人方婉儀三十初度詩》、《觀陳老蓮畫坡公像》、《贈羅兩峯居士》、《開平王孫種菜歌》、《書桃花扇後四首》、《沈沃田先生爲之延醫感賦》、《題汪五丈沉嗜酒愛修竹圖》，既關藝文，又負才思。卷八《病中自述》，蓋絶筆也。禔身爲龔自珍本生祖。龔自珍《己亥雜詩》謂「百年淬厲電光開」，卽指兩代家學而言。

測海集六卷　嘉慶二十四年刻本　觀河詩集四卷　道光三年刻本

彭紹升撰。紹升字允初，號尺木，又號知歸子，江蘇長洲人。啟豐子。乾隆二十六年進士。選知縣，不就。晚事佛，與汪縉、羅有高相往還。卒於嘉慶元年，年五十七。撰《一行居集》，皆禪悦文字。《二林居集》，爲論學之書。詩集曰《測海集》，爲《列朝聖德詩》與《思賢詠》。《思賢詠》包括諸王貝勒九篇，卽和碩禮烈親王代善以及親王多爾衮、濟爾哈朗、豪格、多鐸、傑書、允祥、德沛，固山貝子章泰。《賢相》十五篇，爲范文程、魏裔介、李之芳、馮溥、熊賜履、圖海、李天馥、徐元文、李光地、王掞、朱軾、鄂爾泰、尹繼善、陳宏謀、劉統勳。《名臣》一百二十一篇，《布衣》十九篇，《世德》四篇，亦各爲之傳，飾以韻語，可與史書相表裏。至平日所詠古今體詩，凡三十六年之作，均收入《觀河詩集》。其曰觀河，取「佛在祇園精舍爲波斯匿王説法，問今觀此恒河，與昔時觀河之見有童耄否」之語。紹升之詩，前期多寓目抒懷之作，如《北行書興》十首、《北行紀事十首》。《西湖雜詩》，寫景專工。《新城稻田詩》、《苦哉無母兒行》，憫念民生疾苦。後期詩均關佛禪，如《讀釋迦應化録》、《詠婆羅樹》、《題極樂莊嚴圖十六首》、《自述》諸篇，酬唱亦自名公漸及方外。至於《論學詩五首答汪大紳》、《讀史記》五首、《題東坡集》、《山谷集》、《覽古十首》、《續西園雅集圖》並序、《讀明人制義偶題八絶句》，時嫌議論畧過。歌頌貞女孝婦之什，更僕不數。詩至乾隆朝，大凡一切見聞感受，無不可披諸吟詠。名物日繁，體亦隨之而變。此兩集詩能備前人之所有，發前人之未發，雖有傷詩意，亦畧無窘狹之相也。

古衡山房詩集十二卷　乾隆間刻本

陳樽撰。樽字俎行，號酌翁，浙江海鹽人。乾隆三十一年進士。官廣西博白知縣。此集存乾隆二十一年至三十八年各體詩六百六十九首，無序跋。作者與物無競，所到之處，輒游山水自放。《登秦駐山放歌》、《紫陽山絶頂放歌》，感慨蒼涼。《題同邑張燕昌捫碑圖》並序，語奥韻險。有《漁具詩》，詠網、罩、罶，釣筒、釣車、魚梁、叉魚、射魚、鳴桹、滬、簎、種魚、藥魚、舴艋、笭箵、漁莽、釣磯、蓑衣、蒻笠、背篷，自成系統，可爲識小之助。《道中聽舟人櫂歌》，則多採集民間男女會遇之辭。善畫山水，自題率皆溪山小景，能得野趣生機。與畫家長洲人陳樽葦汀同名，非一人也。朱炎《笠亭詩集》有《題陳酌翁樽照》。

自毘陵至丹徒道中聽舟人櫂歌俚鄙可厭然其語不出男女會遇之辭而托物借喻亦有風人比興之義爰採其稍雅馴者被之聲律庶不失竹枝柳枝之意也　八首録六

月子灣灣照九洲，郎心似水妾如舟。妾船載月自北去，郎心似水只東流。

蘆荻抽芽楊柳花，郎採柔桑妾採茶。採茶須及嫩時採，采桑只怕雨如麻。

團團三五月兒黄，清水蒸來炊飯香。勸郎且過清明去，燕子來時未下秧。

梔子花開心裏焦，長江日暮不通潮。樹頭烏鵲呀呀叫，那得年年一渡橋。

江南三月柳成綿，桑葉青青浴種天。妾似蠶絲抽不盡，郎如蠶老只思眠。

黄梅時節雨如絲，艇子瓜皮打水湄。妾把長竿釣比目，郎拖密網網西施。

向日堂詩集十六卷　道光二年家刻本

陳寅撰。寅字心田，浙江海寧人。乾隆三十六年順天舉人。五上春官不第，官廣東英德知縣。嘉慶五年，以戇直忤上官，被繫於獄。以次東坡獄中寄子由詩韻寄其弟，然後以花甲之年，戍卒於伊犁，居塞外十五年。是集爲其子崇禮刊本，首錢陳羣、劉星煒、龔景瀚、蔣攸銛、松筠序，編年詩起乾隆十五年迄嘉慶十九年，凡二千五百餘首。生年有《己巳七十初度》可證，卒於嘉慶十九年見陳崇禮跋，享年七十五。集中多南北行役之詩。《盱山雜詠》十首、《筠溪雜詠》六首、《登華岳》、《太白》、《過居庸關》、《福州竹枝詞》十首、《虎丘雜詠》，以及旅游粤中名蹟，長篇短章，間見層出。過山東作《黄雲歌》敍王倫起事，可爲參考。詠鉅鹿、昆陽、赤壁、淝水、順昌等歷史戰役，亦爲時而發。《慈仁寺禮窑變觀音歌》、《鐵畫歌》、《題蔣心餘傳奇四種》十二首、《書劍俠傳後》、聶隱娘、扶餘國王、紅綫、崑崙奴。《吴越春秋題辭十四首》、《十國春秋題辭七十首》，詣力邃密，尤深於史。《贈醫士徐靈胎》云：「澮宕薰風拂緑筠，杏林仙住石湖濱。交情於我經三世，古道如君得幾人。業老青囊心獨苦，詞流白雪髮同新。襟期應許忘年共，擬約深秋拂麈論。」靈胎名大椿，醫家，又爲戲曲家。寅戍發新疆，身遭毁謗，而吟興極豪，作《紀程詩》百餘首。其抑鬱之氣，每借詠史發之。《讀史》四十八首、《集春秋左傳女則》二十首、《詠史絶句》二百九十二首，喜怒不平，深爲扼腕。

次舒春林伊江雜詠韻二十首　録五

武功平絶域，塔爾著芳名。昔日羣酋帳，今時大國城。葡萄薰酒氣，騄駬壯班聲。將畧嗤西漢，夷人買犢耕。塔爾寺

高山紅絢爛，曉色映朝陽。赤土層層玉，丹楓葉葉霜。恩波消劫火，戰骨醉沙場。安得雲霞侶，相驅白石羊。紅山嘴

細草明湖畔，秋風古岸前。黄蘆分斷雁，紅柳送殘蟬。絶塞疑無地，穹廬别有天。漁舟歸夢穩，如卧武林田。黄草湖

青山連古道，紫塞數名標。勝蹟傳千紀，明禋歷幾朝。回人枝箭插，夷女井香燒。番樂葫蘆唱，何曾夢雅韶。空鄂羅俄博

稽首菩提寺，羣稱活佛家。紺宫臨馬市，黄帽聚蜂衙。祇樹傳金粟，崑崙獻玉瓜。西方多寶筏，何處渡恆沙。金頂寺　《向日堂詩集》卷十二

自怡集十二卷　嶺南詩鈔二卷　嘉慶十二年刻本

吴錫麟撰。錫麟字上騏，號竹泉，浙江嘉興人。乾隆三十年舉人。官遂安教諭十五年。嘉慶初，吉慶督

兩粤，招致幕府，任粤東鹽莢官。生平無碑傳可考。據卷十《睦州懷古》詩注，以乾隆五十三年四十九歲推之，爲乾隆五年生。而《嶺南詩鈔》止於嘉慶十一年，《自怡集》有嘉慶十二年其弟錫鳳序，時錫麟已殁，則終年當爲六十七。又吉慶序、仇養正題詞，亦載《自怡集》卷首。錫麟十四歲能詩，《胥山懷古》、《檇李亭懷古》、《雷峯塔歌》、《讀詩絶句十三首》均作於弱冠之時。《黄山雲海歌》、《淨慈寺五百羅漢歌》、《秧馬歌》、《南湖競渡》、《紀風俗詩》二首、《讀明史》十首、《謁曹娥廟》、《謁韋蘇州祠》、《荷蘭劍歌》、《陽羨採茶曲》、《題劉淞年鑿龍門長卷》、《和謝啟昆晉甎歌》，取材廣泛，畧可以見。官粤八年，《嶺南詩鈔》以當日軍營、海上貿易、鹽價税收，竝寄於詩。其詩無師承，主性靈而不徒恃性靈，頗見才力。

南園詩存二卷補遺一卷　嘉慶八年小停雲館刻本

錢灃撰。灃字東注，號南園，雲南昆明人。乾隆三十六年進士，授檢討。四十五年晉爲御史，上疏劾陝西巡撫畢沅，奪職三級，復劾山東巡撫國泰驕縱無度，一時聲譽大著。擢通政司副使、提督湖南學政，後任湖廣御史，六十年，卒于官，年五十六。灃性成骨鯁，居官嚴憚。乾隆末和珅秉權，自張威福，無人敢言事，獨錢灃能訟言其失於奏章。生前無詩文集行世。嘉慶六年法式善輯遺詩二百餘首，爲《南園詩存》，由趙州師範校，刊于《南園文存》之前。作者詩如其人。《龍門作》可爲代表。歌云：「龍門蔽洛崢兩山，清伊北走經其間。一年佳賞惟有雪，盡補缺壞蘇枯頑。嗟此天生奇妙地，遍遭刳斵丁時艱。禍首胡靈繼周塈，造寺日役千倕般。窮極土木意不已，山靈遂無術免患。我昨南歸值晴霽，周視不禁凋朱顔。賓陽洞古尚因勢，幽暗故是鬼所寰。奪取爲佛雕巨像，青螺簇腦千髻鬟。露胸袒右盡趺坐，捧以么麽髯頭蠻。門側力士倚壁立，鱗甲動肘修蛇擐。肩差足比尚不一，悉抹金碧塡朱殷。最後黝黑視石審，高處似是垂花鬘。嗟此地乃作俑始，餘遂踵事日無閑。有如道左一家宅，漸潰漸衆成通闤。側倚傍附亦不論，舉椎持鑿縋成攀。一龕工就費幾許，逕見連車傾府圜。就中豈但司農積，恐兼司寇之罰鍰。氓隸何識亦奔走，金銀菽帛輸無慳。紛紛似中風狂疾，甚有婦女捐釵鐶。高簇蜂房下狗竇，徧列時岸窮前灣。自知奉佛以祈福，毫毛肯恤惸與鰥。密文酷網連連起，無辜十九塡狴犴。當時豈無有識者，目擊徒有悲淚潸。竊議語未及脱口，已見流血戮謗訕。豈料留遺到今日，狼藉只便夙陰姦。像設摧折莓苔雜，腥腐熏灼烟煤黰。媧皇補天尚有石，誰乞補此初質還。又無壯士手巨刃，盡情爲我纖悉删。」抨虐政，反對佞佛，急民所急，從來詠龍門石窟之詩，未有如此識見而立言侃侃者也。他如《縛鼉行》、《赴隨州》、《六河歌》、《詠月餅》詩，亦往往而是。行旅寄酬之詩，亦蒼鬱勁厚。澧爲姚鼐門人，有《送房師姚夢穀先生還桐城五十韻》。鼐亦有《哭錢侍御澧》詩。澧工書，擅畫，有《自題畫六首》。嘗爲法式善畫馬，吴嵩梁等人作《題錢南園畫馬歌》。洪亮吉於澧極力推服。《北江詩話》稱爲「當代第一人，郎以詩論，亦不作第二人想」。又云：「錢通副詩如淺話桑麻，亦關治術。」「無意學古人，自然入古。」且求之於性情、學識、品格之間，故「非可以一篇一句之工拙定論也」。

知非集不分卷　近代影印本

崔述撰。述字武承，號東壁，直隸大名人。乾隆二十七年舉人。嘉慶間官福建羅源、上杭等縣知縣。卒於嘉慶二十一年，年七十七。著有《考信録》等多種。弟子陳履和刻其書。詩集向無刻本，此爲燕京大學圖書館據舊抄本影印。其詩尊漢、魏、三唐，自序稱：「宋元以前雖有高下巧拙之殊，要皆自寫其意，自琢其辭。」又謂：「余獨愛顧寧人之言，謂詩當求有用於世，爲最得風雅之歸。」唯據自序，應有賦三首，詩一百七十首，以類區分，爲近古、遺興、諧俗三等。據書則前有紀聞歌撰《弱弄集序》、自序各一篇，賦三首，後有《桂窗樂府》選詞十四首、詩一百六十四首，僅以聲律體裁分五言、七言、八韻、四韻等若干篇耳。洪業爲跋發之，考證此集版本綦詳。至集中五古《邠州讀杜詩》、《磁澗》，七古《牛女行》、《只當行》、《春花行》、《望京樓》，五律《卜居》、《崤關》，七律《宿竇店》等篇，皆能絶去雕琢之習，發奇闢之思，别標其格云。弟崔邁，與述同舉於鄉，早卒，述爲刻其遺稿。

橒雲詩鈔五卷　道光四年刻本

鄭琮撰。琮字亮卿，號橒雲，福建龍溪人。諸生。受學於朱珪。卒老無所遇。道光四年，同族鄭開禧爲刊此集並序。詩凡二百五十七首，附《薈諺》二十首，爲乾隆三十年至嘉慶初作。《南臺雜詩》、《榕城中秋詞》、《莆陽道中》、《夏日游雲洞紀勝》、《趵突泉》，以所歷山左、浙閩名蹟入詠。《訪錢塘梁氏遺像》，有備掌故。《讀漢書有感》、《讀蘇詩》、《南宋八將歌》詠宗澤、韓世忠、岳飛、劉琦、吴玠、吴璘、虞允文、趙立，箴戒得失，詞質而意賅。蓋生平心力，只託文字以傳，使不得所附麗，必不可存也。

挹秀山房詩集八卷附一卷　道光十六年東武劉氏味經書屋刻本

劉堮撰。堮字澹園，山東諸城人。劉墉從弟。增生。《諸城縣志》無傳。是集收分體詩一千二十三首，附《西江一櫂集》。考其仕履，嘗官直隸、遷安、永平，後至饒州。餘則不詳。此集爲劉喜海刻本，有跋尾云：「昔先君子文恭公嘗爲喜海言，從叔祖澹園先生性耽詩，尤工詠物。與先伯祖文清公契最深，以故集中唱和較夥。而文清公詩恒不自存稿，從叔祖每録弆之。癸未春日，喜海奉諱旋里，承先志搜集文清公詩，又得從叔祖詩。乙未手寫付雕，凡四閲月乃蕆事。」今取觀《劉文清公遺集》，墉排行十一，堮排行二十六。此集詠物詩居十之六七，凡琴棋書畫、百工雜作、草木果蔬、茶酒糕餅、鳥獸蟲魚，無不反覆詠歌。以畢生精力於此無用之地，殊不值得。然語出自造，無奥澀之弊，間亦有多識之助焉。讀書偶吟，詠史論詩，亦有佳什。録詠《聊齋志異》四首，以饗有研究蒲氏之書者。

蒲柳泉聊齋志異　二首

厭聽常談愛異聞，世間異事原紛紜。事極瑣屑語龐雜，所貴妙手言之文。齊諧志怪怪幾種，漆園唯説垂天雲。嗣是作者凡幾輩，耳目汲汲搜羅勤。踵事增華取炫目，甚者平地生氤氲。劣者不足壽諸世，祇堪覆瓿丙丁焚。柳泉仙才鬼才筆，翹然不受俗氣熏。此書一出悦者衆，見賞詩老傾鄉枌。好事譽之不容口，薦紳先生亦云云。其人大都多忿激，與世牴牾殊蕕薰。山精野怪不避匿，忽遇犀照來江瀆。窮形盡相毫不貸，定應暗泣妖狐羣。天予奇才本卓犖，運以古藻偏繽紛。不然所言實欠雅，誦之口頰生清芬。夙昔卑之未入目，偶涉不覺過斜曛。把酒向空呼與語，精靈恍惚同盃醺。

愈異愈足聳聽聞，一出卽令剞劂勤。文窗頷誦有閒暇，篋中殘帙方紛紜。此書雖然涉荒怪，亦有寄託非妄云。奇思無窮筆力逞，未必無助於斯文。嘲啥諷刺無不有，似勝危坐觀皇墳。薦紳先生亦寓目，一卷往往消晝曛。可以解頤助談柄，坐上益發松枝芬。作者了不自諱匿，大書名字標鄉枌。其人大都不羈士，奇才逸氣洵超羣。其他著作不概見，玉樓赴召乘氤氲。古來此書凡幾種，皆與子年爲仍雲。聊齋之名喧衆口，至今觀者猶紛紛。讀罷不覺掩卷笑，一杯酬爾可當醺。《挹秀山房詩集》卷一

聊齋志異用高南阜韻

西園書裹螢火乾，葛帔誰憫西華寒。君與柳泉孰可慨，頃化一鶴言生前。微官落拓貧且病，宜與東野同寒酸。達人自喻齊物理，何分鼠臂并蟲肝。何以寓意逞雄筆，齊諧志怪鄒談天。耳目不親斯爲異，萬變盡在瀛所環。恢奇恍惚動人聽，筆妙都似君房言。搜神洞冥其傑者，聊齋頡頏無愧顔。西

園作詩不作志，直與蘇陸成周旋。平時詩境非一種，此什却帶離騷冤。金鍼在前鈍不悟，大珠小珠有鄉樹。何時枉道問耆老，細訪君家洗研處。《挹秀山房詩集》卷二

聊齋志異用韻

談説往往口吻乾，借觀友朋歷燠寒。一編入手不忍釋，直如呫嗶螢窗前。蜃樓恍怪可娱目，未遑代彼含辛酸。或云與文有裨助，作者殫思摧心肝。齊諧志怪先言大，軒軒鵬翼如垂天。鄒衍侈説亦如是，九州之外瀛海環。厥後變化非一種，要在筆妙工語言。天生異才具異趣，野狐山鬼應愁顔。雖然鑿空本烏有，實與異物相周旋。古人著書當建樹，個裏金鍼未易悟。幾人讀書能眼明，解道聊齋用情處。《挹秀山房詩集》卷二

樹堂詩鈔十卷　嘉慶十年刻本

朱滋年撰。滋年字潤木，號樹堂，安徽當塗人。乾隆三十年拔貢生。嘉慶十年，刻《詩鈔》十卷，首汪廷珍、嚴鐘銘、徐侃序，洪亮吉、姚鼐題詞。詩尚唐音，上溯魏晉。五言有幽雋之味，七律清雄華茂。沿襲正宗，不肯率易而爲。各卷以事繫名，起於乾隆二十四年。四十餘年，始結此一編。《大龍山歌》、《弔邢孟貞先生》、《秦淮雜詠》、《游醉翁亭》、《采石》諸篇，均較樸茂。《漢書列傳題後》十四首，《讀明史》十首，詠古尤所擅

場。嘉慶七年，作《十二月紀事》，涉及教民起事。《朱家山開河紀事六十韻爲康合河先生作》，記南河總督康基田事較周。又有《寄程瑶田》詩，稱其治學精研。詩作於嘉慶十二年，時程瑶田已八十三。泛覽諸作，尚非吟風弄月者比，亦能鼓譽一時。

拄笏軒詩一卷二集一卷　乾隆三十九年刻本

琨玉撰。琨玉字霞川，滿洲旗人。貢生。受知於彭啟豐。乾隆間官安徽梅城、霍丘等縣知縣。是集有彭啟豐、沈業富、周大魁序，爲乾隆三十一年以後六七年詩。琨玉官含山、迤江一帶屬縣時，多訪名蹟，輒詢民情。作《謁游定夫先生墓》並小引、《大江行》、《褒禪寺》、《苞山採茶歌》、《大水行》等篇。渡江赴金陵，與袁枚唱酬，又結識陳毅，有《贈陳古漁》詩。詩有體格，與遐方僻壤所見，自有别矣。

蘭巖詩稿十二卷　嘉慶元年刻本

恭泰撰。恭泰榜名公春，字伯震，號蘭巖，滿洲鑲黄旗人。乾隆四十三年進士，改庶吉士。典試廣東、湖北，六十年，以内閣學士督學廣東。嘉慶初，任盛京兵部侍郎。三年，罷。生卒年不明。是集有嘉慶元年朱珪序，行役酬應居多。詠盤山、灤陽、古北口等篇，漸造雄奇，古風《長城》，尤爲雄偉。恭泰受知於褚廷璋，有《和褚筠心壁間詩》。與朱珪、吴俊等人唱和。詠粤中詩最盛。《彈子磯》、《觀音巖》、《白雲山》、《下灘謡》、

《惠潮雜詠》、《連江廉州雜詠》、《下篷辣灘》，間記風習民情。瓊南詠石蟹、文昌雞亦工。又有《讀長生殿詞漫題》四首，可資考。

借秋山居詩鈔八卷　嘉慶九年刻本

汪大經撰。大經字書年，號西邨，一號秋白，浙江秀水人。貢生。乾隆三十年召試二等。居蘇州，嘗以賣字爲活。卒於嘉慶十四年，年六十九。是集有王芑孫序，詩共三百九十首，始乾隆三十三年訖於嘉慶八年。大經少從沈大成學，爲詩不尚蹈襲。五言讀書所見，抱經世之志。行旅遺懷之作，蕭疏有致。懷人詩如諸錦、閔崋、張庚、王又曾、沈大成均爲耆宿。又與吴穎芳、楊謙、陸費墀、方薫、錢伯坰、奚岡、瞿中溶有交。爲王昶門人。《述菴先生屬校湖海詩傳偶成》云：「鎮日埋頭敢憚煩，擁連几榻敞晴軒。文多魚豖經三寫，筆削丹鉛竄萬言。比落葉紛難掃盡，如流水下快頻翻。飄然引我歸與思，野屋挑鐙夢故園。」蓋大經亦有《江湖故人集》、《籫味集》並《詞雅》諸選，力不能梓，是沉滯之士，亦有功於藝林者矣。祝德麟《娱親樓詩集》卷二十一有《題汪秋白大經照》，何其偉《䈴山草堂小稿》有《題汪西邨先生借秋山居遺稿》附《小傳》，欽善《吉堂詩稿》有《輓汪西邨大經》詩，作於嘉慶十四年。姚椿《通藝閣詩録》卷七亦有輓詩。

南野堂詩集七卷　嘉慶間刻巾箱本

吴文溥撰。文溥字博如，號澹川，浙江嘉興人。貢生。應召試未遇。乾隆四十八年，居陝西巡撫畢沅幕。五十一年，入福建巡撫徐嗣曾幕，隨學使陸錫熊校試各州郡，渡海赴臺灣，主海東書院講席。嘉慶初，客山左。四年，刻《南野堂詩集》七卷，曰《吴涇草》、《江淮編》、《關中草》、《東津録》、《閩游編》、《雜編》、《後編》，共七百六十首。時年五十九。有乾隆五十九年自序、初序、後序、自記，金兆燕、顧列星、石鈞、李富孫、秦瀛、徐熊飛、王豫、宋大樽、鍾大源等題詞。又刻《南野堂筆記》十二卷，評論同時詩家。文溥詩初學陶、謝，後受錢載、袁枚影響，力求闊大，以與時流抗衡。《關中草》詠龍門伊闕、太華、終南、雁塔，《閩游編》記延平、邵武、福州、厦門山水之勝，均較傑出。而五古以冲淡制勝，七古以健挺見録，尤不可以一繩拘。《官軍渡臺灣》、《平臺灣歌》，作於林爽文起事之後，殆爲實録。《青門觀侯生舞雙劍》、《馮山人席上觀王曇舞劍》，當爲藝林增添故實。文溥晚受知於阮元，爲作《征苗刀歌》，震奪一席。李富孫贈句有云：「海内羣推一名士，座中傾動五諸侯。」其詩尚才氣，而於縱横之中猶具規模。信亦不可多得矣。

自遼羅放洋越日抵臺灣

快舵輕飃鼓疾雷，浮空島嶼走崔嵬。天横黑水蛟涎動，地割紅番鹿耳開。列市賣魚腥海味，繞城種薯盎村醅。蠻方趨利風如鶩，好與長謀富庶來。《南野堂詩集》卷五

馮山人席上觀王曇舞劍一首　山人嗜古好客，出示所實劍精光照人，炯若新淬。王生仲瞿在座愛不釋手，即起槩舞頓挫，豪矣。僕見其書生也，而有俠士風，賦詩感激。憶曩在關中，觀侯生舞雙劍，贈以長歌。忽忽

六七年，復有此作，亦以見僕之傾倒仲瞿。覺向來飛動之致，老而不能自已也。

主人出龍劍，十步生風霜。仗此走沙漠，横行不可當。丘山或斷裂，江海餘清光。萬古難一用，寸心徒自傷。

斫地忽起舞，王郎真絶倫。指揮風在手，開闔電隨身。濁酒傾肝膽，高歌動鬼神。白頭談將畧，笑殺少年人。《南野堂詩集》卷六

榮性堂詩集十六卷 嘉慶五年刻本

吴俊撰。俊字奕千，一字蠡濤，號曇繡，江蘇吴縣人。乾隆三十七年進士。嘗典試湖北雲南。嘉慶七年，官山東布政使，十二年爲廣東按察使。晚主紫陽書院講席。是集爲吉慶、姚文田、樂鈞序。詩凡一千三百餘首，俊官宗人府主事，扈從灤陽，有詠承德諸景、盤山諸谷詩。而得力之作，尤在中年從軍廣西、雲貴以後，如《老鷹巖》、《赴貴縣風水相搏舟行甚艱作歌》、《入土司境所見皆荒陋而水沓水匝禽號蟲吟頗娱聽眺輒試》、《順山驛館無燭而有月徘徊中夜浩然成詠》、《盤龍江》、《百色》、《西隆漫賦》、《板蜂大雨》等篇。王昶《蒲褐山房詩話》稱其詩「取徑幽深，精心獨造。非但不拾人間餘唾，亦不必盡合古人矩矱。從軍以後，崎嶇烽火，所見益奇，筆足以發難顯之情」。惟間有誣蟣農民起義之詩，如《轉寺》。俊有和陪臣段阮俊、兵部尚書輝瑨詩。作者喜讀古籍，《讀韓詩》、《讀亢倉子》、《晏子春秋》、《鄧析子》、《鬼谷子》、《讀國語》、《讀唐紀作》，以

及《論詩絶句》四首、《題仇霞村印譜》、《觀蔣心餘雪中人傳奇》，精可見學問，粗亦可備典故。弟樹萱，子慈鶴，俱有詩名。今據集中詩及吴樹萱《霽春堂集》贈詩，推爲乾隆六年生。又據吴慈鶴《鳳巢山樵求是録二稿·鳳巢紀事和先府君原韻》詩，邵堂《大小雅堂詩鈔》卷五《挽吴曇繡師》，斷爲嘉慶二十年卒，年七十二。方維甸有《壽吴蠡濤七十詩》，李轂平有《曇繡先生署齋鐵樹花歌》，各見本集。

挹緑軒詩稿四卷續稿一卷　嘉慶間刻本

邁仁撰。邁仁字長闈，滿洲鑲藍旗人。乾隆四十四年舉人。供職内廷，晉秩至領軍。是編有紀昀、英和序，堉阿爾邦阿序。生年據卷四周甲詩，爲乾隆四年。又乙亥嘉慶二十年作《病夜有感》，年七十五，抑係卒年歟。邁仁學識甚淺，續稿《讀司空詩品廣其意作詩格十六章》，凡詩禪、詩夢、詩讖、詩債，俱謂之格，形同文字游戲。唯生平酷嗜韻語，五十餘年，未嘗廢吟。其中詠吉林龍潭寺，松花江射魚，登北山高閣，《灤陽竹枝詞》二首，隨圍木蘭，扈從盤山、五臺山、天津、北京潭柘寺等詩，時有他家所未能道。《續稿》追憶故友詩人絶句十首，内有八旗作者事蹟可尋。

南屏山房詩集十二卷　嘉慶五年刻本

陳昌圖撰。昌圖字南琴，號玉臺，浙江仁和人。乾隆三十一年進士，改庶吉士，授編修。充四庫館纂修，命校《永樂大典》。著有《續圖譜署稿》、《遼金元國服考》、《石經考》。撰《南屏山房集》二十四卷，内詩十二卷，有沈開勳題詞。依卷八《恭葺先塋既竣》詩，爲乾隆六年生，結集時年六十。文集《學詩軒隨筆》，論杭世駿、吴穎芳、施安詩，頗具隻眼。《萬峯山舫觀㚆上人山水畫壁》、《襄樊雜詠》、《游盤山》諸作，意致清遠。《賦硯》、《緑螺盃歌》、《漆韋枕》，可爲多識之助。又有《集醫方作詩題家信後》，殆戲筆也。

銅梁山人詩集二十五卷

光緒二十年重刻本

王汝璧撰。汝璧字鎮之，四川銅梁人。恕子。乾隆三十一年進士，授吏部主事。累官安徽巡撫，至刑部侍郎。此書有李如筠、洪梧、宋鎔序，分《長水》、《藤花》、《居來》、《𡉏堂》、《居庸》、《恆山》、《華不注》、《具區》、《皖山》九集。道光間吴鼎初刻，光緒二十年江標重校刻。《清史列傳》稱汝璧卒於嘉慶十一年，年歲不詳。據本書卷二十四《韓東生余蓉裳過飲以齒序其一百九十五歲賦此索和》，附韓是升、余集原詩，詩作於嘉慶七年，則汝璧當生於乾隆六年矣。汝璧爲錢維城壻，其詩受業於沈大成，又承家法，以韓、孟是宗。《過察哈爾牧地作歌》，《隨制府赴灤河卽由古北口至宣郡閲兵途中雜詩十八首》，以康熙間用兵於此頗多寄意。赴臨清截留南漕，赴陝州鞫獄，有詩以紀。《喜諸女習射觀亭作歌》、《伐蛟行》、《三折嶺》諸篇，亦不落凡響。大抵仕宦南北所見殊異，體亦多變也。他如《錢南園爲余畫柏馬作柏馬歌》、《讀楞嚴經》、《和昌黎短鐙檠歌》、《讀孟東野詩》、《題羅兩峯鬼趣圖》，詞奥韻險，皆有可觀。沈大成《學福齋集》卷三十二有贈詩。

種李園詩一卷　摩墨亭稿一卷　道光二十九年刻本

顔崇槼撰。崇槼字運生，號心齋，山東曲阜人。乾隆三十五年舉人。官江蘇興化知縣。道光二十九年刻《種李園詩》，天津王大淮校。詠北京翠微、戒壇，江南金焦、虎丘，《石門紀游》、《興化雜詩》、《揚州絶句》、《登岱》、《三閭大夫祠》等篇，語淡而旨。與桂馥、武億交契。《哭武虚谷》云：「北海傳經處，讀書慕禮堂。於人原豁達，與世自俯張。譚笑多微旨，鬚眉亦古香。它時尋舊雨，淚墮小滄浪。」「晚節陶元亮，清名范史雲。一時稱傲吏，垂死號徵君。笥有金石録，家傳冰雪文。斯人今已殁，謡諑尚紛紛。」《題桂未谷後四聲猿》云：「萬里投荒雙匱在，十年作宰一身多。清辭寫遍蠶絲紙，酒冷香消奈爾何。」「櫪上愁聞騅馬嘶，美人遲暮遣行時。忘情我媿香山老，猶自牽懷到柳枝。」「羣兒嗤點笑蚍蜉，牛鬼蛇神競不休。縱使飛花終墮溷，斯人原自有千秋。」「居然僕隸睎風騷，衮衮諸公漫自嘲。却笑東坡老居士，且於冷處一伸腰。」「孔雀東南去不回，沈園岦跡没青苔。當筵一曲黄籐酒，那有驚鴻照影來。」「老菭騷屑似青籐，入道宫人退院僧。讀到音停響寂後，破窗風雪撲寒燈。」同年又刻《摩墨亭稿》，阮元序，亦王大淮校，詩由大淮子鴻搜羅而刻之。有《舞雲臺卽目》、《戲書鶉衣子傳》、《周慢亭古泉譜》、《五鳳二年石刻》、《漢竹葉碑》、《移漢石人歌》、《漢竇武印》、《題嚴燦狗咬吕洞賓圖》諸篇，皆詠文物。據《魯公名印歌》注，生於乾隆六年。前集有辛未《七十初度》詩。此集有《贈桑弢甫夫子詩》、《次覃溪詩》，亦以早年之作居多。不知因何兩刻之。

餘蔭堂詩稿六卷　嘉慶五年刻本

玉德撰。玉德字達齋，滿洲正紅旗人。由官學生考授内閣中書。歷官山東巡撫，閩浙總督，降烏什辦事大臣。卒於嘉慶十三年。《清史列傳》無生年，此集阮元序自稱「少中丞二十餘年。」又嘉慶五年錢福胙序，當爲刻書之年。其詩自乾隆三十九年守衡陽時起，至嘉慶五年聞臺灣蔡牽滋事赴泉州督辦時止，歷瀋陽、南昌、山東各地，多可證事。内閩浙詩尤多。《巡視海塘下榻陳氏安瀾園》，乾隆六巡，俱住於此園。履勘海塘，亦有詩紀之。《修六和塔考成》，敍杭州名塔沿革，有備掌故。《詩稿》有注，惜以釋典故爲主，不及當事，用途殊尠。

蒓鄉詩鈔八卷續鈔四卷　乾隆間刻本　蒓鄉詩遺鈔三卷附一卷　嘉慶二十二年刻本

金夢熊撰。夢熊字占一，號蒓鄉，江蘇松江人。與汪大經相契。工於詩。乾隆五十三年，刻《詩鈔》八卷，姚憚曾序。五十八年，刻《續鈔》四卷，汪大經序。嘉慶二十二年，其子堦百刻《遺鈔》三卷，附《四柳唱和詩》，據卷後跋語，爲嘉慶八年卒，生年莫明。詩起於乾隆三十年乙酉。皆懷人詠古應酬之作。《秦淮雜詩》、《田家雜詩》、《熙園石歌》、《讀離騷作》、《讀史雜感》二十首、《詠雲間古迹》八首、《錢塘觀潮》、《讀唐人詩成十絶句》、《寶雲寺觀趙松雪碑》、《讀陶詩》、《詠明四家詩》、《明史小樂府》三十首，及游横雲、秦望諸山詩，悉可觀覽。其詩頗記時事風俗。《平臺紀事》六首，爲詠林爽文之變而作。《賣布謡》寫鄉人織布爲業，多獲重利。

歲儉米昂，鄉人有啗糠者，以詩志慨。又作《薄俗》，反對刊印小説唱本。村民有焚屍棺者，傷其事而賦之，反對火葬。閱邸報，直隸陳化新之妻劉氏一產四男，給賞米布，爰紀以詩，事在乾隆五十五年。諸如此類。雖大雅之不足盼，亦可以社會史料摭取焉。

與稽齋叢稿詩十六卷　嘉慶十一年刻本

吴翌鳳撰。翌鳳字伊仲，號枚菴，江蘇長洲人。諸生。研究詩古文，尤重文獻徵存。久留楚南，課徒講學，門人林立。輯《國朝文徵》，著《吴詩集覽》，又有《懷舊》、《印須》等集，搜討頗勤。卒於嘉慶二十四年，年七十八。詩集與《曼香詞》二卷合刻，曰《與稽齋叢稿》，首韓崶序。一、二卷曰《紀年詩存》，爲乾隆三十一年至三十九年詩。卷三曰《無雙樂府》，傚《無雙譜》體例，自漢迄宋四十人，各繫一詩，以其題類樂府，因名之。卷四曰《辛壬雜詩》。以下各集曰《東齋餘稿》、《登樓集》、《見山樓集》、《倚梧吟》、《宋中游草》、《盧雲小録》、《抽騶集》、《湘春漫興》、《清瀏雜詠》，總爲九百四十首。止於嘉慶九年主講南臺書院之年。尚有歸吴後十餘年詩，未見續刻。詩以詠吴楚名蹟爲多。《感舊詩》爲鮑廷博、韓是升、薛起鳳、余蕭客、彭績、毛大瀛、吴騫、王復、楊倫、王芑孫、劉嗣綰等人，時載軼聞。有取於此，誠他山之石，可以攻玉矣。

秋坪詩存十四卷　道光二十三年刻本

陳登龍撰。登龍字壽朋，號秋坪，福建閩縣人。先世金陵。乾隆三十九年舉人。官四川里塘同知。嘉慶初川省白蓮教起事，總督舉薦，登龍慮殺人邀功却之。調湖北安陸同知。尋罷官歸。卒於二十三年，年七十四。事具本書卷首《傳》及陳壽祺、朱錫穀序。詩始自乾隆三十年，迄於彌留之際。學盛唐，於明七子中，獨推徐禎卿以爲師法。然生平涉歷甚廣，如閩中岁尉、武夷，棧中五丁，秦之華嶽、太白，蜀之三峽，以及洞庭、鄱陽之弘闊，居庸、土木堡之險要，無不寓之以詩，而以入蜀詩窮極荒徼者最勝，明七子莫能及也。里塘爲川西要衢。集中詠雅安、夾江、打箭鑪、瀘定橋、折多山、雅龍江、俄洛山，風景特異。《帳房歌》、《稽巴行》、《土官行》、《瓦述行》、《烏拉行》、《估操行》、《喇嘛行》、《爨燈行》、《跳歌妝歌》、《科兒寺貯經堂歌》，狀寫藏族文化民情甚悉。晚年歸里。所作《台江竹枝詞》八首、《閩中橘枝詞》四首、《臺灣朱橘歌》、《登鼓山絶頂望海歌》，猶尚精麗。道光二十六年，古田甘樹編刻《陳秋坪先生遺墨》，爲晚歲倡和詩，所居曰雲坳水曲山房，續圖題詠，皆八閩文士。

烏拉行

蠻人充當徭役，謂之烏拉。土官頭人不能撫恤，致使逃亡，作是篇以諷。

荒原老鴉饑啄木，白首蠻人當路哭。家貧喂養惟一牛，半取乳酥半代足。前月官人下令帖，催促爲官負行篋。裹糧來往浹旬餘，主管頭人意未愜。索勒金帛始放休，囊空坐困無能酬。吾聞上官前給價，侵蝕以外仍多求。多求不遂詈且責，區區一牛豈吝惜。祇愁牛去身益窮，一家難免爲饑瘠。富者應役尚可貧，壯者逃亡在四鄰。吾今已老去何處，空自逢人訴苦辛。嗚呼，土官本食在官禄，撫恤閭閻始爲福。十室逃亡五室空，逍遥何以爲民牧。御下以嚴古有經，主管宜亦知常刑。撫亡恤安反苛政，毋使三户悲零丁。《秋坪詩存》卷四

李將軍歌 並序

將軍名長庚，同安人，防海有聲，海寇畏避。誤爲鳥槍流火所中卒。卒之明年，寇船爲官軍飛礮擊碎，賊首蔡牽墜水死。

李將軍，世英雄，長身玉立德量充。氣吞萬毛牛，力挽百石弓，殺狼噎虎多戰功。海波不靖海氛肆，絶海東南煽妖祟。鯨吞豈特商賈殃，鼉呿更爲赤子累。樓船士卒一何多，未能殺賊將奈何。將軍怒，奮衣起，威聲直貫三千里。旌旗所向賊披靡，一十年來賊斂趾。風雲不測海波沸，檣櫓灰飛中妖燧。大星迸落聲動天，嗟我軍中失大帥。嗚呼將軍竟死矣。將軍死，猶不死，生不能殺賊，死當爲厲鬼。靈旗髣髴雲中駛，隻手擒賊入海水。將軍死，猶不死。《秋坪詩存》卷十二

詹香書屋詩稿八卷 嘉慶十年刻本

蔣一元撰。一元字復天，號丹臺，江蘇寶山人。工制舉文，爲諸生，屢薦不售，窮困以終。詩爲王鳴盛所

賞，乾隆三十一年刻《寶山十家詩》，預焉。是集有臨終絶句，作於嘉慶五年庚申，時年五十九。《詠史十二首》、《與許海重論詩》、《題穆天子傳後》八首、《題桃花扇傳奇十二首》、《題八大山人書册》等詩，研習文史，不遺餘力。酬交不廣，唯與袁枚投贈。作者貧病相循，猶耽吟弗輟，詩中每自抒幽憂之情。讀其詩而可知其人矣。

秋士先生遺集詩四卷　光緒七年重刻本

彭績撰。績初字其凝，更字秋士，號野麕，江蘇長洲人。布衣。絶意科舉，不交顯達。爲詩絶俗，脱盡凡穢，爲汪縉、羅有高稱賞。《遺集》凡六卷，内詩四卷，三百餘首。族姪彭紹升爲序並撰《墓誌》，生於乾隆七年，卒於五十年，年四十四。五古《桃花源詩》，七古《子胥廟》、《績麻行》、《題汪大紳評孟東野集》，五律《讀莊子》、《讀韓昌黎集》，取徑逋峭，議論别生。汪縉以東野、閬仙之流譽之。《觀輪稅》一首，亟言官府朘削人民之苦。五古《鈔書》，長達百韻，戲筆之中抒寫逢遇之情。彭紹升稱其詩「渺然造微，眴然而莫解」。然則造語命意，務求奇澀，固前人之所不廢，況嬉笑怒駡而發爲心聲者乎。

觀輪稅

小船大船燈亂動，長人短人負米趨。官倉東關雞未叫，闖敗直入爭傾軀。可憐十進八九退，或揚以箕扇以車。再扇再揚石耗斗，鼠爲煩冤雀其逋。行錢乃得印收字，足立汗出心焚如。塵飛颷鋭日易没，米上收字風吹無。赫赫縣官騎馬去，一吏當門一吏毆。來遲既畏後租期，及來又歎空踟躕。我今無田竊獨幸，他家有田啼路衢。《秋士先生遺集》卷四

止止軒詩稿六卷　嘉慶間刻本

趙鈞彤撰。鈞彤字澹園，山東萊陽人。乾隆四十四年以舉人赴都謁選，官直隸順德府唐山知縣。四十九年，因罪充發新疆，赴軍台効力，在戍七年。著《西行日記》，有傳鈔本行世。此集爲其子時昰輯刻，詩共七百首。據卷六《辛酉六十初度》詩，爲乾隆七年生。鈞彤少壯時嘗游雲貴，中年往來於齊魯、燕趙、汴洛間。《青浪灘歌》、《濟南感賦九首》、《汴梁懷古八首》、《游鐵塔寺三十六韻》、《大相國寺》並序、《登州謁蘇祠》等篇，有體格亦見性情。《都門竹枝詞十首》，諷刺官場，如「可憐貴絶梅紅紙，大字題名小帖兒。懊惱窮酸窮不了，春衣典盡拜恩師」，亦令人解頤。又在保定蓮池書院謁教於董元度，當非俗吏矣。唐署被逮，作《獄中詩》多首。發往新疆，沿途作紀程詩。詠蘭州、河西、嘉峪關、天山巴里坤，意境開闊。《烏魯木齊四十二韻》、《抵伊犂惠遠城三首》、《伊江苦寒行》，存備異説。雖無傑特之作，然生平經歷坎坷，亦善自發於詩矣。

獄中八詠

癸卯八月，案成入獄。此中境也，亦當世士大夫所難指劃者。寒夜少睡，輒吟詠之，共得詩八章，已舉大概。備博

物者覽焉。

牆根穿一竇，短扇不盈尋。到此人如鬼，開時陽變陰。昂藏身忽縮，迢遞路何深。可怪非干謁，當關亦索金。獄門

兀兀排空起，天光隘不開。深更方過月，積歲總生苔。歌哭聲難放，飛揚意已灰。騰身唯寶劍，夜氣到星臺。獄墻

蛇龍羌入蟄，低户乍開扃。地窣人毛竪，牆污鬼唾腥。怪聲鴞上屋，譎狀鼠窺櫺。向晦仍何事，焚香演卦經。獄舍

冷竈無常主，經營百事難。處哭應戒殺，知命且加餐。蔬菜肥分隸，米鹽名給官。黄粱炊爛熟，輟箸一長歎。獄厨

日西窗已黑，坐久默無聊。柝響初更起，燈光一點摇。屢昏陰氣重，乍撲鬼風驕。猶見開花喜，愚冥亦可嘲。獄燈

悶來偏嗜臥，敗榻近牆横。孳重軀相累，秋深骨與驚。作聲禁反側，在險力支撑。一枕牛衣冷，繁華訛夢清。獄榻

獄底崇煙祀，皋陶尚冕旒。刑名君作俑，孽果我同囚。福盞漿澆淚，神燈血化油。可憐無所禱，都且拜而求。獄神

微秩官猶吏，專司獄亦堂。三更鬼點簿，一笑客傾囊。牙爪收無賴，門闌喜不祥。于公亦顯宦，却待子孫昌。獄吏　《止止軒詩稿》卷三

河西五首

渡涇野水枯，過隴羣山亂。石田靡淨土，安得芻糧賤。湯湯大通渠，南趨黄河岸。北掠平番郭，横瀉若天漢。千村餉碓磨，萬壟飫澆灌。樹烟溢昏晝，歌唱逮商販。甚哉水之利，不枉龍門嘆。咫尺河風西，窮瘠忽一變。投荒亦何事，夜夜飽吃飯。

北走古浪峽，西下烏梢嶺。山根一綫裂，終古埋陰冷。臥冰樹裂腹，没雪石露頂。促縮冬日脚，欲下不敢逞。路轉孤村舉，車上迴風猛。稍得近燈火，那復憶鄉井。

日在牛羊紅，日没戍樓白。墟野被廣野，四顧莽寥濶。峥嶸赤嶺屯，黯淡長城窟。史書百戰在，沙場萬骨没。興朝重邊防，亭障儼修列。牧馬漢家營，吹笛秦時月。乃使窮走客，亦復霑渥澤。隆冬迫短日，宵征鮮盜賊。行行炬火爛，羌村獵方輟。

晨發涼州郭，弓刀挂城樓。填街足駝羣，列肆多羊裘。姑臧古大國，横踞天西頭。張掖與酒泉，千里控上游。邊沙極天黄，黑水冬不流。狼藉大盤陀，輪轂跳驚蚪。居民益椎魯，大顴高結喉。生兒十四五，結髮思封侯。但食牛共羊，不見田與儔。

日暮北風息，寒劇村無聲。征夫睠炊烟，呵手推柴荆。入門但四壁，矮几欹以傾。主人顧且謂，捩釜羹蕪菁。百錢購一雞，雞呌四鄰驚。探身上短牆，看割如大牲。老饕腹空久，遑復論煎烹。却遺厨中殃，爪骨兒童爭。既飽意亦得，閉户燒瓦燈。布被籠板榻，撲鼻糞火馨。四更凍骨蘇，兀兀重湍征。《止止軒詩稿》卷四

藕頤類稿詩八卷　嘉慶間刻本

熊寶泰撰。寶泰字善惟，一字芸眉，安徽潛山人。祖良鞏，好吟詠，沈德潛選入《别裁》。父官徐州知府。寶泰爲諸生，受知於學使朱筠。後棄舉業，結納李勉、陸錫熊、檀萃、周永年、武億、戚學標、顧宗泰、張敔、吴芳培，皆積學多能之士，所詣益進。撰《藕頤類稿》凡詩八卷、詞二卷、文十卷，其子象階校刊。據《甲子六十三歲》詩上推，爲乾隆七年生。歌詩分體。《紀行詩一百韻》，敍其先世。《過濟寧喜遇周書昌明經時修州志即席作》、《題張友仲辛地輿圖後》、《輓武虚谷億兼柬趙渭川希璜八十四韻》、《題武虚谷摹石遺像》、《華嚴庵集飲柬張雪鴻敔》險韻長篇，最爲切實。《外集》七種，曰《别體詩》，七首。曰《銷夏雜詠》，五律一百首。曰《銷寒詠古詩》，七絶一百首。曰《梅豪亭詩》，七古一百韻，朱筍河評。曰《三國志小樂府》，自爲箋注。曰《閒居戲吟箋注》，爲讀書偶得。曰《别體文》，一篇。室張淑《畹香詩鈔》附。詞亦秀婉，似勝於詩，惜不爲人知。文集則有《李嘯村詩集序》、《詩經證讀序》、《武虚谷詩集序》、《贈檀默齋序》、《紅雪山房詩集序》，雖名家宿儒

無多讓焉。

雙佩齋詩鈔八卷　金陵雜詠一卷　嘉慶十年刻本

王友亮撰。友亮字東田，一字景南，號葑亭，安徽婺源人，寄籍江寧。乾隆四十一年順天舉人，官内閣中書、軍機章京。四十六年成進士，授刑部主事。累官通政司副使。卒於嘉慶二年，年五十六。撰《雙佩齋文集》四卷，姚鼐序，多存傳記與律例文。詩鈔八卷，袁枚、法式善、吴錫麒、楊芳燦、胡永焕、吴嵩梁、張問陶、何道生序，爲乾隆十七年至嘉慶元年詩，存九百六十三首。詩法自然，反對摹仿勦襲。論詩云：「學詩如學仙，談詩如談禪。妙哉斯二語，三昧已現前。大丹以時成，上乘非言傳。尊唐及守宋，門户何紛然。」又云：「讀却萬卷書，行却萬里路，二事不關詩，而詩此中具。豈惟染古香，端賴寫生趣。我心知其然，一笑力不赴。」《偶憶李長吉事作》云：「天上寧無作記才，應憐此子困塵埃。請看玉版龍蛇篆，緘口何曾讀得來。」又云：「但曉慧業定登仙，詩鬼譏評大不然。石破天驚何等語，分明一派接青蓮。」其詩亦以新奇見勝。《演雅十首》所詠皆《爾雅》蟲魚。《比部二談歌》自注：「郎中明琦珍菴作《消夏清談記》，主事七十一椿園作《遐域瑣談》，記新疆山川風土及外國事，皆奇恣可喜。」《海行十四首》自注：「逸仙妹壻述其乾隆辛卯泛海事，頗奇偉。」《冬夜對客劇談間有異事命筆記之十首》，此猶鋪衍成篇。而《説鬼行》、《後説鬼行》、《觀弈》、《洋琴十二韻》、《冰山雪海歌爲董蕴田舍人作》、《戲詠場具八首》、《芭蕉鼓》、《烟草四首》，

《觀演鳴鳳記二首》，凡時聞異物，山陬海澨，虞初小説，無不入吟。《飯廠即事》注云：「廠在安國寺，每城兩廠，滿漢御史分涖之。滿所涖在廣渠門積善寺，增之外坊。」又官刑部時多平反冤獄，集中偶亦記之。詠史、論詩之作，無一苟作。程晉芳、蔣士銓、張塤輓詩，情真摯切。《題清明上河圖》、《楊晉繪張憶娘小像》、《丁雲鵬洗象圖》、《羅山人聘鬼趣圖》、《桂未谷簪花騎象圖》，包孕亦廣。《登日觀峯歌》、《黄山卧龍松歌》，興會所至，往往有千匯萬狀之態。《熱河雜詩》記普寧寺、札什倫布、布達拉、大佛寺之工巧壯麗，皆出目睹。附《金陵雜詠》乃仿高啟《姑蘇雜詠》，得詩二百六十二首，小注詳注考證。友亮與張塤相善，詩學宋人，唯事標榜，是亦不甘寄人籬下者矣。

緑秋書屋詩鈔一卷　嘉慶十年刻本

張因撰。因字淨因，江蘇甘泉人。黄文暘室。能詩善畫。與文暘唱和，作《掃垢山房聯吟圖》，一時題詠者甚衆。是集金兆燕序。黄文暘序云：「淨因善讀書，性尤嗜詩，父督之嚴，誡以筆墨非女子所宜，乃不敢多作。歸予後，唱和甚樂，而米鹽間又索畫者多，乃至日無暇給。遂厭苦筆墨，中年絶口不言詩。有慕名來訪者，輒以不識字峻辭。嘉慶甲子已六十三，予携之游西湖，阮中丞元，予舊友也，其孔夫人亦世誼，延入署，淨因得與夫人唱和。予詩爲孔上公所刊，今孔夫因亦索刻淨因之詩，予爲編次，所作僅得三百餘首耳。」觀是序，封建時代才女，真難出頭地矣。文暘亦高士，有《掃垢山房詩集》。

景文堂詩集十三卷　乾隆五十六年刻本

戚學標撰。學標字翰芳，號鶴泉，浙江太平人。乾隆四十六年進士。官河南涉縣知縣。在任十三年，以忤學使鮑桂星罷歸，改寧波府教授。三載，仍罷歸。歷主鶴鳴、紫陽、崇文書院講席，後進沾溉。嘗受業於齊召南，通文字聲韻之學。著《漢學諧聲》，輯《台州文録》等書。卒於道光五年，年八十四。詩集分體。張灼序稱：「平生詩多至千餘篇。今删定之稿，尚未及半。」五古諸篇以《詠許叔重墓》可當魁壘。《東村感事》、《運河颶風》、《豕災》、《觀收稻》等詩，熟悉農家，關心民瘼。七古《咏錢王鐵券歌》、《銅塔歌》、《顔魯公名印歌》、《東臯子銅烓歌》，有資於考據。《户曹巷》，自注：唐鄭虔謫台州司户居此。《台州八忠祠歌》、《西仙源歌》、《次文信國江心寺留題韻》、《自輯三台詩録》、《卓忠貞公祠》、《委羽山》、《甌江雜詩》，爲有關台州地方文獻。相互贈酬者盡浙東士夫。作詩自謂學杜，然於漢、魏、六朝、唐、宋諸家無不瀏覽。觀《陳思王墓》、《讀韓昌黎詩》、《題石屏詩鈔》、《題梅溪集》、《讀葉水心集》等篇，植本甚深，詩有獺祭之功，與便便腹笥者未可同日語矣。受業壻王期煋等爲之箋注。陳廷慶《謙受堂詩集》載《寄懷戚鶴泉明府二律》云：「寓鶴書傭問鶴泉，錢王鐵券至今傳。自注：《輟耕録》載錢武肅王鐵券，得之台州澤庫水中，卽君所居處。筆强十萬射潮弩，學綜三千壞壁編。君遊魯，館衍聖公家，得盡讀孔氏書。豈合豬肝供鮑叔，有業交爲督郵者，君大受折腰之困。祇應鹿角折彭籛。聞君前以識四眼麋，爲彭竇諸公所器。腋裘李杜光芒襲，不獨諧聲補許箋。君有集李杜詩成帙。又嘗以所著《漢學諧聲》見貽。」「停雲憶賦聖湖濱，灑酒虚懷陶令巾。漢學宗風四聲外，君《漢學諧聲》外，又有《四聲辨證陰陽語》。毛箋絶唱一家新。君有《毛詩證讀》之刻。書成越絶覊桑梓，君有《三台詩録》、《風雅遺文》等刻，近又續修《太平縣志》。秋到吴趨味鱠蓴。君於去秋旋里。寄語初平赤城去，千秋金石壽斯人。」頗具遺聞。

東村感事

大府夜下帖，吏人晨到鄉。紛紛帶鋸鑿，閭里咸驚惶。不知吏何急，聲云官取樟。東村老翁家，禍將及蕭牆。置酒款吏語，但求吏致詳。往時溪壑間，林木頗鬱蒼。不少百年物，最下千尺强。老榦飽霜雪，夕陰生夏涼。其上巢鸛鶴，其下蔭牛羊。比年官盡取，一一殘斧戕。慘澹風雪變，彌望沙土荒。此木得不伐，因緣屋側藏。非敢與吏抗，崩壓愁棟粱。吏去無空手，媿乏金錯囊。燃眉急暫緩，剜肉心用傷。方今世清晏，萬里波不揚。艟艫備巡哨，歲修自有常。何以竭山谷，購求動千章。嚴令禁盗斫，寸板勞周防。丘山萬牛力，日令田功妨。官得亦有限，吏兇不可當。不見東海頭，風雨卧艅艎。

《景文堂詩集》卷一

悦親樓詩集三十卷　嘉慶二年刻本

祝德麟撰。德麟字芷堂，一作止堂，浙江海寧人。乾隆二十八年進士，改庶吉士，授編修，改官御史。以彈事不合，罷歸。《詩集》自訂，共二千二百九十三首。施朝榦、吴錫麒序。德麟肄業敷文書院，年甫冠入翰苑，結交名士。王文治《夢樓詩集·别芷堂》詩以「先生最年少，玉貌金難鑄。鴻臚初唱時，蜚聲驚婦孺」句贊之。受知於趙翼，卷三有《送房師趙甌北出守鎮安一百韻》。又有《至平山堂同年姚姬傳方主梅花書院》、《信宿夢樓快雨堂瀕行留贈》、《哭朱竹君》，與畢沅、李調元、盧文弨、程晉芳、陸錫熊、汪啟淑、鄒炳泰、和瑛、顧修唱酬，交游甚廣。嘗充四庫館、三史館纂修官，作《開四庫館紀事詩》、《編譯遼金元三史人地官名告成》、《登瀋陽文溯閣》等篇。典試四川、福建，提學陝、甘，作《簡筆山入棧》、《嘉陵江櫂歌》、《八角井歌》、《游草堂謁杜工部石刻像》、《登千佛巖諸龕望江遂循徑出朝天峽》、《沔陽竹枝詞四首》、《華山》、《建延雜詩十首》、《嶺行雜詩十首》、《汴州懷古》，寫景抒懷，無奥澀之習。《蔣心餘京師新樂府爲補八篇》、《覺生寺觀大鐘》、《登觀象臺》，爲有關北京史料。《渡大凌河》、《錦州道中》、《盛京四首》、《津門紀事》、《閘河雜詠十首》、《莫愁湖櫂歌十首》、《關吏行》，亦集中佳什。又有《書文心雕龍後》、《題隨園詩話》、《題小倉山房詩集》、《讀忠雅堂集》、《讀宋史三首》、《詠史十首》、《題火烙畫》、《罷官後鬻宋槧東都事畧》，意亦簡括，且有備文史掌故。其詩平易沉著，力追查慎行、趙翼，以性靈爲主。唯才力不逮，尚不足以肩隨耳。許宗彦《鑑止水齋集杭堇浦别傳》載，德麟早年官御史，劾奏杭世駿或有誹訕之事。此舉近於乘人之危，然人各司其職，亦勿須深責也。生卒年未詳。今據卷二十四《辛亥五十自訟》，考爲乾隆七年生。又據《甌北集》卷四十《哭祝芷塘侍御》，爲嘉慶三年卒。李調元《重山詩集》卷八有《讀祝芷塘德麟詩稿》，葉紹本《白鶴山房詩鈔》卷五有《挽詞》，欽善《吉堂詩稿》有《祝止堂山長悦親樓集刊成手贈卽賦謝詩》，有裨於考證作者生平。

守閘

運河八百里，有閘密於櫛。築岸規垣墉，開門仿户閾。浸淫過三版，袤廣僅十笏。坳堂杯或膠，藉以謀蓄洩。自從臨清來，所至逢梗閼。三里宿一宵，五里停一日。繫纜石甃旁，如車脱之輗。水手聚攤錢，艄公坐擇蝨。千艘須臾集，聲沸蜩螗聒。智勇兩俱困，險隘誰能奪。其下晶簾懸，其上銀濤凸。卻如空山行，溪泉聽汩汩。閘吏自尊大，隻手管啟閉。謂當慎職守，那復容干謁。篷窗兀然坐，瞢騰憑雙膝。夢遊馮夷宫，水深不可越。起視潺湲際，翻碎玻璨月。來朝放溜過，一笑飛禽瞥。《悦親樓詩集》卷二

關吏行

閘版初開水勢鼓，隨波艫舳紛翔舞。一船横截河當中，忽見千船住篙櫓，云是臨清關口阻。卒如鬼，吏如虎，有客扣關關者怒。未幾兩翼啟中流，先放達官兼大賈。其餘各各排檣守，要檢筐箱搜釜缶。亦不索錢刀，亦不需脯酒。清晨停壓到曛黄，不怕錢刀不入手。東船嗟怨西船愁，我舟瑟縮同淹留。廿年冷宦歸休物，只有書箱載兩頭。《悦親樓詩集》卷二十二

三雁齋詩稿不分卷

嘉慶二十四年刻本

吴尊盤撰。尊盤字漁汀，浙江山陰人。乾隆間拔貢。五十三年，任福建建寧知縣。與畫家童鈺深交，《二樹山人寫梅歌》三首，刻畫渾淪，可爲畫史所資。《霧淞歌》、《明潞藩故宫址》、《牛渚磯》、《望嶽》、《虞仲肅公祠》、《白溝河有感遼瀋事》、《觀象臺》、《景州董子祠》等篇，登臨攬古，寓意深遠。《和嚴海珊先生詠花詩八首》、《書質園詩集後》、《吴鑒南輓詩五首》、《贈薛補山》、《輓商寶意先生》，所交多當日名士。據卷後嘉慶二十四年受業俞恆潤跋云：「平日作詩甚夥，僅得斷編，急付梓，所存什不及二三，大抵棄官後，未自收拾耳。」蓋亦深於詩者。

清人詩集敍録卷四十一

稼門詩鈔十卷　嘉慶十五年刻本

汪志伊撰。志伊字莘農，號稼門，安徽桐城人。乾隆三十六年舉人。充四庫館校對，議敍授山西靈石知縣，平反冤獄，得時名，連擢江蘇鎮江知府、蘇松糧道、按察使、福建巡撫。嘉慶六年，病請解職。八年，復起用，至閩浙總督。二十一年，布政使李賡芸被誣自經死，以偏執獲咎，褫職永不敍用。二十三年卒。著《稼門文鈔》、《詩鈔》各十卷。《清史稿》傳無生年，今據《稼門文鈔自序》，爲乾隆八年生，享年七十六。志伊生平爲人，毀譽參半。今觀其集，頗負經世之才。《五計歌》、《三才篇》、《仕學篇》、《觀架上行述》、《勢利歌》、《駢駢行》、《我靠我口號》，均以議論爲詩，隨意抒寫。《題明顧端文公闈墨遺蹟後》、《戲題方石伍詩卷後》、《寄贈袁簡齋西藏瓣香》、《登武當山天柱峯謁真武之神》有一序、《題粱山舟撰張太守葬鄧少宗伯記》、《南嶽篇》、《題舒文節公爲伍寒泉著探梅説後》並序，亦不斤斤求聲調格律，時有磊落之氣。於當時桐城派詩，蔑如也。讞獄江西，勘查淮揚海三州郡水災，有紀事詩。《苗疆行》、《湖北水利篇》爲我國民族史、水利史研究資料。作《西湖長歌》自云：「敍水利于前，以爲守土者所宜先。其次駢列古逸先賢祠墓，爲佳山水生色，不偏廢也。」題詩有云：「非拋心力爭題詩，心有餘力偶作之。」其詩雖有行文之弊，而篇篇有關政事，不與人同也。

湖北水利篇

天下大利大害莫如水，楚水曰江曰漢大無比。禹隨高山濬大川，建瓴一瀉幾千里。江自岷山開，漢從嶓冢來。西陵内方上，《史記》：「白起攻楚，拔郢燒夷陵。」《吴志》：「黄武元年改夷陵爲西陵。」古州名，江經城南。今爲東湖縣地，内方山在今鍾祥縣西。山東水瀠洄。西陵内方下，地曠水喧豗。沱潛雲夢勢莫殺，況有洞庭助勢風。濤摧南國紀禹功，美未導原先疏委。江漢滔滔欲朝宗，大別山前江漢通。不見大別山以上，支河湖港紛歧於其中。碁布星羅郡與邑，水耕火耨原與隰。素號澤國水患多，恫瘝念切哀鴻集。大江代決萬城隄，未有乾隆五十三年奇。六月二十日，隄自萬城至玉路決口二十二處，水冲荆州西門水津門，兩路入城，官廨民房傾圮殆盡，倉庫積貯漂流一空。水積丈餘，兩月方退。兵民淹斃萬餘，號泣之聲，曉夜不輟。登城全活者，露處多日，艱苦萬狀。下鄉一帶田廬盡被淹没。誠千古奇災也。雲濤倒捲奔巫峽，雪浪横翻走怪螭。怒激窖金流毒烈，萬城隄對岸漲洲二十餘里逼溜隄，釀此大禍。洲曰窖金，蓋蕭姓利其蘆也。曾籍没其家治其罪。何當風雨助兇威。慘如焚巢如破釜，荆州城漫作魚池。郡志諺云：水來打破萬城隄，荆州便是養魚池。田廬蕩析無完地，男女淪亡半腐屍。所幸當年恩浩蕩，特遣上公發内帑。大學士誠謀英勇公阿文成公桂奉旨來楚勘辦水災，並帑金二百萬兩，以爲修理隄工石磯城池兵房及撫卹災民買補倉穀之用。方城重築障狂瀾，《左傳》：「方城以爲城。」杜注：「方城，山名，在南陽葉縣，或以此爲江陵方城，誤矣。江陵方城，孫吴所築，取古方城之名。宋末趙方之子葵守方城避父諱，改曰萬城，又訛爲萬城，郡西萬城堤亦因以名。萬姓殘生加卹賞。江水滚滚未安瀾，漢水湯湯亦激湍。頻年決口民心痛，十邑書災吏膽寒。江水，嘉慶元年監利程公堤漫口，七年江陵六七等節工潰八十餘丈，九年監利金庫垸堤潰。至若漢水，自乾隆五十六年後，天門、沔陽、漢川等州縣堤屢潰，嘉慶元年至十一年，鍾祥、京山、荆門、潛江、沔陽、漢川等州縣連年潰口，自數十丈至數百丈不等。窪田積澇自五十三年至今未涸。試問隄何設關鍵，土性浮鬆地平衍。江監鍾京勢懸流，流下荆潛天漢沔。謂江陵、監利、鍾祥、京山四縣據江漢之上也，荆門、潛江、天門、沔陽、漢川、漢陽六州縣居江漢之下也。潰口七十處處洶，合計江漢潰口七十處。或竟横決或直衝。或倒漾而泛濫，或下注而奔溶。水災不似旱災緩，迅比浙江潮頭悍。嵦嵦高浪捲空來，千垸萬垸須臾滿。人不及防命難逃，何心計及田中苗。不是乘屋卽緣木，哭聲震盪干雲霄。迨水漸消高阜出，生死窮愁難具述。若非帝力稠疊沛恩膏，百萬生靈不存一。幾經疏涸畝畝多，其如就下沉田何。沉田九百二十垸，民間於田畝周圍築隄以防水患，其名曰垸，每垸周二三十里、十餘里、三四里不等。一望琉璃萬頃波。測深三尺七尺或至丈，内則低窪外高仰，桑麻雞犬久銷沉，汙萊魚鼈偏滋長。甚矣顛連二十年，光景還如降割前。灑沉澹災回造化，應憶堯時大禹賢。下此韋鄭猶難得，誰繪流民愧俸錢。以予見聞類如此，心懷惻惻何能止。肅將目覩真情形，籌費疊疏告天子。入告方寸凜兢兢，屢蒙聖鑒頒恩旨。想見宵旰披奏章，思民饑溺真同己。温綸歷歷奬微臣，盥誦如覲天顔喜。嘉慶十二年二月，予赴荆州查辦匿名揭帖一案，將目覩各州縣田畝積澇二十年情形具奏，並請將漢岸商每年有督撫匣費十萬兩作爲堵築疏消之用。奉諭自應亟籌勘辦，匣費一項以公濟公，事屬可行。予因查閲營伍之便赴各處履勘，復將籌辦情形於五月彙奏。奉諭所奏情形甚爲明晰，辦理亦屬得宜，並加恩緩徵積澇田賦。附奏禁止刁民曲防壑隣。奉硃批甚是。淮商捐金出至誠，一日同邀帝允行。兩淮鹽政額公勒佈奏匣費現無存款，商等托業楚省共相保衛，愿共捐銀五十萬兩以應工用。此事有因亦有創，上關國計下民生。欲除大害興大利，人力何能與水爭。性若執拗騁私智，不揆地勢與水勢。高下淺深緩急間，機宜一失事無濟。經流枝派漸淤高，田原勢已低如坳。漲非修隄無法禦，澇非疏河乏術消。江漢夾流河漭漭，郡邑腹背交摩盪。驚心震魄萬千家，惟仗金隄作保障。以隄爲命怕奔泚，況臨大汛扇長風。每年三大汛：桃花汛、伏汛、秋汛。桃花水激濤聲壯，竹箭流馳湍勢雄。上游咫尺或不固，下游千里汪洋注。長隄寸步或不堅，通垸均受瀞浸苦。隄脚負重貴堅貞，或填水潭築土坑。底面寬深及圍徑，丈量一一要分明。隄身高峙忌陟削，二五收分法預約。假如隄高一丈，必須底寬七丈。先鋪土磁堅，一尺爲第一層，内外各收分二尺五寸，如斜坡形，共收分五尺，由此逐層斜收而至十層，共收分五丈，則面寬二丈。蓋隄無論高寬若干，總以每層高一尺，兩邊各收分二尺五寸爲準。漫潰缺口堵宜先，培厚加高毋淺薄。凹頂躺腰弊顯然，甚至冒高刨隄脚。王尊曾請身填隄，此獨何心不顧民之瘼。喫盡子孫飯可憂，脚踏實地貧猶樂。退挽新月本防危，凡頂沖最險，即於老堤後退挽一堤以防之，如新月式。相度遠近要咸宜。逼近蹴起陽侯怒，凋遠虚糜水部資。新垻外籍舊垻衛，唇齒相依毋排擠。排擠引水入袖來，汕齧隄跟害非細。迎溜頂衝險莫支，挑溜逼衝仗石磯。突出中流作砥柱，保護全隄力健持。或被波臣頻震撼，迅將磐石補殘虧。取土戒勿近隄蹄，須在二十丈以外。或宜再遠或翻沙，切實計之莫傅會。鋪土層尺勿稍過，隄邊宜杵中宜硪。木杵響和鼛鼓韻，石硪聲應役夫歌。連環夯築方堅固，試錐灌水久盈科。築隄每層鋪土不得過一尺，連環夯硪後以錐扎孔，注水不漏，方爲堅固。濱江濱漢隄爲主，通江通漢河爲輔。支河淤水道阻阻，愈滰禍尤巨。萬口欲向言，萬目淚成雨。導之使暢言，色變如談虎。悲憫有同心，同心當善處。測量水勢淺與深，知淤厚薄在河心。疏河不自下流起，遏水必致上流淫。下流導已利，上流涸自易。築垻戽水工，節省無窮費。上下決排徑已通，水落有灘垚其際。必須補行估挑。若任修阻復潛滋，可惜前功皆盡棄。身灣腰折忽分枝，水緩沙停須注意。土方之數初無成，曲直寬狹貴持衡，欲知形勢憑灰線，要量高低用水平。從出水推至進水，區分應減與應增。低者減，高者增。各段適中平正地，記取封墩作準繩。高釘木樁鈐灰印，灰印當頭覆瓦罌。繼此復勘收功者，均來據此以爲憑。土封既畢通盤計，需費金錢數亦清。中有尚未斷流汊，先於兩頭築堰垻。逐節翻塘速開挑，灰印如前杜影射。挑得淤泥拋遠墟，近則水衝卸復淤。一河必有兩岸翼，即以挑淤作培埴。河既深兮隄亦高，是爲一舉而兩得。江北民田最窅窊，水無出路空咨嗟。我將爲之尋出路，予在荆州據諸生萬慶陽、葉嘉雲呈，於三月初旬親勘，往返八日。一葉扁舟泛水涯。新燕喜迎天欲霽，春風暖皺浪生花。尋到福田新隄首，即古茅江水港口。前朝堵塞築長隄，百年被害誰之咎。監利縣福田寺即古之水港口，沔陽州新隄即古之茅江口。前明大學士張居正因有關其祖墳風水，築堤堵塞。決計重開兩隄頭，泬田積潦自通流。江漲倒侵亦大患，白圭治水豈良謀。去患防患寧無法，開隄建立兩横牐。冬春啟閉協時宜，高下後先垂令甲。予定章程：每年十月十五日先開新隄閘，十月二十日次開福田閘，不以鄰垸爲壑；三月十五日先閉福田閘，三月二十日次閉新隄閘，不使江水倒灌。牐爲疏通最要工，伐石端方面面同。梅花馬牙深入固，閘底木樁名。雁翅燕尾密排豐。閘口上下牆石名。牆邊土戧須堅實，閘牆外填用三合土夯築堅實，俾免滲漏。縫裏灰漿務結融。閘底及閘牆石縫中以糯米白礬熬汁和以細灰，乘竅灌入，俾得流通融結。漢南三牐久湮塞，永萁陳公程文吾等三閘皆屬沔陽境。恢復亟須人盡力。曾家溝下閘新增，可期水患全消釋。土方估計弊何如，合計築隄、疏河土方價值。弊竇恆開勘估初。估挑淤河十目視，積淤深淺弗模糊。不能以少報多。估修舊隄十手指，舊土高寬應簿書。不能捏舊爲新。細開原有老形勢，均要明明一例除。或就河中最淺處，或就堤中最矮區。統連上下朦朧計，不得就最淺最矮處以概上下數十百丈統計弊混。一半實價一半虛。價實價虛嗤苟且，何苦平分難易定多寡。挖河之土有旱方、泥方、水方之别，修隄之土有上方下方之分，又均有挑運遠近不一者，兼築事挑事不同，疏河或兼築隄岸工難而價則多，或專挑河工易而價則寡。作基鋪頂功難假。修堤先作基工易而價則寡，後鋪頂工難而價則多。憑此事功計土方，酌分價值乃精詳。工員若赴藩庫領，道途僕僕費周章。方伯發儲各郡庫，每府每次或二三萬四五萬兩不等。就近查看工分數。

隨時動支給傭人，較爲便捷免遲誤。所慮生齒逐年繁，食物增昂已數番。例價不敷情本實，藉口賠累多浮言。通融挹注久相給，百弊叢生填欲海。弊應全除值應加，半倍一倍至二倍。工員因例價不敷，輒虚報丈尺，浮估土方，以爲通融挹注之計。上司明知之亦估容之，詎百弊叢生，侵肥日甚。予據實奏明，每土方例價一錢二分者請加一倍，石料長一丈寬厚各一尺，例價二錢五分者請加二倍，磚木加二倍，石灰加一倍，鐵斤加五釐，匠役每工五分加一倍．雜作役夫加半倍。此條經部議格於例不行。開河築隄佔民田，衣食無資最可憐。也照買山錢付主，不爲萬佃苦一佃。勿謂心稍盡，已足培邦本。形如釜底有沉田，目擊沙堆連壓畛。困至斯極豈天心，苦莫能堪真民隱。蚩蚩但乞蠲賦恩，爲陳其情蒙俞允。曲防壑隣不顧人，曾張嚴禁苦吾民。詎料民不諒吾意，猶將熒聽言來陳。天門縣士民李純等呈請堵塞牛蹄支河口門，以防漢水之漫，是曲防也，鍾祥縣士民李啟等呈請開疏鐵牛關獅子口等處古河，以分漢水之漲，是以隣爲壑也。牛蹄河能泄漢漲，口門一堵漲彌壯。漲壯必溢漢之隄，小害未除大害釀。獅子口與鐵牛關，一開如頂灌足然。大害直貽數百里，波及天門瀦漢川。欲開欲堵皆私見，不顧全局圖己便。斷斷不行心之公，公心寧被群言煽。更有田磽地低微，或冀淤高或淤肥。一方圖利剜隄岸，四隣受害苦流离。故決河堤有嚴例，懲儆愚頑不嫌厲。訪拏貴在有司官，懲一儆百是大惠。最可恨者積弊久，人人視工爲利藪。半侵公項入私囊，始則浮冒繼尅扣。濫委官多弊愈多，人地生疎更掣肘。藏獲朋比慣爲奸，其饑如鷹盜如狗。猾胥蠹役性貪污，攘竊兇於寇盜手。吁嗟乎，源污流濁誰導之，表正影端念在兹。從古人存政自舉，用非其人百事非。卓哉王邱兩觀察，王觀察名正常，字方山。邱觀察名勳，字芙川。皎日爲心玉作骨。明揚奏牘責成專，總理鴻工能果決。方山分持北路綱，安陸荆門及漢陽。芙川分持南路籌，沔陽半壁一荆州。郡守分疆司考覈，荆州周太守季堂、安陸邱太守埰、署篆胡觀察鏻署、荆門王司馬樹勳、漢陽劉太守斌。牧令各專地方責。工巨如需襄贊人，僚友之中自簡擇。推賢讓能懋大工，協力同心熙偉績。或堵或濬事幾何，繪圖著説隨方策。原估無虚覆勘精，直將百弊一齊革。古重農時戒勿違，農隙冬春貴及時。雨稀水涸堪趨事，地燥土堅始固基。欲爲丞黎培氣脈，先平江漢起瘡痍。分竣分途親往驗，奉諭勅俟委員修濬工竣，仍當親往驗收，務令工歸實用。沿河隄上柳依依。河既深通隄硈犖，十年保固責尤重。夏波狂，秋濤涌；獾掘洞，蟻穿孔。攜持畚鍤共巡防，督率堡夫常護擁。回思往事慮將來，安得江恬漢靜長無恐。删定章程三十三，陳太守桂生景司馬謙草創之，幕友褚茂才全德守論之，予復删其繁苛，增其缺畧。縷析條分瑣細談。行水不能行無事，抗懷千秋對禹慚。厥土塗泥書自夏，田惟下中賦上下。大害能除利卽興，是所翹望群賢者。《稼門詩鈔》卷四

笠雲詩瓢十二卷　嘉慶十七年知不足齋刻本

周昱撰。昱字見新，號笠雲，又號笠蕓，浙江長興人。未仕進。夙耽吟詠。手定《笠芸詩瓢》十二卷，爲乾隆五十八年至嘉慶九年詩，陳焯序。其詩不加藻飾，多感概身世。唯《閨人讀二南詩》，取《詩經》內《關

雎》、《葛覃》等章，分詠得絶句二十六首，體制較新。《讀曲歌》七首、《讀首楞嚴經八首》、《紹興石經》，亦自抒機軸。又作《美人百詠》詩十二首，亟費神思，備一格而已。嘉慶八年，作《自輓詩》年六十一。次年又復有作，仍在病中，不起矣。嘉慶十七年，鮑廷博得稿本爲之付梓。附跋。

二峩草堂學稿不分卷　嘉慶間刻本

任承恩撰。承恩字伯卿，號畏齋，山西大同人。父舉，官重慶總兵，死事金川。依叔父鳳教養成立。乾隆二十二年，以生員廕侍衛，歷官福建臺灣右營游擊，江南六安營參將，山東兗州總兵，江南松江提督。臺灣林爽文起事，渡海赴援，以調度失宜革職逮問，繫獄七年。赦出，授京城巡捕、圓明園副將。嘉慶三年卒，年五十六。是集爲法式善、吴錫麒序，曹錫齡撰《傳》。詩多點染文飾。《題恆山志八首》、《讀邵武志感懷》、《壽州四詠》、《范寬輞川圖》、《草書歌》，俱能得其梗概。《紅毛刀歌》、《收泊鹿子港望玉山作》、《弛弩歌》、《竹箭歌》，兼資武備。游武夷山諸景，詠京都戒壇、雲居、大覺、護國各寺，《題羅兩峯追寫白秋齋副帥調馬歸來還讀書圖》，真意所留，多可采擇。

素修堂詩集二十四卷後集六卷　嘉慶十八年刻本

吴蔚光撰。蔚光字悊甫，一字執虚，號竹橋，江蘇昭文人。乾隆四十五年進士，官禮部主事。未幾乞假歸，覃研文史，以詩名三十年。卒於嘉慶八年，年六十一。《詩集》二十四卷，爲乾隆三十二年至五十八年詩。馮偉、姚鼐、李堯棟、孫原湘序，黄景仁題詞。《後集》續至嘉慶八年。自序云：「三十餘年得詩不下六千首，今刊削不足什之三四。」乾隆五十年，蔚光仿朱彝尊《鴛鴦湖櫂歌》，作《三橋游春曲十六首》、《自和原韻十六首》，同時唱和者爲毛琛、王岱、張燮、孫原湘、陳聲和、王家相、席佩蘭等數十人。宗廷輔有輯本行世。又有《城西行》，自注云：「汪劍潭作《江南曲》，辭致華妙，青節流美，殆不減人。越日，洪稚存作《溪南曲》，自謂梅村祭酒不是過，然實汪勍敵矣。村居多暇，檢兩君舊稿戲成是篇，豈少年綺障未除，亦異日舉似成一笑耳。」殆爲早歲所作。觀《北江詩話》稱其詩「如百草作花，豔奪桃李」，集中《書常熟縣志後》、《裘大司空所藏墨妙亭斷碑硯歌》、《聽諸道士携樂器作數弄歸作》、《錢忠懿王金塗塔歌》、《尊勝石幢歌》、《唐睿宗書景龍觀鐘銘拓本》、《題楊忠烈公手札》、《倪雲林山水巨幅歌》、《兕觥歸趙歌》、《范來宗示先世唐咸通中告身三道》、《夜讀姜白石集》、《十八疊對酒行韻書後》、《玉剛卯歌》，以及論文、論詞等作，句奇理平，足見其稽古好學，博洽多識。《囤户歎》、《出洋米》、《上倉謡》、《悲竈户》、《東鄉謡》諸篇，多狀民生疾苦，張應昌《詩鐸》並載之。蔚光久居京師，與朱筠、王昶、程晉芳、姚鼐、翁方綱、陸錫熊、洪亮吉、温汝适等翰林名流過從。呈趙翼詩云：「三分鼎足稱袁蔣，旗鼓相當盡必傳。」輓程晉芳云：「特改翰編留故典，力窮經傳剩遺文。」贈李保泰云：「大好揚州二分月，照君閒讀古人書。」輓黄景仁云：「此身縱使千秋重，何堪四海失詩人。」意態自雄，是亦不甘居於人下者矣。

運銅船

船頭畫虎，船尾畫龍，船身塗以硃砂紅。雙牌金字嵌玲瓏，百夫打號讙如鑫。有州司馬居其中，問船何物船運銅。一解。運銅至南京，江水深不清。運銅至北京，河水廣不平。局中鑄錢作國寶，採銅百千萬斤奇者贏。運銅船重，不得趲行。一船覆溺，所過縣令長吏，皆有考成。二解。九江關，九江關，關口流水聲濺濺，銅船橫泊關兩邊。我舟逼拶行中間，掉頭銜尾不得前，若坭蚯蚓升青天。運銅船，拉折我篷索，毀傷我桅竿。詈我三老長年，謂我船載誰何官。三解。船户走語我，語我怒髮冠上衝。我語船户，爾不見，目則盲，爾不聞，耳則聾。船頭畫虎，船尾畫龍，船身塗以朱砂紅。雙牌金字嵌玲瓏，百夫打號讙如鑫。有州司馬居其中，問船何物船運銅。《素修堂詩集》卷四

詞人絶句

鴛湖遺響妙猶聞，清似寒泉麗似雲。老向梧桐鄉裏住，當時樽酒共論文。桐鄉朱方靄春橋，刊有《小長蘆漁唱》。

琴畫樓鈔廿五家，金針繡線論無加。湖田欸乃都闌入，恐是先生老眼花。王述菴先生輯纂《琴畫樓詞》首列樊榭，收及鄙製。先生詞宗玉田，嘗謂：「詩如已嫁之婦，針黹雖工，不免粗畧。詞則十五六女子，學繡既成，細

意慰貼時也。」

潚西詞格勝於詩，歌吹琴言自得師。諫果甘回餘味好，薄寒腸斷落花時。家穀人《有正味齋集》中《佇月樓琴言》一卷、《竹西歌吹》一卷、《燕市詞》一卷，頗多妍雅。今但記「況近落花時節有些寒」九字。

蘊藉風流媕雅才，郎君邀我共登臺。月斜煙瘦留家法，壓倒高三十五來。《媕雅堂詞》，趙璞函丈作也。令子少鈍亦善倚聲。辛卯九日，偕余及高東井登黑窰廠，填《摸魚兒》一調，高甚傾折。今高已下世，其詞稿雖多，全散失矣。

烏絲陳其年檢討詞彈指顧梁汾舍人詞劇蒼涼，豪雋今推江夏黄。却有南唐風韻在，晚霞一抹影池塘。黄仲則詞也，韻絶。

滴粉搓酥句最工，瓣香絶妙弁陽翁。紅衾如水蓮花寺，傳唱新聲一萼紅。汪劍潭平時喜諷《絶妙好詞》，所著新豔悽婉。庚子正月，寓京師蓮花寺，填《一萼紅》詞索和。

舍人明府競雕章，玉季金昆數二楊。記得重陽懷弟句，故鄉對酒也悽涼。楊蓉裳九日寄弟荔裳，有「故鄉對酒也悽涼，何況他鄉」二語，讀之令人悽黯。蓉裳詞已梓於甘肅任所。荔裳官中書。

減字偷聲幾繫思，清新喜見鮑家詞。月明如水門深閉，可似小長蘆釣師。鮑受知以詞見質，予亟賞此七字。

穆堂詞曲别源流，千里毫釐謬細糾。心折瞟塘王竹所，王初桐字竹所，詞極雅正。緑陰槐夏閣兼收。許穆堂精於詞曲，辨别甚嚴。謂詞中語可入曲，曲中語斷不可入詞。猶詩中語可入詞，詞中語斷不可入詩。雖一字一

句，俱宜慎覈出之。其論最確。《緑陰槐夏閣詞》，朱適庭著。《素修堂詩集》卷十二

開河謡

急開河，急開河，開河不第可防旱，救活飢民三十萬。飢民爭聚河上頭，操畚持挶攜鉏鍬。戽水三日事已畢，挑泥一月工始訖。三日二百四十錢，一月將近錢三千。三千錢换六斗米，得緩飢民兩月死。東鄉貴涇塘竟開，差牌官票日夜催。計工七千五百丈，肩摩踵接歡如雷。西鄉六河開尚未，三支三幹大闕費。費闕只須富户充，盡推田荒錢米空。富户一升粟，可作飢民穀兩斛。富户一兩銀，可作飢民金半斤。青黄不接没生路，飢民仍舊喫富户。急開河，急開河，君不見捐金發賑無奈何，一賑兩賑都已過。西鄉飢民四十九圖多，大口一賑得錢一百三十幾，小口一賑好到七十耳。《素修堂詩集》卷十六

賜書樓詩草初編一卷續集一卷　嘉慶間刻本

胡亦常撰。亦常字同謙，廣東順德人。曾祖景輝、父傑，俱入翰林。亦常於乾隆三十六年舉鄉試，出李文藻門。三十七年會試入京，爲紀昀所賞。下第，南歸，與戴震同舟，盡抄其所著經義、理數、象緯諸書。中途患疾，次年卒，年三十一。事具錢大昕所撰《墓誌銘》。《詩草初編》九十四首，爲乾隆二十五年至三十二年

詩，乃生前自編，有嚴廷槐序、自序。《續集》乃其宗人蒐編，凡六十四首，刻於嘉慶十八年，何惠羣序。二十一年復重刻《初編》，哀爲一帙。亦常性冲淡淵默，抗志希古。有句云「常恐驟富貴，不復能貧賤」，語最可思。見張維屏《聽松廬詩話》。《田横島》、《吴季子掛劍處》、《荆軻故里》、《馮唐墓》、《題明妃像》、《詠古》、《四君詠》、《草書行贈潘景最》、《觀鷄鬬》、《古甎行》，格調遒古。《屠牛行》、《兒女牽衣行》，情感沉摯。《下灘》、《寧江竹枝詞》、《文房四詠》，清健樸致。亦常與馮敏昌、張錦芳有「嶺南三子」之稱。才情相埒，而尚未臻圓熟耳。

小峴山人詩集二十六卷　嘉慶二十二年城西草堂刻本

秦瀛撰。瀛字凌滄，號小峴，一號遂菴，江蘇無錫人。乾隆三十九年順天舉人。四十一年，賜内閣中書，充軍機章京十餘年。五十八年出任浙江温處道，改杭嘉湖道。屢爲詩酒之會。嘉慶間任浙江、湖南、廣東按察使，左副都御史，官至刑部右侍郎。十五年致仕。卒於道光元年，年七十九。此集乃手自訂，有王芑孫、凌鳴喈、袁鈞序。詩二千五百五十六首。與《文集》六卷、《續集》二卷合刊。其詩始宗盛唐，繼泛濫於蘇、陸諸家，平穩圓熟，五七律多警健之作。又受乾嘉學者濡染，時藉學力抒寫。卷一《金陵懷古》六首、《西湖詠南宋遺事》十四首，卷二《大梁懷古》四首、《王屋山》，卷三《梁溪雜事一百首》，卷四詠大明湖、泰山，卷五詠北京文信國、謝文節、于忠肅祠、《覺生寺大鐘歌》、《出山海關至遼陽道中有作》，卷九《西臺歌弔謝皋羽》、《梅雨潭觀瀑》、《登天一閣觀藏書》，卷十一《京師雜詠》、《會稽春詞》，卷十五《過采石磯放歌》、《游南嶽》、《吴門雜詩》、

《舟行十八首》、《題梧溪磨崖碑》、《黔山行》、《君山茶歌》，卷十六《揚州雜詩》十首，卷十七《廣州懷古》，卷二十五《陽羡詞》十二首，卷二十六《謁陳夏二公祠》，雖無奇思壯采，而長篇短章，雜施見聞，亦稱宏富。瀛爲秦觀後裔，嘗重摹淮海遺像，以石刻寄處州，嵌置圭山蓮城書院之壁。又於西湖孤山之麓建東坡祠，徵時流題詠殆遍。集中《題李畏吾烏巖圖》、《題徐霞客小像》、《懷顧景範嚴秋水顧梁汾三先生詩》、《題袁鈞先人鞠部先生布歌卷子》、《題永平磚歌》、《題王文成魏忠節宋荔裳遺像》、《兕觥歸趙歌》、《岳氏銅爵歌》、《題畢秋帆遺像》、《爲姚椿題萬里圖》、《題宋伯犖詩集》、《題鄭楓人玉勾草堂詞稿》、《讀韋詩》、《讀史四首》、《題陳迦陵填詞圖》、《水洞厓壁蘇題四楷蹟歌》、《題趙忠毅詩卷手蹟後》、《題崇禎帝賜曹化淳手敕及批答石刻後》、《題鄭岺陽臨脊令頌墨迹後》、《讀陸放翁詩書後》、《戲題帶經堂集後》、《書江上遺民南畧後》、《偶題桃花扇》、《題徐俟齋遺像册後》、《松江白燕菴袁海叟遺址》、《書羅昭諫集後》，亦有助於文史考究。瀛結納海内聞人甚廣。集内有吊謝啟昆、張燕昌、宋湘，壽周春、鮑廷博、王芑孫等詩。詩至乾隆中葉，才高者匙，榤然無有者亦匙。此雖不能獨闢町畦，然根基既深，閱歷又廣，篇什極富，法度謹嚴，自非凡手也。

煨芋巖居詩集二十卷 嘉慶十八年刻本　續集五卷 光緒十一年刻本

王善寶撰。善寶字砎軒，山東之罘人。乾隆四十二年舉人，屢試春闈不第。官萊州學正。詩集爲其子餘英刊，鄧顯鶴序，載乾隆二十八年至嘉慶十七年詩一千零二首。善寶時往來燕趙、幽薊間，涉渭水，西至關隴。七十以後，南踰沔漢，訪武昌，渡洞庭，所過因寄所托，發之歌詠。居齊魯最久，而以詠煙臺風土，荒村海市，最爲奇景。喜讀故書。《讀項羽本紀》、《讀晉書》、《讀唐史永徽以後事十四首》、《詠史八首》、《瑯琊臺觀秦刻石》、《讀佛書》、《弄馬歌》、《四珍詩》、《鬨棉花歌》，每以雜事入詩。其詩爲鄧顯鶴等推重，故亦名享湘中。光緒十一年，其曾孫伯方復刻《續集》，爲嘉慶十七年至道光四年詩，王封渭序。《鄧湘皋蓬萊閣觀海圖》、《觀浯溪魯公書次中興頌並山谷詩刻》、《簡瞿木夫》、《長沙竹枝詞十三首》、《論詩絶句二十四首》，亦有可覘。據《壬午八十》詩逆推，生年在乾隆八年，集中《題石濤畫册》作於道光四年，蓋已近易簣之期矣。

南江詩鈔四卷　道光十二年刻本

邵晉涵撰。晉涵字與桐，一字二雲，號南江，浙江餘姚人。乾隆三十六年進士，改庶吉士。由文淵閣校理官至侍讀學士。嘗預修《三通》、《國史》，校勘《石經春秋三傳》，充《四庫全書》館纂修官，國史館提調。著有《爾雅正義》等書。卒於嘉慶元年，年五十四。《詩鈔》附詞，與《南江文鈔》十二卷、《南江書録》、《南江札記》合刊，門弟子孫爾準刻，陳壽祺、胡敬校字，視嘉慶初刻本爲善。晉涵問經緯史，包孕富有，詩學杜、韓，不事摹擬。《登吴山十二峯望江》、《由見心亭至上天竺》、《五人墓》、《丹徒行》、《滕文公行井田處》、《新城道中雜詠》、《趙北口》、《詠燕郊古蹟》、《太白樓放歌》，抒情紀景，密而有法。《題阿少司空奉使探河源圖》、《姚江櫂歌一百首》存七十三首、《宫詞百首》，尤爲精撰。《觀燈舞》、《獅戲》、《魚躍龍門燈戲》、《觀較射》等篇，作於都門，所寫俱昇平景象。《題施紹闇先生溪山垂釣圖》、《題汪輝祖看山圖》、《觀二樹山人畫梅卽和題畫三十首》、《題浯溪摩厓碑》、《論詩六首》、《送羅二臺歸豫章》、《題王雅宜手卷》、《題桃花扇樂府九首》、《夢蘇草堂歌爲馮應榴作》、《題楊夢符泣硯圖》、《留別畢中丞一百韻》，典質練達，包孕甚廣。晉涵與王昶、洪亮吉、黄景仁、秦瀛切劘日久，所造甚深。唯不欲以詩人見長。《湖海詩傳》卷三十二選有《題阿少司空奉使探河源圖》，爲此集不載。《姚江詩録》選詩八十四首，無出此集之外者。

東井詩鈔四卷 嘉慶間刻本

黄定文撰。定文字仲友，號東井，浙江鄞縣人。乾隆四十二年舉人。歷官廣東、河南、蘇北等地知縣，揚州同知。卒於道光六年，年八十四。撰《東井文鈔》四卷、《詩鈔》四卷，爲其弟子康紹鏞刻，首李保泰序，陳燮題詞。定文受學於蔣學鏞，爲全祖望再傳弟子，盧鎬女夫。父繩先，乾隆二十二年進士，官浮梁知縣，生子五，定文行二。負詩名。《黄鶴樓》一首流傳人口。詩云：「莫問人間第幾流，敢誰摇筆賦黄樓。城臨萬古魚龍窟，天入四山風雨秋。履屧當時勒保障，羽衣他日記清遊。巍峩四面碑仍在，鈎黨空聞閧汴州。」《育王山》、《鐵門弔古》、《歸雁洞》、《謁濟瀆廟》、《登吹臺》、《歌風臺》、《晉松和樗庵先生韻》、《龍門》、《劉子政墓》、《戲馬臺》、《亞父塚》，得擅名蹟之美，不在名家之後。《沁渠行》、《晉松和樗庵先生韻》、《禪陵行》、《古康官舍八詠》、《讀左雜言三十首》、《陳后山祠》，取徑亦寬。《題康振之詩草》云：「書味不澆胸，性靈日莽鹵，别腸不關學，窕言欺狂瞽。」可見風旨。李保泰稱其詩「吐棄凡俗，華妙鏗鏘，篇約而意豐，格嚴而神儁」，可謂知音。

九思堂詩鈔四卷　乾隆間刻本

永瑢撰。永瑢，字星田，號九思主人，高宗第六子。封質親王。工書畫，詩則幽藻秀緻、質實樸茂兼得之。刻《九思堂詩鈔》四卷，爲乾隆二十二年至五十五年詩。以戊申四十六詩上溯，生歲爲乾隆八年。清宗室罕與世接，此集能於特殊生活環境中獨闢生面。已屬難能。《題趙千里九成宫圖》、《楊維楨書蠶字窩銘》、《開成石經歌》、《臨淳化閣全册》、《唐古忒玉印歌》，品騭考證，可謂解人。《染裘行》、《巴顔溝大獵歌》、《觀雜技》、《詠覺生寺大鐘》、《重謁龍潭遂游大覺寺》、《慈因寺太湖石》，亦無空疏之弊。詠史皆六朝人，詩亦仿六朝古音。《馬釣》，爲當時紙牌，由葉子戲演出，屬於上層生活游戲，非博徒之具可比矣。乾隆四十六年，永瑢奉命滙纂《明季諸臣奏議》，有紀事長篇，自爲之注，附載乾隆御批，可爲研究明代文獻參考。《謁先醫廟》謂廟在太醫院署，當置於圓明園。贈酬詩王公而外，有盧文弨、金甡、張塤數文士。

馬　釣

春風寂無聲，山館聽葉落。（馬釣譜，一名落葉無聲譜。）育華鬬茗柯，賭墅殘棋鶚。游戲入詩牌，飽食賢猶作。客示十二篇，猶龍妙槃礴。（譜名《龍子猶十三篇》。）經同象戲談，格誤金編作。（鄭氏書目有《編金葉子格》，楊用修以葉子爲，卽今之紙牌，陳晦伯嘗辨其誤，見《唐詩癸籤》。同人雅集時，四出花聯萼。巧糊竹膜重，輕砑楮皮薄。摺似扇頭聚，摺疊扇卽聚頭扇。隆然劍脊削。陰幕鏡光揩，陽文麝煤拓。或如范銖文，么細羅周郭。或如續命絲，繩繩引連籰。或如圖凌烟，毛髮森褒鄂。又如鑄夏鼎，魑魅辟不若。一貫迄萬分，名同類仍各。闢門統所尊，建首輝丹雘。高懷欣賞多，四賞。列次比肩錯。四肩。每況而愈下，備極差以爵。四極。乘陽九爲君，卑遢一再索。衡圜數逆施，遞少歸虛霩。盈數準萬千，聚十爲綜縒。就中百子圖，全局相維絡。豈伊吴王女，貌出姿妍嫋。吴王女名二十，見《兼明書》。是實爲嘉耦，邂逅無媒妁。傳聞創置初，假號附跖蹻。淮南州六人，黄車説鑿鑿。竽魁讚癸辛，餘子盡凌轢。宋周密公謹氏作《癸辛雜誌》，有宋江等三十六人讚。簽牌署名氏，一一皆有著。厥志昉何人，風流月娥託。馬守貞，字月娥。當年歌舞場，結納黄金鑠。太原解墨郎，肯訂三生諾。孤舟飛絮園，談笑劇清樂。具見《靜志居詩話》。鏡檻筆牀間，巧軼洞仙簿。鬭綠更裁紅，合坐歡猶醵。霎時蘭玉埋，玩物增哀愕。藉兹繫姓延，弔舊人琴昨。或云亡是公，寄意殊漠漠。得失齊塞翁，禍福見須焯。鉤致池魚殫，莫昧舟藏壑。謬悠姑勿論，按譜陳其畧。牙籌引綴餘，當軸戒嘻嗃。三人攻一樁，犄角還旋相攫。毋以私害公，毋以强凌弱。樂府懲洗紅，風詩狀漂蘀。得意飆飽帆，失手玉擲鵲。先聲能制勝，熟路任騰逴。去留孤注懸，擒縱寸心度。計高六出奇，法比三章約。有罰肆無赦，進退非綽綽。條例既稱繁，色樣引猶博。龍虎會風雲，四賞四肩。三才闡河洛。天地交泰，人傑地靈。種毓孝穆如，麒麟種。名配士元却。鳳凰雛。

片綿若蘭機，片片錦。沉醉太真酌。醉楊妃。雪中炭肯貽，雪中送炭。草裏金誰摸。草裏金。映紅抹蘭胸，花肚兜映花紅。太素卓鐺脚。香爐脚自五素曰文王鼎。鴛頸綺團圓，拗鴛鴦團圓。魚背金跳躍。金鲫魚背。八么静呼喝，八么。三疊迷錯莫。三疊趣。長短大小間，長肩短肩，八大八小。節節高岧嶤。節節高。美人夜提燈，倒提燈。倒卷棗花餡。倒卷簾，棗核釘。蓮臺侍金剛，佛坐蓮臺四金剛。四相參禪縛。四相大小參禪。天女散華鬘，天女散花。佛頂重瓔珞。佛頂珠。如是意云何，赤脚踏芒屩。佛赤脚。公家阿堵物，賀者迭酬酢。正本更盈冲，風旗展寥廓。順風旗。滿堂聚羣英，羣英聚會滿堂紅。藏鏹暗摸索。金掘藏。苦憐奪錦標，空花剩糟粕。凡此擇尤雅，書名供一噱。我聞翰墨卿，餘閒遣寂寞。素心三四人，佳日淺深杓。頗羨投策分，詎貪芳餌嚼。作達撝清襟，握奇叩元鑰。竿木偶逢場，此事良不惡。或比牧豬奴，欲共意錢謔。吾丘能格伍，劉毅甚揮鶴。倘逢玉谿生，一例嗤煮鶴。《九思堂詩鈔》卷四

謁先醫廟用曝書亭集中臺駘廟詩韻　有序

廟在太醫院署中，殿曰景惠，中伏羲氏，左神農氏，右軒轅氏。殿東配曰勾芒，曰風后。西配曰祝融，曰力牧。東廡曰僦貸、季天師、岐伯、伯高、少師、太乙、雷公、伊尹、倉公、淳于意、華陀、皇甫謐、巢元方、藥王、韋慈藏、錢乙、劉完素、李杲。西廡曰鬼臾區、俞跗、少俞、桐君、馬師、皇神、應王、扁鵲、張機、王叔和、抱朴子葛洪真人、孫思邈、啟元子、王冰、朱肱、張元素、朱彥修以次從祀。歲以春仲冬孟上甲日修祀事焉。

史筆垂方技，仙經駐大年。五行初系帝，一畫已開天。蓋影占黄得，黄帝受金銀方於黄蓋童子。鞭痕試赭先。風雲爭入夢，風后、力牧，咸以夢卜。木火各分躔。堂廡規模合，君臣臭味聯。才人百藥署，博士九鍼傳。栗主祠仍肅，芝房徑乍穿。神游虚牝外，春在上池邊。丹許詩腸换，砭難俗態旋。平生无妄喜，願借瓣香然。《九思堂詩鈔》卷四

與竹居棄稿一卷 嘉慶十八年刻本

湯荀業撰。荀業字楚儒，一字與竹，江蘇武進人。監生。父大奎官柘城、德清知縣，荀業隨侍。乾隆四十年，又隨宦之雲南，移臺灣鳳山。五十一年，林爽文之變，父子同日死，時荀業年三十三，賜襲雲孫尉世職。有詩數卷没於兵，其子貽汾爲刊是集，僅搜得五十首。首莊宇逵序，宇逵嘗館湯家，大奎之女夫也。又周濟、周儀暐序，仲振履、管繩萊、左輔等人題詞。附荀業妻晚作《斷釵詩》。是集詩不盈卷，意格亦淺。唯有《題阮山繡圖緣傳奇》，可爲戲曲研究者所踪跡。阮山名劉可培，同邑人，受業於大奎，與荀業厚交。

題阮山繡圖緣傳奇十二首

趨庭此日逐征塵，誰識劉蕡抱恨新。阮山下第後，聞其尊人旭岑先生被議，卽復趨滇。春草茫茫人萬里，詞成幼婦却娱親。

楚樹吴雲恨渺綿，天涯飄泊果誰憐。山川過眼紛陳迹，翻出南華秋水篇。

鄉關遥隔白雲隈，山鳥山花旅思催。却喜劉郎重過此，夕陽流水憶天台。

湘女仙緣夢未差，雲殘楚館度紅牙。才人自是多情種，不獨風流玉茗詩。

鴉髻初匀十五時，碧窗荳蔻解相思。小憐未宵春前夢，也伴東牆故窺。窺宴。

南浦雙星此夕過，樽前紅袖唱驪歌。惺惺惜别情何限，腸斷橋頭送緑波。夜别。

章臺柳外馬蹄香，翠袖爭詩媚阮郎。唱徹吴儂愁對酒，漫將名紙報平康。妓樂。

子規紅葉染啼痕，一曲霖鈴愴劍門。日暮何人還倚竹，瀟瀟夜雨讀招魂。雨悼。

知己天涯伴寂寥，酒闌燈灺話殘宵。拈來紅豆應成夢，記否吴娘舊舞腰。

幾處樓頭玉笛清，縱無離思□□情。紅顔白草千秋恨，若箇柔鄉老此生。

聽到鈎輈春事殘，新愁舊恨兩無端。只今參破悲歡局，併作華胥夢裏看。

白紵紅鹽舊譜留，偷聲減字繼風流。懸知柳下歌塵遍，珍重他年菊部頭。

《與竹居棄稿》

牧牛村舍外集四卷　嘉慶十年刻本　學古集四卷　嘉慶十三年刻本

宋大樽撰。大樽字左彝，號茗香，浙江仁和人。乾隆四十二年順天舉人。官國子監助教。四十餘告歸。

《牧牛村舍外集》四卷，爲其子咸熙刻，嘉慶十年嚴元照序，存詩二百十一首，殆爲少作。大樽詩宗六朝、盛唐，長於擬古而不肆力摹效。《大金川凱歌》、《古風》二首、《悲育蠶》、《林屋洞歌寄周碉阿》、《石屋洞歌》、《登岱》、《山居》諸作，具有排盪之勢。《食熊掌歌》等作，則詰屈令人不能終篇。其詩名登《乾嘉詩壇點將録》，以「枯樹山舊頭領喪門神」擬之。又有《邗江雜詠》爲世所稱，今集中僅録四首，意非全組也。續刻《學古集》四卷，詩一百三十三首。多游覽自放於山水間。擬漢魏六朝古歌謡雜題，不免奥衍，五言近體學王孟者，以孤迥幽峭爲高。嘗游徑山、鄧尉、天台、黄山，《登鄧尉山最高頂》、《過仙人拍手崖》、《北風歎》、《登天都峯》諸歌行，摹倣太白，極有神似者。《續集》有吴錫麟、戚學標、吴德旋序。摯友陳斌爲撰《茗香先生傳》，無生卒年月，嘉慶九年吴錫麒序有云：「今年六月，茗香已先化去。」湯禮祥《棲飲草堂詩鈔·懷舊詩》小注云「大樽卒於甲子」，又稱「長余二十一歲」，則得年五十九。大樽通詩理，集附《詩論》一卷，陳斌序，姚椿跋。龔自珍《定菴集題學古録》云：「忽作泠然水瑟鳴，梅花四壁夢魂清。杭州几席鄉前輩，靈鬼靈山獨此聲。」亦深爲許可矣。

思誠堂詩集一卷　光緒十三年刻本

張鏞撰。鏞字金聲，一字經笙，號巳山，江蘇吴縣人，住西洞庭山。監生。性迂僻，不合於時。輕袁枚詩，以爲范、陸之餘唾。喜言經濟，間考訂經史。詩文稿於殁後數十年始刊，有俞樾、秦敏樹序，沈鏗跋。俞序稱鏞爲陳同甫、黄梨洲一流人物。而殁後數十年，訪諸山中人，已無知其姓名者。《詩集》附《文集》六卷後，王鳴盛舊序。其詩博涉諸家，各體俱工。《自縹渺峯至石公山入明月菴》、《登天平山懷范文正公》、《樟樹鎮王文成公誓師處》、《太白樓觀蕭尺木畫壁》、《題蔡東洲龍渚垂釣圖》、《望匡廬歌》、《題徐心梅滄浪秋水圖》，及登黄鶴樓，過洞庭、石鐘山，《太湖懷古》，《秣陵雜詩》，未臻高渾，亦不失清逸。王鳴盛謂「當高置一座」，非泛美也。

秋盦詩草不分卷　宣統二年石印本

黄易撰。易字小松，號秋盦，浙江錢塘人。樹穀子。幼承家學，爲監生，游幕於外。乾隆五十四年署兖州府運河同知。嘉慶六年卒，年五十八。工篆隸，善畫山水。耽嗜秦漢碑刻，凡嘉祥、金鄉、魚臺間漢碑，悉搜而出之，而嘉祥武氏祠堂畫像尤多。得漢石經《尚書》、《論語》，翁方綱摹刻於石。自題一匾曰「小蓬萊閣」。官兖州，著《小蓬萊閣金石文字》。又有《小蓬萊閣詩》，未見。此集據遺稿印行，詩僅數十首，勞乃宣爲之序。内《孫淵如觀察約游紫雲山訪武氏祠》、《題孫淵如得司馬遷三字銅印》、《題邱鐵香太守百二十家墨》、《李孝廉寄贈衛輝諸石刻作此報謝》、《求覓元氏贊皇石刻漢篆三公碑》，多方品評，堪稱藝苑碎金。濟寧爲水陸交衡，王昶、錢大昕、畢沅、翁方綱、孫星衍、阮元來江左，皆與講論。易名位不高，而海内學者，交相重之。尤與武億、趙希璜、伊秉綬厚交。嘗作《訪碑圖》膾炙一時。翁方綱《復初齋集》有爲黄小松題跋石刻詩多首。祁寯藻《䜌䜣亭後集》有《黄小松嵩洛訪碑廿四圖爲李佐賢題》，節録廿四畫記並嘉慶元年九月黄易跋，可爲補遺。

秋藥菴詩集八卷

嘉慶二十二年刻本

馬履泰撰。履泰字叔安，一字菽菴，號秋藥，浙江仁和人。乾隆五十二年進士，改庶吉士。歷官刑部郎中、光禄寺少卿、太常寺卿。出爲陝西學政。晚主山東濼源書院講席。卒於道光七年，年八十四。此集蔣攸銛序云：「近世詩人以歸愚爲祖鉢者，往往局於步驟。服膺隨園者，又往往流蕩恣肆。秋藥詩導源蘇、陸而不囿於蘇、陸，其神妙在於窮而善變，飛動而能清新。」集中詠陝西三原、延安、綏德及甘肅平涼、階州風土，《寧夏長句》、《西寧書事》、《無定河陡漲》、《邠州雜詩》，摹狀異景，宛然在目。《歷下雜詩》，亦富詩情畫意。丙辰仲冬十六日杭州火，興平縣署落星石，有詩紀事。《采香》、《采珠》、《燕窩》等篇，兼記生産。詠玳瑁、禾蟲、黄雀，涉筆成趣，曲盡其妙。《山陽獄》一篇，羼入迷信傳説，而借題發揮，宜取其奇警。《雁足燈》、《題鬼趣圖》、《題桂未谷戴花騎象圖》、《金壽門畫梅》、《伊光禄左手寫經圖》、《孫淵如倉頡造字圖》、《金素中海外歸帆圖》，情見乎辭，不以獺祭爲工。唯於白蓮教起事往往有誣蔑之詞，此覽者又當有所戒焉。截句如「宦興寒於今日火，歸心濃似故園花」《寒食入直》，「淡紅正赤兼深紫，水驛山郵更野塘」《紅葉》，「幽鳥自銜青靄没，晚茶誰焙緑香濃」《游南屏山房》，「壯志大江流漢水，離情白日淡幽州」《送李峩州司馬之湖北》，「天抛秀氣成孤注，我縱心兵已萬周」《將去涕留别華不注》，「城裏煙波天下少，船頭山影北來無」《留别大明湖》，「老鶴怕寒先我睡，暗蟲弔月賺人尋」《寒夜茶聲》，「讀書且懶休論律，識字無多緩觸邪」《己未元旦》，亦能除浮腐。履泰與桂馥、阮元、宋湘、楊夢符、張問陶等人唱酬，其詩固能拔萃，自名一家。

山陽獄　有序

李毓昌字臯園，山東棲霞人。嘉慶戊辰進士，試江蘇知縣，檄監山陽賑。邑令王伸漢侵漁之，毓昌將發其姦。王使人緩頰，執不可。伸漢大懼，聽其奴包祥計，賄毓昌奴李祥、顧祥、馬連昇，鴆之不死，竟縊殺之。淮安守王轂亦虎而冠者也，饕令金，驗報疾卒，上官遂不問。轂召毓昌從叔士璜至，署啟示遽加灰釘，遺二百金使歸櫬。初毓昌有友荆翁者，諸生也，老矣。一日立田畔，見有頭踏至，窺輿中人毓昌也。怪之，還家，遂憑焉。呼其家人前，備陳顛末，並作遇害宛轉之狀。家人泣且聽，云已訴於上帝，上帝憫我强直，功在民命，除東萊城隍神。不數日櫬果至，啟視，血衣猶在。士璜籲冤京師，詔逮問伸漢，堅不承。及夜半堂上鐙忽縮如豆，伸漢瞠目久之，遽吐實不匿一詞。衆爲毛戴，餘亦以次首服。獄定報録，皆棄市，而李祥爲尤可惡，磔於毓昌墓前。天子嘉毓昌守官死，加秩知府，御製詩三十韻憫焉。嗚呼，天道神明，人不可以獨殺，觀毓昌事猶信。

風灑毛髮涼，日隱沙土黄。老翁却立心傍徨，一官導從來堂堂。近前車馬息，官已下車立。汝爲吾故人，爲汝從頭説。去年天翻河，澤國沉洪波。被檄視振廩，知振寧知他。我惜鴻雁命，竟犯蛇豕性。漁陽蒼頭何處防，閭邱毒手無人問。金屑酒，黄蠟雞，羅環繫，東南枝。吾寧忍而終古兮，遂披髮而叫閶。帝哀予以忠忱兮，下巫陽而招魂。俾東萊之一城兮，領萬鬼。吹山陽之長笛兮，來訴君。龐德棺，告乃啟，侍中血，涴未洗。上帝疾威，天網四圍。九重震怒，不可走飛。一令貌如鵂鶹，一守性如怒彪。諸奴驅作雉媒，上官弄如伶猴。老死魅，那輕服。颯靈飆，燈盡緑。荒荒忽忽墮夢中，詁詁諵諵了不覺。幽幽慘慘洩陰機，閃閃屍屍紛在目。痦來空悲號，案已如山牢。天南風霾閽吴甸，天北開霽行歐刀。有一奴，更陰賊，載厨車墓前飯謳貳，負屍横疏屬山豎。牛首擲，寧風棘。太山府君真神明，閻羅老子尤狰獰。坐上録囚色怒瞋，顧謂李侯但坐聽，牛頭阿旁扛油鐺，虎皮藥叉羅衆刑。汝愛錢，灌銅汁。汝毒人，付蛇窟。汝誣善，拔佞舌。汝利災，卧熾鐵。渾身糜盡骨肉血，業風一吹體還結。獄未竟，功曹白，天上明珠三百顆，地下頭銜二千石。李使君，歸拜恩，冥官起賀顔春温，冥卒起舞旋朱襌。衆囚慚恨作犬蹲。前頭土地語尤絮，城隍一笑堂堂去。《秋藥菴詩集》卷六

丁亥詩鈔不分卷　宣統元年刻本

王念孫撰。念孫字懷祖，號石臞，江蘇高郵人。乾隆四十年進士，改庶吉士。官工部主事、給事中。嘉慶四年，以首劾和珅，直聲大震。至直隸永河道。歸。卒於道光十二年，年八十九。念孫受學戴震，邃于文字聲韻訓詁之學。著有《廣雅疏證》、《讀書雜志》等書。是集爲繆荃孫據原刻本校刊。有道光十四年王敬之後記云：「先觀察少爲考訂聲音文字訓詁之學，吟詠乃其餘事。閒爲里黨，時有涉筆。逮通籍後，輟不復爲。此册題曰《丁亥詩鈔》，蓋二十四歲時作也。先觀察以詩法教敬之者備矣。敬檢遺著，付諸棗梨，用志庭誥。」考《石臞先生年譜》：「乾隆三十二年由京南旋，過河間、東阿，皆賦詩寫志。又嘗赴江西、安徽各地及隣邑漫

游。登山臨水，動多佳什。共得詩二十首。」核諸此集載詩，五古十七首，七古一首，五律一首，實得十九首。同游蒜山、東阿山者，爲任大椿。詩作深得魏晉風旨，彬彬乎爲大雅矣。

蘇門山人詩鈔二卷　乾隆間刻本

張符升撰。符升字子吉，江蘇蕭縣人。歷官柳州知府。六十以後，刻《蘇門山人詩鈔》二卷。乾隆五十六年洪亮吉序，稱其詩「氣疏味永」。其中《四時詞》、《倭刀篇》、《晚登雲巖絶頂望太湖》、《夜渡揚子江》、《遊黄桑峪贈大樗和尚》、《射獵圖》、《易水行》，遒峭不凡，無愧作手。《題中州集後》、《和李茶陵詠史樂府六首》，亦可采掇。大抵習效於唐、宋、元、明諸家之間，而無經籍之腴。洪亮吉序特開張反對議論考據入詩之説，故引爲同調也。《徐州詩徵》卷四有選詩。

容甫遺詩五卷補遺一卷　光緒十一年活字本

汪中撰。中字容甫，江蘇江都人。少孤貧，書店爲傭。乾隆四十二年拔貢生，受知於謝墉、朱筠。通《五經正義》及《羣經注疏》，工駢散文。客畢沅幕，多交名士。晚校《四庫全書》於文瀾閣，著有《述學》内外篇、《春秋後傳》、《廣陵通典》等書。五十九年卒於杭州，年五十一。曾燠句云：「生有狂名過阮籍，死無弔客似虞翻。」遺詩爲其子喜孫輯次，道光間有《汪氏遺書》本。同治間方濬頤在江都仿刻《述學》，所據爲嘉慶原刻本，無詩。光緒十一年曾祖同重刊，用活字擺印，卽此本。首有員燉、劉台拱題詞，顧蒓、黄承吉、樂鈞跋尾。附賈稻孫、鄭虎文、黄仲則、楊芳燦諸家贈和詩一卷。存詩不多，而才調自見。《蒲褐山房詩話》云「詩非所長」，是未見遺詩也。《静夜》、《秋夜舟中作》、《旅食》、《野望》、《古詩答方立堂》，緣情感迫，多哀怨之音。《黄將軍飲水銅瓢歌》，頌揚黄得功。《呈秦丈西巖薲》、《劍潭汪端光移居》、《贈黄仲則》六首、《周生刻印歌》，吐屬淹雅，盡聲實之美。《當塗行》記江水成患，田舍漂没，城市半空，哀而至傷。《秦淮雜詩》亦有清響。《北江詩話》謂其詩「如病馬振鬣，時鳴不平」。黄承吉云「淵源晉、宋，托體開、天，決擇既高，風骨自異」，洵非過譽。曾懊《賞雨茅屋詩集》有《汪容甫輓詞》。

肖巖詩鈔十二卷　嘉慶五年刻本

趙良霨撰。良霨字肅徵，號肖巖，安徽涇縣人。乾隆六十年進士。嘉慶三年爲廣東鄉試正考官。卒於嘉慶二十二年，年七十四。趙紹祖爲撰《行述》，見《琴士文鈔》卷六。是集所收詩訖於嘉慶五年，首自序。良霨世承儒素，詩格老成。卷一《涇川雜詠》二十四首，卷五《涇川竹枝詞》十首，舉凡當地歷史人物、名勝古蹟、土俗民情，靡不搜討入吟。詠史亦所擅長。有《讀項羽本紀》、《高祖本紀》、《淮陰傳》、《魏其傳》、《貨殖傳》等篇。又取文天祥《正氣歌》所引古人，各爲一首，卽張良椎、蘇武節、嚴將軍頭、嵇侍中血、張睢陽齒、顔常山舌、遼東帽、出師表、渡江楫、擊賊笏是也。集中登臨記游詩，如北京陶然亭、愍忠寺，《崇國寺觀元丞相托克托像》、《登邯鄲叢台》、《漢鎮雜詩》、《登大别山頂放歌》、《游平山堂》、《金陵雜詠》等篇，多可諷誦。歷廣東，所詠山水奇勝尤多。《游洋市觀木偶人作書畫》，有云：「聖化廣招徠，梯航通萬國。粤民雜島夷，珠海走番舶。漸開交市場，貨物日充積。象犀備器用，鐘表按漏刻。中有木偶人，神采何奕奕。形骸儼生成，衣冠備華飾。」可見當時外舶市易情景。《歸德署中題顔魯公八関齋碑》、《讀昌黎詩》、《讀放翁詩》、《題斜川集後》、《觀蔡京黨碑拓本》、《題陳章侯美人圖》、《題凌廷堪校禮圖》、《和法梧門擬李西涯雜詠》、《贈鄧石如》，可稱藝文之滙。

贈鄧石如

犀象不如花乳堅，私印法自山農傳。稷下里石越青田，巧匠琢成方與圓。欲摩繆篆文屈纏，朱白體各區中邊。指僵目瞪用力艱，陽冰四法誰求全。鄧君奏刀何砉然，如遊鳥道開青天。心精氣猛石幾穿，鐵筆碎玉霏紫烟。上及秦漢下宋元，齊赴腕底勤精研。今春過訪南山巔，尊彝古鼎羅滿筵。爲我刻印摹前賢，要令賤名珍琅玕。空齋晝靜風雨殘，筆聲軋軋鏗林巒。神奇變動紛無端，以意點石石不頑。苦心欲語知者難，但見丹砂落紙紅斕斑。揖我遠遊黄白間，石如自涇遊新安。歷夏及秋行復還。塵途困頓囊無錢，剩有笈遊詩數篇。《笈遊草》，石如詩集也。俗工得志爭誇妍，古來才大遭迍邅。君不見補蘿外史終卑官，造物不肯容劖鐫。《肖巖詩鈔》卷六

午風堂詩集六卷　嘉慶四年刻本

鄒炳泰撰。炳泰字仲文，號曉屏，江蘇無錫人。乾隆三十七年進士。授編修，纂修《四庫全書》。出使山東、江西學政。累官吏部尚書、協辦大學士。嘉慶十八年降職，旋休歸里。二十五年卒，年八十。撰《午風堂詩集》，與文集即《午風堂叢談》合刻，首王昶序。炳泰嘗充武英殿編纂官，卷二《編輯永樂大典初啟局紀曉嵐先生邀集緑意軒籌定事例同與者劉書台雲房葛靈蹊香海諸前輩》一詩，即爲開四庫館史料。讀《午風堂叢談》，可知炳泰熟習典籍、究心掌故，《四庫提要》集部多成其手。詩歌乃旁事也。王昶《蒲褐山房詩話》稱炳泰喜明七子，乃風格實在青丘、漁洋間，清妙之致，溢於楮墨。又列舉五七言佳句，皆如「列子御風，泠然而善」。《湖海詩傳》所選《惠山石門精舍》、《晚次梅心驛》、《蓬萊閣觀海》等篇，皆能獨標高格。然若《史閣部祠》、《銅鼓歌》、《漢馮夫人嫽和戎歌》、《魯靈光瓦硯歌》、《題王荆公集後》、《周昉楊妃鷲雪衣鸚鵡亂雙陸局圖歌》、《文信國祠》、《訪翻經臺》、《題禹之鼎畫》、《讀黄秀才景仁遺稿》，則能充其學問以抒發性情。《踏高磽二十韻》、《鬻女行》、《客言螺川抱石魚之美詩以嘲之》，取材較廣，體亦屢變。尚不能執一律以衡也。

欣遇齋詩鈔十六卷　道光十五年刻本

沈峻撰。峻字存圃，號丹厓，直隸天津人。乾隆三十九年鄉試中副榜，考取八旗教習。官廣東吴川知縣。五十七年，以失察私鹽案被劾，發至新疆，嘉慶二年歸。二十三年，卒於里，年七十五。是集爲其子兆澐刊，首有嘉慶十八年自序，附《丹厓自訂年譜》一卷。各卷詩以《東屋集》、《黔行草》、《研北集》、《蠡軒集》、《粤遊集》、《羊城集》、《巾車集》、《幻雲集》、《瓠餘集》、《倦游集》、《閲耕集》、《獨笑集》、《瀋餘集》、《鴻影集》、《味外編》爲名，末卷爲《補遺》。官吴川所作《洋煙歌》、《嶺南雜感四首》、《吴川竹枝詞六首》、《龍舟竹枝詞四首》，多述風習。《韓蘇行》、《詠古十六首》、《題宗芥颿紅袖烏絲圖等篇》，工候尤深。《説詩六首》其一云：「淑世不妨勤學步，吟詩未許苦隨人。掃除依傍存生趣，杜老香山見識真。」持論甚精。發戍烏魯木齊，卽爲宜都護綿延入署，爲子授學，復入幕充爲記室。所作《塞外詩》四卷卽本書卷七至十一，狀寫砂磧荒徼水草，如在目前。《過嘉峪關》、《過吐魯番》、《善將軍大獵歌》、《霽雪歌》、《廓爾喀貢象歌》、《回鶻舞謙齋刺史筵上作》、《博克達山歌》、《安濟海》、《有魄俄羅斯菸葉者》、《巴里坤漢永和碑歌》，以身歷境，以境寫情，無窮愁離苦之詞。作《輪臺竹枝詞》十首，敍新疆沿革地理風習甚詳。其一云：「一水中分兩座城，碧油幢擁殿前兵。自注：滿城駐防兵，皆自京營來。　鞏寧直接徠寧路，祇隔伊江十八程。」自注：自巴里坤至塔爾巴哈臺爲北路，屬伊犂將軍統轄。又云：「擁髻仙人下玉京，萬峯晴雪倚天明。祁連秀峙三千里，哈密遥連迪化城。」自注：雪山自關外袤延數千里，又自蘇拔山抵博克達山爲最高。又云：「馬牛量谷地分工，沃壤清渠到處通。校尉不須誇戊己，金穰歲歲兆年豐。」自注：邊外屯田以廢員掌其事，謂之糧員。屯每一卒，交麥四十斛，地以工計，自打坂至精河庫，屯凡千里。又云：「斗印朱文照眼光，分明蟲繆列三行。自注：邊外印文皆滿漢回三色字。　朝廷法物齊中外，也使蕃兒識典章。」又云：「瓜期幾載入重關，不用鐃歌唱凱還。好語寒衣休寄遠，暫教少婦損紅顏。」自注：各城換班戍兵以五年還役。又云：「一拳紅石小於螺，解報雙歧麥穗多。料得西池常獻壽，年年持伴玉山禾。」自注：城東紅山嘴有石似桃而紅，土人以石色深淺，占麥收豐歉。又云：「遥連草地雅蘇臺，自注：北路至烏里雅蘇臺三千餘里。上谷漁陽插羽回。西北地形天下脊，斗杓明處五雲開。」歸途所作《蘭州五泉和吴山長鎮》、《綏德蒙將軍墓》，居里作《津門櫂歌十九首》、《登瀛州歌》，亦復勁健。峻生平足跡半天下，其詩無險韻奥語，而闢境新異，質樸有味。子兆澐，有《織簾書屋詩鈔》。

新疆樂

新疆在何許，乃在陰山西。朝看健兒來，暮聞邊馬嘶。一解。春無雷，夏猶雪。南北十六城，蕃回各各語鳩舌。二解。牛羊肥，菽麥賤，馬湩酒甘，永則味變。外人弗知，謂食不下咽。三解。設官駐兵，賞重役輕。强半墾田屯積穀，歲久乃化爲蟲蝱。四解。淘河獻白玉，鑿礦求黄金。年年運餉百餘萬，以彼易此非其心。五解。土爾扈特厄魯特，生齒雖繁焰已息。年班入貢望顔色，莫使蠭蠆生羽翼。六解。訟耶獄耶，絶矢東耶，將軍掩閤坐，小吏叩頭賀。七解。汝輩守法長，子孫或許種公田。新疆信樂土，不如釋綸扉觀風鳶。八解。末二句福清相國葉臺山語。《欣遇齋詩鈔》卷十一

銀川樂

黄河來自崑崙西，瀠波聚浪無纖泥。曲折入塞已萬里，會同衆水無端倪。銀川地卑水易蓄，井田

溝澮隨高低。上天獨厚此一郡，碧雲掩冉連千畦。稻香魚美擅樂利，涇水一石誰能躋。下灌洛汭始泛濫，人與河角綿長堤。不肯棄地順水性，斗金日費良癡迷。往者西夏拒宋命，熙河累歲聞征鼙。韓范雖云能破膽，究令雄據勞黔黎。此川計可活萬姓，有益無害非涔蹄。吾鄉澤國應遜此，便當築室同鋤犁。前村後村逢牧豎，十里五里聞鳴雞。數畝已堪贍八口，蚩氓何事猶分攜。寧夏人多赴塞外。沃土不材真至語，斯民曾否悔噬臍。銀川樂，宜依棲，飽饘粥，列鹽虀。君不見宣防瓠子楗復決，可能腰劍刜鯨鯢。《欣遇齋詩鈔》卷十二

紫石泉山房詩鈔三卷　光緒十三年刻本

吴定撰。定字殿麟，號澹泉，安徽歙縣人。劉大櫆官徽州，從學爲詩文。大櫆歸樅陽，又從之。朱孝純運使邀姚鼐主揚州書院，又與鼐偕從。嘉慶初舉孝廉方正。著有《周易集注》。十四年卒，年六十六。事具姚鼐撰《傳》、王灼撰《墓銘》。定理學受李光地影響，古文爲桐城法。詩友爲任大椿、王灼等人。《詩鈔》與《文集》十二卷，弟子鮑桂星刻之。此李宇帽重刻本，有王光謙序。詩分五古、五律、五絶，共一百八十九首，而無七言。崇尚格調，大抵皆藴蓄勞神之作也。

授堂詩鈔八卷　道光二十三年小石山房重刻本

武億撰。億字虚谷，一字小石，號授堂，又號半石山人，河南偃師人。朱筠入室弟子。乾隆四十五年進

士。官博山知縣。以杖和珅遺役，坐罷官。家貧，教授齊魯，嘉慶四年終，年五十五。工考據，好金石，著有《羣經義證》、《經讀考異》、《三禮義證》、《金石題跋》、《續跋》等書。與趙希璜合撰《偃城金石志》。《詩鈔》與文集爲其子穆淳校刻，前有趙希璜、法式善、熊寶泰序。此重刊本，道光二十三年其孫未刻之。作者詩屏除浮華，有昌黎遺響。記襄陽古蹟景物，游湖南嶽麓諸篇，樸卓堅蒼，藻不妄抒。《跋漢吉羊池》、《讀李書源貞石歌戲書其後》、《漢匾壺》、《題訪碑圖》，悉以考據入詩。《上笥河夫子》諸歌，渾樸坦率，大無津涯。乾隆間號稱盛世，朝無諍諫之臣，士夫多以考博爲事。高者終身守淡泊之操，下者趨炎附勢以弋譽。迨和珅秉權，涇渭立判。作者以縣令敢直忤權貴，廉峻之風，與謝振定、李賡芸齊。讀書務爲根柢有用之學，成就亦高。則可稱原不在詩矣。劉大觀《玉磬山房詩集》、《弔武虛谷》云：「斯人不可見，見者一丘土。斯人尚得聞，貌古心亦古。髫年聳頭角，口無世兒語。寖寖弄詞翰，往往驚風雨。書到其眼中，剔抉窮銖黍。筆到其手中，操縱如戈弩。六經無滯義，羣言掃陳腐。及其宰赤縣，塵埃視簪組。民腹飽以甘，君牙嚼以苦。耻俗近頹薄，引人就規矩。奇兇倚要勢，突來六七虎。眈眈示威稜，家家閉門户。客問虎何來，曰來自相府。君齒不勝切，杖虎如擊鼠。萬口頌神明，大吏吞先吐。畏虎褫君職，還山務農圃。」王芑孫有《題武億虛舟圖》。何綸錦《巢雲閣詩鈔》有《與武虛谷遊法源寺》詩。熊寶泰《藕頤類稿》則有《輓武虛谷億兼柬趙渭川希璜八十四韻》，句云：「其行如飛猱，峯隙露魁梧。飲啖本兼人，尤喜食寒具。冬日亦飲水，鹽豉懶下箸。」又云：「早聞彈章上，夕乃解組去。小石雖有文，絶不肯腴墓。」又《題武虛谷摹石遺像》序云：「金鄉縣石室石像一，絶似虛谷。」

如見其人矣。趙希璜《四百三十二峯草堂詩集》有關武億資料亦多。

少鶴先生詩鈔十三卷　光緒十二年重刻本

李憲喬撰。憲喬字子喬，號少鶴，山東高密人。乾隆三十年拔貢。四十一年召試舉人，官廣西岑溪知縣三年，遷歸順知州，尋歿於官。憲喬與兄憲噩、憲暠，俱以詩聞，與袁枚交，詩格不同，亦不學王士禛，自成高密詩派，時稱「三李」。憲喬撰《拗法譜》，評選孟郊詩，與憲噩重訂《中晚唐主客圖》，選訂李秉禮《韋廬集》，刻憲暠《定性齋集》與《蓮塘遺集》，均有傳本。《詩鈔》與憲噩《石桐草堂集》均由單鍔選訂，王寧焯校，初刻於嘉慶間，後與憲暠集合爲《高密三李詩鈔》，光緒十二年從曾孫李楹重刻之。凡《内集》十卷，詩四百四十四首，各以《秋獄》、《石谿》、《焦尾》、《蕭寺》、《過江》、《過嶺》、《縣居》、《澄江返櫂》、《凝寒閣續吟》爲名，其中卷三無集名。外集曰《鶴再南飛集》，一百四十首。曰《龍城集》，四十首。曰《賓山續集》，五十七首。首李秉禮、單鍔序。生平據單序「年十九，以選貢高第，當除令。天子見其幼，罷之」，推爲乾隆十年。卒年據集中詩，當爲嘉慶元年。其詩出入唐宋諸大家，規模較弘，不盡郊、島。《雨雹行》、《水車行》、《登衡山》、《湘水謡》、《猛虎行》、《楚中詠古》五首、《雪中登五蓮山絶頂》、《登獨秀山》、《冰井》、《桂瀧》、《三界洞》、《栖霞洞》、《傜山紀行》、《修㑊謡》，既善於鑱刻山水，亦博采見聞。《讀貨殖傳》六首、《讀韓詩戲題》、《過永州弔柳子厚》、《戲跋蘇子美集》、《書王令傳後》、《桂未谷以山谷詩孫銅印贈黄仲則》，亦有可觀。韋佩金《經遺堂詩集》卷十二有

《李少鶴憲喬詩集書後》。

雙琴堂詩集六卷　道光三年刻本

趙春熙撰。春熙字緝于，别號陸門山樵，直隸易州人。諸生。以課館爲業。撰《雙琴堂詩集》六卷、《文集》三卷，其子元圻鈔校，袁惟清序。詩凡一千一百四十三首，無迂腐之習。春熙嘗問學於汪師韓、董元度，《文集》有《記董山長逸事》。與吴烺相稔，《呈吴杉亭丈》云：「敢序金蘭譜，當隨弟子行。」敬重如此。嘗客成邸，有和成親王詩。又客東馬營崔氏館，畫家朱文震爲題額曰「棗香書屋」。集中記游詩，自燕趙而楚，以至粤西。《題仇英摹張擇端清明上河圖》、《吕紀畫鷹》、《唐幢殘字行》、《讀新城志次馬蘈徠先生韻》，以好碑版書畫，可增掌故。《詠菊三十九首》品彙繁庶，亦能創鑄瑰異。沈道寬所撰《小傳》無生卒年，止云「壽六十七」。據集中詩，約卒於嘉慶十五六年間。

遂園詩鈔六卷　咸豐元年刻本

夏味堂撰。味堂字鼎和，號澹人，江蘇高郵人。乾隆四十二年舉人。居里養母二十餘年，不赴會試，選知縣未就。道光五年卒，年八十一。著有《三百篇原聲》、《拾雅》、《詩疑筆記》，均刻於嘉慶間。《詩鈔》六卷與《文鈔》，爲其孫崑林合刊，有王敬之、周敍序，族弟夏寶晉撰《墓誌》。又見其子齊林、雲林合刊《府君澹人公行署》。味堂祖之蓉、伯祖之芳均有集。其詩以枯淡爲尚，不多文飾。《賣瓜謡》、《縴夫謡》、《過壩謡》、《界田歌》、《六月樌》、《七月雨》、《大隄曲》、《河兵謡》，皆詠民間疾苦。《甲子水災四首》、《甲申十一月紀水十二章》，以救災賑荒，形之詩歌。其詩學吴嘉紀，時有鬱勃沉摯之情。《題吴野人先生遺照》，信而可徵。《觀黄文貞自書詩册》、《書估行》、《河間竹枝詞四首》，亦可觀采。潘允喆《長谿草堂詩鈔》、徐源《梅花書屋詩鈔》有贈詩多首。

六月損　丁卯五月二十八日運河水竭，淮揚往來者皆騎馱車。大吏過境，衣裝輜重運送，俗謂之損。郵城籠户腳夫實應其役。寶邑並及附河農人，暮夜傳呼，日不暇給。

六月損，疊壥上，役夫奔命無停晌。汗竭皮焦喘不井，吏督如狼僵且杖。可憐澤國民，三戕半爲魚。逃生閒存活，又作鈴馱驢。垂楊兩岸枯無色，杲杲今朝勝昨日。此河開通五百載，不信滄桑我生改。年年河凍愁追呼，不信溽暑涓滴無。官傭能幾何，僅足充朝飢，家中八口誰支持。役夫役夫何足數，千舵糧艘清口阻。《遂園詩鈔》卷三

題吴野人先生遺照

先生袖手特立范堤上，作盱衡狀，友人新安程雲家岫立其側，仰視先生。程自新安避亂至東淘，有《江邨集》詩二

卷，與先生善，詩亦效先生。其集乃陸廷掄爲作序，中述先生詩初皆散佚，雲家爲搜輯無遺，付其友汪悔軒梓行。又殯葬野人並代舉其未葬之三棺，亦古君子也。程之後式微不可考。此圖存其女倩某家，歲久斷裂，嘯竹購覓之裝池成，屬爲詩。

嶽嶽天地間，六月霜皮松。死色生氣滿，寥海高步窮。當年好畫師，不藉巖石工。伊人阻且長，亂至蒹葭中。傍有素心友，敲詩苦相從。廢簏逮遺殯，捃當完始終。此子不耦立，先生將奚同。百有數十載，斷袠供鼠蟲。袁郎世風雅，嬾逐俗好濃。典衣裝古錦，選句鏤貞容。東淘僻遠地，高誼良足風。《遂園詩鈔》卷四

清人詩集敘録卷四十二

五硯齋詩鈔二十卷　嘉慶間刻本

沈赤然撰。赤然字韞山，號梅村，浙江仁和人。乾隆三十三年舉人。屢躓春闈。官直隸平鄉、南宫、豐潤、大城等縣知縣。嘉慶二十一年卒於里，年七十二歲。著有《公羊穀梁異同合評》、《寄傲軒讀書隨筆》等書。此集與《文鈔》十卷合刊，首潘應椿、吴錫麒序，編年詩始乾隆三十一年至嘉慶十三年，分《鴻爪》、《瘁躍》、《病足》、《青鞋》、《寄愁》、《周甲》六集，以事繫名。赤然早歲與吴錫麒等結文社，《寄吴穀人》長詩，述其交誼綦詳。吴氏《有正味齋集》有《南宫訪沈梅村酒間話舊四十韻》、《壽沈梅村六十詩》，稱赤然以女許其第四子，結爲姻婭，故兩家過從最密。此集卷六有《奉檄赴威縣籍任家貲二首》云：「突兀危樓出村巔，個中金粟積年年。徒知契利能施禍，自注：任氏以奉天主教與西洋人往還，事覺下獄經載，天主名契利斯督。那見劉安果上天。法網觸來誰解脱，宗支絶後孰緜延。自注：任氏兄弟皆無子。爭如眼底諸村漢，老弄兒孫壯力田。」「開縢發篋總紛紛，積聚徒憐往日勤。多事胥徒搜甕盎，傷心婦女戀釵裙。家貍尚解尋眼處，守犬依然吠夜分。只有無情樓上鴿，不關興廢自成羣。」詩爲乾隆五十年南宫縣任内作，事有可信。又作長歌，記南宫舊俗於元夕後一日，遠近婦女皆入官衙觀宅眷，爲一年利市。田家尤以此卜豐收，妍媸老幼，無慮數千，日夕始已。有云：「中堂設榻安胡牀，架木作欄爐爇香。吾家妻妾竟高坐，紛紛媪婢侍兩傍。須臾門外已雲集，挽姊呼姨魚貫入。綠袴紅糯鴿嘴鞋，花枝滿頭渾汗濕。龍鍾老嫗扶杖來，欲前不前空徘徊。娉婷二八誰家女，姊妹偷窺轉相語。其餘意態千百呈，吳生周昉畫不成。可憐堂中高坐者，眉稜壓斷花眩暗。」亦屬軼聞。赤然官豐潤患弱行，不甚出遊，作雜詩記縣内商俗民事。歸里後作《野菜詩十六首》、《新市竹枝詞二十首》，亦詠土風。其詩聲情豪宕，包涵衆有，蓋於經史、雜家、説部之書，靡不披覽，故能叉手立得也。五古《讀前漢書三十首》，七古《讀晉書一百八首》，七絶《詠史八首》、《游艮嶽舊址追賦宋事四首》，徵事甚博。又有《書李笠翁一家言後二首》、《題桃花扇傳奇二首》，通俗如此。卷十三《曹雪芹紅樓夢題詞四首》，未見他書稱引，詩作於乾隆六十年乙卯，高鶚續書甫刊行三年，殆爲有關《紅樓夢》早期資料。

曹雪芹紅樓夢題詞四首

名園甲第壓都莊，鵝鶩年年饜稻粱。絶代仙姝歸一處，可人情景惕雙光。花欄夜宴雲鬟濕，雪館寒吟繡口香。只有顰顰無限恨，背人清淚漬衣裳。

兩小何曾割臂盟，幾年憐我我憐卿。徒知漆已投膠固，豈料花偏接木生。心血吐乾情未斷，骨灰飛盡恨難平。癡郎猶自尋前約，空館蕭蕭竹葉聲。

仙草神瑛事太奇，妄言妄聽未須疑。如何骨出心揺日，永絶枝蓮蒂並時。獨寢既教幽夢隔，游仙又見畫簾垂。不知作者緣何恨，缺陷長留萬古悲。

月老紅繩只筆閒，試磨奚墨爲刊删。良緣合讓林先薛，國色難分燕與環。萬里雲霄春得意，一庭蘭玉晝長閒。逍遥寶笈琅函側，同躡青鸞過海山。《五硯齋詩鈔》卷十三

嘉蔭堂詩存四卷　嘉慶十八年刻本

沈琨撰。琨字兼三，號舫西，浙江歸安人。乾隆三十六年順天舉人。由内閣中書洊擢御史，官泰安知州。嘉慶九年引疾歸，十一年患風痺症，右手不能作書，尋卒，年六十四。此集爲琨子如鎔刊，首王宗洹、周兆基、趙懷玉、姚文田、費錫章、吴錫麒六序。卷三《丁巳悼亡詩》有「君年五十三，與我同庚生」語，是生於乾隆十年。卒年據如鎔跋，爲嘉慶十三年。居燕京最久，歷朔趙、濟源、關中、大梁、武昌、泰安等地，所有吟謳，殊多渾樸。與袁枚、王昶、法式善、吴錫麟、陳廷慶、吴俊、奚岡等人均有寄贈。在御史任内，勘江蘇巡撫宜興庇護屬員，信任管門家人，特造嚴刑以訊告者，有小夾棍、頭腦箍諸名目，乃罷興職。嘉慶欲巡幸盛京，琨復上疏阻之見昭槤《嘯亭雜録》。是以諫臣名著一時。今觀集中詩，晚年老屋數間，貧病交加，多愁苦羈恨之音，亦賢良之士，未可輕議矣。

安愚齋詩集二卷　光緒八年重刻本

周錫溥撰。錫溥字半帆，湖南湘陰人。乾隆四十年進士。官甘肅寧朔知縣，寧夏水利同知。年五十以

母喪去官，遂不復仕。厭俗學，用經術講授鄉里。詩文集初刻於道光間，此光緒八年其孫昌輔重輯本，有韓崶原序，郭嵩燾、左宗植、周樹槐序。秦瀛《小峴山人文集》載《家傳》，無生卒年月，而據《文集》卷四《行略》，可知錫溥生於乾隆十年。詩以官寧夏時所作最勝。《蓬草篇》記民衆以啖草爲生，張應昌《詩鐸》采入《樹藝門》。《寧夏采風古體八首》，曰《沙鹻田》、《糧草税》、《渠工税》、《堡渠長》、《賣兒詞》、《兩番部》、《栽絨毯》、《小蕩子》，目睹人民窮困生境，流連詠歎，深得矢詩告哀之旨。嘗奉檄塞外勘獄。東至鄂爾多斯，即内蒙古伊克昭盟之一部。西至阿蘭鄯，即阿拉善厄魯特旗，嘉慶間隸寧夏護軍使。有詩紀之。又作巡視渠工，《青銅峽》、《塞上絶句十四首》、《朔方懷古》、《承天寺西夏斷碑歌》，詠一方風物。錫溥披覽諸史名集，有《前後詠史詩》、《論文》、《論詩》十八首。《錢武肅王鐵券歌》、《登南嶽祝融峯述懷》、《游三游洞》、《溆浦竹枝詞》，各得其致。鄧湘皋《沅湘耆舊集》收錫溥詩，已採入本書。其詩無冗蔓之見，亦不以小巧取悦於人，殊得風人之旨。

季冬至阿蘭鄯國王城南勘獄踰山涉磧往返盈旬凄然有關塞之感焉以詩紀之

銜鼓破朝酲，匆匆草檄行。馬寒嘶遠道，官久習邊情。野闊河西部，山通檄外城。憑軒申漢約，須遣勃谿平。

西去循空磧，隨行載襆衣。人煙野蕭瑟，成火暮低微。近塞山能走，衝飈石慣飛。癡酋驚問訊，前尹到來稀。郡西百里皆沙灘，起伏不常，人煙絶少，惟平羌鎮北置戍二處。

託宿依山下，凌晨到賀蘭。邊風緣石起，巖雪一天寒。遠堡飛鴉入，重城立馬看。清時不在險，攬取桔槔殘。山上望寧靈等城如咫尺，惟陰晦不見。

赤木何年種，霜花綴短條。夕陽繞渡鳥，絶徑此通樵。地劃中原盡，尺横大漠遥。邊牆遺甃在，漭漭説前朝。赤木口在賀蘭山頂，仄僅容車，乃寧夏蒙古交界處。明時有邊牆一道，今遺跡尚存。

白草無人境，荒天一使車。路盤蝸角迴，迹踵兔迒餘。野火千甕聚，陰風萬壑嘘。迢迢區落外，貴種問且渠。

國典徵氈舊，家私數牧回。國以氈罽供税，牛羊多者爲富室。席箕平旱海，樫策走春雷。霧日腥相雜，風沙慘不開。牛羊將野色，迸入拂廬來。地無邨落，日斜時稍見旃廬數具，僮奴驅牛羊數群，置廬前後，其人皆聚於廬中。

茜席臨溪展，旃廬入夜肩。冰聲澌輭户，旃廬俗名輭屋，户亦曰輭户。天影卓高欞。廬惟頂上，一窗通天。漢月看成憶，胡笳卧獨聽。鄉心正愁絶，沙塞晚冥冥。夜分殘月入窗，忽驚沙併落，天黑如漆。

甌脱賢王地，分藩比内臣。山根横睥睨，星市接鉤陳。羌女焉支色，胡絃邏沙塵。開筵觴挏馬，風雪坐生春。時風雪頗大，國王致館招飲，款接甚厚。

行役歲將晚，婆娑不暫閒。傳符稽信宿，斂板爲恫瘝。旅夢三邊外，浮名一鄣閒。戴星吾早發，轅下幾人攀。郭外商民雜處。事涉蒙古，令其首酋傳質，務在平情。稽程蓋三日矣。

山角晚雲收，清笳起戍樓。使星天外入，關月漢時留。輭脚樽堪把，更番吏合休。會須裁樂曲，畫壁睹涼州。《安愚齋詩集》卷二

偕富治川部郎至鄂爾多斯游牧案獄途次偶成四首

共有邊庭役，遥憑蕩節巡。君爲典屬國，我亦小行人。白日黄盧晚，西風遠雁春。前朝戎馬地，曾此絶河津。

關外望河堧，河深北岸懸。野昏雞鹿塞，冰合鸊鵜泉。戰地空尋壘，洪荒不計年。三山斜照入，半壁是鄜延。

蝸角横屍處，氊酋負弩將。笳聲緣磵迴，鳥路踏山長。筆點春前凍，冠峩徼外霜。還憑老重舌，傳語法三章。

帳寒銷不盡，歸路已斜曛。騎士雙鵰羽，奚官萬馬羣。邊春迴隴右，關月極秦分。老逐西都護，横城看暮雲。《安愚齋詩集》卷二

二垞詩稿四卷　嘉慶十一年刻本

朱棟撰。棟字木東，號二垞，江蘇金山人。諸生，七試秋闈不售，遂棄舉業。善詩詞，世人目爲奇士。著

有《二白詞》、《硯小史》，纂輯《朱涇志》等書。嘉慶十一年，刻《詩稿》四卷，年六十一。許寶善、劉台斗爲之序。棟論詩多指擿時病，以爲「典實之説勝，則比興之道微。諂媚之詞工，則箴警之意絶。應酬之途廣，則性情之本漓」，其言如是，其詩概可知。歷游浙東西諸郡，及山水名勝，一一寓於詩。所作《邯鄲行》、《大江掛帆歌》、《湘江雜詠》，及鄴都、南陽懷古等篇，雄快疏暢，尚有典型。錢大昕題詞云：「才名不減小長蘆，百里鴛湖接泖湖。欲仿張家評主客，選君好句入新圖。」又有許寶善、徐熊飛、邵堂題詞，亦頗稱許。

心止居集四卷　嘉慶十四年刻本

楊夢符撰。夢符字西𨞰，一字六士，號與岑，浙江山陰人，寓居江蘇武進。乾隆五十二年進士。官刑部員外郎。此集有嘉慶十三年秦瀛序，畧稱：「君少予三歲，今距六士之没已十七年。」是夢符當生於乾隆十一年，卒於五十七年。而集内《感交詩》自謂與莊述祖同歲，與秦説不合。夢符平生所交，如洪亮吉、馮應榴、莊炘、趙懷玉、王芑孫、韓封、祖之望，皆名流碩彦。《書錢維喬竹初詩集後》、《題邵叔宀先生遺集》、《書汪啓淑飛鴻堂稿》、《贈周林汲永年編修》、《寄黄判官小松易》、《送畢有涵還毘陵》、《送王復之官中州》、《兩峯山人仿西園雅集圖送之因題》等篇，多有裨於藝文。《渡黄河歌》、《昭陵石馬歌》、《漢通天臺金銅仙人歌》、《睢州鐵佛寺》、《護國寺袈裟塔歌》、《茌平懷古》諸作，機杼自成。王昶《湖海詩傳》選《題戴嵩畫鬥牛》亦佳。《讀史樂府四十首》，效李西涯體，不免扞格，實未能施其所長也。王芑孫《淵雅堂編年詩》有贈夢符詩數首，洪亮吉

《北江詩集》、管世銘《韞山堂集》有《題楊六士夢符傳研泣研圖》。

有正味齋詩集十六卷　嘉慶十三年序刻本

吴錫麒撰。錫麒字聖徵，號穀人，浙江錢塘人。乾隆四十年進士，改庶吉士，散館授編修，官至國子監祭酒。晚主講揚州安定書院。卒於嘉慶二十三年，年七十三。詩名重中外，駢體文、詞曲亦自稱家。此集乃自删定本，有法式善序。分《寶石山樓始存稿》、《嚴江》、《翕羽齋》、《解褐》、《翰苑》、《暫假》、《泥爪》、《白沙江上》、《重夢》、《歸帆》、《韓江》、《槐市》、《吴船》、《東皋草堂》諸集。其詩清華超逸，無體不工。《雨中過七里瀧作歌》、《龍山飛瀑歌》、《釣臺謁嚴子陵祠》、《岳王墓》、《錢武肅王祠》、《南池謁少陵祠》、《坌柏渡遇雪》、《太白酒樓歌》、《湖上大雪作歌》、《登攝山最高峯作歌》、《夜觀烏龍山野燒》、《日觀峯觀日出歌》、《焦山玩月歌》、《師子林歌》、《梅花嶺拜史閣部墓》，華贍發誦，殆爲名篇可採。卷四《燕京雜詠》六首、《揚州》四首、《津門海船歌》，卷五《花窖歌》，卷八《熱河雜詠》十六首並注、《出塞曲》、《津門雜詠》六首，卷九《蠶詞十首》，卷十《燕市楊花曲》，間記民間風俗。錫麒不趨權貴，品望日高，而生計日薄。所納皆學者詩人。與張塤、黄仲則、沈赤然、汪大經、詹肇堂、何道生、郭麐等迭有贈答，好學篤古，平易近人。題詠亦所擅長。《吕紀畫鷹歌》、《題羅兩峯仿東坡墨竹》、《顔魯公名印歌》、《漢長毋相忘瓦歌》、《漢廬江太守范式碑額拓本》、《題鄺湛若硯銘並洗硯池字拓本》、《題宋文丞相遺像》、《長椿寺滲金多寶塔歌》、《題王文簡載書圖》、《宋孝宗紈書真蹟》、《幻居菴觀華嚴墨海歌》、《爲翁元圻題王文成公奏疏草稿》、《題馮實菴種竹圖》、《題孫淵如倉史造字圖》、《天慶宫觀劉鑾塑像歌》、《張水屋道渥之簡州别駕任兩峯爲畫劍閣圖贈别余題此詩》、《題元張來儀待月聯吟圖》、《題黄石齋先生弔周忠惠詞詩卷》、《題張亥白孝廉海天秋泛圖》、《崔青蚓洛神圖》、《送窮圖爲張船山作》、《題秦瑯琊台碑拓本》、《題周端孝先生血疏貼黄遺跡》，於文獻盛衰，時流藏弆，多可尋源究委。又有《讀詩經七首》、《讀放翁詩》、《十國小樂府》、《詠明史十首》等作，有裨於學。昔吴鼒選駢文八家，《有正味齋集》成爲修辭者摭拾之的，然其詩多清新靈雋之作，祇爲文名所掩耳。王昶《蒲褐山房詩話》稱其「詩才超越，直繼朱、查、杭、厲之後」。王芑孫評曰：「生峭之音，新倩之色，超逸之解，以南宋金元與漢魏六朝共鑪而冶，雖脱化幾變，猶足以知其爲西泠前輩流風。」洪亮吉《北江詩話》曰：「詩如青緑溪山，未趨蒼古。」乾嘉間浙中詩壇，可稱巨擘。陸繼輅《崇百藥齋詩集三集》有《偶讀有正味齋詩集題四首》，品評最愜。

冬花菴燼餘稿三卷　嘉慶十年刻本

奚岡撰。岡字純章，一字鐵生，號蒙泉外史，浙江錢塘人。與石門方薰皆以詩畫名，稱「浙西兩布衣」。卒於嘉慶八年，年五十八。詩稿歿後遭回禄。此本爲友人湯點山重輯，秦瀛、吴錫麒序。岡性孤夐絶俗，不與達官交往。此集存詩不多，典型猶存。紀游以外，罕少應酬之作。《讀楊誠齋詩元遺山詩》、《題王元章墨梅吴仲圭墨竹》、《陳老蓮停雲聽阮圖》、《烎虚上人畫》，渾涵自如，略無作意。《題畫絶句》九十二首，風格酷似倪瓚，神妙獨到。秦瀛序謂：「余嘗怪明季華亭陳繼儒者，自號通隱，賓客交游，車騎闐溢門巷，故所爲詩殊有俗氣。康熙間李漁輩人品逾下，其詩佻巧俚鄙，更不足言。安得如鐵生者，一掃若輩之陋耶。」以論人品，真潔身自好者矣。黎簡《五百四峯草堂詩鈔》有《題奚徵君墨梅爲邱少尹並寄懷奚君》。朱人鳳《祖硯堂集》有《哭奚鐵生》詩。梁紹壬作七古一篇，可抵小傳，見《兩般秋雨盦隨筆》卷五。

霽春堂集十四卷　嘉慶六年刻本

吴樹萱撰。樹萱字春暉，一字壽庭，號少輔，江蘇吴縣人。乾隆四十五年進士，改庶吉士，授編修。官至禮部郎中。嘗典試湖南、河南、四川、廣西，督學四川。嘉慶五年，卒於陝西咸陽，年五十三。此集所收詩起乾隆四十八年典試楚南首途紀什，至嘉慶五年，共一千二百五十九首。據卷首嘉慶六年完顏瑚圖禮序「今壽庭没矣，其兄方伯出其所爲詩付剞劂」，又卷十《贈余心田》詩自注：「余與心田俱丙寅生。」知爲乾隆十一年生。兄俊，官山東布政使，亦工詩，有《榮性堂詩集》。樹萱爲褚廷璋弟子，集中師友酬贈者，吴省欽、李調元、褚廷璋、馮培、方維甸、戴衢亨、莊肇奎、英和、潘奕雋、韓是升、趙懷玉、法式善、伊秉綬、楊倫、石韞玉、張問陶、何道生、陶樑、韓崶、葉紹本，多爲翰林學士。門下士爲金學蓮、嚴學淦等人。《題錢籜石詩集》、《題張船山詩稿》、《題重修元遺山墓》四首，《題張瘦銅竹葉菴文集》、《送萬廉山大令之官江左》，有關當代藝苑。至舟車南北，輒有所作，唯兩次入蜀詩佳耳。

紅蕉山館詩鈔十卷　嘉慶九年刻本

喻文鏊撰。文鏊字治存，號石農，湖北黄梅人。乾隆間恩貢生。官竹谿教諭。與漢陽葉繼雯友善，詩亦齊名。繼雯子志詵，道光間收藏家，卽文鏊之女夫。是鈔由秦瀛序，詩共九百十八首。據《晤毛洋溟》詩注云：「洋溟與予同丙寅生。」則結集時當爲五十九。又《贈雲素》詩注云：「乙亥生。」葉繼雯生年並可知矣。詩詠武昌、漢口、赤壁，荆州、沙市、彭蠡、匡廬、小孤、皖江、金陵、淮揚山水名勝，跌宕奇肆，頗有佳製。北游齊魯、析津，西至榆林、綏德，以行役見聞入謳，兼涉白蓮教事。喜金石書畫，論詩題圖，是所擅能。《讀孟詩》、《題中州集》、《題國朝人詩集》五首、《倪雲林畫明宣宗松鼠圖》、《董文敏秋山行旅圖》、《陳章侯烹茶圖》、《王石谷畫山水》、《徐昭法畫》、《漸江上人齊雲上圖》、《觀怡亭石刻》、《王岱畫梅》、《梅瞿山畫松歌》、《苦瓜和尚山水幀》、《惲南田山水册》、《洋畫歌》、《高且園指畫》，篇什極多，各具神采。揚州畫家閔貞以孝聞，作《奉饌圖》，題詠甚衆，文鏊作《閔㷍子貞歌》詳其行實。《題金海陽遺札後》、《浯溪碑》、《蜀石經拓本》、《顔魯公二十二字札墨跡》、《秦漢瓦當行》、《永樂四年古刺水》，多文物所資。文鏊年三十卽負詩名，有句「高談遺世務，必無經濟切」，林昌彝以爲有得之言，見《射鷹樓詩話》。著《考田詩話》，多採楚人詩。時人贊以詩云：「獨立蒼茫萬仞峯，直教雲海盪心胸。長鎗大戟誰能敵，除是黄州喻石農。」見《答友人》。《湖北詩徵》卷十七有小傳，選《書彭棟堂所輯杜茶村詩後六絶句》，爲此集所無。

閔獃子貞歌

閔獃子，大官折簡招不來，纖兒拍肩拽之起。有時率筆點草蟲，有時潑墨畫山水。最工寫真顯白描，爲人頰上添三毫，生氣勃窣離生綃。一月兩月若無事，一筆兩筆若無意。堅閉空室坐欲枯，欻有人兮呼欲出。問爾何由擅此奇，乍語更咽涕泗垂。兒時失怙兼失恃，形容髣髴是邪非。思成詫歎神維肖，疑有天幸非人爲。從此貌人人絶倒，破屨敗衣恣幽討。幾被春風刷羽毛，休要冬烘露頭腦。裝池一束奉饌圖，擔囊卻走長安道。長安道上多貴人，無由橐筆圖麒麟。況當職貢陳王會，植髮皾鼻何人繪。其時衛藏班禪亦來王，吹螺嗪唄羅都綱。供三摩耶熬茶香，碧睛偏袒坐四牀。輪迴雖誕教宗黃，爾操不律妙嚴莊。時某邸令圖班禪額爾德尼像。足令傳遍四十九旗並回準，膽懾諸台吉宰桑。草茅下士那得此，如驅魂夢談荒唐。可憐歸去漢江晚，西風披拂塵衣短。墓田草屋都荒蕪，片帆來逴客心孤。嗚呼，閔生閔生獃且怪，年年獃向人間賣。妙技珍惜不肯傳，十字街頭抵酒債。《紅蕉山館詩鈔》

卷八

雙桂堂稿詩一卷續編詩一卷　紀慎齋全集本

紀大奎撰。大奎字向辰，號慎齋，江西臨川人。嘉慶六年舉人。官山東博平、四川什邡等縣知縣，合州知州。以廉吏名動於時。生於乾隆十一年，卒於道光五年，年八十。見《疇人傳》三編。有《紀慎齋全集》。詩文曰《雙桂堂稿》。詩非經意爲之。《孔林》、《過邯鄲觀盧生睡像》、《望華山》、《登雲岡石佛閣詩》、《雒水吟》、《重經華嶽》，言情感物，亦不諧俗。嘉慶十一年蒞什邡，爲官七載，存詩不多。早期潛於《易》，有《讀易心得》十數首。長於曆算。又有《集陶》、《觀棋》、《讀伊川擊壤集》，當由識者擇別之。

四百三十二峯草堂詩鈔二十一卷 嘉慶五年刻本

趙希璜撰。希璜字渭川，廣東長寧人。乾隆四十四年舉人。官河南安陽知縣。是集自訂，嘉慶五年刊於安陽縣署，錢坫、李威、馮敏昌序，黄景仁、温汝适、凌廷堪、吴錫麒、張問陶題詞。希璜少讀書羅浮，受知於學使李調元、縣令李文藻。文藻教以聲韻之學，爲校《古韻標準》。集中有《哭李南澗先生詩》。與張錦芳篤交，才氣亦相埒。復廣交海内學者文人。學益精進。法式善、洪亮吉、黄仲則俱稱道之。卷六《筆垙歌紀》云：「歲壬寅予春秋三十又七矣，始悔向來絢爛之作，求諸樸實，兼悼平生遇合之蹇。志在山林，管城子無食肉相，良不誣耳。」其意匠變化，於斯可見。乾隆五十八年，即以詩鈔十三卷付刊，官雖未達，而頗爲名流推重也。集中精撰之作，爲《石鐘山》、《紙瓦歌》、《登王屋山繪雲車飛步圖》、《天寧寺圈虎行》、《題楊龍友畫梅》、《題李畏吾威烏巖圖》、《題閔貞自畫奉饌圖》、《題黄仲則傳印圖》，自注：仲則爲山谷裔孫，新得山谷詩孫銅印于桂未谷，江夏閔貞爲作傳印圖。《孫淵如新輯天官書考補商子括地志諸書歌》。詠粵中山水，黔靈風光，彭蠡湖色，延安名勝寺院，各盡其致。《惠州雜詩》、《浪花詞》記苗瑶族風俗，可供邑志採掇。與檀萃、伊秉綬、黎簡、周永年、楊揆、黄易、王復，亦爲舊雨，而與武億最密。官安陽延億同輯《安陽金石志》，集中有《喜武虚谷明府至鄴》，自注：朱鮪石室畫像有一人，深衣寬博，細目豐頭，神似虚谷。後又日夕相討，贈詩意殷。耽好風雅，致有「仙吏」之目。詠《漢永初子游碑》、《漢劉君碑》，均作於此時。《哭武虚谷二首》云：「洛下無雙士，超然第一流。疏經扶賈鄭，成化擬陽秋。冀永名山業，翻添宿草愁。他年傳文苑，掩淚過西州。」「一笑官如寄，人傳赤棒名。大牙心已折，上相愠難平。强項真賢令，清操有定評。吾儕敦氣節，端不負平生。」可稱篤論。《北江詩話》稱希璜詩如「麋鹿駕車，終難就範」。唯其平生肆力於學，故其所詣，句日益工，格日益老，不在嶺南三子、四子之下。顔檢有《題四百三十二峯草堂詩後》，見《衍慶堂詩稿》。

洪北江詩集三十八卷　嘉慶間北江全集本

洪亮吉撰。亮吉原名禮吉，字君直，一字稚存，號北江，江蘇陽湖人。幼孤，母蔣氏教之讀。與同里孫星衍、黄仲則、趙懷玉、楊倫、吕星垣、徐尚之唱和，稱爲「七子」。受知於朱筠，筠門下士有「洪黄」之稱。與孫星衍均通經史、小學、金石，又有「孫洪」之目。乾隆五十五年一甲二名進士，授編修。視學貴州。嘉慶四年，因言事謫戍伊犁，百日賜還回籍，自號更生居士。晚以著述爲事。通經史、小學、地理、金石，著有《北江全集》。卒於嘉慶十四年，年六十四。詩集曰《卷施閣》者二十卷，爲乾隆四十四年至嘉慶四年詩，一千八百七十四首，門下士刊於黔中，張遠覽序，附《鮚軒詩》八卷，爲三十一歲以前詩，五百六十九首。曰《更生齋》者詩八卷，起於始聞遣戍伊犂之命，至歸老田里。又《擬兩晉南北史樂府》上下卷百二十首，亦早歲作。亮吉爲曠代逸才，碩果名家。未達前詩多奇警，采石、敬亭、齊雲、黄山、天台、雁蕩之遊，足令人目不暇給。《泰山道中》、《皋陶祠》、《首河南入關所經皆秦漢舊蹟》，詠雁塔、驪山、華嶽、龍門諸篇，亦雄深雅健。視學貴州，以山川形勢、風土民情入詩，《黔中樂府十二首》，均爲紀實。出嘉峪關，萬里荷戈，身歷奇險。《天山歌》、《松樹塘萬松歌》、《度赤金峽》等作，奇薄而出。晚歸湖山，聲譽益高，而豪情頓減，所作轉遜於前矣。贈别題圖，是所擅能。《送江都汪中歸里》、《贈邵晉涵八十韻》、《寄大興朱學士三十韻》、《哭亡友賈田祖》、《結交行寄孫大》、《程魚門齋觀元耶律文正畫像賦》、《題石濤竹西歌吹圖》、《輓黄景仁》、《題莊逵吉元池訪古圖》、《嚴長明屬賦歸求草堂十二詠》、《吴衡陽太守葛君碑》、《黄易武梁祠石刻》、《秦二世泰山石刻》、《晉太康五年買地莂歌》、《惜陰兼燭山房羅布衣聘作圖紀事》、《跋布衣方薰所作春水居長卷後》、《輓王大令復》、《羅聘所仿董北苑瀟湘卷子》、《桃花洲歌贈王文學豫》、《黄丕烈祭書圖》，用詞豐腴，如萬斛泉源不擇地而出。《更生齋詩》中又有《讀史六十四首》，自遠古迄李唐，非讀萬卷書者，不能至也。《論詩截句》二十首，可與《北江詩話》齊觀。亮吉詩導於漢、魏，下嗰唐、宋、元、明，精思獨到，鋪張揚厲，有足以八面受敵之勢。故張維屏以「天馬行空，不受羈靮」許之。晚清王闓運以漢魏爲宗，《湘綺樓説詩》亦特推崇北江。時沈德潛提倡格調，袁枚主性靈，翁方綱主肌理，亮吉於三家均有微詞。爲張符升《蘇門山人詩集》作序，亟力反對以議論、考據著詩，以爲非詩之正聲。論翁方綱詩又云：「自喜客談金石例，畧嫌公少性情詩。」而綜觀其詩，已自亂於格調、性靈、考據之間，並不能在諸家之後自成系統。至修飾新妍，轉與張問陶相近，固亦招致李慈銘「平生多事友船山」之誚也。

凝緒堂詩稿八卷　嘉慶二年刻本

孔繁培撰。繁培字養原，山東曲阜人。孔子七十四代孫，封衍聖公。原名允憲，乾隆三十六年迎駕，賜改今名。是集首嘉慶二年袁枚序。詩主性靈，多閒適遣興，熟題而强爲。言之無物，陳陳相因。唯《題鄒小山百花詩畫卷五十首》、《題羅兩峯墨蘭卷》等篇，尚屬活潑。詠元脱脱丞相墓，亦較工穩。餘則無足深述焉。

風希堂詩集六卷　道光八年九靈山房刻本

戴殿泗撰。殿泗字東珊，一字東瞻，浙江浦陽人。嘉慶元年進士，改庶吉士，官翰林院編修。《詩集》四卷與《文集》四卷合刊，各卷分集，各集分體。首陸繼輅序。據卷五《初度感懷》「丙午贄賢書，歲越四旬數」，則約生於乾隆十一年，五十一年中舉。卒歲據其姪聰跋語，爲道光五年。卷一、二曰《山居集》，多詠浙東山水。卷三、四曰《東華稿》，在京充八旗教習時作。《紅橋版書尺歌爲張燕昌作》、《題馬楚銅柱記》，俱以考據爲詩。卷五曰《翰苑稿》，爲入翰林與法式善、洪亮吉等唱酬之作。内《東川行》一篇，涉及白蓮教事，爲詠時事作，張應昌選入《詩鐸》。卷六曰《歸田集》，有《天台紀游》詩。戴聰跋稱：「入館隨韓城相國出塞至木蘭行圍所作詩皆遺失，無一存者。」然一生閲歷交游仍約畧可見也。殿泗與兄殿江，均有學名。其十四世祖爲元九靈山人戴良，集中《風希堂圖歌》，詳敍其先世，《意有未盡重爲後歌》一篇，補敍浦邑歷史人物較多，爲研究元代詩文及浦江藝文所當資。

風希堂圖歌　有序

韭山居士繪靈山建水之勝，並繪風希堂於其中。堂顔係京邸夢中所得，韭山既紀其事爲詩，郵致金華山中，爲余伯兄五十壽。撫圖讀文，油然生感，爰綴長歌，敬以志謝。時甲辰秋七月。

風希堂乃在靈山之麓，建溪之滸，仙華東走百餘里。峯迴水蓄成邨聚，越杭睦婺交其間。敝居在金華極北，去諸暨、桐廬、富陽界各十里。鑿崖匯流成終古，吾宗棲止已千年。余族唐懿宗咸通間居此，約九百餘年。誰其圖者窣環堵，昔年九靈山房圖，高風漠漠動吴楚。十四世從祖九靈山人游蹤所屆，輒懸《九靈山房圖》，右丞周伯温篆額，豐城揭汯、四明烏斯道皆作記。旅夢今宵三字成，敢將隔代希鴻羽。雲林山人腕力豪，摹崖範壑疑親睹。知我鄉愁不可羈，知我懷兄如晤語。煌煌椽筆寫煙雲，緘寄新詩壽伯甫。一心逐雁歸江南，以手拄地拜且舞。寒門瑣末豈足陳，世系頻仍尚堪數。唐家東浙建節旄，浙東節度使，唐《職官志》不載，唯見《地理志》中。遠祖西來肇韋杜。吾宗唐以前不可考，初祖諱昭，居杜陵，爲浙東節度使，遂居越。兩世避地葺雲山，鄉自陶朱官鎮撫。節度使子諱堂，官鎮撫使，自越之陶朱鄉，徙居九靈山下。東鄰洩水瞰龍湫，敞居十五里爲五洩山，有五瀑布、二龍湫及七十二峯之勝。西接金沙走鶴嶼。西十里爲金沙灘湖洑溪，又西卽富陽棲鶴莊。烏傷一角分何年，浦邑自唐天寶間由義烏縣分設。馬足鮫鞘新定宇。鎮撫公策馬携劍來居於此，因名其地曰「馬劍」，又曰「馬建」。甲科連綴北南宋，篇帙荒殘散芒楮。廿八世祖志遠公諱徵登，宋雍熙進士，廿二世祖世遠公諱堯民，登南宋紹興進士，邑志皆失載。見天順間彦瞻公手輯家乘中。交游早著北山鄭，鄭北山剛中有《渡金沙灘》詩。後此柳吳聯縞紵。十五世祖景和公諱暄，與柳文肅交。柳有《游五洩》詩，實主戴氏。吳有《贈戴仲游懷子壽》詩，仲游諱泳，子壽諱樗，皆予族祖。名賢託蹤久棲遲，吳淵穎客授馬建山中，見柳待制《送白彦昭序》，宋景濂游五洩亦主馬劍。水色巖光共吞吐。老人入夢著靈奇，蕩釜山高鍼子午。九靈山人曾祖諱錫求，葬地積年，夢白鬚老人指一吉地，子午向，求得之蕩釜山。於時磊磊能軒公，幼出就傅無寧處。九靈山人字敍能，一號能軒，八歲隨姊氏住邑城游學，去家九十里。蜀山訪道歲八週，山人從柳文肅游凡八載，柳卒持心喪三年。烏蜀山，柳所居，去家百三十里。受業黄吳幾寒暑。黄文獻居義烏，吳淵穎居深褭山，山人皆遊其門。忠宣衣鉢凛師承，東海潛蹤賦禾黍。山人學詩於余忠宣公，公爲書「天機流動」四篆以名其軒。其後忠宣效節安慶，山人遁跡四明山中，擊節賦詩，有黍離麥秀之音。明祖召致，卒不屈節。交胡友宋名益高，侶王儕丁氣彌樹。金華胡仲伸、潛溪宋景濂、義烏王子充、義門鄭仲舒，皆公金石友，晚交西域丁鶴年。中年淮海晚慈姚，兩涉鄉關歌故土。山人年四十餘寓吳門，已而奉使泛海，乞援於擴廓軍。晚遁蹤四明山，於鄉土唯兩至云。當其溟涬黑水洋，九死相攜實吾祖。山人泛海時獨攜從子與俱，爲予十三世祖諱温，字原直。十年伉壯化謙柔，烈烈風徽正學序。方正學有《贈戴原直序》。家園幽曠宗祠頽，遺址常留屹先緒。山人捨宅爲宗祠，後燬，乾隆甲午，伯兄襟三始謀於族衆，卽其基建新祠。仰顛踞麓搆宅新，堂序緜延驅雀鼠。十二世祖伯初公諱侗，永樂間始於舊居之東建新居，今永穆堂後宅也。遺文卅卷有神護，豈使祝融煽炎炬。《九靈山房遺集》，正統間彦瞻公所刻，後燬。伯兄仲兄力求得之，壬辰歲重鐫梓行世。中多潛跡晦弗彰，亦有簪纓綰華組。臨池讀畫天趣全，仲積公能文，工書畫，見《書畫譜》。世業活人仁義許。仲積公以來世傳醫業，九靈山人亦善醫，從子原禮公官太醫院使，太祖稱之曰仁義人。五馬方州惠澤聞，族祖子迂公諱垠，洪武間官黄州知府轉徽州，住東橋下曰下西宅。百里仁風勤恤煦。十世祖廷用公諱珪，弘治間任慈利知縣。峨嵋岡頭霞氣升，九靈山分脈巒起平岡，曰峩眉岡，在舍東三里。瓊花園口嵐光溥。舍西北半里有林有阜，平岡陂突，曰花園口。屏分嶂列尚儼然，蓬勃風聲鸞鳳翥。賤子顓蒙百無識，起憶前蹤思健舉。少小聞歌斯邁篇，書籍有靈任挹取。京華滯迹經四秋，翠牖雲簷渺何所。月明不乏雁書馳，未得歸來奉醫醑。唯有聯牀石友心，家業門風話夜雨。堂名恍惚幻與真，盛意相箴作衡矩。誓將排輯付丹墨，不使虚言負梁礎。晴雲萬片浮空來，曠野蒼茫少煙溆。寧待尋幽過鹿門，只應泛棹趨鳧渚。峩峩者岫沄沄波，側身極望長延佇。《風希堂詩集》卷四

吉雲草堂集十卷　嘉慶間刻本

徐志鼎撰。志鼎字調元，號春田，浙江平湖人。乾隆四十年進士。官四川南溪知縣。四十四年，掌教觀

海書院。此集有汪輝祖、吴錫麟序，詩九百九十五首，止於嘉慶二年。附詞二卷。志鼎爲沈初門人，與邵晉涵、戚學標、宋大樽以詩唱寄。少作格調清和，入蜀後詩取境甚闊。嘗三至錦城，兩過渝州，《登凌雲寺》、《渝城雜興》、《塗山觀燒》、《眉山天下秀》、《瞿唐天下險》、《巫山天下奇》等篇，俱有佳致。志鼎嘗預修邑志，博搜諸書記載與故老傳聞，得詩百餘首，曰《展武吟》。平湖在漢曰武原，東漢改爲展武，後陷爲柘湖，此名集所自也。其家世畧詳於《述母德》詩中。屈爲章《紫華舫詩初集》有《徐春田大令輓詩》，莫能究年歲。

穫經堂初稿八卷　乾隆六十年刻本

汪泩撰。泩字容川，江西浮梁人。乾隆四十三年進士。五十四年官廣東廉州知府。著有《周易衷義集解》傳世。是編爲戴衢亨、萬應馨序。戴序云：「容川官定南學博時即能詩，後與余同領鄉薦，成進士，官翰林。」今觀集中《論詩絶句二十首》，自注：「擬縣試作。」可見根植。《羅浮紀勝三十六首》，歷游所謂四百三十二峯之區，盡抒山水之趣。《順德六饒》，雜記廣東物産。泩詩得力於蔣士銓。有《題蔣心餘詩鈔》五首。卷四《讀明史樂府二十四首》，蔣爲序云：「此體尤侗有之，後人摹仿甚多。要以鋪張揚厲、節短韻長爲上。」唯此集盡取忠孝節義爲題，自不足論矣。

心安隱室詩集九卷　光緒十年重刻本

詹肇堂撰。肇堂字南有，號石琴，江蘇儀徵人。乾隆五十七年舉人。長於吟詠。居兩淮鹽運使曾燠幕，與一時諸名士唱酬，無不服膺。工詞。是集詩詞合刊，有吴錫麒等序。詩七百二十首。原版早毁，此重刻本，有錢振倫序。生年未詳，卒於嘉慶十五年。卷八《庚午十月枕上口占》，蓋絶筆也。肇堂受學於同邑方元鹿，其詩主性靈，不失唐、宋矩矱。《元人宫娥乞巧圖》、《鏡中魚鳥歌》、《詠西洋玻璃器》、《題陳洪綬米南宫拜石圖》、《曾賓谷先生座上觀劇小樂府》、《題顧閎中畫韓熙載夜宴圖》、《康山草堂聽姚薌汀彈琵琶歌》、《黄石齋先生斷碑硯歌》、《擬村田樂府賣獃詞》、《魏文帝賦詩臺》、《宋院本宫人鬬草圖》、《董小宛靈璧石留歌》、《摩喉羅歌》、《真州西山僧舍雜詩十首》，清拔穎出，迥不猶人。《題陶靖節像》、《讀張籍詩》、《題吴野人像》、《哭方竹樓丈》、《悼黄仲則》等篇，可覘所養。卷三《評話四絶句》云：「短屏方几畫堂開，折扇輕衫入座來。日午風簾摇曳處，龔春壺子醮壇杯。」「生公説法點頭頻，豎拂居然首座人。一樣悲歡離合境，只須開口便傳神。」「何曾援據盡荒唐，野史叢編各擅場。上下三千年内事，夕陽都付小滄桑。」「瀾翻舌底恨眉頭，纔行歌娱又惹愁。石野猪兼張浪狗，讓他一例擅俳優。」頗得真趣。惜橐筆江湖，鬱鬱以没，殊可歎耳。

榴榆山房詩鈔不分卷　道光十三年刻本

張懷泗撰。懷泗字環甫，四川漢州人。乾隆四十四年舉人。官順天宛平知縣。晚主廣漢書院講席。著有《抱經堂古今文稿》。是集蔡學海序，其弟懷溥序，門人曾榕跋。詩起於嘉慶十六年。以丙戌道光六年七十詩上推，爲乾隆十二年生。其詩清曠豪邁，詠武侯祠、青城山、什邡羅漢寺、文翁石室、高朕禮殿、張儀樓、劉海井、君平卦臺、工部草堂、新都王稚子石闕，均蜀中名蹟。《乞米》、《鴨濺泥》、《鹿銜草》、《九籐杖》、《呪柏行》、《鶺鴒謡》等篇，尤爲精至。懷泗與法式善、李鼎元等唱和。長於讀史吟評。《讀南宋詩題後二十首》、《讀明史有感》，褒貶議論，俱有可觀。《重修明給諫劉蓼岸先生墓》，記嘉靖間給事中劉希簡事，猶存史聞。弟懷泩字玉溪，李調元女夫。乾隆五十九年舉人，官泗水知縣，有《磨兜堅館集》六卷。

秋潭詩集十卷　嘉慶八年太乙葉舫刻本

彭淑撰。淑字谷修，號秋潭，湖北長陽人，土家族。乾隆三十六年舉人。嘉慶間官江西瑞昌、吉水等縣知縣，歷二十年。好切問高論，有《秋潭外集》十六卷，多爲尺牘與經世之文。《詩集》十卷，共六百五十二首。淑爲馮應榴所取士，與趙希璜、馮敏昌、張敦仁、章學誠、許兆椿、吴照、錢清履友善。以集中乙酉年十九詩計之，爲乾隆十二年生。卒年爲嘉慶十二年。其詩七言豪健，近體流逸。《關溝行》、《阜田神扛行》，均爲有力之作。《摸椿行》，記白蓮教初起時，將至一村集，必先得其里一人，夜則縛以入其里，使之以姓名捶門。門啟，卽殺先縛者，而又縛此人入其室，搜殺已，卽又以所縛者叩鄰之門，門啟亦如之。搜殺盡一村，人無覺者，謂之「摸椿」。《晚晴簃詩滙》選《夜聞鄰船語》，備言小民疾苦。《長陽竹枝詞》多達六十九首，記地理民俗甚悉。《贈説南詞杭州徐老》三首云：「鐵撥鯤弦絶響哀，仙音法部久沉埋。不如徐老三絃手，絶妙灘黄老阿獃。」「談笑逢人眼便青，章門落拓卅霜星。諸侯狎客稱前輩，也似江南柳敬亭。」「白髮銀鐙聽夜闌，怪他悲笑太無端。分明説盡人間世，祇作尋常院本看。」《去弋陽》云：「從古斯民無厚薄，只今此事最艱辛。」「估客休誇水碓米，秋田半種落花生。」「無多心事難言説，有底循良愧頌聲。」《生日》詩云：「不求時世賢，誰能缺正供。」《示諸生》云：「但念風氣頽，挽回力無餘。」「豈無一杯酒，中懷慘不舒。」不騖於語言馳聘之功，蓋淑精研吏治，詩多含諷喻之意也。是集前三卷曰《蟾芝集》，卷五、六、七曰《文江小稿》，卷八曰《秋簾小草》，卷九曰《撚汗集》，卷十曰《泛舟集》。首載諸家評論。

夜聞鄰船語　沔陽道中

夜聞鄰船語，使我中心悲。去年歲大旱，十室九家飢。痌瘝廑宵旰，哀此萬瘡痍。金錢百餘萬，縣縣有賑施。府帖連夜至，州官下鄉來，里正察煙户，胥吏造册書。民户分上下，下者得給支。闌牢有牛豕，甕盎有粃糠。堂上有几案，室中有簾帷。不得爲下户，違者罪當笞。十室九吞聲，咨嗟涕漣洏。踰月下教令，佈告放賑期。窮民大歡喜，忍待餔糜時。至日紛絡繹，流離色慘悽。皆鳩形鵠面，雜殘疾癃疲。顛倒扶翁嫗，藍縷裹嬰兒。遠近數百里，孤獨耄與齯。呻吟滿衢巷，延頸相盱睢。州官又下令，不得濫施爲。户唯準一口，放錢二百餘。於中雜鐵沙，其人索例規。成錢不滿百，可作一頓糜。其時數萬人，仰天哭聲哀。已是枵腹來，仍教空手歸。有力或逃散，無命死路逵。散者爲雲煙，死者爲塗泥。州官方宴樂，百戲供豪嬉。奴隸事俊邁，犬馬饜甘肥。能聲遂特起，獎藉共提攜。昨已擢五馬，前程無時衰。誰知一揮霍，血肉皆蒸黎。吾儕豈樂死，愚民詎無知。寧受州府虐，敢忘聖主慈。春風吹雨雪，二麥欣茂滋。庶可還家室，努力事鋤犁。嗟此民情厚，尚識主恩私。奈何居要地，忍於行蔽欺。誰當警官邪，尚其採口碑。《秋潭詩集》卷二

尊道堂詩鈔二卷　咸豐八年靜園叢書刻本

吴東發撰。東發字侃叔，一字芸父，號耘廬，浙江海鹽人。嘗受學於錢大昕。貢生。阮元官浙所取士。潛心經學，好金石，著有《羣經字考》、《石鼓讀》、《瘞鶴銘考》、《續澉浦詩話》等書。卒於嘉慶八年，年五十七。此集爲沈光瑩所刻《靜園叢書》本。首嘉慶十八年徐熊飛序。以詠金石書畫詩較多。《芸臺師寄重摹天一閣本石鼓文賦長句跋後》、《送張燕昌爲芸臺師之吴門摹宋拓鐘鼎欵識册》、《秦漢十印歌爲芸臺師歌》、《周五戈歌》、《劉松年宋中興四將圖歌》、《題文衡山秋山聽濤圖》，均精撰之作。《詠印泥》云：「印印將焉印，紅泥印得之。丹砂原井出，蒼艾若藿治。細汰姑需待，精研且震追。苞苴南土擬，摶埴考工儀。調以通明液，通明，麻名，見《拾遺記》。盛諸潔白磁。紫雲留一掬，絳雪凍盈巵。黏近光堪借，敷腴字可孳。鈐封當紙縫，揭璽倚闌絲。信本中央土，爲從四角施。自注：《釋名》：「印，信也。」《廣雅》：「印，爲也。」慣居年月上，宋元絳驗券年月居印上，長與姓名垂。蘸去青麟髓，浮來赤鳳脂。合符真是爾，秦漢印有作一字曰尒者，亦有作鉩決龍聿誣田事，見《宋史》。倒用不關伊。凸起珊瑚幹，凹成玉樹枝。塗鴉添市券，行押注公移。作坏者，並古文璽字，見馬氏玲瓏山館《印譜》。

朱黑分先後，自注：墨浮朱上爲鴿契，亦見《宋史》。方員中矩規。涾㴸羅子母，涣汗遍官私。荻畫灰旋滅，壺傾汁易虧。口銜書倣烏，尾曳紐鎔龜。柔順功占巽，文明色取離。含章深醞釀，因付總無爲。」亦文房史料也。至《毁海寇兵重鑄岳墓佞人》詩，爲頌揚阮元政績。《觀演水龍歌》，猶今之消防演習。《澉浦竹枝詞》，兼采風土。此又非囿於金石一門矣。阮元重修曝書亭，有吴東發、李富孫、張廷濟、陳鱣等人題詞，見《竹垞小志》。

觀演水龍歌　濬蕩置水龍，里人分掌之，凡救火具咸備。遇里中火，遲至者有罰。五月二十日，俗謂之分龍月，里人于是祭而演焉，作歌記之。

當晝忽見騰白虹，風雨颯沓來半空。一時少長紛紛集，云時里中習水龍。能者居高握龍首，低昂折旋惟信手。數人併力運樞機，呼吸縱送左復右。大者斛，小者斗，往來浥注及童叟。江干赤日忽黯淡，天際火雲爲却走。從來災患貴預防，美哉是足保一鄉。但能守望敦古處，閭閻還復徵休祥。《尊道堂詩鈔》上

退思齋詩鈔四卷　嘉慶二十一年倚松書屋刻本

伯麟撰。伯麟字玉亭，號梅坪，姓瑚錫哈哩氏，滿洲正黄旗人。乾隆三十六年繙譯舉人，授兵部筆帖式，累遷内閣學士，山西巡撫。嘉慶間官至雲貴總督，道光二年爲體仁閣大學士，休致，卒謚文慎。此編存

詩三百七十一首，法式善、陳若霖、顧莼序，汪潤之、劉大紳後序，門下士許心坦校刊。據卷四《翁覃谿重宴寄賀》詩注：「余甫六歲，覃谿已登蕊榜。」可證生於乾隆十二年。卒年七十八歲。作歌自放，饒有氣勢。官晉撫所詠《雁門行》、《吴家窑》、《晉陽示諸牧令》、《托克托城》、《五臺道中》、《晉祠四首》等篇，可爲代表。《應州木塔云》：「應州有木塔，峻極凌蒼穹。客有登臨者，極目千里窮。自云拾級上，四望牕玲瓏。人行似蟻小，樹密如草茸。百廛遠涵潦，雲霧迷羣峯。仰瞻蓮座上，慈慧垂雙瞳。我聞三歎息，更覺憂心忡。萬井烟火冷，陰雨猶冥濛。佛在最高處，俯瞰奔流洪。毫光即能照，何不施神功。盡將野田水，消納浮屠中。」詠《歸化城》有云：「天闊垂平野，城高接大荒。我來看土俗，不異舊風光。商賈來千里，珍奇聚一方。民皆育瓶犢，僧盡衣紅黄。居處無氈幄，俳樓有袨粧。」總督滇南，作《普洱道中》云：「萬疊雲巒鳥道狹，烟蠻雨瘴到天涯。山無隙地難生穀，民乏資生盡販茶。虎已渡河猶負固，花雖滿縣莫相誇。荒村落落疎林外，誰是無饑八口家。」《洿泥至恩樂道中》有云：「仰視危崖攀仄徑，俯臨斷岸聽奔流。竹間犬吠茅簷出，雲外鴉飛嶺樹稠。」詩句難免有粗豪之譏，然寫景逼真，意從己出。平定南興張輔國勾結土司叛變，記詩四首作注，亦有史料可采。

亦有生齋詩集三十二卷　嘉慶二十四年序刻本　雲溪樂府二卷　光緒間刻本

趙懷玉撰。懷玉字億孫，號味辛，一號牧菴，江蘇武進人。趙申喬曾孫。乾隆三十年奏賦行在，四十五年召試賜舉人，授内閣中書。官山東青州海防同知，署登州兗州知府。嘉慶十二年應鹽使之聘，主通州石港講席六年，晚主陝西關中書院講席。卒於道光三年，年七十七。管繩萊有長歌輓之，見《萬緑草堂詩集》卷十五。著有《亦有生齋文集》、《韓詩外傳校本》。詩與同里孫星衍、洪亮吉、黄景仁齊名，而四家詩面目各異，懷玉獨以清真見長。是集自訂，首吴錫麒、陸繼輅序。存詩三千餘首。卷一《韋刺史祠》，卷二《石門紀游》，卷三游韶光寺、支硎山，卷四游峴山，《寧邦寺山茶歌》、《登笠峯絶頂作歌》、《穹窿山玉芝歌》，卷五《明孝陵》，卷六《雞鳴山歌》、《登焦山絶頂》，卷七《任城太白樓歌》、《詠天津大慈寺》、《溪州銅柱記歌》、《長椿寺滲金塔歌》，卷八《登岱七十韻》、《沂州懷古》，卷九《趙北口雜詩》，卷十《醉翁亭歌》、《臨清閘官歌》、《相國寺》、《登鐵塔絶頂還憩祐國寺》，卷十三《灤陽雜詠》五十首並序，卷十四《游天主堂卽事》、《昆明湖》，卷十五《西廠觀煙火歌》，卷十六《旃檀佛像歌》，卷十八《登狼山絶頂放歌》，卷二十《蓬萊閣觀日出歌》、《泛舟渡海至彈子涡作》、《登州雜詩十二首》、《闕里雜詩》、《任城六首》、《登岱紀事》，卷二十《虎丘雜詩》八首，卷二十一《游大明湖》十首，卷二十二《流民行》、《石港雜詠》十六首，卷二十九《崤陵行》、《函谷行》、《潼關行》、《入秦紀行》四十首並序，卷三十《自洵陽至漢口舟中》二十八首，卷三十一《皖口阻風歌》、《蠶磯夫人祠》等篇，衆體畢備，極取材之富。卷三《讀庚申外史》、《觀竹爐歌》、《五君詠》，陸隴其、楊名時、湯斌、魏象樞、李光地。《二老詠》。顧炎武、黄宗羲。卷七《題文信國遺像》，卷十《題昇平曲傳奇》、《題董姬真容》並序，卷十六《題嵩山拓三闕全幅》，卷十七《讀柳子厚文》、《鄭所南墨蘭》有序、《明華察六十言懷詩墨蹟書後》，卷十八《讀詩二首》，卷二十一《讀子五首》、《莊》、《春秋繁露》、《仲蒙子》、《關尹》、《六韜》。《陳子龍夏完淳祠落成》詩，卷二十七《題司馬文正公神道碑拓本》並序、《題文姬歸漢圖》、《十六國樂府》、《題鄭板橋畫蘭》，卷二十九《讀宋遺民録》，卷三十一《讀抱朴子》等篇，淵然而雅，而不矜奇恃博。懷玉與海内文人交游無論貴賤，不厭不倦，故集中贈酬詩甚多。自謂：「筆力平弱，又牽率應酬，多不足存。間有存者，易餅覆瓿，聽之而已。」《亦生有齋文集序》然如《送黄仲則》、《典衣行爲洪秀才蓮作》、《題畢涵畫册》、《寄洪稚存》、《汪生銅印歌》並序、《鮑以文招讌西湖張蒼水墓送行》、《敍懷四百字寄錢維喬》、《示孫秀才星衍》、《奉贈家觀察翼》、《題楊倫九柏圖》、《長毋相忘漢瓦歌爲張塤賦》、《黄小松繪訪碑圖索詩》、《楊夢符泣硯圖歌》、《題方薰還瓻圖》、《題莊逵吉元池訪古圖》、《哀張三舍人塤》、《送褚筠心南還》、《王鳴盛光禄失明三載得痊賦此志喜》、《盧文弨學士以自紀詩見示率成》、《黄小松招游濟寧學宫觀漢碑》、《紀尚書拙于書皆門下士代寫同年伊比部秉綬輯其硯銘草稿裝之成册次韻題後》、《題舅氏葉樹藩先生梅花水仙小幀》、《汪本直重修元遺山墓題寄》、《送羅聘歸揚州》、《伊光禄朝棟左手寫經圖》、《爲梁履繩題接山草堂圖》、《題張問陶畫橐駝》、《贈一百一歲老人鄭盈山》、《贈臧處士禮堂詩》、《近輓老友鮑廷博》、《題張船山遺詩》、《題海潮輯説爲俞思謙八十壽》，關係乾、嘉文化藝術甚重，雖不能無疵，可覆醬瓿乎？李慈銘謂趙懷玉「詩淺弱粗俗，全不足采」《越縵堂讀書記》，是以其序中自謙之詞，作入室操戈之議，非公論也。光緒間後裔又重刻《亦有生齋雲溪樂府》二卷，爲袁枚、董曾臣、管榦珍、左輔序，自序。《詠史》百篇，皆常州一郡人物，爲全集所未收。張問陶《船山詩草》有贈送詩。

遂初堂詩集二卷　嘉慶二十年刻本

何青撰。青字數峯，安徽歙縣人。監生。朱筠爲安徽學使特加識拔。入京下第，復就筠受業。嘉慶間官澄海知縣。以洋事戍伊犂，因病留於定遠。此集有吴鼒、江藩序。據《悼亡詩》自注：「孺生於乾隆丁卯，與余同歲。」可知生於乾隆十二年。自序畧稱：乙亥夏，余就養懷文，道出揚州。適開校對唐文館於此。其間總校分校，多笥河夫子同門友，囑余編平生韻語付梓。今從《湖海詩傳》、《隨園詩話》、《浙二十家詩選》本，及行篋檢出若干首。録成上下二卷云。今集中詩見於《湖海詩傳》者，有《富春江》等十餘首。此外如《讀晉書》、《九江雜詠》、《書湖海樓集》、《游黄山始信峯頂觀後海諸峯》、《題朱笥河先生小照》、《題閔正齋小照》、《題吴閬仙司馬奉檄圖》，節簇自然，格調較高。從軍貴州諸篇，亦多可采。王昶《蒲褐山房詩話》稱：「青數奇不遇，世論惜之。」江藩序稱：「青掉鞅詞場三十餘年，是屈於當世，必伸於後世。」此集附刻《湖雪詩鈔》四卷，爲青子易撰。嘉慶四年萬應馨序。易才而不壽。所作《燕臺竹枝詞二十首》，記北京風土甚悉。青方留定海時，韓對有贈詩，見《還讀樓詩稿》。

九柏山房詩十六卷　嘉慶十二年刻本

楊倫撰。倫字敦五，一字西禾，江蘇陽湖人。乾隆四十六年進士。歷官四川新都、江西貴溪、廣西試容、蒼梧、荔浦等縣知縣，主湖北江漢書院、江西白鹿書院講席。卒於嘉慶八年，年五十七。撰《杜詩鏡詮》二十卷，世稱精賅。是集爲洪亮吉序，沈初、吴嵩梁等題詞。卷十三《與蘭雪論詩卽題其集》有「君詩愛華我愛樸，掌底靈蛇珠各握」句，蓋一宗少陵，自與吴嵩梁各相徑庭矣。倫博觀群書，力學不輟。論詩詠史，皆所擅能。《讀两漢史雜感八首》、《讀洪稚存詩賦贈》、《題王秋塍詩集》、《徐開弔湯義仍先生》、《任城太白酒樓歌》、《杜工部南池》、《過彭澤懷陶淵明》、《賈太傅宅》、《詠史四首》、《雨夜讀杜集》、《題王夢樓先生詩集》、《讀諸子》、《蘇東坡生日畢秋帆先生招賦》、《論詩三首》、《題張船山集》、《讀南北史偶然作二十四首》、《三閭大夫廟》、《永州弔柳先生祠》、《讀宋史》，皆能鎔鑄所學，參互變化。此正詩道取性情，亦必本經史論詩之謂也。故所題《竹林七賢圖》丁雲鵬繪、《石勒問道圖》、《維摩詰像》閔貞繪、《元次山中興頌碑》、《銅鼓歌》、《米南宫石刻畫像》，筆力雄健，意愜識卓。倫爲當代名士賞挹，《謁錢辛楣先生》、《哭朱笥河先生》、《上畢秋帆先生》、《輓程魚門太史》等詩，可見一斑。游宦歷南北山川都會，作《祁門山行》、《景德鎮》、《度大庾嶺》、《漁陽峽》、《觀音巖》、《峽山飛來寺》、《南海神廟》、《惠州合江樓》、《謁岱》、《天津驛》、《居庸關》、《榆林驛》、《大翮山》、《扁鵲廟》、《葛嶺賈似道故宅》、《渡洞庭》、《游鐵佛寺》、《荆州懷古》、《鸚鵡洲弔禰處士》、《登大别山絶頂》、《登靈巖絶頂放歌》、《真定大佛》、《陽朔山》、《游都嶠山》、《度雞冠嶺》、《偕胡雒君游風洞》等詩，卽事攄懷，多有所得。官荔浦，創正誼書院，造就甚衆。《荔江竹枝詞》間記民俗。《流民歎》、《關吏坐》、《點兵行》、《裕州吏》等篇，反映社會現狀，尤爲傑出。其詩之病在摹杜太過，洪亮吉《北江詩話》謂如「臨摹畫幅，稍覺失真」，設能自成面目，所造當不止於此。陸繼輅《崇百藥齋詩集》有《楊西禾倫先生歸自武昌奉呈五十韻》。

關吏坐

關吏如虎關上坐，抽税客從關下過。低顔傴僂前致辭，頤指氣使若不知。朱提磬後青蚨接，重見搜牢倒箱篋。峩舸大艑江頭來，鐵鎖横江不得開。算緡那復據成例，口雖不語心中哀。索鏹逡巡逢吏怒，小婦金釵典充賦。江湖賈客輕風波，其如飽汝囊橐何。《九柏山房詩》卷十二

寄菴詩鈔八卷　嘉慶二十年刻本　續鈔十卷　道光間刻本

劉大紳撰。大紳字寄菴，雲南寧州人。乾隆三十七年進士。官山東新城知縣，調曹縣，有循吏之稱。任曹縣因失出事，罪至謫戍，新城、曹縣民出金爲大紳贖罪，大紳作《贖歸行》。改青州同知，又任武定同知。後以母老終養歸，不出。講學滇中，及門弟子成材甚衆。《詩鈔》與《文鈔》合刊，首嘉慶二十年屠紹理序、張象津序。《續鈔》自序。卷末自跋云：「道光四年，余年七十有八矣，始知讀杜詩。」上推其生年當爲乾隆十二年，卒年八十二，據朱彭壽《舊典備徵》卷五當爲道光八年。作者雅嗜吟謳，至老不廢。山左、滇南，極負聲望。自云於詩博好唐、宋大家，嗣從王、李格調之説，後則奉漁洋神韻爲圭臬，而兼用近人之所謂性靈者。其詩詠齊魯名勝龍洞、佛峪、千佛山、大明湖、泰嶽、蓬萊閣，即景攄情，氣骨遒健。居滇時所作龍潭、大理、蒼山勝概

樓、馬耳山、鐵索橋、華盖山、萬松山、圓通寺、天平山、金馬山，多雄峭厚樸。《插秧歌》、《觀象》、《星回節》、《瞻楊升菴先生遺像》、《石珊瑚歌》、《南詔碑歌》、《化虎行》等篇，兼詠雲南民情文物。作者與山東高密李憲靈兄弟，雲南袁文揆、孫東注等詩人相契。集中有《讀孫太初詩》、《題任城太守孫夫人碑後》、《讀滇南集題後》、《歸鶴吟爲鄧完伯作》，旁涉典故頗多。題畫亦間有可誦者。門弟子戴淳《晚翠軒詩鈔》有《贈寄菴師詩》多首，李於陽《卽園詩鈔》有《題桓臺遺愛圖》，述大紳政績頗詳。

小羅浮草堂詩集四十卷　嘉慶十六年刻本

馮敏昌撰。敏昌字伯求，號魚山，廣東欽州人。乾隆四十三年進士。由翰林官刑部河南司主事。主端溪、越華、粵秀等書院講席。卒於嘉慶十一年，年六十。是集有李威、謝蘭生序。收乾隆二十三年至嘉慶十一年詩一千九百八十三首。敏昌弱冠爲學使翁方綱賞拔。復受知於錢載、朱珪、鄭虎文。所居乃廣東西南瀕海處，古無文學之士，敏昌讀書砥行，無師而成，爲邑中學者先導。其詩由昌黎、山谷，上追李、杜，雄深雅健，自闢面目。《謁韓文公祠》、《孟縣謁韓文公墓》、《至偃師謁杜少陵祠賦詩百韻》、《謁宋蘇文忠公祠》，可見師法古人，作必有得。平生遍覽五嶽、廬阜。《通天巖》、《葫蘆洞按新息侯遺壘》、《風雨過釆石磯》、《金陵懷古十首》、《平山堂雜詩十首》、《遊龍門謁大禹廟》、《錢塘江觀潮》、《姑蘇竹枝詞十首》、《夏縣謁大禹廟》、《嵩山紀游》、《登華山落雁峯仰天池放歌》、《梁山歌》、《河津觀龍門歌》、《游大別山》、《登祝融峯頂觀雲海歌》、

《七星巖歌》，其攬勝探奇之處，有伉爽雄豪嶔奇磊落之概。集中爲翁方綱題寶蘇室藏碑帖拓本詩甚多。《題大業二年鄭州刺史爲子祈疾記拓本》、《唐玄宗脊令頌卷》、《題元延祐甲寅江西鄉試石鼓賦墨蹟卷》、《王雅宜（履吉）手券》、《長毋相忘漢瓦歌爲張瘦銅同年作》、《七星巖李北海磨崖石室記歌》，尤見深於此事。敏昌著有《河陽金石録》，孫星衍、邢澍嘗就訂正《寰宇訪碑録》。蓋亦酷嗜金石者矣。《讀蜀史漫書》、《讀牡丹亭》、《蕭尺木楚辭圖歌》、《題孫西菴集後》等作，文學修養亦邃。其《紅樓阻風和壁上覃溪師韻》，猶勝翁詩。《唐子畏摹趙文敏馬九十三匹》、《題范寬大幅山水》，極具魄力。《擬孔雀東南飛爲龔明府讓湖室人作》，如傳奇故事。敏昌與同邑張錦芳、胡亦常合稱「嶺南三子」，胡詩不足鼎峙。林昌彝以馮敏昌、張錦芳、黎簡三家合稱固宜。其詩包孕最廣，研鍊諸體，各擅所長，巍然爲嶺南一大宗。參看劉彬華《玉壺山房詩話》。

耜洲詩鈔九卷　嘉慶十年刻本

張詰撰。詰字士周，浙江平湖人。諸生。是集嘉慶元年自序有云：「乾隆甲午歲，余年二十有八，始與吟社諸同人迭相唱酬。訖昨歲乙卯，共得千有餘首。今余年届五十，深恐無聞，自春徂夏，檢閲舊詩，可存者三百首，梓以問世。」今集中詩止於嘉慶十年。《自題耜洲山莊二首》作於乾隆五十四年，蓋是年移居，即伏不出焉。其詩初學香山，中年喜蘇、陸，晚畧取於元遺山。研鍊揣摩，未嘗掉以輕心。《與琴堂論宋人詩戲作長歌》，可見風旨。《陳山觀海潮歌》、《朱買臣墓歌》、《謁于忠肅公祠》、《拜岳忠武王墓》、《詠史十首》、《讀耶律文正公傳》，雋雅有致。嘗接顧光旭、沈初等人緒論，與趙懷玉有唱和。下筆知取舍，故無荒率之作也。

澹靜齋詩鈔六卷　乾隆六十年刻本

龔景瀚撰。景瀚字惟廣，一字海峯，福建閩縣人。乾隆三十六年進士。四十九年選授甘肅靖綏知縣，官至蘭州知府。著有《離騷箋》。卒於嘉慶七年，年五十七。此集與《文鈔》八卷合刊，張世潔序，朱文瀚跋，福州初刻本。嘉慶初年，川陝五省白蓮教起事，景瀚上堅壁清野議，卒行其法。此集詩止於乾隆六十年，所作《東岡坡望蘭州城》、《九日登皋蘭山作》、《過六盤山即事》、《崆峒山》、《白水驛》、《淺淺子紀事》、《彈箏峽遇大風雨》、《延平懷古》，多詠山川之奇，間及時事。過黄河、洛陽、華嶽、陝中諸篇，亦有可觀。景瀚少負詩名，《登鼓山半嶺亭望閩中形勢》、《建溪灘石歌》，以及考永隆石塔碑，《沅江石歌》，均以淩厲見長。林昌彝論詩絶句云：「淺處言情感物深，纏綿愷惻盡哀音。精神上溯天應泣，萬轉千回只此心。」其間引楊芳燦語，謂景瀚「至性重倫彝，篇章所以感人」，是亦深於爲詩者矣。

清人詩集敍録卷四十三

簡松草堂詩集二十卷　嘉慶間刻本

張雲璈撰。雲璈字仲雅，浙江錢塘人。乾隆三十五年舉人。選湖南安福知縣，調湘潭。著有《選學膠言》、《簡松草堂文集》。卒於道光九年，年八十三。此集詩一千八百十二首，有馬履泰、應澧、趙翼、李保泰、梁履繩序。雲璈熟聞鄭江、朱樟、金志章、厲鶚、陳兆崙、杭世駿等人緒論，又酷嗜袁枚、趙翼詩，合二字號以顔其堂名。其詩縱横多變，無寒苦穠纖之習。《餘不溪雜詠八首》並注、《養蠶詞六首》、《香市詞》三首、《賣女詞》、《察吏行》、《使者來》、《丹陽竹枝詞二首》、《淮上流民歎》、《杭城火》、《人夫謡》、《轉饟行》、《三絃行》、《豐臺芍藥詞十首》、《後芍藥詞十首》、《下水船歌》、《水陸送迎曲》、《朝迎客》、《騾夫行》、《倡樓行》、《徐孃歌》、《江上覆舟惻然賦此》、《魚蠻歌》、《赤壁》、《龍坪大風歌》，其切近社會生活者較多。官楚南所作雜感詩，率多爲民請命。卷二《唐栖大善寺古檜歌》、《息圃觀劇四首》、《岳墳鐵像歌》、《德州東方曼倩先生故里歌》，卷六《題羅兩峯鬼趣圖》八首、《贈老彈詞人沈建中》四首，卷十《泰安古蹟》四首，卷十一《讀西崑酬唱集書後》、《岳祠銅爵歌》，卷十三《詩冢歌爲顧晴沙觀察作》，卷十五《浮山禹廟觀山海經塑像四十二韻》、《題殘硯道人羅介子畫梅册子》，卷十八《過黄州懷蘇長公》等篇，則牢籠百態，足以窺精神識力。與李保泰最契，復夤緣與盧文弨、趙翼、王鳴盛屢有贈酬。所作《謁趙耘崧歸後復展甌北集快讀之走筆爲長歌奉簡》、《聽人論袁簡齋先生詩文退而成篇》、《慰汪劍潭悼亡題其花魂詞後》、《輓江秋史德量》、《送王文誥入趙文楷修撰幕册封琉球》、《題隨園十三女弟子湖樓請業圖》、《題翁覃溪學士儀禮校簽卷子》，多有事實可徵。雲璈與梁同書爲中表弟兄，爲梁履繩表叔。集中《哭梁央菴履繩一百二十韻》，記兩家淵源甚悉。汪端有《題表外祖簡松草堂集後》，見《自然好學齋詩鈔》。又與姚椿唱和亦夥。此集附趙翼《浙二子歌》，贈張雲璈、程同文，姚椿《論詩一百十韻即題簡松草堂詩集後》，黄士珣《校刊簡松草堂詩集成敬呈長歌》，俱有參考價值。雲璈篤志礪學，其詩胚胎漢魏，近習當代勝流，風發泉源，迅筆立成，可謂用功深而收名遠矣。

文竹山房詩稿四卷　乾隆三十八年刻本

葉昉升撰。昉升字華川，江蘇吴江人。諸生。棄舉業，專意爲詩，有雋才。此集乾隆三十八年王元文序稱：「華川今年死矣，而其殁年適與昌谷符。」是年僅二十七。所作《獅子林》、《登文筆峯放歌》、《風雨歎》、《刺繡行》，詞藻新麗，奇恣自放。乾隆十二年春，沈德潛乞假歸里，謁葉燮像於二葉草堂，招同學九人暨燮孫與娱泉石。事過二十二年，昉升作《横山十老歌》紀其事。中敘薛一瓢雪、李客山鍇等人，間存軼聞。他作如《題王石谷春風送客圖》、《分湖小鼎歌》、《衡山夢英十八體篆書碑歌》、《讀尤悔菴樂府》、《篆印歌爲杜參軍作》、

《黄山圖爲項秀巖作》、《小李將軍海天旭日圖》，亦以縝密委曲見勝。《分湖懷古》六首、《松陵雜詩》八首，村居雜詩，摛詞清逸，是所謂豐於才而嗇於年者也。

六觀樓詩存不分卷　北京圖書館藏抄本

許鴻磐撰。鴻磐字漸逵，號雲嶠，山東濟寧人。乾隆四十六年進士。補授江蘇安東知縣，安徽潁州府同知，擢泗水直隸州知州。著有《尚書札記》、《方輿考證稿》百卷、北曲六種，並傳於世。撰《六觀樓文存》一卷、拾遺一卷，同治間刻於粤東。《詩存》爲未刻稿，由從姪曾孫鍾璐校，首同治八年李福泰序。詩止於道光四年。據自撰《魯南廢人傳》云：年十九爲諸生，二十三任鄉薦，二十五成進士，三十六作縣令。可知爲乾隆十二年生，卒年且八十。詩有雄傑亢直之氣。《題張將軍校獵圖》、《挑河行》、《游天平山》、《題東坡先生戴笠小像》、《詠朱子墨迹》、《趵突泉》、《弔米南宫洗墨池》、《謁文信國祠》、《謁楊椒山祠》、《爲馮雲鵬題金石索歌》，刻意吟詠，講學力不徒恃性靈。《論文三十首》，尤前人所未及。鴻磐壯年從軍，晚而好學，善考據兼能度曲，不特以一見長。民國十三年濟南有排印本《詩文存》，今亦不易得。此抄不知與印本有無損益也。

論文三十首　舟中作。正二十四首，補六首。

九曲黄河勢未闌，翻空大筆駕波瀾。阿誰不讀長沙傳，正似邯鄲學步難。

明道尊經日月昭，賢良三策冠當朝。晚年底事談災異，難向門生作解嘲。
麗藻鴻詞變漢初，麟腴鳳髓屬天厨。漫譏封禪留身後，典册高文是此書。
悲壯纖濃色色宜，化工肖物等神奇。史臣學變編年例，爭説龍門是我師。
漢家經術數匡劉，風骨應推子政優。奇麗何妨輸賈馬，鴻文鼎峙足千秋。
盡道雄文司馬同，壯年已自悔雕蟲。解難特地傳甘苦，莫誚艱深效長公。
誰將雅鍊入雄渾，斷代書成百代尊。賦儷鄉雲稱鉅手，不徒史筆亞龍門。
羽扇綸巾迥軼羣，隆中抱膝定三分。何心揮筆稱名士，偶抒丹誠即至文。
體裁高簡絶浮華，雅擅三長豈漫誇。隱以高光擬昭烈，依然大統在劉家。
栗里文章世莫儕，天機一片絶安排。縱無五柳先生傳，也道斯文屬葛懷。
駢儷文章治術涵，帝師王佐豈誇談。遺編千載丹心在，恨煞流言説竇參。
高揭羣言約六經，斯文宗匠本天生。泰山北斗巍千古，更有何人可繼聲。
曠世逸才本絶倫，又逢山水助精神。雄深雅健非虚語，應數唐家第二人。
刺史風流喜六韜，旌旗擁護陣雲高。漫將八陣規神化，揮叱龍蛇也自豪。
力去陳言苦用心，欲將一字抵千金。雖然遜彼江河轉，古音從茲少嗣音。
文至廬陵大異前，時花美女可人憐。惟將范史衡歐史，似覺前人畏後賢。

古雅羞爲時様妝，手裁雲錦製霞裳。雖然諷刺來宵寐，自有蘭臺一瓣香。
天外峨嵋産霸才，排山倒海走風雷。若將吾黨衡文品，應似狂狷未就裁。
有宋文章説大蘇，随風咳唾盡成珠。天才自有名山業，莫逐風流作步趨。
渾浩如韓雅似曾，紫陽著作冠中興。休言翰墨爲餘事，内有斯文一脈承。
準今酌古妙居稽，達識能令衆論齊。任爾蠹魚鑽故紙，不徵文獻類醯雞。
新建文章出性靈，何須學術辨丹青。皖江曾讀陽明集，知有根源在六經。
包孕嬴劉意未降，龍文百斛力能扛。可憐簫鼓樓船客，遥望芙蓉隔楚江。
不效諸梁好假龍，任他王李笑凡庸。雖然未側唐人席，若續歐王是大宗。
一部南華九寓言，爲憐濁世覺冥頑。琪花瑶草金銀闕，盡在蓬萊縹緲間。
宛痛騷經與九歌，重閽犬吠奈君何。驚才絶艷人間少，千載秋風弔汨羅。
經史風騷首發凡，性靈物色盡鎪鑱。瑰奇不愧雕龍目，應制裝書玳瑁函。
孝穆才情本麗纖，選聲徵色妙能兼。人工自可爭天巧，駢體從兹例漸嚴。
注罷桑經放眼睄，方輿萬里在堂坳。不徒山水工模範，故跡遺聞喜並包。
辭客飄零總未歸，江南草長動依依。哀時一賦兼悲豔，特與靈均體貌違。

《六觀樓詩存》

梅樓詩存十六卷　近代排印本

李簀撰。簀字鹿苹，號梅樓，山東單縣人。乾隆三十六年進士，改庶吉士，官翰林院編修。此集爲一九二一年李氏據舊鈔本排印。沈起元、觀保原序，周自齊跋。分《史垣》、《歸櫂》、《江淮》、《吴越》、《燕趙存舊》、《齊魯存舊》、《梁楚》、《退園》等集，分體不編年。作者喜讀故書，詩則摹古太深。嘗以《史垣集》得名，内擬古樂府諸篇，險語僻典，侈麗閎衍，殊乏生趣。《題諸子書後》十首、《漢平準書歌》、《封禪書歌》、《以書法論詩適然歌》、《與宋蒙泉談古書法源流》、《晉代幽人詠》十三首等篇，雖無心矜炫淹雅，然晦澀艱深，其中用排律行之者，尤覺沉滯。詠濟南、北京諸勝，稍爲開拓。《駱駝行》、《渾天儀歌》、《北平竹枝詞》十二首，可備一格。作者少從沈起元游，其詩追溯漢魏，不能通變。又專從難處措手，徒見記問之富而殊無藴蓄矣。

五百四峯堂詩鈔二十五卷　嘉慶間衆香亭刻本

黎簡撰。簡字簡民，一字未裁，號二樵，廣東順德人。拔貢。十歲能詩。受知於潮陽令李文藻及學使李調元。生平精力皆傾注於詩畫，書法亦古淡崛奇。足不踰嶺，而聲名籍甚。卒於嘉慶四年，年五十三。此集存詩起乾隆三十六年至六十年，共一千八百五十二首，有黄其勤、謝蘭生、黄丹書、張曰瑶題詞。其詩峻拔清峭，刻意新穎，别具一格。《華首臺至洗衲石》、《鼓湧灘》、《龍門灘》、《種榕》、《浴日亭》、《觀水知西漲必盛作》、《刀歌》、《廣州歌》，五七古足以睥睨一世。《田中歌》摹寫孤寡苦痛之狀，令人鼻酸，又非專以造字造句爲能矣。 自作《羅浮觀日圖》、《題馮魚山寄絶壁圖》、《友人贈擘窠筆歌》、《秋風引寄二三故人》、《林哲侯彈琴詩》、《題墨梅圖並寄懷奚岡》、《射虎圖歌》、《長歌行贈虚舟》、《徐天池怪石松樹歌》、《五龍潭山水圖歌》、《趙渭川以漢瓦當及瓦當文見寄》，皆錯綜盡變，毫無沉滯之病。 七律多幽新僻雋之作，亦有沉著者，張維屏舉《泮泂》一首爲例，見《國朝詩人徵畧》。 《寄同編修書倉》詩，氣伉以爽，亦稱佳搆。 作者落落寡合，交游中嶺南諸子外，唯於周永年、黄景仁多所許可，有《寄仲則》詩、《檢亡友黄仲則手書》、《讀翁學士所輯黄景仁詩集》。 自視亦高，觀所作《答同學問僕詩》、《與升父論詩》、《許周生書來言王蘭泉近刻湖海詩傳欲選拙詩》等篇，可知惟恐身後詩不傳，且自知身後必傳矣。 其詩之弊，在於斧鑿太過。 孫爾準《泰雲堂詩集・題黎二樵詩集》三首，其一云：「嘔出心肝太好奇，良材半向爨中遺。 誰知古錦囊中句，初寫黄庭恰好時。」自注：「昔見二樵以古錦袱裹所作詩，涂逭不啻再四，終不愜意，輒削去不録。 檢其初稿，實佳作也。 後刻《五百四峯堂集》多與原稿不同，甚惜之。 頃荷屋方伯出示二册，中多未經改删之作，可寶也。」然天姿既高，而又深造自得，雖縋幽鑿險，亦如出於天成。故《北江詩話》稱其詩「如怒猊飲澗，激電搜林」。 錢儀吉《讀黎二樵詩》有云：「黎簡生盛世，獨抱古憂患。 峍屼胸中山，神工日鑿鏟。 到京一宿去，老死不期宦。 心孤蕩江海，家貧賣林磵。 好色好山水，身擲煙露幻。萬言立紙上，雪明倚天劍。 富貴工俳詞，相視孰鵬鷃。」道光後，錢儀吉、姚燮、龔自珍均受其影響，自創一格，不肯依附前人。 王昶《蒲褐山房詩話》舉嶺南詩人張錦芳、馮敏昌、温汝适、潘有爲、趙希璜，而以簡爲之冠。

林昌彝撰《論詩絶句》，亦以簡與馮、張並稱。唯於清初嶺南三家中，又欲挑去梁佩蘭，而以簡配屈大均、陳恭尹，此則置時代先後於不顧矣。

守意龕詩集二十八卷　道光二十六年重刻本

百齡撰。百齡張姓，字子頤，號菊溪，遼東人，隸漢軍正黄旗。乾隆三十七年進士。由翰林累官兵部尚書、協辦大學士、兩江總督。嘉慶十六年刻《詩鈔》六卷，有韓葑、程國仁、曾燠等序。卒於嘉慶二十一年，年六十九，謚文敏。道光間其孫玉年輯録全集二十卷，詩止於嘉慶丙子，有嵩齡序。百齡詩與鐵保、法式善稱「三才子」。乾隆五十七年、嘉慶四年，兩度出使奉天，作《姜女祠》、《北望柳條邊》、《松山》、《重出山海關至瀋陽寄懷》等篇。於江南治河五年，頗見成效。嘉慶十五年督師高雷，招降海盜，事竣歸羊城，得詩八首。觀所行事，頗有利於沿海居民及商船來往。其詩冲淡春雅，唱酬題圖較多。又歷楚、湘、黔、滇，頗見崎嶇之景。涉及時事之什，端在後數卷中，有關涉李長庚戰海上與江南築堤等資料。同時詩人歌紀其事，以韓葑《還讀齋詩稿·協辦大學士輓詞八首》，凌揚藻《海雅堂集·平海三十二韻爲制軍百菊溪賦》最詳。吴嵩梁有《讀守意龕詩集》，見《香蘇山館古體詩鈔》卷十。

妙香閣詩稿一卷　咸豐二年活字本

孫雲桂撰。雲桂字香泉，江蘇長洲人。諸生。父泰溶，乾隆三十九年入蜀，爲戎佐雲桂侍從，歷燕洛秦隴等地。泰溶殁，客畢沅幕。與王文治、毛曙等人契交。晚年自訂詩文稿四卷，有張卓、鍾澧、惠承緒序，又嘉慶十二年顧宗泰序，道光十一年朱琦序。當時未授梓，咸豐二年由其壻吴兆松、外孫吴鍾駿序刻。文集《上楊笠湖書》、《贈鄧石如序》，多爲難得資料。詩非擅能。《淮陰懷古》、《燕山磯歷沿山十二洞》諸篇，稍具雅音。《贈陳漁莊》，漁莊名基，通數學。悼畢沅、顧光旭、王宸，三詩作於同時。宸字蓬心，畫家，爲雲桂表兄。據文集《有懷圖跋》稱「府君乙巳殁，時雲桂三十八歲」，知爲乾隆十三年生。卒年俟考。

韋廬詩内集四卷外集四卷

道光十年知稼堂刻本

李秉禮撰。秉禮字敬之，號松圃，江西臨川人。官刑部郎中。供職未幾，結廬桂林，養親不出，致力於詩者數十年。子宗瀚，嘉慶間官左副都御史，以藏「臨川四寶」著名。孫聯琇，咸豐間官大理寺卿，所著《好雲樓初集》卷首《敍傳》，述李氏家世綦詳。《敍傳》稱秉禮卒於道光十年，年八十有三。秉禮從高密李憲喬學詩。是集經憲喬論定者爲《内集》，三百七十八首，未經論定者爲《外集》，四百二十六首，有李憲喬、秦瀛、朱依真序，附各家評跋。先此有《韋廬浮湘草》，嘉慶十四年刻，《韋廬賸稿》，道光二年刻，俱非全帙。秉禮詩根柢於陶，涵濡於韋。謂爲冲澹平易，格清味腴，亦不虚也。李憲喬考詩素嚴，卽與袁枚亦多所不足，獨許秉禮，以爲是真能學韋者。其號「韋廬」，殆亦標其志云。蒯嘉珍《樹玆堂詩集》、舒夢蘭《驂鸞集》有贈詩。

秋水閣詩集八卷　道光二十五年家刻本

許兆椿撰。兆椿字茂堂，號秋巖，湖北雲夢人。乾隆三十七年進士，改庶吉士，官翰林院編修，監察御史，降刑部郎。後由知府累至江寧布政使，漕運總督。嘉慶十九年授浙江巡撫，未到任卒，年六十七。是集爲兆椿歿後三十年子方增等刻。兆椿嘗充武英殿《四庫全書》、摛藻堂《薈要》分校官，方畧館協修，《永樂大典》分校官，《遼金元三史》纂修官，熟於歷史典籍。集内贈王昶、馮集梧、法式善等人詩，可見與同館學士往復情事。精於吏牘，總辦秋審律例館。歷奉天、吉林、黑龍江、江南、豫、魯、楚、湘、晉各地，辨理要案。五、六兩卷所收瀋陽雜詠，如《奉天府》、《大姑山》、《過廣寧弔明經畧熊芝岡墓》、《次小凌河再奉讞事》、《舒蘭河》、《登北山玉皇閣》、《吉林》、《遼河道中》等篇，存東北地方資料較多。詩亦清雋可誦。王昶稱：「與其鄉余元亭、彭秋潭文名鼎峙。予過雲夢，造其盧，老屋數椽，蓬蒿掩户，竊以爲元次山瀼溪之比云。」《湖海詩傳》選《題吴森石門山圖册子》，亦一時傑出之作。

逃虛閣詩集六卷　嘉慶六年刻本

張錦芳撰。錦芳字粲夫，號藥房，廣東順德人。乾隆五十四年進士，改庶吉士，官翰林院編修。五十九年卒，年四十七。是集爲馮敏昌序，嘉慶六年陳昌齊跋，詩凡四百九十七首。錦芳初以經學補優貢入京，爲錢大昕、紀昀所賞。詩學東坡，可樹騷雅之幟。粤中山水觀游甚多。《月夜泊燕子磯登絶頂》、《采石磯太白樓觀蕭尺木山水圖》、《燈船行虎丘舟中作》、《度庾嶺》、《光孝寺貫休咒鉢羅漢歌》，《瀧中雜詩》、《三閭大夫祠》、《漢江絶句》等詩，氣韻深醇。《瀧船》一篇，記敍黎民疾苦，亦得風人之旨。又受知於李文藻，有《題李南澗先生曝書圖》、《啖荔圖》、《行藥圖》及《輓詩》。與黄景仁契好，有《常州道中寄懷黄仲則》，亦有輓詩。嗜金石書畫。題《任城五漢碑》、《古鐵簡歌》、《爲馮魚山鑄銅作名印》、《題趙子固落水蘭亭》、《趙松雪華氏中藏經墨迹卷》、《倪元鎮詩稿殘本墨迹》，俱稱當家。《題邱東河百十二家墨録》云：「書有目録畫題跋，金石文字兼所藏。墨官名氏缺有間，目所未睹那能詳。眉山富稱七十九，公擇豪甚懸滿堂。通人有蔽還自哂，蠟屐雖癖庸何傷。奚超潘谷不復得，有明作者先後望。宣歙松烟易水法，羅氏小華稱最良。誰其繼之程君房，工詩尤愛邵正己與方于魯。其餘苗裔百十强，斯並有功輪墨場。流傳自覺一螺足，投贈直欲兼金償。磨不許人計亦左，意偶寓物樂無荒。怪君作吏天南疆，書生習氣餘未忘。客來對客羅巾箱，森如璧琮瑑珪璋。水沉未爇散香霧，雲雨不動飛元霜。細尋年月記誰某，下逮欵識區陰陽。道人蓄馬苦不韻，漫士弄石譏癲狂。豈如收用在文苑，五象六義含芬芳。使君治用儒術長，偶然嗜好關文章。高齋錫名古未有，合伴畫舫兼書倉。携之度嶺朝帝鄉，絶勝陸賈千金裝。我來賸馥分豹囊，署如知味一臠嘗。惜無好句揮琳瑯，爲君作傳傳元香。」同時朱彭、童鳳三、盧鎬、吴壽昌、黄易、朱文藻、馬履泰、黄丹書、謝蘭生、李驥元、馮敏昌、朱湘均有此題。乾隆間有滙刻本。題石濤畫凡四作，《寄影詩爲李正夫作》，所題爲上人山水大軸，《揚州購得大滌子畫松》、《大滌子淮陽潔秋之圖》爲自藏，另《清湘老人孝陵圖》，補書顧亭林詩於後並題，均爲畫史資料。錦芳與欽州馮敏昌、同邑胡亦常稱「嶺南三子」，又與黄丹書、黎簡、吕堅號「嶺南四家」。林昌彝論詩絶句云：「魚山才大二樵奇，風味逃虚獨耐思。湘水詩篇傳畫意，帆檣秋色畫中詩。」以錦芳與馮敏昌、黎簡並列，原來「三子」、「四家」之説，可以廢矣。

揚州購得大滌子畫松　自題云：「若翁以香皮廣紙索畫，知大滌子素喜此紙，人皆不知。」

不聞歌吹見垂楊，楊葉汾隄又隱檣。看竹名園隨處改，檐花初日滿城香。王孫墨賸滄桑後，詞客殘遺瘴海旁。廣紙却憑廣人識，松風謖謖送歸艎。《逃虚閣詩集》卷六

題王元章墨梅　自題云：「瑪瑙坡前梅爛開，巢居閣下好春回。四更月落霜林静，湖上琴聲載鶴來。」印云：「會稽佳山水。」

清展長者跡絶倫，筆妙獨許山農親。移家晚傍鑑湖水，巖櫂尚踏孤山雲。咸平處士魄已冷，巢居閣下花含顰。却將洗硯池頭墨，淡與冰雪摹精神。一枝横斜玉作塵，兩枝並擢苔鱗皴。幽香冷艷看不定，疑有落月涼紛紛。翛然載鶴來湖濱，無復騎牛驚市人。寫花不獨貌花影，自貌避俗花前身。有時調脂作没骨，坐令權貴趨風頻。世人但賞顔色好，未若此圖尤逼真。印材想像花乳石，篆籀紋映花

枝新。佳山佳水足神往，携此試探羅浮春。《逃虚閣詩集》卷六

陳紅圃詩六種　嘉慶間刻本

陳祁撰。祁字如京，號紅圃，浙江嘉善人。貢生。乾隆三十九年，考取四庫館謄録。四十三年，議敍縣丞，發陜西郃陽，嘗監修西安城垣。五十七年隨軍征回。嘉慶二年年五十，官臨潼知縣。川楚教民起事，隨恆瑞永保，司辦糧餉。三年，官河南商於知州。與州同蓋方泌合謀禦城。調陜西米脂。擢興安知府，至陜安道。所刊《詩集》六種，一曰《清風涇竹枝詞》，凡一百二十八首，於家鄉山川、習尚、嬉游、飲食、草木、物産，無不備記。自序云：「三百篇大都里巷歌謡之什，今且尊之爲經矣。竹枝詞歌詠時事，搜奇攬勝，發潛闡幽，採而輯之，於以補志乘之缺，又何嘗無裨世教也耶。」此説甚通。一曰《商於吟稿》，亦多載風土遺聞。一曰《新豐吟稿》，一曰《南園雜詠》，爲宦居西安僑居南園作，所詠皆園中草木。一曰《從戎草》，均西征詩，如《從軍詞》、《築寨歌》、《義勇行》、《北灣紀行》、《糧運難》諸篇，目擊時事，可以掇拾史事。一曰《蘭行草》，《黄河歌》、游白塔寺山、五泉山、邠州大佛寺，《山子石行》，俱賦景之詩。蓋方泌《春舫詩鈔》有兩家唱和。李受曾《閲篁山館詩鈔》有輓詩。

靜厓詩初稿十二卷後稿十二卷續稿六卷　嘉慶間刻本

汪學金撰。學金字敬箴，號杏江，又號靜厓，江蘇鎮洋人。工部左侍郎汪廷嶼子。少隨父任閩中、江右。

入都，官内閣中書。乾隆四十六年一甲三名進士，授編修。奉使江右，官至左中允。卒於嘉慶九年，年五十七。著有《井福堂文集》。輯《晏東詩》二十八卷。所刊詩初稿、後、續稿共三十卷。近二千首，爲乾隆二十五年至嘉慶八年詩。有施潤、吴錫麒序。自序云：「初爲歌詩，不知所向，每擬唐人作以爲標準。是爲問津之始。」集中《匡廬泉水歌》、《詠蕪湖工製鐵柳》、《滄洲鐵獅子歌》、《射熊行》、《虎鎗行》、《與元圃論婁東詩派》、《題婁東十老圖》、《陸包山畫緑牡丹》、《吴道子地獄變相圖歌》，不名一家，洵能自立。小詩亦超妙絶俗。晚年營静厓，築竹園，多園居雜題，又喜禪悦，講養生之道。學金與戴衢亨、方維甸、王昶、蔣攸銛、于鰲圖、張塤、法式善、吴芳培、馮培、劉鳳誥等交密，有贈答，酬應甚廣。

河干詩鈔四卷　嘉慶九年刻本

馬慧裕撰。慧裕字朗山，漢軍正黄旗人。乾隆三十六年進士，改庶吉士，授主事。官至禮部尚書。嘉慶二十一年卒，謚清恪。嘉慶九年，刻《河干詩鈔》，首自序。詩多自娱，歌詠昇平。詠物詩隨意抒寫。是集由受業黄枋等校字。又有《集聖教序詩》四卷及續集四卷，以集《聖教序》寫刻鋟木，近於游戲。然取意必受字詞限制，都成一編，亦不多得。並録存之。

瘦松柏齋初集八卷别集二卷外集一卷　道光三年刻本

陳文瑞撰。文瑞字亭茗，號雲卿，江西鉛山人。嘉慶初，在京爲正紅旗教習。選武寧訓導，未就職。道光三年年七十六，刻《瘦松柏齋初集》八卷，侯學詩原序，陳雲章序，蔣知讓、曾暉題詞。又《别集》上、下卷，《外集》一卷。其詩重於采輯風土。在京所作《太平鼓》、《游釣魚臺》、《觀隋宏業寺浮圖》、《影戲》、《大正覺寺觀五塔》，考覈歷史源流，情詞盎然。《打鬼歌》云：「佛殿四隅四旗颺，上繪天王四天將。再來人在殿東隅，自注：番僧最尊者爲呼必辣吉，能悟前身，人稱之曰胡圖克土，華言再來人。千燈焰啟光明藏，一僧灑水衆僧掌。衆僧南北坐相向，醍醐溲麪人獸形。自注：以醍醐拌麪，作人獸形，梵言胡朗八令，蓋鬼食也。餓鬼塗中肖情狀。一鬼跳舞蹶復趨，一鬼旁睨箝復呼。吹沙作霧迷人目，觸躬嘯梁人鬼俱。嗚嗚撮口吹銅凍，自注：樂器名。手鈴腰鼓春雷鬩。疾徐中節高下宜，甲士猙猙趁虛哄。髑髏爲棒金爲叉，腦骨盤中牛乳華。導引十二馬合刺，自注：佛名，以僧十二人扮之。十地菩薩十僧扮之來排衙。番僧漸多鬼漸少，新鬼不大故不小。以僧代鬼鬼不知，以鬼戲僧僧欲惱。倏來左轉還右旋，倏看袂接還肩聯。剛山神魄不經見，中有牛鹿猱猱然。衆口喃喃學神語，僧也鬼也各跳舞。吞刀吐火神咒宣，一鉢甘餳止鐃鼓。自注：衆僧跳舞罷，一僧以糖一鉢候于户，抹衆僧之口而出，佛事乃畢。我聞方相時儺時，黄金四目蒙熊皮。九門磔攘畢春氣，仲秋季冬兼儺之。降及漢代沿不已，先臘一日大儺起。因儺耀兵魏文成，贈儺磔牲唐侲子。宋儺面具桂府來，老少妍媸八百枚。市井迎儺雜金鼓，儺公儺母多歡哈。殊方俗異此不異，烏斯藏有先王意。碉房餒鬼攘人食，呼必辣吉來施治。假佛奪門真鬼逃，邇來踵事非兒戲。神通咒匪秘密燈，聖朝柔遠用厥能。待詔例許换班直，順德聽築樓三層。炙肥裹罽樂遊逸，典澤雖優法條立。部勺有俗不可廢，上元之夜除年夕。」《佛手柑》、《波羅蜜歌》、《蘆筍》，詠物亦是所長。《觀造紙》

云：「雨後劚新竹，千山卧籜龍。石池引泉漚，野碓徹宵舂。漿釃掀簾凝，枚輕出焙鬆。洛陽原有價，好役寫書傭。」《土風二十章》爲求雨、賽神、進香、願戲、懺齋、作福、飯鬼、超度、送茶、狎優、搭橋、聚博、鬥雀、賣解、逃荒、餉瓜、祭竈、鬥港、閉糶、攔河，大多爲江西民俗陋習。又有《送船巫》、《運米卒》、《服賈車》、《趁墟菜》、《賣炭傭》，雜記見聞。文瑞與蔣士銓子知讓有交。與吴照、彭淑均有唱寄。題《四絃秋》、《冬青樹》、《雪中人》、《桂林霜》、《臨川夢》俱爲藏園製曲。又作《讀明史擬樂府》、《無雙譜詠史四十首》、《詠硯》多首。長於詠史。別集《西漢雜詠》作於乾隆五十五年庚戌，達四百餘首。向詠《漢書》者多以人繫事，此詩則旁及表志，議論上下，以簡馭繁。《西漢外域竹枝詞》，舉西域五十國，一一揶揄之。《西漢民謡》，搜討方言俚諺，遍及全國。《水工謡》、《望仙謡》、《賈人謡》、《酤人謡》、《農夫謡》、《紅女謡》，取經濟史料，鋪衍成章。頗費苦心，足爲讀《漢書》者參稽。《外集》有《西江竹枝詞》一百八首，分詠江西十四州郡。《豐城竹枝詞三十首》、《南安竹枝詞十六首》，各著其民俗土風。則是集之用，詩史相貫矣。

冬瘴行

青草黄茅與新米，舊説立冬三瘴止。今年小雪炎蒸多，連日山嵐朝暮起。妙香悄地襲人來，好風斷續萬花裏。靈犀一點消受之，誰信十病三五死。東家打虎俗以巫禳病曰打虎鼓鼕鼕，西家祀姑七姑祠酒瀰瀰。街頭杉槥索高價，生者羸尫死長已。我聞執中官虔時，毒瘴殺人千百危。手集藥論正習俗，繩巫以法巫變醫。媚神禱鬼一朝改，百沴辟易蘇瘡痍。新鬼額手故鬼笑，爭問官人來何遲。巫耶醫耶功孰奇，吁嗟三瘴胡難治。《獨醒雜志》：劉彝字執中，官虔州集醫士作《正俗方》，勒巫師三千七百人，各授一本，以醫爲業。　《瘦松柏齋初集》卷四

西漢雜詠　録二十五

尺土階無一劍興，雄豪奮臂各爭能。分明月表兼年表，看到文皇漸不勝。《異姓諸侯王表》

匹夫子弟鑒秦孤，裂土而王王九區。先賈繼黿旋主父，咸知撟枉過知無。《諸侯王表》

畺土分封始建元，分明削地説均恩。特書元始而還姓，非種初萌顧本根。《王子侯表》

白馬丹書爵賞崇，通侯有籍録元功。平陽封早除偏後，八百餘家總不同。《高惠高后孝文功臣表》

弓高侯後又襄城，封賞開科景帝成。聽到鼓鼙思將帥，續元功次看承平。《景武昭宣元成哀功臣表》

元勳君國相臣侯，褒紀緣申禮意優。若箇功高若恩澤，廷爭誰更説非劉。《外戚恩澤侯表》

漢官多未革秦官，置省更名踵事難。始萬石終名斗食，盡將毋害軼材看。《百官公卿表》

三科九等古今包，以漢名書例溷淆。却諱時人無進退，便來鬻筆受金嘲。《古今人表》

律度量衡一本中，後來律曆務兼通。張蒼首事劉歆定，不見增加漏刻功。《律曆志》

百年禮樂啓昌期，度可行之盛德爲。馬上功成天下定，延年協律叔孫儀。《禮樂志》

郡國材官踵暴秦，刑書鑄後法經申。舞文吏已爭深刻，同是揚湯止沸人。《刑法志》

平準書更食貨名，爭趨末務本方輕。力田孝弟堪移俗，桑孔如何厠九卿。《食貨志》

母子相傳火德垂，枌榆立社夏郊時。何須海上安期棗，秘祝官除過不移。《郊祀志》

不關漢事志天文，疏漏殊多議者紛。試看五星聚東井，高皇受命已云云。《天文志》

攬仲舒兼別向歆，乾陽推衍與坤陰。春秋疇易天人粲，災異占時經術深。《五行志》

高皇仗劍八紘清，封建還兼郡縣行。三十六區天壤小，又從外域立威名。《地理志》

四尺爲溝洫倍之，幾人方畧進便宜。決須填塞閼須導，利賴斯民是此時。《溝洫志》

六藝該文史翼經，聖言炳日百家星。寫書秘府儒官重，七畧從容奏帝廷。《藝文志》

刑名黄老競奔馳，才是儒林特達時。漫説六經通籍晚，漢家圯上是王師。《儒林》

斲琱爲樸破觚圓，吏治蒸蒸帝澤宣。共此唯良二千石，去思居富細民天。《循吏》

侵辱功臣刻轢宗，夷家往事嘆侯封。誰知乳虎蒼鷹後，頓足春和願展冬。《酷吏》

賣醬販脂廉賈計，鹽鹽冶鐵市師籌。齊民陸澤水山術，富埒國如千户侯。《貨殖》

搤腕游談祖四豪，大權生殺匹夫操。布衣結客諸年少，材力殊勝汗馬勞。《游俠》

富鑄銅山貴吮癰，便開男色竊私封。愛深適見蒙幸重，嬴詐賢尸遠放恭。《佞幸》

爵分十四内官除，外戚縱横竊柄初。諸吕封王王攝帝，後來居上積薪如。《外戚》

蘭圃詩鈔八卷　嘉慶間刻本

武廷選撰。廷選字晉侯，山西文水人。乾隆間舉人。官江南二十年，嘉慶八年，爲貴州安順知縣。是集詩共六百五十二首，有唐仲冕序。據卷二《五十初度》詩，爲乾隆十三年生。集中可見交游爲謝振定、許桂林、王芑孫、何道生、李黼平、郭麐，皆南北知名士。七古《與文和亭論詩》、《題趙雲崧詩集後》二首，詩法自然。與武威張澍有交，澍引疾歸里，以詩贈之。行役之詩較多，《貴陽白水河觀布》、《挑兵行》等篇，皆可采取。晚居潮州，有《竹枝詞》等作，間謳土風。

瑶潭詩賸三卷　近代排印本

胡正基撰。正基字岫青，號巽泉，浙江平湖人。貢生。工詩詞，無刻本。是集爲近代其裔孫排印。以己酉四十二歲詩上推，爲乾隆十三年生。詩止於嘉慶間。《鐵鎗歌》有關嘉慶二年苗民起事之作，而表彰王彦章。《過北草堂作》、《海鹽觀潮》、《夏雲石歌》、《孤兒篇》，雜寫見聞。乾隆五十三年，作游西湖詩多首。又有讀《左傳》、《史記》等詩，足見讀書之所寄。《冬日即事二首》，其一云：「歲序俄驚已仲冬，西風吹送雨如春。野田剩有禾生耳，城市紛傳盜躡蹤。底事青錢勞細選，近日各處競揀念釐錢，不知因何起，亦不知作何用。取康熙年號，同福臨東江宣原蘇薊昌寧河臺廣浙南桂陝雲漳二十字，作楷書者。幾家黄谷盡難容。違碍書籍近奉銷毁，故家子弟不辨應燬與否，輒盡付之一炬。不堪觸目增惆悵，獨對森森石上松。」閱小注當知乾隆中葉查禁違礙書籍情事。

素邨小草十二卷　宣統三年重刻本

吴玉麟撰。玉麟字協書，號素邨，福建閩縣人。乾隆四十二年年三十舉於鄉，五上公車不得志，就教職，歷任龍溪、惠安、尤溪、福鼎、仙遊、同安諸縣訓導。嘉慶七年官臺灣鳳山教諭，揭貪吏劣款四十條，以誣罔論，謫居湖南桃源，流寓十六年。卒年七十一。詩集分體，初刻於道光間，此宣統重刊本。玉麟受知於祝德麟，有《别祝芷塘夫子》詩。又有《呈黄莘田先生》詩，莘田名任，閩中大家。《公車雜詠一百首》以隨所經歷見聞綴以韻語，等於記里鼓車。《南台上元夜竹枝詞》十二首、《靈源洞》、《登烏石山》、《萬石巖》、《赴龍溪泊舟虞湖》、記閩中山川物産風俗，俱可觀。《渡大嶝》、《傀儡石硯》、《海樹》、《角黍》、《臺灣雜詩二十首》，尤足採掇。《與諸友談詩》，通論歷代歌詩，所以可貴。其中譏訕「言誇行穢」之徒，卽暗斥袁枚也。

與諸友談詩

詩本諸性情，元音在天地。日月光常昭，江河流不廢。嗚盛每和平，悲歌多慷慨。言者心之符，内則形于外。非可驟而幾，非可僞而致。虞廷首賡歌，交贊明良治。葩經三百篇，六義宫絃被。宣聖手親删，一言無邪蔽。屈平作離騷，變雅孤忠寄。韋孟四言宗，蘇李五言始。漢武柏梁臺，七言開曠代。古詩十九章，敦厚叶風刺。孟堅平子儔，遺響未淪替。郊廟與房中，入塞與出塞。樂府音節諧，後來擬豈易。建安章武還，陳思獨稱最。七子競揚鑣，二丁爭奮翅。晉室陶淵明，自然發天籟。二陸三張雄，嵇阮左郭輩。馳騁雜風騷，焉能望肩背。宋齊梁陳隋，明遠延之嗣。康樂有神工，小謝家聲繼。陰何沈范流，徐庾江孔類。體格轉卑微，組織誇綺麗。有唐詩統宗，初踵六朝弊。虞魏四傑才，未免流餘裔。極力矯其非，曲江及正字。燕許沈宋醇，王孟高岑粹。李杜兩大家，二華二室對。蚍蜉漫撼摇，萬古參天黛。繼往更開來，少陵見至詣。元和大曆間，人才紛薈萃。昌黎文起衰，偶以詩爲戲。硬語自盤州，柳州亦遜鋭。郊島太寒瘦，李盧復詭異。元白善達情，温李工隸事。韋服探驪豪，系拔長城旆。錢李調不凡，陸皮韻相次。羅韓板蕩餘，哀音抒幽思。初盛中晚分，結構各精緻。流及其既衰，淺陋終五季。間亦有微長，無譏蓋自鄶。宋初館閣賢，西崑慕獺祭。蘇梅共反之，力薄殊寡味。廬陵健以渾，介甫偏而肆。熙寧元祐間，蘇黄各樹幟。東坡才不羈，變幻絶拘滯。挂角似羚羊，行空若天驥。山谷喜新深，晁張秦莫跂。取資博且精，學杜時能至。宗派衍江西，從者二十四。南渡推四家，尤蕭范陸配。就中惟放翁，後人多酷嗜。誠齋障末流，差堪當一隊。金有元遺山，中州宣鼓吹。元明數作家，虞楊薩范揭。樂府逼西京，鐵崖庶無愧。明代首青田，四子亦連臂。西涯挽頽波，典贍足矜貴。李何揚其風，邊徐發其秘。二王康對山，喁于相翼戴。王李袁鍾譚，分門創奇議。人主出所奴，彼此交訾詈。遂令翰墨緣，竟作寃讐懟。大抵詩一途，各隨人取棄。刻削薄渾雄，簡樸笑深邃。蕭散山澤才，清華廊廟器。正直語莊嚴，奸邪辭險詖。入俗固太庸，好高詐無累。歷代遞相承，愈降愈不逮。世道繫人心，轉移關運氣。至于吾閩詩，唐前無可誌。歐陽周徐黃，中葉風漸熾。宋則楊大年，名與錢劉比。卓卓蕭千巖，遠攬中原轡。滄浪冠九嚴，論詩頗云備。理學暨名臣，多有詩傳世。相沿至明初，以寧與仁智。十子祖唐音，氣和而聲大。嵩山吟社篇，晉安風雅會。繼之憂國衷，能始捐軀志。至今讀其詩，掩卷有餘企。乃有庸妄徒，欲將一切槩。掃盡前代豪，自高其位置。攻短詈所長，訕謗譬狂吠。又爲閩派譏，所見更愚昧。究其所爲詩，亦不當人意。志餒而氣驕，言誇而行穢。牆壁傍故基，齒牙襲餘慧。名雖列搢紳，鄙實同市儈。士以品節先，然後及文藝。根本既有虧，著作等瘤贅。是爲真小人，靦然無憚忌。而世猶不知，尚聽其軒輊。賢不囿方隅，學原無邊際。或專一家言，或倣百家製。買珠匵可還，揀金沙須汰。讀書窮淵源，下筆有神契。如面各不同，何必强品第。爲君一一言，用作長篇記。《素邨小草》卷四

臺灣雜詩二十首

海外東南別有天，版圖入已百餘年。于今富庶同中土，易俗還須政教先

鹿耳門開鐵板橫，鯤身魚貫護安平。地分南北長如帶，據險當中作郡城。鹿耳門内外皆鐵板沙，安平鎮在門左，與七鯤身相連，鳳山爲南路，嘉彰爲北路。

三十六島嶼排衙，掎角澎湖勢似蛇。無數居民咸樂業，魚鰕歲熟卽桑麻。澎湖三十六島，環若排衙，居民皆以捕魚爲業。

紅夷種落已全空，半是漳泉半廣東。流徙遷移無定籍，語言好尚不相同。臺地舊爲紅夷所據，今皆漳、泉與廣東人。

摩霄千仞俯煙鬟，綿亘蒼屏傀儡山。山中熟番猶向化，山中嗜殺是生蠻。後靠傀儡山，山下爲熟番，性頗馴。山中爲生番，性好殺。

一島團團萬里寬，十停纔有二歸官。後山諸社多生聚，金宋遺民各自安。山後甚大，多金宋遺種。

名多翻譯義難稽，疊嶂廻環百道溪。水有硫磺山有玉，騷人合爲費吟題。山水皆翻譯名，多不雅。南路有硫磺水，北路有玉山。

靠南常暖北常寒，秋雨纏綿夏轉乾。百種花開無氣候，梅桃蓮菊一時看。南北寒暖不齊，每七八月陰雨兼旬，名曰站秋花，終歲常開。

地震時防屋宇傾，星摇常有颶風生。無端戰鼓通宵響，知是重洋海吼聲。地多震，星摇則風，海常夜吼，聲如戰鼓。

鹿葱苦竹作圍牆，短短茅簷窄窄堂。四面却留空闊地，遍栽椰子與檳榔。屋多竹圍，不甚高大，檳榔與椰子並植，實始盛。

腴田三穫足倉儲，甘蔗煎糖樣當蔬。土豆地瓜隨處種，不煩灌溉事耕鋤。良田一歲三熟，有果名樣，夏熟而甜。土人每飯必具。土豆卽落花生，地瓜卽番薯。

波羅蜜與菩提果，優鉢羅兼指甲花。觸目皆奇入耳異，晝聞吹角夜聞車。花果多内地所無。賣肉者吹角，車行通夜不絶，其聲皆凄楚。

男愛擊蒲女好游，失身蕩産幾曾羞。共貪鴉片朝昏吸，不到傷生未肯休。俗盛行鴉片煙，早晚二時吸之，爲導淫具，久則潰胃爛腸，而好之者不悔。

氣粗性暴語難回，小忿呼羣執械來。怪底怨讐容易解，檳榔捧後兩無猜。俗狠好鬭，事無大小，捧檳榔謝罪則和。

露濃風厲易侵軀，已疾終須藥物驅。猶染賀蘭舊惡習，不延醫士只延巫。病少服藥，多延巫祈禱，蓋紅夷舊習也。

建醮迎神終歲忙，本源或反缺烝嘗。差强春半清明節，酹酒燒金滿北邙。歲時多祀神，罕祭祖先。惟清明皆上塚。俗呼楮爲金。

春宵不見鼇山影，端午誰招屈子魂。白粿紅丸多故事，更將黑鴨祭中門。歲時多作白粿紅丸，除夕以黑鴨祭門。

烏布盤頭曳短裾，傍山樵採海濱漁。但謀口腹無餘積，曠土抛荒不墾畬。俗以烏巾盤頭，多短衣。曠土甚多，民惰于耕。

文體膚庸詩格卑，共云開導少朋師。我來亦已三年久，枉負虚名秉鐸司。士人學識淺陋，然狃于積習，自强者少。

齊刑齊禮本相需，惠以安良法警愚。他日輶軒資採擇，也應風俗繪成圖。《素邨小草》卷八

寶研齋詩集八卷　嘉慶二十三年刻本

戚芸生撰。芸生字修潔，一字馥林，號餘齋，浙江德清人。翰林侍講學士戚麟祥孫。貢生。舉孝廉方正不就。嘉慶二十三年七十以疾終。此集首有自序、吴修題贊及七十小像，凡古今體詩六百九十六首。自謂「費心力四五十年，姑存此區區，以俟世之審音者論定之」。芸生受教於錢載，與朱休度、周春等浙中老宿時相切劘。生平足跡不逾江南，唱和密友唯蔣元龍、俞思謙、吴應奎三數人而已。詩屬秀水一派，樸茂堅卓。五古《弁山》、《游寶華寺》、《入邵陽灣山中》，七古《渡鑑湖》，俱見深造。《憫旱篇》、《吴中雜詩》、《金閶竹枝詞》，以清警爲勝。《題周松靄先生著書圖》、《讀朱梓廬丈壺山自吟稿》，不加藻飾，具有曠度。卷八《戊寅七月十八日病中作》云：「苦欲喚人聲不出，亟思圖睡夢難成。通宵聽斷秋蟲語，猶得人間鳴不平。」蓋絶命詩也。沈叔埏《頤綵堂詩鈔》有《題戚馥林明經室硯圖》。

兩當軒詩集十六卷　光緒二年家塾重刻本

黄景仁撰。景仁字漢鏞，一字仲則，江蘇武進人。諸生。家甚貧。與洪亮吉同出於常州書院，爲邵齊燾

弟子。嘗客王太岳署中，攬九華，陟匡廬，泛彭蠡，歷洞庭。乾隆三十六年，受知於安徽學政朱筠。至京師，任武英殿主簿。游西安，入巡撫畢沅幕。四十八年出雁門，次解州病卒，年三十五。所爲詩初刻曰《悔存詩鈔》八卷，五百零二首，翁方綱序，嘉慶元年劉大觀刻。二刻曰《兩當軒詩鈔》十四卷附《悔存詞鈔》二卷，嘉慶四年趙希璜書帶草堂刻。道光間南河高堰廳署留丹書屋據以翻刻。三刻十六卷，道光十七年海昌蔣光煦別下齋刻，無詞。四刻《詩集》十六卷、《詞》四卷、《補遺》二卷、《附録》四卷、孫志述輯《考異》二卷，咸豐八年刊，足本，詩近二千首。同治十二年集珍齋活字本、光緒二年家塾重刊本，均從此出。景仁天才既超，風格矜重，詞逸氣清，論者謂其才於太白相近。集中古體《觀潮行》、《後觀潮行》、《上朱笥河先生》、《笥河先生偕宴太白樓醉中作歌》、《大雨宿青山僧寺》、《晚泊九江尋琵琶亭故址》、《黄山松歌》、《黄山尋益然和尚塔不得偕邵二雲作》、《游九華山放歌》、《虞忠肅祠》、《夜宿中峯》、《太白墓》、《圈虎行》、《獻縣汪丞坐中觀伎》、《梅花篇》，近體《武昌雜詩》四首、《都門秋思》四首、《湘江夜泊》、《北征》、《癸巳除夕偶成》二首、《將之京都雜别》六首，皆已膾炙人口。《古柏行送容甫歸里》、《塗山禹廟》、《顔魯公名印歌》、《余忠宣祠》、《烏巖圖歌爲李威作》、《題李南澗啖荔圖》、《曝書圖》、《題汪民部秀峯詩集》、《程魚門齋觀耶律文正公像》、《飲翁學士寶蘇齋題錢舜舉畫林和靖小像》、《題施注蘇詩原本》、《桂未谷以舊藏山谷詩孫銅印見贈》、《洪稚存機聲燈影圖》、《蘭泉先生招集蒲褐山房觀劉貫道蘭亭褉飲圖作歌》，生氣遠出，澤古亦深，蓋入都後，受學人影響，間亦出入韓、蘇。張維屏《聽松廬詩話》謂其「筆力變化騰拏，不拘一格」。雋句如「春水方生君速去，北江東下我西行」，「名心清似幽州日，骨相寒輕易水風」，「寒甚更無修竹倚，愁多思買白楊栽」，「風吹離地倘尺五，著手便可捫匏瓜」，「偶見芳草思名馬，每見青山想異書」，「馬因識路真疲路，蟬到吞聲尚有聲」，「似此星辰非昨夜，爲誰風露立中宵」，「小山桂樹吟方苦，大海萍踪聚亦奇」，「山勢盡朝東岳去，地形都向北平看」，「百靈自掣龜山鏁，萬怪須然牛渚津」，奇情動盪，最宜采入詩話。吴錫麒、翁方綱亟推重之。袁枚、王昶、洪亮吉、程晉芳、桂馥、賈田祖、汪端光、趙懷玉、汪中、楊芳燦、吴蔚光、李斗、邵晉涵、楊揆、吴鼒等人詩集有寄贈，吴堦、黎簡、張錦芳、詹肇堂集有挽詩，朱珪、鄒炳泰、劉大觀、舒位集有遺稿題詞，程虞卿、蔣蕭重、金學蓮、吴慶恩、郭尚光、蔣敦復、徐寶善、蔣知白、潘飛聲等人集中有《讀兩當軒詩鈔》作。交口稱譽，幾無異辭。而散見於詩話及論詩絶句者尚可廣爲甄采也。

嬰山小園詩集十五卷　嘉慶二十一年刻本

張誠撰。誠字希和，號熙河，浙江平湖人。乾隆四十二年舉人。是集收詩七百七十八首。爲其子湘任刻，有嘉慶二十一年跋。跋稱前集皆戊申以前手定。四十以後，潛心《易》學，故歷二十七年之久，所存僅止於此。據以推算，當爲乾隆十四年生，嘉慶十九年卒。嘗游天台、雁蕩、岱、華、嵩諸勝，西至峨嵋、劍閣，而集中紀游詩不多。和馮海粟《梅花百詠》，極拋心力。又自著《梅花詩話》，固有嗜梅之癖也。詩格嫻熟惻艷，祇合瑕瑜互見耳。

東岡詩賸十四卷　嘉慶二十年夷白齋刻本

周有聲撰。有聲字希甫，號雲樵，又號東岡，湖南長沙人。乾隆三十五年舉人，官内閣中書，纂修歷代職官表。六十年成進士，仍任中書，文淵閣檢閲。嘉慶初赴黔，官鎮遠府清江通判，知恩州、恩南、大定、貴陽等州府，晚官松江知府，調蘇州知府。嘉慶十九年卒，年六十六。是集首秦瀛、唐仲冕序，舒位跋並題詞。有聲父克開，嘗官太原知府，平反冤獄，後坐事戍軍臺，復起浙江糧儲道。集中有《太原紀事詩》，述其事甚詳。《兖州道中雜詩》、《葉縣旅次雜感》、《固原新樂府五章》、《觀金川俘人》，多紀實事。《謁虞帝廟》、《韓瀧謁昌黎廟》、《華嶽廟》、《五丁峽》、《梓潼縣》、《漢昭帝廟》、《清嵐山》、《少陵草堂》，用事精切，工力深厚。有聲受知於姚鼐，從學詩。經歷既廣，交游亦衆。唱酬友爲李天英、汪端光、王友亮、謝振定、王芑孫、樂鈞、唐仲冕、秦瀛，晚與唐鑑、賀長齡、陳廷慶亦有寄贈。《哭宋都監澹思鳴珂》，小序稱鳴珂應吏部銓得東城指揮，到官未久拔佩刀自刺死。與傳記不同。《題宋澹思鳴珂杜陵春傳奇》四首云：「狂歌拓戟首重搔，文藻敷腴曠代豪。莫道此翁多感慨，太平時節亦吾曹。」「氣酣懷古正悠然，芒碭閒雲脚底煙。誰信麻鞋歸蜀道，西風含淚拜啼鵑。」「流離深愧主恩何，暮景飛騰嘆逝波。偏與詩人增意氣，羣仙抗手一高歌。」「酒伴吟朋意最親，後來視昔感相因。他時誰譜金臺事，我亦當筵痛飲人。」自注：「時方與澹思諸同人共集王葑亭給諫妙聞書屋。」《題鄭谷口孝廉秋林讀書圖》，谷口名家鏊。《贈洪桐生太守》，桐生即洪梧。《書吴蘭雪詩後》、《題葉繼雯舍人借書舫圖》、

《題秦小峴横山丙舍圖》、《楊蓉裳邀遊碑林》、《通州贈唐陶山刺史》，亦涉及當代藝文。趙懷玉主南通文正書院，偕遊狼山，有聲以百韻贈之。其詩取材甚富，語言醇樸。楚南詩人中當與唐仲冕並駕。

諭屬二首

羅甸當時拓境遥，百年疆里到荒要。穀無嘉種人知痒，地不宜稻，居民皆以苦蕎爲生。地有游民俗易澆。鉛廠在州境，採煉之工，多來自他處。吏不貴才虞墮廢，政雖除猛要和調。請看漢代多循績，郡國還聞察六條。

殊形詭俗詎堪倫，此輩今皆列四民。天地並包寧異視，君王恩覆更同仁。衣冠已自從時製，禮樂當期以漸親。最是黠頑諸户目，要令獶詐變鷗馴。《東岡詩賸》卷九

永報堂詩集八卷　嘉慶十二年自然盦刻本

李斗撰。斗字北有，號艾塘，江蘇儀徵人。布衣。著有《揚州畫舫録》、《艾塘樂府》，《奇酸記》、《歲星記》傳奇。詩集刊行最晚，繫年自乾隆三十四年迄嘉慶十二年，首孫星衍、阮元、洪梧序。據《乙丑壽黄心庵五十》有「我已行年五十七」句，可知生於乾隆十四年，卒於嘉慶二十二年，年當六十九。《畫舫録序》自稱，嘗三至粵西，七游閩浙，一往楚豫，兩上京師。今卷中有《澳門行》、《虎門行》、《珠江詞》、《陶然亭述懷》四首、《自

題蘆溝橋送别圖》、《西直門萬歲街恭紀盛典》、《班禪額爾德尼》、《登虎丘塔》、《錢塘望潮曲》、《望岱》，以及嚴州、南昌、贛州、惠州、韶州、蒼梧所作諸篇，均在乾隆五十七年以前。此後在揚州搆自然齋，不復遠出矣。作者在揚州往來諸工段間，撰《工程營造録》。晚應聘重修《兩淮鹽法志》。《東園觀劇詩序》云：「吴人市予敬曲爲院本，蓋有年矣，寒家煙火所資用是出焉。」是依賣文爲生，以至窮老。其詩上之士大夫流風餘韻，下之瑣細俚俗之事，靡所不有。《寄海州凌仲子》、《武昌閔孝子貞贈畫蘭》、《凝香書屋同汪大容甫口占》、《聽葉大英多評話》、《懷黄仲則》、《題王蘭泉侍郎三泖漁莊圖》、《傷朱竹君程魚門兩先生》、《游隨園答袁太史》、《與阮芸臺宴集江園》、《題謝蘊山樹經堂詠古詩集》、《題兩峯道人鬼趣圖》、《吴山尊招集九峯園》、《羅兩峯張船山招游北郊泛舟》、《蕭糕》、《太白祠觀蕭尺木畫壁歌》、《喜顧千里來揚州》、《題黄秋平明經張淨因女史掃垢山房聯吟圖》、《擬琵琶行》，以及《觀劇》等詩，不拘一格。黄承吉《夢陔堂詩集》卷四有《艾塘招同人觀劇忽乘興自演侑客卽席戲作》，可謂佳話。孫序稱其詩「五古得《選》詩、陶、謝風韵，七古律詩詞意雅正，擅唐人體格之長，絶無俳偕佻巧之作，固以質直，不合時宜，非陳眉公、李笠翁之流」，斯言是矣。

華不注山房詩二卷　道光七年刻本

尹廷蘭撰。廷蘭字畹階，山東歷城人。少受業於周永年。乾隆三十九年舉人。官高唐州學正。著有《毛詩物名辨》。晚官浙江臨海知縣。歸途歿於舟中。與翟凝中、周奕稱「歷城三詩人」。是集有崔平瑞跋，姚景衡撰《傳》。存詩不多，以《卽墨雜詠》四首、《定陶懷古》、《憶大明湖》二十首、《趵突泉》、《龍洞山寺》等詩，記齊魯山川名蹟，可供采擷。《高唐雜詩十首》、《捕蝗行》、《種棉花歌》，尤重風土民情。《讀南北史八首》，亦無迂習。嘗與翁方綱寄和，殆亦本學問爲文辭者矣。

青芙蓉閣詩鈔六卷　嘉慶間刻本

陸元鋐撰。元鋐字冠南，一字彡石，號秋玉。浙江烏程人。乾隆五十二年進士。官禮部員外郎。五十七年奉校文津閣《四庫全書》，畫家羅聘爲作《灤陽于役圖》。嘉慶間出爲四川雅州、甘肅寧遠、廣東惠州知府。晚主陝西渭南、江蘇太倉書院講席。卒於二十四年，年七十。此書爲受業李漣校訂，有楊芳燦序，所收詩止於嘉慶九年。元鋐居里時所作《讀唐宋諸家八首》、《王文成公紀功碑》、《重陽菴宋理宗酒甕》、《蘭亭弔王右軍》、《方正學故里》、《烏戊雜詠》十首，已見知學。北上入翰林，所作《揚州雜詩》、《鄒縣嶧山李斯碑歌》、《稽侍中祠》、《覺生寺大鐘歌》、《古北口》、《喀喇河屯》、《妙嚴公主拜甎歌》、《文信國琴》，撏撦故實，不甘後人。出守秦蜀，詠昭陵、馬嵬、棧中、劍門，以及《雅州十首》、《打箭鑪》、《隆昌》、《瀘定橋》、《臨邛四首》、《支磯石歌》，頗重考古，兼記見聞。《銅山行》，記寧遠山産銅，客民每以采銅致富。元鋐好讀史書，夙耽書畫。詠史之作最擅長。《弔史閣部》云：「父老尚思宗大尹，江山空恨孔都官。」論者以爲可傳。《讀五代史雜題十六首》、《讀明史十首》、《閱楓窗小牘得詩八首》、《鮑丈廷博以汪水雲集見貽卽題四首》、《題達摩渡江圖》、《宋徽宗畫鷹》、《隗囂宫盌歌》、《題明皇鬬雞圖》、《鄺湛若洗硯池字拓本》、《題羅兩峯鬼趣圖》，包孕富有。其詩無門户之見，亦不爭瞻旗幟，雜而多端，篤爲内行，而詠史之作，允稱獨步。姪以湉，著《冷廬雜識》，載其事甚多。

銅山行

惟金三品一曰銅，四百六十山崇嶐。南番色青滇色白，出蜀者赤光熊熊。辨銅官廢許民采，爭思驅石煩神工。靈苗既得寶氣出，產銅處每先有銅苗。怯膽變勇生歡悰。廣招砂丁逾萬指，入山采銅者，謂之砂丁。但有少壯無耆童。踐蛇銜虎莽呼喝，山鬼彳亍逃無蹤。初猶登登事鍬鍤，片片削落青芙蓉。披荒鑿險慚幽峭，沉沉深黑成谾巃。取精在骨不在肉，不入其穴難爲功。瓦燈熒熒承以項，轆轤縋達泉三重。螺旋蟻折窈而曲，踏著卽是稜稜峯。千搜萬索日劖削，菁華漸竭根虛空。砉然崩奔石怒落，疾雷破壁驚魂從。有時潛蛟忽起舞，失脚遽逐奔流衝。亦有毒淫積肝膈，出竇便已無人容。罡風一吹頓僵仆，窮山乾死隨飛蓬。以身試險險難測，性命往往輕沙蟲。我聞邛筰古荒土，作息今已多耕農。爾食爾力樂終歲，何爲入坎忘終凶。利市三倍已太苦，況有大賈專其雄。山靈呵護物力足，滿阬滿谷高垣墉。厚輪大郭裕鼓鑄，贏餘例給商流通。公然捆載出關市，作姦那免無欺蒙。長江鼓櫂達吴楚，利與鹽鐵同豐隆。牙籌算密日益富，拍張欲傲多牛翁。可憐砂丁出死力，赤手依舊爲人傭。人生豐嗇要有數，神不福汝徒忡忡。紫標紅榜亦易散，猗頓或與黔婁同。不見黄頭郎爲漢大中，銅山不

救饑時窮。《青芙蓉閣詩鈔》卷五

嘉樂堂詩集不分卷　嘉慶十六年刻本

和珅撰。和珅字致齋，鈕祜禄氏，滿洲正紅旗人。少貧無籍，爲文生員。以三等侍衛挑補黏杆處，爲乾隆所寵。四十年，擢御前侍衛，兼副都統。次年，遂授户部侍郎。官至文華殿大學士。嘉慶四年，給事中王念孫首劾其大罪二十，卽以宣遺詔日傳旨逮治。賜死，年五十。削爵，並籍没家産。弟和琳，自筆帖式官至四川總督，嘉慶元年，鎮壓苗民起義死於川。和珅伏法，亦削爵。子豐紳殷德爲和孝公主額駙，官内務府大臣，褫爵罷職，至嘉慶十五年賜公爵銜，尋卒。嘉慶十六年裕瑞爲豐紳殷德序刻《延禧堂詩鈔》，同時刻和珅、和琳詩。曰《英額和氏詩集》，非舊標也。詩多應制題圖，不足稱。生年見集中自述詩。《上元夜獄中對月二首》，蓋絶命前作也。

借菴詩鈔十卷　道光六年刻本　借菴遺稿詩一卷　道光十八年刻本

清恒撰。清恒一名巨超，號借菴，本姓陸，焦山僧。嘉慶間有三山僧俱能詩，卽乳山古巖、焦山清恒、攝山慧超。《詩鈔》十卷有洪亮吉、李宗傳及門徒覺源序，附諸家題詞。道光十八年麟慶又爲刻《遺稿》三卷，内一卷爲詩，據其弟子了璞序，知清恒於道光十八年年八十一去世。釋氏詩多窘狹，此鈔則運筆甚寛。與唱酬者袁枚、王文治、趙翼、金兆燕、王昶、朱筤、鐵保、王豫、汪端光、錢詠、李御、曾燠、陳文述、顧鶴慶、徐熊飛，多爲詩人畫家。阮元置西漢定陶鼎於焦山，清恆有詩並誌原焦山古鼎始末。集中詩如《一百二十星辰枕歌》、《土井謡》、《鬻牛行》、《英吉利國貢使過瓜州》、《讀元遺山集》、《題石遠梅清素堂集》、《題邢佺山錢塘觀潮圖》、《過羅兩峯香業草堂》、《哭洪稚存》、《題吴蘭雪廬山紀游詩》、《題法梧門存素堂集》，游匡廬、黄山諸篇，今古雜陳，其風雅好事，不讓世俗矣。《思退齋詠古詩四十首》，自吴越迄南宋，多蒐史事。《遺稿》有《麟見亭河帥焦山放鼂紀事》。又《題西湖讓山老人遺像》、《題六舟几谷雁山雙錫圖》，均爲江南名僧。同游釋卍香，工詩，著《懶雲樓詩集》，小清恆一歲，互有唱和。洪亮吉《北江詩話》評其詩「如荇葉製羹，藉清牢醴」。趙翼《甌北集》有題贈。光緒三十一年陳任暘刻《焦山六上人詩》，借菴而外，爲覺燈《秋屏詩存》、覺詮《性源詩存》、了禪《月輝詩存》、大須《芥航詩存》、聖教《懶餘吟草》。

清人詩集敍録卷四十四

師竹齋集十四卷　嘉慶七年刻本

李鼎元撰。鼎元字和叔，一字味堂，號墨莊，四川羅江人。乾隆四十三年進士，改庶吉士，官宗人府主事。嘉慶五年，與趙文楷奉使册琉球，爲副使。著有《使琉球記》。是集乃生前自刻，有王昶、法式善、馮培序，編年詩千二百餘首。鼎元少學於敍州書院。爲祝德麟所得士。詩歌沉摯警拔，重於風俗雜事，不喜作習見語。一至八卷多詠川中名蹟。《鹽井行》、《蜀灘謡》、《棧道》諸篇，筆勢縱横。卷九《京都歲時詩三十首》，依十二月令，分詠北京風俗流變，社會習尚，注釋詳備。末三卷爲使琉球作，五閱月得詩二百餘篇，名之曰《球雅》。其中詠琉球島寺所見甚詳要。《和寄塵上人竹枝詞十首》，小注稱：「球人家置一盎以備浣漱。野游多以黍榼盛酒肴配以水火鑪箱擔之。」又稱：「米肌經婦人口嚼而成球，人以爲工品。婦人以墨點手背爲飾，衣無帶鈕，赤足戴筐入市，嘗以手曳襟而行。」「男子年十五始剃頂髮，戴帽綰短簪，未及年者率科頭梳高髻，插八寸銀簪。官以紫金花冠爲最貴。」詠琉球海物，爲寄生螺、沙蟹、海膽、龍頭蝦、海蛇、毛魚、石距、家蔬魚、石柏之屬。又有五律《中山雜詩二十首》，記敍民情。鼎元與從兄調元、弟驥元，有「三李」之目。嘗從調元同游峨嵋，有詩。調元《作峨嵋賦》，鼎元爲之注見《雨村集》。又作《登泰山三十首》，羅聘爲作《登岱圖》，徵名流題詠甚衆。王昶《蒲褐山房詩話》稱：「近日緜州稱三李，以墨莊爲最。」就詩而言，調元實未逮之。據李調元《童山詩集》卷二十三《喜鼂塘成進士》有云：「我家一門四進士，得第年俱二十九。」可知爲乾隆十五年生。卒於嘉慶十年左右，見范來宗《洽園詩稿》輓詩。

中山雜詩　二十首録四

賓至不迎送，率真存古風。酒肴隨意設，談笑許心同。草履寬於屐，肩輿小似籠。庶民尤樸陋，赤足首飛蓬。

一簪男女别，都不著帷裳。貴賤同衣履，供輸少稻粱。漁舟環絶島，商販仗危檣。莫問生涯事，生涯在水鄉。

市集皆夷女，蓬頭戴貨行。曳襟勞兩手，穩步注雙睛。物以多爲貴，人因賤不爭。問男何所事，非釣即躬耕。

有布少絲羅，球人盡解歌。山中官族盛，久米秀才多。六六圍羣島，重重撼大波。居然稱富庶，日本近如何。　《師竹齋集》卷十三

珍藝宧詩鈔二卷　光緒十八年排印本

莊述祖撰。述祖字葆琛，江蘇武進人。乾隆四十五年進士。官山東樂昌、濰縣知縣，桃源同知。卒於嘉

慶二十一年，年六十六。通經學，屬今文學派。著《石鼓然疑》、《漢鐃歌句解》等書，均收入《珍藝宧叢書》，以珍藝名室，取張衡《思玄賦》「御六藝之珍駕，游道德之平林」意。《詩鈔》二卷，此武昌重印本。一種爲遣興之作，無實際内容。一種爲讀書雜詠，讀騷、讀杜之類。詩近中唐，亦學東坡、誠齋。《尚書古今題辭》一篇，純以填實爲詩。《讀左雜詠》達八十五首，亦押韻之文。乾嘉考據學家每以詩文不分，而自表異，然章灼在人耳目，與妄自矜詡者，猶不同也。

習靜齋詩集二十三卷　嘉慶十六年刻本

于鰲圖撰。鰲圖字伯麟，號滄來，漢軍鑲紅旗人。乾隆三十五年舉人。官江蘇婁東等縣知縣、太倉知州、徐州知府，累至江蘇按察使。卒於嘉慶十六年，年六十二。此編分爲六集。曰《婁東草》，曰《彭門詩草》，曰《木蘭吟草》，曰《袁浦詩草》，曰《金閶詩》，曰《金陵吟》，詩共一千三百首。鰲圖爲八旗官員，閲世未深。詩格調清蒼，詠蘇北地方名勝古蹟，如歌風臺、郭璞墓、戲馬台、掛紉台、梅花嶺史可法墓，稍具典型。《徐州竹枝詞》十首，《洪澤湖》等詩，兼記風土人情。鰲圖與著名詩人袁枚、趙翼等有過從，亦受士林所重。《隨園詩話》多載其詩。此集詩止於嘉慶十六年。一生經歷，已盡見於此。

吉貝居暇唱一卷　嘉慶二十一年刻本

施國祁撰。國祁字非熊，號北研，浙江烏程人。諸生。乾隆四十五年秋試，以小疵斥去，後屢躓省試，因棄舉業。家貧，爲人設肆鬻棉，教徒計賬之法。題簿之暇，間以讀書，讀書之暇，繼以吟詠。肆後有小室，扁題吉貝居，志本業也。熟於金史。嘉慶十四年，寓遭回禄，檢其刼餘，畧加删訂。以《金史詳校》卷繁，列舉條目，先刻《金源劄記》二卷。二十一年，刻《金源又劄》一卷、《史論五答》一卷、《吉貝居暇唱》一卷。皆非至著。卒於道光四年，年七十五。所著《元遺山詩集注》身後始刻。《金史詳校》十卷，近代有刻本。又《金源雜興詩》七絶百二十首，悉敍金源時事，亦宜謀刻之。清代專研金史，祇國祁一家耳。是集收嘉慶元年至十八年詩五十首，皆律體，歸安鈕成鉤訂。所詠爲身旁瑣事，而窮且益堅，浩歎無窮。如《下第後示室人》云：「敲門磚棄且彷徨，繡杼寒燈業又荒。卿欠五花閒福分，我無三軸好文章。發蒙懶擬誇矜式，近市求堪學料量。落落饑寒蹟從埽，呼雞放鴨也何妨。」不滿於科舉制度，牢愁如此。《寓中雜詩》云：「斷除子曰詩云習，中式新收舊管科。甲乙方程籌未了，丙丁户物貨偏多。」「隱几不嫌塵漲裏，萬人如海一身藏。」據自序：「姻家盛氏業此者久，有别肆在北市，收瀕湖淒港之饒，事頗繁夥，屬余綜理之。」蓋自況也。《雜詩》、《示學徒算術》，亦爲生活紀實。餘如「偶爲散材傭保信，流傳師説恐荒蕪」《雜感》，「莫惜金源遺事少，要須楷録幾成編」《鈔書》，「傭羞滌器狂司馬，駔遜踰牆大段干」《雜詩》，亦語不猶人。楊鍾羲《雪橋詩話續集》卷七云：「唐之中葉士子各立朋甲，至有東西甲之名，東呼西爲茫茫對。施非熊《志感》云：『浮沉里社儘荒唐，枯蠹才游大蕙篁。幾見省臺登衮衮，徒勞朋甲走茫茫。繭絲縛蛹何時了，窗紙鑽蠅底死狂。世界卽今原廣大，可能撥霧見天光。』鄉曲傖荒之狀，摹寫如生。」此集非國祁全詩。《潯溪詩徵》卷二十尚録國祁詩五十九首。如《東海篇》、《題陳竹村望雲圖卷》、《下元日里醮書事》、《吴江懷古》、《石湖三首》、《哭劉疏雨》八首、《海虞謁觀察方茶山先生歸途有作》、《收租卽事》四首，均爲此本所無，格調亦較雅飭。與張鑑、楊鳳苞、范鍇、沈垚友善。范鍇有《寄懷施北研秀才》詩，見《潯溪詩徵》。門人孫燮《愈愚集》有《施北研先生輓詩》。

憺忘齋稿四卷　嘉慶間刻本

黄中理撰。中理字奕清，江蘇荆溪人。諸生。唐仲冕知荆溪，偕與游。又與藏書家吴騫相善。撰《憺忘齋稿》四卷，詩三百五十七首，首吴騫序。生歲據《戊申除夕》「四十明朝是」推之，當爲乾隆十五年。集中詠天平、靈巖、太湖、金焦、龍池、攝山，獅子林、寄暢園、玉鑑亭，大都爲江南名蹟。《題陶山勸農圖》、《題兔牀載石圖》、《唐六如桃花隖祠》、《永受瓦硯歌》、《吴槎客過訪以所著國山碑考相贈》，交往不出唐、吴兩家。又與陳鱣交往，有《題兩陳髯圖》，兼有本事可傳。

得閒山館詩集八卷　道光九年刻本

鄭佶撰。佶號柳門，浙江吴興人。嗜學勤劬，不屑爲時藝。工詩，輯有《吴興詩録》三十二卷。卒於道光九年，年八十。是集爲其子祖琛官天津道時所刻。首姜城序，姚學塽題詞。文集二卷同刻，附《行述》。其詩不拘一體，善抒寫性情，爲袁枚、曾燠所推重。唱酬友爲惲敬、舒夢蘭等人。詩始於乾隆四十四年，《游安瀾園》、《義門古蹟八首》、《白塔河》，以及吟詠閩贛山水名勝之詩，可因詩而得其詳。《題觀潮圖》、《題魏叔子遺照》、《讀沈原昭花谿集》，辭氣高古而清新。子祖球，有《紅葉山房詩集》。

秋樹讀書樓遺集十六卷　道光二十六年刻本

史善長撰。善長字仲文，一字誦芬，號赤崖，一作赤霞，江蘇吴江人。少從父宦游秦隴。爲諸生，游食公卿間。後入畢沅幕府，廣交知名文士。工詩，王昶、姜晟、畢沅亟稱之。此集爲善長歿後三十年柳樹芳校刊本。有阮元、朱休度原序，姚椿、何其偉、柳樹芳序。據編年《壬子四十三歲生辰志感》，推爲乾隆十五年生。卒於嘉慶九年，年五十五。善長爲詩瀏離頓挫，功底頗深。《西湖雜詩二十二首》，詞清氣逸。乾隆五十年，西行，來往荆襄，目覩時事，風調爲之一變。固原、平涼回民起事，作《紀實詩》八首。川楚教民起事，作《當陽紀事十六首》、《襄陽紀事十三首》，又《樊城火》記王翼孫死事，以及《募鄉兵》、《亳州民行》、《神礮行》，以目覩情景，形之篇什，同時人詩集罕可比及。寧夏時所作《夏州雜詩》、《夏州詠古》，亦有可採。善長生平交游甚廣。作《懷人雜詩五十一首》、《青門雜詩十二首》，其中吴泰來、楊芳燦、錢坫、孫星衍、王芑孫、蔣業晉、楊倫、吴樹萱、莊逵吉、江聲，均爲名流，畢沅幕賓，賴以考見。《邯山書院贈陳熙五百字》、《侏儒歌戲贈王芑孫》、《贈巴慰祖四十韻》、《題周鶴立石苔山莊圖》，亦載佚聞。《悼亡詩》多至百首，殊爲費辭。蓋蕪雜未芟，不免以多見冗耳。

夏州雜詩　二十首録六

聞説懸支郡，由來地屢傾。蟻封愁盡蝕，鰲足笑虚擎。小刼空前度，懷安自俗情。爾曹務耕鑿，努力答承平。夏州每地震，至壞城郭，乾隆三年尤劇，今數十載無患矣。

萬古清渠在，河流曲折從。星霜勞節傳，景觀察如柏，巡閲渠工。畚鍤走春農。漫有屯田議，曾無斗粟春。屢邀蠲貸澤，天庾幾時供。

風林懸塔影，隨意到僧寮。淨土留西竺，殘灰問北朝。臺荒花雨歇，鐘卧薜文凋。俯仰已千古，空悲霸業銷。

賀蘭山外路，聞有夏王臺。雲雨生涯斷，丹青野殿開。騰猱懸木末，渴霓挂河隈。自笑登臨者，飄飄萬里來。山東有元昊避暑宫遺址，明時改青寧觀。

憶昔開藩邸，臨湖水石移。芳蘭仍北渚，詞客似南皮。舊蹟難重問，嘉名足繫思。城東煙草碧，立馬費多時。麗景園金波湖有臨湖亭等三十餘處，皆慶府所建，今廢。

川迥雲沙淨，城高草樹纖。野人多織葦，山户半撈鹽。空有江鄉慕，能無斥鹵嫌。向來傳盡妄，風土我曾覘。《秋樹讀書樓遺集》卷六

桂亭公餘小草一卷　嘉慶十八年刻本

廣玉撰。廣玉字桂亭，滿洲正白旗人。歷官浙江布政使。嘉慶十八年刻《公餘小草》，以集中《庚午重逢初度》詩計之，時年六十四。嘉慶間有川陜白蓮教起事、西南苗族起事，而江南太平日久。集中聞《麓崖將軍奉命赴藏途次病逝》、《别五涼太守清平階》、《襄陽雜詠》、《送軍赴楚作》諸篇，多涉西北時事。江南諸作，則歌謳昇平。《宜園雜詠》，抒情自適。卷首《湖山送别詩册》，爲廣玉離杭時贈詩，内馬履泰、戴敦元、魏成憲、朱鴻、許宗彦等人，多錢塘名士。

夢餘詩鈔二卷　光緒三年刻本

邵颿撰。颿字無恙，號夢餘，浙江山陰人。乾隆三十五年舉人。官内閣中書，出爲江蘇金匱知縣。緣事被議，落拓江湖，幾無生理。嘗以詩質之袁枚，所論不合，乃不復與談。臨終以詩稿屬門人梁鉞。鉞貧不能刊，懼其師詩作堙没，託友張鶴賓。直至光緒三年由沈竹生出資刊之。幾經輾轉周折，始行問世，亦云難矣。此集有嘉慶十四年自序，時颿年六十。又朱畹序，梁鉞跋。錢詠《履園叢話》稱陳文述少時嘗從颿學詩，殁後爲刻其詩，文述刻本，今未之見。唯《乾嘉詩壇點將録》馬軍正頭領十四首，首爲邵颿。擬以「雙槍將」，名次甚高。其詩豪宕。《真州謁大忠節祠》、《蘇州過五人墓》、《十八學士詩》並序、《趙忠毅公鐵如意歌》、《題唐仲冕明府岱攬圖》，鋪張排比，吐屬不凡。詠西湖詩多首，復近婉麗。《題桃花扇傳奇》等作，亦可觀采。颿與袁枚弟知、從弟樹，張五典等人均有往復。其詩兼長性靈、格調，非時輩所能跂及。《感舊懷人詩二十首》，間存軼人軼事。

時畬堂詩十一卷　雲南叢書刻本

袁文揆撰。文揆字時亮，號蘇亭，雲南保山人。乾隆四十二年拔貢。問業於王昶。官甘肅縣丞，雲南縣教諭。與兄文典同輯《滇南文畧》、《詩畧》，時號「二難」。此輯乃手自删定。稿藏劍川趙月邨家，收入《雲南叢書》，爲乾隆三十八年至嘉慶十一年詩，陳榮昌序。生年據祭母詩注推之，爲乾隆十五年。文揆之詩，波磔老成。《九隆山》、《鄧川永春湯池歌》、《太華山寺展拜沐國公十四世遺像》、《咸陽王墓》、《黑龍潭曲》、《滇南樂府十二章》，詠雲貴山川風物，頗爲健拔。《哭錢南園先生》四首、《送師荔扉》、《雲巖先生六十初度》、《題金華山樵後集》，多存鄉邦軼聞。生平閲歷較廣，所詠不以一隅爲限。《寧武謡》八首、《太原早秋》、《游霍山廣勝寺》、《過中條山下》、《河東鹽池歌》、《自西安返潼關》、《靈石縣謁李衛公祠》，以秦晉名蹟入詩。官隴，有詠蘭州詩多首。又嘗旅湘鄂江南，泛舟赤壁、洞庭，游金陵、揚州。結識海内名宿，與曾燠、王芑孫、陳廷慶、王豫、姚椿、屠倬均有過從，長歌《湘潭柬張紫峴先生九鉞》，尤爲豪宕。《讀詩偶作》二首，《讀五代史》二十四首，亦堪咀嚼。阮元督滇，因以老詩人稱許也。

壹齋詩集三十六卷　嘉慶十九年至道光十年刻本

黄鉞撰。鉞字左田，安徽當塗人。乾隆五十五年進士。官至户部尚書。道光二十一年卒，年九十二。謚勤敏。撰《壹齋詩集初刻》二十五卷，爲乾隆四十年至嘉慶十九年詩。嘉慶二十五年《續刻》二卷，道光十年《再續刻》九卷，所收詩實至八十五歲止，近二千首，有劉耀椿序。作者以格律體裁規橅唐、宋而與韓、蘇爲近。卷帙浩繁，包孕富有。卷一《和州張文昌故宅》、《劉夢得陋室》，卷五《自溧陽至杭州溪行雜詩十首》、《游雁蕩北靈峯》，卷六《石門觀瀑》，卷八《游黄山天都峯》，卷九《游荆山尋歐陽圭齋所題寒壁》，卷十四《游繁昌九蓮洞》，卷二十《信陽山中四首》，卷二十一《遼州石佛》、《寧武四詠》、《苛嵐西山雲際寺》，卷二十二《晉祠》、《平陽大雲寺吴道子水陸畫軸歌》有序，卷二十四《登岱》、《過蓬萊閣謁東坡祠》、《自佛耳門溝至潭柘寺紀游》，卷二十六《詠齊爾博庫半截塔》，偏窺南北山水奇勝，清曠雄奇。卷八《于湖竹枝詞五十首》小注詳加考覈，極山川時令風俗之博。卷二《讀唐書記老子事》，卷六《金華試院宋六磚歌》、《讀荆公烘蝨詩》，卷八《題石濤畫》，卷十《讀諸子感賦六首》、《蕭尺木蝎螯鍾馗圖》，卷十一《書蘇子美集後》，卷十二《趙孟頫臨李唐晉文春秋圖》、《書施愚山詩稿後二首》、《杜歷山銅鏃歌》，卷十五《讀畫十七首》，卷十七《書蔡忠惠集》，卷二十三《汪立信贈文信國硯》咸淳十年、《薛文清公硯》，卷二十四《石刻牟子才高力士脱靴圖》、《書王黄州鹽池詩後》、《蕭翼賺蘭亭圖》、《宋徽宗聽琴圖》、《商丘宋氏華山碑》，卷二十六《題龔開洪厓先生出游圖》，卷二十七《書曝書亭集後》，卷二十八《馮明府宬以王翬臨黄子久富春山圖寄贈題以奉懷》，卷二十九《書補刻姜白石巢湖神姥祠後》有序，《賈夫人墓誌》道光三年元氏出土，卷二十一《題獨笑軒詩册後》，吟評之多，較山水詩尤勝。題陳章侯畫凡四見，爲《聽蝶圖》、《王母送桃圖》、《竹林七賢圖》、《戲嬰圖》。卷七《湯鵬鐵畫歌》，有《引》云：「錢唐梁侍講同書作湯鵬《前後鐵畫歌》，一時屬和者甚衆，顧傳聞有異辭。鵬字天池，鈫鄉人，幼聞先大父言其事甚詳。初賃屋於先曾祖，貧甚，技亦不奇。有道士乞火於爐，爐滅，詰之，曰：『月餘未鍛也。』道士擊其竈曰：『今可矣。』徑去。後覺心手有異，隨物賦形，無不如意，第惜山水未能也，往詣蕭尺木求其稿，今所見蕭畫也，輒舉所聞，别作一詩。」詩云：「清泠水入中江流，以水淬鐵鐵可柔。千門揚錘聲不休，百鍊精鏤過梁州。自注：蕪湖水出宣歙，體重流駛，於淬鋼宜，業者甚衆，皆取水於石橋港，蓋東則溪流方緩，西則江潮漸殺。材美工聚物有尤，湯鵬之技古莫儔。始者頑鈍賈不售，鍛竈冷落虛如丘。星精下矚神光庥，遂令爐鞴盤蛟叫。攻金竟類攻皮鞣，賦形肖物皆我由。柳嘶蛬蚻蘆蛸蛑，以兩鉗當豪雙鉤。更思山水堪卧游，法無從得心煩憂。蕭君隱德如沈周，寄情詩畫娱清修。湯亟造請遂所求，皴爲減筆林不稠。寒山古寺宜深秋，間有衰柳維扁舟。請看真本鐵筆遒，果與蕭畫無别不。我家有屋臨莊馗，湯久賃之緡未酬。歲終往往以畫投，燈屏獨檠多藏收。不關豪奪與巧偷，比年捻賣靡有留。兒時大父辨絀優，我敬聽之不敢諏。太史作歌爲闡幽，筆力直可回萬牛。盤空硬語雷同羞，謏聞豈足供旁搜，繼聲聊作鳴蟲啾。」鈫專研韓詩，有《昌黎詩增注訂譌》。善繪事，與董誥齊名。内府真蹟，所見甚多。故詠畫詩語語有據，超出流輩。至《船磨》並引、《採石耳歎》並引、《茶船三十韻》、《煤窰民》等篇，則借民事以通諷諭，托意微婉。卷九《婦扛輿》并引云：「休寧之西，有健婦能扛輿。始或以老婦承輿丁之，近見有兩少婦肩一後生者，俗不可防其漸也。爰作此詩，將以告之司是土者：婦輿婦扛情或可，婦扛男輿理不妥。始猶一老近雙少，兩足如霜姿亦頗。深山大澤何事無，日莫歸來寧必果。即令瘠土民不淫，豈有同俗而不裸。古者男女不相見，出必蒙面道由左。胡爲招摇而過市，竟與擔夫相爾我。嬲卿奢淫安足道，突洩不救將成火。誰歟身爲赤縣令，立呼五伯加之鎖。坐其父兄及其夫，廉耻之防不可墮。」又作《徽州米商酒》，則借民事以通諷諭。鉞嘗多次主考鄉、會試，主徽州紫陽書院講席，門弟子造就甚衆。年近九十始致仕，與名士唱酬，吏僕難數。同時詩人集中贈詩亦多，而以道咸間孫衣言《遜學齋詩續鈔》中《題黄勤敏公三十四歲小像》，較有參考價值。

于湖竹枝詞 五十首録十

昇平橋畔狀元坊，曾寓于湖張孝祥。一自歸來堂没後，頓教風月屬陶塘。

《四朝聞見録》：張，烏江人，寓居蕪湖，捐己田百畝，匯而爲池，圜種芙蕖楊柳，扁堂曰歸去來。昇平橋即昇仙橋，在城西，張中紹興甲戌狀元，故宅在焉。陶塘在其坊後半里，當即歸來遺址。張舊有祠，久廢，乾隆庚戌，余請陳明府聖修重祀來佛亭旁。

平蕪一望連天水，峭壁千尋宿黃雲。想像朱園遺構處，粉垣草閣照斜曛。

平蕪、峭壁、草閣、粉垣，皆畫尺木重過荊山朱家園句，詳詩意，園當在今寨壁下，詢土人亦不知。

野老堂前春尚寒，閔園籬外雪初殘。輸他鐵佛拈花笑，讓與如雲萬衆看。戴園在陶塘北，舊爲閔園，野老草堂在城北，縣人韓鑄宅圓照寺，俗呼鐵佛寺，有梅甚古，花時游者不絶。

酹酒三巡令擁騶，長街七里看春牛。嬌兒鴉角紅於火，鬧攘攘花簪滿頭。每歲迎春必於吉祥寺裏暫駐，官爲酹酒，然後啟行。曹石倉詩：「蕪湖七里長剪絨，爲人謂之鬧攘攘。」花蓋猶人勝遺製。

僧店濃香酒不篘，麥磑誰飯聽經牛。吉祥寺裏花應笑，未見坡仙拄杖游。國朝朱昆田詩：「吉祥寺酒開缸面，愛殺濃香煮藥苗。」山谷《蕪湖縣吉祥禪院記》：有屠者故兇忍，於是坊欲解牛，三夕不能奏刀，已而牛見寱，送我吉祥禪院。至今以供麥磑，蕭尺木畫太平四十景，取東坡《吉祥寺看花》詩意圖之，蓋牽合耳。

風捲松濤入夢醒，卧游曾對赭山亭。分明天水明於練，一幅湯鵬鐵畫屏。鐵山在赭山西，上多松，一覽亭在赭山頂，湯鵬字天池，鍛鐵爲畫，山水蟲魚畢肖。

噉茹何堪煮幞頭，網船祭網出新洲。今年上市河豚賤，不用先生典袴求。買魚得鱮不如啖茹，蓋魚之不美者。今漁人輒蓄此種名曰幞頭，以頭大如人戴幞也。漁船俗謂網船，初網河豚及鰣魚之屬皆祭網而出，新洲在褐山。

磯頭祠宇煥蒼厓，楹帖相傳句最佳。一自梅梁承賜額，不須金字覓詩牌。蟂磯祀靈澤夫人，有集唐楹帖云：「思親淚落吴江冷，望帝魂歸蜀道難。」爲世所稱。嘉慶元年巡撫朱石君師請於朝，得賜「英靈索濟」四字額懸於廟。亭林集《蟂磯詩》：「高皇事業山河在，留得奎章墨未枯。」自注：「廟中有高皇帝御製詩、金字牌一扇，今不知遺失何處矣。」

巖夫名附明詩綜，尺木詩因畫不傳。誰識谷音柯退子，魯明江上有遺篇。湯燕生號巖夫，太平縣人，流寓蕪湖，有《商歌集》，今不傳。蕭所著有《易存》、《杜律細》，皆收入《四庫全書存目》。詩集數卷，向藏蕪湖沈氏子，今不知所在。谷音，瑞陽柯茂謙，著有《魯港詩》，退子，其字也。

吴姬水調改新腔，西舫東船月滿窗。我昨維舟魯港驛，但沽雪酒酹寒江。薩雁門《過魯港驛和貫酸齋題壁》詩：「吴姬水調新腔改，馬上郎君好風采。」李孝光《十六日宿蕪湖縣》詩：「東船西舫無人語，可惜窗中明月光。」雪酒，魯港酒名，蓋取雪水合釀，故名。《壹齋詩集》卷七

解州風

寧武夏如冬，解梁冬似秋。相隔僅五月，時序若再周。昨來安邑西，槐柳緑且柔。條山瞰州城，峯峯青屋頭。齋館再游熟，几榻如舊儔。盆盎蓺叢菊，黄白眩兩眸。謂可暫偃卧，足疾庶有瘳。無何大風作，五日三飋飂。激蕩鵬運海，昏黑龍移湫。對語聲不聞，孤坐心爲愁。再甚將安加，一息不可偷。白楊復助虐，萬葉紛襍投。開門疑雨來，素月當天流。或言風有谷，近在山之陬。熏風此囊橐，虞舜曾歌謳。歲當五六月，民頗禱祀求。不風鹽不冰，不風賈不售。風則阜吾財，黄金高嵩丘。我讀鹽池詩，近自王黄州。但云吹作片，「炎風吹作片」，王元之《鹽池》詩。不謂息或不。又嘗讀筆談，理實言不浮。縱横數十里，中條相遮留。謂之鹽南風，先我曾咨諏。見《夢溪筆談》。我本江湖人，所習在泳游。夙聞長年語，扇風劇戈矛。遠及十里外，不戒能覆舟。江上遇高山常有扇風，或謂之厭風，蓋爲山所障

蔽，其來猛而力，可及十里外。因知解州風，其來蓋有由。羣山當州南，屏蔽峯巒遒。中凹左右高，如田決渠溝。所以南風勁，他風勢不侔。所以他縣否，惟州扼其喉。池鹽利風散，畦夫資爬搜。玉華一夕成，厥功遂報酬。若論唐虞世，五日聲修修。條且不能鳴，安得吼若牛？後來昧斯理，强起歌熏樓。不然郭與柳，賦問窮琱鎪。何無一語及，闕畧不見收。不妨别有穴，深邃通諸幽。投葉便飛出，陰氣烝烰烰。卽如石經峪，空嵌羅琅璆。我昨入其中，詎聞吹飀飀。飌師職天下，八方宣鬱憂。豈獨私一山，毋爲神所羞。志稱分雲嶺有風谷洞，投葉卽飛出，嶺上舊有風神廟。詩成輒自笑，我亦何謬悠。譬如在寧朔，茲風又誰尤。案有傲霜花，笥有解札裘。蹣跚已能步，不刻棲杖鳩。何須苦辨論，刺刺語不休。啟窗風忽止，自起鉤簾鉤。《壹齋詩集》卷二十二

半截塔

半截塔在齊爾博庫南約七八里，有土堆似牆垣，徑圓可里許。中存一門，低不可入。門前後有碎琉璃瓦數堆，色黄碧，尚可辨。塔大小二，大者在土垣内門後稍東，頂已圮。小者在土垣外東，則上截全圮矣。門外有斷石一，猶存鱗爪形，爲龍爲螭，不復可辨。又數石上刻馬跡狀，未審何用。土垣外置礡碌二，一完好，一破碎矣。按查初白《和揆愷功半截塔歌》，未嘗言有二塔，注但謂元某萬户夫妻學道於此，則此地當是佛寺遺址，土垣外圮塔，其萬户夫妻埋骨處耶？礡碌或當時寺外有田可耕耶？今行者至此必剜取圮塔石灰爲金創藥。又或稱爲元至元時所造，殊無證據，因卽所見成四絶句。

外塔頽然内僅存，四圍尚有古牆垣。不知題識誰經見，賺得行人説至元。

瓴甓崩摧剩刼灰，依然雙峙傍層臺。細吟初白詩中句，似未親從塔下來。
遺蹤依約像招提，應是劉綱舊所棲。爲按山門尋殿瓦，分明幾簇碎琉璃。
誰解牽牛此佃田，猶餘磚碌卧蒼烟。於今塞草黄如稻，卻似當年刈熟天。《壹齋詩集》卷二十六

潛虛詩鈔三卷　道光十七年刻本

翁咸封撰。咸封字子晉，一字紫書，晚號潛虛，江蘇常熟人。乾隆四十八年舉人。官海州學正，在任十二年。嘉慶十五年卒於官，年六十一。是集有孫原湘序。其子心存跋，附《墓表》。卷一曰《缶塵草》，少時作。有《板橋雜詠》十二首、《燕子磯阻風》、《詠物》十首、《夏蟲雜詠》十二首、《西湖訪古雜題》、《建炎遺事》五首等詩。卷二曰《採杞吟》，三十後計偕北上作。有《登金山浮圖》、《下邳懷古》、《經東方朔故里》、《河間懷古》、《燕臺雜詠》諸題。晚歲所作既尟，散失尤多，綴葺叢殘，爲卷三《拾瀋録》，内以官海豐時與唐仲冕唱和較多。《甲子壘歌》、《題石楞緣石室容車圖》四首，詠金石之什，亦臻老境。咸封爲教官而負人望。歿後林則徐、陶澍亟表彰之，不徒以詩傳也。

南川草堂詩鈔十三卷　嘉慶八年刻本

宋鳴珂撰。鳴珂字稽桓，號瀒思，江西奉新人。乾隆四十五年進士。父五仁字慕幼，乾隆十六年進士，

官潯陽訓導，有《春權書屋詩存》。弟鳴璜、鳴琦均有聲。是集爲其弟鳴琦序刻。據宋鳴琦《心鐵石齋自訂年譜》云：「乾隆五十六年，仲兄挑授南城正指揮，因新例以候選進士與揀選，故得斯職。其官專主相驗人命，仲兄頗不耐繁，得痰疾暴卒撫署。」而周有聲《東岡詩賸》有《哭宋都監澹思鳴珂》詩，注云：「到官未久，忽一日無故拔佩刀自刺死。」則鳴珂實死於自殺，鳴琦特爲掩飾耳。集中詩諸體皆備，取材亦廣。五古《易州使君婦》、《大船行》，七古《勞山篇》、《顯陵行》、《洋琴行》，格調蒼渾，間及世事。《杭州懷古》、《北征雜詠》，清諧有致。鳴珂善製曲，有《杜陵春》、《羅浮夢》傳奇，今佚。喜書畫，與畫士羅聘厚交。有五古《鬼趣圖》、《謝兩峯爲畫南川草臺卷子》、《乞羅兩峯畫杖履尋八百仙人洞圖》、《兩峯見示郭熙風雪運糧圖》等詩。《題鄭谷口秋林讀書圖》、《觀倪雪林爲張伯雨畫澄心堂紙二十幅》、《唐六如畫鄭元和乞食圖》、《桃花扇傳奇題詞》四首、《題蔣士銓一片石傳奇》，均爲藝苑資料。《晚晴簃詩滙》無鳴琦詩，卷一百五宋鳴珂小傳乃云有《心鐵石齋存稿》，均以鳴琦誤作鳴珂。

紅蕉山館集八卷　嘉慶二年序刻本

費融撰。融字草亭，浙江德清人。年十七，賦《白紵詞》，爲錢陳羣奇賞。棄帖括業，專力於詩。刻《紅蕉山館集》有自序，詩自乾隆三十二年作《白紵詞》至嘉慶三年，三十年間，共得八卷，結集時爲四十八歲。融少時聞老輩緒論。自題《秋林覓句圖》，和者閔華、沙維、吳穎芳、王鳴盛。《采芝圖》附題詞爲張庚、諸錦、丁敬、齊召南、汪沆、王又曾、馮浩、徐天柱、朱琰。《題朱竹垞先生小長蘆釣魚師圖》，盡載圖中和詠，附閔崋題跋。又與金兆燕、梁同書、蔣士銓、陸燿等人爲文字交。《題汪巢林高士梅花册》、《羅兩峯用指甲爪畫折枝花見贈奉謝》、《題兩峯山人鬼趣圖》、《兩峯草堂歌》、《檢故書篋中得丁敬身高士寄吾考索粔籹手書裝册敬題》、《寄方蘭坻山人五十韻》，均爲書畫家史料。壬寅乾隆四十七年作《哭斗初沙維杓先生》，敍其生世較詳。

蘭雪集詩三卷　嘉慶二十三年刻本

柯振嶽撰。振嶽字霽青，號訥齋，浙江慈谿人。恩貢生。授教諭。坎坷一生，而負志自高。刻《蘭雪集》文八卷、詩三卷，門人王約編，有汪廷珍、張廷輝序。《四明清詩畧》卷二十小傳稱振嶽卒年六十六，今以《文集》中《祭先考文》推算，當爲乾隆十六年生。集中詠岳墳、于忠肅祠，氣格遒勁。《西湖篇》、《羅江行》、《採茶歌》、《牡丹歌》、《後牡丹歌》，亦不尚雕飾。詠史論詩之作甚多。《讀楚辭》、《讀後漢書宦者傳》、《讀三國志》、《詠史二十八首》、《讀杜詩》、《書倪雲林詩集後》、《論詩絶句二十八首》自《國風》至洪亮吉、《讀遺民詩》，多可採摭。結納盡尋常文士，而酬應弔亡之什，均非苟作也。

念宛齋詩集八卷　嘉慶二十四年刻本

左輔撰。輔字仲甫，一字蘅友，號杏莊，江蘇陽湖人。乾隆五十八年進士。歷任安徽縣州府官、廣東雷瓊道、浙江按察使、湖南布政使，擢巡撫。道光三年以原品休致。卒於道光十三年，年八十三。是集收編年詩六百四十二首，起乾隆三十五年至道光三年。首自序。各卷以《蒙泉》、《抱榆》、《慕陔》、《卷施》、《孤雲》、《吹竽》、《旄葛》、《春荑》名集。詩法自然，無煉句搆局之跡。嘗入四川，有《犁田行》、《三峽詩》、《巴江行》、《成都至建昌道中雜詩》等作。符葆森云：「仲甫先生永安宫詩，無限唱歎，無限感慨。集中此等傑作，不可縷指。」至青海作《西寧秋感》。仕宦皖浙，以山水行役居多。工古文，長倚聲，喜圖籍。《讀史雜題》八首、《題黄景仁蒲團看劍圖》、《題蘇虚谷游黄山圖》、《題袁于令小像》、《題王豫曲江書屋圖》，逸情深意，時見筆端。輔通籍前與同里洪亮吉、趙懷玉、黄景仁、徐書受、孫星衍、莊宇逵、張惠言、惲敬均有往復，詩有唐人正格，宜其聲氣相同矣。

西寧秋感　四首録二

太息韋皐祠廟荒，離離塞草滿山黄。賣珠漁户乘秋月，邛海産珠，漁户每至中秋採蚌。打卯沙丁候曉霜。建昌卯穴，夏秋多水，採户必俟霜降乃入。海曲呼鷹喧酒市，河西鬬鴨趁歌場。流連景物寧無意，犵鳥蠻花笑底忙。

畫堞風高觱篥哀，攬衣慷慨獨登臺。堠旁白骨迎人立，倮夷有黑白骨二種。雲裏烏蠻叱馬廻。鸚鵡能言誰解語，地産鸚鵡。鷓鴣慣客不曾來。自過大渡河，鮮見有燕巢者。劇憐絶域何緣到，彊對瀘山一舉

杯。《孤雲集》

弗如室詩鈔五卷　嘉慶間刻本

蔣知廉撰。知廉字用恥，一字修隅，江西鉛山人。士銓子。與其弟知讓俱能詩。乾隆四十九年應江南召試，吴嵩梁同行。與袁枚、洪亮吉、汪端光、黄仲則均有來往。以拔貢署山東臨清州州同，五十六年卒於任，年四十。詩學太白，亦得家法。是集爲其子立中等校刊，無序跋。《越中懷古》、《登永濟寺》、《雷門鼓歌》、《阻風江口望最高峯》，沉警莽蒼，意境甚高。《河橋競渡歌》、《越州風俗詩》三首、《飲茆柴酒三十韻》、《赴湖坊山行紀事》八首、《姑塘竹枝》、《江北婦女歎》、《琵琶茄歌》、《木簰歌》，詠風土人事，不失雅音。《題史道鄰先生遺像》，像爲士銓所得，乾隆間京中人士多有此題。又有《讀書偶得》多首，並無浮薄之詞。

詩義堂集二卷　道光三十年家刻本

彭輅撰。輅字敬輿，號東郊，廣東高要人。乾隆間貢生。官英德教諭。卒於嘉慶十一年，年五十六。詩集初刻於嘉慶十二年，此本乃其子泰來重刊。生卒年據彭泰來《詩義堂後集》所附《詩譜》。輅少以詩古文辭見重於錢大昕、翁方綱，又與馮敏昌時相切磋。其詩優游冲淡，歸諸自然。《野寺》云：「野寺人來少，苔痕匝地青。懶雲依古佛，飢鼠齧殘經。僧拙呼纔出，門閒晝亦扃。偶然疏磬響，時有衆鳥聽。」《遊巾子山》云：

「數載恣游屐，兹山到未曾。懸崖連樹拆，危石挾雲崩。林密深藏寺，峯回忽見僧。愛奇終憚險，未敢極攀登。」唯一生坎坷，時亦有憤世嫉俗語。《别深廬》云：「去留累爾生分别，名實從人定淺深。」《詠鏡》云：「心膽直教人並露，朱鉛爭怪世偏多。」頗見性情。又《羊城雜詩十首》、《英德竹枝詞十四首》，記風土亦詳。

英德竹枝詞　十四首録六

何公橋畔牽郎衣，船子三篷去似飛。郎莫飛來寺前過，學渠飛出不飛歸。橋在城西，宋何智茂建，坡公有銘。三篷船出縣之東鄉，行最駛。

望夫岡上望夫回，衹見漁船估客來。誰道儂心徒似石，石頭容易化成灰。同在縣西四十里。西江魚苗聚鬻於此。縣多石，山人以燒灰爲業。

金龍巖下石如花，金龍巖邊溪路斜。賣石城中郎换酒，摸金溪裏妾淘沙。巖在山頂，山麓産英石，山下小溪，相傳凶歲出金屑，貧者藉以活，在縣四十里。

男昏百兩副儷皮，女嫁惟煩賣犬貲。不解兒家爹媽意，生男何喜女何悲。縣有溺女風，故娶妻者難。聘財極重而奩具甚薄。

蓬沓低翹映鬢光，圍腰紅帶稱身長。兒家自有英州樣，肯學風流時世妝。婦女勤樸，不插花不傅粉，否則目爲妓。妝唯銀櫛，長幾及尺，斜梢鬢脚，腰繫紅帶，綏雙垂，此其大畧也。

郎君吃飯妾餔糜，郎飽何妨妾忍飢。但解推心置儂腹，縱餐糠覈也應肥。人户朝夕食粥，當晝啖藉芋。唯富家男子食飯，而婦女仍啜粥。《詩義堂集》卷二

騰嘯軒詩鈔三十八卷　道光二年刻本

陳熙撰。熙字梅岑，浙江秀水人。乾隆間國子監生。任武英殿謄録。議敘分發安徽，改南河，歷官至郡丞。此集載詩止於道光二年，生年據丙寅元日詩推之，爲乾隆十六年。熙年十五從袁枚學詩。乾隆三十年，枚倩吴省欽作《隨園雅集圖》，所繪五人，沈德潛、袁枚、蔣士銓外，熙亦獲與焉。入京後爲朱筠所識。集中《輓竹君學士》，哀閔貞、黄景仁，《輓謝藴山先生》、《題甌北集菽原堂集》、《讀雨村詩話》，及與袁枚等過從唱和，有關當代文苑者甚多。蔣士銓在廠肆獲史可法像並家書，由彭元瑞進呈，乾隆爲題詩並勅諸臣恭和，熙《咏新修史忠正公祠》記此事。居清河八年。所作《防河雜詠》，有土牛、稭埽、捆掃船、量水桿等篇，各敘其制。此外多家常閒適之作，罕有佳什。蓋生平不事博涉，才氣亦弱，終歸諧俗矣。

香畬先生詩集八卷　道光八年刻本

李方穀撰。方穀字香畬，四川成都人。乾隆三十九年舉人。官名山教諭。五十六年，從軍廓爾喀。嘉慶二年，授湖南臨武知縣，六年，調綏寧。十三年，升永綏同知。十五年卒，年六十。嘗分校鄉試，陶澍卽出

門下。道光八年，刻遺集詩八卷，都六百零三首，陶澍爲撰序傳，門人淡春臺跋。集中以西征詩最勝。歷經梓州、雅州、松林、巴塘、丹達士、巴貢、昌都等地，咸以詩紀事。《王卡山卽事》、《俄倫加紀勝》、《阿南多雜詠》，尤多前人所未道。又有《石田歌》、《登雲霧山歌》，亦以涉趣山水爲能焉。

雲卧山房詩集二卷　咸豐間刻本

周嘉猷撰。嘉猷字順斯，號慕蘐，又號紀堂，浙江海寧人。乾隆四十四年順天舉人。四庫館謄録。父人傑官高州知府，因罪戍黑龍江，落職。五十二年，臺灣林爽文起事，入閩撫徐嗣曾幕。隨渡海赴臺，辦理善後事宜。五十四年回省，應廣西巡撫陳用敷聘赴粵，護送越南貢使出關，得遍覽粵西山水。以鎮壓楚南苗民，官至兵部武選司主事。嘉慶元年卒，年四十六。是集家刻，阮元、趙亨鈐、李春馥序，祝德麟撰《傳》，江蘇巡撫邵甲名爲撰《年譜》。從叔春，爲海寧知名學者。與同時錢唐周嘉猷字辰告，號兩塍，爲《南北史補表》。同姓名，非一人。嘉猷早年隨父官甘肅，生平足迹半天下。唯集中上卷爲試帖詩，下卷爲古今體詩，不足見其經歷。《福嘉勇公平臺紀畧十二首》，頌揚福平林爽文功績，亦無史料價值。唯近體學温、李者佳耳。録讀戲曲小説詩三首。《讀會真記》云：「才子文章才子評，相傳一樣可憐生。那堪滄海曾經客，重話西廂兒女情。」題《紅樓夢云》：「絶世珍傳玉一雙，燕釵壓鬢意難降。無端竇氣豐城合，斷送花魂哭雨窗。」《題牡丹亭》云：「情到迷離命亦輕，魂歸原不負多情。人間生死徒虛耳，祇許情人有死生。」

敏齋詩草二卷　嘉慶二十二年刻本　巴塘詩鈔二卷　嘉慶十一年刻本

李苞撰。苞字元方，號敏齋，甘肅狄道人。乾隆四十八年舉人。歷官廣西陽朔、賀縣知縣，京都東城副指揮，四川劍州知州，權巴塘司篆，至山東鹽運司運同。嘉慶二十二年滙刻詩集，自序謂在粵西爲《牽絲草》，在京都爲《朝陽集》，在蜀爲《劍陽詩草》，于役巴塘有《巴塘詩鈔》，旋里有《侍松詩社吟》，今取《巴塘詩鈔》外諸集，删存十之三四，總曰《敏齋詩草》。首有吴鎮、楊芳燦序。鎮爲隴西詩人，久主蘭山書院講席，苞之姑丈。芳燦亦名家，宦游隴西，頗負時望。集中詩狀寫桂林陽朔山水，極其奇隈。《粤西諸蠻詩四十韻》云：「部落依谿峝，租庸入縣州。誅茅編小屋，架樹構危樓。闢地虺蛇竄，燒山草木愁。跣行寧用屨，骨浪本無裘。腰緊纏絨帶，胸開露錦兜。戴梳形插扇，頂板狀垂旒。」又云：「草草身家計，區區升斗謀。花時崖蜜熟，雨後野菌抽。糉子三春種，種禾六月收。檳榔充苦茗，薏苡作乾餱。狼户刀耕慣，沙人火食不。蕉皮勤績紡，桂幹任薪樵。行禮槽頻扣，迎年粽迭酬。盤瓠追祖譜，都貝薦神羞。」此詩於瑶族生産交易、俗禮法規、祭祀卜筮、訟事擇配、生育病醫、食物服飾、音樂跳歌，多詳考注。《劍陽》一集，則以巴渝山川風土、昭覺南臺諸寺，並所見利州皇澤寺武則天遺像、觀音峽石窟佛像，悉入謳吟。其先刻《巴塘詩鈔》一卷，首林喬蔭序，《發化林坪》、《住瀘定橋》、《早行過折多山》、《宿卧龍石》、《西俄洛》諸篇，詠打箭鑪一帶山水奇險。苞官巴塘三年，於今川西少數民族生活風俗，極爲熟悉。《觀刈禾》云：「家家鐮刀喜新磨，趁老天晴共刈禾。不識堯民擊壤意，阿彌陀佛卽農歌。」《跳鬼》云：「執劍逐魅魑，年年歲暮時。夜叉頻舞蹈，菩薩亦威儀。法寶珊瑚造，山精髑髏爲。紛紛善男女，歌唄不知疲。」《友人問巴塘風土以詩答之》云：「邊塞足風飈，人稀村寂寥。秋來少過雁，夏盡尚鳴蜩。玉箸蠻葱辣，金杯藏菊嬌。沙田青稞外，鄭重是甜蕎。」巴塘處川西極邊，與西藏接毗。《有客自西藏來談其梗概》、《述聞》等作，又可由巴塘而見西藏。苞於嘉慶八年官巴塘，司理糧務三年。據《己丑五十六生日》詩注，爲乾隆十五年十二月二十日生。胡承珙《求是堂詩集》卷十三有《贈李刺史》詩，稱苞嘗輯《洮陽詩集》。吴鎮《松花庵詩草》有《寄懷李敏齋》詩。其詩名雖不甚著，然生平博涉，經見甚廣，固能多師爲師也。

巴　塘

童山重疊繞巴塘，中有田疇麥穗長。四月榴花驚火艷，雙溪竹箭響雷硠。木梯高下登蠻寨，金頂東西鬬佛堂。以有易無猶古制，誰居奇貨是茶商。

迢遞西通選佛場，中原聲教被蠻荒。官船雲渡竹笆籠，竹笆籠，地名，設塘船四隻。驛騎星飛梨樹塘。梨樹，塘名。設塘兵，馳遞公文。闔外熊羆屯古戍，朝端龍虎鎮邊疆。自慚寥落劍州牧，也到天涯司糗糧。

《巴塘詩鈔》卷上

述　聞　聞前藏每歲正月望日迎唐公主像，儀信音樂，極其美盛。

公主乘車駕，幢幡到處迎。寶衣千刼化，玉鏡一方明。觱篥蠻中樂，琵琶馬上聲。陋他青塚草，

空見歲枯榮。《巴塘詩鈔》卷下

朝天集二卷　乾隆六十年刻本　金華山樵前後集　嘉慶九年刻本　抱瓮軒詩文匯　稿不分卷　嘉慶十六年刻本

師範撰。範字端人，號荔扉，雲南趙州人。乾隆三十九年舉人。以學博保薦，用爲安徽望江知縣。著有《滇繫百卷》。嘉慶十六年卒，年六十一。詩集先刻《朝天集》爲乾隆六十年入覲詩。上卷起大理府，經霑益、宣威、畢節、永寧、嘉州、眉州、綿道、劍閣、沔陽、褒斜，所歷恆寄之詩。下卷歷關中、洛中、百泉、正定以至都下，記沿途見聞，不飾自華，不璩自粹。嘉慶九年刻《金華山樵前後集》，分《幼學吟》、《芙蓉館存稿》、《研露集》、《南還紀行》、《孤鳴集》、《鷓鴣吟》、《吾亦愛吾盧寤語》、《嘉慶選人後集》、《泛舟集》、《春帆集》，附《金華山樵詩内外集》，都二十卷，而《朝天集》未在其内。範生滇西，少隨父宦直隸欒亭。入都，受知於褚廷璋、曹仁虎。遭父喪，走宣府大同至陽曲，復歷魯岱、淮揚、蘇杭、江漢、皖中，足蹟甚廣。其詩倔强豪宕，不煩繩削，若不經意而爲。其中詠灤河、山海關，重游盤山，《左雲雜詠》六首、《太原雜詩》四首、《雲岡石大佛寺歌》、《曉度太行》、《安慶雜詠》八首，以及黔滇詩記多首，法式善稱「負聲若折鐵，抽筆如繅絲」者是也。《欒亭前後竹枝詞》十首、《海鄉食品四十首》，雜記土風物産。集中有贈姚鼐、褚廷璋詩，皆爲前輩。《懷人集》八十二首，自檀華以下，多屬滇人。《與段可石論詩》七律六首，綜評清初至當今詩人。是集有自序，各集載友朋及門弟子序。門生龍彪撰題最夥，至謂範「有倚天拔地之才」，此鄉曲之見耳。晚選《抱瓮軒詩文滙稿》，有嘉慶十五年自序，時在吉水。《滇繫》一書亦録己詩，更有出於前後集之外者。三集手定，歧互遺漏尚如此，況身後待人定耶。

西陲竹枝詞一卷　嘉慶十四年刻本

祁韻士撰。韻士字諧庭，一字鶴皋，號筠淥，山西壽陽人。乾隆四十三年進士，改庶吉士，授編修，官户部郎中。充寶泉局監督。嘉慶十年，以局庫虧銅案遣戍伊犁，十三年還。主甘肅蘭山書院講席。卒於嘉慶二十年，年六十五。韻士戍新疆，嘗代松筠撰《伊犁總統事畧》、《藩部要畧》，又有《西域釋地》等書。開研究西北地理之先聲，徐松、張穆俱受其影響。嘉慶十三年，撰《西陲竹枝詞》一百首，首十六城，次鳥獸蟲魚，次草木瓜果，次服食器用，而終之以邊防民族，以誌西北之大畧。自云「詞之工拙，有所不計，唯紀實云」。此集初刻，附《伊犁總統事畧》，與松筠《綏服紀畧圖詩》並行。别有單刻本。後重刊，與韻士自著《萬里行程記》、《自訂年譜》並行。

教經堂詩集十二卷　乾隆五十八年刻本

徐書受撰。書受字尚之，江蘇武進人。清初詩家徐永宣曾孫。國子監生。由四庫館議敍，官河南南臺知縣。負詩名，與同里洪亮吉、黄景仁、孫星衍、楊倫等有「七子」之目。畢沅選刻《吴會英才集》，預焉。是集爲乾隆三十三年至五十八年詩，凡一千一百六十首。有袁枚、畢沅、杜玉林序。杜序云：「玆集編年頗倣竹垞，録詩斷自十七。」可推知生於乾隆十六年。卒於嘉慶十年，年五十五。王昶《蒲褐山房詩話》稱書受：「少而食貧，長而多故，彈鋏依人，恆有四方之役。羈旅道塗，所作往往牢愁激楚。大抵取法在孟東野、張文昌間。然才情諧暢，兼效元白。」《湖海詩傳》所選《無米》、《新嶺》、《十八盤》、《雨宿田家》、《濬縣登眺近山》、《蘆溝道中》、《送董超然南歸詠一百韻》，諸體略備。餘如《月夜泊燕子磯》、《送秋塍暫往保定即返秀水》、《古詩四十韻呈笥河先生》、《阻風登金山》、《山溪口放歌》等篇，亦稱俊健。《土城雜詩》、《廣會橋竹枝詞》，演述風土。《讀離騷》、《書高季迪詩後》、《詠史四首》、《題元人畫册》八首、《題羅兩峯鬼趣圖》四首、《題楊蓉裳伏羌紀事詩後》，亦不空蹈。唱酬感逝涉及知名人士，爲金兆燕、薛寧廷、洪亮吉、王復、莊寶書、楊夢符、黄易、黄景仁，間附和詩。與民間藝人亦有往還。《次韻戲贈説書陳癡農》四首云：「揮麈清談習未除，翦燈轟飲計全疎。熟温腹稿隨時出，鄴架從來未見書。」「阿堵傳神助解頤，姑爲妄聽妄言之。妙於擊筑吹竽外，唇舌還推别栩奇。」「雅宜瀹茗追涼地，最好圍爐釀雪天。遊戲文章入三昧，方言詩謎野狐禪。」「怪誕荒唐無不有，詼諧絶倒幻皆真。齒牙餘論吾何惜，不媿知名驚座人。」藝苑碎金，堪供掇拾。

有泉堂詩集八卷附一卷　嘉慶十五年修齡堂刻本

屠紹理撰。紹理字訥夫，號夢亭，浙江仁和人。貢生。依公卿學使游食四方，好謳吟。嘉慶八年在滇南自刊詩集。後由其子艾爲刻《有泉堂詩文一覽編》，内詩八卷附《續草》、《粵再吟》各一卷，即此編也。考其生歲，據自序當爲乾隆十六年。徐夢元《珊珊軒詩鈔》存有乾隆四十二年屠文煒及紹理各一序，文煒即紹理父，時紹理年當二十八。而嘉慶二十年尚爲劉大紳《寄菴文鈔》作序，殆年近七旬。紹理少時省親出嘉峪關，至哈密等地，作《登酒泉郡署屆遠樓望雪山》、《伊吾使署即事書懷》、《丁酉元旦竹枝詞》、《經別駕招游孔雀園避暑》自注：園係哈密王別業。等詩。曾游承德，作《熱河佛寺恭紀》。居真定道署，代觀察作《贈隆與寺上人用壁間安南使臣武輝瑨韻》，附録安南武輝瑨、黎輝慎、陳玉視、潘文典原作，皆七言八詠。又有《大名北郭靈濟寺》、《定州折獄歌爲郭刺史作》並序、《重泊肇慶閲江樓》、《瀫江郡齋雅集》、《自霑益踏雪到平彝途中》，踪跡南北，見聞甚廣。題燙畫，即火畫，乾隆間已漸流行。《讀初白先生集》、《題隨園詩話》，皆習見之書。《題廣東新語》云：「才堪用世遇多艱，感憤都將述在編。遁迹緇流仍闢佛，追踪道學未成賢。不醇好説齊諧怪，難信狂談鄒衍天。識小只宜資考據，惜君風氣囿於偏。」屈大均書雖已列爲禁燬，然當時讀者仍多。

有竹堂詩六卷　嘉慶間刻本

王心清撰。心清字澄源，號若水，山東臨淄人。乾隆四十四年舉人。官蓬萊訓導。嘉慶十七年卒於任。年六十餘。詩集六卷，《澠水草》、《雪鴻草》、《海濱草》各一卷，《海濱續草》三卷。首王祖昌、楊大受序，同學張象津爲撰《小傳》。詩中有涉及教民起事與李長庚追破蔡牽史料。《續草》皆詠蓬萊名勝，考證史事甚詳。

《日本劍》、《聽周生説海市》、《讀李公青六死事紀畧》、《鐵子漢》，皆其至者。嘉慶十六年萊、文諸邑夏旱秋澇，作《紀災》諸篇。又有《登州絶句》百首，存五十四首，可補志乘之闕。詩格不高，然樸質無華，時出苦思。

聽雨樓詩稿八卷　嘉慶二十一年刻本

潘奕藻撰。奕藻字思質，號畏堂，江蘇吴縣人。乾隆四十九年進士，改庶吉士。官刑部主事。五十三年出爲湘南副主考。嘉慶二十一年，刻《詩稿》八卷，據其兄奕雋序，時奕藻已殁。集中詩雖無名篇秀句，然頗可徵事。《舞鈸行小序》云：「自南齊穆士素製銅鈸以合樂，後世法曲多用之，然未有施之舞者。鈸之有舞，起於近世桑門。」嗟夫，以鈸而用舞於桑門，而舞鈸創新，惑衆甚矣。」此詩可爲研究舞蹈史者參考。《宿遂平王氏園和壁間褚筠心學士韻小序》云：「筠心於庚寅奉使過此題壁，後吴白華光禄、姚雪門廉使、陳春溆侍講、吴少甫中翰，先後過此，俱有和筆。筠心以乙巳罷官南游重叠前韻，詩中有鴻爪難留之意。」褚廷璋以忤和珅罷官，題壁詩和詩甚多，所論不一，讀此詩可以明究竟矣。《伯兄將扈蹕木蘭先期習騎賦詩奉柬》，可見乾嘉間漢官員猶沿清初尚武之習。《觀玩花春新劇演唐武后故事六首》、《題梁溪楊潮觀州牧吟風閣雜劇》三十二首，均爲戲劇史料。《樵人十詠》、《書褚河南樂毅論帖後》、《趙忠毅鐵如意歌爲默齋賦》、《信陽雜詩十首》、《咸寧蒲圻之間山中人多種松爲作種松歌》、《褚筠心學士輓詩兼哀韋約軒祭酒》，皆可視人而取。

題梁溪楊潮觀州牧吟風閣雜劇

乙未五月留滯京師，曰歸未歸，偶過錢蘀石先生齋頭，見楊君所著雜劇，愛其事備經奇，義長諷諭，爰假歸寓舍，聊當過夏，挑燈懷古，夜雨浪浪，對影獨酌，陶然竟醉，因各綴小詩一首，用代唾壺之擊，異日楊君見之，當必掀髯一笑也。

火色鳶肩迥絶倫，時違浪跡且風塵。凌烟將相瀛洲客，恰少新豐一酒人。馬周客店。

長風巨浪奈雄情，反衍經來氣漸平。快意人間寧有此，雄濤千里布帆輕。小姑神送風。

三原年少太粗豪，霖雨無端信手操。傾得龍宫半瓶水，不知下界已成濤。李藥師行雨。

祖龍索客事匆匆，巾幗潛身計亦工。兒女英豪總神物，史家疑義太冬烘。張子房避難。

煩惱由來自我招，百年何日果逍遥。贈他一服清凉散，安穩深山卧老樵。快活山樵歌。

書生無計探金穴，枉爲窮途泣苦辛。放下一雙青白眼，謹司香火事錢神。阮嗣宗遇財神。

春暉寸草怨難酬，始信南朝第一流。天下風塵兒亦得，出門慷慨便封侯。集中載温太真絶裾事，以爲出自其母，如王陵歸漢時事，誠足雪千古之寃。

名花何必藉芳茵，千古蛾眉痛失身。至竟白頭能共守，長門幽怨更何人。邯鄲人。

貫索何當掩將星，酒酣脱劍重丁寧。掀天功業渾餘事，難得狂生醉眼青。李供奉救郭汾陽。

五色看來走馬輕，更教花似霧中生。蘇程張吕俱桃李，始覺廬陵老眼明。歐文忠知舉。

平反一笑爲加餐，贏得兒稱好法官。東海若知慈母意，也應乳虎化祥鸞。雋不疑母訓子。

飛鴻中野苦鳴悲，誰繪流民拜赤墀。白髮老臣能矯節，只緣心折女郎辭。汲長孺聽驛女發粟。

一笑長歸滄海東，肯留濁世溷清風。蓬山信有仙人島，游戲何妨作寓公。魯仲連蹈海。

三尺娉婷寄藐孤，腥風戰血灑羅襦。趙家杵臼今誰嗣，奇烈千秋屬女奴。花雲婢全孤。

英烈真看障一方，孽龍從此鎮猖狂。蠻奴低唱巴童舞，風雨靈旗賽二郎。二郎神顯聖。

抗辭往往逆龍鱗，寶鑑寧教褻暗塵。歎息遺碑猶薄怒，幾令良輔作忠臣。魏文貞。

千秋高義重絲蘿，瞶瞶天公聽不頗。一自桂香攜滿袖，月中人更艷嫦娥。武林狀元娶瞽女。

全節全生自古難，拼將玉碎博珠完。維揚花藥春如海，留得貞松耐歲寒。露筋女。

生死論交信有真，森寒宰樹映青萍。可憐宿草門前路，多有迴車腹痛人。吳季子掛劍。

故人清夜渾閒事，誰識關西夫子賢。火齊金盤紛照耀，耐他白日竟公然。楊伯起却金。

貔貅十萬劍新磨，片語都令衽席過。不是將軍羞用武，天威行處本祥和。曹武惠誓師。

藍關風雪馬虺隤，勁節真看折不迴。聞説神仙多歷試，應教轗軻到蓬萊。韓文公被貶。

細馬輕盈剪髮雛，重圍如鐵突來無。霽雲慷慨包胥泣，孝節爭如女丈夫。荀灌娘乞師。

拼將薄命報深恩，零落金釵拭斷痕。九曲洪流悲莽蕩，不知何處平香魂。信陵君祭如姬。

桃實初紅佳宴開，小兒漫逞滑稽才。何妨飽吃仙人杖，贏得千年一度來。東方朔偷桃被杖。

金蓮夜靜歸深院，玉葉春浮出尚方。悟澈前塵俱夢幻，海南一髮是吾鄉。蘇文忠遇春夢婆。

浴鳧飛鷺滿汀洲，頭白滄浪一釣舟。但得樵青長倚柁，管教風月傲王侯。張志和封拜。

苦戰功成定百蠻，健兒從此慶生還。災風瘴雨新收骨，可有英魂入漢關。諸葛武侯祭亡卒。

求活卿曹盡下風，獨將頸血濺奸雄。池塘春草碧于染，苦憶當年老樂工。明皇祭雷海青。

依然杖錫去堂堂，回首當年一葦航。要識祖師本來面，須知震旦卽西方。初祖西歸。

唱罷南飛舞柘枝，金槃凝淚漏聲遲。屏間老婢頭如雪，親見郎君富貴時。寇萊公罷宴。

清涼居士故將軍，百戰功名付夕曛。剩有白頭雲水伴，滿湖煙景好平分。韓蘄王偕隱。《聽雨樓詩稿》卷四

有香草堂詩集八卷　道光十一年刻本

茅元輅撰。元輅字翊衡，號三峯，江蘇丹徒人。乾隆間舉人。與同里張崟、張絃、郭堃、鮑文逵結爲詩社，執牛耳。詩集一千二百餘首，道光八年張崟爲之序。據集中《七十誕辰》詩，約生於乾隆十七年。其詩吐納宏深。《石公山》、《荆軻嘆》、《游小九華山》、《讀吴越春秋》、《三十六峯山館觀燈劇歌》、《讀屈原列傳》、《秦淮雜詩》、《讀戰國策》、《登牛首山》、《持螯歌》，不事藻飾，漸造自然。生平交納不廣。王文治、李御皆鄉前輩詩人。顧鶴慶、張崟爲當世畫家。嘉慶初，滑縣教民起事，兵有奉調愁泣者，作詩八首曉之。詩雖不佳，亦紀實也。其詩去不傳危如一縷，張崟力慫慂之，始於道光十一年刊版，不終晦矣。

友漁齋詩集十卷　嘉慶十年刻本

黄凱鈞撰。凱鈞字南薰，號退菴，浙江嘉善人。太學生。生長農家，無師友之誼。著《圓明園記》，近代繆荃孫收入《煙書東堂小品》。工醫，輯有《醫詁》。嘉慶十四年，長子安濤成進士，凱鈞年五十四，始録存詩十卷，一千八百五十二首。卒於嘉慶二十五年，年六十九。生平事蹟見本書卷首郭麐序及曾燠所撰《墓誌》。詩以清潔爲主。阮亨《瀛舟筆談》、梁紹壬《兩般秋雨盦隨筆》採録其詩。集中贈郭麐詩較多。寫農家生活，爲《插秧詞》、《踏水車》、《買青苗》、《村居》諸篇。五古《農器詩》十四首並注，句句鑿實。《腐窠頂觀日出歌》、《浙江觀潮》、《元夕東莊看月》、《上元後大雪登千佛閣》、《題眉山集》、《讀劍南集》、《論詩》、《閩中詞》十首，雖未必深造，亦不猥雜。生平未登仕進，亦可謂篤學好詩者矣。

梅菴詩鈔五卷　玉門詩鈔二卷　道光二年懷清齋全集本

鐵保撰。鐵保姓棟鄂氏，字治亭，號梅菴，滿洲正黄旗人。乾隆三十七年進士。由郎中遷少詹事，嘉慶間官至兩江總督。十四年以失察山陰縣謀毒冒賑案，遣戍烏魯木齊。逾年，充葉爾羌辦事大臣，尋調喀什噶爾參贊大臣，擢禮部尚書，調吏部。十九年革職，道光三年致仕，四年卒，年七十三。嘗纂修《八旗通志》，輯《熙朝雅頌集》，皆滿族人詩。工詩詞，尤精書法。《梅菴詩鈔》初刻於嘉慶十年，有百齡等序。《全集》本據以重刻。其論詩貴氣體深厚，反對虚語敷衍，所作質直，無浮靡雕琢之習。其中詠京西上方山、雲水洞、石經臺，詠淮安古蹟漂母祠、枚皋宅、劉伶臺、杜康橋、婆羅碑、枸杞井，均較精鋭。七言古詩尤工。《南唐官硯歌》並序、《朱碧山銀槎圖歌》、《草書歌》、《前畫虎行》、《後畫虎行》、《讀吕叔訥讀史二百四十詠喜題長句》、《題石田翁遺照》、《西山寺宇多前明閹人所建感賦長篇用識軼事》、《題黄左君藏倪高士詩草墨迹》、《自題相馬圖小照》、《錢武肅王鐵券歌》、《米老硯山圖爲羅兩峯賦》、《顔魯公名印歌》、《古赤銅刀歌》、《後赤銅刀歌》、《湯天池鐵畫歌》、《桂未谷指頭八分書歌》，稽覽甚博。《騰禧殿詞》、《玉熙宫詞》，爲讀高士奇《金鰲退食筆記》載明宫中而作。其《玉門詩鈔》，惟全集本有之。出關經戈壁之詩，尚在遣戍途中。作《勾當紀事》、《葉爾羌道中》、《阿克蘇》、《巡閲木倫》、《游三仙洞》、《嫣娜曲》自注：回人舞名。等詩，已爲總制大臣矣。《徠寧雜詩》十二首爲抵疎勒縣作，蒐採少數民族風俗，悉可備考。鐵保與百齡、法式善齊名，滿族詩人中錚錚者。王昶《湖海詩傳》選詩有爲此集未收者，足見平日詩稿散佚正復不少也。

徠寧雜詩

琉勒古雄國，今爲没齒臣。衣冠仍異俗，耕鑿等編民。寒暑陰晴變，山河壁壘新。覃敷文教遠，天地愛斯人。

清秘堂前客，翻然萬里行。行年入花甲，恩命應先庚。久病疎鉛槧，孤身治甲兵。巖疆容坐鎮，投筆笑書生。

半壁西南地，山川入大荒。分茅盡回鶻，通估到西洋。久喜邊塵靖，都忘驛路長。建牙星宿海，投老壯心償。

阿渾談經處，回人經師，謂之阿渾。黄童白叟環。道標三教外，風動八城間。士可操刑政，民多類草菅。朝廷從欲治，化外順愚頑。

十月盤雕熟，陰山好合圍。風沙隨馬起，毛血帶霜飛。酒釀蒲萄滑，鮮烹雉兔肥。醉餘齊罷獵，山月照人歸。

絶域夷風陋，漸摩衆易從。笙歌齊送日，每日申酉時擊鼓誦經謂之送日。版鍤競澆冬。收穫後放水入田謂之澆冬。禽處忘頹俗，蝸居儼素封。古來沙漠地，無事講兵農。

半鈎新月上，又見一年春。回俗於九月把齋，至十月初望見新月過年。此日踏歌者，都成送歲人。金珠爭耀首，絨褐半章身。鼓吹昇平福，遐荒民氣淳。

七日日中市，欣從把雜來。七日一市，謂之「把雜爾」。中原貨爭積，重譯客無猜。貿易聯西藏，舟車洞八垓。回疆真當庶，煙户萃荒萊。

女伎當筵出，聯翩曳綺羅。歌應翻俚曲，舞欲效天魔。髪細垂香縷，眉長補翠螺。不堪通一語，默坐笑婆娑。

茂林環曲水，身到伯斯塘。築土正方，四面環水，密植榆柳以爲憇息之所，謂之「伯斯塘」。天外雲陰合，樽前塞草香。低枝爭繫馬，少婦笑窺牆。到處宜行旅，應忘客路長。《玉門詩鈔》卷一

清人詩集敍録卷四十五

退思堂詩集二卷　道光十四年刻本

葉世倬撰。世倬字子雲，號健菴，江蘇上元人。少隨父均官寶應。與劉台拱、朱彬游。三十九年舉順天鄉試。由四川長寧知縣累官福建巡撫。卒於道光三年，年七十二。詩集上、下卷與文集四卷爲門弟子刊，附端木從恆編《葉健菴先生年譜》，從恆亦世倬高弟也。世倬於嘉慶初任西安府清軍同知，參預鎮壓白蓮教天理會。又多奉差，道經秦晉，作《過寧羌州》、《心紅峽》、《宿窰洞》、《山西道中觀耕者》、《五郎山》、《孟津縣渡河作》、《商於道中》、《山農歌》等詩。後官閩，有游武夷詩。署臺灣道，作《登澄臺》、《别海東書院諸生》、《由臺灣内渡至厦門四首》、《過澎湖金門諸島》等篇。《由臺將之任山西感賦三十韻》於臺灣當時社會黑暗狀況記敍最詳。

由臺將之任山西感賦三十韻

三月春風和，駕言朝京師。時奏請陛見先赴京師。航海得巨艦，一飄可飛馳。王提軍得禄自造莫海船，長九丈二尺，桅柁椗皆用番木，堅固寬敞，余啟行時適至，遂乘之内渡。顧余獨惴惴，旁皇有所思。行年已七十，涉險不敢辭。差幸郡饒沃，小民無啼饑。又憫逸居者，不識書與詩。去夏余到此，所見殊支離。番俗或淫祀，祈禳肅馨粢。會衆喧鐃鼓，終歲無虚時。番俗信鬼神，皆不必知名而聚衆迎請，僧道優伶雜沓並進，夜以繼日，幾無虚時。七月作普度會，尤不論男女貧富皆出資爲之，一月之中，計通臺費金以二十萬計。官長亦從而助之，各神其説殊不可解。子女每獿雜，草露行相隨。生子重螟蛉，毛離無差池。俗以多畜義子爲勝，義子多則無敢侮者。其分財與親生子同。骨肉尚如此，人道何綱維。檳榔競相餉，中人産不支。俗以老葉裹鮮檳榔染蛤灰少許，時時嚼之，食久齒黑爲榮。市售者處處有之，每人日食數十錢，富者可三四百錢。况復嗜鴉片，甘心罹垢黧。鴉片煙例禁甚嚴，而臺郡不食者頗少。牧戲肆樗蒲，四民同娱嬉。臺郡賭風甚熾，富者傾家，貧者爲盜，百十成群鬨聚劫奪，習以爲常，及散後或逃深山，或浮大海，有司苦之。生齒日益聚，訟獄日益滋。習久不善變，滿日成瘡痍。治亂用重典，恐非盧扁醫。言念逋逃藪，有司困窮追。孔子語，既富惟教之。果知倫紀重，禁令可徐施。弭盜在保甲，自固先藩籬。吾言誠不易，勿云殊蠻夷。嗟余亶不敏，日夕方孜孜。忽聞山右命，夙駕難淹遲。秔稻歲再熟，花木芬四時。繫懷兹樂土，無那氓蚩蚩。竊位未期月，良負聖明知。《退思堂詩集》卷下

雅歌堂詩鈔四卷　光緒二年刻全集本

徐經撰。經字芸圃，號甃枰，福建建陽人。諸生。受知於朱珪。長古文辭，講學湘、蜀。《詩鈔》又名《慎

陟集》，爲《雅歌堂全集》之一種。有朱珪序。匯四十後所爲詩，分古律絶句，共七百餘首。生年據卷四《七十自題小照》，爲乾隆十七年。卒於道光初。經長於論詩，《有皝枰詩話》。其詩以狀寫山水民情者爲勝。五古《上三峽》、《涪州北巖得程伊川注易洞》、《成都青羊宫》，七古《泉山行》、《巫峽行》、《新灘行》、《下建溪歌》、《上建溪歌》、《嘉陵江水歌》、《富春山水歌》、《眉州江上歌》、《均州滄浪水歌》、《桃源緑蘿山行》、《銅仁月鏡山行》，近體《峽江棹歌十二首》、《湖南雜詠八首》、《荆南雜詠十首》、《建溪雜詩八首》、《武夷九曲櫂歌六首》、《衢州竹枝詞二首》，皆有興象，而流連詠歎，往往感激頓挫。經厄於仕途，仰屋著述，賦質中人，其詩雜糅之處亦多，乃身後有《全集》行世，亦云幸矣。

經遺堂詩集二十卷　道光五年刻本

韋佩金撰。佩金字書城，號西山，江蘇江都人。乾隆四十三年進士。歷蒼梧、懷集、馬平、凌雲等縣知縣。嘉慶三年，爲同僚讒諸上官，以軍需案謫戍伊犂。釋歸。十三年卒，年五十七。事具本書卷首《嘉慶揚州府志》傳及《江都縣志》傳。道光五年，門人丁元模爲刻《經遺堂全集》，包括詩詞文集，有嘉慶六年佩金自序，道光間劉文淇序。詩分體十七卷，附補編三卷。佩金早歲受知於蔣士銓。與黄仲則、汪中爲摯友，切磋之誼甚厚。官廣西邊邑有年，經歷前人所未有。而刻意吟詠，迥非學力可造。《樂府鐵柱歌》、《渡艇歎》、《繂夫歎》、《箬葉刀》、《倒扒船櫂歌》二十首、《利州山歌》二十首、《土兵行》、《抱布行》、《蒼梧行部詩》、《蘭崗勘山》、《崇舲峽》、《立魚峯》、《邏里述事》、《自百色赴桂林江舟述懷》、《泗城水源詩》、《邊驛》等篇，荒陬僻壤所見，多有出於地志筆記之外者。遣戍新疆，所作陝州、蘭州、涼州、甘州、肅州、玉門、安西、卜隆吉、馬蓮井、星星峽、天山、松樹塘、哈密諸詩，標寫景物，勢亦雄壯。惟至伊犂後，轉而體閒氣詄，無可觀采。佩金釋歸後，李秉禮見其詩稿，促爲刊行。遷延二十餘年，乃有此刻。先印百部，傳本較稀也。

詒晉齋詩集六卷　藏修堂叢書本

永瑆撰。永瑆號少厂，一號鏡泉。清高宗第十一子。封成親王。家藏晉陸機《平復帖》，因以名齋。工書，詩亦知師法。道光三年卒，年七十二。所著《詒晉齋集》凡十卷，爲詩賦隨筆，禮部尚書麟魁序。此藏修堂覆刻嘉慶本。其詩多用眼前之典，不甚摹古，而立義卓雅，詞旨多出新意。《韓太傅祠》、《崖口同朱石君先生作》、《望松歌》、《題近香樓》、《送稚存先生給假還里》，情詞超逸。《題晉陸機平復帖》、《唐懷素苦筍帖》、《五代李贊華番部行程圖》、《宋人秋林獵騎圖》、《管道昇九歌圖》、《惲壽平山水圖》、《題漢西嶽華山碑》，目諟思存，洵藝圃之佳搆。《紀書》二十五首，卽論書絶句，亦足當家。《讀李太白温飛卿林和靖詩》、《題謝疊山集》，亦可採取。又工詠物，喜爲風俗篇，有和唐李嶠詠物詩一百二十詩。論者謂有清一代宗室之冠。

悔生詩鈔六卷　嘉慶間刻本

王灼撰。灼字明甫，一字賓麓，又字悔生，號晴園，安徽桐城人。從劉大櫆習古文八年。姚鼐主講紫陽書院，與之切磋。復與丁杰、張惠言同館於歙，結交程瑶田，學業大進。乾隆五十一年舉人，爲朱珪弟子。官祁門縣訓導，改東流縣教諭。晚掌教衡山書院。嘉慶二十四年卒，年六十八。歿後李宗傳爲撰《傳》。所著《悔生詩鈔》六卷與《文鈔》八卷合刻。詩依體類分，凡五百三十餘首。其游歷錢塘、金陵、岱嶽、燕薊詩，刻削中有蕭散之致。《憶海峯先生》、《謝金淳執惠右軍墨刻》，與姚鼐、程瑶田、金榜、孫星衍、洪亮吉、張惠言、吴鼒、惲敬寄贈之什，可見行輩甚高。鮑桂星視學河南爲李夢陽建祠，勒碑文見寄，詩以報之。又與鄧石如契交。文集有《鄧石如傳》及印譜序。集中有七古《送鄧完伯歸里》詩。其詩學唐而得明七子之似，殆爲詩派正宗。

綏服紀畧圖詩一卷　嘉慶十四年刻本

松筠撰。松筠字湘浦，姓瑪拉特氏，蒙古正藍旗人。由繙譯生員考筆帖式出身。乾隆五十年命往庫倫治俄羅斯貿易事，歷八年。後充駐藏大臣，伊犂將軍，累至大學士。道光十四年，以都統銜休致。十五年卒，年八十四。謚文清。松筠習於邊事，著有《西陲總統事畧》、《西招圖畧》，均刊于嘉慶間。是集附《西陲總統事畧》後，有自識，程振甲序。其中於俄羅斯得八十一韻，緣述洽克圖交易事，小注考覈史地，記載中俄交往。復采新疆、青海、西藏等地沿邊見聞，亦得八十一韻。自云：「間有身所未歷者，不無缺畧，以俟知者補輯。」於瞭解當時邊疆形勢，頗有裨助。

一品集二卷附使黔集一卷　嘉慶間刻本

費錫章撰。錫章字焕槎，一字西墉，浙江吴興人。乾隆四十九年舉人。官至順天府尹。嘉慶十三年奉使琉球，爲副使。貽書中山王，臨行堅辭餽贐，名稱當時。《一品集》二卷，卽使球詩，馮培、王紹蘭、張師誠序，附《使黔集》一卷，爲嘉慶十八年詩。今據《歲暮述懷》見《一品集》「花甲亦既周」句以推，當爲乾隆十七年生。是集上卷記二月二十八日出都、過蘇杭、抵閩，多講時務。下卷自黑溝洋以次，爲《姑米洋候風》、《進那霸港拾月篇》。至琉球，凡進禮、宴飲、却贈、觀劇、游覽，俱有詩紀。《詠琉球八景》爲泉崎夜月，臨海濤聲，粂村竹籬，龍洞松濤，城嶽靈泉，筍崖夕照，長虹秋霽，中島蕉園。《琉球雜詠十首》，詳於彼國田莊、勞役、賈客、屋宇、風俗。先是，康熙間王垓、林麟焻、徐葆光相繼使琉球，乾隆二十二年周煌爲使者，嘉慶五年綿州李鼎元繼之。錫章作《停雲樓五君詠》，卽詠此五使節。臨行復有《琉球紀事一百韻》，附《致琉球國王書》，亦涉史實。歸舟在十四年正月，計此行半年有餘耳。清代封使，例賜正一品麒蟒服，因借用《會昌一品集》名其集。同行正使齊鯤有《東瀛百詠》，又與錫章合輯《續琉球國志》，均有傳本。

建　蓮

菡萏長陂塘，閩俗種以田。秋成計豐歉，亦有大小年。包匭實筐篚，稗販到窮邊。庸醫記方書，清心必建蓮。人謂利源溥，吾意殊不然。閩地素瘠薄，富庶惟漳泉。齒繁蓋藏少，全賴澎湖船。風濤二千里，往往多稽延。鼻息仰他人，當躬了無權。本自鮮膏腴，而又重棄捐。有心籌民食，曷不事補偏。拔蓮藝五穀，穀熟仍糶錢。庶幾備無患，民亦得安便。客言近迂濶，積習何能悛。不見淡巴菰，明季始留傳。至今十室九，吐納噓雲煙。掘斷蒙恬脈，開盡商鞅阡。其廣且百倍，于蓮何責焉。我聞長太息，持論遂不堅。凶歲偶然耳，畢竟還恃天。按：福建民田一十二萬八千二百七十頃八十七畝，以畝穀二石計算，應穀二千五百六十五萬四千一百七十四石。一米二穀，實共米一千二百八十二萬七千零八十七石。人丁四百七十一萬三百三十九口（户部黄册）。計口授食，人以三石六斗爲率，應米一千六百九十五萬七千二百二十石四斗，歲共不敷米四百一十三萬零一百三十三石有奇，而年穀之豐歉，生齒之蕃滋，不與焉。況田有定地，齒無定數，即使盡種禾稻，盡獲豐收，民食之不足，尚虞日甚一日，獨奈何以可耕之田種蓮種菸耶。録詩既畢，附記及之。《一品集》卷上

琉球雜詠

前使汪、徐兩先生俱有《中山竹枝詞》，已數十年，風俗不免小變，因成《雜詠》十首，凡二公所曾詠者，不再作也。

陰陰緑樹繞廻塘，短竹籬笆礪石牆。瓦砌高低匀玳瑁，窗移左右作鴛央。屋瓦俱紅黑色，窗則上下限刻雙溝，左右推移，以爲啟閉。

長簷矮脊界分明，門角全憑粉研成。一色樓臺迷遠近，捲簾渾似雪初晴。凡屋簷脊多以蠣粉塗塈，遠望如積雪初消。

一榼雙承共輓推，倒行逆施任君猜。偶然倚著高樓望，大似猩猩送酒來。肩輿式皆矮小，着扛木于轎頂，兩人前後昇之。易肩則倒行，再易則又順矣，遠望如籠榼，不知其中有人也。

四蹄得得注山坡，鬣似松針尾似梭。若使龜茲王遇見，定嘲非馬又非贏。球馬善于登陟，惟翦去領鬣，尾亦芟削使細，遠望如贏。

漫説男兒墮地難，一星終後保平安。俯躬只少三岐木，遺俗分明傚契丹。球俗生日按十二年稱慶一次。考《遼史·禮志》有此，名曰再生。琉球明以前不通中國，惟與高麗往來，或傚室韋之制，亦未可知。又夷官每自稱小底，亦契丹語。

不誦詩書不種田，游人日暮滿堤邊。東風無力南風競，六月炎天放紙鳶。球地操作，全是婦女，男則甚逸。四時俱放風箏。余所目擊正在六月，較《傳信録》所述，又早三月。

亦有蟬鳴七月天，盂蘭勝會自年年。紙幡對舉兒童鬧，夜半開門候祖先。中元節盆祭祀先，兒童各手一小紙幡，對立招展，以爲迎送。

中華遥望比仙都，破浪全憑十幅蒲。楊柳簡書誰會得，獅王不挂挂於菟。球俗遠賈他處，家懸一虎，旁畫楊柳，詢其故，則以風從虎，但求順風而已。若楊柳則相沿如是，並不知取義。

苧布蕉衫各自紅，女閭三百比齊風。銀簪插遍如花貌，不拌丹砂飼守宮。民間婦女插玳瑁簪，不准用銀，以三品以下命婦所戴也。惟紅衣土妓華人有遺之者弗禁。妓女藉以爲榮。守宫甚大而多，夜則羣鳴如鵲。

扶疏遶屋樹交加，萬壽榮開滿院遮。生理果奇男女别，一邊結子一開花。萬壽榮長葉三角，開花者爲男木。結子者爲女木。球地昔日所無。嘉慶七年，始從呂宋移植，今已家家有之。《傳信録》所稱阿咀呢分男女木者，非是阿咀呢乃鐵樹，又所謂男木者，亦猶中土種瓜，華而不實，呼爲雄花，非如萬壽菓之判然各別也。《一品集》卷下

樂妙山居集一卷續編一卷　嘉慶間刻本

錢沃臣撰。沃臣字心溪，一作薪谿，浙江象山人。乾隆間舉人。出游四方幕府，館海昌署中。與錢泳、朱文治、宋咸熙、陳廷慶多所唱和。刻《樂妙山居集》，袁枚、周春等人題詞。又刻續編，爲《蓬島樵歌一百十六首》，作於乾隆五十二年。象山城西外有蓬萊山，存宋元故蹟。明代爲抗倭之地，流傳謡諺甚多。沃臣用竹枝體詠其鄉風物，凡風俗、生産、祭祀、商賈、海防、學記，無不入詩。俗而不俚，稱引亦博。嘉慶十年宋世犖序，敍説風土詩源流，亦可參考。

存素堂詩初集録存二十四卷　嘉慶十二年刻本　續集九卷　嘉慶二十一年刻本

法式善撰。法式善本名運昌，字開文，一字梧門，號陶廬，又號時帆，蒙古正黄旗人。乾隆四十五年進士，改庶吉士。五十年命改法式善者，滿語「黽勉而進」之意。官至侍講學士、國子監祭酒。久在翰苑，悉於當代典章制度。著《槐廳載筆》、《清秘述聞》、《陶廬雜著》、《存素堂文集》等書。卒於嘉慶十八年，年六十一。詩集非自訂。乃吴嵩梁、查揆選，王墉刻。嘗見手批本云：「此版刊於湖北，德安王春堂守御雅意

也。刻手既不佳，重複訛誤，時復有之，刪增非余意。已致書春堂，版藏之不可刷印，以彰余短。及門中有必欲得此者，識數語爲懺悔歟。」是以傳本不多。法式善自登仕服，即以研求文獻、宏獎風流爲事。生平未嘗奉命出都，而在京主持風雅者二十餘年。初集詩始乾隆四十五年，迄嘉慶十一年，共二千一百首。首自序，袁枚、吴錫麒、洪亮吉題詞。凡京畿山水名勝，園林廟宇，無不形諸詩歌。居内城李公橋明李東陽舊宅西，作《西涯雜詠》。後移居舊鼓樓街，作《移居詩》。嘗以《詩龕圖》爲題，奉陶、李、杜、韓、白、王、孟、韋、柳、蘇、黄並李東陽十二家，繪圖者不下百人。今卷八《詩龕論畫詩》猶見四十人，人繫一首，足備掌故。又作《溪橋詩思圖》，題詠亦衆。交游中經師名流詩人畫家，更僕難數。壇坫之盛，幾與袁枚相埒。卷一《題褚筠心西域詩册後》，卷二《阮吾山侍郎秋雨停樽圖》有序，卷三《作詩話屬同人廣爲采録》，卷五《汪刺史本直修元遺山墓紀事四首》，卷六《魏春松比部示西苑校書諸詩》，卷九《輓武虚谷長歌》，卷十《讀楊蓉裳芙蓉山館詩集》，卷十二《訪煦齋侍郎語及顧寧人郡國利病書勸煦齋購之三首》，卷十三《東趙琴士紹祖》，卷十六《懷遠詩六十四首》，卷十七《歎逝詩二十二首》，皆有可觀，此僅舉其犖犖大者。題畫、論畫，亦所擅能，爲羅聘題《登岱圖》、《二牐春泛圖》，爲方薰、奚岡題所畫《汪希濂歸廬圖》，又作《陳文定畫像歌》、《明文五峯畫上海顧氏園亭册》、《奚鐵生畫山水歌》、《書吴蘭雪題錢南園畫馬歌》，論時人諸家山水畫，長篇短製，意足達之。作《三君詠》爲詩人舒位、王曇、孫原湘，《三朱山人歌》爲畫家朱本、朱鶴年、朱昂之，導掖新進，不遺餘力。法式善性情平易冲淡，然不脱滿蒙習尚。《觀克勒馬歌》、《射雕行》、《翰林院十詠》、《肅武親王墓前古松歌》，以及《癸丑八月一日舉子志感》、《正月十七日生日雜感》等詩，情事並揭，可綜其立朝行事之跡。嘗奉校《皇朝文穎》、《全唐文》，卷十四奉校八旗人詩集得詩五十首，如慎靜郡王《紫瓊巖詩集》、范承謨《忠貞集》、博爾都《白燕栖稿》、塞爾赫《曉亭詩集》、李鍇《睫巢集》、高其倬《味和堂詩集》、施世綸《南堂詩集》、鄂爾泰《西林遺稿》、夢麟《大谷山堂詩集》、尹繼善《文端公詩集》、朱孝純《海愚詩鈔》、甘運源《嘯崖詩存》，以及研究《紅樓夢》有關之曹寅《楝亭詩鈔》、永忠《延芬室詩集》、敦敏《懋齋詩集》、敦誠《四松堂詩集》，均爲文學史料。《存素堂詩續集》九卷，阮元序刻。詩起嘉慶十三年至十八年，凡一千二十首。其中論詩之作甚富。讀陳思王、阮嗣宗、嵇叔夜、陸士衡、謝康樂、鮑明遠、徐孝穆、何水部、沈休文、謝宣城、庾子山等集，都二十首。《題唐名賢小集六十首》、《讀南宋羣賢小集》、《讀元詩癸集》、《讀明詩綜》、《題蘇叔黨斜川集》、《題辛幼安稼軒集》、《題尤延之梁谿集》，品評之間，多可采取。又作《詩弊詩十六首》，爲分門户、别唐宋、填故實、習俚俗、押險韻、集成句、黜濃豔、立教條、徇聲病、假高古、僞窮愁、務關繫、多忌諱、襲句調、喜冗長、好疊韻。又多讀子史書。讀《陰符》、《鬻子》、《晏子》、《公孫龍子》、《鶡冠子》、《墨子》、《子華子》，讀《知不足齋叢書》、《四庫全書總目》，均有題詠。法式善晚年酬應稍減，而懷人詩、題交游尺牘、病中雜憶詩，動輒數十首，所存舊聞仍多。如自輯《永樂大典》佚文，校顧炎武《肇域志》、《天下郡國利病書》，自謂纂《熙朝雅頌集》成，皆蔣因培經理，輯《清秘述聞》多資於陳芝房毓咸，稱劉墉晚年字多瑛寶代書，李懿曾之殁，以赴試觸奔馬致禍。凡此俱有實據，要非耳食者可比。

知耻齋詩集六卷　道光十年刻本

謝振定撰。振定字一齋，號薌泉，湖南湘鄉人。乾隆四十五年進士。改庶吉士。散館授編修，擢監察御史。嘉慶元年官御史時，路杖和珅家奴，燒其車。罷官後爲東南汗漫游。和珅敗，官禮部員外郎。卒於嘉慶十四年，年五十七。此集爲陶澍編次，與《文集》二卷合刊。有劉大觀、曹振鏞序。《豐台看芍藥歌》、《登泰山玉皇頂放歌》、《蘇州獅子林》，爲謝啟昆作《鐵鑊歌》、《永平甎歌》、《初伏日觀洗象歌》、《重建古墨齋歌》，皆具排盪之勢。《和褚筠心師四首》、《清燕堂觀劇和王夢樓韻》、《題王夢樓先生詩稿》、《追憶蔣心餘先生二首》、《輓袁簡齋四首》、《題羅兩峯畫寒閨吟席圖》、《墨幻圖》、《墨戲圖》，多有關藝林。又有詠北京西郊名山寺院、盤山吟草，及蘇杭等地風景詩，疏宕有致，清矯不凡。謝興嶢所撰《行狀》，稱作者有詩千餘首，今經删汰，存四百餘首而已。

陶山詩前録二卷詩録十二卷續録十二卷　嘉慶道光間刻本

唐仲冕撰。仲冕字六枳，號陶山，湖南善化人。乾隆五十八年進士。官江蘇荆溪、吴縣等縣知縣，由府道洊擢江蘇、福建按察使、陝西布政使，權巡撫。卒於道光七年，年七十五。此書《前録》存詩一百四十首，爲入官前湘中所作，經姚鼐删定。《詩録》、《續録》，存詩起乾隆五十八年迄道光六年，共二千二百餘首。門弟子金學蓮校。仲冕爲官幹練，嘗開海州甲子河，濬吴淞江，爲人稱頌。卷二《親查保甲紀事》、《瀓漕歎》、《修養濟院》、《葺松陵書院》、《修先農壇》、《田間父老與語》，卷三《引河篇》、《于役河工雜詩二十首》，卷四《瘦牛行》、《徵馬行》、《東道行》，卷五《後引河行》，卷六《紀漕》，卷七《捕梟行》、《竹墩行》，卷八《龍溝視鹽河西泛有感》，卷九《被檄往鹽城撫卹水災六首》、《鹽瀆水》、《袁浦水》，卷十一《監視育嬰堂》；《續録》中《勘吴淞江泊黄渡千秋橋》、《寄吴淞江先築禦潮壩》、《吴淞江竣紀事十首》、《得制府繹堂尚書論毆番事》，與政事、車務、農田、水利、民生多有關涉。又熟悉東瀛事情。卷八有《日本刀歌》，《續録·題翁廣平詩文稿》，記翁作《吾妻鏡補》，長崎人買之不與，爲刻入《傳疑集》。生平經歷南北，山水紀程詩亦多。《阿房故址》、《華清泉歌》、《大佛巖歌》、《邠州紀事四首》、《固原平涼道中卽事》、《浙閩道中》、《青嵐山》、《衡嶽》、《川途絶句二十首》、《自金陵赴都往返道中口占八十首》，雖無絶麗之辭，要亦沉穩樸茂。於海朐一地，所詠尤詳。有《海州風景十首》，稱鬱林觀有唐崔逸隸書摩崖，州産鶴有鶴户，近亦不易得。又喜奬勵人材，觀風試士，以得許桂林爲雋。有和許桂林詩《次韻門人許喬林校成海州志成三十六韻》。許氏昆季後有成就，實賴以推轂。乾隆間湘中學風未開，仲冕獨受考據學者濡染。往來者如段玉裁、孫星衍、張敦仁、王芑孫、吴騫、趙懷玉皆篤學之士。由是湘中學子多受其影響。其子鑑後亦以理學名稱一時，集中有《示鑑兒》等詩。餘如《顧野王祠》、《題徐釚楓江漁父圖》、《江南郡太守銅虎符歌》、《題徐俟齋枋遺像》、《贈畫史翟繼昌》、《題天發神讖碑歌》、《題伏生授經圖和孫淵如觀察》、《題錢梅溪護碑圖》、《謝楊芸士文蓀惠唐石經拓本》，博貫羣籍，亦有大家風範。仲冕官荆溪

（宜興）時嘗修築《吴天璽元年立國山碑》碑亭。官吴時修唐寅墓，刻《唐六如集》。集中有《修六如居士祠堂》、《横塘題唐解元墓》、《題桃花庵》等詩，並見《六如集》卷首。《詩録》錢大昕序，稱仲冕詩「筆力横絶」，秦瀛序稱其「詩能通政」，王芑孫序謂仲冕「不克施諸官，則以寓諸詩」。自序則稱：「詩宗韓、蘇，後頗效岑、高，然憚於精專，貪多喜雜，知而不能改也。」

養春齋詩鈔二卷　道光四年慎積堂刻本

涂以輈撰。以輈字棨軒，號淪莊，江西新城人。嘉慶四年進士，官户部員外郎。九年，擢御史。十二年，爲湖北學政，遷福州知府。是集爲其子鴻鈞刊。首道光四年黎葆醇序。稱以輈下世四年，又據《與宗午橋話舊》詩注，知爲乾隆十八年生，嘉慶二十五年卒，年六十八。以輈服官贛閩，在京嘗扈從灤陽。《詠曾南豐讀書巖》、《南池少陵祠》、《自巴東至歸州記三峽灘險》，遊揚州平山堂、北京都城寺院，以及熱河普寧寺、札什倫廟、布達拉廟等歌篇，運筆甚寬。《題劉忠介公宗周遺像》記事亦詳。篇什少而可取者多。《清史稿》卷四百八十四《李賡芸傳》畧云：「賡芸之去漳州，監造戰船工未竣，留僕督率之。僕假和平知縣朱履中洋銀三百圓，詭以墊用告，賡芸如數給之，僕匿不以償。福州知府涂以輈鞫之，阿總督汪志伊意，增其數爲一千六百，逼令自承，辭色俱厲，賡芸終不肯誣服，慮爲獄吏所辱，遂自經。」事在嘉慶二十二年。則以輈諂附時貴，勒供凌逼，其爲人心術可知矣。會賡芸案白，以輈遣戍黑龍江，死於戍所，鮑桂星《感舊詩》注稱以輈戍黑龍江二年，值恩赦未逮而卒，無子，以姪爲嗣，則鴻鈞爲其嗣子矣。故身後亦無人爲之作傳也。

芳茂山人詩録八卷補遺一卷　光緒二十年思賢講舍刻本

孫星衍撰。星衍字淵如，一字伯淵，號季逑，江蘇陽湖人。父勳，舉人，官山西河曲知縣。星衍肄業於鍾山書院，乾隆五十一年始舉於鄉，明年成進士，以一甲二名及第，授編修，散館改刑部主事。旋陞員外郎，除郎中，總辦秋審處。出爲山東兖沂曹濟道，權臬使。丁母艱，後不復出。主講揚州安定、紹興蕺山、西湖詁經精舍。公事之餘，以著書刻書爲事。著有《尚書古今文注疏》等書，編刊《平津館叢書》、《岱南閣叢書》，助成其事者臧鏞、洪頤煊、邢澍、孫馮翼、章宗源、顧廣圻等人。卒於嘉慶二十三年，年六十六。《詩録》與《文集》十二卷合刊，石韞玉、唐仲冕序，存六百餘首，附其室王采薇《長離閣集》。原刊本入《岱南閣叢書》，此重刊校本。星衍在里中與洪亮吉、黄景仁、楊芳燦齊名，畢沅以方正澍、洪亮吉、黄景仁、王復、徐書受、高文照、楊倫、楊芳燦、顧敏恒、陳燮及星衍夫婦詩合選之，爲《吴會英才集》。《北江詩話》以爲少日詩才爲同輩之第一，用「飛天仙人，足不履地」八字許之。中年覃精漢學，袁枚以爲遁入考據，至贈書相責。星衍作贈枚詩云：「等身書卷著初成，絶地通天寫性靈。我覺千秋難第一，避翁才調去研經。」今集中《澄清堂稿》有《游茅山偕洪亮吉作》、《送邵晉涵入都》、《黄景仁游黄山歸索贈長句》、《泊舟京江道中偕婦步月作》、《宿元符宫》、《入蓬壺洞》、《登廢寺千佛樓作》等篇，豪宕精麗，兼而有之。後有《濟上停雲》、《租船》、《詠史》、《冶城絜養》諸集，多實得語。然如《題屠倬説詩圖》、《黄小松司馬易至嘉祥山中訪武梁石室畫像小松作圖紀游》、《梁天監井牀殘字詩》、《得周號叔鐘歌》、《題羅山人聘爲予寫昔夢圖十幀》，詞旨酣暢。蓋固有叉手之能，雖多險句奇崛，而未嘗趨於深文奥義也。乙亥病中，作《撰尚書今古文注疏成因題元戴淳伏生授經圖》。又《贈鈕大樹玉》詩自注：「僕嘗作《石經槖》，列篆隸正書三體，古俗互證，必求依據。時有請禁《説文》不宜用之制義者，上因有《説文》非僻書之諭。」此類詩亦稍涉文化史料。《海岱搴帷圖十幀》，以采石同舟、漢宫訪古、龍門題壁、蓬島游仙、書堂問字、孔林觀禮、東緡訪古、衛水浮碑等爲題，生平經歷多可考見。洪飴孫《贈懷》詩云：「太史追錢戴，經年歷外臺。六書傳絶學，萬卷斂奇才。轉漕清名遍，看花逸思催。小平津館裏，樽酒記徘徊。」見《青埵山人詩》卷六。

河莊詩鈔不分卷　光緒十四年刻本

陳鱣撰。鱣字仲魚，號簡莊，浙江海寧人。明遺民陳確六世孫。嘉慶三年舉人。博通經史、文字訓詁、校勘之學，與胡虔、錢大昭齊名。卒於嘉慶二十二年，年六十五。此集附《簡莊綴文》後，羊復禮輯刻，跋稱鱣所著經史書已刊版數種，《説文正義》散佚，《詩人考》、《恆言廣證》，存亡未卜，詩集十卷，亦泯没不存。則此集所輯詩不過什之一耳。鱣喜聚書，與同里吴騫交往最密。此集亦以與吴騫唱和者居多。如《妝域詩角勝之戲明代宫掖》、《和吴兔牀先生作》、《題槎客先生荆溪漉酒圖》、《題兔牀先生拜經樓》、《題宋淳祐臨安志六卷殘本》、《漢鐎斗歌》、《自題續唐書後》，而以《論印十二首同吴槎客作》，考證歷代印章，最爲縝密。又有《新坂土風》，拾鄉邦遺事，雅俗雜陳，得韻百首，今輯者所存衹二十八字。清代考據家詩，未可一概而論，此集僅略見一斑，尤不足判得失。

論印十二首同吴槎客作

書契長將代結繩，六書二篆遞相乘。那知方寸垂千古，轉使人間信有徵。

秦漢而還制作多，纍纍若若更傳訛。上書正印功非細，賴有當年馬伏波。漢建武中馬援上書曰：「臣所假伏波將軍印書，伏字犬文向外，恐天下不正者多，符印所以爲信也，所宜齊同，薦曉古文字者。」事下大司空正郡國印章，奏可。

嘯堂金石一時收，夏禹多因厭水留。恰笑後人貪傅會，摩挲莫辨壽亭侯。王子弁《嘯堂集古録》中古印三十七，有一曰夏禹，乃漢人作之以厭水者。宋紹興中洞庭漁人獲一玉印，連環鈕，其文「壽亭侯印」。又明弘治間張汝器開濬漕河，得古印四枚，皆白玉盤螭。其文一曰「壽亭侯印」。按，程篁墩云：漢壽縣名在犍爲，史稱費禕遇害於漢壽。唐詩曰：漢壽亭邊野草春。是漢壽者封邑，亭侯者爵名也。沈公仲亦云：考一統志，今廣元縣古漢壽地。《三國演義》無識人作，其所載曹丞相送印事，殊謬。

相印傳來有秘書，孔龜張鵲更誰如。卻憐玉册鐫名字，曾赴江流葬鯉魚。陳韋中有相印章經，視印章能占知休咎。孔愉買龜放之中流，龜左顧。及愉封侯，鑄印紐亦似所放龜。張顥爲梁州牧，有鵲飛翔，化爲圓石，顥椎破之，得一金印，文曰「忠孝侯印」。《武林舊事》：淳熙中明州士人過曹娥江，見漁叟持巨鯉，買得作羹膾，腹中得小玉印，有二字不能識，以五千得之，後爲德壽宫提舉，佩腰間。光堯見之，曰：何以得此？具以聞。上淒然曰：此我故物，京師玉册，官鐫德基二字，建炎避敵海上，誤墮水中，今四五十年，不意復落吾目。

可惜王孫藝絶倫，水晶瑪瑙枉相嗔。試看信國千秋節，寸鐵猶能壓鬼神。趙子昂始以玉箸作朱文，嘗刻一印，云「水晶宫道人」，周草窗以「瑪瑙寺行者」對之，子昂遂不復用此印文。信國公諱二字，鐵鑄，侯官農人野田中耕出，歸一老儒。凡家有疫祟或瘧者，持此往鎮之卽愈。詳見周櫟園《印人傳》。

正直平方漢白文，李唐盤曲法何紛。寒山草篆終堪議，休論莆田雜八分。漢印平方正直，唐人朱文屈曲盤回，殊失古意。趙凡夫居寒山創爲草篆，人頗議之。吴平子作印多用莆田派，莆田人宋比玉善八分書，有聲吴越間，後人競效之，至用於圖章，古無是也。

文家作述一時豪，何震誰將比漢高。傲語師黄堪絶倒，俗人安用漫操刀。文三橋素承家學，篆刻冠絶一時，何主臣遠不能逮，昔人謂三橋之啟主臣，如陳涉之啟漢高，殊屬可笑。陳師黄工圖章而品甚高，嘗目世之工印者曰：爾輩持刀將用以削人足指甲耶。其傲慢自矜如是。

九成泥印海忠介，愛用牙章鄭淡泉。挂角羚羊雖妙想，輸他産石更天然。海忠介公印以黄泥爲之，畧煅以火，文曰「掌風化之官」。鄭端簡公牙章「淡泉」二字，朱文最精。吾友張芑堂得之，今已歸鄭後人矣。秀水蔣春雨嘗以羚羊角尖手刻名號傳爲韻事。天台齊次風先生曾于山中得石印數方，皆天然成字，其一則己之名字也，因爲書中有女畫中詩，此意何如倒好嬉。更向蘭閨求鐵筆，前惟何媛後韓姬。冒辟疆姬人作畫有小印，文曰「書中有女，畫中有詩」。吾子行題管仲姬墨竹上倒用好嬉子印歸之，趙子昂見云：他道婦人作畫倒好嬉子耳。何氏玉仙自號白雲道人，史癡翁姬韓氏約素號鈿閣女子，梁千秋姬俱工於印。《天然圖書譜》。

壯夫誰許薄雕蟲，賣藝文傳幾輩工。爲憶龍山野亭長，素心晨夕有扶風。吴孟舉輕財好客，嘗約交遊中之挾一長一技者共賣藝，戲作賣藝文。其中列賣印者，餘姚黄晦木也。吾鄉祝兼山號野亭長，與馬寒中相善，爲其刻石最多。

切玉爛銅任意摩，漢師還擬百東坡。他時查氏傳衣缽，應共吾家世業多。祝漢師兼山之弟，嘗雜取字之有關於漢、師二字者，更仿古各爲百印名《自娱集》。查介龕工鐵筆，爲初白所最稱。姪聖俞、孫若農並傳家法。予六世叔祖乾初公兼精篆刻，曾孫曾貽能世其學。又九南高叔祖刀法得文氏三昧，子郎目耕先生。

吴下梁園跡已陳，飛鴻堂上慣留賓。風流更有吴公子，欲掃西齋會印人。張夷令集印，刻《學山堂印譜》。周櫟園嗜印，有《賴古堂印譜》，並著《印人傳》。近秀峯汪氏刻《飛鴻堂印譜》並《續印人傳》。吴槎客嘗爲家目耕作《存幾希齋印存》。序云：他日當集諸君爲印人之會。蓋指黄小松、奚鐵生、張芑堂及目耕也。《河莊詩鈔》

畊南詩鈔八卷 嘉慶間刻本

黄理撰。理字艮男，號畊南，晚號艮翁，江蘇如皋人。撰《畊南詩鈔》八卷，嘉慶十七年自序。以己巳詩計之，時年六十。内《論孟詩》、《秋花四十詠》、《宫閨詞二卷》，動輒百數十首，可謂好事。唱和友江干、曹龍樹、李琪，皆一時作者。詩頗温麗，附《畊南詩餘》，清婉有致。《讀明史六首》、《桃花扇傳奇四首》，亦可擇取。重梓黄瘦石《石榴記傳奇》四首，瘦石爲黄振，與理同邑，《傳奇》有刊本行世。是集爲冒青原選刻，有跋。

味經齋存稿四卷　嘉慶十七年刻本

宋鳴璜撰。鳴璜字蓀侶，江西奉新人。鳴珂弟，鳴琦兄。乾隆間舉人。四十六年，應禮闈，得而復失，五十四年官鄱陽教諭。五十八年再應會試，卒於京邸，年四十一。身後無傳，此據鳴琦《心鐵石齋自訂年譜》鈎稽得之。是集有嘉慶十七年宋鳴琦序。詩亦清新雅諧。《九峯雜詠》、《琵琶亭》、《九江王廟》、《赤壁懷古》、《盤山桃花行》，寫景刻意，意態起伏。乾隆四十八年，主講廣平書院，有《廣平懷古》、《邯鄲雜詩》。《題顧横波畫卷》，横波即顧媚。《走筆謝羅兩峯畫》、《鐵如意擊鬼歌爲兩峯作》，亦畫史資料。在京所作《圓明園》詩，摹寫曲盡，波瀾更闊，勝於館臣應制者多矣。

圓明園恭紀三十韻

禹甸山河古，堯封日月新。池光融凍薄，花氣夾城春。雞犬新豐市，桑麻太古民。碧郊閒試馬，繡轂暖生塵。偶陟崇岡步，初當卜繭辰。恩波明太液，容衛列鈎陳。紫泛芙蓉館，青摇楊柳津。數家通畧彴，十里接芳茵。黛色松排仗，丹霞綺照人。塔光含舍利，旛影繡騏驎。載道飛鳶舞，懷仁猛獸馴。閣前威鳳羽，湖上石鯨鱗。王者原無外，瀛臺自有賓。奇肱控飛乘，薄海仰重輪。别業華林賞，東風瑞草匀。五雲浮闕峻，萬壽景山仁。旌旆騰初日，墻垣護紫宸。紅樓三面起，玉輅幾回巡。樂喜聞天上，珠還耀水濱。帝車原象斗，造化直爲鄰。周咏卷阿矢，齊廷徵角因。墅寧誇太傅，第每錫親臣。嘉樹烟籠翠，迴塘雪射銀。禁鐘春宛轉，花漏午逡巡。載據談經席，蘇垂退直紳。卽看賢路闢，知是太階均。顧我垂雙翅，長年傍九闉。一過王儉府，未覺馬卿貧。天地同回首，文章合有神。漫嗤窺管技，强效賦都顰。騶從欣相待，園亭頗覺親。幽居皆帝澤，淑氣自陶甄。《味經齋存稿》卷二

懷荆堂詩稿不分卷　道光十三年刻本

恆慶撰。恆慶字梅村，姓覺羅氏，滿洲鑲藍旗人。兩湖總督圖思德子。嘉慶元年，官楚北道，參預鎮壓荆襄白蓮教。七年，卒於瘧，年五十二。是集有張雲璈序，乃恆慶子桂菖官道員刻於杭州者。桂菖兄桂芳官漕運總督早亡，著《敬儀堂經進稿》，亦桂昌所刻。是集涉及教事篇目最多。歷公安、宜昌、施南、鄖陽等地，可見當日用兵情景。他如《呈鐵梅菴》、《贈吴澹川居士》，可考交游。《宜昌懷古》、《讀桃花扇傳奇》，間亦可取。

樟汀詩草八卷　道光二十六年刻本

廖偉傳撰。偉傳字萬英，號蔓茵，福建將樂人。諸生。是集爲其姪孫樹葵刻。據《癸酉年六十一》詩，生

歲在乾隆十八年。殁於嘉慶十九年，見李嘉端序。中多閩省見聞掌故。《崔婆冢》、《柝覺鳥》、《弔長平公主墓》、《九仙山紀遊》、《文文山墓祠》、《李寄斬蛇歌》、《游梅林放歌》、《嘉慶壬戌重建大施寺歌》，辭著其實。乾隆四十八年，邑中大水，西鄉陽原山崩地坼，田園廬舍變刼，居民苦飢，以鹿角草爲餅啖之，作《鹿角草歌》。《題謝皋羽鄭所南兩先生集》、《明史四詠》、《題北狩見聞録》、《昌谷集》、《讀史十四首》、《題懷素草書》、《黄瘻瓢麻鞋見天子圖》、《題朱秋厓集後》、《題蔣心餘九種填詞四首》，均爲文史雜題。《借還劉鼇石天潮閣詩鈔》，鼇石名坊，爲清初閩中詩人。《題黄繡章畫册三十二首》等作，大抵亦閩人，惜不能多知，餘如《圍棋行》、《煙草六絶》等篇，語詳而不晦，雖小道亦有可觀焉。

半野草堂詩集十七卷　嘉慶十六年刻本

董超然撰。超然字定園，號晉卿，江蘇武進人。諸生。以筆耕奔食四方。工詩，論者謂近黄景仁。此集有曾燠、楊煒、錢維喬序，趙翼序作於嘉慶十一年，時年已八十。卷一《懷石龍水南雜詩》自注云：「乾隆庚辰，大人任東莞丞，余生八齡，隨侍至粵。」知爲乾隆十八年生。集中詩止於嘉慶十五年。超然少長粵中，壯游吴越、齊梁，數至京師。五十後，走三晉、荆襄、長沙、桂林間。詩以登覽懷古爲勝。《安慶大觀亭》、《浦口曉行》、《汴城龍亭登高作》、《龍門》、《游嵩嶽》、《平山堂》、《雁門樂府二十一首》、《荆州懷古》十八首、《沙市絶句》六首，游桂林、陽朔以及重游廣東之詩，不乏佳作。題詠圖像，間亦可覘。唯不足自具品格。較諸《兩當軒集》，差遜多矣。超然爲錢維喬甥。所接洪亮吉、楊夢符、楊芳燦、丁履恆，多里中名士。

芙蓉山館詩鈔八卷補鈔一卷　光緒五年活字本

楊芳燦撰。芳燦字才叔，號蓉裳，江蘇金匱人。乾隆四十二年拔貢。官甘肅伏羌知縣，擢靈州知州，入京爲户部員外郎。先後主講衢杭、關中、錦江書院，纂修《四川通志》。卒於嘉慶二十年，年六十三。芳燦工詩詞、曲、駢文，與洪亮吉、孫星衍、顧敏恆齊名，爲袁枚弟子。戲曲家楊潮觀姪。小倉山房《論詩絶句》以「毘陵星象聚文昌，洪顧孫楊各擅長」稱之。又與弟揆有「二難」之目。《詩集》初刻於乾隆四十三年，名《真率齋初稿》，凡詩十卷，詞二卷，王昶等序。二刻名《芙蓉山館詩稿》，詩十六卷，詞四卷，嘉慶六年法式善序。罷官後主講關中書院，即前兩本删併之，益以續得詩八卷、補一卷、詞三卷，不曰稿而曰鈔，與《文鈔》並行，是爲晚年手定之本。咸豐後諸版盡毁，流傳又稀，無錫劉繼曾輯全集，用活字擺印，一依關中本，無少移易。其詩以綺褥穠麗見稱。官伏羌時，回族首領叛亂，芳燦嚴守孤城，直至事平。所作《伏羌紀事詩》排律一百韻，《晚晴簃詩匯》選。可視同詩史。《古落門行》、《六盤山》、《哥舒翰紀功碑》、《横城登高放歌》、《賀蘭山積雪歌》、《空同山紀游一百韻》、《漢裴岑碑》，蒼涼雄肆，不愧名篇。《寧夏采風詩》以《沙鹻田》、《糧草税》、《渠工税》、《堡渠長》、《山田訟》、《醮婦詞》、《賣兒謡》、《兩蕃部》、《栽羢毯》、《小當子》爲題，張應昌選入《詩鐸》。雖采輯風土，惜摹古過重，真氣弗存。《姑蘇彌羅閣天神像歌》、《過錦樹林弔玉京道人墓》、《董小宛貼梅扇子歌》、《錢忠懿王金塗塔歌》、《題離騷九歌圖》、《弔陳思王墓》、《讀盈川集》、《王氏漢官銅印歌》、《讀隨園詩話奉懷袁簡齋師》、《喜汪容甫過訪長句贈之》、《送汪劍潭歸揚州》，《補鈔》中《哭洪稚存五十韻》、《蓮花博士歌爲吴蘭雪作》，大都沉雄絶麗，可見素養亦深。《題法源寺八詠》並注，多記北京掌故。唯入蜀詩僅存數首，意未有愜意之什也。王昶《湖海詩傳》稱芳燦詩「驚才絶艷，綴玉聯珠」，洪亮吉《北江詩話》評其詩「如金碧池臺，炫人心目」。惜有心矜誇，塗飾已甚，兩家所云是其長，亦適其短耳。錢維喬《竹初詩鈔》有《題蓉裳羅襦樂府》詩，所云《羅襦記》未見傳本。

鐵船詩鈔二十一卷樂府四卷　嘉慶間刻本

方元鵾撰。元鵾字海槎，號鐵船，晚號漫吟，浙江金華人。居里從朱休度學詩。乾隆三十七年舉人。五試春官，嘉慶六年始成進士。授工部主事。不耐於官，歸里以吟詠爲娱。此書有阮元序。生於乾隆十八年，見《癸酉六十一歲自壽》詩，卒年不明。所作《金華山三洞歌》、《觀村社鬭牛》、《雙溪竹枝詞八首》、《錢王祠表忠觀碑》、《和靖先生墓》等詩，清遠生動。屢至都，作《都門雜詠》、《琉璃廠觀百戲》、《崇效寺看花》、《自鳴鐘歌》，及詠圍棋、象弈、葉子、繩伎、影戲、傀儡等詩，不避俗俚，亦不自矜工巧。《詠都門食物作俳諧體》，列舉乾隆時諸類食品，文人集中殊未多覯也。《書所見》云：「盂飯呼來千指齊，紛紛鶉結各提攜。聚如喧雀爭車粟，歸似奔蜂穴壁泥。造物力難彌缺陷，分田法不救號啼。枉教迂士談經濟，煮字何曾療瘦妻。」亦頗冷雋。又長於論史。《有讀史絶句四十二首》、《讀唐宋史絶句四十首》、《讀史寓感二十首》、《讀宋史絶句四十首》、《讀唐宋詩戲作詩家小游仙四十首》，不必入詩家正軌，自然通博。晚年多作佛家話説，卷十二以下詩皆入禪理。又爲道家言，有《讀道德經二十首》，讀《鬼谷子》、《尹文子》等篇。附《樂府》四卷，爲《詠明史》、《燕臺懷古雜詠》、《詠南北史》、《讀史小樂府》各一卷，取資甚富。其詩爲郭麐《靈芬館詩話》所稱。曲學之士，未能逮也。

詠都門食物作俳諧體

旅食京華久，肴羞亦徧嘗。山珍先鹿兔，海物首鱘鰉。燒鴨尋常薦，燔豚饋送將。雞如春筍嫩，新雞名筍雞。魚比麪條長。銀魚謂之麪條魚。火鼎膏凝雉，野雞火鍋。炎爐胛熟羊。煑鴉真瑣細，炙雀漫張皇。壓汁蝦成滷，調羹蟹去匡。晨凫掌堪擘，夜鴿卵難藏。驢肆嫌生脯，屠門陋貫腸。血貫腸。蒲抽聊當筍，藍劈却無瓢。劈藍亦蔓青類。出瓮憐菘白，堆盤愛韭黃。蔓菁醃作腊，薯蕷熟爲糧。釘小蘑姑掇，珠圓豌豆量。菜名跟斗異，有名跟斗菜者，瓜類醋筒詳。菜瓜一名醋筒。蘿蔔兼稱水，芫荽獨號香。芫荽謂之香菜。是人皆食蒜，無品不調薑。惡漢葱三斗，貧兒薺一筐。炊糜要和合，用雜品作糜，謂之和合粥。説餅即家常。薄餅名家常餅。扁食教濡醋，水餃謂之扁食。元宵更糝糖。湯圓謂之元宵。窩窩充糗糒，窩窩粉團屬。餑餑佐餦餭。茶食有□子餑餑。油饊鬆盤髻，以油熬麪爲饊子。牛酥瑩割肪。卷蒸高飣座，蒸餅有卷蒸。和落細排床。和落即冷淘。着手麻花膩，麻花即油炸果。沾牙豆粉涼。凉粉以菉豆爲之。碾纏銀線短，碾青麥作條名碾纏。鍋炸玉磚方。煎豆麪成塊名鍋炸。緩火詅羹擔，通薪賣腐坊。豆腐坊多燒馬通。茶醲和炒麪，炒麪作糜，謂之麪茶。粥薄飲甜漿。米漿名甜漿粥。果有頻婆美，仁稱巴旦良。蒲桃青綴乳，柿子白留霜。杏酪醍醐味，櫨糕琥珀光。露芽烹茉莉，紅唾嚼檳榔。餹栗充飢鈔，酸梅解暑湯。淡菰誇易水，苦酒説良鄉。定許供饕腹，從教慰渴羌。方言多掎摭，故實在評章。戲作俳諧體，談資餔醊場。詩成還一笑，匕箸早相忘。《鐵船詩鈔》卷四

青墅詩稿十卷　道光十三年刻本

李燧撰。燧字東生，號青墅，直隸河間人。嘉慶四年官浙江龍山鶴砂鹽課大使，七年、十六年兩次轉餉入都。耽于吟咏。四十以前所作，由李光雲序，道光元年哀其續詩，由董和培序，皆未刊。子辰垣校理遺稿，於道光十三年鋟木，有劉肇紳後序。據《壬子四十初度》詩，爲乾隆十八年生。卒於道光五年，見其孫鈞跋，得年七十三。燧生平經歷燕趙、齊魯、汴淮、江漢、吴越，又嘗于役皋蘭，詠各地山水名區甚廣。《過商丘弔侯朝宗》長詩，意極酣暢。《題桃花扇樂府》七律六首，《蔣士銓四絃秋樂府題詞》四首、《旗亭觀劇》、《同人招飲觀劇》自注：時演堆花，均善於道情。《蓬山吟》、《汴京懷古》、《杜少陵祠》、《流民歎》、《秦淮雜詩》、《過晉祠》等詩，亦集中之尤。《哭戈仙舟先生》，仙舟名源，獻縣人，嘗督學山西，與弟濤均有文名。是集篇章甚富，蓋自壯至老，專意吟事，亦可風矣。

旗亭觀劇

十年重踏春明路，遊踪偶向旗亭駐。桃紅李白不知名，老眼春花渾似霧。長安競賞太平春，曼衍魚龍百戲陳。譜就燕蘭曾遍記，歌傳楚調更翻新。新粧一色整紅兒，裊裊臨風舞柘枝。曼牽杜牧三生夢，爭看王郎十五時。繁絃錯雜花奴鼓，翠繞珠圍鬬歌舞。一曲琵琶引曼聲，傳頭不用開元譜，個中寶人名樹影娉婷，白雲聲高四座聽。羌笛引吹楊柳曲，幽窗人讀牡丹亭。五陵年少看花早，下場門畔層層繞。京師觀劇，必於下場門。詼諧人學弄參軍，拍手喧呼齊道好。携手遨頭覓酒巵，纏頭費盡惹相思。夜闌寧犯金吾禁，祗恐明朝見面遲。《青墅詩稿》卷八

秋室詩集五卷　光緒十一年陸氏刻本

楊鳳苞撰。鳳苞字傅九，號秋室，一號萸沜，又號小玲瓏山樵，晚號西園老人。浙江歸安人。廩生。不求仕進，從事證經榷史之學，尤留心明季遺事。與施國祁、嚴可均友善。詩亦沉博雄厚，於時爲冠傑。嘗在阮元詁經精舍分纂《經籍纂詁》，謝啟昆爲浙江按察使，聘入幕，以母老辭。卒於嘉慶二十一年，卒年六十四。所撰《秋室集》十卷，一至五卷爲文，六至十卷爲詩。有道光二十五年周學濂本，與施國祁《禮耕堂叢説》合刻，此光緒間湖州刻本，陸心源序。文集中《南疆逸史跋》十二篇，補温睿臨之未備，而訂其誤，最爲世所重視。又考證莊史案。

亦當日士夫不敢爲。道光時忽講求明季逸事，未幾卽發生鴉片戰爭。其風至清末復盛，全祖望、楊鳳苞皆作偁者也。至集中之詩，以《西湖秋柳詞》最著。而《杭州靈隱書藏紀事》、《五代史詩十一首同嚴大可均作》、《浴馬歌》、《後浴馬歌》、《雲林寺借秋閣觀九蓮觀音像》、《漢專研歌》、《張山人肩畫竹行》等篇，詞旨奥衍，可見窺書甚多。而《水磨頭寓樓雜詩十五首》、《吳山大觀臺望浙江放歌》、《庚午除夕雜詩十四首》、《辛未元旦雜詩》，感時憫俗，多有理致。如《人日雜感》云：「朱門煎餅會，似勸肉糜多。夜冷緜裝樣，春聲酒卷波。玉盤看映字，銀燭聽徵歌。不見荒村外，嗷嗷雁户過。」《催租行》云：「昨朝府帖下，今朝吏捉人，手持木版叫突東西村。黄蒿空巷小家屋，日晚轢釜煮榆粥。打門租吏搜甕粟，老翁踰牆走，老婦向隅哭。鄰雞上樹狗觳觫。」《官倉行》云：「倉垣新築三丈高，中有曲房爲遊遨，笙歌酣宴夜復朝。倉前朱書一行字，閔今秋嘆苦車水，願納五折貸爾死。下廒小吏貂襜褕，怒馬税户同叱奴。責令額外俱交輸，叩頭哀告寬鞭扑。歸去賣兒並賣屋，乞符鄰邑糴餘粟。大旗閃閃雙門開，兩邊虎翼如雲排，半醉縣官呼殿來。」亦不盡學人之詩也。《懷施國祁》有云：「詩史金源細校評，裕之京叔兩垂名。中書推轂言何易，甘露磨碑事孰成。豈有單于充聘使，更無粘罕討牙兵。可憐一代遺編盡，疑案煩君佐證明。」國祁爲清代研究金史專門，此詩可謂知賞。

芍園詩鈔四卷　嘉慶元年刻本

徐邦殿撰。邦殿字碩夫，江蘇如皋人。諸生。不求仕進，以詩自娱，袁枚亟稱之。是集爲袁枚、李御、李懿曾序。集中詠狼山、軍山、劍山、五公山一帶名蹟，以自然爲宗。交往黄瘦石卽黄振，工曲。瘦石築雪聲堂，邀觀劇，有詩以記，既殁，邦殿作詩輓之，有句云「半百豈衰朽」，其生平亦可約畧得見。與江片石千、李漁杉懿曾、羅兩峯聘，多有過從。其詩從性分中自在流出，非琢練求工、耑事皮相者可比。

洗桐軒詩集六卷　道光間刻本

李周南撰。周南字冠三，一字慎卿，江蘇甘泉人。嘉慶十九年進士。性淡泊，甫授刑部主事，卽以母年高乞養，杜門却掃，洗桐澆花爲娱。是集與《文集》八卷合刻。有嘉慶八年黄文暘序，門生劉寶楠、劉文淇序。各卷分體。前四卷詩二百二十六首。五、六卷爲《試帖詩》。生年據《五十述懷》詩計之，約在乾隆十九年。周南與同邑黄文暘友善。有《題黄秋平魯游草》、《壽黄秋平孺人張淨因六十壽》。又有《阮芸臺中丞招游平山堂繪圖命題》、《輓焦理堂循》等詩。嘗仿顔延年作《五君詠》、《秧馬歌》、《聽卞立言彈琴》、《題新羅山人射雕圖》、《揚州竹枝詞八首》，以及曲阜謁孔廟等詩，序事明劃，語亦簡練。詩如其人，可謂和而不迫、逸而不肆者矣。

留春草堂詩鈔七卷　嘉慶十九年秋水園刻本

伊秉綬撰。秉綬字組似，號墨卿，福建寧化人。朝棟子。乾隆五十四年進士，授刑部主事。官廣東惠州、江蘇揚州知府。曾坐事謫伊犂，尋赦免，未赴戍。晚闢秋水園奉母居。卒於嘉慶二十年，年六十二。是集自刻，有法式善、吴賢湘序。酬應之作獨多，海内公卿、名流學者、文人畫師，多可按圖索驥，以見交往。秉綬以書法名重當世，又喜蓄金石書畫，精於賞鑑。《雜題法帖和王鐵夫十六首》、《題宋四家法帖四首》、《題徐俟齋先生澗上草堂圖》、《題田山薑先生大通秋泛卷》、《題朱竹垞先生煙雨歸耕卷》、《題明孫節愍遺書册後》、《題明沈小霞梅花卷》、《題羅兩峯鬼趣圖》、《題桂未谷大令戴花騎象圖》，俱甚精到。《小學篇贈黄小松易》、《對酒行懷故學士竹君先生》，亦較典飭。又有《贈包慎伯》詩，時包世臣名尚未顯耳。至《送朴儉書齊家》、《題張水屋刺史道渥畫册送高麗金履度歸國》、《李墨莊舍人出示册使琉球歸槎圖卷率題其後》，爲有關朝鮮、琉球文化交流資料。嘉慶十年守揚州，值七邑水災，次年尤甚，作《賑災》詩以告哀。其詩工整有力，作於北方《長城謡》、南方《羚羊峽》、《羊蹄嶺》，各得其致，是筆底亦有變化可尋。小詩有尤佳者。《灘聲》云：「灘聲上枕舟行早，車影横江水勢灣。用盡篙師辛苦力，始知竹外草菴閒。」頗得理趣。又有《建安七子歌》，此集未收，王昶選入《湖海詩傳》。張維楨《石蘿山房詩鈔》有《哭伊墨卿師長句》。

稻香吟館詩稿六卷　道光四年刻本

李賡芸撰。賡芸字生甫，號鄦齋，江蘇嘉定人。乾隆五十五年進士。官浙江諸州縣，福建汀州、漳州知府，嘉慶二十年擢按察使，署布政使。二十二年，爲人誣陷，自經死，年六十五。事見阮元撰《福建布政使良吏李君傳》。賡芸受業於錢大昕。通經史小學。著有《炳燭編》四卷，同治間潘祖蔭刊入《滂喜齋叢書》。此集有陳壽祺序，《文集》一卷附刊。《詠古絶句》十首、《讀玉谿生詩》、《杭州府學觀光堯石經》、《趙晉齋巍瓦頭硯歌》、《臨清弔謝茂秦》、《揚州雜詠》八首、《登萬象山謁秦淮海石刻像》、《石門瀑布》、《謁文丞相祠》、《錢武肅王鐵券歌》、《書趙秋谷飴山集後》、《船山集中有題桃花扇傳奇詩頗不愜鄙意爲作八絶句》，氣韻生動，不事雕琢，淹通文史，夙養頗深。與乾嘉間學者往還甚密，《哭金樸園曰追》，注云：「七月三日君作書寄予，屬借《説文繫傳》，乃封書後不羅預頃而溘然遽逝。」《謝鮑丈廷博惠書》，注云：「丈所藏極佳宋刻及舊鈔，久已散佚。今之所存，非其至者。余勸其作書目傳世。」《淮安訪張教授天石錤》注云：「時輯《左傳古注》。」以及《同年洪梧雙鬌矣賦以惜之》等篇，多爲史傳材料。賡芸夙有循良之譽。觀卷二《孝豐民以竹爲命而冬月竊筍者多山谷窈深不能盡之賦此以歎亦自愧也》，卷五《聞閩洋有警因巡歷沿海各戍設備》等詩，時以愛國憂民之心，寄諸歌詩。至以自經而亡，實受福建總督汪志伊、知府涂以輈所陷。當其死時，世人傷之。孫爾準《泰雲樓詩集》卷八有《哭李賡芸方伯四首》，其一云：「豈真造物忌名高，無那難防笑裏刀。已是含沙工射影，更教抵隙善吹毛。歌成黄鳥身何贖，賦就青蠅首重搔。慷慨杜陵男子語，肯隨牽率詣西曹。」又云：「罷市徒看播方舉，自注：漳汀二郡奔赴會城哭奠者數千人。傾巢幾見卵猶存。自注：君一子年甫十四，君歿後亦夭。」後熙昌、王引之往按其獄，得白。閩人爲立遺愛祠，諸家詩集仍詠之不絶。

笠人詩稿不分卷　嘉慶十七年刻本

孫學道撰。學道字笠人，安徽黟縣人。諸生。篤學工詩。年六十，以詩稿付梓。首周濟、吴甸華、陳栻、蔡元春序。由《癸亥五十自壽》詩計之，當爲乾隆十九年生。集中擬古之作最多。《海陽春詞》、《培筠園雙檜歌和胡雪眉作》、《和施蒙泉明府黟山竹枝詞十首》，刻畫物類，多爲一方風土故實。與鮑元俍、朱鍾佐交善，時有唱和。憶舊如胡虔、江藩、焦循、俞正燮，皆樸學而能詩。俞正燮稱爲「乾隆間邑中能讀書者」。又引程驥語曰：「黟有二絶，大星榧子、孫笠人五言詩也。所娶妒戾，乃異居。有二子，亦夭。其詩散失。」見《癸巳存稿》卷十五《古築兩孫君小傳》。

小信天巢詩鈔十八卷續鈔一卷　嘉慶十四年刻本

陳石麟撰。石麟字寶摩，浙江海鹽人。乾隆三十八年舉人。官山陰教諭。廣結交，門下成就甚眾。此鈔分六集，編年詩始乾隆三十五年至嘉慶十八年，共一千六百餘首。有楊芳燦、張惠言、顧書升、王灼、陳廷慶等序。信天巢者，宋菊磵處士高翥自顔其居者也，石麟爲其裔，因其名曰小信天巢。詩受性靈説影響，雖尋常題詠，亦有寄托感觸。學亦淹貫。《天籟閣寒夜讀孟郊詩》、《題陸龜蒙詩卷》、《觀元祐黨籍碑》、《歐陽文忠瀧岡阡表拓本》、《青藤書屋歌》、《得鄭板橋楷書楹聯》、《書漁洋詩話後六首》並注、《書袁耐亭石譜》、《題顧純也藏王》、《讀史七律六十首》，自屈原至文天祥，敍録褒貶，均爲有得之言。石麟與洪亮吉、楊芳燦、張惠言、陳廷慶、宗聖垣、惲敬相善。《書更生齋集後》、《輓洪稚存》、《得蓉裳書及詩文賦此代柬》、《乞臯文篆書》、《書張臯文填詞後》、《哭張臯文》、《輓古華先生》、《題宗芥颿游行自在圖》、《送惲子居》，詞旨真摯，載事亦周。

嘉慶元年在京作《秦腔行》，據《嘯亭雜録》卷八載，時秦腔藝人魏長生已名動京師，其徒陳銀官繼之。是篇亦有資於戲曲史者矣。石麟生於乾隆十九年，集中生日詩屢可見之。叔濤，有《問渠詩草》六卷。洪亮吉《北江詩話》評石麟詩如「晴雪舒紅，媚比幽谷」。王灼謂其詩：「得眉山西江之意。七言古近體渾脱瀏亮，頗亦近於放翁。」顧廷綸《玉笥山房要集》有《題小信天巢詩》，門人商嘉言《拜亭詩鈔》有《題陳寶摩師小信天巢圖》及《小信天巢詩集》，鄔鶴舟《吟秋樓詩鈔》有《呈陳寶摩夫子詩》。是亦善以詩鳴者矣。

秦腔行

秦風何年變擊缶，引喉能叶絲索鳴。曲部標名舞榭闢，不奏瑶笙不吹笛。月琴胡琴弄嘈切，擊竹聊代紅牙拍。移宫换羽自抑揚，内轉外激其音商。悲歌雜燕趙，揭調仍伊涼。能使放臣逐子棄妻怨女噢伊憯懍之隱痛，逆入絲聲人聲一一慨以慷。是時秋風吐商氣，涼雲停空木葉墜，促柱繁弦感異鄉。不獨秦人暗歔欷，與君吴人解吴吟，齊謳楚歎總愁心。西湖回首好，風月絲竹何如山水音。《小信天巢詩鈔》卷七

味軒席上聽胡詞源彈詞　四首

春風吹上小方厓，今雨能來舊雨階。好是簷花夜深落，高歌聲出鄭虔齋。

三條弦上流三峽，曾識詞源老擅場。解替春風歌一曲，也應愁殺杜韋孃。

春雨春晴妙色絲，銷魂意緒定誰知。旗亭若賭雙鬟唱，可有黄河遠上詞。胡生所唱四時詞，皆其自作。

美人遲暮白頭吟，一片花飛一片心。漫惜孤桐曾入爨，柯亭椽竹有知音。胡生老於場屋，以彈詞自遣。《小信天巢詩鈔》卷十

聽雨樓詩集二十二卷補編一卷　嘉慶間刻本

吴照撰。照字照南，號白菴，江西南城人。乾隆五十四年貢生。官永新縣訓導、大庾縣教諭。受學於王鳴盛，通文字訓詁之學，著有《説文字原考畧》。工詩，善畫蘭竹。此集有汪中、徐嵩、張敦仁、楊倫、魯嗣光、楊謨、樂宫譜、王昶、王鳴盛、張瓊英、程瑶田、王芑孫十二家序。汪中序畧云：「白菴九歲學詩，自是未嘗一日不去詩也。今年四十，有詩十卷，轉益多師，不名一體，然其勁氣直達，指事類情，無復遺藴，適如其爲人，而才氣又足以運之。又有余性剛寡合，畧似白菴。」序作於乾隆五十八年，可知爲乾隆十九年生。照爲人詄蕩，而老生宿儒，多願與之交。《題李松圃比部韋廬集》、《南昌學宫摹刻漢石經殘字歌》、《米海岳研山歌》、《王定山所藏溪瓦當歌》、《題墨蘭長卷爲涂學正以輈》、《題方子雲藏佛經小本》、《讀籜石齋集》、《贈金壇段明經玉立》、《讀黄仲則遺稿》、《題沙青巖一畹村莊圖》、《題程易田先生説劍圖》、《論書贈曾賓谷》，性情才學，有兼擅

之美。與畫家羅聘互爲題贈，補遺有《兩峯道人歌》。附存篤友汪中、方正澍、樂宫譜後改名鈞和詩，多可補闕。與彭淑唱和，並見於《秋潭詩集》。游記之什亦佳，即《北江詩話》所謂「如風入竹中，自饒清韻」也。王昶《湖海詩傳》所選照《銀槎》詩，特以詞采華贍見長。

説　文

伏羲畫八卦，肇端開書契。倉頡摹鳥跡，精藴洩天地。大篆創史籀，斯也變簡易。筆蹟猶相承，古法未湮替。程邈亦何人，增减便徒隸。傳寫失本原，字體日譌僞。流傳至魏晉，鍾王誇筆勢。既乖偏旁形，徒取點畫媚。舛錯遞師法，不復究古意。溯流窮其源，二公可訾議。保氏教國子，先通六書義。漢制試學僮，諷書九千字。宋人談聖學，灑掃當習肄。弟子不學文，何由通六藝。蒙師守其説，小學久放棄。紛紛著作家，修辭尚富麗。三蒼束高閣，訓詁獨無繼。詳哉許氏説，事物無不備。奥密參偏旁，據形自聯繫。引申究萬物，庶以告同志。《聽雨樓詩集》卷三

清人詩集敍録卷四十六

易畫軒詩録八卷　家刻本

王學浩撰。學浩字孟養，號椒畦，江蘇崑山人。乾隆五十一年舉人。主兖州書院講席。工繪事，山水花卉俱佳。卒於道光十二年，年七十九。石韞玉爲撰《傳》。是集爲家刻本，詩七百八十八首。據自序，三十八歲始爲詩。而興到筆隨，傳神逼真。卷七《論詩示張若木》，主張取法自然。集中《羊跳峽》、《擔夫肩》、《篙夫肩》、《潮州韓文公廟》、《梅州婦》、《江晚》、《滕王閣》、《濟寧學宫漢碑歌》、《題顧亭林先生遺像》、《雨中山塘觀競渡歌》、《劍石歌同陳雲伯明府作》、《舟中有感》、《毛筋竹歌》、《尖山輕鋮石歌》，不乏奇警之作。佳句如「白楊平卧犢，緑樹小遮山」《新店》、「沙光連岸白，星影落天長」《舟夜》、「漆暗緑陰藏粉雉，火燒秋日炙歸鞍」《郯城道上》、「萬里江豚翻碇石，一天野馬捲蓬蒿」《病中雜詠》、「臨流好洗羲之墨，入座宜傾白也杯」《匊月亭》、「墨翻雅陣塗空碧，紅閃楓林染夕陽」《過青洋江》、「登臨到處關經濟，考訂何人任是非」《題顧亭林先生遺像》、「有酒且教山作主，無鐙常倩月當家」《漫興》，妙造精工，深得作詩真詣。《贈俞少蘭》有句云：「畫筆健如緜裏裹，詩情豪似海浮槎。」亦頗自豪，惜乎爲畫名所掩耳。《論畫有示劉小峯》云：「平澹乃從絢爛極，老成到底似嬰兒。欲知脱去町畦處，便是超凡入聖時。」「輕挑淺撥出希音，平淡天然見性情。參得此中消息透，荆關摩詰拍肩行。」可見深悟畫理。嘗爲人作畫十幅，其人卽爲築精舍三楹以報之。以易畫軒爲名，志其實也。卷六有《新構落成顔之曰易畫軒詩以紀事》。

謙受堂詩集二十四卷　道光十年刻本

陳廷慶撰。廷慶字兆同，號古華，江蘇奉賢人。乾隆四十六年進士，選庶吉士。官户部廣西司主事，山東鄉試副考官，遷員外郎。出爲湖南辰州知府。以養母歸，主講蕺山書院。嘉慶十八年卒，年六十。《詩集》與詞賦、雜著合刻，吴錫麟、曹振鏞序，事具卷首所載《郡志傳》。詩起於乾隆四十年，共二千二百餘首。廷慶游宦所至，於民俗風物時加采訪。有《都門雜詠七首》、《竹醉詞八首》、《漁蠻子詞四首》、《上沅竹枝詞二十二首》、《風永竹枝詞四首》，記溆浦苗族民情較詳。居杭，作《四時節物十詠》、《鄉味四首》。生平交接海内名士甚夥，與韓是升、王文治、唐仲冕、鄒炳泰、謝啟昆、王芑孫、孫星衍、伊秉綬、楊芳燦、曾燠、秦瀛、吴樹萱、錢楷、舒位、王曇均有贈酬。嘉慶八年，王昶議創陳子龍、夏完淳祠，廷慶主其事，有《陳夏二公祠堂落成紀事》、《題夏節愍内史集後》，稱頌先民。《題淮海徵詩圖》注云：「阮芸閣選其鄉人詩爲《淮海英靈集》，泰興季廉夫任搜訪之役，因繪圖以誌其事。」《謁劉蕺山先生祠》，表彰劉宗周學行，詳於紀傳。《寄懷戚鶴泉》，敍述戚學標生平學業。《懷人詩》中「吴藉亭明府士超」，卽《紅樓夢傳奇》作者。零落軼聞，多可采掇。廷慶於讀書作文外，獨愛石，詠石之什甚夥。自築室顔曰「小方壺」，作《小方壺落成紀事》。又有《論書絶句十三首》、《論詩偶成》、《題東海翁草書手卷》、《日本竹籃歌》、《書傭歌》、《後書傭歌》，意亦雅飭。陳石麟《小信天巢詩續鈔》有輓詩，弟子商嘉言《芽亭詩鈔》有輓詞。

論書絶句十二首

無意常勝有意書，乾坤清氣得來初。霞催風送飛揚際，小不拘牽大不疏。
佳處怡情偶寓書，蘭枝得露曉窗初。秋鷹字外風棱整，成竹胸中節自疎。
或見天真或闊疎，箇中喜愕寓乎書。祥雲丹鳳含毫迴，墜石奔雷入腕初。
也教縝密也粗疎，濃墨和成淡墨書。禊帖重拈醒異醉，洛神數本後同初。
驟雨驚風縱送初，煙霏霧結不容疎。須知鴻戲如椽筆，仍律蠅頭撥鐙書。
虔禮微分乖合初，吾宗模範致儵疎。篋藏吴下雙鉤帖，筆備湘東百體書。
看到三分入木初，壁間堊帚盡奇書。須參象外江聲壯，可但風前柳葉疎。
昭陵璽紙入唐初，筆冢猶傳七代書。可惜紿他缸面酒，伏梁闇檻祕終疎。
金門先達笑迂疎，報道葵心不異初。鐵葉怕穿智永限，毛錐肯佞子公書。
曉窗若采影扶疎，快仿時晴得意初。五色新頒丹鳳詔，廿年重作玉堂書。

偶效經生唐代書，褚虞家法未應疎。平原出後狂瀾障，凝式尋回塗轍初。

輕紈窄袖泥人書，當面情親背面疎。底事少年齊掣械，爲偷珠顆睡驪初。《謙受堂詩集》卷十五

日本竹籃歌 並序

籃爲阮中丞所贈，竝滕以歙硯、藏煙等件，蓋爲兒子如郎作壓歲物也。時在郡城乞張遠春、姚春木輩賦詩紀事，會逼除日而寢，吴穀人、李味莊兩前輩自滬城書來，招續消寒第五會，余將以此題分詠，時萬廉山明府在彼，允爲繪圖。上元後春寒劇甚，致稽踐約，天和凍解將行，作長歌一篇，出獻諸喆匠，並寄中丞，卽以報謝云爾。

吾聞東夷之國七十八，三韓自北環以南。孰是雍容揖讓近中夏，高句驪外夫餘參。珠如巨棗孕月蚌，紙從盎出繅絲蠶。文身黑齒月支扶桑恨不到，稍稍耳食羨門汗漫瀛洲談。寶刀舊誦六一句，云是倭奴國器魚皮函。彼中風俗工造作，逸書苦未資研覃。但據方輿五畿七道領州百十五，中有三島角立森層嵁。忽詑奩具惠然至，非篋非筥非都籃。苧城賓座發箧示，索詩艱澀名未諳。燕許椽筆先已閣，小言安用窮籥籥。緘縢海上寄才老，兼諏元禮頻詁諵。勝游博物都婞雅，聖手細繪期傳柑。春寒猋勁冰塞浦，欲行不得過廿三。元龍豪氣故猶在，閉户權作書城蟫。小邦郱莒壁不下，大敵秦楚虎猶眈。苟無糠粃竹揚簸，曷以鐵石鍼愚憨。用對梅花嚼蘭蕊，始則蓼苦繼蔗甘。籧形律規筐律矩，曲植畢具鄰甀甑。笣篙籅篁各異製，取盛觥飯任亦堪。不爾貯果堆麗𦋺，不爾約花度䍦毿。周遭六角

鬥匠巧，蓋陰小瘍二字剷削芙蓉鐔。方之蜀簾湘簟疎復密，毋乃由衙非蓄篋。如郎得此喜更倍，龍賓鴝眼霑潤尤汪涵。時中丞方度定陶鼎於焦山。篠屏儻許埒高節，竹林新喜符宜男。卽看此器運海舶，知君直與定陶古鼎同所妣。珊鉤銀甕棄如土，嵎夷不用威戈錟。君不見大夏邛杖遠竝獻，奚啻博望當日星使乘槎探。《謙受堂詩集》卷十六

思不辱齋詩集四卷　嘉慶二十一年古瓦山房刻本

萬承風撰。承風字卜東，號和圃，江西分寧人。乾隆四十六年進士，改庶吉士。典試雲南，爲江南副考。嘉慶四年督學廣東，九年，爲山東學政。官至兵部左侍郎。十七年，引疾歸，翌年年杪卒。是集爲《思不辱齋全集》本，存詩不多，於生平經歷班班可考。據卷四《張鶴舫入都詩》注「戊戌北上二十五歲」，逆推其生歲，爲乾隆十八年。承風於乾隆五十二年奉命覆校文源閣《四庫全書》，有詩紀事。扈蹕熱河，作《過札什倫布廟》等詩。後有滇游詩，《黔中雜詠》。渡海，詠雷州、潮州等地詩。於江南、齊魯名蹟亦多入題。《題鄭板橋墨竹》、《和李歎夫西域詩韻三首》、《題晉任城太守孫夫人碑歌》、《題司空表聖廿四詩品》等篇，各盡所長。《潘巽齋同年護送暹羅貢使入京見示途中近詩次韻言懷》，兼載域外見聞。

芸香堂詩集二卷　嘉慶十六年刻本

和琳撰。和琳字希齋，鈕祜禄氏，滿洲正紅旗人。和珅弟。由筆帖式官至工部尚書、四川總督。嘉慶元

年死於軍，諡忠壯。和珅事敗，亦削爵。是集爲《英額和氏詩集》本。分上、下卷。首袁枚答和詩。和琳出身筆帖式，筆帖二字，滿譯音，即録事。和珅以文生員亦命至軍機大臣。乾隆間寵臣出身低微者，無逾於和氏矣。乾隆五十六年，廓爾喀在英國唆使下侵擾後藏，命福康安抵禦，和琳督辦前藏以東臺站烏拉等事。五十八年，福康安受降，偕和琳妥籌善後。兩次入藏，作《西招雜詠》詩。收入此集者，爲《藏中雜感》、《西招四時吟》等篇，卷首又載袁枚《題尚書西招雜詠詩後》。《隨園詩話》嘗録其《西昭四時吟》，《晚晴簃詩匯》據以選録，詩中無注，是未見此刻也。又有《詠燕臺十古蹟》、《入蜀過阿丫壩里塘》、《巴則山》等作，寫事較多。和珅《嘉樂堂詩集》挽詩，稱「希齋弟督軍苗疆，受瘴而卒」，是和琳實由病死。集中《西招四句初度》編年癸丑，則終年四十三歲甚明。

藏中雜感四首

蔓草荒煙萬里餘，民無城郭傍山居。田疇租納僧尼寺，鷹犬腹爲男女墟。縱有安奔大人也難變俗，竟無奴谷筆也亦能書。蠻家以竹作字。一長堪取尤堪笑，阿甲婦人也人人善積儲。蠻女憑人揀擇，方言曰坐。皆能理家防兵，有致富者。

黄金殿瓦焕朝陽，大小招廟極壯麗，瓦皆度金者，昔爲唐公主建造。門向東西意可傷。大招西向，小招東向。幽恨似應懷故土，歸心無那事空王。小招像云，公主肉身，而傳言公主好佛。美人計好朝廷小，中科番語作上聲名留鑾貊長。藏中最中科之族，傳係唐一東閣老陪公主來此。甥舅聯盟碑聳峙，在大招前，乃唐德宗時詔。由今視昔弔衰唐。

獨上碉樓望眼寬，四山積皚雪漫漫。一聲岡洞人腿骨，吹之其聲似喇叭僧茶罷，番人日熬茶數次。半萬更登僧也鳥食殘。注見前。燈樣僅傳公主履，竈形猶仿尉遲冠。黄金鋪地誰饒舌，致累閻黎色相難。番僧無不愛錢。

天恩幸免久淹留，昨接辦理善後事竣即回京恩旨。都護還須定遠侯。論政番官重譯苦，轉輸佛子斂財謀。運糧脚價，達賴喇嘛及營官頭人半皆入己。四時雪色寒常在，鎮日鑾聲聒不休。從此皇華離衛藏，算來東勝是神洲。《芸香堂詩集》卷上

西招四時吟

莫訝春來後，寒威倍勝前。小窗欣日色，大漠渺人煙。風怒沙能語，山危雪弄權。畧應桃柳意，塞上怯争妍。藏中入春，風雪轉盛。

山陽四五月，嫩緑漸生生。草老剛盈寸，花稀不識名。開窗紈扇廢，挾纊紵羅輕。藏中極煖，只須棉衣二襲，扇則可永不用。樹有濃陰處，都翻絃索聲。藏中樹木本稀，蠻家婦女無論貴賤，多于樹陰連臂踏歌。

南山看霧起，雷爲雨吹噓。淡淡秋無跡，淙淙夜不虚。所喜雨多在夜。池塘堪浴佛，達賴喇嘛於七月

下山洗澡，即用冷水。稞麥漸倉儲。八月收穫後，皆供商上。更喜羊脂厚，厨供大嚼初。羊惟此時方肥，餘時無油。

木炭供來日，例係江達外委於十月中送炭。陂塘半固冰。草枯歸牧馬，例係羊八井放馬，此時回營。寒重斂飛蠅。藏中蒼蠅極多，十月後方少。沙漬衣多垢，街土上衣即垢，似有油狀。緣男女溺便，隨處皆有，不知幾百年積穢所致。山童雪不凝。冬日反無雪。客游閒戲筆，真個悟三乘。《芸香堂詩集》卷下

春雨樓詩集六卷 乾隆四十七年刻本

沈彩撰。彩字虹屏，浙江吴興人。同縣陸烜側室。是集分賦一卷、詩六卷、詞二卷、文二卷、題跋三卷，首汪輝祖序，梅谷題。梅谷爲烜號，家富收藏，葉昌熾《藏書紀事詩》記其佚聞。集中詩摹傚六朝唐人。《論婦人詩絶句四十九首》，有獨到語。文集多論法帖。又通音樂，著《簫説》一篇。附録題詞爲沙杓、徐志鼎等人。

鵠山小隱詩集十六卷附二卷 道光間刻全集本

熊士鵬撰。士鵬字兩溟，號東坡老民，湖北天門人。嘉慶十年進士。以知縣用，乃願就教職，選武昌府學教授。《全集》爲其子涇等刻。詩集凡十六卷，首陳詩、周凱、邱樹棠、蔣祥墀、張錫穀、顧日新序。法式善

題詞。附《東坡詩集》、《耄學集》詩各一卷，《竟陵詩選》十四卷，《竟陵詩話》、《雜著》、《荆湖知舊詩鈔》等編。生年據《耄學集》甲午黄均所繪八十肖像得知爲乾隆二十年。集中詩訖於道光戊戌，終年當爲八十四。竟陵派詩在明末一洗七子矜張摹擬之習，未必不有功於世。而錢謙益等詆之甚力，至視爲魔道。士鵬選竟陵詩並撰《詩話》，不獨重於鄉邦文獻，實爲鍾、譚翻案。周凱序稱士鵬詩：「其局峭以警，其詞新以鍊，其氣清以華，其音寥以亮，其爲笑罵一也。詩宜宗竟陵派，乃獨抒機杼，自寫性情，不操土音。」庶幾近之。集中《流民歎》、《貧士歎》、《新婚别》、《無家别》、《孤兒行》、《蕩子行》等篇，作於乾隆五十年，時竟陵秋旱，此數篇摹狀實情，較爲深刻。《悲樊城》、《悲當陽》諸作，俱作於白蓮教起事之初。又《沔南竹枝詞十首》，有備風土。餘若《武昌雜詠五十首》、《詠史絶句一百八首》、《都中雜詠二十五首》、《書離騷後》、《讀東坡集》、《題史閣部集》、《讀劍俠傳六首》，皆能探索發揮，各得其勝。《雜詠十首》，評錢謙益十家詩，猶抵《論詩絶句》，向來研究竟陵詩派甚乏資料。是集嗣響鍾、譚，又有詩選、詩話，網羅文獻，評論得失，頗可取資。王乃斌《紅蝠山房詩鈔》有《讀鵠山小隱全集四首》。

閲坦齋六十種傳奇

金元度曲短長吟，猶是齊梁靡靡音。易得毁譽名士氣，難窺恩怨美人心。香奩妙手詩終淺，蘭芷芳懷意獨深。毛鄭遺箋風雅在，可能彈出五弦琴。

窮鳥連呼帝奈何，無愁天子怨迴波。傷心往事銅仙淚，借面當場鐵笛歌。征馬淋鈴嘶蜀雨，秋鴻成陣渡汾河。久知李嶠真才子，一曲齊傾金叵羅。《耄學集》

抱影軒詩鈔十卷　道光間刻本

高廷樞撰。廷樞字響山，漢軍旗人，鐵嶺籍。乾隆五十一年，官廣西知縣。嘉慶元年，改蒼梧。二十三年，爲平樂通判兼攝縣事。刻《抱影軒詩鈔》，爲乾隆四十二年至道光四年詩。廷樞之官廣西，取道衞輝至南陽，見千餘里中，飢饉連歲，觸目傷懷，賦詩紀事。内云：「皮骨棄滿路，鴟犬爭成團。犬鴟不不責，人類乃相殘。三五菜色民，對語殊可憐。人死我果腹，我活人垂涎。草木無根皮，盡以佐粥饘。」乾隆號稱治世，而清集中所見饑荒詩，難以備述，此僅窺其一二而已。《舟過永州放歌》、《行役四十韻》、《自百色巡河至田州登陸至武隆里編查保甲道中漫賦》，取意質直，而詠桂林、陽朔、錢塘山水諸勝，轉無光彩矣。廷樞生於乾隆二十年，結集時撰《七十初度》詩。是集爲其姪鍔、慶、鏻校，鏻序。按其生歲，與《紅樓夢》續書作者高鶚相若，均爲鐵嶺人。集中贈伯兄季弟詩，未見與鶚有連，或系同族，亦未可知也。

萸江詩存三卷　嘉慶二十一年愛吾廬刻本

陶必銓撰。必銓字士升，號萸江。湖南安化人。乾隆間諸生。以經學教授里中。主講長沙城南書院。

嘉慶十年卒，年五十一。是集乃其子澍搜求殘稿編次，共一百三十五首。首法式善、唐仲冕序。必銓詩情詞直樸。有《楚大飢行》，備述人民疾苦。鄧顯鶴校云：「此有感於辛酉奸民喻某之案也。當時泄泄，幾釀事端，幸而獲戢先生。」《嶽麓八景》、《重游浮邱山》、《湘中詠古》等詩，亦稱深穩。其平生未出鄉里，所見未廣。唯子澍爲循良，集内有《家祭詩》與贈澍詩多首，當有助於探討陶澍家世生平。

春覺軒詩草十卷附詠無名人詩二卷　嘉慶二十三年家刻本

莊宇逵撰。宇逵字印山，號達甫，江蘇武進人。諸生。嘉慶初舉孝廉方正，不赴。以經學教授鄉里。陸繼輅、洪飴孫俱出其門。此集有錢維喬、洪亮吉、趙懷玉、吴士模序，自序。詩皆手自删定，殁後由其子啟泰校刊。生年據《甲辰三十初度》推之，爲乾隆二十年。卒於嘉慶十七年，年五十八。宇逵長於論史，集中《讀平原君傳》、《信陵君傳》、《伯夷列傳》、《周書史記解》、《屈原列傳》、《秦本紀》、《項羽本紀》、《李斯傳》、《李將軍傳》、《書三國志後》、《讀管子》、《讀諸葛武侯傳》，足爲讀史之助。附録《詠無名人詩》上、下卷，如擊壤老人、考槃碩人、荷篠丈人、魯兩生、圯上老人、楚漁父等，凡八十一首，亦讀史所得，而别具隻眼。又作《袈裟塔》，詠元常州護國寺僧萬安率僧徒守城事。《江陰謁三公祠》，表彰閻應元等人。莊氏爲武進望族，此集有敍先世詩，多存譜牒史料。《題楊六士泣硯圖》、《盧抱經先生見訪賦贈三十二韻》，壽錢坫、錢竹初、畢蕉麓、洪亮吉，《哭張皋文編修四十韻》、《山舟先生書説酒篇見示戲反其説即用原韻》、《聞翁濂叔卒于臺灣詩以輓之》、《長平箭鏃歌爲趙味辛先生作》、《題清白士集》、《讀二十二史劄記簡趙甌北先生》，均爲儒林掌故。又有《書李太白集後》、《書方正學集後》、《與左仲甫論詩》、《江陰謁三公祠》、《題倪元璐四十畫像》，皆學人之詩。史善長《秋樹讀書樓遺集》卷八有《題莊宇逵所寫元池訪古圖》。

讀二十二史劄記簡趙甌北先生

二十二史如淵海，誰别其原究其委。達以舟楫通津梁，始得神遊數千載。先生雙眸如日星，宦成歸來校汗青。汲古之綆垂百尺，中有一綸而一經。古來讀史有三病，瑣碎之學事考訂。或矜博綜詩辨才，或肆吹毛涉餖飣。先生胸次富五車，不采稗官拾唾餘。論兼史通之貫洽，而無惑經疑古之狂誣。吁嗟乎，一朝一史如一鏡，億貌千形此中定。多少丹青寫厥真，隴廉孟娵均退聽。畫師貌之有卽離，誰析毫釐判逕庭。獨具隻眼施金鎞，如塵之掃鏡之瑩。林間著書皆琳琅，青史得兹乃益彰。古人大笑九京下，安得舉世盡發名山藏。《春覺軒詩草》卷六

攜雪齋詩鈔六卷 道光間刻本

温汝适撰。汝适字步容，號篔坡，廣東順德人。乾隆四十九年進士。官翰林院侍講。典廣西、四川、山東鄉試，督學陝甘，尋陞左副都御史、兵部右侍郎。著有《曲江集考證年譜》等書。卒於道光元年，年六十七。

是集詩共五百八十五首，卷首自序。汝适爲翁方綱弟子，受知於朱筠。有《文淵閣詳校四庫全書》、《輓朱笥河先生》等詩。在京與黄景仁、李威、趙希璜、張問陶等爲詩友。《笥河詩集》有《和温舍人詩》。集中山水行役之詩爲勝。《過郴嶺》、《大水行》、《龍山竹枝詞八首》、《桂林雜詠四首》、《寶雞道中》、《金牛峽》、《桔柏渡》、《劍門》、《杜甫草堂》、《賀蘭山》、《石空寺》、《涼州銷夏詞》、《晚次俄卜炭》、《發甘州》、《自張掖西行》等作，務以馳騁爲工。《爲王蘭泉通政藏鄺海雪天風吹夜泉硯歌》、《狄武襄鐵簡歌》、《讀出師表》、《讀岳陽樓記》、《題杜工部寄李太白詩後》、《讀陸渭南集》、《題雅雨堂金石三例》等篇，亦見平時所學。汝适早年服官京師，壯游南北各地，名師良友，受益甚多。其詩不脱前人窠臼，亦無放顛作達之病。此與當時嶺南諸子，又有不同。

九曲山房詩鈔十六卷　嘉慶間刻本

宗聖垣撰。聖垣字介藩，一字芥颿，浙江會稽人。乾隆三十九年舉人。官廣東瓊州、雷州知府。嘉慶二十年卒，年八十一。宗稷辰爲撰《墓誌》，載《躬耻齋文鈔》卷十。此集有嘉慶五年本，爲乾隆二十四年以來四十年詩，大體編年。聖垣喜讀故書，廣交游，吟詠甚富。《大相國寺觀艮嶽遺石梅歌》、《洋琴歌》、《觀古藴齋藏墨》、《元祐黨籍碑拓本》、《獅子林假山》、《鐵花燈屏》、《宣德銅鑪歌》、《觀史閣部遺像並殉難時家書》、《玉屏歌》、《大理石屏歌》，極撏撦之富。《火筆畫》，可與施朝榦、屠紹理、何道生集中所收《火畫歌》聚觀。聖垣與商盤、陶元藻、袁枚、汪輝祖、蔣士銓、鄭燮、童鈺、余集、邵晉涵均有交游。《哭商寶意先生》、《題蔣心餘瀫佩偕老圖》、《環碧山房爲汪龍莊賦》、《題樂滙川萬柳堂修禊卷子》、《二樹山人畫梅歌》、《板橋道人畫蘭歌》、《傅石儔畫蝶歌》、《題關山行旅圖》、《琵琶行詩意圖》、《題沈樹屏白桃花下微吟圖》，多爲藝林資料。《汴京懷古十二首》、《錢塘觀潮行》、《三衢竹枝詞五首》、《馴虎行》、《太平鼓歌》、《舞燈行》、《游柯山石佛寺》、《卷村社行》，描寫各地風光土俗，各有所長。乾隆五十二年官粤，作《海珠寺》、《羊蹄嶺》、《海嘯行》、《惠州西湖七星巖》、《五更渡海至南澳》、《渡澳風逆飄泊海中》、《地震》等篇，皆所歷實得語也。嘗作《紅袖烏絲圖》，徵題甚衆，沈峻《欣遇齋詩鈔》題記較詳。

火筆畫

素綾三尺淨於水，中畫蹋潮兩仙子，白描近似龍眠李，細看非墨還如烟。乃是鐵尖灼火作毫穎，焦痕一髮相糾纏。大江湧出芙蕖片，雪濤堆裏神光現。螺紋羽葆孔翠成，珠縷華裳鑾錦絢。修眉流盼開生面，設色工摹無此豔。想其審候施火時，去焠存性辨疾遲。遲則灰線滯餘迹，疾如星曳瑶光馳。纖風御火轉輪快，腕力堅卓目不移。下手空空定呼吸，一氣旋裊同游絲。曹衣吴帶繁花披，神妙至此未足奇。請觀釵翹髩髀餘，髮垂千條萬絡分，差差不聯不斷毫末追，猗嗟此技誰能爲。牙籤繡褫貼文篳，雲鸞引首裝玉池。襲藏秘笈誇獨得，又添東壁新題詞。機巧原出靈心思，似此絶藝傳無疑。惜乎不署姓氏知，爲誰名人湮没類若斯。《九曲山房詩鈔》卷四

洋琴歌

斵木中虚扇作式，團花四角加金漆。華簸横排十四絃，抽銅夾線分行密。細撥雙條篾削成，是敲非彈下指輕。八音金絲合爲一，錚鏦連瑣其聲清。巧様新裁年未久，云出姑蘇女工手。獨造何嘗海外來，假以洋名誇僅有。緑窗夜永燈花灺，滿腔柔膩無從寫。擣鍊春心製此琴，要使淫哇變風雅。深閨一鳴天下聞，意在千秋真傑者。吾鄉老賀與小胡，彈詞妙舌如鶯雛。專精此琴得琴理，滿盤細碎傾珍珠。軟能無骨脆欲酥。壓倒琵琶笙笛竽。歡愁融洽成絲縷，恩怨分明及兒女。座客迷離盡少年，落紅萬點隨風舞。豔曲原從緑綺生，成連不遇亦移情。流傳未卜何年放，不是秦聲是鄭聲。《九曲山房詩鈔》卷四

抑菴遺詩八卷　同治八年刻本　吴學士詩集五卷　光緒八年江寧藩署刻本

吴鼒撰。鼒字及之，一字山尊，號抑菴，安徽全椒人。嘉慶四年進士，改庶吉士。官侍講學士。道光元年卒，年六十七。鼒出於朱珪之門，才力富健，珪每承旨撰文字，多屬之起草。駢文瑰異，詩以韓、孟、皮、陸爲宗。所撰《抑庵遺詩》爲鮑康、方濬師合校刻，鮑跋謂稿得於鼒女所藏，今始授梓。其中《題禮烈親王克勤馬圖》、《題張雪鴻畫册》、《題劉石菴梁山舟王夢樓墨迹手卷》、《題蔡文姬歸漢圖》、《題黄山雲海圖》、《題蔣伯

生因培蘿莊圖》，長篇渾涵，王昶所稱「闢險盤空，句奇重語」此類是耳。《題明東林三賢尺牘》、《書船山詩集後》、《芸台師編定淮海英靈集作詩紀之》、《題孫淵如遺像並遺札四册》，有用於文史考證。《京邸雜詩八首》、《歲暮雜詠十首》、《新年雜詠十首》，時記都中風俗。鼒與孫星衍爲姻親。與吴錫麒、汪端光、洪亮吉，李斗、曾燠、李鼎元、齊鯤、錢楷、費錫章、鮑桂星、阮亨、陳逢衡、張維屏、陳鴻壽、包世臣、萬承風、屠倬等人唱酬。可見交游之廣。光緒八年又有《吴學士詩集》五卷，分體不編年，與《文集》四卷合刻。梁肇煌、薛時雨校訂。薛序稱：「鼒有《夕葵書屋刻集》不可見。此集詩文得於其女所藏，復從日記中搜集，釐定卷次。今所以傳學士者，僅止此本。」不知前已有鮑刻行世矣。此集所收詩有鮑刻所無者，如五古《題大滌子松菊猶存圖有淵明先生像》、《寫曾賓谷集中詩意自跋》，七古《文信國公緑蟬腹硯歌》、《顧閎中畫韓熙載夜宴圖》、《吴越忠懿王金塗塔歌爲朱石君師作》，均較雋偉。蓋鼒本以才藻、書畫見稱士林，故能從容揮灑也。

皆山草堂詩鈔十二卷　嘉慶十七年留香室刻本

祖之望撰。之望字載璜，號子久，一號舫齋，福建浦城人。乾隆四十三年進士，改庶吉士。嘉慶間歷湖南、山東巡撫，至刑部尚書。十九年歿，年六十。是集分《小華草》、《小華續草》、《汾晉草》、《鄂渚草》、《北歸草》、《南歸草》、《鵲華小草》、《矢音草》等集，詩四百四十六首。爲門人梁章鉅校刊。嘉慶元年，川楚白蓮教起事，詩中多敷陳防禦之法。行旅之間，喜濸弔古蹟。如《詠扁鵲墓》二首，以湯陰廣應王墓爲真，鄭州墓爲附會及之。《裴晉公祠》、《孝感張抃詞》、《牛脾山潁考叔故里》、《酈道元故宅》、《謁堯母陵》諸篇，採拾傳説，亦一一詠歌。《正定隆興寺大佛》、《洞庭湖櫂歌》、《濟南雜詠》、《出武勝關雜詠》、《赤壁磯放歌》、《端溪石硯歌》、《穀溪灘行》、《游靈隱寺》、《登蓬萊閣用東坡海市韻》，凡有所值，拈爲韻語。酬應詩不多，在武昌獨與畫家王宸唱和，是亦有所取舍也。

葆沖書屋集四卷外集二卷

嘉慶間刻本

汪如洋撰。如洋字潤民，號雲壑，浙江秀水人。父孟鋗，有《厚石齋集》。如洋於乾隆四十五年一甲一名進士及第，官翰林院修撰。在京與質郡王、成親王時相唱酬。乾隆五十九年，年四十而歿。此集爲成親王裒其遺詩刊於京邸，編年詩三百九十八首，外集一百四十七首。其詩清圓朗潤，每善刻狀山水民情。《自趙北口至鄭州二十里間皆成巨浸編筏以渡》、《湯陰謁岳忠武王祠》、《安甯州温泉》，均爲佳製。視學雲南，所作《楚雄道中》、《再過燕子洞》，俱有可觀。《雲南新樂府》以取《狐狸行》、《翡翠曲》、《頭人謡》、《銷鹽歌》、《採穀行》、《趕廠謡》世事爲題，間採民俗。《讀黄山谷詩》、《夏蟲篇戲仿山谷演雅體》，可備一格。時京都官僚銷寒却暑行文酒之會，多詠都中風物。此集亦有安肅菜、鱘魚、鹿肉、糖熠栗、元宵、蝶拍、榆羹、竹馬、影戲、杏酪、鶱鶴、白蓮禁體、蕉扇、月餅、釀酒、詩牌、摺疊扇、噴壺、舌蓮、竹粉、榆錢、觀雜技、煤黑子、花兒匠、摇鈴卒、縫窮婦等篇。又作《讀唐書列傳》評騭人物，可稱壓卷矣。集中與王復、蔣元龍唱和，俱少時作。吴錫麒《有正味齋詩集》有《哭汪雲壑》二首，吴懋政《八銘堂詩稿》有《贈汪潤民同學》詩，可參考。

滇南新樂府六章　録三

銷鹽歌

百口之家百人食，十口之家十人食。本管子。府海遺書在方策，國計民生兩俱得。滇南井利黑白琅，歲銷鹽莢千萬强。計鹽定課法良妥，私販如行官課墮。食私有禁害猶可，官作私銷事殊叵。西京文學議論多，膠車逢雨諸生何。

採穀引

開倉平穀貴，採穀補倉空。出陳易以新，立法期濟衆。入倉有定額，官胥毋容侵。斗石發價有定程，銖兩勿使衡端輕。儲倉衛民民所樂，顆粒終當有歸著。官倉宜實欠宜追，但莫折錢飽私槖。

赶廠謡

官廠旺，婦口夫丁走相望。官廠衰，爐傾炭熄無人來。寧臺禄馬東西峙，食指朝朝千萬計。沙丁本是無賴徒，日進錙銖不知利。壙探治鍊頭面黑，纔歇官工便驕色。呼娼酗酒團作窩，論月辛勤輕一擲。四民居業各有倫，此曹尚與農工鄰。獨憐襁負塗鉛者，猶是貧閨壓綫人。《葆沖書屋集》卷二

浮槎存稿六卷補遺一卷　嘉慶間刻本

鄒貽詩撰。貽詩字愚齋，號石泉，湖北漢陽人。諸生。乾隆五十一年臺灣林爽文起事，入福建總督幕府。赴臺三年，爲佐僚。五十六年，官麻沙縣丞，擢龍溪知縣。嘉慶十年，蔡牽滋事，辦理軍需，官至邵武知府。二十年卒，年六十二。是集首有湯金釗所撰《傳》及《行述》。貽詩出身世家。官閩三十年，戎馬生涯。《渡烏龍江》、《軍中雜興》、《問海篇》，可見襟抱。嘗四次渡海，所作《澎湖》、《題王俊有渡船圖》、《乘船行》、《短兵行》皆當日臺灣時事。重於格調，不善采風。録《臺灣詠古》二首云：「渤海風濤萬里收，居然形勝控南州。千年地險尋沙線，五夜天文占女牛。滄海龍遷人代换，朱子登鼓山曰，龍脈渡海，百年後海外當有萬家之郡。鳳山石敵市烟稠。鳳山石讖云：鳳山一片石，閩人居之。自從六甲更新後，藤社鹿莊盡自由。」「華嚴世界屹天東，俯仰同歸浩刧中。夜雨燐飛寧靖墓，春風草長荷蘭宫。凌波射鴨真游戲，渡海騎鯨儘自雄。欲問橘園尋小隱，年年洞口迷深紅。」

淵雅堂編年詩稿二十卷　嘉慶九年刻本

王芑孫撰。芑孫字念豐，號惕甫，一號鐵夫，又號楞伽山人，江蘇長洲人。受學於彭啟豐。乾隆五十三年召試舉人。官内閣中書。嘉慶元年，官華亭教諭。著有《碑版廣例》、《讀賦卮言》等書。嘉慶二十二年卒，年六十三。是集與《愓甫未定稿》合刊，鐵保、秦瀛序，門人汪榮光校刻並序，自序，存詩一千一百餘首。秦序稱芑孫：「性簡傲，不肯從腴，遇公卿若平交。嘗客大學士富陽董公及睿邸凡十二年。時輦下人士游於公卿者，大都借援聲勢，務爲關説。芑孫介然無所苟，館穀之外，不名一錢，雖金盡裘敝不自恤。」蓋久官中書，才大學博，雖終身教官，而爲南北時望所推。其詩最著者爲《西陬牧唱詞六十首》。敍述西域山川風氣之殊，準回諸部習俗服物之别，奇聞軼事，往往錯見。唯此詞乃芑孫從尚書董誥至避暑山莊讀《西域圖志》而作，較諸親臨其境，采訪所得，終遜一籌也。《馬蘭帥府雜題十首》、《協府雜詩三十首》、《熱河雜述十首》，間載秘聞。《官道柳》、《乞米婦》、《真州冶山》、《寒館雜詩》，紀事言情俱切。芑孫通書畫碑版之學。書宗漢魏六朝，善學劉墉。《觀石菴山人所藏陽明山人銅印歌》、《惠贈高麗筆墨賦謝》、《題真本靈飛經五首》、《題鑪竹山房聽泉圖》、《題王紹蘭困學説文圖》、《題徐霞客小像》、《題宋搨開皇蘭亭》、《題龔景瀚載書圖》、《題五鳳二年殘石》有序、《題雜帖詩二十四首》、《論書絶句十二首》俱清初諸家、《題武億虛谷圖》、《題李鼎元登岱圖》、《題孫星衍倉頡造字圖》、《題唐仲冕船入荆谿圖》、《吴晉元屬題印譜》，題王復、黄易、武億《訪碑圖》、《題畫絶句三十首》，俱能究其原本。自云：「自非讀書多，何以實其腹。妙處不關書，無書苦磽确。」是亦栩栩自負矣。又嘗與法式善云：「君有詩識無詩才，汪端光有詩筆無詩膽，其兼之者故有人在。」自命也如此見《嘯亭雜録》卷四。王昶評其詩「上溯杜韓，而實出入郊島間」。然其詩古質，詞意不晦也。芑孫嘗爲祝德麟、法式善點定詩集。法式善、張問安、王蔚宗、郭麐集均有《讀楞伽山人詩集》或題像詩。蔣因培《烏目山房詩存》載《寄愓甫孝廉兼呈墨琴夫人》二首，尤工切。是刻《外集》爲文，附刻其室曹貞秀《寫韻軒小稿》及亡弟翼孫《波餘遺稿》。翼孫官湖北襄陽吕堰驛巡撫，死於白蓮教事，詩僅七十首。

嘉樹山房集詩六卷　道光六年刻本

張士元撰。士元字翰宣，號鱸江，江蘇震澤人。乾隆五十三年舉人。七應禮部試不遇。歸以著述終老，學者稱鱸江先生。卒於道光四年，年七十。事具本書卷首俞樹滋所撰《行狀》。是集凡二十卷，卷十五至二十爲詩，秦瀛、王芑孫序。士元出謝振定之門，有《寄謝薌泉先生一百韻》，頌揚其事並小注甚詳。《送趙修撰文楷使琉球》、《西役篇爲項治中應蓮作》、《輓姚惜抱先生》，亦有事可徵。登游君山、封禺、天平、五洩、惠山，詠西湖雷峯塔，《自天竺度嶺至龍井》，刻畫山水，亦較精工。其詩冲淡奇肆兼而有之，爲洪亮吉、阮元所稱許。據卷首題詞。《晚晴簃詩滙》所選多今體。

小羅浮山館詩鈔十五卷　同治四年重刻本

吴昇撰。昇字瀛日，一字秋漁，號壺山，浙江錢塘人。顥子。乾隆四十八年舉人。以知縣籤發四川，升資州知州，擢知府。道光元年病歸，四年歿，年七十。《詩鈔》初刻於成都，十四卷，咸豐間版毁，同治四年，其子振棫重刊於京師，增補一卷爲嘉慶五年至道光四年詩，共一千四百七十二首。早年居杭之作，以綺軟爲工。中年以後，功力日深。詠居庸關、八達嶺、宣府及千佛山、龍洞諸詩，詞采茂樸。入川作《新兵行》、《鄉兵行》、《土兵行》、《老兵行》，兼記時事。《更夫歎》、《薄薄謡》、《老婢歎》、《憫山民》，切近民生艱苦。而官蜀所作《灌口觀漁》、《繩橋》、《鑑湖石魚篇》、《謁李王廟》、《青城山》、《蒙山中頂茶》、《成都草堂》、《鹽井》諸作，雄特峭拔，爲時傳誦。嘉慶十九年移官梓州，有詩多紀民俗。旋之雅州，作《鑪城雜詠十首》。其地近西藏，又作《西域雜詠》十二首。出三峽詩無慮百數十首，内《蜀船雜詠》記船工生活，尤不落俗。又有《題桂未谷進士丙巳圖》、《書沈茝生眾香詞》、《羅兩峯曬褌圖歌》、《題沈少雲一合相傳奇八首》、《毛海客刺史輓歌》，多載藝林軼聞。昇爲官不喜酬應，故其集未嘗乞達官聞人一言以爲寵，而每出新意，耐人尋索。

偶成

地勢城三面，鑪城無西門。人煙岸兩傍。家家山壓屋，處處石爲牆。不見催租吏，偏成選佛場。地無賦稅，僧俗參半。凄風兼冷雨，無日不重陽。

國以氂牛紀，山疑大象連。俗呼相嶺爲象嶺，有大象小象之分。食惟儲酪茗，衣不外裘氈。樓上成平地，蠻家大宅曰鍋莊，疊屋三四層。以最上者爲正室，皆自屋外梯登。樓外架版築土如平地。牕中見小天。誦絃都絶響，鎮日鼓淵淵。《小羅浮山館詩鈔》卷十二

蜀船雜詠

萬里吴船那得來，蜀江花艕出新裁。屏牕大有江南意，只欠平波鏡面開。范石湖《吴船録》取少陵「門泊東吴萬里船」句意。吴船無至蜀者，蜀船亦至楚江而止。其名類不一，惟花艕子與吴船相似。

雇值多於買屋錢，撑家船勝出山船。安居畢竟輸茅舍，四面波濤一面天。花艕價倍他船。凡榻軒牕與陸居無異。然惟撑家船堅緻，可上下往還。若出山船則至楚卽賣船而回，不堪再用。

謀生水面入危途，板主全憑衆力扶。飽食直如多稼者，不勤四體但收租。呼船主爲板主，司議值輸税及日用細事。行住進退，則太公主之，板主不過問，與吴船迥異。

長木如竿掌握中，輕橈大柁謝無功。江湖老去知津少，隆號居然僭太公。持招竿立船首者，羣呼太公，卽杜詩三老之義。其他舟子統呼爲弟兄而已。

駢立船頭挽復推，一呼百和勢喧豗。數聲欸乃遥聞處，知有前船出峽來。川船用橈不用櫓，大舟率用二十餘人，以聲助力，謂之打號子，一人倡則羣繼其聲。首唱者工貲犒賜倍於衆。

露宿風餐絶可憐，得錢盈百路盈千。今朝計是雙寬日，不住橈聲破曉煙。橈夫皆烏合貧民，傭值甚賤。下水船並有無價者附載，求食而已。客有犒勞，謂之打寬。灘險且多，則倍給之，名曰雙寬。

全身傴僂兩肩赬，百尺長茭蟻聚行。五斗未酬腰已折，上流何苦爲人爭。上水船夫兼司橈縴，故勞倍而值重。

横截狂瀾擊亂流，勢如抛擲急難收。羡他飽飯船頭坐，一葦飀飀任去留。上縴泊舟，或在彼岸，須截流而渡，謂之抛河。下水遇平流，舟人卧檝休息，任其順流蕩漾，謂之放流。

眼明手捷是灘師，日坐灘頭索重貲。熟盡浪花堆裏路，衝波不數弄潮兒。險灘有工於放灘者，稱爲灘師。

百丈繩繩負不前，三條修綆縋山巔。平空提出閻羅界，蛟蜃垂涎亦枉然。兩山夾峙，中有險灘，縴曳撓推，青天難上。灘夫用巨綆束舟之首尾，復從高處挈而上之，謂之提灘。

曾聞飛雪能埋馬，今見流沙可没舟。坦道危機相倚伏，莫因水懦玩平流。諸灘挾沙石東走，楚江水平，沙積隨風堆壅。誤入則陷不能出，故沙市百里内謂之跑沙。

飄飄水面似瓜皮，只與舟人上下宜。雖小不聞遭覆溺，須知宦海亦如斯。巨舟不能涉淺，須小船方可登岸，名曰脚划子。《小羅浮山館詩鈔》卷十四

松溪詩草五卷　嘉慶二十四年刻本

吴台撰。台字位三，號金門，安徽涇縣人。仕履未詳。工詩。北游都門，受知於法式善。南至湘楚，游洞庭、黄鶴樓。嘉慶二十四年刻《詩草》五卷，以辛未五十七歲詩計之，時年六十五。集中《詠釣具》八首、《晚

發銅陵》、《登衡嶽》諸作，格律性靈。評清初諸家詩，於梅村云：「中原刼剩詞臣淚，復社秋寒建業城。」於阮亭云：「品題今古鎔成史，縹渺蓬瀛妙欲仙。」於西堂云：「源深自爾清如許，才大何妨細不捐。」於竹垞云：「山川閲歷詩心細，經史陶鎔筆力遒。」於愚山云：「衣鉢聖俞傳北宋，頡頏玉叔重南金。」於歸愚云：「追宗大雅真名士，獨樹純風擅别裁。」亦解人也。《所知集》有小傳，未見仕籍。

晚聞居士遺集詩一卷　道光十一年刻本

王宗炎撰。宗炎字以除，號穀塍，浙江蕭山人。章學誠弟子。乾隆四十五年進士，未授官而歸。主講紫陽書院，造就弟子甚衆，湯金釗即出其門。諸經皆有著述，未傳。當時越中推爲耆碩。卒於道光六年，年七十二。是集爲其子端履、端蒙纂輯。卷一至八爲文，卷九爲詩，首受業湯金釗序、王引之序。杭州愛日軒陸貞一仿宋寫刻。詩極雅飭，多藉學問抒發。而性情恬退，以冲和爲旨。《鈔谷音畢題以長歌》、《藥名詩》、《題漸江僧畫幅》、《題樊樹山人手稿》、《題醴泉銘》、《題錢舜舉蘇武歸闕圖卷》、《送汪龍莊進士謁選入都》、《毛西河先生遺像》等篇，頗備掌故。《題許鄭學廬所藏宋拓醴泉銘》，廬主爲宗炎弟紹蘭，善治學，集中有《答南陔弟四首》，亦贈紹蘭者。《己卯立冬後二日讀覃谿晉觀稿詩畢因題三絶》有云：「師王搏兔用全力，此是先生善者機。誰解谷園真面目，風清月白篆烟微。」「金鍼度繡巧傳士，規榘方圓妙理通。快斫蛟鼉森劍戟，作詩法與作書同。」「用意深兼隸事緜，交柯接葉認相原。瓣香盥誦杲花裏，只恨無人是道園。」品評翁方綱詩，頗知甘苦。

漸江僧畫幅　並敍

嘉慶乙亥展重陽日，余同東山薌圃檥櫂柯山，訪柯谿小李山房，偕游石佛寺、寓園、童山而歸，景物奥曠，有遺世之想。頃祖州見示漸江僧畫幅，懸崖幽洞，宛然昨游。兒子端履欲從乞取，祖州有難色，余仿東坡碎石焚畫之意，作詩解之，用以紀游，且補邊幅之空也。明日蘇潭遷殯，感歎之餘，因並及之。

憶昨展重九，訪友柯山麓。柯山貌詭怪，鑿骨裂胸腹。重陴畢堂牆，崟岑肖匋窗。眼過背屢指，一失難追逐。譬若獨往人，樹蘊草行宿。君謨顧藉我，游我圖尺幅。懸崖四立壁，陰洞十間屋。禪師畫三昧，平淡造枯禿。天寒疑有霜，石瘦並無木。披圖儼游山，奇境森在目。峐岵砠崔嵬，爾雅讀不孰。欲欵小李門，捆借書千簏。位置最我宜，卷負趨應速。持贈色未許，再到心已卜。長吟付兩忘，據梧對殘菊。《晚聞居士遺集》卷九

題許鄭學廬所藏宋拓醴泉銘

醴泉翠墨半珠沉，康熙甲辰申隨叔得是帖殘本三百餘字，乾隆辛巳吾邑莫二玉游廣平，又分得一百九十六字。誰向慈仁寺市尋。康熙時京師賣古書法帖多在慈仁寺市。鑑古精嚴題北海，孫退谷跋，定爲宋拓。傳家珍重

抵南金。莫二玉藏此帖五十餘年，傳子及孫。嘉慶甲戌歸于許鄭學廬。南陔撫閩，宧槖蕭條，惟此帖足稱珍賞耳。規連槼洩神光閟，余最愛碑文「珠樹規連，玉泉槼洩」一語，適在殘佚數中。鐵畫銀鉤武庫森。是帖摹拓致佳，猶想見釵脚韮葉之法。莫愛家雞輕野鶩，本來滴乳在山陰。昔人評率更爲山陰滴乳，今觀年和諸字，全具禊帖神理。《晚聞居士遺集》卷九

水竹莊詩鈔四卷　嘉慶間刻本

蔣莘撰。莘字覺夫，江蘇元和人。諸生。工詩，以伯父業晉得遍結乾、嘉諸老，於袁枚、錢大昕、王昶均自稱弟子。是集有錢大昕、法式善、祝德麟、范來宗等人題詞。《謁湯文正公寺》、《獅子林》、《游包山寺》、《虎丘雜詠》、《記粤中風土二首》，有盛宋情致。《題閻立本十八學士圖》、《觀范文正手書伯夷頌》、《宋高宗書毛詩國風帖》、《趙文敏畫馬》、《論隸書呈竹汀夫子》、《黄石齋先生斷碑硯歌》、《趙忠毅公鐵如意歌》、《王蓬心宸太守畫册》、《羅兩峯聘鬼趣圖》，允稱諦當。乾隆中文物甚盛，見之詩歌，恆能撮其要領。《讀學杜詩》、《和昌黎調張籍韻》、《楊升菴集》、《盧文弨重游泮宫詩》、《讀趙翼陔餘叢考》亦俱有得。《湯緯堂大奎明府臺灣死事詩》，並記大奎長子荀業與難，亦當日掌故。

清素堂詩集八卷　乾隆六十年白雪書屋刻本

石鈞撰。鈞字秉綸，號遠梅，江蘇吴縣人。少爲貴公子，倜儻不羣。弱冠，匹馬孤劍，游齊魯燕趙之區。

年十九，隻身出山海關，復經黄沙大漠之中，萬有餘里。歸居泖上，受業於王昶、王鳴盛之門。與趙曰永、鮑文逵唱和。後田園蕩盡，衣食無資。約卒於嘉慶十年，年五十一。此集分體八卷。首王昶、任兆麟、王豫序。任序稱鈞詩「雄才健筆，如巨刃摩天」。今觀集中五古《抱關嶺》、《小凌河》、《大凌河》、《石山棧》、《青石嶺》，七古《曉發襄平》、《望千山》、《南將軍廟歌》、《登潼梓門海中眺望》、《海上觀日出歌》、《暮春泛舟尋洞庭諸勝》、《偕陸紅樹楊蓉裳泛舟石湖作歌》，筆端俱有奇蹤之勢。論詩云：「奇才不得展驥足，詩壇李杜空横挑。」《雪後放歌寄陸紅樹》。「大醇誰敢求微疵，從來作詩貴氣盛。」《與唐竹莊論詩用昌黎韻》。足見少年自負，先聲奪人。七律《山海關曉望》、《登泰山絶頂》、《謁項王廟》、《長城覽古》、《金山》、《任城太白樓》、《登華山雲臺峯》諸作，沉鬱頓挫，亦極工切。《秋懷》云「執手津亭醉濁醪，落花天數點征袍。淮徐地坼河流急，齊魯雲屯岱嶽高。碑認黄蒿千塚廢，車盤紫塞一身勞。江關回首驚秋晚，夜半披衣讀楚騷。」五律亦有極佳者。聯句如「雲穿山忽破，日射海猶寒」，「宿鳥欲辭樹，殘星猶傍城」，「一聲傳野店，萬里動車塵」，「海日侵魚眼，邊風落雁毛」，「雁行都映水，鷗夢不離沙」，「茅亭團野竹，苔徑覆幽花」，「亂水鳥鳴澗，夕陽花滿籬」，「魚龍沉海氣，星斗聚江心」，「月苦啼山鬼，霜嚴凍女蘿」，可以擊節。南通李懿曾《紫琅山館詩鈔》卷三《題石遠梅清素堂集云》：「何人詩格比君遒，瑶瑟朱弦古調留。眼底才華空兩宋，筆端風雨走三秋。解貂幾度聯吟伴，聞笛平生感舊游。莫輕文章有奇氣，史公足迹徧神州。」可謂知音。嘉慶四年，徐熊飛刊《白鵠山房詩鈔》，猶存石鈞一序。何焕綸《棠陰書有屋詩集》，卷一有輓石遠梅詩，王豫《羣雅集》卷三十七《石鈞小傳》云：「鈞嘗爲唐仲冕所推獎，訪卒不往。阮元見其遺集嘆曰：「清醇雅正，此詩家廣陵散也。冒雨登六和塔致疾，遂殁。」子嘉吉有《聽雨樓詩》，孫渠有《葵青居詩録》，潘祖蔭彙刻之，名《石氏喬梓集》，僅見《葵青居詩録》。乾嘉中葉以還，名流學者，咸以考據入詩。非苦詰屈，則涉餖飣，若鈞亦人中佼佼者矣。

白湖詩稿八卷　嘉慶間刻本

葉燕撰。燕字載之，一字再紫，號又次，家居白洋湖之東，又自號白湖，浙江慈谿人。嘉慶三年舉人，官候選教諭。嘗從鄞縣蔣學鏞游，務爲根柢之學。工詩古文，撰《白湖文稿》、《詩稿》各八卷，有邵晉涵、秦瀛序。自序論詩云：「詩本性情，如水之生於天。忽爲吕梁險激，忽爲江漢安流，所出者同，故能湯湯不竭。若出之無本，斷港絶流，蘄至於海，必不可得。」又引元好問句「乾坤清氣得來難」以爲：「逸而不清則剽，沉而不清則滯，横空排奡變眩百怪而不清則粗獷，求意新格高骨遒，皆不如清氣難求。」其詩頗爲秦瀛稱許。然可徵事者，唯《二硯窩歌》，記鄉前輩鄭梁佚事，《鹽倉歎》，誌其所見而已。秦瀛撰《白湖葉君墓誌銘》無生年，今以乙未詩年二十逆推，爲乾隆二十年生。卒於嘉慶二十一年，年六十二。

雲樵詩箋四卷　嘉慶六年刻本

吴芳培撰。芳培字霽菲，號雲樵，安徽涇縣人。乾隆四十九年進士。嘉慶間出爲河南、山東、順天學政，官至都察院左都御史、兵部左侍郎。此集有馬慧裕、富光泰、法式善、吴錫麒序，張問陶、趙良霨、王芑孫、何道生、徐書受、沈琨熊、寶泰、戚學標，越南國使黎光定、鄭懷德、吴仁靜、黄玉蘊、黎正璐、阮嘉吉等人題詞。受業戴昶、邵弢爲之箋注。芳培早年嘗官教諭，頗知民間疾苦。《老牛歎》、《鬻女謡》等詩，借題發議，有悲痛之音。《沈家坑造紙歌》，可覘乾隆間民間造紙情況，《觀小伎雜戲作》當爲史料。《半畝園雜興三十二首》，寫下第回家情景如畫。其詩脱胎於劍南，换骨於少陵，明七子中近於何景明。行役宣府、大同、陜中，所作登臨懷古之什，格高調逸。讀《史記封禪書》、《項羽本紀》等篇，議論含蓄。酬應詩多郡中士子，名士僅法式善二三人。蓋結集時位尚未顯也。吴文炳《茂林詩存》載《小傳》稱：「初刊於中州學使署者，久已行世，越南國使嘗得之，如獲異珍。」當即此本也。又云：「尚有《雲樵續稿》一卷，晚年自訂，其孫將續梓。」未見。《詩存》選詩又有爲此本所無者，如《六十感懷詩》，作於乙亥。乙亥爲嘉慶二十年，是年芳培由順天學政憂免，則其生歲當在乾隆二十一年。

觀小伎雜戲作

雙鬟幻作男兒粧，阿妹不及阿姊長。短衣窄袖新結束，蛾眉携手同登場。場上聲聲鳴鉦鼓，少者旁侍長者舞。仙骨珊珊墜葉輕，兩手不施足倒竪。斗大瓦罏滑且堅，以足承之罏自旋。或徐或疾轉不定，恍惚亂滚盤珠圓。望空一擲起復落，天龍戲鉢離神淵。故作失墜旁人恐，彈丸脱手罏完全。瓦鑼弄甫畢，復舉方木案。木案一足置足底，三足虚懸倚天半。隨手一撥作勢動，蓮葉偏翻風中亂。更教去案易以梯，梯豎不倚牆東西。蠻韓底窄梯偏穩，小妹從此試攀躋。梯上横木高三級，攀躋至頂拱手立。纖腰忽彎首下垂，驚鴻反側在頃刻。此時鉦鼓鳴不絶，屈伸一依響爲節。上下輪迴筋斗翻，空梯不動如圭臬。側聞君王怒偃師，詭異變幻隨所施。兹戲非關掩耳目，技巧一一人力爲。雙雙戲罷下場去，腰肢嬝娜步履遲。迴頭一笑向人語，猶是嫣然小兒女。《雲樵詩箋》卷一

沈家坑造紙歌

造紙之法傳自昔，前者蔡侯後左伯。雁頭鳳尾各擅奇，光潤平滑如砥石。吾鄉西南沈家坑，遵古遺制無變更。斬伐溪藤慎選擇，香皮浸入寒潭清。雨淋日炙灰汁漬，剥落粗糲存其精。譬如修士勤砥礪，陶鎔渣滓歸晶瑩。活水喧春千杵鳴，朝昏互答萬松聲。摔槽舉簾焙以火，雪膚玉貌何輕盈。肇錫之名曰知白，海内呼曰楮先生。三人更結金石契，陳玄毛穎及陶泓。遠近爭致惟恐後，從此聲華達上京。側聞昔日侍名儒，榮封楮國剖金符。紀述黄農虞夏德，鋪張禹皋益稷謨。又聞當時操筆從，無端貞素被沾污。紛紛螻蚓聲聒耳，横遭夭閼良非辜。誰知先生真奇士，激之不怒愛不喜。赫奕浸誇萬字軍，清貧不拒毛錐子。寄語世間好事者，得與同遊亦幸矣。慎勿拈將等閑用，孤負白州賢刺史。《雲樵詩箋》卷一

鬻女謡

圩鄉築堤傍川瀆，曲水平田如畫幅。天旱踏車夜救田，一畝尚可收數斛。吾鄉田在山之麓，處處青苗被崖谷。夏秋之交雨澤稀，禾穗乾枯頭轉縮。腰鐮刈取持作飯，粒粒空虛中無穀。去年苦雨稻生芽，今年苦旱食無粥。那忍弱女委溝渠，鬻與豪門儕婢僕。丁寧囑女勉事人，女如不聞挽爺哭。捨女得錢市米歸，縣吏催租已在屋，悍戾咆哮索酒肉。《雲樵詩箋》卷一

廉餘詩集二卷 嘉慶間刻本

李惟寅撰。惟寅字春旭，號欽伯，直隸大興人。先世山西定州。父蔚，乾隆三十一年進士，官廣東潮州知府。惟寅年十九舉於鄉，乾隆四十九年，以國子監學録用，出爲廣西義寧知縣。嘉慶二年，鎮壓苗變立功，升太平府龍州同知，移全州知州。十一年，奉檄赴遷江勘案，中途卒，年五十一。事具本書卷首蔡復午撰《傳》。是集有林德泰、陳預、湯藩序，李秉禮題詞。集中《南丹廠》、《朱沙廠記》、《五枝山歌》、《丁巳西隆軍營紀事六首》，涉及粵西開礦及苗民領袖仙達姑等事。安南用兵，又作《鐃歌曲》，亦紀實也。他如《獨秀山》、《十八羅漢渡海圖》、《放合子歌》、《讀劍南集》、《鼻煙》等作，無所附麗，亦自可觀。

五枝山歌

一山矗，一山伏，一山爲黨援，一山若奴僕。異哉一山獨不向，旁枝突起扼其吭。鬼斧怒劈山爲

開，驚泉滚滚從空來。中有寶光千丈燭牛斗，使我置身如在金銀臺。何人拓山麓，築此百間屋。屋檐壓雲雲不流，瘴母無聲作寒燠。木石陰遮天日澹，虎狼夜傍人家宿。其外有市井，到處聞丁丁。當風煤炱氣，入地椎槌聲。窨虚無而不見底兮，疑角鼓之中鳴。鑪煙裊其直上兮，劃遥峯之濃青。吾安得學葛稚川餐丹沙兮控飛仙，吾安能學石季倫十斛珠兮百萬緡。吁嗟乎，煙嵐如熾，萍蹤如寄。富貴神仙兩難致，可憐五山磊落萬古長凝翠。《廉餘詩集》卷下

紅杏山房詩集十三卷　道光六年刻本

宋湘撰。湘字焕襄，一字芷灣，廣東嘉應人。嘉慶四年進士，改庶吉士，散館授編修。十八年任雲南曲靖知府。道光五年遷湖北督糧道。次年卒，年七十一。此集分《詩鈔》六卷，《不易居齋集》、《豐湖漫草》、《續草》各一卷，附《試詩》、《漢書摘詠》各二卷。始刻於嘉慶二十五年，道光六年成。其《詩鈔》六卷者，曰《燕臺賸瀋》一卷，有游萬柳堂、尺五莊，《題阮芸臺靈隱藏書圖》、《題唐伯虎自書詩稿》等書畫題吟，俱優游恬淡之作。曰《南行草》一卷，爲自京至滇南紀程詩。曰《滇蹄集》三卷。歷山水幽深，奇險常出，風格亦轉而豪邁。詠雲南會城外西南隅雲安寺，游龍泉觀，《觀南詔爨氏碑有感》、《永昌道中》、《度瀾滄江鐵索橋》、《自順寧返大理蒙化道中》、《喜見點蒼山》、《洱海行》，篇什不多，令人耳目都異。又有《買魚歎》、《疫鬼哭》、《花翎行》，抨擊時弊，感觸亦深。曰《楚艘吟》一卷，爲之湖北糧道作。詠大冶、蘄州，《江上竹枝詞》，蓋出晚年所吟。至

游蜀、游黔補爲絶句二十四首，以事過境遷，大爲遜色，抑晚年筆力不能逹歟。《論文五首》、《論詩絶句八首》，俱有識見。清初嶺南三家後一度沉寂，乾、嘉間宋湘、黎簡、馮敏昌、張錦芳力闢生面，稱盛一時。黄釗《讀白華草堂詩集》卷七有《讀宋芷灣先生題壁詩長句》。

水墨齋詩集二卷　妨帽軒吟稿二卷　道光間刻本

黄湘撰。湘字士奩，號漁叔，一號柹菴，江蘇荆溪人，徙桃溪。少結荆南詩社，日耽吟詠。道光間刻《水墨齋詩集》，首嘉慶十六年唐仲冕序。二刻名《妨帽軒吟稿》，嘉慶二十四年張衢序。據乙丑《五十生辰》、甲戌《六十生辰感懷》詩，當爲乾隆二十年生。據其姪星照跋，約卒於道光五年。七古《桃溪觀儺記事》、《蘇臺柳枝詞》、《桃溪竹枝詞》、《乾洞紀游》、《南澗紀游》、《觀龍興寺吴汝亭畫壁》，陶寫性情，多記鄉俗。與吴騫寄答甚多。唐仲冕官吴，亦有詩酬之。詩無書卷氣，然不欲表現於世，語猶俊爽。視繁采寡情者，已是高步矣。

李中允集六卷　嘉慶十七年刻本

李驥元撰。驥元字稱其，號凫塘，一號中允，四川綿州人。乾隆四十九年進士，官翰林院編修。耽詩，與從兄調元、鼎元，稱「三李」。是集由法式善、楊芳燦、龍萬育作序。爲詩曠逸雄放，有兼擅之美。王昶《湖海詩傳》選其棧中詩多首，列舉佳句，稱「能自鑄偉辭，未經人道，與兄墨莊，工力悉敵，可稱二難」。此集卷三卽入川詩，又有《呈司寇王公》詩，卽贈昶也。《懷墨莊兄一百韻》、《題趙味辛古藤書屋圖》、《張船山詩集》、《題張水屋細雨騎驢入劍門圖》、《羅兩峯鬼趣圖歌》、《題羅兩峯登岱圖》，俱爲藝林故實。又有《繩伎歌》、《打魚歌》、《觀燈行》、《琉璃廠》、《銅鼓行》、《醫師行》，取材甚富。驥元與調元、鼎元均以二十九歲成進士，證以《生日偶成》詩，乙巳適年三十，是爲乾隆二十一年生。楊芳燦序稱：「嘉慶壬戌，墨莊以此集屬予校勘，時距鳧塘之歿四年。」據以推之，卒於嘉慶三年，年四十三。是集以氣象言，入粤詩最爲弘闊。而《老翁行》、《桑乾女》等篇，以行役四方，耳目所值，備狀民生疾苦。《賣女行》序云：「西安城南饑，鬻女者以斤計值，一斤十錢，百斤者每斤減兩錢。」詩云：「秦女饑饉時，賤同石與瓦。一斤鬻十錢，百斤價還下。老翁怨女肥，持權淚盈把。老婦不忍離，嬌兒呼平野。虎猛子不食，鳩惠子難捨。骨肉奚無情，歲旱衣食寡。却窺大吏門，珠玉別真假。十金買奇花，百金買良馬。」又有《冰船行》云：「朔風吹阿河水凍，河將冰作瓊瑤貢。城南城北行人多，互喚冰船往來送。船大如席中央平，兩人三人坐縱横。一夫背繩牽之去，船脚隨夫馳驟行。健兒歌唱神抖擻，兩足如梭疾摇首。惟憐貧病一衰翁，疲似蹇驢鞭不走。昨夜東風解凍來，勸翁收纜莫遲回。君不見，前年冰開船落水，滅頂船人呼不起。」辭質而徑，事覈而實。

琉璃廠觀劇

陽春何處尋，我偏着屐往。總總男女多，春在琉璃廠。廠東廠西環市廛，隙地十畝鐘鼓傳。帷幕外張内藏劇，一觀索五青銅錢。洋人水從池中噴，大珠小珠出復遁。回妹繩駕天上行，長歌短歌鏗有情。其間七盤舞精絶，左旋右旋皆中節。三人六手擎六盤，擲一花盤空中列。旁觀説擅今古奇，數十餘技觀不屑。外有猛虎毛蒼黄，爪牙不動心飛揚。曾向深山攫狐兔，今摇巨尾嬉兒郎。騰成一嘯風颯颯，老熊慴伏猿猴藏。廠中百戲消百慮，汗雲沫雨朝復暮。夕陽人影散亂時，大姑聲唤小姑去。

《李中允集》卷五

醫師行

太古神農前，舉世服何藥。自嘗百草後，醫師歷代作。上醫天下瘳，中醫一國樂。有士生北方，何嘗辨藜藿。轉詡醫通神，鄰人亦請託。誰家七年病，非痁亦非瘧。勢將服參苓，患在元氣削。懸金延汝來，禮待殊不薄。何爲昧君臣，五藥臭味惡。始將脾胃虧，繼將混沌鑿。終將成膏肓，二豎爲賊虐。秦緩無如何，奚庸問扁鵲。因知寰中病，用人貴審度。誰其悟主心，此醫先擯卻。《李中允集》卷六

連雲書屋存稿六卷 嘉慶二十年刻本

焦和生撰。和生字琴齋，漢軍旗人。奉天蓋州籍。乾隆四十九年進士，官禮部郎中。嘗典試四川，嘉慶

三年出爲崖州知府。此集爲官湖北時刊，首自序，詩共四百餘首。生年據末卷《六十自壽》詩推算，在乾隆二十一年。和生嘗奉校文源、文津閣本《四庫全書》，集内有《圓明園》及《赴灤校書》詩、《追輓紀文達公座師四首》，可見當日校書情形。守瓊崖七年，所作有關海南島歷史風土詩甚多。《憫農詞》云：「雜糧隨地可常栽，藷芋花生到處培。精穀易錢粗自用，田家勤苦亦堪哀。」「穀貴傷民賤害農，閭閻無處得從容。賣絲糶穀供官課，剜肉醫瘡怕歲凶。」「栽秧男女各辛勤，收割全家徧隴紛。獨有儋民男好惰，力田惟見女如雲。」「挑柴賣芋復擔田，百十成羣盡女流。此地此風從未見，耐勞婦女獨炎州。」又有《颶風四首》、《勸農歌》四首、《儋女歌》四首、《瓊俗雜詠》六首、《黎中雜詠》八首、《渡海紀程詩》二十首。時海南黎族張那梗、韋亞五起事，所作征黎、守城、修城、安民、凱旋等詩，俱關史實。《瓊崖弔古》詠李德裕、趙鼎、胡銓、丁謂、丘濬、海瑞。詠海南島物産，爲波羅、檬果、石榴、洋桃、木芙蓉、佛桑、青珊瑚。晚官襄楚，有《鹿門紀程》、《謁南嶽廟》、《均州行》、《隆中歌》、《黄岡紀游》、《武當山雲海歌》。附錢清履跋。

黎中雜詠

五指凌雲不可躋，五指山在黎内。天然地險窟羣黎。茹毛飲血風醇古，生黎打牲爲業，尚有不火食者。鑿井耕田質悶迷。文字全無仿繩結，衣冠不用稱巖棲。逢人慣作綿蠻語，椎髻齊眉等月題。黎人衣冠全無，目不識丁，與人約信惟比草楷短長，或結繩扣爲記，或用竹烙印爲憑。首前挽髮爲椎形，用絲綿少許繫住，簪以竹木或骨簪。

山中老死不知年，太古渾淪最可憐。終歲章身方尺布，黎人不知年紀，人問之，但比身之長短爲記認，每胯間遮一方布，用帶提繫。平生束髮幾絇綿。豪華相鬥誇榔畜，嗜好同情在酒烟。更有迂愚堪笑處，兒生誓不使爺錢。黎以種榔養牛爲富，飲酒吸烟。兒生七八歲卽各製一筒竹鎖錮，留縫積錢如撲蒲，雖貧窘亦不肯開，甘心稱貸，受人盤剥，惟恐人知己之有錢。死則將筒殉葬，其子亦以不用父錢爲孝。

婚姻無事問爹娘，樵採山中女並郎。歌曲賞音期合調，摘花辨色共聞香。黎人爲兒女時在山打柴，男女相悦，以唱曲採花爲戲，彼此投合卽訂婚約，歸禀父母通媒，無不成者。同心相約情先定，禀命通媒事可商。最是親迎儀更簡，披衣揹背婦歸房。親迎禮亦有諸黎排隊鼓吹等事，而車馬不用，只各披長衣一件，男負女於背上，歸去成親。

生能挾矢復張弓，勢衆人强便自雄。向化黎詞憑聽斷，服勞公務亦交通。黎人木弓竹箭皆能射準，人衆力强者卽爲頭目，聽斷黎詞應官差拏人等事。哨官總管皆頭目，射鹿驅蛇入樹叢。其黎頭爲一路之長，東西各一，由官給照承充，所轄有總管、哨官、村老等名目，時或獻鹿、豕及蚺蛇、飛蛇、花梨木等於官求賞。領得花紅誇里巷，歸來祀祖供當中。官賞銀牌、銀花、紅布、烟酒等，卽欣然自得，誇於鄉里，歸供祖先，以爲光榮難得之事。

採得沉香盡易牛，耕田祭鬼聚群酋。山中出沉水香，得者卽以换牛，以備耕田祭祀及奉其酋長。病人惟聽村巫禱，黎人病不服药，惟聽巫者求神許願。窮乏偏從市儈求。避債無臺憑剥削，窮黎多借商民錢債，甘受重利準折。報仇有令起戈矛。黎被迫情急即相仇殺，一人起事，即傳令各村。曾聞三次王師動，幾萬生靈觸瘴休。明自嘉靖至萬曆年間，三次征黎，師動十餘萬，財以數十萬計，數省督撫提鎮久駐，迄無成功，終歸招撫完事。蓋黎人得地利，山中瘴盛，官兵進飲其水即病疫無救，坐使數萬兵臨歸時百不剩一矣，可慨也。

窮黎蠢蠢信愚哉，混沌心情總未開。子母奇贏原不識，田園資産任人裁。黎借商民債，年月間其利不知數十倍，田園家産全行折算，甚至有將妻子折去爲奴，而原借之債尚未消除者。奸商蠹役常爲祟，乞丐遊僧亦作災。余在崖時，聞有乞丐行僧入黎討乞募化，所要米糧過多，不能自帶，竟敢勒派黎人沿路擡送，並自坐小轎，令黎丁擡送出山。寃憤百端無可訴，負嵎走險亦堪哀。

平黎扼要在冲虚，博訪黎情自裕如。德禮招懷先去黨，恩威廣布爲擒渠。余到崖，先招其未從逆及聞風自投出者，十日内安撫八十餘村，擇其明理急公者數人加以恩意，令其入山誘致首匪，不一月全行擒獲。蓋重賞之下必有勇夫，而以毒攻毒事半功倍。其受安撫歸村者日進鹿豕報效，樂爲出力，始知誠信相感，豚魚可通，况黎亦猶人面者乎。捐金行間功成易，因病投醫治有餘。安得勤明良刺史，隨時整飭化巖居。余每獲黎匪即細詢其山内情形及首匪所親信之人，並有無嫌隙之處，一一得其要領，即連夜書寫印諭購線入内用間，使其自相矛盾，故首逆不至一名漏網者，以黎攻黎之效也。至善後事宜條議亦經詳明大憲入奏，使該處州牧及武營參府尋皆得其人，即永無黎案可也。

黎中境界犬牙分，瓊萬儋崖信息聞。要在撫循令得所，偶然呼應亦能軍。黎山中南北通瓊崖，東西通儋萬，而各有界限。余在崖時，恐首匪聞拏窮蹙，或竄出本界，即難捕獲，星速札諭各鄰境黎頭各帶黎兵堵禦，並懸重賞令其助力立功，而儋黎符忠全素知大義，愛好急公，尤爲各黎首悦服，親帶黎壯數百名守口，並傳諭各黎目合力擒獻渠魁，有欲親帶黎兵赴崖會官兵勦匪之語，尤爲出力。《連雲書屋存稿》卷三

奸民作蠹須驅遠，聽訟如神自解紛。余守瓊七年於禁漢奸入黎生事盤剥，告示刻版，按月印發。遇有黎詞，卽時審結，並諄囑各屬，於民黎交涉詞訟，速爲秉公聽斷勿遲。果使羣酋咸悦服，何愁致力不情殷。

清人詩集敍録卷四十七

亥白詩草八卷　光緒七年聚珍版本

張問安撰。問安字季門，號亥白，四川遂寧人。乾隆五十三年舉人。嘗隨署校文，主講華陽温江書院。與弟問陶，並有詩名，蜀中尤足稱傑。嘉慶二十一年，其弟問萊以亥白、船山《詩草》裒集而梓以行世，有王學浩、傅亦舟序。光緒間亦有重刻本。生年爲乾隆二十一年十二月十四日，卒年爲嘉慶二十年正月初五日，見《遂寧張氏族譜》卷一張問安小傳。傅亦舟稱「船山天才秀拔，亥白學養深雋」。其詩品格超勝，筆意清新。詠蠶叢鳥道、三峽險灘之詩，屢見不窮，視《船山集》尤勝，嶺南詩亦有獨至。嘗同吴錫麒、洪亮吉、孫星衍等人掉鞅文壇，角藝相逐。作《三君詠》，爲邵晉涵、吴錫麒、馮敏昌。與王學浩寄贈頻仍。《讀桯史》、《西藏畫佛歌》、《天慶宫劉鑾塑像歌》、《明銅鈔》、《題梧門圖》、《題閔貞奉饌圖》、《羅兩峯以梅花卷子贈行賦謝》、《孫刑部墜車行》，不事雕鏤，落落不凡。

夏日在廣州戲作洋船雜詩六首舟行無事偶憶及之録於此備一時故實亦竹枝浪淘沙之意也

澳門東去渺風煙，黄浦秋深又隔年。倒挂梅花俱洋雀名齊上市，羊城八月到洋船。洋船每歲七八月到廣，泊黄浦，至時歸德門外競賣洋雀，五色畢簡。

羽毛組織妙能該，錦罽襬褷只廢才。大小寧須爭尺寸，番錢論版買呢來。羽毛大呢小呢以版計，不以匹也。

玻璃挂壁響丁冬，未抵拈毫寫法容。書滿烏絲聽啼鳥，案頭閒煞八音鐘。自鳴鐘有挂鐘、座鐘。座鐘有八音。洋行有一鐘，座上銅人能畫千手觀音像，又能自畫烏絲闌作楷字，上有二銅雀，飛鳴如生。

機輪歷落動天倪，綵佩繽紛繡帶齊。比似紅毛好官樣，半圭花影佛蘭西。洋表有紅毛、佛蘭西二種。紅毛多度金殼，佛蘭西多銀殼。銀殼以大扁爲貴。一云佛郎西，或云即荷蘭，非也。

淡巴菰好解愁能，幽怨傳來呂宋曾。一種湘筠和淚色，土花斑駁上洋藤。煙草始於呂宋國，近洋中有藤，花紋斑駁，以製煙筩，極精。

名茶細細選頭綱，好趁紅花滿載裝。飽啖大餐齊脱帽，煙波回首十三行。鬼子以脱帽爲敬。晏客曰大餐。歸國必滿載茶葉紅花以去。十三行其聚貨處，凡十三所也。《亥白詩草》卷三

長春草廬學詩十卷　嘉慶十八年刻本

丘叡撰。叡字鑄人，江蘇吴江人。諸生。詩集編年自乾隆三十年至嘉慶十九年，共二千一百餘首。證以卷五乙丑五十所作詩，結集時年五十九。其詩規漢範唐，傲然自得，老年長吟，半以養疴爲題，殊少頓挫之

致。而《林叟行》記江南彈詞藝人，《題獅子林》詳注築園沿革，《洋鼠行》描繪市舶奇制，俱出心裁。《船阻行》、《夜渡太湖》諸篇，語亦清雋。《讀史记》、《讀金剛經九首》、《書大謝詩後》、《書白詩寄韶光禪師後》、《冶銅泥硯歌》、《惲南田畫菊》、《漢未央宮瓦歌》、《宣和坑硯歌》、《月蝕行》、《日本紙》、《題蔣心餘冬青樹傳奇》，以及論詩、論書之什，俱有心得。自云「十歲裁詩，故多積累」。而古字滿篇，不甚删簡。卷中交游不能多知，輓朱休度、錢大昕，壽馮浩八十，晤翁廣平，亦有名聲籍甚者。觀是集不當駭其摹古，亦不必厭其雜遝也。

送舅氏陳上舍怡雲先生遊日本之長崎島

嚮讀木華賦，大觀作卧游。仄望東海若，寓言悤莊周。先生掀髯攜糧餱，孟夏穀旦覓吉諏，便從入海看蜃樓。東洋有國通神州，北鄰朝鮮南琉球。漢名倭奴唐日本，文身黔面眉兩髮。今逢聖人在中國，滄波久不驚陽侯。五畿七道並三島，歲歲守外同番酋。風俗朴茂耻草竊，宮室卑陋捐橧桴。古經注本訂足利，長慶詩人傳歌喉。其餘樗蒱握塑戲，亦有善弈名如秋。客窗盍試一校讐，侏離聲病研啁啾。不則長夜遣旅愁，角勝亦可交觥籌。化居懋遷賈用售，日中爲市肥前洲。螺鈿狼毫多羅木，水晶琥珀珊瑚鈎。明鏡千里決眥入，剛刀百鍊繞指柔。華布畫繒水草樣，錦采組織朝霞綢。春鰷入饌號美味，冬貂一腋成輕裘。君子以不貪爲寶，肯悤益寡資多裒。長生試學藥且偷，神山可望而至不。仄聞齲齒兼明眸，蕊珠眷屬移人尤。我願巢父别掉頭，意可寓而不可留。陶潛田園樂莫樂，桑麻雞犬

桃源幽。先生早賦歸來休，少海吸取奚囊收。兼丛子厚進一解，來導阿士窮遐陬。案：此詩作於乾隆四十一年。《長春草廬學詩》卷一

閱篁山館詩鈔四卷　嘉慶二十年刻本

李受曾撰。受曾字介梧，直隸長垣人。乾隆五十一年舉人，官甘肅階州知州、鞏昌知府，權涼秦甘州事。是編共詩三百三十餘首。首自序謂：「二十歲存詩，至四十歲成二集七卷。嘉慶己巳訟事作，家人焚故紙，誤並燬焉。今所存者，乙丑、甲戌十年詩，此後有俟六十時續編之。」受曾於隴中山川古蹟，歷見頗廣，兼採風土文物，足資吟諷。岷州詩記川佛寺，爲前明督税太監所造。《烏鼠山》、《黄河冰橋歌》、《寧夏二首》、《游覺靈寺》、《崆峒紀游詩八首》、《打喇池失道記事》、《成縣按獄山途險絶有作》、《過居延縣》、《蘭州竹枝詞四首》、《過麥積山遂宿禪院》、《夜過秦嶺》、《甘州五首》、《嚴家山》涇州城東，多前人之所未經。《果丹皮》詩注云：「甘州多楸子樹，結實如林檎。秋間數盈億兆，不能久貯，居人煎熬爲膏，又入礬攤曬成皮，柔靭如匹帛，名果丹皮，歲充土貢，亦奇物也。不知今日有此産否。」《觀漢西狹頌摩崖石刻》、《題漢張伯英澄華井石殘字》、《裴岑碑》、《西洋自鳴鐘歌》、《影戲》等篇，亦可資識助。天理會滑縣起事，以長垣屬大名府治，與滑毗鄰，送内眷赴濟南。嘉慶十四年作《聞長垣賊警記事》十首。記黄興宰等皆擁厚貲，並非饑民。又起事者藏書月琴，往其黨家歌唱，以通消息，所造軍器，皆貯空棺借停古廟。殆得諸鄉里所傳，讀之可抵野史。其詩學宋，而學殖較

減。王蘇《試畯堂詩集》有答詩。

影戲

節候近燒燈，天街勝游洽。駭電百馬旋，奇峯六鰲壓。別傳兜勒歌，巧眩頗黎眨。南部北部人，歐家吴家法。瑰異蜀紙裁，雕鎪昆刀插。重帟鳳炬藏，一幢蟬紗夾。傍寺疑現襖，監水應分霅。朗印花闌斑，代翻曲寙圔。驢嘿張果靈，犀然温嶠刼。窈渺蜃樓迷，吐納鵝籠狹。簾疎隔妓屏，屏曲湧仙筵。民如動烟無，神記行雲恰。山雞對舞鏡，霧豹偶世柙。疑有李少君，攝魂望幢翣。又似浮屠澄，示掌見兵甲。恢爲天地師，理應山河霎。荼毗莫僧嘲，大迫任侯協。靖節贈形神，漆園暫冠恰。小社繪革團，僻典夢華劄。玉宇月流銀，餘輝瀁瓊押。《閱篁山館詩鈔》卷三

過麥積山遂宿禪院

不斷雲抹白馡馡，無枝樹浮青毿毿。巒光適來心已往，駛於渴驥奔泉甘。山靈愛客修遇禮，早豁霾翳開煙嵐。仙塵路判不在遠，輕舉便若鸞鶴驂。巖腹虚受得咸象，如張大幕包精藍。芥納須彌見法力，龍象湧現優鉢曇。風雨分卑屏閾外，惟邀二曜相融涵。僧如蜜殊富藏果，時出餉客分筠籃。桃源住久忘禮數，説法每對麋鹿談。萬壑衆響答梵唱，鐘潮天半知晨參。洗足坐聽斷塵慮，快于濯垢逢

秋潭。睡蛇誰教戒鉤制，下方醉魄猶沉酣。八極元氣浩無際，曠蕩都入詩胸含。强説清福矯窮薄，便欲散髮姿嬉探。烟霞自爲佛供養，心欲坐擅寧非貪。啟明晰晰僕促駕，衡軛那得辭疲慘。回頭雲樹遠相送，約我夢到南山南。《閱篁山館詩鈔》卷四

卜硯齋集六卷　嘉慶二十年刻本

方泂撰。泂字從伊，號星厓，又號樵谷，浙江秀水人，原籍新安。未仕進。工詩，兼能醫。生於乾隆二十一年，卒於嘉慶二十年。事見汪鳳撰《樵谷小傳》。是集爲其子之馨校刊，有倪倬、沈璟嘉、邱璿序，自序。生平無預顯達，唯與畫士散人交往。《贈黄雲溟山人》，謂山人工山水兼擅鐵筆。《茶羃銘》，記丹陽人擅剖麥莖而爲玩物，無慮書畫屏匣花木蟲魚，蓋有所授。《織畫歌》、《觀繩技》、《皺雲石歌》，取材亦新。常居吴中，與丘叡唱和。詠獅子林、包山寺、林屋洞、丁仙閣等詩，氣韻尚佳，與板襲他人面目者不同。

堅白齋詩集十六卷　嘉慶二十四年刻本

李鑾宣撰。鑾宣字伯宣，號石農，山西靜樂人。乾隆五十五年進士。由刑部主事出爲温處兵備道，遷雲南按察使，以讞獄失當謫烏魯木齊。遭父喪釋還。起官廣東按察使、四川布政使，至雲南巡撫。據是集蔣攸銛序，卒於嘉慶二十二年，以述哀詩計之，年約六十二。詩共一千三百餘首。官西曹詩曰《白雲集》，分巡温

處二州曰《甌東集》，提刑雲南曰《詔南集》，謫迪化州曰《荷戈集》，分巡天津曰《七十二沽草堂吟草》，提刑廣東曰《訶子林集》，入川曰《不波館集》。其中《司圜雜詩八首》，記囚獄制度頗詳。張應昌已選入《詩鐸·刑獄門》。《騰禧殿詞》、《木變石歌》，爲内廷目覩。詠永嘉山水勝境，《再游石門洞》、《蘆烏船》、《起蛟行》、《烏鴉船》、《賣子謡》、《踏車謡》、《推車謡》，皆爲寫實。《清浪灘》、《辛水巖》、《斡耳朶》，自注：元梁王離宮，在滇城東五里。《圓通寺》、《海潮寺》、《老鷹崖》、《黔中雜詠十二首》、《土風四首》，均記雲貴山水風物，八、九兩卷爲出嘉峪關詩。《塞上曲》、《瀚海歌》、《馬蓮井道中》、《苦水題壁》、《哈密》四首、《登庫舍圖嶺縱筆作歌》、《庫舍圖嶺觀唐貞觀十四年碑》、《入巴里坤界》、《巴里坤城北尋漢永和二年碑》、《薪櫕歎》，自注：松樹塘土人有摧松爲薪者，感而有作。《沙山來》、《烏蘭烏素》、《輪臺》諸作，意境壯闊。至戍所多愁難，意存戒懼，轉不足觀矣。他作如《五涼偶詠》、《甘州》、《酒泉雜詩六首》、《肅州》、《津門雜詠四首》、《羊城詠古》、《廣州雜詩》、《南漢東西塔歌》、《珠江櫂歌》、《汴梁雜詠八首》、《棧行雜詠十首》、《成都雜詠十二首》，周覽既廣，氣逸亦高。鑾宣與法式善爲友，有《梧門歌》與輓詩。又與惲敬交契，有贈别詩。此集惲敬序，言及清詩云：「本朝順治中詩贍而宕，康熙則適而遠，雍正則瀏而整。夫積千數百年之變，而本朝名家復變焉。於是自乾隆以來，凡能於詩者，不得不自闢町畦，各尊壇坫。是故秦權漢尺以爲質古，山經水注以爲博雅，犛軒竭陀以爲詭逸，街彈春相以爲真率，博徒淫舍以爲縱麗，然後推爲不蹈襲不規摹。」亦見《大雲山房文稿》二集卷三。於乾隆以來詩風轉變，頗領其要。周三燮《抱玉堂詩》卷五有《輓李石農》四首。

沙山來

凡以罪譴者，例由軍臺遞解。聞土魯番三間房、十三間房皆風沙戈壁，惴不敢行。請於當路，改乘轅而北之。既下天山，將抵烏壘。車中作《沙山來》，示同戍。

沙山來，高崔嵬，苦霧四塞慘不開。黄雲臣匝黄塵霾，坤維忽裂聲轟雷。人馬駝牛生便埋，吁嗟何地求遺骸。沙山去，石如雨，飛廉噫氣箕伯怒。白骨青燐亂無數，霎時飛去霎時仆。人馬駝牛不知處，吁嗟何地爲丘墓。十月烈風饕，烈風烈如刀，人行墮指馬縮毛。五月熱風熇，熱風熱如燒，燭龍當午焱輪飇。火山燠，雪山皎，冰天火地無昏曉。盛暑猶凝太古雪，一片寒光寒不了。海非海兮山非山，熱非熱兮寒非寒。儵而來兮忽而去，去也無跡來無端。土囊竟從地底破，羊角不向天衢摶。書生終日閉門坐，焉知六合以内六合以外咄咄多奇觀。我欲竟此曲，此曲凄以繁。平沙衮衮車斑斑，側身東望雲漫漫。《堅白齋詩集》卷九

三湖漁人全集八卷　道光二年刻本

劉士璋撰。士璋字南赤，號三湖漁人，湖北江陵人，乾隆五十四年拔貢，官部曹。此編有嘉慶四年陳詩序。分《葛道集》、《郢中草》、《燕臺小稿》、《吾廬萃稿》、《竹嶼偶吟》、《富猗樓集》，詩共八百餘首。《述懷三十韻》注云：「余春秋三十有二。」詩作於丁未，上推其生年爲乾隆二十一年。詩學玉谿、樊川，品詣未高，而詠楚中山川風物，如三游洞、爾雅臺，《東湖竹枝詞十二首》、《宜昌懷古十二首》、《絳帳臺》、《荆州懷古八首》、《楚

莊王廟》、《襄陽竹枝詞四首》，過沙市、竟陵等詩，亦有可取。《挑菜詠》、《飢民謡》、《栽秧歌十二首》並序、《傷哉行》，記述餓莩載道，哀鴻展轉，寓意不平。又有《昆陽行》、《許州》、《尉氏縣詠阮瑀阮籍故里十二首》、《艮嶽》、《汴梁雜詠》等詩，亦稱得力。入都，詠昆明湖、護國寺，《宿圓明園太醫院署自注：間壁有藥王宫，署左卽宫門前湖有作》、《挽洪素人朴先生》，間有掌故可考。江漢詩人，宜存此一編。

衍慶堂詩稿十卷　道光七年刻本

顔檢撰。檢字惺甫，廣東連平人。貴州巡撫顔希深子。乾隆四十二年以拔貢授禮部七品小京官，五十八年出爲江西吉安知府。嘉慶間歷官畿輔，頗爲仁宗信任，官至河南巡撫。十年，坐事戍烏魯木齊。復起用，累擢直隸總督。此集有高人鑑序，所收詩始乾隆五十一年，迄道光七年。《清史稿》傳稱，顔檢卒於道光十二年，今據生日詩推之，生年當爲乾隆二十一年，得年七十七。作者爲官頗通時務。閲歷旣廣，取軍務政事、生平交往、江湖林莽、山農野圃，一一入詩。《恭校四庫全書呈大宗伯定圃英和夫子》、《自廬陵至萬安稽查驛站時英吉利使臣將至詩以寄意》、《題四百三十二峯草堂詩後》、《懷王懷祖觀察念孫》、《讀東坡詩紀事成詠》等篇，均有文史資料可取。遨游湘鄂，從軍雲貴，所見奇險亦多。謫戍新疆，歷陝甘，過玉門，行沙磧間，皆目睹身親，反復詠歌。其中輪臺初冬等詩，間記烏魯木齊風土方物。其詩平滯率直，殊少變化，然非徒托空言，亦可不計工拙矣。

偶紀塞外景物用東坡游法華山韻

出關卽入天山界，胭脂祁連悉支派。千巖萬壑接崑崙，巘崿冲霄勢雄快。黄河源自星宿來，伏流東向始滂湃。書生日在域中看，局促徒憐耳目隘。紅柳育兒兒能嬉，滌山中柳樹有物如小兒，能攖瓜果食，偶被人獲，亦知啼哭，謂之紅柳孩，一名人儇。白雪擎蓮蓮不壞。蓮花生雪窖中，人覓見隨手卽折得之。若一出言，則烏有矣。塵沙眩眼日光迷，駝馬騰空風力怪。戈壁中每遇狂風，雖重車皆輾轉顛仆，至駝馬則破空而去矣。龍潭地涌無波瀾，博克達山頂有龍潭，廣數十里，水涓滴不下流。鹽井天生絶煎曬。輪臺一帶皆食天生鹽，不須火煎，亦不須日曬。炊煙成霧霧成雲，碧暈瓜瓤翠浮薤。哈密瓜以緑瓤爲佳，葱薤皆絶肥美。逍遥縱目皆奇觀，落拓一身尚拘械。苦無健筆大如椽，自哂伎癢如爬疥。亦似邊禽振翼飛，志欲凌雲翮常鎩。異日空向寶山回，入門大笑索詩債。《衍慶堂詩稿》卷六

獨學廬詩稿二十六卷　道光間吴中石氏刻本

石韞玉撰。韞玉字執如，號琢堂，一號獨學老人，又號花韻菴主，江蘇吴縣人。乾隆五十五年一甲一名進士，授翰林院修撰。嘗典試福建，視學湖南，官至山東按察使。嘉慶初，充日講起居注官。因事被劾，引疾歸，主蘇州紫陽書院二十餘年。卒於道光十七年，年八十二。是集與《文稿》合刊，卷帙繁重。《詩初稿》七

卷，分《雲留舊草》、《江湖集》、《玉堂集》、《劍浦歸槎録》、《湘中吟》五集，《二稿》三卷，分《玉堂後集》、《鵑聲集》、《學易齋吟草》三集，《三稿》六卷，曰《晚香樓集》，《四稿》四卷，曰《池上集》，《五稿》六卷，曰《燕居集》。共詩二千一百九十首。作者學識不深。與時輩勝流相唱和，每每相形見絀。然集中亦有可參稽者。《初稿》中《謁劉夢得先生祠堂》、《論書絶句三十首》，《二稿》中《書劉文清手書詩卷後八首》、《題畫絶句》，《三稿》中《論詞三首》、《詠史有感二十首》、《觀戲有感四首》、《更生居士輓辭》、《讀半山集書後》、《詠小忽雷四首》，《四稿》中《題黄蕘圃祭書圖》、《題吴枚菴畫像》，《五稿》中《訪徐文長青藤書屋舊迹》、《新修白公祠成同人賦詩落之》、《題女史汪允莊明詩選與自然好學齋詩集》，俱非徒托空言，佳製亦能免俗。韞玉未達時見淫詞小説，一切得罪名教之書，輒拉雜摧燒之。家置一紙庫，名曰「孽海」，收毁幾萬卷陳康祺《郎潛紀聞》卷三。可謂嚴於衛道者矣。今觀全集，尚未見如此之甚。且自作雜劇九種，名《花間九奏》。四稿有《自題花間樂府》九首，統以道學家目之，作與不作等耳，則不免過苛矣。

大溈山房遺稿八卷附外集一卷　道光二十二年三長物齋刻本

黄湘南撰。湘南字一吾，號石櫓，湖南寧鄉人。諸生。少隨父官天津知府，繼游粤。乾隆五十年，客死浙江玉環，年二十九。子本騏、本驥均知學，本驥著述均收入《三長物齊叢書》。又刻父集，可謂代有聞人，人各有集矣。詠清浪、鸊鵜諸灘，湞陽峽，觀音巖，攬洞庭、南嶽諸勝，斐然可誦。《廣州竹枝詞》、《邵陽竹枝詞》、《漢口竹枝詞》，稍輯民俗。遺稿凡八百餘首，係由三千餘首中選出。蓋於讀書吟著之外，無他嗜好，故篇什特富耳。作序者法式善、諶瑤、王金策。金策嘗爲翰林，道光元年黄本驥鄉試之座師也。

校禮堂詩集十四卷　嘉慶二十年刻本

凌廷堪撰。廷堪字次仲，安徽歙縣人，其父爲海上竈户，寄居海州。廷堪少時，熟讀《水滸》，精詞曲，與阮元、焦循交。嘗在揚州曲局與黄文暘删改古今雜劇、傳奇之違礙者。中年以後，入京師，見知於翁方綱，自此淹貫百家，尤精研禮經律樂。乾隆五十五年成進士，選寧國府教授。撰有《禮經釋例》、《燕樂考原》、《梅邊吹笛譜》，學識湛深，罕可儔匹。所作詩歌，沉博絶麗。卒於嘉慶十四年，年五十三。弟子張其錦爲撰《年譜》，又搜集遺稿，嘉慶十八年刻《校禮堂文集》三十六卷，續刻《詩集》十六卷。李慈銘《讀凌次仲詩集》云：「其格調清俊，時有佳句。乾隆中經儒之稱詩者，沃田最勝，蘭泉次之，先生詩可上肩西莊，曾下揖芸臺。其中往往自出名論，又時證發經義，則諸家所未及。如《齊河懷古》云：『鏡龍八載帝中原，曾築孤城濟水邊。麟角未全成底事，殘碑猶記阜昌年。』《余忠宣公祠》云：『碧血當年葬緑蕪，至今祠廟枕江孤。忠臣一樣封疆死，誰弔南臺福大夫。』《過公家城子》云：『公家城子枕溪流，野老迎人語不休。猶指柳邊遺址在，侍郎當日讀書樓。』《過楊霍林司城故宅》云：『幾曲穨垣半畝苔，蒼凉石獸没蒿萊。更無甲第連雲起，賸有辛夷作雪開。濁世未容淆正論，清流豈必拒奇才。請看桃李茄花側，都是司成手自裁。』《讀張太岳集》云：『嘉祐萬言王介甫，會昌一品李文饒。』七古如《采石望虞雍公戰處》、《周忠毅公宗健玉印歌》、《姚江篇》，皆議論獨絶，不愧名作。《高堂生墓》五古一首、《河間城北三十五里毛精壘相傳爲漢毛公冢》七古一首、《題吴上舍讀七易圖》五古一首、《前學古詩》五古二十首、《後學古詩》五古十首，《次吴石厓進士見贈五古》二首、《小游仙詩》絶二十首、《題陳仲魚説文解字正義》一首，皆名理湛然，深裨經學，而詩律簡雅，不失之腐。《熱河八觀詩》及《望齊雲巖真武殿七古》一首，《己未四月閲會試題名録》七古一首，亦足備掌故。其《題謝益之崇之昆季常棣圖》云：『披圖真羨二難並，常棣花開照眼明。敬以事兄榮覆弟，説詩應憶鄭康成。』《題瞿萇生杶庭讀禮圖云：『道學儒林轍本乖，淹中一卷久塵埋。禮堂别有千秋業，授受還應異勉齋。』《答姚姬傳先生》云：『皋比廿載擁名都，言行真爲士楷模。談藝不矜明七子，説經兼取宋諸儒。是非原有遺編在，同異何嫌立論殊。傳得桐城耆舊學，直偕熙甫繼歐蘇。』《孔撝約檢討過訪》云：『周髀遺經傳趙爽，公羊絶學繼何休。』其宗恉概可知矣。《論曲絶句三十二首》，亦言此事者所當究也。」李氏詩論甚苛，此條較平帖，兹全録之。

論曲絶句三十二首

三分損益孰能明，瓦釜黄鐘久亂聽。豈特希人知大雅，可憐俗樂已飄零。唐《志》所稱俗樂二十八調，今衹「仙吕」等六宫、「大石」等十一調而已。

工尺須從律吕求，纖兒學語亦能謳。區區竹肉尋常事，認取崑崙萬里流。

誰鑿人間曲海源，詩餘一變更銷魂。倘從五字求蘇李，憶否完顏董解元。

時人解道漢卿詞，關馬新聲競一時。振鬣長鳴驚萬馬，雄才端合讓東籬。

大都詞客本風流，百歲光陰老更遒。文到元和詩到杜，月明孤雁漢宫秋。

爲文前後公相襲，千古才人慣乞靈。若爲西廂尋粉本，莫忘醉走柳絲亭。王實甫《西廂記》全襲董解元。即「莫戀宸京黄四娘」一詩，亦董本所有也。

清如玉笛遠橫秋，一月孤明論務頭。不獨律嚴兼韻勝，可人鴛被冷堆愁。

殘紅撲簌胭脂落，大石新詞最擅場。安得櫻桃樊素口，來歌一曲傷梅香。

二甫才名世並誇，自然蘭谷擅風華。紅牙按到梧桐雨，可是王家遜白家。

天子朝門撮合新，後園高弔榜頭人。青衫淚與金錢記，祇許臨川步後塵。元《青衫淚》、《朝門刺配》、《金錢記》、《弔拷韓翃》，皆湯臨川之粉本也。

妙手新繅五色絲，繡來花樣各爭奇。誰知白地光明錦，卻讓陳州糶米詞。

仲宣忽作中郎壻，裴度曾爲白相翁。若使硜硜徵史傳，元人格律逐飛蓬。元人雜劇事實多與史傳乖迕，明其爲戲也，後人不知，妄生穿鑿，陋矣。

比干剖心鮑吉甫，玄奘拜佛吴昌齡。摘星樓暨唐三藏，莫笑讕言都不經。

博望燒屯葛亮才，隔江鬬智玳筵開。至今委巷談三國，都自元人曲子來。

是真是戲妄參詳，撼樹蚍蜉不自量。信否東都包待制，金牌智斬魯齋郎。元人關目往往有極無理可笑者，蓋其體例如此。近之作者乃以無隙可指爲貴，於是彌縫愈工，去之愈遠。

傳奇作祖施君美，散曲嗣音陳大聲。待到故明中葉後，吾家詞客有初成。

弇州碧管傳鳴鳳，少白烏絲述浣紗。事必求真文必麗，誤將剪綵當春花。

四聲猿後古音乖，接踵還魂復紫釵。一自青藤開别派，更誰樂府繼誠齋。

玉茗堂前暮復朝，葫蘆怕仿昔人描。癡兒不識邯鄲步，苦學王家雪裏蕉。

齵齒顰眉各鬬妍，粲花開出小乘禪。鼎中自有神丹在，但解吞刀未是仙。

仄語纖詞院本中，惡科鄙諢亦何窮。石渠尚是文人筆，不解俳優李笠翁。

婁東辛苦變吴歈，良輔新聲玉不如。誰向岐陽摹石鼓，世人爭效换鵝書。

一字沉吟未易安，此中層折解人難。試將雜劇標新異，莫作詩詞一例看。

語言辭氣辨須真，比似詩篇别樣新。拈出進之金作句，風前抖擻黑精神。「抖擻着黑精神，扎撒開黄髭髩」，康進之《黑旋風負荆·端正好》曲也。

半窗明月五更風，天寶香詞句浪工。底事五言佳絶處，不教移向晚唐中。王伯成《天寶遺事》「半窗千里月，一枕五更風」，似晚唐人詩，於曲終不類也。

前腔原不比幺篇，南北誰教一樣傳。若把笙簧較弦索，東嘉詞好竟徒然。

諧聲製譜幾人諳，徐沈分鑣論北南。白介云科渾不辨，浪傳于室其寧菴。

即空三籟訂南聲，騷隱吴騷亦有情。更與殷勤編曲品，羡他東海鬱藍生。

五聲清濁杳難分，去上陰陽考辨勤。韻是劉臻當日訂，周郎錯怨沈休文。周挺齋《中原音韻》亦誤以《廣韻》爲沈韻。

一卷中原韻最明，入聲元自隸三聲。扣槃捫籥知何限，忘却當年本作平。

先纖近禁音原異，誤處豪釐千里差。漫説無人辨開閉，車遮久已混家麻。

下里紛紛競品題，陽阿激楚付泥犂。元人妙處誰傳得，只有曉人洪稗畦。

《校禮堂詩集》卷二

修竹廬詩三卷　道光八年刻本

邵澍撰。澍字作霖，號子雨，浙江平湖人。貢生。爲人延主家塾，前後數十年。道光七年卒，年七十一。

此書徐熊飛選定，澍子榆等校刊。生平事蹟見本書徐熊飛《跋》。乾嘉之交，吴興諸少年結能詩者二十餘人，同游佳山水，唱和無虚日。本書所載唱和諸生有石鈞、王豫、蔡元春、徐熊飛、胡元量、金學蓮、賈朝宗、黄兆達等人。澍亦箇中翹楚。古樂府及七古歌行，如《孤兒行》、《題徐熊飛雪廬圖》、《元祐黨籍碑》、《秋江觀打漁歌》、《題奚岡秋林遠岫圖》、《讀離騷書後》、《鐙光山望海歌》，清峭雋拔。近體則微嫌卑弱耳。

玉山閣詩選八卷　嘉慶間刻本

徐鏷慶撰。鏷慶原名嵩，字朗齋，江蘇崑山人。徐乾學裔孫，徐寶善之父也。乾隆五十一年舉人，與阮元、孫星衍同年。五十六年主暨陽書院。官湖北蘄州知州。嘉慶初隨軍鎮壓白蓮教。工詩古文，均由阮元選刻。是集有顧敏恆序，爲乾隆三十九年至嘉慶六年詩，依《自述》詩，當係四十五歲以前作。詞章工麗，多及政事。乾隆四十六年，馬民新、韓九歌率衆起事，作《蘭州紀事》四首、《圖將軍歌》。嘉慶初，作《驅船行》、《後驅船行》、《新樂府》、《黄梅軍營》、《述征篇》、《後述征篇》，多存教民史料。《陳留行》、《泰山碑歌》，詠衛輝太公廟，《横波夫人小印歌》、《誅兩頭蛇歌》、《哭畢尚書》等詩，緣情紀事，均不鑿空。乾隆六十年，作《醫》二篇，上論醫，下論政。有云：「醫者意而已，此論殊不然。寒暑辨庶物，陰陽應周天。靈樞槖籥握，草木人命懸。貴審受病所，纖芥秋毫顛。輾轉中腠理，骨髓詎可填。痛彼庸手醫，鍼砭法不傳。空懷進割股，無術焉所宣。治指不顧臂，持後不計前。伏邪未盡退，交戰驅鷹鸇。又或持兩端，體貌相周旋。養癰不忍割，洞見胸鬲穿。」此諷庸醫誤人。又云：「人病初在肝，其象怒欲遷。如是設不治，木旺傷無權。人病初在脾，其象飲食捐。如是設不治，土敝華實偏。人病初在腎，其象思嘒娟。如是設不治，水涸悲涓涓。人病脈不病，羸瘠猶永年。脈病人不病，蜉蝣暮堪憐。或脛大于腰，或首低于肩。擁尰反跛盭，罷瘻那得前。弗求三年艾，屍居卽黄泉。爾腸腐以酒，爾舌焚以煙。自注：近服煙草，實灼臟腑。爾癘爾自召，盧鵲烏能賢。和神以爲餌，人情以爲田。輟事駕鶴法，罷注飛龜篇。借問醫國方，上壽齊彭籛。」此論亦多切醫理。下篇論醫國之法，主張蘇民生、不佞佛、戒奢侈，皆中時弊。又作《戒服篇》，乃戒煙詩。

禮石山房詩鈔四卷　嘉慶間刻本

吴堦撰。堦字次升，江蘇陽湖人。諸生。乾隆四十九年召試舉人，授中書。嘉慶間官山東曹州知府，卒於任。此集有嘉慶元年管粤秀序，而詩止於嘉慶二十一年《六十初度》，生平所詣，畧可見矣。作者早歲工詩。與趙翼、黄景仁、趙懷玉、楊倫均有寄贈。《喜晤羅兩峯於保陽並題其所作游岱草》、《哭黄仲則》、《送史赤霞南歸》、《上畢中丞四十韻》等篇，可見交游。嘉慶初，客太原往來於晉冀間。所作《謁岳鄂王祠》、《望中條山作歌》、《游太原城北千壽寺》，頗爲渾樸。工曲，與陸繼輅有交。集中《題陸祁生洞庭緣樂府》八絶、《題祁生詩集》，可供研究近世戲曲史者采擇。

蓉湖吟稿六卷　毘陵伍氏合集本

伍魯興撰。魯興字康伯，江蘇武進人。乾隆五十年游京師。客關中，久居楊芳燦幕。嘉慶二十三年，自訂詩稿六卷，有楊芳燦、張衢序。魯興父宇昭字青望，工詩，有《艤舟集》，刻於嘉慶間。弟嗣興字潁少，早亡，有《磊軒小稿》、《餐玉詞》。其詩無卑靡之音。早年居山左，多狀寫佳山水。中游關陝，登華山，記荆南所見山水民情。晚詠金焦、蘇杭名蹟較多。自序年幾六十，是約生於乾隆二十一、二年間。近年裔孫重刻《伍氏合刻》，終未至淘汰云。

曬書堂詩鈔二卷　光緒間刻郝氏遺書本

郝懿行撰。懿行字恂九，號蘭皋，山東棲霞人。嘉慶四年進士。官户部主事，補江南司主事。卒於道光五年，年六十九。著有《爾雅義疏》、《山海經箋疏》等，均收入《郝氏遺書》。《詩鈔》二卷附於《曬書堂文集》，爲光緒十年刻。又《和鳴集》一卷，爲懿行與其繼室王照圓唱和詩。作者於詩，非所屬意。《箴佞佛》一篇，力闢釋家之説。《花肆行》、《紫毫筆歌》、《古瓦罍歌》、《歎老儒》、《鐵樹篇》、《上水石》、《古鏃韜筆》、《捕蝗行》、《榆莢錢》、《書冒辟疆影梅菴憶語後》，多涉及社會民情、文物考證。《李將軍歌》，爲輓李長庚而作。又有詠東海名勝物産，以及燕趙懷古，《都門竹枝詞》、《濟南竹枝詞》等詩，亦無忝作手。不當以學人之詩而掩之。照圓字婉佺，福山人。書仿歐柳，工古文，尤通漢學，著《列女傳補注》，詩有六朝筆意。

香祖居詩鈔五卷　嘉慶二十二年刻本

姚瀛撰。瀛字槎客，江蘇吴江人。諸生。嘉慶二十二年，年六十一，刻《詩鈔》五卷，周允中、金學詩、趙振業、顧日新序，詩共三百五十四首。詩多記事。乾隆五十八年、嘉慶九年兩次水災，均爲長歌以誌。《門牌行》有云：「一字十牌連十家，十家一甲嚴稽查。人口年貌書歷歷，防維周至窮荒遐。我鄉民俗多柔懦，偶逢穿窬畏於虎。況乃匪徒如鷙强，聞之驚心且戰股。」揭露編户法弊端，較爲深刻。《濬淞行》，力言吴淞水利須修。《吴江竹枝詞》，記土風以當里諺。集中題畫詩，多明清名家。自云二十餘年輯詩五卷，其攻苦悉在於是矣。

勖齋詩鈔四卷　咸豐十年家刻本

馮宬撰。宬字百史，號勖齋，山西代州人。乾隆四十五年順天舉人，歷官浙江長興、慈谿、桐廬等縣知縣。父廷丞，官湖北按察使，有《敬學堂詩鈔》行世。此集爲其孫焯校刊。分《涉江》、《寄巢》、《人海》三集。據卷首《傳》，爲乾隆二十二年生，道光九年卒，年七十三。宬在京師，一時父執如紀昀、朱筠、王昶、姚鼐、蔣士銓皆器之。平生好爲歌詩。與洪亮吉、唐仲冕、陳廷慶、張問陶、陳鴻壽、姚椿迭有贈答。《渡錢塘江》、《山陰道上抵甬東雜詩》、《烏篷行》、《刬船行》等篇，柔淡清婉。《訪范氏天一閣》，有備藏書故實。其詩崇尚格調，各體兼工，是亦薄有詩名。袁鴻《鐵如意菴詩稿》卷六有《贈江山明府馮百史宬》，沈叔埏《頤綵堂詩鈔》有《還硯圖歌爲馮百史宬同年作》，可參看。

水屋剩稿二卷　同治十一年刻本

張道渥撰。道渥字水屋，一字封紫，自號張風子，山西浮山人。貢生。初官揚州運判，以事左遷於蜀，爲崇化知縣。擢蓬州知州，改霸州，終於蔚州。道光六年歸里。工詩，善書畫。嘗蹇策走京師，自號騎驢公子，有「畫不買錢」之印。見楊鑄《自春堂集詩》。與吴錫麒、羅聘最契。聘爲畫《張風子騎驢圖》，今藏故宫博物院。此集存自題詩十九首。又作《修石港文信國祠堂詩以代其傳》、《題梁篠素白描打包行脚小照》、《題水屋吟秋圖》自注：兩峯作、《題紅茗山房圖》自注：嚴匡山侍御兒時其尊人教讀書處、《午日追憶揚州龍船之勝作歌》、《寄謝朝鮮友人金松圓遠贈騎驢筆》，才思翩至，頗負奇氣。入蜀之作，多關世情。崇川爲漢藏雜居之所，道渥爲官三年，與藏族相處甚睦，有詩自述宦況。作悼毛海客詩，海客名曙，官簡州知府，嘉慶五年抵禦教軍身亡。《空卡山歌》、《自灌縣至瓦寺口占》、《掘金謡》、《刮耳崖》諸篇，氣力沉厚，頗能通變。嘉慶十八年，道渥官霸州督工房山縣西陵。又有重游正定大佛寺、遊蔚州五台山鐵林寺、《過神通溝卽景》等詩，詞意並勝。道光六年，作七十生日詩。據附録張煒《輓水屋先生》，知得年七十三。是爲乾隆二十二年生，道光九年卒，可補傳記之闕矣。此集有王茂松、謝玉綵序，同治間李芬序，乃訪求剩稿輯而刊，張煒取原版重印之。

清娱閣吟稿六卷　嘉慶十六年刻本

鮑之蕙撰。之蕙字仲姒，號茝香，江蘇丹徒人。鮑皋次女。兄之鍾與洪亮吉、吴錫麟、趙懷玉唱酬，法式善稱爲「詩龕四友」。姊之蘭，妹之芬，亦能詩。適通判張舸齋翊。是集有袁枚舊序，吴錫麒、吴烜、李錫恭、法式善序，又其姪鮑桂星序。詩六卷，共四百十三首。以辛亥詩「七十繞過半」句計，約爲乾隆二十二年生。

詩經隨園指授，恬雅融和，而以西湖詩爲勝。唱酬甚多。如王文治、王芑孫、趙懷玉、陸繼輅、劉嗣琯，皆乾、嘉時名士。鮑氏一門以詩鳴世，於此可覘焉。

端居室詩集十二卷　嘉慶二十年刻本

王蔚宗撰。蔚宗字山春，江蘇華亭人。嘉慶三年優貢生。十九年由禮部選任宣城主簿。是集爲宣城刊本，首劉權之序，詩共六百餘首，以卷六《建丑三月予四十九生辰》詩上推其生年爲乾隆二十二年，卒於嘉慶二十一年，年六十。蔚宗爲祝德麟弟子。學不稍懈，校勘書籍甚多。屢試不第，而舟車南北，頗結清要。《族兄王鐵夫示淵雅堂詩集賦贈》、《爲盛百堂丈點勘詩稿卽題其後》、《贈趙琴士紹祖》、《日本透光鑑歌》、《胥江舟中見荷蘭國使》，較備掌故。《詠蓮絶句》三十二首、《蕪湖鐵花》，詠宣城諸景，皆無所依傍，獨抒心思。

桂門自訂初稿詩一卷　道光十五年刻本

陳鶴撰。鶴字鶴齡，一字馥初，號嵇亭，江蘇元和人。嘉慶元年進士。官工部主事。邃於明史，著有《明紀》未竟，由其孫克家續成。卒於嘉慶十六年，年五十五。是集凡十卷，卷十爲詩，俱嘉慶八年以前作。首鄭士超序，自序，道光十五年門人史麟善跋，唐鑑跋。鶴講學尊經書院有年，不甚酬應，唯與顧蒓贈答。《游劍池》、《登君山》、《登荆山望塗山》等詩，春雅峻潔。詩非經意之作，而《詠後漢史四首》、《讀金史偶作》、《韓蘄王墓》、《五人墓》、《讀明文二十首傚元遺山論詩絶句體》、《讀楊忠愍公年譜》，亦見學問淵粹。

稻花齋詩鈔八卷續鈔六卷

道光間刻本

方于穀撰。于穀字石伍，安徽桐城人。貢生。耽吟詠，詩宗陶、杜。此集前八卷共九百十五首，續六卷六百六十九首，編年。生歲據《丙戌七十初度》，爲乾隆二十二年。卒於道光十四年，年七十八。據張宗輝跋云：「石伍先生有《稻花齋詩集》二十餘卷。姚夢穀鼐比部、汪稼門志伊尚書前後爲作序，勸授梓，謝弗納。自删存詩八卷，以移居拳莊。」故此集又名《拳莊詩鈔》，並續鈔均由其孫命圭校字。爲詩局度精嚴，古風《養馬行》、《謁睢陽廟》、《聽靈谷道人擊景陽鐘歌》、《登八鏡臺讀東坡石刻》、《度大庾嶺》、《兩入湞陽峽》、《彈子磯望鷹巢作歌》、《登大觀亭謁余忠宣公墓》，流連景物之製，不勝有汪洋之歎。《牽船行》、《憂旱謡》均關心民瘼。《觀打漁歌》云：「城東南隅漲春水，中有鯉魚頗鮮美。豪門紛紛召漁子，截流大網沉在底。小魚脱漏不知數，大魚網得三百尾，尾如黄金鱗如銀，有時僵卧忽騰身。喣濕泥沙已半死，庖人作鱠金盤珍。君不見小吏貪饕大吏飽，視民如魚，郡縣如沼。嗚乎，食魚魚盡水日少，食民民貧天難保。」近體如《過彭蠡湖》句「五兩風來輕似葉，四圍山遠小於螺」，造語新雋。《南恩竹枝詞》、《江行竹枝詞》，皆歌民風。五律《題杜少陵詩集》，七律《題吴梅村詩集後》、《讀小倉山房詩集題後》，品騭得失。内批評袁枚，尤足掩盡前人。詩云：「非仙非佛現聰明，天與文章適性情。閨閤都來稱弟子，公卿何得識先生。掃除常調才方大，閲盡穠華福始清。可惜解嘲和客難，興酣落紙太縱横。」《戲題周白於六續紅樓夢後》七絶二十首，爲研究《紅樓夢》者所未道，當亦有可究焉。

詩草漫存二卷　道光間刻惕園全集本

陳庚焕撰。庚焕字道由，號惕園，福建長樂人。嘉慶五年貢生。官寧洋縣學訓導。研習程朱之學，門弟子甚衆。卒於嘉慶二十五年，年六十四。刻《惕園全集》，内詩二卷，分體，有謝金鑾、劉樞序。以讀書詠史居多，詠物亦工。《登道山觀訪石梁懷國初遺民孫君實先生四首》自注：「先生自號聖湖漁者，有《蘭雪軒集》。」可補《明遺民録》之闕。又附詩餘二首，偶然作耳。觀其文集，有《孔林形勝述》、《新疆南北路風土述》、《兩金川風土述》、《西藏風土述》，於時事邊塞亦頗關心，不盡爲理學家言矣。

白華樓詩鈔四卷　嘉慶十七年刻本

薩玉衡撰。玉衡字檀河，一字蕙如，福建閩縣人。乾隆五十一年舉人。官洵陽知縣，坐失機見法，援贖免歸。撰《白華樓詩鈔》四卷，詩二百六十六首，同里陳壽祺序。玉衡爲元薩都刺裔孫，集中有《祖硯行》，載其先遺聞。論詩能窮原委。《閩宫詞十五首》、《過琅琊王墓》、《五人墓》、《金源絶句六首》、《南北史小樂府》，詳於史事。《釣龍臺》、《游石鼓山雜詠》、《揚州雜詩》、《曲江絶句》，清矯不凡。《義犬行》、《哀猿吟》，取當日傳聞、形諸歌詠。《光餅歌》記戚繼光抗倭時作光餅以便軍士行糧，至今閩中流傳不絶。詠西湖岳墳詩云：「賀酒黄龍事竟空，淒涼一闋滿江紅。十年戰伐歸三字，五國羈魂泣兩宫。水咽西陵虚夜月，枝生南向怨秋風。將軍不受金牌詔，解甲丹墀死更忠。」尤爲膾炙。方坐事遠戍，有入秦諸什，無一涉身世怨尤語。既免歸，絶口不談，發爲聲詩，亦無侘傺之意。殆扶輪風雅，故頗爲閩人所尊云。

冶塘詩鈔十二卷　道光十五年刻本

邵墪撰。墪字安侯，號冶塘，浙江四明人。諸生。嘉慶初元，官四川嘉定通判。此集首陸炳序，後二卷爲集漢魏六朝、集唐，附詩餘。據送姚椿北上應試詩注：「春木十歲，從余問學，作《白鸚鵡賦》，爲人傳誦。」可見行輩甚高。集中以蜀游詩最勝。《望江縣方公祠》，記方法任四川斷事，永樂改元以賀表不署名被逮，至望江自投水以死。《戰馬行》，記明成化中王楨任夔府通判鎮壓農民軍死事，以及《明蜀宫樂府》諸篇，多屬明代軼聞。《慰忠祠》述木果木死事諸臣，祠爲顧光旭任按察使時倡建。《峨嵋山十詠》，小注詳記游程。詠三峽，游蟠龍洞、鎮龍寺、青羊宫、翠屏山，《蒙頂茶歌》、《川江竹枝詞》四首、《火浣布》諸什，凡山川古寺物産民風，無不入吟。《讀李青蓮集》六首、《詠史》三首、《讀周禮》、《讀金詩》三首、《讀忠雅堂集》、《讀四溟詩話》，亦文亦史。又作《聘貓詩》三十四首，雜採唐宋筆記、方志、傳奇、各家詩文爲注，雖謂好事，而頗詳恰，前人未曾有也。

挹青堂詩選六卷　嘉慶間刻本

竇國華撰。國華字霽堂，安徽霍丘人。乾隆四十五年舉人。歷官江西南康、廣東肇慶知府。此集爲友人蕭景雲録，有序作於嘉慶二十四年，時國華已殁。又有左輔、寧貴、吴貽沅、陳覲光、劉彬華、韓崶、何元烺七序。《丁卯奉先嚴大照》注有「年逾半百，方博一官」語，其生歲約在乾隆二十二年。嘉慶間，東南海防多事，國華巡洋，作《觀海篇》。宰南康所爲詩，亦多敍政績。十四年，奉委護送暹羅國貢入都，作《護貢行》。又奉旨出鎮南關，詢南掌國投訴情事。作《舟發南關》、《關外偶述》等詩，惜不能詳其微。自築佳園，作《二十詠》，胎息顔、謝，格調遒古。其詩有章法，唯無經籍之腴耳。

勤襄公詩稿遺存二卷　光緒二十二年石印本

方維甸撰。維甸字南耦，號葆巖，安徽桐城人。觀承子。乾隆四十一年，年十八，以貢生迎駕，賜舉人，授内閣中書。見《郎潛紀聞》卷六。四十六年賜進士，授稽勳司主事，歷郎中。五十二年，從福康安赴臺灣，時有林爽文之事。五十四年爲廣西主考官。又從福康安赴西藏抵禦廓爾喀。嘉慶元年坐事降職。五年起，鎮壓陜民。十四年官閩浙總督，平朱渥之亂。遷軍機大臣。旋乞歸。二十年，卒於家。謚勤襄。《清史稿》傳稱「觀承年逾六十，始生維甸」。今計其卒歲，當爲五十八。《詩稿》遺存不多，道光十三年，其壻楊希銓爲刻詩二卷、詞一卷，刊本久佚。光緒間曾孫女琅重印之。其詩縱筆所如，不加雕飾。僅《題徐晴圃從軍圖》、《壬子秋協布魯軍營》、《癸丑元旦客西藏試筆戲作》、《題周蕙農關中行紀圖》等篇，稍及其軍旅生活，而與其平生行蹟，殊未相稱焉。

邃雅堂詩五卷　道光元年江陰學署刻全集本

姚文田撰。文田字秋農，浙江歸安人。嘉慶四年一甲一名進士。由翰林院修撰，累官禮部尚書。卒於道光七年，年七十。謚文僖。文田爲阮元門人，在達官中頗有學識。當時盛談考據，文田獨以詆宋儒爲非。著有《易原》、《説文聲系》、《説文考異》等書。《邃雅堂全集》包括文賦與《學古録》。詩在五至九卷，始乾隆三十九年迄嘉慶九年。李慈銘謂其詩「俱率口而出，間有清語，畧無作意，而屢言苦吟索句之勞，不可解也」。然如《度仙霞嶺》、《粤事四首》、《趵突泉》、《登伊闕歌》、《登嵩山謁嶽神廟》，及經許州、睢州、延津、陝州、澠池諸詩，雖非苦吟，亦能紆曲委備，雋逸超脱。唯不喜酬應題詠，存詩無多耳。

讀書樓詩集六卷　嘉慶七年刻本

吴應奎撰。應奎字文伯，號蘅皋，浙江孝豐人。諸生。以課徒爲生。與江浙文士徐熊飛、戚芸生、楊鳳苞、宋大樽、張若采、宋咸熙交往，尤與陳斌相契。生平肆力於詩，初宗温、李，後學元、白，爲阮元所知。嘉慶五年卒，年四十三。事具本書施應心所撰《故内兄文學吴君行狀》。其中《官穀行》、《湖田行》、《踏荒行》、《歲晏行》、《苦寒行》，備述民間疾苦。記浙中災害人民食薯拾橡，每橡一斛直至四百，皆實録也。五言長律《司馬相如篇》、《效焦仲卿妻詩爲沈貞女作》、《古豔曲二十首》、《後古豔曲二十首》、不免塗飾。卽長詩《放歌行》、《答徐雪廬》、《寄陳白雲》，雖刻意而爲，亦患才多。應奎爲明吴維嶽裔孫，維嶽於萬曆間與李先芳結社，名在「四十子」之列。《讀明人詩戲效遺山論詩絶句四十首》，品評明詩，敍述源流，多中肯綮。《戲題燕蘭小譜六首》，爲梨園史料。卷末有嘉慶七年屠倬跋，刻書當在本年。

官穀行

前年天旱穀不熟，百里飢民一路哭。貧家賣男富賣田，荒邨未辦通腸粟。縣官爲開常平倉，道路歡呼趾相屬。青銅三百穀一斗，吏胥蠹蝕量難足。持歸簸舂數減半，糠粃雜煮榆皮粥。明朝再往倉已閉，怒言給盡空匍匐。嗚咽不敢出聲去，忍餓還家淚相續。但聞大筏下梅溪，裝裹何啻兩千斛。奸吏坐市高價賣，官府明知不少較。連朝販去惟空倉，盡數銖錙飽欲壑。虚將賑發枉羣司，恩波那及逃亡屋。去年暘雨差無偏，秋期穀熟含煩寃。窮黎幸不死凍餒，官租私税交熬煎。登場不足償宿逋，腰鐮先已摧心肝。市中米價日踴貴，相看那得稱豐年。況復今春苦淫雨，大麥小麥中田損。春蠶黑瘦桑葉賤，一時閭里皆歡然。誰知縣官忽下令，常平倉空當補填。盡傳奸吏集大猾，量田算畝無少蠲。

斛錢二百稱折價，不然貼耗千銅錢。苦向窮鄉細搜括，小家大户爭喧闐。指揮豪猾勒具狀，某某共受緡若干。狀成責令急輸納，期促不得少遷延。追呼悍吏遍邨落，乘閒需索尤無厭。要錢勒酒不稱意，鋃鐺忽已看接連。嗚呼窮鄉百姓真可憐，頻年水旱病未痊。即今盎中乏斗儲，往往日午無炊煙。那更誅求復横出，此時性命絲髮懸。李耿立法不如此，寸膏未沾累轉沿。何當將此官穀詞，直排紫闥呼蒼天。《讀書樓詩集》卷二

戲題燕蘭小譜

北里重翻孙棨書，一時風味異裙裾。從兹品伎嗤梅史，兩院門前總不如。
袴褶香聞十里風，新妝並奪柘枝工。和凝枉自矜能賦，不把香奩貌解紅。
歌殘玉樹月籠階，背燭難提金縷鞋。擬唱新詞傳阿珍，鷓鴣聲斷左風懷。
競選新聲菊部頭，銀箏象板鈿箜篌。看花何限迷離眼，幾把雄雌誤莫愁。
長頭大鼻笑陳遵，倦倚桃笙憶紫雲。若道燕支山下過，不須低跪冒夫人。
静掩重門省晝眠，消他三月麗人天。迎來菡萏夫容面，都是周郎十五年。《讀書樓詩集》卷五

茹古堂詩集三卷　道光五年刻本

朱秉鑑撰。秉鑑字清如，一字鹿坪，福建浦城人。乾隆五十二年成進士，年三十。不圖仕進。歸主邑書

院，修《浦志》，編《丹碧菁華》。選福寧府教授。卒於道光二年，年六十五。是集爲其子篔編次，首陳珄序並撰墓誌銘。秉鑑受知於朱珪。古文得魯仕驥指授，有《文集》九卷。詩格深穩，律法入細。讀史、詠古、閑居等作，無纖巧迂腐之習。《種柑篇》、《宜壺歌》，敍述物製，猶勝於簧鼓無識之辭也。

從征詩草四卷　嘉慶十三年刻本

彭昭麟撰。昭麟號井南居士，四川丹稜人。端淑子。嘉慶初官南江教諭，出爲廣東陽春、香山等縣知縣。此集有嘉慶十三年五十一歲自敍，分《從征》、《出棧》、《過嶺》、《嶺南》四集。嘉慶四年，白蓮教首領多死亡，陝西張漢潮繼續抵抗官軍，自漢中趨大巴嶺，昭麟奉命堵禦。所詠閬城、巴州所見，均紀時事。九年，蔡牽攻擾臺灣鹿耳門，十一年敗走廣東洋面，昭麟奉命赴粤官香山，率民衆築臺豎栅，堵獲蔡部千餘人，不敢內犯，而外洋固自若也。十三年，英國兵船泊香山縣洋面，圍困甚急，昭麟據澳門礮臺，嚴防來犯之敵。集中《赴澳門受洋盜方安降戲贈馮生》、《澳門紀事》、《香山雜詠》等篇，自身經歷，多可補史書未備。端淑爲蜀中耆宿，甚負學名。昭麟詩有文質，限於經歷，僅有從征詩，唯能道他人所未及，亦足傳矣。

澳門紀事　並序　六首録四

澳門舊號濠鏡，自關閘下一線蓮莖突起，蓮峯有廟曰新廟，迤邐五六里乃結。澳門中廣八九里，前明嘉靖初廣東巡撫林富始請通蕃市，隨爲佛郎機所據，中間雜入倭奴。天啟中利瑪竇西來，居澳者二十年，其徒來者日衆。至本朝盡易西洋人，而華人亦雜焉，自此佛郎機遂絶跡矣。英吉利者，紅毛一種，其地無土田，人不耕稼，惟恃貿易及劫掠爲生。而貿易以粵東爲大，尤重中國茶，彼國人數日無茶即成雙瞽。向日貨船到粵，由黄埔丈量後，即歸省會洋行定其價值，售畢轉易别貨。歸國司其事者曰大班，隨船來去。至乾隆三十年間，因洋商貨價未清，始有在澳壓冬者，賃居澳夷屋，不惜重費。初不過一二人，殆後接踵而至，遂有二班、三班以及十班之號。蓋彼在澳，既免風濤之艱險，又識物價之高低，洋商不能上下其手，並有携家而至不肯歸國者。習見澳夷出洋之船歲僅輸船税二萬，其餘貨物，聽彼國自行抽分，獲利無算，遂起覬覦，欲爲壟斷，計久未得。會佛郎西與英吉利搆兵，遣人告西洋王母，與英吉利通，英吉利聞知，先遣兵船數十，誘脅西洋王隨英吉利遷美加利洲大班拉弗偵知其事，致書伊國孟加剌之總管遣兵頭度路利來澳，以防護佛郎西爲名，於嘉慶十三年八月初二日擁入澳門。澳夷弱不能拒，其理事官委黎多乃禀余。及余馳往，已無及矣。余揣知彼爲貿易而來，必不敢妄動，其國所恃者惟砲大船堅，至陸路一無所用，誅之甚易，但恐不服其心，或轉致他患，惟有封艙，俟彼糧盡並撤買辦禁服役之沙文爲上策，因禀請大府，俱蒙允准。八月十九日前潮州太守陳公鎮，及撫標遊擊祁世和至。九月中，香山協許公廷桂亦帶兵駐前山寨爲聲援。余及都閫余公時高進駐北山嶺，以爲犄角。度路利懼，隨具禀懇太守陳公轉大府，詞未恭順，余因札西洋理事官轉諭度路利，令其速退，否即用火燒船，並綑縛其人，治以違抗。又嚴禁華人與之貿易。度路利益懼，遂將伊國帶來之黑鬼暗換夷兵，下船與大班拉弗乘夜半至黄埔，旋赴省懇請開艙。大府不允其請，奏奉諭旨，用兵驅逐。經廣州府太守福公明及中協張公往黄埔開讀，而東砲臺及黄埔一帶俱駐重兵，更飭提標參府竇興撫標遊擊祁世和右翼鎮都司老格帶兵至焉。度路利之入黄埔也，因恐余火其船，隨晉省脅制洋商，俾轉爲稟懇可以逞其私計，及見旨意嚴切，進退無路。余偵知之，乃益嚴拘買辦及服役沙文澳門內。余又命繪巡船壯勇日夜巡緝，二班叭厘等恇懼無措，乃求西洋國使眉額帶轉懇余，余限以七日下船回國，並諭眉額帶乘夜駕小舟，與余之練總葉恆樹馳至黄埔，見度路利曉以利害。度路利俯首服罪，隨與眉額帶至澳門，夷兵即日下船，掛帆回國。七日之限未逾焉。英吉利夷兵之入澳也，以八月初二日，其去也，以十一月初七日，蓋已三閱月矣。而撤兵善後，又復月餘。余之在澳不爲不久，至帶兵及委員諸公，其官階皆在余上，使各存意見，不聽余言，事難告蕆。幸蒙大府垂慈一切，命毋掣余肘，而諸公亦降心相從，兵雖備而不用，澳門華夷男婦安堵如故，此豈余之所能爲力哉。其在澳出力最久者爲黄圃司巡檢張永津，而運籌幃幄，則余友袁君思亭也。因記其顛末於左。

一線蓮莖路，天然結澳門。三方樓閣峙，四面海濤喧。貢市前明始，臺隍舊迹存。澳門之有蕃市，自都指揮黄慶始。蕃人之入澳自海道副使汪柏始。事皆在明嘉靖中，其地先爲佛郎機所據，殆後倭奴以爲逋藪。自利瑪竇入中華，西洋人遂得居澳，安居樂業，二百餘年，無異編户矣。卓哉形勝地，千古壯籬藩。澳門砲臺有六夷人守之，皆面海，最爲形勝扼要。

喜人而怒獸，夷性本同科。嗜利羶趨蟻，爭强鼓擊鼉。狡焉思啟土，倏爾欲稱戈。畢竟垂頭去，何曾損太和。英吉利以嘉慶十三年八月初二日入澳，至十一月始去，首尾四月。

郎西雖鷙悍，教亦奉耶穌。法郎西卽佛郎機，其人鷙悍，爲諸夷所畏。然與西洋人同奉耶穌教，固無怨也。本欲依唇齒，寧期致齟齬。法郎西始意欲西洋拒絶英吉利，殆英吉利聞知，先至西洋挾女王至美加利州，因借口來占澳門。夷貪其得間，地沃必爭趨。豈識中朝大，前禽不用驅。彼入澳門，不必動兵，只封艙封澳，而該夷已遁去矣。

調和難衆口，兵事敢稱能。謹慎師諸葛，危疑仿信陵。青銅朝自鑒，白髮夜來增。佽助伊誰力，西南慶得朋。此次蕆事多藉余友袁思亭及巡檢張君永津之力爲多。其在事諸公，位在余上，幸不掣肘，然亦衆口難調，危疑過甚矣。《從征詩草·嶺南草》

西河草堂初集二卷　群玉仙館初集二卷　道光四年刻本

西河草堂詩賸不分卷　道光二十五年刻本

葉兆蘭撰。兆蘭字古軒，江蘇泰州人。諸生。與鄒熊、王豫等人結芸香詩社，日事酬唱。道光四年，刻《芸香詩鈔》，前八卷録同人之作。後四卷爲己作，曰《西河草堂初集》，曰《群玉仙館初集》，有嘉慶十四年鄒熊序。《詩賸》刊於道光二十五年，兆蘭已殁十九年。有曹楙堅、王輔、周庠序。三本均存芸香詩社資料。其中《重修黄鶴樓題壁》、《禰正平作鼓吏歌》、《史閣部墓》、《書徐文長傳》、《謁吴野人墓》、《讀穆天子傳》、《李楓崖香囊記題詞》，不事摹擬，亦不屑隨時趨附之意。《米貴歎》、《大水行》、《鬻牛歎》、《逃荒行》、《遺孩歎》、《大雪行》、《菜饉歎》、《賑廠歌》、《苦寒行》，頗悉民生疾苦。《李將軍長庚海洋擊賊歌》，專爲時事而發。身後無傳。據三集詩及序，考爲乾隆二十年生，道光六年卒，年七十二。

在山草堂詩稿十七卷　道光間刻本

吴文照撰。文照字斐堂，號香竺，浙江石門人。乾隆間舉人，官廣東香山知縣，湖南衡州同知。是集詩共九百八十三首，起於乾隆四十二年，止於《丁亥道光七年七十感懷》，首宋咸熙、朱文治、沈炳垣序，凡十七卷，各卷以事繫名。爲詩沉實。《種魚詞》、《牧牛詞》、《打拍詞》、《蓮蓬》、《吴門竹枝詞八首》、《車水謡》、《煙草行》，多詠民間見聞。北至京師出古北口，詠趵突泉、劉伶墓、蒯通墓、青石梁及《渡淮行》等篇，俱較清健。南游湘、粤，歷川灘奇險，悉發於詩。文照與朱文治篤交，有《和朱少僊九老詩》。又有《顧晴沙先生詩冢歌》、《贈韓旭亭先生》詩。在京於洪亮吉、劉嗣綰、王蘇、趙懷玉均有酬答。詩集稍嫌冗沓，去膚存骨，亦可觀焉。

鄭板橋先生遺像

東方諧笑虎頭癡，千古風流孰繼之。都是頑仙重謫世，一生游戲書畫詩。
脱却朝衣返故山，臨歧父老淚偷彈。頭銜自喜同司諫，小印猶鈐七品官。
金尊歌板鬧詞場，爛醉花前十萬觴。畢竟有心無住相，汙泥不染妙蓮香。
六十年來小像存，沉香熏罷石鑪温。無多蘭竹同清供，珍重先生舊墨痕。《在山草堂詩稿》卷十一

還讀齋詩稿二十卷　道光七年刻本

韓崶撰。崶字桂舲，江蘇元和人。乾隆四十二年拔貢。以刑部七品小京官累擢至刑部尚書。卒於道光十四年，年七十七。是集首蔣廷恩序，自序，爲乾隆五十四年官高廉道至道光六年詩，共二千二百七十五首。崶父是升，號樂餘老人，有《聽鐘樓詩稿》。《爬沙行》一篇，狀寫民工苦楚。崶亦作《爬沙行》，自注：「自保昌達始興，沙漲舟膠，役民夫推挽而行，謂之爬沙夫。中有稚女，問其年纔十一。余憫之，爲作是詩。」《後爬沙行》自注：「新興道中作。」崶以治律稱，嘗平反山西榆次縣民閻思虎獄。嘉慶十三年，作《發河間四首》，自注：「奉旨以刑部議奏宗室敏學事，有意開脱，同官降革有差，崶蒙恩降廣東按察使。」又云：「上以大司寇秦公奏對，語多不實，屈法徇情，尤多切責，貶官編修。」又云：「上以刑部事皆崶首先核定，數日前曾據面奏，即欲輕完結，跡涉專擅。」道光元年《歲除》詩有云：「囹圄已空囚縱後，簿書粗了篆封餘。」凡此俱可補史闕，當實記也。崶嘗官閩臬、湘藩、粤撫，山水紀游甚盛。《爲朱海谷題海上受降圖次英煦齋韻》、《題壯烈伯李忠毅公長庚自畫詩册》，爲平定海盜蔡牽有關史料。酬答之題甚多。與陳廷慶、羅聘、伊秉綬、宋翔鳳、胡承珙、何青均有交往，與表弟顧蒓、甥陶樑迭相唱和。《協辦大學士百菊溪輓詞》八首，詳敍百齡平生。《輓鮑覺生詹事》、《吴巢松學使輓歌》，亦有出史傳之外者。其詩多民俗宦況，自是可存。

峝長

峝長執朴來，峒兵森戟侍。喧呼點峝丁，奔走若奴隸。府帖火急下，軍工迫嚴例。萬山運一木，一步一顛墜。富者既得免，貧者何處避。假公濟其私，那復顧憔悴。流汗不敢揮，但恐鞭撻至。軍工廠料皆取給于十萬大山，歲役峝丁輓之，艱苦萬狀，峝長乃因以爲利。借問爾峝丁，何甘受厥制。云昔漢伏波，留兵設邊衛。平賊與有功，爰授以符契。禓黄兩姓雄，世守及苗裔。魚肉其鄉民，誅求無巨細。捉人出片帋，刑罰等兒戲。偉哉矍鑠翁，功德被千世。若輩今所爲，夫豈當日意。姑息實養奸，毋乃在官吏。嗚呼威克愛，古語稱允濟。《還讀齋詩稿》卷一

哀沙面　並引　正月二十一日夜四鼓，沙面災，天明始熄，焚燒蜑人寮數百椽，男婦斃者數十口，余哀之，爲作是詩。

蜑人生長沙面居，居人不許岸傍廬。魚蝦作糧竹編屋，穴處不異獺與狙。涵淹卵育日蕃衍，居然比户成丘墟。人間踏地出賦租，不如蜑人浮空虚。魚姊蜆妹十五六，倚門一笑人盡夫。五陵少年游俠客，纏頭十萬輕如無。西洋有草凝如酥，醉倒同入巫山隅。花田花月珠江珠，是中樂死忘其軀。夜半忽聞聲霍霍，祝融憑威勢將作。初驚照蟹春星攢，旋訝燎蚊夏電爍。驪山諸姨爛紅裙，井陘萬馬皆朱鞹。燧象突入吴軍奔，驚烏飛逐老瞞却。是時月午潮正落，逋逃無路可着脚。岸旁吏卒號且呀，欲

濟無梁空頸縮。坐看飛燼滿長空，十里笙歌歸冥漠。天明猶見落點殘，檢點死傷淚盈掬。就中白面誰家郎，殘縑裂素羅綺香。子夜清歌醉錦瑟，五更枯骨横刼場。豈伊腥穢之氣觸上蒼，故遣六丁蕩滌懲輕狂。哀哉蚩人何咎殃，生亦地獄死火湯。吾聞火烈民畏或鮮死，弗戢而焚終與德化妨。一年羣盗誅七百，猛氣毋乃干天祥。使者失職實致此，哀哉蚩人何咎殃。《還讀齋詩稿》卷十二

兖州道中紀所聞

兖豫中原地，淮黄沃野皋。承平今日久，梃刃幾時操。豈意生成外，無端毒螫遭。駢頭蒙白布，側足起黄蒿。摘伏逢神宰，生擒禁邑牢。金鄉令某聞有奸徒白布蒙頭，聚衆將谋不軌，弋獲數十人繫諸獄。蓄謀懷報復，嘯黨敢呼號。蹂躪經單父，虔劉洎定陶。開長同被陷，滑濬亦從騷。東省之單縣、定陶，直省之開州、長垣，豫省之滑、濬二縣俱先後被陷。最慘曹南令，傾家就短刀。稍嘉濟寧將，縛賊引長絛。曹縣令某全家被害，濟寧參將某禦賊于金鄉城南三十里，俘獲甚夥。過客心生戒，清秋首重搔。頻聞馳羽檄，所在浚城壕。此輩皆蒼赤，何曾異土毛。三年荒攘攘，萬口訴嗷嗷。求緩須臾死，因成亡命豪。况傳瓠子決，幾費帑金高。恐斷清源溜，那將濁浪淘。時河決睢南堤岸一百八十餘丈，未報合龍。胡然心腹疾，又益旰宵勞。列郡嚴脣齒，連郵擊鼓鼛。守堅姑待命，戰慎莫輕挑。兵者原凶器，民生屢朘膏。速宜除蔓草，忍更犯秋毫。諸將持龍節，元戎握豹韜。朝命額駙拉旺多爾濟都統格布舍、高杞等督兵分路進勦，總督温承惠

總統三省軍務。大軍期厚集，一舉掃紛囂。堪歎飛蛾撲，終歸烈火熬。天威臨咫尺，么麼欲焉逃。《還讀齋詩稿》卷十三

歲除二首

龍飛甲子建元初，氣轉鴻鈞歲乍除。囹圄已空囚縱後，凡赦免死罪以下囚數十餘萬，卽今詔獄中新收者不滿百人。簿書粗了篆封餘。數番綸綍銜恩重，幾輩英豪借力噓。衰懦更無毫髮補，終年只上緩刑書。

瑞雪前宵舞戟幢，一天快霽又晴窗。佩囊舊拜襄成七，得鹿新沾中疊雙。今年例賞得二鹿，荷囊仍七。況有故人供麴米，聊因寓客注糟缸。劇憐散塾兒童喜，背誦經文學祖腔。《還讀齋詩稿》卷十六

寶書堂詩鈔八卷　嘉慶十六年刻本

褚華撰。華字秋萼，號文洲，江蘇上海人。諸生。嘉慶九年年四十七以歿。《詩鈔》八卷爲身後友人改琦謀刻，首嘉慶十六年姜兆翀序，附《水蜜桃譜》，陳文述序。孫原湘撰《小傳》，稱華「阨窮連蹇，思慕侘傺，無聊不平，悉發於詩」。又云：「其詩奇崛處似昌黎，汗漫處似東坡，亦間爲朱絃清氾，近大曆十子。蓋其清氣宿心，發於妙指，非以學而能，故無學而不能也。」小傳又謂華「無子，醉死」。所著《海防輯要》、《木棉譜》、《硯考》，俱佚。華嘗以詩質于袁枚，以雄才目之。與陸繼輅交善，時相唱和。《端州正洞石硯歌》、《張白雲先生

祠》、《月麓和尚碑》、《奔牛古樹詩》、《宣德鑪詩》、《題宋四家墨跡》、《題鬼趣圖》、《袁海叟墓》、《謁陳大樽先生墓》、《題陸祁生洞庭緣傳奇》、《題陸耳山遺像》、《題錢魯斯詩集》、《西藏鏡歌》、《題沙木藝文備覽》，多爲藝林典故。又以世事爲題，作《黄浦四首》、《糧艘出海紀事》、《僬僥國人》、《斷船歎》。至詠史、題畫，游太湖，登鄧尉探梅，以及秦淮雜詩，質直透逸，兼而得之，亦高手也。

黄浦四首

明季海寇來，昏夜薄城牆，誰其禦者民夫楊。國初海寇來，侵曉泊水湄，誰其殉者守將司。迅霆下，妖星滅。血灑鯢尾，中截颶風，高波浪惡。樓船戍卒春糧炊，臥打寒更沙際泊。君不見，牐口蒹葭青接雲，戰鬼歌泣人常聞。

望浦水，臨高臺，帆檣燈火照天地，鳴鉦吹角聲喧豗。榷場貨物從何方，竹王郡國鮫人鄉。來船裝糖霜，去船載木棉。去船未買藥斑布，來船又賣金絲烟。漁師捕魚不滿籠，羨殺來船與去船。

修築浦口岸，填塞浦口橋。居民半城内，汲水愁路遥。一朝下令忽開壩，沿城小巷仍通潮。外水到既激，内河淺不挑，潮來兩度頃刻消。河心一勺剩餘瀝，渾黑不堪供滫瀡。每遇東北風高時，依舊出城擔水喫。

潮入南城門，平地没足脛。潮退西城闉，通衢積泥濘。不須春信添三篙，潮常打岸聲怒號。行人問潮何爲爾，浦東土塘如屋高。一里一隄，五里一壩。我聞古者白圭以鄰國爲壑，今乃自以門庭災移之入房舍。此事民徇其私告之官，官殊憒憒爲所謾。塑土塘，一長歎。《寶書堂詩鈔》卷一

晚晴軒集八卷　嘉慶間刻本

王復撰。復字敦初，一字秋塍，浙江秀水人。又曾子。工詩，少與汪如洋、蔣元龍諸人聯吟，衆避其鋒。監生。由四庫館議敘商丘知縣，調河南偃師口。游秦中，入畢沅幕甚久。輯有《鄭氏遺書》五種。乾隆五十三年，卒於官，年五十一。此集詩三百二十九首，孫星衍序。洪亮吉序稱其詩：「守丁辛老屋家法，及聞厲鶚、杭世駿緒論，故所爲詩以温雅典麗爲宗。登太行，歷中條，攬洪河清渭之奇，搜中隆太白諸勝，詩亦遒峭。薦官江南，筆墨之餘，精研史事，舉凡民風土習、河防水利之鉅者，一一皆寓於詩。蓋其詩凡三變。每變愈上。」畢沅曾選詩刊入《吴會英才集》中。今觀集中詩如《奉檄採買稭科卽事》，有關史事者，視《丁辛老屋集》相去甚遠。《邗上雜詩》、《中州紀游詩》，能自具一格。餘則以唱酬聯吟較多。唯結識名流衆多，朱筠、王昶、邵晉涵、金兆燕、王文治、錢坫、洪亮吉、吴泰來、孫星衍、黄易、羅聘、焦循、馮敏昌、趙懷玉、汪如洋均與過從。《讀黄仲則遺稿題後》等篇，有關藝文，亦可參考。復博通經史，耽於金石考據。官偃師撰《金石遺文補録》，以續武億《偃師金石志》。居畢沅幕，暇時搜訪漢唐故蹟，此又不止以詩聞也。蔣元龍《春雨齋詩集》卷十六有輓詩二首。

補園詩集八卷附一卷　道光間刻本

伍光瑜撰。光瑜字孚尹，號屏秋，江蘇上元人。嘉慶十一年貢生，官候選訓導。道光十年，卒於南京，年七十三。事具程恩澤所撰《墓誌銘》。是集爲其子長華官長蘆運使刻，長華爲嘉慶十九年探花，後官湖北巡撫，集中有父子唱和詩。又受業門人鄭存紵序、蔡宗茂序。詩凡八百三十餘首，造詣不深。詠金陵莫愁湖、報恩寺塔、雞鳴山、清涼山，淺而能詠。游無錫、京口、滁州，亦有詩紀之。光瑜多捐募，重建江寧明倫堂大成殿，設救生局，俱所出貲。餘則罕可敘及。

沈氏群峯集詩二卷　嘉慶元年刻本

沈清瑞撰。清瑞初名沅南，字吉人，一字芷生，江蘇長洲人。就讀江陰暨陽書院。乾隆四十八年舉鄉試第一，五十二年成進士。喜考訂經史，工詩賦詞曲，頗負才稟。歿於乾隆五十六年，年三十四。是集由石韞玉刻於蘇州，生卒年均於韞玉《序》中見之。集凡詩詞曲賦六卷，附《韓詩故》一卷。近代有重刻本，增《外集》一卷。詩共二百零四首，摹倣初唐，吐屬清麗。《姑蘇楊柳詞》、《晚游支硎》、《觀秦客作劇歌》、《度縉雲嶺宿嶺下村舍》、《石門觀瀑》、《永嘉雜詩》，均爲上選。清瑞受知於劉墉，有《贈劉石菴先生》長詩。專研訓詁，作《識字行贈桂冬卉馥學博》。與詹應甲、王芑孫有交。《哀吟紅》等篇，頑豔動人，間有戲曲資料可捃。其詩不在諸家之後，詞尤清婉。惜難渾涵耳。

密齋詩存四卷　道光間刻本

程同文撰。同文字春廬，浙江桐鄉人。嘉慶四年進士。官户部主事、順天府丞。長於地志及遼、金、元三史。預修《清會典》。卒於道光初，以才子不稱其志，世咸惜之。殁後梁章鉅就其家裒録詩四卷，刊於福州，序撰於道光九年。同文最喜袁、蔣、趙三家詩，所作典雅而不趨于奥澀一途。《鐵樹行》，爲詠清江浦禹王廟前古樹作，《永平甎》，爲胡虔而作。《鄉雲萬態奇峯歌》自注：「宋艮嶽石，在三座塔。」《謁陳潘二公祠》，記陳瑄、潘季馴佚事。《紹興石經》、《爲馮集梧題田山薑大通秋泛圖》、《謁楊忠愍公祠》、《石柱行題秦良玉小像》、《鷹窠頂觀日出歌》、《天啟小斧歌》，大都以簡馭繁，不事塗飾。《盧容庵浙見示易審》一篇，不免有以文爲詩之弊，然專門論《易》，亦當有裨於學也。

還讀廬詩鈔十二卷　道光二十一年刻本

周孝壎撰。孝壎字逋梅，江蘇吴縣人。諸生。嘉慶四年，與韓崶同官刑部。六年歸，奉母，不再出。與郡中詩老吴翌鳳等人更倡迭和。道光十三年卒，年七十一。是集有韓崶序。《感懷詩》爲李繩、陳鶴、周珠生、張問陶，俱文學之士。《退衙雜興》詩，記刑部見聞。《女史雜詠三十二首》，自息夫人至遼后，爲詠史之作。《觀花檔子》，述當日歌伶演奏情形。又有《讀杜詩》等作，取境尚寬。韓崶序稱其雄於才，不免過譽，然終非弱調也。

清人詩集敍録卷四十八

大滌山房詩録八卷　道光十四年刻本

張吉安撰。吉安字迪民，號蒔塘，江蘇吴縣人。乾隆四十二年舉人。嘉慶間官淳安、象山、新城、永康、麗水、浦江、餘杭等縣知縣，以循吏名。晚歸田研食是謀。《詩録》八卷，凡千九百七首。道光十三年石韞玉序稱「已殁三年」，而卷五有《戊寅花甲初度》詩，是爲乾隆二十四年生。詩無極致可説。所接洪亮吉、馮集梧、張問陶、王學浩、黄丕烈、石鈞，多文學士。《二陸草堂懷古》、《象山》、《詠范氏天一閣四首》，亦有他人所未道及者。《哭阮少寇吾山師》、《題韓旭亭聽鐘樓詩稿》、《鮑賦苹孝廉贈編鐘一枚賦謝》、《題朱少僊繞竹山房詩稿》、《王忘菴折枝紅豆花圖》，均爲當日藝文。吉安熟誦内典，詩以淡警著稱。洪亮吉《北江詩話》云：「張大令吉安詩，如青子入筵，味别百果。」是亦寸有所長矣。

五是堂詩集八卷　光緒八年重刻本

顧王霖撰。王霖字柱國，一字容堂，江蘇鎮洋人。乾隆五十五年進士，改庶吉士。嘉慶元年，官户部廣東司主事，至員外郎。工書畫。又喜金石，爲考證文字。卒於嘉慶十年，年四十七。此集爲重刻道光本，詩編年起乾隆四十年至嘉慶十年，凡四百首，有孫原湘、徐元潤、王開沃序，事具卷首張大鏞所撰《行狀》。其詩抒寫性情，不傍人門户，與王蘇齊名。其中《崑石歌》、《瓷異》、《題婁東十老圖》、《家藏文五峯山水軸》、《自題山水畫册》、《題孫淵如集秦漢瓦當文字》、《石刻》，均與藝術有關，搜討亦深。《月蝕》、《開河謡》、《金陵雜詠十首》、《登虞山絶頂望海》、《歸太僕有光墓下作》、《書茶山集後》，出語自然。《題百堂京師風俗聞見記》，百堂爲蕭掄。王霖與謝振定、洪亮吉、孫原湘、詹應甲、李鑾宣、何道生、宋鳴琦等寄酬，與畫家王學浩、同里蕭掄、蕭掄昆仲相契，朝鮮使臣趙秀三臨行，有詩送之。詩無藻續，好議論而無冗沓之見，可與書畫並傳。

舟中書所見

朝來望城郭，一塔表青浦。煙樹何蒼茫，人家數萬户。忽聞紞紞聲，縣衙打早鼓。蚩蚩負錢氓，都説征輸苦。每銀完一錢，百三十八數。今市價銀壹錢，易錢八十五，而加火耗多至五十餘。此價定何人，云是岳巡撫。嘉慶四年以前，銀一錢市錢一百二十，條銀加火耗二百五十。巡撫岳公起蒞任後，定價銀一錢完一百三十八文。官易價不易，此例相述祖。《五是堂詩集》卷八

樂園詩稿六卷　道光間刻本

嚴如熤撰。如熤字炳文，號樂園，又號蘇亭，湖南溆浦人。爲諸生卽好談兵。嘉慶五年舉孝廉方正，廷

試擢第一，以知縣用。久官漢中，苗變時曾預安撫事，屢收其效。累官陝西按察使。著有《三省邊防備覽》、《苗防備覽》、《洋防輯要》等書。道光六年卒，年六十八。《沅湘耆舊集》有小傳。是集卷一曰《漢南集》，卷二曰《漢南感舊集》，卷三曰《漢臺詠史》，四至六卷爲《蘇亭集》，首秦瀛題詞。以《漢南集》所存詩，最爲詳實。如《塞堡行》，主張堅壁清野。《耕田歌》、《秋穫詞》、《教織歌》、《喜雨詞》、《夏耘詞》、《下鄉決訟諭民詞》，大都爲憫農、勸農之什。《從軍行》、《前後鄉兵行》、《木廠詠》、《鐵廠詠》、《紙廠詠》、《礮臺銘》、《觀兵家火器法感懷》、《華陽吟》、《巴山行》、《碉樓》，及修復各堰渠等篇，涉及軍事經濟較多。張應昌《詩鐸》多選之。《感舊集》多當時武臣。《詠史集》自魯仲連至戚繼光，凡百十三首。《蘇亭集》擬古樂府已居其半。其詩取材甚廣，而庸冗者亦未能免，不足爲高唱也。

小白華山人詩鈔十二卷　道光二年刻本

張乃孚撰。乃孚號西村，四川合川人。乾隆四十八年舉人。官花縣知縣。與馮鎮巒交善。是集有嘉慶二十三年戊寅鎮巒序，自注：「此馮遠村學博壽予六十歲作，其中多主論詩，故弁諸首。」則刻集之年，乃孚已六十四。又楊芳燦序，自序。附載王杰、孫士毅書札，增重而已。詩不能名家，《夜郎歎》、《跨驢歌》，云詠太白遺事，格調不高。《會江樓觀漲歌》、《蘇碑》、《詠史》諸篇，較爲沉厚。《大水紀異八首》，記嘉慶七年實事。弔朱射斗詩，爲有關教民資料。《題雨村詩話》，推重其鄉著名文士李調元。乃孚中舉後，厄於宦途，歷樊川、漢口、夔川，以詩酬於大吏間。晚年始得一官。其詩不無鋪敍之繁，猶嫌體弱耳。

點蒼山人詩鈔八卷　嘉慶二十三年刻本

沙琛撰。琛字獻如，號雪湖，雲南太和人。回族。乾隆四十五年舉人。官安徽懷寧、霍丘等縣知縣，有循聲。嘉慶十四年，因事議謫軍臺効力，士民醵金代贖，得免，歸。道光二年卒，年六十四。詩集初刻爲《皖江集》四卷，二刻爲《點蒼山人詩鈔》八卷，爲姚鼐、仲振履、劉大紳序，詩起於乾隆四十六年，大體編年。琛受知於錢灃，與滇南袁文揆、檀萃、師範俱有交。其詩以吟詠民俗爲最，檀萃采入《詩話》。《順寧阿魯石至芒街渡》、《臘門行》、《瀾滄江渡濟》、《松杉箐》、《西域雪山》、《高暹井》、《老君山》、《雲曲道中十首》、《貴陽五首》、《迤西道中十四首》、《黔中四大坡》詩、《漾鼻山中雜興二十首》、《游洱水》、《玉峯寺》、《共江崖》、《姚楚道中九首》，描寫異境，雄奇秀逸，兼而得之。作於故鄉大理詩，卽「點蒼山人」名之所自。《點蒼山花詩》，詠紫霞堆、碧釐香、淺絳雪、雪牡丹、萃金鐘、玉翹翹、金鳳翎、波羅花，以及竹實、傘兒草、松橄欖、榧松子、冬蟲夏青草，名目蕃彙。《富隆銀場》、《銀場嘅》二篇關係經濟時物，尤可取資。官皖所作，如《居巢懷古》、《淝水懷古》、《梅聖俞亭》、《鄭冢宰畫像》、《民事詩》五首、《浮山堰》、《睢股河挑工感賦》、《書宋芷灣先生南行草諸集後》，既足考政績，又可見孳乳之多。《書左太冲詠史詩阮嗣宗詠懷詩後》、《廣州竹枝詞二十首》諸體具備。宜乎滇人爭愛之也。

銀場嘅

踐地恃無踝，相忘踐博良。可憐空僻地，也變奪攘場。青山變銀坑，曾不給繁齒。采鑿禁嶺南，唐律尚如此。淺土地鑛微，大鑛入土深。屢見鑛埋人，奈茲得鑛心。艷色洋琴妓，狐裘麗麥醪。饑驅膻蟻子，火迫土財豪。然頭燈穴緶，灼骨鑛爐煎。欲火纏生死，吹吹鴉片烟。寶鑛耀睛紅，馴然起爭奪。爭奪至殺掠，身命亦忘却。珍怪禍爾黎，東坡妙苦言。矧茲滇廠銀，遊手粵根源。以銀爲衣食，銀多侈用促。何田返農桑，狹鄉耕亦足。《點蒼山人詩鈔》卷八

蘿月軒詩鈔不分卷　嘉慶十三年刻本

玉保撰。玉保字德符，號閬峯，滿洲正黄旗人。乾隆四十六年進士，入翰林，有才名。官内閣學士、盛京兵部侍郎、滿洲副都統，累至吏部左侍郎。乾隆欲用爲巡撫，爲和珅所阻。卒於嘉慶三年，年四十。此集有翁方綱序，鐵保爲撰墓誌。玉保與兄鐵保宦蹟相同，集中兄弟唱和之作，時比軾、轍。集中唯卷五以下臨盤山、獵木蘭、出山海關、詠寧遠温泉、登醫巫閭、謁福陵，稍涉掌故。在瀋陽官署作《五榆歌》，游京西翠微山、黑龍潭、大覺寺、石景山，較可觀覽，餘多無可稱述。

寄思齋藏稿詩四卷　道光三十年刻本

辛從益撰。從益字謙受，號筠谷，江西萬載人。乾隆五十五年進士，改庶吉士，授編修。嘉慶三年典試

福建，五年，官監察御史，二十年，視學山東。擢光禄寺卿。道光七年，官吏部右侍郎。十二月卒，年六十九。事具《辛筠谷年譜》暨盛大士所撰《傳》。其子桂雲爲刊遺集，包括摺子、頌册、詩文賦、《公孫龍子注》共十六卷，名《寄思齋藏稿》。内九、十兩卷爲古今體詩，十三、四卷爲試律詩。從益在朝聲望甚高，屢任主考，湯金釗、白鎔、張惠言俱出其門。詩多贈酬題圖。可徵事者有《游驪山》、《北鎮廟承王招同舒公飲寓所以詩紀事》、《題陶雲汀中丞詩稿》數篇。典試山東，與南通馮雲鵷兄弟有文字交。附詞十餘闋，亦非經意之作。

寄嶽雲齋初稿十卷補遺一卷　嘉慶十四年刻本

聶銑敏撰。銑敏字晉光，號蓉峯，湖南衡山人。嘉慶十年進士，改庶吉士，出朱珪門。授兵部主事，復授編修。二十年視學四川。傳見《國朝耆獻類徵》卷二百四十六。是集爲銑敏官紹興知府時所刻，有朱珪、玉麟序，劉權之、戴衢亨、石韞玉題詞。集中以詠湘潭、洞庭、桃源等地風景較勝。題云《初稿》，當有續編，未見刻版。然讀銑敏所撰《蓉峯詩話》，知平日深於詩學，且多搜討，而此集實不足論價云。

白雲詩集二卷續集詩四卷　嘉慶道光間刻本

陳斌撰。斌字陶林，一字陶鄰，號白雲，浙江德清人。嘉慶四年進士。十一年官青陽知縣，年近五十。十九年轉合肥。卒年不明。宋咸熙撰《白雲先生傳》在道光三年。自選《白雲古文初集》五卷、《詩集》二卷，生前刻，道光四年弟子劉斯嵋又爲刻《續集》文四卷、詩四卷，門人張生洲序，陸繼輅校。斌嘗爲布衣吳穎芳、奚岡、國子助教宋大樽作《傳》，刻《吳蘅皋遺集》，並作序。唱和友爲秦瀛、王豫、查揆、屠倬、宋咸熙，均爲後輩。詩自雜體、古辭以至聲律，無不究心。於世情尤所關切。《漁户諺》云：「渔網下，河魚吓。漁網抽，居民愁。」《里諺》云：「蠶上簇，債續續。債呼門，稻連根。租不足，來年續。賣乾綿，賃水田。」《訴田鹵》云：「田鹵田鹵，訴田鹵，責斷爾脛股。官踏荒，吏踏荒。莫踏荒，吏來索雞官索羊。」《種山户》小序云：「數年來有曰棚民、曰廠户者，遍踞浙西山場，總有萬人。至殺人不抵，可患也。」又有《哀老匠》、《諸生老》等篇。自云：「無備體，無豔體，無次韻、疊韻諸體，又無雋格、無美詞。於古無倣效，其於人無泛頌、無廣酬。」可見詩人性情。

桐華吟館詩鈔十二卷　嘉慶十二年刻本

楊揆撰。揆字同叔，號荔裳，江蘇金匱人。乾隆四十五年召試賜舉人。五十六年，英國指使廓爾喀犯我藏界，隨大將軍福康安、參贊大臣惠齡禦之。事定，參預平定苗民起事與白蓮教起事，官至四川布政使兼攝甘肅按察使。嘉慶九年卒於任，年四十五。贈太常寺卿。揆與兄芳燦均以詩名，世號「二難」。是集與文鈔詞稿合刻，有嘉慶十二年馮培序。壯年游吳、越、皖、贛，歷燕、齊，所作滕王閣、鄱陽、桐廬、七里瀨、趵突泉等詩，格調清華。《桂貞曲》、《懊惱曲》、《種菱曲》、《春陰曲》，尤爲頑豔。乾隆五十二年西征省兄，有《同伯兄夜懷感舊書懷一千字》、《伏羌官舍中秋同伯兄翫月同作長句》、《六盤山》、《蘭山吟》、《青嵐山》、《登蘭州節署望河樓送嘉勇侯督師臺陽》、《峽石驛》、《潼關門》等篇。居畢沅幕，有《長句呈畢秋帆中丞》，與洪亮吉、方正澍、孫星衍往還。又作《大梁行》、《北氓山歌》。從福康出師衛藏，取道青海。有《夜宿東科爾寺》、《日月山》、《青海道中》、《崑崙山》、《魯工喇》、《飛越嶺》、《星宿海歌》、《穆魯烏蘇河》，自注：俗名通天河。歷盡奥險之區，詩境突兀森鬱。夜行多倫諾爾，見野燒數十里，有詩以紀。《番地雜詩八首》，雜記藏族民情。抵西藏，作《大昭》、《皮船》、《熱索橋》、《脅布魯》、《東覺山》、《螞蝗山》，皆歌山水之奇。《呈地穆呼圖克圖六首》，序稱：「地穆爲達賴班禪大弟子，有呼畢爾罕。相傳一世能宏法力。余於前藏往來見之，年甫十五六，長身廣顙，具歡喜相。」《堆布木軍營帳房苦雨述事》、《軍行糧運不繼士卒苦飢日採包穀南瓜雜野菜充食感賦四章》，爲行軍經歷。《廓爾喀納降紀事》，在乾隆五十七年。回至前藏，又作《軍事告竣從西藏言旋率成》四首，《廓爾喀紀功碑成偶賦》，碑文亦撰自撰。見《桐華吟館文集》卷一。以詩紀史，堪供參考。馮培稱爲「前古所未經，詩亦前古所未有」，王昶云：「與前代文人簪毫佩玉雍雍華要者不同。」《蒲褐山房詩話》。以後官川甘，一至滇中，詩多涉苗疆及蜀中教民，亦多紀事。洪亮吉《北江詩話》評以「如滄溟泛舟，忽得奇寶」。其詩與兄工力悉敵，而閱歷過之。吴嵰《紅雪山房詩集》卷四有《楊荔裳方伯輓歌》。

廓爾喀納降紀事

天弧星傍帥旗明，萬里奇功七戰成。昨夜將軍新奉詔，臨邊許築受降城。廓爾喀震懼軍威，遣使乞降，大將軍不敢專，具奏報可，始許之。

隼旟虎節玉麟符，細柳營開見亞夫。要識番人心讋慄，和門搏顙聽傳呼。

願編億兆作王臣，佛土重聯香火因。遣使輸誠先詣闕，代身不用鑄金人。

襁負歸仁大衆歡，蠢居芻牧永相安。梯山從此敢言遠，日出處瞻天可汗。

番書不與梵音通，奉詔稱名上九重。誰譯華言成訓詁，帳前郡掾有田恭。廓爾喀自爲文書，與唐古特大西天字不同，通譯甚難，惟千總馬廷相能深曉其辭義。

休論雕脚與穿胸，回面皆叨聖度容。印綬好誇夷邑長，唐繒新領白狼封。時封其酋長拉特納巴都爾爲廓爾喀王。

方物虔修進上台，喜看通貢到重垓。不因地瘠求鹽穀，香象渡河天馬徠。時進馴象、香馬。

千層錦綺彩霞舒，百結流蘇八景輿。孔雀二雙犀角十，居然南粵尉佗書。所進有金銀、絲緞、孔雀、犀角、象牙、肉桂等物，中有番轎一，其形制特異。

殊音異節類俳倡，傑佅何堪隸太常。自是使臣辭令好，親賡槊木獻三章。獻樂工二人，試詢其所歌，大將軍以爲不莊。來使乃爾興，次日另製以進。歌詠聖德，頌揚極得體。

犬牙壤地莫相侵，更返華嚴布施金。所掠扎什倫布諸物悉獻出。鈔掠歸人尤感激，佛天重見淚盈襟。前藏噶布倫丹津班朱爾於濟隴被掠去，至是始歸。

推心置腹更何疑，秋肅春温總聖慈。幸列要荒求内屬，爻間休後五年期。廓爾喀先請三年一備職貢，大將軍以其道遠，令五年一貢，用示柔遠之意。

東鶼西鰈會祥符，月骴遥開益地圖。聞説同時英吉利，占雲航海達皇都。英吉利國在東南重洋之外，從未得通中國。兹亦遣使來貢，與廓爾喀正同時也。《桐華吟館詩鈔》卷八

行次資陽聞黔楚苗民不靖擾及川東酉陽州界三省將發兵會剿詩以誌事

聞道苗氛惡，邊隅數震驚。三旬甘逆命，九伐合徂征。斥堠先燔燧，村墟互擊鉦。辰溪朝厲鏃，酉穴暮懸旌。爓地星芒動，漫山瘴毒盈。燎原真猝發，起陸敢横行。絓木同狂馬，衝波作駭鯨。黔關傳急柝，楚幕聽嚴更。槃木留餘種，欄居仰好生。歸流安舊壤，服教等編氓。市或通商集，農無越畔耕。向來黔楚苗民均有定界，各守其地。與苗民祗通貿易。黄龍長設罰，白犬屢要盟。苗人設誓，每取雞犬血和酒飲之。解效康時樂，毋矜習俗勍。衢樽歌踏踏，社鼓舞棖棖。積歲繁生聚，窮年困使令。誅求胥吏猒，鈐束長官輕。利悔魚鹽失，仇因婚媾萌。近年以來，苗人生齒日繁，三廳徭役甚重，而漢人往往誘以微利，盤剥其田土，苗民幾不足自給，並有就苗地婚配因緣爲奸者，積怨日久，千百户等，不能約束，遂爾搆亂。未容隨指嗾，詎免怒蹄鳴。狡穴三廳邃，兇鋒五姓併。石言妖自作，神降兆先呈。亂苗之首，黔爲石柳鄧，楚爲石三保，同時作亂，每呼白帝天王相助，煽惑人心。逐客心俱奮，爭田訟少平。漢人所佔苗地漸多，爭訟輒不得直，是以

苗人號召，咸呼曰殺客家，無不響應。苗人呼漢人曰客家。魚龍陳曼衍，狐兔趁縱橫。石柳鄧起事在燈節前一日。裁革俱蒙甲，懸梯競擲棚。操矛工突陣，伏弩竟翻城。時乾州已失守。呼譟連村急，跳梁當路獰。頹巖雲黯淡，荒壘月淒清。我乍離滇徼，茲方紀蜀程。鋒鞲紛走檄，赤堡迅徵兵。來往多逢俉，傳聞易聽瑩。磨牙圖反噬，搖尾忿相迎。此輩徒罹網，何人會請纓。千脣吹欲沸，孤掌力能擎。時大兵未集，酉陽參將元卿屢次截苗，人不敢深入。守險憑巖邑，安邊倚重名。旍旗開井絡，笳鼓出昆明。時補山相國自成都啟行，福嘉勇公亦自滇赴勦。鋌走將奔鹿，羣飛倏燎蝱。防風毋後至，濟水盍歸誠。自笑功名薄，長慚身手儜。據鞍心耿耿，仗劍氣觥觥。盾墨馳驅慣，弓衣結束成。好隨驃騎去，計日埽欃槍。《桐華吟館詩鈔》卷十一

少悟齋詩集六卷　道光十一年刻本

方振撰。振字葉文，號容齋，江西南昌人。嘉慶六年進士，改庶吉士。官至侍讀學士。此集有道光八年李鴻賓、十四年蔡紹江兩序。據《五十自壽》詩，生歲爲乾隆二十五年。李序有「容齋捐館九年，其子用儀請爲序」等語，卒年當係嘉慶二十四年。振於嘉慶十二年充雲南副考，十五年官福建學政，刻畫雲貴、浙閩山水，博麗明秀，不乏佳什。《自題檢書圖》、《再題檢書圖》、《嘉禾善事樂府》、《盛京松城食品六韻》、《送費西墉出使琉球》等篇，亦不空泛。詩不傖俗，無蕪靡之音，鮑桂星亟稱之。

融谷詩草二卷補遺一卷　道光間刻本

文守元撰。守元字定斯，號融谷，江西萍鄉人。貢生。居里修學宫，置義田，增建試舍，請廣棚額及賑濟育嬰諸舉，耗家財殆盡。嘉慶元年舉孝廉方正，不應。道光元年卒，年六十二。著有《請業録》、《四塞紀畧賦》，梓行傳世。事具本書姚瑩序暨姜城撰《文融谷墓誌》。守元與李秉禮有交，詩近宋調。《讀先信國集》、《岳王墳》、《讀邵子擊壤集》、《弔于忠肅墓》，詞旨較高。《寄謝浙學劉宫保論詩》、《謝李松圃郎中寄贈韋廬詩集》、《萬輞川山水歌兼索重寄》、《上元張迺輯左書歌》、《天然石硯歌》，俱非儉陋者可爲。又有《武功山雜詠二十八首》並注，於山中名蹟，靡不畢記云。

天真閣詩集三十二卷外集六卷　道光間刻本

孫原湘撰。原湘字子瀟，又字長真，號心青，江蘇昭文人。嘉慶十年進士，改庶吉士。充武英殿協修官，假歸，遂不出。歷主毓文、紫琅、婁東、游文書院講席。卒於道光九年，年七十。原湘工駢散文，詩麗逸，足以睥睨一世。《詩集》首自序，三千六百十七首，《外集》詩七百七十六首，編年始自乾隆四十四年。原湘少隨父鎬自奉天至潞安州，歷醫巫閭、榆關、黄河、太行、晉陽，風物奇險，皆由歌詠發之。後游吴越、燕魯間，朝吟夕諷。《和吴蔚光三橋春游曲十六首》並注、《吴趨音十首》、《梨雲仙境曲》、《任城太白酒樓歌》、《和李雲松莫愁湖櫂歌十首》、《崇效寺看海棠》、《插秧辭十首》、《蕊宮花史曲》、《歲暮陽羨雜詩十首》，俱以辭采新麗見勝。《採薪謠》、《阿婆行》，兼採民謠。自稱「平生服膺祇有兩，江左袁公江右蔣」。卷六《隨園先生過訪並示新刻天台雁蕩游卷》。中禮部試，座師爲朱珪。揭曉後，珪率午門謝恩，獨於衆中呼原湘曰：「此江南知名士也。」卷十八《上朱石君師》詩注。其少年才負固如此，故在京亦爲法式善、洪亮吉、吴錫麒知遇。賞歸里後，往來於江淮、浙閩間。《錢牧齋故宅弔柳夫人》、《洋川竹枝詞二十四首》並注、《蝸磯靈澤夫人詞》、《閩中謡》、《臺灣米》、《城河謡》、《水災謡》、《海市歌》、《碧玕山館歌》、《黑水洋弔李忠毅公》、《虞山三布衣歌》，自注：「蔣寶齡能詩畫，李世則喜琴畫，季士旂工詞，皆不求聞達。」《爲張金吾詩史閣藏書作歌》、《和陶雲汀中丞海運四首》、《題朝鮮使臣申紫霞尚書緯詩》、《吴淞江工竣放水作歌》，華實俱得，不獨辭采傑出。《晉書樂府四十首》、《詠南史四首》、《海禺樂府八首》、《書張江陵傳》、《書明神宗光宗熹宗朝》、《讀淵明集》、《題劉後村集》、《題姜白石像》、《題吴梅村集》、《題南厓集》、《論詩》、《讀亡友舒鐵雲集題後》，猶見學力根柢。此與專主性情以爲詩可無學而能者固有不同矣。李兆洛《翰林庶吉士孫君墓銘》，見《養一齋文集》。唯原湘詩本極側豔。《今昔辭》、《今昔贅詞》，記乾隆間京師聲伎諸部，傾襟名流，顛倒公卿，有「誰知倔强寒梅骨，却在飄零若輩中」之句。《外集》六卷，極寫閨中兒女纏綿之情。又有《滬城花市絶句》，記敍宴賞狎游，名流萬樹、陸繼輅、改琦均不免焉。《清史稿・法式善傳》稱：「平生於詩所激賞者，舒位、王曇、孫原湘。作《三君子詠》以張之。然位艷曇狂，惟原湘以才氣寫性靈，能以韻勝。」其詩初得力於吴蔚光，蔚光以「樊川昌谷後身來，行卷多如錦繡堆」贊之。洪亮吉《北江詩話》

評如「玉樹浮花，金莖滴露」。是在嘉慶間騷壇中自能獨樹一幟者矣。

多歲堂詩集六卷　道光間刻本

成書撰。成書字倬雲，號誤菴，姓穆爾察氏，滿洲鑲白旗人。乾隆四十九年進士。歷官正藍旗漢軍副都統、盛京兵部侍郎、哈密幫辦大臣、辦事大臣、烏什葉爾羌辦事大臣、户部右侍郎。道光元年卒。此集有受業劉治跋，詩凡五百餘首。成書幼好吟詠，年十六作《春雨》詩，按之本書編年，在乾隆四十年。五十六年，官翰林侍講學士，有《扈蹕幸避暑山莊卽事》之詠，記載甚周。嘉慶九年，因言事獲譴，十年復以武級從軍，往新疆，爲常駐大臣。以經歷發爲詩，皆詠風土而能道其真。《蔡爾巴湖》、《煙墩牐》、《廟兒溝》、《嗒爾納沁》、《伊吾絶句三十首》、《詠禽獸草木果産二十首》、《烏什卽事詩》、《發葉爾羌》、《柳樹泉歌》、《莎車紀事篇》，足補志乘。詠北京西郊樂喜園、岱嶽、正定興隆寺，亦可觀采。雖未被詩名，而於是集所載於邊疆史地關係甚重。八旗詩人中亦足置一席矣。

扈蹕幸避暑山莊紀事絶句　八十首録二十

端陽節至麥風温，郊祀初回萬馬屯。避暑年年循往例，年例於北郊後啟鑾。千官送駕大東門。

鸞旗翠葆出圓明，近野居民夾道迎。不用羽林傳警蹕，兒童相戒各低聲。

相國行輿步驟遲，每隨雙纛望前麾。御纛前皆御前大臣及乾清門侍衛，扈從諸臣在御纛之後八桿旗之前。扈從者例皆騎馬，時惟王、董兩相國乘轎。書生也忝從行列，鴐馬常先八桿旗。

趲撥如飛健步軍，每經村市避行人。乘輿所至，凡遇村市湊集處，則粘竿拜唐阿及緑營健步在前，步行警蹕，謂之走噶山，噶山者，村也，亦謂之走撥。凡走一撥，下即乘馬，從寬轉馳向前撥以待，謂之趲撥。道旁樵牧多如織，不近鑾輿總不嗔。

已近懷柔風候殊，山城如斗勢盤紆。鑾輿遇後街衢靜，閒坐農民説免租。詔經過地方特予免征。

邊風颯爽陣雲屯，古北雄關鎮斷垣。十萬貔貅齊勒馬，元戎擐甲立軍門。時古北口提督陳兵迎駕。

一色鵝黄孔翠斑，北來嘉客覲天顔。蒙古於本朝爲賓客，見御製詩註。問安纔畢齊乘騎，便入乾清侍從班。蒙古諸王公多有在御前行走者。

茅屋石牆處處皆，山家留客小安排。晚餐莫謾愁沽酒，御道中羅買賣街。御營前多支布帳，貨食物酒果，謂之買賣街。

駝裝深夜走前營，部院各官下門後無事，輒先一日啟行，謂之走前營。鈴鐸聲聞歌笑膺。寬轉莫愁官道失，路旁懸得火毬燈。塾夫於路之兩旁隔數步懸一紅燈，夜行甚便。

邊城寧虞生計微，八旗蕃富似京畿。熱河設八旗駐防，副都統領之。健兒站道誇身手，一色鞭刀短後衣。

十里長街馳道通，遥聞仙樂入離宫。内臣傳旨千官散，麗正門前日正中。

草創規模質不雕，山莊爲聖祖所建，榱楹皆本色，無丹雘之施。茨茅階土仰神堯。文孫繼武無增飾，奕葉欽承儉德昭。

禁扁當門手澤垂，避暑山莊額，仁廟御筆。百年堂構繫深思。两旁素壁無多地，盡刻今皇感舊詩。二宫門壁間石刻最多，皆御筆也。

校射宫門集俊髦，駕時出看諸臣習射。舊家風俗習弓刀。書生合作千夫長，三發親蒙睿語褒。臣書中三矢，得賜金焉。

天藻頒來雪日光，詞臣奉詔愧枯腸。烏絲繭紙剛謄得，中使傳宣進和章。皇上萬幾餘暇，聖製詩章日有程課，率命扈蹕詞臣和韻。隔數日輒一彙寫呈進，以單紀數，前詩甫繳，次單卽下，奎文炳焕，富有日新，實曠古所僅見。臣書以翰林講官隨行，亦得一體恭和，深慚忝竊。

巴林盟長已華巔，拜跪依然禮數虔。聖主非常賜顔色，念他侍從幾多年。巴林王爲諸蕃盟長，年近古稀，瞻覲時猶跪拜如禮，無衰遲之態。仰徵聖人久道化成，故一時壽寓同登，蔚爲世瑞如此。

朱輪黄蓋傍天門，中使傳宣哲木尊。哲木尊西藏喇嘛名號，秩亞呼圖克圖。召對出宫還默坐，西來大意本無言。

荒山如赭碎秋菅，遊牧兒童驅犢還。望見仙園規矩草，始知雨露勝人間。塞外土肥草長，高不見人，然俱離披蒙密可憎，獨御園内所生修僅數寸，一望如翠罽平鋪，略無半莖參差錯出者，可異也，俗呼規矩草。

鶡冠奇服遍城闉，盡是梯航祝嘏人。萬樹園中開御宴，湛恩亦許到陪臣。八月十三日爲聖壽節，每年祝嘏後，例于萬樹園賜宴諸王公大臣，有外蕃使臣亦恩許入宴。

廣場迴望靜無塵，走索跳丸百戲陳。侲子仙倡排兩列，御前先喚撂交人。開宴時百戲具陳，輒宣善撲高等人員，令於御前相撲，以角勝負。

名是吴歈及越吟，踏歌連袂走相尋。熙朝樂舞聲容備，不廢兜離僸佅音。大樂奏時亦有回部樂舞，用鄉語聯臂頓歌，其樂器形制絶奇古，非所習見。我朝聲教遠訖，樂備萬方，鳳儀獸舞之盛，虞廷不得擅美於前矣。

《多歲堂詩集》卷一

伊吾絶句

玉關遺址已模糊，漢玉關在敦煌境，今縣治非古玉門也。誰識瓜沙舊版圖。唐伊州屬瓜沙節度使。欲傍天山尋地志，不聞疏勒近伊吾。嘉峪關外有疏勒河，相傳卽疏勒故地，《西域見聞録》載之。考《通鑑》註，疏勒去長安萬里，今嘉峪關至西安僅三千餘里耳，定知非是。

漢有裴岑威絶域，唐惟陳國紀殊勳。巴里坤尖山子有漢敦煌太守裴岑勒石，哈密南山口有唐姜興本紀功碑，碑文首載吏部尚書陳國公侯君集。殘碑傳刻無真本，棗木鐫彫火藥熏。二碑字畫剥落不可辨，土人以木板黏刻，烘以火药，其色斑駁，冀以亂真。

滿眼風煙大漠沉，戰場舊鬼哭天陰。髑髏如斗沙邊卧，旁有兜牟一翅金。哈密馬場在北山下，古戰場也，漢唐壁壘猶依稀可識。近牧馬卒掘地得髑髏甚巨，又得兜牟翅一，鏤金作龍鳳形，稱之重六兩，古色黝然，數千年物也。

早耕晚穫看農忙，屯田於二月開犁，九月中收穫。一熟須教歇兩荒。屯田地畝有餘，今歲豐收則置而不用，隔一兩歲復種，謂之歇荒。蔡巴什湖四千畝，三秋麥豆始登場。麥豆穀一時俱熟，統於重陽後收割。

荷鍤開畦四月天，不須好雨潤芳田。哈密經年無雨。真陽融盡陰山雪，頃刻飛來百道泉。屯田全資雪水。三四月間天氣驟暖，山嶺雪消，萬壑奔流，用以灌溉，數百里内，無不周遍。

煙墩牐上柳千竿，牐卽屯田蓄水處。水繞茅亭白石瀾。密葉深叢無限好，秋風錯認碧琅玕。亭畔野柳叢生，枝幹皆緑，望之若竹林然。

東屯風景亦全諳，塔爾納沁屯田在哈密之東。怪石驚沙百不堪。楊柳數株泉一道，沁城已是小江南。漠外寸草不生，唯沁城有林木水泉之勝，土人謂之小江南。

鐙槽古驛亂山巔，鐙草溝在哈密極西，過嶺卽巴里坤界。咫尺炎凉各一天。哈密與巴里坤只隔一嶺，哈密極熱，巴里坤極寒。正是中元明月夜，雪花如掌落簷前。余巡邊至此，是日大雪。

沙磧無邊數百程，十三間房戈壁徑過一百三十里，其寬廣不可計極。怪風終日斷征行。無日不風，故謂之風戈壁。天涯孤客須緘口，山鬼迷人喚姓名。人行戈壁中，聞有呼姓名者，誤應之則被攝去，同伴相覓或於沙石中得其衣履，人則不知所往矣。

行李無多只一肩，葫蘆盛水掛胸前。行人無不携水。不須遠作梅林望，天賜沙邊一碗泉。地名，在沙棗泉之西。

艷陽剛得見新紅，到眼韶華一瞬空。自是天公慳雨露，却教桃杏盼春風。郭外桃杏成林，開時得風則花色鮮艷成陰結實，若微雨，不過數日，花葉蕩然矣。

不比家園春事忙，無名花木亦成行。特開一樹繁華錦，留與詩人賦海棠。地出紅白果子，結實酸澁無味，花則秀艷無比，似帖梗海棠。

長日無營早放衙，緑陰小院静窗紗。香風忽送無雲雨，開遍空庭沙棗花。似棗花而色微黄，香尤酷烈。

行帳旗旌擁傳車，木杯爭進瑣陽茶。地産瑣陽，土人煎以代茶。使臣不似相如渴，上品新嘗駝店瓜。瓜以青色爲上，駱駝店産者最佳。

邊地風高夜氣嚴，鄉心無奈客愁添。酒酣不語挑燈坐，明月斜穿蓆芨簾。蓆芨草色白堅紉，土人織以爲簾。

眨眼西風已報秋，餘糧芻束及時收。纏頭夜半歌喉咽，檢點衣囊補敝裘。收穫將畢，回人夜作苦寒，每長歌以相應答，其聲凄斷，俗謂之叫皮襖。

不分宿釀與新醅，佳醞都從内地來。土俗不知釀法，味殊惡劣，肆商從内地運至，索價甚高。怪底當筵知酒味，妾家生小住高臺。哈密無土著，凡携眷兵民皆係内地遷往者。高臺酒最佳。

剜瓜打餅過中秋，土俗中秋削瓜成瓣，謂之剜瓜，以餅蘸而食之。郎去屯田妾獨留。請得蘭州白檀速，拜香同上廟兒溝。廟兒溝有大佛寺。

又是新年年事催，回王宫殿在高臺。回城内有土臺，高十餘丈，回王宫室皆在其上。夜深金鼓鼕鼕下，阿渾持經教把齋。回俗過年前一月則把齋，盡日滴水顆粒不入口，見星後乃恣意飽啖而睡，至五鼓阿渾在臺上以金鼓齊之，則又把齋矣。

不論秋去與春回，三百六旬屈指排。回俗不知節候，以三百六十日爲一年。但看如鈎新月上，錦衣花帽拜年來。把齋後再見新月則開齋過年。

走馬兒郎手足鮮，靚粧少婦艷神仙。回俗過年男則鮮衣走馬，女則盛妝出看兒童擊雞卵爲戲。莫教塵涴新衣帽，轉眼風光過小年。過年後數十日歌舞盛飾如前，謂之過小年。

積雪春融煙霧開，柳陰一帶水縈洄。凌波仙子羅裙濕，知是巫山行雨來。回性喜潔，男女室後必遍身洗浴，婦人亦有向溪邊澣濯者。

清池水榭午風凉，孔雀名園草木香。回王有孔雀園及水亭諸勝。亦解林泉窮勝事，黐嫌減趣伯斯塘。回人於樹木多處，擇方丈地決渠引水以供遊憩，謂之伯斯塘。

瓏瓏華蓋象天文，香土泥牆婆律芬。騎馬達官須下馬，高原滚伯聖人墳。回人土葬，墳上必置土一塊，富者則覆以屋，圓上方下，土壁光潔可愛。其先世傳教之人，墳屋益高大精巧，謂之滚伯兒。回王過之亦必下馬禮拜，如中國之敬宣聖也。

城堡沿山路易歧，回城自三堡至五堡皆近西山不當孔道。軍臺十二遠相離。哈密十二臺，相距各百里。爲憐中道行人渴，戈壁新添亮噶兒。回人於戈壁中途穿土爲室或架茅棚，設法儲水以售過客，謂之亮噶兒。

送日臺高鼓吹隨，拜天禮數敢差池。出賓納餞義和制，不是尋常納馬兹。架木爲臺，高數丈，每於申酉刻日將入時，阿渾登臺禮拜諷經送之，謂之納馬兹。

細氈貼地列賓筵，密室無窗别有天。室中無牀杌，人皆席地坐，屋甚寬闊，四壁皆實，不設窗櫺，惟於屋上開天窗一二處以通陽光，殊不苦黑暗也。務恰克通風火出，不教粉壁掛柴煙。牆根一穴直達屋頂，冬日爇薪其下，煙气俱吸入穴内，其製甚巧，謂之務恰克。

瓜畦麥隴任斜横，東作初興併日營。播種不愁牛力盡，駱駝身負夕陽耕。回人不知阡陌，隨手布種，所謂鹵莽而耕之者也，或無牛馬，駱駝亦可使耕。

盤碾揚場一向忙，秋成麥豆已輸倉。回衆亦納糧於其主。飽餐還對斜陽卧，慚愧家餘五斗糧。回姓最懶，家有半月之蓄則飽食安眠，不復操作，故貧苦者最多。

清秋使者閱邊回，欲飲蒲桃笳鼓催。花帽纏頭迎道左，齊看天上大人來。回性恭順，其敬欽使如神

明，嘗云大人是天上下來者。《多歲堂詩集》卷三

匪石山人遺詩一卷　同治間三布衣詩存本

鈕樹玉撰。樹玉字藍田，號匪石，江蘇吴縣人。早年賈於齊魯、吴越間。嗜學，爲錢大昕弟子。與王昶、孫星衍游，締交李鋭、顧廣圻等人。著《説文新附考》、《説文解字校録》、《説文段注訂》等書。卒於道光七年，年六十八。自訂《匪石居吟稿》六卷，咸豐間佚於兵火，而日記猶存。是集詩卽其孫維善自日記録出者，同治十一年，與徐筠《芋香山房詩鈔》、張紹松《話雨山房吟草》合刻，名《三布衣詩存》。亢樹滋總序，序匪石詩者爲柳商賢。其詩猶重詞采，《登紫陽山觀雪景放歌》，詠太白樓諸篇，聲情並至。《感興》四首，論及學術風尚，要俱非皮相之見。《孫淵如索題游禹穴卷後》、《題陳抱之金石圖》、《輓李鋭四首》、《宣南詩會圖爲潘功甫題》，詠方于魯墨，仍不失樸學家風範。集會交游爲王昶、錢侗、陶樑、彭兆蓀、洪亮吉、黄易、戈襄、錢杜、陳鴻壽、改琦等人。雖云殘碎零篇，所見不尠。樹玉遺文，後亦陸續輯出。今核其平生著述，多已面世，蓋有幸矣。

半日閒齋詩存二卷　嘉慶間刻本

清安泰撰。清安泰字平階，滿洲鑲黄旗人。乾隆四十六年進士。奉命偕祖之望讞獄浙江，始出都。嘉慶六年，督洋海盜，移駐東甌。十二年調任河南巡撫。十四年卒。此集有百齡序。清安泰在温州，與浙江提

督李長庚籌議軍事，集中有贈答詩。李長庚追擊蔡牽戰死，封壯烈伯，建祠寧波，阮元賦詩寄之，集中和詩注云：「公長余四歲。」是爲乾隆二十年生，得年五十五歲。其詩學蘇，格調清穩。詠關中名蹟、雁蕩諸景，間有佳什。唱酬友爲百齡、法式善、阮元、吴榮光。科輩甚高，與馮集梧同年，集梧殁，有輓詩。

晴雲山房詩集三卷補遺一卷　道光二十四年刻本

馮鎮巒撰。鎮巒字遠村，四川合州人。與金華王夢庚相善。乾隆五十七年舉人。年五十，始任清溪縣教諭。涉獵雜博。著有《晴雲山房文集》、《紅椒山房筆記》、《讀聊齋雜説》。詩集附文集後，王夢庚序。《作令四章》注云：「己丑予年七十。」當爲乾隆二十五年生。卒年不明。其詩多狀蜀境山水物情。《建文寺》、《熊耳夫人祠》、《游瓦屋山八首》、《飛越嶺》、《瀘水鐵索橋歌》、《蜀漢博陽侯馬將軍廟》、《豆花會歌》，以摭拾矜奇爲勝。清溪爲古黎州，屬雅州府治，處萬山叢中。作者朝夕吟諷，作《古黎卽事書懷》、《清溪雜詩》、《竹枝詞》、《黎州新樂府十六首》，多采其風土。《讀楊升菴丹鉛録》、《題船山集》、《桃花扇題詞》，爲閒讀偶吟。清中葉蜀中文風不振，此集品在中游，名亦不能遠被也。

松風老屋詩稿十六卷　道光元年刻本

錢清履撰。清履字慶徵，號竹西，浙江嘉善人。禮部尚書錢以愷孫。乾隆五十九年舉人。官至湖北白河口同知。是集與詩餘二卷合刊，收古今體詩一千八百八十七首。首詹應甲、丁履端等題詞。以卷十六《庚辰四月六十生朝》詩推之，生當乾隆二十六年。卒於道光十三年。清履少即能詩。游江南詩能掇其山川名蹟之勝。過彭城詩，多紀蘇北人民疾苦。北上應試，經鄒縣謁孟子墓。滯於京華，作《煤駱駝行》、《花窖子曲》、《京師街道雜詠四首》、《京師新樂府四首》、《雜憶水鄉風物四首》，問俗采風。清履於嘉慶初于役濟寧，後官河南湯陰，作《岳王廟》、《嵇康祠》、《演易臺》、《禹碑詩》。改官楚北，有《襄陽懷古》、《南漳述紀詩》、《房保山雜詠》、《風雪中鄂渚渡江》、《游龍興寺》、《富川山行雜詠》、《龍港許旌陽真君廟》、《富池甘將軍廟》、《游赤壁放歌》等篇。安南黎維祁歿於京，其國遺其從亡臣黎侗等百數十人扶櫬還葬，命沿途地方官吏照料貲送。應山爲入楚首邑，清履職與是役，有詩紀之。集中與其師友楊芳燦、謝啟昆、韓是升、吴俊、黄易、孫星衍、洪亮吉、方正澍、王復、蔣因培、戚學標、汪如洋、趙希璜、繼昌、徐書受等均有贈酬。《隨園詩話》嘗稱其詩。《讀漢高紀四首》、《題靖節集四首》、《讀靖難史四首》、《題臧蓮宇印譜後》、《題賈島祭詩圖》、《讀元遺山詩集》、《借讀諸子雜題》、《弔明詩人謝茂秦墓》，俱非淺學所能措手。又有題《歸愚詩鈔》、《小倉山房集》、《甌北集》、《忠雅堂集》、《賞雨茅屋集》、《緑天書舍遺稿》、《綺賜堂續鈔》、《鮑桂星手書荆南雜詠長卷》，關係當代詩林者多。

地齋詩鈔二卷　嘉慶間刻本

洪坤煊撰。坤煊字載厚，號地齋，浙江臨海人。坪子。乾隆五十四年拔貢，受知於學使朱珪。五十七年順天舉人。與王紹蘭齊名。是集存詩百餘首，首王紹蘭、黄河清序。坤煊出於何道生門。《方雪齋詩集》卷五《洪生坤煊哀詞》小序云：「歲己酉，貢入都，秋試捷京兆，出予門下。乃發榜未匝月，而生遽殁，可哀已。」據戚學標爲撰《墓碣》年三十三。其詩以擬古者爲多。而以王昶《湖海詩傳》所選《白牛居士跨犢歌》、《食菜作》、《射虎石》、《華陽臺》等篇較佳。《詠海市》、《龍尾山望海亭放歌》、《秦刻石》、《表鶴詠方正學先生》、《送李許齋賡芸試令浙江》、《題王紹蘭困學説文圖》等作，間有可取。洪坤煊昆季三人，兄頤煊學最優，有《筠軒詩文集》。弟震煊有《楙堂詩鈔》一卷，附刻此集後，僅存六十餘首。宋世犖有悼詩，見《冷廬雜識》卷五。

東望望閣詩鈔十六卷　道光間精刻本

查奕照撰。奕照字麗中，號丙唐，浙江海寧人。嗣瑮曾孫。乾隆五十一年舉人。嘗爲慶保、韓崶、阿林保、史致光等人幕佐多年。七十後歸田，與張廷濟、黄安濤唱酬。此集分《湘颿》、《我先》、《鬭羽》、《淵客》、《歸狂》、《聽笳》、《紫奈》、《噉荔》、《賓南》、《獵蠅》、《黔南》、《離江》、《楚萍》、《絮藤》、《林嬉》、《食氣》諸集，詩共一千三百餘首。首史致光、賀維錦、王曇序。據卷七《舉子詩》注，爲乾隆二十五年生。集中詩止於道光十六年。而黄安濤《真有益齋文編》載奕照道光癸卯二十三年序，署「龍山八十四聱叟」，亦老壽矣。亦照與袁枚、韓是升、吴鎮、余集、錢楷、伊秉綬、韓崶、郭麐、張問陶、陳鴻壽、吴鼒、陳文述、吴嵩梁、李宗瀚、陳熙、袁遲均有交往。善交王曇，有《贈王仲瞿》長歌。又以所歷江漢、湘桂、黔中、汴洛、陜甘、浙閩山水，一一摹之於詩。《海塘觀潮》、《袁江櫂歌》、《黔靈山》、《牟珠洞》、桂林疊綵、風洞諸山、《大龍湫歌》、《黄鶴樓觀龍掛》等篇，均較瑰麗。《福州竹枝詞八首》，多采土風。《題少陵詩集》八首、《唐玄宗泰山銘歌》、《三閭大夫祠二首》，題畫雜句，各俱韻致。奕照歸廬後時與張廷濟以金石拓本相商榷。蓋終身清客也。

煙霞萬古樓詩選二卷詩録一卷　咸豐元年刻本　殘稿一卷　光緒間寒松閣刻本

王曇撰。曇字仲瞿，號瓶山，浙江秀水人。乾隆五十九年舉人。屢試禮部不售，狂傲放縱，嘗渡海赴臺灣，後周游南北。嘉慶二十二年，落魄以終，年五十八。擅文，沉博絶麗，詩亦負名，法式善以配舒位、孫原湘，作《三君詠》。稿十餘卷，病中以付陳文述子裴之。裴之殁後，文述以子婦汪端所選僅存者編爲二卷，道光二十一年刊於繁昌，並爲序。咸豐元年徐渭仁重刻《詩選》，復增《詩録》一卷乃渭仁所輯，並收入《春暉堂叢書》。光緒間張鳴珂得《殘稿》一卷，爲乾隆五十三、四年詩，内《石颿樓》一詩，陳刻本有之，餘皆不甚經見，亦爲補刻。三本所存，僅及全卷十之二三而已。王曇以失意死，識者悲之。其生平事，龔自珍撰《王仲瞿墓表銘》所記最詳。川楚白蓮教起，左都御史吴省欽薦其門生王曇能作掌中雷。掌中雷者，卽以道家書論，亦其支流之不足詰者，而省欽又與大學士和珅有連。陳文述《碧城仙館詩鈔》卷九《答王仲瞿》，稱苗疆川楚用兵，仲瞿往來行間者數載。馮鎮巒《紅椒山房筆記》，稱曇禿袖短衣，按劍而舞，能使掌心雷。某大司寇奏於朝，言得此人逆匪不足平，後永停會試。則曇之爲人亦不足道矣。此後雖得狂士之名，無非官場失意。觀其

《題法梧門祭酒詩龕》云：「詩海詩城不足誇，一茅頂上蓋烏紗。」僞情畢見。又吴蔚光《素修堂詩集》卷二十一《逢王仲瞿》，周壽昌《思益堂詩鈔》卷三《書煙霞萬古樓後》，稱其挾妓逐僧，宿於廟中，人品亦下。其詩頗傷粗率。《松門望海觀都督李長庚將軍水師大戰》云：「不知是人是馬是海市，知是岳家將軍大舉追楊么。艫艑舳艄看不出，但見烏鴉一陣急繙而招搖。」《花岡殘石》云：「趙家天子朱家壞，奴馬金銀兩條帶。鞭山走石石不存，愚公擔山山乃在。我亦云然石可愛，無奈金軍礮車大。」《種花果一百六十八樹於發祥坊》云：「春花不紅不如草，秋花不香紅耐老。春花年少笑秋花，還是春花比秋好。不耐秋花死風雨，畢竟春花百年樹。秋花如婢侍夫人，到底春爲百花主。門外長街是花市，買到春殘花怕死，盡把花街挑過來，笑殺西隣趙公子。呼我郭槖駝，典我春衣裳，氣穿桑肚子。」以此等語入詩，不知當如何也。舒位《瓶水齋集》有《答示仲瞿話舊之作》十首、《仲瞿改名禮部曰良士繫之以詩》，敍其事亦詳。詩話舉《解孝子歌》，又引《將進酒贈南屏小顛上人》云：「濟公一生醉如鼈，死作靈山去來佛。濟公不生酒不清，濟公不死佛不滅。」不知此類詩又當如何也。雖然，曇當贊於袁枚，稱賞之。趙翼亦有贊辭。集中《西楚霸王墓》、《留侯祠》、《海上雜詩》，猶不失佳作。《落花詩》全爲自己寫照。《施府君神弦曲》、《驪山烽火樓故址》、《龍湫觀瀑》、《鵜鶘來》、《畸田述》，亦每出新意。選家摘抉二三首，或可警人，而詩集實多不堪入眼也。

南旋詩草一卷　嘉慶二十三年刻本

邢澍撰。澍字雨民，甘肅階州人。乾隆五十五年進士。官浙江永康、長興等縣知縣、江西南安知府。長於金石校勘之學，著有《關右經籍考》、《兩漢希姓録》、《金石文字辨異》，輯有《尸子》、《司馬法注》等書。又與孫星衍合撰《寰宇訪碑録》行世。卒於道光十一年，年七十二。詩文多散佚。僅存此一本，爲自通州順運河至蘇州沿途之作，名《南旋草》。其間怡情山水，采敘民情。集後有張廷濟序。嘉慶三年，澍典試浙江，廷濟即出其門下。《桂馨堂集》有《感逝詩》。近代馮國瑞輯《守雅堂稿》，補得詩數首。

賞雨茅屋集二十二卷　嘉慶二十四年刻本

曾燠撰。燠字蔗蕃，號賓谷，江西南城人。乾隆四十六年進士。散館授主事。出爲兩淮鹽運使者十三年。揚州當東南之衝，其時川楚未平，羽書狎至，冠盖交馳，日不暇給。燠日接賓客，晝理簡牘，夜誦文史。署中闢題襟館，一時名士如袁枚、王文治、王昶、吴錫麟、王友亮、錢楷、楊倫、吴鼒、王芑孫、吴嵩梁、樂鈞時相往來唱和。參見錢泳《履園叢話》。嘉慶二十年，官至貴州巡撫，次年罷官。卒於道光十年，年七十二。輯有《江西詩徵》、《駢體正宗》、《朋舊遺詩合鈔》、《同岑詩鈔》等書。終身抗揚風雅，聲譽甚至。然主《全唐文》館，吴鼒以江藩薦，不見收録，見袁昶《漸西村人集·題江子屏小像》。嚴可均亦以不得入館負氣去，另與人合纂《全上古秦漢三國六朝文》，張際亮傳以忤燠，終身不得志，見《清史稿·張際亮傳》。則燠之好士可知矣。是集有乾隆六十年初刊本，此嘉慶二十四年重編本，吴錫麟、王芑孫、樂鈞序，詩共一千五百餘首，附《外集》爲文賦，無詩。題襟館多蓄金石書畫。此集題詠如《袁簡齋贈所藏文信國公緑端蟬腹硯》、《題顧閎中畫韓熙載夜宴圖》、《謝胡海香贈宋瓷銅篇歌》、《黄石齋先生斷碑硯歌》、《題袁又愷所藏明季六君子遺札》、《明晉藩寧化王琴歌》、《題陽山石刻韓文公像》、《題包山寺唐會昌二年佛頂尊勝陁羅尼咒幢拓本》、《管夫人朱格子紙歌》、《漢未央宫甎歌有引》、《永寧州紅巖奇字歌》、《辰谿藏書室歌》、《題禹之鼎所繪十國陪臣圖》等篇，古體歌行，《洪北江詩話》所稱「鷹隼脱韝，精彩溢目」者是也。《編江西詩徵得論詩雜詠五十首》，始陶淵明至蔣士銓，當屬僅見。《讀元道州詩》、《讀柳柳州詩》、《題陶靖節像》，讀《列子》、《商子》、《吴子》、《春秋繁露》、《水經注》、《述異記》、《十六國小樂府》、《十國小樂府》，於文史諸書，多有瀏覽。宦游湘楚，黔粤，喜采風土民情。《寒春行》、《後寒春行》、《長沙竹枝詞》十二首、《漢陽竹枝詞》四首、《珠江櫂歌》、《江行題菜》、《黔中雜詩》、《跳月詞》、《沅江櫂歌》、《京師歲暮小樂府》，俱爲經歷所及。於維揚九峯園作秋褉賦詩，和詩甚衆。贈酬甚廣，而《湯生歌贈騎尉貽芬》、《贈尤山人蔭》、《答朝鮮檢書朴齊家並寄柳檢書得恭》、《阮宫保寄貺西洋新製燈檠賦謝》，尤備掌故。《贈章實齋國博》云：「君貌頗不揚，往往遭俗弄。王氏鼻獨齇，許丞聽何重。況乃面有瘢，誰將玉璊礱。五官半虚設，中宰獨妙用。」謝啟昆《樹經堂集》亦有詩記章學誠相貌，此近於諧。其詩典雅，而所造並不甚深也。

繞竹山房詩稿十卷　嘉慶二十三年刻本

續詩稿十四卷　咸豐五年刻本

朱文治撰。文治字詩南，號少僊，浙江餘姚人。乾隆五十三年舉人，大挑知縣，辭不就，爲海寧州學正。晚復辭官家居。卒於道光二十五年，年八十六。《詩稿》九百二十七首，始自乾隆五十六年，張問陶、張青選序，自序。《續詩稿》一千一百五十六首，迄於道光二十四年。有梅曾亮、戴絅孫、孔憲彝、應時良序，姪緒曾序。文治爲詩，不事雕飾。論詩云：「寫景言情不在深，錦囊空費許多心。舊傳好句如天籟，寄語詩人莫苦吟。」殆專學白居易、高啟。文治受知於邑貢生曹宗載，與詩人張問陶交篤。有《題船山詩集與指畫山水》詩，張問陶序有云：「少僊將歸時，冷雪初晴，庭宇皓潔，夜月掃雲，明月欲動，予謂眼前真境卽吾少僊詩境也。」又有《乞羅兩峯畫梅歌》、《蔣心餘香祖樓院本題詞》、《陶篁村詩冢歌》、《題童佛菴哭鏡詞院本》、《訪鍾布衣半人》，《續稿》中《題洪稚存卷葹閣詩集後》、《邵二雲學士南江詩鈔》，及與錢維喬、吴錫麒、張賜寧、宋世犖、王學浩、錢林、吕璜、許榑等唱和投贈，足見交游。《毘陵雜詩》八首、《西湖雜詩十六首》、《海昌雜詩十八首》、《海塘鐵牛歌》，《續稿》中《銷寒竹枝詞四十首》，采輯海昌風土，皆有實得。《讀太史公自序》、《書李陵答蘇武書後》、《讀韓昌黎張中丞傳後》、《吴越國錢忠懿王金塗塔歌》、《南漢雜詩二十四首》、《西夏書題詞爲周松靄作》、《讀明史秦良玉傳》、《題柳如是小像》等詩，可供讀史參考。《驢車行》、《西洋表》、《洗象歌》、《論詩絶句八首》，不拘一格。邊浴禮題詞稱其詩「得陶、韋之韻，白、蘇之體」，非虚語。作者在海昌頗有人望，與周思兼、馬錦、應時良、吴文照、葉燕諸集參看，可見其全。

藥洲花農詩畧六卷 道光六年刻本

凌揚藻撰。揚藻字譽劍，號藥洲，原籍安徽涇縣，廣東番禺人。諸生。嘉慶間客百齡幕，十四年，海盗迫內河，市井亡賴乘間刼掠，爲畫方畧。工詩文，尤長考證。著有《春秋咫聞鈔》、《四書紀疑録》、《拄榻菴記》、《蠡勺編》、《藥洲花農詩畧》、《文畧》，總名《海雅堂集》。又輯《嶺海詩鈔》二十四卷行世。生於乾隆二十五年，卒於道光二十五年，年八十六。事具李芳撰《行狀》、吴應奎撰《墓誌》。是集詩凡三百八十二首，門人周誼校刊。揚藻曾祖錫庵被讐家誣陷，雍正九年成大獄。《詩畧》詞采華贍，尤長古風。五古《登六榕寺浮圖》、《謁南海神廟》，七古《羅浮山月歌》、《藥洲懷古》、《制府朱石君尚書命賦羅浮蝴蜨歌》、《燕閒軒牡丹歌》、《木棉花歌》、《夜泊甘竹灘》、《越王臺歌》，清矯灑落。近體《書韓昌黎詩後》、《書元遺山詩後》、《南漢宫詞》、《書五百四峯堂集寄黎簡民》，文史之評，搜討弗淺。《平海三十二韻呈贈總督百齡》，尤見其經世之用。詩無奇偉慷慨之詞，而根柢六朝，多讀古書，故亦往往警通也。

必須有　岳鄂王之獄，諸書作「莫須有」，惟宋學士院《中興紀事本末》及徐自明《宰輔編年録》作「必須有」，以二書於時爲近，似得實而可據也。

朱仙鎮前夜撾鼓，列戟如雲馬如虎。兩河父老望旌旗，風威直指黄龍府。軍門開，金牌來，長城自壞胡爲哉？遮馬慟哭聲如雷，待徙五日班師回。班師回，作戎首，申王心，循王口，三字奇冤，必須有。飛書夜半投園牆，鬼泣神號怨繆醜。五國城頭不返魂，平安滿酌胡兒酒。《海雅堂集》卷三

登郡城樓望北郭同蘇藍田

不盡蒼茫意，寒山入望孤。西風飛野馬，落日嘯雄狐。萬里詩懷壯，三秋酒病蘇。忍看平遠處，流恨滿榛蕪。順治庚寅，耿、尚二藩軍北郊挫於民兵，及城破憾之，於西殺戮尤過當。《海雅堂集》卷三

清人詩集敍録卷四十九

緑天書舍存草六卷　嘉慶二十三年刻本

錢楷撰。楷字宗範，號裴山，浙江嘉興人。乾隆五十四年進士，改庶吉士，授主事。歷四川鄉試正考官、廣西學政，累官至安徽巡撫。卒於嘉慶十七年，年五十三。此集詩共五百七十七首，起乾隆五十年，盡嘉慶十六年。首有序、傳，均阮元撰。楷學詩於翁方綱，《送座主翁覃溪夫子視學江右》有「三年重振西江派，從來着眼到分明」語。詩亦瘦硬通神。未顯時作《於京師齋舍八詠》，爲破車、敝裘、米票、借券、官書、名刺之屬。又有《明史偶詠》，評論陳友諒、張士誠、明玉珍、擴廓帖木兒、沐英，均爲重要歷史人物。楷爲錢載從子，集内題載畫詩甚多，與程晉芳、畢沅、秦瀛、楊芳燦、阮元、曾燠，時以詩相切劘。嘉慶三年，出任外官，詩得山水之助。爲廣西學政，與巡撫謝啟昆相唱和。集中入蜀詩、三峽詩、《過洞庭》、《湘潭道中》、《廣西邕江竹枝詞》八首、《柳州謁柳侯祠》、《銅鼓歌》、《越女吟》、《詠菩提紗》、《游疊綵山》、《龍隱巖》、《太平土州飛來峯歌》等詩，沉厚峭麗。詠碑帖古器，全倣翁體。内《痕都斯坦玉劍柄歌》、《造雲石歌》、《書唐李昌巙平蠻碑後》、《題唐顯慶四年善興寺舍利石函墨搨後》、《書賀縣三乘寺南漢銅鐘搨本後》、《龍編侯墓銅瓶歌》，有詳考古。

賜綺堂詩集十六卷　道光八年止園刻本

詹應甲撰。應甲字湘亭，號鱗飛，江蘇吴縣人。乾隆五十三年舉人。嘉慶間官湖北天門、高安、蒲陽、恩施、漢陽等縣知縣。工詞曲，校刊明朱應辰《淮海新聲》。詩集與詞賦八卷合刊，覺羅長麟、王芑孫、秦瀛、鮑桂星等序，編年詩自乾隆三十九年至道光七年，共一千四百九十三首。卷十二《與王惕甫》有「君今六十一，我亦五十六」句，可知爲乾隆二十五年生。應甲爲詩，擗脱羈束，較爲新異。《竟陵雜詩八首》、《初到高安八首》、《沮江櫂歌十八首》、《漢川六首》、《漢江秋感十首》，重於採風之吟。《施州樂府十四章》爲杯中月、道旁碑、敲打椎、刼礮火、雀穿屋、虎負隅、捕魚兒、燙貓子、喫紅錢、沽白酒、牛馬走、鹿豕游、挖蕨根、采藥苗，詠社會各階層生活情狀，自成一組。又有《棉花十作詞》、《種藥吟》、《讀制府汪稼門湖北水利篇賦五律一百韻》，爲經濟史料。《魏伶歌》有序、《登翠屏峯放歌》、《闈中詠物十二首》、《鐵鞋道士今畫歌》、《鬼鑑圖》有序、《題惲南田蔬果畫册十二首》、《書執筆圖》、《書禊帖後》、《題王乃斌紅蝠山房詩鈔》、《題張維屏聽松廬詩集》，網羅亦富。唱和至友爲錢清履，交游王家相、周鶴立、查奕照、譚光祚、劉珊。《方伯鄧嶰筠先生移鎮豫章送行八首》，記鄧廷楨早年行實。應申不屑榮利，晚以病謝漢陽知事，作《風雨收帆圖》，人多和之。年八十猶在世。鮑桂星《覺生詩鈔》有《題詹湘亭詩稿》，查奕照《東望望閣詩鈔》有《題賜綺堂詩集》。

種藥吟

施州西北曰木樵，地最高寒無沃土。山人不解蓺禾黍，翦盡荊榛開藥圃。藥種分貽不貸牛，藥苗倒插能辟鼠。板橋蒿壩百餘家，大半藥師兼藥户。刀耕火耨笑人忙，抛却農書翻藥譜。雪花點處子匀排，藥種於雪後下之。雲葉蒸時芽漸吐。自然蔓長與藤抽，三年不用占晴雨。種藥不憂旱潦，下種後三年得之。無心盼到紫蓤甘，有口差同黄蘗苦。藥販居然列市廛，藥租且免輸官府。男攜背簍女肩鋤，同問藍橋求玉杵。蠻烟瘴霧積未消，採向深山爇松煮。藥氣渾如草氣薰，藥名頗比花名古。翻怪鄉人不信醫，雖知藥性終無補。偶然疾病跳師巫，畫符搗鬼無藥愈。薄田還可栽麥苗，百藥何如穀有五。

《賜綺堂詩集》卷十一

方伯鄧嶰筠先生移鎮豫章送行八首　録四

柳外春旗按鄂州，滔滔江漢砥中流。頒恩詔下迎年鼓，留別詩題嘯月樓。周室保釐新牧伯，秦關符節舊元侯。由西安郡伯卽秉楚中，今開藩江右，尚在一年之内。從今九派潯陽水，澈底澄清溯上游。

我佛西來十丈身，揚休玉立氣如春。能教夔佐心肝捧，始信龍圖面目真。公有白面龍圖之稱。朝士十科爭避席，門生一品許傳薪。黑頭早應金甌卜，韓范勳名有替人。

漢南喬木比甘棠，召伯巡行按楚疆。鼠不穿墉窮五伎，刁衿張某等五人以健訟爲能，互相勾結，大爲郡縣之害。公下車廉得其實，飭甲拘之，按律懲辦，自是楚省訟師稍知斂迹矣。蠹難食字約三章。公檄行十郡，凡事關緊要者，手自草書，雖幕僚不能窺見，況胥吏邪。生春筆洒仁如鏡，記事珠探智有囊。楚省訟獄繁滋，卷牘浩如煙海，經公披覽，凡某郡州縣某年月日某甲某事，纖毫不爽，詢之承辦者不能一一指陳也。臺柏青青垣樹紫，肯教容易換星霜。

來旬到處口碑傳，課吏勤求撫字先。花利豁除消病牘，楚省辦理淤田，積年民欠花利銀十萬餘兩，皆在水潦之鄉，難以徵納。公蒿目民艱，至是全行詳請豁免，大府據以入奏。瓣香頂祝轉康年。難禁民借仍三宿，易荷天麻歷九遷。還與江城興禮樂，膠庠歡舞被陶甄。上丁日前期率屬置備禮器並考訂樂章。《賜綺堂詩集》卷十五

尺雲軒詩集四卷附一卷　道光十四年刻本

朱實發撰。實發字樹泉，號飯石，江蘇六合人。嘉慶十八年舉人。久客揚州。生平詩多至二三千首。此集門人刻，凡四卷，六百七十首，附《秋窗叠韻詩》一卷，爲友朋唱和詩。首嘉慶十八年自序，道光六年辛從益、徐熊飛序。實發於乾隆五十九年應省試，有詩紀之。與徐熊飛書自云「年過四十，始與選科」，則結集時年已老蒼。其詩以《前溪樂府》最著，張應昌採入《詩鐸》。《縴夫歌》、《拜香歌》，亦關繫民情。《詠史八首》、

西湖及揚州雜題》、《題陶淵明集》、《題陶貞白集》、《挽周笠亭》、《題徐雪廬白鴿山房詩集卷首》、《贈夏墨莊姊婿即題其照》、《過陳穆堂挹露軒蒙以所輯竹書紀年集證刻本見惠答謝》等篇，樸質無華，間存故實。其詩不依傍門户，而得力於陶、杜兩家爲多。

妙香齋詩集四卷　光緒十年刻本

趙德懋撰。德懋字建澤，號荆園，山東蘭山人。乾隆五十四年拔貢。嘉慶間以知州謁選發雲南，官大理知府十年。時路南州開廠採銅，歷年苦不足額。德懋奉檄赴路南採辦銅務，及開採，銅源大旺，人又視以爲利。德懋曰：「吾家衣食自足，原非爲貧而仕，敢有以銅一觔走私者，必置諸法。」故舊額三十餘萬，採辦至三百餘萬。道光元年卒於官。大理爲古妙香國，因以名室復名集焉。是集爲其曾孫惇統等校刊，有慕榮榦序，賀瑞麟撰《大理府知府荆園趙公傳》。德懋耽於吟詠，以韻語寄於情，用誌宦況。《赴曲靖府作》、《閲南詔碑》、《大理懷古》、《三塔》、《游佛都寺》、《望蒼山雪霽》、《游風洞》、《詠昆明池》、《鄧州即景》、《讀茶花詩八首》、《貢象歌》、《報荒行》、《竹枝詞八首》，多繫於山水古蹟物産民情。《爲稱海者辨誤》自注云：「滇中稱積水處，皆稱海子。諺云：一灣止水皆稱海，萬丈高山只喚坡。」《摘草行》有云：「臨岸呼，主伯誰，低聲爲言差務急。上下走遍迤東路，一呼不應鞭扑集。終年奔波無休歇，那有餘力事稼穡。」自注：「滇俗秧栽後拔草二次，婦女立田中。男子不多見，以多力役故也。」均較具體。

憶園詩鈔六卷　嘉慶間刻本

陳燮撰。燮字理堂，江蘇泰州人。嘉慶三年舉人。官泰興訓導，轉邳州學正。學詩於錢載，爲王昶、朱筠所賞，畢沅選《吴會英才集》，與焉。《詩鈔》仍沿冠畢沅序。《黄樓懷古》一篇，爲時傳誦。《呈蔣心餘先生》、《題江上愁心圖爲仲則賦》、《三泖春汛圖爲王述菴先生賦》、《哭顧文子四十五韻》、《題樵海圖》，氣韻深厚。《題墨華禪所藏佛説四十二章經册子》，詠金陵、崇川雜詩，《濠梁懷古》、《歸舟夜渡龐山諸湖》、《車中行》、《燈市謡》、《顧閎中韓熙載夜宴圖》，亦有可取。燮與汪中、王豫、曾燠、李保泰、馮敏昌、吴嵩梁均有過從，翁方綱、金兆燕贈以詩。題《江左十五子詩選》、《題朱二亭丈小照卽壽七十》、《題劉大觀玉磬山房詩集後》、《題李漁衫鄉樂府後》二首，多存文苑掌故。詠梁溪詩家，記顧光旭事較詳。其詩近宋，近體較佳，惜未能博觀約取，視乾嘉名家運典如有脚書橱，不免署輸一籌矣。黄景仁《兩當軒集》有贈詩。

石柏山房詩存九卷　咸豐七年刻本

趙文楷撰。文楷字逸書，號介山，安徽太湖人。嘉慶元年一甲一名進士，授翰林院修撰。五年，充册封琉球國王正使。歸，爲山西雁平道，任事四年，卒於官。此集爲其子畇刻于惠潮嘉道署者，有湯金釗跋，道光九年帥承瀛序。卷首《經進詩》。卷一《磔存集》，卷二《于京集》，卷三《楚游草》、《閩游草》，卷四《遄征集》，卷五《槎上存稿》，卷六《獨秀草堂存稿》，卷七《術天近録》，卷八《補遺》。卷四《除夕感懷》以「四十明朝過」爲韻，詩作於嘉慶四年，上推生歲，當爲乾隆二十六年。《槎上存稿》爲使琉球集，門人湯金釗曾爲之梓行。《渡海》、《放舟奥山》、《祭中山王廟》，游琉球山水寺廟，詠風俗物産，兼述兩國交誼。《中山王贈刀》有小序云：「刀購自日本，球人諱言與倭通，則曰出寶島，其實寶島、惡石島、土噶刺皆倭屬也。」詩云：「寶島刀長四尺强，誰與贈者中山王。奚官當筵拔出囊，皎皎白日寒無光。青天無雲赤蛇下，山精水怪爭潛藏。從人驚顧毛髮立，長風萬里來虚堂。我行拜受納入室，素壁高懸氣蕭瑟。横施雙鼻製作奇，裹以鮫皮緑以漆。君不見歐陽公賦日本刀，矜詩異域來何遥。此刀本出土噶刺，夷人諱倭不肯説。惡石之島出精鐵，中有清泉流出穴。碧瞳蠻奴投入囦，深藏那復計歲月。七月七日鼓鑄成，釁以千年老蛟血。生不願提刀取封侯，不用三刀夢益州。刀來刀來與爾一杯酒，一生伴我長遨遊。歸舟渺渺秋濤碧，手把銛鋒時一拍。雷聲隆隆電鶩飛，海若天吴都辟易。長鯨百丈爾何爲，看取漫漫海流赤。」具備典故。時副使爲李鼎元，亦有《使琉球集》，見《師林齋集》。文楷六歲能詠百舌，七歲有詠荷花詩。然全集佳製無多，終未見有大進焉。陳鴻壽《種榆山館詩鈔》有《送趙介山李墨莊册封琉球》詩八首。劉大觀《玉磬山房詩集》有《輓趙介山》詩，編年爲嘉慶十三年，或係卒年。

存悔齋詩集六卷　道光十七年刻本

劉鳳誥撰。鳳誥字丞牧，號金門，江西萍鄉人。乾隆五十四年一甲三名進士。官至吏部右侍郎。督學浙江，以嚴酷馭士子，爲言官所劾，謫戍黑龍江。後起用編修。卒於道光十年，年七十。撰《存悔齋全集》，受業楊文蓀校，石韞玉序。一至十二卷爲文，十三、四卷《經進詩》，二十一至二十三卷《集杜詩》，二十四至二十八卷爲《杜詩話》，古今體詩在卷十五至二十，止六卷耳。鳳誥受知於常青。爲彭元瑞入室弟子，元瑞有《五代史記注》，鳳誥有《續注》，假手許喬林爲之。集中又有《呈贈芸楣先生詩》附和詩。其詩飄宕疏爽，不徒以鏤繪爲工。得力於杜，亦不師其形。《石湖觀串月行》、《鄱湖東漲》、《金陵登報恩寺放歌》、《石門觀瀑》、《觀競渡歌》，視學山左所作千佛寺、珍珠泉、大明湖諸篇，善狀山川名勝，刻畫難摹之景，佳製甚多。而在齊魯，善拔才士，尤有人望，其事蹟多見於後人筆記中。《題葉雲素借書舫圖》，爲葉繼雯掌故。《題洪武紙鈔》、《朵顏銅印歌》，自注：「明洪武二十一年，元宗室遼王阿里失禮率朵顏内附，詔立三衛以居，其明年鑄印給之。」《詠商散邑銅盤》、《唐石經碑硯》，綜覈文物，華實相得。《武昌新樂府四章》，爲時事之詠。謫戍邊塞，僅存《雜詩》二十餘首，其中《黄豆瓣兒曲》、《布特哈市良馬》、《鹿尾》等作，均詠物産。蓋心存忌憚，未敢直抒胸臆。《集杜詩》三卷，以《北征》一題即達二百十首，可見有所隱發。王瑋慶《蕅堂詩集》卷二載《聞劉金門夫子謫戍黑龍江》長歌，可參看。

漢江五日觀競渡歌

我思古三閭，幽怨萬千結。心悲江潭水，身捨蛟鼉穴。至今弄舟人，弔之五日節。此風盛荆楚，遺事傳喋喋。招魂殊可憐，好鬼那可說。客來漢江久，入夏興不愜。天中忽僂指，祭屈椒漿洌。九子糉一飽，五色絲屢綴。懸門多艾人，稱手有蒲箑。於時挈游侶，步行出城堞。駕言眺江干，江水碧盈睫。南横洞庭雲，西注峨嵋雪。大者十丈檣，小者七尺艓。及此波浪平，蘋末吹獵獵。江豚不敢拜，鏡面鋪熨貼。遂呼衆三老，黄頭駛飛楫。一舟對岸發，一舟中流截。數舟各紛挐，金鼓競喧絶。或爲龍首挂，或作龍尾接。氣逼濤頭寒，力衝汉口狹。何用槳雙打，那用帆半葉。急如弩弦張，疾如鳥飛瞥。譟如山合圍，讙如水軍捷。前隊勇莫當，後勁膽勿怯。無顛風簸揚，儼陸地蹀躞。細響排笙竽，怪影駭魚鼈。少焉望旌旗，第一錦標掣。萬口歡若雷，拍手叫弗歇。亦有襄陽估，填路夾肩脅。輕衫與大扇，醉步踵相壓。亦有大隄女，携手裙簇蝶。辟邪簪銅釵，斂笑動香靨。那知看場中，蜂蟻散一霎。歸來浴蘭湯，榴酒樽更設。《存悔齋集》卷十六

陶門弟子集十六卷續集四卷餘集一卷

嘉慶至道光間刻本

蔡家琬撰。家琬字右峩，號陶門，安徽合肥人。諸生。棄舉業，肆力於詩。晚主江西五峯吉安書院講席。尊奉陶淵明，因以「陶門弟子」名集。初刻詩千一百七十首，始乾隆四十三年訖嘉慶二十五年，許喬林序，自序；《續集》有道光十二年自序。又刻《餘集》，爲道光十三年詩。據《戊戌生日》自注：「是年六十有六。」當係乾隆二十六年生，彌留之際，在道光十五年。集中《讀陶詩書後八首》、《論文絶句五首》、《雪夜與王

存菴論詩》，集陶言志，可見宗旨。又喜李白詩，有《讀李白傳歌》、《放歌行》、《後放歌行》，浩歎頹縱。《讀杜工部集》、《題馬湘蘭手録唐詩》、《有責歐陽文忠公不歸廬陵者慨然有作》、《題評石華弇榆山房詩集》、《題金香經吟江閣詩詞集》、《謝秋卿幻中緣填詞》、《過藏園弔蔣心餘先生》，今古互陳，文采奕奕。《十國春秋一百首》，可爲讀五代史之助。《大疫行》、《觀英吉利貢使回國賦此紀盛》、《廬陽竹枝詞六首》、《龍泉竹枝詞四首》、《廬陵竹枝詞二十首》、《高安竹枝詞四首》，所詠多居西江時聞見。嘗聆袁枚、陳毅、姚鼐餘論。與朱黼、許喬林、許桂林迭有唱和。老年爲詩效法放翁、誠齋，與詩人張維屏投分不淺。維屏評其詩「愈老愈窮，而仍不改其自得之素」。楊振綱論陶門詩「如嚼蔗本，嚼盡愈甜」。惜平生無拔識者。

聊齋志異題辭

想見幽冥續録時，蟲吟燈蕊兩迷離。是人是鬼同聲哭，風雨都從筆下馳。
四庫精華萃一函，此中三昧惹人饞。縱横化作酸辛淚，慣濕人間下第衫。
何來文字破天荒，千古騷壇枉斷腸。滿紙陰霾迷倦眼，中庭化日正舒長。
消得浮生一世閒，移人情處恨緣慳。欲將世上驚人事，訴向青林黑塞間。《陶門弟子續集》卷三

石蘿山房詩鈔八卷　道光十年刻本

張維楨撰。維楨字芰塘，江蘇江都人。乾隆五十四年副貢。受知於謝振定。教授鄉里垂五十年。道光

十年，刻詩鈔八卷，年已七旬。是集首包世臣、阮亨序，自序，詩九百餘首。維楨與張琦、汪喜孫、湯貽汾等交善。揚州大都指鹽業爲生計，《鄉場雜詠》四首、《海陵鹽浦竹枝詞》八首，重在記實。又作《平山堂》、《木蘭院》及《揚州懷古》多首，《秦淮竹枝》多首。伊秉綬殁，有詩哭之。李長庚戰死海上，有輓詞。五言《詠古》十二首，意味深厚。蓋安貧志道之士，所見有限耳。

㮨壽山房輯稿詩二卷　光緒十二年重刻本

史致儼撰。致儼字榕莊，號望之，一號問山，晚號榕莊主人、㮨翁，江蘇江都人。嘉慶四年進士，改庶吉士，授編修。歷官湖北正主考，四川、河南、福建學政，刑部左侍郎，擢尚書。道光十八年病免，次年卒，年七十九。是集初刻於道光二十七年，凡古文三卷、詩二卷、館課詩賦一卷。光緒十二年重刻本。附録一卷。嘉慶四年會試主考阮元，同科進士王引之、湯金釗、鮑桂星、張惠言、吳鼒、陳壽祺、張澍、郝懿行，人才薈萃，多以學術詞章名家。致儼獨擅制義，然暇時偶詠，格亦不卑。《入楚道中》、《蜀中舟中雜作》、《李墨莊峨嵋山圖》、《法梧門篁石圖》、《吴荷屋同年龍塘阡圖》、《題明鄭少谷自書詩册》，語無蹈襲。唯頌章過多，又無贈答唱和，不得考交游，是可惜耳。

逃禪閣詩集八卷　道光十二年刻本

張崟撰。崟字寶巖，號夕菴，又號且翁，江蘇丹徒人。布衣畫家。性寡諧，能詩。父自坤，號此亭，與王文治、李御爲詩友，崟亦與王、李兩家過從。而引茅元輅爲知己，結壇社唱和。洪亮吉游金焦造訪其廬。是跡益晦而名聞益高。卒於道光九年，年六十九。歿後，其子深刻自坤《頣齋僅存草》及此集，首張履序。集中詠江南山水居多，淡雅蕭寥，詩中有畫。又喜聚金石書籍，有寄贈翁方綱詩。《甫山送別圖爲鮑野雲作》、《趙魏公書天下第二泉碑》、《讀李太白集》、《溧陽懷孟東野》、《臨安四詠》、《記張氏涉園》、《送畫弟子幾谷參訪品評詩家，網羅遺聞，多可採擇。子深有《悔昨齋詩録》，單刻。

扶海樓詩集十二卷　嘉慶間刻本

李懿曾撰。懿曾字拾珊，號漁衫，江蘇南通人。乾隆四十八年副貢，考授州同，改教職。嘉慶十二年，謁選吴門，爲馬踐死。以集中《二十初度》詩計，年約五十三。懿曾與同邑馮雲鵬、汪業善交，名亦相埒。其詩初學温、李，後轉平實一途。《城西掘塚行》、《馮晏海篆書歌》、《登琅山放歌》、《書平淮西碑後》、《題漢魏名家文集後》、《讀後漢書小樂府》、《題文天祥渡海詩後》、《讀焚椒録》、《杜詩偶成》、《題周孺白鬼聘圖》，文史稗乘，均較熟習，信筆而涉生趣。又作《金臺紀事詩》四十五首，以嘉慶初在京三年可記者，追而詠之，頗備北京掌故。是集詩共一千四百六十首，卷首有汪滋畹、王宗誠、戴彭齡、王豫題詞，並載諸家詩評。子琪，亦工詩，有《少山詩鈔》。

祇可軒删餘稿二卷　嘉慶十七年刻本

管學洛撰。學洛字道明，號午思，江蘇武進人。世銘子。諸生。秋試不售。入貲爲知州。嘉慶十四年卒，年四十九。事具其子繩萊所撰《行狀》。詩集原稿八卷，陸繼輅刪爲二卷，嘉慶十七年刻，名《刪餘稿》。尚有詞三卷，未見刊本。集中《與陳澍齋廣衡論詩》一篇，最見奇闢之思。《題杜少陵集》、《讀晉書》、《讀説部雜記》四首，亦非虚構。交往爲錢維喬、趙懷玉、洪亮吉、吴堦等人。嘗乞畢簡繪《南北讀雪山房圖》，伊秉綬題詞，爲藝苑所重。子繩萊有《萬緑草堂詩集》，是三代能詩矣。

青墅詩鈔十卷　青墅讀史十二卷　嘉慶二十三年刻本

鄭大謨撰。大謨字孝顯，號青墅，福建侯官人。明閩詩人鄭少谷九世孫。乾隆五十五年進士。官河南泌陽知縣。《詩鈔》十卷，有自序，朱珪、鐵保、吴芳培、張問陶、王蘇、陳壽祺、沈琨、戚學標、陳慶槐、文翰、錢清履、法式善等人題詞，共七百十七首。大謨抵豫省值川楚白蓮教起事。團練鄉勇，奉派採買軍糧，又奉調西征，歷十二年。所作記事詩詳於戰役，唯歌頌軍功，可補史闕者不多。其業師爲孟超然，會試出陸錫熊門，又爲林則徐岳丈，亦有故實可尋。同時刻《青墅讀史》十二卷。凡周秦楚四十首，西漢八十三首，東漢八十五首，蜀漢併魏吴四十一首，兩晉五十五首，十六國二百二十首，南朝一百首，北朝一百二十八首。專詠帝紀，併及一朝史事，用七言絶句夾注采本紀旁涉列傳。頗費排比之術，而甚便讀者。

樹滋堂詩集四卷　嘉慶十五年刻本

蒯嘉珍撰。嘉珍字鐵崖，江蘇吴江人。諸生。嘉慶三年，棄舉業，改就外僚。十年，至廣西寧明州同知。

十五年歸里。此集一名《粤西游草》，有宫懋斌、蔣莘序。其中有關廣西地方詩篇，足以匯爲一編。《游劉仙巖》注云：「邑人劉仲遠棲真處。自號大空子，得吐納之術，事修練之功，頗超上乘，羽化而去，遂相沿以劉仙名。隨山高下，而莊嚴之。松濤奏管，花影藏春，巒擁峯環，盤旋曲折，錯陳於指顧之間，洵一郡之勝境也。」《題天南花果畫册二十四種》，頗記物産之異。《讀史雜詠十二首》，皆歷代流寓粤西名宦。《舟行書所見》、《明江雜詠二十四首》、《太平竹枝詞二十首》，可見苗、瑶族風俗及清政府所行政策。至詠獨秀峯、永濟橋、韶音洞、伏波山、栖霞洞、月牙洞等篇，秀甲寰區，一一紀其勝蹟。《銅鼓歌》、《龍隱巖》、《元祐黨人碑》、《題柳宗元石刻》、《過劉蕡墓》、《弔瞿稼軒墓詩》，重在歷史文物，復覃心好學。是亦有别於世俗者矣。

明江雜詠　二十四首録五

明江土府號思明，移治蕾黎恩轉榮。雍正十年，土知府黄觀珠因土民不靖，劾職改流。十三年，奏准。承襲州職，遷治蕾黎，即今土思州是也。爲語土官勤保障，莫將威福虐罷民。近來土司有官民各不相顧之勢。

五十三邨舊土民，比來懷畏俗還淳。五十三邨寨，本屬思明土府，内有安馬等寨民，頗頑梗，自歸寧明州流官管轄以來，尚知懷畏。人人盡道流官好，痛癢相關一體親。

鼕鼕社鼓聽三撾，報賽田家笑語譁。秋穀豐收春穀早，編銀折色競輸衙。太平所屬例完折色米所輸徵銀，謂之編銀。

男惰女勤風俗成，婦多赤足便山行。破甕剛值新秔貴，結伴肩挑入府城。土人以明江城爲府城，蓋由土府相傳不易。

崇山相接越南山，風物皇恩許往還。上石西州由隘口，奏准通商，出入明江廳按給腰牌，行至諒山鎮爲止。力役不征民自樂，三年朝貢啟南關。《樹滋堂詩集》卷二

太平竹枝詞 二十首録七

舍南舍北賀新年，白布纏頭花樣鮮。布上用藍線織成花紋。客到大家携搭練，用青篛裹米，雜以棗栗，其形似枕。紙鐙兩盞挂門前。土俗自元旦起至元宵止，挨户挂燈。

家家歡喜挂門牌，保甲編查按户排。除盡荒村磨豆腐，窩留匪類之渾名。哽嘐安枕免巡差。飲酒曰哽嘐。

造得水車傍岸頭，年年布置鷺鷀洲。水車置急流中衝突旋轉，次第注于竹筒，引入田間。彎環挽起滔滔水，夏麥纔收又插秋。

百里平疇土沃肥，夕陽山背鷓鴣飛。珠娘包飯傭工慣，土俗傭工者皆包飯自食。柳河東有「緑荷包飯趁墟人」句。攜得鴉鋤緩緩歸。

年年種蔗受降塘，越南使臣進南關住宿處土宜種蔗，居民因以爲利。先有行商來販餹。槌蠹營兵同火

伴，夜來擊柝互相防。

反舌無聲蟋蟀鳴，上忙完納又催徵。春秋兩度看神戲，催徵時署前必演戲，土人入城完課，藉以觀劇。

不上州城即府城。

皂衣堡目一堡頭目，即地保之名下鄉來，報道官倉九月開。分付密榴呼息婦爲密榴，義取多子之意先晒

穀，莫教内署火籤催。《樹滋堂詩集》卷三

尚絅堂詩集五十二卷　道光六年大樹園刻本

劉嗣綰撰。嗣綰字簡之，一字醇甫，號芙初，江蘇陽湖人。嘉慶十三年一甲一名進士，授翰林院編修。歸主東林書院。嘉慶二十五年卒於京師，年五十九。是集有法式善序。編年始於乾隆三十八年，訖於嘉慶二十五年。詩二千七百三十八首。分四十二集，各集小序，節録之可作年譜觀。嗣綰四試春官，南北馳驅，四十七歲始得大魁。集中詠北京諸寺名勝甚多。卷五有《詠金陵詩四十首》，自謂酒篷吟榭，留題殆遍。《冷廬雜識》卷七摘句。嘗留揚州兩淮鹽政曾燠幕五年，遍交江南名士。所作多關風月，然如卷四《官搜鹽》等篇，則非盡昇平之語。《戴叔倫墓》、《禹碑同顧響泉先生作》、《兕觥歸趙歌》、《觀大令保母碑即題卷尾》、《詠史雜詩六首》、《讀靈巖山館集後》、《柳如是小印歌》、《丁雲鵬文殊洗象圖》、《陳蘗洲中丞運廬瀑布圖》、《題賞雨茅屋圖》、《讀仲則遺稿有感》、《題夏完淳遺詩後》，詠陳思王墓、劉伶墓、魏文帝賦詩臺，讀《韋蘇州集》、《孟

東野集》，《讀謝皋羽晞髮集》、《復答祁生論詩》、《戲贈錢獻之坫》，讀《管子》、《墨子》、《司馬法》、《參同契》，《董小宛靈壁石笛歌》、《讀洪北江更生齋集》、《題文信國遺像硯》、《沈小霞梅花硯》、《題譚行方注小爾雅》，於前代文物，時流著作，網羅甚富。贈別唱和亦不勝縷指。嗣綰年十二三卽學爲詩。與諸詩家切劘垂五十年。菁英之中，未免蕪雜。法式善稱其詩在秦瀛、趙懷玉、楊芳燦之間。芳燦詩六朝規格，嗣瑄不能抗行。但在秦、趙兩家之間耳。《兩般秋雨盦隨筆》摘其五七言佳句，多可誦。

半間雲詩二卷　道光三十年刻本

馬鎮撰。鎮字濟于，號少白，江蘇吴縣人。工畫山水。嘗游浙東，北至燕京。道光十七年年七十六以殁。三十年，同里蔣枀渭刻同人詩集《苕岑集》七種，以鎮行輩最長。首枀渭序，稱其爲窮士。所得詩百四十首。生年有《辛酉四十初度》詩可證。生平南游杭州，北登盤山，越古北口，詩有盤礴之勢。《論詩四首》，專講詩法。《讀吴梅村詩集》、《題張船山詩草》、《謝疊山琴》等作，亦有心得。晚與毛永椿唱和，作《讀思無邪室詩寄懷八十韻》，永椿有《贈馬少白先生》詩。

青苔館詩鈔一卷　京江七子詩鈔本

張學仁撰。學仁字治虞，號寄槎，江蘇丹徒人。年二十二以詞賦見賞於沈初，補弟子員。嘉慶十二年舉人，屢赴北車。二十二年，得教諭，以老母年過八十告養，館揚州包氏。嘗與王豫合輯《京江耆舊集》十二卷。道光九年，復刻同邑應讓《澹雅山堂詩鈔》、吴樸《簾波閣詩鈔》、鮑文逵《野雲詩鈔》、顧鶴慶《弢菴詩鈔》、王豫《柳村詩鈔》、錢之鼎《三山草堂詩》及自選《青苔館詩鈔》各卷，名《京江七子詩鈔》。蓋七子早年結社，同時尚有石鈞、趙帥、徐熊飛等人，過從唱和甚密。學仁少游天台，作《登華頂峯望海》，極盡吐納之奇。北上，有《流民歎》，狀述黎民之苦。過魯，作《趵突泉》，登泰山，詠《秦皇無字碑》。至京，游法式善門，結納名宿益廣。《題洪亮吉萬里荷戈集》、《題宗忠簡卷子》、《讀俞犀月注杜本》三首、《謁史閣部墓》三首、《讀蘇文忠集》諸篇，辭意並勝。《哭柳村》起句云「寄槎先生六十一」，考王豫卒於道光二年年五十九，則學仁長豫二歲甚明，當爲乾隆二十七年生。

玉山草堂詩集三十卷　道光十五年刻本　續集六卷　粵雅堂叢書本

錢林撰。林字叔雅，一字東生，號金粟，浙江仁和人。吴越錢武肅王二十八世孫。福建布政使錢琦子。世居常熟。嘉慶十三年進士。官至翰林院侍讀學士。卒於道光八年，年六十七。是集首門人程恩澤序，汪喜孫撰《墓表》。編年詩起乾隆四十二年至嘉慶二十四年，共二千二百三十二首。作者於經史、天文、地理、律曆諸書無不窺，又關心當代學術，撰有《文獻徵存録》十卷。爲阮元詁經精舍生。卷十一《偶作絶句》，舉精舍同學洪頤煊、洪震煊、徐養原、徐養浩、嚴杰、陳鴻壽、陳文杰、胡敬、汪嘉禧、徐熊飛、吴東發、孫同元、趙春沂、趙春垣、范景福、何蘭汀、徐鯤、丁子復、李遇孫、余廷棟、陶定山、張鑑、周中孚、周聯奎、顧廷綸、邵保初、蔣炯、李方湛、吴文健、陸堯春、朱壬、湯錫蕃、王仁、朱爲弼、何起瀛、張立本三十六人，各繫以詩。同卷又有《兩浙輶軒録歌》，卷二十四有《儀徵公手書識餘題後》，阮元提倡學術，培養後進，均可藉以瞭解。林年十五，肆力於詩。通籍後，典試廣東、四川，見聞益闊。所作《蘭溪竹枝》、《福州竹枝》、《巴蕉林歌》、《澄海樓望海歌》、《十八灘竹枝》、《入峽歌》、《黎歌》、《銀鑛歌》、《楞伽峽歌》、《連州歌》、《瑶歌》、《大理峽》、《劍門》、《棧道》、《峨嵋山月歌》、《巴東竹枝》、《三峽夔州歌》，凡山水之奇正，風習之純駁，無不該備。又長於論詩。卷一有《題韓偓侍郎集》三首。卷十四有五古論高啟、李夢陽、徐禎卿、高叔嗣、楊慎、陳子龍、程嘉燧、吴偉業、王士禛、吴兆騫、尤侗、朱彝尊、徐蘭十四家詩。卷二十五《論詩絶句》六十四首，所論特詳本朝詩人。他如《西楚霸王歌登戲馬臺作》、《題日本女子鼓瑟圖》、《過寶山南宗攢宫十首》、《中丞阮公煅安南兵器重鑄岳忠武墓下鐵倭人歌》、《北齊樂府十四首》、《詠西漢人物四首》、《陳編修壽祺撰定經説郛凡例》、《慈仁寺毘盧閣傳雯勝果妙音圖》、《法源寺觀法會作》、《朱鶴年買得吴升大觀録》、《魏給諫歌》、《聞彭兆蓀秀才亡》、《題顧亭林集後》、《國子監石鼓歌》，多與歷史文獻有關。《續集》有道光二十九年伍崇曜跋，補充雖多，蕪蔓不删。作者爲嘉、道間史家。集中有稍傷詩意之作，但淵雅宏粹，要非尋常所及。蔣詩《榆西僊館詩稿》卷二十二有《輓錢金粟學士詩》。

流伯獻安南刀歌　刀一口長九尺强，純鋼造成，色漆可鑑。安南僞流唐伯鄭阿童所獻也。安南阮光平之子阮光纘既襲父位，多畜羣盜，以撓中國。往歲常遣其酋侖貴利擾浙江之松門，遇風舟敗，諸將追擊之，醜類靡有孑遣，貴利被擒，誅死杭州市。今阿童獨能慕義向化，是能懷覆車之懼，警折苕之敗者矣。兩廣轉運使蔡公既往受降，出刀以示坐客，爰作歌以紀其事云爾。

蔡侯寶刀何處得，纏靶蒼蛇浄如拭。斷蒙懸翦嗟不如，金鬃錦裹增顔色。青鋒摵摵時吐毫，澹若霜鏡瑩秋濤。腰間三尺黯相對，帳下百夫誰敢操。午間會客華堂内，華采一堂觀者愛。斑蒸細雨朱汗生，繡錯頑苔碧花碎。陽紋陰縵絶世奇，兩行番字無人知。他年良冶新鑄出，却憶飛艟來獻時。始興溪子捷鬥戰，鄱陽惡戲狂相扇。翻然厥角作王人，鞍馬輝煌路旁羡。獮兒大眼復鋭頭，刻印自號三和侯。倫貴利既擒捉，搜得安南所授銅印，其文曰頭艚隊總兵官三和侯印。勢窮乃遭箕伯怒，血迸直使天吴愁。一順一逆非偶爾，順者光榮逆誅死。神鬼何嘗怒魑魅，當霆斷弗傷蟲蟻。側聞安南今破亡，乘船北走西於王。阮光纘爲農柰阮福映所破，走入海島中，海中羣盗猶爭奉之。且偷殘生畏頭痛，暫入小島誇身强。阿童爾今在麾下，願攜此刀馘叛者。摧鋒儻逐楊將軍，獻捷毋慚校司馬。《玉山草堂集》卷十七

銀鑛歌　自高州至河頭多大山，山有銀鑛，夜間林光斑駁，映谷燃空，亦天下之絶觀也。

亂山奔走勢絶塵，少住地卽生金銀。人間霜雪不肯到，盎盎蒸作蠻鄉春。夜來白氣昇青天，鏡出江心電横掃。棼盤寶甕千絢絲，怒茁瓊田百枝草。石間汗流流漸多，瀑流細濺森枝柯。鵰蹲凍嵐吻銜血，龍墮渴潤涎漂波。噴玉生冰巖墜乳，丹砂青湏紛如雨。雷公作意嚴守門，縱有山丁不得取。作

詩告天天莫驚，請絶珍怪銷紛爭。丹蝦白蜆人人足，整頓犁杷好勸耕。《玉山草堂集》卷十七

小容齋詩鈔十卷　嘉慶二十三年刻本

洪占銓撰。占銓字奉喈，號介亭，江西宜黄人。與樂鈞同貢成均。嘉慶七年進士。官翰林院編修。嘗受學於翁方綱，與顧蒓、阮元、陳用光時相倡酬。爲宣南詩社早期成員。十五年，出爲陝西正考官。卒於嘉慶十七年，年五十一。爲宋洪邁之裔，故題其室曰「小容齋」，又因以名集。集有陶澍序，同邑進士謝階樹跋。詩凡六百四十六首，編年。步趨繩尺，無新警之作。《論詩家三昧絶句六首》、《覃溪師謂前詩意尚未盡復得十首》、《題天際烏雲帖九首》，可觀採。《贈朝鮮金寶覃進士》、《别金秋史進士》，可見中朝文人交往。又有《宜州四季土風歌》，凡三十八首，倣竹枝體作。

人檀好小説家言作此戒之

小説本虞初，九百有四十。載九流家言，修綆古爭汲。叢書漢魏興，廣記唐宋輯。雖偶涉荒唐，聊可資博洽。胡爲庸妄奴，實去名空襲。豕負鬼負載，有出無還入。抑或逞淫辭，種種如夢魘。徒足壞人心，豈爲愚説法。譬若追吴師，殺人禮尚執。長平與咸陽，天地爲飲泣。又若丹桓楹，史氏意勿愜。甚至飾壁榱，滿地金蓮貼。變本益加厲，燎原遂勿戢。往者李祭酒，封章禁士習。安得付祖龍，

燒之此最急。古人書三昧，理似長鯨吸。言在區蓋間，不爲竅説雜。矧乃梓與絲，染斲慎初業。大抵貴專精，毋爲轉涉獵。君看痀僂叟，承蜩如掇拾。《小容齋詩鈔》卷三

晉齋詩存八卷　道光十六年刻本

昇寅撰。昇寅字賓旭，一字賓初，號晉齋，姓馬佳氏，滿洲鑲黄旗人。乾隆五十五年拔貢，朝考授七品小京官。嘉慶五年舉人。由員外郎累擢至禮部尚書。卒於道光十四年，年七十三。謚勤直。此集爲其子寶琳校刊，朱爲弼序。分《代吃》、《京華》、《紀程》、《錦里》、《皇華》、《蜀道》、《紫塞》、《閲伍》八草。各草原稿均有詩數十首至一、二百首，自加删定，僅存十之二三。内《紀程草》爲嘉慶十八年以侍讀學士出使喀爾喀札薩克圖漢愛滿、致祭郡王職銜多羅貝勒成都札普而作。道光元年有思補過齋單刻本，名《使喀爾喀紀草》，得詩三十餘首，較此集爲多。其紀行詩自《居庸關關溝歌》始，有《初宿氊廬》、《戈壁道中竹枝詞十首》、《駝黎布喇克詠鏡泉》、《晚宿沙克珠爾嘎》、《牧廠》、《至翁啞瑪啞山》、《八月望日至成都郡王氊廬致祭》等篇。行程五千里，逾烏里雅蘇臺，諸草中以此史料價值最高，然必取單刻本，始能備知其情狀。詩中所用地名，多與史籍不合。蓋昇寅不習蒙語，驛吏有通漢語者，以漢語詢其地理，譯以漢字，故多有含而不真者也。《錦里草》爲昇寅任盛京禮部侍郎出山海關作。有《過薩爾滸山》記清初紀功碑，《鐵壁山道中卽景》、《登撫順北山題壁》，亦有可覘。《皇華草》爲任寧夏將軍時作，多詠西北故蹟。《蜀道草》爲任成都將軍時作。以棧道及蜀中名勝，

發諸於詩。《紫塞草》爲任綏遠城將軍時作，有《昭君行》等篇。餘則爲齊魯、江浙、湖廣之詩。昇寅詩以雄特見長，蔣廷思使喀爾喀紀草序稱「多經昔人未經之地，吐昔人未吐之奇」，是亦能獨出機杼矣。

水西閒館詩二十卷　嘉慶二十五年刻本

程虞卿撰。虞卿字禹山，號趙人，安徽天長人。年十六，與顧敏恆等結社唱和。乾隆五十七年鄉試出鐵保門，被落，後隨鐵保赴瀋陽，嘉慶五年還都，旋歸漕署，居淮陽最久。嘉慶十六年始成舉人，座主爲劉鳳誥。主文津講舍幾十六年，頗負人望。是集收嘉慶元年至二十五年詩八百七十四首。分《燕臺旅草》、《遼海詩鈔》、《南歸集》、《淮雨賸編》四集，生年有「辛酉虞卿四十歌」可推。其詩冲淡春雅，内容典實，非尋常月露之辭。《贈笪繩齋文樞》、《送史問山致儼南旋》、《贈冒耕德冒襄五世孫並題其水繪園圖》、《太學觀蔣衡書十三經歌》、《漢鏡歌》、《題李香君小照》、《觀松制府草書歌》、《題沈萫漁諧鐸後》、《呈菊溪制府五十韻》，多托諸詩歌，以代記載。《讀少陵集題後》、《讀東坡集題後》、《讀黄仲則悔存齋遺稿》、《觀瑛夢禪畫鷹歌》、《讀劉海樹珊詩集題後》、《書龍沙劍傳奇兄瑞屏填詞》，堪供採掇。出山海關詠醫巫閭諸山、鴨緑江，作《前後出塞曲》。游金焦及揚州、秦郵竹枝詞諸篇，風格不一，亦足動人。《牧牛詞》、《飼鴨行》、《津橋叟》、《協關尹》、《草衣匄》、《震河兵》、《養花工》，關繫社會民情，語多辛諷。是集爲虞卿手訂，有自序。受業許肇祁、鄭士康跋。劉珊《亦政堂詩集》有贈詩。

白鵠山房詩鈔三卷　嘉慶四年清素堂刻本　詩選四卷　道光間刻本

徐熊飛撰。熊飛字渭揚，號雪廬，浙江武康人。嘉慶九年舉人。貧不能應禮部試。嘗主乍浦書院講席。會海防多事，居戎中爲幕佐。卒於道光十五年，年七十四一説七十五。《詩鈔》爲清素堂刊版，石鈞爲之序。又有乾隆五十五年蔡夢熊序。王昶《蒲褐山房詩話》云：「渭揚生長吴興，得山水之勝。故詩多清峭，風骨超然，與王柳村、石遠梅吴楚諸詩人，弦詩鬥酒。江湖名士，未能或先。阮芸臺中丞開詁經精舍於西湖上，招集浙中文士三十餘人，而春華秋實兼擷其長者，亦當以渭揚爲翹楚。」《湖海詩傳》選徐熊飛詩十三首，五古《商山四皓博弈圖》，七古《仙人篇贈王柳村豫》，七律《吴梅村墓》、《題寄顧晴沙響泉集》，俱臻上乘，有軼出《詩鈔》以外者。《詩選》共五百餘首，阮元、潘世恩序。多收嘉慶四年後詩。《寶刀歌爲阮元夫子》、《快雨堂謁王夢樓先生》、《别郭厚菴堃》等篇，俱不苟作。與張燕昌、張廷濟、朱爲弼以論金石詩互爲題贈。兩本皆非全帙，而内容不一，今並録之。方士淦《啖蔗軒詩存》懷人詩注，謂熊飛以失明不赴公車，則非貧不應試矣。妻陸素心亦能詩，有《碧雲軒稿》。熊飛無文集。嘉慶十九年掌教乍浦，重刊明遺民李確《蜃園詩集》並增《續編》，爲之序。嘉慶四年，爲石鈞《清業堂詩集》作序。二十年，爲焦循《雕菰樓集》作序，二十二年，爲蔣浩《思無邪齋詩鈔》作序。道光五年，爲丁繁培《漑餘吟事》作序，六年，爲黄金臺《木雞書屋文鈔》作序，可見聲譽甚騰。沈筠編《乍浦集詠鈔》有《壬辰仲冬英吉利夷船潛來海上軍士戒嚴有感二首》，壬辰爲道光十二年，此時英軍覬覦我國，較鴉片戰爭尚早八年。謝堃《蘭言集》

選《寒夜與西純齋都統話乍浦舊事感賦》二首亦愛國詩篇，爲此兩集所未有。

壬辰仲冬英吉利夷船潛來海上軍士戒嚴有感二首

咫尺黄盤島，何來萬里船。鍼程浮積水，瘴嶺隔蠻天。浪説通商地，難憑入貢年。帆檣無定所，飄忽遂雲烟。

星分天竺國，地界大西洋。人與魚龍狎，舟隨鵝鸛翔。航琛經絶徼，重譯歷炎荒。閩粤兵烽急，休令突海疆。《乍浦集詠鈔》

寒夜與西純齋都統話乍浦舊事感賦

將軍籌海夜頻興，兵衛森嚴士氣騰。往日蟲沙紛出没，前朝壁壘倏憑陵。戈船出哨寒吹角，戰馬巡城曉踏冰。咫尺明州同設險，戍樓相望見殘燈。

嚴城旦夕擁刀弓，出泛重洋羽檄通。千斛樓船斜照外，七星燈火翠微中。投誠英信劉香老，始禍應誅沈保童。獨樹營荒憂不細，羣倭曾此夢江東。《蘭言集》卷一

五石瓠齋遺稿詩一卷　同治十一年刻本

胡世敦撰。世敦字兼山，安徽涇縣人。嘉慶九年舉人。屢試禮部不售。道光五年，官陝西淳化知縣，八

年，雲陵知縣，十七年，去職。咸豐六年，年九十，作詩自壽。未幾卒。是集爲家刻本，有受業朱榮實跋，王廷襄跋。其中《雲陵詩三十首》記當地民風最悉。注云：「人民力耕而外，鮮操他業。」「衣食取資，皆在民間。」「依巖穴而居，治地馬驢，不盡用牛。」「賦薄役重，無健訟風，好飲博弈。」「耕者獲秦當漢瓦，不及他處市鬻。」又云：「近來楚蜀人來此開山種地，風氣漸雜。」詩可入志乘以補闕佚。世敦與朱玠、胡承珙同時名里中，行輩甚高。唯科場蹭蹬，主宰窮邑，久而無聞。《遺稿》詩文各一卷，蓋所傳止於此。

簣山堂詩鈔二十一卷　嘉慶十六年刻本　車中吟存稿不分卷　嘉慶二十三年刻本

王賡言撰。賡言榜名王賡琰，字簣山，山東諸城人。乾隆六十年進士。授吏部考功司主事，監督寶泉局。嘉慶十二年，官江西廣信知府，遷江西糧儲道，江南常鎮道，擢按察使，至布政使。卒於道光四年，年六十三。刻《簣山堂詩鈔》，秦瀛、法式善、吴雲、陳希曾、吴嵩梁、黄如瑀、曾燠序，爲官糧儲道以前詩。依年編次，以《課餘草》、《鶴廳》、《于役》、《還雲》、《南游》、《信江》、《潯陽》、《廬阜》、《雁廳》、《白門》、《石城》、《迴颿》、《蕪城》、《潤州》諸集名之。乾、嘉間山左以詩名者，高密爲李憲噩昆季，章丘爲劉大觀。諸城自劉墉一門之後，當推賡言。其詩灑脱，無傖俗氣。詠膠東、歷下、北京、灤陽、揚州、南京、杭州山水古蹟，頗有佳什。記匡廬之勝與江右風俗，亦可觀。《書唐宋八家文後》八首、《題陶詩後》、《諭詩十首》、《書韋廬詩集後》、《讀張船山詩集》、《舒白香詩集》，多可爲文學史資取。《又有哭惲子居》、《輓法梧門》等詩，情詞俱摯。《哭王熙甫寧焯侍御》，寧焯亦諸城人，以詩古文名於時者。生年據卷一小序，知爲乾隆二十七年生。卒年見《諸城縣志》小傳。別刻《車中吟存稿》不分卷，有陳鶴、徐文襄、苑鴻緒序，自序。據嘉慶二十三年李士衡跋署稱：乙丑嘉慶十年邀至其家課子。劇譚間雜，嘲謔皆饒風趣。偶有所作，必先示余論定。而自寓居至公廨，往返二十餘里。車行多暇，爲詠物詩以自適。久之，積數百篇。尤者刻之。則集之所名及内容概可知矣。其詠物詩約三百餘首。凡草木鳥獸、物産器具，靡不入吟。觸物起興，言近旨遠。同時詩人，唯劉塏、鮑桂星可與相匹。賡言嘗輯《東武詩存》十卷，仿曾燠《江西詩徵》、阮元《淮海英靈集》，於各家姓氏繫以小傳，以廣其傳。《詩存》有嘉慶二十五年刻本。

瑀琈山房詩集八卷補一卷　道光七年刻本

王志湉撰。志湉字千波，陝西華州人。嘉慶元年舉孝廉方正。是集有顏檢、岳震川、黄憲臣、孫貽謨序。據丁亥道光七年自序年六十六推之，爲乾隆二十七年生。志湉詩得法張五典，五典得法舅氏楊鸞。皆善自抒志趣。《論詩絶句》五十四首，自漢魏迄當代。《讀王阮亭論詩絶句書後二首》，品定得失，俱見多學。又嘗問詩於袁枚，以《輞川問津圖小照》求題。楊芳燦賞其詩，有書札亦附刊集中。《養馬歎》、《西谿古廟歌》、《長沙雜詩四首》、《游龍門山》、《游太華山》等篇，雜而不佻，刻削清新。《題高且園戲墨四幀》爲傀儡、猴戲、鄉關、紙鳶，《題蔣介石寫意蘆鳥》、《禮俗八首》，爲畫史與民俗資料。道光四年，以其弟官山西靈石，偏游古蹟。

《雁門歌》、《塞上詠古四首》、《雲岡》、《雲中雜詩十二首》，奇而不詭，有蒼茫之意。復結識湯貽汾，時爲雲中參戎，兩人唱酬甚密。附録雲岡石窟寺和韻，作者爲黄憲臣、黄仁、趙珥彤。其詩與同時陸元鋐相近，在伯仲間。

鐵橋漫稿詩二卷　四録堂類集刻本附　鐵橋詩悔一卷　宣統元年湖州十家詩選本

嚴可均撰。可均初名萬里，字景文，號鐵橋，浙江烏程人。嘉慶五年舉人。官嚴州建德教諭。長於文字訓詁考據，著《説文校議》、《唐石經》等書。輯《全上古三代秦漢三國六朝文》得名，然是書先有底本，可均成事而已。見俞正燮《癸巳存稿》。卒於道光二十三年，年八十二。道光十八年自刻《四録堂類稿》七十三種，《詩存》二卷，在《鐵橋漫稿》中。宣統元年歸安蔣氏又刻《鐵橋詩悔》，收於《湖州十家詩選》。自謂有詩十四卷，不足存。今兩本所得，猶不及三百首。其中《嚴子陵釣臺》詩多附考證。《螔磯靈澤夫人祠行》、《佛粉行》、《紅毛刀歌》、《邯鄲行》、《古泉山館行瞿中溶席上作》、《董香光畫青弁山水障子引》、《送費錫章之秦軍》，辭意盛而無堆垛之弊，蓋讀書博，勿須撏撦章句也。讀《史記》、《漢書》、《三國志》十首，詠《五代史》七首，亦可爲讀史之資。

雜　詩　七首録一

江浙田賦重，東南民力殫。尤重者四邑，江震與程安。野人納倉米，歸來各悲歎。終歲當勤動，合家常飢寒。如聞八省漕，輕重絶相懸。王道無黨偏，四邑民獨艱。我云否不然，昔在宋明年。有官田籍没，租額若天淵。官田籍没田一依租額起科，每畝四五斗、七八斗，至一石以上。減之再三減，四則以相權。承流率浮濫，什一二之間。官家但什一，何異殷周前。吴江等四邑皆水田，濱太湖，稀逢旱潦。豐年收米畝三石，凶年一石，中年二石，準古什一税以一斗八升零入官。徒以承平久，百爲費漸繁。量入以爲出，上下俱安便。《鐵橋漫稿》卷下

東嘯詩草一卷　燕臺吟稿一卷　西湖櫂歌一卷　懶眠集一卷　嘉慶間刻本

陳希濂撰。希濂字秉衡，浙江錢塘人。本邵姓，居金華之蘭溪。舉人。嘉慶三年，年三十七，客金氏館。四年，會試未第，歸杭。六年，復北上京師，住懶眠胡同。七年，刻乾隆六十年以後詩，分爲四集，各集以事繫名。希濂在杭，謝啟昆爲按察使，嘗招之。與書畫家奚岡、黄易均有交。初入燕途中作《渡河行》，紀災民饑饉情狀，歷歷在目。與余集、阮元、宋大樽、趙懷玉有寄贈。《西湖櫂歌一百首》，注繫史料，頗爲詳恰。曰「懶眠」者，卽以在京所住胡同爲名云。

二娱小廬詩鈔五卷補編一卷　嘉慶間刻本

尤維熊撰。維熊字祖望，江蘇長洲人。乾隆五十四年拔貢。官淮安訓導。嘉慶間薦雲南蒙自知縣。引

疾歸。十四年卒，年四十八。是集與《詞鈔》二卷合刊，郭麐、彭兆蓀論次校録。陳鴻壽、郭麐序，彭兆蓀撰《墓表》。維熊父世楠，乾隆五十年進士，官州判。此集有贈韓崶、唐仲冕詩，又與謝振定、孫爾準、姚椿唱酬。《評詞》八首，《續評詞》四首，評論當時詞人。《木瀆雜詩》、《西湖雜詩》，格調尚新。得縣令滇南，作《清浪灘》、《飛雲洞》、《宿三拉田家》、《蒙自雜詩》等篇，頗寫山水之勝、風土之奇。游嶺南，有《廣南雜詩八首》，端州《眾船詞》、《花船詞》，亦及民間俗習。以見聞發諸歌詠，辭著其實，此所以不在諸家之後也。

蒙自雜詩八首

自昔炎荒阻甸要，淫邛浣遁肇根苗。好人怒獸民難靖，火種刀耕地不饒。遥指罔巒連絶域，始通冠帶自前朝。元時爨蠻内附，猶爲土縣，至前明弘治十五年始設流官。軺車無怪蒐文獻，四百餘年歎寂寥。

風俗從來與化移，居方物土總隨宜。根留白薯連畦種，穗割紅蓮滿甑炊。綵纈扶慵粧半面，蒙自婦女出，張小繖，有簷下垂，揜蔽其面。蘆笙吹暖酒千巵。蘆笙夸人樂器，相聚燕飲則吹以和曲。可知樂國春常在，雜處無勞別漢彝。

洗盡弓刀戰血斑，秋原斜日氣蕭閒。捨資有土官千户，捨資納土於元置蒙自千户所。阿僰無城長百蠻。阿僰蠻據蒙地最久，舊有城傳爲僰彝所建，今久廢矣。靈跡爭誇龍落水，縣東有泉，相傳龍落其上。腥氣怕説虎依山。土酋李世屏據羊肝寨，毒虐殊甚，縣人苦之，名三老虎。劇憐一片南湖影，近納瀛壺襟帶間。縣南學海亦名南湖，上有亭曰瀛海。

蠻方殊俗遠難徵，景物遷移勝槩增。雨送金魚雙撥刺，南山屯水塘每雨後有金魚二尾出水，罩之不得。古寺閒尋鹿苑僧。烟開石馬半飛騰。縣南有山曰石馬飛騰。新詩愛詠雞街荔，雞街有荔支一樹，五月果熟。鹿苑寺鐘樓最古，或曰交人所建也。濟勝待扶南詔杖，滿山無處覓紅藤。

編氓新隸十家牌，近行保甲法，每十家立一牌。估客砂人户甲排。礦丁亦名砂人。爨部文書尊木夾，夷俗官書及民間約質俱用木夾，上書爨字。寶山名字艷金釵。縣屬銅場名金釵廠。祈晴不用丙丁帖，蒙地晴多雨少，有雩而無禜。趕集常輪子午街。市集謂之街，以日支所屬爲期，如西關外鼠馬二街，其地曰子午場是也。誰識前賢安撫意，古銅繡澁土花埋。明巡撫鄒應龍征蒙迷土賊，埋銅鞍於小東山下，以寓安撫之意。

世守夷官各土疆，峯嵐如甑水如湯。地從丁喇分三猛，三猛土塞，自猛丁猛喇疊分其地爲十五猛，地始狹小。部析思陀有六鄉。落恐左能瓦渣等六鄉皆唐之官桂思陀部也。夜雨空山鳴蛤蚧，春風小榼餉檳榔。土司所部多種檳榔。詩人驚歎推松屋，麗句居然琢鳳凰。李鴻齡字松屋，土職裔也，詩絶工如西崑體。

列隧通衢早閉門，心香一炷送黄昏。蒙人至夜必炷香於門，以禳瘴癘。蟸雷聚處催殘臘，牛鐸喧時趁曉暾。烏夢梨花尋舊市，縣東南百四十里有梨花江，梨花舊市爲八景之一。客愁明月掛前邨。明月邨爲野夷所居。土風記取星回節，縛炬先招聯詔魂。俗以六月廿四日爲星回節，漢夷爭爇松明火，列炬如晝，或云古有烈婦阿南以是日焚死，或云鄧賧爲蒙舍所併，其妻慈善聞變自焚死，故夷俗皆以此日弔之，亦名火把節。

　　賭咒河分定界初，蓮灘水涸見紅蕖。蒙地其先半屬交阯，我朝始以賭咒河爲界。伏波久立將軍柱，杜魯猶傳都尉書。河泥里杜魯寨民有藏交國文書者，其署官階曰平邊營駙馬都尉。一自欵關來象馬，至今服賈有舟車。縣南蠻耗有河近接交阯，商賈販運象牙、犀角及肉桂之屬，皆出于此路。交岡舊是防邊地，交岡在縣南境外爲邊界要隘。但到清時亦宴如。《二娱小廬詩鈔》卷三

西磧山房詩録三卷　道光十二年成都刻本

　　蔡復午撰。復午字仲蘭，號中來，一號佇蘭，江蘇吴縣人。嘉慶六年舉人。主講慶遠宜山、岳州平江、平湖當塗、諸暨毓秀、東臺西溪書院。卒於道光元年，年五十九。此集有錢大昕、顧曾、陶樑、唐仲冕等題詞，受業吴慈鶴序。詩共一百三十九首。復午曾渡錢塘，泝彭蠡，過燕趙，浮沅湘，游歷粤東，得窺山水奇勝，發爲歌詩。《吴山大觀臺望江懷古》、《石門洞劉文成讀書處》、《西湖竹枝詞八首》、《穀城楚霸王墓》、《東阿弔陳思王》、《洞庭桔井曲》、《羊城秋夜》、《拱北樓》、《珠江楊柳竹枝詞八首》，體制不一，皆不落凡俗。硬語獨盤者尤佳。題畫亦有可觀。姚文田作《蔡孝廉傳》，謂復午賫志以没。然門弟子成就甚衆，生前亦負時望也。周鶴立《匏葉龕詩存》卷一有《癸丑送蔡佇蘭復午之粤中》詩。

雕菰樓集詩四卷　道光四年阮氏刻本

　　焦循撰。循字理堂，江蘇江都人。嘉慶六年舉人。應會試不第，即奉母家居，不復出。嘉慶二十五年

卒，年五十八。循篤學。邃於諸經，尤長《易》，精天文、曆算，旁及鄉邦文獻及戲曲，著述甚富。所撰《雕菰樓集》二十四卷，卷二至五爲詩。有嘉慶二十二年自序，阮亨、徐熊飛序。詩不經作，存四百二十首。內《荒年雜詩》九首，張應昌《詩鐸》採之。《村居草木詩》、《虎鯊吟》、《畬薯吟》，亦關繫世情。乾隆六十年阮元視學山左，預小滄浪亭集會，作游龍洞諸詩，又臨登州望海。嘉慶七年過杭，有《雜詩》二十首。與李鋭、凌廷堪爲「讀天三友」。考據不以標榜，但求實學。與人論詩云：「雕鎪易工，高曠難學，勿卑齊梁，其格非弱，古律之間，實爲之籥。」故於唐人，獨喜孟郊。作《四哀詩》，輓李鍾源、王準、顧之逵、郎炳。另有《讀書三十六贊》綜論乾嘉樸學，爲銘箴體，收於卷六。其學不獨於詩得之。此集爲道光四年阮福刻，附其子廷琥《密梅花館集》二卷。

小山泉閣詩存八卷　道光二十年刻本

汪爲霖撰。爲霖字春田，江蘇如皋人。官廣西鎮安知府，擢山東道。此集爲其子承鏞刊，阮元、韓崶等序。據《壬戌四十初度》及朱璋跋，爲乾隆二十八年生，道光二年卒。爲詩推崇袁枚，有「先生宗白我推袁，萬古心香共此源」（《隨園詩話補遺》句。與洪亮吉、孫星衍交往亦密，頗受切磋之益。所歷衡陽、柳州、桂林、陽朔等地山水，游覽北京西山、濟南諸勝，吟詠留題，佳製不乏。《詠石馬》自注：馬産歸順州，種最小而力能勝馳騁，故名石馬。《治河難》、《重漕運》、《修水利》、《靖海洋》、《戊寅五月望日海濱漁人獲大龜之市爭欲屠達明府仍令舁送入海繪圖紀事詩以誌之》，皆爲社會史料。蓋作史以經世爲懷，歌詩亦健而有法也。

清芬堂集十六卷　嘉慶二十年刻本

潘際雲撰。際雲字人龍，號春洲，江蘇溧陽人。嘉慶十年進士。官安徽霍山、靈璧知縣。此集爲手自訂存，詩共一千四百五十五首，有嘉慶二十年自序。生歲按卷十五《五十初度》詩逆推，爲乾隆二十八年。詩調不古。大抵取唐、宋、元、明及近諸名家集讀之，無逾其範圍者。集中《蕎麥歌》、《淮河歎》、《蛟水行》、《漁父歌》、《牧牛詞》、《養蠶詞》、《秋社詞》、《採茶歌》，多含諷諭之旨。《走索伎》、《送嫁娘》、《花鼓戲》、《串客班》，雜記風習。《蒼雲石歌》、《北固山》、《溧陽太白酒樓歌》、《秦淮雜詠》、《采石太白樓歌》、《西湖飛來峯歌》、《靈璧石歌》、《虞姬墓歌》，采覽所及，多爲弔古。《漢光和四年溧陽長潘校官碑》、《漢石經殘字歌爲翁覃溪先生作》、《觀象臺歌》、《雙塔寺》、《雜題帖詩二十八首》、《諸葛弩歌》、《岣嶁碑歌》、《朱竹垞井田硯歌》、《昌化石圖章歌》，詳注古事，而藉抄羣書。又作《金元明宮詞》各十首，亦取於正史及習見之野史筆記，采掇衆說而不衷一是。《論詩十首》、《讀楊誠齋集》、《題漱玉詞》、《斷腸詞》、《馬湘蘭畫扇歌》、《題樊榭山房集》等篇，意自己出，亦善鋪張。卷四《紀文匯閣四庫全書》，卷十一《紀淀津河隄各工》，卷十六《編保甲法歌》，尚有史料可資。趙紹祖編《蘭言集》載潘際雲《小傳》，稱集中有《詢史恆齋大戴禮補注》詩，自注：「方輯《學海》百卷。又有《讀書詩》云，擬作《西夏史》以倣《南唐書》。」蓋不僅欲以詩名也。

種蕉館詩集六卷　同治間刻本

郭堃撰。堃字以簡，號厚菴。江蘇丹徒人。嘉慶六年舉人。官内閣中書。十一年卒，年四十四。此集有吴錫麒、洪亮吉、張鉉序，附同治間陳祺壽撰《郭厚菴先生家傳》。堃少從王文治游，學詩得其指授。又入曾燠幕。往來於快雨堂、題襟館間。入京後與法式善、吴錫麒、張問陶、吴嵩梁等交往，唱酬不減揚州。是亦能以詩稱一時。如北京《翠微山紀游》、《晚秋雜興》、《洲渚雜興》諸篇，俱有情致。又作《隨園先生十三女弟子受業圖》，可爲談藝之助。《京口五詩人詠》，爲江干布衣余京、石帆山人張曾、海門徵君鮑皋、小花樵長李御、衡帆大令程夢湘。而自所爲詩，亦可嗣響。

清人詩集敘録卷五十

東海半人詩鈔二十四卷　嘉慶二十二年刻本

鍾大源撰。大源字晴初，浙江海寧人。布衣。受學於周春。居里，主持吟社有年。阮元在杭闢詁經精舍，以痼疾不克就課，稱弟子。一生貧病，耻事干謁，以全力致力於詩。是集編年始乾隆五十年，終嘉慶二十二年，詩共二千二百六十五首，有易鳳庭、俞思謙、屈爲章、張駿、何太青、陳萊孝、查揆、應時良八序。應序作於嘉慶二十二年，謂鐫成時大源年五十五，或即卒年。據《與壽魚談鋟拙稿事率成》，知當時無力付梓，由邑令白某等資貲刊刻。大源爲詩，沉鬱蒼厚，筆無停機。《讀陶詩》、《詠史八首》、《題劍南詩鈔》、《讀宋史雜詠》十二首，俱見勤於書卷。《和周松靄夫子論詩絶句六十首》，詠《三百篇》至清初諸大家，尤對周春服膺無間。《論印絶句十二首》亦和周松靄作，今周春詩集已佚，所見和詩，僅沈心《孤石山房詩集》、蔣元龍《春雨齋詩集》與此集耳。又有《邑廟災》詩，斥鄉愚佞佛甚力。作者身居海陬，偃仰一室，而四方知名之士，多與郵筒往復。《錢武肅王鐵券歌呈秦小峴》、《紹興石經歌》、《岳氏銅爵歌》、《皺雲石歌》、《題明張靈後乞食圖》、《南宋方爐詩兔牀丈索賦》、《西漢定陶共王陵鼎歌爲阮中丞作》、《鐵硯歌爲陸棰作》、《玻璃洋箋歌爲蓮石作》，應人題詠，情深辭富，無挦撦之態。雅好戲曲傳奇，《題小青傳奇爲查梅史作》、《觀演斷橋劇本》、《題莳梅瘞花樂府後三絶句》，可以近世戲曲史料目之。《新年竹枝詞》十二首，皆采民風。截句亦有極佳者。《寄南廬都門》云：「萬斛軟塵留薊北，一帆春雨到江南。」《漫興》云：「戰雲横壘黑，堠火射波紅。」《秋桑四首和阮芸臺》云：「寒鳥啼煙疑戴勝，露蟲語夕訝繅絲。」「漫勞園客垂青眼，恐使蠶孃成白頭。」「憶昔曾聞花滿陌，于今空見海成田。」《秋日園居》云：「林蟲兼殼墮，池鳥带聲飛。」《喜半圭見訪》云：「交誼醇于新釀酒，詩情清比甲梅花。」《敬懷家君山右》云：「豈因道遠緘書少，自爲家貧着筆難。」《寄答李次白貽德》云：「驚君白也才無敵，憐我昇之病恰同。」《冬曉嚴寒齋中即事》云：「紙帳光疑今日雪，花壺裂訝昨宵冰。」《歲暮梅史見訪共話》云：「此間聊作忘憂館，何計同尋避債臺。」非久經鍛鍊不得至，與以帖括餘力而爲之者，自有上、下牀之别矣。查有新《春園吟稿》卷十《讀東海半人詩集》云：「因專心力耽吟詠，鑿齒名高是半人。」可稱知音。大源學詩刻苦，倍於常人，身雖病廢，而傑然拔出。《自題苦吟圖》云：「曾説雕蟲技最微，沉思何苦損腰圍。請君再檢詩人籍，幾箇流傳是布衣。」惜百餘年鮮有齒及者。此集傳世已稀，宜謀重印，庶不使終以布衣而泯也。

桃花山館吟稿十四卷　道光十年刻本

郎葆辰撰。葆辰字文臺，一字蘇門，自號桃花山人。浙江安吉人。嘉慶二十二年進士，改庶吉士。官御史，至貴州某道。卒於道光十九年，年七十七。是集包括試帖詩、詞賦共十四卷，有嵩溥、胡達源序。據自序云：「嘉慶十六年抵通州，詩稿爲胠篋者竊去，張介侯澍督予記憶，而鈔存之，存者爲三十分之一。」今一至四卷共詩二百七十八首，卷五《詠物詩》六十六首，六、七卷《題畫詩》共百九十一首，祇此七卷耳。葆辰受知於黄鉞，爲邢澍弟子。夙與鮑桂星、顧莼、李彦章、張澍、張祥河唱和。集中《題嚴元照篸花小集》、《句容寶華山銅殿歌》、《鐵瓢歌爲周七橋作》、《上阮芸臺師一百韻》、《題葉小鸞眉子硯搨本後》六首、《題周漁璜起渭桐埜書屋圖卷子》三首，造語工切。《題畫詩》二卷，多存美術史料。紀事詩涉及滑縣天理會事。又《黔中雜詠》十首，記土風亦周。其詩亦稱一時翹楚。惟嘉道間作者如雲，諸小名家間難以軒輊耳。

仙槎游草不分卷　嘉慶二十四年刻本

張寶撰。寶字仙槎，江蘇上元人。久客幕府，游歷甚廣。是集有法式善、王泉之序。爲嘉慶二年至二十四年詩。計結集時，年已五十七。寶嘗登泰岱，北涉恆山，游楚南，至於粤東。集中大都爲紀游詩，《羅浮雜詠》，頗多奇致。《登澳門西望洋山望海》云：「澳門横列數平巒，濟勝登臨足大觀。翠岫煙消三島現，夷船雲集八蠻歡。羣山懷抱邊隅壯，衆水朝宗海勢寬。賴有經權周令尹，一身撫剿萬民安。」自注：「海寇擾亂洋面，屢至内地，擄掠村民。嘉慶十五年，周載溪明府一身出海招降剿擒。至今海面肅清，民安集商賈如雲。」嘗自刻《泛槎圖》，紀粤游之盛。朱實發、仲振履、張安保爲之題辭。觀此集之詩亦以游粤東者爲勝也。

玉磬山房詩集八卷　嘉慶二十年刻本

劉大觀撰。大觀字正孚，號松嵐，山東章丘人。乾隆四十二年拔貢。歷官廣西永福、天保知縣，奉天寧遠知府，擢山西河東道，署布政使。撰《玉磬山房文集》，刊於嘉慶十六年。《詩集》刊於嘉慶二十年，收乾隆五十四年至嘉慶十九年詩八百五十五首。八卷各以《嶺外》、《灘江歸櫂》、《留都》、《邗上》、《廻帆》、《鹺城》、《行脚》、《懷州》名集，有翁方綱、吴雲、阮元、陳希曾、楊芳燦序，自序，又道光元年鮑桂星序，當係補刻。大觀未躋顯科，而學造匪淺。大觀初在嶺外，學詩於高密李憲喬。憲喬謂其爲《才調集》所誤，三十後從新作起，一以清瘦峻削爲宗。後廣交海内名士，扶助風雅，詩益雄健。嘗刻高密三李與黄景仁詩集。作《書黄仲則詩後》，爲研究《兩當軒集》所必資。始仕永福，爲乾隆五十四年，據《文集》自序，時年二十七。嘉慶二年爲寧遠知府，詠開原古塔、閭山，《登錦州紅螺山頂作長歌》，豪宕有致。《詠遼東方物》、《馬廠行》，爲有關東北社會經濟史料。《邗上集》詠揚州名園殆遍，並及杭州、天台、雁蕩。流寓河南，詠龍門、天壇、王屋，嶽色河聲，雄壯樸直。《題趙秋谷詩集》、《論詩四絶句》、《馬秋玉故宅太湖石歌》、《寄錢辛楣先生》、《題馮孟亭先生捧硯圖》、《題汪本直重修元遺山墓》、《題江子屏書窠圖》、《題趙渭川吏隱圖》、《題桂未谷灤源室壁》、《題蔣立厓天遠歸雲圖》、《題羅介子梅花册子》、《送高麗金錦汀回國》、《過常州黄仲則墓》、《輓洪亮吉》、《哭李石桐先生》、《哭李子喬》，涉及當代文苑，可爲知人論世之助。《弔武虚谷》詩、《自書手卷》，俞樾嘗見之，有詩、跋見《春在堂詩編》甲、丙編。大觀身後無傳，生卒年均待詳考。唯道光四年刻清初趙作舟《文喜堂詩集》，冠有一序。尚鎔《持雅堂詩集》，更冠有道光十一年序，計其歲當在七十以外矣。

書黄仲則詩後

俗儒墨浪空滔滔，那有筆鋒如寶刀。捃摭浮言驚世耳，空疎無據舌本勞。悔存八卷十萬字，字字經營出苦思。鎔鑄群書運偉才，自有光芒照天地。試觀兩首觀潮行，洶洶紙上起潮聲。再讀新安程孝子，抽刀割肉割不死。寫山山在前，寫樹樹蒼然。旅舍蕭條戰場險，兒女情懷俠客膽。神仙鬼怪及蟲魚，嬉哭怒駡兼欷歔。但用柔毫一揮灑，便有窮形盡相者。吁嗟乎，不知造物有何親，獨將此筆與此人。不知造物有何恨，獨使斯人受奇困。履穿吴楚地，髮秃秦晉中。危輪夜碾覆車石，破帽晨衝裂面風。古賢分任艱厄窮，今乃全數加其躬。坐此佯狂寄於酒，芒刺在心詩在口。驪龍潭底抱珠眠，赤手奪來如固有。笥河先生畢制軍，逢人便説君能文。愛君欲君展羽翼，嗟君無命登青雲。丞簿小官雞肋味，得之何足吐奇氣。午夜文星落解州，並比雞肋嘗還未。死後遺編十二秋，北平學士苦收留。竟使團瓢葬流水，千秋萬世誰復識唐求。《玉磬山房詩集》卷三

遼東方物八詠

蕨産扶餘郡，春山採野蔬。何因得嘉譽，應是近留都。吉祥菜。

鹿茸去人疾，鹿尾適人口。空山蕉葉深，難脱獵兒手。鹿尾。

浩浩黑龍江，水深無細魚。何人飲此味，不願遼東居。鰉魚。

傑物奪春令，得之於意外。卽有監州來，此州亦可快。錦蟹。

石首是本名，同樂爲别號。春深水族稀，此始入罾罩。石首魚。

革履不裝綿，其中實以草。入山掘參苗，得力誠不小。兀喇草。

存液去其糟，釀此忘憂物。黄金鑄杜康，勝拜西方佛。回糟酒。

細雨聲中賣，聞之已動人。江瑶無覓處，用此餞餘春。蝌黄。

《玉磬山房詩集》卷三

馬廠行

馬産盛朝根本地，非特泉清草亦異。廠中時出入蓡苗，食之盡有騰驤志。大馬駿垂氣韻雄，小馬耳豎嘶長風。天晴雲静海邊立，一萬四千各各如生龍。龍性宜水不宜陸，陸地之龍誰可牧。大糧莊頭三百家，不獨司養兼司育。共額馬一萬三千餘匹，三年一次平圈取滋生馬六千匹入京師。三年考課天使來，稽查簿籍點龍媒。六千餘匹上都去，麟腹虎胸何壯哉。設用此馬滅狂寇，頸血不污軍前袖。賊誅無算汗不流，將軍大呼加芻豆。設用此馬獎勳臣，朝朝待漏神武門。騅駓駰駱兼騄耳，牽來一見皆逡巡。設用此馬入圖畫，衆工束手如施械。寫生絶技得曹韓，攝取靈光照三界。吁嗟乎，馬之所係誠非輕，故我今作馬廠行。爾以公田養妻子，絲毫租税不爾征。莊頭有三等，上等種地九百日，次等種地八百日，再次種七百日，並無貢賦，只以養馬爲事，每日計地六畝。馬之肥瘦唯爾問，堂堂都統在錦郡。肥者有賞瘦有罰，各以勤勞盡爾分。牧政係錦州都統專管。《玉磬山房詩集》卷三

試畯堂詩集十二卷　道光二年刻本

王蘇撰。蘇字儕嶠，江蘇江陰人。乾隆五十五年進士，改庶吉士。授編修。出爲河南衛輝知府，以忤上官，引疾歸，遂不復出。此集王芑孫序，載詩一千二百六十八首。生歲以《壬申五十初度》計，爲乾隆二十八年。卒於嘉慶二十一年，年五十四。鮑桂星《感舊詩鈔》稱：「與余同齒。得原官未赴，咯血卒於京師。」嚴烺《紅茗山房詩存》有輓詩。蘇出朱珪、王杰之門，受學於邵晉涵。詩如《劉伶墓》、《文選樓懷古》、《憫忠寺弔謝疊山》、《李靖舞劍臺》、《文丞相琴歌》、《題金檜門先生自書觀劇詩册》、《李廷珪古墨行》、《送張臯文惠言詣盛京恭篆列聖玉寶》、《題邊頤公蘆雁》、《題蔣因培蘿莊圖》、《游大伾山》、《南歸雜詠》、《黄鶴樓歌》、《龍城龍舟詞》、《芙蓉江龍舟詞》、《洋燈》、《影戲》、《象棋行》、《塔燈歌》，今古互陳，奄有其勝。出守衛輝，作《詠古》十首爲比干墓、太公廟、孔氏門、君子村、汲冢、黎陽倉、蘇門山、畫舫齋、潞王墳、岣嶁碑。《衛風九章》爲《驛館行》、《車馬行》、《稭料行》、《漕運行》、《書院行》、《校場行》、《蘋果謡》、《牴詭嘆》、《三害行》。均可以地方文獻目之。蘇爲官直介。生於所謂乾嘉盛世，寫黎民疾苦之詩，皆出目睹。《河豚行》、《捉船行》，寓意極深，已見

張應昌《詩鐸》。《食布行》賦毘陵飢民有食布而死者，江南富庶之區且如此，類可知矣。末卷諺樂府六十首，篇篇諷刺世情。與王芑孫最善，《淵雅堂編年詩》附和詩多首。管繩萊《萬緑草堂詩集》有《讀王濟嶠遺詩》。

食布行　毘陵飢民有食布而死者，爲賦此篇。

指秃難剥樹上皮，脚軟難採山下薇。食不可衣衣可食，碎裂下體懸鶉衣。吁嗟木棉布，本出貧女機，未足禦冬寒，焉能療朝飢。食之不下咽，頃刻氣息微。探喉頗似鳥吐綬，扼吭何時馬脱韁。城中官府散倉穀，城外富人煮糜粥。賑票荒單乏錢買，屑草丸泥任號哭。虚嗔户口領饘歸，里正閶胥飽粱肉。吏日肥，民日死，淨掃衙門及街市。食布殘骸焉置此，熟田開征縣官喜。君不聞吴淞民詈郡丞耳，又不見暨陽火燒平糶米。《試畯堂詩集》卷十

藴真居詩集六卷　嘉慶十二年刻本

陸學欽撰。學欽字子若，一字敦書，江蘇太倉人。嘉慶五年舉人。嘗受業於錢大昕。是集存詩三百二十三首，有吴桓序，錢大昭撰《陸孝廉傳》。學欽性情蕭逸，不慕浮名。集内《舟中望虞山》、《吾谷看楓葉》、《劍門》、《石梅澗小坐》等作，曠然自得。《病中雜感》、《癸丑歲暮雜書》，自況頗清苦。學欽著有《海虞游草》、《海虞雜詩十首》、《海虞竹枝詞四首》，亦爲風土吟謳。《元宫詞二十首》，自爲箋注，頗詳史事。又有詠史樂

府《讀晉書作》十首、《卞玉京牙印歌》、《墨井道人雙松圖》、《錢侗策蹇訪碑圖》，古樸深厚。錢序稱，嘉慶十一年年四十四而殂。才人不壽，是可惜耳。

茗香堂集四卷補遺四卷　嘉慶間刻本

王家相撰。家相字宗旦，號藝齋，江蘇常熟人。少與同里孫原湘，並有才名。官蕭縣教諭。嘉慶十年成進士，改庶吉士。擢御史，外任南汝光道。道光間在世，年七十餘。此集四卷，爲乾隆四十三年至嘉慶十二年詩。《補遺》四卷，不詳年月。《外集》爲文。首法式善、吴蔚光、尤維熊序。吴序作於乾隆五十一年，稱作者「年僅三十」。其詩綺麗似孫原湘，而雅健弗逮之。《惠山泉》、《三橋游春曲和竹橋師韻》、《虎丘山歌》、《登虞山放歌》，大多徜徉於湖田鄉土間。《豔雪篇》、《合歡斷腸篇》，長篇敍事言情凄婉。《揚州懷古》、《蘭陵懷古》、《秦淮竹枝詞十二首》、《燕南竹枝詞四首》，亦有清音。《河南荒民有編蓆爲篷樓於沙上者詩以紀之》、《洪溝河謡》、《種棉花謡》、《水車謡》、《市心火》、《湖田行》諸篇，多關心閭閻疾苦。嘉、道間詩壇無大家，而人才輩出，項領相望。其間隱晦不彰者甚多，此不可不爭也。

貞定先生遺集詩一卷　同治間影山草堂刻本

莫與儔撰。與儔字猶人，一字壽民，號傑夫，貴州獨山人。嘉慶三年舉人，四年成進士，改庶吉士，會試總裁爲阮元。六年，官四川鹽源知縣。後調任吏部，請改教職，爲遵義教授。道光二十一年年七十九卒。學有根基，以經史爲先。子九，友芝最有聲。門人鄭珍以考據訓詁之學名時。黔省學風，實由與儔開之。是集前三卷爲考證之文，卷四爲詩。乃其子友芝輯遺而成。詩存不多，有沉鬱蒼勁之致。《詠獨山州北壽人洞》、《至瀘水無舟乃伐木數十結橋以渡》、《登左所山觀小海》、《戊戌生日鄭子尹以詩見贈和答》，步趨韓蘇，不愧作手。去鹽源二千里有喇嗎左山産銀銅，郡守徇民之求，請開礦，與儔力持異議，飭令往勘，作詩紀之。該地爲倮族聚居之區，縣令入土司境，徵各户出錢二百，與儔盡却其物，作諭土官詩並告戒未來。及去，老幼遮道獻酒。今録此兩詩，以見其治行焉。

之木裏喇嗎左所勘封治敞山道春盡猶積雪數尺土官先起徒掘雪乃可行

左所山礦銀銅。嘉慶壬戌冬，奸民請布政使行所轄府縣拓丁置冶敞，府已許之。余秋末抵鹽源任，即有敞丁呈請開冶，因規知出銀之山，實土官經堂所據。彼人重經堂視祖廟，且開敞聚衆，滋擾夷境，夷不聊生，患且不測，因力持不可開之。議具通禀，上游是之，飭令往勘，且申將來之禁。故有此行，時癸亥三月也。

西來春已盡，山雪積猶深。掘雪走千夫，爲待縣官臨。愧我初學製，尠德及蒼黔。重勞我邊士，罷寒孰能禁。皆言食縣土，供役分當任，賴官止阬冶，活我方自今。履勘耐險遠，尚敢愛愚忱。誰謂民爲頑，治法不易尋。但看絶域中，乃有父子心。《貞定先生遺集》卷四

至館舍諭土官

下山入館舍，烹羊更椎牛。迂迴度庖室，雞豚比山丘。菜根我所甘，鮮肥真贅疣。問此胡爲來，免冠惟叩頭。居民萬餘户，户户率錢抽。搜求到園圃，皆云縣官由。我來已擾民，一飯猶過求。此物實無用，返去無遲留。來者亦人心，爾曹勿深愁。刊碑詔村疃，聊備主者偷。土官以縣官過境，其所管萬餘夷户各率出錢二百，以半餽縣官，名過山禮。土官自取半爲供給費，而雞豚蔬果之屬仍户派之。余訪得其實，立飭散還。土官唯唯叩頭，且請曰：此實舊例，公不取而散之，如來者有事及境，將不可復斂何。余曰：此易耳，可勒石示村堡，自此以後，縣官至土司境，有派夷民率錢者，聽其赴告，爾不有辭乎。《貞定先生遺集》卷四

心鐵石齋存稿四十卷　道光十二年誦林堂刻本

宋鳴琦撰。鳴琦字梅生，號劂石，江西奉新人。乾隆五十二年進士。歷任禮部主事，員外郎。嘉慶五年，官四川嘉定知府，十九年，遷廣西桂平蒼梧道。二十四年告歸。道光間主講南昌豫章書院。據《自訂年譜》，至道光二十年，年七十八。鳴琦耽嗜吟詠。嘉慶九年，刻其父五仁《春權書屋詩存》、仲兄鳴珂《南川草堂詩鈔》，十七年，復刻叔兄鳴璜《味經齋存稿》，爲《奉新宋氏詩鈔》。自編詩集，初守嘉定，訂爲十二卷，官粵西，存詩二卷，歸南昌，存詩十三卷，道光七年，譚光祜爲之訂存。十二年，又自訂此集，爲乾隆四十八年至道

光十一年詩，共二千二百七十首。其詩篇什最富，而才調不若仲、叔兩兄。以所經歷而發，川陝湘桂爲多。《漁榔曲》、《介休懷古》、《登峨嵋放歌》、《牧牛詞》、《游嶽麓》等篇，直抒胸臆，樸而不佻。《湘城賽神吟》八首，詩不足觀，注記當時習俗，不無可采。如云：「鬼卒皆花面，著綉袴，躡絲履，手執金叉而行。判官數人，衣五色袍帶，大腹皤然，手揮白羽扇，騎駿馬，旌蓋簇擁。其穿紅袍者則以富賈爲之，聞賽神費半取給此人也。」「旌旗均錦緞，加以繡飭儀仗，香爐則以錫爲之。」「會中音樂最盛，有以船載優童奏細樂者，有以帷幔聚子弟打十番者，最後僧衆以梵音殿之。」「小輿數百，乘皆窮極工巧，中坐嬰兒，取代囚消灾之意。亦有兩兒共乘一馬，或人以肩承之，笑舞酣呼，了無懼色。」「扮無常鬼長身素衣，前後引導。又有普陀高趫及大頭羅漢、浣女采蓮諸戲。」「神封號長沙爲左伯侯，善化爲定湘王。最後神駕始至，以兩龍夾護，鉦鼓之聲不絶。神像端嚴颯爽，令人起敬。」又作《神燈竹枝詞》，注云：「旗仗爐亭，皆與賽神無異，唯以紗糊燃燈耳。」「刀戟内皆燃燭，而燈船尤盛，扮蚌穀者最多。紮四時花卉，極其照耀。扮漁樵耕讀四種頗饒佳趣。綵蝶無數，飛舞盡態，又有劉海蟾等戲，以大魚數隊及龍燈金鼓殿之。」據《心鐵石齋自訂年譜》：「道光七年春間，宴兒以善化距家較近來迎養，抵郡署小住。回省後獲覩兩邑城隍會賽，頗極一時之盛，而華光燈事，亦炫耀異常。」上述諸篇，當作於此時。鳴琦與法式善、趙懷玉、洪亮吉、吴嵩梁、譚光祜有交。《題樂蓮裳青芝山館集》，謂樂鈞卒於揚州，陳曼生爲刻集。《題羅兩峯詩草》四首，可見今本《香葉草堂集》殘缺。《湘潭張度西先生六如亭傳奇題詞》四首，度西爲張九鉞。詩自注：「余仲兄澹思曾譜羅浮夢傳奇。」澹思卽鳴珂。集中詠史如《吴越春秋》十首、《南漢詩》五首、《東漢詩》四首，論詩如讀《香山集》、《劍南集》、《題趙甌北集》，亦有所得。

湘潭張度西先生六如亭傳奇題詞

羅浮幽夢鶺鴒悲，腸斷朝雲一卷詩。余仲元澹思先生曾譜《羅浮夢》傳奇八齣，亦爲朝雲而作。誰料卅年前老宿，已將離恨譜相思。

骨鯁心期放逐身，楊枝撒手倍酸辛。六如一偈亭千古，誰與先生作替人。

温家玉鏡本無瑕，牽惹維摩病後花。記得栽茶行菜地，生天成佛共根芽。

新愁舊恨署花農，絶命詞來合惱公。事見張小珣詩註。老淚青衫零落盡，更無人唱大江東。《心鐵石齋存稿》卷二十三

確廑詩鈔二卷　咸豐七年春暉堂刻本

王烻撰。烻原名甯烻，字丹柱，又字大柱，號確廑，山東高密人。砯弟。乾隆六十年舉人。嘉慶間官泗水訓導，道光間改聊城教諭，莒州學正。二十八年卒，年八十六。此書方亨衢序云：「往王鐵夫論詩，盛稱高密詩學倡於三李，世稱石桐、叔白、少鶴三先生也。而及門之最著者，無逾王熙甫、大柱昆季。」集中賦景之什，以齊魯爲上。如《歷下》、《蒙山》、《岱麓》、《之罘山觀海市》、《浮來山銀杏樹歌》、《莒州雜詩》是也。北出居庸，南游蘇皖，亦

有詩紀游。《詠史八首》、《讀東坡詩》、《讀山谷詩》、《讀石徂徠詩》、《七十三泉贈桂未谷》詩，亦可觀采。烶與曾燠、王芑孫、劉大觀、牟應震、劉大紳、高密三李，均有酬寄。詩不足徵事，然無孱弱之音。

深省堂詩集不分卷　嘉慶十四年刻本

景安撰。景安字憶山，滿洲鑲紅旗人。由官學生考授内閣中書。官至户部尚書。嘉慶二十五年罷官。道光三年卒。撰《深省堂詩文集》附《自箴録》。是集爲鐵保、畢沅、梁肯堂、吴璥、茅元銘、曾燠、沈業富、劉種之八序，自序。詩多公餘雜詠。而以所經古北口、熱河、開封、江南、福州各地山川名蹟入詩，隨作隨録，不加銓次。贈答僅百溪、畢沅數大吏而已。是集雖未博採遐搜，而經歷較廣，非尋常八旗人詩但吟京都山郊風月者可及也。

壽雪山房詩稿十卷　嘉慶八年刻本

陳廣寧撰。廣寧字靖侯，號默齋，浙江山陰人。少讀書能詩。從父聖傳死於臺灣林爽文之變，乾隆五十二年，廣寧蔭襲雲騎都尉，咨部引見，學習期滿，攝紹興都司。五十八年，攝象山左營守備。嘉慶元年，舉孝廉方正，不就。補海昌海防守備，與李長庚共商滅蔡牽。十二年，任汀州鎮總兵官，繼署建寧、漳州。十八年，調山東兖州，參預平定教民起事。未幾，調雲南騰越總兵，行至潛江卒，年五十。是集爲嘉慶八年吴錫麒序，阮元題詞。仕履生卒年俱見錢泳《履園叢話》卷六。其平生篤友即錢泳、鍾大源、張燕昌諸人，而爲阮元、百齡、韓崶所賞器。集中有游象山石屋及出洋查英國貢船詩，有關近代掌故。與杭州秦瀛、朱彭唱酬，吴鼒結爲姻婭。《詠史雜詩》十二首、《九曜石米襄陽題字歌》、《趙忠毅鐵如意歌》，於史籍金石均有蒐討。《越中忠節詩》，多詠明人。吴文溥《南野堂筆記》稱廣寧爲陳鴻壽、文述同族兄弟。朱鐘《謙山詩鈔》有《酬陳廣寧騎射遺石鼓詩即送赴象山營》注云：「時從梁山舟游。」是集刊於赴閩參將任前，猶在盛年也。

雨十詩鈔四卷　光緒四年刻本

居瑾撰。瑾字予石，號雨十，江蘇南通人。布衣。居石港，以孝名於里。卒於道光十二年，年六十九。是集有其子殿臣跋，顧鵷、陳琪序。湯國泰序作於同治六年，年已八十一。又光緒四年余本愚序，當即刻書之期。生卒據嘉慶十一年《自題小照》年四十三證之。卒年見湯序。觀所作《懷人詩》，與吴廷燮、李懿曾、徐邦殿、黄理、江干善交。而未見與馮雲鵬往來。《詠古》二十首，多漢、宋間故事。《諭葬墳》，記宋開禧靖海開國伯印應雷墓葬之發見，殆爲軼聞。《題挑燈閒讀牡丹亭》七絶六首，《桃花扇題辭》十四首，當以戲曲資料目之。《弔吴陋軒先生》詩，惻惻動人。心之嚮往，從可見矣。

蛾術齋詩集十卷　嘉慶二十三年刻本

李如筠撰。如筠字介夫，江西大庾人。年未弱冠，即以詩鳴。尤長於制藝。乾隆五十二年進士。官編修。五十九年，典試湖南。未幾，竟没，年僅三十二。是集收古今體詩五百九十一首，彭邦疇序，趙慎畛序作於嘉慶丁丑二十三年，詳其身世。慎畛，如筠門下士也。序稱其師「詩如寒林落葉，無風自振……又如孤峯仄徑，生面新開……同時諸詩老咸敬憚之」。《孫將軍宗夏指畫虎歌》云：「虎虓一出衆山小，萬壑寒風顫松杪。烏鳶俯頸不敢下，百獸奔駭愁枯草。問君此態何從摹，將軍有力食於菟。興酣展紙一踸踔，神至不覺全力俱。頃刻風沙盈尺紙，老猿哀叫孤鳥起。爪間毛血腥斕斑，飢向蒼厓礪牙齒。將軍卓指如卓峯，決拾怒挽顔高弓。戲用五丁壯士力，幻出一山毛族雄。莊生以指喻非指，裴旻射虎乃彪耳。將軍顧影自狂喜，矯矯王臣有如此。典衛當年隸羽林，徒手曾將彫虎擒。卽今專閫持旄節，夜獵空山尋虎穴。馬蹀草中狐兔血，戰袍夜半風吹鐵。卽看此圖骨肉强，似有意氣同飛揚，勇不害上登明堂。便可持之獻天子，騶虞麒麟相終始。」此詩極盡鋪張排奡之能。宗夏名，畫史未具。林爽文失敗，如筠作七律《平臺灣》詩四首，頌揚時政。又有《詠古瓷八絶句》，小注頗詳其制，可與吴省欽《白華詩集》中《詠瓷絶句》互相參觀。《壬子五月南昌大水舟中作》、《舊遊》十四首諸篇，語無庸常，哀憤兩集。其詩塊然獨立，最近黄景仁。《書黄仲則詩後》云：「函谷關東病據鞍，灞陵西望是長安。時人不解馴龍性，造物何心化鼠肝。自信文章傳世易，終愁奴僕命騷難。青山何處埋君骨，天上樓高白玉寒。」尤見會心。餘如《張睢陽南將軍合像》、《棧道圖歌爲楊鈍夫先生作》、《廣州竹枝詞》四首、《嫁魚鑾》、《張文獻公祠》、《水輪行》、《芝龕記題詞》三首、《讀宋史雜詠》、《鄭板橋畫竹》、《與王蓬心太守乞畫》、《史閣部墓》、《錢塘觀潮》、《題邱至山藏墨》、《題樂蓮裳蓮隱圖》、《贈王惕甫》、《題陳南堂畫册》、《漢五銖錢》、《法時帆學士舉子》、《題余秋室畫美人卷》、《題羅兩峯畫扇》，大都精彩溢目。雖未以文立言，而學人之事備矣。

詠古瓷八絶句

中散遺杯沆瀣消，龘黄顔色數柴窰。可憐明鏡青天様，五代煙煤刼火燒。中散遺杯，見陸魯望詩。《夷門廣牘》：「柴窰出北地，世傳柴世宗時所燒者，謂之柴窰。天青色，滋潤細媚，有細紋，足多龘土，近世少見。」又《博物要覽》云：「昔人論柴窰，青如天，明如鏡，薄如紙，聲如磬。」

繡花精緻印花奇，紅玉中間刷竹絲。内府不供南北定，丹泉零落舊尊彝。《博物要覽》：「定器有畫花、繡花、印花三種。」《留青日札》：「定州今真定府，似象窰，色有竹絲刷紋者，曰北定窰。南定窰有花者，出南渡後。東坡詩云：定州花瓷琢紅玉。」《老學庵筆記》云：「故都時定器不入禁中，惟用汝器，以定器有芒也。」《博物要覽》：「新仿定器，如文王鼎爐獸面戟耳彝罏，不減定人製法，可用亂真。若周丹泉初燒爲佳，繼周而燒者，不入清賞。」

芝蔴花點玉脂杯，棕眼分明蟹爪皚。紫定淚痕茅篾甚，新傳秘色汝州來。《博物要覽》：「汝州窰色卵白，汁水瑩，厚如堆脂，然汁中棕眼隱若蟹爪，底有芝蔴花細小掙釘。定瓷有紫定、黑定之分，有淚痕者真。凡窰器有茅篾骨出者，蓋損曰茅路曰篾，無油水曰骨，乃骨董市語也。見《格古要論》。」

冰裂梅紋蟮血瑩，烏泥不及粉青精。鳳皇山下曾開局，珍重當時鐵足名。官窰色取粉青爲上，紋取冰裂蟮血爲上，梅紋片墨紋次之，見《博古要覽》。又《格古要論》：「官窰器宋修内司燒者，有紫口鐵足。有黑土者，名烏泥窰。官窰在杭鳳皇山下，其上紫，故足色若鐵。」

破碎痕中百圾完，斷紋縱插又横攢。龍泉抹倒章生二，見説琉田競爽難。《稗史類篇》：「哥窰與龍泉窰皆出處州龍泉縣。南宋時有章生一，生二弟兄，各主一窰。生一所陶者爲哥窰，以兄故也。生二所陶者爲龍泉，以地名也。」又云：「哥窰多斷紋，號百圾碎。」《春風堂隨筆》：「宋時有章氏兄弟，皆處州人，主龍泉之琉田窰。」

玉琖廬陵舊有名，螺山蒼翠奪峥嶸。崐岡一炬文山殉，窰變當年兆已成。吉州窰出今吉安府廬陵縣永和鎮，其色與紫定器相類。宋時有五窰，書公燒者最佳。相傳云，宋文丞相過此，窰變成玉，遂不燒。今其窰舊跡尚在。永樂中或掘得玉杯琖之類，理或然也。陸魯望詩：「九秋風露越窰開，奪得千峯翠色來。」

象窰髻墾董窰枯，比似均窰火焰殊。只有磁州名實左，市間陶旊劃花麤。象窰色如象牙，又次彭窰。《留青日札》云：「《格古要論》：『董窰淡青色，細紋多，有紫口鐵足。比官窰無紅色，質麤而不細潤。磁州器有劃花繡花者，均州窰器有兔紋絲火焰青者。』《考工記》凡陶旊之事，髻墾薜暴不入市。髻，薄也，墾，傷也。」

大小爐熿鍊色銅，蘇泥勃盡更無功。陂塘石子青如許，設色何如白地工。《江西大志》：「景德鎮有御廠一所，官窰二十座，窰之名有六：曰風火，曰色，曰大小爐熿，曰大龍缸，曰匣，曰青。青花白地者成窰，不及宣窰五彩。宣窰之青乃蘇泥勃青，後俱用盡，至成化時，皆平等青矣。平等青者，陂塘青石子青之類是也。」《江西志》：「回青爲外國所貢，陂塘青出樂平，石子青産瑞州，大抵饒器以白地者爲上。白杯中疵類多者，往往塗飾五彩，其稍净者施青花，至純白無花潔如晶玉者，其值在諸有花者之上。」《蛾術齋詩集》卷十

覺生詩鈔十卷　詠物詩鈔四卷　詠史詩鈔三卷　感舊詩鈔二卷　嘉慶二十五年刻本

鮑桂星撰。桂星字雙五，號覺生，安徽歙縣人。祖倚雲，父善基，均能詩，有集。嘉慶四年進士，改庶吉士。累官工部右侍郎。落職。道光初復起用，官少詹事。卒於道光六年，年六十三。桂星受詩於同里吴定，爲劉大櫆再傳弟子。詩宗唐，以杜、李、孟、韓、白，比之五嶽。嘗用司空圖説輯《唐詩品》。又以爲後世能嗣唐者，惟有明一代，故亦爲李夢陽、王世貞、李攀龍平反。其説詳見葉紹本《白鶴山房詩鈔序》。選有《王李詩》四卷。撰《覺生詩鈔十卷》，爲嘉慶間詩，分體編次，共八百四十首。五古《讀孟東野集》，七古《題程松圓墨松》、《登黄山光明頂放歌》、《西海門觀落照歌》、《建始石門歌》、《壽姚姬傳先生八十》、《哺鼠行》、《飼鼠歎》、《西狹碑歌》，矜尚格調，寄意深遠。律詩《哭張皋文》、《題武虗谷先生像》、自注：嗣子穆淳、哲嗣孫未，皆出余門下。《奉贈劉松嵐四首》、《贈張百瀹澍同年》、《贈劉孟塗開》、《贈管異之同》、《題亭林像》等篇，亦嚴於體裁。絶句則以《讀晉宋書隱逸傳十首》，較爲特出。同時刻《詠物詩鈔》三百七十二首，爲補唐李巨山詠物詩作，顧於物類多有未備，因仿其體補爲之。自謂意主摛辭，無關託興。然繁采寡情，不免流於瑣屑。《詠史詩鈔》凡三百題，自周季札至明史可法，品騭得失，但求其當，亦可謂能事者矣。《感舊詩鈔》七十三首，平生師友，畧盡於此。其舅祖爲汪沆。前輩朱珪、劉墉、王昶、金榜、馬慧裕，朋好王蘇、涂以輈、王灼、葉紹楏，均有掌故可摭。同治間方濬頤刻《鮑覺生先生未刊詩》，登華山十首而外，無可取。書附於方士淦《啖蔗軒詩存》《方氏四種本》後，而

《二知軒詩鈔》卷十二尚有《子範五弟搜集鮑覺生吴山尊未刻詩稿屬題詞》，記編刊事。張澍《養素堂詩集》卷二十二《輓鮑桂星同年》注云：「君以館事，爲人傾軋被譴，近又騣騣嚮用矣。王楷堂有六尺大硯寄君。許比部没後，君寫券付其兩子。」楷堂，廷紹字。韓崶《還讀樓詩稿》亦存輓詩五首。

紅蕙山房吟稿不分卷　知不足齋叢書本

袁廷檮撰。廷檮字又愷，號綬階，江蘇吴縣人。監生。袁于令族裔。嗜風雅，家富藏書。與周錫瓚、黄丕烈、顧之逵號藏書四友。卒於嘉慶十四年，年四十八。此編爲鮑廷博《知不足齋叢書》本。其中《丁巳夏日移居西塘漁隱小圃偶成》、《漁隱小圃十六詠》附王昶《漁隱小圃記》、《錢大昕五硯樓記》，洪亮吉、孫星衍、張問陶等題詩，均爲吴都掌故。《游包山寺》、《登硋山》、《游東西兩洞庭》諸作，意合詞清。廷檮交游甚廣，見於集中者僅錢大昕、王昶、潘奕雋、段玉裁、鈕樹玉數名家，不足以見當日翕集之盛。

校經廎詩稿七卷　道光元年家刻本

李富孫撰。富孫字既汸，號薌沚，浙江嘉興人。嘉慶六年拔貢。習業於阮元詁經精舍。與弟遇孫，俱有學名。著《李氏周易集解賸義》、《春秋三傳異文釋》、《漢魏六朝墓銘纂例》、《鶴徵録》、《曝書亭詞注》等書，才學俱富。卒於道光二十三年，年八十一。所撰《校經廎文稿》十八卷，卷一至七爲詩，卷八爲詞，卷九以下爲考訂之文，是以詩詞自矜許，與專爲實用之學者，有所不同。詩集有張鑑序，自識。《登横山》、《鷹窠頂觀日出歌》、《游滄浪亭》，奇勁俠蕩，詞句工麗。《題金德輿雲棲放牛圖》、《竹垞著書硯歌》、《讀國初諸公文集絶句十二首》、《重構曝書亭紀事》、《送趙文楷李鼎元册封琉球百韻》、《劉松年南宋中興四將圖》、《過范氏天一閣》、《周五戈歌》、《題劉嗣綰詩卷》、《題黄承錫寫十三經圖》、《題錢泰吉冷齋勘書圖》，各盡其致，無聱牙詰屈之嫌。倡和多江南文士。

船山詩草二十卷補遺六卷

道光二十九年重刻本

張問陶撰。問陶字仲冶，號船山，四川遂寧人。大學士張鵬翮玄孫。乾隆五十五年進士，改庶吉士，授檢討，官吏部郎中，連劾六部、九卿、督撫、河漕。出爲山東萊州知府。乞病去。流寓蘇州。嘉慶十九年以腸疾卒，年五十一。以詩書畫名重當時。撰《船山詩草》二十卷，嘉慶二十年初刻於吴門。石韞玉復選五百餘首，名《船山詩選》，刊入黄氏《士禮居叢書》。道光二十九年陳葆森重刻二十卷本附補遺六卷。同治十三年又有重刻。同治九年，有李岑注、江海清增注本。諸刻流傳甚廣。《詩草》二十卷，石韞玉題詩，僧道嶙序，自序。《補遺》六卷，顧翰序。問陶之詩，專主性靈。其《論詩》有云：「文章體制本天生，祇讓通才有性情。模宋規唐徒自苦，古人已死不須爭。」「躍躍詩情在眼前，聚如風雨散如煙。散爲常語談何易，百鍊功純始自然。」集中紀游詩以巴蜀最勝，次及京師、山左、江南。《七盤嶺》、《巴陽峽》、《游蔥嶺》、《劍州官道古松歌》、《游凌雲山》、《出巫峽》、《洗象歌》、《函谷關》、《洞庭遇風》、《萊州雜詩》、《詠懷舊游》諸篇，俱能自闢境界。《西征曲》八首，詠官軍抵禦廓爾喀侵署西藏。《寶雞題壁十八首》，涉及川楚教民，以繫懷時事，爭和者甚衆。《拾楊稊》，詠河北饑民。問陶與洪亮吉唱和甚密，有《題卷施閣集》。《北江詩話》稱其詩「如騏驥就道，顧自不凡」。他如《題王鐵夫楞伽山人詩初集》、《題何蘭士方雪齋集》、《哭邵二雲學士》、《題武虛谷畫像》、《題屠琴隖論詩圖》、《題楊西禾九柏山房詩稿》、《論文八首》、《讀桃花扇偶題十絶句》、《歲暮懷人絶句十六首》、《題羅兩峯鬼趣圖》、《大通春泛圖》、《劍閣圖》，多俱藝林故實。張維屏《聽松廬詩話》畧云：「時袁枚名盛，以游戲爲詩，問陶亦未免染其習氣。古體中時有叫囂剽滑之病，近體空靈沉鬱，能刻入亦能清超，幾欲於從前諸名家外又闢一境。」所論較公允。陳康祺《郎潛紀聞》以爲「船山詩，霸才豪氣，仍是袁、趙濫觴，格律風骨，均未入古」，不免偏至。觀其近體如《陽湖道中》、《蘆溝》、《靈寶》等詩，通篇佳者，求諸當代實亦不可多得也。乾、嘉間蜀人好談《周易》，學術、詩文，均無所長。問陶以「鄭虔三絶」名冠當時，不獨爲蜀爭光，百年來海内文人，亦沾沾言之不已。趙懷玉、石韞玉、何道生、朱文治、吴樹萱、王衍梅、史善長、許宗彦、王大堉、張晉、陳曇、周思兼、徐大鏞、陳榕、張祥河諸家詩集，均有《題張船山詩》。陳用光《太乙舟集》卷九題船山集推崇最至。詩云：「棧雲峽雨破空來，一卷蒼茫黯不開。奇氣欲掣碧鯨浪，深情且付紅螺杯。解齊物我何妨醉，能聽箴規轉是才。集中如『交緣筆墨情猶淺，聽到箴規意始真』，及『低頭謾我作名士，不如巽言策我爲君子』等句，尤爲用光所嘆服不置。誰信清狂嵇阮似，更饒名理句中該。」同時唱和贈酬題畫之什，更難縷指。

三十漢瓦軒遺詩二卷　道光二十九年淮陰張氏刻本

翁樹培撰。樹培字申之，號宜泉，順天大興人。方綱次子。乾隆五十二年進士，改庶吉士，授編修。官刑部貴州司郎中，未至官而卒。據翁方綱所撰《次兒小傳》，爲乾隆二十九年臘月十三日生，無卒年。《復初齋詩集》卷六十四有《哭培兒》三首，編年辛未，爲嘉慶十六年，享年四十七。此集爲張凱刊，又名《宜泉山館詩鈔》，首葉志詵序。近代吴興嘉業堂重刊《復初齋集外詩文》並有此集，易名《翁比部詩鈔》。樹培博雅好古，尤嗜古泉。所著《泉志》一書，無刻本，丁福保《古錢大辭典》全收之。此集什九爲金石書畫題詠，如《周提卣硯十六韻》、《漢石經論語殘字摹本》、《漢西嶽華山廟碑》、《漢婁壽碑雙鉤本》、《南唐官硯歌》、《黄山谷草書李太白詩卷》、《題錢舜舉秋笳圖》、《擬虞伯生丙吉問牛喘圖》、《陳白陽古木寒鴉》、《吴漁山山水卷》、《王麓臺蘇齋圖》、《林外得碑圖爲何夢華作》，深得家法，具體而微。《五代閩城甎歌》、《五銖泉文甎》、《五銖錢範歌》、《元銅權》、《雲南宋錢》等篇，尤爲專門。張問陶《船山詩草》卷十三有贈詩。

揅經室詩集十二卷續集詩九卷再續集詩三卷　嘉慶至道光間刻本

阮元撰。元字伯元，號雲臺，江蘇儀徵人。乾隆五十四年進士。由翰林歷官兵、禮、工、户部侍郎。嘉慶四年任浙江巡撫，安南勾結海寇爲患，悉平之。督師寧波，殄蔡牽於海上。二十二年任兩廣總督凡九年。查禁鴉片，增築礮臺，防守外侵。道光九年調雲貴總督，十五年拜體仁閣大學士，管理刑部調兵部。十八年以老致仕。二十九年卒，年八十六。謚文達。元博學淹通，以提倡學術自任。輯刊《十三經注疏》、《學海堂經解》、《經籍籑詁》、《山左金石志》、《兩浙金石志》、《積古齋鐘鼎彝器款識》、《兩浙輶軒録》、《淮海英靈集》、《疇人傳》、《四庫未收書提要》等書。自著爲《揅經室集》、《續集》、《再續集》，内詩二十四卷，又名《文選樓詩存》。起於乾隆五十四年，止於道光二十七年，爲四十七年之詩。唯道光十六年辛丑後詩，爲其子阮福續刻，較稀見，近代《四部叢刊》景印本未收。元於嘉慶十年前後所作《建李長庚祠》、《登沙角礮臺閱水師》等篇，督師海上，詩史相表裏。道光五年巡撫廣東，作《閱肇慶八營官兵》、《修廣州城》、《西洋米船初到》等篇，詩紀其事。鴉片戰爭起，致仕揚州。《辛丑宿萬柳堂之陂亭》有云：「島夷起蛟鼉，病卧積憂懣。何以寫吾憂，出游竟須還。」著語寥寥，壯心未已。生平登臨游覽之作，如《登州雜詩》、《泰山碧霞元君廟》、《登嶧山》、《佛峪》、《小滄浪亭》、《括蒼山雨歌》、《石門觀瀑》、《過普陀宗乘須彌福壽二廟》、《天台藤杖歌》、《大龍湫歌》、《井陘》、《晉祠》、《覺生寺》、《九華山》、《荆襄雜詩》、《南嶽祝融峯》、《由賓州至邕州》、《過崑崙關觀狄武襄進兵處》，《續集》中《陽朔道中》、《邕江舟中》、《祭馬伏波將軍廟畢放船下横州大烏灘》、《黔西老鷹崖》、《暮登西臺看碧雞山色》、《住大理閱兵三日看點蒼山》、《渡瀾滄江鐵索橋》、《漾濞溪道中》，《再續集》中《揚州北湖萬柳堂詩》，頗著壯采。又提倡實學，究心曆算，相信地球日月運行説。結緣金石，書法主南北二宗。所作《題秦二世琅琊臺石刻》、《題錢大昭蕉窗注經圖》、《趙文敏鵲華秋色圖》、《題凌廷堪校禮圖》、《題江子屏書窠圖卷》、《約同里諸子爲經籍籑詁》、《題五代馬楚復溪州銅柱拓本》、《置西漢定陶鼎於焦山媵之以詩》、《詠商父丁角》、《吴蜀師甎》、《飛霜鏡引》、《晉磚詩和謝蘇潭》、《題陳曼生榆僊仙館圖》、《題掃垢山房聯吟圖》、《朱爲弼摹輯續鐘鼎款識作論鐘鼎文絶句題之》、《嵩山三石闕歌》、《題家藏漢延熹華嶽廟碑軸子》、《仿鑄漢初銅尺歌和翁覃溪先生》、《齊侯罍歌》、《望遠鏡中望月歌》、《嶺南荔枝詞》、《端州北巖緑硯石歌》、《南詔殘碑》、《唐荔園》、《大理石屏四時山水歌》、《大西洋銅鐙》、《畫萬柳堂圖成卷卽題》，遠法韓、蘇，近似翁方綱。篇章無蘇齋之富，而涉獵取材之廣，猶有過之。元嘗主會試，得士最盛。撫浙，立詁經精舍。督兩廣，立學海堂。門生、小門生遍寰中。自主持風會數十年，學者奉爲泰山北斗。嘉慶間王昶輯《湖海詩傳》，已許爲一代偉人矣。《詩集》無序，間有阮福注筆，末綴受業梁章鉅、陳文述跋。

約同里諸子爲經籍籑詁

六經麗中天，大義轉相注。周文監夏殷，先聖導其路。諡法及序卦，始有解與詁。葦籥發笙簧，椎輪創大輅。秦焰如螢燐，簡編自完具。書傳孔伏學，詩分齊魯故。西京迄東京，師儒以百數。揚許勒專書，鄭高博箋註。方言旁可通，古語遠能泝。典午斯風微，隋唐漸虚騖。宋代聞性天，雅訓飽蟫蠹。國家右文德，復旦鳴發煦。學士立如林，人具九經庫。文字識考老，音釋起沉痼。千聖百王言，精辨非皮傅。惟以古訓辭，萬卷各分寓。散者未克貫，涣者鮮能聚。弱冠讀遺經，於兹畧通悟。丁未遊燕京，儒生接席遇。慨然念兹業，衆力乃齊赴。自注：余於丁未晤大興朱錫庚、陽湖孫星衍、桐城馬宗璉，乃共約斯舉。歆移博士文，雄具輶軒素。分韻借劉臻，集字鄙丁度。平地一簣虧，棄井九仞懼。拜手吾鄉賢，共爲將伯助。決擇偏義訓，披覽窮章句。始焉括經史，終亦及子賦。自注：《易》《詩》二經及諸子、屈原騷賦，尚未措手。小學數萬言，疇以是爲務。自注：《説文》《廣雅》士林倉頡等，亦須人任之。摇摇動心旌，千里馳遐慕。苟能蒧此事，功若禹鼎鑄。源委貫穿，諄切詳盡，生平所學，於此見之。

宛鄰詩二卷　道光十九年刻本

張琦撰。琦初名翊，字翰風，號宛鄰，江蘇陽湖人。惠言弟。嘉慶十八年舉人。官山東鄒平、館陶知縣。醫術精，治縣時，值大疫，全活甚衆。工詞曲，有《立山詞》、《鴛鴦劍傳奇》。又著《戰國策釋地》、《宛陵雜著》等書。卒於道光十三年，年六十九。是集與《文集》、《詞集》合刊。自序謂：「年二十四始學爲詩，得約五百首。」今集内僅存百十首。蓋原稿散失，僅就記憶所及録出之。其間多擬古之作。《雜擬三十首》，始於《古詩十九首》，終於庾開府，雕飾已甚，不足見其旨趣。《擬杜子美六首》、《從軍行》三首，旁及時事，而詞句晦滯，莫能考究其實。作者長於歷史、輿地之學。詩導源漢魏，規橅唐人，不云不工。惜爲繁褥而累耳。集外詩見《昆陵詩録》卷四。

韻山堂詩集七卷　光緒十年浙江書局刻本

王文誥撰。文誥字純生，號見大，浙江仁和人。嘗隨趙文楷赴琉球册封。客粤三十年，好游覽名山大川。所著《蘇詩編年集成》，卷帙最富，爲平生所詣。詩以典博爲尚。此集存六百五首，爲乾隆五十七年後游嶺南作，首嘉慶三年自序。集中有《三十三吟》八首，時在嘉慶十一年，結集時年祇三十五。以後不當無詩，未見刻本。光緒間浙江重刻《蘇詩》並及此書。集中《南海神廟歌》、《銅鼓歌》、《廣州懷古》四首、《濂泉寺》、《月夜再至濂泉》、《登環翠閣望會城燈火成燈詞六首》、《度大屏山》、《觀源洞觀葛翁笻化石》、《拱北樓》、《游鼎湖山》、《光孝寺雜詠十首》、《羚羊峽》、《大洲》、《游七星巖》、《游三洲巖》、《端州硯坑》，豪情跌宕，組織繁富。游羅浮詩多長篇浩歌。

遂初草廬詩集十卷　同治九年刻本

杜堮撰。堮字石樵，一字次厓，山東濱州人。嘉慶六年進士，改庶吉士，授編修。歷兵、吏、禮部侍郎，加尚書銜。咸豐八年卒，年九十五。謚文端。此集所收爲七十以前詩。門下士朱鳳標、崇恩序。格高氣清，不事餖飣。嘉慶二十年官直隸學政，歷宣化、望都、灤州、昌平、灤陽、懷來、邢台、大名、静海，途次所詠多見山水民情。道光元年視學浙江，作《石門觀瀑》、《甌江曲》、《江心寺》、《岳墓八首》、《剡州歌》、《天姥山》，取法較高，不受嘉、道間淺俗風氣影響。《詠史》諸什，於史事每有見解，輒加論斷，多可取備考核。

修凝齋集詩一卷　道光間活字本

阮鍾瑗撰。鍾瑗字次玉，號定甫，江蘇山陽人。諸生。與韓夢周、汪廷珍善交。鄉試屢不售，授學里中。

有人望，阮元禮遇之。刻《修凝齋集》六卷，汪廷珍序，自序，第六卷爲詩。據《己巳生日》詩計，爲乾隆二十九年生，詩止於道光十一年，年六十八。鍾瑗早年以戍籍遭羅致，家徒四壁。平生未遠行，作詩多問民生疾苦。《楚州太守行》，揭發酷吏枉法，《新城雜感》記邑經水災户口益耗，皆屬紀實。又多讀故書。作《讀楚辭》、《昌黎集》、《讀范文正集》、《翁山詩外》、《亭林先生集》、《曝書亭集》，持論名通。嘗訪揚州畫家邊壽民葦間書屋不得，以詩紀之。讀山夫先生著述各種，山夫爲吴玉搢，淮揚學者，亦雍乾間人。其詩質樸，無堆垛之習，不當爲文名而掩之。

汲雅山館詩鈔三卷　道光二十二年刻本

彭希鄭撰。希鄭字會英，號葦間，江蘇長洲人。乾隆五十四年進士。由主事擢禮部郎中。外官湖南常德知府，兼護岳常道。爲彭定求玄孫，世代負文名。此集爲其姪蘊章編次，阮元序。據曾孫錫保識語，爲乾隆二十九年生，道光十一年卒，得年六十八。詩以體分，凡二百七十四首。《昭君詠》、《秦鏡詞》、《書顔魯公帖後》、《題停雲館帖》、《破船行》、《題坡公書醉翁亭記》、《秣陵懷古》、《揚州雜詩》，博而不雜，未嘗以瑰奇示異。狀寫蘇杭、湘楚名勝，刻而不鑱。《讀宋史八首》、《論詩絶句二十首》，自魏晉迄南宋亦有參考價值。希鄭爲鐵保門弟子。與阮元進士同年。唱酬師友爲潘奕雋、黄丕烈、宋鳴琦、龔麗正、卓秉恬、梁章鉅。爲詩開朗而稍欠風致。

思亭詩五種九卷　嘉慶道光間刻本

吴修撰。修字子修，號思亭，浙江海鹽人。監生。議敍布政司經歷。道光七年年六十三卒。自刻詩集五種。曰《思亭近稿》，一卷。曰《居易居小草》，二卷。曰《湖山吟嘯集》，一卷。曰《吉祥居存稿》，四卷。曰《青霞館論畫絶句》，一卷。自嘉慶九年至道光五年陸續刊成。首錢大昕題詞。作者少游錢載、朱休度門。《存稿》中《書籜石齋詩集後並序》、《近稿》中《少宗伯錢先生籜輓詩》六首，於錢氏推崇備至。與王鳴盛、王文治、鮑廷博、梁同書、吴錫麒、孫星衍、戚芸生、吴鼒、阮元、張問陶諸家均有贈酬。《論畫絶句百首》，記三吴鑒藏家精品，兼記逸事，晚年成書，識見甚高。修爲金石家吴東發姪孫應和弟，詩人查揆内兄。嘗縱覽名人墨札，輯爲《昭代名人尺牘》，鋟木傳世。《硤川詩續鈔》卷三尚有選詩，時溢此五種之外。

艷雪堂詩集四卷　道光十七年香雪菴刻本

張晉撰。晉字雋三，山西陽城人。諸生。嘉慶間在沁州充教職。後隨劉大觀仕山東武安。能詩，筆力豪横，陵轢一時。法式善、孫星衍、楊芳燦、張問陶均樂與之交。嘉慶十七年刻《讀尤西堂擬明史樂府一百首》，凡尤侗已作者不更作，乃有《瓜蔓抄》、《活孟子》、《驗天象》、《蚺蛇膽》、《援朝鮮》、《撤鑛税》、《妖書獄》、《點將録》、《燕子箋》等題，議論警闢，迴不猶人，勝侗多矣。附《傚元遺山論詩絶句六十首》，不落凡徑。其詩由此得名。此集爲晉殁後刻，凡四卷，手自編定，首延壽序。據《丁卯四十四初度》詩，當爲乾隆二十九年生，卒年俟考。集中《撈土行》、《養蠶行》、《刈麥行》、《糴米行》、《灌園行》、《喜雨行》、《滲菜詞》、《鐵花行》，皆詠民間生活。《游析城王屋山詩七首》、《大同懷古》、《太原新寺觀音堂十六應真塑像歌》、《游武安鼓山石窟寺觀北齊石刻佛像》，記晉中山水古蹟，鬱勃之氣，躍於紙上，前人多未能盡吐其奇。《李香君小像歌》、《兕觥歸趙歌》、《鸜鵒杯歌》、《奄道人指畫雪鷹歌》，不以摹仿爲能。尚有《讀史記四十首》、《讀後漢書小樂府三十八章》、《讀唐書列傳二十八首》、《讀五代史雜詠四十首》、《讀李舒國元滬郁離子詩十二首》，題吴梅村、傅壽髦、黄仲則、張船山集，亦可稱善使議論者矣。其詩宋元格調，最近元好問。劉大觀《玉磬山房詩》卷八《贈詩叟張雋三》云：「析城突兀横九霄，左跨天壇右中條。吞吐日月産靈怪，挺生必有文章豪。昔余銜署蹉城長，文淵欲下珊瑚網。元瑜孝穆久寂寥，空對名山寄遥想。蹉跎老作倦飛禽，夙舊招呼來一吟。有客軒昂屬晉産，乃使一慰平生心。客聽析城雨，日飲析城緑，肝膈鬱槎枒，不受人羈束。東訪大勞之嶔崎，南走仙霞問武夷。孤笻在手吟在口，妻子寒餓百不知。歸來萬里路，留得詩一卷，眼底塵根不足翦，寧教脚向流俗轉。輪扶大雅湘潭周，謂子可得不可求。詠史百篇新樂府，嚴霜字字摇清秋。載以澤州車，撫以幷門掌。一鳴羣羽暗，慼縮不敢響。延陵老人據法座，妙偈瀾翻入詩課。從來韻語壽千齡，豈似浮雲一刹那。仲初人怪考詩嚴，撚斷雪絲無好髯。但得妍媸照古鏡，何妨蕭女芟霜鐮。自注：時雋三定予懷州集。老去無如文字樂，明年無負看山約。揮杯不惜買春錢，着屐猶存登岱脚。」此詩編年甲戌，爲嘉慶十九年，計晉年甫五十二，已稱「詩叟」矣。

沁州王省山《菜根軒詩鈔》卷十三《題豔雪堂詩後六首》其一云：「徵君相國兩峥嶸，三晉風騷有正聲。繼起何人堪鼎峙，故應此席屬先生。」以晉繼田雯、陳廷敬，推挹甚至。祁寯藻《䜩䜣亭集》卷二十一亦有《讀豔雪堂集感作》。

鐵花行　陽城産鐵，每當上元夜，山頭置巨鑪鎔鐵汁徧洒原野，名曰打鐵花，爲作《鐵花行》。

洪鑪入夜鎔幷鐵，飛焰照山光明滅。忽然澒洞不可收，萬壑千巖灑紅雪。棲鴉控地林蟒遁，電光的爍開金鋪。山魈木客伏不動，天女下視羣靈趨。此時觀者色如赭，流波迸出珊瑚顆。枯枝瘦草相新鮮，異彩奇葩徧原野。大冶運腕何瓏玲，蓮花落去猶有聲。力疲氣竭蹔放手，始見明月空中行。世間怪事真有此，百鍊柔剛齊繞指。請看入眼幻繽紛，笑他剪綵堆紅紫。《豔雪堂詩集》卷一

丁丑三月二十一日初遊武安鼓山作　並序　山上鑿石室三，就石鐫像，北齊時初名石窟寺，後更名智力。宋嘉祐間改爲常樂，今仍宋名。寺之遺址，今在山下。按，《冀州圖經》云，山有二石如鼓，叩之有聲，鳴則兵起。《通鑑》云：東魏高澄虚葬高歡於漳水之西，潛鑿武安鼓山石窟佛頂之旁，納其柩而塞之，殺羣匠。及齊亡，一匠之子知之，發石取金而逃。

拔地危峯出，凌空石室懸。日蒸山氣活，風滾塔輪圓。佛是高齊鑿，經刊天統年。傳聞埋骨處，

頗異錮三泉。《艷雪堂詩集》卷四

紅茗山房詩存十卷　嘉慶十九年刻本

嚴烺撰。烺字存吾，號匡山，雲南宜良人。嘉慶元年進士，改庶吉士。由給事中歷官甘肅蘭州道。嘉慶十九年刻《紅茗山房詩存》，王蘇序，馬慧裕序。詩始於乾隆五十一年，爲二十二歲以後詩。交游可考者師範、王蘇、王念孫、陳祁、張渥、齊鯤。《輓劉竹軒夫子》，竹軒名秉恬，官雲南最久，有《竹軒詩集》。山水詩亦佳。以靖遠、岷州、六盤山、栖雲山爲勝。抒情紀事，皆志一時之興。而大理、昆明風光雄麗，亦靡不俱見。截句如「霧銷巖骨黑，霜老石衣紅」《花貢驛》，「人煙浮落日，詩思逼重陽」《訪劉春帆》，「此去且聽衡嶽雨，相思莫寄武昌魚」《留别萬二芝軒》，「入山便覺蘆笙韻，歸路渾忘畫角哀」《安平縣》，是兼得南北藴蓄之奇者矣。

長春閣詩集七卷　道光間刻本

席佩蘭撰。佩蘭字道華，號韻芬，江蘇虞山人。孫原湘室，袁枚女弟子冠。詩主性靈。此集與原湘《天真閣詩集》合刊，詩共七百四十一首，附詞。首袁枚序。作者於乾隆四十一年歸原湘，年十七。原湘七十而殁，作者猶存。其積年得詩，以寄原湘和袁枚者爲多。而《和吴竹橋三橋春游曲》十六首、《和李雲松莫愁湖櫂歌十首》、《題美人册子十六首》、《題隨園所選女弟子詩後》、《題楊荔裳芙蓉山館集》、《題陳文述碧城仙館詞鈔》等篇，最見工候，故亦名播一時。其詩音節琮琤，不拾古人牙慧。論詩絶句云：「枵腹何曾會吐珠，詅癡又恐作書厨。游蜂釀蜜銜花去，到得成時一朶無。」「沉思冥索苦吟哦，忽聽兒童踏臂歌。字字入人心坎裏，原來好景眼前多。」「風吹鐵馬響輕圓，聽去宫商協自然。有意敲來渾不似，始知人籟不如天。」「清思自覺出新裁，又被前人道過來。却便借他翻轉説，居然生面獨能開。」甘苦自知，凡近而有識。

匏葉龕詩存十二卷　道光四年刻本

周鶴立撰。鶴立字仲和，一字子野，號匏葉，江蘇吴江人。乾隆五十九年舉人。官安徽蒙城、定城等縣知縣。此編爲自删定，起乾隆五十四年至道光二年詩九百六首，有道光四年自序，時左輔、張若采、劉開簡札，洪亮吉等題詞。據卷七《甲戌五十初度》，爲乾隆三十年生。吴中詩多妍麗，鶴立較以厚重見長。記皖江山水風物諸作，《讀楚騷二首》、《題黄仲則集》、《題奚鐵生山水畫幅》、《題凌次仲校禮圖》、《彭甘亭小謨觴館詩集題後》，詣力邃密。鶴立嘗聞王昶緒論，與師範、蔡復午、李兆洛、汪端光、查揆、顧蒓、陸繼輅迭有唱酬。《古泉謡爲倪模作》，模富收藏，有《江上雲林閣書目》。《聞范井亭大令逮死獄中》，井亭名照藜，治《春秋》，著有《左傳釋人》。皆爲儒林掌故。唯時逢白蓮教起事，感懷諷詠，多憂亂語。史善長《秋樹讀書樓遺集》有《題周鶴立石苔山莊圖四首》。

縉雲山人詩集八卷　近代排印本

樂志書屋遺集四卷　同治十二年刻本

李瑩撰。瑩字錦泉，號朗亭，山東濟寧人。嘉慶十六年進士。由員外郎官江南道御史。卒於二十五年，年五十六。《縉雲山人詩集》八卷爲其曾孫毓恆輯，近代始行世。凡詩八卷，復以樂志書屋、聽雨樓、翰墨堂、古藤船室等室名名集，起乾隆四十四年，共六百六十五首。集詠北京城内近郊諸寺廟，篇什較盛。次爲游山左諸勝。記翁方綱因公落職，年八十餘，長、次兩子先後歿，唯剩遺腹孫。葉名澧《橋西雜記》載，聞翁方綱曾孫女溷迹市中，貧無一度，引爲己女，擇名子嫁之。皆爲翁氏軼聞。瑩與馮雲鵬有交，蓋翁氏督學山東，瑩與雲鵬皆所得士也。附刊雜著一卷。《樂志書屋遺集》四卷所收爲嘉、道間詩，無鋪敍之奇、警闢之思。《國語偶評》、《戰國策偶評》、《韓文偶評》，以讀書所得，寄之以詩，詞質而意賅。行役旅游之作，兼志民俗佚聞。《萊郡竹枝詞》等詩，均有可取。與同邑李聯壇交厚。又結識南通馮雲鵬弟雲鵷。附録《雲門送别詩》，爲道光十四年送馮氏昆季讀禮南旋詩，亦可備參閲。

精勤堂吟稿不分卷　道光二十年刻本

紀程詩鈔三卷　道光九年刻本

文幹撰。文幹初名寧，避道光諱改幹，字楨士，一字蔚其，號遠皋，滿洲正紅旗人。乾隆四十九年進士。嘉慶四年充會試總裁，二十五年出爲駐藏大臣。據《紀程詩鈔》卷首兩江總督蔣攸銛序，長攸銛一歲，當於乾隆三十年生。門人楊學韓跋謂「道光三年卒於西招」，是殁於官所矣。其宦游所至，若江浙、山右、瀋陽、古北口諸地，皆有篇什以誌之，今所見刻本《紀程詩鈔》與《精勤堂吟稿》耳。《詩鈔》記烏斯山川之險阻、邊塞之荒寒，三載馳驅，不遺見聞。卷一曰《庚辰紀程》，自十月廿一日良鄉驛館，經燕趙、河洛、秦中、棧道，年底達雅州府，詩百四十一首。卷二曰《辛巳紀程》、《自雅安經打箭鑪》、《貢竹卡》、《折多山》、《東俄洛》、《麻蓋宗》、《札雅》、《察木多》、《達隆宗》、《甲貢》、《烏蘇江》，於三月初十抵前藏，蓋由北道迂行，詩百又八首。《廿七日過丹達山》云：「早程初辨色，峭壁已偪面。奥區絶恆蹊，仄徑縈一綫。林端羲馭升，山腰螺髻轉。羣峯皆在下，蟻垤四周遍。絶頂有化城，頻年積冰霰。今春雪半消，結構尚隱現。晴和快登陟，高迥愜流眄。度嶺勢陡落，白晝忽昏暗。來兮神飛揚，噫氣迅奔電。雲車競輻輳，玉戲鬥巧便。晦明俄頃易，寒燠刹那變。山靈蓋有意，非以奇自衒。亦卽許攀躋，勇上容迂狷。不覩光怪蹟，詎豁拘墟見。冥冥敢臆測，竊竊感神眷。歸期幸不遠，願秉心香薦。」詩自注：「山頂雪城，屢著靈異。」又如《皮船》篇云：「獨木刳爲舟，遼瀋覩厥制。云何以皮蒙，藏江實利濟。圓同竹筥編，方與荆筐儷。牛革取堅韌，週遭固結締。湯湯西逝波，石激作怒勢。尋常春水船，一觸患非細。唯兹恃無恐，義取剛柔制。撇漩劃短橈，慣捷不留睇。須臾登彼岸，未要纜組繫。久浸虞滲漏，力偖一夫曳。卓夫趁晴暉，曬向平沙際。但教犀甲勁，奚讓鷁首麗。乃知天下物，適用貴調劑。笑彼無益毛，徒煩剔氄毳。」亦屬紀實。卷三曰《壬午紀程》，爲駐衛西藏所作，詩五十首。《江孜閲兵》、《札什倫布》、《過那爾湯寺至岡閧寺》、《由後藏取道嘉湯》諸篇，記西藏古蹟形勢，比附儷語，俱可參考史事。《吟稿》不分卷，乃嘉慶十八九年間文斡權古北口提篆時作，而刊於《詩鈔》後十年，湯金釗序。詩僅八十八首，其中和杜詩韻多至十六首，詠塞外風光靈威廟諸詩，無可采。詠物如蝴蝶、山葱、蔞蒿、野雞膀子，品彙較繁。雖不與詩人爭長，亦有可稱矣。

班禪處借用穹廬周圍上下及牀几鋪陳皆飾五色錦北地所未覩也余名之曰雲錦窩誌一絶於孜隴行次

僧居訪遍布金地，行館假來雲錦窩。比竝氊廬饒綺麗，諸華香聚此中多。《紀程詩鈔》卷三

十一日那爾湯寺詠物四首

水晶拄杖 寺中堪布喇嘛年七十七矣，爲余言，不記時代，有僧自甲噶爾國來住錫寺中，久之示寂，了無形質，此杖留鎮經室，殆數百年物也。杖長三尺有奇，作竹形，凡四十四節。

飛錫自曩代，遺蹟鎮荒陲。摩挲水晶杖，比竝邛竹枝。神靈爲呵護，光怪長陸離。炯若藜然閣，幻殊龍化陂。此物猶及見，彼釋何所之。願言佛力大，陰相得扶持。

羅漢革鞋 甲噶爾僧住持寺中，時有十八釋子來此瞻禮，或詫其異，倏已不見，革鞋尚存，當是十八羅漢所遺也。札什倫布取數隻去，以造寶塔。

著鞋不可覓，得道有功夫。緊者阿羅漢，來參佛座隅。偶因肉眼詫，脱屣入虚無。已超離欲界，那用踏塵區。糾糾五兩葛，翩翩一雙舄。誰知敝且棄，珍重造浮圖。

古銅磬　銅磬形制如鉢，云是釋迦佛物，不可得而詳也。棰摩磬口，右旋音濁，左旋音清，抑異哉。

何時鑄此磬，制古光黝然。非倨亦非句，中空而外圓。持爲世尊鉢，參以法華蓮。無心不用擊，微莛循其邊。音清逐左發，響濁隨右旋。陰陽實造物，此理吾能傳。

古玉搔　玉搔背一具，首以玉作佛手形，其白如脂，手中拈花，花紺色，柄以象牙爲之。亦云是釋迦物。

佛豈有癢處，而待此物搔。以憫世間人，爬疏散鬱陶。玉鏤五指具，牙製長柄操。拈花寂無言，存澤凝如膏。佛手孰弗拯，佛心一何勞。末技輙自薦，區區笑爾曹。《紀程詩鈔》卷三

清人詩集敍録卷五十一

六硯草堂詩集四卷　道光六年刻本

延君壽撰。君壽字荔浦，山西陽城人。諸生。官福建長興、山東萊陽等縣知縣。有詩話《老生常談》行世。道光六年，年六十二，刻《六硯草堂詩集》。自云：「五十以前，五古稍勝，歌行非不極意停蓄踔厲，而無摧堅入險之能。今體五言勝於七言。五十以後至今，體格一變，向之停蓄踔厲，而皆有沉鬱蒼辣之姿。」此四卷本，《前集》二卷詩四百七十首，《後集》二卷詩九百八十六首，精彩處學元好問，與同時詩人張晉格調差近。《早春遊藐山方丈題壁》、《遊析城山至聖王坪》、《太行山僧豢虎行》、《陽城山》、《打鐵花行》，記晉中山川風物，無鄙俚之俗。官福建所作《海船米》、《登烏石山》，官山東所作《栖霞縣觀山市》詩、《催糧行》，皆紀其實。《讀孟東野詩》、《昌谷詩題後》、《讀東坡集》、《蘇子由硯歌》、《讀吴野人陋軒詩》、《讀明史三首》、《明太祖畫像》、《藍田叔白雲青峯圖》、《論詩五首》，則優游於文史之間。《長歌行輓張雋三》，爲悼張晉作。《武虚谷有打番兒漢印章》，載武億杖和珅家奴遺事。《奄道人李柘邨畫鶴歌》，載行實，亦可補畫史之闕。

瓶水齋詩集十七卷别集二卷　光緒十二年重刻本

舒位撰。位字立人，號鐵雲，順天大興人。年十四，隨父翼官粵西永福，賦《銅柱詩》，傳誦越南。乾隆五十三年舉人。嘗依河間知府王朝梧。嘉慶二年，隨從黔西，鎮壓仲苗，任軍中文書。爲雲貴總督勒保所器。白蓮教起事，歷湖楚軍營。後歸吴中。嘉慶二十年卒，年五十一。善度曲，著《瓶笙館修簫譜樂府》四種。自編《詩集》十六卷，《别集》二卷，凡二千一百餘首，嘉慶二十年刊於揚州，即巴氏刻本。光緒十二年，譚獻從丁丙假原本重刊，增第十七卷，内《和尚太守謡》，詠襄陽知府王樹勳事，爲嘉慶二十年新聞，初刻弗載。附《瓶水齋詩話》，獨奉蔣士銓、袁枚，其好尚可知。位嘗與陳文述等品評乾、嘉兩朝詩人，取《水滸傳》中一百八人，悉因姓氏聯其次，名爲《乾嘉詩壇點將録》，嘉慶間名宿凋謝，法式善以舒位、王曇、孫原湘並稱，作《三君詠》彰之。其詩專主才力，極競馳騁，不沿襲古法，獨以奇博宏恣，稱一時巨擘。集中《鮓虎行》、《蘆溝橋行》、《杭州關紀事》、《破被篇》、《銅船》、《望水亭瀑布歌》、《張公石》、《任城太白酒樓》、《重過飛雲洞》、《梅花嶺弔史閣部》、《過黄天蕩演韓蘄王與金戰事》，不愧名作，龔自珍所謂「詩人瓶水，鬱怒擅長」是也。平日讀經史書，旁及九流稗官之屬。所作《書屈賈列傳》、《五代十國讀史絶句三十首》，差有可觀。而《讀論語詩六十首》、《春秋詠史樂府一百四十首》，連篇累牘，氣象窘縮，不足爲式。《讀長恨歌》三首、《書劍南詩集》四首、《書四絃秋樂府後》二首、《書壯悔堂文集後》、《讀孟郊集》、《讀穆天子傳》、《觀長生殿傳奇》、《書桃花扇樂府後》四首、《題晞髮集》、《讀趙秋谷詩》、《題元白長慶集》、論《文選》中十作者，曹孟德、阮嗣宗、石季倫、潘安仁、陶淵明、謝靈運、鮑明遠、謝玄暉、江文通、沈休文。《題小倉山房全集》三首、《題陳檢討填詞圖》、《題緜津山人詩稿後》、《讀樊川集書杜秋娘詩後》、《甌北先生論詩並奉題見貽續詩鈔後》、《題霍小玉小像》四首、《題陳圓圓小像》並序、《題碧城仙館詩鈔》、《題霜紅龕詩集》、《答孟鍇論詩三首》、《題洪稚存更生齋詩後》、《黄仲則悔存詩鈔》，品評甚博，咸可爲研究文學史借鑑。《論曲絶句十四首》，識見不逮凌廷堪。凌有《論曲絶句》三十二首，見《校禮堂集》。又《與仲瞿論畫十五首》、《梅花道人畫竹卷子》、《朱野雲斷牆老樹圖》、《題羅兩峯鬼趣圖》等篇，於繪事所養亦邃。至《么妹詩》、《十八先生墓》、《答示仲瞿話舊之作》均涉及當日軍事，内容不堪敍述。《别集》載《黔苗竹枝詞五十首》並注，與同時張澍所作相亞。綜觀其詩，奥衍奇險，劍拔弩張，只合妍媸互見。是集有其甥王曇序，頗自媒炫。自序既稱「趙雲崧八十而願以詩師」，「梁山舟九十而見其書拜」，又以趙、梁兩家題詞弁諸卷首，亦不自量之過矣。

論曲絶句十四首並示子茐孝廉

千古知音第一難，笛椽琴爨幾吹彈。相公曲子無消息，且向伶官傳裹看。

苦將詞令當詩餘，有句無聲總不如。一部説文都注遍，無人歌曲換中書。

天寶梨園有舊風，湘潭紅豆老伶工。莫將一段霓裳序，闌入元人北九宫。

連廂司唱似妃豨，蒼鶻參軍染緑衣。比作教坊雷大使，歌衫舞扇是耶非。
笛色旋宫忽變聲，京房纔死馬融生。要知人籟還天籟，歸北歸南一串鶯。
便將樂句贈青棠，腰鼓零星有擅場。協律終憐魏良輔，安絃定讓陸君暘。
緑繡笙囊侑笛家，十三簧字鳳開花。提琴摇曳雙清撥，更與歌天作綺霞。
蕭寺迎風記會真，銅弦鐵板苦傷神。雖然减字偷聲慣，十丈氍毹要此人。
郇郇搬演蔡中郎，樓上鐙花是瑞光。一曲琵琶差可擬，玉人初著白衣裳。
玉茗花開别様情，功臣表在納書楹。等閒莫與癡人説，修到泥犁是此聲。
流水清山句自工，桃花省識唱東風。南朝無限傷心事，都在宣娘一笛中。
一聲檀板便休官，誰向長生殿裏看。腸斷逍遥樓梵字，落花時節女郎彈。
若向旗亭貰酒還，黄河只在白雲間。只愁優孟衣冠破，絶倒當筵李義山。
中年絲竹少年場，直得相逢萬寶常。他日移情何處是，海天空濶一山蒼。

《瓶水齋詩集》卷十四

掃紅亭詩稿十四卷　道光十年刻本

馮雲鵬撰。雲鵬字九扶，號晏海，江蘇南通人。嘉慶五年舉人。與其弟雲鵷合著《金石索》，風靡海内。

是集有孔慶鎔、邵鳳依序，自序，編年爲乾隆四十九年至道光九年。生年以《乙酉六十一初度》詩，推爲乾隆三十年。孔慶瑚《省香齋詩集》有《輓馮晏海年丈》云：「千秋論可從今定，七十年真自古稀。」時在道光十五年。雲鵬生平不逾江淮、齊魯，而養詣頗深。《狼山大聖僧迦歌》、《如皋度軍井歌》、《揚州虹橋觀競渡》十四首、《支雲塔歌》、《菰城雜詠》十二首、《南旺河工雜詠》八首、《泰山紀游》二十二首、《膠州詠古》二十四首、《任城鐵塔歌》、《太白酒樓歌》、《兗州南樓懷古》、《石佛寺靈石歌》、《瑕邱懷古》十二首、《曲阜懷古》二十首、《游石門山》、《謁尼山》諸題，雖無緼幽鑿險之奇，亦質實可誦。嘗與翁方綱等名家通聲氣，金石書畫，所見甚富。《泛提古篆歌》、《蔣菻圖歌》、《芊子戈續歌》、《漢延熹弩機歌》、《魏景初帳邊構銅歌》、《晉高平檀君甎歌》、《滋陽山僧萇僧鳳摩厓歌》、《武周長安造像石刻歌》、《唐張萬迪香臺欵識歌》、《後梁招討王彥章鐵鞭歌》、《題桂未谷先生戴花騎象圖》、《題桂字銅印册子》、《題冷芸藥多倫諾爾詩卷後》、《題閔貞踏雪尋梅畫幀》、《北魏太和金銅觀音歌》自注：嘉慶乙亥膠州出土，勤於考證。蓋於此事本深，固能蒐討博奥也。《題祝英臺畫扇二首》附辨云：「濟寧州有明正德十一年所立趙廷麟碑刻，云祝爲祝員外之女，居濟寧九曲村，梁爲梁太公之子，居鄒邑西，同讀書於嶧山。此説非也，乃取《寧波府志》辨之。」碑刻訛傳，不必深論。又與濟寧許鴻磬交契，有《題許雲嶠刺史西遼記傳奇》、《孝女存傳奇》各四首。集中《潘真人鐵冠歌》自注：「真人名道泰，道法奇異，即俗所傳潘爛頭者。予於嘉慶甲戌秋，僑居京江萬壽宮之懷鶴軒，見其譜系。」《題鐵骨道人從軍圖》，記百色同知孔繼澣事，亦屬軼聞。餘若《繩伎行》、《天寶宮詞》三十首、道光己丑十月癸未地震詩，俱無空疏之弊。其天質不高，而精神從不稍減，卷十有《詠菊花詩》二百首，此固才子所弗爲，然亦見其純以力勝不徒工巧矣。

題許雲嶠刺史鴻聲西遼記四首

遼自保大五年天祚帝爲金人所擒而亡，太祖八世孫耶律大石建國於起思漫，別爲西遼，康國二十年没，蕭后塔不煙稱制，號感天皇后。傳子彝烈。彝烈殁，二子幼，命妹普速完權國，號承天皇后，荒淫亂國，爲六院大王斡里剌所誅，立彝烈次子直魯古，後爲乃蠻所滅。西遼共八十八年。許公爲撰傳奇四折。

銅琶鐵撥響清宵，錦帕蠻韡態轉饒。今日董狐親載筆，六觀樓上譜西遼。

必里遲離犒譙懽，軍威雄振起兒漫。感天扶國承天亂，女主貞淫着意看。必里遲離謂重陽日。起思漫亦作起兒漫。

四時捺鉢不同科，鴨子河還蓮子河。不謂竹欏氈蓋地，也堪鼓吹入鐃歌。《遼史》稱四時各有行在地曰捺鉢，春在鴨子河，夏在金蓮子河，秋在伏虎林，冬在廣平淀。

淋漓史筆叶絲簧，天祚人亡祚未亡。八十八年如瞭掌，鈞天無復奏西堂。尤西堂集有《鈞天樂》傳奇。

《掃紅亭詩稿》卷九

雲眉詩鈔四卷　嘉慶二十三年刻本

胡成浚撰。成浚字子深，號雲眉，安徽黟縣人。諸生。受知於黄鉞。俞正燮稱爲「乾隆間邑中之好學者」。以詩鳴三十餘年。《詩鈔》與《詞鈔》合刊。有胡元熙、巴樹穀、包世臣序，自序。據卷四《壽家兄六十》詩注，爲乾隆三十年生。成浚詩出入唐、宋、金、元諸家，皆未詣極。嘗居黄山二載。詠黄山諸勝，氣韻較佳。采石、洞庭等篇，《林歷山古銅簇歌》、《龍井茶歌》、《復山紀事詩》、《驅猪行效元遺山體》，亦未落尋常窠臼。又有《讀世説新語》、《書少陵詩後》、《讀劍南集》、《繙楞嚴經有觸而作》、《書鈍翁類稿後》、《書惜抱軒集後》、《題汪文小山自譜雜劇》、《讀史》及題畫等什。覃研文史，可謂有得。

筠軒詩鈔四卷

傳經堂叢書本

洪頤煊撰。頤煊字旌賢，號筠軒，浙江臨海人。教諭洪枰子。嘉慶六年拔貢。官廣東新興知縣。與兄坤煊、弟震煊，均有學名。爲孫星衍撰《祠堂書目》、《平津館讀碑記》，校訂《平津館叢書》，阮元延聘校《經籍纂詁》。著有《禮經宫室答問》、《孔子三朝記》、《管子義證》、《讀書叢録》、《台州札記》、《經典集林》、《漢志水道疏證》、《孝經鄭注補證》、《諸史考異》，均刻入《傳經堂叢書》。卒於道光十七年，年七十三。《詩鈔》四卷與《文鈔》八卷合刻。馮登府《小停雲山館記》稱「《文鈔》十卷、《詩鈔》五卷」，則刻後又有所續。其詩不以文酒游賞爲能，質直樸厚，兼裨實用。《論經十三首》、《衛河第三屯後魏龍驤將軍高貞墓碑移置德州學宫紀事》、《題羅兩峯畫伏生女子授經圖》，均可以文獻資料目之。《蒼嶺》、《天姥吟》、《渡滹沱河》，出語沉雄。隨阮元官山左，詠歷下諸勝幾遍。雖不樹旗鼓，亦不失佳傳矣。

論經十三首

絶學紛綸百代中，笙簧六籍藉羣公。尼山世業飄零後，總帶秦灰刼火紅。

表章六藝仗河間，珍重賢王手自删。何似淮南聘方士，只留鴻寶枕中還。

不見西京孔子國，紛紛傳注託時名。當年問故唯遷史，枉被遺書誤後生。

多病文園渴帝漿，上林賦罷寫凡將。句裁七字斯翁體，漫作鄒枚墨汁香。

太乙燃藜丙夜光，書成别録奏君王。中流砥柱論功賞，秘閣當年校勘忙。

吐鳳雄才揚子雲，古文奇字任披紛。輶軒採得無人識，唯有劉歆知此君。

博士移書俗學嗔，劉君稽古信如神。千秋倘肯寬青史，孔子庭中祀此人。

開國東京白水潯，桓榮父子受恩深。當時據座談經者，誰記西州有杜林。

虎觀經帷次第開，賈君奉詔主羣裁。六篇當日通人議，一代蘭臺班史才。

説文南閣九千字，小篆新從六法摩。不是許君懷絶業，漆燈長夜竟如何。

通德門牆滙衆流，千秋鴻業鄭君優。中天日月懸如鏡，一任蚍蜉撼不休。

漢末傳經漸失真，喜將議論逐時新。傳家不改師門法，應許高劉作後塵。

孫叔原爲鄭學徒，偶成反切任音呼。後來誤殺詅癡子，錯認西人字母圖。

棲飲草堂詩鈔六卷　嘉慶二十年刻本

湯禮祥撰。禮祥字典三，號點山，浙江仁和人。吏部侍郎湯右曾孫。諸生。嘉慶間官江蘇候補縣丞。兩奉上官檄，賑飢泰州。撰《棲飲草堂詩鈔》六卷，三百七十三首，有秦瀛、吴錫麒、阮元、吴德旋、陳鴻壽序。觀集中山水詩，頗得清壯之響。《觀潮》、《南山紀游》，尤臻其致。題詠如《南宋石經》、《金塗塔歌》、《臨平石鼓》、《孫頤谷深柳勘書》，亦非淺學所能道。《飢民船》、《賑廠行》、《粥衆行》、《泰州勘災詩》，爲民哀告，切合世情。禮祥受知於盧文弨，初彭齡撫蘇，阮元撫浙，俱賞其才，唯秋試屢罷，不得見重。集中交往懷舊之詩甚多。《哭盧抱經》，贈奚岡、陳鴻壽、吴德旋，《上制府百公》，呈梁同書、吴錫麟、伊秉綬，間可采軼事。《懷舊詩》小注云：「顧光字涑園，戊午舉人，守廣州，有《橘頌堂詩文集》，與厲鶚埒。嘉慶戊午重宴鹿鳴，後二年卒，年八十四。」「陳豫字秋堂，錢塘廩生。工書，丙寅卒，與曼生有二陳之目。」傳記材料，爲他書不經見。秦瀛序其詩稱「不失家法，而專主於清」。王昶以爲「自言《懷清堂集》宗派，能守不墜。然少宰清幽秀雅，出入漁洋、綿津，而典三詩頗有奇氣，未必不厭家雞而喜野鶩也」。見《蒲褐山房詩話》。

雨翠山房詩鈔四卷　嘉慶間刻本

言尚焜撰。尚焜字可樵，江蘇常熟人。乾隆五十九年舉人。官廣東連江，作《連江謡》十二首：《鮑肆謡》

記鹽商私販，《蜃樓謡》記賣田支站，《魚鷹謡》記捕役豪賊，《蛀蟲謡》記米販偷運，《碩鼠謡》記圖差賣糧，《贔屓謡》記農民抗糧，《螟特謡》記佃户拒租，《豺狼謡》記承差把持，《猛虎謡》記地棍横行，《雀角謡》記生監滋事，《催科謡》記胥吏催科，《討海謡》記海潮初退，泥中挖取海錯。其間不無失實，然猶多急切之言。是集分古體、五律、七律、絶句四卷，而以《連江謡》爲附。衡之諸體，仍以此十二首爲上。附孫爾準、盖方泌諸家題詞。

江上萬峯樓詩鈔四卷　道光間刻本

何元撰。元字叔度，廣東高要人。貢生。工詩，與兄彬名相埒，稱「肇慶二何」，陳在謙爲撰《二何傳》。馮敏昌主端溪書院講席，甚重之。曾燠爲廣東按察使館於署。道光五年，侘傺而終，年六十。事具許乃濟所撰《墓表》。是集爲其子榮祖校刊，彭泰來序。其詩婉麗。詠肇慶石室巖、旋螺洞、銜珠逕、仙掌巖、出米洞以及頂湖山諸詩，頗可觀采。《光孝寺》、《蒼梧》、《題黎簡山水小幅》、《東江紀行》，亦有風致。蓋與粤東名輩黄培芳、陳曇、彭泰來切磋，與伊秉綬、秦瀛結契亦深，故能脱手不凡也。

冰壺山館詩鈔六十四卷　道光十三年刻本

王夢庚撰。夢庚字槐庭，號西躔，浙江金華人。嘉慶十八年拔貢。官四川雅安府同知，至川北道。嘗輯修《重慶府志》。此書自刻。生歲據生日詩推之，約爲乾隆三十一年。李宗傳序署云：「夢庚浙人而仕於蜀，任事於繁劇罷敝之州邑，又值邊陲多故、軍興旁午之時，所歷之境既多，所閱之情形既賾。周行凡萬里，前後四十餘年，有所見則書，有所聞則志。」此集詩多至四千首，工夫不謂不深，而浮冗雜遝，亦不勝言。其中大都詠巴蜀都會名區、人物盛衰、民生物産，可以取資，不堪賞析。雅州蜀之魚通，雍正間始移雅州同知治之。自巴里塘抵西藏，延袤數千里，爲進藏要隘。此集《魚通蠻唱》、《松江雜哦》，專詠境内見聞。凡所歷喇嘛寺廟、境邊土司、山水奇險、風土人情，靡不畢見。《火浣布歌》、《燒火盆行》、《照田蠶行》、《小樂府八首》、轉經樓、扯索卦、跳鍋裝、止雪彈、嘛囉旗、皮船渡、放索子、跑騾馬，寫少數民族風俗甚悉。李苞《巴塘詩草》，無如此集篇什之富。又有《讀史雜詠》，卷一張良至鍾離意，卷二袁安至阮孝緒，卷三徐陵至歐陽修，卷四趙抃至史可法，共得七言律詩三百首，亦稱浩博。至其論斷得失，學者辨之可耳。

香蘇山館古體詩鈔十七卷　今體詩鈔十九卷　光緒間木樨軒重刻本

吴嵩梁撰。嵩梁字子山，號蘭雪，江西東鄉人。嘉慶五年舉人。由内閣中書歷官黔西知州。卒於道光十四年，年六十九。初從翁方綱學詩，後撫中唐，近體仍取裁范、陸。一時鉅匠交相推許。王昶以爲唐宋以來西江詩人惟屬蔣士銓與吴嵩梁，又評其詩如「天風海濤蒼蒼浪浪，足以推倒一世豪傑」見《蒲褐山房詩話》。朝鮮侍郎申緯推爲詩佛，吏部判書金魯敬撫其小像以梅花龕供之，琉球弟子向邦正歸國後，奉使來朝者皆欲得其贈詩。見本集卷十六詩注、陳用光《太乙舟詩集》卷十二《海天覓句圖》、姚元之《竹葉亭雜記》、梁紹壬《兩般秋雨盦隨筆》均引之。故以詩名海内者三十餘年。《詩集》初刻於京師，古體止十四卷，近體止十六卷。其古體之十五，近體之十七兩卷則在黔西所手定。既歿，諸從學復收拾其貴州詩，爲古體之十六、十七，近體之十八、十九四卷，並續京刻之後。此重刻本，首王昶、法式善、曾燠序，葉紹本、姚瑩後序，附諸家評跋。莫友芝稱：「先生自入貴州，吟詠卽不如曩時之暇，《續編》四卷中，出門生弟子代筆應酬者不少，悉未審汰，近見江西重刻本，卽合先後刻傳鈔亦漫不分別。」《郘亭詩鈔》卷三《書吴蘭雪詩香蘇山館詩鈔》後注。江西本未見，而此鈔古今體詩最後兩卷，謂有代筆，此又讀者所當知也。集中古體詩如《武夷紀游》、《匡廬紀游》、《由南昌至吉安舟行雜詩》、《崇效寺海棠歌》、《番界寺前望海淀諸山》、《九鳥灘》、《弋陽溪》、《周定王蘭雪硯翁覃溪師屬賦》、《自題王元章梅花真蹟直幅》，寫景勁峭，抒情邈綿。《題謝藴山蘇潭圖》、《錢南園畫馬歌》、《銀槎杯歌》、《題王雅宜山人野菜譜》、《題梓州惠義塔中唐人書藏經墨迹》、《書法源寺八詠後》、《康山草堂歌》、《秦良玉錦袍歌》、《虚谷草堂圖爲故博山令武公作》、《寄洪稚存》、《與徐星伯譚伊犂舊事感賦》，及題陳奉兹、百齡詩集，書賈稻孫、蔣心餘、黄仲則詩後，議論之中，秀彩外溢，非平鋪直賦可比。今體詩如《湯若士先生玉茗堂二首》、《人間世院本題詞爲桂林布衣朱小岑依真作》八首、《兩峯以竹醉圖見貽並邀賦詩》四首、《題閔貞桐陰仕女圖》、《鄭少谷自書雜感詩爲林少穆編修題》、《書船山詩後》、《記坡公遺事》六首、《王荆公祠》、《過梅嶺謁張文獻祠》，緣情托興，多備掌故。作《禮烈親王畫馬歌》，馬名克勤棗騮，順治五年斃，汪琬嘗爲作傳。此王裔孫乞張問陶補畫，翁方綱、楊芳燦亦有詩記之。王文治《夢樓詩集》中《繡花樓歌》注云：「嵩梁客吴門，爲劉大觀妾周氏賦《湘花詞》，周德之甚，爰繡其與蕙風夫人石溪看花唱和詩以爲報，嵩梁乃將爲樓供之」，事爲諸家題詞所未及。洪亮吉《北江詩話》云：「詩必有珠光劍氣，始信其不可磨滅。蘭雪詩珠光七分、劍氣三分，仲則亦然。吾詩劍氣七分、珠光三分，船山亦然。」以嵩梁與黄景仁相埒，亦見極負時譽。唯楊倫對其詩有針砭之詞。《與蘭雪論詩即題其集》《九柏山房詩》卷十三云：「君詩愛華我愛樸，掌底靈蛇珠各握。」郭儀霄《讀吴蘭雪嵩梁香蘇山館詩集有感》記嵩梁自謂「如一匹天孫錦，無瑕可指，然真氣亦坐此雕損」見《誦芬堂詩鈔》卷四，黄爵滋以爲確論。吴仰賢《小匏菴詩話》則稱：「《香蘇》一集，都中人士奉爲金科玉律，索值甚昂。讀之覺首首動目，及掩卷思之，又不能指何首爲佳。」蓋自同、光以降，其聲華已大減矣。嵩梁死因，或爲上官所抑。姚柬山《伯山詩集》卷三十《葺吴蘭雪祠感賦》五首云：「自古遭讒匿，多緣秉軸臣。爾亡由市儈，我病爲儒巾。」注云：「蘭雪爲知府王緒昆、巡道周廷授所抑。當食，奉檄，得噎嗝症，越日身死。」録此聊備一説。

思適齋詩集二卷　道光二十九年刻本

顧廣圻撰。廣圻字千里，後以字行，號澗薲，江蘇元和人。諸生。受業於江聲，得惠氏遺學。精於校勘。鮑廷博、阮元、孫星衍、張敦仁、黄丕烈、胡克家、秦恩復、吴鼒等人所刻書多經其手校訂。卒於道光十五年，年七十。著《思適齋集》十八卷，卷一爲《百宋一廛賦》，卷二、三爲賦詩，卷四爲詞，以下爲文序、題跋，上海徐渭仁刻。詩存不多，根柢選學。《和彭甘亭贈句》、《陳仲魚索賦經函》、《答郭頻伽》、《題戈小蓮紅袖添香夜讀書卷》、《題匪石履二齋聯吟卷》、《題江韜菴小像》、《題貝簡香千墨龕圖》、《題陳小雲香畹樓憶語》、《汪紫珊太守碧梧山館圖》、《復翁詩一首卅六韻》、《虎丘倉頡廟》、《題南陽諸葛廬圖》，有用於文獻典故者亦復不少。近體《酬張古餘》、《孫武私印爲淵如觀察作》、《題秦澹生太史棲碧詞》二首、《題袁壽階味書圖小像》，蕭散冲淡，不用俗韻。合詞賦觀之，綽有風采。

日鋤齋詩集八卷附二卷　道光四年刻本

張琛撰。琛字問齋，順天隸宛平人。嘉慶七年舉人。歷官河南固始，陝西永壽、韓城、涇陽等縣知縣，漢中、寧陝撫民同知。道光五年自撰《生述》，止於六十歲。詩集初刻於嘉慶十六年，名《春暉堂詩集》，凡八卷。此重刻本，共詩一千二百五十六首。其詩頗得力於史。《帝師》、《海運》、《黄河》、《日本》、《阿合馬盧世榮桑哥》、《耶律楚材》、《燕雲》、《斡難河》、《海東青》、《南坡》、《靖難兵》、《鍊子寧》、《唐賽兒》、《土木》、《冰山》、《張居正》、《開平民舍》、《東安州》、《三案》、《魏忠賢》等長歌，小注雜采元、明史籍。卷四官河南所作東漢、兩宋詠古詩最多。卷五以下歷西安、同州、鳳翔、漢中、鄜州、綏德、隴州、銀川，復以讀秦漢、隋唐史書偶得，充其篇幅。詠十六國史、南北朝史、吐蕃、黄巢、高駢、五代史，章什亦富。唯重在采輯，不足於論斷中求得失耳。附録《缶音》，所詠皆唐前古蹟。《洵嶠》，記當時死於白蓮教起事官民。

玉蘭山房詩鈔四卷　光緒三年重刻本

朱臨撰。臨字應中，號竹瓢，江蘇長洲人。嘉慶六年舉人。絶意進取。工制義文。嘗寓禪寺，授徒，門弟子甚衆。道光二十八年，其子編刻《詩鈔》四卷，咸豐燬版，光緒三年並《文集》二卷重刻之。是集汪堃序。《戊子元旦》有「六旬衰鬢又添三」句，是爲乾隆三十一年生。集中有和潘奕雋詩，又《送門人潘星齋入泮》詩，可知其行輩。爲詩翛然意遠。《渡河謡》刺爪牙勒索，情事並揭。《蒿里行》、《伍相國祠》、《西湖雜詠》、《書昌谷集後》，抒寫性情，襟懷冲粹，無標榜爭名之習。

黔軺紀行集一卷　道光三十年刻本

蔣攸銛撰。攸銛字穎芳，號礪堂，漢軍鑲藍旗人。乾隆四十九年年十九成進士，改庶吉士。由編修累官刑部尚書、體仁閣大學士。道光十年，由江南總督降兵部左侍郎。同年卒，年六十五。詩另有《繩枻齋詩稿》十二卷。此乾隆五十七年視學貴州沿途所作，於所歷山水名蹟，無不加以考核。殆爲遊記，間附以詩。如入沅州界詩，卽以《夜郎考》列後。至貴陽，又載《貴陽考》一文，期以實有可據。其間朋友贈答、卽景感懷並存焉。《辰龍關》、《晚發船溪途中作》、《詠雙髻山》、《飛雲巖》、《大風洞》、《黔陽竹枝詞八首》、《下灘行》、《仙人房》，咸可觀采。首曹振鏞序，作於嘉慶十一年。道光三十年，攸銛孫斯崇發見此稿付梓，受業武棠爲之跋。

石林草堂詩存不分卷　道光十三年刻本

葉舟撰。字布颿，江蘇江都人。布衣。受業於同里朱質，工繪事。此集有汪端光、袁承福、清恆、李文瑛、金世禄序。生年據《六十自壽》詩推之，爲乾隆三十一年。書刻於甫歿之時，有金楷跋。其詩爲阮亨、謝堃稱之。參見《春草堂詩話》、《珠湖筆記》。《讀文信國正氣歌》、《項王堂》、《淮陰市》等篇，皆激昂有奇氣。詠南京、鎮江名蹟，冲曠出俗。《都門七子歌》，爲張賜寧、蔣和、朱本、羅聘、董洵、胡唐、周厚轅，多當時畫家。《歸朱老匏先生墓碣》，老匏爲朱布衣冕。《輓羅兩峯先生》、《香葉草堂古柏歌爲羅小峯作》、《觀禹廟壁間所塑山海經圖像》、《哭朱素人》，亦畫史資料。《有客索畫老蓮人物迫促殊甚走筆書四十七字》云：「知老蓮者以我畫爲佳，不知老蓮者以我畫爲醜。筆墨之妙，頰上添毫。天地之大，何所不有。君視之亥爲豕，我視之虎類狗。」又有《饑民來》、《米價貴》、《潮水漲》諸作，記民生疾苦。雖非名家，其味於詩也亦深。

壎篪集十卷　咸豐二年刻本

劉沅撰。沅字止唐，四川雙流人。乾隆五十七年舉人。講學川中，負有時望。是集與其兄劉濶詩合編，凡詩十卷，有咸豐二年唐書序。據《庚寅初度自題小照》，當爲乾隆三十三年生。末首《漢昭烈君臣廟題壁》，自識「年八十二歲」。其詩宗唐，而不免粗豪。嘗過三峽，游金陵，復出蜀道，歷關中、嵩洛，作記游詩甚多。

《蜀中新年詞三十二首》，未能免俗。唯《藏書歌》、《讀俞言甫先生印譜》、《讀白香山詩》、《石魚歌》、《凌雲山石大佛》、《少室山達摩壁像》、《成都南臺寺佛像》、《禹穴》、《温江開講寺大佛》諸篇，尚有文獻古蹟之徵耳。

竹庵詩鈔四卷　道光二十五年刻本

吴名鳳撰。名鳳字伯翔，號竹菴，直隸寧津人。乾隆五十七年舉人，歷官江西都昌知縣，擢撫州知府。撰《此君園詩存》二卷、《竹菴詩鈔》四卷合刻，今止見一本，有張維屏序，自序。依詩鈔卷二《自題鬢絲禅榻圖》注，當爲乾隆三十二年生，詩止於道光二十五年，年八十。名鳳早年即得詩名，袁枚《隨園詩話》屢稱之。其可取者爲詠皖贛等地名蹟詩。《廬山紀游》、《游麻姑山》有序、《芝陽紀游》、《豫章懷古》，俱有詞采。《題武備院卿克簡亭觀察射鼓圖》、《題萬輞川畫》、《送劉孟塗》，間備掌故。餘多率爾之作，佳句累句往往一首並見，不足深許。

方雪齋詩集十二卷　嘉慶十二年刻本

何道生撰。道生字立之，號蘭士，山西靈石人。乾隆五十二年進士。歷工部主事、郎中，遷御史，出爲江西九江、甘肅寧夏知府。嘉慶十一年卒於任，年四十一。是集有法式善、查揆、吴嵩梁、王芑孫序，收乾隆四十五年至嘉慶十年詩五百七十二首。道生少受經學於顧九苞，長見張塤，而大爲詩，以詩求友於天下，於是人皆知其名。游京畿雲居、上方、兜率、戒壇、潭柘諸寺，《灤陽雜詠》，詠岱廟古松、西江名勝、邠州大佛、賀蘭、六盤諸篇，疎爽雄健，氣格渾灝。讀書題圖，盛有佳什。《題康對山自書詩卷》、《題翁宜泉手拓貢院專文册子》、《讀放翁詩》、《唐銅魚符歌》、《題洪稚存卷葹閣集》、《題王芑孫楞伽山人編年詩稿》、《題法時帆説詩圖》、《題張船山詩卷》、《讀梅村詩集》、《讀宋元詩有述》、《漢建安銅弩機歌》、《題雪蕉藏傅青主先生草書宋人絶句》、《爲黄小松題小蓬萊閣觀碑圖》、《題金壽門小像》、《題羅兩峯鬼趣圖》、《題管希甯爲方白蓮女士作塞闈吟席圖》，以精於學工於韻律，品鑑有得。《羅雲山人火畫歌》，讀之可明畫法，較宗聖垣《九曲山房集》、屠紹理《一覽集》所詠《火畫歌》尤勝。又有《煙草歌》，述淡巴菰來歷。詩中關係明季掌故者，爲《題黄石齋先生楷書詩册》、《趙忠毅公鐵如意歌》、《楊忠烈公血影石歌》。清人詠血影石有三：一爲明初黄夫人血影石。夫人爲侍中黄觀妻，靖難師至，被收，率其子女婢僕投淮死，石上血痕不化，儼如婦人。一説，黄夫人自盡後，土人撈其屍置於石，血流成暈，隱隱如人影。向在祠中庭院間。雍正己酉，池州知府李某作龕，奉於後堂蔽之。又一説一爲嘉興僧柱血影石。乙酉，清兵南下，掠村落婦女錮廟中。僧伺卒去，毁門裂扃盡縱之。俄卒至，縛僧石柱射之，血流漬石，儼若人形。載《嘉興志》中。此詩則指楊繼盛，石在刑部堂前階。蓋皆爲傳聞也。《哭顧文子師二首》，謂九苞任四庫館分校，途至天津，瘍發於頸，月餘而卒。《哭瘦銅先生》云：「握手招提意惘然，重來靈運已生天。胸蟠奇氣餘千卷，腹痛交情只一年。頭角我慚稜露後，齒牙公許簸揚先。知音死别何匆遽，惆悵瑶琴扣絶弦。」注云張塤卒於己酉乾隆五十四年，年五十九。王昶《蒲褐山房詩話》稱其詩「風骨清蒼，如千金戰馬，騰溪注澗，無所不宜」。又云山西自陳廷敬以來，若吴雯「清妙有餘，排奡則不及也」。同時詩人法式善、張問陶、楊芳燦皆斂手避之。道光元年，何熙績重刻此書，改名《雙藤書屋詩集》。蓋道生父里居名書齋曰「方雪齋」，道生與兄道冲，均取以名集。雙藤書屋爲道生都下讀書處，取「雙藤」名之，可與道冲詩標目不相複焉。王芑孫《淵雅堂編年詩稿》、時銘《掃落葉齋詩稿》有《題方雪齋集詩》。

羅雲山人火畫歌　有序

趙城籍班禄工火畫，深淺陰陽，毫釐可辨，山水人物翎毛花卉，俱有生氣。今老矣，而技益工。乙巳秋，爲平定李丈培榮作《枯木竹石》一幀，蕭然意遠，爲作此歌。

庖犧一畫開杳冥，孕啟圖籙生丹青。獨將一管追造化，鎔寫萬類無逃形。羅雲山人好事者，不將豪翰供陶冶。炷香入手煙一縷，忽然落紙成丹赭。高齋九月涼風天，突見古木撑蒼煙。側立怪石大磊砢，叢生幽竹仍嬋娟。從來五色彰以水，祝融今奪元冥權。火從木生復生木，中有至理難言詮。我聞竹石自坡老，同時惟有湖州好。流傳粉木盛摹擬，意匠誰超筆墨表。山人此幀生態多，壁間挂出疎羅羅。氣爲真氣色真色，純由三昧非由佗。憶昨相逢長太息，自言遲暮身蹉跎。蹉跎却得擅名譽，邂逅何曾廢嘯歌。君不見曹張筆訣久已斷，宋元作者終殊科。金題玉躞什存一，泰山豪芒閲刼過。祇應妙絶火傳指，不與粉墨同消磨。　《方雪齋詩集》卷一

青芝山館詩集二十二卷　光緒十六年重刻本

樂鈞撰。鈞初名宫譜，字元淑，號蓮裳，江西臨川人。嘉慶五年舉人。生平坎壈，一以詩酒自解。於倚聲、駢體，致力亦邃。所撰《青芝山館詩集》，共二千餘首。嘉慶二十二年陳鴻壽初刊本，曾燠、王芑孫序。再刻於道光二十年，彭兆蓀序。此第三次刻本，增郭傳璞跋。爲乾隆四十九年至嘉慶十九年詩。依《三十初度》、《丙申元旦小飲》、《甲寅盤谷山》詩注逆推，爲乾隆三十一年生。周三燮《讀樂蓮裳新刻青芝山館集卽用甲戌見寄詩韻弔之》，見《抱玉堂集》，當卒於嘉慶十九年，年不及五十。卷一至卷三詩，作於京師。《萬柳堂修禊圖一百韻》、《都中古蹟八首》、《踏謡娘》諸篇，俱以綺麗見勝。卷四爲游吴越詩，有《和緑春詞三十首》，卷五《再和三十首》，又《歷下雜詩十六首》、《登岱四首》、《過江至金陵絶句十四首》。六至十二卷爲游嶺南作。歷佛山、清遠、潮州、惠州、雄州、廣州等地，均有吟謳。《嶺南新樂府》有《分金罐》、《買凶》、《造餉》、《海盜》、《械鬥》、《鴉片煙》、《摸魚歌》諸題，指事類情，較爲警闢。《韓江櫂歌一百首》，耳目所接，參以記載天時地理民風物産，引證賅博。卷十四《秋漲行》，卷十五《觀音土行》，憫念農家，情尤深摯。鈞論詩推崇翁方綱。早年與洪亮吉、王芑孫有交。居曾燠題襟館，遍接江南名士。所作《讀史雜感》七律十二首，通論全史，與從來詠史者不同。又有《書漢書黄霸傳後》、《讀諸子五首》、《讀盧玉川詩》、《讀法苑珠林》、《讀王荆公詩集》、《題謝皋羽晞髮集後》、《題山谷草書太白憶舊游詩卷》、《題文信國與吴新溪手卷卷後》並序、《題唐昭陵六駿圖羅歌》、《題奇女圖十二首》、《題棟亭圖四首》並序、《題陸包山畫吏部藤花卷子》、《題董小宛靈壁石留歌》、《題兩峯鬼趣圖》二首、《小忽雷歌》、《仿作漢建初銅尺歌》、《俄羅斯鐵燈歌》、《祁生客上海曾作洞庭緑院本》等篇，才富學博，足以傾其勝流。彭兆蓀贈詩云：「生愛西江樂元淑，清才花骨綺情深。如何縱酒酣歌地，却是離騷屈宋心。」此詩見《小謨觴館詩集》卷八《揚州郡齋雜詩》，時鈞與彭兆蓀俱居於胡克家幕中。孫義鈞《好學湛思室詩存·哭樂孝廉》云：「作客悲王粲，忘年識孔融。聲華空冀北，書劍老吴東。文采詩篇裏，交游歌哭中。蕪城噩夢至，風唳繼哀鳴。」又云：「八口人誰倚，九京路已賒。文章宜有壽，妻子竟無家。歸骨證廬岳，游魂近漢槎。自注：孝廉以八月望卒。寢門我重歎，誰復郵西華。」才人命蹇，讀之可悲。郭傳璞以樂鈞與曾燠喻爲「豐城雙劍」，不知鈞孤潔性岸，詩乃窮而後工者，與燠實不相侔。王芑孫序譽爲「於今天下有數人物」，乃《晚晴簃詩滙》失收，豈非滄海遺珠耶。

讀史雜感

删書斷自甲辰年，古史無徵或不傳。上世春秋曾十紀，今時運會尚中天。八荒孰與分河嶽，三變誰能辨海田。安得化人談至道，爲吾窮溯劫灰前。

瓜離豆剖裂金湯，南兖東揚跨越强。割據封疆無樂土，英雄苗裔總降王。翻聞瑞燕誇元魏，晚見真龍出晉陽。貞觀幾年書政要，僅將刑措比成康。

火井無光劫運初，千年戎馬逐簪裾。老嬴庚癸流亡盡，婦女丁壬燼蕩餘。禦盜至浮鵝頸詔，求賢早廢鵠頭書。兔園君子同憂切，時向糟邱一破除。

誰遺蚩尤作五兵，紛紛爭地復爭城。無名師旅空屠戮，有道君王亦戰征。百劫蟲沙消殺氣，九天風鶴助悲聲。嬴顛劉蹶嗟同盡，依舊欃槍午夜明。

白茆黄土誓山河，風急天潢水易波。周室宗親分玉改，漢家封建酎金多。桐圭不剪猶堪説，豆釜相煎復奈何。忍使黄臺瓜蔓絶，廢陵松柏有枝柯。

空林雪後見松筠，鐵骨冰心代幾人。亂世有才多負國，餘生作賊爲全身。李家累葉修降表，馮道三朝列輔臣。莫比良禽誇擇木，商辛雖暴有遺民。

秦代長城比鐵牢，漢家邊將復功高。雁門幾日烽煙靖，龍塞連年士馬勞。戰地秋風吹筆策，離宫春酒醉蒲桃。可憐猶恃和親計，落盡天朝使節旄。

龍魚虎鼠轉移中，莫道君臣際會同。亡國將軍常跋扈，衰朝宰相獨尊崇。上方誰請朱雲劍，司隸難逢鮑氏驄。高閣書生成底用，無聊終日但書空。

陰陽消息本相因，璇室瑶臺禍最頻。漢殿垂簾由母后，唐家當宁到才人。際天雲霧常爲雨，得地鶯花易作春。不是傾城能喪國，牝雞從古戒司晨。

西賮南琛職貢全，離宫别館跨山川。皇家豈論中人産，富國還徵少府錢。三輔黄圖誇鞏固，萬方黔首歎顛連。當時應笑神堯拙，辛苦茅茨住百年。

休論鷙鳥立垂枝，蠖屈龍伸總片時。達似陶潛猶縱酒，狂如李白只吟詩。士甘貧賤寧無故，才遇昇平那得奇。惟有姓名懸日月，英靈相見一軒眉。

文苑儒林古戰場，幾人摧敗幾夷傷。沉埋寶劍騰秋氣，墮落明珠起夜光。三代典章猶闕失，百家著作易消亡。蟲魚應笑書生拙，辛苦讐書仰屋梁。《青芝山館詩集》卷一

弢菴詩集一卷 京江七子詩鈔本

顧鶴慶撰。鶴慶字子餘，號弢菴，江蘇丹徒人。年十七見知於彭元瑞，爲諸生。入都，館裕親王府，從觀名畫，與輔國公恩元主人交善。工畫柳，作《驛柳詩》，屬和者衆，人稱「顧驛柳」。錢之鼎有《題弢菴山水幛子》歌。道光九年，張學仁刻《京江七子詩鈔》，鶴慶年六十四，卒年未明。是集凡詩百零七首。學仁序云「有十四卷本」，今未見。爲詩秀潤有致。《穹窿遊仙詩》、《西谿蕩舟曲》、《題恩無主人畫竹》、《萬峯臺歌》諸篇，非興到不能有。《西洋火法歌》，殆見於王府，極競奇翻切之能。在京師事法式善，居里與趙帥、王豫多所唱和。短章恬靜融和，所謂詩中有畫者是也。

竹素齋詩集三卷 道光七年刻本

姚學塽撰。學塽字晉堂，一字鏡塘，浙江歸安人。嘉慶元年進士，官中書。以耻事和珅，乞歸。和珅伏

誅，始入都任職。十三年，主貴州鄉試。官兵部主事，遷職方司郎中。卒於道光六年，年六十一。官京師十年，不履要津，寓破廟不攜眷屬，頗爲士林風仰。龔自珍《己亥雜詩》詠其自燒功令文事。與潘諮友善。《少白先生詩集》卷一《五古哭姚鏡塘十二首》，可見生平學行。此爲《姚鏡塘先生全集》本，首沈維鐈序。《論文二首》、《論詩二首》、《與客談詩有感》、《讀楚辭》、《讀昌谷玉谿詩有感》，亦有見風旨。《三哀詩》爲鄭康成婢、蕭穎士奴、司馬君實僕。《古歌行》、《觀潮》、《相馬》諸篇，氣格遒勁。近體沉鬱頓挫。斷句如「水聲晴亦雨，山氣晝常昏」，「蟲方鳴促織，花亦憂牽牛」，「廣武英雄笑劉項，平臺賓客弔枚鄒」，「雲銷太空峯爭出，雪壓長河水不流」，「山連竹徑雲俱濕，風渡蓮塘水亦香」，「磨牛衹自循陳迹，櫪馬何曾有壯心」，「知君意在披榛采，不使空山老衆芳」。工候頗深。《寄楊鏡颿》並注、《題完白山人遺照》並注、《題鮑淥飲先生遺照》、《送魏默深省親江南》，名士風流，格調清雅。其詩學唐，不近於時，當時風氣仍尚宋也。

閭山紀游詩一卷　醉石龕卽事詩一卷　鏡心堂七言律詩選一卷　綺語舊作一卷　道光間刻本

貴慶撰。貴慶字雲西，號月山，姓富察氏，滿洲鑲白旗人。嘉慶四年進士，改庶吉士。官至禮部尚書。道光十七年因病告歸。詩作不經見。此集爲受業陳瀛校，曰《閭山紀游詩》，詠醫巫閭山桃花洞、道隱谷、觀音閣、石棚、望海堂諸勝殆遍。《東丹王故宮曲》，詠遼太祖長子耶律倍事。又以《元史》不載耶律楚材隱閭山事，讀《湛然居士集》見所詠閭山者不可枚舉，有詩賦之。曰《醉石龕卽事詩》，多詠硯石。其著者爲曝書亭硯、馬湘蘭硯、真珠紅之硯、黃龍硯、月從星硯。自云：「愛之斯醉之矣，此齋名所昉也。」曰《鏡心堂七言律詩選》，以官盛京時所作居多。《五國城》、《馬爾敦山寺》、《抵齊齊哈爾城》、《黑龍江秋杪作》，氣體雄闊。官禮部尚書，有游京畿詩。記石生玉崑詩，玉崑爲小説《三俠五義》作者。又有《賜墨詩》。遺事零落，隨可掇拾焉。

元史不載耶律文正隱閭山事讀湛然居士集如閭山舊隱天涯遠同到閭山舊隱居見諸詠懷者不可枚舉昨遊道隱谷林巒深秀先生當日棲遲或卽在此爰賦廿韻以補前史之闕

湖山宋怠荒，遷徙金凋敝。大漠白翎飛，白翎雀，元樂名。浩刼鍾殺氣。不調護其間，斯民無噍類。能衛民曰仁，能行仁曰智。卓哉湛然叟，仁智一生備。乾坤戰鬥酣，戎馬君臣契。聘使詫神人，《元史》：太宗指楚材示西域諸國及宋高麗使者曰：汝國有如此人乎。皆謝曰無有。殆神人也。此人天所賜。太祖指楚材謂太宗曰：此人天賜我家。止殺識角端，何妨講符瑞。太祖至東印度，有一角獸，其色緑，作人言，謂侍衛者曰：汝主宜早還。帝以問楚材，對曰：瑞獸也。其名角端，能四方語，好生惡殺。此天降符，以告陛下。願承天心，以全民命。帝卽日班師。欲爲百姓哭，至聲色俱厲。課稅增至二百二十萬，楚材極力辨諫，至聲色俱厲。太宗曰：爾欲搏鬥耶，欲爲百姓哭耶。汴城初下時，入求素王裔。百四十七萬，民命隻手庇。汴梁將下，大將言宜屠之，楚材馳入奏曰：所欲者土地人民耳，得地無民，將焉用之。太宗猶豫未決。楚材曰：奇巧之士，皆率於此。若盡殺之，將無所獲，帝然之。時避兵居汴者得百四十七萬人，楚材又奏遣人入城，求孔子後，襲封衍聖公。乃知仁人言，天下溥其利。餘力博羣書，術數兼象緯。勳業炳汗青，上可臥龍繼。史冊惜疏漏，未考巖棲事。僅於遺集中，舊隱三致意。我遊道隱谷，疑即誅茅地。想見梁甫吟，抱膝坐深翠。谷雲含逸姿，谷松激清吹。望古重低徊，遥心此高寄。《閭山紀遊詩》

東丹王故宫曲

東丹王耶律倍，小字突欲，遼太祖長子。遼克扶餘以王守之，遼主稱天皇，東丹王稱人皇。遼主殂，次子德光立，疑東丹王。後唐明宗遣人招之。王題詩海上曰：小山壓大山，大山渾無力，羞見故鄉人，從此投外國。乃攜高美人浮海而去。明宗妻以莊宗妃夏氏，賜姓名李贊華。

木葉山前兵欲起，白馬青牛下遼水。《遼史》：契丹發祥於木葉山，傳有神人乘白馬，神女乘青牛，會於遼水上，爲遼始祖。穹廬八部尊天皇，兒輩唐家李亞子。遼主謂後唐使者曰：晉王與吾約爲兄弟，唐天子猶吾兒也。《五代史》後唐莊宗軍中稱李亞子。鐃歌旌旆拔扶餘，析圭留守人皇居。絶頂書堂搆空翠，芸籤香滿醫巫閭。醫巫閭指柳林淀，臨潢千里開葱蒨。柳林淀在遼都臨潢府。不道小山壓大山，故鄉雖好偏羞見。海舶峩峩鼇背輕，酒酣豪載美人行。枉教後世珍圖畫，東丹王善畫本國人物，如雪騎千鹿等圖，皆入宋秘府。却被他邦易姓名。御容殿圮幾朝暮，遼人祀東丹王於遼陽御容殿。兵連南北全非故。紫瀣雲移塞上陰，黑河岸改天涯樹。

華表西風鶴唳哀，土花廢礎澀深苔。祇今夜月蒼蒼下，時有古裝人去來。《閶山紀遊詩》

石生玉崑工柳敬亭之技有盛名者近二十年而性孤僻遊市肆間王公招之不至

攀條軼事弔斜曛，吴梅村《柳敬亭傳》，柳敬亭者，泰州人，蓋曹姓。年十五，過江休大柳下，攀條泫然曰：嘻，吾今氏柳矣。絶技風流又屬君。一笑史從何處説，廿年人得幾回聞。么絃切切秋蟲語，大笠飄飄野鶴羣。爲底朱門無履迹，曳裾應怪太紛紛。《鏡心堂七言律詩選》

留村詩集四卷 嘉慶十二年刻本

黄瑞撰。瑞字留村，江蘇虞山人。早歲授經，工詩古文詞。嘉慶六年舉人，不與進士試。居揚州，與江藩友善。先刻《留村文集》，序跋甚多。《書校正竹書紀年後》、《喪服考》、《西漢文選序》、《醫説》諸篇，俱見學有淵源。繼刻《詩集》，鄭德懋序，詩約四百首。詠江浙、金陵、揚州山水古蹟，詞清氣潔。《古風一首答江鄭堂》、《寄鄭玫河》，爲論學、論詩長歌。爲詩學唐，近取明王、李，清王漁洋、沈歸愚，而不惑於性靈説。《瓊花一篇》，序言詳作考釋。《題黄山圖》，以記實爲主。俱無膚廓之病。題畫尤見工候。《題完峯道人山水》、《題張玉峯山水》、《題許修臣山水横幅》、《張運南山水》、《晉陵遇畫客吴天山卽贈》、《唐石耕雙松障子》、《題張昕山水》、《題許見山山水》，有關乾、嘉間畫家資料甚多。

勺園詩鈔三卷　續鈔一卷　嘉慶二十三年刻本

李遐齡撰。遐齡字芳健，號菊水，廣東香山人。貢生。嘉慶二十三年刻《勺園詩鈔》三卷、《續鈔》一卷，譚敬昭、汪逢泰序。乾隆五十九年黎簡題詞。乾、嘉間粵東詩稱盛，始於馮敏昌，格高無過於黎簡。遐齡詩才清雋蒼健，與黄培芳相埒。工新樂府，譚敬昭贈句云：「嘉慶新翻長慶樂，白香山後李香山。」黄培芳《香石詩話》。是集爲門人何守謚等録，刻成後歷刼猶存，今有光緒三十四年其曾孫贊辰印本，仍原板也。集中詠澳門詩較多，《蕃雛》、《媽祖閣》等篇，時鎔新舊事物於一爐。《安南使》、《游圭峯》、《詞林雜詠》、《横江水嬉歌》，取材亦新異。蓋粵東沿海風化較開，又與中原士夫通聲氣，自得深秀之旨也。嘉慶十四年，有《憂盜》四首，小注稱：「濱海村落，以財物輸盗，免焚刼，名曰打單，又曰掛號。」「環邑海面港汊皆盗舟，無日無之。」「奸民以舟載米糗火器諸物，闌出内地接盗。」時百齡總督廣東，乃有此作也。於天地會及惠州陳爛屐四之變，亦有紀事。遐齡之詩，無所不學。讀太白、香山、東坡、放翁詩，各爲題辭。與譚敬昭交厚，有《珠江柳枝詞》唱和。《跋簡孟熙詩集》、《題張南山詩畫册》，亦爲同好作。張維屏以詩名於嘉慶間，至道光時巍然大宗矣。遐齡生平未達，貧時至不舉炊。生卒年不詳。集中紀干支，止於嘉慶二十二年丁丑年約五十餘。附《松溪詩鈔》爲其從弟吉士撰，遐齡爲之序。

澹雅山堂詩鈔一卷　京江七子詩鈔本

應讓撰。讓原名謙，字地山，號退菴。江蘇丹徒人。諸生。嘗游汪志洢幕。道光二年，舉孝廉方正，時館揚州，猝然病歿。工詩。與吴樸、鮑文逵、顧鶴慶、王豫、張學仁、錢之鼎稱「京江七子」。學仁刻七子詩鈔，以讓居首。是集詩凡百零六首，有張學仁序。觀其行跡，北至古北口，西極四川雅州，南之廣東，故取材較廣。《噴霧崖觀瀑布》，尤爲全集之冠，崖在梁山，范成大題爲天下瀑布第一。生平交游，七子而外，縉紳爲曾燠、李堯棟，文學爲萬承紀、茅元輅、譚敬昭，畫家張崟，方外借庵。借庵焦山住持，詩僧也。

紫華舫詩初集四卷 道光間刻本

屈爲章撰。爲章字含漪，號韜園，浙江平湖人。諸生。工詩詞善畫。是集與《竹滬漁唱》合刻，首徐熊飛序。詩擅古體。紀游《龍湫山》、《尖山觀海》、《獅子林》、《碧巖瀑布》、《雨渡曹娥江》，題詠如《元祐黨籍碑》、《藍田叔秋林聽瀑圖》、《鄭板橋墨竹》、《宋李伯時渡水羅漢》、《文後山鼎出所藏漢趙婕妤玉印屬賦》、《南宋江湖羣賢小集》、《吴兔牀騫拜經樓集》、《黃霽青安濤東莊讀書圖》、《楊芸墅文蓀述鄭齋詩草》，弔古如《謁陸宣公祠》、《蕺山謁劉忠介公祠》、《妙嚴臺歌》有序，狀述社會風習如《舞鈸行》、《鱓魚》、《捕虎行》、《踏車謡》、《鬬蟋蟀》，動輒數十韻，縱橫如意，無炫奇務博之習。《火瀨布》，爲石綿織成之布，三國時已有之，作者爲詩，詳述其異。爲章與石鈞、鍾大源、徐熊飛交契，之數人者，皆鋭意於詩，而無意騷壇樹幟。集中有《古意投洪稚存先生》、《呈吴穀人先生四首》、《題郭頻伽靈芬館圖》，而可取者爲《鍾箬谿迭寄見懷詩賦四十六韻答之》、《徐春田大令志鼎輓詩》，仍古風也。何慶熙《三紅吟館詩鈔》卷一有《寄懷詩》云：「畫名太盛托詩名，獨與山舟學士親。伯道無兒戎死孝，遺編先付六丁神。」惜不得年月。

舞鈸行

清谿道士鍾雲房善舞鈸，以其技徧游法會。余獲睹於城西某氏，爲賦此詩。

一鈸復一鈸，刹那現奇巧。盤旋離合四座驚，彈指空中殊了了。蓬萊道人寓新谿，舞鈸之技神且奇，飄飄凌雲勢欲齊。以身使臂臂指使，宛轉如環直如矢。繞身閃電咫尺間，技進乎道有如此。嗚呼噫嘻鍾雲房，神仙狡獪原無方。莫謂逢場聊作戲，座客目眩神徬徨。瞥然一落十丈强，纖阿失足墮微茫。收拾星斗歸掌握，獨立回視蒼天蒼。

火澣布

扶南浮大灣，東有耆薄國。火山峙其側，物産悉靈異。此布尤奇特，純精稟太陽，姣好頗白皙。曾聞不燼木，晝夜光昱奕。暴風亦不熾，猛雨亦不熄。黠鼠二尺餘，豐林自跳擲。纖毛緝爲紋，絲絲露皚積。圓燧抽秘華，丹脂吐靈液。糾亂雜腥羶，抶摩快湔剔。初浮氛冥冥，旁翥輝赩赩。或疑隅泉經，豈煩天女織。繐絟名易詳，涼慧義誰繹。梁冀怒解衣，魏文詔刊石。宜偕金縷罽，合炫玉清客。虞廷昔獻黄，天竺亦凝赤。搜神博記載，杰公遥辨識。配以龍膏燈，比之阿羅得。古殿秘奇華，威名賓沙越。圓淵供漂蕩，蕭邱任洗滌。開奩疊軟毳，騰燄張餘焱。萬物縱乃擒，五行生是剋。薄澣復薄污，載濯斯載赫。不戢非自焚，服之貴無斁。藉彼燥物威，保此自然色。輕麗極彌牟，柔滑披弱錫。黄潤殆比筒，白氎或如雪。縱令溢生涯，詎能訪遐僻。維有石羢類，其生出石隙。臨試示百僚，秉杼空織室。獻賦憶殷臣，馳表誇曹植。荒服者來庭，貢篚超重譯。《紫華舫詩初集》卷一

石如吟稿不分卷 道光十三年刻本

江介撰。介字石如，浙江杭州人。布衣。嘉、道間以書畫名於時。卒於道光十二年，年六十六。是集爲道光十三年瞿世瑛得其手書詩詞稿鐫版，字體樸茂精美。據汪之虞序云：「嘗謂畫理如詩理。詩濃則俗，淡則雅。板滯則氣絶而俗，秀潤則韻流而雅。尚有自定詩及雜著未梓。」生卒年亦據序文得之。介詩蒼勁妍雅，平易近人。五古《春暮雪》、《芭蕉》、《紫雲洞》、《雷峯》、《詠玫瑰花》、《種竹》，七古《采茶歌》，不假雕飾。五律《拜岳鄂王廟》、《讀徐文長詩集》，七律《吴山絶頂望浙江》，以及《西湖競渡竹枝詞六首》，以博麗取勝。又有《讀三國志偶然作十七首》，爲詠史之什。題畫詩，尤潔峭可觀。

清人詩集敍録卷五十二

掃落葉齋詩稿六卷　道光二十六年刻本

時銘撰。銘字子佩，號香雪，江蘇嘉定人。嘉慶十年進士。官山東昌樂、安丘、齊東等縣知縣。道光初年罷歸，七年卒，年六十一。事見李兆洛所撰《傳》。此集爲其子淳校録。詩多悲其不遇。然如《觀繩伎》、《勞山道引法曲》、《燕臺雜吟十首》、《詠彈曲》、《太平鼓》、《羊車》等篇，亦具別趣。《謁伏徵君墓》、《明妃出塞卷子》、《題柳子厚驅厲鬼碑後》、《題朱竹垞毛西河合像》、《題何蘭生方雪齋詩稿後》，剗除陳腐，亦可觀。

題吴藉亭紅樓夢傳奇十二首

縞衣素袂見清姿，貞潔芳心解自恃。留與斯文扶大雅，變風開卷柏舟詩。
畫眉人去最憐卿，錯被葳蕤誤一生。妾自乘鸞郎跨鶴，秋風腸斷鳳樓笙。
瀟湘舊館竹娟娟，知有花魂傳暮煙。鍾得癡情天不管，聽他生死與纏綿。
紅暈潮添綺席春，石臺涼處見横陳。斜陽一角闌干影，知是名花是美人。

侯門纔唱定風波，傾倒蓮胎喚奈何。一種因緣難解釋，算他塵刼歷天魔。
果然一片好樓臺，翠幰能經幾度來。不惜春光都漏洩，百花齊護牡丹開。
生將彩鳳匹飛鴉，生把泥中污好花。自古才人多不偶，傷心豈獨女辭家。
智珠瑩徹半無塵，健婦村門遜小姑。一事對人終腼腆，破瓜年紀話兒夫。
鈍根誰識箭鋒機，閱盡興衰事總非。儂與如來曾有約，梅花開後要皈依。
殺人如草了無痕，霜雪寒威玉不溫。生就秋波横更好，任無情處也消魂。
繡鴛衾暖鴨香熏，小字驚心夢裏聞。絶倒微辭狂宋玉，竟持斑管賦行雲。
寂寥芳事鄰園中，弱質禁搖幾面風。桃李成陰梅結子，殿春可少一枝紅。《掃落葉齋詩稿》

案：吴藉亭名士超，乾隆間在京西海淀出入王邸間，見陳廷慶《謙受堂詩集・懷人詩》。

小山山房詩存二卷　宣統二年排印本

吴淞撰。淞字半江，湖南湘潭人。結雨湖詩社唱和。後以詩游公卿間，爲謝啟昆、錢楷、慶保所推重。晚不復出。卒於道光二十四年，年七十八。是集爲其孫熙校刊，收嘉慶以來至道光二十三年詩。生年見《壬寅七十六》詩，卒年依熙《跋》推之。其詩不類雕飾，而以采色見長，蓋受同鄉詩人張九鉞指授，出語幽雋之致。生平足迹甚廣。北至黄河，南游桂林。詠山川奇勝，氣格沉雄。晚歲山居暇唱，亦有神味。可以湘中作手目之。

靈芬館詩初集四卷二集十卷三集四卷四集十二卷　嘉慶至道光間刻全集本

郭麐撰。麐字祥伯，號頻迦，江蘇吴江人。諸生。工詞。道光十一年年六十五卒。著《蘅夢詞浮眉樓詞》。詩與查揆、屠倬齊名，而篇什之多，倍蓰之。《全集》本凡四集，《初集》屠倬、孫均序，收三十七歲以前詩。《二集》阮元、吴錫麒、查揆序，編年嘉慶元年至九年。《三集》續至嘉慶十二年，楊芳燦、彭兆蓀、朱文翰、樂鈞序，自序。《四集》續至嘉慶二十四年，道光間馬洵、彭兆蓀、汪慎、夏寶晉序。共詩三千四十六首，尚有《續集》八卷不在内。麐早年詩效李賀，以綺麗爲工，清婉者近於詞，最爲弱調。壯年稍變而入蘇軾放曠者佳。晚歲所作，以消寒聯句、逃禪、游仙之作，充其篇幅。棄其渣滓，可稱者僅十之二三耳。《初集》中《檇李雜詩八首》、《延令竹枝詞六首》、《游龍井》，《二集》中《觀潮作》、《題李易安荼蘼春去圖》、《題樂蓮裳青芝山館詩集》、《詠史四首》，三集中《兩峯山人鬼趣圖八首》、《三衢阻險》，四集《水車行》、《哭金仲蓮五十韻》，皆較樸厚。《題王惕甫小像》、《題謝蘊山詠史詩後》、《題孫淵如禮堂寫經圖》、《題傅青主遺墨》、《苦瓜和尚畫册》、《新羅山人書畫册》、《明蘇州太守况公遺像》，亦有資料可掇。麐以詩名海内數十年，公卿士夫多與交往，唱酬之作，不勝縷指。然絶少涉及時事與民生疾苦。其詩與金學蓮、吴嵩梁稱「三子」，格調猶差遜之。《四集》收與查揆、屠倬江行唱和詩，徵人題詠，亦文人好事，無足重也。袁鴻《鐵如意菴詩稿》有《懷郭頻伽》長歌。

徐濤《話雨樓遺詩》有贈詩多首。

朗陵詩集六卷 道光二十年刻本

王士桓撰。士桓字公瑞，山西鳳臺人。道光六年進士，出湯金釗門。官河南确山知縣。是集自刻於道光二十年，以戊戌初度詩計，時年六十四。首魏謙六序，自序，共五百三十九首。士桓與林則徐、何紹基均有寄酬。道光二十年黄河決口，作《汴城大水行》、《黄河圍汴城竹枝詞三十首》、《防城竹枝詞十首》，又作《河工竹枝詞三十首》、《散賑竹枝詞十首》。意格俱淺，人盡可誦。或當日以救災爲急，無揣摩聲音之暇，固不必以俗吏視之也。

初月樓詩鈔四卷 道光三年刻本

吴德旋撰。德旋字仲倫，江蘇宜興人。諸生。嘗居陳用光等人幕中，以古文名。同時惲敬、陸繼輅、吕璜皆推重之。卒於道光二十年，年七十四。著有《初月樓文鈔》、《古文緒論》，爲桐城支派古文家。其詩拘於成規，因襲前人，不能自出機杼。此集有自序，陸以寧序。所存舊作，十無一二，率多平直無味。其中《論惜抱集》、《友人問余詩法者走筆答之》、《讀唐詩有感》、《雜著示門弟子二十四首》、《與陸子卿論詩》、《盧德水夕旦吟自謂不阡不陌似詩非詩余愛而效之意到便書凡得十首》，持論甚高。德旋詩文俱卑弱，第關於詩文評論，有用於世，其勞績自不可泯。且一生勤學，老景至矣，猶篤嗜不休，此又不當苛繩耳。

知退齋集四卷 咸豐八年刻本

譚光祥撰。光祥字君農，號退齋，江西南豐人。父尚忠，官福建巡撫、吏部左侍郎。光祥於乾隆五十八年成進士，改庶吉士，授編修。嘗隨駕灤陽，出山海關，至吉林。嘉慶二年，遭父喪。九年，爲雲南學政。十五年，出爲施南知府，調武昌，無異貶職。是集有咸豐八年跋稱：「世父詩向有刊本，曰《絳趺山館集》。視學雲南，復自編訂，曰《知退齋集》，於前刊本删去大半。守施南、武昌時，非有關於民事不作，故所存尠，而未有訂本。今裒而分爲四卷付刊，仍遵題曰《知退齋集》。」則屢削蕪雜，可稱定本矣。交游爲楊夢符、蔣知廉，而與吴嵩梁最契。《題香蘇山館詩集》云：「我年十八君十九，論詩白下初結交。」推知爲乾隆三十二年生。卒年不詳。詩多應制酬俗之作。然《賃屋歎》、《典衣行》，頗見京官之窮厄。祖同字桐舫，道光間官淮安知府。

那繹堂尚書屬勘門頭邨煤窑之獄夜宿窑神廟因紀其事

書生聽訟昔未曾，出郭眺遠喜得明。同行者鶴陛音員外，承靄亭、黄季侯兩主事，暨水部錫遐齋員外、陳虹江主事。冬郊無風塵不興，野曠樹禿鴉聲應。渾河杠成腹未冰，山石犖确車凌兢。駝羣如山聯以緪，烏金之窟地脈凝。草欲蓄廡土不勝，晚投山村匹馬乘。黄土大成以次登，黄土、大成，二窑名，焦土玢舊業。嘉慶五年與张績立券夥開，其明年商人劉文智、朱子玉等領帑修溝，以二窑爲商界舊業，遂興此獄。焦氏舊窑張績仍。在官有籍猶可徵，文智貪利逐臭蠅。既富復有權貴憑，疏濬溝水工肩承。竟請中帑五萬增，並吞兩窑魚入罾。子玉佐之同轢陵，自知負曲心慴悛。挾以公帑我所膺，不得兩窑償不能。有司有法不敢繩，左祖尚以持平稱。旁諮輿論怨沸騰，法不至死情可憎。長枷遣戍無哀矜，唯窑有神雀有鷹。去其害者神所應，人所不知神則懲。夜闌齋心起挑鐙，水鏡照户寒光澂。此中空空非夢夢，手寫獄狀付吏膡。筆在我手神實憑，尚書至公不模棱。《知退齋集》卷三

青園詩草四卷

光緒十八年刻本

玉書撰。玉書自號青園居士，漢軍正藍旗人。未仕進。光緒十八年，其姪孫達斌刻此集並亨慶《榆蔭山房詩存》，爲兩代之詩。據《庚子七十四歲》詩，當爲乾隆三十二年生，唱酬詩不與漢士夫，大多自我遣興。行踪不出京畿，《遊妙峯山紀程十首》、《蟠桃宫卽事》、《圓明園》、《大覺寺》、《昆明湖》、《柏林寺》、《十刹海》、《游南頂橋記天橋之跑車馬者》、《憫忠寺》，嘉道間燕京風光，多可及見。《白海棠依紅樓夢韻》云：「清姿只合在朱門，鏤就琳瑯玉滿盆。霧縠窗前蝭粉夢，水晶簾下杏花魂。苔封冷砌珠千斛，袖掩香羅月一痕。自是癡情彈粉淚，秋風淺淡伴黄昏。」附詞，亦入節。

確東詩鈔十卷　道光十年刻本

歐陽輅撰。輅初名紹洛，字念祖，號磵東，湖南新化人。乾隆五十九年舉人。游廣西，與巡撫謝啟昆、學使錢楷唱酬。嘉慶間入都，後至淮陽，法式善、曾燠稱賞，聲譽鵲起。湘中大吏陶澍、名流鄧顯鶴尤推重之。卒於道光二十一年，年七十五。《詩鈔》初爲道光六年陶澍刻，凡十卷，後以近作增入卷末。此爲手定本，有自序，道光十年鄧顯鶴序。光緒間王先謙又有删存本爲二卷。其詩重於煉骨，力學昌黎。《織絲歌》、《自新寧西城涉江索眺》、《獅蹲閣留題》、《銅鼓歌》、《錢學使使車紀勝圖》、《爲胡雒君虔題萬卷樓圖》、《王尚珏瀟湘並櫂圖》、《曹虎子日本刀歌》、《爲陶雲汀題入棧三峽歸舟圖》、《詠桂林疊綵山》等篇，縱橫奇崛，各出新意。《題韋廬集》、《題吕氏家傳後》、《奉酬汪端光寄示詩集》、《送高麗國使》，亦有可取。《憶昔百韻》、《遠行》等作，抒寫胸臆，兼以自況。次韻友人詩，多湘中人士。乾、嘉間楚詩首推張九鉞，嗣唐仲冕，揚扢在先，輅與鄧顯鶴繼響於後，足以風矣。

紀夢吟草六卷　道光八年刻本

富斌撰。富斌字筠圃，滿洲旗人。道光元年官淮安知府，擢河儲道。八年，刻詩六卷，凡四百八十九首，朱爲弼題詞。盛大士序，自序。富斌初官中朝，嘗監修大通橋。此集爲守淮安後八年詩作。據《丙戌六十》

詩，應爲乾隆三十二年生。富斌與盛大士、程虞卿、謝堃交游甚密。贈答盛子履詩多首，可視爲大士傳記材料。論陶靖節、杜工部詩，《讀明史雜詠》，議論閎張。蓋政暇以吟詠自娱，未刻意求工耳。

念堂詩草四卷 道光間刻本　津門百詠一卷　太原雜詠一卷 道光間刻本

崔旭撰。旭字曉林，號念堂，直隸慶雲人。嘉慶五年舉人，出張問陶門，問陶以「漁洋門下士崔不雕」目之，贈句「直勝崔黄葉」，都下傳爲佳話。主古棣書院十二年，道光七年，官山西屯留知縣，改蒲縣，又調鄉寧。嘗與邊浴禮助陶樑輯《畿輔詩傳》。又與天津梅成棟同舉鄉榜，負詩名。既殁，樑選刻二家詩，名《燕南二俊詩鈔》，並爲撰序及《傳》。是集似旭生前所刊，殁後補版。有葉紹本、梅成棟序，吴錫麒、趙懷玉、張井題詞。以自著《念堂年譜》證之，爲乾隆三十二年丁亥生。故葉紹本序自稱「同歲生」，其詩樸著無華。《時疫歎》、《津門四首》、《太原懷古八首》、《蒲縣詩》、《題張船山先生畫蘭》、《題邊袖石詩卷》，多有實得。《聞王寧焯殁》、《寄袁玉堂》，亦當日北方文士。道光二十二年南遊，且結識江南名流。是集詩止於七十九歲，當爲道光二十五年。又有《念堂文鈔》二卷、《念堂小草》、《念堂試帖》並《年譜》，俱旭生前單刻。而詠風土詩《津門百詠》、《太原雜詠》合一册，爲其子刊，本集不載，亦幸有單刻行世焉。

津門百詠 九十六首録十三

天津城在海西頭，沽水滔滔入海流。沽上人家千萬户，繁華風景小揚州。天津城，宋元《直沽》詩「揚州十里小紅樓」，津門風景在元時已有揚州之目。其來久矣。張船山夫子《津門紀遊》云：「二分烟月小揚州。」

北馬南船輻輳時，咽喉水陸近京師。鈔關高揭天津字，百尺竿頭望大旗。天津關，康熙元年自河西防務移駐天津。

駐防海口有新城，興廢幾番還聚兵。蹻捷吴兒曾教戰，喧喧笳鼓水師營。水師營，在海口蘆家嘴新城，雍正五年建。

芥園高傍衛河旁，樓閣參差映緑楊。曾是當年詩酒地，行人猶指水西莊。芥園，查天行水西莊故址。

仰食東南國用優，年年轉運到神州。萬艘秔稻來吴楚，潞水南流衛北流。運河。

滿釜魚羹氣味腥，小船偶傍樹陰停。儂炊香飯郎沽酒，兩岸春風楊柳青。楊柳青，元揭傒斯有《楊柳青謡》。

二水交並抱寺流，東南淼淼向瀛洲。恰當衛白同歸處，觀日聽潮望海樓。望海樓，在三岔河北岸望海寺東。

十萬軍民聚此城，長官彈壓要嚴明。事繁人雜稱難治，生怕呼爲戴帽錫。官長。

鹽筴長蘆此要津，風天氣色屬商人。劉夢得句。銅山金穴須臾事，大宅連雲遞舊新。鹾商。

隨時百物遞更張，無論城中與四方。只有人家雲髻樣，多年不改舊時粧。衛頭，婦人髻樣高起前向，他處呼曰衛頭，久而不變，亦僅事也。

隄防蜿蜒亘長虹，赴海羣流此會同。運道民居皆要害，年年銷算辦河工。河工。

結社同防回禄災，登時撲滅剩殘灰。鳴鑼傳號如軍令，隊隊爭先奮勇來。火會，天津救火善會，始於候補主事武廷豫，益盛於今。

畫片如雲雕板成，紅黄塗抹不知名。亦同射利詩文稿，粗具形骸便卽行。畫作坊，楊柳青年畫，所行甚遠。《津門百詠》

玉笥山房要集四卷　光緒十一年刻本

顧廷綸撰。廷綸字鄭鄉，浙江會稽人。肄業詁經精舍六年。嘉慶四年貢生。鐵保延爲課子師，客南京四年。任天台縣訓導九年。補官武康。卒於道光十四年，年六十八。光緒間其孫壽禎刊《玉笥山房要集》四卷，附文《笙詩有聲亡詞辨》數篇。王麟書序，事具其孫家相《跋》。集中詠金石詩爲勝。《趙忠毅公鐵如意歌》，漢竇武、李廣、劉勝、薛長卿《銅印歌》，以及分詠商周彝器、古鏡，大多爲阮元命題。阮元濬西湖葑草，以西漢陶陵鼎置焦山，均以詩誌之。《詠安南冠服》、《題李香君遺照八首》、《題陳迦陵填詞圖》、《題黄文暘掃垢山房聯吟圖》、《小信天巢詩爲陳竇摩外翰作》，亦較博富。廷綸嘗北至長城，出古北口，有《自常山峪至喀喇河屯》詩。鐵保遣戍吉林，慨然相從，作出關、過大渡河、望醫巫閭山、威遠堡等詩。客南京有《由永濟寺登觀音閣》、《登燕子磯望大江》詩。官天台作《下方巖觀瀑歌》、《天台雜詩八首》。寓情於景，清矯生新。

白鶴山房詩鈔二十卷　道光七年桂林使廨刻本

葉紹本撰。紹本字仁甫，號筠潭，浙江歸安人。嘉慶六年進士，改庶吉士。由翰林院編修出爲福建學使，山西布政使，累官光禄寺少卿。是集爲官廣西時刻，有鮑桂星、陳用光、吴嵩梁序，自序。詩共一千四百三十七首。紹本嘗從王鳴盛、錢大昕游，學詩於王昶、翁方綱，集中又有《贈王夢樓太守》、《呈趙甌北先生詩》，前輩薰陶，夙有根基。所作《仿漢建初銅尺歌》、《永樂大典餘紙歌》、《謁韋蘇州祠》、《明史八詠》、《太學石鼓歌》、《書泰山摩崖碑後》、《唐人小忽雷歌》、《書宋皇祐平蠻碑後》、《廬山王文成紀功碑》、《隋仁壽鄧州舍利塔銘》、《題七姬志》等篇，皆藉學力以抒寫。長於論詩。卷六《題厲樊榭詩集》、《蓮華博士歌爲吴蘭雪題》、《題朱笥河先生游玉華洞詩卷》、《題陳石士集》，卷八《偕石士論詩》、《題朝鮮使臣册爲翁星源》，卷十《題東坡集後》、《讀元人詩集》、《題虞伯生集》、《題曝書亭集後》八首，卷十四《題趙秋谷詩後》三首、《讀宋牧仲詩集》、《題朱石君詩集》，卷十五《題潘奕雋三松堂集》、《題張詩舫詩集》，卷十六《題芰積堂詩集》，卷十八《題吴梅村詩集》、《題劉芙初太史遺集》，以及卷十六《題吴蘋香女史飲酒讀離騷傳奇》，有關當代文學資料較多。卷九《仿元遺山論詩絶句二十四首》，獨許明李夢陽、何景明，與劉大櫆、姚鼐論詩宗旨最近，故鮑桂星引爲同調也。生平無傳。陳用光序云：「仁甫與余同以戊子生，同舉京兆，同舉成進士，官翰林二十餘年。」據此應爲乾隆三十三年生。然紹本爲崔旭《念堂詩鈔》作序，亦自署「同歲生」，而旭生於乾隆三十二年。紹本嘗主持道光十六年丙申陶然亭禊會，以年高德劭列爲首席。道光二十年爲弟子李彦章《榕園詩鈔》作序，趙懷玉、胡承珙、李彦章、張祥河集均有題《白鶴山房詩集》之什。郭儀霄《誦芬堂詩鈔》四集《哭葉筠潭》詩，編年未足據。唯天津樊彬《問青閣詩集》卷十一有《哭少鴻臚葉筠潭師》自注：「辛丑閏三月十一日卒於揚州書院。」辛丑爲道光二十一年。可知紹本享年七十五。然則是集詩止於道光七年，此後不當無詩也。

種竹軒詩選四卷 嘉慶八年刻本 柳村詩鈔一卷 京江七子詩鈔本

王豫撰。豫字應和，號柳村，一號孔堂，江蘇丹徒人。屏棄試帖。嘗問字於王鳴盛，復受學於王昶。結芸香社，日與石鈞、徐熊飛等詞客往來。與應讓、張學仁、吴樸、鮑文逵、顧鶴慶、錢之鼎稱「京江七子」。輯著書二十餘種。内《羣雅集》、《羣雅二集》，朝鮮人以重價購之。阮元《淮海英靈集》亦由豫助成。而以自輯《江蘇詩徵》一百八十三卷，收録二千餘家，足爲一方詩匯。其輯采之功，同時無出其右者。道光二年，陳文述力薦孝廉方正不赴。居廣陵南翠屏洲，六年卒，年五十九，以詩人終老。卒後無碑傳，今據《湖海詩傳》小傳、《江蘇詩徵序》、《京江七子詩鈔》小傳等書鉤輯得之。是集由其子屋校字，首王鳴盛舊序，王昶、阮元序。詩文合刻，文集有嘉慶八年秦瀛序。爲詩澹雅，以王、孟、韋、柳爲宗，尤工五言，王鳴盛稱其詩長於用短。王昶《湖海詩傳》選《城南訪鶴山》、《石湖小憩》、《棲霞寺東峯》、《秋日寶蓮菴同吴樸莊作》、《翠螺山》、《初冬村居寫懷》，皆情致清婉。此集《寄懷張紫峴九鉞先生》、《題石遠梅出塞詩後》、《焦山訪巨超上人》、《寄師荔扉範》、《贈徐雪廬》、《寄宋茗香助教》等詩，亦不諧俗，且可見交游。又與李斗、焦循、朱彭、江藩、朱爲弼、陳斌、許周南、邵澍、包世臣、沙深等人唱酬。其弟子趙仁山《翠屏吟館詩鈔》有《憶王柳村師》云：「詩名洋溢海蠻驚，天妬傳人目失明。手著叢書三十種，歸愚以後讓先生。」殆非溢美之詞。仁山又有輓詩，並記豫絶筆一首云：「李生放浪形骸外，杜老飄零天地間。誰料一生親仰切，同騎野鶴訪名山。」不得年月。道光九年，張學仁刻《京江七子詩鈔》，包括《柳村詩鈔》百十八首。小傳云「卒年五十九」。又據《七子詩鈔序》云：「壬午夏，道光二年地山應讓卒然病殁於揚州，不三四年，鶴山、柳村、埜雲鮑文逵相繼凋謝。」則豫約卒於道光六年。《江蘇詩徵》卷一百三十九有蔡元春《翠屏洲詩爲王柳村作》。

帶江園詩草六卷

光緒十五年刻本

黄體正撰。體正字直其，號雲湄，廣西桂平人。嘉慶三年舉人。官遷江縣訓導，西隆州學正，桂林府訓導。晚任國子監典籍。卒於道光二十五年，年七十九。是集與雜著、時文合刻，有李秉禮、歐陽輅等人題詞。事具卷首賴鶴年撰《傳》。體正爲教官多年，詩有關清代學校資料較多，如《桂林司訓八詠》，爲學署、官廳、宣講、祭丁、對本、監院、拜山、遊山，俱甚詳實。七絶《桃花扇樂府四十四首》，每齣一題，足供參觀。又有《桂林紀游》、《横州竹枝詞》、《鴛鴦石歌》、《邕江竹枝詞》、《上灘行》、《廣州竹枝詞》等詩，善於寫景道情。體正殁後數年，金田洪、楊起事，去其居僅十里。集中《健吏歌爲署吏侯袁琴池刺史作》、《里中紀事》等詩，記敍鄉民起事，已見徵兆。

里中紀事八首　存五

標廠紛紛盡扯旗，長槍大礮儼雄師，傳來大肺癰內匪渠首渾名之令，總晚忙如快馬馳。

各廠包標有大哥，哥頭統管衆哥者爲哥頭令到起干戈。大黄江畔滔滔水，魚腹殘屍葬幾多。匪黨分內外，各有雄長。起釁於十八年，鬥殺於二十年，自是報復相尋，官司疲於奔命。

墟里紛紛雇壯丁，是官是賊欠分明。官僱壯丁驅逐外匪，內匪乘機混入合里宣傳，俱云以匪攻匪。算來最好惟團練，衆志何時練得成。署縣袁公屢到里中勸率，無如衆心不一，振作甚難。

時事關心閉户歎，欲披肝膽向人難。徙薪曲突誰知者，開標聚匪二者相連，余與袁公商行保甲團練，時有譏其迂者。爛額焦頭萬目看。

鄉風如此太紛嚣，安匪安良謗自招。乙未年余倡爲安良約，近里中紛擾，有揭字求對云：約號安良，今日如何安匪。我欲避人無處辟，入山原是紫荆樵。余有薄産，有紫荆山，故別號荆樵。山內風俗頗淳，無開標劫奪武斷者。《帶江園詩草》卷六

證嚮齋詩集八卷　光緒五年刻本

蔡鑾揚撰。鑾揚字浣霞，浙江桐鄉人。嘉慶四年進士。官延平知府，福建延建邵道。受知於阮元，同

科進士王引之、張惠言等最稱博學，而鑾揚獨以詩名。與其子鴻恩、鴻憲爲詩社，張問陶、洪亮吉、樂鈞等均有寄酬。佳什甚多，陸以湉舉其《囉嗊曲》等篇，見《冷廬雜識》。是集刊行較晚，首光緒五年孔憲瑴序。《樵夫詞》、《永安灘行》、《任城太白酒樓歌》、《禮烈親王髀箭歌》、《築堤行》，爲五、七古得力之作。書屈翁山、顧亭林、吴漢槎集，《讀史四首》、《爲陸祁生洞庭緑題詞》、《書姚春木詩集後》，文史雜題，以及詠《日本紙歌》，均可摭取。餘則送別、行役、題畫，詩筆嫺熟。善填詞，卷八爲詩餘。兄鑾登字蔗田，生於乾隆三十一年，卒於道光十四年，官同知，有《小杏山房詩稿》，道光七年刻。子鴻恩、鴻憲亦工詩。孫壽臻有《艮居詩括》。

近月樓存稿三卷　嘉慶間刻本

東南薰撰。南薰字虞琴，江蘇丹徒人。貢生。刻《近月樓存稿》詩三卷，約爲乾隆五十七年至嘉慶二十一年作。南薰聲名不出里閈，而觀朱駿聲所撰序，知其不事生産，歌詠時屈座人，是亦好學之士也。集中紀水災、冰雹、颶風詩，俱爲紀實。《打冰行》、《驛馬歎》、《河兵謡》，多切世事。《馬陵觀燈有感》注云：「馬陵數十里，逐家日輸米麥若干，以助燈費。有賣田四十畝以興燈者。」《余往舅氏村後觀烟火之戲卽事百韻》，記煙火中幻高城，有人騎馬作戰，又有火龍、火獅、火羊、火鴉、火鼠、火蜻蜓、回回獻寶諸戲，出現「年豐物阜、國泰民安」八字。火齊光明，飛濺騰挪，不可名狀。洵奇觀矣。

味根山房詩鈔九卷　道光十年刻本

史善長撰。善長字春林，浙江山陰人。童子試不售，入貲官江西餘干知縣，縣以治之。嘉慶二十一年坐失察褫職，遣戍新疆，三年赦歸。晚居廣州，道光十年年六十三卒。《詩鈔》與雜文《輪臺雜記》、《東還紀畧》五卷合刊，首張維屏、譚瑩序。善長詩不落凡近，時有奇語，特爲惲敬稱許。《築堤行》、《勘洲行》、《宿湖行》，爲吏治時所作，一味紀實。《珠江竹枝詞十六首》、《新年十詠》、《和宋方孚若南海百詠》，原作七絶，改和五律。關係廣州名蹟史事風土，甚可採摭。發往烏魯木齊，沿途往返詠瀚海冰山，頗爲豪壯。平夙喜讀故書。五律《讀契丹國志十二首》、七絶《讀金史》二十二首，可供讀史參證。是集爲其子澄刻，澄於道光二十年成進士，官翰林編修，卽著籍番禺也。

火燄山

昔聞南路火燄山，居人習火作火顔。日藏地窨夜出作，三伏暍死常百箇。初疑讕語故驚人，天心何處不和平。我長炎方鶉火次，春露秋霜無別致。火井温泉或有之，幾見空山烈燄熾。今來土魯番，三九北風寒。漫漫雪海夜曾渡，慘慘荒郊午生怖。急訪土人火燄名，爲指山頭晝夜明。罡風磨石芒千尺，赤日烘雲火一城。羿弓未落扶桑翮，吴兵正破連環舶。冬無墮指與皴膚，夏不焦頭也

爛額。我聞此語長太息，大漠元冰積百尺。何不離坎交融化甘液，和風萬里皆帝澤。《味根山房詩鈔》卷三

讀金史二十二首

白山黑水發源長，六十于歸鬢未蒼。從此完顏開部落，宛同元鳥降生商。

詭辭印籍見雄心，石顯人名留邊拔乙人名擒。鐵甲得來綱紀立，活羅大烏名。景祖善飲啖，人以此訕之。未易測高深。

烏春人名桓赧人名未摧殘，密囑盈歌穆宗名介馬看。提劍韔弓親搏戰，從來王業起艱難。

異人天授不尋常，雲气東方早發祥。一戰出河兵滿萬，黄龍府名底定襲鴛鴦。濼名。

存撫新降戒動摇，東京纔下減征徭。便求博學雄才士，開國規模勝故遼。

滅遼舉宋靖邊鋒，蠲賑頻仍雨露濃。無負武元親授受，宗磐不立立熙宗。

知尊聖道愛文辭，通問江南廢僞齊。禁酒如何翻縱酒，蓼花食裏杜鵑啼。被弑葬蓼花甸。

大畧雄心劍自磨，湖山立馬擁笙歌。揚州先有隋煬樣，鏡裏頭顱值幾何。

天開至聖起東京，仁政仁心紀不清。二十九年如一日，却任得敬拒趙位寵仰聰明。

勤求治理詔諄諄，天地包容萬物春。可惜庸臣縻爵禄，致君堯舜竟無人。

道陵章宗法制一时新，隆慶宮朝月幾巡。尊號屢辭徵聖度，牝雞何却令司晨。
爲憐柔弱故相親，豈料元妃遽殺身。五載遂成崩解勢，資明夫人恰是可傳人。
如此憂勤未可譏，徒單鎰遺恨失京畿。天心有在原難問，至竟南遷一著非。
兵潰三峯勢莫支，兼人才智也難施。幽蘭軒裏金源絶，終勝青衣謁廟时。
遼宋降王幾度遷，青城又見血花鮮。喪心最是崔都尉，白面紅顔泣杜鵑。
易水歌殘淚滿襟，風雲肯負百年心。如何虞仲文左企弓諸元老，不死燕京死栗林。
鼙鼓聲思將帥臣，犯顔誰敢逆龍鱗。大醫一疏留青史，祁宰今朝第一人。
詞經策論盡收羅，天會元年始設科。撫輯當時需漢士，殿廷從此得人多。
交鈔纔行議鑄錢，民間鏡帶亦熬煎。千秋富國唯三事，寶貨何須又寶泉。
罷製温柔禁飲茶，苦將金帛易春芽。一杯斟酌渾閒事，却抵元光五品家。
分路推排遣重臣，民間賦役可曾均。勸農便是妨農事，徵發無聞俗自醇。
吏胥也得試明廷，刀筆於今欲乞靈。從此蕭曹皆上第，登科不必盡窮經。

《味根山房詩鈔》卷六

春舫詩鈔四卷

道光間刻本

蓋方泌撰。方泌字季源，號春舫，一號碧軒，山東蒲臺人。乾隆五十四年拔貢。嘉慶三年，官商州州同。川楚教軍近商州，與知州陳祁募兵出擊，相戒不入商州境。後官盩厔知縣、寧陜廳同知、臺灣道。卒於道光十八年，年七十一。此集爲方泌官商州時所編。可佐史證者不多，而摹古奥澀之弊殊深。入川詠棧道詩，猶可誦覽。仿應璩《百一詩》，連篇累什，徒弊精神。《懷古五十九首》，乃論詩之作，自詩三百篇以降，至元明諸家，各繫五古一首，可備一格。《雜詩》多首，自伸懷抱而已。方泌與杜堮、陳祁唱和較繁，取此三家集，可定去取焉。趙佩湘《恒春吟館詩集》，有《題蓋春舫詩集》。

鑑止水齋詩集八卷　咸豐八年重刻本

許宗彦撰。宗彦原名慶宗，字積卿，號同生，浙江德清人。嘉慶四年進士。授兵部車駕司主事。旋告歸，專於著述。卒於嘉慶二十三年，年五十一。《詩集》與《文集》初刻於嘉慶二十四年，此重刻本。宗彦學識淹富，經史、天文、曆算、金石，靡所不通。詩於漢、魏、唐、宋、元、明，上下效之。於當代詩家持論甚嚴。《觀近人詩集》云：「天女時衰還退朝，明珠久佩亦無光。江郎彩筆渾閒却，老去空驚翰墨場。」「天下支川千七百，黄流並入赴滄瀛。阿誰曾踏崑崙頂，親見泉源一勺清。」有目空一切之概。惟於黄景仁、黎簡、張問陶稍有許可。所作《書韓文公集後》、《題五代史吴越世家後》、《讀山海經》、《示學詩者》、《自杭至嘉禾道中默記戰國策因成七首》、《題胡虔廬山真面圖》、《詠晉永平甎歌》、《虢叔大林鐘爲伊墨卿太守作》、《題黎二樵五百四峯草堂詩》、《題張船山問陶詩草》、《題胡敬崇雅堂詩鈔》等篇，覃研文史，心匠獨出。宗彦少侍祖、父官雲南、廣東，緬歷滇黔東粵山水，游覽之作，亦多超逸。輓梁同書、姚鼐、韓是升、嚴元照詩，間存軼聞。配梁德繩，爲梁同書女姪，有《古春軒詩鈔》，合刻。

吉堂詩稿八卷　嘉慶二十五年刻本

欽善撰。善字蘛木，號吉堂，江蘇婁縣人。欽爲宋賜姓。諸生。受學於王芑孫。與改琦、姜皋、何其偉、王蔚宗、姚椿等人交契。刻《吉堂詩稿》八卷，爲乾隆五十三年至嘉慶二十五年詩，凡六百餘首。各集以《蓼辛》、《茶飴》、《厓竹》、《雪蕉》、《卷施》、《蓬麻》、《散櫟》、《蒼葭》爲名。王芑孫序。復刻《文稿》十二卷，隨行。依《吉堂文稿》卷十一《再告家祠文》，爲乾隆三十三年生，結集時年五十五。其詩詞質意賅，寧樸毋華。《巨宅歎》、《孤兒曲》、《久事胥鈔雜書見聞》五首、《龍潭水嬉歌》、《米價》四首、《浮簰行》、《倉中鼠》，摹寫世情，多可以社會史料目之，《雜讀史漢口占》八首、《賈誼傳》、《劉賁傳》、《陳亮傳》、《竹林七賢詩》、《蘇文忠祠》、《袁海叟墓》、《細林山四詠》、亦文亦史，《三婦吟》，記封建婦女倍受壓迫，與歌詠貞女烈婦之詩有別。宜乎王芑孫稱其爲畸人異才，蓋苟有佳篇，無妨自異也。

久事胥鈔雜書見聞

一人廡下坐，面白無瘡痏。一人自外來，耳語細如鬼。手出一小囊，按額戒弗抵。袖底聞呻吟，眼角見青紫。皂帕蒙其頭，傷痕笑疑似。須臾呼冤出，補狀判准理。

坎鼓盛南鄉，沿村酬刈穫。老幼同遊觀，一年一日樂。酒肉媚田祖，嬉笑拜跪錯。屋榮跳男巫，送神未及酌。琅琅鐵鍊聲，一農忽就縛。大聲官府令，訪爾以錢博。逃者必勾稽，署名再拘捉。農哭牽下船，到官如虎攫。官以無具疑，保覆聚賭確。

上司剔吏弊，豪猾爲民累。概聞如某某，作奸愍不畏。惡名懸通衢，自新毋自棄。在榜犯無赦，郊移悉如例。奇哉坐榜人，欣欣皆得意。日向市上遊，有如及高第。有人不列榜，蹙蹙若喪氣。百計通其曹，暗乞添名字。

覆盆無日照，官勝城隍廟。手擊堂上鼓，西廳著吏報。觸首訴冤詞，慰諭懲强虣。强虣忽得信，卅里隨潮到。支吾投歧詞，潛歸候音耗。前詞寒冰凍，後詞烈火爆。幹吏坐肩輿，捧符捉原告。

東家歌田歌，疑是西家撰。豆棚作隱語，起辯辭愈舛。醜詆至鬬毆，到官各袒跣。受狀無訊期，鄰酒相排遣。交揖兩造和，一笑通情欵。黑衣無月費，不許求放免。衆謂事已息，掾簽月一轉。曹差何急公，秘法名活卷。卷活至隔年，月費再難緩。坐此至再毆，横尸告收斂。

除盗安良民，盗婦例不坐。而況穿穴偷，罪止刺流罷。可憐一村婦，不幸匪人嫁。洶洶衆捕來，挾制爲奇貨。褫衣置陌頭，惡卒左右邏。婦羞求蔽軀，竄入良民舍。姓名了不知，詰問且無暇。捕指爲連窩，與賊是姻婭。搜贓對官帖，百物受躪藉。有口辯不得，上堂告誣詐。此事危乎危，婦

口定真假。　《吉堂詩稿》卷一

松　謡　有序

諺有質雅可味者，綴集歌之，古采風之義也。

鄉諺

三石富，三石窮，不怕租凶怕田凶。

窮人窮，鐵鋤養。豪户窮，醃倒鰲。

人無良，白露雨。到一處，壞一處。

辨得寒衣楊柳青，辨得夏衣水結冰。機軋軋，兒無袴。兒無袴，爺賣布。

市諺

好男弗當兵，好女弗看燈，好鐵弗作釘。好犬弗卧車前道，好兔弗食窩邊草。

黄鬚郎，雞窠棲，不偷雞。人心疑，來何爲。

白狗入羊羣，終須是白狗。花無百日紅，交无千日久。

開門看神道，出角戴紗帽。扶起不扶倒，無眼錢，有眼天。　《吉堂詩稿》卷五

琴硯草堂詩集十卷　咸豐四年刻本

沈毓蓀撰。毓蓀字于澗，號蘋濱，浙江海寧人。諸生。屢試不第。歷湘、黔、贛、皖諸省，爲幕府多年。

撰《琴硯草堂古文集》、《詩集》，爲其子德輿等校刊。詩始於乾隆四十八年，至道光二十六年。結集時年七十九。有翁心存、許乃普序。年八十卒。其詩迂直，變化不多，喜游山水幽蹟，兼採風土。《錢塘雜詩十六首》、《黔靈山》、《黔南竹枝詞六首》、《古州雜詩八首》、《匀州雜詠六首》，悉可備覽。《鄱陽湖》、《臨川弔湯顯祖》、《過洪忠宣祠》、《饒州城外歐陽詢薦福寺碑》、《自廣昌至寧都山行》、《自贛州至南安道中》、《九江甘棠湖煙水亭題壁》、《游廬山》、《登石鐘山》、《登寧都金精山》、《過惶恐灘》，游上饒南巖、瑯玡寺院，詠寂照寺遺碑，均爲江西境内詩，爲李宗昉所夙賞。又有《皖城詠古十二首》，爲子貢嶺、公冶長墓、井田河、長風沙、皖口、天柱閣、萬松山房、天開圖書亭、清水塘、風節井、讓泉，畧載名蹟。

榆西僊館詩稿二十三卷　道光間刻本

蔣詩撰。詩字泉伯，號秋吟，浙江仁和人。兵部主事蔣師爚子。嘉慶十年進士，改庶吉士，授編修，與修《高宗實録》。遷侍御，巡南城。官至陝西道監察御史。生於乾隆三十三年，道光九年卒。見本書卷首《墓表》。此集凡《文集》二十卷、《詩稿》二十三卷。以翰林入直内廷，奉和賡制，朝夕弗迨。經年累月，臻於習熟，連章駢作，動輒數十篇。奉和詩外，卷一《詠棘闈考具詩》得七律三十首、卷三《詠新年鄉物》得七律二十首，卷四《馬秋藥拈題詠古》得七律二十首，卷五《論唐宋詩戲作絶句》三十首，《論漢魏六朝詩復成絶句》三十首，卷六《沽上雜詠》得七言絶句一百首，卷七《論唐宋文絶句》得三十首，卷八《燕臺懷古》作五言古詩四十首,卷九《詠保定蓮池》得七律十二首,卷十一《宋石君師出示讀史詩分詠漢書》得五古三十七首,卷十二又《分詠後漢書》得五古三十九首,卷十《明史雜詠》得七絶六十二首,卷十八《讀五代史》得七言古詩十四首,卷二十二《同州雜詩》得七絶二十首。其間有小注者,則博採羣書,雖稗官野乘,有所不遺。而敷衍成篇,亦所不免,要皆量力而爲,畧無扛鼎絶勝之勢。詩與梁同書、法式善、吴嵩梁、葉紹本、劉嗣綰、錢林、徐松等每有贈酬。朝鮮侍郎金緯讀其論詩絶句有和詩。元好問云:「萬古騷人嘔肺肝,乾坤清氣得來難。」此集之詩無不爲時習所染。内容雖豐,終非高格。

種榆仙館詩鈔二卷　道光二十四年刻本

陳鴻壽撰。鴻壽字子恭,號曼生,浙江錢塘人。嘉慶六年拔貢。官溧陽知縣、江南海防同知。長於書畫。精篆刻,詩不多存稿,而時人屢稱之。卒於道光二年,年五十五。是編據陳延恩序稱,係得諸鴻壽女夫趙漱崖所藏手稿付梓。鴻壽少與郭麐、屠倬等結社西湖,以詩酒書畫爲娱。與奚岡、孫星衍、李富孫、王學浩、黄丕烈、何元錫、吴嵩梁等往還酬答。《簡王孝廉椒畦乞畫》、《戲題瀟湘館圖》、《題紅拂小像》、《自題三十九歲小像》,皆中年以前作。題《碧城仙夢圖》,爲其族弟陳文述。《菰城雜興八首》、《蠶詞十六首》、《游道場山》、《江行雜詩十四首》、《打冰行》,寫景紀事,雋句頗有。客阮元瑯嬛仙館分賦商觚、漢印、畫扇,《題阮芸臺學使重摹石鼓歌》、《題趙北嵐國山碑亭圖》、《龍井寺觀米海岳方圓菴記碑》,亦較典博。正不必以卷帙繁富取勝也。

太乙舟詩集十二卷　咸豐四年刻本

陳用光撰。用光字碩士，一字實思，號石士，江西新城人。嘉慶六年進士。由翰林編修出爲河南考官，福建浙江學政，累官禮部右侍郎。卒於道光十五年，年六十八。用光爲姚鼐門弟子，受學於舅氏魯什九皋。爲桐城派古文家。詩學於翁方綱，得江西派詩法。其論詩大旨云：「詩以言志，言爲心聲。若徒揣摩格律，雕琢詞藻，縱成結構，終乏性情。古人頌詩讀書，必先知人論世。蓋非學無以擴識，非識無以範才。至於窮通顯晦，境遇各殊，敦厚温柔，體要斯在，則視乎其人之自得耳。」見祁寯藻《䜌𣨼亭詩集序》。撰《太乙舟詩集》十二卷，徐繼畬序。五古《喜得惜抱師手書却作寄懷》、《讀李杜詩步惜抱先生與張荷塘論詩韻》、《題法梧門詩龕圖》、《讀十六國春秋》、《題錢南園遺照》，沉著質樸。七古《題覃溪師藏宋槧蘇詩施顧注本》、《訪鍾山書院投洪稚存》、《贈高麗四進士》、《廠市購書戲作索蓉裳和》、《題查楂客藏倪雲林湯玉茗詩詞稿本》、《梁家莊觀内丘蔣令繩免雜項差役碑》、《仿作漢初銅尺歌》、《鄭中丞小忽雷歌》、《太和二年雁塔題名拓本》、《錢武肅王銀簡拓本歌》、《永樂大典餘紙歌》、《明宣宗醮壇銅瓱歌》、《乞春湖學士自製丹沙印泥》、《銅硯歎》等篇，盤礡曲折，宋元格調，最所擅長。近體《論文三首》、《讀山谷詩偶題》、《康中丞刻古文辭類纂初印本》、《題隨園隨筆》、《題船山集》、《汴梁懷古八首》、《觀劇況龍岡判獄及湯玉茗勸農法曲》、

《題宋元名人墨迹十六幅》、《題沈石田自畫像》，七言排律《壽王懷祖前輩七十生日》等詩，可取者亦多。用光爲古所云以文學飾吏治者，生平交游至廣，又喜汲引人才，見於集中者多可考當日軼事，此又不但取其詞之工也。《晚晴簃詩滙》無用光詩，可謂失收。用光有子名蘭瑞，字小石，素羸，抱喘哮症，歿於道光二年，年三十一。著有《觀象居詩鈔》，附刻，無可取。卷首有吴嵩梁題詞、祁寯藻序。嵩梁爲蘭瑞之岳丈，寯藻則其妹壻也。

冬青館詩甲集三卷乙集二卷 吴興叢書本

張鑑撰。鑑字春冶，號秋水，一號苟鶴、貞疾居士，浙江烏程人。嘉慶九年副貢生。根柢經史，兼通天算。館南潯劉氏、洞庭西山葛氏，遍讀所藏書。官浙江武義教諭。阮元詁經精舍聘爲講席，嘗參校《經籍纂詁》。著有《西夏紀事本末》。《阮元年譜》、《雷塘弟子記》，亦出其手。卒於道光三十年，年八十三。《冬青館詩文甲集》刻於道光十九年，《乙集》刻於二十六年。近代劉承幹爲刻入《吴興叢書》。《甲集》詩凡三百四十八首，《乙集》二百三十一首。《少陵祠》、《董仲舒祠》、《岱廟六漢柏歌》、《瀟山》、《望廬山歌》、《十八灘歌》、《虔州懷古》、《重過臨川有懷玉茗》、《石梁觀瀑》、《鐵樹谿》、《昌山峽》、《牛鼻山至分宜縣》、《謁南鎮四十韻》等詩，法度謹嚴，不肯苟爲。題圖之作，如《仇英五百羅漢歌》、《劉松年畫南宋中興四將圖歌》、《周㻞文姬歸漢圖》、《楊忠愍手蹟卷》，《重橅天一閣北宋石鼓歌》、《訪書圖歌爲何夢華索賦》、《懷素草書千字文墨蹟歌爲六舟賦》、《銅鼓歌》、《漢王禁銅印歌》、《王少吕以所刊話雨樓碑帖録目寄貽因索爲秋夜校碑圖圖成題長歌報之》，隸事精切。與阮元分題周戈、漢瓦，《過明顧侯墓》、《輓凌次仲》、《採藥引贈醫者陸蘭畹》、《文淵閣閲書記事四十韻》，網羅佚聞，亦足可存。其詩無蕪鄙空疏之病，唯不免填實考據之嫌耳。

烏目山房詩存六卷

道光二十三年海寧楊氏述鄭齋校刻本

蔣因培撰。因培字伯生，號辛峯老民，江蘇常熟人。嘉慶十七年順天舉人。官山東齊河、壽安等縣知縣。卒於道光十八年，年七十一。此集有練廷璜序，自序，黄安濤所撰《墓表》。練序稱因培：「少年交多乾隆老輩，見聞既廣，性尤跌宕。詩甚富，楊君芸士文蓀收其僅存者得六卷。」阮元《小滄浪筆談》稱其詩才排奡雄放，而往往出奇無窮，可與郭麐、張問陶相伯仲。今觀集中酬應詩居多。《寄愓甫孝廉兼呈墨琴夫人七律二首》，郭麐《靈芬館詩話》以爲最工。《贈黄小松司馬並索刻印》、《讀小倉山房集寄簡齋先生》、《題郭頻伽風雨對床圖》、《贈桂未谷進士》、《謁法時帆祭酒呈詩》、《貽孫淵如觀察》、《文信國遺研曾公席上作》、《呈劉金門學使》、《送方葆巖》、《呈吴蠡濤》、《題孫淵如平津館》、《酬吴山尊》、《沈西雍太守尋詩圖》、《輓孫子瀟太史》、《吴荷屋中丞石雲山人集》、《題林少穆中丞後樂亭圖》，致力雖深，祇可附驥而馳耳。吴錫麒《有正味齋詩集》有《題烏目山房詩》二首。

壽寧堂遺稿四卷　嘉慶間刻本

金孝柟撰。孝柟字載馨，號墨莊，浙江秀水人。都御史金德瑛孫，刑部員外郎金忠澤子。年十七充博士弟子員。官國子監博士。後以微疾乞假歸。雅好經術，旁及文字聲韻、天文、算學，尤工韻語。嘉慶十三年卒，年四十一。事具本書卷首李賡芸所撰《墓誌銘》。遺詩四卷，共一百八十三首。才學並高。《題星鞠笠寫圖》、《題職方外紀後》，爲讀天算書所得。《徽州道中寓目成詠作五言三十韻》，詳於皖南民俗。《行富陽江中大風雨竟日》、《小金山望汪越國墓歌》、《江行雜述》，記述言懷，筆學宋人。使不早折，必有大進矣。

題星鞠笠寫圖

天蒼蒼，星煌煌，萬里一碧秋空長。我觀元象目如瞽，捫槃揣籥心迷茫。詫君胸中羅列宿，天官之書家法授。俯而看書仰看天，經緯層空生結構。垣三舍二十有八，近南百五十星又。合如蛛網恰對圓，副似瓜瓤巧相凑。我聞蔡邕匍匐窺渾儀，繪天術淺空勞疲。又聞一行植鍼海性逐度移，弧線針里繪。羣趨地心重，各與天頂會。遠近殊晦明，方位改艮兑。行或踵趾抵，立無傾側害。高低驗兩極，側望端有賴。德方形不方，奇説不可汰。紀之者爲誰，西儒厥姓艾。《壽寧堂遺稿》卷一

歐羅巴畫障歌

渾天圖一地圖五，奇壓瑯函七千部。曲屏扇扇當風開，滿幅雲烟繪穹宇。誰其傳者李與徐，利諾千番出新譜。丹青馳譽二百年，歐羅巴法軼前古。高齋晏坐清無埃，驚燕撲掠影落盃。燦然醉我錦池側，海氣溢目光皚皚。綵衣斑斕錦貼脅，螺髻礧砢高成堆。彷彿身被鎖哈刺，瞻禮彌撒于于來。層樓陡作雁塔聳，洞户窗似蜂房開。其内或有珊瑚琅玕列屏障，鉛瓦覆頂花石琢柱材。迤邐一帶葱舊樹，應是密林鐵木沿流栽。紛然觸目皆異境，形製俶詭頻疑猜。晴光爛漫霞散綺，遠山青青波瀰瀰。人物雖異景色同，宛在中華化日裏。此邦自古絶梯航，今隸靈臺效驅使。鵝羢熊褥爭充庭，瑣里瑪尼悉同軌。嗟此畫本何處得，無乃貢琛來舶市。主人別畫精畫訣，示我畫中尺算技西洋畫圖用尺算。皴染次第分角邊，線面横斜認弦矢。始知吹雲潑黑未足奇，畫法本自通周髀。我聞泰西不獨繪事工，有城砌火橋架水。玉座金殿形瑰奇，倚塔人梁高岌嶪。試觀筵上玻璃光玻璃亦巴所製，歐羅巴，對影亦堪成兩美。張燈讀畫酒氣豪，詩思盤空九萬里。《壽寧堂遺稿》卷一

題職方外紀後

學仙慕十洲，學佛空四大。何如手此編，眼界廓無外。所載皆異聞，地圓説爲最。山河攢一球，冷熱

繞五帶。胡桃像凹凸，玉合渾底蓋。旋篾度蓋天，形濶差算步。何如此圖一一燦若指上螺，紫微垣迄小斗摭無訛。弧角午割黄道綫，毫尖乙斷銀河波。藝文不數月帛卷，漁仲枉讀丹元歌。熟觀漸曉纏運理，昨宵離畢知滂沱。朝來屐響催詩急，欲往談天愁雨濕，君其借我寫天笠。《壽寧堂遺稿》卷一

戴簡恪公遺集八卷　同治十一年湖北崇文書局重刻本

戴敦元撰。敦元字士旋，號金溪，浙江開化人。乾隆五十八年進士，改庶吉士，授刑部主事。累官至刑部尚書。卒於道光十四年，年六十七，謚簡恪。是集原刻於道光二十六年，旋版毁，此門人吴鍾駿編，同治間重刻，詩七百三十三首，卷六爲集東坡句一百七十三首。敦元夙學，通曆算，幼時，與許宗彦均有神童稱。惜著述悉未成書，詞章亦非所長，其詩不以雕琢爲工。詠天津、臨清、聊城、高郵等都會之區，平實之中，必有感觸。題畫詩亦能自抒胸臆，《題徐俟齋先生遺像》，尤爲典切。酬寄交往如孫原湘、戚學標、查揆、屠倬、陳鴻壽，爲風雅士。《晚晴簃詩滙》舉其近體《項王廟》、《漂母祠》截句，氣象灑落。及流連風景之作，取徑幽秀，句奇語重，是亦根柢深厚焉。

清人詩集敍録卷五十三

桂馨堂集十三卷　嘉慶道光間遞刻本

張廷濟撰。廷濟字叔未，浙江嘉興人。嘉慶三年解元。隱居新篁里，築清儀閣，以金石書畫自娱。得漢晉甎八，名其室八甎精舍。阮元贈眉壽圖並記文，傳爲韻事。著《清儀閣題跋》。卒於道光二十八年，年八十一。是集首曹言純序，朱休度、邢澍兩札。分《清儀閣雜詠》、《竹田樂府》、《竹里畫者詩》、《竹里耆舊詩》、《順安詩草》、《感逝詩》六集。作者於金石外絶不知學。所詠古器物詩，见於《雜詠》者主要爲《岣嶁碑》、《子父己爵》、《秦漢十二瓦當》、《黄山鐙》、《大泉五十泉範》、《斗檢封》、《裴岑碑》、《黄文節公書新篁臂閣》、《金粟牋》、《吴南谿參政紗帽籠》、《天籟閣書案》、《清儀閣集古款識》。見於《順安詩草》者主要爲《周史頌盤》、《雁足鐙》爲徐渭仁賦、《洛神十三行》、《隋美人董氏墓誌》、《隋元太僕夫人姬氏墓誌》、《隋常醜奴墓誌》、《顔魯公祖關巨拓》、《瘞鶴銘精拓本》、《蘇文忠公馬券石刻》、《洪武船符》、《建文間湖州府應天府銅權》、《明武宗豹牌鷹牌》、《楊忠愍公獄中與鄭端簡公書》、《琉球萬葉紙》。《詩草》内又有《重建曝書亭落成》、《邢佺山師澍新葺謝文靖公祠墓》、《篁里紀事詩八首》、《題汪小米松聲勘書圖》、《改七薌乍村老屋圖卷》王學浩繪、《馮星實夢蘇草堂圖》、《蔣生沐光煦篝燈教讀圖》，關係藝林文獻。《畫者》、《耆舊》二集，各繫人物小傳。《感逝集》小傳多可考見友朋籍里及生卒年代。平夙所交除邑中人士外，爲吴騫、阮元、翁樹培、陳鱣、張燕昌、王芑孫、文鼎、朱葵之、楊文蓀、瞿中溶、朱爲弼、六舟上人。尤與門人張開福、甥徐同柏商榷今古。作者詩樸勁典核，有蕭然之致。惟嗜古太深，有心矜炫，非精於此道者不解何謂。是未能深許矣。

紅椒山館詩選六卷　道光十八年刻本

張興鏞撰。興鏞字金冶，號遠春，江蘇華亭人。嘉慶六年舉人。受知於王昶，嘗爲昶訂詩、文集。工詩詞，刻《紅椒山館集》詩四卷、詞二卷、賦一卷行世。卒於嘉慶間。子祥河爲撰《行述》。是集爲祥河倩姚椿選，謂秉承興鏞之志，凡《詩選》六卷附《詞選》一卷。有嘉慶四年王昶原序、姚椿序。《題述菴師集後》附有日本國相高棅詩。《哭盛丈百堂》、《題王丈條山蘭綺堂詩後》、《題姚春木萬里圖述後》、《輓彭甘亭》，均當時文士。又與沈初、孫星衍、阮元、英和、吴嵩粱、鄧廷楨酬贈，與錢儀吉爲同年友。集中有詠白蓮教起事詩。游覽江南、山左，所詠亦多。

小謨觴館詩初集八卷續集二卷　嘉慶十二年揚州刻本

彭兆蓀撰。兆蓀字湘涵，號甘亭，江蘇鎮洋人。諸生。工詩詞、駢儷文，兼通考訂校讐之學。中年以後居揚州，爲曾燠、胡克家、張敦仁幕賓。嘗同顧千里爲胡克家校刊元本《資治通鑑》、《文選》，曾燠《駢體正宗》，亦由兆蓀助成。道光元年年五十四，一説年五十三卒。薦舉孝廉方正，作書辭之，遂擲筆而逝，時在正月初五。見周三燮《抱玉堂詩》卷六《輓彭甘亭》詩。著有《小謨觴館詩文集》二十五卷。是集首曾燠、郭麐序。卷一曰《樓煩集》。兆蓀隨親作山西寧武知府十年，寧武，古樓煩地也。内《樓煩雜詩十二首》、《雁門關四首》、《染峪山龍泉寺》、《鎮朔樓》並序、《大同》、《紇干山》、《桑乾》、《遼太后妝樓歌》、《宣府》、《土木堡》、《八大嶺》、《居庸關值山水暴漲作歌紀事》、《萬佛洞》、《樓煩風土詞六首》、《莜麥飯》並序、《土窑歌》、《寧武毯》等詩，以親身經歷發於詩歌，情思壯越。卷二曰《南鴻集》。隨父循太原而東越兖、徐，以抵吴會。馬背船唇，不無所觸。作《漢雁門太守郅都墓歌》、《晉陽懷古》、《井陘關》、《擬新樂府》等篇。自謂：「不喜擬古歌辭，以其句摹字效，有宗法而無生氣。顧獨愛樂天、文昌、仲初諸樂府，比事類情，長於諷諭。」是亦善學古人者矣。卷三、四曰《星社集》。隨親潁州。卷五、六曰《傭書集》。客楚州賓館，所詠益廣。《覆舟行》、《賣書行》、《淮河水誌歌》、《讀書十首》、《書止齋詩稿》、《題沈欽韓詩卷》、《題錢舜舉貢獒圖》、《題惲南田山水畫册》、《亳州懷古》、《靈巖雜詠》、《錢忠懿王金塗塔歌和朱大中丞作》，姚椿謂「始務琦瑰，晚乃益慕澄清孤夐」，此爲一變。卷七曰《葦杭集》。流轉泖湖，佐王昶輯《湖海詩傳》、《續詞綜》。事見《客三泖漁莊即事》注。卷八曰《觀濤集》。居揚，唱酬皆一時碩彦。《揚州郡齋雜詩二十首》，多記學者軼事。《續集》有《書李義山集》，書《通鑑》、《唐紀》後等詩。而耽於佛典，詩格又變。五古自題《懺摩集》，人莫能窺其際。張維屏稱以「沉博絶麗」，龔自珍稱以「清深淵雅」，俱未見其變。《自作漫題》二首云：「厭談風格分唐宋，亦薄空疏語性靈。我似流鶯隨意轉，花前不管有人聽。」又云：「便道詩工豈是才，任人嗤點任嘲詼。此中不築堅城守，敵騎何妨八面來。」足見爲詩不事標榜，亦不多作抑鬱慷慨之詞，故終能拔戟一隊，克成鴻駿之才。道光間孫元培爲詩文作箋，注文單刻，古意盎然。

靜娱室偶存稿二卷　道光十六年恩養堂刻本

李宗瀚撰。宗瀚字公博，一字北溟，號春湖，江西臨川人。乾隆五十八年進士。由翰林官至工部左侍郎。卒於道光十一年，年六十三。李氏爲臨川望族。宗翰生父李秉禮有《韋廬集》，已著録前。此集爲家刻本，有鄧顯鶴跋及所撰《行狀》。集存二百八十二首。其詩初守家法，宗尚陶、韋，後稍變其格。久居桂林，作《銅鼓歌》、《屏風山》、《隱山六洞》以及《泊浯州》、《衡山吟》、《澧州弔宋玉墓》等詩，陶冶性情，興寄爛漫。有《行杉湖酬唱詩》，與鄧顯鶴相唱和。中年以後，癖嗜金石文字，作《靜娱室八詠》，爲漢淳于長夏承碑，隋丁道護書啟法寺碑，唐虞世南書夫子廟堂碑，唐魏棲梧書文蕩律師碑，文與可晚靄横看，李迪牧牛圖，晏元獻所藏銅雀瓦硯、陸放翁硯。其中諸碑拓本，名「臨川四寶」。詩爲《晚晴簃詩滙》所收。子聯琇《好雲樓初集》卷首有《敍傳》，視《行狀》爲詳。

花嶼讀書堂詩鈔八卷　道光二十六年更蘭室刻本

李福撰。福字備之，一字子仙，江蘇吴縣人。嘉慶十五年舉人。官州同。詩鈔乃其子宗誠重刊，與文鈔、詞鈔並行。潘世恩、穆彰阿、吴廷琛序。生於乾隆三十四年，見卷三《四十初度》詩。卒年據吴序，當在道光二年後。詩逸態横生，而不作誹偕靡曼之音。《讀漢書十首》，詠西楚霸王墓、嚴陵釣臺，《讀桃源行》、《讀玉谿生詩集》、《讀施愚山詩集》以及《苦雨行》、《大雪歎》等歌行，必本其實意而作，力求有用於世。歷經十二試始得舉人，乃絶意仕進。居里與黄丕烈、顧千里、袁廷檮唱酬。所作《陶陶室讌集》、《題蕘圃祭書圖》、《書估行》、《讀魚玄機薛濤詩》、《汲古閣圖爲瞿木夫題》，爲書林故實。僑居崑山，與李存厚、王學浩時有聯吟。王昶《湖海詩傳》選録福詩，繫小傳。

養一齋詩集四卷　光緒四年重刻本

李兆洛撰。兆洛字申耆，號養一老人，江蘇陽湖人。嘉慶十年進士，由翰林散館官安徽鳳臺知縣。主講江陰暨陽書院二十年。道光二十一年卒，年七十三。著歷史輿地書，名《李氏五種》，輯有《駢體文鈔》。是集與《文集》合刊，爲門生所蒐輯，初有活字本、咸豐二年刻本，均少流傳，此湯成烈重刻本。一、二卷古體詩一百三十一首，三、四卷近體詩六百五十八首。卷首黄體芳序稱：「兆洛弱冠及盧抱經門，生平交游皆一時名宿。若顧氏廣圻、劉氏逢禄、胡氏承珙、莊氏綬甲，覃精經術，校正古書。周氏濟、毛氏嶽生、洪氏飴孫、齮孫，耽研史籍。董氏祐誠、羅氏士琳，旁綜算數。徐氏松，博考方輿。魏氏源、包氏世臣又復練習憲章，推求利病。先生周旋其間，各以所學，互相質證。諸家專門絶業，述作孜孜。精詣鴻裁，時尠儔匹。若其兼資博采，不名一家，負兼人之才，有具體之實，治爲循吏，教爲名師，殆非先生莫與屬也。」於兆洛生平及其學問，綜覈甚當。至集中之詩，紀游以粤之白雲、皖之九華爲勝。《宋謝疊山遺琴武林吴氏得之繪圖傳示爲之作歌》、《題孫虔禮書景福殿賦》、《羅飯牛募驢圖》、《題鄧完伯刻印詩與登岱圖》、《黄汝成話廬吟》、《讀高麗洪澹園相國詩集》、《錢奉吉勘書圖》、《讀胡墨莊詩集》、《休復居爲毛生甫嶽生作》，亦雅飭可觀。作者詩雖未專門，然溯源漢魏，奄有三唐，根深基厚，是亦未可輕議也。

崇雅堂詩鈔十卷附一卷

道光二十四年振綺堂刻本

胡敬撰。敬字以莊，號書農，浙江仁和人。嘉慶十年進士。由庶吉士官翰林院編修，擢侍講學士。出爲安徽學政，嘗充武英殿文穎館纂修官，《全唐文》、《治河方畧》總纂官，預修《秘殿珠林》、《石渠寶笈》三編，撰有《西清劄記》等書。卒於道光二十五年，年七十七。此集首有英和序。收乾隆五十三年迄道光二十五年詩一千一百餘首，又删餘詩百餘首。敬以賦和《秋桑詩》受知於阮元。學深思精。又遍觀内府所藏書畫法帖，精於鑒賞。所作《閻立本畫蕭翼賺蘭亭圖》、《鎖諫圖》、《米元章自書吴江舟中詩卷》、《宋徽宗聽琴歌》、《劉松年畫郭汾陽家慶圖》、《元人摹顧愷之馮倢伃當熊圖》、《漢剛卯歌》、《紹興石經》、《宋宣和内府琥珀松虎筆筒》、《采石廣濟寺觀五色石鑪》、《洪武船符》、《明武宗豹房銅牌歌》、《太白祠觀蕭尺木畫壁》等歌，綜覈文物，如數家珍。爲時輩勝流題詠多排奡長句，文辭傑出。《兩浙輶軒録題詞》、《燬寇兵重鑄岳祠鐵佞人歌》、《題羅兩峯鬼趣圖》、《書徐星伯真定書院風動碑後》、《爲張叔未賦周虢叔大林鐘》、《題嚴鷗民文選樓校書圖》、《汪小米勘書圖》、《李薌沚校經圖》、《吴仲耘輯詩圖》、《嚴厚民燕京城南祖墓圖》、《仰山樓落成戲題》、《題元延祐艾虎銅書鎮》、《題西域哈什河經石》、《振綺堂咸淳臨安志刊成》、《宋刻東萊大事記歌》、《聞陳扶雅注晉書詩以訊之》、《題丁龍泓先生遺像》、《題杭堇浦先生遺照》、《爲劉燕庭作紀侯編鐘歌》、《爲潘經盦題漢趙倢伃飛燕印》、《題陶雲汀漕河禱冰圖》，理情辭溢，博綜古今。《餘杭雜詠十二首》、《西湖紀事詩十首》，集後附《定鄉雜吟六十二首》，詳於考證，有資於志乘。道光五年，以元至正朱碧山銀槎飲客，首唱詠之，汪遠孫等皆有和作。此題王士禛、朱彝尊有之，詩序注中，言之甚詳，而所造不一也。參見梁紹壬《兩般秋雨盦隨筆》。懷人酬答中亦錢塘名士居多。作者善詠史，尤工詠物。所作《春秋宫辭二十四首》、《戰國宫辭二十四首》、《夏蔬四詠》，詠筍乾、魚鬆、洋繡毯花、櫨糕等篇，俱難措手。又有《觀演徐青籐四聲猿傳奇戲作》、《次阮芸臺師望遠鏡歌韻》、《詠時辰表》、《透光鏡》，内容廣泛而不傷於蕪雜，當有别於誇多搜奇者矣。

古泉山館詩集八卷　咸豐九年家刻本

瞿中溶撰。中溶字鏡濤，一字萇生，號木夫，江蘇嘉定人。庠生。歷官湖南布政司理問，署辰州府通判。卒於道光二十二年，年七十四。是集爲從子樹鎬刊，首沈應奎序。自嘉慶元年至道光二十年詩九百四十首。卷一至三《金昌稿》者，居吴門作。卷四《練祁稿》者，遷嘉定作。卷五至七《楚游吟》者，官長沙作。卷八《歸田園居鈔》者，歸里後作。作者爲錢大昕女夫，富收藏，覃金石考據，有《漢石經考異補正》、《集古官印考證》等書。《和錢宫詹外舅七十生辰》、《錢小廬繹方茸五代史補注繪校史圖屬題》、《題錢同人侗策蹇訪碑圖》、《聞錢徵君可廬先生歸道山愴然而作》，與錢氏一門親誼可覘。《題藏鏞堂自撰尊人行狀後》、《壽段茂堂先生封翁九十生辰》、《王蘭泉八十生辰》、《題邢澍松林讀書圖》，挽袁簡齋、盧抱經、王西莊、江艮庭、顧抱冲，和王夢樓太守，晤洪稚存先生，送徐星伯遣戍玉門，舊雨詞懷潘奕雋、錢坫、袁廷檮、顧廣圻、李鋭、陳鱣、戈襄等人，可見與乾、嘉諸儒交往甚密。《題虎丘春泛圖》注，記何夢華、方佐、阮元輯《浙西金石志》，《懷人詩》注記陳鱣爲謝啟昆編校《小學考》，《贈王煦》詩注記煦應翁元圻聘續修《湖南通志》，《贈陳預》詩記法式善《陶廬雜録》乃作者爲之編校，此又可資用於文獻考證。《詠晉永平甎》、《竹刻六首》、《正始弩機款識》、《爲段玉裁題孟蜀石經册》、《題海昌六舟上人拓本及所藏懷素草書千字文》、《詠南宋雜劇遺事》以及和黄蕘圃所得宋刻《戰國策》、《咸淳臨安志》諸本，凡此吟詠金石、版籍、藝術之作，皆能發攄所長。寫景狀物，亦有可取。《洞庭雜詠》三十首，《惠山雜詠》六首，《秦淮雜詠》四首，《橋江雜詩》十二首，《續練川竹枝詞》二十八首，兼采風土人情。其詩直抒胸臆，不作無病呻吟語。嘉、道間學者詩宏淵不足，縝粹有餘，蓋前輩風流猶未泯也。

浯溪雜詠七首

刺史風流放浪身，品題水石見經綸。嘉名肇錫旌吾有，要爲谿山作主人。

聱叟五旬方住此，我游四十恰平頭。亦知與世忘情樂，愧乏勛名著八州。

我家先世元公客，篆筆縱横石上看。歎惜遠年多缺蝕，東厓銘字睹偏難。相傳浯溪銘篆文，爲我家令問公書者，誤也。姓名已漫漶不可辨，卽山谷所謂厓溜簷水所敗者是也。

前輩多緣足未經，紛紛議論考唐亭。當年山谷親搜得，不合書題有徑庭。廎亭石上山谷直題名有云：最後於廎亭東厓，披剪榛穢，得次山銘刻數百字，皆江華令瞿令問玉筯篆。又《豫章集》答長老新公書有云：惠送季康篆元中丞浯溪銘，筆意甚佳。又云：猶有袁滋篆廎亭銘三十六行，何不見惠。滋，唐相也。他處未嘗見篆文，此獨有之，可貴也。凡廎亭之東，厓石上刻次山文，合袁滋、季康篆共七十一行，爲厓溜簷水所敗，當日不如一日矣。予昨至石邊，摩挲審諦，廎亭銘篆文左行分刻兩石，前石約刻五六行，文已漫漶，惟首行標題及袁滋二字，明明可辨。後石計刻序文銘句年月共三十行，合之正三十六行，皆小篆文。浯溪銘篆文右行，亦分刻兩石，前石約刻五行，書人姓名已磨滅。後石存序文銘句二十九行，其後應尚有題年月日一兩行，亦漫漶不存，皆玉筯篆。以兩銘行數合計，正如山谷所云，共七十一行也。然則山谷所謂季康者，疑卽指江華令而言。季康恐是江華公表字耳。前輩王漁洋諸公並未親到三廎，但據耳聞。以山谷題名與書語不符，紛紛疑議。而近人更有以季康爲唐宗室李庚二字之譌者。不知李庚既無篆書之名，而山谷於袁滋書，尚且以他處未見爲可貴。恐人不知，特爲表其唐相，乃獨於李庚不致一詞，天下有是理乎。

德甫雖然著録精，右堂銘欠認分明。後人競作浯谿志，未爲中堂一表名。右堂銘刻在悟臺石傍，上横鐫右堂銘三篆字。其下序銘皆正書。左行《金石録》謂是篆書，誤矣。文雖漫漶，而首行右堂在中堂之西云云，數字尚可辨。近來作浯溪志者，于元公故蹟表彰無遺，獨未知尚有所謂中堂者，而缺而不載，惜哉惜哉。

名蹟磨修最可憎，續貂狗尾笑難禁。顏書面目全非舊，時有人來拓中興。磨厓碑筆畫凝滯，神氣多失，似經後人磨改使然。康熙間有某令宰此，偕某生員將山谷題名重爲修刊。不但通體失神，並致訛改數字。且于山谷題名後同時人所題鐫刻緣起之首行磨去，而自題年月姓名，尤爲可笑。則顏碑之失去本來面目，當亦即若輩所爲者乎。

剔蘚捫苔辨折波，偏將厓石細摩挲。此游别有誇人處，拓得題名百種多。窮三日之力搜拓，得唐宋元人題刻百十餘種，多前人未見者。《楚游吟》卷一

時齋詩集四卷續刻一卷又續一卷　嘉慶間刻本

李元春撰。元春字仲仁，號時齋，陝西朝邑人。嘉慶三年舉人。九上春官。道光十六年，截取知縣，改就大理寺評事。咸豐三年，以勸捐出力，賞加州同銜。咸豐四年十一月二十七日卒，年八十六。著作共八十三種，多刻入《青照堂叢書》。《小傳》見平步青《霞外攟屑》、《國史儒林傳目》。《詩集》與《文集》合刻，分體，大都爲六十以前作，後續無多。學主程、朱，勵志論學讀史，均無足觀。涉及時事者，嘉慶九年作《紀荒篇》，十九年作《中州歎》，二十三年作《滑縣慨》，又有《西行詩》，於教民起事多加詆毀。《游十三陵》、《過函谷關》、《郭景純碑》、《讀浯溪詩話》、《題袁子才詩集即效其體》，情見乎辭。此外無取焉。

求當集十二卷　嘉慶二十五年刻本

張鏐撰。鏐字子貞，號老蘧，江蘇江都人。是集有嘉慶二十年郭麐序。張賜寧爲摹《老蘧四十七歲小像》署「時年七十三」。賜寧生於乾隆八年，以此推鏐生於乾隆三十四年。集中《題沈周小像》、《題鄧石如放鶴圖照》、《題江藩書窠圖》、弔朱冕墓、題吴嘉紀遺像、弔李長庚、題邊維祺畫雁、題汪佐山水，多備文苑畫壇掌故。與黄易、包世臣亦有往還。與郭麐、陳文述相契，詩格亦近之，不免纖弱。楊鑄《自春堂詩集》卷九有《題張老蘧遺像》，編年道光元年，享年當五十三。

小萬卷齋詩稿三十二卷續稿十二卷　光緒十一年嘉樹山房重刻本

朱琦撰。琦字玉存，號蘭坡，安徽涇縣人。嘉慶七年進士。官翰林院編修，累至右春坊右贊善。晚主講鍾山、正誼、紫陽書院垂三十年。有《文選集釋》、《國朝古文匯鈔》行於世。卒於道光三十年，年八十二。此集收嘉慶元年至道光八年詩二千四百七十三首。《續稿》詩迄於道光十八年，一千二十一首，首自序，彭毓海、胡承珙、吴嵩梁序。初刊於道光間，與《文稿》、《經進稿》合編，光緒間從孫朱藏成重刊。自序有云：「今人論詩，每稱李、杜、韓、蘇，如必李、杜、韓、蘇始可以詩鳴，恐李、杜已往不再生李、杜，韓、蘇已往不再生韓、蘇，而詩教將絶於天下。若各隨資之所禀，學之所臻，染翰攄懷，豈騷壇竟無位置。」所論不爲不正，而詩則未能超逸。其間《五人墓行》、《題李義山詩集》、《題吴梅村集後》、《觀元世祖像》、《挽洪北江》、《詠郡志人物十六首》、《歲暮懷人二十六首》，《續稿》中《羅昭諫墓》、《蘇州蘇文忠公祠》，此關係于歷史人物者也。《題紀文達公硯銘拓本》、《窖錢歌》、《小忽雷行》並序、《題竟陵鍾氏一門畫册》、《林少穆屬爲其尊甫暘谷先生賓日題飼鶴圖遺照》、《題坡公草書醉翁亭記墨迹卷並序》、《蜀石經》、《古鐘歌》，此關係于書畫文物者也。琦久居翰苑，諳於北京掌故。典試山東，遍游歷下名蹟。又經蘇杭、江漢、洞庭、黄山，均有詩紀。《石龍溝》、《冒雨過羅睺嶺》、《蕪湖雜詩十二首》、《金陵舊游二十首》、《大明湖》、《邨田樂府八首》、《十三焙茶謡》、《撈紙謡》，以及往來都門記途中風景之《北里竹枝詞二十四首》，亦較樸質。作者爲宣南詩社成員，集中消寒聯吟、分題角勝之詩，連篇累牘，友朋贈答，率易平庸之作，不勝縷指。卷帙雖富，衹合瑕瑜互見耳。江人鏡《知白齋詩鈔》卷四有《題朱琦遺照》。

陸地慈航行　並序

北地痘疹最劇，貧家兒殤，不能具槥，好義者爲歛，而載以牛車瘞諸郊外，名陸地慈航。余居都中，自乙卯春暨今年冬尤甚。門關報數已萬餘，哀之作是行。

造物雖至仁，有生必有殺。上古氣醇厚，人民無夭札。嗜慾日深命如紙，一邊生人一邊死。貧家小兒殤八九，溝壑時時委骸骴。行人睆視心有忡，發願載入蒽靈中。苦海拯災難，乃與慈航同。慈航雖慈人不壽，法雨空教灑楊柳。縱横枕藉縉牛後，高極車箱露其肘。悲風滿地慈航過，航人無楫如航何，令我涕泗紛滂沱。前乙卯，後丁卯，新鬼故鬼無大小。不知了岸何時登，萬點幽燐散荒草。噫嘻，骨纍纍，車轆轆，但聞牛鐸聲，不聞送者哭。《小萬卷齋詩稿》卷九

桐華館詩鈔十卷　咸豐元年家刻本

梁信芳撰。信芳字薌甫，廣東番禺人。嘉慶十三年舉人。禮闈屢罷，歸里讀書課子。與張維屏以詩相切劘。其詩紀實，多可采擇。《新建學海堂歌》、《勸戒吸鴉片歌》，道光十三年作《大水行》，道光二十五年作《九曜坊殉火哀辭》，均爲當時社會史料。鴉片戰爭中避居平州，撫時感事，往往借題發詠。《羊城卽事代寄潮州教授馮默齋同年》、《拔界行》、《西水行》、《牛欄岡》、《丁未二月十七日羊城卽事六首》，抨擊外侵時弊，激昂憤慨。其子國瑚、國珍、國琮俱成進士。此家刻本。張維屏序稱，殁於己酉道光二十九年，而集中有《六十初度》詩，可推爲乾隆四十四年生，享年七十一。同里陳曇《感遇堂詩集》有贈詩數首。

祖硯堂集十卷　道光間刻本

朱人鳳撰。人鳳原名壬，字謂卿，號閑泉，浙江錢塘人。彭子。工畫。廪生。阮元督學浙江，以畫試士，首録之。游粤東爲名幕者垂二十年。後官訓導。主講平江書院。此集與《畫舫齋詞》合梓，詩共八百九十九

首。人鳳爲西泠詩子，與查揆、陳鴻壽、吴應奎、郭麐、徐熊飛、王衍梅、殳慶源交善。應京兆試，爲法式善、秦瀛、何道生等人知賞。困場屋，不得志。其詩穠麗悱惻。《金陵懷古》、《題南唐小周后提鞋圖》、《管仲姬湘江遺恨圖》、《題梅花道人墨竹卷子》、《宋德壽宫牙章歌》、《小檀欒室讀書圖賦》、《秦良玉錦袍歌》，爲集中名篇。而《鐵杖歌》、《風鳶行》、《皂河雜詩四首》，寫景賦物之中興寄寓焉。《檇李雜詠三十首》並注，詳於歷史名蹟，唯多采自志書，非當日風習見聞可比。自題畫可稱當家。《論詩四首》、《論佛四首》、《讀汪水雲集》、《讀小倉山房集》、《喜晤王仲瞿孝廉》、《哭張船山太守》、《悼奚鐵生》等詩，亦見情思。黄釗《讀白華草堂詩》有《贈朱謂卿》詩。梁紹壬摘其佳句，五言如《霽雪》云：「日冷難爭色，山明不受烟。」《湖上寓樓》云：「波光沉小艇，塔影壓春愁。」七言如《臨安懷古》云：「塞外已忘援父母，夢中始信索山河。」《出都別友》云：「人從漂泊遺鴻爪，天入清寒健馬蹄。」警鍊超拔，皆可傳之句也。

月亭詩鈔不分卷　道光間刻修本堂叢書本

林伯桐撰。伯桐字孟林，號月亭，廣東番禺人。嘉慶六年舉人。官肇慶府、德慶府學正。主粤海堂，爲首届學長，同列有吴應逵、趙均、吴蘭修、曾釗、馬福安、熊景星、徐榮七人。著作均收入《修本堂叢書》。詩亦工練清遠。游峽山寺、光孝寺、二禺山，過天柱灘，度大庾嶺，訪浮邱古蹟，氣息古厚。嘗搜集古諺爲之箋注，所作《清遠峽櫂歌》、《嶺南荔枝詞》，不避俚俗。集中唯與黄培芳唱和，意生平所爲詩，不止於此。培芳後亦爲學海堂學長，在張維屏、黄子高、謝念功、儀克中、侯康後，而與譚瑩、梁廷枏同時。是鈔僅陳澧一序。澧於道光二十年爲學海堂學長，任届最久。後於澧者，有鄒伯奇、朱次琦、陳璞，亦知名，已是咸豐間事矣。

泰雲堂詩集十八卷　道光十三年刻本

孫爾準撰。爾準字平叔，一字萊甫，號戒菴，江蘇金匱人。嘉慶十年進士，改庶吉士，官福建汀州知府、江西按察使，擢福建巡撫，閩浙總督。卒於道光十二年，年六十三，謚文靖。是集與《文集》二卷、《駢體文》三卷、《詞》三卷合刊，英和等爲之序。爾準爲廣西巡撫孫永清子。《桂懷集》皆少時隨宦之作。入都後受知於朱珪、英和，詩得翁方綱指教，學有所長，格益進。《題王石谷畫山水》、《謁羊叔子祠》、《題毛漸逵刻印譜》、《題錢梅溪八分書後》、《題東坡書柳州羅沱廟碑後》、《題楊子鶴畫牛》、《題紅拂圖》、《明熹宗小鐵斧歌》、《長椿寺九蓮菩薩像》、《題英煦齋師薩克達夫人摹南田山水》，長篇短製，組織繁富。出守汀州，有《輓李賡芸方伯》詩四首，記事詳實。官閩臬，有《朝天集》。撫皖，有《皖公山色集》。任閩撫，有《迴搗集》。又奉命輯《全唐文》，亦有詩。爾準治閩最久，爲政較寬。臺灣黄斗乃事定，其脅從旋解散者，多所保全。嘗親赴厦門，巡閲臺灣。撰《婆娑洋集》，狀寫臺陽山水，採訪風土，多及時事民情。嘉慶間已有單刻，今收入卷十三、十四。爾準才華富贍，詩詞無不精切。《清史稿》列傳以爲福建名宦，未稱其文詞。今觀是集，不獨可比肩《文苑傳》中人，即置諸當時名家間，亦莫能軒輊也。周凱《澎海紀行詩鈔》有《哭孫平叔制軍》詩。趙函《樂潛堂詩二集》、孫義鈞《好學湛思室詩存》有《題婆娑洋集》。林則徐《雲左山房詩鈔》有贈詩。

論詞絶句

風會何須判古今，含商嚼徵有知音。美人香草源流在，猶是當時屈宋心。

草窗絶妙賸遺編，碎玉風琴韻半天。一曲水仙瀛海闊，刺船何處覓成連。

鳳林書院紀新收，最愛書棚讀畫樓。猶識金元盛風雅，不知誰洗草堂羞。

詞場青兕説髯陳，千載辛劉有替人。羅帕舊家閑話在，更兼蔣捷是鄉親。

姑山句好尚書稱，一代詞家盡服膺。人籟定輸天籟好，長蘆終是遜迦陵。

七寶樓台隸事駢，雪獅兒句詠銜蟬。清空婉約詞家旨，未必新聲近玉田。

笛家南渡慢詞工，静志題評語最公。不分梁汾誇小令，一生周柳擅家風。

弔雨花臺萬口傳，平安季子語纏綿。東風野火鴛鴦瓦，纔是平生第一篇。

嚴顧同熏北宋香，清詞前輩數吾鄉。珠簾細雨今猶昔，賀老江南總斷腸。

新來豔説六家詞，秋錦差能步鈞師。雲月西崑撏撦遍，防他笑齒冷伶兒。

作者誰能按譜填，樂章琴趣調三千。誰知萬首連城璧，眼底無人説晼仙。

史筆梅村語太莊，雕華不解定山堂。要從遺老求佳製，一曲觀潮最擅場。

炊聞玉友二鄉亭，山左才人未逕庭。只有曹家珂雪句，白楊凉雨耐人聽。
麗農延露衍波牋，一世才名衹浪傳。妾是桐花郎是鳳，倚聲誰闢野狐禪。
問訊楓江舊釣磯，當時未解盛名歸。叢譚他日傳詞苑，一片殘陽在客衣。
錢郎一曲托湘靈，錦瑟聲聲也愛聽。二十五絃清怨極，楚天如水數峯青。
流傳遮莫笑吴兒，蓉渡真憑讕語爲。若向蘭陵論風雅，解嘲賴有栩園詞。
德也清才却執殳，棠村未許便齊驅。風流側帽天然好，莫向銅鞮儗獨孤。
浪將左柳説淫哇，學步姜張便道佳。雪竹冰絲誰解賞，改蟲齋與小眠齋。
紅友宫商去上嚴，偷聲減字盡排籤。石亭暢好韓歐筆，一字何妨直一縑。
定甌練果試新茶，樊榭清吟漱齒牙。付與小紅歌一闋，鬟雲顫落玉簪花。
馬趙陳吴記合並，響山四壁變秦聲。便如宛委山房裏，蓴玉蟬絃字字清。

《泰雲堂詩集》卷四

番社竹枝詞

囷居新製向人誇，圓頂扶闌似覆艖。不信春深無瘴癘，山柑門外已開花。生番作室曰囷居，木椽竹牆。蓋以茅草兩大扇合爲屋頂，狀如覆舟。其前廊以竹木爲橋，拾級以登，周以闌楯。山柑花開則無瘴。
行歌按節共相春，縹緲聲傳第幾峯。曉夢醒時渾不辨，乍疑編磬與編鐘。春米刳巨木爲臼，高二尺許，空其底，旁竅三四孔。擊以杵，左右上下按節旋行，歌以相之。將旦，邨舍丁東之音遠聞，颭若疏鐘清磬，不辨爲何聲也。

身手由來善射生，竹枝弓弩不須檠。蟢窠落地誰知得，出草先占蕐雀聲。竹枝爲弓，藤紵爲弦，漬以鹿血，堅韌過絲革，矢粘雞羽爲翎，用以射鹿，名曰出草。將出，先聽鳥聲，占吉凶。鳥白尾，番語曰番在，卽蕐雀也。

反復書宜玉版牋，佉盧遺制左行偏。年來楚楚青衿子，誦得葩經第幾篇。習紅毛字者曰教册，用鵝毛管剡其端，蘸墨横書，皆左行。紙厚如帛，反復書之。東螺貓兒千社有薙髮出應童子試者，居然冠履，能背誦毛詩。

貓踻班身剡繡紋，嘴琴私語月中聞。自緣野處行多露，愛著藤皮白苧裙。貓踻，未娶者之稱。肩背手足皆剡花繡文，熏黑烟，以爲美觀。嘴琴狀如小弓，以竹爲之，紘以絲，扣於齒，爪其紘以成聲。或嚴其中二寸許釘銅片，彈以指，如泥泥私語。男女相遇，男彈嘴琴挑之，意投卽野合，各以私物相贈。歸告父母，乃迎娶。半線以上多揉藤皮爲裙，色白如苧，曉行以禦草露。

檳榔送罷手隨牽，紗帕車螯作聘錢。問到年庚都不省，數來明月幾回圓。合婚有禮榔，以白金爲榔榔形，貧家則用乾檳榔，富者以紗帕爲聘。如溜灣等社，有用車螯者。問名皆不知年歲，但記月圓幾度耳。

步節金鐃按墜行，都盧詞句不分明。誰知十六天魔舞，却似魚山梵唄聲。酒酣婦女連臂踻歌，似梵唄語不可曉。每一節齊咻一聲，以鳴金爲起止。

樹底秋千似紡車，佛桑花放及春初。爭看裾袂飄颻起，一隊神仙下碧虛。番女有渺綿氏之戲，大畧卽所謂秋千也。以渺爲飛，以綿爲天，意以爲飛天耳。每風和景明擢髻簪花靚妝麗服，招邀樹底，爭爲此戲。《泰雲堂

詩集》卷十四

思補齋詩集六卷 道光三十年刻本

潘世恩撰。世恩字槐堂，號芝軒，江蘇吴縣人。乾隆五十八年一甲一名進士，授翰林修撰。道光間官至武英殿大學士。咸豐四年卒，年八十五。謚文恭。著有《正學編》、《讀史鏡》、《古編》、《思補齋筆記》，别刊。詩集爲受業祁寯藻、陶樑序，以恭和詩較多，又載每年春帖子詩，俱無取焉。《詩冢歌》詠顧光旭佚事，《和劉墉陽明山人銅印歌》、《贈朱孝廉綬》等篇，句亦清超，不爲塗飾之詞。與師友酬答如謝墉、紀昀、戴敦元、葉紹本、陳用光、卓秉恬、林則徐、梁章鉅，爲一時勝流。世恩在道光朝爲軍機大臣多年，鴉片戰爭間嘗奏保林則徐。而集中之詩殊少言及世事。其子曾沂、曾瑩、曾綬、曾瑋，各有詩集，皆志在翰墨，不涉時政也。

郁兹詩鈔二卷 嘉慶四年刻本

丁履端撰。履端字希吕，號郁兹，江蘇武進人。乾隆四十四年舉人。官直隸南宫知縣。卒於嘉慶九年，年四十八。是集有嘉慶四年李符清序。《游惠山》、《虎丘曲》、《題楊麗中漁樵問答圖六十四句》，詠正定隆興寺大佛，長於鋪敍，短章亦清潤不迫。是邑中能以詩顯者。集中交游，亦多常郡文士。蓋履端初聞趙翼、錢維喬、管世銘餘論，復與洪亮吉、孫星衍、趙懷玉、黄景仁、楊夢符交往。晚年則與李兆洛、劉嗣綰、陸繼輅同時，而聲價亦雅與爲近也。

李詩三集　嘉慶間刻本

李黼平撰。黼平字繡子，一字貞甫，別號著花居士，廣東嘉應人。嘉慶十年進士，改庶吉士，官江蘇昭文知縣。緣情罣誤，繫獄數年。工考證，通樂譜，阮元在廣州主辦學海堂聘閱課藝，遂留授諸子經。後主東莞寶安書院。卒於道光十二年，年六十三。著有《毛詩紬義》、《易刊誤》等書。此集首自序，梁信芳題辭。曰《著花菴集》八卷，多詠嶺南、洞庭、江漢、齊魯、京師諸勝。其中《李忠定公草蒼祠碑》、《蓬萊閣蘇文忠公祠》、《田橫寨行》、《駝磯石硯歌》、《戚少保祠堂》、《馬耕田行》、《樅陽口守風作歌》、《夜渡洞庭》、《觀紅單船出海四首》、《吴曇繡先生署齋鐵樹花歌》，紀海運論嶼夷事，可稱詩史。曰《吴門集》八卷，《出都趙北口秋柳詞九首》、《行經河間詩經邨四首》、《看岱東諸山作歌》、《漕運行》、《私馬行》、《金陵莫愁湖雜詩十四首》、《吴季子祠》、《惠山第二泉歌》、《閶門歌》、《劍池行》、《吴淞行》、《和百中丞平海八首》並序，爲阮元題《青陵臺磚研》，題元遺民《閔牧齋墓誌》，爲沈濤賦《趙承旨硯》，《清如廣寒秋樂府題詞》四首、《同人擬建張司業祠》、《書七姬權厝志拓本後》，内容龐雜，日新不窮。與陳文述、彭兆蓀等詩人，尤多切磋。三曰《南歸集》四卷，《廣州學海堂落成》、《柳子厚柳城柳石碣》有序、《題嚴厚民書福樓勘書圖》、《張穆之畫馬》、《廣州鐙詞八首》、《荔支詞十首》、《題宋高宗孝經石刻》、《題小琅嬛仙館圖》、《芸臺尚書開府選江蘇詩成賦詩紀事》、《贈江鄭堂藩》、《書漢學師承記六首》等詩，文苑典故，猶居其半。𪊲平爲嘉慶間考據學者。據門人梁廷柟跋稱，其詩專講音韻，始求古人遺音，不言之表，獨得其傳。粵中曾釗、朱次琦皆推重之。雖不甚超詣，而胸有積卷，故能自出機杼，要非腹儉者所能爲。

銀錢行呈曇繡先生

扶胥之南諸島環，識水驗風來欵關。獨檣銜尾帶三木，獨檣三木，俱船名。象犀璹瑁堆丘山。淹留頗市中國物，厥錢稛載形模圜。文爲王面巧雕餙，睊眙黥首兼梟瞯。流行初許交廣地，懷挾漸出荆吴間。禹湯鑄幣救旱潦，周齊立法輸鄽闤。何來燒銀似安息，百貨準以論鈞鍰。重輕有常價無定，況雜鉛錫欺人寰。聽聲辨色盡聾瞶，妙論實切黎甿瘝。滇銅十萬罷開局，忍令厥柄操南蠻。姑緣舊俗未遽革，要于大體能深嫺。人情好怪失端末，耳目所見多踰閑。高樓欄楯狀神鬼，制度僵走倕與般。小兒文身復椎結，斗藪瓔珞摇花鬘。士夫家用日本樂，與此並伏無窮患。竊聞去年略啞至，盈倉泉刀詔擲還。鮫人淚垂龍伯恐，不寶異物銷邪姦。兹邦近煩宵旰慮，看陳市舶天開顔。《著花庵集》卷八

行經河間詩經邨四首

大雅久不作，觀風冀其存。寧知鄉里間，詩教夙所敦。匪言諳經術，但覺厚人倫。方秋事田收，

盡室皆在原。壯男刈禾黍，稚子饁壺飧。老翁何所爲，扶杖收鷄豚。圖繪見幽谷，衣履卽唐民。惟能得矜式，是以還朴淳。高陽荀爽里，通德鄭玄門。玆地一攬古，躑躅到斜曛。

嬴氏燔六籍，道興惟漢初。書既出灰爐，詩亦漸萌牙。成文合數手，立學首三家。斯人實後起，卓爲聖者徒。微言窺獲麟，大序重關雎。流韻被王府，安紘阻天衢。及身未能顯，後代彌見譽。延閣發舊藏，中壘讓諸儒。列星齊匿輝，朗月正揚畢。千秋懷德鄰，惟有顏芝廬。牙音吾，家音姑，華音敖。昔聞道德士，殁則祀瞽宗。又聞鄉先生，祭社禮亦崇。邦人向余言，比户祠毛公。芳隴候晴日，平林交緒風。傳芭舞神巫，釋菜走邨翁。宜稼祝受禄，子弟明且聰。相期五經立，不但一藝通。緬惟河間國，賓從多俊雄。談經過稷下，好古軼淹中。勖汝少年子，烝髦今昔同。

少小逐羣兒，受詩家塾裏。諧聲取上口，析義皆過耳。肄及宵雅三，何知是官始。通籍傍霄漢，分符近江海。悠悠倦客心，肅肅高賢里。僕夫策四牡，讀傳悲不已。無義非忠臣，無恩非孝子。勿以家事辭，斯言有至理。升高采薇蕨，我留亦已久。同是傳薪人，巢居怍良友。海音善，久音几，友音洧。《吴門集》卷一

漕運行

書生一食恒三日，忍飢誦經門不出。仙家撒米狡獪多，飯甑空看夢中溢。一麾作宰居海濱，職有漕

事當躬親。手收八萬七千石，但丐糠覈能肥人。連廒四開臨水曲，負戴遥來趁初旭。南箕扇簸北斗量，原是天公具餐玉。豈惟獻納人爭先，烏雀未敢窺簷前。倉儲近煩白虎衛，水鉀遠叱黄龍牽。頗聞荷花塘欲涸，碧波粼粼石鑿鑿。屯丁辛苦里正嗟，津貼錢刀苦來索。汝輩何知爲杞憂，連雲畚鍤通邗溝。高低正依均海法，升斗不貸監河侯。舳艫萬里趨芳甸，黍谷桃渠眼中見。滹沱可洞淶可陂，只在司農斥墳衍。拓地平移委粟山，治田盡表宜禾縣。豐歲香秔滿近畿，雲帆永罷東吴轉。《吴門集》卷二

筠齋詩録十卷　道光間家刻本

吴振勃撰。振勃字興孟，一字容如，號筠齋，晚稱豐南居士，江蘇海州人。貢生。受知於唐仲冕。又爲同里凌廷堪、江都焦循稱道。卒於道光二十七年，年七十八。事具本書許喬林序與所撰《海州吴大先生傳》暨魏源撰《皇清海州歲貢生吴君墓誌銘》。《古微堂集》及新輯本未收。詩凡六百十二首，博而不雜，直而不俚。詠史、論詩、讀書、偶吟，皆有發抒。《游東廬山》、《登雲臺絶頂》、《鰲山紀事》、《詠伊盧東偏石佛寺》，亦不淺俗。《題羅茗香如是夢新樂府二首》、《題許月南春夢十三痕後》，俱爲當代藝壇故事。《禁錢鉦》一篇，言錢肆既行，遠票攙私，復使人荷一小牌上書禁私字樣，每日沿街鳴鉦，故小錢愈不得通行。又作《雜詠五首》云：「市廛謀利太無情，遠票攙私毒計精。一事更教人髮指，沿街偏打禁錢鉦。」「十全爲上在心虚，消補温涼辨莫疎。若倚硝黄作神藥，草菅人命罪何如。」「數浪葉子時相親，袖袴旋看變赤貧。可惜幾多佳子弟，教猱

升木是何人。」「惡習難除是大烟，誰知作俑自何年。不須説到戕生日，鵠面鳩形已可憐。」「水販興鹺新例開，海濱饑饉值□災。一時民命延南米，都是賣鹽人換來。」尤見社會弊端。

皇清海州歲貢生吴君墓誌銘

魏　源

海州之板浦場，多徽歙鹺賈。道光十二載，淮北奏改票，鹽銷暢倍，一時遠近雲集，士之不遇者亦俛趨焉。身其地目其事，漠然始終無預者，許石華大令、吴筠齋歲貢二人而已。許君與其亡仲月南，夙以經學文章聞於世。吴君名亞於二許，予初未識也。一日，晤其子世裕於許君所，異其髫靜，詢知君之子，因是得交於君。繼又介世裕讀書海州分司童君濂署中。時有鹺賈某欲以女妻世裕，介童君執柯於君，君再三固却之。予益以是重君。道光二十七載，予去海州已十歲，而世裕以君之訃至。且寄遺詩二巨束來受銘曰，君遺命也。君諱振勃，字興孟，筠齋其號。卒年七十八。妻夏黄陶，子四，世裕其長也。次世廣、世祺、世齡。所著書有《經學考源》、《音學考源》、《先行言行録》，皆自抒所見，抉擇精審，爲實事求是之學。銘曰：海上吟詩到白頭，吴東淘外君其儔，魂魄千秋來郁洲。邵陽魏源撰。《筠齋詩録》卷首

紅雪樓詩鈔不分卷　道光二十六年刻本

蔣知白撰。知白字君質，江西鉛山人。士銓幼子。官山西寧鄉知縣。是集爲家刻，道光二十六年黄釗

序。詩歌分體，據道光二十年詩，年已七十。《檢點架上諸詩集戲作》、《與友人論詩四首》，宗旨主宋祧唐。《寧鄉署中》諸作，恆以議論爲之。《鬻女歎》、《閱馬耕》，兼及民間疾苦。交游不廣，僅《贈葉筠潭》、《賀華州王志湉七十壽》數首而已。論唐詩人云：「三唐詩人久不作，各有隱疾宜慎學。病根難尋驗諸脈，以脈譬詩罔不覺。襄陽神短昌谷散，昌黎洪大柳州伏。元結王建濇兼沉，孟郊張籍牢而數。香山太滑義山芤，蘇州之憊在遲弱。六陰早識劉文房，司勳雖狂占六陽。四至五至談何易，右丞賓客實相當。太白終覺遜工部，金石之聲何鏘鏘。」此詩於杜甫外，無一不加掊擊。門户之見極深。蓋自康熙以降，宋詩始終優勢，嘉、道間猶未嘗改也。

豆花莊詩鈔十卷　嘉慶十五年刻本

馬士圖撰。士圖字宗瓚，號菊村，江蘇江寧人。諸生。好讀書，棄舉業，不求仕進。少游餘杭、匡廬、洞庭，耽吟詠，年四十餘，已積詩數千首。嘉慶十五年，選刻五百餘首並詩餘合刻，首蔣士銓序，胡鐘序，唐大沛撰《小傳》，孫星衍、洪亮吉等題詞。士圖與車秋舲持謙厚交。持謙通金石聲韻，喜詞曲，爲江寧淵雅士。又聞姚鼐、唐仲冕緒論。陪蔣心餘游永濟寺、燕子磯，秦淮、杭州雜詩，清矯可觀。嘉慶十一年夏，作《流民歎》有云：「時來千萬人，驚向六街覩。老羸少者負，赤子呱呱乳。婦女無完裙，糠粃空筐筥。乞食何所棲，羣類失窟鼠。菜色兼鳩形，哀哉來何處。號泣被水淹，家本淮安府。」摹事真切，感喟亦深。

吾面齋詩存十二卷　道光十六年刻本

張大鏞撰。大鏞字聲之，號鹿樵，江蘇常熟人。嘉慶七年以舉人補内閣中書，考授軍機章京，擢侍讀。道光十年病奄而愈，自號更生居士，十六年刻《詩存》，年六十七矣。首自序，各卷以《保初》、《槐黄》、《薇垣》、《扈從》、《蘭陔》、《再生》、《養餘》、《然鬚》、《停雲》爲名。其中燕京詩，多涉清代典故。如謂内閣諸務皆責成侍讀料理，故京師有「日邊清要無雙地，天下窮忙第一官」之語。京中羣呼翰林爲駱駝，謂其架子大也。卽身充翰林者，習知此言，恬不爲怪。又以軍機處所見，恆入於詩，可與清人筆記相互參觀。交游爲汪志沖、李光庭、蕭掄、馬宗璉、言朝標、黄廷鑑及畫家王學浩等人。

篔谷詩鈔二十卷　道光十五年刻本

查揆撰。揆又名初揆，字伯葵，號梅史，浙江海寧人。阮元詁經精舍生。嘉慶九年舉人。歷官江西饒陽知縣，順天薊州知州。卒於道光十四年，年六十五。有《菽原堂初集》刊於嘉慶八年，一至八卷爲詩，所收爲三十三歲以前作，阮元等爲之序。此集刊於歿之第二年，續刻詩九至二十卷，改名《篔谷詩鈔》。原有阮序不存，屠倬、郭麐序仍列卷首，復增方廷瑚一序。屠序稱：「其論詩大旨主乎消納，嘗謂嚴滄浪香象渡河，羚羊掛角，只是形容消納二字之妙。世人不知，以爲野狐禪。金元以降，冗弱之病，正坐不能消納耳。」其詩含蓄深沉。憂憫農民之作，無傖俗氣。《哀新塔》記嘉慶五年武義大水，《神燈引》記杭郡吴山火焚四千餘家，《詩鐸》等書已選之。《宿金華城谿樓》，結句益凄楚動人。集中所見交往，多阮元門下士。而贈梁山舟、徐雪廬、宋茗香長歌，尤委婉有致。揆嗜戲曲，《自題桃花影傳奇》云：「顧誤周郎正少年，烏絲闌乞美人憐。閒吟香社頻中酒，纔按珠聲便撥弦。一曲春風劉刺史，今宵殘月柳屯田。梅花讖與鳴鴻度，家伎無從問短箋。」《讀尤西堂弔琵琶劇本感蔡文姬事》、《題鬱輪袍》、《觀劇絶句二首》，皆能發論解頤。《閲柳敬亭傳》，亦名篇，陳熙有和詩。見《騰嘯軒詩鈔》卷三十。又熟諳文物典籍。《西漢定陶共王陵鼎歌》、《紹興石經》、《讀楊忠愍公與鄭端簡公帖》、《擬英吉利國入貢歌》、《謁劉念臺先生祠》、《明石柱宣撫使馬千乘妻充總兵秦良玉像》、《撒妙夫人廟》，俱均藉學力而寫。嘉慶三年，秦瀛建東坡祠於孤山，以長句誌之。又作《詠秦淮海詞》。《賽濤曲》，敍述民間故事，悽艷動人。續刻中《皺雲石歌》、《柳如是墓》、《題惲南田畫鶴山訪墓圖》、《過集賢寺訪鄧石如瘞鶴處》、《題徐文長後四首》、《楊椒山祠堂詠史題壁》、《觀真定隆興寺大佛》、《題羅兩峯課詩圖》、《題邊壽民畫册》，筆力清雋，今古雜出。《論詩絶句》，一寄屠倬，十二首，一與殳慶源，八首。均可采掇。晚歲讀釋老書，作《藏佛歌》、《首楞嚴三章》，爲有得之言。《西爽閣讀道藏》，斥道教妄謬處，發前人所未發。又作《感舊》十五首。《懷吴兔牀》云：「校讐友鮑盧，根柢溯許鄭。佳槧如錢刀，每感脱手贈。」《懷梁山舟》云：「閉門七十年，人不見其出。寒士一詣之，走謝不越日。」《懷周松靄》云：「其短如晏晏，量腹受有數。不知十萬卷，撑腸著何處。」直是有韻《世説》矣。至官州縣日所作《齏粥歎》、《捕蝗行》、《均糧歎》，不過出自教慰。唯《過盧溝橋作》，揭發關吏恣虐之狀，仍具諷世之意。撲詩與同時郭麐、屠倬齊名，其實過之。

宿金華城外谿樓有感作

谿光流月月有聲，漁火上樓樓有影。主人爲言去年水，水痕猶在方牀頂。客聞此語心惻然，默向寒檠殊耿耿。僕夫旁侍告匱乏，口雖欲諾佯不省。提壺且覓酒千鍾，撲滿那來金百餅。二更城外燈事喧，燭龍亘天光炯炯。我時不寐惜良夜，欲語還如骨在哽。流民夜哭富民笑，不照流亡照酩酊。同難相卹自古然，僅免魚殃亦已幸。卻教市上競簫鼓，試聽莎根叫蛙黽。天明攬衣啟南牖，隔岸烟炊午猶吟。旁人指點此南埭地名，壞壁唯餘兔葵靚。石橋横空斷已久，遂使無由得走鋌。徑欲往告長民者，徒杠亟成應首肯。豐干饒舌不思量，顧想洪鐘撞寸莛。朝霞斑斑天且雨，肩輿卻望馮公嶺。《賓谷詩鈔》卷七

舟中與積堂論詩得八絶句

啖摩宮裏舞天魔，法曲霓裳奈爾何。但道驚鴻好飄瞥，威儀到底要山河。
天鼓麟皮信口呿，便便此腹負居諸。廬山高與明妃曲，歐九何嫌不讀書。
雲龍韓孟格尤高，扶寸靈蛇各自操。不解峨嵋老居士，一鐙生悔嚼空螯。

七字長城屹上游，單詞儷句若爲優。道人天眼分明在，齒冷江湖萬古流。籜石先生謂：韓、杜、蘇、黄七古皆一氣單行，二晁以外，始多用偶句，看似工整，其實力弱，藉此爲撑拄，一經拈出，便覺有上下牀之别。漁洋《古詩選》尚未能覷破也。

情人瑶怨總苓通，毛女無端出桂宮。試向上清繙謫籍，人間能幾李騰空。近日才人愛傳佳俠彤管，標榜幾至墮溷飄茵。無非勢族，亦思詩禮之後，安得如許飄墮者耶。人心不古，附會如此，風雅之罪人也。所謂王夷甫諸人不得不任其責者，其隨園乎。

珥筆詞臣出尚方，酣嬉墨汁寫狼牻。海天行記崑崙使，披髮何須問大荒。曩在都中，與雲伯同纂《遠遊集》，琉球則汪檢討楫、王太守文治，緬甸則王侍郎昶，西藏則孫文靖士毅，青海則楊方伯揆，朝鮮則英侍郎和，寧古塔則吴漢槎《秋笳集》，然以逼近盛京，爲國朝内地，故置不録。其餘作者間涉壯遊，亦多采録，要以域外爲斷，此唐、宋以來一大觀也。

崔蔡嚴徐第一流，盛時端合副勤求。如何不上王褒頌，手版紛紛拜督郵。同輩詩人如陳曼生雲伯、白雲屠琴隖諸君，皆出爲令長。

詩印能提醉百觚，江南仙吏未全孤。看他桯楯星辰笑，判得芳洲杜若無。兩江詩吏最盛，擬纂輯《江南仙吏集》。　《貿谷詩鈔》卷十

西爽閣讀道藏

微言既絶二氏昌，佛日道月儒星芒。梯霞結構聳小閣，雲中鐵鳳翔高岡。夜深鑿壁透光怪，是何影

嚮摇琅房。道人謂我有眼福，却訕夙慧窺曹倉。金題玉躞五百縛，知有靈囿司丹黄。往年刼火煽爐竈，赤明龍漢燒廷康。唯留此閣屹無恙，秦灰不得飛宋梁。少年識字苦俗學，冀摹天篆呵三蒼。就中雷雷妙符籙，詰屈筆書疑凡將。其餘悉索論篇帙，百八十萬多遺亡。有明世廟亟齋醮，文成五利爲樂方。惜乎青詞工媚幻，未潤色此成琳琅。荒蕪闕畧貽孫子，絶少精鑿留粃糠。道其所道要有説，成一家言非尋常。竊謂此事自讖緯，鈎河摘洛窮毫芒。然後陰符及内景，戳且學仙誅三彭。旁及壬遁太乙式，六丁玉女如姬姜。奈何唾餘拾天水，道君宫觀侈祈禳。石藥爾雅定何物，亦使卷軸污縹緗。浮生擾擾有三憾，天一閣遠探未遑。阿育王塔妙舍利，但聞贊嘆無梯航。故鄉密邇金粟寺，迦葉初本堆禪牀。巧偷豪奪萬紙盡，剩有法鼓鳴獨桑。一塵未入歡喜海，揭來焠掌尋倪楊。最目四百六十字，臣恭校進張君房。譬如豪游舍五嶽，樊桐縣圃走且僵。洞天福地一百八，浙二十六皆仙鄉。此間蜾匾署西爽，坐忘一月繁陰涼。谷神不死混沌死，所恐嘉穀生螟蝗。好奇肯復惜晷刻，桃核已積昆侖傍。《篔谷詩鈔》卷十七

味清堂集二卷附一卷　道光三十年刻本

陳基撰。基字竹士，江蘇長洲人。諸生。游袁枚之門。與蔣業晉、張問陶、吴嵩梁有交。陳文述補官繁昌，招往課孫。逾年返里病卒。以集中《庚寅六十》詩上推，爲乾隆三十六年生。《詩集》二卷，由毛永柏選，一百七十五首。道光三十年，蔣棨渭刊《苔岑集》補鈔一卷，百零六首。《題徐俟齋先生遺像後》，注稱徐枋祠

在天平山麓，舊爲潘耒所建，今已頹。《牟將軍寶刀歌》，記牟大寅年十四破耿精忠立功。《渡永定河》、《詠喜峯口》、《偏涼汀紀游》、《段家山》，均爲赴灤州署時作，時灤州知州爲其弟沅香。游燕都，有《開元寺戒壇古松歌》等篇。其詩時有超逸語，尚非淺露者可比。

幼槫吟稿偶存六卷　道光間刻本

方廷瑚撰。廷瑚字鐵珊，號幼槫，浙江石門人，薰子。嘉慶十三年舉人。道光間官直隸平谷知縣。此集查揆序云：「方儀真宫保撫浙時，傑出之士羣聚于西湖，風流掩映盛一時。僕所交獨憔悴孤耿二三人而已，鐵珊方君其一也……揆與鐵珊齒相亞，所遇大畧同。」是爲阮元詁經經舍生。集中有《題鮑淥飲世執遺照》、《次韻陳古華太守五十自壽詩》、《查梅史六十壽四首》諸篇，又與張鑑、顧廷綸、陳鴻壽、施彦士、張渥、達受、湯貽汾、汪喜孫、沈濤往還。廷瑚長於金石考證。《題文後山所藏周伯康子簋》、《漢斗鋗》、《周氏寶林鐘拓本》、《題唐元氏縣賈夫人墓誌後》、《小忽雷行》並序、《張叔未以日本仙台方鐵硯見貽詩以誌謝》、《陳章侯設色小幀》、《鄭板橋墨竹》、《童二樹畫梅》、《陳穆堂以竹書紀年刊誤見貽答謝》、《側理紙歌》、《綯雲石歌》，多能考覈本原，飾以韻語。《論詩絶句十首》，自吴偉業至趙懷玉，重於近代，亦具隻眼。

竹所詩鈔二卷　道光間刻本

吴會撰。會字曉嵐，號竹所，江蘇泰州人。嘉慶九年舉人。卒於道光初，生歲不詳。是集爲春暉堂刻本。首興化徐步雲序，作於道光三年，儲夢熊序作於道光五年，又陳道坦序。集中五七古如《觀海圖歌》、《焦山古鼎歌》、《洗硯圖歌》、《海門觀日出歌》，不失力作。《舞叉行》、《聽周生彈琵琶歌》、《畫竹歌贈西林上人》，但紀情事，亦稱精允。江淮洪水泛濫，作《前後咄咄歌》，情深語切。嘗客曁陽十九年，有呈汪志洢詩，又與沈謙、陳燮、王元琨友善，時相唱和。

東瀛百詠一卷 嘉慶十三年刻本

齊鯤撰。鯤字澄瀛，一字北瀛，福建侯官人。嘉慶六年進士，改庶吉士，授編修。十二年，充册封琉球國王正使。是編爲《使琉球詩》，有阿林保、張師誠、景敏、王紹蘭、陳觀、朱桓序，梁章鉅跋。章鉅與鯤同學，嘉慶五年同習舉業。同行副使爲費錫章，有《一品集》。清代開國，來球正使，前有五名。遼陽漢軍張學禮，順治十一年頒勅，康熙二年來球。康熙二十二年爲江南儀徵汪楫，二十八年爲滿鑲白旗海寶，乾隆二十一年爲滿鑲白旗全魁，嘉慶五年爲安徽太湖趙文楷。而五十餘年，三次册封。是編有《長風閣五君詠》，即詠五使。又有《長風閣即事》，閣爲正使所居，汪楫題。又《明給事陳侃使中山》臨行贈金不受，琉球人爲立却金亭，清使詠其故迹者亦多。是編《贈中山王五古八十韻》，記册封禮典之詳，前所未見。《航海八詠》、《中山八景》、《中山雜詠十首》，載中途見聞與琉球名勝物産，俱無虚語，信而徵也。

册封禮成書事贈中山王五古八十韻

嘉慶十三載，仲秋月初吉。琉球尚氏孫，詔許襲王秩。先時蕞爾邦，多難憂弗戢。弱冠不永年，前王尚温在位九年，僅十八歲。委裘暫權國。故世子尚成四歲，攝位一年，未及請封。繼祀周子賢，表海齊侯職。遣使遠籲封，浮槎復乘馹。帝命侍從臣，錫以袞與黻。王程歷東南，地勢轉東北。琉球在閩省東北方。樓船風引到，渤澥歡聲溢。先敷錫類仁，旋布懷柔德。久米士大夫，習禮心專壹。册封典禮皆久米村各官專司。涓期典册頒，將事儀文飭。是日秋色清，風光明瑟瑟。天書捧五雲，海氣迎初日。仙仗護重重，霓旌排一一。鳴騶擁八座，執戟列千卒。焚香鐃吹間，結幔松蕉側。蜑女曉簪花，鮫人夜停織。龍岡連虎崒，聚觀齊屈膝。中有一老翁，皤皤飄鶴髮。三見漢官儀，扶杖重感泣。乾隆丙子至今五十餘年，三次册封。前正議大夫鄭永保年八十餘，自言身見其盛。王宫山之陽，西向巍雙闕。琉球在中國之東，宫殿皆西向，以表恭順。前有守禮坊，忠悃昭若揭。宫前有坊，榜曰守禮之邦。靈蹟啟瑞泉，歡會門外有瑞泉，味頗甘冽。國王每日送供天使。高門標漏刻，奉神門外有門西向，榜曰刻漏。上設銅壺漏水。名王迎道旁，匍伏但屏息。詔書從天降，羽蓋肅清蹕。百尺開讀臺，瑞彩望葱鬱。黄麻展玉檢，高唱宣綸綍。其下設重茵，咫尺凜對越。紫巾及錦帶，執事咸翼翼。或趨如駿奔，或肅如鵠立。或充香案吏，氤氲薦芬苾。球官二人司香。或捧上方賜，錦繡珍什襲。四人祗受賜幣。或伏東堦旁，長跪請鳳勅。二人奉前代詔勅呈驗，恭請照例留爲傳國之寶。或列露臺上，屹立護龍節。二人立露臺兩旁守護節案。主臣式莫愆，僚庶儀不忒。懋哉禮樂備，遜矣聲教訖。煌煌御書樓，樓右正殿之上。瞻拜來絶域。銀鈎鐵畫姿，鳳翥鸞騫式。遥望紫泥香，如歸青瑣闥。北宫開嘉宴，交疏結複室。推窗望瀛海，清風吹習習。肆筵逮僕從，設几旅庭實。樂師四五人，操縵以侑食。獨絃聊自賞，重譯不能詰。謂唱太平歌，海外占同律。黄帽五人操琴搊箏而歌，詞不能辨。詢云，皆慶樂太平之意。金杯斟福酒，中山酒名。珍羞遍羅列。山猪獸名赤若烘，海馬白勝雪。魚身馬首，有足無毛，肉色如茯苓。佳蘇削魚脊，馬叉魚切塊晒乾，名曰佳蘇。乾腊烹蛇骨。海蛇色黑，性能殺蟲去風。球人以供食品。石鮔横八叉，石鮔形如海螵蛸而大，雙鬚八手。毛蠏燦五色，球地産蠏，種類最多，有五色者。蕉果大於掌，色黄味甘，形如駢指。櫧子果名小似栗。六稜剖鳳梨，土名啊咀呢。千顆堆秋橘。橘熟最早，秋初卽可食。席前陳方丈，更僕數難悉。三爵興告辭，勸客猶汲汲。殷勤禮意周，詎肯别倉卒。念兹王業新，忠告心所切。此邦素恭順，獉狉泯知識。淳樸古爲徒，飲食民之質。邇來生齒繁，風氣漸狡黠。教養良不易，啟迪兼撫卹。首基慎勿壞，明哲實作則。愛賢不愛寶，去惡如去疾。山田苦瘠薄，王其勤稼穡。文物待修明，王其矢無逸。毋忘在笥戒，風雨思沐櫛。毋忘朽索馭，監史箴治忽。自天福禄康，絶島賫琛集。共球趨帝廷，道路遵皇極。來享勿二三，繼序期千億。方今德威鬯，梯航極四塞。朝鮮奉朝正，越南貢方物。暹羅通瓊海，緬甸欵滇僰。中山信世臣，密邇若堂閾。百年玉帛陳，六度星槎達。故國磐石安，新恩雨露浥。嘉禮一朝成，盛事千秋述。我來奉錫命，皇華咏原隰。摹天愧管窺，觀海漸蠡測。采風使者職，紀事史臣筆。持以勖賢王，繼承懋大烈。《東瀛百詠》

清人詩集敍録卷五十四

夢陔堂詩集三十五卷　道光十四年刻本

黄承吉撰。承吉字謙牧，號春谷，江蘇江都人。嘉慶十年進士。補廣西興安知縣，調攝岑溪。卒於道光二十二年，年七十二。承吉先祖生，清初文字學家，著有《字詁》、《義府》等書。承吉亦鶩考據之學，與同郡焦循、李鍾泗、江藩，以學問相切劘。著有《字詁義府合按》、《夢陔堂文集文説》。《詩集》凡三十五卷，二千七百五十五首，據自序，删存僅得十之四。嘗與金兆燕、黄文暘等鄉前輩交往。《輓李艾塘》、《觀漢學師承記懷江鄭堂》、《輓鍾菽匡》、《讀關雎寄焦里堂》、《讀揚州畫舫録》、《讀汪容甫遺詩》，俱爲藝林掌故。《汨羅口弔屈大夫》、《讀文選偶作四首》、《讀陶詩偶作三首》、《題駱丞集》、《題杜少陵集》，讀孟襄陽、岑嘉州、韋蘇州、劉隨州、陸放翁、范石湖詩，《題元遺山詩集》、《讀吴梅村詩集》、《讀精華録》、《讀前人詩有作》，可供治文學史參考。詠古、述史、賦物不多。《逃荒叟》、《破布兒》、《廬江女》、《進香謡》、《乳洞巖觀宋人三刻感賦》、《疊游乳巖三洞愛其奇絶題於石壁》、《屆積布山將泊復進》、《巴陵怪風行》亦見才學。南通季蓁實《香坪詩鈔》卷六有《題夢陔堂集二首》。

雙白燕堂詩集八卷附一卷　道光二十二年刻本

陸耀遹撰。耀遹字劭文，江蘇陽湖人。工詩，喜金石文字，與其叔陸繼輅齊名。嘗客陝西巡撫幕。道光初，舉孝廉方正，選阜寧教諭，十六年卒。年六十六。著有《金石續編》。是集詩八卷，四百九十九首，詞四首。首劉嗣綰序。陶澍、李兆洛、周儀暐後序。附録《集唐詩》上、下卷。耀遹爲莊宇逵門人。其詩詞腴理清，吐屬和暢。游天台、雁蕩、嶺南，《西行雜詩》、《北行雜詩》記嘉、道間冀、豫、晉、陝行途所見，時有佳篇。唯久爲幕僚，爲酬俗所累。投贈之什，殊乏真恉。而論詩題圖之作，轉寥寥焉。耀遹記問甚博，詩則不足與當時名家較短絜長也。

古春軒詩鈔二卷　道光二十九年刻本

梁德繩撰。德繩字楚生，浙江錢塘人。兵部主事許宗彦妻。道光二十七年年七十七終。撰《古春軒詩鈔》二卷，首潘素心序，阮元《梁恭人傳》。其祖詩正，東閣大學士。父敦書，工部侍郎。伯父同書，卽山舟老人。兄弟玉繩、履繩均有著述。許宗彦深於經史，所著《鑑止水齋集》，生前録其半，後由德繩手定。陳端生女士《再生緣彈詞》，乃宗彦、德繩夫婦續成之。此集可見作者才學及家事交往，自不可廢。集中有《挽李紉蘭夫人》詩、《題師母親家孔夫人集》，孔璐華，阮元妻，又與甥女汪端有唱和。其詩婉麗中時見清峻。《游海幢寺》句云：「參差古殿依山樹，早晚疏鐘應海潮。」《七夕》句云：「椒花頌筆空凡想，柳絮詩才重有名。」《和孫碧梧女史》句云：「病久漸能諳藥味，興來無復憶春游。」《步山舟伯父韵》句云：「身根非男徒搤拳，胸前無物太頑皮。」《述懷》句云：「間來輸與眼沙鷺，冷處甘同抱葉蟬。」皆妙轉不凡。

菊潭詩鈔八卷　咸豐十年活字本

沙增齡撰。增齡字菊潭，江蘇如皋人。嘉慶六年拔貢。七十後官青陽學官。是集爲其子鴻鈞校字，楊棨、沈岐、楊炘序。據咸豐癸丑三年《上巳詩》「年周八十有三旬」句，推爲乾隆三十六年生。殁於咸豐四年，年八十四。集中有論詩長歌，反對摹古。《偶檢唐人詩各係一律》，爲李白、杜甫、韓愈、白居易、杜牧、温庭筠。明末清初如皋文壇首推冒襄，此集有《求繪圖》、《補行禊圖》諸篇，爲有關冒氏行游資料。《種松歌》、《讀石谿草堂詩集書後》、《觀潮詞》、《閲甕牖閒評雜詠八首》，均較切實。餘亦造境閒遠，不失作手。

恩福堂詩十二卷　北京圖書館藏抄本　恩福堂詩鈔不分卷　道光十一年刻本

英和撰。英和字定圃，一字樹琴，號煦齋，晚號脣叟，索綽絡氏，滿洲正白旗人。尚書德保子。乾隆五十八年進士，改庶吉士。由翰林官至户部尚書，協辦大學士。道光七年革職，授熱河都統。八年，以監修宮陵，地宮浸水，奪職，籍其家，戍黑龍江三年。二十年卒，年七十。所撰《恩福堂詩》，一爲鈔本，十二卷，祝德麟編校，法式善序，爲乾隆四十五年至道光七年詩，生平閲歷多在是編。卷四爲奉使朝鮮作。一爲道光十一年刻本，爲發戌卜魁三年之詩，首穆彰阿、鄭祖琛、徐松、祁嶲藻、張祥河、程恩澤題詞。《醫巫閭山》、《開原詠古》、《出威遠堡》、《吉林感舊》、《葉赫站》、《打牲烏拉》、《由古魯站宿塔拉哈站》、《卜魁四首》、《游嫩江》、《觀牧》、《貴貂》、《馴鹿》、《出勒汗歌》、《識俗四首》、《龍沙物産十六詠》，皆歌殊風異俗。《題琵琶記傳奇》、《戲題聊齋志異》，則戍途中作。兩本相較，以刻本爲勝。附子奎沙《龍沙紀事詩》，長一千四百九十六字，詳註邊界沿革，詩中之史也。

戲題聊齋志異　並引

遇精良而獨樂，儼遊君實之園；非抽逞兮兼工，詎比《子虚》之賦。迴殊人境，偏惝怳以效靈；或假虎威，復形容其獻媚。將無作有，以僞亂真。巧思而言豈如簧，微詞則罵原籍鼓。酣一時之文戰，虚白生心；驚滿座之談鋒，雌黄信口。蜃嘘成市，風乍移而樓閣全空；蟻聚依槐，夢初醒而枝梢宛在。消磨暇日，我見一斑。壓倒稗官，君才十倍。惟念淋漓之筆，何必附桓笛秦簫；其如堂正之旗，有誰識班香馬豔。逢人易責，不妨莞爾拈須；見獵難忘，又自欣然嘵舌。

文章偏要炫奇觀，山自嶙峋水自瀾。癡絶新城老司寇，欲求換骨覓金丹。

通人術進可通天，變幻形骸歷有年。七尺昂藏非易得，豈容貽笑野狐禪。

取象曾聞載一車，每乘昏暮也揶揄。從知法用然犀照，不把心香寄覡巫。

好書遠道借來難，偶剔殘燈結客歡。會得東坡嬉笑旨，莫將小部等閒看。《恩福堂詩鈔》

識　俗

南北氣候既殊，風俗亦異。删其冗雜，得詩四首。

草束縛高竿，簷脊標小幟。鼓送太平聲，女巫禳祀事。達呼爾於屋脊插小幟，院樹高竿縛草一束，爲春秋祭祀之用。病則召巫，擊鼓禳之。

納采耀門楣，丹黄色烱烱。兆爲男子祥，石麟待摩頂。俗例，婚娶，壻家貼黄紙，朱書「麒麟在此」四字。綵輿懸篩羅寳鏡，沿途以爆竹鼓樂前導。

鞾以皮爲之，古風借揚搉。惟有束髮冠，峥嶸露頭角。踏踏瑪兒烏拉，皆牛皮鞾也。冠則綴貂尾以代纓索。倫達呼廛以廢頭爲帽，兩耳挺立。

誰言葬者藏，三葬爲人駭。安得火中蓮，甘露枝同灑。人死火焚其屍，肉盡匣骨，爲火葬。呼倫布雨爾布特哈人死掛樹，恣禽鳥食，爲樹葬鳥葬。《恩福堂詩鈔》

龍沙物産十六詠

温厚生來質，不妨霜雪侵。祇緣好毛羽，難隱舊山林。覆頂光迎日，章身重比金。神兵戡定後，獻納到而今。康熙二十二年廓清疆域後，索倫達呼爾俄倫春諸打牲人，歲各獻納，亦賦意也。貂也是伊尼屬，龐然別有姿。射看揮以手，用異寢其皮。角以爲決，皮以爲衣。雪後空山迹，風前駿馬馳。

幾輩焉挺走，壯士技精奇。黑龍江所屬各處勇健，尤推布特哈兵弁。堪達罕

俊絶超鷹侶，飄飄健復輕。層霄冲有志，凡鳥寂無聲。蕭瑟三秋景，綿延萬里程。禽經問欲註，東海記佳名。海青

淼淼三千里，江天一任游。捕防身碩大，嗜爲骨輕柔。作客罷彈鋏，烹鮮嗤下鈎。要知貴公子，終是釣鼇儔。黃魚

天地變雖巧，性終難副形。依然分曲直，豈得盡瓏玲。圓轉江南橘，微茫草際螢。無知歎庶物，感氣也通靈。木變石

金石契相結，硝磺功漫居。自能起光焰，人幾費吹嘘。鑽燧先民意，從禽小獵餘。野獸每避硝磺氣，以此引火最便捷。輕言棄腐朽，有用勝莊樗。木火茸

昔曾取作燭，復有製成杯。邊地代氈帳，穹廬冬則用氈，夏則用此。黏弓護竹胎。工師真善度，炊爨笑非材。枝梢作柴。時遇携斤斧，肩擔入市來。樺皮

總以皮矜貴，何嘗質見珍。深叢全傍水，出雅魯河。愛日每如春。補輯匠多巧，摩抄手不皴。安教得衣著，温燠被邊人。暖木

水沙浸已久，皮甲却宜刪。馬背長安道，鵰翎外域山。俗謂砍成鞍，軟中帶硬，劈成箭，直而不彎。胚胎柔裏勁，情性直無彎。多少枌榆侶，洋洋奏捷還。河柳

不似柔莎種，冰天獨可淩。鋪之紛擘絮，織亦説從繩。冬日用以鋪鞋，尋常結繩爲用。難報三春日，休誇千歲藤。牛羊頻踐履，茁壯遍溝塍。烏拉草

不可以爲柱，寄生爲用多。芳甘留匕箸，光彩煥絲羅。每年商携重貲，來黑龍江一帶收採其物。販至江浙，取汁染絲，熟者爲菜。蓋絲非此染，不生光也。避日長林表，穿雲遠澗阿。富商貪壟斷，土著手空摩。木耳

荒徼佳蔬少，惟君耐苦寒。霏香原足重，知白又奚難。白者爲佳。晦朔憐朝菌，晨昏佐客餐。幾時征戰地，今尚説營盤。蘑菇

何處少榛子，此間殊味香。落因經野火，掇屢貯虛筐。鬆脆如無殻，團圞別有瓤。手携沿巷賣，漏下韻悠揚。寓居僻靜，絶少市聲。惟賣此者，偶於昕夕，輒向門呼。榛子

大過僧家鉢，艷於黄葉村。新華凝紫塞，秋色老青門。蔓引緜無盡，苔深卧有痕。誰人遺種在，鄰界卽堅昆。老羌瓜

繞境江河廣，潛藏魚孕胞。煎希取濃汁，烹早謝良庖。未許來分剖，其堅甚漆膠。翻雲覆作雨，贈縞見蘭文。鰾

地傳達呼爾，名重淡巴菰。飽食三餐後，頑雲一室鋪。薰蕕久遺臭，黍稌半成蕪。無益害有益，

孳孳惟利圖。烟《恩福堂詩鈔》

春園吟稿十卷　嘉慶十三年刻本

查有新撰。有新字銘三，一字丙根，號春園，浙江海寧人。嘉慶三年貢生。候選州同。卒於道光十年，年六十。傳見查人漢《知畏齋文稿》。是編有郭麐、吴應和序，吴騫、朱休度、張問陶、法式善等人題詞。另有十六卷本，爲足本。張問陶稱其詩能「嗣響初白」。卷二《題朱梓廬先生壺山自吟稿》云：「穿心出脇語精深，南宋小家嘗自任。世人紛紛學李杜，幾人真箇知唐音。」可見宗旨。集中詩《平山堂雜詠》、《夕陽四首和鮑緑飲先生》、《題菽原堂初集後》、《謁家伊璜先生墓》、《題彭兆蓀小謨觴館詩集》、《獅子林》、《讀羅昭諫讒書》、《題孫原湘天真閣集》、《題馮登府柳東詞稿》、《繅絲謡》、《答鍾大源見題拙詩》、《讀東海半人詩集》、《讀豐草菴雜著漫題》、《梅花雜詠二十首》，情旨斐然。《輓張問陶》詩注：「先生精通禪悦，又熟讀《抱朴子》，講求鍊法。」輓陳鱣詩注云：「所撰《論語古訓》，行至朝鮮。」皆爲文苑故實。《讀五代史記》所作七言絶句一百三十四首，自謂非矜識解，聊備遺忘。亦可爲讀史之助。《讀佛遺教經四首》、《讀道德經八首》、《讀南華經内外篇八首》，俱有心得。觀其詣力，可與查揆稱伯仲，唯不及揆詩瑰麗耳。錢儀吉《刻楮集》卷三有《寄挽查春園有新》詩二首。

諸　泥　並序

諸泥者，質似玉，色似墨，形圜而凸。其一處如鈕，穿繩可懸。圍三尺四寸強，厚一寸弱，白金裹其邊，外鎸「燮理陰陽」隸字四。古錦爲囊，重襲之。當晴霽時用以遮目，仰觀見太陽極赤而無芒，可諦矚也。囊面有明董墨林隸書云：此物出扶桑國之蕊陽山，數千載受日之精，凝結而成，故惟日光可洞達。古人用以察日之祥，且辟疫有神效，真希世之寶也。秀水朱秋巖明經於友人處携眎，因紀以詩。

分明良玉質，曷故名爲泥。韜光甚黝黑，矚日如玻璃。墨林董子語，扶桑産此瑿。陽精所鍾毓，寶氣驚虹霓。竊訝東海東，萬里無恆蹊。蕊陽幾千仞，非仙孰攀躋。何人曾掇拾，騰雲跨海西。遠物實創見，疇敢輕品題。映日日如火，映火仍昏黳。懸之可辟疫，竟欲廢刀圭。觀象兼拯厄，絶勝通天犀。奇珍終不識，歸趙心猶迷。行與博雅士，載籍旁搜稽。《春園吟稿》卷六

案：查元偁《蒔齋詩存》亦有《諸泥歌》，見《晚晴簃詩滙》卷一百十九。

絳跗草堂詩集六卷 道光三年刻全集本

陳壽祺撰。壽祺字恭甫，一字葦仁，號左海，晚號隱屏山人，福建侯官人。嘉慶四年進士，改庶吉士，官翰林院編修。年四十，棄官養母。阮元延課詁經精舍，主泉州清源、鼇峯書院講席。淹通羣經，著述甚富。不汲汲爭一時之名。工駢散文及詩，沉博有六朝風格。卒於道光十四年，年六十四。此集又名《左海詩集》，爲乾隆五十二年以後詩。無序，首載馬履泰、宋湘各家題詞。贈别酬題之什，才力雄大。《積古齋周遽仲觶詩》、《贈林少穆兵備入都補官》、《讀黄石齋先生自書謁周中丞祠詩》、《弔陳省齋夢雷》、《題梁曜北玉繩蜕稾

後》、《朱笥河題張進士明三谷梨精舍詩墨蹟》、《唐陶山按察松因圖》、《李陽冰般若臺篆歌》、《宋元豐東嶽蓮盆歌》、《長歌行送沈夢塘還寶山》、《題吴西林贊府廷楝赤嵌從軍圖》、《平定臺灣爲郭參軍庭筠上嘉勇公福大將軍一百韻》，均屬上乘。《海外紀事八首》，記臺灣林爽文事，亦可參稽。《贈桂林朱小岑依真》，注云有《人間世傳奇》、《分緑窗雜劇》數種。其《弔柳》一折，尤爲南北名流激賞。《陶舫詩三十韻》、《論閩人詩》，詳述源流。壽祺受知於朱珪。與翁方綱、法式善、張澍、白鎔、吴榮光、梁章鉅、張澍、薩玉衡均有交往。張際亮爲門弟子。《詠史》七首、《過楓嶺》、《讀樊川文集》、《過仙霞嶺》、《橘枝詞十二首》、《唐小忽雷詞》，渾然老成，摹古而不復古。較諸時俗，實達勝之。

簫樓詩稿十九卷　道光間刻本

陳權撰。權字羿占，號簫樓，浙江鄞縣人。諸生。年未三十負詩名，與陳石麟、錢泳、王衍梅、陳僅、顧逸等詩家相切磋。富呢揚阿督兩浙，延入幕。道光十一年卒，年六十一。其子維魚刻遺集《簫樓詩稿》十九卷、《緑夢詞》二卷，顧逸訂，有李宗傳、湯家衡序。生卒年據富呢揚阿序與《庚寅六十生朝病中自述詩》推求之。《晚晴簃詩滙》未審「甫」字之意，作「陳權羿字占甫」，不應有此失。嘉、道間學風未墜，詩多雅音。而寫景極工，言情極婉，每逾雍、乾兩朝。此集雖無傑特之作，如《雪竇山瀑布歌》、《登香爐峯放歌》、《游天目山》、《擬秦淮雜詩》、《由奉化至台州山行十首》、《耶溪竹枝詞十首》，長句短什，氣鬱勃發。《三江閘》、《紅鸚鵡歌》、

《雙頭牡丹燈詞》，敍事之作而體格多變。《錢武肅王鐵券歌》、《李易安酴醿香去圖》、《紅拂靈石曉粧圖》、《題丁南羽刲鉢圖》、《謝疊山遺琴詩爲吳景潮》作，或清麗綿邈，或奇宕開拓，俱所擅勝。乙丑《輓袁陶軒徵士》，知袁鈞於嘉慶十年卒於會稽署齋。《以詩丐錢魯思伯坰書卽以代柬》、《題海寧陳寶摩學博石麟詩稿》、《題六舟上人廬山行脚圖》，當代故實，亦有網羅。

詠蘭軒詩稿四卷　道光十八年刻本

汪棨撰。棨字峙雲，號芸巢，江蘇南通人。諸生。久不售，輟舉子業。北遊直隸，數年後襆被歸里。嗜吟詠，道光十八年結集，李琪、馬廷燮序。詩詠蘇北山川古蹟衆多，《馬鞍山石壁》、《登琅山放歌》、《支雲塔》、《琅山港口》、《海市》四首，《齊雲山》等篇，俱有奇致。《水車歌》、《貧娶行》、《今樂府》十二首、《崇川竹枝詞》、《河兵謡》，多載民情。《贈拳捷》詩云：「聖世無閒民，薄技皆足録。海上一老翁，拳勇聞四屬。專場四十年，鬢古墮且趬。擂捷猶若神，伸指那敢觸。我聞拳法十一家，滚跌撾拏貴神速。少林外家不足論，内家起由武當谷。丹客夢中得訣來，流聞關陝工夫熟。巧窺三穴死暈啞，以静制動應手撲。角勝殿前中狀頭，拍張遂食三公禄。翁于斯技詎不精，羽林期門俱嘆服。家聲煊赫舊登壇，金門曾建元戎纛。當年控制連山河，此日孫謀老跧伏。吁嗟乎，跧伏翁，不辭操技翁所獨。英畧社中爭相招，高卧茅菴徑草緑。」可爲言武林者參考。棨爲唐仲冕所知賞。與同里馮雲鵬、李懿曾相契。集中《懷人詩》盡本邑人士。中國科學院圖書館藏有《詠蘭軒詩稿》本五册，芟削塗乙甚多。附《年譜稿》，爲乾隆三十六年生。

崇川竹枝詞　十首録六

海山樓子起三重，海色山光處處濃。晴日海邊盤鸛鶴，雨天山畔走蛟龍。

僧伽香火動殊邦，山下車聲互擊撞。郎欲進香酬願去，教儂連夜繡經幢。

草棉更比木棉佳，別有方莖葉對排。每日滿田堆似雪，花王獻瑞噪江淮。花王不甚高，莖方匾，前拈後白，諸書不載。農家田中有之，必暴富。

紮就茸針宛畫間，剪成蒲草比苔斑。軍山土與琅山石，運向庭前築假山。

曬滷淋灰事事諳，十場鹽課甲江南。煎丁餉客無他品，樓顆鹽成味特甘。樓頭鹽乃滷泡煎成者，味鮮美，出鹽花上。

始信澄泥質是泥，輕于瓦甓易提攜。豆砂緑與玫瑰紫，上品難逢價不低。玫瑰紫最貴，緑豆砂次之，鱔魚黄又次之，蟹殼青則常品也。今硯工每以蘇州礞村石僞爲之。《詠蘭軒詩稿》卷一

紅香館詩草一卷　嘉慶二十年刻本

惲珠撰。珠字星聯，一字珍浦，江蘇陽湖人。肥鄉典史惲毓秀女，泰安知府滿洲完顔廷璐室，嘉慶十四

年進士、江南河道總督麟慶母。閨閣名家，輯有《閨秀正始集》二十卷行世。生於乾隆三十六年，卒於道光十三年。撰《紅香館詩草》，有嘉慶二十年蔡之定序、林培厚序。又高鶚序作於十九年。高鶚爲《紅樓夢》續書作者，麟慶以《鴻雪因緣圖記》等書，爲近世研究《紅樓夢》者所樂道。麟慶工詩，實得之母訓。此集詩僅九十餘首，内《戲和大觀園菊社詩四首》、《戲和大觀園蘭社詩四首》，猶可採摭。刊校者麟慶、麟昌、麟書三子，附崇碩跋。

夙好齋詩鈔十五卷　光緒四年蘇州刻本

楊知新撰。知新字元鼎，號拙園，浙江歸安人。諸生。先後受知於朱珪、阮元、劉鳳誥。道光元年舉孝廉方正，力辭。子炳堃官密縣，迎養於署。二十一年卒，年七十七。炳堃後官道員，亦有詩集。知新與張維屏神交二十年卒未識面。殁後，維屏作《拙園子歌》，並撰《小傳》於《詩人徵畧》中。此集有黄寅階序，自序，詩共七百六十首。觀其交游，與施國祁相善，國祁號非熊，以著《金史詳校》得名，此集有《奉華堂澄泥硯歌贈施非熊》等詩，附和詩六首。又與張鑑、陳焯、孫梅、吴文溥及族兄鳳苞唱酬，亦多附載和詩。《贈張南山論詩四十韻》、《論本朝詩家及吾鄉宗派詩四首》、《題魏叔子文集四首》、《修謝茂秦墓議茂秦詩與其遺事》八首、《題屈含漪夢草圖》、《甎精舍歌爲丁若亭賦》，歷言皆有所得。復熟於史，《讀嚴海珊明史雜詠因訪其體成詩六章》、《續憶前明國朝數事》、《漢陳隋唐宫詞十四首》、《讀宋史張浚傳》，俱不浮響。《錢塘江觀潮歌》、《弁山石林歌》、《襄樊懷古二十一首》、《潤州懷古二十八首》、《京口雜詠十八首》，詞句清拔。《憶秦中雜詩》記清初詩人李柏、李因篤、王弘撰，《城南二詩人行》，詠周篔、周七橋，亦存掌故。七橋號鐵瓢，有《鐵笛樓詩集》，未傳。《冷廬雜識》有摘句，謂足嗣響唐人。

茮聲館詩集十六卷　道光二十八年刻本

朱爲弼撰。爲弼字右甫，號椒堂，或作茮堂，浙江平湖人。嘉慶十年進士。官至兵部侍郎，漕運總督。卒於道光二十年，年七十。此集爲其子善旂校刊，詩始自乾隆五十四年。爲阮門弟子，嘗從阮元學鐘鼎篆隸，積古齋鐘鼎彝器款識，卽假爲弼手成之。平生以學爲詩，又長于獺祭典故，故措意經營，端在詠金石、書畫一門。卷一《岳祠銅爵歌爲金蕁巖表文德輿作》，卷三《文後山鼎藏漢趙婕妤玉印》有序、《八磚精舍歌爲張叔未作》，卷四《周父癸斝歌》、《題琅嬛仙館所藏畫扇十絶句》、《琉球刀歌》、《題黄秋平丈文暘掃垢山房联吟圖》、《平湖普照寺唐佛塔甎研歌》有序、《晉真子飛霜鏡歌》，卷五《周散季敦歌》、《詠周五戈爲阮中丞師作》，卷六《題胡元杲小檀欒室讀書圖》，卷七《青陵臺甎歌》，卷八《賣宋刻杜工部集感賦》，卷九《題姜白石遺像爲張詩舲表弟作》、《詠漢虎銅尊》，卷十《題隋文選樓校經圖》、《得燉煌太守碑賦此》、《題金蒨穀表兄錫鬯手拓金石文册》、《題文信國祠唐雲麓將軍李秀殘碑》，卷十三《題王文簡尺牘爲那竹汀尚書作》，卷十四《和梁茝林虎丘古鼎歌》、《題陸祁孫繼輅宣南話舊圖》、《題嚴鷗盟杰書福樓勘書圖》，卷十五《龐各莊金正隆石幢歌》，卷十六《和許玉年乃穀敦煌千佛巖歌》、《漢元延銅歌爲文後山鼎》，每加考證，矜炫淹博。實則先有骨董羅列胸中，措手亦不甚難也。集中大半爲唱酬詩，所接盡海内名士。父名英，字含叔，有《史山樵唱》三卷，道光十年，爲弼刻之。

蘊愫閣詩集十二卷　道光元年刻本

盛大士撰。大士字子履，號逸雲，江蘇鎮洋人。嘉慶五年舉人，官山陽縣教諭。善畫。著有《泉史》、《谿山卧游録》。輯《闕里孔氏詩鈔》，選刻《粤東七子詩》。與長白富斌、嶺南張維屏交善。唯《詩人徵略》無大士詩，富斌《紀夢吟草》存大士一序。生於乾隆三十六年，卒年碑傳不載，孔憲彝《對嶽樓詩續鈔》刻《闕里孔氏詩鈔成書後》注云：「盛子履先生於戊戌年下世。」戊戌爲道光十九年，計得年六十九。門人朱錫綬《疏蘭館詩集》有挽詩。是集與《文集》、《詞集》合刻，詩共八百四十六首，編年始乾隆五十八年至嘉慶二十五年，汪彦博、徐元潤序，自序。大士受教於王昶婁東書院。其詩不專主唐、宋，深於情而富於辭，深婉豪放，兼擅其長。少壯屢赴都門，意在尋詩而不在科第，所作《觀象臺銅儀歌》、《海寧寺設粥歌》、《都下春燈詞》，俱質實可取。《燈市春游詞十二首》自注云：「琉璃廠是燈火極盛處。廠東有遼御史大夫李内貞墓。景山内垣西北隅有房百餘間，爲蘇州梨園供奉所居。」「倒喇戲，金元戲劇名，此技國初尚有之，故竹垞、初白均有《觀倒喇》詩，今則久未之見矣。」此類北京掌故尚多。卷二《游金山寺長歌》、《登虞山辛峯亭望海》、《語溪塞社行》，卷三《海虞竹枝詞十首》、《燈船競渡曲》，卷六《白門雜詠》，卷七《吴興雜詠》、《砂寶行》，卷八《登金華山芙蓉峯絶頂》、《赤松山放歌》、《金華道中打虎歌》、《過嚴子陵釣臺醉中作歌》，寫景紀事，字句間不稍寬假。卷二《讀史記作六首》、《詠十國春秋四首》、《五代宫詞十二首》、《元宫詞十八首》，卷十《讀後漢書作》，鑄史於詩。自序謂：「作詩須得江山之助，又必讀破萬卷。故能所見愈濶，詩境愈高。」於歷代詩，獨推崇元好問，卷九有《書元遺山詩集後》。集中有呈錢大昕、王昶詩，與錢侗、彭兆蓀、王學浩、沈欽裴、陸繼輅亦有投贈，固亦一代作手。

桐葉山房詩草十五卷　道光九年刻本

石承藻撰。承藻字黼庭，湖南湘潭人。嘉慶十三年一甲三名進士，授編修。官工科給事中。七世祖萬程仕於明，忤魏忠賢，著直聲。五世祖逸龠，清初起兵洞庭，事未成，順治十年下獄，湖中知名士株連三百餘人。陶汝鼐《榮木堂集》有詩紀事。高祖崙森字天際，歲貢生，走京師，於西直門候康熙帝駕出，爲湘民請命，令還里候質，名動天下。後爲怨家所中，死於市。曾祖亦憂時之士。嘉慶二十年，揚州廣惠寺明心和尚，變姓名爲王樹勳，援例爲湖北同知，擢守襄陽。時承藻爲諫官，首發其罪。既實，明心戍黑龍江。舒位《瓶水齋詩集》有《和尚太守謡》紀其事。後承藻以湘潭客民械鬬之獄，牽連獲譴，終於里。是集爲揚州刻本，無序跋，吴廷颺題字。其詩不名一家，而《泰山觀雲歌》、《過洞庭湖紀事》、《寡鵠行》、《瑯玡臺望海歌》多奇警之作。集中《書太高祖逸龠公獄中寫金剛經後》、《小埠橋行》，紀先世任俠，事頗詳著。又載其曾祖詩有云：「文獻南天埶網羅，靈均而後幾高歌。遺老尚思陶郭在，名流得似李王無。」自注：「李王爲王夫之、李朗軒。」關係三湘典故尚多。承藻雖身列巍科，終亦獲譴，故其詩清超拔俗。且未嘗不借以宣其不平之氣也。

鏡虹吟室詩集四卷　道光十六年家刻本

孔昭虔撰。昭虔字元敬，號荃溪，山東曲阜人。考據學家孔廣森子。翁方綱典試山左所拔士。嘉慶六年進士，改庶吉士，授翰林院編修。累官貴州布政使。道光十二年以疾告歸，年逾六十。此集由昭虔子憲恭滙輯遺稿編刊。昭虔工詞曲。詩追漢、魏、唐、宋，近效吴偉業。《明湖女兒行》、《踏青詞》、《登華不注山》、《詠瓢兒菜》、《和媚香女史題畫詩》、《嶺南紀游四十韻》、《登峽山寺至淙碧亭觀瀑布》，詞句穠麗，刻狀清妙。《宫詞二十八首》、《漢建初虒銅尺》、《長生無極瓦枕歌》、《讀北齊書四首》、《古厭勝秘戲錢歌》、《詠史五首》、《汴城武廟堂碑移置曲阜歌》、《題繡山娙青天騎白龍圖》、《題娙婦小蓮花室學隸圖》，品題雜博，亦有可取。嘗偕眷之臺灣任，有七律《渡海四首》、《八月十七夜澄臺小酌》、《臺鎮閲兵有戲》等篇，摹寫航海與臺灣見聞。官黔時作《烏蠻竹枝詞十首》、《跳月詞五首》、《五溪春櫂曲》，記少數民族風俗甚詳。亦善於抒情繪景記事者矣。

瘦馬行　邑有徵發，令户出馬，村民某鬻女市馬以應。官嫌馬之瘦也，笞之。因取樂府舊題吟其事，以代新樂府。

門前小吏持牒來，門内嬌女啼聲哀。兒女情輕官法重，賣兒買馬充官用。官用不可稽，簿尉嗔嫌遲。出門重回首，欲去牽翁衣。牽翁衣，吞聲哭，掌上珠，心頭肉。荒村歲儉輕紅顔，換來瘦馬嘶寒煙。馬瘦更求芻牧錢，枯尻獵獵鳴秋鞭。不怨肌膚裂，但痛骨肉别，肌膚有時完，骨肉難重圓。茅屋燈昏夜如水，思女不眠半宵起。起來窗外聞啼烏，風前啞啞飛將雛。《鏡虹吟室詩集》卷一

渡　海　四首録一

樓船制迥異江關，未許神風輒引還。燈火一龕祠馬祖，海船虔奉天后，稱馬祖。香案燈日夜不息。帆檣百尺上鴉班。舟子登檣頂望山者名鴉班。乙辰針定無歧海，舵工注視沙盤，令針指乙辰之間，少差即毫釐千里。庚癸糧呼笑首山。放洋必聚數月糧，即淹滯及飄越他所，無絶糧之虞。候氣望雲沙線熟，片雲高插夢俱閒。海中水道名沙線，舟師能識之。帆頂别挂一小帆，名巾頂插花，舟尤駛而穩。《鏡虹吟室詩集》卷四

跳月詞

苗俗：孟春，合男女於野，謂之跳月。擇平壤爲月埸，及期，更服飾妝，男截蘆管編笙吹之，女振鈴繼於後，連袂比肩，廻翔宛轉，和歌相洽。暮則各挈所歡歸。既奔而後聘，然必生子，乃歸夫家。或加以擲花毬繞鬼竿者，則各沿其俗云。

垂肩鬉髻半梳銜，綰臂銀環雙耳嵌。跳月埸開踏歌去，阿蒙催換蠟花衫。以馬鬉編髻，上插木梳，耳環之大絶倫，衣皆繪蠟於布，既染去蠟而花見。方言呼母曰阿蒙。

插花臨水自娉婷，流韻兜離亦可聽。何必秦臺簫引鳳，郎吹蘆管女摇鈴。

情絲宛轉結花毬，一擲東風花滿頭。爲問聘錢消幾許，迢迢天上有牽牛。仲家苗以綵編圓毬如瓜，擲所歡，謂之花毬。諸苗皆以牛爲聘，色美者索至四五十頭猶未足。

鬼竿高插唱喁于，風旋雲流影不孤。新息而今好分謗，綴釵薏苡盡明珠。龍家苗插竿於野，名曰鬼竿，男女旋繞而歌。其女愛珠飾，首多以薏苡代之。

同聲何日賦同歸，盼到梅陰結子肥。從此離鸞休更奏，將雛一曲鳳雙飛。《鏡虹吟室詩集》卷四

梅溪詩鈔二卷　道光間刻本

胡長慶撰。長慶初名元勳，字延之，號梅溪，廣西桂林人。嘉慶六年進士，選庶吉士。官陝西永壽知縣十年。道光五年謫潛山縣丞。是集爲乾隆五十七年至道光五年詩。首張井、王餘晉序。永壽多唐前故蹟，集中詠種金坪、梁山宫、武陵寺、普渡寺、讀書洞，爲一郡之勝。且通西陲大道，時以軍務，往返於甘陝間，所作《窖水》、《過六盤山遇雨宿廟兒坪》等詩，時詠民間生活。餘如《謁湯陰岳廟》、《周文王祠》、《畺甲陵》、《扁鵲墓》，游桂林獨秀山、伏波山、劉仙巖、水月洞，於皖江所作《大觀亭》等詩，不事雕鏤，寄意深婉。

送越南阮恭還國

中華廿載髩成霜，自阮光平爲安南國王，阮恭更姓爲閉，從故主黎氏來中華，奉旨安置江寧。詔許乘軺返故

鄉。阮恭具呈，懇請省墓，奉旨准令回國。甲子適逢新歲月，河山不改舊封疆。阮福映襲滅，阮光纘叩關請封，詔封爲越南王。烟銷戰疊天桃綻，暖入炎州古桂香。不用歸途生感慨，干戈從此息南方。舊主恩深恨未酬，阮恭世受黎氏厚恩。飲冰茹蘗度春秋。兒童歸去咸華語，父老迎來盡白頭。握節已能如漢使，不臣阮王寄居天朝者二十載。種瓜還欲學秦侯。英雄氣骨高人操，應是南州第一流。《梅溪詩鈔》

剖瓠存稿二十卷附三卷　道光十四年客燕齋刻本

蕭重撰。重字千里，號遠村，直隸靜海人。貢生。嘉慶十三年賜舉人。官福建莆田縣凌洋司巡檢。此集爲自刻本，有柯培元序。作者生長津門，涉游濟南，而官閩南最久。所作《牧馬王廟歌》、《夾漈草堂故址》、《游南普陀》、《雜詠莆陽名勝十八首》以及《海濱雜述》、《閩南十二月詞》，記名蹟風土甚繁。附録《莆陽樂府》，堪供志乘采輯。時海氛不靖，重帶兵海上，于役大甕，有詩紀之。其詩頗涉典籍，亦不屏雜俗。《洋琴歌》、《題李香君畫像》、《題韋蘇州詩殘稿》並引、《讀長慶集新樂府》、讀藍千秋《平臺紀畧》、書黄景仁《兩當軒詩》、洪亮吉《卷施閣詩》、《重抄山左詩書後》、《題五百尊羅漢拓本》、《書晞髮集後》，和韓、蘇《石鼓歌》各一首，《洪武弘光鐵礮歌》各一首、《讀温飛卿集》、《題姚箋昌谷集後》、《練夫人全城歌》，生平所覽有得，悉流露於楮墨間。又讀古今諸家詩集、近人詩牋，題詠近四十首。其詩未足專家，而亦有可擇取者焉。

儀衛軒詩集五卷附補遺　同治七年刻本

方東樹撰。東樹字植之，號儀衛，安徽桐城人。諸生。鄉試不售，遂不應舉。學古文於姚鼐。泛覽經史諸子，專研義理，獨契朱熹。著《漢學商兑》，以攻考據家之失。又有《書林揚觶》、《昭昧詹言》等書。其學通辨，未可輕詆之。卒於咸豐元年，年八十。詩文集爲弟宗誠編校，有咸豐元年自序及弟子蘇惇元所作《傳》。《半字集》二卷，《考槃集》三卷，共詩三百五十首，皆手自訂。附十四首爲《補遺》，不足卷。東樹自信其詩特深，以爲逾於文。蓋出自桐城，醇正唐音，故爲梅曾亮所推。張際亮序亦云「不似亮等忽唐忽宋」，以爲不可及者。詠池陽、廬陵山水及游嶺南峽寺，均以簡遠流逸見長。《姚姬傳先生手書》、《元祐黨籍碑》、《讀楚辭》、《銅鼓詩》、《酬管異之》、《題馬瑞辰樹萱堂詩集》，自注：「元伯以壬午閏三月謫龍江，冬十二月卽蒙恩賜環。癸未抵里。甲申二月，東游嶺南。」《重至學海堂》、《哭張亨甫旅殯》，間備故實。集中雖無鴉片戰爭時局之篇，而《寄姚石甫觀察》、《喜聞石甫釋罪出獄》等詩，亦可衡其品節。姚瑩官臺澎道，挫敗英軍，聲震海外。及被逮出獄，發往四川以同知録用，東樹作送行詩，有「展禽三黜耐卑官」句，此與當時不顧外侮之讀書士子，自未可同年語矣。

紅豆樹館詩稿十四卷　咸豐七年刻本

陶樑撰。樑字寧求，號鳧薌，江蘇長洲人。嘉慶十三年進士，改庶吉士，授編修。官内閣學士，至禮部侍郎。卒於咸豐七年，年八十六。　樑方壯盛，以文詞號。嘗在吴三泖漁莊助王昶輯《續詞綜》，校勘《金石萃編》、《湖海詩傳》。官京都猶提倡風雅，晚爲詩壇領袖。由邊浴禮、崔旭等助輯《畿輔詩傳》，蒐訪極夥，與《江蘇詩徵》、《兩浙輶軒録》、《國朝山左詩鈔》，爲清代南北四省詩滙。是以詩名海内者垂六十年。又長於倚聲，道光間先刻《紅豆樹館詞稿》。《詩稿》後刊，有祁寯藻、吴榮光序。以行役記事爲多。嘉慶十九年，林清衆入禁城，樑方在館修書，其僕駱昇匿樑於書櫥，自當户立，受刃傷，集中有悼僕詩可印證此事。《癸未初秋恆州紀事》、《丙戌江蘇漕運由海至津紀事四首》、《大名郡齋紀事詩三十首》、《施宜道中雜作三十首》、《夜泊巴河紀事》、《富池阻風謁甘將軍廟紀事》，皆實練老成。《黄州雜事三十首》考覈東坡遺事頗多。《題花松岑東輶詩刻手卷》、《翁心存藥洲訪石圖》等篇，亦有蒐考之功。道光二十三年，刻《晚香唱和詩》，與前輩時流門士後進，多有倡和。然其詩工穩有餘，才調不足，可爲藝苑首領，而未能允爲第一流詩人也。

山礬書屋詩初集十卷　嘉慶十四年刻本

郭鳳撰。鳳字丹叔，江蘇吴江人。諸生。工詩。與兄麐壎箎倡和。麐詩初學唐，稍變而入蘇、黄，詞旨哀怨，流於靡弱，鳳詩亦此種筆墨。是集有吴錫麒序，郭麐序云「予長丹叔五歲」，則爲乾隆三十七年生，結集時四十三。卒於道光二十年，年六十九。詩共七百五十九首，殊不耐讀。尚有《二集》，道光三年刊本。爲郭麐題《靈芬館圖》、《寒壚買醉圖》、《題奚岡松風草閣圖》，爲屠倬題《霧中泛月册》，以及《查初揆題予閉門却掃圖作此謝之》，稍爲平實。餘多游記酬答。所交爲黄安濤、袁棠、蔣因培、袁鴻、陳燮、吴鷗諸子。

崇百藥齋詩集十二卷續集二卷三集十卷

嘉慶二十五年至道光九年刻本

陸繼輅撰。繼輅字祁孫，一字祁生，號季木，又號修平，江蘇陽湖人。嘉慶五年舉人。官合肥縣訓導。以修《安徽通志》敍勞，選江西貴溪知縣。尋以疾去官，道光十四年，没於南昌，年六十三。著《崇百藥齋文集》十二卷、《合肥學舍札記》十二卷、《碧桃記》雜劇、《洞庭緣》傳奇等。《詩集》十二卷，初刊於嘉慶末年，阮元序。《續集》二卷刊於道光三年，有自記。三集十卷，道光九年宋翔鳳序。繼輅古文與董士錫並起，世稱陽湖派。考據之作，不甚精詣。詩負盛名，又善曲。方其少時，受教於同里洪亮吉、孫星衍，《續集》卷二有《黄壚感舊詩四十首》，所敍事實甚悉。又與丁履恒、吴廷敬、莊曾詒、莊逵吉、莊綬甲、張琦、惲敬、洪飴孫、劉嗣綰等人相契。以後遍交海内，師友中如阮元、秦瀛、唐仲冕、錢維喬、趙懷玉、伊秉綬、吴錫麒、法式善、姚文田、張惠言、曾燠、張敦仁、楊倫、王蘇、吴嵩梁、樂鈞、劉珊、孫爾準、舒位、鄧顯鶴、劉鳳誥、孫原湘、包世臣、金學蓮、袁廷檮、李兆洛、陳用光、鄧廷楨、陶澍、徐松、盛大士、周濟、改琦、宋翔鳳、汪全泰、郭麐、吴㟢、蔣因培、馬瑞辰、劉喜海、管同、劉開、張際亮以及朝鮮申在植等，交往贈答，均可考見。繼輅學有本原，詩亦鍛鍊工切。《爲趙味辛先生校定詩集題後》、《爲盧先駱點定詩集因題簡端》、《題趙希珍詩集後》、《題存悔齋詩》、《題陳森詩》、《題甘亭遺集》，位卑而言高，儼然大家。然究其全集，實以切劘章句聲音爲能事。《毘陵竹枝變詞四首》、《題秦淮海祠》、《論詩二首》、《謝皋羽晞髮集書後》、《琵琶行》並序、《題陸錫熊中丞畫像》、《讀唐詩十六首》、《論醫再贈鄒處士》、《論玉谿生詩作九首》、《悲湖堤六首》，但能擺脱酬俗，另闢境界。所謂「學如牛毛，成於麟角」，信然。從子耀遹亦以詩文名，與有「二陸」之目，今集中有《題耀遹雙白燕堂集》。趙懷玉《亦生有齋詩集》有《讀繼輅詩題贈》，盛大士《藴愫閣詩集》有《書同年陸祁生孝廉继輅詩稿》。

鐵簫詩稿六卷　嘉慶十五年刻本

譚光祜撰。光祜字子受，號櫟山，江西南豐人。幼有請纓之志。曾屬維揚吴焯寫壯游圖，自題曰《兒女英雄》。趙懷玉題詞，公卿大夫多和之。年三十，主天津問津書院。嘉慶九年，官重慶通判。卒於道光十一年，年六十。手訂《詩稿》六卷，自序稱「行年三十有二」，據李傳杰、商嘉言序，刻竣在嘉慶十五年。光祜少游京師，交諸名士。集中有《卽席贈洪學使亮吉》、《題法梧門詩龕圖》、《送樂宫譜歸撫州並寄懷吴蘭雪》、《送羅兩峯歸里》、《送張船山歸四川》等篇。與温汝适、涂以輈、宋鳴琦、何道生、舒夢蘭、陳用光亦有過從。游歷下，過鄱陽洞庭，有詩紀游。格調清雋，入蜀詩不多，或有餘作，未及收入。自云：「世網逼迫出山，已爲俗吏，頹然入於濁流，而不可挽。」是有志而未伸，可惜也。

麋園詩鈔八卷　光緒十六年重刻本

毛國翰撰。國翰字大宗，號青垣，湖南長沙人。諸生。鄉試屈黜，爲節署塾師。與鄞縣沈道寬爲文字交。道寛官鄢縣知縣，聘教其子十餘年。裕泰任湖廣總督，招致幕中。道光二十六年卒，年七十五。《詩鈔》八卷爲長白裕泰刻，並爲序。以所居長沙城北黑麋峯及湘江之滸麋湖間，因名「麋園」。此本爲曾孫毛拔補刻，有王先謙序，諸家題詞。詩共五百五十八首。其詩取法六朝唐人，造意必深。詠楓門嶺、古唐寺、鰲石浦、衡山、峪陽嶺、大鵝灘、司空山、陽臺山、桃源諸篇，奇勝幽邃。《盤山謡》記鄢縣多閩粵流人佃墾爲民，《石耳篇》記鄢人采石耳力作以食，積貲下山買田宅，《采葛行》記祁陽生産葛布情狀，《負薪行》記買婢之事，《蕲簟行》記生民伐竹，皆詠民間生活，有所稽考。《河上謡》、《苦寒行》、《掘堤》、《新堤婦》、《刺史來》、《打虎謡》，含意諷刺，均屬紀實。《書杜于皇集》、《上官周過羅漢册子》、《暇日偶閲近人詩各繫一絶六十二首》，始施闓章，訖鄧顯鶴，品騭藻鑑，不止於增加掌故。唯生平侘傺，故多幽憂之思。又喜讀故書，冷光静氣，嘗溢於楮墨間。以詩而論，實爲道光間湘中秀傑。唯當時不甚爲人知，光緒間有力者表襮之，名始顯耳。

寸心知室詩存三卷　咸豐元年刻本

湯金釗撰。金釗字敦甫，一字勖兹，浙江蕭山人。嘉慶四年進士，改庶吉士，授編修。官至吏部尚書、協辦大學士。卒於咸豐六年，年八十五，謚文端。己未科進士得人最盛，金釗雖一生顯達，而學以治經爲務，不斤斤於詞章間。自云：「詩文無足觀，奚必存，顧一生性情氣象事迹在其中，不忍棄也。」詩存在《寸心知室詩文經進集》中，祇三卷。金釗於乾隆五十八年領鄉薦，嘉慶元年就安徽學幕，均有詩自抒懷抱，時年未及三十耳。官湖南學政、典試江南，亦有詩，而不藉山川之助。集中可取者，如《禮烈親王克勤馬圖》、《股堰廟二十四韻》、《李忠毅公輓詩》、《題林暘谷封翁飼鶴圖遺照》、《題張南山大令黄梅拯溺圖》、《題朱芝圃桓海上受降圖》、《翁二銘藥洲訪石圖》，詞采富贍，多存故聞。《寄呈王穀塍師》知金釗受業於王宗炎，此學之淵自也。

緑筠堂菊花詩集四卷　道光十五年刻本

朱秉銘撰。秉銘字緘三，號雪龕，福建浦城人。兄秉鑑，乾隆五十二年進士。有集。嘉慶六年舉人。二十而瞽，以藝菊爲適。是集爲秉銘殁後所刊，有嘉慶二十年自序，朱光澤序。魏敬中序稱其藝菊，覓種於千百里外，極花事之娱，窮種法之秘。深秋盛開，集同志流連觴詠，别製名品，各繫以詩。分爲四集，爲花二百七十餘品。又云：「捫葉聞香，以辨其種。或以花瓣種之，得苗，奇色異態，歲歲轉變。所爲詩侔色揣稱，離形得似，巧麗譎偉，不可思議。」詩又經秉銘之子篪爲之注，覽者易悉。則是集實爲菊譜，有用於世，雅不在詩矣。

青埵山人詩十卷　光緒十年西江使廨刻本

洪飴孫撰。飴孫字孟慈，一字祐甫，江蘇陽湖人。洪亮吉長子。嘉慶三年舉人。任國史館謄録。銓選湖北東湖知縣，二十一年卒於官，年四十四。著《世本輯補》、《三國志職官表》、《史目表》、《毘陵藝文志》等書。是編爲閩縣陳寶琛刊，原稿七百二十八首，經謝章鋌校訂，删存五百七十八首。乾隆五十七年洪亮吉爲貴州學政，飴孫隨至任所，從試輸周歷諸郡，遍訪黔中山水。故集中以詠黔詩最勝，次則湘楚，再次爲江左。作者少從莊述祖游，始爲考訂經史。又與同縣丁履恆、陸繼輅、陸耀遹、莊綬甲、劉逢禄等商榷今古。卷六《春雨懷人詩五十首》，自孫星衍至宋翔鳳，多能治樸學。集中寄贈之什，時敍家世之誼。其詩幽淡淡遠，不騖考據，亦無艱深奥澀之語，頗領騷人之旨。

筠心堂詩集四卷　道光二十四年刻本

張岳崧撰。岳崧字子駿，號澥山，廣東安定人。嘉慶十四年一甲三名進士。授文穎館纂修，因纂《明鑑》文字失檢，黜退。道光元年復官，累至湖北布政使。道光二十二年卒，年七十。事具唐鑑所撰《墓誌》。詩文集合刊，詩集收嘉慶十六年至道光十八年詩三百四十九首。岳崧詩豪宕麗密，亦不失綿邈遠淡。詠粤中山水詩居多。督學陝甘，有《五丁峽歌》、《賀蘭山》、《銀夏除夕》、《甘州校射》、《張掖郊行》、《由肅州取道西寧復經甘涼故道至蘭州途間得詩二十首》。嘉慶間海波既平，有《紀事詩》呈百齡。《詠史十首》、《山農歌》、《牽牛謡》、《牛痘詞》、《題富海颿中丞松陰補讀圖》、《題漢延熹華山碑》、《題羅茗香觀我生圖》，取材既廣，而無冗沓之弊。唱酬者秦瀛、吴鼒、陳用光、梁章鉅、張維屏、唐鑑等名宿。

石雲山人詩集二十三卷　道光二十一年筠清館刻本

吴榮光撰。榮光字伯榮，號荷屋，晚號石雲山人。廣東南海人。嘉慶四年進士。官至陝西、湖南巡撫，署湖廣總督，降福建布政使。道光二十年休致歸里。卒於二十三年，七十一歲。刊有《筠清館金文》、《吾學録初編》、《辛丑銷夏記》等書。是集與《文集》合刊。首潘世恩序。詩共一千五百十二首。殆爲晚年自訂。作者詩近於翁方綱、阮元，唯不求古奥，亦能自闢町畦。卷五《日本刀歌和朱石君夫子》、《題陳雲伯羅浮仙夢圖》，卷九《偕鄧嶰筠太守移唐馮尚書碑至碑洞作》，卷十二《柳州羅池廟柳子厚石刻》，卷十九《漢鉤弋夫人婕好小玉印詩》並序，均能劃除浮腐，不失雅健。卷七《懷人絶句十二首》，以及弔蔣士銓，贈潘奕雋、唐仲冕、陳壽祺、白鎔、程恩澤、梁章鉅、葉志詵、李宗昉等人詩，可增文苑故實。卷九《題徐星伯西郵策馬圖》，其一云：「揚鞭萬里不妨貧，誰識書生槖筆身。待補熙朝文獻考，葱河今有注經人。」徐松發戍新疆撰西北輿地著作之經歷，可得隱括。居官多年，足迹半天下，宦轍所至，好爲山水紀游。《兖州雜詩十四首》、《徐州五首》、《黄州十四首》，詠古北口、熱河、瀋陽，游匡廬，登南嶽，臨華山諸篇，氣象弘闊，筆老格穩。卷十一《和程春海學使橡繭歌》，卷十六《辛卯六月查災詩》，卷十二《苗族跳月詞》，寫民俗、物産、生活，備詳情狀。《楚俗四首》其一云：「騷客招魂後，家家禳卜行。携龜晨肆啟，割蠟暮林平。田少溝塍隙，山多婦孺耕。豐年筋力賤，猶恐有饑傖。」非淺泛之言，且無以文行詩之弊也。

聽雲樓詩鈔十卷附補遺　光緒十七年廣州刻本

譚敬昭撰。敬昭字子晉，一字康侯，號選樓，廣東陽春人。嘉慶十二年舉人，二十二年進士。官户部主事。道光十年卒於京邸，年五十八。此鈔爲李岳輯，黄喬松序，自序。卷首載諸家評語。敬昭詩格高華，有山水清音，與黄培芳、張維屏有「粵中三子」之目。張維屏獨贊其《驪珠行》，以爲得太白之神。然如《游空桐石室》、《游光孝寺》、《廣州曲四首》、《大風歌》、《游江城白沙寺》、《游鼎湖山慶雲寺》、《游通真巖》、《白雲山歌》、《游坡山五仙觀諸篇》，亦奇肆宕逸。蓋自明季以來，嶺南詩派卽獨開生面。敬昭詩與黎簡最爲相近。此後作者代興，大抵無出此範圍。敬昭與曾燠、黄培芳、張維屏、陳在謙、陳曇、彭泰來等詩家贈酬。近體《木棉詩》、《聽好好彈詞戲作》、《燕窩》、《醉鰕》，長達數十韻，取材較新。成進士不耐於官。自謂：「我本鸞鳳雛，乃作牛馬走。出門盡金貂，還家乏升斗。」殆以詩矜詡。其詩豪放而不頹唐，華婉而不纖佻，誠一時之秀也。

洗夫人歌

夫人高涼世族，封譙國，諡誠敬，刺史馮寶之配，以武功保障嶺南，與梁、陳、隋三代相終始。事詳《隋史·列女傳》。

梁陳島夷偏安分，《北史》謂南朝爲島夷。楊隋二世同亡秦。中原置君弈棋若，况南粵隸南海濱。羅州刺史馮使君，高涼天配賢夫人。天生智勇萬人敵，處子劍術男兒身。誠敬兩字貫日月，終始三代扶鴻鈞。瑶僮儋耳雜千峒，指揮不異牛羊羣。錦山再整陣雲爛，銅柱一洗蠻烟昏。惟時不少反側子，曰李歐陽王趙陳。李遷仕、歐陽紇、王仲宣、趙訥、陳佛智。眼中英雄陳高祖，識陳高祖於廣州都督時。嗟爾豎子何紛紛。雕戈所指自驚潰，播弄股掌清妖氛。大開幕府置官屬，胙以茅土酬崇勳。而翁而夫而子孫，以夫人功朱丹輪。石龍大郡轉譙國，襁褓小侯封陽春。子僕九歲，拜陽春郡守。賜湯沐邑千五百，椒宫驛致分殊珍。列布中庭示來世，以忠義訓爲人臣。楚南嶺西贛水北，奄數千里連齒脣。纛旗銅鼓張繡幰，想象麾下趨雷雲。木蘭不用尚書郎，一十二載徒從軍。銘功鐘鼎著竹帛，夫人盛烈古未聞。後來惟有吴越王，錢氏忠孝追後塵。其餘巾幗加冠巾，么麽南漢奚足云。明初保障推何真，封東莞伯。亦復婢子羞效顰。嗟哉夫人誰與倫，嗟哉夫人無與倫。《聽雲樓詩鈔》卷四

太鶴山人集初稿十三卷　道光間家刻本

端木國瑚撰。國瑚字子彝，號鶴田，浙江青田人。少負才名，以作《定香亭賦》受知於阮元。嘉慶十三年由舉人大挑知縣，改歸安教諭。道光十三年成進士。由禧恩薦，官内閣中書。十七年卒，年六十五。著有《周易葬説》，注《青囊奥語》。此集爲家刻。國瑚在阮元弟子中爲學較淺。精堪輿，所謂《易》學，已落下乘。《論詩五首》、《詠史十首》之作，亦無卓見。其詩以風調清麗取勝，得嗣雍、乾間浙東詩人餘響。《括蒼山雨》、《海寧觀潮行》、《大龍湫觀瀑》、《雁蕩山茶歌》、《天台籐杖歌》、《登虎丘寺塔》、《天津望海樓》、《津西花市》、《自天津至張灣道上作十二首》，游京郊戒臺、潭柘、石景山、卧佛、碧雲諸寺，鍾山雨花臺懷古等篇，較爲疏宕。酬應交游題詠之什，如《書錢竹汀先生隸書後》、《書林西溪讀史比事後代哭》、《爲許乃濟題杭堇浦秋堂聽雨圖》、《爲劉喜海作唐小忽雷歌》、《壽汪喜孫母朱氏》、《題徐松蕭寺讀書圖》、《題嚴杰書福樓勘書圖》，亦

清醇和雅，不以記問自炫。徐榮《懷古田舍詩鈔》卷二七古《輓端木舍人詩》注稱：「病殁於石練吴榕彊家。」《龔自珍集》有《送端木鶴田出都》詩，姚燮《復莊詩問》有輓詩，《冷廬雜識》卷二有摘句。

柯家山館遺詩六卷 嘉慶二十二年刻本

嚴元照撰。元照字九能，一字修能，號晦庵，浙江歸安人。諸生。受知于阮元。著有《爾雅匡名》、《娱親雅言》、《悔庵學文》。卒於嘉慶二十二年，年三十五。此自定詩稿，殁前屬德清徐球校録刊行，詩共六百五十首。元照好言六書詁訓，其學不盡於詩。自謂「有山水以悦吾性，有載籍以資吾學，有良友朋以廣聞見，我之所得亦不薄矣。」爲詩少習歐、蘇，後效山谷。早歲作《古詩詠懷》、《苦雨雜詩》、《病榻讀書漫述》，七絶《題香園同心册三十二首》，既見才學，且富性情。元照爲許宗彦妹壻。與相酬贈者如李鋭、何元錫、宋咸熙、楊鳳苞、徐養原、項鏞、周中孚、顧廣圻、汪家禧等，多阮元門下士。海寧錢馥通小學，卒年莫明，於《謁張蒼水》詩注得知爲乾隆五十九年。曾飯於梁同書頻羅館，《梁公挽詞》，謂山舟病於「項部生疽」，又自云「患腸澼四年不愈」，是以未能永年。觀晚作《八大山人畫松歌》、《天寧寺石幢歌》等篇波磔變化，已趨老練，證之《讀山谷詩》「從來漫説蘇長公，近年知愛黄涪翁」，益見其意匠所變矣。

敬儀堂詩存一卷 道光十三年刻本

桂芳撰。桂芳字香東，號子佩，覺羅氏，滿洲鑲藍旗人。圖思德孫，恒慶子。嘉慶四年進士，改庶吉士，授檢討。官至吏部侍郎、漕河總督。嘉慶十九年赴粤西按事，卒於武昌，年四十二。追贈尚書，謚文敏。道光十三年，其弟桂菖爲刻《敬儀堂經進詩文稿》，内詩存一卷，首陳嵩慶序。桂芳於嘉慶元年隨父督師楚北，鎮壓教民。作《棗陽婦》、《烏家叟》等篇，《内邱圓津菴感方恪敏事》，爲方觀承生前軼事。受知於朱珪，與吴榮光、吴鼒等人贈和，生卒年見桂菖跋，跋云：「余兄弟六人，伯兄長余十五年。」則桂菖生歲亦從可知矣。

話山草堂詩鈔四卷　光緒間刻本

沈道寬撰。道寬字栗仲，浙江鄞縣人，寄籍順天大興。嘉慶二十五年進士。官湖南寧鄉、茶陵、酃縣、耒陽、道州、桃源等縣知縣。通小學，工書畫，著有《論語比》、《六書糠秕》、《話山草堂雜著》等書。道光間與鄧顯鶴、歐陽磵東等湘中文士訂文字。咸豐二年居揚州三年。五年，徙居泰州，卒年八十三。方濬頤爲撰《家傳》。《詩鈔》與《文鈔》、《詞鈔》合刊，趙佑宸序。金石題跋與讀書偶得，最見功力。如《書元祐奸黨碑》、《東坡馬券帖》、《書古文尚書疏證後》、《讀漢書賈誼傳》、《和昌黎石鼓歌謁衡嶽廟詩》、《題中興頌》、《讀黄岡殘碑》、《涷硯歌》、《漢永和碑》、《趙忠毅公鐵如意歌》、《讀史三首》、《讀騷三首》、《書明史三編後》、《漢敦煌永和碑歌》、《讀南疆繹史馬阮傳》，多尚質實之言，而無奥澀之弊。《論詞絶句四十二首》，自唐、宋名家至厲鶚，品騭去取間有意可尋。《論書絶句五十二首》，尤有心得。又有《祝融峯觀日出詩》、《自明港驛至確山途中作》等風景行役之詩。唱和爲鄧顯鶴、周儀暐等人。

論詞絶句　四十二首録六

探原樂府溯虞廷，要把詩餘比再賡。大晟伶官工製譜，王孫已道永依聲。有聲病對偶之詩，乃有詞。近人苦爲詩餘二字辨，欲比之唐賡歌商周雅頌，誤矣。

嗜欲將開有必先，出雲曾説見山川。輕風細雨香來句，已爲詞人著祖鞭。

野録湘山起論端，詞家三李信疑間。可應直自開天世，豫詠中興菩隆蠻。太白詞只《桂殿秋》語氣略近。《客窗夜話》辨其爲李贊皇作。

中唐劉白導詞源，五季風流格律存。踵事增華誇麗藻，可將大輅笑椎輪。

國勝身危賦小詞，無愁天子寫愁時。倚聲本是相思調，除卻宫娥欲對誰。此時不應作小詞，宋人譏其對宫娥之非，可謂不揣其本。

草堂遺選備唐風，古調高彈六一翁。誰把膚辭充法曲，盡教箏笛溷絲桐。《六一集》最多贋作。《話山草堂詩鈔》卷一

論書絶句　五十二首録九

二篆相沿隸體成，炎劉碑板照寰瀛。元常以後成今隸，别爲分書立一名。魏晉後謂今之正書爲隸，故

爲漢隸易一名曰八分，亦猶大篆出而後有科斗古文之名，李斯小篆出而後有籀之名。程邈字出，而後有二篆之名。

一篇急就史黄門，化盡方棱波磔存。師頌月儀窺古格，征西筆法具淵源。

衣帶珠璣贊七行，伯英草聖歎淪亡。可憐世俗無真眼，不識前張識後張。府君帖爲有道真蹟，何等古雅。小王以伯高狂草羼入之，遂令後人不知草法，可恨也。

太傅椎胸嘔血時，壙中秘訣得全窺。絶倫十二推奇巧，開出羲之及獻之。

右軍草隸備張鍾，虎卧龍跳認筆縱。閒卻胸中經世畧，盡教才藝易勳庸。右軍抱經濟才，觀其與洪源書，可見以書名掩之也。

墨瀋淋漓佐筆酣，功夫直以性情參。誰云書法暮方妙，稧帖論年三十三。米云暮年方妙，指其在田時耳。

遠涉三行效武鄉，千秋遺蹟墨生香。縱令誤認孫虔禮，猶似買王能得羊。李載園太守所藏右軍臨諸葛公遠涉帖，或疑是孫録事筆，平生見右軍墨只此廿三字。

聖教流傳世共珍，香光巨眼辨懷仁。右軍筆蹟宗斯籀，豈有奴書遺後人。香光云，集謂聚集其書臨習之也，可云神解。乃姚姬傳遂加醜詆。令按，右軍字痰悶作淡，胸中作匈，以及免字、嶺字，許氏所不收，皆置不用，而序中燈現花薩，皆晉以後别出之字。剪下著刀，右軍安得有之，姬傳妄也。

傳家妙墨紹箕裘，後世紛紛較劣優。何事文皇輕子敬，題名割去亦兼收。太宗不喜大令，然今官本帖所收，如臨川小園二帖，確是子敬筆。《話山草堂詩鈔》卷二

却掃庵存稿八卷　近代排印本

謝宗素撰。宗素字貞谷，號履莊，江西南豐人，流寓震澤。嘉、道間佐江南諸大吏幕府。道光三年，吴郡淫潦成災，經擘畫請蠲免田賦，爲民蘇困。晚杜門不出。所撰《却掃庵存稿》八卷，附詩餘一卷，有道光十三年自序，以生歲乾隆癸巳三十八年計，年逾六十。稿未梓行，一九二七年始由玄孫排印，首薛鳳昌、磨昌言序。詩歌分體。《題谷廉先生遺書》，谷廉爲黄淵耀，與兄淳耀同殉甲申之難。《癸未七月紀事》、《癸未大水書三江水利紀畧後》、《辛卯歲暮雜詩》，俱見關心鄉里民瘼。《碧螺春》詩，記吴洞庭山茶，亦較詳要。宗素與石韞玉、秦瀛、郭麐、許兆椿等名流俱有過往。長子昌稼行役西藏，集中有紀後藏詩數首，卽爲念子而作。雅好詞曲。《玉茗堂四夢題詞》、《觀浣紗記演劇卽題院本後》，寄興而爲，詞旨沖雅。又作龐山湖、揚州、秦淮、淮上、山東、西湖、虞山、松江、虎丘竹枝詞各十二首，亦可供采輯風土詩之資。

癸未七月紀事

樂莫樂於買耕犢，苦莫苦於無種穀。今年農忙逢盛漲，大田之牛水没腹。單隄一線巨浸中，補救功先事畚築，負土車戽累晝夜，焦勞之極髮盡禿。禾偃不能望再活，僉謂醫瘡須挖肉。借貸無門牛力鬻，補種幸得轉青矗。可憐喘息未少甦，叠遭風雨如崩瀑。狂瀾既倒廻不易，終於力屈身縮朒。一村蕩没一村哭，時在七月初七六。吁嗟乎，先賣犢，繼圮屋，蓋藏全空無種穀。一身仰事兼俯育，故事撫卹重災農。匪彝所思鰥寡獨。孤獨誠可憫，柴布有常禄，災農不加卹，俯仰真蹙蹙。《却掃庵存稿》卷一

玉茗堂四夢題詞用金千之睡鄉詩韻

莫辨邯鄲上下牀，模棱一枕費商量。游仙畢竟迷蕉鹿，辟穀偏聞熟稻粱。我夢不隨烟火熱，神鷄久識鬢絲涼。卧游只有林巒好，四壁青山借奉常。

貴主新裁帳合歡，蟻忱一縷到槐安。夢中姻眷此爲最，世外鴛行亦忌單。不惜官承裙帶上，可能花護玉闌干。瑶臺墮地驚回首，鐵馬風檐韻更寒。

叢叢慘緑與愁紅，瑣瑣偏爭予奪功。好夢不辭青塚路，被棺直掃白楊風。心堅金石形猶化，曲唱刀鐶意轉工。聽徹新聲幽以怨，洞簫無和亦能融。

慳慳久不御鉛華，嗚咽還將便面遮。羞向郎前呼薄倖，悔教釵底任横斜。温如紫玉盟猶冷，俠到黄衫夢竟賒。無可奈何花落去用宋人句，重門晝掩霍王家。《却掃庵存稿》卷四

稼兒奉檄馳往青海撫卹三十九族叠被雪災番民首途以庚寅六月上旬蒇事於九秋十日

臘望前四日得旋藏報詩以志慰

蠲書畀汝下荒陬，此次雪災，恩免彼地全年貢馬銀三百九十兩。番民應領綢緞布疋茶葉，仍行賞給。雪竇山連青海頭。三十九族昔屬青海，今隸西藏。按藏東北四千里，爲青海，彼處辦事大臣，駐甘肅西寧府。三十九族離西藏近青海遠，故改隸。況是氈廬爲部落，番民無築舍。行役官裹帶口糧鑼鍋帳房行桌行牀，隨草地爨宿，與軍營無異。本來游牧盡羊牛。口外耕種之地少，游牧之地多，水草俱無，爲沙漠。空羣幸託回天力，彼地荒政，本夷情主事專管。己丑八九月，叠雪盈天，倒斃牲畜殆盡，皇上軫念災番，特令駐藏大臣派委妥員，購備牛羊，帶往散給，以資游牧生息，重其事，故有是役。歸路頻縈集霰憂。歸途逢雪深，虞帳房何以撑持，老懷爲之眠食不安。不但安旋兼晉秩，差竣，駐藏大臣以往返三月餘，遍歷蠻荒，跋涉艱苦，奏奉加同知銜。撫躬能否稱勤求。《却掃庵存稿》卷四

丹衢詩稿四卷

道光七年刻本

方坦撰。坦字履士，安徽桐城人。諸生。劉大觀弟子。嘗隨趙文楷幕校文。嘉慶十二年應知州聘至山西大同，任書院講席。此集爲其子祖武校字。首姚興泉序。詩始於嘉慶元年，共四百六十二首。生歲據《壬申四十初度》詩推之，爲乾隆三十八年。詩受袁枚影響，主性靈。黔中、江漢、岳陽、赤壁、南雄等地游詩，空無依傍。七古《江南曲》，五古《贛州夜泊》，以及《秋夜》、《山居曉霽》、《宿山家》、《晓歸》等詩，舒紆有致。北

上後詩體變爲雄直。《大同九龍壁歌》有云：「焉知溝渠有餓殍，但侈宫室崇垣墉。數仞雕牆飾金碧，萬民膏血塗青紅。」《游雲崗石窟寺題壁》云：「民力當年盡此間，鑿開石窟作靈山。西天佛祖何勞佞，北魏君臣亦太頑。載酒喜同賓客至，卧雲輸與老僧閒。欲從絶頂舒清眺，百尺層樓幾度攀。」意味警雋。《應州釋迦寺木塔》、《雁門》、《曲沃》、《小五台》、《晉祠》、《邊城雜興》、《塞垣詠古》諸篇，亦較前厚重。坦喜明何景明詩，有《雪中新月行用何大復明月篇韻》，清新可咏。酬應不多，唯與王志湉善交，互有題和。

使瀋草三卷　道光二年刻本

姚元之撰。元之字伯昂，號廌青，安徽桐城人。嘉慶十年進士，改庶吉士，授編修。歷官左副都御史。道光十八年，降爲内閣學士。咸豐二年年七十七卒。著《竹葉亭筆記》，多載舊聞。詩有《廌青集》，刻本未見。此《使瀋草》三卷，爲道光元年奉使瀋陽篆高宗玉璽出都所作，前此於嘉慶五年張惠言以庶吉士亦充選斯事。元之出山海關，沿途爲詩。《遼陽雜詩》、《上元燈詞》、《食山蛤》、《遼陽詠古》、《歲暮瀋陽行》、《元宵食牢九歌》，多載風土及民習。《游大法寺》，寺爲英親王故府，時稱八王寺。《醫巫閭題詠》、《大霧渡遼河》、《幽州射雉客行》、《古劍行》，亦有壯采。集中與昇寅、徐松、英和、陳用光、孫爾準等人有寄贈，《懷人詩》爲陳用光、徐松、鮑桂星、劉開、吴嵩梁、朱昂之、方東樹、光聰諧、錢泳、馬瑞辰、徐璈，皆文學之士。弟柬之，有文名。元之擅長書畫，亦好學問，不第以詩稱也。

遼陽雜詩

唐家征戰苦句驪，霜草年年没馬蹄。繡閣畫簾無限恨，半留春夢在遼西。

江山亦自愛漸摩，無那前朝設衛多。猶是烏桓馳馬地，即今絃管夜聞歌。

遼陽壯士氣昂藏，北山殺虎如殺羊。傳來小雪明朝是，檢點長竿白蠟槍。將軍歲以小雪後出圍，每歲例進兩虎。

鹿皮半臂金鞸鞁，臂上雙弓左右開。三百射生齊上馬，將軍今日打圍來。將軍歲進鹿二千六百餘。

靜夜無聲客夢賒，朝來寒色在人家。紙窗似翦吴淞水，畫作春江白浪花。瀋陽氣寒，入夜尤堪。炭能病人，其煤曰膠子，中其氣者，病與炭等。夜來室中不敢置火，晨起窗上冰花滿若布粟，細紋層層，掃之盈大盎，蓋人氣爲寒氣所逼，凝結成此，余名之曰冰窗。

奇景由來客見稀，碧天無盡雪霏霏。斜陽半掛邊門外，滿樹紅綿作絮飛。瀋陽當風日晴明，滿天飛雪，日光雪片，映若紅綿，畫家無此妙景也。土人呼爲晴雪。

明霞爲飾玉爲容，山對遼陽巒嶂重。欲向青天數花朶，九百九十九芙蓉。千山在遼陽州，共九百九十九峯。

五國城東風雨多，舉頭不見宋山河。獨留長髮鬖鬖在，蟲老琵琶奈若何。三姓有長毛一種，其人長髮衣皮，若朝衣狀。或傳爲金虜宋人置於此，此其遺種也。

聞道安期入海門，碧天耕鑿自黄昏。祇今不識人間世，猶問秦皇幾葉孫。乾隆間有副都統巡查海邊，沿海而南可三四千里，至一國，其人頂一冠，若道士，長衣，胸繫褶裙，見人則問今是始皇第幾代矣。相傳安期生携童男女五百人入海，行至此，愛其地，遂留居焉，後别爲一國云。　《使瀋草》卷二